（明）罗贯中 著

李国文 评点

李国文陪读

三國演義

〔上〕

四川文艺出版社

图书在版编目（CIP）数据

李国文陪读《三国演义》/（明）罗贯中著；李国文评点.—成都：四川文艺出版社，2019.1

ISBN 978-7-5411-5028-9

Ⅰ.①李… Ⅱ.①罗… ②李… Ⅲ.①章回小说—中国—明代 ②《三国演义》评论 Ⅳ.①I242.4 ②I207.413

中国版本图书馆CIP数据核字（2018）第252600号

LIGUOWEN PEIDU SANGUOYANYI

李国文陪读《三国演义》

（明）罗贯中 著 李国文 评点

题 签	贾平凹
责任编辑	梁康伟 孙学良
责任校对	汪 平
装帧设计	毛 淳
内文排版	九章文化

出版发行 四川文艺出版社（成都市槐树街2号）
网 址 www.scwys.com
电 话 028-86259287（发行部） 028-86259303（编辑部）
传 真 028-86259306

邮购地址 成都市槐树街2号四川文艺出版社邮购部 610031
印 刷 北京盛通印刷股份有限公司
成品尺寸 170mm×210mm 1/16
印 张 87.5 字 数 1380千
版 次 2019年1月第一版 印 次 2019年1月第一次印刷
书 号 ISBN 978-7-5411-5028-9
定 价 350.00元（全三册）

序

李国文

读《三国演义》，约法三章在先：

第一，它是历史小说，不是历史。作小说读，当故事听，可以；千万不要视为正史，尤其不可据作信史。

第二，它的尊刘抑曹思想，只是作者的一家之言，和需要者的一厢情愿，并非历史定论，而是一定历史时期，一定意识形态下的产物。听听，无妨；信之，不必。

第三，它是数百上千年来，先由"说三分"的艺人话本形式出现，逐渐经文人加工润饰，而成为有说有唱的演义文本。宋代陆游那首《小舟游近村，舍舟步归》里提到："斜阳古柳赵家庄，负鼓盲翁正作场。死后是非谁管得，满村听说蔡中郎。"这个蔡中郎，便是此书开端的大文人蔡邕。可见从南宋起，"说三分"这些专讲三国故事的说书人就出现了。直到元末明初，经罗贯中（约1330—约1400）在《三国志平话》的基础上修改加工，凝练完善，拾遗补阙，雅正文字的《三国志演义》，正式定型，后又经清人毛宗岗（1632—1709以后）与其父毛纶，再度增删修正，整顿回目，遂成定本。因此这部作品，可以称作真正的集体创作，由于其大众参与程度相当高，因而精芜并存，薰莸同在。认识到这一点经纬，对于《三国演义》的阅读，可谓得其门矣。

《三国演义》被称作中国古典文学作品中的一本奇书，不仅因为它是流传最广泛，影响最深远，内涵最丰富的历史小说；而且问世以来，印刷数量之大，读者受众之多，普及范围之广，在中国自有书籍版行以来，为当仁不让的出版物冠军。而最奇者，此书一直受到上至帝王将相、达官贵人，下到士农工商，以及倡优皂卒、引车卖浆之流的一致欢迎。因此在中国，无一人不知此书，无一家不藏此书。上一代读完了，下一代接着读，代代传诵，无穷不已。

这部杰作，初读起来，难免有古老陈旧之感，但荡开浮沙，便现真金，这部书中强烈的文化承载，道德关注，乃是最能震撼中国人，最能凝聚中国人的力量所在。拿起《三国演义》这部书，最有分量的两个字，为忠和义，以及延伸出来的仁义礼智信，虽然其中有被封建统治者和迂腐儒生歪曲、篡改、错解、误读而产生的缪误，但近百年来，中国人在精神层面上发生了巨大变化，具有取其精华、去其糟粕的判断识别能力，在道德情怀上，仍万变不离其宗地继承着对国家的忠诚，对家庭的承担，对朋友的责任，对生活的热爱，对正义的支持，对弱小的同情，以及"老吾老以及人之老，幼吾幼以及人之幼"的慈悲之心……所以，《三国演义》从其萌芽状态起，直至今天，一千多年，其中最闪光的部分，正是我们引以为傲的中国精神。

什么是《三国演义》所宣扬的中国精神？一、想做成什么事时的那不屈不挠、一往无前的意志；二、哪怕碰到天大的困难，也要生存下去奋斗不止的决心。所以，数千年来，在这样的意志和决心下，中国人所养成的智术、学问、体魄、技能，恰恰与《易经》所说的"天行健，君子以自强不息"主旨不谋而合，这部六十余万言的《三国演义》，就是告诉我们，中国人能够立足这个世界五千多年，生存何艰？智慧何来？扎根何难？力量何在？因此，很值得读者朋友下一番功夫，从中求取教益。

其实，自公元184年汉灵帝黄巾之乱起，到公元280年东吴孙皓降晋为止的96年，通常被称作"三国"的这段历史时期，在整个中华五千年的文明史上，只能算是短短的一瞬。然而，这段不足百年的三国鼎立时期，那生死决战、权谋纷争、忠贤奸愚、风云变幻的史实，传播得如此家喻户晓，遐迩知名，比之历史上任何一个朝代，人们都更能津津乐道，娓娓而谈。从"说三分"到《三国演义》的这部小说传奇，为最有功焉。

中国历史，从三皇五帝到中华民国，算起来该是二十六史或是二十七史了，但哪一史也不如魏、蜀、吴被中国老百姓所熟知。要说打仗，比三国的仗，打得大者，不可胜数。要说杀人，历朝历代，由古至今，加在一起，死亡亿万，三国死的人，顶多是个零头。要说称王称霸，大忠大邪，文治武略，英雄美人，哪部史中找不出来呢？独是三国，经罗贯中演义之后，三国历史，便成了普及度最广、知名度最高的一段历史。当然，这是文学的能量，也是文学的成就。

因为中国有记史的传统，中国人更有讲史的习惯。凡中国人，在其日常生活、社会活动、交往言谈、工作学习之中，往往会因涉及这部伟大作品的一言半语、一枝半叶，而感受到它几乎无时无刻不在，甚至从小到老，伴随着我们。在中国，还没有任何一部书，像《三国演义》这样与每个人的精神世界、物质世界产生如此紧密的联系。

说到底，历史小说终究不是历史。然而，这部书对三国时期的若干历史事件的评价，对若干历史人物的判断，竟能起到浸润正史而超越正史的作用。政治家读它的权谋，军事家读它的韬略，士农工商被它的传奇故事所吸引，道学家则抓住了它的仁义道德大做文章，底层社会视桃园结义为千古楷模，至今仿效不绝。大人物以史为鉴，把《三国演义》俨然当成一本施政教科书；老百姓饭后茶余，《三国演义》又是一份消遣的佳品，聊天的谈资。于是，仁者见仁，智者见智：王者，看其王道，霸者，看其霸业；萝卜青菜，各有所爱，穿衣戴帽，各有所好。千秋赏鉴，品评不已。所以此书问世数百年来，盛行不衰，一代又一代的人捧读把玩，爱不释手。在中国，不知道《三国演义》者，不多；在国外，知道《三国演义》者，不少。《三国演义》漂洋过海，走向世界，这充分说明它长青永存的艺术魅力。所以，史学家讶异它势夺正史的力量，以至于扑朔迷离，莫辨真伪。文学家则不能不佩服这部历史小说的既是历史，又是小说的弥合无缝的统一。无论点头称是也罢，摇头非议也罢，这本书以其自身的政治色彩、艺术价值而传世永存。在中国甚至世界的历史小说中，至今，它仍是不可逾越的高峰。

《三国演义》被人誉为"第一才子书"，高于《庄》《骚》《史记》，认为其"扶纲植常""裨益风教"而顶礼膜拜，也被视作"野史芜秽之谈""萑苻啸聚行径"而"最不可信"。

责之以"太实而近腐""七实三虚惑乱观者",以及"欲显刘备之长厚而似伪,状诸葛之多智而近妖"等不足之处。但是,这种据正史标准,或西方文学观点的批评方式,是否适合这部古典传统文学的批评,尚可商榷。不过,这部千百年来由说话人、鼓书艺人和历代文人集体创作出来的智慧结晶,不但拥有观赏性、娱乐性,而且有文学价值、思想价值,还有某种意义的实用价值。所以,在中国,迄今为止,还没有一本历史小说能比得上《三国演义》这样深入人心。现在如此,若干年以后,仍将如此,因此它是一部真正经过时间考验的艺术精品,值得一读、二读而再读。本书版本是在毛氏父子的原书基础上,综合现行多家版本的优势,自行校点而成,不当之处,敬希指正。

两千年来,天变,地变,国变,人变,沧海桑田,无不变的事物,然而构成社会相生相克,此消彼长,强弱转换,进步退化的关系总则,好像并未变,至少未大变,或形式变,而实质未变,或语言变口号变,而内容未变。从这个角度来读《三国演义》的话,这本书真可称得上是具有人生宝典意义的一部不同凡响之书。

近半个世纪,三评此书,这是第四评,意犹未尽。可见《三国演义》是部读不完,而且每读每新的书,它的强大生命力,或许就在这里。

目录

刘备

关羽

张飞

诸
葛
亮

赵云

黄忠

马超

词曰：

滚滚长江东逝水，浪花淘尽英雄。是非成败转头空：青山依旧在，几度夕阳红。 　　白发渔樵江渚上，惯看秋月春风。一壶浊酒喜相逢：古今多少事，都付笑谈中。

《三国演义》开篇这首脍炙人口的序词，为明代嘉靖朝翰林学士杨慎作品，但一直被认为是小说作者罗贯中所写。最早的《三国志通俗演义》（嘉靖本）是没有这卷首词的。直到毛宗岗父子校订评点这部小说时，才加了这首《临江仙》。随着《三国演义》的普及，遂误以为罗贯中所作。

杨慎（1488—1559），字用修，号升庵，是诗、词、曲无一不工的明代文人。这首回顾千古、高屋建瓴的词，将发生在这块土地上的风云变幻、盛衰兴灭、沧桑代谢、人间万象的中华民族历史全过程，统揽笔下，用"笑谈"二字一语道破，人生有限，江水长流，从容看透，何其泰然。不能不说是一篇发人深思，启人悟解之作。

第 一 回

宴桃园豪杰三结义
斩黄巾英雄首立功

　　《三国演义》第一回从刘、关、张桃园结义开始，似江水由三峡出，浩浩荡荡，蔚然成势。虽然魏、蜀、吴的历史并非由此发轫，但确实系由黄巾举事造成了天下大乱的形势，然后才有群雄并起、相互割据、征战频仍、动乱不已的局面，最终形成了三国鼎立的架构。由此来看，从黄巾起义开篇，写这本演义，开门见山，主人公马上登场亮相，确是一个有声有色的开头。

　　从写小说的角度看，这样入手，来得直接些、痛快些。《三国演义》的作者，尤其是整理者，是毫不掩饰其刘汉正统思想的。所以开宗明义第一章，刘、关、张理所当然地作为主角出场。紧接着才是作为从属的魏之曹操、吴之孙坚露面。正朔观点，不言自喻，爱憎态度，泾渭分明。

　　罗贯中和嗣后的整理者十分明白地告诉读者，刘备是怎样的人，曹操是怎样的人；谁是英雄，谁是奸雄。虽然扬爱抑憎得未免有失偏颇，从文学角度来看，如此的不隐讳，自是此书的瑕疵，但这等迫不及待，旗帜鲜明，使全书充满了强烈的感情导向，也构成了此书的一大特色。

　　如果说《三国演义》是一本权谋教科书或计谋大全，那么，第一回的"结义"，便是未标明为计的第一个权谋：

　　歃血为盟，契结金兰的结义，也称拜把子，是中国文化，特别是汉文化中的一种独特的现象。多半因为需要而结义，亲密是次而次之的考虑，通常流行于社会底层的平民百姓之间。这种以感情色彩来掩盖其政治目的、阴谋意图的集结方式，多不为具有教养的阶层所取。

　　在《三国演义》那个时代，袁绍、曹操、孙策这些大人物，用不着和谁结义。相反，刘备、关羽、张飞这些小人物，既无权势本钱，又无人望背景，要想在群雄纷争的混乱局面中，出人头地，冲决而起，只有用这种结义手段聚合起来，才能形成一点声势。作为处在社会底层的单个的人，只有同声共气，相互援引，生死以助，不分你我地抱成一团，才能立足挣扎，也才能奋斗求生。这就是大家都很熟悉的名言"这世界上没有无缘无故的爱"说的什么人和什么人能在一起，什么人和什么人不能在一起的原因。整部《三国演义》，就是从这个"在一起"曰"合"、"不在一起"曰"分"的两个字而开端发轫的。

◎在中国，凡标明为"末"的王朝，都是最为黑暗的日子。末，对末代帝王而言，当然是末日来临，丧钟敲响，可对人民大众来讲，那可是人为刀俎、我为鱼肉，任人宰割、无以聊生的灾难岁月。桓帝永寿二年（156），全国总人口为五千万，到了晋太康元年（280），魏蜀吴彻底打完以后，全国总人口只剩下可怜巴巴的一千六百多万，可以想象汉末的这个"末"字，中国人付出了多么沉重的代价。

◎公元12世纪的宋、辽、金，和公元3世纪的魏、蜀、吴，其版图正好颠倒了过来。同是三国，同为老大，魏在不停地扩张地盘，宋则不断地江山日蹙，尤其，南宋高宗有一阵子连块国土都没有，只好在海上漂泊，这你就明白，为什么三国故事兴于北宋而盛于南宋了。无论如何，国大于家，无论如何，亡国奴不好当，于是，"说三分"，定正朔，汉贼不两立，王业不偏安，戮力悉心，同仇敌忾，正是因此，《三国演义》便应运而生了。

话说天下大势，分久必合，合久必分：周末七国分争，并入于秦；及秦灭之后，楚、汉分争，又并入于汉；汉朝自高祖斩白蛇而起义，一统天下，后来光武中兴，传至献帝，遂分为三国。推其致乱之由，殆始于桓、灵二帝。桓帝禁锢善类，崇信宦官。及桓帝崩，灵帝即位，大将军窦武、太傅陈蕃，共相辅佐；时有宦官曹节等弄权，窦武、陈蕃谋诛之，机事不密，反为所害，中涓自此愈横。

建宁二年四月望日，帝御温德殿。方升座，殿角狂风骤起，只见一条大青蛇，从梁上飞将下来，蟠于椅上。帝惊倒，左右急救入宫，百官俱奔避。须臾，蛇不见了。忽然大雷大雨，加以冰雹，落到半夜方止，坏却房屋无数。建宁四年二月，洛阳地震；又海水泛溢，沿海居民，尽被大浪卷入海中。光和元年，雌鸡化雄。六月朔，黑气十馀丈，飞入温德殿中。秋七月，有虹现于玉堂，五原山岸，尽皆崩裂。种种不祥，非止一端。帝下诏问群臣以灾异之由，议郎蔡邕上疏，以为蜺堕鸡化，乃妇寺干政之所致，言颇切直。帝览奏叹息，因起更衣。曹节在后窃视，悉宣告左右；遂以他事陷邕于罪，放归田里。后张让、赵忠、封谞、段珪、曹节、侯览、蹇硕、程旷、夏恽、郭胜十人朋比为奸，号为"十常侍"。帝尊信张让，呼为"阿父"。朝政日非，以致天下人心思乱，盗贼蜂起。

　　时巨鹿郡有兄弟三人：一名张角，一名张宝，一名张梁。那张角本是个不第秀才，因入山采药，遇一老人，碧眼童颜，手执藜杖，唤角至一洞中，以天书三卷授之，曰："此名《太平要术》。汝得之，当代天宣化，普救世人。若萌异心，必获恶报。"角拜问姓名。老人曰："吾乃南华老仙也。"言讫，化阵清风而去。角得此书，晓夜攻习，能呼风唤雨，号为"太平道人"。中平元年正月内，疫气流行，张角散施符水，为人治病，自称"大贤良师"。角有徒弟五百馀人，云游四方，皆能书符念咒。次后徒众日多，角乃立三十六方，大方万馀人，小方六七千，各立渠帅，称为将军；讹言："苍天已死，黄天当立；岁在甲子，天下大吉。"令人各以白土，书"甲子"二字于家中大门上。青、幽、徐、冀、荆、扬、兖、豫八州之人，家家侍奉大贤良师张角名字。角遣其党马元义，暗赍金帛，结交中涓封谞，以为内应。角与二弟商议曰："至难得者，民心也。今民心已顺，若不乘势取天下，诚为可惜。"遂一面私造黄旗，约期举事；一面使弟子唐周，驰书报封谞。唐周乃径赴省中告变。帝召大将军何进调兵擒马元义，斩之；次收封谞等一干人下狱。张角闻知事露，星夜举兵，自称"天公将军"，张宝称"地公将军"，张梁称"人公将军"；申言于众曰："今汉运将终，大圣人出。汝等皆宜顺天从正，以乐太平。"四方百姓，裹黄巾从张角反者四五十万。

◎中国虽是五千年的文明古国，但过去也是个亿万国民的文盲大国。所以对于书本便有一种与生俱来的敬畏心理，更何况是天书乎？几千年来封建社会，又有哪一部天书，能救得了中国的贫穷愚昧呢？相反，倒是这些该死的天书，把老百姓弄得晕头转向、不知所云罢了。

◎造反洪流，滚滚而来，鱼龙混杂，杂以乌龟王八，势所难免，但委以重任者竟是一个叛徒，用人如此不善，黄巾之败必矣！

◎既然都造反了，统率四五十万人马，只敢称"将军"，而不敢称"元帅"，真是小人物，小家子气，成不了气候。

贼势浩大，官军望风而靡。何进奏帝火速降诏，令各处备御，讨贼立功；一面遣中郎将卢植、皇甫嵩、朱儁，各引精兵，分三路讨之。

且说张角一军，前犯幽州界分。幽州太守刘焉，乃江夏竟陵人氏，汉鲁恭王之后也；当时闻得贼兵将至，召校尉邹靖计议。靖曰："贼兵众，我兵寡，明公宜作速招军应敌。"刘焉然其说，随即出榜招募义兵。榜文行到涿县，引出涿县中一个英雄。那人不甚好读书；性宽和，寡言语，喜怒不形于色；素有大志，专好结交天下豪杰；生得身长七尺五寸，两耳垂肩，双手过膝，目能自顾其耳，面如冠玉，唇若涂脂；中山靖王刘胜之后，汉景帝阁下玄孙：姓刘，名备，字玄德。昔刘胜之子刘贞，汉武时封涿鹿亭侯，后坐酎金失侯，因此遗这一枝在涿县。玄德祖刘雄，父刘弘。弘曾举孝廉，亦尝作吏，早丧。玄德幼孤，事母至孝；家贫，贩屦织席为业。家住本县楼桑村。其家之东南，有一大桑树，高五丈馀，遥望之，童童如车盖。相者云："此家必出贵人。"玄德幼时，与乡中小儿戏于树下，曰："我为天子，当乘此车盖。"叔父刘元起奇其言，曰："此儿非常人也！"因见玄德家贫，常资给之。年十五岁，母使游学，尝师事郑玄、卢植，与公孙瓒等为友。及刘焉发榜招军时，玄德年已二十八岁矣。

当日见了榜文，慨然长叹。随后一人厉声言曰：

◎《三国志》卷三十二说刘备"喜狗马、音乐、美衣服"，此书给略去了。其实，为先贤讳，本大可不必。刘邦还往儒冠里撒尿呢，但并不因此把这位很具流氓气的开国之主看低了。文人之笔，很容易形而上，是正面人物，则唯恐其不正面，拼命贴金；是反面人物，则生怕其不反面，必使其一无是处才罢手，不坏也坏，坏则更坏。在文学上，这种手段就是伪典型化，于是，人物也就变成了寺庙里的木雕泥塑，毫无生气。

"大丈夫不与国家出力，何故长叹？"玄德回视其人：身长八尺，豹头环眼，燕颔虎须，声若巨雷，势如奔马。玄德见他形貌异常，问其姓名。其人曰："某姓张，名飞，字翼德。世居涿郡，颇有庄田，卖酒屠猪，专好结交天下豪杰。恰才见公看榜而叹，故此相问。"玄德曰："我本汉室宗亲，姓刘，名备。今闻黄巾倡乱，有志欲破贼安民；恨力不能，故长叹耳。"飞曰："吾颇有资财，当招募乡勇，与公同举大事，如何？"玄德甚喜，遂与同入村店中饮酒。正饮间，见一大汉，推着一辆车子，到店门首歇了；入店坐下，便唤酒保："快斟酒来吃，我待赶入城去投军。"玄德看其人：身长九尺，髯长二尺；面如重枣，唇若涂脂；丹凤眼，卧蚕眉：相貌堂堂，威风凛凛。玄德就邀他同坐，叩其姓名。其人曰："吾姓关，名羽，字长生，后改云长，河东解良人也。因本处势豪倚势凌人，被吾杀了；逃难江湖，五六年矣。今闻此处招军破贼，特来应募。"玄德遂以己志告之。云长大喜。同到张飞庄上，共议大事。

　　飞曰："吾庄后有一桃园，花开正盛；明日当于园中祭告天地，我三人结为兄弟，协力同心，然后可图大事。"玄德、云长齐声应曰："如此甚好。"次日，于桃园中，备下乌牛白马祭礼等项，三人焚香再拜而说誓曰："念刘备、关羽、张飞，虽然异姓，既结为兄弟，则同心协力，救困扶危；上报国家，下安黎庶；不求同年同月同日生，只愿同年同月同日死。皇天后

◎这一声震耳的喝问，便点画出一个活生生的莽张飞来！

◎他就这点皇亲国戚可怜资本。所有没落子弟，都要打出先人招牌唬人。

◎有钱能办事，自古亦然。

◎关羽的身高、刀重，均系作者杜撰，为突显其高大英武形象。汉末的一尺，等于二十三厘米，要没有两米出头的身材，怎么拿得动那八十二斤的青龙偃月刀？汉代的一斤，等于二百五十克至三百克，所以，这四十来斤的武器，后来就专门由周仓替他背着了。

◎他是要你俩为他死，否则，结什么义？在中国，"拜把子"现象相当普遍。三教九流之辈，五行八作之徒，更为热衷斯道。要想在江湖上立足，没有几个拜把子弟兄怎么混？稍有一点身份者，多读过几本书者，通常不屑为。当然，政客们搞权术例外，蒋介石还跟上海滩的杜月笙磕过头，换过帖呢！

◎"山头"、"派性"、"宗派主义"，其实就是未经过磕头仪式的"拜把子"。这种中国特色的暧昧文化，之根深蒂固，之深入骨髓，成为处于弱势状态下的中国人，不弃不放的护身符和救命草。即使如文人者，自以为清流，到时候也有这种难能免俗的"圈子"情结，勾肩搭背，拉帮结伙，互相吹捧，共存共荣的。

◎同宗攀附，是司空见惯的结援手段。五百年前为一家嘛！类似之义，如同乡、同学，乃至于同科、同榜、同僚、同袍，凡沾一点边的，都能成为人们趋近的口实、巴结的资本。人要卑鄙起来，便无所不用其极了。

土，实鉴此心。背义忘恩，天人共戮！"誓毕，拜玄德为兄，关羽次之，张飞为弟。祭罢天地，复宰牛设酒，聚乡中勇士，得三百余人，就桃园中痛饮一醉。来日收拾军器，但恨无马匹可乘。正思虑间，人报有两个客人，引一伙伴当，赶一群马，投庄上来。玄德曰："此天佑我也！"三人出庄迎接。原来二客乃中山大商：一名张世平，一名苏双，每年往北贩马，近因寇发而回。玄德请二人到庄，置酒管待，诉说欲讨贼安民之意。二客大喜，愿将良马五十匹相送；又赠金银五百两，镔铁一千斤，以资器用。玄德谢别二客，便命良匠打造双股剑。云长造青龙偃月刀，又名"冷艳锯"，重八十二斤。张飞造丈八点钢矛。各置全身铠甲。共聚乡勇五百余人，来见邹靖。邹靖引见太守刘焉。三人参见毕，各通姓名。玄德说起宗派，刘焉大喜，遂认玄德为侄。

不数日，人报黄巾贼将程远志统兵五万来犯涿郡。刘焉令邹靖引玄德等三人，统兵五百，前去破敌。玄德等欣然领军前进，直至大兴山下，与贼相见。贼众皆披发，以黄巾抹额。当下两军相对，玄德出马，左有云长，右有翼德，扬鞭大骂："反国逆贼，何不早降！"程远志大怒，遣副将邓茂出战。张飞挺丈八蛇矛直出，手起处，刺中邓茂心窝，翻身落马。程远志见折了邓茂，拍马舞刀，直取张飞。云长舞动大刀，纵马飞迎。程远志见了，早吃一惊，措手不及，被云长刀起处，挥为两段。后人有诗赞二人曰：

　　　英雄露颖在今朝，一试矛兮一试刀。
　　　初出便将威力展，三分好把姓名标。

众贼见程远志被斩，皆倒戈而走。玄德挥军追赶，投
降者不计其数，大胜而回。刘焉亲自迎接，赏劳军士。
次日，接得青州太守龚景牒文，言黄巾贼围城将陷，
乞赐救援。刘焉与玄德商议。玄德曰："备愿往救之。"
刘焉令邹靖将兵五千，同玄德、关、张，投青州来。
贼众见救军至，分兵混战。玄德兵寡不胜，退三十里
下寨。玄德谓关、张曰："贼众我寡，必出奇兵，方
可取胜。"乃分关公引一千军伏山左，张飞引一千军
伏山右，鸣金为号，齐出接应。次日，玄德与邹靖引
军鼓噪而进。贼众迎战，玄德引军便退。贼众乘势追
赶，方过山岭，玄德军中一齐鸣金，左右两军齐出，
玄德麾军回身复杀。三路夹攻，贼众大溃。直赶至
青州城下，太守龚景亦率民兵出城助战。贼势大败，
剿戮极多，遂解青州之围。后人有诗赞玄德曰：

　　　运筹决算有神功，二虎还须逊一龙。
　　　初出便能垂伟绩，自应分鼎在孤穷。

龚景犒军毕，邹靖欲回。玄德曰："近闻中郎将卢植

◎在《三国演义》一书里，有许多这样恶俗的诗句，从中可以看到这部杰出的文学作品，其实是在漫长的集体创作过程中，从鼓书艺人口头文学发展而成。话本，原是有说有唱的表演艺术，城乡市集，三瓦两舍，便是他们卖艺的场所。因为要适应听众的理解能力和欣赏水平，俗，是必要的手段。现在这个流行版本，虽然也有历代文化程度高低不一、思想水平参差不齐的文人，予以加工改写或者再创造，但由于中国旧文人的清高自许，视小说裨史为末技，对于通俗文化存有普遍的鄙视，大文人不屑为，小文人不能为，所以才有这种不三不四的辞藻。

◎这三人都小试锋芒，当然，只是京剧的走过场而已。但三人的分寸感，已见端倪。

与贼首张角战于广宗，备昔曾师事卢植，欲往助之。"于是邹靖引军自回，玄德与关、张引本部五百人投广宗来。至卢植军中，入帐施礼，具道来意。卢植大喜，留在帐前听调。

时张角贼众十五万，植兵五万，相拒于广宗，未见胜负。植谓玄德曰："我今围贼在此，贼弟张梁、张宝在颍川，与皇甫嵩、朱儁对垒。汝可引本部人马，我更助汝一千官军，前去颍川打探消息，约期剿捕。"玄德领命，引军星夜投颍川来。时皇甫嵩、朱儁领军拒贼，贼战不利，退入长社，依草结营。嵩与儁计曰："贼依草结营，当用火攻之。"遂令军士，每人束草一把，暗地埋伏。其夜大风忽起。二更以后，一齐纵火，嵩与儁各引兵攻击贼寨，火焰张天，贼众惊慌，马不及鞍，人不及甲，四散奔走。

杀到天明，张梁、张宝引败残军士，夺路而走。忽见一彪军马，尽打红旗，当头来到，截住去路。为首闪出一将：身长七尺，细眼长髯；官拜骑都尉；沛国谯郡人也，姓曹，名操，字孟德。操父曹嵩，本姓夏侯氏；因为中堂侍曹腾之养子，故冒姓曹。曹嵩生操，小字阿瞒，一名吉利。操幼时，好游猎，喜歌舞；有权谋，多机变。操有叔父，见操游荡无度，尝怒之，言于曹嵩。嵩责操。操忽心生一计：见叔父来，诈倒于地，作中风之状。叔父惊告嵩，

◎曹操是三国第一主角，但《三国演义》持抑曹尊刘立场，所以，刘、关、张出场以后，该他亮相了，作者用了不冷不热的八个字——"身长七尺，细眼长髯"，便定性了，这就是作者不露声色的褒贬了。曹操不但在身量上落后于刘、关，连眼也细了起来，这不正是当下那些西方下三烂对中国人的恶讽么？

嵩急视之，操故无恙。嵩曰："叔言汝中风，今已愈乎？"操曰："儿自来无此病；因失爱于叔父，故见罔耳。"嵩信其言。后叔父但言操过，嵩并不听。因此，操得恣意放荡。时人有桥玄者，谓操曰："天下将乱，非命世之才不能济。能安之者，其在君乎？"南阳何颙见操，言："汉室将亡，安天下者，必此人也。"汝南许劭，有知人之名。操往见之，问曰："我何如人？"劭不答。又问，劭曰："子治世之能臣，乱世之奸雄也。"操闻言大喜。年二十，举孝廉，为郎，除洛阳北部尉。初到任，即设五色棒十余条于县之四门，有犯禁者，不避豪贵，皆责之。中堂侍蹇硕之叔，提刀夜行，操巡夜拿住，就棒责之。由是，内外莫敢犯者，威名颇震。后为顿丘令。因黄巾起，拜为骑都尉，引马步军五千，前来颍川助战。正值张梁、张宝败走，曹操拦住，大杀一阵，斩首万馀级，夺得旗幡、金鼓、马匹极多。张梁、张宝死战得脱。操见过皇甫嵩、朱儁，随即引兵追袭张梁、张宝去了。

却说玄德引关、张来颍川，听得喊杀之声，又望见火光烛天，急引兵来时，贼已败散。玄德见皇甫嵩、朱儁，具道卢植之意。嵩曰："张梁、张宝势穷力乏，必投广宗去依张角。玄德可即星夜往助。"玄德领命，遂引兵复回。到得半路，只见一簇军马，护送一辆槛车：车中之囚，乃卢植也，玄德大惊，滚鞍下马，问

◎汉代讲门阀，所谓"上品无寒门，下品无势族"，是后来讲究唯成分论的人的老祖宗。曹操的先人是太监，所以他的敌人一张嘴就骂他是"赘阉遗丑"。后来，他把他七个女儿中的三个，嫁给了汉献帝，成了门第最高者的老丈人，以其人之道还治其人之身，这大概可以说是曹操式的幽默了。

◎这句评语很有名，出自《三国志》《魏书·武帝纪第一》裴松之注引用孙盛《异同杂语》，司马光《资治通鉴·卷第五十八》亦采此语。范晔的《后汉书·卷六十八》许劭传曰"清平之奸贼，乱世之英雄"则有所不同，不知孰是？能治能乱，方显英雄本色。

其缘故。植曰："我围张角，将次可破；因角用妖术，未能即胜。朝廷差黄门左丰前来体探，问我索取贿赂。我答曰：'军粮尚缺，安有馀钱奉承天使？'左丰挟恨，回奏朝廷，说我高垒不战，惰慢军心；因此朝廷震怒，遣中郎将董卓来代将我兵，取我回京问罪。"张飞听罢，大怒，要斩护送军人，以救卢植。玄德急止之曰："朝廷自有公论，汝岂可造次？"军士簇拥卢植去了。

关公曰："卢中郎已被逮，别人领兵，我等去无所依，不如且回涿郡。"玄德从其言，遂引军北行。行无二日，忽闻山后喊声大震。玄德引关、张纵马上高冈望之，见汉军大败，后面漫山塞野黄巾盖地而来，旗上大书"天公将军"。玄德曰："此张角也！可速战！"三人飞马引军而出。张角正杀败董卓，乘势赶来，忽遇三人冲杀，角军大乱，败走五十馀里。三人救了董卓回寨。卓问三人现居何职。玄德曰："白身。"卓甚轻之，不为礼。玄德出，张飞大怒曰："我等亲赴血战，救了这厮，他却如此无礼！若不杀之，难消我气！"便要提刀入帐来杀董卓。正是：

> 人情势利古犹今，谁识英雄是白身？
> 安得快人如翼德，尽诛世上负心人！

毕竟董卓性命如何，且听下文分解。

◎好样的刘备！不救他的老师，也不让张飞救他的老师；张飞要杀董卓，刘备不让他杀董卓，以及下文鞭打督邮两人态度的分野，活画出平民出身的张飞的毫无精神负担，肆无忌惮的性格，也表现了刘备这个织席贩屦的没落贵族，对于朝廷、命官那种卑微心理状态。一个人最可悲的，莫过于这种心灵中的自我牢役和精神上的自我阉割。

《三国演义》起笔，为建宁二年（169），斯年，大风、地震、冰雹、海啸……自然灾害频仍，大家一致相信，这就是所谓的上苍示做。汉末的黄巾，就利用中国人这种寄托老天惩罚的愿望，以造神来愚昧大众。于是天底下的穷人，无不视之为救星，风靡之，追从之，崇拜之，膺服之，立刻形成燎原之势。继秦末陈胜、吴广的大泽乡起义后，又一次全国性的农民起义爆发并蔓延开来。黄巾之乱，是从外部动摇了汉王朝的统治基础，何进、董卓引发的一场内乱，则是从统治阶层的内部结构上摧毁了汉王朝，从此权力中心他移，汉王朝也就徒有虚名了。

黄巾首领张角三兄弟，一开始就以符水治病，神怪起家，然后聚党成事，揭竿而起。造反规模之大，涉事地域之广，一方面说明当时汉王朝腐败透顶，国政败坏；另一方面也说明老百姓被压迫到不得不铤而走险的地步。张角这个不第秀才，自称"吾乃南华老仙也"，居然能号召数十万人，头裹黄巾而起，看来他是深懂中国人的迷信心理的。

几乎所有成事或不成事的农民起义领袖，都无师自通地懂得造神。因为吃准了生活在底层的老百姓，普遍文化低下，而文化低下，正是孳生迷信的温床。而且，还吃准了中国人有迷信而无信仰的泛神论观点，能够接受任何一个崇奉膜拜的对象。所以，凡农民革命领袖，从黄巾到太平天国，都得念这本经，都得请来一位神，来填补老百姓的灵魂真空，此术屡试不爽，无不奏效。

于是，造神，以神的名义进行统治，然后，自己也成了神。

于是，五千年来，这类神造的灾难，真是罄竹难书。

第 二 回

张翼德怒鞭督邮
何国舅谋诛宦竖

　　《三国演义》自宋代"说三分"起，乃是一门说、学、唱、演的综合艺术，视为文学作品，则是元末明初的罗贯中，以历代评话本为基础，著《三国志通俗演义》，才有了中国有史以来第一部白话小说，因为其前身为文化程度不高的历代艺人所创造，而受众又都是些市井百姓。通俗，便成为这类文学的独特优势。在传统戏曲剧目中，有人统计过，称为三国戏者，近二百五十部，可谓琳琅满目。由此可见这部古典文学充满戏剧因素，这才引人入胜，让人欲罢不能。而张翼德怒鞭督邮，便是《三国演义》的第一出好戏。

　　督邮，汉代的微末之官，但因封建社会的官本位制，哪怕屁大的官，也敢骑在老百姓头上，狐假虎威，作威作福。但是，这个不可一世的小官僚，被睁圆环眼的张飞绑在马桩上，用柳条抽得他魂灵出窍时，全场掌声雷动，一片叫好之声。如果没有大乱之世动不动就开杀戒的风气，也许张飞把那位督邮绑在马桩上，就显得突兀。如果，他敢蔑视朝廷，侮慢命官，却不把那个小官吏鞭至半死的话，也就不成其为张飞了。这就是那个天下大乱、没有规矩的年代，这就是那个人皆为王、不用讲理的时代，张飞性格就这样浓墨重彩地凸显出来了。

　　《三国演义》这部历史小说，既是历史，又是小说的弥合，其七实三虚的写法，其真与非真的融混，虽不到天衣无缝的程度，但于史实不太离谱，于文学铺陈斗榫，实属难能可贵。尤其这个张翼德，自始至终一个硬汉形象，从他鞭打督邮那一鞭起，就成为最吸引读者和观众的人物形象。他之所以吸引人，道理很简单，因为他的鞭子打的是官。

　　中国老百姓怕官，为什么怕？因为每一个官，都是打着"唯辟作威，唯辟作福"皇帝招牌，欺压良民、巧取豪夺、残酷暴虐，无所不用其极，虽然，张飞的柳鞭抽打的是督邮，但在老百姓仇恨的心里，却是鞭鞭都抽在皇帝老子身上。《三国演义》，发源于民间口头文学，自然反映老百姓最基本的心愿，爱其所爱，仇其所仇，善其所善，恶其所恶，是此书的一大特色，也是这部小说的生命力所在。

且说董卓字仲颖，陇西临洮人也，官拜河东太守，自来骄傲。当日怠慢了玄德，张飞性发，便欲杀之。玄德与关公急止之曰："他是朝廷命官，岂可擅杀？"飞曰："若不杀这厮，反要在他部下听令，其实不甘！二兄要便住在此，我自投别处去也！"玄德曰："我三人义同生死，岂可相离？不若都投别处去便了。"飞曰："若如此，稍解吾恨。"

于是三人连夜引军来投朱儁。儁待之甚厚，合兵一处，进讨张宝。是时曹操自跟皇甫嵩讨张梁，大战于曲阳。这里朱儁进攻张宝。张宝引贼众八九万，屯于山后。儁令玄德为其先锋，与贼对敌。张宝遣副将高升出马搦战，玄德使张飞击之。飞纵马挺矛，与升交战，不数合，刺升落马。玄德麾军直冲过去。张宝就马上披发仗剑，作起妖法。只见风雷大作，一股黑气，从天而降：黑气中似有无限人马杀来。玄德连忙回军，军中大乱，败阵而归，与朱儁计议。儁曰："彼用妖术，我来日可宰猪羊狗血，令军士伏于山头；候贼赶来，从高坡上泼之，其法可解。"玄德听令，拨关公、张飞各引军一千，伏于山后高冈之上，盛猪羊狗血并秽物准备。次日，张宝摇旗擂鼓，引军搦战，玄德出迎。交锋之际，张宝作法，风雷大作，飞砂走石，黑气漫天，滚滚人马，自天而下。玄德拨马便走，张宝驱兵赶来。将过山头，关、张伏军放起号炮，秽物齐泼。但见

◎张飞没有束缚，好难得！唯其没有束缚，所以洒脱。那两位习惯于体制，习惯于屈就，所以不自由。人活在这个世界上，无论做人，也无论作文，非要臣服于谁，非要仆从于谁，非要依附于谁，而且，还觉得活得很快乐，一张嘴，一落笔，那酸腐，那肉麻，足以击倒一片，还自以为得计，真是太悲哀了。

◎农民起义，十之八九要凭借"妖法"，从黄巾军起，一直到义和团，无不装神弄鬼，骗人骗己，这只能说明迷信在中国这块土地上，是如何的根深蒂固。也说明历代统治者为什么宁肯老百姓永远愚昧，而对知识和知识分子严加防范了。不愚昧，迷信无法施展，不迷信，哪还有天神和个人崇拜呢？

◎以毒攻毒，是中国人的一种奇特的文化现象。以猪羊狗血，乃至女人的经血秽物去破妖魔鬼怪，破夷人的洋枪洋炮，破一切没有能力制伏的对手之最省事，最简单，最不用动脑筋的办法。说穿了，好比把脑袋一头扎进沙子里的驼鸟，纯属弱者无力反抗的自慰而已。

◎这种丑恶的泄愤方式。无独有偶，康熙二十一年（1682）正月十九，玄烨谕令，将吴三桂骸骨分发各省。如此高智商的皇帝，做出这等没水平的事情，对死了四年之久的吴三桂再施报复，除了落一个笑柄外，又有什么意义呢？再说，将其骸骨分发各省，予以展示，更是匪夷所思。不但起不到儆戒作用，反而使人徒增反感。

空中纸人草马，纷纷坠地；风雷顿息，砂石不飞。张宝见解了法，急欲退军。左关公，右张飞，两军都出，背后玄德、朱儁一齐赶上，贼兵大败。玄德望见"地公将军"旗号，飞马赶来，张宝落荒而走。玄德发箭，中其左臂。张宝带箭逃脱，走入阳城，坚守不出。朱儁引兵围住阳城攻打，一面差人打探皇甫嵩消息。探子回报，具说："皇甫嵩大获胜捷，朝廷以董卓屡败，命嵩代之。嵩到时，张角已死；张梁统其众，与我军相拒，被皇甫嵩连胜七阵，斩张梁于曲阳。发张角之棺，戮尸枭首，送往京师。馀众俱降。朝廷加皇甫嵩为车骑将军，领冀州牧。皇甫嵩又表奏卢植有功无罪，朝廷复卢植原官。曹操亦以有功，除济南相，即日将班师赴任。"朱儁听说，催促军马，悉力攻打阳城。贼势危急，贼将严政刺杀张宝，献首投降。朱儁遂平数郡，上表献捷。

时又黄巾馀党三人——赵弘、韩忠、孙仲，聚众数万，望风烧劫，称与张角报仇。朝廷命朱儁即以得胜之师讨之。儁奉诏，率军前进。时贼据宛城，儁引兵攻之，赵弘遣韩忠出战。儁遣玄德、关、张攻城西南角。韩忠尽率精锐之众，来西南角抵敌。朱儁自纵铁骑二千，径取东北角。贼恐失城，急弃西南而回。玄德从背后掩杀，贼众大败，奔入宛城。朱儁分兵四面围定，城中断粮，韩忠使人出城投降。儁不许。玄德曰："昔高祖之得天下，盖为能招降纳顺；公何拒韩忠耶？"儁曰："彼一时，此一时也。昔秦、项之际，天下大乱，民无定主，故招降赏附，以劝来耳。今海内一统，惟黄巾造反；若容其降，无以劝善。使贼得利恣意劫掠，失利便投降：此长寇之志，非良策也。"玄德曰："不容寇降是矣。——今四面围如铁桶，贼乞降不得，必然死战。万人一心，尚不可当，况城中有数万死命之人乎？不若撤去东南，独攻西北。贼必弃城而走，无心恋战，可即擒也。"儁然之，随撤东南二面军马，一齐攻打西北。韩忠果引军弃城而奔。儁与玄德、关、张率三军掩杀，射死韩忠，馀皆四散奔走。正追赶间，赵弘、孙仲引贼众到，与儁交战。儁见弘势大，引军暂退。弘乘势复夺宛城。儁离十里下寨，方欲攻打，忽见正东一彪人马到来。为首一将，生得广额阔面，虎体熊腰；吴郡富春人也，姓孙，名坚，字文台，乃孙武子之后。年十七岁时，与父至钱塘，见海贼十馀人，劫取商人财物，于岸上分赃。坚谓父曰："此贼可擒也。"遂奋力提刀上岸，扬声大叫，东西指挥，如唤人状。贼以为官兵至，尽弃财物奔走。坚赶上，杀一贼。由是郡县知名，荐为校尉。后会稽妖贼许昌造反，自称"阳明皇帝"，聚众数万；坚与郡司马招募勇士千馀人，会合州郡破之，斩许昌并其子许韶。刺史臧旻上表奏其功，除坚为盐渎丞，又除盱眙丞、下邳丞。今见黄巾寇起，聚集乡中少年及诸商旅，并淮泗精兵一千五百馀人，前来接应。朱

◎《三国演义》有许多极浅显，然而极深刻的道理，用之于政治可，用之于军事可，用之于人与人的关系方面，亦未尝不可。根据自身力量的强弱消长，来定夺对于对手的斗争策略，不拘泥于一法而无妨变化，方是正理。"彼一时，此一时也"，是有很多辩证法的。

◎刘玄德这一招不弱，也符合他的一派仁心的性格。在中国封建文化传统中，儒家所提倡的"仁"，是具有强大感召力的精神支柱，乃至于进入新世纪后的今天，"非仁"的一切，仍不被普通老百姓接受。"仁"，这种宽泛的人道主义，是植根在中国这块土壤中的永恒之本，也是中国人立足于这个世界的生存之本。斗争是手段，仁义才是目的。

◎至此，魏、蜀、吴格局初见端倪。《三国演义》的习惯写法。

◎有功俱授官，独刘备冷落，看来官员子弟优越于平民百姓，古亦如此。靠人情打通关节，毫不奇怪。否则还成什么封建社会呢？

◎也真是没意思。处境相当凄惨。

◎居然满足，可见原本欲望并不高。所谓"时势造英雄"，是历史把刘关张推到三分鼎立的斗争架构上的。

儁大喜，便令坚攻打南门，玄德打北门，朱儁打西门，留东门与贼走。孙坚首先登城，斩贼二十馀人，贼众奔溃。赵弘飞马突槊，直取孙坚。坚从城上飞身夺弘槊，刺弘下马；却骑弘马，飞身往来杀贼。孙仲引贼突出北门，正迎玄德，无心恋战，只待奔逃。玄德张弓一箭，正中孙仲，翻身落马。朱儁大军随后掩杀，斩首数万级，降者不可胜计。南阳一路，十数郡皆平。儁班师回京，诏封为车骑将军，河南尹。儁表奏孙坚、刘备等功。坚有人情，除别郡司马上任去了；惟玄德听候日久，不得除授。

三人郁郁不乐，上街闲行，正值郎中张钧车到。玄德见之，自陈功绩。钧大惊，随入朝见帝曰："昔黄巾造反，其原皆由十常侍卖官鬻爵，非亲不用，非仇不诛，以致天下大乱。今宜斩十常侍，悬首南郊，遣使者布告天下，有功者重加赏赐，则四海自清平也。"十常侍奏帝曰："张钧欺主。"帝令武士逐出张钧。十常侍共议："此必破黄巾有功者，不得除授，故生怨言。权且教省家铨注微名，待后却再理会未晚。"因此玄德除授定州中山府安喜县尉，克日赴任。玄德将兵散回乡里，止带亲随二十馀人，与关、张来安喜县中到任。署县事一月，与民秋毫无犯，民皆感化。到任之后，与关、张食则同桌，寝则同床。如玄德在稠人广坐，关、张侍立，终日不倦。

　　到县未及四月，朝廷降诏，凡有军功为长吏者当沙汰。玄德疑在遣中。适督邮行部至县，玄德出郭迎接，见督邮施礼。督邮坐于马上，惟微以鞭指回答。关、张二公俱怒。及到馆驿，督邮南面高坐，玄德侍立阶下。良久，督邮问曰："刘县尉是何出身？"玄德曰："备乃中山靖王之后；自涿郡剿戮黄巾，大小三十馀战，颇有微功，因得除今职。"督邮大喝曰："汝诈称皇亲，虚报功绩！目今朝廷降诏，正要沙汰这等滥官汗吏！"玄德喏喏连声而退。归到县中，与县吏商议。吏曰："督邮作威，无非要贿赂耳。"玄德曰："我与民秋毫无犯，那得财物与他？"次日，督邮先提县吏去，勒令指称县尉害民。玄德几番自往求免，俱被门役阻住，不肯放参。

　　却说张飞饮了数杯闷酒，乘马从馆驿前过，见五六十个老人，皆在门前痛哭。飞问其故。众老人答曰："督邮逼勒县吏，欲害刘公；我等皆来苦告，不得放入，反遭把门人赶打！"张飞大怒，睁圆环眼，咬碎钢牙，滚鞍下马，径入馆驿，把门人那里阻挡得住，直奔后堂，见督邮正坐厅上，将县吏绑倒在地。飞大喝："害民贼！认得我么？"督邮未及开言，早被张飞揪住头发，扯出馆驿，直到县前马桩上缚住；攀下柳条，去督邮两腿上着力鞭打，一连打折柳条十数枝。玄德正纳闷间，听得县前喧闹，问左右，答曰："张将军绑一人在县前痛打。"玄德

◎此时的刘玄德，还找不到感觉呢！

◎出身论的老祖宗在此，失敬失敬！

◎"阎王好见，小鬼难搪"，骑在群众头上作威作福的小官僚最可恶。

◎据正史，鞭督邮者是刘备而非张飞。但这顿饱揍，若是写成刘备打，第一，他敢打么？第二，他敢下手那么重么？真不如让猛张飞出场，打得令人解恨了。

◎可惜敢如此大喝一声者，千古以来有几人？一片唯唯诺诺，一片磕头称是，所以清人龚自珍才有"万马齐喑"的哀叹吧？

◎关云长对于朝廷的敬畏之心，被张翼德这一吼吼掉了，别看他杀黄巾以讨功求赏，但也未必不敢毅然背反当局的，刘玄德则大不相同了，一心要依靠这点皇族本钱的。

◎这一段，有声有色，好场面，好文字！

◎在中国历史上，弄臣作乱，阉竖擅权，妇寺干政，小人当道的丑恶现象，从来没有绝迹。大凡只要有家长式的封建统治，缺乏最起码的公平以及对权力的制约，光责备"唯女子与小人难养也"，或什么"祸水论"，是推卸不了这份历史罪责的。

忙去观之，见绑缚者乃督邮也。玄德惊问其故。飞曰："此等害民贼，不打死等甚！"督邮告曰："玄德公救我性命！"玄德终是仁慈的人，急喝张飞住手。傍边转过关公来，曰："兄长建许多大功，仅得县尉，今反被督邮侮辱。吾思枳棘丛中，非栖鸾凤之所；不如杀督邮，弃官归乡，别图远大之计。"玄德乃取印绶，挂于督邮之颈，责之曰："据汝害民，本当杀却；今姑饶汝命。吾缴还印绶，从此去矣。"督邮归告定州太守，太守申文省府，差人捕捉。玄德、关、张三人往代州投刘恢。恢见玄德乃汉室宗亲，留匿在家不题。

却说十常侍既握重权，互相商议：但有不从己者，诛之。赵忠、张让差人问破黄巾将士索金帛，不从者奏罢职。皇甫嵩、朱儁皆不肯与，赵忠等俱奏罢其官。帝又封赵忠等为车骑将军，张让等十三人皆封列侯。朝政愈坏，人民嗟怨。于是长沙贼区星作乱；渔阳张举、张纯反：举称天子，纯称大将军。表章雪片告急，十常侍皆藏匿不奏。

一日，帝在后园与十常侍饮宴，谏议大夫刘陶，径到帝前大恸。帝问其故。陶曰："天下危在旦夕，陛下尚自与阉宦共饮耶！"帝曰："国家承平，有何危急？"陶曰："四方盗贼并起，侵掠州郡。其祸皆由十常侍卖官害民，欺君罔上。朝廷正人皆去，祸在目前矣！"十常侍皆免冠跪伏于帝前曰："大臣不相容，臣等不能活矣！愿乞性命归田里，尽将家产以助军资。"言罢痛哭。帝怒谓陶曰："汝家亦有近侍之人，何独不容朕耶？"呼武士推出斩之。刘陶大呼："臣死不惜！可怜汉室天下，四百馀年，到此一旦休矣！"武士拥陶出，方欲行刑，一大臣喝住曰："勿得下手，待我谏去。"众视之，乃司徒陈耽，——径入宫中来谏帝曰："刘谏议得何罪而受诛？"帝曰："毁谤近臣，冒渎朕躬。"耽曰："天下人民，欲食十常侍之肉，陛下敬之如父母，身无寸功，皆封列侯；况封谞等结连黄巾，欲为内乱：陛下今不自省，社稷立见崩摧矣！"帝曰："封谞作乱，其事不明。十常侍中，岂无一二忠臣？"陈耽以头撞阶而谏。帝怒，命牵出，与刘陶皆下狱。是夜，十常侍即于狱中谋杀之；假帝诏以孙坚为长沙太守，讨区星。

不五十日，报捷，江夏平。诏封坚为乌程侯；封刘虞为幽州牧，领兵往渔阳征张举、张纯。代州刘恢以书荐玄德见虞。虞大喜，令玄德为都尉，引兵直抵贼巢，与贼大战数日，挫动锐气。张纯专一凶暴，士卒心变，帐下头目刺杀张纯，将头纳献，率众来降。张举见势败，亦自缢死。渔阳尽平。刘虞表奏刘备大功，朝廷赦免鞭督邮之罪，除下密丞，迁高堂尉。公孙瓒又表陈玄德前功，荐为别部司马，守平原县令。玄德在平原，颇有钱粮军马，重整旧日气象。刘虞平寇有功，封太尉。

◎尸败蝇聚，肉腐蛆生，这样的昏君，方有这样围绕着他的佞臣。人们常责怪赵高，而忘却秦二世才是致祸之由。

◎后宫阉宦，不男不女，不阴不阳，必定是一个心理变态者。由于他不能人伦，全部的歇斯底里，就表现在对所有正常人的仇恨上。

◎刘玄德终于熬到一个平原县令，难得难得。

◎据范晔《后汉书》："东京皇统屡绝，权归女主，外立者四帝，临朝者六后，莫不定策帷帘，委事父兄，贪孩童以久其政。"由此可见东汉外戚之祸。

◎一个人，有胆没有胆，有种没种，全在这一个"敢"字上。敢于无视长官、上级、前辈、权威，发出自己的声音，这才叫汉子。曹操虽小辈，但敢挺身而出，可见非凡，值得刮目相看。

◎袁绍只晓得诉诸武力，一登场便逞匹夫之勇，足见有多大出息了！

中平六年夏四月，灵帝病笃，召大将军何进入宫，商议后事。那何进起身屠家；因妹入宫为贵人，生皇子辩，遂立为皇后，进由是得权重任。帝又宠幸王美人，生皇子协。何后嫉妒，鸩杀王美人。皇子协养于董太后宫中。董太后乃灵帝之母，解渎亭侯刘苌之妻也。初因桓帝无子，迎立解渎亭侯之子，是为灵帝。灵帝入继大统，遂迎养母氏于宫中，尊为太后。

董太后尝劝帝立皇子协为太子。帝亦偏爱协，欲立之。当时病笃，中常侍蹇硕奏曰："若欲立协，必先诛何进，以绝后患。"帝然其说，因宣进入宫。进至宫门，司马潘隐谓进曰："不可入宫。蹇硕欲谋杀公。"进大惊，急归私宅，召诸大臣，欲尽诛宦官。座上一人挺身出曰："宦官之势，起自冲、质之时；朝廷滋蔓极广，安能尽诛？倘机不密，必有灭族之祸：请细详之。"进视之，乃典军校尉曹操也。进叱曰："汝小辈安知朝廷大事！"正踌躇间，潘隐至，言："帝已崩。今蹇硕与十常侍商议，秘不发丧，矫诏宣何国舅入宫，欲绝后患，册立皇子协为帝。"说未了，使命至，宣进速入，以定后事。操曰："今日之计，先宜正君位，然后图贼。"进曰："谁敢与吾正君讨贼？"一人挺身出曰："愿借精兵五千，斩关入内，册立新君，尽诛阉竖，扫清朝廷，以安天下！"进视之，乃司徒袁逢之子，袁隗之侄：名绍，字本初，现为司隶校尉。何进大喜，遂点御林军五千。绍全身披挂。何进引何颙、荀攸、郑泰等大臣三十馀员，相继而入，就灵帝柩前，扶立太子辩即皇帝位。

百官呼拜已毕，袁绍入宫收蹇硕。硕慌走入御园，花阴下为中常侍郭胜所杀。硕所领禁军，尽皆投顺。绍谓何进曰："中官结党，今日可乘势尽诛之。"张让等知事急，慌入告何后曰："始初设谋陷害大将军者，止蹇硕一人，并不干臣等事。今大将军听袁绍之言，欲尽诛臣等，乞娘娘怜悯！"何太后曰："汝等勿忧，我当保汝。"传旨宣何进入。太后密谓曰："我与汝出身寒微，非张让等，焉能享此富贵？今蹇硕不仁，既已伏诛，汝何听信人言，欲尽诛宦官耶？"何进听罢，出谓众官曰："蹇硕设谋害我，可族灭其家。其馀不必妄加残害。"袁绍曰："若不斩草除根，必为丧身之本。"进曰："吾意已决，汝勿多言。"众官皆退。

次日，太后命何进参录尚书事，其馀皆封官职。董太后宣张让等入宫商议曰："何进之妹，始初我抬举他。今日他孩儿即皇帝位，内外臣僚，皆其心腹：威权太重，我将如何？"让奏曰："娘娘可临朝，垂帘听政；封皇子协为王；加国舅董重大官，掌握军权；重用臣等：大事可图矣。"董太后大喜。次日设朝，董太后降旨，封皇子协为陈留王，董重为骠骑将军，张让等共预朝政。何太后见董太后专权，于宫中设一宴，请董太后赴席。酒至半酣，何太后起身捧杯再拜曰："我等皆妇人也，参预朝政，非其所

◎中国人的全部不幸，就是这种骑在老百姓头上的从何进到督邮之辈的草包，实在太多太多的缘故。

◎后妃干政，外戚掌权，是封建王朝最为人诟病者。在现代社会中，裙带风，便是古代外戚现象的延伸与发展。这样就形成了一个凭机遇而不需奋斗，凭幸运而不靠努力来握有权柄的特殊阶层。司马迁的《外戚世家》，第一个就写了汉高祖的老婆吕雉，她的两个兄弟，也就是刘邦的小舅子，差点把刘姓王朝颠覆。王莽也是外戚，他一手结束了西汉政权。到了东汉，从窦宪到何进，一拨一拨，更是目不暇给。汉代，在中国历史上，是外戚闹得最邪乎的一朝。

◎两后斗气，一副市井妇人的勃谿口吻，汉室之败，先败在内宫的帏薄不修上。

◎袁绍此人，恃一块世家贵族的牌子，目空一切。其实他志大才疏，色厉内荏，好大喜功，优柔寡断，在《三国演义》中，是描写得相当成功的一个人物。

宜。昔吕后因握重权，宗族千口皆被戮。今我等宜深居九重；朝廷大事，任大臣元老自行商议，此国家之幸也。愿垂听焉。"董后大怒曰："汝鸩死王美人，设心嫉妒。今倚汝子为君，与汝兄何进之势，辄敢乱言！吾敕骠骑断汝兄首，如反掌耳！"何后亦怒曰："吾以好言相劝，何反怒耶？"董后曰："汝家屠沽小辈，有何见识！"两宫互相争竞，张让等各劝归宫。何后连夜召何进入宫，告以前事。何进出，召三公共议。来早设朝，使廷臣奏董太后原系藩妃，不宜久居宫中，合仍迁于河间安置，限日下即出国门。一面遣人起送董后；一面点禁军围骠骑将军董重府宅，追索印绶。董重知事急，自刎于后堂。家人举哀，军士方散。张让、段珪见董后一枝已废，遂皆以金珠玩好结构何进弟何苗并其母舞阳君，令早晚入何太后处，善言遮蔽：因此十常侍又得近幸。

六月，何进暗使人鸩杀董后于河间驿庭，举柩回京，葬于文陵。进托病不出。司隶校尉袁绍入见进曰："张让、段珪等流言于外，言公鸩杀董后，欲谋大事。乘此时不诛阉宦，后必为大祸。昔窦武欲诛内竖，机谋不密，反受其殃。今公兄弟部曲将吏，皆英俊之士；若使尽力，事在掌握。此天赞之时，不可失也。"进曰："且容商议。"左右密报张让，让等转告何苗，又多送贿赂。苗入奏何后云：

"大将军辅佐新君，不行仁慈，专务杀伐。今无端又欲杀十常侍，此取乱之道也。"后纳其言。少顷，何进入白后，欲诛中涓。何后曰："中官统领禁省，汉家故事。先帝新弃天下，尔欲诛杀旧臣，非重宗庙也。"进本是没决断之人，听太后言，唯唯而出。袁绍迎问曰："大事若何？"进曰："太后不允，如之奈何？"绍曰："可召四方英雄之士，勒兵来京，尽诛阉竖。此时事急，不容太后不从。"进曰："此计大妙！"便发檄至各镇，召赴京师。主簿陈琳曰："不可！俗云：'掩目而捕燕雀'，是自欺也。微物尚不可欺以得志，况国家大事乎？今将军仗皇威，掌兵要，龙骧虎步，高下在心：若欲诛宦官，如鼓洪炉燎毛发耳。但当速发雷霆，行权立断，则天人顺之。却反外檄大臣，临犯京阙，英雄聚会，各怀一心：所谓倒持干戈，授人以柄，功必不成，反生乱矣。"何进笑曰："此懦夫之见也！"旁边一人鼓掌大笑曰："此事易如反掌，何必多议！"视之，乃曹操也。正是：

　　　　欲除君侧宵人乱，须听朝中智士谋。

不知曹操说出甚话来，且听下文分解。

◎绝顶的臭主意，偏偏那个没决断的屠户何进却听得进去。糊涂主子碰上混账奴才，历史上有许多错谬，就是这么生成的。

自桓、灵二帝起，先后经历过外戚专政，阉竖掌权，党锢分裂，朝政腐败，诸多濒危垂灭状态，关键就是最高当局所用非人、所托非人所致。就以大将军何进为例，外加他倚为膀臂的袁绍、袁术，这些精英分子，他们不是以复兴汉室为己任，而是以巩固自己的权力为目标，只求多多获得，哪在乎国家危亡。据《三国志·武帝纪》："初平元年，袁绍与韩馥谋立幽州牧为帝，太祖拒之。绍又尝得一玉印，于太祖坐中举向其肘，太祖由是笑而恶焉。"就此一例，就可以看到这些中坚人物，都是充满邪恶歹毒心肠的真正小人。当面向当局示忠，背后欲另立新帝。这样三心二意之人，在他们手下的后汉政权，焉能不走向灭亡之路？注《三国志》的南北朝人裴松之，认为三国人物多行险侥幸分子，是看得很准的。

第 三 回

议温明董卓叱丁原
馈金珠李肃说吕布

　　三国史就是战争史，说白了，也是杀人史；而且在历史上是个特例，差一点就要杀到全民灭绝的程度。

　　杀人而狂，不可遏抑，启端于黄巾，高潮于董卓，乃至于公孙瓒、皇甫嵩、曹操、司马懿，杀人无算，都是名列杀人榜前列的超级罪犯。

　　有一个可资参考的三国人口统计：东汉桓帝永寿二年（156），约为5007万。到了建安十三年（208），赤壁大战过后，人口只剩下140万，而到了魏黄初二年（221），急骤下降至90万，一直到魏咸熙二年（265）全国人口才有767万。一百年间，中国人死掉了百分之九十九，这是一个极为悲惨的数字。

　　《三国志·董卓传》称："卓性残忍不仁，遂以严刑胁众，睚眦之隙必报，人不自保。尝遣军到阳城，时适二月社，民各在其社下，悉就断其男子头，驾其车牛，载其妇女财物，以所断头系车辕轴，连轸而还洛，云攻贼大获，称万岁。入开阳城门，焚烧其头，以妇女与甲兵为婢妾。""尝至郿行坞，公卿以下祖道于横门外。卓预施帐幔饮。诱降北地反者数百人，于坐中先断其舌，或斩手足，或凿眼，或镬煮之，未死，偃转杯案间，皆战栗亡失匕箸，而卓饮食自若。"

　　大屠杀，总是腐败统治到不可收拾的程度，统治者不下台，反对者必然要赶他下台，然而，统治者余威尚在，反对者力量不足，于是就有镇压、反镇压，而镇压者无所不用其极，除恶务尽，那反镇压者自然要抗争，最后，必以其人之道，反治其人之身，与其人杀，不如杀人，大屠杀就这样开始，内战就这样爆发。杀人，在乱世，是一种很容易感染的流行病，只要一个脑袋被砍掉，接着便是千百万人头落地。

　　黄巾之乱，董卓之乱，其本质是一脉相承的，都缘于桓、灵二帝的腐败到了极点以后，人民愤怒的总爆发。"不患寡而患不均"，本是封建社会统治者与被统治者不可调和的矛盾，现在已经到了富者愈富，地连阡陌，穷者愈穷，贫无立锥的彻底崩溃期。那些头裹黄巾，一脑袋迷信的徒众，那些随野心家董卓进驻中原的士兵，看起来绝对不是一回事，但脱下盔甲的羌军，和有了武装的黄巾，在本质上并无什么不同，当他们在穷乡僻壤中打拼，所受到的压迫、欺侮、剥削、凌辱是没有分别的。所以，他们一旦握有生杀大权，对于踩在他们脚下的城市，践踏、破坏、毁灭、焚烧，是绝不留情的。

◎到底是曹操，"付一狱吏足矣"，大手笔语。

◎早不是个好东西，正求之不得。羊妈妈发请柬给狼外婆，狼岂有不应邀之理？

◎好女婿！不是一家人，不进一家门。

◎凡充满革命词藻的响亮口号，都不宜深信之。列宁说过，在市场上叫嚷得最激烈的小贩，其售出的商品，也许是最糟糕的。

　　且说曹操当日对何进曰："宦官之祸，古今皆有；但世主不当假之权宠，使至于此。若欲治罪，当除元恶，但付一狱吏足矣，何必纷纷召外兵乎？欲尽诛之，事必宣露。吾料其必败也。"何进怒曰："孟德亦怀私意耶？"操退曰："乱天下者，必进也。"进乃暗差使命，赍密诏星夜往各镇去。

　　却说前将军、鳌乡侯、西凉刺史董卓，先为破黄巾无功，朝议将治其罪，因贿赂十常侍幸免；后又结托朝贵，遂任显官，统西州大军二十万，常有不臣之心。是时得诏大喜，点起军马，陆续便行；使其婿中郎将牛辅守住陕西，自己却带李傕、郭汜、张济、樊稠等提兵望洛阳进发。卓婿谋士李儒曰："今虽奉诏，中间多有暗昧。何不差人上表，名正言顺，大事可图。"卓大喜，遂上表。其略曰：

　　　窃闻天下所以乱逆不止者，皆由黄门常侍张让等侮慢天常之故。臣闻扬汤止沸，不如去薪；溃痈虽痛，胜于养毒。臣敢鸣钟鼓入洛阳，请除让等。社稷幸甚！天下幸甚！

　　何进得表，出示大臣。侍御史郑泰谏曰："董卓乃豺狼也，引入京城，必食人矣。"进曰："汝多疑，不足谋大事。"卢植亦谏曰："植素知董卓为人，面善心狠；一入禁庭，必生祸患。不如止之勿来，免致生乱。"进不听，郑泰、卢植皆弃官而去。朝廷大臣，去者大半。进使人迎董卓于渑池，卓按兵不动。

◎引狼入室了！东汉的丧钟敲响了。

　　张让等知外兵到，共议曰："此何进之谋也；我等不先下手，皆灭族矣。"乃先伏刀斧手五十人于长乐宫嘉德门内，入告何太后曰："今大将军矫诏召外兵至京师，欲灭臣等，望娘娘垂怜赐救。"太后曰："汝等可诣大将军府谢罪。"让曰："若到相府，骨肉齑粉矣。望娘娘宣大将军入宫谕止之。如其不从，臣等只就娘娘前请死。"太后乃降诏宣进。进得诏便行。主簿陈琳谏曰："太后此诏，必是十常侍之谋，切不可去。去必有祸。"进曰："太后诏我，有何祸事？"袁绍曰："今谋已泄，事已露，将军尚欲入宫耶？"曹操曰："先召十常侍出，然后可入。"进笑曰："此小儿之见也。吾掌天下之权，十常侍敢待如何？"绍曰："公必欲去，我等引甲士护从，以防不测。"于是袁绍、曹操各选精兵五百，命袁绍之弟袁术领之。袁术全身披挂，引兵布列青琐门外。绍与操带剑护送何进至长乐宫前。黄门传懿旨云："太后特宣大将军，余人不许辄入。"将袁绍、曹操等都阻住宫门外。何进昂然直入。至嘉德殿门，张让、段珪迎出，左右围

◎权力狂，古今相同，只相信手中的权柄，其实那东西有时灵，有时也很不灵的。

◎说得句句是实。

◎活该！

◎袁绍、袁术这两弟兄是一对混账！

住，进大惊。让厉声责进曰："董后何罪，妄以鸩死？国母丧葬，托疾不出！汝本屠沽小辈，我等荐之天子，以致荣贵；不思报效，欲相谋害！——汝言我等甚浊，其清者是谁？"进慌急，欲寻出路，宫门尽闭，伏甲齐出，将何进砍为两段。后人有诗叹之曰：

汉室倾危天数终，无谋何进作三公。

几番不听忠臣谏，难免宫中受剑锋。

让等既杀何进，袁绍久不见进出，乃于宫门外大叫曰："请将军上车！"让等将何进首级从墙上掷出，宣谕曰："何进谋反，已伏诛矣！其馀胁从，尽皆赦宥。"袁绍厉声大叫："阉官谋杀大臣！诛恶党者前来助战！"何进部将吴匡，便于青琐门外放起火来。袁术引兵突入宫庭，但见阉官，不论大小，尽皆杀之。袁绍、曹操斩关入内。赵忠、程旷、夏恽、郭胜四个被赶至翠花楼前，剁为肉泥。宫中火焰冲天。张让、段珪、曹节、侯览将太后及太子并陈留王劫去内省，从后道走北宫。时卢植弃官未去，见宫中事变，擐甲持戈，立于阁下。遥见段珪拥逼何后过来，植大呼曰："段珪逆贼，安敢劫太后！"段珪回身便走。太后从窗中跳出，植急救得免。吴匡杀入内庭，见何苗亦提剑出。匡大呼曰："何苗同谋害兄，当共杀之！"众人俱曰："愿斩谋兄之贼！"苗欲走，四面围定，砍为齑粉。绍复令军士分头来杀十常侍家属，不分大小，尽皆诛绝，多有无须者误被杀死。曹操一面救灭宫中之火，请何太后权摄大事，遣兵追袭张让等，寻觅少帝。

　　且说张让、段珪劫拥少帝及陈留王，冒烟突火，连夜奔走至北邙山。约二更时分，后面喊声大举，人马赶至；当前河南中部掾吏闵贡，大呼："逆贼休走！"张让见事急，遂投河而死。帝与陈留王未知虚实，不敢高声，伏于河边乱草之内。军马四散去赶，不知帝之所在。帝与王伏至四更，露水又下，腹中饥馁，相抱而哭；又怕人知觉，吞声草莽之中。陈留王曰："此间不可久恋，须别寻活路。"于是二人以衣相结，爬上岸边。满地荆棘，黑暗之中，不见行路。正无奈何，忽有流萤千百成群，光芒照耀，只在帝前飞转。陈留王曰："此天助我兄弟也！"遂随萤火而行，渐渐见路。行至五更，足痛不能行，山冈边见一草堆，帝与王卧于草堆之畔。草堆前面是一所庄院。庄主是夜梦两红日坠于庄后，惊觉，披衣出户，四下观望，见庄后草堆上红光冲天，慌忙往视，却是二人卧于草畔。庄主问曰："二少年谁家之子？"帝不敢应。陈留王指帝曰："此是当今皇帝，遭十常侍之乱，逃难到此。吾乃皇弟陈留王也。"庄主大惊，再拜曰："臣先朝司徒崔烈之弟崔毅也。因见十常侍卖官嫉贤，故隐于此。"遂扶帝入庄，跪进酒食。

◎只因为没胡子便被砍头，用今天的话，就叫冤假错案了。

◎哈哈，皇上也有落魄时。

◎旧时中国被皇帝统治了数千年，许多人养成了一种将皇帝等同于神的崇拜心理。人们把皇帝叫作天子，就是相信他代表上天的意志来统治这个国家。服从他，自然是服从天意，反对他，那不用说，便是反对天意了。所以，实在被逼得无路可走，唯有一死时，才敢揭竿而起，只要还能有勉强苟延残喘的可能，就要当顺民、良民、小民、蚁民的。这就是农业社会中，那种落后的小农经济，因愚昧无知而产生的敬畏迷信之心，加之御用文人编造出来的神话，诸如祥瑞啊，征兆啊，先知啊，伟大啊，其实不过是用来糊弄老百姓罢了。由于文化水平低，文明程度差，识别和认知能力弱，他们更是这类神话最好的销售对象。于是听的人起劲，讲的人更起劲。

◎对于洛阳小儿谣曰"帝非帝，王非王，千乘万骑走北邙"，《后汉书·五行志》作"侯非侯，王非王"："灵帝之末，京都童谣。至中平六年，少帝登蹑至尊，献帝未有爵号，为中常侍段珪等所执，公卿百官皆随其后，到河上，乃得来还。此为非侯非王上北芒者也。"民歌民谣，随意性大，《三国演义》这点改动，说明他们尊重读者的理解程度。

◎所有野心家都善于趁火打劫，董卓此时不到场倒怪了。

◎陈留王刘协也未必不想当皇帝。

却说闵贡赶上段珪，拿住问："天子何在？"珪言："已在半路相失，不知何往。"贡遂杀段珪，悬头于马项下，分兵四散寻觅；自己却独乘一马，随路追寻。偶至崔毅庄，毅见首级，问之，贡说详细。崔毅引贡见帝，君臣痛哭。贡曰："国不可一日无君，请陛下还都。"崔毅庄上止有瘦马一匹，备与帝乘。贡与陈留王共乘一马。离庄而行，不到三里，司徒王允、太尉杨彪、左军校尉淳于琼、右军校尉赵萌、后军校尉鲍信、中军校尉袁绍，一行人众，数百人马，接着车驾，君臣皆哭。先使人将段珪首级往京师号令，另换好马与帝及陈留王骑坐，簇帝还京。先是洛阳小儿谣曰："帝非帝，王非王，千乘万骑走北邙。"至此果应其谶。

车驾行不到数里，忽见旌旗蔽日，尘土遮天，一枝人马到来。百官失色，帝亦大惊。袁绍骤马出问："何人？"绣旗影里，一将飞出，厉声问："天子何在？"帝战栗不能言。陈留王勒马向前，叱曰："来者何人？"卓曰："西凉刺史董卓也。"陈留王曰："汝来保驾耶？汝来劫驾耶？"卓应曰："特来保驾。"陈留王曰："既来保驾，天子在此，何不下马？"卓大惊，慌忙下马，拜于道左。陈留王以言抚慰董卓，自初至终，并无失语。卓暗奇之，已怀废立之意。是日还宫，见何太后，俱各痛哭。检点宫中，不见了传国玉玺。董卓屯兵城外，每日带铁甲马军入城，横行街市，百姓惶惶不安。卓出入宫庭，略无忌惮。后军校尉鲍信，来见袁绍，言董卓必有异心，可速除之。绍曰："朝廷新定，未可轻动。"鲍信见王允，亦言其事。允曰："且容商议。"信自引本部军兵，投泰山去了。

董卓招诱何进兄弟部下之兵，尽归掌握。私谓李儒曰："吾欲废帝立陈留王，何如？"李儒曰："今朝廷无主，不就此时行事，迟则有变矣。来日于温明园中，召集百官，谕以废立；有不从者斩之，则威权之行，正在今日。"卓喜。次日大排筵会，遍请公卿。公卿皆惧董卓，谁敢不到。卓待百官到了，然后徐徐到园门下马，带剑入席。酒行数巡，卓教停酒止乐，乃厉声曰："吾有一言，众官静听。"众皆侧耳。卓曰："天子为万民之主，无威仪不可以奉宗庙社稷。今上懦弱，不若陈留王聪明好学，可承大位。吾欲废帝，立陈留王，诸大臣以为何如？"诸官听罢，不敢出声。座上一人推案直出，立于筵前，大呼："不可！不可！汝是何人，敢发大语？天子乃先帝嫡子，初无过失，何得妄议废立！汝欲为篡逆耶？"卓视之，乃荆州刺史丁原也。卓怒叱曰："顺我者生，逆我者死！"遂掣佩剑欲斩丁原。时李儒见丁原背后一人，生得器宇轩昂，威风凛凛，手执方天画戟，怒目而视。李儒急进曰："今日饮宴之处，不可谈国政；来日向都堂公论未尽。"众人皆劝丁原上马而去。

卓问百官曰："吾所言，合公道否？"卢植曰："明公差矣。昔太甲不明，伊尹放之于桐宫；昌邑王

◎自古以来，废立是最直截了当的全面控制政权的手段，虽要背些骂名，但求其干净利落，立见分晓，篡权者还是认为值得一试。但厉害的还得数曹操，"挟天子以令诸侯"，那就更胜一筹了。玩就玩绝的，那才是真玩家，在中国历史上，一提"挟天子以令诸侯"，你就会先想到曹操，等于成为他的专利，成为历史的唯一，这才是真玩家。

◎吕布英姿，耀人眼目。

◎这便是知识分子的不可救药之处，若无丁建阳推案直出，卢植不会也不敢有这番议论。然而说这些管个屁用，倘非别人劝止，脑袋差一点让董卓割了。

◎丁建阳不怕，因为他是实力派，但当时，实力派非他一个。他敢于拍桌子，敢于痛斥董卓，敢于挺身站出来面对强暴，这种不惧淫威的铮铮铁骨，令人钦敬。可满朝文武，都唯唯诺诺，连大气都不敢喘，一副软骨头相，这种集体装孙子，不论哪个朝代，都是没药可治的。

◎见利忘义，这四个字概括世间一切丑类。

登位方二十七日，造恶三千馀条，故霍光告太庙而废之。今上虽幼，聪明仁智，并无分毫过失。公乃外郡刺史，素未参与国政，又无伊、霍之大才，何可强主废立之事？圣人云：'有伊尹之志则可，无伊尹之志则篡也。'"卓大怒，拔剑向前欲杀植。侍中蔡邕、议郎彭伯谏曰："卢尚书海内人望，今先害之，恐天下震怖。"卓乃止。司徒王允曰："废立之事，不可酒后相商，另日再议。"于是百官皆散。

卓按剑立于园门，忽见一人跃马持戟，于园门外往来驰骤。卓问李儒："此何人也？"儒曰："此丁原义儿：姓吕，名布，字奉先者也。主公且须避之。"卓乃入园潜避。次日，人报丁原引军城外搦战。卓怒，引军同李儒出迎。两阵对圆，只见吕布顶束发金冠，披百花战袍，擐唐猊铠甲，系狮蛮宝带，纵马挺戟，随丁建阳出到阵前。建阳指卓骂曰："国家不幸，阉官弄权，以致万民涂炭。尔无尺寸之功，焉敢妄言废立，欲乱朝廷！"董卓未及回言，吕布飞马直杀过来。董卓慌走，建阳率军掩杀。卓兵大败，退三十馀里下寨，聚众商议。卓曰："吾观吕布非常人也。吾若得此人，何虑天下哉！"帐前一人出曰："主公勿忧。某与吕布同乡，知其勇而无谋，见利忘义。某凭三寸不烂之舌，说吕布拱手来降，可乎？"卓大喜，观其人，乃虎贲中郎将李肃也。卓曰："汝将何以说之？"肃曰："某闻主公有名马一匹，号曰'赤兔'，日行千里。须得此马，再用金珠，以利结其心。某更进说词，吕布必反丁原，来投主公矣。"卓问李儒曰："此言可乎？"儒曰："主公欲取天下，何惜一马！"卓欣然与之，更与黄金一千两、明珠数十颗、玉带一条。

李肃赍了礼物，投吕布寨来。伏路军人围住。肃曰："可速报吕将军，有故人来见。"军人报知，布命入见。肃见布曰："贤弟别来无恙！"布揖曰："久不相见，今居何处？"肃曰："现任虎贲中郎将之职。闻贤弟匡扶社稷，不胜之喜。有良马一匹，日行千里，渡水登山，如履平地，名曰'赤兔'：特献与贤弟，以助虎威。"布便令牵过来看。果然那马浑身上下，火炭般赤，无半根杂毛；从头至尾，长一丈；从蹄至项，高八尺；嘶喊咆哮，有腾空入海之状。后人有诗单道赤兔马曰：

奔腾千里荡尘埃，渡水登山紫雾开。
掣断丝缰摇玉辔，火龙飞下九天来。

布见了此马，大喜，谢肃曰："兄赐此龙驹，将何以为报？"肃曰："某为义气而来，岂望报乎！"布置酒相待。酒酣，肃曰："肃与贤弟少得相见；令尊却常会来。"布曰："兄醉矣！先父弃世多年，安得与兄相会？"肃大笑曰："非也！某说今日丁刺史耳。"

◎李肃在《三国志演义》的前身《三国志平话》中，本是一员武将，在《平话》中，其家世出身相当显赫，为飞将军李广的后裔，曹操也赞其有万夫不当之勇、无人可敌。可在《三国演义》中，他去吕布那里为说客时，也还自我介绍为虎贲中郎将。然而，这之后的李肃，便成为李儒一流的幕僚、参谋等智囊式人物。以其机敏的巧辩，恶毒的挑拨，苞苴的诱惑，爵位的怂恿，让吕布杀了他的义父丁原，而投身董卓。看来，中外古今，说客获得成功，口才是关键，实力为后盾，苞苴才是打开门径的钥匙。由此可知世上无不变的事物，只有苞苴之道，是从来不变的。若非这匹赤兔马，这个五原人，也许不会被李肃说动的。李肃也是五原人，他太知道爱马如命的这位同乡了。

◎所谓拍马溜须，也是用语言，使对方感官通体舒泰的一种登龙术。因为其成本低，故而广泛采用。但这是一门艺术，有拍成功的，也有拍到马蹄子上的。但对于那些自我感觉好得不得了的人来说，戴高帽子是一种最廉价、最直接了当的手段。

◎劝降，无非诱之以利，动之以情，晓之以义，利、情、义，自然可以作各式各样的理解和运用。但成功与否，常常不取决于说客的嘴巴多么厉害，而是在于能不能把握住对方。李肃的高明不在言辞，恰恰是吃透了吕布此人最为卑劣的一面。休看吕布有一身真功夫，却长了一个猪脑袋。其实，那赤兔马牵到爱马的吕布跟前，其义父丁建阳就命悬一线了。

布惶恐曰："某在丁建阳处，亦出于无奈。"肃曰："贤弟有擎天驾海之才，四海孰不钦敬？功名富贵，如探囊取物，何言无奈而在人之下乎？"布曰："恨不逢其主耳。"肃笑曰："'良禽择木而栖，贤臣择主而事。'见机不早，悔之晚矣。"布曰："兄在朝廷，观何人为世之英雄？"肃曰："某遍观群臣，皆不如董卓。董卓为人敬贤礼士，赏罚分明，终成大业。"布曰："某欲从之，恨无门路。"肃取金珠、玉带列于布前。布惊曰："何为有此？"肃令叱退左右，告布曰："此是董公久慕大名，特令某将此奉献。——赤兔马亦董公所赠也。"布曰："董公如此见爱，某将何以报之？"肃曰："如某之不才，尚为虎贲中郎将；公若到彼，贵不可言。"布曰："恨无涓埃之功，以为进见之礼。"肃曰："功在翻手之间，公不肯为耳。"布沈吟良久曰："吾欲杀丁原，引军归董卓，何如？"肃曰："贤弟若能如此，真莫大之功也！但事不宜迟，在于速决。"布与肃约于明日来降，肃别去。

是夜二更时分，布提刀径入丁原帐中。原正秉烛观书，见布至，曰："吾儿来有何事故？"布曰："吾堂堂丈夫，安肯为汝子乎！"原曰："奉先何故心变？"布向前，一刀砍下丁原首级，大呼左右："丁原不仁，吾已杀之。肯从吾者在此，不从者自去！"军士散其大半。次日，布持丁原首级，往见李肃。肃遂引布见卓。卓大喜，置酒相待。卓先下拜曰：

"卓今得将军，如旱苗之得甘雨也。"布纳卓坐而拜之曰："公若不弃，布请拜为义父。"卓以金甲锦袍赐布，畅饮而散。卓自是威势越大，自领前将军事，封弟董旻为左将军、鄠侯，封吕布为骑都尉、中郎将、都亭侯。

李儒劝卓早定废立之计。卓乃于省中设宴，会集公卿，令吕布将甲士千余，侍卫左右。是日，太傅袁隗与百官皆到。酒行数巡，卓按剑曰："今上暗弱，不可以奉宗庙；吾将依伊尹、霍光故事，废帝为弘农王，立陈留王为帝。有不从者斩！"群臣惶怖莫敢对。中军校尉袁绍挺身出曰："今上即位未几，并无失德；汝欲废嫡立庶，非反而何？"卓怒曰："天下事在我！我今为之，谁敢不从！汝视我之剑不利否？"袁绍亦拔剑曰："汝剑利，吾剑未尝不利！"两个在筵上对敌。正是：

　　　　　丁原仗义身先丧，袁绍争锋势又危。

毕竟袁绍性命如何，且听下文分解。

◎动不动愿意给人当儿子的人，大都不是好货。以此类推，凡甘心服低，俯首帖耳，做乖逊谦谨状者，多半不怀好意。董卓怎么不想一想，吕布既能下手杀其第一个义父，在更大的利益诱惑下，怎么就不会杀其第二个义父？看来，他长的也是一猪脑袋啊！诸公谨记，将欲取之，必先与之，舍不得孩子套不来狼，此乃功利主义者的行事原则。所以，对那些有"温度"的示好、亲近、趋迎、奉承，阁下就得多点心眼了。

◎袁绍此时不弱，称得上一条汉子。

　　董卓是个猖狂的毫不掩饰的野心家，一直驻守在陕、陇，与羌、胡少数民族周旋，深受蛮荒的影响。他很想挤进长安洛阳的权力中心，求得发达，但事不从愿，中央防范他，地方抵制他，只有在孤愤中强忍着求生，那些积攒的不满是会发酵的。恨，就成了他的人格基调。

　　老实说，凡野心家通常是只有野心而无本事，有本事还用得着野心勃勃？可董卓笨蛋，本事太小，野心太大，招致朝廷的冷遇。所以，《三国志》称他"卓有才武，膂力少比，双带两鞬，左右驰射"，充其量，一有力气的匹夫耳。董卓的真本事就是杀人，真功夫就是放火。如果说黄巾之乱，只是无数人之死，那么董卓之乱，则是城与人的共同灭亡，洛阳，曾是一个繁华的城市，顷刻化为灰烬。所以在失意的时候，在冷落的时候，在什么也捞不着的时候，在谁也不把他当回事的时候，那灵魂中的恶，便抑制不住地养成了对于这个正常世界的全部仇恨。一旦得逞，必定是以百倍的疯狂进行报复。

当这个军阀的数千兵马，穿北邙山直捣洛阳时，便注定东都人亡城灭，东汉王朝也就死定了。

第 四 回

废汉帝陈留践位
谋董贼孟德献刀

　　农民，中国的根本，也是中国的脊梁。

　　在中国数千年的封建社会中，经历不知多少次劫难，民不聊生，食不果腹，满目创痍，神州陆沉，但只要不动干戈，休养生息，中国农民仅凭一双手的辛勤劳动，就能使大地焕发青春，山河改变面貌，人口兴旺发达，社会日趋繁荣。三国入晋，为公元280年，据《晋书·地理志》记载，太康元年，全国有"户二百四十五万九千八百四十，口一千六百一十六万三千八百六十三"。占田、课田法颁布后的第三年，即太康三年（282），国家"户有三百七十七万"。看看这个增长速度，便可了解中国农民于困境中求生图存的能力。

　　但农民，在小农经济状态下的中国农民，其单独的、无须求助的、靠天吃饭的生产方式，便注定了他视野的狭窄性、见识的局限性、预知的盲目性，这种经济状况势必养成农民的短期行为，得捞就捞一票，得抓就抓一把，谁能保证以后还有没有抓捞的机会。于是历史上许多揭竿而起的农民起义者，不大容易取得最后功德圆满的原因，就在于此。

　　位极人臣的董卓，这个本质的农民，从此，"赞拜不名，入朝不趋，剑履上殿，威福无比"，进入他心弛神往的最高境界。当他在边陲当镇守使时，大漠沙丘，人烟稀少，远离繁华，极目萧条之中，不知做过多少次皇帝梦。现在，居然废了一个皇帝，立了一个皇帝，成为造王者，比偷着做皇帝梦的袁绍、公开做皇帝的袁术——这两个基本上也是农民的贵族——要神气活现多了。

　　在此以前，据《三国志·武帝纪》，初平元年，"袁绍与韩馥谋立幽州牧刘虞为帝，太祖拒之。"裴注引《魏书》太祖答绍曰："董卓之罪，暴于四海，吾等合大众，兴义兵而远近莫不响应，此以义动故也，今幼主微弱，制于奸臣，未有昌邑亡国之衅，而一旦改易，天下其孰安之？诸君北面，我自西向。"从这里，看到曹操的高谋远虑，不同凡响。

　　现在，单枪匹马，以献刀为名，行刺董卓。仅此一举，从这种敢于自我牺牲的精神中，我们看到了曹操的英武之气，也看到了曹操与他同时代人的差别所在。

◎这个叔叔还有脸见他的侄子吗？袁氏虽四世三公，豪门望族，但盛名之下，其实难符了。世家的没落，那是不可阻挡的颓势，这一点，古今同理。

◎这两个人，自是无聊之辈，大概是属于谁上台就侍候谁的角色。不过，也没个好结果，因举荐非人，终被董卓所杀，那就叫活该了。但他俩对于袁绍的看法，不能不说是入骨三分。

　　且说董卓欲杀袁绍，李儒止之曰："事未可定，不可妄杀。"袁绍手提宝剑，辞别百官而出，悬节东门，奔冀州去了。卓谓太傅袁隗曰："汝侄无礼，吾看汝面，姑恕之。废立之事若何？"隗曰："太尉所见是也。"卓曰："敢有阻大议者，以军法从事！"群臣震恐，皆云："一听尊命。"宴罢，卓问侍中周毖、校尉伍琼曰："袁绍此去若何？"周毖曰："袁绍忿忿而去，若购之急，势必为变。且袁氏树恩四世，门生故吏遍于天下；倘收豪杰以聚徒众，英雄因之而起，山东非公有也。不如赦之，拜为一郡守，则绍喜于免罪，必无患矣。"伍琼曰："袁绍好谋无断，不足为虑；诚不若加之一郡守，以收民心。"卓从之，即日差人拜绍为渤海太守。

　　九月朔，请帝升嘉德殿，大会文武。卓拔剑在手，对众曰："天子暗弱，不足以君天下。今有策文一道，宜为宣读。"乃命李儒读策曰：

　　孝灵皇帝，早弃臣民；皇帝承嗣，海内侧望。而帝天资轻佻，威仪不恪，居丧慢惰：否德既彰，有忝大位。皇太后教无母仪，统政荒乱。永乐太后暴崩，众论惑焉。三纲之道，天地之纪，毋乃有阙？陈留王协，圣德伟懋，规矩肃然；居丧哀戚，言不以邪；休声美誉，天下所闻：宜承洪业，为万世统。兹废皇帝为弘农王，皇太后还政。请奉陈留王为皇帝，应天顺人，以慰生灵之望。

李儒读策毕，卓叱左右扶帝下殿，解其玺绶，北面长跪，称臣听命。又呼太后去服候敕。帝后皆号哭，群臣无不悲惨。阶下一大臣，愤怒高叫曰："贼臣董卓，敢为欺天之谋，吾当以颈血溅之！"挥手中象简，直击董卓。卓大怒，喝武士拿下：乃尚书丁管也。卓命牵出斩之。管骂不绝口，至死神色不变。后人有诗叹之曰：

◎统治者衰微至此，也只有满眼抹泪的份了。

◎也未见刘协有什么再三礼让之意，哪怕是假惺惺的。这位末帝，并非《三国演义》形容的窝囊废、被曹操欺侮的受气包。

> 董贼潜怀废立图，汉家宗社委丘墟。
> 满朝臣宰皆囊括，惟有丁公是丈夫。

卓请陈留王登殿。群臣朝贺毕，卓命扶何太后并弘农王及帝妃唐氏于永安宫闲住，封锁宫门，禁群臣无得擅入。可怜少帝四月登基，至九月即被废。卓所立陈留王协，表字伯和，灵帝中子，即献帝也；时年九岁。改元初平。董卓为相国，赞拜不名，入朝不趋，剑履上殿，威福莫比。李儒劝卓擢用名流，以收人望，因荐蔡邕之才。卓命征之，邕不赴。卓怒，使人谓邕曰："如不来，当灭汝族。"邕惧，只得应命而至。卓见邕大喜，一月三迁其官，拜为侍中，甚见亲厚。

却说少帝与何太后、唐妃困于永安宫中，衣服饮食，渐渐少缺；少帝泪不曾干。一日，偶见双燕飞于庭中，遂吟诗一首。诗曰：

◎知识分子有时能起一些装点门面的作用，尤其对于刚站稳脚跟的统治者，改善兵戎相见、粗鄙少文的形象是至关紧要的。等到江山已定，那时对这些手无缚鸡之力的文化人，采取什么样的政策，则是另外一回事了。蔡邕此人，当时最大的知识分子，早年因上书谴责妇寺干政遭祸，流放朔方。现又迫于压力，屈身事卓，为中郎将，竟欣欣然。明知不过是军阀用来作招牌的，居然因董卓蹷毙而与王允嗟叹伤感，以致收狱处死。看来，学问很大而不辨是非，名望很高而不识好歹，此类迂夫子也是白读书了。

嫩草绿凝烟，袅袅双飞燕。

洛水一条青，陌上人称羡。

远望碧云深，是吾旧宫殿。

何人仗忠义，泄我心中怨！

董卓时常使人探听。是日获得此诗，来呈董卓。卓曰："怨望作诗，杀之有名矣。"遂命李儒带武士十人，入宫弒帝。帝与后、妃正在楼上，宫女报李儒至，帝大惊。儒以鸩酒奉帝，帝问何故。儒曰："春日融和，董相国特上寿酒。"太后曰："既云寿酒，汝可先饮。"儒怒曰："汝不饮耶？"呼左右持短刀白练于前曰："寿酒不饮，可领此二物！"唐妃跪告曰："妾身代帝饮酒，愿公存母子性命。"儒叱曰："汝何人，可代王死？"乃举酒与何太后曰："汝可先饮！"后大骂何进无谋，引贼入京，致有今日之祸。儒催逼帝，帝曰："容我与太后作别。"乃大恸而作歌。其歌曰：

◎同是罪人，仍分高低贵贱，人之等级观点何其根深蒂固。

天地易兮日月翻，弃万乘兮退守藩。

为臣逼兮命不久，大势去兮空泪潸！

唐妃亦作歌曰：

皇天将崩兮后土颓，身为帝姬兮命不随。

生死异路兮从此毕，奈何茕速兮心中悲！

歌罢，相抱而哭。李儒叱曰："相国立等回报，汝等俄延，望谁救耶？"太后大骂："董贼逼我母子，皇天不佑！汝等助恶，必当灭族！"儒大怒，双手扯住太后，直撺下楼；叱武士绞死唐妃；以鸩酒灌杀少帝，还报董卓。卓命葬于城外。自此每夜入宫，奸淫宫女，夜宿龙床。尝引军出城，行到阳城地方，时当二月，村民社赛，男女皆集。卓命军士围住，尽皆杀之，掠妇女财物，装载车上，悬头千馀颗于车下，连轸还都，扬言杀贼大胜而回；于城门外焚烧人头，以妇女财物分散众军。

　　越骑校尉伍孚，字德瑜，见卓残暴，愤恨不平，尝于朝服内披小铠，藏短刀，欲伺便杀卓。一日，卓入朝，孚迎至阁下，拔刀直刺卓。卓气力大，两手抠住；吕布便入，揪倒伍孚。卓问曰："谁教汝反？"孚瞪目大喝曰："汝非吾君，吾非汝臣，何反之有？汝罪恶盈天，人人愿得而诛之！吾恨不车裂汝以谢天下！"卓大怒，命牵出剖剐之。孚至死骂不绝口。后人有诗赞之曰：

　　　　汉末忠臣说伍孚，冲天豪气世间无。
　　　　朝堂杀贼名犹在，万古堪称大丈夫！

董卓自此出入常带甲士护卫。

　　时袁绍在渤海，闻知董卓弄权，乃差人赍密书来见王允。书略曰：

◎这是所有的痞子、无赖等流氓无产阶级，也包括农民起义军的领袖们一个朝思夕想的梦。李自成打进北京后，许愿他的军士，从此天天过年。因为过年是中国老百姓最快活的一天，而过年的最大快活，莫过于包饺子和吃饺子。但闯王忘了，饺子可以天天吃，年却不可天天过。一则姑妄听之的传说：李自成的大顺朝，本可以坐四十二年江山，由于他犒赏部下天天过年，一天等于一年，他们在北京城吃了四十二天饺子，只好匆匆忙忙撤退了。

◎问得好！到底谁反谁啊？

◎虽义正词严，但有心无力。让别人去将虎须，袁绍的出息可见。

卓贼欺天废主，人不忍言；而公恣其跋扈，如不听闻，岂报国效忠之臣哉？绍今集兵练卒，欲扫清王室，未敢轻动。公若有心，当乘间图之。如有驱使，即当奉命。

王允得书，寻思无计。一日，于侍班阁子内见旧臣俱在，允曰："今日老夫贱降，晚间敢屈众位到舍小酌。"众官皆曰："必来祝寿。"当晚王允设宴后堂，公卿皆至。酒行数巡，王允忽然掩面大哭。众官惊问曰："司徒贵诞，何故发悲？"允曰："今日并非贱降，因欲与众位一叙，恐董卓见疑，故托言耳。董卓欺主弄权，社稷旦夕难保。想高皇诛秦灭楚，奄有天下；谁想传至今日，乃丧于董卓之手：此吾所以哭也。"于是众官皆哭。坐中一人抚掌大笑曰："满朝公卿，夜哭到明，明哭到夜，还能哭死董卓否？"允视之，乃骁骑校尉曹操也。允怒曰："汝祖宗亦食禄汉朝，今不思报国而反笑耶？"操曰："吾非笑别事，笑众位无一计杀董卓耳。操虽不才，愿即断董卓头，悬之都门，以谢天下。"允避席问曰："孟德有何高见？"操曰："近日操屈身以事卓者，实欲乘间图之耳。今卓颇信操，操因得时近卓。闻司徒有七宝刀一口，愿借与操入相府刺杀之，虽死不恨！"允曰："孟德果有是心，天下幸甚！"遂亲自酌酒奉操。操沥酒设誓，允随取宝刀与之。操藏刀，饮酒毕，即起身辞别众官而去。众官又坐了一回，亦俱散讫。

◎到底与众不同。

◎计谋如此周到，包括退身之术在内，可见其酝酿之久，要比大少爷袁绍空耍嘴皮子不知强多少倍。

次日，曹操佩着宝刀来至相府，问："丞相何在？"从人云："在小阁中。"操径入。见董卓坐于床上，吕布侍立于侧。卓曰："孟德来何迟？"操曰："马赢行迟耳。"卓顾谓布曰："吾有西凉进来好马，奉先可亲去拣一骑赐与孟德。"布领令而出。操暗忖曰："此贼合死！"即欲拔刀刺之，惧卓力大，未敢轻动。卓胖大不耐久坐，遂倒身而卧，转面向内。操又思曰："此贼当休矣！"急掣宝刀在手，恰待要刺，不想董卓仰面看衣镜中，照见曹操在背后拔刀，急回身问曰："孟德何为？"时吕布已牵马至阁外。操惶遽，乃持刀跪下曰："操有宝刀一口，献上恩相。"卓接视之，见其刀长尺馀，七宝嵌饰，极其锋利，果宝刀也；遂递与吕布收了。操解鞘付布。卓引操出阁看马，操谢曰："愿借试一骑。"卓就教与鞍辔。操牵马出相府，加鞭望东南而去。布对卓曰："适来曹操似有行刺之状，及被喝破，故推献刀。"卓曰："吾亦疑之。"正说话间，适李儒至，卓以其事告之。儒曰："操无妻小在京，只独居寓所。今差人往召，如彼无疑而便来，则是献刀；如推托不来，则必是行刺，便可擒而问也。"卓然其说，即差狱卒四人往唤操。去了良久，回报曰："操不曾回寓，乘马飞出东门。门吏问之，操曰'丞相差我有紧急公事'，纵马而去矣。"儒曰："操贼心虚逃窜，行刺无疑矣。"卓大怒曰："我如此重用，反欲害我！"儒曰："此必有同谋者，待

◎《三国志》称曹操"少机警，有权数，而任侠放荡"。这种行刺的事，也只有他干得出来。一个男人，从十六岁起到二十来岁，少年气盛，青春旺发，一种切·格瓦拉式的革命冲动，一种荆轲刺秦王的英雄精神，很容易涌上来，绝对敢做出泼命这种冒险行为来的。

◎此细处不可草草看过，随机应变，灵活透顶。

◎两个绝顶的"聪明人"，在比赛谁更傻。

◎一切安排妥善，均在曹操谋划之中。棋失一招，满盘皆输矣！

◎《三国演义》一书，立足点是在"汉贼不两立"上，对于曹操，能抹黑处，绝不吝笔墨，但像这类浩气不凡的丈夫气慨，视死如归的英雄行为，则惜墨如金。文人之所以被统治者不待见，不喜欢，不高看，不宽容，就因为这种春秋笔法，寓褒贬于字里行间，实在是太影响视听了。

◎矫诏天下，共诛董卓，这个主意始出曹操，而后袁绍坐享其成。摘桃不是种桃人，这是世上太常见的事情了。

◎陈宫也是个有眼力，有卓见的人，从曹操隐名埋姓疑起，便有心契知，寻找共识，此时竟不谋而合矣！其实历史并非如此，这也是编故事者的自由。

拿住曹操便可知矣。"卓遂令遍行文书，画影图形，捉拿曹操：擒献者，赏千金，封万户侯；窝藏者同罪。

且说曹操逃出城外，飞奔谯郡。路经中牟县，为守关军士所获，擒见县令。操言："我是客商，覆姓皇甫。"县令熟视曹操，沉吟半响，乃曰："吾前在洛阳求官时，曾认得汝是曹操，如何隐讳！且把来监下，明日解去京师请赏。"把关军士赐以酒食而去。至夜分，县令唤亲随人暗地取出曹操，直至后院中审究；问曰："我闻丞相待汝不薄，何故自取其祸？"操曰："'燕雀安知鸿鹄志哉！'汝既拿住我，便当解去请赏。何必多问！"县令屏退左右，谓操曰："汝休小觑我。我非俗吏，奈未遇其主耳。"操曰："吾祖宗世食汉禄，若不思报国，与禽兽何异？吾屈身事卓者，欲乘间图之，为国除害耳。今事不成，乃天意也！"县令曰："孟德此行，将欲何往？"操曰："吾将归乡里，发矫诏，召天下诸侯兴兵共诛董卓：吾之愿也。"县令闻言，乃亲释其缚，扶之上坐，再拜曰："公真天下忠义之士也！"曹操亦拜，问县令姓名。县令曰："吾姓陈，名宫，字公台。老母妻子，皆在东郡。今感公忠义，愿弃一官，从公而逃。"操甚喜。是夜陈宫收拾盘费，与曹操更衣易服，各背剑一口，乘马投故乡来。

行了三日，至成皋地方，天色向晚。操以鞭指林深处谓宫曰："此间有一人姓吕，名伯奢，是吾父结义弟兄；就往问家中消息，觅一宿，如何？"宫曰：
"最好。"二人至庄前下马，入见伯奢。奢曰："我闻
朝廷遍行文书，捉汝甚急，汝父已避陈留去了。汝
如何得至此？"操告以前事，曰："若非陈县令，已
粉骨碎身矣。"伯奢拜陈宫曰："小侄若非使君，曹氏
灭门矣。使君宽怀安坐，今晚便可下榻草舍。"说罢，
即起身入内。良久乃出，谓陈宫曰："老夫家无好酒，
容往西村沽一樽来相待。"言讫，匆匆上驴而去。

　　操与宫坐久，忽闻庄后有磨刀之声。操曰："吕伯
奢非吾至亲，此去可疑，当窃听之。"二人潜步入草堂
后，但闻人语曰："缚而杀之，何如？"操曰："是矣！
今若不先下手，必遭擒获。"遂与宫拔剑直入，不问
男女，皆杀之，一连杀死八口。搜至厨下，却见缚一
猪欲杀。宫曰："孟德心多，误杀好人矣！"急出庄上
马而行。行不到二里，只见伯奢驴鞍前鞒悬酒二瓶，
手携果菜而来，叫曰："贤侄与使君何故便去？"操曰：
"被罪之人，不敢久住。"伯奢曰："吾已分付家人宰一
猪相款，贤侄、使君何憎一宿？速请转骑。"操不顾，
策马便行。行不数步，忽拔剑复回，叫伯奢曰："此来
者何人？"伯奢回头看时，操挥剑砍伯奢于驴下。宫
大惊曰："适才误耳，今何为也？"操曰："伯奢到家，
见杀死多人，安肯干休？若率众来追，必遭其祸矣。"
宫曰："知而故杀，大不义也！"操曰："宁教我负天
下人，休教天下人负我。"陈宫默然。

◎愿弃一官，从公而逃，这固然是陈宫的汉子行为，但也要看到曹操那种罗曼蒂克精神，是多么具有吸引力。革命年代的向往和响应，也会成为一种很时尚的追求。

◎不辨是非，无论良莠，一个劲地杀将过去，在劫难逃，这是国人在厮杀中最残忍的一面。

◎你不能说他想的没道理。但一错再错，错到底，这种坚持不改，极为别扭的心态，太可恶。有的比曹操至少要逃命的理由还不充分，甚至只是面子上下不来，也愣是不肯服输，梗着脖子在那儿振振有词错也错得正确呢！

◎陈宫默然，种下二人一世隔膜。

当夜，行数里，月明中敲开客店门投宿。喂饱了马，曹操先睡。陈宫寻思："我将谓曹操是好人，弃官跟他；原来是个狼心之徒！今日留之，必为后患。"便欲拔剑来杀曹操。正是：

　　设心狠毒非良士，操卓原来一路人。

毕竟曹操性命如何，且听下文分解。

◎他敢亮出观点，比那些用美丽言辞掩盖住的鬼蜮伎俩，有勇气得多。

曹操行事之急，出手之快，效率之高，感情色彩之浓，为历来论三国者所忽略。那是理解曹操的入手处，因而民谚才有"说到曹操，曹操就到"的成语。其实这一回的"刺董"，虽然于史无据，却形象地表现出曹操这种进攻型的强势性格。众人皆哭他独笑，他这一笑，如钱江涌潮，如黄河冰裂，就是要打破消沉压抑、株坐待毙的局面。

别看此时的曹操角色不是很大，心怀却是不小，宝刀尚未到手，行刺之计已存，这就是反应迅捷、冲动好斗、事在人先、不肯认输的曹操风格，也是他后来终身戎旅，一生打仗，从来总是开第一枪的原因。而且他身段轻巧，行动洒脱，腾挪周转，得心应手，打得赢则打，打不赢则撤。"刺董"不成，马上借词逃出相府，了无影踪，跳出逆境，另觅新天。

那两个猪队友，董卓和吕布还在琢磨曹操是否有行刺嫌疑，他老兄早就逃到百里开外的河南中牟。于是有了"捉放曹"，于是有了"宁教我负天下人，休教天下人负我"的故事。虽然，陈寿的《三国志》俱不载，但《三国演义》中这位中牟县令，捉了曹操，竟然被其大义感动，可见言谈不俗、举止不凡的曹操，那份人格魅力，何其令人着迷。结果，陈宫不仅放了曹操，还弃官，追随他的反董大业而去。

曹操多才多艺，能歌善舞，喜音乐，尤擅马背上的颠扑舞，书法也极为出色，艺文领域，无他不涉及者。按当下说法，曹操应该属于胆汁质或多血质的气质类型，能够很快地进入热情豪爽、反应敏捷、行动迅速、出手奇快的状态，但因多疑善变，情绪波动，思虑过度，易被影响，也能在危急严重情况下，缺乏缜密思考而错误决策。错杀吕伯奢一家，就是这种性格所致的悲剧了。晋人孙盛在《杂记》中曰："太祖闻其食器声，以为图己，遂夜杀之。既而凄怆曰：'宁我负人，毋人负我！'遂行。""凄怆"二字，道出孟德心态。

第 五 回

发矫诏诸镇应曹公
破关兵三英战吕布

　　董卓进洛阳，则洛阳亡，而洛阳亡，当然就是东汉亡，于是大小诸侯不干了，别以为全国十八镇诸侯多么热爱这个国家，多么关心这个政权，只是东汉末年，人心思乱，大家都希望乱中夺权，壮大自己。只是因为董卓改变了游戏规则，他吃独食，霸住整桌筵席，不让别人上桌，唯我独尊，擅作威福，恣意而为，于是，曹操发起，袁绍主盟，讨伐董卓的十八路诸侯联盟，终于举起义旗。

　　凡因为什么原因，临时聚集在一起，想做些什么的组合，其成员，必然是有使命感者少，不来白不来者多，具主动性者少，站着看热闹瞎吆喝者多，还没交战几合，内部阵脚先乱，出力者，吃亏者，惜力者，得益者，内部就先不和起来。而窝里斗，是中国人最热衷而且无师自通的把戏。这当中，除了积极性最高涨、革命性最坚决的曹操，力主大义，照顾全局外，也只有刚刚露面，稍有怯色的刘、关、张服从组织，听从调度。张飞出于义愤，说了两句正直之言，竟遭到主帅副手袁术的无理声斥，曹操看不过去，连忙给这三兄弟送去酒肉，以示安抚，可见他知人择任、主持全局的组织才能。

　　然而，董卓不傻，听其婿李儒之计，弃洛阳而奔长安，离他老家西凉更近，留下中原，由着这帮诸侯自相残杀。果然，不出所料，因为在这个世界上，两条狗，二十根骨头，是打不起来的；二十条狗，只有两根骨头，就会狗咬狗一嘴毛了。这会盟的十七路诸侯，利之所趋，害之所避，逞巧夺豪取，先得为快；奈何粥少僧多，狼多肉少，便挑肥拣瘦，抓尖卖快。这就是后董卓时期，关中军阀战乱不停的原因。

　　《三国演义》这部小说的头一句脍炙人口的话"分久必合，合久必分"，应该说是我们中国人数千年看透世事的哲理结晶，若细细从历史和现实去品味的话，这八个字可以说是参透沧桑变化的精髓之语。所以，悟透一些分合聚散的辩证法，对复杂变化的大千世界多一层理解，吃透纷乱中的本质，免受表面现象迷惑，不也是件益智的好事么？

◎《三国演义》一书，反复强调一个"义"字。在国人心目中，"义"是为人处世的一个衡量界定标准。而"义"的内涵，又因时因事因人因境有所侧重，虽大同小异但公道自在人心。从本质上看，仁和义，是中国人的人道主义。

◎有板有眼，曹操是成大事的人物。在此董卓专权、群龙无首的情况下，能够领袖群伦者，也只有他堪当大任焉！

　　却说陈宫临欲下手杀曹操，忽转念曰："我为国家跟他到此，杀之不义。不若弃而他往。"插剑上马，不等天明，自投东郡去了。操觉，不见陈宫，寻思："此人见我说了这两句，疑我不仁，弃我而去；吾当急行，不可久留。"遂连夜到陈留，寻见父亲，备说前事；欲散家资，招募义兵。父言："资少恐不成事。此间有孝廉卫弘，疏财仗义，其家巨富；若得相助，事可图矣。"

　　操置酒张筵，拜请卫弘到家，告曰："今汉室无主，董卓专权，欺君害民，天下切齿。操欲力扶社稷，恨力不足。公乃忠义之士，敢求相助！"卫弘曰："吾有是心久矣，恨未遇英雄耳。既孟德有大志，愿将家资相助。"操大喜；于是先发矫诏，驰报各道，然后招集义兵，竖起招兵白旗一面，上书"忠义"二字。不数日间，应募之士，如雨骈集。

　　一日，有一个阳平卫国人，姓乐，名进，字文谦，来投曹操。又有一个山阳巨鹿人，姓李，名典，字曼成，也来投曹操。操皆留为帐前吏。又有沛国谯人夏侯惇，字元让，乃夏侯婴之后；自小习枪棒，年十四从师学武，有人辱骂其师，惇杀之，逃于外方；闻知曹操起兵，与其族弟夏侯渊两个，各引壮士千人来会。此二人本操之弟兄：操父曹嵩原是夏侯氏之子，过房与曹家，因此是同族。不数日，曹氏兄弟曹仁、曹洪各引兵千余来助。曹仁字子孝，曹洪字子廉：二人弓马熟娴，武艺精通。操大喜，于村中调练军马。卫弘尽出家财，置办衣甲旗幡。四方送粮食者，不计其数。

　　时袁绍得操矫诏，乃聚麾下文武，引兵三万，离渤海来与曹操会盟。操作檄文以达诸郡。檄文曰：

　　　　操等谨以大义布告天下：董卓欺天罔地，灭国弑君；秽乱宫禁，残害生灵；狼戾不仁，罪恶充积！今奉天子密诏，大集义兵，誓欲扫清华夏，剿戮群凶。望兴义师，共泄公愤；扶持王室，拯救黎民。檄文到日，可速奉行！

操发檄文去后，各镇诸侯皆起兵相应：第一镇，后将军南阳太守袁术。第二镇，冀州刺史韩馥。第三镇，豫州刺史孔伷。第四镇，兖州刺史刘岱。第五镇，河内郡太守王匡。第六镇，陈留太守张邈。第七镇，东郡太守乔瑁。第八镇，山阳太守袁遗。第九镇，济北相鲍信。第十镇，北海太守孔融。第十一镇，广陵太守张超。第十二镇，徐州刺史陶谦。第十三镇，西凉太守马腾。第十四镇，北平太守公孙瓒。第十五镇，上党太守张杨。第十六镇，乌程侯长沙太守孙坚。第十七镇，祁乡侯渤海太守袁绍。诸路军马，多少不等，有三万者，有一二万者，各领文官武将，投洛阳来。

◎袁绍不敢振臂一呼，只配做一个响应的角色了。

◎陈寿称曹操"明略最优"，他登高一呼，海内响应，十七路诸侯闻风而动，这充分说明了他是一个善于运筹帷幄的帅才。

◎一般脱口而出都是十八路，这缺少的一路，为荆州太守刘表。因为刘表早年追随党锢人士，受到牵连，董卓上台后，邀买人心，为党锢遭殃者平反，刘表是得益者，这样，他的荆州太守也得到董卓当局认可，所以，曹操会盟讨卓，他就要好脱滑了。（另有一说为益州刘焉，不知孰是。）

◎此时刘备人单力薄，官职卑微，算不上一方诸侯，连收到一份檄文的资格还没有。从小说写法来讲，便是先抑后扬了。

◎全是识人最优的曹操一手策划的。

◎曹操有曹操的全局考虑，不做盟主，固然可敬；但他却没有想到他的这位朋友，能否担此重任。"太祖到酸枣，诸军兵十余万，日置酒高会，不图进取，太祖责让之。"袁绍一生，鲜有成事之举，所选非人，必败无疑矣！

　　且说北平太守公孙瓒，统领精兵一万五千，路经德州平原县。正行之间，遥见桑树丛中，一面黄旗，数骑来迎。瓒视之，乃刘玄德也。瓒问曰："贤弟何故在此？"玄德曰："旧日蒙兄保备为平原县令，今闻大军过此，特来奉候，就请兄长入城歇马。"瓒指关、张而问曰："此何人也？"玄德曰："此关羽、张飞，备结义兄弟也。"瓒曰："乃同破黄巾者乎？"玄德曰："皆此二人之力。"瓒曰："今居何职？"玄德答曰："关羽为马弓手，张飞为步弓手。"瓒叹曰："如此可谓埋没英雄！今董卓作乱，天下诸侯共往诛之。贤弟可弃此卑官，一同讨贼，力扶汉室，若何？"玄德曰："愿往。"张飞曰："当时若容我杀了此贼，免有今日之事。"云长曰："事已至此，即当收拾前去。"

　　玄德、关、张引数骑跟公孙瓒来，曹操接着。众诸侯亦陆续皆至，各自安营下寨，连接二百馀里。操乃宰牛杀马，大会诸侯，商议进兵之策。太守王匡曰："今奉大义，必立盟主；众听约束，然后进兵。"操曰："袁本初四世三公，门多故吏，汉朝名相之裔，可为盟主。"绍再三推辞。众皆曰："非本初不可。"绍方应允。次日筑台三层，遍列五方旗帜，上建白旄黄钺，兵符将印，请绍登坛。绍整衣佩剑，慨然而上，焚香再拜。其盟曰：

汉室不幸，皇纲失统。贼臣董卓，乘
衅纵害，祸加至尊，虐流百姓。绍等惧社
稷沦丧，纠合义兵，并赴国难。凡我同盟，
齐心戮力，以致臣节，必无二志。有渝此盟，
俾坠其命，无克遗育。皇天后土，祖宗明灵，
实皆鉴之！

◎口号总是喊得响亮，行动则未必干得漂亮。

读毕，歃血。众因其辞气慷慨，皆涕泗横流。歃血已罢，下坛。众扶绍升帐而坐，两行依爵位年齿分列坐定。操行酒数巡，言曰："今日既立盟主，各听调遣，同扶国家，勿以强弱计较。"袁绍曰："绍虽不才，既承公等推为盟主，有功必赏，有罪必罚。国有常刑，军有纪律；各宜遵守，勿得违犯。"众皆曰："惟命是听。"绍曰："吾弟袁术总督粮草，应付诸营，无使有缺。更须一人为先锋，直抵汜水关挑战。馀各据险要，以为接应。"

长沙太守孙坚出曰："坚愿为前部。"绍曰："文台勇烈，可当此任。"坚遂引本部人马杀奔汜水关来。守关将士，差流星马往洛阳丞相府告急。董卓自专大权之后，每日饮宴。李儒接得告急文书，径来禀卓。卓大惊，急聚众将商议。温侯吕布挺身出曰："父亲勿虑。关外诸侯，布视之如草芥；愿提虎狼之师，尽斩其首，悬于都门。"卓大喜曰："吾有奉先，高枕无忧矣！"言未绝，吕布背后一人高声出曰："'割鸡

◎袁绍袁术，其实这一对难兄难弟，不过了了之辈。所以他只有选他，草包物色草包，混账相中混账，这一点不必诧异。过去如此，后来也未必不如此，这是汰优存劣的传统，也是社会退化的必然。一出戏，没有丑角，是很冷清的。因此，历史呼唤英雄的同时，也会招徕跳梁小丑，二袁就是这样应运而生的怪胎。《三国演义》一开头，如果没有这对让人哭笑不得的丑角，恐怕就不很热闹了。大概每个时代，都会有这类出点洋相、闹点笑话的宝贝，否则，一部历史书就显得太沉闷了。

◎封建社会里的门阀、等级、余荫、世袭制度，是这对草包兄弟登上高位的保证。虽然这是老调重弹，很是让人反感了；但有时候，已成幽灵的陈旧垃圾，也未必不会被人重新粉刷，包装登场。曹操从他早年任洛阳北部尉起，就反豪强，蔑权贵，表明了他对这种老调子的厌恶。"造五色棒，有犯禁者，不避豪强，皆棒杀之。后数月，灵帝爱幸小黄门蹇硕叔父夜行，即杀之。"每个时代总要发出它自己的最强音，那种悖谬的陈腔老调，早晚要画上休止符的。

◎王夫之在《读通鉴论卷九》中，对孙坚评价曰，当斯时也，可不谓皭然于青天白日之下而无惭夫？故天下皆举兵向卓，而能以躯命与卓争生死者，坚而已矣。

焉用牛刀？'不劳温侯亲往。吾斩众诸侯首级，如探囊取物耳！"卓视之，其人身长九尺，虎体狼腰，豹头猿臂；关西人也，姓华，名雄。卓闻言大喜，加为骁骑校尉，拨马步军五万，同李肃、胡轸、赵岑星夜赴关迎敌。

众诸侯内有济北相鲍信，寻思孙坚既为前部，怕他夺了头功，暗拨其弟鲍忠，先将马步军三千，径抄小路，直到关下搦战。华雄引铁骑五百，飞下关来，大喝："贼将休走！"鲍忠急待退，被华雄手起刀落，斩于马下，生擒将校极多。华雄遣人赍鲍忠首级来相府报捷，卓加雄为都督。

却说孙坚引四将直至关前。那四将？——第一个，右北平土垠人，姓程，名普，字德谋，使一条铁脊蛇矛；第二个，姓黄，名盖，字公覆，零陵人也，使铁鞭；第三个，姓韩，名当，字义公，辽西令支人也，使一口大刀；第四个，姓祖，名茂，字大荣，吴郡富春人也，使双刀。孙坚披烂银铠，裹赤帻，横古锭刀，骑花鬃马，指关上而骂曰："助恶匹夫，何不早降！"华雄副将胡轸引兵五千出关迎战。程普飞马挺矛，直取胡轸。斗不数合，程普刺中胡轸咽喉，死于马下。坚挥军直杀至关前，关上矢石如雨。孙坚引兵回至梁东屯住，使人于袁绍处报捷，就于袁术处催粮。

或说术曰："孙坚乃江东猛虎；若打破洛阳，杀了董卓，正是除狼而得虎也。今不与粮，彼军必散。"
术听之，不发粮草。孙坚军缺食，军中自乱，细作报
上关来。李肃为华雄谋曰："今夜我引一军从小路下
关，袭孙坚寨后，将军击其前寨，坚可擒矣。"雄从
之，传令军士饱餐，乘夜下关。是夜月白风清。到坚
寨时，已是半夜，鼓噪直进。坚慌忙披挂上马，正遇
华雄。两马相交，斗不数合，后面李肃军到，竟天价
放起火来。坚军乱窜。众将各自混战，止有祖茂跟定
孙坚，突围而走。背后华雄追来。坚取箭，连放两箭，
皆被华雄躲过。再放第三箭时，因用力太猛，拽折了
鹊画弓，只得弃弓纵马而奔。祖茂曰："主公头上赤
帻射目，为贼所认识。可脱帻与某戴之。"坚就脱帻
换茂盔，分两路而走。雄军只望赤帻者追赶，坚乃从
小路得脱。祖茂被华雄追急，将赤帻挂于人家烧不尽
的庭柱上，却入树林潜躲。华雄军于月下遥见赤帻，
四面围定，不敢近前。用箭射之，方知是计，遂向前
取了赤帻。祖茂于林后杀出，挥双刀欲劈华雄；雄大
喝一声，将祖茂一刀砍于马下。杀至天明，雄方引兵
上关。

　　程普、黄盖、韩当都来寻见孙坚，再收拾军马屯
扎。坚为折了祖茂，伤感不已，星夜遣人报知袁绍。
绍大惊曰："不想孙文台败于华雄之手！"便聚众诸
侯商议。众人都到，只有公孙瓒后至，绍请入帐列坐。
绍曰："前日鲍将军之弟不遵调遣，擅自进兵，杀身

◎这类最常见，也是最笨拙的手法，也只有袁术这类低智商者最乐用。

◎孙文台实为讨卓的主力，演义者为了把华雄的脑袋留下来，以便突出关羽的英勇，便把这位"破虏将军"写得有些不堪了。

◎虚晃一招。

丧命，折了许多军士；今者孙文台又败于华雄：挫动锐气，为之奈何？"诸侯并皆不语。绍举目遍视，见公孙瓒背后立着三人，容貌异常，都在那里冷笑。绍问曰："公孙太守背后何人？"瓒呼玄德出曰："此吾自幼同舍兄弟，平原令刘备是也。"曹操曰："莫非破黄巾刘玄德乎？"瓒曰："然。"即令刘玄德拜见。瓒将玄德功劳，并其出身，细说一遍。绍曰："既是汉室宗派，取坐来。"命坐。备逊谢。绍曰："吾非敬汝名爵，吾敬汝是帝室之胄耳。"玄德乃坐于末位，关、张叉手侍立于后。

忽探子来报："华雄引铁骑下关，用长竿挑着孙太守赤帻，来寨前大骂搦战。"绍曰："谁敢去战？"袁术背后转出骁将俞涉曰："小将愿往。"绍喜，便著俞涉出马。即时报来："俞涉与华雄战不三合，被华雄斩了。"众大惊。太守韩馥曰："吾有上将潘凤，可斩华雄。"绍急令出战。潘凤手提大斧上马。去不多时，飞马来报："潘凤又被华雄斩了。"众皆失色。绍曰："可惜吾上将颜良、文丑未至！得一人在此，何惧华雄！"言未毕，阶下一人大呼出曰："小将愿往斩华雄头，献于帐下！"众视之，见其人身长九尺，髯长二尺，丹凤眼，卧蚕眉，面如重枣，声如巨钟，立于帐前。绍问何人。公孙瓒曰："此刘玄德之弟关羽也。"绍问现居何职。瓒曰："跟随刘玄德充马弓手。"帐上袁术大喝曰："汝欺吾众诸侯无大将耶？

◎至今一见带"长"字的，或与"长"字有关者，便慌不迭打恭作揖的人，十之八九，不是好货。

◎写华雄，其实是写关羽。

◎颜良、文丑两员上将都不同行，你袁绍来会个什么盟？

◎凡空心大老官，除吓唬人外，狗屁不是，所以只有靠两眼冲天，盛气凌人，双手叉腰，支撑着那个架子。

量一弓手，安敢乱言！与我打出！"曹操急止之曰：
"公路息怒。此人既出大言，必有勇略；试教出马，
如其不胜，责之未迟。"袁绍曰："使一弓手出战，
必被华雄所笑。"操曰："此人仪表不俗，华雄安知
他是弓手？"关公曰："如不胜，请斩某头。"操教
酾热酒一杯，与关公饮了上马。关公曰："酒且斟下，
某去便来。"出帐提刀，飞身上马。众诸侯听得关外
鼓声大振，喊声大举，如天摧地塌，岳撼山崩，众
皆失惊。正欲探听，鸾铃响处，马到中军，云长提
华雄之头，掷于地上。——其酒尚温。后人有诗赞
之曰：

　　　威镇乾坤第一功，辕门画鼓响冬冬。
　　　云长停盏施英勇，酒尚温时斩华雄。

曹操大喜。只见玄德背后转出张飞，高声大叫："俺
哥哥斩了华雄，不就这里杀入关去，活拿董卓，更
待何时！"袁术大怒，喝曰："俺大臣尚自谦让，量
一县令手下小卒，安敢在此耀武扬威！都与赶出帐
去！"曹操曰："得功者赏，何计贵贱乎？"袁术曰：
"既然公等只重一县令，我当告退。"操曰："岂可因
一言而误大事耶？"命公孙瓒且带玄德、关、张回寨。
众官皆散。曹操暗使人赍牛酒抚慰三人。
　却说华雄手下败军，报上关来。李肃慌忙写告急

◎袁氏兄弟的用人路线，"才""德"
不问，只重一个"资"字，倒也投某
些人的胃口。"资"这个东西，既可
以作为资历，表明有经验，也可以作
为资本，用来再投资。在更多的情况
下，"资"最终要成为尾大不掉的赘
物，成为公害，势所必然。

文书，申闻董卓。卓急聚李儒、吕布等商议。儒曰："今失了上将华雄，贼势浩大。袁绍为盟主，绍叔袁隗，现为太傅；倘或里应外合，深为不便，可先除之。请丞相亲领大军，分拨剿捕。"卓然其说，唤李傕、郭汜领兵五百，围住太傅袁隗家，不分老幼，尽皆诛绝，先将袁隗首级去关前号令。卓遂起兵二十万，分为两路而来：一路先令李傕、郭汜引兵五万，把住汜水关，不要厮杀；卓自将十五万，同李儒、吕布、樊稠、张济等守虎牢关。这关离洛阳五十里。军马到关，卓令吕布领三万军，去关前扎住大寨。卓自在关上屯住。

流星马探听得，报入袁绍大寨里来。绍聚众商议。操曰："董卓屯兵虎牢，截俺诸侯中路，今可勒兵一半迎敌。"绍乃分王匡、乔瑁、鲍信、袁遗、孔融、张杨、陶谦、公孙瓒八路诸侯，往虎牢关迎敌。操引军往来救应。八路诸侯，各自起兵。河内太守王匡，引兵先到。吕布带铁骑三千，飞奔来迎。王匡将军马列成阵势，勒马门旗下看时，见吕布出阵：头戴三叉束发紫金冠，体挂西川红锦百花袍，身披兽面吞头连环铠，腰系勒甲玲珑狮蛮带；弓箭随身，手持画戟，坐下嘶风赤兔马：果然是"人中吕布，马中赤兔"！王匡回头问曰："谁敢出战？"后面一将，纵马挺枪而出。匡视之，乃河内名将方悦。两马相交，无五合，被吕布一戟刺于马下，挺戟直冲过来。匡军大败，四散奔走。布东西冲杀，如入无人之境。幸得乔瑁、

◎在中国古典小说中，能通过写兵器写出人物性格色彩，写出有声有色的情节，写出精彩好看的戏剧，数《三国演义》中写吕布手中这支画戟，和关羽那把青龙偃月刀。能与之比拟的，也就是《西游记》里孙悟空的金箍棒了，余者均不足道也。

袁遗两军皆至，来救王匡，吕布方退。三路诸侯，各折了些人马，退三十里下寨。随后五路军马都至，一处商议，言吕布英雄，无人可敌。

正虑间，小校报来："吕布搦战。"八路诸侯，一齐上马。军分八队，布在高冈。遥望吕布一簇军马，绣旗招飐，先来冲阵。上党太守张杨部将穆顺，出马挺枪迎战，被吕布手起一戟，刺于马下。众大惊。北海太守孔融部将武安国，使铁锤飞马而出。吕布挥戟拍马来迎。战到十馀合，一戟砍断安国手腕，弃锤于地而走。八路军兵齐出，救了武安国。吕布退回去了。众诸侯回寨商议。曹操曰："吕布英勇无敌，可会十八路诸侯，共议良策。若擒了吕布，董卓易诛耳。"

正议间，吕布复引兵搦战。八路诸侯齐出。公孙瓒挥槊亲战吕布。战不数合，瓒败走。吕布纵赤兔马赶来。那马日行千里，飞走如风。看看赶上，布举画戟望瓒后心便刺。傍边一将，圆睁环眼，倒竖虎须，挺丈八蛇矛，飞马大叫："三姓家奴休走！燕人张飞在此！"吕布见了，弃了公孙瓒，便战张飞。飞抖擞精神，酣战吕布。连斗五十馀合，不分胜负。云长见了，把马一拍，舞八十二斤青龙偃月刀，来夹攻吕布。三匹马丁字儿厮杀。战到三十合，战不倒吕布。刘玄德掣双股剑，骤黄鬃马，刺斜里也来助战。这三个围住吕布，转灯儿般厮杀。八路人马，都看得呆了。吕布架隔遮拦不定，看着玄德面上，虚刺一戟，玄德

◎张飞也不全是粗线条，亏他想得出来这种称呼。不过，"三姓家奴"式的人物，并不随吕布白门楼殒命而绝迹，有奶便是娘之流，甚至有愈来愈繁衍孳生之势。

◎在《三国演义》里，吕布是一个塑造得十分成功的人物形象。写出他的勇、他的容、他的情、他的爱，但也写出他的无谋、他的多变、他的无耻、他的认贼作父。然而在千古读者的心目中，他的飒爽英姿，他的世人无敌，却是最深刻、最突出的印象，加上读者的再创作，往往不是作者所能预计的。若不是他太累太困，在椅子打了个盹，十个曹操也缚不住他这头猛虎。小说中的人物，能够跳出小说，形成一个全新的自己，乃这部小说中最成功的一笔。

急闪。吕布荡开阵角，倒拖画戟，飞马便回。三个那里肯舍，拍马赶来。八路军兵，喊声大震，一齐掩杀。吕布军马望关上奔走；玄德、关、张随后赶来。古人曾有篇言语，单道着玄德、关、张三战吕布：

汉朝天数当桓灵，炎炎红日将西倾。
奸臣董卓废少帝，刘协懦弱魂梦惊。
曹操传檄告天下，诸侯奋怒皆兴兵。
议立袁绍作盟主，誓扶王室定太平。
温侯吕布世无比，雄才四海夸英伟。
护躯银铠砌龙鳞，束发金冠簪雉尾。
参差宝带兽平吞，错落锦袍飞凤起。
朋驹跳踏起天风，画戟荧煌射秋水。
出关搦战谁敢当？诸侯胆裂心惶惶。
踊出燕人张翼德，手持蛇矛丈八枪。
虎须倒竖翻金线，环眼圆睁起电光。
酣战未能分胜败，阵前恼起关云长。
青龙宝刀灿霜雪，鹦鹉战袍飞蛱蝶。
马蹄到处鬼神嚎，目前一怒应流血。
枭雄玄德掣双锋，抖擞天威施勇烈。
三人围绕战多时，遮拦架隔无休歇。
喊声震动天地翻，杀气迷漫牛斗寒。
吕布力穷寻走路，遥望家山拍马还。
倒拖画杆方天戟，乱散销金五彩幡。

　　顿断绒绦走赤兔，翻身飞上虎牢关。

　　三人直赶吕布到关下，看见关上西风飘动青罗伞盖。张飞大叫："此必董卓！追吕布有甚强处？不如先拿董贼，便是斩草除根！"拍马上关，来擒董卓。正是：

　　擒贼定须擒贼首，奇功端的待奇人。

未知胜负如何，且听下文分解。

　　曹操的祖父曹腾为宦官，曹操的父亲为曹腾的养子曹嵩。《三国志》说："官至太尉，莫能审其生出本末。"因此，曹操的宦官祖父，是他一出生后就感到的出身压力。中国汉代的一个出身于宦官之家、一个生来就有劣迹的人，能够发起矫诏反董，组成联军，这就是他和这个制度斗争初步成功的结果。然而，他终于不任司令，而袁绍却当仁不让地上位，大家不说，然而心里都明白。袁家四世三公，脸大。

　　祖父还是中常侍，还是宦官的他，他要是自荐为盟主的话，众诸侯未必会齐声曰"非孟德不可"了。所以，在联盟誓师大会上，刘关张三位，连个凳子也不得坐，只有站在公孙瓒背后的份，大概也就只能这样安排了，可见门第出身，以定尊卑贵贱，流毒之深，为患之广了。

　　两汉四百年，从刘邦"非刘莫王"的分封制出现，实际是秦始皇的"郡县制"的反动。"郡县制"是由中央政府任命，而"分封制"是世袭的，由于世袭，门阀和世族也由此萌发成势。由于分封王的世代传承，帝国的裂解，便不可避免。这也是曹操一生着意摧毁门阀制度、打倒士族集团垄断、消灭名士清流操纵、杀戮高门豪族领袖的根源所在。他应该算是中国历史上进行政治改革第一人。

　　陈寅恪说过："夫曹孟德者，旷世之枭杰也。其在汉末，欲取刘氏之皇位而代之，则必先摧破其劲敌士大夫阶级精神上之堡垒，即汉代传统之儒家思想，然后可以成功。读史者于曹孟德使诈使贪，唯议其私人之过失，而不知实有转移数百年世局之作用，非仅一时一事之关系也。"至于他是否"欲取刘氏之皇位"，于史无证，姑且不论。但他"先摧破其劲敌士大夫阶级精神上之堡垒"，则是他一生努力的目标。

第 六 回

焚金阙董卓行凶
匿玉玺孙坚背约

　　《薤露》属于乐府《相和歌·相和曲》歌辞，原先它与《蒿里》都是古人出丧时唱的歌，相传齐国的田横不肯降汉，自杀身亡，其门人作了这两首歌来表示悲哀。

　　曹操写了两首诗，记叙了洛阳这座王城的死亡，和随后因战乱而产生的灭绝性死亡，其性质就是挽歌。

　　其一曰《薤露行》："惟汉廿二世，所任诚不良。沐猴而冠带，知小而谋强。犹豫不敢断，因狩执君王。白虹为贯日，己亦先受殃。贼臣持国柄，杀主灭宇京。荡覆帝基业，宗庙以燔丧。播越西迁移，号泣而且行。瞻彼洛城郭，微子为哀伤。"

　　其二曰《蒿里行》："关东有义士，兴兵讨群凶。初期会盟津，乃心在咸阳。军合力不齐，踌躇而雁行。势利使人争，嗣还自相戕。淮南弟称号，刻玺于北方。铠甲生虮虱，万姓以死亡。白骨露于野，千里无鸡鸣。生民百遗一，念之断人肠。"

　　初平元年春正月，诸侯会盟。"二月，卓闻兵起，乃徙天子都长安。"他一面焚烧洛阳城池、宫殿，一面强逼居民数十万，在军队押解下，随之迁移长安，其军则抢劫烧掠，无恶不作，结果，他扔下这块骨头，让反董盟军抢去，而盟军所见乃是一片赤土、略无人烟的洛阳。

　　曹操一生，是战争的一生，但他写的战争诗，却只有这两首，更像是一首诗的上、下阕。前者，写了一座大城市的毁灭；后者，则是战争给老百姓造成的灾难。当然，他也许写得更多，但是因为别的缘故而未能流传下来，仅《薤露行》的结尾"瞻彼洛城郭，微子为哀伤"，和《蒿里行》的结尾"生民百遗一，念之断人肠"，就充分体现了诗人以诗写史、以诗为史的广阔情怀，他不是为公元二世纪写，而是为千秋万代写。

　　曹操是诗人，人所公知，而且是大诗人，也鲜少有人争论。

　　记住《薤露行》，这是中国第一场最为惨无人道的屠城，记住《蒿里行》，那是中国人第一次接近亡国灭种的时刻，"生民百遗一"啊，这才是诗的价值所在。文学一旦进入象牙之塔，养尊处优起来，天长日久以后，历史是不大容易记住的。

却说张飞拍马赶到关下，关上矢石如雨，不得进而回。八路诸侯，同请玄德、关、张贺功，使人去袁绍寨中报捷。

绍遂移檄孙坚，令其进兵。坚引程普、黄盖至袁术寨中相见。坚以杖画地曰："董卓与我本无仇隙，今我奋不顾身，亲冒矢石来决死战者，上为国家讨贼，下为将军家门之私。而将军却听谗言，不发粮草，致坚败绩，将军何安？"术惶恐无言，命斩进谗之人，以谢孙坚。忽人报坚曰："关上有一将乘马来寨中，要见将军。"坚辞袁术，归到本寨。唤来问时，乃董卓爱将李傕。坚曰："汝来何为？"傕曰："丞相所敬者，惟将军耳。今特使傕来结亲。丞相有女，欲配将军之子。"坚大怒，叱曰："董卓逆天无道，荡覆汉室，吾欲夷其九族以谢天下，安肯与逆贼结亲耶！吾不斩汝，汝当速去，早早献关，饶你性命。倘若迟误，粉骨碎身！"

李傕抱头鼠窜回见董卓，说孙坚如此无礼。卓怒，问李儒。儒曰："温侯新败，兵无战心。不若引兵回洛阳，迁帝于长安，以应童谣。近日街市童谣曰：'西头一个汉，东头一个汉。鹿走入长安，方可无斯难。'臣思此言：'西头一个汉'，乃应高祖旺于西都长安，传一十二世；'东头一个汉'，乃应光武旺于东都洛阳，今亦传十二帝。天运合回。丞相迁回长安，乃保无虞。"卓大喜曰："非汝言，吾实不

◎和草包理论，纯粹是白费唾沫！

◎联姻，从来是一种行之有效的谋术。中外古今，上自皇亲国戚，下至平头百姓，都不教自会，很善于运用的。

◎孙坚不是无识见之人，将来孙刘可以联姻，眼下绝不会与董卓结亲的。他不傻！

◎卓之恶，无不由儒而生。人以群分，物以类聚，臭肉招苍蝇，恶人周围必有小人纠结，是不值得奇怪的。

◎最怕的就是这种置国家于股掌之上，陷民众于水火之中，遂一己之欲的政治实验，领袖人物博弈式的轻率，热昏式的任性，必造成贻患无穷的后果。

◎所有这类冠冕堂皇的漂亮语词，背后都藏着独裁者的私念。此类壮语，万不可信，切记切记！

悟。"遂引吕布星夜回洛阳，商议迁都。聚文武于朝堂。卓曰："汉东都洛阳三百余年，气数已衰。吾观旺气，实在长安。吾欲奉驾西幸，汝等各宜促装！"司徒杨彪曰："关中残破零落，今无故捐宗庙、弃皇陵，恐百姓惊动。天下动之至易，安之至难，望丞相鉴察。"卓怒曰："汝阻国家大计耶？"太尉黄琬曰："杨司徒之言是也。往者王莽篡逆，更始赤眉之时，焚烧长安，尽为瓦砾之地；更兼人民流移，百无一二。今弃宫室而就荒地，非所宜也。"卓曰："关东贼起，天下播乱。长安有崤函之险，更近陇右，木石砖瓦克日可办，宫室营造不须月余。汝等再休乱言。"司徒荀爽谏曰："丞相若欲迁都，百姓骚动不宁矣。"卓大怒曰："吾为天下计，岂惜小民哉！"即日罢杨彪、黄琬、荀爽为庶民。卓出上车，只见二人望车而揖。视之，乃尚书周毖、城门校尉伍琼也。卓问有何事，毖曰："今闻丞相欲迁都长安，故来谏耳。"卓大怒曰："我始初听你两个，保用袁绍；今绍已反，是汝等一党！"叱武士推出都门斩首。遂下令迁都，限来日便行。

李儒曰："今钱粮缺少，洛阳富户极多，可籍没入宫。但是袁绍等门下，杀其宗党而抄其家资，必得巨万。"卓即差铁骑五千，遍行捉拿洛阳富户共数千家。插旗头上，大书"反臣逆党"，尽斩于城外，取其金资。李傕、郭汜尽驱洛阳之民数百万口，前赴长安，每百姓一队，间军一队，互相拖押。死于沟壑者，不可胜数。又纵军士淫人妻女，夺人粮食。啼哭之声，震天动地。卓临行，教诸门放火焚烧居民房屋，并放火烧宗庙宫府。南北两宫，火焰相接；长乐宫庭，尽为焦土。又差吕布发掘先皇及后妃陵寝，取其金宝。军士乘势掘官民坟冢殆尽。董卓装载金珠缎匹好物数千馀车，劫了天子并后妃等，竟望长安去了。却说卓将赵岑见卓已弃洛阳而去，便献了汜水关。孙坚驱兵先入。玄德、关、张杀入虎牢关，诸侯各引军入。

◎一旦堕落到挖坟掘墓、毁祖灭宗的程度，中国人的心目中，也就算坏到家了。

且说孙坚飞奔洛阳，遥望火焰冲天，黑烟铺地，二三百里并无鸡犬人烟。坚先发兵救灭了火，令众诸侯各于荒地上屯住车马。曹操来见袁绍曰："今董贼西去，正可乘势追袭。本初按兵不动，何也？"绍曰："诸兵疲困，进恐无益。"操曰："董贼焚烧宫室，劫迁天子，海内震动，不知所归。此天亡之时也，一战而天下定矣。诸公何疑而不进？"众诸侯皆言不可轻动。操大怒曰："竖子不足与谋！"遂自引兵万馀，领夏侯惇、夏侯渊、曹仁、曹洪、李典、乐进，星夜来赶董卓。

◎都和袁绍是一路货色，不是成事之辈。

◎庸俗是一种病，有相当程度的传染性，不得不防。远离庸俗，越早越好！

且说董卓行至荥阳地方，太守徐荣出接。李儒曰："丞相新弃洛阳，防有追兵。可教徐荣伏军荥阳城外山坞之旁，若有兵追来，可竟放过，待我这里杀败，然后截住掩杀，令后来者不敢复追。"卓从其计。又

◎他好意思骂得出口！所有这等无耻之徒，总是老鸹跳到猪背上，看得见别人的黑，看不见自己的黑。

◎曹操追卓，非为己私，余勇可贾，虽败犹荣。

◎此时天下，也真是不可无操——除曹操外，几无一人敢与董卓抗衡了。虽然最后只剩五百余人，回到河内，颇有一点"败军感"。但世人无不知，"楚虽三户，亡秦必楚"。人少，可以多起来；力薄，可以强起来。曹洪说，"天下可无洪，不可无君。"何其壮哉？积蓄力量，以待来日，乃当下要务了。中国人最厉害的唯物史观，就是这十个字："留得青山在，不愁没柴烧。"

令吕布引精兵歇后。布正行间，曹操一军赶上。吕布大笑曰："不出李儒所料也！"将军马摆开。曹操出马，大叫："逆贼劫迁天子，流徙百姓，将欲何往？"吕布骂曰："背主懦夫，何得妄言！"夏侯惇挺枪跃马，直取吕布。战不数合，李傕引一军从左边杀来，操急令夏侯渊迎敌。右边喊声又起，郭汜引军杀到，操急令曹仁迎敌。三路军马，势不可当。夏侯惇抵敌吕布不住，飞马回阵，布引铁骑掩杀。操军大败，回望荥阳而走。

走至一荒山脚下，时约二更，月明如昼。方才聚集残兵，正欲埋锅造饭，只听得四围喊声，徐荣伏兵尽出。曹操慌忙策马，夺路奔逃，正遇徐荣，转身便走。荣搭上箭，射中操肩膊。操带箭逃命，踅过山坡，两个军士伏于草中，见操马来，二枪齐发，操马中枪而倒。操翻身落马，被二卒擒住。只见一将飞马而来，挥刀砍死两个步军，下马救起曹操。操视之，乃曹洪也。操曰："吾死于此矣，贤弟可速去！"洪曰："公急上马，洪愿步行。"操曰："贼兵赶来，汝将奈何？"洪曰："天下可无洪，不可无公。"操曰："吾若再生，汝之力也。"操上马，洪脱去衣甲，拖刀跟马而走。约走至四更余，只见前面一条大河阻住去路，后面喊声渐近。操曰："命已至此，不得复活矣！"洪急扶操下马，脱去袍铠，负操渡水。才过彼岸，追兵已到，隔水放箭。操带水而走。比及天明，又走三十馀里，土冈下少歇。忽然喊声起处，一彪人马赶来，却是徐荣从上流渡河来追。操正慌急间，只见夏侯惇、夏侯渊引数十骑飞至，大喝："徐荣勿伤吾主！"徐荣便奔夏侯惇。惇挺枪来迎。交马数合，惇刺徐荣于马下，杀散徐兵。随后曹仁同李典、乐进，各引兵寻到。见了曹操，忧喜交集。聚残兵五百馀人，同回河南。

却说众诸侯分屯洛阳，孙坚救灭宫中馀火，屯兵城内，设帐于建章殿基上。坚令军士扫除宫殿瓦砾；凡董卓所掘陵寝，尽皆掩闭。于太庙基上草创殿屋三间，请众诸侯立列圣神位，宰太牢祀之。祭毕皆散，坚归寨中。是夜星月交辉，乃按剑露坐，仰观天文。见紫微垣中，白气漫漫，坚叹曰："帝星不明，贼臣乱国，万民涂炭，京城一空！"言讫，不觉泪下。旁有军士指曰："殿南有五色毫光，起于井中。"坚唤军士，点起火把，下井打捞。捞起一妇人尸首，虽然日久，其尸不烂。宫样装束，项下带一锦囊。取开看时，内有朱红小匣，用金锁锁着。启视之，乃一玉玺，方圆四寸，上镌五龙交纽，旁缺一角，以黄金镶之。上有篆文八字，云"受命于天，既寿永昌"。坚得玺，乃问程普。普曰："此传国玺也！此玉是昔日卞和于荆山之下，见凤凰栖于石上，载而进之楚文王。解之，果得玉。秦二十六年，令良工琢为玺，李斯篆此八字于其上。

◎当然不能以成败论英雄。

◎北宋司马光在《资治通鉴》卷第六十九论正朔之分，是这样说的："……然天下离析之际，不可无岁、时、月、日以识事之先后。据汉传于魏而晋受之，晋传于宋以至于陈而隋取之，唐传于梁以至于周而大宋承之，故不得不取魏、宋、齐、梁、陈、后梁、后唐、后晋、后汉、后周年号，以纪诸国之事，非尊此而卑彼，有正闰之辨也。"对于刘备之不能绍汉，则说："昭烈之汉，虽云中山靖王之后，而族属疏远，不能纪其世数名位，亦犹宋高祖称楚元王后，南唐烈祖称吴王恪后，是非难辨，故不敢以光武及晋元帝为比，使绍汉氏之遗统也。"但是，到了南宋，朱熹的"正统论"，则是那个特殊时代背景下的产物，它的出现因其强烈的爱国主义，而有了特殊的内涵。南宋政权在主和派的操纵下，迫害忠良，一味妥协，称臣示卑，丧权辱国，知识分子深感人心之向背，国土之沦丧，大局之危殆，遂有朱熹强调正统，昭烈绍汉，以针对朝野上下一片投降主义而发出的正义呼声。于是尊刘抑曹的《三国演义》应运而生。

二十八年始皇巡狩，至洞庭湖，风浪大作，舟将覆，急投玉玺于湖而止。至三十六年，始皇巡狩至华阴，有人持玺遮道，与从者曰：'持此还祖龙。'言讫不见。此玺复归于秦，明年始皇崩。后来子婴将玉玺献与汉高祖。后至王莽篡逆，孝元皇太后将印打王寻、苏献，崩其一角，以金镶之。光武得此宝于宜阳，传位至今。近闻十常侍作乱，劫少帝出北邙，回宫失此宝。今天授主公，必有登九五之分。此处不可久留，宜速回江东，别图大事。"坚曰："汝言正合吾意，明日便当托疾辞归。"商议已定，密谕军士勿得泄漏。

谁想内中一军，是袁绍乡人，欲假此为进身之计，连夜偷出营寨来报袁绍。绍与之赏赐，暗留军中。次日，孙坚来辞袁绍，曰："坚抱小疾，欲归长沙，特来别公。"绍笑曰："吾知公疾，乃害传国玺耳。"坚失色曰："此言何来？"绍曰："今兴兵讨贼，为国除害；玉玺乃朝廷之宝，公既获得，当对众留于盟主处。候诛了董卓，复归朝廷。今匿之而去，意欲何为？"坚曰："玉玺何由在吾处？"绍曰："建章殿井中之物何在？"坚曰："吾本无之，何强相逼？"绍曰："速取出免自生祸。"坚指天为誓曰："吾若果得此宝私自藏匿，异日不得善终，死刀箭之下！"众诸侯曰："文台如此说誓，想必无之。"绍唤军士出曰："打捞之时，有此人否？"坚大怒，拔

◎从月下忧国忧民扮悲悯之相，至见玺而觊觎九五之分，在群龙无首的乱世中，这块传国玉玺，让孙坚也跳不出这天大的诱惑，悻悻然地不安于位。每个人都有其俗下的一面，明白的人知道遮掩的重要性，虽有而不露，不明白的人分不清好恶，便花子拾金，做暴发户状。

◎裴注《三国志》以为孙坚于兴义之中最有忠烈之称，若得汉神器而潜匿不言，此为阴怀异志，岂所谓忠臣者乎？对此持否定观点。

所佩之剑，要斩那军士。绍亦拔剑曰："汝斩军人，乃欺我也！"绍背后颜良、文丑，皆拔剑出鞘；坚背后程普、黄盖、韩当，亦掣刀在手。众诸侯一齐劝住。坚随即上马，拔寨离洛阳而去。绍大怒，遂写书一封，差心腹人连夜往荆州送与刺史刘表，教就路上截住夺之。

次日，人报曹操追董卓，战于荥阳，大败而回。绍令人接至寨中，会众置酒，与操解闷。饮宴间，操叹曰："吾欲兴大义，为国除贼。诸公既仗义而来，操之初意，欲烦本初引河内之众，临孟津；酸枣诸将固守成皋，据敖仓，塞镮辕、大谷，制其险要；公路率南阳之军，驻丹、析，入武关，以震三辅：皆深沟高垒，勿与战，益为疑兵，示天下形势。以顺诛逆，可立定也。今迟疑不进，大失天下之望，操窃耻之！"绍等无言可对。既而席散，操见绍等各怀异心，料不能成事，自引军投扬州去了。公孙瓒谓玄德、关、张曰："袁绍无能为也，久必有变。吾等且归。"遂拔寨北行。至平原，令玄德为平原相，自去守地养军。兖州太守刘岱，问东郡太守乔瑁借粮，瑁推辞不与。岱引兵突入瑁营，杀死乔瑁，尽降其众。袁绍见众人各自分散，就领兵拔寨，离洛阳，投关东去了。

却说荆州刺史刘表，字景升，山阳高平人也，乃汉室宗亲。幼好结纳，与名士七人为友，时号"江夏

◎三国魏人李康所著《运命论》，其中有一句常挂在人们嘴边的话："木秀于林，风必摧之；堆出于岸，流必湍之；行高于人，众必非之。"此刻的曹操，正是如此。

◎二人同心，其利断金。若按曹操这番安排，董卓敢不束手就范？袁氏兄弟，出工不出力，生把一个大好局面毁了。

◎原本乌合之众，各怀鬼胎，如今一事无成，不做鸟兽散，又能有何作为？

◎一些二三流的政客，最喜欢拉几个文人作陪，干附庸风雅这一套。十八路诸侯讨董卓，独缺刘表这一路，但拦路打击，围攻孙坚，却十分起劲。

◎唐·杜佑《通典》说："献帝建安初，关中百姓流入荆州者十余万家。荆州，今襄阳南。及闻本土安宁，皆企愿思归，而无以自业。于是卫觊议以为：'盐者，国之大宝，自丧乱以来，放散，今宜如旧置使者监卖，以其直益市犁牛，百姓归者以供给之。劝耕积粟，以丰殖关中。远者闻之，必多竞还。'魏武于是遣谒者仆射监盐官，移司隶校尉居弘农，流人果还，关中丰实。"荆州的短暂繁荣，并不因时称"江夏八俊"的刘表有什么治理能力，而是时遇耳。

八俊"。那七人？汝南陈翔，字仲麟；同郡范滂，字孟博；鲁国孔昱，字世元；渤海范康，字仲真；山阳檀敷，字文友；同郡张俭，字元节；南阳岑晊，字公孝。刘表与此七人为友。有延平人蒯良、蒯越，襄阳人蔡瑁为辅。当时看了袁绍书，随令蒯越、蔡瑁，引兵一万来截孙坚。坚军方到，蒯越将阵摆开，当先出马。孙坚问曰："蒯异度何故引兵截吾去路？"越曰："汝既为汉臣，如何私匿传国之宝？可速留下，放汝归去！"坚大怒，命黄盖出战。蔡瑁舞刀来迎。斗到数合，盖挥鞭打瑁，正中护心境，瑁拨回马走。孙坚乘势杀过界口。山背后金鼓齐鸣，乃刘表亲自引军来到。孙坚就马上施礼曰："景升何故信袁绍之书，相逼邻郡？"表曰："汝匿传国玺，将欲反耶？"坚曰："吾若有此物，死于刀箭之下！"表曰："汝若要我听信，将随军行李任我搜看。"坚怒曰："汝有何力，敢小觑我！"方欲交兵，刘表便退。坚纵马赶去，两山后伏兵齐起。背后蔡瑁、蒯越赶来，将孙坚困在垓心。正是：

　　玉玺得来无用处，反因此宝动刀兵。

毕竟孙坚怎地脱身，且听下文分解。

　　司马光在《资治通鉴》一书开端说：正统是个重要的历史结论，名分是个很重要的道统标识。"是故以周之地则不大于曹、滕，以周之民则不众于邾、莒，然历数百年，宗主天下，虽以晋、楚、齐、秦之强不敢加者，何哉，徒以名分尚存故也。"弱得不能再弱的周，能够位于诸王之上，就在于他拥有宗主国的名分，这就意味着道统所在。作为统治天下的象征物传国玉玺，在他手中握着，他就是真命天子。强得不能再强的诸侯，印把子不在手里，就不能不买账。这就明白在史家的眼中，正朔而不是僭逆，在史书上如何下笔，那方寸就有很大差别。

　　司马光所以有以上的论述，是汉以后，应以曹魏继，还是蜀汉绍，在当时已有歧见。此说发轫于东晋史官习凿齿（328—412）所著的《汉晋春秋》，到南宋的朱熹《通鉴纲要》，华夏大地又不幸沦为异族统治，便成危乎者也的半壁江山。北宋亡于金人南渡之后，正统论的争议更加激烈，然而这时局势已经相反过来了，必须将蜀汉当作正统，所以就有罗贯中编写《三国演义》反魏扶刘，才能够使南宋成为正统。

　　而在《资治通鉴》以前，欧阳修说过："夫得正统者，汉也；得汉者，魏也；得魏者，晋也。晋尝统天下矣，推其本末而言之，则魏进而正之，不疑。"这是泱泱大国的正常心态，所以，同是类书的《太平御览》，将曹操置于《皇王部》，将刘备置于《偏霸部》，而不与当时当地的实际状况挂钩，也许更符合历史的真实。

第 七 回

袁绍磐河战公孙
孙坚跨江击刘表

　　李儒出手不俗，进行了这样一次大规模的战略转移，作为董卓的智囊，不能说他是无能无为的书生之辈。第一，此次西迁，更靠近了董卓经营多年的陇西大本营；第二，丢下一块骨头，放弃烧成焦土的洛阳，让山东诸侯去争夺厮杀。果然，袁绍，韩馥，公孙瓒，孙坚，刘表，就打了个不亦乐乎。

　　曹操发起，袁绍为帅的十七镇讨卓大军，从它成立之日起，就注定了它很快到来的瓦散之时，在这个世界上，任何一个具有对抗性质的联合体，不管打出什么样的招牌，通常是为了应付对手才形成的，实质无非"合纵连横"四字。当强敌压境，形势严峻，存亡危机，朝不保夕时，内部倒也能各自收敛，相安无事，共同御侮，精诚团结。一旦外部压力减弱，双方保持平衡，形成相安局面，或许略占优势，便要不安于位，表露自己，争权夺利，制造分裂。人之初，性本善，初，决定其善，不初，自然也就不善。

　　尤其那些无大作为，无大志向，入伙本为分红而来者，更善于在内部造地震，搞动作。所谓内战内行，外战外行，就是这些最爱进行狗咬狗游戏者的拿手本领。

　　只有两个人在冷眼旁观，一个是曹操，一个是刘备，都在积蓄力量，等待时机。虽然此时，一个不过是战争的练习生，想插手插不上手，一个已经表现出沙场高手的老练，跳出这班凡夫俗子的羁绊，开始最为世人唾骂的"挟天子以令诸侯"的生涯，他知道，这个最不光彩的一页掀开，便注定他从此臭名昭著，但他，收起狰狞的一面、嗜杀的一面，经营许都，建设馆舍，"是时许都新建，贤士大夫，四方来集"。于是，以他父子三人（曹操、曹丕、曹植）为首而形成的建安文学，成为中国文学史上辉煌的篇章。《文心雕龙》的作者刘勰，对活动着许多文人墨客的这个中心，有过这样一段评述："自献帝播迁，文学蓬转，建安之末，区宇方辑，魏武以相王之尊，雅爱诗章；文帝以副君之重，妙善辞赋；陈思以公子之豪，下笔琳琅；并体貌英逸，故俊才云蒸。"孔融、杨修、陈琳、刘桢、徐干、阮瑀、应玚和从匈奴赎回的蔡琰，真可谓济济一堂，竞其才华。刘勰距离这个时代约两个世纪，来写这段文坛盛事，是相当准确并具有权威性的。

却说孙坚被刘表围住，亏得程普、黄盖、韩当三将死救得脱，折兵大半。夺路引兵回江东，自此孙坚与刘表结怨。

且说袁绍屯兵河内，缺少粮草，冀州牧韩馥遣人送粮以资军用。谋士逢纪说绍曰：“大丈夫纵横天下，何待人送粮为食！冀州乃钱粮广盛之地，将军何不取之？”绍曰：“未有良策。”纪曰：“可暗使人驰书与公孙瓒，令进兵取冀州，约以夹攻，瓒必兴兵。韩馥无谋之辈，必请将军领州事。就中取事，唾手可得。”绍大喜，即发书到瓒处。瓒得书，见说共攻冀州，平分其地，大喜，即日兴兵。绍却使人密报韩馥。

馥慌聚荀谌、辛评二谋士商议。谌曰：“公孙瓒将燕、代之众，长驱而来，其锋不可当。兼有刘备、关、张助之，难以抵敌。今袁本初智勇过人，手下名将极广，将军可请彼同治州事。彼必厚待将军，无患公孙瓒矣。”韩馥即差别驾关纯去请袁绍。长史耿武谏曰：“袁绍孤客穷军，仰我鼻息，譬如婴儿在股掌之上，绝其乳哺，立可饿死。奈何欲以州事委之？引此虎入羊群也！”馥曰：“吾乃袁氏之故吏，才能又不如本初。古者择贤者而让之，诸君何嫉妒耶？”耿武叹曰：“冀州休矣！”于是弃职而去者三十馀人，独耿武与关纯伏于城外，以待袁绍。数日后，绍引兵至，耿武、关纯拔刀而出，欲刺杀绍。绍将颜良立斩耿武，文丑砍死关纯。绍入冀州，以馥为奋威将军，以田丰、沮授、

◎袁绍是当时诸侯中最强者，他若是有作为，本可干出一番大事业。可惜此人志大才疏，好谋无断，一个但知韩馥区区资粮，却不想取冀州之地的统帅，便知其智商水平了。“志大才疏，好谋无断”，一部《三国演义》，有多少英雄豪杰栽倒在这八个字上。袁绍此病，也是时代流行病：好高骛远，华而不实，挑肥拣瘦，坐失良机。

◎春秋无义战，打来打去，只为自己。一旦，打，成了这个社会的主旋律，动手，便是绝对真理。

◎如此愚钝，焉有不败之理？

◎二等角色的二等主意，袁绍的全部出息，不过如此。

◎当初歃血为盟，如今同室操戈，这世界上既无永久的朋友，也无永久的敌人。人类的全部交往，无不建筑在或深或浅、或浓或淡的利害关系之上。

许攸、逢纪分掌州事，尽夺韩馥之权。馥懊悔无及，遂弃下家小，匹马往投陈留太守张邈去了。

却说公孙瓒知袁绍已据冀州，遣弟公孙越来见绍，欲分其地。绍曰："可请汝兄自来，吾有商议。"越辞归。行不到五十里，道旁闪出一彪军马，口称："我乃董丞相家将也！"乱箭射死公孙越。从人逃回，见公孙瓒，报越已死。瓒大怒，曰："袁绍诱我起兵攻韩馥，他却就里取事。今又诈董卓兵射死吾弟，此冤如何不报！"尽起本部兵杀奔冀州来。绍知瓒兵至，亦领军出，二军会于磐河之上。

绍军于磐河桥东，瓒军于桥西。瓒立马桥上，大呼曰："背义之徒，何敢卖我！"绍亦策马至桥边，指瓒曰："韩馥无才，愿让冀州于吾，与尔何干？"瓒曰："昔日以汝为忠义，推为盟主，今之所为，真狼心狗行之徒，有何面目立于世间！"袁绍大怒曰："谁可擒之？"言未毕，文丑策马挺枪，直杀上桥。公孙瓒就桥边与文丑交锋。战不到十余合，瓒抵挡不住，败阵而回，文丑乘势追赶。瓒走入阵中，文丑飞马径入中军，往来冲突。瓒手下健将四员，一齐迎战，被文丑一枪刺一将下马，三将俱走。文丑直赶公孙瓒出阵后，瓒望山谷而逃。文丑骤马厉声大叫："快下马受降！"瓒弓箭尽落，头盔坠地，披发纵马，奔转山坡，其马前失，瓒翻身落于坡下。文丑急捻枪来刺。忽见草坡左侧转出一个少年将军，飞马挺枪，直取文丑。公孙瓒扒上坡去，看那少年生得身长八尺，浓眉大眼，阔面重颐，威风凛凛，与文丑大战五六十合，胜负未分。瓒部下救军到，文丑拨回马去了，那少年也不追赶。瓒忙下土坡，问那少年姓名。那少年欠身答曰："某乃常山真定人也，姓赵，名云，字子龙。本袁绍辖下之人，因见绍无忠君救民之心，故特弃彼而投麾下。不期于此处相见。"瓒大喜，遂同归寨，整顿甲兵。

次日，瓒将军马分作左右两队，势如羽翼。马五千馀匹，大半皆是白马。因公孙瓒曾与羌人战，尽选白马为先锋，号为"白马将军"，羌人但见白马便走，因此白马极多。袁绍令颜良、文丑为先锋，各引弓弩手一千，亦分作左右两军。令在左者射公孙瓒右军，在右者射公孙瓒左军。再令麹义引八百弓手，步兵一万五千，列于阵中。袁绍自引马步军数万于后接应。公孙瓒初得赵云，不知心腹，令其另领一军在后。遣大将严纲为先锋。瓒自领中军，立马桥上，旁竖大红圈金线帅字旗于马前。从辰时擂鼓，直到巳时，绍军不进。麹义令弓手皆伏于遮箭牌下，只听炮响发箭。严纲鼓噪呐喊，直取麹义。义军见严纲兵来，都伏而不动，直到来得至近，一声炮响，八百弓弩手一齐俱发。纲急待回，被麹义拍马舞刀，斩于马下。瓒军大败。左右两军欲来救应，都被颜良、文丑引弓弩手射住。绍军并进，直杀到界桥边。麹义

◎飞将军由天入。在《三国演义》这部书中，浑身是胆的赵子龙，无半点可指责挑剔处，然而不知为什么，他却不能像关羽那样被后人敬为帝。也许太率真了，太透明了，常常倒不大被人买账。所以，使人"敬"之余，还得有份"畏"才行，对于顺民来说，"畏"较之"敬"更具有震慑力，这也是凡官吏，必一脸严酷的原因。

◎不善驭将，焉能领军？

马到，先斩执旗将，把绣旗砍倒。公孙瓒见砍倒绣旗，回马下桥而走。麹义引军直冲到后军，正撞着赵云，挺枪跃马，直取麹义。战不数合，一枪刺麹义于马下。赵云一骑马飞入绍军，左冲右突，如入无人之境。公孙瓒引军杀回，绍军大败。

却说袁绍先使探马看时，回报麹义斩将搴旗，追赶败兵，因此不作准备。与田丰引着帐下持戟军士数百人，弓箭手数十骑，乘马出观，呵呵大笑："公孙瓒无能之辈！"正说之间，忽见赵云冲到面前。弓箭手急待射时，云连刺数人，众军皆走。后面瓒军团团围裹上来。田丰慌对绍曰："主公且于空墙中躲避。"绍以兜鍪扑地，大呼曰："大丈夫愿临阵斗死，岂可入墙而望活乎！"众军士齐心死战，赵云冲突不入。绍兵大队掩至，颜良亦引军来到，两路并杀。赵云保公孙瓒杀透重围，回到界桥。绍驱兵大进，复赶过桥，落水死者不计其数。

袁绍当先赶来。不到五里，只听得山背后喊声大起，闪出一彪人马。为首三员大将，乃是刘玄德、关云长、张翼德：因在平原探知公孙瓒与袁绍相争，特来助战。当下三匹马三般兵器，飞奔前来，直取袁绍。绍惊得魂飞天外，手中宝刀坠于马下，忙拨马而逃。众人死救过桥。公孙瓒亦收军回寨，玄德、关、张动问毕，瓒曰："若非玄德远来救我，几乎狼狈。"教与赵云相见，玄德甚相敬爱，便有不舍之心。

◎反正死到临头，豁出去了。无指挥御敌之能，有一吼赴死之气，这就是这等货色的最佳临场发挥了。至少此刻袁绍表现不弱。

◎刘备自然不甘心那平原小小地盘，一直存雄踞中州之心，这回不请自来，和救徐州的约请而来，可以看出他的兴趣何在。无利不起早，刘备做过小买卖，有这份职业敏感。

却说袁绍输了一阵，坚守不出。两军相拒月余，有人来长安报知董卓。李儒对卓曰："袁绍与公孙瓒，亦当今豪杰。见在磐河厮杀，宜假天子之诏，差人往和解之。二人感德，必顺太师矣。"卓曰："善。"次日，便使太傅马日磾、太仆赵岐，赍诏前去。二人来至河北，绍出迎于百里之外，再拜奉诏。次日，二人至瓒营宣谕，瓒乃遣使致书于绍，互相讲和。二人自回京复命。瓒即日班师，又表荐刘玄德为平原相。玄德与赵云分别，执手垂泪，不忍相离，云叹曰："某曩日误认公孙瓒为英雄，今观所为，亦袁绍等辈耳。"玄德曰："公且屈身事之，相见有日。"洒泪而别。

却说袁术在南阳闻袁绍新得冀州，遣使来求马千匹，绍不与。术怒，自此兄弟不睦。又遣使往荆州，问刘表借粮二十万，表亦不与。术恨之，密遣人遗书于孙坚，使伐刘表。其书略曰：

> 前者刘表截路，乃吾兄本初之谋也。今本初又与表私议，欲袭江东。公可速兴兵伐刘表，吾为公取本初，二仇可报。公取荆州，吾取冀州，切勿误也！

坚得书曰："叵耐刘表，昔日断吾归路，今不乘时报恨，更待何年！"聚帐下程普、黄盖、韩当等商议。程普曰："袁术多诈，未可准信。"坚曰："吾欲自报

◎袁氏兄弟，自此不睦。其实，他们两个从出娘胎那天起，就一直不睦，因为袁术嫡出，袁绍庶出，从此龃龉不断。

◎袁术比袁绍又等而下之矣！一个龌龊小人耳！历来帝王将相之家，子弟鲜有出类拔萃者，穷其根本，乃物种在优越的环境里退化速度加快之故。此刻东吴尚未成气候，所以孙坚只是一员逞匹夫之勇的战将，而非有谋有略的主帅。虽怀揣玉玺，做着美梦，但中原碰壁，只想做一方之主，稳保江东，偶收渔利，于愿足矣！这就形成后来东吴的基本国策，而且始终也未背离这个初衷。

◎小不忍则乱大谋，这是常识，然而，江东孙氏，却视常识为无睹，一而再之，令人匪夷所思。

◎借箭并非诸葛亮的专利了。由此可见作家一支笔的厉害，同是借箭，大事渲染者，名扬千古，一笔带过者，便在历史中湮没了。

仇，岂望袁术之助乎？"便差黄盖先来江边安排战船，多装军器粮草，大船装载战马，克日兴师。江中细作探知，来报刘表。表大惊，急聚文武将士商议。蒯良曰："不必忧虑。可令黄祖部领江夏之兵为前驱，主公率荆襄之众为援。孙坚跨江涉湖而来，安能用武乎？"表然之。令黄祖设备，随后便起大军。

却说孙坚有四子，皆吴夫人所生。长子名策，字伯符；次子名权，字仲谋；三子名翊，字叔弼；四子名匡，字季佐。吴夫人之妹，即为孙坚次妻，亦生一子一女，子名朗，字早安；女名仁。坚又过房俞氏一子，名韶，字公礼。坚有一弟，名静，字幼台。坚临行，静引诸子列拜于马前而谏曰："今董卓专权，天子懦弱，海内大乱，各霸一方。江东方稍宁，以一小恨而起重兵，非所宜也，愿兄详之！"坚曰："弟勿多言。吾将纵横天下，有仇岂可不报！"长子孙策曰："如父亲必欲往，儿愿随行。"坚许之。遂与策登舟，杀奔樊城。黄祖伏弓弩手于江边，见船傍岸，乱箭俱发。坚令诸军不可轻动，只伏于船中，来往诱之。一连三日，船数十次傍岸。黄祖军只顾放箭，箭已放尽，坚却拔船上所得之箭，约十数万。当日正值顺风，坚令军士一齐放箭，岸上支吾不住，只得退走。

坚军登岸，程普、黄盖分兵两路，直取黄祖营寨，背后韩当驱兵大进。三面夹攻，黄祖大败，弃却樊城，走入邓城。坚令黄盖守住船只，亲自统兵追袭。黄祖引军出迎，布阵于野。坚列成阵势，出马于门旗之下。孙策也全副披挂，挺枪立马于父侧。黄祖引二将出马：一个是江夏张虎，一个是襄阳陈生。黄祖扬鞭大骂："江东鼠贼，安敢侵犯汉室宗亲境界！"便令张虎搦战。坚阵内韩当出迎。两骑相交，战三十馀合，陈生见张虎力怯，飞马来助。孙策望见，按住手中枪，扯弓搭箭，正射中陈生面门，应弦落马。张虎见陈生坠地，吃了一惊，措手不及，被韩当一刀，削去半个脑袋。程普纵马直来阵前捉黄祖。黄祖弃却头盔、战马，杂于步军内逃命。孙坚掩杀败军，直到汉水，命黄盖将船只进泊汉江。

黄祖聚败军来见刘表，备言坚势不可当。表慌请蒯良商议。良曰："目今新败，兵无战心，只可深沟高垒，以避其锋，却潜令人求救于袁绍，此围自可解也。"蔡瑁曰："子柔之言，直拙计也。兵临城下，将至壕边，岂可束手待毙！某虽不才，愿请军出城，以决一战。"刘表许之。蔡瑁引军万余，出襄阳城外，于岘山布阵。孙策将得胜之兵，长驱大进。蔡瑁出马，坚曰："此人是刘表后妻之兄也，谁与吾擒之？"程普挺铁脊矛，出马与蔡瑁交战。不到数合，蔡瑁败走。坚驱大军，杀得尸横遍野。蔡瑁逃入襄阳。蒯良言瑁不听良策，以致大败，按军法当斩。刘表以新娶其妹，不肯加刑。

却说孙坚分兵四面，围住襄阳攻打。忽一日，狂

◎人们所以对三国人物黄祖这个名字在记忆里有比较深刻的印象，大概因为祢衡的缘故。击鼓骂曹，开罪曹操，曹操不杀他，借刀杀人，推给刘表，刘表不傻，推给黄祖，结果黄祖到底将他杀了。这正如一句谚语所说，偷牛的走了，拔橛的给逮个正着。不过也好，江夏太守，自古以来有多少，除了黄祖，又有哪一位能被人记住呢？

风骤起，将中军帅字旗竿吹折。韩当曰："此非吉兆，可暂班师。"坚曰："吾屡战屡胜，取襄阳只在旦夕。岂可因风折旗竿，遽尔罢兵！"遂不听韩当之言，攻城愈急。蒯良谓刘表曰："某夜观天象，见一将星欲坠；以分野度之，当应在孙坚，主公可速致书袁绍，求其相助。"刘表写书，问："谁敢突围而出？"健将吕公应声愿往。蒯良曰："汝既敢去，可听吾计。与汝军马五百，多带能射者。冲出阵去，即奔岘山，他必引军来赶。汝分一百人上山，寻石子准备；一百人执弓弩，伏于林中，但有追兵到时，不可径走，可盘旋曲折，引到埋伏之处，矢石俱发。若能取胜，放起连珠号炮，城中便出接应。如无追兵，不可放炮，趱程而去。今夜月不甚明，黄昏便可出城。"吕公领了计策，拴束军马，黄昏时分，密开东门，引兵出城。

　　孙坚在帐中忽闻喊声，急上马，引三十馀骑出营来看。军士报说："有一彪人马杀将出来，望岘山而去。"坚不会诸将，只引三十馀骑赶来。吕公已于山林丛杂去处，上下埋伏。坚马快，单骑独来，前军不远。坚大叫："休走！"吕公勒回马来战孙坚，交马只一合，吕公便走，闪入山路去。坚随后赶入，却不见了吕公。坚方欲上山，忽然一声锣响，山上石子乱下，林中乱箭齐发。坚体中石、箭，脑浆迸流，人马皆死于岘山之内，寿止三十七岁。吕公截住三十骑，并皆杀尽，放起连珠号炮。城中黄祖、蒯越、蔡瑁

◎好一个蒯良！人在败处，也不应放弃求胜的机会。

◎蒯良、蒯越、刘表为荆州牧后，曾为部下，助其平定荆楚，打退袁术、孙坚进攻，颇有业绩。惜《三国志》与《三国演义》均无后文，不知下落。人物（哪怕有些微故事者）有始无终，为历史小说之一忌。

◎恃骄者必败，而且多败于不测。不打没把握的仗，不打仓促应战的仗，不打轻举妄动的仗，记住这三不打，你也许会错失一些便宜，但也一定会少吃苦头。

分头引兵杀出，江东诸军大乱。黄盖听得喊声震天，引水军杀来，正迎着黄祖。战不两合，生擒黄祖。程普保着孙策，急待寻路，正遇吕公。程普纵马向前，战不到数合，一矛刺吕公于马下。两军大战，杀到天明，各自收军。刘表军自入城。

孙策回到汉水，方知父亲被乱箭射死，尸首已被刘表军士扛抬入城去了，放声大哭。众军俱号泣。策曰："父尸在彼，安得回乡！"黄盖曰："今活捉黄祖在此，得一人入城讲和，将黄祖去换主公尸首。"言未毕，军吏桓阶出曰："某与刘表有旧，愿入城为使。"策许之。桓阶入城，见刘表，具说其事。表曰："文台尸首，吾已用棺木盛贮在此。可速放回黄祖，两家各罢兵，再休侵犯。"桓阶拜谢欲行。阶下蒯良出曰："不可！不可！吾有一言，令江东诸军片甲不回。请先斩桓阶，然后用计。"正是：

◎耳朵根子软的人，是绝对成不了大事的。

追敌孙坚方殒命，求和桓阶又遭殃。

未知桓阶性命如何，且听下文分解。

董卓坏五铢钱，乃汉末大事，也是三国大事，《三国演义》一笔带过，遗憾。

据唐杜佑《通典》："董卓焚宫室，乃劫銮驾，西幸长安，悉坏五铢钱，更铸小钱，大五分。尽取洛阳及长安铜人飞廉之属充鼓铸。其钱无轮郭文章，不便时人，由是货轻而物贵，谷一斛至钱数百万。""货轻而物贵"，即"通货膨胀"，汉末之亡，经济全面崩溃，是重要原因。董卓铸行的小钱，重量在一克左右，既无轮廓，又无纹饰，这种小钱发行多了，钱不值钱，一国的货币丧失作用，这个国家也就名存实亡了。

自公元前 113 年（汉武帝刘彻元鼎四年）五铢钱成为全国统一流通的钱币，直到唐高祖李渊武德四年（621）始铸开元通宝，五铢钱共流通了七百三十四年，五铢钱是中国古代流通时间最为久远的钱币形态。自初平元年（190），董卓坏五铢钱，从此小钱流通，一直到曹操叫停董卓小钱的建安十三年（208），虽然作乱时间只有十八年，但对中国货币的破坏作用，却贻祸到两晋南北朝。

曹操是个现实主义者，他知道，老百姓不买他的账，这天下是坐不成的。官渡大战后，唐杜佑《通典》载："魏武初平袁绍邺都，令收田租亩粟四升，户绢二匹，绵二斤，余不得擅兴。"《三国志·武帝纪》还载有他的修学之举，他的《修学令》说："丧乱已来，十有五年，后生者不见仁义礼让之风，吾甚伤之。其令郡国各修文学，县满五百户置校官，选其乡之俊造而教学之，庶几先王之道不废，而有以益于天下。"除此而外，他的《置屯田令》《蠲河北租赋令》《赦袁氏同恶及禁复仇厚葬令》，都是改善民生、加强国力的行政措施。

食货，民之天大事。在《三国演义》的扶刘抑曹的宗旨下，你是看不到曹操的作为的。

第 八 回
王司徒巧使连环计
董太师大闹凤仪亭

用风情万种来形容一位美女，在这个世界上，当得上这个词的，大概也只有貂蝉了。

风情，是很难界定的一个属于女人，尤其是漂亮女人的词汇。而万种风情，就不单指这个女人的情调、韵致、风流和韵味，而是泛指这个美丽女人的一切和一切，婀娜的体态，窈窕的身段，完美的脸庞，浪漫的情调，以及旖旎的眼语，朦胧的暗示，性诱的气习，趋近的渴望，以及妩媚的挑逗，无意的缠绵，有心的撩拨，喁喁的衷曲。在《三国演义》这个男人世界里，这个女主角，不仅是历史上的唯一，也是文学上的唯一。她以她的风情万种的魅力，做到了十八路诸侯所做不成的壮举——诛杀董卓，倒戈吕布，于举重若轻之间。这个美女以其一投手、一举足、一娇嗔、一回眸，用一颦一笑、一娇一媚，竟使政治格局为之一变。强得不能再强的西凉匹夫，倒在血泊中；勇得不能再勇的无敌吕布，竟成为情种。风情万种的她也没想到，只是因为她，竟结束了汉末的董卓时代。

《三国演义》中，有很多计谋，明明白白称为计的计，就是这个连环计。连环计，就是美人计，所谓连环，一根线拴两个蚱蜢，谁也跳不出这个圈套，只有火并了结。按王允的设计，是要同时消灭两个劲敌。然而，事出意外，英雄美人，所产生出来的火热的爱情，是王允计划之外的，因而也就导致了这场正在进行着的以情色交易为主调的政治阴谋的变化。她明白她的崇高使命，但她选择了真爱。美人计成功了，连环计失败了。从古以来，色诱，一直在使用之中的老把戏、老手段，成为与权力、与金钱鼎足而立的三大可以置换的黑色交易，鲜有不成功者，但这一次却意外地未能得到计划中的双赢。

于是，青琐门外，王允只好看着他美丽的养女，随吕布坐赤兔马而去，然后，这位连环计的总导演，于绝望中（当然还应该包括他个人对貂蝉的绝望）跳下城楼而亡。

◎何必对牛弹琴？

◎这才是成事之辈。孙策已将其父一身匪气发展为霸气了。

却说蒯良曰："今孙坚已丧，其子皆幼。乘此虚弱之时，火速进军，江东一鼓可得。若还尸罢兵，容其养足气力，荆州之患也！"表曰："吾有黄祖在彼营中，安忍弃之？"良曰："舍一无谋黄祖而取江东，有何不可？"表曰："吾与黄祖心腹之交，舍之不义。"遂送桓阶回营，相约以孙坚尸换黄祖。孙策换回黄祖，迎接灵柩，罢战回江东，葬父于曲阿之原。丧事已毕，引军居江都。招贤纳士，屈己待人，四方豪杰渐渐投之，不在话下。

却说董卓在长安闻孙坚已死，乃曰："吾除却一心腹之患也！"问："其子年几岁矣？"或答曰："十七岁。"卓遂不以为意。自此愈加骄横，自号为"尚父"，出入僭天子仪仗。封弟董旻为左将军、鄠侯，侄董璜为侍中，总领禁军。董氏宗族，不问老幼，皆封列侯。离长安城二百五十里，别筑"郿坞"，役民夫二十五万人筑之。其城郭高下厚薄一如长安，内盖宫室，仓库屯积二十年粮食；选民间少年美女八百人实其中，金玉、彩帛、珍珠堆积不知其数。家属都住在内。卓往来长安，或半月一回，或一月一回，公卿皆候送于横门外。卓常设帐于路，与公卿聚饮。一日，卓出横门，百官皆送，卓留宴。适北地招安降卒数百人到，卓即命于座前，或断其手足，或凿其眼睛，或割其舌，或以大锅煮之，哀号之声震天。百官战栗失箸，卓饮食谈笑自若。又一日，卓于省台大会百官，

◎中国人的残暴要发作起来，比食人生番犹甚，是最不把人当人的。

列坐两行。酒至数巡，吕布径入，向卓耳边言不数句。卓笑曰："原来如此！"命吕布于筵上揪司空张温下堂。百官失色。不多时，侍从将一红盘，托张温头入献。百官魂不附体。卓笑曰："诸公勿惊。张温结连袁术，欲图害我，因使人寄书来。错下在吾儿奉先处，故斩之。公等无故，不必惊畏。"众官唯唯而散。

司徒王允归到府中，寻思今日席间之事，坐不安席。至夜深月明，策杖步入后园，立于荼蘼架侧，仰天垂泪。忽闻有人，在牡丹亭畔长吁短叹。允潜步窥之，乃府中歌伎貂蝉也。其女自幼选入府中，教以歌舞，年方二八，色伎俱佳，允以亲女待之。是夜允听良久，喝曰："贱人将有私情耶？"貂蝉惊跪答曰："贱妾安敢有私！"允曰："汝无所私，何夜深于此长叹？"蝉曰："容妾伸肺腑之言。"允曰："汝勿隐匿，当实告我。"蝉曰："妾蒙大人恩养，训习歌舞，优礼相待，妾虽粉骨碎身，莫报万一。近见大人两眉愁锁，必有国家大事，又不敢问。今晚又见行坐不安，因此长叹。不想为大人窥见。倘有用妾之处，万死不辞！"允以杖击地曰："谁想汉天下却在汝手中耶！随我到画阁中来。"貂蝉跟允到阁中。允尽叱出妇妾，纳貂蝉于坐，叩头便拜。貂蝉惊伏于地，曰："大人何故如此？"允曰："汝可怜汉天下生灵！"言讫泪如泉涌。貂蝉曰："适间贱妾曾言，但有使令，万死不辞。"允跪而言曰："百姓有倒悬之危，君臣有累卵之急，

◎中国古代历史中，朝廷之上，常有这种当场施暴的残忍表现。"廷杖"，就是明代朱元璋最好的一手，剥下大臣的裤子打其屁股，当朝示众，公开羞辱，就是由他兴起并相沿成风的。

◎《三国演义》是男人的世界。貂蝉是书中唯一着力描写的女性，此段书中不多出现的感情文字，值得好好一读。

◎四肢发达，头脑简单，何才之有？但越是这等草包，爬到高位以后，越相信自己果然有了一份才气，也摇头摆尾起来，那实在是好笑的。刘邦，一亭长耳，得胜回乡，居然吼出一首"大风起兮云飞扬"，诗意是有的，气势也是有的，但诗只三句，到底还是缺了一些什么，可他是皇帝，谁敢说不是诗？

非汝不能救也！贼臣董卓，将欲篡位，朝中文武，无计可施。董卓有一义儿，姓吕，名布，骁勇异常。我观二人，皆好色之徒。今欲用连环计，先将汝许嫁吕布，后献与董卓，汝于中取便谋间他父子反颜，令布杀卓，以绝大恶。重扶社稷，再立江山，皆汝之力也。不知汝意若何？"貂蝉曰："妾许人人万死不辞，望即献妾与彼。妾自有道理。"允曰："事若泄漏，我灭门矣。"貂蝉曰："大人勿忧。妾若不报大义，死于万刃之下。"允拜谢。

次日，便将家藏明珠数颗，令良匠嵌造金冠一顶，使人密送吕布。布大喜，亲到王允宅致谢。允预备嘉肴美馔，候吕布至，允出门迎迓，接入后堂，延之上坐。布曰："吕布乃相府一将，司徒是朝廷大臣，何故错敬？"允曰："方今天下别无英雄，惟有将军耳。允非敬将军之职，敬将军之才也。"布大喜。允殷勤敬酒，口称董太师并布之德不绝。布大笑畅饮。允叱退左右，只留侍妾数人劝酒。酒至半酣，允曰："唤孩儿来。"少顷，二青衣引貂蝉艳妆而出，布惊问何人。允曰：小女貂蝉也。允蒙将军错爱，不异至亲，故令其与将军相见。"使命貂蝉与吕布把盏。貂蝉送酒与布，两下眉来眼去。允佯醉曰："孩儿央及将军痛饮几杯！吾一家全靠着将军哩。"布请貂蝉坐。貂蝉假意欲入，允曰："将军吾之至友，孩儿便坐何妨！"貂蝉便坐于允侧。吕布目不转睛的看。又饮数杯，允指蝉谓布曰："吾欲将此女送与将军为妾，还肯纳否？"布出席谢曰："若得如此，布当效犬马之报！"允曰："早晚选一良辰，送至府中。"布欣喜无限，频以目视貂蝉。貂蝉亦以秋波送情。少顷席散，允曰："本欲留将军止宿，恐太师见疑。"布再三拜谢而去。

　　过了数日，允在朝堂见了董卓，趁吕布不在侧，伏地拜请曰："允欲屈太师车骑，到草舍赴宴，未审钧意若何？"卓曰："司徒见招，即当趋赴。"允拜谢。归家，水陆毕陈，于前厅正中设座，锦绣铺地，内外各设帏幔。次日晌午，董卓来到。允具朝服出迎，再拜起居。卓下车，左右持戟甲士百馀，簇拥入堂，分立两旁。允于堂下再拜。卓命扶上，赐坐于侧。允曰："太师盛德巍巍，伊、周不能及也！"卓大喜。进酒作乐，允极其致敬。天晚酒酣，允请卓入后堂。卓叱退甲士。允捧觞称贺曰："允自幼颇习天文。夜观乾象，汉家气数已尽。太师功德振于天下，若舜之受尧，禹之继舜，正合天心人意。"卓曰："安敢望此！"允曰："自古有道伐无道，无德让有德，岂过分乎！"卓笑曰："若果天命归我，司徒当为元勋。"允拜谢，堂中点上画烛，止留女使进酒供食。允曰："教坊之乐，不足供奉。偶有家伎，敢使承应。"卓曰："甚妙。"允教放下帘栊。笙簧缭绕，簇捧貂蝉舞于帘外。有词赞之曰：

◎李贽在评点《三国演义》时，至此大呼："妙哉！貂蝉吾之师也，佛也，佛也。"这位明代的异类文人，对于一切离经叛道，抗众行径，为别人之不敢为，言别人之不敢言者，俱称之为佛。因为他心目中的佛，除了大智慧外，还具有一种大自由、大牺牲、大无畏的精神。从这个角度考虑，担当这样重要角色，负有如此使命的貂蝉，倒也当得起李卓吾先生这样褒誉。

◎写历史小说，最忌以今喻古，一出现"时间差"，兴味顿失。《梁州》一曲，始于唐代，用来唱汉家的事，就有牛头不对马嘴的感觉了。不过，由此也可证实，唐代的诗，是可以唱的，宋代的话本，是有说有唱的。音乐的传播功能，常常超越语言文字的平面效果。当代的小说、诗歌，受西化影响，废了老祖宗的章法，也就难以达到那时众口相应的热烈程度。惜哉！

◎据考证，在唐代占星术《开元占经》一书中，引用失传的《汉书通志》，有这样一句话："曹操未得志，先诱董卓，进刁蝉以惑其君。"按照《曹瞒传》称其"好音乐，倡优在侧，常以日达夕"来看，他把一个歌舞伎送给董卓，达到施行美人计的目标，也不是没有可能。但在历代作者拥刘反曹的思想下，对史料加以取舍的结果，曹操自然没份，便成王允的荣光了。历史这东西，尤其经演义以后，有其可信处，也有其相当不可信处，所以，古人这才发出"尽信书不如无书"的感慨吧！不过，董卓碰上这位小女子，顿时脑呈白痴状态，"真神仙中人也"，傻了，这倒是他这个乡巴佬的真实写照。

原是昭阳宫里人，惊鸿宛转掌中身。只疑飞过洞庭春。按彻《梁州》莲步稳，好花风袅一枝新。画堂香暖不胜春。

又诗曰：

红牙催拍燕飞忙，一片行云到画堂。
眉黛促成游子恨，脸容初断故人肠。
榆钱不买千金笑，柳带何须百宝妆。
舞罢隔帘偷目送，不知谁是楚襄王？

舞罢，卓命近前。貂蝉转入帘内，深深再拜。卓见貂蝉颜色美丽，便问："此女何人？"允曰："歌伎貂蝉也。"卓曰："能唱否？"允命貂蝉执檀板，低讴一曲，正是：

一点樱桃启绛唇，两行碎玉喷《阳春》。
丁香舌吐衡钢剑，要斩奸邪乱国臣。

卓称赏不已。允命貂蝉把盏。卓擎杯问曰："青春几何？"貂蝉曰："贱妾年方二八。"卓笑曰："真神仙中人也！"允起曰："允欲将此女献上太师，未审肯容纳否？"卓曰："如此见惠，何以报德？"允曰："此女得侍太师，其福不浅。"卓再三称谢。允即命备毡车，先将貂蝉送到相府。卓亦起身告辞。

允亲送董卓，直到相府，然后辞回，乘马而行。不到半路，只见两行红灯照道，吕布骑马执戟而来，正与王允撞见。便勒住马，一把揪住衣襟，厉声问曰："司徒既以貂蝉许我，今又送与太师，何相戏邪？"允急止之曰："此非说话处，且请到草舍处。"布同允到家下马。入后堂，叙礼毕，允曰："将军何故反怪老夫？"布曰："有人报我，说你把毡车送貂蝉入相府，是何意故？"允曰："将军原来不知。昨日太师在朝堂中，对老夫说：'我有一事，明日要到你家。'允因此准备小宴等候。太师饮酒中间，说：'我闻你有一女名唤貂蝉，已许吾儿奉先。我恐你言未准，特来相求，并请一见。'老夫不敢有违，随引貂蝉出拜公公。太师曰：'今日良辰，吾即当取此女回去，配与奉先。'将军试思：太师亲临，老夫焉敢推阻？"布曰："司徒少罪。布一时错见，来日自当负荆。"允曰："小女颇有妆奁，待过将军府下，便当送至。"布谢去。

次日，吕布在府中打听，绝不闻音耗。径入堂中，寻问诸侍妾。侍妾对曰："夜来太师与新人共寝，至今未起。"布大怒，潜入卓卧房后窥探。时貂蝉起于窗下梳头，忽见窗外池中照一人影，极长大，头带束发冠：偷眼视之，正是吕布。貂蝉故蹙双眉，做忧愁不乐之态，复以香罗频拭泪眼。吕布窥视，良久乃出。少顷又入，卓已坐于中堂。见布来，问曰："外面无

◎也就这两位智商低的角色，可以如此愚弄耳！现实生活中的对手，决非这样白痴的。人类在不断的进步当中，今日之董卓和当今的吕布，有政治大前提在，绝不会为一女人伤了和气，大动干戈的。古人之可敬，他真为他喜欢的女人拼命，今人之绝对现实主义，被异化得可无一点男人的血气，也很可悲。

事乎？"布曰："无事。"侍立卓侧。卓方食，布偷目窃望，见绣帘内一女子往来观觑，微露半面，以目送情，布知是貂蝉，神魂飘荡。卓见布如此光景，心中疑忌，曰："奉先无事且退。"布怏怏而出。

董卓自纳貂蝉后，为色所迷，月馀不出理事。卓偶染小疾，貂蝉衣不解带，曲意逢迎，卓心愈喜。吕布入内问安，正值卓睡，貂蝉于床后探半身望布，以手指心，又以手指董卓，挥泪不止。布心如碎。卓朦胧双目，见布注视床后，目不转睛；回身一看，见貂蝉立于床后。卓大怒，叱布曰："汝敢戏吾爱姬耶！"唤左右逐出，今后不许入堂。吕布怒恨而归。路遇李儒，告知其故。儒急入见卓曰："太师欲取天下，何故以小过见责温侯？倘彼心变，大事去矣！"卓曰："奈何？"儒曰："来朝唤入，赐以金帛，好言慰之，自然无事。"卓依言。次日，使人唤布入堂，慰之曰："吾前日病中心神恍惚，误言伤汝，汝勿记心！"随赐金十斤，锦二十匹。布谢归，然身虽在卓左右，心实系念貂蝉。

卓疾既愈，入朝议事。布执戟相随，见卓与献帝共谈，便乘间提戟出内门，上马径投相府来。系马府前，提戟入后堂，寻见貂蝉。蝉曰："汝可去后园中凤仪亭边等我。"布提戟径往，立于亭下曲栏之旁。良久，见貂蝉分花拂柳而来，果然如月宫仙子。泣谓布曰："我虽非王司徒亲女，然待之如己出。自见将军，许侍箕帚，妾已平生愿足。谁想太师起不

◎自古以来，凡采用美人计，少有不奏效者。探其原因，并非女人有特别善于表演的才能，都像貂蝉这样色艺俱佳、才貌双全、周旋应对、风情万种，而是作为计谋实施对象的男人，大都是和董卓、吕布差不多的好色之徒，血肉之躯，性欲发达，荷尔蒙旺盛的角色，总是像贪嘴的猫一样，见了鱼腥忍不住要扑上来。所以，针对这种专属于男人的最基本的弱点，女间谍这一行业，便应运而生，而且绝对是一门永远不会冷落、不会衰弱的行业。

良之心，将妾淫污。妾恨不即死，止因未与将军一
诀，故且忍辱偷生。今幸得见，妾愿毕矣。此身已
污，不得复事英雄；愿死于君前，以明妾志！"言
讫，手攀曲栏，望荷花池便跳。吕布慌忙抱住，泣曰：
"我知汝心久矣！只恨不能共语！"貂蝉手扯布曰：
"妾今生不能与君为妻，愿相期于来世。"布曰："我
今生不能以汝为妻，非英雄也！"蝉曰："妾度日如
年，愿君怜而救之！"布曰："我今偷空而来，恐老
贼见疑，必当速去。"貂蝉牵其衣曰："君如此惧怕
老贼，妾身无见天日之期矣！"布立住曰："容我徐
图良策。"说罢，提戟欲去。貂蝉曰："妾在深闺，
闻将军之名，如雷灌耳，以为当世一人而已，谁想
反受他人之制乎？"言讫，泪下如雨。布羞惭满面，
重复倚戟，回身搂抱貂蝉，用好言安慰。两个偎偎
倚倚，不忍相离。

　　却说董卓在殿上，回头不见吕布，心下怀疑，连
忙辞了献帝，登车回府。见布马系于府前。问门吏，
吏答曰："温侯入后堂去了。"卓叱退左右，径入后堂
中，寻觅不见。唤貂蝉，蝉亦不见。急问侍妾，曰：
"貂蝉在后花园看花。"卓寻入后园，正见吕布和貂蝉
在凤仪亭下共话，画戟倚在一边。卓怒，大喝一声。
布见卓至，大惊，回身便走。卓抢了画戟，挺着赶来。
吕布走得快，卓肥胖赶不上，掷戟刺布。布打戟落地。
卓拾戟再赶，布已走远。卓赶出园门，一人飞奔前来，

◎真爱必生真情，这是王允没有想
到的。

◎一支方天画戟在两个蠢夫间夺来
抢去，这是丑角最下乘的表演。稍有
头脑者，王允未必得手。所以，不是
王司徒多么高明（他其实也并不高
明），而是这两位智商太低。

与卓胸膛相撞，卓倒于地。正是：

冲天怒气高千丈，仆地肥躯做一堆。

未知此人是谁，且听下文分解。

　　于是，在王允的导演下，《三国演义》中第一女主角，终于出场。

　　武力不能解决、文明不能征服的西凉鄙夫董卓，竟败在这位小女子的手中：貂蝉一笑倾城，二笑倾国，把十七路诸侯没做到的事做成了。当王允将貂蝉引荐给这位相国时，那军阀虽然惊为天人，赞不绝口，装得人模人样，其实他是一头野兽，那一双眼睛流露出来的是见到猎物的贪婪之光，恨不能马上吃到嘴、吞进肚，占有之心，简直掩抑不住。

　　而吕布第一次踏进王允府邸，在初见貂蝉那一霎那，无论他，还是她，确有英雄美人，相见恨晚之感。那一刻，让我们看到吕布人性的一面。虽然他是个"轻狡反覆，唯利是视"的反复无常的"三姓家奴"，但貂蝉之美，震动了他的灵魂，爱慕之心，油然而起，倾诚之意，难以言表。这一刻的吕布，与那个人格卑下、卖主求荣、反复无常、无耻恶劣的吕布，判若两人。

　　其实，所谓连环计，猜王允的设想，一箭双雕，那结果必然应该是一个必死，一个必亡，在王允看来，董卓和吕布，都非善类，留下来必是大汉王朝之祸。但是人算不如天算，王允哪里想到，真情产生真爱，这就是王允无法左右的了，只好眼睁睁看着视若亲女的貂蝉，随着吕布凤凰于飞了。

　　《三国演义》与《红楼梦》，中国古典文学中白话小说的双璧，前书是男人的世界，很少女性人物，后书以女性人物为主，即使出现男性，也是相当缺乏阳刚之气。所以《红楼梦》的格调是一致的，情趣是和谐的，性格是完整的，故事是连贯的。《三国演义》对这位风情万种的美人，和那两位其实愚蠢的男主角，三番两次，角色互换，临场发挥，滴水不漏，神色之妖娆，风度之从容，对比之强烈，色彩之浓艳，也是令人震惊赞叹、耳目一新的。但完成历史使命以后的她，再度在白门楼出现，那俗不可耐的家庭妇女的形象，与"风情万种"那四个字毫无共同之处。这就是最早话本作者缺乏文学修养所致，也是后来演义者未加完善的美中不足了。

第 九 回

除凶暴吕布助司徒
犯长安李催听贾诩

　　王允的失败，未能抓住董卓之死的有利时机，发动勤王，稳住大局，徐图进展。他的不可遏止的报复情结左右着他的头脑，遂酿成汉代不可收拾之灭亡之灾。最后，他只有一死了之，再无别的办法。

　　所以，王夫之曰："王允非定乱之人也。""智尽于密谋，而量不足以包英雄而驯扰之，加以骄逸，而忘无穷之隐祸，其周章失纪而死于逆臣，不能免矣。"一条道走到黑的王允，东汉王朝最后一线生机，毁在他的手中。性格决定命运，你拿他有什么办法！其实，这是个极有心机的人物。他可以用计除掉董卓，其处心积虑，煞费周章，不费一兵一卒，做了十数路诸侯未能做成的事，可是这个悲剧性格的人物，却不能抓住机会，联络忠良，重新组阁，放眼未来，成为辎珠必较、纤介必除、除恶务尽的小肚鸡肠之人。

　　王夫之说他量不足，是很有道理的。量，是气量，是容量，是肚量，也就是一个人成熟与否的试金石。这世界不是你家的，因而不能事事处处都得按你的意思办，必须要有一个宽阔心胸，这才是你和这个世界长期共存的基础，这其中，既有不念前嫌、不记老账的大气，也有放眼看、往远看的风度，更有无妨试一试、等一等，给别人留出改变时间的宽容。往大里说，政权在你手里，武装在你手里；往小里说，真理在你手里，时间在你的手里，急什么？

　　正因其量不足，他的第一仗打胜以后，忙不迭地要打第二仗，一个错误决策，以致满盘皆输。那就是恶党固不可宥，遗孽亦不可留。其实大树倒，猢狲散，慢慢收拾足来得及的。大赦天下，独不赦李、郭、张、樊，为渊驱鱼，促其生变，这定时炸弹是他自己埋下的；再则，一个蔡邕略略表示了一点不同意见，忤触了他，就收狱论死，也不免太过分了些。于是，所有的知识分子都不以为然。贾诩之站到对立面去，能与他的这种极端做法不无关联么？

　　一出好戏演砸了，你还有吕布，你还有貂蝉，你急急忙忙赴死能说明什么呢？因为这错犯得太低级，一个三年级小学生都不会出这样的错，还有什么脸活在世上？

◎没想到这两人都成了爱情至上主义者，为貂蝉差点要像西洋人那样决斗。

◎助纣为虐，也得要点本事，李儒此人，识见颇佳，确系小人中之佼佼者。小人成精，毒虫为蛊，防不胜防，尤需加以戒备。

◎真来得快！好一个机变的貂蝉！若无她捉对儿应变这父子俩，王允这出戏也唱不成。

却说那撞倒董卓的人，正是李儒。当下李儒扶起董卓，至书院中坐定。卓曰："汝为何来此？"儒曰："儒适至府门，知太师怒入后园，寻问吕布，因急走来。正遇吕布奔走，云：'太师杀我！'儒慌赶入园中劝解。不意误撞恩相，死罪死罪！"卓曰："叵耐逆贼，戏吾爱姬，誓必杀之！"儒曰："恩相差矣。昔楚庄王绝缨之会，不究戏爱姬之蒋雄，后为秦兵所困，得其死力相救。今貂蝉不过一女子，而吕布乃太师心腹猛将也。太师若就此机会，以蝉赐布，布感大恩，必以死报太师。太师请自三思！"卓沉吟良久，曰："汝言亦是，我当思之。"儒谢而出。卓入后堂，唤貂蝉问曰："汝何与吕布私通耶？"蝉泣曰："妾在后园看花，吕布突至。妾方惊避，布曰：'我乃太师之子，何必相避？'提戟赶妾至凤仪亭。妾见其心不良，恐为所逼，欲投荷池自尽，却被这厮抱住。正在生死之间，得太师来救了性命。"董卓曰："我今将汝赐与吕布，何如？"貂蝉大惊，哭曰："妾身已事贵人，今忽欲下赐家奴，妾宁死不辱！"遂掣壁间宝剑，欲自刎。卓慌夺剑，拥抱曰："吾戏汝！"貂蝉倒于卓怀，掩面大哭曰："此必李儒之计也。儒与布交厚，故设此计，却不顾惜太师体面与贱妾性命，妾当生噬其肉！"卓曰："吾安忍舍汝耶！"蝉曰："虽蒙太师怜爱，但恐此处不宜久居，必被吕布所害。"卓曰："吾明日和你归郿坞去，同受快乐，慎勿忧疑。"蝉方收泪拜谢。

次日，李儒入见曰："今日良辰，可将貂蝉送与吕布。"卓曰："布与我有父子之分，不便赐与。我只不究其罪。汝传我意，以好言慰之可也。"儒曰："太师不可为妇人所惑。"卓变色曰："汝之妻肯与吕布否？貂蝉之事，再勿多言，言则必斩！"李儒出，仰天叹曰："吾等皆死于妇人之手矣！"后人读书至此，有诗叹之曰：

◎为一己之私欲，误了大事的，非止董卓。一些人中翘楚，也会犯类似的错误。

> 司徒妙算托红裙，不用干戈不用兵。
> 三战虎牢徒费力，凯歌却奏凤仪亭。

董卓即日下令还郿坞，百官俱拜送。貂蝉在车上，遥见吕布于稠人之内，眼望车中。貂蝉虚掩其面，如痛哭之状。车已去远。布缓辔于土岗之上，眼望车尘，叹惜痛恨。忽闻背后一人问曰："温侯何不从太师去，乃在此遥望而发叹？"布视之，乃司徒王允也。相见毕，允曰："老夫日来因染微恙，闭门不出，故久未得与将军一见。今日太师驾归郿坞，只得扶病出送。却喜得晤将军。请问将军，为何在此长叹？"布曰："正为公女耳！"允佯惊曰："许多时，尚未与将军耶？"布曰："老贼自宠幸久矣！"允佯大惊曰："不信有此事！"布将前事一一告允。允仰面跌足，半晌不语，良久乃言曰："不意太师作此禽兽之行！"因挽布手曰："且到寒舍商议。"布随允归。

允延入密室，置酒款待。布又将凤仪亭相遇之事，细述一遍。允曰："太师淫吾之女，夺将军之妻，诚为天

◎此时的王允，作为这出戏的导演，表现不弱。但他后来的所作所为，狭隘偏执，水准之差，前后便大不相同了。大凡一个人处于劣势环境里，所有人都可能是你的敌人时，你若没有一个清醒的头脑，敏锐的双眼，你若不是打起百倍的精神，去应付恶劣的局面，那你就要被对手吃掉。但一个人开顺风船的时候，所有人都向你致敬，问候，叫好，喝彩，倒没准由于自信和大意，听不进你不乐意听的话，而船翻人亡。这岂是王允一个人的悲剧？

◎你已杀掉一个父亲了，还怕再杀一个？

◎看来他确实是个昏昏蒙蒙得相当可以的人，或许这是吕布让读者觉得可爱可恨之处。

◎李肃，本是一个小人，自然也就理所应当去扮演这个小人角色了。

下耻笑。非笑太师，笑允与将军耳！然允老迈无能之辈，不足为道；可惜将军盖世英雄，亦受此污辱也！"布怒气冲天，拍案大叫。允急曰："老夫失语，将军息怒。"布曰："誓当杀此老贼，以雪吾耻！"允急掩其口曰："将军勿言，恐累及老夫。"布曰："大丈夫生居天地间，岂能郁郁久居人下！"允曰："以将军之才，诚非董太师所可限制。"布曰："吾欲杀此老贼，奈是父子之情，恐为后人议论。"允微笑曰："将军自姓吕，太师自姓董。掷戟之时，岂有父子情耶？"布奋然曰："非司徒言，布几自误！"允见其意已决，便说之曰："将军若扶汉室，乃忠臣也，青史传名，流芳百世。将军若助董卓，乃反臣也，载之史笔，遗臭万年！"布避席下拜曰："布意已决，司徒勿疑。"允曰："但恐事或不成，反招大祸。"布拔带刀刺臂出血为誓。允跪谢曰："汉祀不斩，皆出将军之赐也！切勿泄漏。临期有计，自当相报。"布慨诺而去。

允即请仆射士孙瑞、司隶校尉黄琬商议。瑞曰："方今主上有疾新愈，可遣一能言之人往郿坞，请卓议事。一面以天子密诏付吕布，使伏甲兵于朝门之内。引卓入，诛之，此上策也。"琬曰："何人敢去？"瑞曰："吕布同郡骑都尉李肃，以董卓不迁其官，甚是怀怨。若令此人去，卓必不疑。"允曰："善。"请吕布共议。布曰："昔日劝吾杀丁建阳，亦此人也，今若不去，吾先斩之！"使人密请肃至。布曰："昔日公说布，使杀丁建阳而投董卓。今卓上欺天子，下虐生灵，罪恶贯盈，人神共愤。

公可传天子诏往郿坞，宣卓入朝，伏兵诛之。力扶汉室，共作忠臣，尊意若何？"肃曰："吾亦欲除此贼久矣，恨无同心者耳。今将军若此，是天赐也，肃岂敢有二心！"遂折箭为誓。允曰："公若能干此事，何患不得显官？"

次日，李肃引十数骑前到郿坞，入报天子有诏。卓教唤入。李肃入拜。卓曰："天子有何诏？"肃曰："天子病体新痊，欲会文武于未央殿，议将禅位于太师，故有此诏。"卓曰："王允之意若何？"肃曰："王司徒已命人筑受禅台，只等主公到来。"卓大喜曰："吾夜梦一龙罩身，今日果得此喜信。时哉不可失！"便命心腹将李傕、郭汜、张济、樊稠四人，领飞熊军三千，守郿坞；自己即日排驾回京。顾谓李肃曰："吾为帝，汝当为执金吾。"肃拜谢称臣。卓入辞其母。母时年九十馀矣，问曰："吾儿何往？"卓曰："儿将往受汉禅，母亲早晚为太后也。"母曰："吾近日肉颤心惊，恐非吉兆。"卓曰："将为国母，岂不预有惊报！"遂辞母而行。临行，谓貂蝉曰："吾为天子，当立汝为贵妃。"貂蝉已明知就里，假作欢喜拜谢。

卓出坞上车，前遮后拥，望长安来。行不到三十里，所乘之车，忽折一轮。卓下车乘马。又行不到十里，那马咆哮嘶喊，掣断辔头，卓问肃曰："车折轮，马断辔，其兆若何？"肃曰："乃太师应诏汉禅，弃旧换新，将乘玉辇金鞍之兆也。"卓喜而信其言。次日，正行间，忽然狂风骤起，昏雾蔽天。卓问肃曰："此

◎"豁出一身剐，敢把皇帝拉下马"，拉下马以后呢，当然是他当皇帝了。所以，当皇帝是中国造反者最憧憬的美梦，也是最大的诱饵。始皇帝出巡，刘邦说："嗟乎，大丈夫当如此也。"项羽说："彼可取而代之也。"做皇帝梦者多，可皇帝只有一个，于是，下一个节目，就是厮杀，不是他杀人，就是人杀他。董卓到中土，废了一个皇帝，立了一个皇帝，虽杀人无数，但未敢为帝，现在，李肃一说，皇帝要禅位于他，于是，欣然前往，结果，此人最后还是死在皇帝梦上。

◎在中国文化传统里面，儒释道三教的精神是互相渗透着的。因为中国人属多神论者，能够把各式各样的教义混合起来接受，所以神鬼迷信，上苍崇拜，因果报应，宿命天定，都可以在中国人脑子里面找到地盘。征兆，便是这荦荦大端中的一个具体而微的表现，甚至是一门学问，正而八经地在史书里一笔笔记下来。人，一旦不能掌握自己命运时，就特别容易迷信，以为征兆寓有某种先知性，而深信不疑。这也不奇怪，在数千年不是高压统治，便是灾难频仍的历史中，或连坐，或斩首，或瘐毙，或饿死，无时不在岌岌可危的状态下。于是从种种征兆的显示中寻找心理平衡的安慰，听天由命，苟且偷安，刀搁在脖子上，也不再挣扎奋斗，便成了旧时大多数老百姓最典型的可怜心态。

何祥也？"肃曰："主公登龙位，必有红光紫雾，以壮天威耳。"卓又喜而不疑。既至城外，百官俱出迎接，只有李儒抱病在家，不能出迎。卓进至相府，吕布入贺。卓曰："吾登九五，汝当总督天下兵马。"布拜谢，就帐前歇宿。是夜，有数十小儿于郊外作歌，风吹歌声入帐。歌曰："千里草，何青青。十日上，不得生！"歌声悲切。卓问李肃曰："童谣主何吉凶？"肃曰："亦只是言刘氏灭、董氏兴之意。"次日侵晨，董卓摆列仪从入朝。忽见一道人青袍白巾，手执长竿，上缚布一丈，两头各书一"口"字。卓问肃曰："此道人何意？"肃曰："乃心恙之人也。"呼将士驱去。

卓进朝。群臣各具朝服，迎谒于道；李肃手执宝剑，扶车而行。到北掖门，军兵尽挡在门外，独有御车二十馀人同入。董卓遥见王允等各执宝剑立于殿门，惊问肃曰："持剑是何意？"肃不应，推车直入。王允大呼曰："反贼至此，武士何在？"两旁转出百馀人，持戟挺槊刺之。卓衷甲不入，伤臂堕车。大呼曰："吾儿奉先何在？"吕布从车后厉声出曰："有诏讨贼？"一戟直透咽喉。李肃早割头在手。吕布左手持戟，右手怀中取诏，大呼曰："奉诏讨贼臣董卓，其馀不问。"将吏皆呼"万岁"。后人有诗叹董卓曰：

伯业成时为帝王，不成且作富家郎。

谁知天意无私曲，郿坞方成已灭亡。

却说当下吕布大呼曰："助卓为虐者，皆李儒也，谁可擒之？"李肃应声愿往。忽听朝门外发喊，人报李儒家奴已将李儒绑缚来献。王允命缚赴市曹斩之。又将董卓尸首号令通衢。卓尸肥胖，看尸军士以火置其脐中为灯，膏流满地。百姓过者，莫不手掷其头，足践其尸。王允又命吕布同皇甫嵩、李肃领兵五万，至郿坞抄籍董卓家产人口。

却说李傕、郭汜、张济、樊稠闻董卓已死、吕布将至，便领了飞熊军，连夜奔凉州去了。吕布至郿坞，先取了貂蝉。皇甫嵩命将坞中所藏良家子女，尽行释放。但系董卓亲属，不分老幼，悉皆诛戮，卓母亦被杀。卓弟董旻、侄董璜，皆斩首号令。收籍坞中所蓄，黄金数十万，白金数百万，绮罗、珠宝、器皿、粮食不计其数。回报王允，允乃大犒军士，设宴于都堂，召集众官酌酒称庆。

正饮宴间，忽人报曰："董卓暴尸于市，忽有一人伏其尸而大哭。"允怒曰："董卓伏诛，士民莫不称贺，此何人独敢哭耶！"遂唤武士："与吾擒来！"须臾擒至。众官见之，无不惊骇，原来那人不是别人，乃侍中蔡邕也。允叱曰："董卓逆贼，今日伏诛，国之大幸。汝亦汉臣，乃不为国庆，反为贼哭，何也？"邕伏罪曰："邕虽不才，亦知大义，岂肯背国而向卓？只因一时知遇之感，不觉为之一哭。自知罪大，愿公见原，倘得黥首刖足，使续成汉史，以赎其辜，邕之幸也。"众官

◎董卓最大的罪行，莫过于迁都长安，对王城洛阳那骇人听闻的焦土政策、三光政策，其报复的疯狂性，令人发指。等到孙坚进军洛阳时，"遥望火焰冲天，黑烟铺地，二三百里，并无鸡犬人烟"。连曹操也为之感伤不已："旧土人民，死丧略尽，国中终日行，不见所识，使吾凄怆伤怀。"这个报复狂董卓，终于恶贯满盈。"暴卓尸于市。卓素肥，膏流浸地，草为之丹。守尸吏暝以为大炷，置卓脐中以为灯，光明达旦，如是积日。"匹夫董卓，他是想不到会有这样一个作恶必自毙的结果的。因此，凡走极端到伤天害理程度者，最好摸摸自己的肚脐，是不是将来会有点天灯的可能？

◎蔡邕的悲剧是他自己造成的，"卓之始执国柄，亟于名而借贤者以动天下，盖汲汲焉"。王夫之也不相信这位大文人竟看不穿董卓。"亡命江海者十二年，宦官之怨积深，而快志于一朝，髡钳之危辱深，而图安于晚岁"的蔡邕，没想到因其知遇之恩，而一往情深，也就忍不住要感喟系之的原因。凡文人，感情丰富而脆弱，易于冲动而失控，图一时之快而不计后果，到后悔来不及时才想到煞车。但碰上不通权变的王允，文学家遂输于政治家了。

◎这便是蔡邕身上那种文人的软弱了，既有胆量跨出第一步，就该直往无前，一丝不悔。文人在雪亮的大刀片子底下，常常是魂先吓走一半，两腿立刻筛糠，当初的一点勇气早飞到爪哇国去了。接着又为苟全性命，跪下来苦苦哀求，如蒙开恩，从此保证歌功颂德，山呼万岁。可惜一些短见的政治家，政治近视，出于对文化人的疑惧，常用极端手段，王允也愚不可及地干这种事，脸未阔就变，此人可笑。

◎文人收拾文人，有时候更心毒手辣些。

◎这可是比王允高明百倍的谋士。王允费尽心机，才消灭了一个董卓，贾诩三五句话，便生出四个董卓式的虎狼，于是，长安、洛阳又陷入一片兵燹之中。东汉始毁于黄巾，再毁于董卓，彻底毁于"四条汉子"之手。贾诩之罪，陈寿《三国志》不置一词，史官之慎，慎过头了。

惜邕之才，皆力救之。太傅马日䃅亦密谓允曰："伯喈旷世逸才，若使续成汉史，诚为盛事。且其孝行素著，若遽杀之，恐失人望。"允曰："昔孝武不杀司马迁，后使作史，遂致谤书流于后世。方今国运衰微，朝政错乱，不可令佞臣执笔于幼主左右，使吾等蒙其讪议也。"日䃅无言而退，私谓众官曰："王公其无后乎？善人，国之纪也；制作，国之典也。灭纪废典，岂能久乎？"当下王允不听马日䃅之言，命将蔡邕下狱中缢死，一时士大夫闻者，尽为流涕。后人论蔡邕之哭董卓固自不是，允之杀之亦为已甚。有诗叹曰：

董卓专权肆不仁，侍中何自竟亡身。
当时诸葛隆中卧，安肯轻身事乱臣！

且说李傕、郭汜、张济、樊稠，逃居陕西，使人至长安上表求赦。王允曰："卓之跋扈，皆此四人助之。今虽大赦天下，独不赦此四人。"使者回报李傕。傕曰："求赦不得，各自逃生可也。"谋士贾诩曰："诸君若弃军单行，则一亭长能缚君矣。不若诱集陕人，并本部军马，杀入长安，与董卓报仇。事济，奉朝廷以正天下；若其不胜，走亦未迟。"傕等然其说。遂流言于西凉州曰："王允欲将洗荡此方之人矣！"众皆惊惶。乃复扬言曰："徒死无益，能从我反乎？"众皆愿从。于是聚众十馀万，分作四路，杀奔长安来。

路逢董卓女婿中郎将牛辅，引军五千人，欲去与丈人报仇。李傕便与合兵，使为前驱。四人陆续进发。

王允听知西凉兵来，与吕布商议。布曰："司徒放心。量此鼠辈，何足数也！"遂引李肃将兵出敌。肃当先迎战，正与牛辅相遇。大杀一阵，牛辅抵敌不过，败阵而去。不想是夜二更，牛辅乘李肃不备，竟来劫寨。肃军乱窜，败走三十馀里，折军大半。来见吕布，布大怒，曰："汝何挫吾锐气！"遂斩李肃，悬头军门。次日，吕布进兵，与牛辅对敌。量牛辅如何敌得吕布，仍复大败而走。是夜，牛辅唤心腹人胡赤儿商议曰："吕布骁勇，万不能敌。不如瞒了李傕等四人，暗藏金珠，与亲随三五人弃军而去。"胡赤儿应允。是夜收拾金珠，弃营而走，随行者三四人。将渡一河，赤儿欲谋取金珠，竟杀死牛辅，将头来献吕布。布问起情由，从人出首："胡赤儿谋杀牛辅，夺其金宝。"布怒，即将赤儿诛杀。领军前进，正迎着李傕军马。吕布不等他列阵，便挺戟跃马，麾军直冲过来。傕军不能抵当，退走五十馀里，依山下寨，请郭汜、张济、樊稠共议。曰："吕布虽勇，然而无谋，不足为虑。我引军守住谷口，每日诱他厮杀；郭将军可领军抄击其后，效彭越挠楚之法，鸣金进兵，擂鼓收兵；张、樊二公却分兵两路，径取长安。彼首尾不能救应，必然大败。"众用其计。

却说吕布勒兵到山下，李傕引兵搦战。布忿怒，冲杀过去，傕退走山上。山上矢石如雨，布军不能进。

◎吕布也有杀人灭口之意，李肃对他来讲，无论如何也是一个不愉快的存在。

◎恶是一种社会痼疾，当恶成了整个社会的主导行为时，理智沦丧，道德堕落，文明毁灭，伦常败坏，于是，谁最野蛮，谁最歹毒，谁就最占上风。后董卓时代所造成的悲剧，便完全彻底摧垮了汉王朝。

◎王允愚愤之至，为什么不保驾随吕布撤出长安？也省得以后两帝落荒逃难，流离失所。一个曾经如此有主意的人，大乱临前，却变得如此没主意。由此看，连环计的导演和主演，恐怕都是那位风情万种的美女吧？

忽报郭汜在阵后杀来，布急回战。只闻鼓声大震，汜军已退。布方欲收军，锣声响处，催军又来。未及对敌，背后郭汜又领军杀到。及至吕布来时，却又擂鼓收军去了：激得吕布怒气填胸。一连如此几日，欲战不得，欲止不得。正在恼怒，忽然飞马报来，说张济、樊稠两路军马竟往长安，京城危急。布急领军回。背后李傕、郭汜杀来。布无心恋战，只顾奔走，折了好些人马。比及到长安，城下贼兵云屯雨集，围定城池，布军与战不利。军士畏吕布暴厉，多有降贼者。布心甚忧。数日之后，董卓余党李蒙、王方在城中为贼内应，偷开城门，四路贼军一齐拥入。吕布左冲右突，拦挡不住，引数百骑往青琐门外呼王允曰："势急矣！请司徒上马，同出关去，别作良策！"允曰："若蒙社稷之灵，得安国家，吾之愿也。若不获已，则允奉身以死。临难苟免，吾不为也。为我谢关东诸公，努力以国家为念！"吕布再三相劝，王允只是不肯去。不一时，各门火焰竟天，吕布只得弃却家小，引百馀骑飞奔出关，投袁术去了。

李傕、郭汜，纵兵大掠。太常卿种拂、太仆鲁馗、大鸿胪周奂、城门校尉崔烈、越骑校尉王颀皆死于国难。贼兵围绕内庭至急，侍臣请天子上宣平门止乱。李傕等望见黄盖，约住军士，口呼"万岁"。献帝倚楼问曰："卿不候奏请，辄入长安，意欲何为？"李傕、郭汜仰面奏曰："董太师乃陛下社稷之臣，无端被王允谋杀，臣等特来报仇，非敢造反。但见王允，臣便退兵。"王允时在帝侧，闻知此言，奏曰："臣本为社稷计。事已至此，陛下不可惜臣以误国家。臣请下见二贼。"帝徘徊不忍。允自宣平门楼上跳下楼去，大呼曰："王允在此！"李傕、郭汜拔剑叱曰："董太师何罪而见杀？"允曰："董贼之罪，弥天亘地，不可胜言。受诛之日，长安士民皆相庆贺，汝独不闻乎？"傕、汜曰："太师有罪，我等何罪，不肯相赦？"王允大骂："逆贼何必多言！我王允今日有死而已！"二贼手起，把王允杀于楼下。史官有诗赞曰：

王允运机筹，奸臣董卓休。

心怀安国恨，眉锁庙堂忧。

英气连霄汉，忠心贯斗牛。

至今魂与魄，犹绕凤凰楼。

众贼杀了王允，一面又差人将王允宗族老幼，尽行杀害。士民无不下泪。当下李傕、郭汜寻思曰："既到这里，不杀天子谋大事，更待何时？"便持剑大呼，杀入内来。正是：

巨魁伏罪灾方息，从贼纵横祸又来。

未知献帝性命如何，且听下文分解。

◎若说王允是个完人，估计没人会赞同，但看他最后在青琐门外，对吕布所讲的遗言，他这一辈子为社稷、为国家、为朝廷，尽心尽力，忠诚不二，生如此。至此死之当头，也如此，"若蒙社稷之灵，上安国家，吾之愿也。如其不获，则奉身以死之。朝廷幼少，恃我而已，临难苟免，吾不忍也。怒力谢关东诸公，勤以国家为念。"《后汉书》所载的这番话，说明他之无我，他之为国，他承担他之失误之责，此刻，只能以一死来剖白其赤胆忠心，这种人格上的完整，也就不好再求全责备他了。

　　按说，王允和蔡邕有着较多的共同经历，都为反对宦官干政而战斗过，都因斗不倒阉竖而受难过，都被迫逃亡在江湖间流浪过，怀着同一颗爱国爱民的拳拳之心，应该能找到一些共同语言。可是，两人性格上的差异颇大，王允，较偏执，认死理，心胸狭隘；蔡邕，较豁达，不拘泥，思路开阔。因之，王允只有小圈子的来往，门庭冷清；蔡邕好交朋友，与桥玄、马日磾、王朗、卢植、曹操诸君过从甚密，座无虚席。所以，王允大概活得比较累，"刚棱疾恶"，疾恶如仇；蔡邕，多血质的性格，好冲动，好表现，会"大叫欢喜，若对数十人"，活得要比较轻松些……这就是两位知识分子素不相能、形同水火的原因。

　　气量较小的王允，对这样一位风头太盛的人物，肯定会产生戒惧心理。

　　以言定谳，不足为奇，思想犯罪，古已有之，但只是人性之常，感情闪露，便招致死罪，也太过分了。虽然，古往今来，杀文人者，多为帝王，但操刀者，则常是文人同行。中国文人因祸从口出而遭殃者不胜枚举，而像蔡中郎这样简直是没病找病的傻瓜，真是少见。王夫之说过："蔡邕之愚，不亡身而不止。"至此，蔡中郎方才意识到同类的可怕，后悔也来不及了，只好一根绳子挂了自己。

第 十 回

勤王室马腾举义
报父仇曹操兴师

英雄总是孤独的，因为英雄人物之所以为英雄，先行一步，事在人先，常常不被世人理解，因而，从者稀，应者少，不免痛苦。曹操荥阳一战，败退河内之前，他那句"竖子不足与谋"，反映了内心的一种孤独感。

这个以天下事为己任的枭雄，已经意识到朝廷衰落，日暮途穷，无力中兴。同时，他曾寄予重望的诸侯领袖人物，所谓的四世三公、名门之后、有相当号召力的袁绍，只是凡俗无能之辈。其他则更等而下之，不屑一提：遍顾宇内，有大志向、有大作为者，舍我其谁？这肯定是曹操在兖州养精蓄锐时的精神状态。

他不满足于做兵强马壮、举足轻重的一方诸侯，在逐鹿中脱颖而出，成为一个盟主，代替袁绍的位置。他的力量，他的雄心，他面临的大好机遇，和董卓挟天子咸令群臣的启示，使他把目光注视到一个新的高度，身在山东，西望长安，问鼎九五，已不是什么非分之想了。所以，他不参与袁绍、公孙瓒、韩馥的夺地抢权之争，而是在一旁冷眼旁观；也不像马腾、韩遂兴勤王之师，讨贼杀敌，宁可坐等其变。那种十七路军马会盟，把袁绍推为盟主的事，他是不干的了。

曹操由此招贤纳士，扩充实力，心存远略，励精图治，帐下文有谋臣，武有猛将，俨然一番立国气象。当荀文若弃袁绍投奔他时，他说的"此吾之子房也"，就分明表现了他思想飞跃后的一派以汉高祖自许的胸襟。

此时刘备也好，孙吴也好，立脚未稳，焉谈立国！连想都不敢想的，更甭说去做了。

却说李、郭二贼欲杀献帝，张济、樊稠谏曰："不可。今日若便杀之，恐众人不服，不如仍旧奉之为主，赚诸侯入关，先去其羽翼，然后杀之，天下可图也。"

◎封建之封，即是封官。中国长期封建社会的一个特点，就是官本位。官，永远是一种强有力的诱惑。因此伸手要官做，与此四人在城楼下张嘴要官做，完全不必奇怪。

李、郭二人从其言，按住兵器。帝在楼上，宣谕曰："王允既诛，军马何故不退？"李傕、郭汜曰："臣等有功王室，未蒙赐爵，故不敢退军。"帝曰："卿欲封何爵？"李、郭、张、樊四人各自写职衔献上，勒要如此官品。帝只得从之，封李傕为车骑将军、池阳侯，领司隶校尉，假节钺；郭汜为后将军、美阳侯，假节钺；同秉朝政。樊稠为右将军、万年侯；张济为骠骑将军、平阳侯；领兵屯弘农。其余李蒙、王方等各为校尉。然后谢恩，领兵出城。又下令追寻董卓尸首，获得些零碎皮骨，以香木雕成形体，安凑停当，大设祭祀，用王者衣衾棺椁，选择吉日，迁葬郿坞。临葬之期，天降大雷雨，平地水深数尺。霹雳震开其棺，尸首提出棺外。李傕候晴再葬，是夜又复如是。三次改葬，皆不能葬，零皮碎骨悉为雷火消灭。天之怒卓，可谓甚矣！

◎俗云，恶人天也怕，此话不假。当初董卓那样胡作非为时，为什么雷不击他？

　　且说李傕、郭汜既掌大权，残虐百姓。密遣心腹，侍帝左右，观其动静。献帝此时，举动荆棘。朝廷官员，并由二贼升降。因采人望，特宣朱儁入朝，封为太仆，同领朝政。一日，人报西凉太守马腾、并州刺史韩遂二将，引军十馀万，杀奔长安来，声言讨贼。原来二将先曾使人入长安，结连侍中马宇、谏议大夫种邵、左中郎将刘范三人为内应，共谋贼党。三人密奏献帝，封马腾为征西将军，韩遂为镇西将军，各受密诏，并力讨贼。当下李傕、郭汜、张济、樊稠闻二军将至，一同商议御敌之策。谋士贾诩曰：

"二军远来，只宜深沟高垒，坚守而拒之。不过百日，彼兵粮尽，必将自退。然后引兵追之，二将可擒矣。"李蒙、王方出曰："此非好计。愿借精兵万人，立斩马腾、韩遂之头，献于麾下。"贾诩曰："今若即战，必当败绩。"李蒙、王方齐声曰："若吾二人败，情愿斩首；吾若战胜，公亦当输首级与我！"诩谓李傕、郭汜曰："长安西二百里盩厔山，其路险峻。可使张、樊两将军屯兵于此，坚壁守之；待李蒙、王方自引兵迎敌可也。"李傕、郭汜从其言，点一万五千人马与李蒙、王方。二人忻喜而去，离长安二百八十里下寨。

西凉兵到，两个引军迎去。西凉军马拦路摆开阵势。马腾、韩遂联辔而出，指李蒙、王方骂曰："反国之贼！谁去擒之？"言未绝，只见一位少年将军面如冠玉，眼若流星，虎体猿臂，彪腹狼腰，手执长枪，坐骑骏马，从阵中飞出。原来那将即马腾之子马超，字孟起，年方十七岁，英勇无敌。王方欺他年幼，跃马迎战。战不到数合，早被马超一枪刺于马下。马超勒马便回。李蒙见王方刺死，一骑马从马超背后赶来。超只做不知。马腾在阵门下大叫："背后有人追赶！"声犹未绝，只见马超已将李蒙擒在马上。原来马超明知李蒙追赶，却故意俄延，等他马近举枪刺来，超将身一闪，李蒙搠个空。两马相并，被马超轻舒猿臂，生擒过去。军士无主，望风奔逃。马腾、韩遂乘势追杀，大获胜捷，直逼隘口下寨，把李蒙斩首号令。

◎在三国谋士逞雄的局面中，唯有这个贾诩是一个不可等闲视之的人物，也是这部书里唯一的立于不败之地的谋士。诸葛亮，应该说是谋士中最光辉的典型，但他并不是最成功的谋士，"出师未捷身先死"，便是最大的遗憾。只有这个贾诩，从助纣为虐开始，到天下再乱，彻底埋葬东汉，再到为张绣出谋划策反曹，到为曹操、曹丕父子效力，计无不立，谋无不成。他的一生，做过好事，做过坏事，大家防他，他防大家，在杀掉那么多谋士和文人的曹操手下，能平安到耄耋之年，功成名就而逝。这位最懂得在"伴君如伴虎"的环境下求生存的谋士，才是最能干的谋士。

◎在历史上，中国的统治者在提倡出首、告密来维护其政权，从来是不遗余力的。连坐，族诛，戮及妻、子，知不举者同罪等等措施，就是胁迫大家出卖灵魂，像啃啃然的疯狗一样，随时准备在咬谁一口。为了自己活命，或分一杯残羹，用他人的血肉垫路，谁也用不着于心不安。于是整个社会陷入一片疑惧与恐怖之中，互相猜忌，人人自危，以邻为壑，防不胜防，这样，还有什么生机可言？中国长期停滞不前，这种政治气候，不能不说是一个重要原因。

◎《三国志》不言贾诩之罪恶，未尽史责。后董卓时期，贾诩的话，能被李傕、郭汜听进去，很大程度上是由于老乡的关系；贾诩，凉州姑臧人。美不美，家乡水；亲不亲，故乡人。乡党，既可以不当一回事，也可以很当一回事，尤其当你势单力薄，在异乡他域，这关系可是非同小可。当时，西凉的马腾与韩遂，正兴师问罪而来，韩遂与樊稠战，不敌，便勒住马："吾与公乃同乡之人，今日何太无情？"樊稠便放过了他。可见中国人对于地域观念的重视，是深入骨髓的存在。因此，读《三国演义》，这细处是忽略不得的。尤其关注西凉、羌州一带，更爱抱团取暖。

李傕、郭汜听知李蒙、王方皆被马超杀了，方信贾诩有先见之明，重用其计，只理会紧守关防，由他搦战，并不出迎。果然西凉军未及两月粮草俱乏，商议回军。恰好长安城中马宇家僮出首家主与刘范、种邵外连马腾、韩遂欲为内应等情，李傕、郭汜大怒，尽收三家老少良贱斩于市，把三颗首级直来门前号令。马腾、韩遂见军粮已尽，内应又泄，只得拔寨退军。李傕、郭汜令张济引军赶马腾，樊稠引军赶韩遂，西凉军大败。

马超在后死战，杀退张济。樊稠去赶韩遂，看看赶上，相近陈仓，韩遂勒马向樊稠曰："吾与公乃同乡之人，今日何太无情？"樊稠也勒住马答道："上命不可违。"韩遂曰："吾此来亦为国家耳，公何相逼之甚也？"樊稠听罢，拨转马头，收兵回寨，让韩遂去了。不提防李傕之侄李别，见樊稠放走韩遂，回报其叔。李傕大怒，便欲兴兵讨樊稠。贾诩曰："目今人心未宁，频动干戈，深为不便。不若设一宴请张济、樊稠庆功，就席间擒稠斩之，毫不费力。"李傕大喜，便设宴请张济、樊稠。二将忻然赴宴。酒半阑，李傕忽然变色曰："樊稠何故交通韩遂，欲谋造反？"稠大惊，未及回言，只见刀斧手拥出，早把樊稠斩首于案下。吓得张济俯伏于地。李傕扶起曰："樊稠谋反，故尔诛之。公乃吾之心腹，何须惊惧？"将樊稠军拨与张济管领。张济自回弘农去了。

李傕、郭汜自战败西凉兵，诸侯莫敢谁何。贾诩屡劝抚安百姓，结纳贤豪，自是朝廷微有生意。不想青州黄巾又起，聚众数十万，头目不等，劫掠良民。太仆朱儁保举一人可破群贼，李傕、郭汜问是何人，朱儁曰："要破山东群贼，非曹孟德不可。"李傕曰："孟德今在何处？"儁曰："见为东郡太守，广有军兵。若命此人讨贼，贼可克日而破也。"李傕大喜，星夜草诏，差人赍往东郡，命曹操与济北相鲍信一同破贼。操领了圣旨，会合鲍信一同兴兵，击贼于寿阳。鲍信杀入重地，为贼所害。操追赶贼兵直到济北，降者数万。操即用贼为前驱，兵马到处，无不降顺。不过百馀日，招安到降兵三十馀万，男女百馀万口。操择精锐者，号为"青州兵"，其馀尽令归农。曹操自此威名日重。捷书报到长安，朝廷加曹操为镇东将军。

　　操在兖州，招贤纳士。有叔侄二人来投操，乃颍川颍阴人，姓荀，名彧，字文若，荀绲之子也。旧事袁绍，今弃绍投操。操与语，大悦，曰："此吾之子房也！"遂以为行军司马。其侄荀攸，字公达，海内名士。曾拜黄门侍郎，后弃官归乡，今与其叔同投曹操，操以为行军教授。荀彧曰："某闻兖州有一贤士，今此人不知何在。"操问是谁。彧曰："乃东郡东阿人，姓程，名昱，字仲德。"操曰："吾亦闻名久矣。"遂遣人于乡中寻问，访得他在山中读书。操拜请之，程昱来见，曹操大喜。昱谓荀彧曰："某孤陋寡闻，不足当公之荐。公之乡人，姓郭，名嘉，字奉孝，乃当今贤士，何不罗而致之？"彧猛省曰："吾几忘却。"

◎曹操打的是政治仗，收买民心，笼络帝心，是他的目标。撇开后人"镇压农民起义"这样一种看法，他奉诏破青州黄巾，较之袁绍等争来夺去，显得高明多了。

◎中国历史上第一牢骚李卓吾，评至此，不禁感慨："今人平居相聚，深知某某贤，某某才，亦自降心，亦自相下，不惟不能荐也。见同党连翩而进，且巧以抑之毁之，阴以妒之嫉之者有矣，可叹也。"其实，这仅仅是他个人的感触吗？一般来说，小人之辈，生怕别人取得比他多一点成功。曹操能有如此"招贤纳士"之胸怀，确证其有超凡脱俗的成事气概。

◎曹操一开始没有这么大志向，局面是渐渐扩大的，智商是渐渐提高的，这就是多读书的好处了。曹丕说："上雅好诗书文籍，虽在军旅，手不释卷。每每定省从容，常言人少好学则思专，长则善忘，长大而能勤学者，唯吾与袁伯业耳。"先从精神上武装起来，建设他自己的智囊团；然后，充实军事力量，训练队伍，渐渐地羽翼丰满，该振翅起飞了。

◎他最擅长邀买人心这一手。

遂启操征聘郭嘉到兖州，共论天下之事。郭嘉荐光武嫡派子孙，淮南成德人，姓刘，名晔，字子阳。操即聘晔至。晔又荐二人：一个是山阳昌邑人，姓满，名宠，字伯宁；一个是武城人，姓吕，名虔，字子恪。曹操亦素知这两个名誉，就聘为军中从事。满宠、吕虔共荐一人，乃陈留平丘人，姓毛，名玠，字孝先。曹操亦聘为从事。又有一将，引军数百人来投曹操，乃泰山巨平人，姓于，名禁，字文则。操见其人弓马熟娴，武艺出众，命为点军司马。一日，夏侯惇引一大汉来见，操问何人，惇曰："此乃陈留人，姓典，名韦，勇力过人。旧跟张邈，与帐下人不和，手杀数十人，逃窜山中。惇出射猎，见韦逐虎过涧，因收于军中，今特荐之于公。"操曰："吾观此人容貌魁梧，必有勇力。"惇曰："他曾为友报仇杀人，提头直出闹市，数百人不敢近。只今所使两枝铁戟，重八十斤，挟之上马，运使如飞。"操即令韦试之。韦挟戟骤马，往来驰骋。忽见帐下大旗为风所吹，岌岌欲倒。众军士挟持不定，韦下马喝退众军，一手执定旗杆，立于风中，巍然不动。操曰："此古之恶来也！"遂命为帐前都尉，解身上锦袄，及骏马、雕鞍赐之。

自是曹操部下，文有谋臣，武有猛将，威镇山东。乃遣泰山太守应劭，往琅琊郡取父曹嵩。嵩自陈留避难，隐居琅琊。当日接了书信，便与弟曹德及一家老小四十馀口，并从者百馀人、车百馀辆，径望兖州而来。

道径徐州，太守陶谦，字恭祖，为人温厚纯笃，向欲结纳曹操，正无其由；知操父经过，遂出境迎接。再拜致敬，大设筵宴，款待两日。曹嵩要行，陶谦亲送出郭，特差都尉张闿将部兵五百护送。曹嵩率家小行到华、费间，时夏末秋初，大雨骤至，只得投一古寺歇宿。寺僧接入。嵩安顿家眷，命张闿将军马屯于两廊。众军衣装都被雨打湿，同声叹怨。张闿唤手下头目于静处商议曰："我们本是黄巾余党，勉强降顺陶谦，未有好处。如今曹家辎重车辆无数，你们欲得富贵不难。只就今夜三更，大家砍将入去，把曹嵩一家杀了，取了财物同往山中落草。此计何如？"众皆应允。

　　是夜风雨未息，曹嵩正坐，忽闻四壁喊声大举。曹德提剑出看，就被搠死。曹嵩慌引一妾，奔入方丈后，欲越墙而走。妾肥胖不能出，嵩慌急，与妾躲于厕中，被乱军所杀。应劭死命逃脱，投袁绍去了。张闿杀尽曹嵩全家，取了财物，放火烧寺，与五百人逃奔淮南去了。后人有诗曰：

> 曹操奸雄世所夸，曾将吕氏杀全家。
> 如今阖户逢人杀，天理循环报不差。

　　当下应劭部下有逃命的军士，报与曹操，操闻之遂倒于地。众人救起，操切齿曰："陶谦纵兵杀吾父，此仇不共戴天！吾今悉起大军，洗荡徐州，方雪吾恨！"

◎曹操与黄巾战，是他在军事上的一个深谋大略，和他网罗人才的政策一致，立足于更远大的目标。他此时已不追求其他诸侯们争城略地的满足，而把目光放在汉王朝的最高权力上。《魏书》称："黄巾为贼久，数乘胜，兵皆精悍。太祖旧兵少，新兵不习战，举军皆惧，太祖被甲婴胄，亲巡将士，明劝赏罚，众乃复奋，承间讨击，贼稍折退。"由于他"数开示降路，遂设奇伏，昼夜会战，战辄禽获"。《三国志》说他："追黄巾至济北。乞降。冬，受降卒三十余万，男女百余万口。收其精锐者，号为青州兵。"当时，谁给饭吃则为谁打仗，一个在政治上人才济济，在军事上实力充沛的曹操，自然是要一飞冲天了。

◎旧时年节春联，常有"忠孝传家久，诗书继世长"，忠孝、诗书，这四个字几乎囊括了中国传统文化全部：做一个中国人，一方面，忠君报国，孝亲事君；另一方面，求学上进，书香人家，既是衡量自己的标准，也是社会公众的要求。特别是忠和孝，占有很特殊的地位，更是巩固封建社会千秋赖以不坠的伦理基石。所以这两面旗帜，经常被正义的或不正义的人举起来吊民伐罪。曹操为其父兴报仇之师，理正辞严。然而实际上是他在兖州养精蓄锐，集结力量后的一次小试锋芒的出击，恰好陶谦为他提供一个口实罢了。

◎曹操在铲除政敌上是一点也不手软的，而且罪及无辜，大肆杀戮。这次徐州的大扫荡，连官方史书《三国志》也说他"所过多所杀戮"。裴松之注《三国志》引孙盛言："夫伐罪吊民，古之令轨。罪谦之由，而残其属部，过矣！"

遂留荀彧、程昱领军三万守鄄城、范县、东阿三县，其余尽杀奔徐州来。夏侯惇、于禁、典韦为先锋。操令但得城池，将城中百姓尽行屠戮，以雪父仇。当有九江太守边让，与陶谦交厚，闻知徐州有难，自引兵五千来救。操闻之大怒，使夏侯惇于路截杀之。时陈宫为东郡从事，亦与陶谦交厚，闻曹操起兵报仇，欲尽杀百姓，星夜前来见操。操知是为陶谦作说客，欲待不见，又灭不过旧恩，只得请入帐中相见。宫曰："今闻明公以大兵临徐州，报尊父之仇，所到欲尽杀百姓，某因此特来进言。陶谦乃仁人君子，非好利忘义之辈。尊父遇害，乃张闿之恶，非谦罪也。且州县之民，与明公何仇？杀之不祥，望三思而行！"操怒曰："公昔弃我而去，今有何面目复来相见？陶谦杀吾一家，誓当摘胆剜心，以雪吾恨。公虽为陶谦游说，其如吾不听何！"陈宫辞出，叹曰："吾亦无面目见陶谦也！"遂驰马投陈留太守张邈去了。

且说操大军所到之处，杀戮人民，发掘坟墓。陶谦在徐州，闻曹操起军报仇、杀戮百姓，仰天恸哭曰："我获罪于天，致使徐州之民受此大难！"急聚众官商议。曹豹曰："曹兵既至，岂有束手待死，某愿助使君破之。"陶谦只得引军出迎。远望操军，如铺霜涌雪，中军竖起白旗二面，大书"报仇""雪恨"四字。军马列成阵势，曹操纵马出阵，身穿缟素，扬鞭大骂。陶谦亦出马于门旗下，欠身施礼曰："谦本欲结好明公，故托张闿护送，不想贼心不改，致有此事。

实不干陶谦之故，望明公察之！"操大骂曰："老匹夫！杀吾父，尚敢乱言！谁可生擒老贼？"夏侯惇应声而出。陶谦慌走入阵。夏侯惇赶来，曹豹挺枪跃马，前去迎敌。两马相交，忽然狂风大作，飞沙走石。两军皆乱，各自收军。陶谦入城，与众计议曰："曹兵势大难敌。吾当自缚往曹营，任其剖割，以救徐州一郡百姓之命。"言未绝，一人进前，言曰："府君久镇徐州，人民感恩。今曹兵虽众，未能即破我城。府君与百姓，坚守勿出；某虽不才，愿施小策，教曹操死无葬身之地。"众人大惊，便问："计将安出？"正是：

本为纳交反成怨，那知绝处又逢生。

毕竟此人是谁，且听下文分解。

　　曹操决定自己干自己的，挥师东进，跳出是非，与这帮狗咬狗一嘴毛的合作者分手。在诸侯一片惊诧中，曹操要打出新天地、新世界。他未必有把握成功，但是他却有决心试试。

　　一个有志者，必有不怕孤独的勇气、冷清冷淡的结果，头脑才会冷静，否则，太喧哗，太鼓噪，忙于应酬四面八方，忙于接待亲朋好友，忙于安排座次席位，忙于四处察颜观色，结果，蹭一身油腻，混满脸臊气，狗屁进步没有，居然人称名流、社会贤达，人五人六，挺像回事。这社会有一大半人都这样混着，从小混到大，从大混到老，从老混到死，混得油光水滑，锃明瓦亮。曹操显然不会以此为目标，他注定自己必须突出重围，别开生面。不但要有超凡脱俗之思路，去陈趋新之行径，敢作敢为之胆略，不拘一格的作为，还得有逃避庸俗包围，不与竖子为谋的决断。曹操所以能成大事，就在于他的及时觉悟，另谋出路，有雄图大略的人物，否则，他和那些鸡争鹅斗的诸侯也就没有什么区别了。

　　与十七路或十八路诸侯挥手再见，识时务者为俊杰，这大手笔也只有曹操才有。

　　学会跳出去，站高点，思想飞跃一步，不也有益于我们每个人的事业吗？

第十一回

刘皇叔北海救孔融
吕温侯濮阳破曹操

　　中国人是个好管理的民族，因为地处温带，性格通常温和。而且日照充分，水系发达，土地肥沃，人民基本好生养，易满足，因此，好斗的刁民在总人口中所占比例较小。但是，一个统一政权的瓦解以后，必然是一个分封割据的，同时也是互相争雄的局面，于是各色人等，各各不同的恶便趁机释放出来。

　　中国人不爱打仗，但打起仗来的中国人，无论对内，无论对外，都是绝对不要命的。

　　政治野心的膨胀，与军事力量的增强，必然要推行扩张主义政策，这是没有办法的事。曹操如此，刘备也如此，没地盘的要找地盘，有地盘的要扩张地盘，这就是军阀混战的起因。曹操在发起会盟讨卓以后，有了政治资本，为他的迅速崛起提供了机遇。乱世出英雄，此之谓也。

　　他利用投降的黄巾余部大大地扩充了兵力，又将不适于作战的降卒去戍边屯田，保证粮饷供给。推动社会生产力的发展，本是一种进步，争取使其成为一个巩固的后方，才能挥师出征。所以他先下手攻打陶谦，拿下徐州，因为此地乃兖、豫之屏障，后方则更保无虞。接着将最妨害他大局的吕布消灭，这样他才放心大胆地回眸洛阳。他早就关注着汉献帝，但滑贼一般的阿瞒，当初由于实力不济，供养不起，只能假装看不见。现在，洛阳进去了，又迁到许都，别人当叫花子看待的刘协，到了曹操手里盘活了，也成了独他才有别人皆无的一份本钱。

　　于是，袁绍进入了他的视线之中。

　　却说献计之人，乃东海朐县人，姓糜，名竺，字子仲。此人家世富豪，尝往洛阳买卖，乘车而回，路遇一美妇人，来求同载，竺乃下车步行，让车与妇人坐。妇人请竺同载。竺上车端坐，目不邪视。行及数里，妇人辞去；临别对竺曰："我乃南方火德星君也，奉上帝敕，往烧汝家。感君相待以礼，故明告君。君可速归，搬出财物。吾当夜来。"言讫不见。竺大惊，飞奔到家，将家中所有疾忙搬出。是晚果然厨中火起，尽烧其屋。竺因此广舍家财，济贫拔苦。后陶谦聘为别驾从事。当日献计曰："某愿亲往北海郡，求孔融起兵救援；更得一人，往青州田楷求救。若二处军马齐来，操必退兵矣。"谦从之，遂写书二封，问帐下谁人敢去青州求救。一人应声愿往。众视之，乃广陵人，姓陈，名登，字元龙。陶谦先打发陈元龙往青州去讫，然后命糜竺赍书赴北海，自己率众守城，以备攻击。

却说北海孔融，字文举，鲁国曲阜人也，孔子二十世孙，泰山都尉孔宙之子。自小聪明，年十岁时，往谒河南尹李膺，阍人难之，融曰："我系李相通家。"及入见，膺问曰："汝祖与吾祖何亲？"融曰："昔孔子曾问礼于老子，融与君岂非累世通家？"膺大奇之。少顷，太中大夫陈炜至。膺指融曰："此奇童也。"炜曰："小时聪明，大时未必聪明。"融即应声曰："如君所言，幼时必聪明者。"炜等皆笑曰："此子长成，必当代之伟器也。"自此得名。后为中郎将，累迁北海太守。极好宾客，常曰："座上客常满，樽中酒不空：吾之愿也。"在北海六年，甚得民心。当日正与客坐，人报徐州糜竺至。融请入见，问其来意，

◎在汉代，一个地方的士族豪强，就是一个土围子。不但有经济实力，而且还有自己的武装力量。土围子，堪称中国分裂主义的策源地。毛泽东曾用"针插不进，水泼不进"八个字，来形容一些地方政权，目无中央，自作主张。土围子本是防止边外民族的骑袭，民众进行自卫的堡垒式建筑物，时间长了，性质变了，竟成为对抗官府的无数小政权。他们不但动辄干涉地方行政，左右当地长官的去留，制定合乎自己胃口的地方法，还敢以武力胁迫左邻右舍。刘秀靠土围子成事，但也因土围子未能实现江山的完全统一，他的许多政策甚至出不了洛阳，所以他一辈子想打破这些土围子，结果他的官员连他妹妹窝藏罪犯的院子都进不去。没有这个糜竺，刘备是进不了徐州的。

◎孔融，孔子二十世孙。"融四岁，能让梨"，一般人不大相信小孩会有如此谦让风格。看来小时候让梨，只是小学课本上的孔融。成年的孔融则恰恰相反，事事拔尖，处处不让。他虽为孔子的二十世孙，但他并不等于孔子。这一点，他有点认识不清，总以为自己是个人物。《后汉书·孔融传》说他"融负有高气，志在靖难，而才疏意广，迄无成功"。孔融此人，做做学问，还将就，如此嘴大力薄的人物，名士风流，恃才傲物，就不招人待见了。尤其，此类人热衷搞政治，要当反对派，十个有九个要栽跟头的，果然。

◎《后汉书·孔融传》载：有一次，孔融把何进得罪了，何进手下的人"私遣剑客欲追杀融。有客言于进曰：'孔文举有重名，将军若造怨此人，则四方之士皆引领而去矣。如因而礼之，可以示广于天下。'进然之，既拜而辟融举高第"。孔融的自我感觉一向好，尤其是被捧的时候，更不知天高地厚。曹操对于孔融，道不同不相为谋。虽然他是"海内英俊皆信服之"的大名士，曹操一生反对门阀制度，这就是他俩互不相能的分歧所在。孔融以世家的眼光，藐视曹操，尽管如此，孔融在北海混不下去，曹操收留他在许都，还给他一个将作大匠位置，那是建安元年。一直到南征刘表，这时已是建安十三年，曹操才将其"下狱弃市"。由此看来，曹操的容忍自己，要比一般统治者更沉得住气，他的报复时钟通常会慢一些，因为，在他看来，时间操纵于权力之手，拨快拨慢全由他的兴之所至。

竺出陶谦书，言："曹操攻围甚急，望明公垂救。"融曰："吾与陶恭祖交厚，子仲又亲到此，如何不去？只是曹孟德与我无仇，当先遣人送书解和。如其不从，然后起兵。"竺曰："曹操倚仗兵威，决不肯和。"融教一面点兵，一面差人送书。

正商议间，忽报黄巾贼党管亥，部领群寇数万，杀奔前来。孔融大惊，急点本部人马，出城与贼迎战。管亥出马曰："吾知北海粮广，可借一万石，即便退兵；不然，打破城池，老幼不留！"孔融叱曰："吾乃大汉之臣，守大汉之地，岂有粮米与贼耶！"管亥大怒，拍马舞刀，直取孔融。融将宗宝挺枪出马，战不数合，被管亥一刀砍宗宝于马下。孔融兵大乱，奔入城中。管亥分兵四面围城，孔融心中郁闷，糜竺怀愁，更不可言。

次日，孔融登城遥望，贼势浩大，倍添忧恼。忽见城外一人挺枪跃马杀入贼阵，左冲右突，如入无人之境，直到城下，大叫"开门"。孔融不识其人，不敢开门。贼众赶到壕边，那人回身连搠十数人下马，贼众倒退。融急命开门引入。其人下马弃枪，径到城上，拜见孔融。融问其姓名，对曰："某东莱黄县人也，复姓太史，名慈，字子义。老母重蒙恩顾。某昨自辽东回家省亲，知贼寇城。老母说：'屡受府君深恩，汝当往救。'某故单马而来。"孔融大喜。原来孔融与太史慈虽未识面，却晓得他是个英雄。因他远出，有老母住在离城二十里之外，融常使人遗以粟帛；母感融德，故特使慈来救。当下孔融重待太史慈，赠与衣甲鞍马。慈曰："某愿借精兵一千，出城杀贼。"融曰："君虽英勇，然贼势甚盛，不可轻出。"慈曰："老母感君厚德，特遣慈来；如不能解围，慈亦无颜见母矣。愿决一死战！"融曰："吾闻刘玄德乃当世英雄，若请得他来相救，此围自解。只无人可使耳。"慈曰："府君修书，某当急往。"融喜，修书付慈。慈擐甲上马，腰带弓矢，手持铁枪，饱食严装，城门开处，一骑飞出。近壕，贼将率众来战。慈连搠死数人，透围而出。管亥知有人出城，料必是请救兵的，便自引数百骑赶来，八面围定。慈倚住枪，拈弓搭箭，八面射之，无不应弦落马。贼众不敢来追。

太史慈得脱，星夜投平原来见刘玄德。施礼罢，具言孔北海被围求救之事，呈上书札。玄德看毕，问慈曰："足下何人？"慈曰："某太史慈，东海之鄙人也。与孔融亲非骨肉，比非乡党，特以气谊相投，有分忧共患之意。今管亥暴乱，北海被围，孤穷无告，危在旦夕。闻君仁义素著，能救人危急，故特令某冒锋突围，前来求救。"玄德敛容答曰："孔北海知世间有刘备耶？"乃同云长、翼德点精兵三千，往北海郡进发。管亥望见救军来到，亲自引兵迎敌；因见玄德兵少，不以为意。玄德与关、张、太史慈立马

◎太史慈，山东黄县人。现在，我们可以肯定知道的，东汉时期没有全国统一的普通话。秦始皇只保证全国文字统一，度量衡统一，货币和车轨的统一，并未对全国各地不同而且相异度很大的地方语系进行统一，因此山东胶州湾一带的北方口语，与江东一带的南方口语，必然有明显的差别。所以，太史慈最后归吴，这种"乡音未改鬓毛衰"的孤独感，应该是他一生都郁郁不得志的真实反映。虽然《三国演义》写他与张辽合淝之战中中箭而后病故，但在《三国志·吴书》中，太史慈一生未与北人战，虽入吴，但并不视策为主，独行其事，无所羁束。建安十一年卒，年四十一。《吴书》曰："慈临亡，叹息曰，丈夫在世，当带七尺之剑，以升天子之阶，今所志未从，奈何而死乎！"看来，这是个有大抱负和大能力，而且不安于位之人，可惜，异乡他国，孤愤漂泊，所处非地，所遇非人。他能为孔融一饭之恩，搬刘玄德之军，这种滴水之恩当涌泉相报的感情，在《三国演义》中被视作与"义"同等重要的精神，在他身上得到完全的体现。然而，孔融也好，刘备也好，以及江东孙氏兄弟，都不在他的眼下，自视甚高、曲高和寡，冷落，便是必须付出的代价。

◎没名者求名若渴，有名者求名更热，名小者求得大名，名大者与人比名，刘玄德听说孔北海知道世间有刘备，一副悻悻然的小人得意之色，便挂不住了。

◎刘备哪能放弃这一个天赐良机？即使去借贷资本，也要在诸侯争夺的牌桌上挤进一张凳子的。

阵前，管亥忿怒直出。太史慈却待向前，云长早出，直取管亥。两马相交，众军大喊。量管亥怎敌得云长，数十合之间，青龙刀起，劈管亥于马下。太史慈、张飞两骑齐出，双枪并举，杀入贼阵。玄德驱兵掩杀。城上孔融望见太史慈与关、张赶杀贼众，如虎入羊群，纵横莫当，便驱兵出城。两下夹攻，大败群贼，降者无数，馀党溃散。

孔融迎接玄德入城，叙礼毕，大设筵宴庆贺。又引糜竺来见玄德，具言张闿杀曹嵩之事："今曹操纵兵大掠，围住徐州，特来求救。"玄德曰："陶恭祖乃仁人君子，不意受此无辜之冤。"孔融曰："公乃汉室宗亲。今曹操残害百姓，倚强欺弱，何不与融同往救之？"玄德曰："备非敢推辞，奈兵微将寡，恐难轻动。"孔融曰："融之欲救陶恭祖，虽因旧谊，亦为大义。公岂独无仗义之心耶？"玄德曰："既如此，请文举先行，容备去公孙瓒处，借三五千人马，随后便来。"融曰："公切勿失信。"玄德曰："公以备为何人也？圣人云：'自古皆有死，人无信不立。'刘备借得军或借不得军，必然亲至。"孔融应允，教糜竺先回徐州去报，融便收拾起程。太史慈拜谢曰："慈奉母命前来相助，今幸无虞。有扬州刺史刘繇，与慈同郡，有书来唤，不敢不去。容图再见。"融以金帛相酬，慈不肯受而归。其母见之，喜曰："我喜汝有以报北海也！"遂遣慈往扬州去了。

不说孔融起兵。且说玄德离北海来见公孙瓒，具说欲救徐州之事。瓒曰："曹操与君无仇，何苦替人出力？"玄德曰："备已许人，不敢失信。"瓒曰："我借与君马步军二千。"玄德曰："更望借赵子龙一行。"瓒许之。玄德遂与关、张引本部三千人为前部，子龙引二千人随后，往徐州来。

◎公孙瓒说得有理，可他哪里懂得一个渴求出名之人，难得一遇的出风头机会，怎么能放弃呢？

却说糜竺回报陶谦，言北海又请得刘玄德来助；陈元龙也回报青州田楷欣然领兵来救。陶谦心安。原来孔融、田楷两路军马，惧怕曹兵势猛，远远依山下寨，未敢轻进。曹操见两路军到，亦分了军势，不敢向前攻城。

却说刘玄德军到，见孔融。融曰："曹兵势大，操又善于用兵，未可轻战。且观其动静，然后进兵。"玄德曰："但恐城中无粮，难以久持。备令云长、子龙领军四千，在公部下相助；备与张飞杀奔曹营，径投徐州，去见陶使君商议。"融大喜，会合田楷，为掎角之势；云长、子龙领兵两边接应。

◎先行一步，要拔头筹去也，孔融一介书生，就不如小商贩出身的刘备算账算得快了。

是日，玄德、张飞引一千人马，杀入曹兵寨边。正行之间，寨内一声鼓响，马军步军，如潮似浪，拥将出来。当头一员大将，乃是于禁，勒马大叫："何处狂徒！往那里去！"张飞见了，更不打话，直取于禁。两马相交，战到数合，玄德掣双股剑麾兵大进，于禁败走。张飞当前追杀，直到徐州城下。城上望见红旗白字，大书"平原刘玄德"，陶谦急令开门。玄

◎让徐州一事，姑且不论是否合乎史实。就事论事，陶谦拱手交印，刘备也绝不会当仁不让地接受，欲取姑放，也是一种策略。何况此时还有谁能与他竞争呢？

◎"趋侍"二字，倒挺能表达刘备的微末心态。真"微末"，装"微末"，是有很大差别的。

德入城，陶谦接着，共到府衙。礼毕，设宴相待，一壁劳军。陶谦见玄德仪表轩昂，语言豁达，心中大喜，便命糜竺取徐州牌印，让与玄德。玄德愕然曰："公何意也？"谦曰："今天下扰乱，王纲不振；公乃汉室宗亲，正宜力扶社稷。老夫年迈无能，情愿将徐州相让。公勿推辞。谦当自写表文，申奏朝廷。"玄德离席再拜曰："刘备虽汉朝苗裔，功微德薄，为平原相犹恐不称职。今为大义，故来相助。公出此言，莫非疑刘备有吞并之心耶？若举此念，皇天不佑！"谦曰："此老夫之实情也。"再三相让，玄德那里肯受。糜竺进曰："今兵临城下，且当商议退敌之策。待事平之日，再当相让可也。"玄德曰："备当遗书于曹操，劝令解和。操若不从，厮杀未迟。"于是传檄三寨，且按兵不动；遣人赍书以达曹操。

却说曹操正在军中，与诸将议事，人报徐州有战书到。操拆而观之，乃刘备书也。书略曰：

备自关外得拜君颜，嗣后天各一方，不及趋侍。向者，尊父曹侯，实因张闿不仁，以致被害，非陶恭祖之罪也。目今黄巾遗孽，扰乱于外；董卓馀党，盘踞于内。愿明公先朝廷之急而后私仇，撤徐州之兵以救国难，则徐州幸甚，天下幸甚！

曹操看书，大骂："刘备何人，敢以书来劝我！且中间有讥讽之意！"命斩来使，一面竭力攻城。郭嘉谏曰："刘备远来救援，先礼后兵，主公当用好言答之，以慢备心；然后进兵攻城，城可破也。"操从其言，款留来使，候发回书。正商议间，忽流星马飞报祸事。操问其故，报说吕布已袭破兖州，进据濮阳。原来吕布自遭李、郭之乱，逃出武关，去投袁术；术怪吕布反覆不定，拒而不纳。投袁绍，绍纳之，与布共破张燕于常山。布自以为得志，傲慢袁绍手下将士。绍欲杀之，布乃去投张杨，杨纳之。时庞舒在长安城中，私藏吕布妻小，送还吕布。李傕、郭汜知之，遂斩庞舒；写书与张杨，教杀吕布。布因弃张杨，去投张邈。恰好张邈弟张超，引陈宫来见张邈。宫说邈曰："今天下分崩，英雄并起；君以千里之众，而反受制于人，不亦鄙乎！今曹操征东，兖州空虚；而吕布乃当世勇士，若与之共取兖州，霸业可图也。"张邈大喜，便令吕布袭破兖州，随据濮阳。止有鄄城、东阿、范县三处，被荀彧、程昱设计死守得全，其余俱破。曹仁屡战皆不能胜，特此告急。操闻报大惊曰："兖州有失，使吾无家可归矣，不可不亟图之！"郭嘉曰："主公正好卖个人情与刘备，退军去复兖州。"操然之，即时答书与刘备，拔寨退兵。

且说来使回徐州，入城见陶谦，呈上书札，言

◎曹操一直未把刘备这个对手太看在眼里，但他观察到这个对手的潜力，现在算不上是对手，但未来未必不是对手，因此，他不能不在意。请注意，能掂出一个人的分量，能看到一个人其后的五年、十年，这双眼睛很毒，也很可怕。

◎到处投奔的吕布，如同没头苍蝇一般。此人打仗无比勇猛，但脑袋无比愚蠢。

◎按《三国演义》，吕伯奢情结，是陈宫一辈子解不开的扣儿，既然当时从大义出发，给曹操留了条命，那么此后的他，一门心思与曹操作对，前后未免乖异。狭隘误人，也真可惜了他的才干。读《三国志·吕布臧洪传第七》："陈宫字公台，东郡人也。刚直烈壮，少与海内知名之士皆相连结。及天下乱，始随太祖，后自疑，乃从吕布，为布画策，布每不从其计。"其中"始随太祖，后自疑"，语焉不详，似有另外恩怨在。

◎地方豪族集团的选择是决定性的，所以刘备才有把握一让再让。

◎他不像刘备那样心不对口，孔子二十世孙自有资格这样敞开大骂袁术。

◎退一步，正是为了进两步，反正囊中之物，早取晚取耳。

曹兵已退。谦大喜，差人请孔融、田楷、云长、子龙等赴城大会。饮宴既毕，谦延玄德于上座，拱手对众曰："老夫年迈，二子不才，不堪国家重任。刘公乃帝室之胄，德广才高，可领徐州。老夫情愿乞闲养病。"玄德曰："孔文举令备来救徐州，为义也。今无端据而有之，天下将以备为无义人矣。"糜竺曰："今汉室陵迟，海宇颠覆，树功立业，正在此时。徐州殷富，户口百万，刘使君领此，不可辞也。"玄德曰："此事决不敢应命。"陈登曰："陶府君多病，不能视事，明公勿辞。"玄德曰："袁公路四世三公，海内所归，近在寿春，何不以州让之？"孔融曰："袁公路冢中枯骨，何足挂齿！今日之事，天与不取，悔不可追。"玄德坚执不肯。陶谦泣下曰："君若舍我而去，我死不瞑目矣！"云长曰："既承陶公相让，兄且权领州事。"张飞曰："又不是我强要他的州郡，他好意相让，何必苦苦推辞！"玄德曰："汝等欲陷我于不义耶？"陶谦推让再三，玄德只是不受。陶谦曰："如玄德必不肯从，此间近邑，名曰小沛，足可屯军，请玄德暂驻军此邑，以保徐州。何如？"众皆劝玄德留小沛，玄德从之。陶谦劳军已毕，赵云辞去，玄德执手挥泪而别。孔融、田楷亦各相别，引军自回。玄德与关、张引本部军来至小沛，修葺城垣，抚谕居民。

　　却说曹操回军，曹仁接着，言吕布势大，更有陈宫为辅，兖州、濮阳已失，其鄄城、东阿、范县三处，赖荀彧、程昱二人设计相连，死守城郭。操曰："吾料吕布有勇无谋，不足虑也。"教且安营下寨，再作商议。

吕布知曹操回兵，已过滕县，召副将薛兰、李封曰："吾欲用汝二人久矣。汝可引军一万，坚守兖州。吾亲自率兵，前去破曹。"二人应诺。陈宫急入见曰："将军弃兖州，欲何往乎？"布曰："吾欲屯兵濮阳，以成鼎足之势。"宫曰："差矣。薛兰必守兖州不住。此去正南一百八十里，泰山路险，可伏精兵万人在彼。曹兵闻失兖州，必然倍道而进，待其过半，一击可擒也。"布曰："吾屯濮阳，别有良谋，汝岂知之！"遂不用陈宫之言，而用薛兰守兖州而行。曹操兵行至泰山险路，郭嘉曰："且不可进，恐此处有伏兵。"曹操笑曰："吕布无谋之辈，故教薛兰守兖州，自往濮阳，安得此处有埋伏耶？"教曹仁领一军围兖州："吾进兵濮阳，速攻吕布。"陈宫闻曹兵至近，乃献计曰："今曹兵远来疲困，利在速战，不可养成气力。"布曰："吾匹马纵横天下，何愁曹操！待其下寨，吾自擒之。"

却说曹操兵近濮阳，下住寨脚。次日，引众将出，陈兵于野。操立马于门旗下，遥望吕布兵到。阵圆处，吕布当先出马，两边摆开八员健将：第一个雁门马邑人，姓张，名辽，字文远；第二个泰山华阴人，姓臧，

◎郭嘉，三国时期奇士。是个能左右时代格局的人物，可惜早逝，不然，《三国志》的三国，也许不过纸上风云罢了。裴注引《傅子》曰："嘉少有远量，汉末天下将乱，自弱冠匿名迹，密交结英俊，不与俗接，故时人多莫知，惟识达者奇之。"他这个人的出处，很有沙漠中那个劳伦斯的神秘感，莫测高深。此时，郭嘉方二十五岁，曹操原来幕下亲近谋士戏志才死了，经荀彧荐，一夕谈后，太祖曰："使孤成大业者，必此人也。"嘉出，亦喜曰："真吾主也。"可见曹操慧眼识人，用人之不拘一格，不像一些老前辈总以乳臭未干为名，排斥青年人，甚至和青年人过不去。

◎嗣后，郭嘉为曹魏奠定中原和北方地区的统治，开疆拓土，制抚少数民族的滋扰边庭，是立下功勋的。可惜天不假以永年，早逝于北征途中。建安三年，曹操与荀彧书追伤郭嘉曰："郭奉孝年不满四十，相与周旋十一年，险阻艰难，皆共罹之。又以其通达，见世事无所疑滞，欲以后事属之。何意卒尔失之。悲痛伤心！今表增其子满千户，然何益亡者，追念之感深。且奉孝乃知孤者也，天下人相知者少，又以此痛惜，奈何奈何！"由这封信，可以看出曹操对有才能的人的那种惺惺相惜之情。对一个死去已多年的朋友，仍念念不忘于怀，说明曹操并不是京剧舞台上那个永远奸诈的大白脸。"相知者少"，岂是他一个人的遗憾？这世界人很多，多得令人窒息，但达到相知程度的对话者，却寥若晨星。

◎曹操手下数将出战，不敌吕布。吕布虽有万夫不当之勇，但有勇而无谋。陈宫是曹操的老相识了，他太知道这个"老朋友"了。他警告过吕布，"曹操是极能用兵之人"，但吕布是个蛮力崇拜者，并不把身边这位谋士的良计妙策放在心上，直到最后白门楼死到临头，陈宫顾吕布曰："恨此人不从吾言"。四肢发达、头脑简单的吕布，后悔也来不及了。

名霸，字宣高。两将又各引三员健将：郝萌、曹性、成廉、魏续、宋宪、侯成。布军五万，鼓声大震。操指吕布而言曰："吾与汝自来无仇，何得夺吾州郡？"布曰："汉家城池，诸人有分，偏尔合得？"便叫臧霸出马搦战。曹军内乐进出迎。两马相交，双枪齐举，战到三十馀合，胜负不分。夏侯惇拍马便出助战，吕布阵上张辽截住厮杀。恼得吕布性起，挺戟骤马，冲出阵来。夏侯惇、乐进皆走，吕布掩杀，曹军大败，退三四十里。布自收军。

曹操输了一阵，回寨与诸将商议。于禁曰："某今日上山观望，濮阳之西，吕布有一寨，约无多军。今夜彼将谓我军败走，必不准备，可引兵击之；若得寨，布军必惧。此为上策。"操从其言，带曹洪、李典、毛玠、吕虔、于禁、典韦六将，选马步二万人，连夜从小路进发。

却说吕布于寨中劳军，陈宫曰："西寨是个要紧去处，倘或曹操袭之，奈何？"布曰："他今日输了一阵，如何敢来！"宫曰："曹操是极能用兵之人，须防他攻我不备。"布乃拨高顺并魏续、侯成，引兵往守西寨。

却说曹操于黄昏时分，引军至西寨，四面突入。寨兵不能抵挡，四散奔走。曹操夺了寨。将及四更，高顺方引军到，杀将入来。曹操自引军马来迎，正逢高顺，三军混战。将及天明，正西鼓声大震，人报吕布自引救军来了。操弃寨而走。背后高顺、魏续、侯成赶来，当头吕布亲自引军来到。于禁、乐进双战吕布不住。操望北而行。山后一彪军出：左有张辽，右有臧霸。操使吕虔、曹洪战之，不利。操望西而走。忽又喊声大震，一彪军至：郝萌、曹性、成廉、宋宪四将拦住去路。众将死战，操当先冲阵。梆子响处，箭如骤雨射将来。操不能前进，无计可脱，大叫："谁人救我？"马军队里，一将踊出，乃典韦也，手挺双铁戟，大叫："主公勿忧！"飞身下马，插住双戟，取短戟十数枝，挟在手中，顾从人曰："贼来十步乃呼我！"遂放开脚步，冒箭前行。布军数十骑追至。从人大叫曰："十步矣！"韦曰："五步乃呼我！"从人又曰："五步矣！"韦乃飞戟刺之，一戟一人坠马，并无虚发，立杀十数人。众皆奔走。韦复飞身上马，挺一双大铁戟，冲杀入去。郝、曹、成、宋四将不能抵挡，各自逃去。典韦杀散敌军，救出曹操。众将随后也到，寻路归寨。看看天色傍晚，背后喊声起处，吕布骤马提戟赶来，大叫："操贼休走！"此时人困马乏，大家面面相觑，各欲逃生。正是：

　　　　虽能暂把重围脱，只怕难当劲敌追。

不知曹操性命如何，且听下文分解。

◎俗话说，王不见王，吕布和曹操此前从未干戈相见，曹操当然知道吕布的武艺天下无敌，难以制服；吕布当然也知道曹操非一般人也，招惹不得。大家尽量绕着走不发生正面冲突。这一回，确系吕布犯规，占了曹操的兖州、濮阳，这也是他相当没落、无处可去之后不得不出此下策了。这就是所谓作死、找死、讨死之举了。这提醒了曹操，要不解决这个总是游荡在中原的孤魂野鬼，没准真会成其绊脚石，影响他的人生大业。

◎典韦死战一节，有声有色。好武戏者值得为血腥喝彩。

在中国，一提奸雄，必定马上想到曹操。如果看过京剧，立刻就会在脑海里浮现出那张大白脸。其实，奸，只是曹操的一个侧面；雄，却是他在历史上的全部。李卓吾在《藏书》中对其评价极高："操芟夷群丑，其行军用师，大较依孙武子兵法，而用事设奇，谲敌制胜，变化若神。自作兵书十馀万言，诸将征伐，皆以《新书》从事。与虏对阵，意思安闲，如不欲战。然而决机而乘，气势盈溢，故每战必克。御军三十馀年手不舍书。"

王夫之在《读通鉴论》里说："曹操父见杀而兴兵报之，是也；坑杀男女数十万人于泗水，遍屠城邑，则惨毒不仁，恶滔天矣。虽然，陶谦实有以致之也。"说实在的，就光明磊落这点，他不是鲁迅讽刺的"又想做婊子，又要立牌坊"的人。也不像世上那些名流，台上握手，台下踢脚，当面称兄道弟，背后落井下石。搂得你挺紧，可插进你软肋里的一刀，也挺深。他当年，行刺董卓不成，亡命流窜，行到中牟地方，被陈宫捉了，因曹是个反董义士，不但释放了他，陈还挂金封印，随同他一块干革命去。途中借宿旧交吕伯奢庄上，因猜疑，便做出"宁教我负天下人，休教天下人负我"的杀人灭口之事，从此留下恶名。现如今，陶谦劫杀其父老全家，他还有什么犹豫，不去兴师问罪，大动干戈呢？"恶滔天矣"又如何，他就是要在徐州这一带大开杀戒，他要让他训练的青州兵见见阵仗。

王夫之对陶谦评价极低，说他很差劲，颇不是东西。"盖谦之为谦也，贪利赖宠，规眉睫而祸福者也。然则曹嵩之辎重，谦固垂涎而假手于别将耳。"老先生总结曰，"吮锋端之蜜，祸及生灵者数十万人，贪人之毒，可畏也夫！"所以，什么谦谦君子，什么长者风度，什么见贤思齐，什么温良恭让，这些表面上看到的，书本上写着的，是当真不得的。姑妄听之，可以，竟然信之，那就不必了，这也是生活教给我们的聪明。

人，为什么要长一个脑袋，而且这个世界上，没有两个一模一样的脑袋呢？就是要让你用这个脑袋来"独立"思考的。

第十二回

陶恭祖三让徐州
曹孟德大战吕布

《三国志》里的陶谦，与《三国演义》里的陶谦，不是一回事。

在史传上，只有一句，"陶谦死，刘备代之"。代是对的，也是合法的，让是不对的，也是不合法的，所以不存在让徐州这一说。只是在《三国志·蜀书·先主传》中，述其原委："既到，谦以丹阳兵四千益先主，先主遂去楷归谦。谦表先主为豫州刺史，屯小沛。谦病笃，谓别驾麋竺曰：'非刘备不能安此州也。'"于是，罗贯中据此敷衍出"三让徐州"这段演义，然后又有人翻版改成"让徐州"这出戏文。从已经成了他妹丈的麋竺口中说出陶谦临终前的这句话，这个肯定站在刘备一边的土豪，其可信度是要打折扣的，是不是有造一下夺权的舆论，也未可知。三国期间，战乱不已，制度失灵，规章不存，但州牧之类官员，私相授受，也是不合程序的。

陶谦这个人，品质恶劣，寡德鲜仁，腐败无能，陈寿说他"背道任情"，"刑政失和，良善多被其害"，这才是《三国演义》作者拔高这个恶吏的原因。罗贯中意在表现刘备的谦虚、逊让和施恩不图报的品格，水涨船高，陶谦也须随之涂脂抹粉，化妆一番。否则，刘备与这个政绩很坏、名声很臭的州牧，一让、二让、三让地让来让去，至少是一种虚伪了。

在中国历史上，除了上古的尧、舜曾实行禅让制外，封建社会从秦始皇到清朝的溥仪，都是世袭继承制，共有大大小小三百多位皇帝，没有一个是禅让上台的。当然，前朝和后朝之间，有过禅让的形式，但说白了，那无一不是血和泪的悲剧。曹丕逼着汉献帝下台，《三国演义》曾经绘声绘色地描写过的。即使刘协当这个皇帝，简直窝囊透顶，可要让他缴出印绶时，那份难以割舍，那份迟迟拖宕，这就如同清末诗人樊樊山，此公好容易谋到一个护理两江总督，一上任，正值辛亥革命爆发，他避难于上海租界。后来，民国政府成立，江苏省这才发现一省之章竟被樊樊山离任时携去，遂派员交涉，此公也是与刘协一样，拖沓牵延着不肯交还。

所以在中国，上至天子，下至里正，连官印都视之如命，哪有让官这一说。

◎诈降，是一种初级阶段的骗术，通常施之于智商不高的对象。但曹操却中了陈宫的计，因为陈宫把握了曹操急于解决吕布的掣肘之患的心理。智商虽高的曹操，饥不择食，急兔反噬，也顾不得许多，差点送命。好在曹操到底要棋高一着，将计就计，反败为胜。

◎求胜心切者戒！

◎《三国志》这样记述的："布出兵战，先以骑犯青州兵。"吕布的并州骑兵相当凶悍，攻无不克。曹操的青州兵，改编自原来造反的黄巾徐部，劫掠破坏，本事不小，上阵打仗，不成气候。"青州兵奔，太祖陈乱，驰突火出，坠马，烧左手掌。司马楼异扶太祖上马，遂引去。"吕布为悍将，万人莫敌，曹操摆不平他，日子就不太好过。若是将他拿下，北方诸侯统统不在话下。所以，由不得他不从事这样一次危险的游戏。

曹操正慌走间，正南上一彪军到，乃夏侯惇引军来救援，截住吕布大战。斗到黄昏时分，大雨如注，各自引军分散。操回寨，重赏典韦，加为领军都尉。

却说吕布到寨，与陈宫商议。宫曰："濮阳城中有富户田氏，家僮千百，为一郡之巨室；可令彼密使人往操寨中下书，言'吕温侯残暴不仁，民心大怨。今欲移兵黎阳，止有高顺在城内。可连夜进兵，我为内应'。操若来，诱之入城，四门放火，外设伏兵。曹操虽有经天纬地之才，到此安能得脱也？"吕布从其计，密谕田氏使人径到操寨。操因新败，正在踌躇，忽报田氏人到，呈上密书云："吕布已往黎阳，城中空虚。万望速来，当为内应。城上插白旗，大书'义'字，便是暗号。"操大喜曰："天使吾得濮阳也！"重赏来人，一面收拾起兵。刘晔曰："布虽无谋，陈宫多计。只恐其中有诈，不可不防。明公欲去，当分三军为三队，两队伏城外接应，一队入城方可。"操从其言，分军三队，来至濮阳城下。操先往观之，见城上遍竖旗幡，西门角上有一"义"字白旗，心中暗喜。

是日午牌，城门开处，两员将引军出战：前军侯成，后军高顺。操即使典韦出马，直取侯成。侯成抵敌不过，回马望城中走。韦赶到吊桥边，高顺亦拦挡不住，都退入城中去了。数内有军人乘势混过阵来见操，说是田氏之使，呈上密书。约云："今夜初更时分，城上鸣锣为号，便可进兵。某当献门。"操拨夏侯惇引军在左，曹洪引军在右，自己引夏侯渊、李典、乐进、典韦四将，率兵入城。李典曰："主公且在城外，容某等先入城去。"操喝曰："我不自往，谁肯向前！"遂当先领兵直入。

时约初更，月光未上。只听得西门上吹嬴壳声，喊声忽起，门上火把燎乱，城门大开，吊桥放落。曹操争先拍马而入。直到州衙，路上不见一人。操知是计，忙拨回马，大叫："退兵！"州衙中一声炮响，四门烈火，轰天而起；金鼓齐鸣，喊声如江翻海沸。东巷内转出张辽，西巷内转出臧霸，夹攻掩杀。操走北门，道傍转出郝萌、曹性，又杀一阵。操急走南门，高顺、侯成拦住。典韦怒目咬牙，冲杀出去。高顺、侯成倒走出城。典韦杀到吊桥，回头不见了曹操，翻身复杀入城来，门下撞着李典。典韦问："主公何在？"典曰："吾亦寻不见。"韦曰："汝在城外催救军，我入去寻主公。"李典去了。典韦杀入城中，寻觅不见；再杀出城壕边，撞着乐进。进曰："主公何在？"韦曰："我往复两遭，寻觅不见。"进曰："同杀入去救主！"两人到门边，城上火炮滚下，乐进马不能入。典韦冒烟突火，又杀入去，到处寻觅。

却说曹操见典韦杀出去了，四下里人马截来，不得出南门；再转北门，火光里正撞见吕布挺戟跃马而来。操以手掩面，加鞭纵马竟过。吕布从后拍马赶来，将戟于操盔上一击，问曰："曹操何在？"操反指曰：

◎"太祖围濮阳，濮阳大姓田氏为反间，太祖得入城，烧其东门，示无反意。及战，军败。布骑得太祖而不知是，问曰曹操何在？太祖曰乘黄马走者是也。布骑乃释太祖而追黄马者，门火犹盛，太祖突火而出。"这个精彩的场面，并非演义，而是出于《三国志》裴注所引的袁晔《献帝春秋》。不过，混战之中，吕布的兵认不出曹操，可以理解，吕布认不出曹操，就比较费解了。

◎典韦三进三出，胆壮过人。

◎曹操枭雄急智，借词闪过，吕布武夫粗蠢，竟被骗住。这两个人，谁要慢半拍，就有好看的了。时机错过，常常于有意无意之中。战争就是一场轮盘赌，看谁先抽得死签，曹操命大，逃过一劫。

◎惨败之后而并不一蹶不振，尚有将计就计的反击之心，非等闲人。

◎从来天灾人祸并行，人祸常常甚于天灾，但总是一古脑地把责任推到老天爷头上，好像也成惯例。

"前面骑黄马者是他。"吕布听说，弃了曹操，纵马向前追赶。曹操拨转马头，望东门而走，正逢典韦。韦拥护曹操，杀条血路，到城门边，火焰甚盛，城上推下柴草，遍地都是火。韦用戟拨开，飞马冒烟突火先出。曹操随后亦出。方到门道边，城门上崩下一条火梁来，正打着曹操战马后胯，那马扑地倒了。操用手托梁推放地上，手臂须发，尽被烧伤。典韦回马来救，恰好夏侯渊亦到。两个同救起曹操，突火而出。操乘渊马，典韦杀条大路而走。直混战到天明，操方回寨。

众将拜伏问安，操仰面笑曰："误中匹夫之计，吾必当报之！"郭嘉曰："计可速发。"操曰："今只将计就计：诈言我被火伤，已经身死。布必引兵来攻。我伏兵于马陵山中，候其兵半渡而击之，布可擒矣。"嘉曰："真良策也！"于是令军士挂孝发丧，诈言操死。早有人来濮阳报吕布，说曹操被火烧伤肢体，到寨身死。布随点起军马，杀奔马陵山来。将到操寨，一声鼓响，伏兵四起。吕布死战得脱，折了好些人马；败回濮阳，坚守不出。是年蝗虫忽起，食尽禾稻。关东一境，每谷一斛，直钱五十贯，人民相食。曹操因军中粮尽，引兵回鄄城暂住。吕布亦引兵出屯山阳就食。因此二处权且罢兵。

却说陶谦在徐州，时年已六十三岁，忽然染病，看看沉重，请麋竺、陈登议事。竺曰："曹兵之去，止为吕布袭兖州故也。今因岁荒罢兵，来春又必至矣。府君两番欲让位于刘玄德，时府君尚强健，故玄德不肯受；今病已沉重，正可就此而与之，玄德不肯辞矣。"谦大喜，使人来小沛，请刘玄德商议军务。玄德引关、张带数十骑到徐州，陶谦教请入卧内。玄德问安毕，谦曰："请玄德公来，不为别事，止因老夫病已危笃，朝夕难保，万望明公可怜汉家城池为重，受取徐州牌印，老夫死亦瞑目矣！"玄德曰："君有二子，何不传之？"谦曰："长子商，次子应，其才皆不堪任。老夫死后，犹望明公教诲，切勿令掌州事。"玄德曰："备一身安能当此大任？"谦曰："某举一人，可为公辅：系北海人，姓孙，名乾，字公祐，此人可使为从事。"又谓糜竺曰："刘公当世人杰，汝当善事之。"玄德终是推托，陶谦以手指心而死。众军举哀毕，即捧牌印交送玄德。玄德固辞。次日，徐州百姓拥挤府前，哭拜曰："刘使君若不领此郡，我等皆不能安生矣！"关、张二公亦再三相劝。玄德乃许权领徐州事，使孙乾、糜竺为辅，陈登为幕官。尽取小沛军马入城，出榜安民；一面安排丧事。玄德与大小军士，尽皆挂孝，大设祭奠。祭毕，葬于黄河之原。将陶谦遗表，申奏朝廷。

操在鄄城，知陶谦已死，刘玄德领徐州牧，大怒曰："我仇未报，汝不费半箭之功，坐得徐州！吾必先杀刘备，后戮谦尸，以雪先君之怨！"即传号令，克日起兵去打徐州。荀彧入谏曰："昔高祖

◎罗贯中为"让徐州"继续大造声势，不厌其烦。凡作家一个劲要你接受什么时，肯定他有理亏处。

◎戏做得太过，就不算好演员，也难怪刘备给人留下一个伪善的印象了。

◎舍本逐末，自非良策。会说话的谋士，即使非常正确的主意，也要好好包装一下，这才能使决定政策的人愉快接受。荀彧先把汉高祖和光武帝抬出来相比，英明如曹操者，也会晕头转向的。

◎曹操每次暴跳如雷的背后，都有其现实需要的隐因。他所以要打徐州，因为徐州殷实，因为岁荒乏粮，这才是真正的底牌。用假象来作掩护，并不完全是出于诡诈，而是一种舆论准备。

保关中，光武据河内，皆深根固本以制天下，进足以胜敌，退足以坚守，故虽有困，终济大业。明公本首事兖州，且河、济乃天下之要地，是亦昔之关中、河内也。今若取徐州，多留兵则不足用，少留兵则吕布乘虚寇之，是无兖州也。若徐州不得，明公安所归乎？今陶谦虽死，已有刘备守之。徐州之民，既已服备，必助备死战。明公弃兖州而取徐州，是弃大而就小；去本而求末，以安而易危也，愿熟思之。"操曰："今岁荒乏粮，军士坐守于此，终非良策。"或曰："不如东略陈地，使军就食汝南、颍州。黄巾徐党何仪、黄劭等，劫掠州郡，多有金帛、粮食，此等贼徒又容易破，破而取其粮，以养三军，朝廷喜，百姓悦，乃顺天之事也。"操喜，从之，乃留夏侯惇、曹仁守鄄城等处，自引兵先略陈地，次及汝、颍。

黄巾何仪、黄劭知曹兵到，引众来迎，会于羊山。时贼兵虽众，都是狐群狗党，并无队伍行列。操令强弓硬弩射住，令典韦出马。何仪令副元帅出战，不三合，被典韦一戟刺于马下。操引众乘势赶过羊山下寨。次日，黄劭自引军来。阵圆处，一将步行出战，头裹黄巾，身披绿袄，手提铁棒，大叫："我乃截天夜叉何曼也！谁敢与我厮斗？"曹洪见了，大喝一声，飞身下马，提刀步出。两下向阵前厮杀，四五十合，胜负不分。曹洪诈败而走，何曼赶来。洪用拖刀背砍计，转身一趸，砍中何曼，再复一刀杀死。李典乘势飞马直入贼阵，黄劭不及提备，被李典生擒活捉过来。曹兵掩杀贼众，夺其金帛、粮食无数。何仪势孤，引数百骑奔走葛陂。正行之间，山背后撞出一军。为头一个壮士，身长八尺，腰大十围，手提大刀，截住去路。何仪挺枪出迎，只一合，被那壮士活挟过去。馀众着忙，皆下马受缚，被壮士尽驱入葛陂坞中。

　　却说典韦追袭何仪到葛陂，壮士引军迎住。典韦曰："汝亦黄巾贼耶？"壮士曰："黄巾数百骑，尽被我擒在坞内！"韦曰："何不献出？"壮士曰："你若赢得手中宝刀，我便献出！"韦大怒，挺双戟向前来战。两个从辰至午，不分胜负，各自少歇。不一时，那壮士又出搦战，典韦亦出。直战到黄昏，各因马乏暂止。典韦手下军士，飞报曹操。操大惊，忙引众将来看。次日，壮士又出搦战。操见其人威风凛凛，心中暗喜，分付典韦，今日且诈败。韦领命出战，战到三十合，败走回阵。壮士赶到阵门中，弓弩射回。操急引军退五里，密使人掘下陷坑，暗伏钩手。次日，再令典韦引百馀骑出。壮士笑曰："败将何敢复来！"便纵马接战。典韦略战数合，便回马走。壮士只顾望前赶来，不提防连人带马，都落于陷坑之内，被钩手缚来见曹操。操下帐叱退军士，亲解其缚，急取衣衣之，命坐，问其乡贯姓名。壮士曰："我乃谯国谯县人也，姓许，名褚，字仲康。向遭寇乱，聚宗族数百

◎《三国演义》人物出场，多采取人事科长的介绍法，手段平庸；许褚出场，稍有变化，知道运用悬念法了。这种卖关子的写法，也是章回小说渐渐摸索出来的，至《红楼梦》中"黛玉进府"的王熙凤出场，遂成为文学惯技。

◎当面撒谎，是官人常事，而且保证不脸红。

◎许褚与李封战，交马两合，许褚斩李封于马下。许褚与吕布战，斗二十合，不分胜负。何谓回合？合，或回合，即驱马向前，与敌交手，然后，调转马头再交手的作战基本单位。若不负伤，若不坠下马来，继续作战，即为下一回合。

人，筑坚壁于坞中以御之。一日寇至，吾令众人多取石子准备，吾亲自飞石击之，无不中者，寇乃退去。又一日寇至，坞中无粮，遂与贼和，约以耕牛换米。米已送到，贼驱牛至坞外，牛皆奔走回还，被我双手掣二牛尾，倒行百馀步。贼大惊，不敢取牛而走。因此保守此处无事。"操曰："吾闻大名久矣，还肯降否？"褚曰："固所愿也。"遂招引宗族数百人俱降。操拜许褚为都尉，赏劳甚厚。随将何仪、黄劭斩讫。汝、颍悉平。

曹操班师，曹仁、夏侯惇接见，言："近日细作报说：兖州薛兰、李封军士皆出掳掠，城邑空虚，可引得胜之兵攻之，一鼓可下。"操遂引军径奔兖州。薛兰、李封出其不意，只得引兵出城迎战。许褚曰："吾愿取此二人，以为贽见之礼。"操大喜，遂令出战。李封使画戟，向前来迎。交马两合，许褚斩李封于马下。薛兰急走回阵，吊桥边李典拦住。薛兰不敢回城，引军投钜野而去，却被吕虔飞马赶来，一箭射于马下，军皆溃散。

曹操复得兖州，程昱便请进兵取濮阳。操令许褚、典韦为先锋，夏侯惇、夏侯渊为左军，李典、乐进为右军，操自领中军，于禁、吕虔为合后。兵至濮阳，吕布欲自将出迎，陈宫谏："不可出战。待众将聚会后方可。"吕布曰："吾怕谁来？"遂不听宫言，引兵出阵，横戟大骂。许褚便出。斗二十合，不分

胜负。操曰："吕布非一人可胜。"便差典韦助战，两
将夹攻；左边夏侯惇、夏侯渊，右边李典、乐进齐到，
六员将共攻吕布。布遮拦不住，拨马回城。城上田氏，
见布败回，急令人拽起吊桥。布大叫："开门！"田
氏曰："吾已降曹将军矣。"布大骂，引军奔定陶而去。
陈宫急开东门，保护吕布老小出城。操遂得濮阳，恕
田氏旧日之罪。刘晔曰："吕布乃猛虎也，今日困乏，
不可少容。"操令刘晔等守濮阳，自己引军赶至定陶。

　　时吕布与张邈、张超尽在城中，高顺、张辽、臧
霸、侯成巡海打粮未回。操军至定陶，连日不战，引
军退四十里下寨。正值济郡麦熟，操即令军割麦为
食。细作报知吕布，布引军赶来。将近操寨，见左边
一望林木茂盛，恐有伏兵而回。操知布军回去，乃谓
诸将曰："布疑林中有伏兵耳，可多插旌旗于林中以
疑之。寨西一带长堤，无水，可尽伏精兵。明日吕布
必来烧林，堤中军断其后，布可擒矣。"于是止留鼓
手五十人于寨中擂鼓，将村中掳来男女在寨内呐喊，
精兵多伏堤中。

　　却说吕布回报陈宫，宫曰："操多诡计，不可轻
敌。"布曰："吾用火攻，可破伏兵。"乃留陈宫、高
顺守城。布次日引大军来，遥见林中有旗，驱兵大
进，四面放火，竟无一人。欲投寨中，却闻鼓声大震。
正自疑惑不定，忽然寨后一彪军出。吕布纵马赶来。
炮响处，堤内伏兵尽出：夏侯惇、夏侯渊、许褚、典

◎陈宫虽足智多谋，但也未防到作法
自毙。你教他去哄骗曹操，他焉有不
会杀你回马枪的道理？

◎"是岁，谷一斛五十馀万钱，人相
食，乃罢吏兵新募者。"这是《三国
志》很少见到有关食货的记载。据
《魏书》："于是兵皆出取麦，在者不
能千人，屯营不固。太祖乃令妇人守
阵，悉兵拒之。"由此才知道，曹军
的士兵，是携家带口的，也就是今天
所说的"随军家属"。因为饥饿，因
为伤亡，部队大量减员，连妇人都不
得不投入火线，可见获胜之艰难，也
可见战争之残酷。

◎曹操这才建立了他稳固的根据地，
献帝不得不授与他一个兖州牧。从
此，他的一双眼睛就盯着洛阳了。

◎这就是鸭子死了——嘴还硬。

韦、李典、乐进骤马杀来。吕布料敌不过，落荒而走。从将成廉，被乐进一箭射死。布军三停去了二停。败卒回报陈宫，宫曰："空城难守，不若急去。"遂与高顺保着吕布老小，弃定陶而走。曹操将得胜之兵，杀入城中，势如劈竹。张超自刎，张邈投袁术去了。山东一境，尽被曹操所得。安民修城，不在话下。

却说吕布正走，逢诸将皆回，陈宫亦已寻着。布曰："吾军虽少，尚可破曹。"遂再引军来。正是：

兵家胜败真常事，卷甲重来未可知。

不知吕布胜负如何，且听下文分解。

汉献帝兴平元年（194），曹操复仇东伐，攻打徐州回师，没想到张邈被陈宫蛊惑，背叛了他，而且把吕布迎了过来。这实在是他起事以来碰到的大麻烦。"太祖之征陶谦，敕家曰'我若不还，往依孟卓。'后还，见邈，垂泣相对，其亲如此。"孟卓，即张邈。这样一个倾心相交的朋友，翻脸不认旧情，当然也是没有办法。然而，兖州本是他的大本营，却因朋友的背叛，引狼入室，成了吕布的地盘。情势危急，只剩下鄄城、范、东阿三地还在手里。曹操不能不思量，若大本营为吕布所破，徐州未得，还能有他立足之地吗？

所以，从兴平元年春，一直与吕布交战，互有胜负，两军相持三个多月，打得难解难分，直打到兴平二年（195），才叫暂停。"蝗虫起，百姓大饿，布粮食亦尽，各引去。"次年，也就是建安元年（196），大家吃饱了，接着又打。际此生死存亡关头，曹操不得不打，不得不与这个不可小觑的悍将打，因为不打败吕布，就只有卷铺盖走人，而吕布打不赢曹操，更休想在此混下去。

建安三年（198），"太祖自征布，至其城下，遣布书，为陈祸福，布欲降，陈宫等自以为负罪深，沮其计，布遣人求救于术，自将千馀骑出战，败走，还堡城，不敢出。术亦不能救。布虽骁猛，然无谋而多猜忌，不能制御其党，但信诸将，诸将各异意自疑，故每战多败太祖，堑围之三月，上下离心，其将侯成、宋宪、魏续缚陈宫，将其众降。布与其麾下登白门楼，兵围急，乃下降"。前后用了五年工夫，终于除此心腹大患。

第十三回
李傕郭汜大交兵
杨奉董承双救驾

　　董卓，是何进惹鬼上门的，那么随后的四个"董卓"，又是谁将他们煽动起来，造成三辅地区第二次灾难的呢？《三国志》说："校尉李傕、郭汜、张济等欲解散，闲行归乡里，诩曰：诸君弃众单行，即一亭长能束君矣！"于是，汉末最为冷血的谋士贾诩，唆使李傕、郭汜、张济、樊稠四个董卓余部，使乱局继续下去。此人极恶，此计极毒，他太熟悉他这些成事不足、败事有余的乡党，其破坏性多么可怕。他也未必让这四条汉子成事，只是想让中原人更多吃到苦头。于是，这一波乱局，终于彻底摧毁长安、洛阳，汉献帝都出来讨饭了。

　　贾诩这样做的目的究竟是什么，是一个谜团。也许，一、凉州人董卓那轰轰烈烈开始，落得这样一个鸟兽散的结果，作为乡党，他心有不甘；二、多年来，饱受中原士族歧视鄙夷的这位凉州名士，他对关中平原和山东地区那些从不恤边抚疆、从不正眼打量贫瘠边陲的名门望族，有一种阴暗的报复心理。

　　所以，贾诩此举，去掉一个董卓，出来四个"董卓"，就是恶的泛滥之果。社会如人，潜藏着病态的恶，一旦如癌扩散，愈演愈烈，无法控制，最终必然酿成一场不可收拾的悲剧，遭殃的当然是老百姓，以至多少年休生养息，也恢复不过来。一国之都，蔚然王气的洛阳，只残留数百户人家，岂不哀哉？穷凶极恶的董卓以后，出现李傕、郭汜这样无恶不作的人物，贾诩竟不受历史的谴责，史官最起码的正直又到哪里去了？是很值得奇怪的。

　　当李傕、郭汜的狗咬狗把戏，玩得越来越下作的时候，贾诩仍旧陪着他们玩，一直到不光彩地分手，才谋职于段煨和张绣——这些都是他的乡党。

　　贾诩投曹操前，一直游走于他的凉州老乡间。在乡党间求生存，既是对自己保护，也是对外来者的抵制。甚至到了晚年，他居高位，享高寿，仍"阖门自守，退无私交，男女嫁娶，不结高门"。说明他始终在恐惧中度过馀生。

◎吕布之所以败，就在于他从来没有一块属于他的地盘。刘备比他聪明，想方设法地找一块安身立脚之地。

◎真话，还是假话？真话，说明刘备没有头脑；假话，说明他也太有头脑了。吕布是强者，拒之不如迎之。来者不善，善者不来，逆之不如安之。主客有别，强宾不压主，先让之以塞其口，然后以某种缘由暂且稳住，别图良策，这是处于弱势者必须保持的低姿态。

◎这场戏他是主角！

◎话里有话。

却说曹操大破吕布于定陶，布乃收集败残军马于海滨，众将皆来会集，欲再与曹操决战。陈宫曰："今曹兵势大，未可与争。先寻取安身之地，那时再来未迟。"布曰："吾欲再投袁绍，何如？"宫曰："先使人往冀州探听消息，然后可去。"布从之。

且说袁绍在冀州，闻知曹操与吕布相持，谋士审配进曰："吕布，豺虎也，若得兖州，必图冀州。不若助操攻之，方可无患。"绍遂遣颜良将兵五万，往助曹操。细作探知这个消息，飞报吕布。布大惊，与陈宫商议。宫曰："闻刘玄德新领徐州，可往投之。"布从其言，竟投徐州来。

有人报知玄德。玄德曰："布乃当今英勇之士，可出迎之。"糜竺曰："吕布乃虎狼之徒，不可收留；收则伤人矣。"玄德曰："前者非布袭兖州，怎解此郡之祸。今彼穷而投我，岂有他心！"张飞曰："哥哥心肠忒好。虽然如此，也要准备。"

玄德领众出城三十里，接着吕布，并马入城，都到州衙厅上，讲礼毕，坐下。布曰："某自与王司徒计杀董卓之后，又遭催、汜之变，飘零关东，诸侯多不能相容。近因曹贼不仁，侵犯徐州，蒙使君力救陶谦，布因袭兖州以分其势；不料反堕奸计，败兵折将。今投使君，共图大事，未审尊意如何？"玄德曰："陶使君新逝，无人管领徐州，因令备权摄州事。今幸将军至此，合当相让。"遂将牌印送与吕布。吕布却待要接，只见玄德背后关、张二公各有怒色。布乃佯笑曰："量吕布一勇夫，何能作州牧乎？"玄德又让。陈宫曰："'强宾不压主'，请使君勿疑。"玄德方止。遂设宴相待，收拾宅院安下。

次日，吕布回席请玄德，玄德乃与关、张同往。饮酒至半酣，布请玄德入后堂。关、张随入。布令妻女出拜玄德，玄德再三谦让。布曰："贤弟不必推让。"张飞听了，瞋目大叱曰："我哥哥是金枝玉叶，你是何等人，敢称我哥哥为贤弟！你来！我和你斗三百合！"玄德连忙喝住，关公劝飞出。玄德与吕布陪话曰："劣弟酒后狂言，兄勿见责。"布默然无语。须臾席散，布送玄德出门，张飞跃马横枪而来，大叫："吕布！我和你并三百合！"玄德急令关公劝止。

次日，吕布来辞玄德曰："蒙使君不弃，但恐令弟辈不能相容。布当别投他处。"玄德曰："将军若去，某罪大矣。劣弟冒犯，另日当令陪话。近邑小沛，乃备昔日屯兵之处。将军不嫌浅狭，权且歇马，如何？粮食军需，谨当应付。"吕布谢了玄德，自引军投小沛安身去了。玄德自去埋怨张飞不题。

却说曹操平了山东，表奏朝廷，加操为建德将军、费亭侯。其时李傕自为大司马，郭汜自为大将军，横行无忌，朝廷无人敢言。太尉杨彪、大司农朱儁暗奏献帝曰："今曹操拥兵二十馀万，谋臣武将数十员，若得此人扶持社稷，剿除奸党，天下幸甚！"献帝

◎居然能伸出手去！你在这世界上居然能碰到这等不要脸的货色！连客气一声也不会，照单全收的货色，还真是拿他没辙。

◎对付不好打发的亲戚，权且也就这样，养虎贻患，虽非良策，可又有什么法子？

◎计无高下之分，以决胜为佳，也不必管是否上得台盘，见得天日，即使近乎宵小无赖所为，能赢了对手，又有何妨？但一国之君，帝王之尊，竟参与此等谋划，看来献帝也是个庸君。所以有亡国之君，必先有亡国之臣。王允比杨彪高明处，他至少不把皇帝拉到连环计的赌局中。而杨彪画虎不成反类犬，这场皇帝支持的离间计，结果将事情搞得更糟了。

◎兽性大发！历史上的"八王之乱""永嘉之乱""侯景之乱""安史之乱"等等大的屠杀毁灭中，恶，会驱使着人只能循食肉类动物的本能行事，毫无任何理智可言。

泣曰："朕被二贼欺凌久矣！若得诛之，诚为大幸！"彪奏曰："臣有一计：先令二贼自相残害，然后诏曹操引兵杀之，扫清贼党，以安朝廷。"献帝曰："计将安出？"彪曰："闻郭汜之妻最妒，可令人于汜妻处用反间计，则二贼自相害矣。"帝乃书密诏付杨彪。

彪即暗使夫人以他事入郭汜府，乘间告汜妻曰："闻郭将军与李司马夫人有染，其情甚密。倘司马知之，必遭其害。夫人宜绝其往来为妙。"汜妻讶曰："怪见他经宿不归！却干出如此无耻之事！非夫人言，妾不知也。当慎防之。"彪妻告归，汜妻再三称谢而别。过了数日，郭汜又将往李傕府中饮宴。妻曰："傕性不测，况今两雄不并立，倘彼酒后置毒，妾将奈何？"汜不肯听，妻再三劝住。至晚间，傕使人送酒筵至，汜妻乃暗置毒于中，方始献入。汜便欲食。妻曰："食自外来，岂可便食？"乃先与犬试之，犬立死。自此汜心怀疑。一日朝罢，李傕力邀郭汜赴家饮宴。至夜席散，汜醉而归，偶然腹痛。妻曰："必中其毒矣！"急令将粪汁灌之，一吐方定。汜大怒曰："吾与李傕共图大事，今无端欲谋害我，我不先发，必遭毒手。"遂密整本部甲兵，欲攻李傕。

早有人报知傕。傕亦大怒曰："郭阿多安敢如此！"遂点本部甲兵，来杀郭汜。两处合兵数万，就在长安城下混战，乘势掳掠居民。傕侄李暹引兵围住宫院，用车二乘，一乘载天子，一乘载伏皇后，使贾诩、左灵监押车驾；其馀宫人内侍，并皆步走。拥出后宰门，正遇郭汜兵到，乱箭齐发，射死宫人不知其数。李傕随后掩杀，郭汜兵退。车驾冒险出城，不由分说，竟拥到李傕营中。郭汜领兵入宫，尽抢掳宫嫔采女入营，放火烧宫殿。

次日，郭汜知李傕劫了天子，领军来营前厮杀。帝后都受惊恐。后人有诗叹之曰：

> 光武中兴兴汉世，上下相承十二帝。
> 桓灵无道宗社堕，阉臣擅权为叔季。
> 无谋何进作三公，欲除社鼠招奸雄。
> 豺獭虽驱虎狼入，西州逆竖生淫凶。
> 王允赤心托红粉，致令董吕成矛盾。
> 渠魁殄灭天下宁，谁知李郭心怀愤。
> 神州荆棘争奈何，六宫饥馑愁干戈。
> 人心既离天命去，英雄割据分山河。
> 后王规此存兢业，莫把金瓯等闲缺。
> 生灵糜烂肝脑涂，剩水残山多怨血。
> 我观遗史不胜悲，今古茫茫叹《黍离》。
> 人君当守苞桑戒，太阿谁执全纲维？

却说郭汜兵到，李傕出营接战。汜军不利，暂且退去。傕乃移帝后车驾于郿坞，使侄李暹监之，断绝内使，饮食不继，侍臣皆有饥色。帝令人问傕取米五

◎李傕、郭汜大交兵，是后董卓时期这四条汉子，只剩下两条汉子的对决阶段，也是刘协朝不保夕的危殆时期。据《新编中国历史大事纪年》，兴平二年（195）三月，"董卓部将李傕、郭汜火并，傕挟走汉献帝，并纵兵劫掠，加之饥馑，死者以万数"。一直到建安元年（196）七月，"汉献帝还洛阳"。在刀枪和饥饿的威胁下，还有更严重的死亡危险下，一年多将近两年的逃亡生活，风餐露宿，饥寒交迫，刘协都能忍受下来，实属匪易。看来，陪曹操一路走下来，给他送了终，又做了十几年山阳公，这段艰辛岁月，使他受到如何生存下来的充足训练，大有关系。

斛，牛骨五具，以赐左右。催怒曰："朝夕上饭，何又他求？"乃以腐肉朽粮与之，皆臭不可食。帝骂曰："逆贼直如此相欺！"侍中杨琦急奏曰："催性残暴。事势至此，陛下且忍之，不可撄其锋也。"帝乃低头无语，泪盈袍袖。

　　忽左右报曰："有一路军马，枪刀映日，金鼓震天，前来救驾。"帝教打听是谁，乃郭汜也。帝心转忧。只闻坞外喊声大起。原来李催引兵出迎郭汜，鞭指郭汜而骂曰："我待你不薄，你如何谋害我？"汜曰："尔乃反贼，如何不杀你！"催曰："我保驾在此，何为反贼？"汜曰："此乃劫驾，何为保驾！"催曰："不须多言！我两个各不许用军士，只自并输赢。赢的便把皇帝取去罢了。"二人便就阵前厮杀。战到十合，不分胜负。只见杨彪拍马而来，大叫："二位将军少歇！老夫特邀众官，来与二位讲和。"催、汜乃各自还营。杨彪与朱儁会合朝廷官僚六十馀人，先诣郭汜营中劝和。郭汜竟将众官尽行监下。众官曰："我等为好而来，何乃如此相待？"汜曰："李催劫天子，偏我劫不得公卿！"杨彪曰："一劫天子，一劫公卿，意欲何为？"汜大怒，便拔剑欲杀彪。中郎将杨密力劝，汜乃放了杨彪、朱儁，其馀都监在营中。彪谓儁曰："为社稷之臣，不能匡君救主，空生天地间耳！"言讫，相抱而哭，昏绝于地。儁归家成病而死。自此之后，催、汜每日厮杀，一连五十馀日，死者不知其数。

◎狗咬狗！

◎皇帝成为赌注，中外古今鲜见。读者常恨曹操置献帝于股掌之上，不知对此时此地的这位皇帝和那四条汉子，持何看法？

◎一副盗马贼分赃不均的口吻！

却说李傕平日最喜左道妖邪之术，常使女巫击鼓降神于军中。贾诩屡谏不听。侍中杨琦密奏帝曰："臣观贾诩虽为李傕腹心，然实未尝忘君，陛下当与谋之。"正说之间，贾诩来到。帝乃屏退左右，泣谕诩曰："卿能怜汉朝，救朕命乎？"诩拜伏于地曰："固臣所愿也。陛下且勿言，臣自图之。"帝收泪而谢。少顷，李傕来见，带剑而入，帝面如土色。傕谓帝曰："郭汜不臣，监禁公卿，欲劫陛下。非臣则驾被掳矣。"帝拱手称谢，傕乃出。

时皇甫郦入见帝。帝知郦能言，又与李傕同乡，诏使往两边解和。郦奉诏，走至汜营说汜。汜曰："如李傕送出天子，我便放出公卿。"郦即来见李傕曰："今天子以某是西凉人，与公同乡，特令某来劝和二公。汜已奉诏，公意若何？"傕曰："吾有败吕布之大功，辅政四年，多著勋绩，天下共知。郭阿多盗马贼耳，乃敢擅劫公卿，与我相抗，誓必诛之！君试观我方略士众，足胜郭阿多否？"郦答曰："不然。昔有穷后羿，恃其善射，不思患难，以致死亡。近董太师之强，君所目见也，吕布受恩而反图之，斯须之间，头悬国门，则强固不足恃矣。将军身为上将，持钺仗节，子孙宗族皆居显位，国恩不可谓不厚。今郭阿多劫公卿，而将军劫至尊，果谁轻谁重耶？"李傕大怒，拔剑叱曰："天子使汝来辱我乎？我先斩汝头！"骑都尉杨奉谏曰："今郭汜未除，而杀天使，则汜兴兵

◎是其时也！一个好的谋士，也是最能把握时机的谋士。贾诩总是能在最佳时刻、最佳场合，提出他的计谋，所以，他总能立于不败之地。

◎没有说出的一句话，便是接着要皇帝的命。亡命之徒的最大特点，就是无所敬畏，所以无论什么样的造反革命，都得请出这等货色来打先锋。

◎巫术，在中国之所以有市场，特别在广大的农村地区有市场，这是和绝大多数老死后百姓的文化水平不高或没有文化相关联的。另外，很重要的一点，也和中国历来的封建统治者所实行的愚民政策相关联的。所以，《魏书》载曹操为济南相时："国有十馀县，长吏多阿附贵戚，赃污狼藉，于是奏免其人，禁断淫祀，奸宄逃窜，群界肃然。"又载他，"皆毁坏祠屋，止绝官吏不得祠祀。及至秉政，遂除奸邪鬼神之事，世之淫祀由此遂绝。"早年的曹操，血气方刚，敢作敢为，能有这等见解的政治家，在文明程度不高的古代，难能可贵。他在遗嘱里，要求死后葬在废除河伯娶妻陋习的西门豹祠附近，可能也有某种志同道合的情愫在内吧？

有名，诸侯皆助之矣。"贾诩亦力劝，催怒少息。诩遂推皇甫郦出。郦大叫曰："李催不奉诏，欲弑君自立！"侍中胡邈急止之曰："无出此言，恐于身不利。"郦叱之曰："胡敬才！汝亦为朝廷之臣，如何附贼？'君辱臣死'，吾被李催所杀，乃分也！"大骂不止。帝知之，急令皇甫郦回西凉。

却说李催之军，大半是西凉人氏，更赖羌兵为助。却被皇甫郦扬言于西凉人曰："李催谋反，从之者即为贼党，后患不浅。"西凉人多有听郦之言，军心渐涣。催闻郦言，大怒，差虎贲王昌追之。昌知郦乃忠义之士，竟不往追，只回报曰："郦已不知何往矣。"贾诩又密谕羌人曰："天子知汝等忠义，久战劳苦，密诏使汝还郡，后当有重赏。"羌人正怨李催不与爵赏，遂听诩言，都引兵去。诩又密奏帝曰："李催贪而无谋，今兵散心怯，可以重爵饵之。"帝乃降诏，封催为大司马。催喜曰："此女巫降神祈祷之力也！"遂重赏女巫，却不赏军将。骑都尉杨奉大怒，谓宋果曰："吾等出生入死，身冒矢石，功反不及女巫耶？"宋果曰："何不杀此贼，以救天子？"奉曰："你于中军放火为号，吾当引兵外应。"二人约定是夜二更时分举事。不料其事不密，有人报知李催。催大怒，令人擒宋果先杀之。杨奉引兵在外，不见号火。李催自将兵出，恰遇杨奉，就寨中混战到四更。奉不胜，引军投西安去了。李催自此军势渐衰。更兼郭汜常来攻击，杀死者甚多。

忽人来报："张济统领大军，自陕西来到，欲与二公解和；声言如不从者，引兵击之。"傕便卖个人情，先遣人赴张济军中许和。郭汜亦只得许诺。张济上表，请天子驾幸弘农。帝喜曰："朕思东都久矣。今乘此得还，乃万幸也！"诏封张济为骠骑将军。济进粮食酒肉，供给百官。汜放公卿出营。傕收拾车驾东行，遣旧有御林军数百，持戟护送。

銮舆过新丰，至霸陵，时值秋天，金风骤起。忽闻喊声大作，数百军兵来至桥上，拦住车驾，厉声问曰："来者何人？"侍中杨琦拍马上桥曰："圣驾过此，谁敢拦阻？"有二将出曰："吾等奉郭将军命，把守此桥，以防奸细。既云圣驾，须亲见帝，方可准信。"杨琦高揭珠帘。帝谕曰："朕躬在此，卿何不退？"众将皆呼"万岁"，分于两边，驾乃得过。二将回报郭汜曰："驾已去矣。"汜曰："我正欲哄过张济，劫驾再入郿坞，你如何擅自放了过去？"遂斩二将，起兵赶来。

车驾正到华阴县，背后喊声震天，大叫："车驾且休动！"帝泣告大臣曰："方离狼窝，又逢虎口，如之奈何？"众皆失色。贼军渐近。只听得一派鼓声，山背后转出一将，当先一面大旗，上书"大汉杨奉"四字，引军千馀杀来。原来杨奉自为李傕所败，便引军屯终南山下；今闻驾至，特来保护。

◎《后汉书》的作者范晔，是个很有幽默感的人，他在记述汉献帝刘协被挟持流亡途中，特地写了"冬十月壬寅，幸华阴，露次道南""十一月壬申，幸曹阳，露次田中"两句话，耐人寻味。露者，露宿也，露宿在什么地方呢？一次露宿在驿道上，一次露宿在农田里，以夜天为被盖，以大地为床铺，从文字看，似乎是刘协举办野营活动，其实范晔注明的日期，却是寒冬季节啊！堂堂帝王，没落至此，也真是令人夫复何言了。

◎徐晃在杨奉手下，纵有非凡武艺，不过尔尔。后来随曹操南征北战，功勋卓著封爵封侯。可见千里马常有，而伯乐不常有，假如他遇不上曹操，也会像韩愈所说的那样，即使是一匹名马，最后也是"辱于奴隶人之手，骈死于槽枥之间"。所以，一个低能儿再兼瞎眼的领导，不但发现不了人才，还会耽误、埋没，甚至戕害人才。

◎忽而咬得死去活来，忽而亲得难解难分，除非没记性的狗，奚能为之？

当下列开阵势。汜将崔勇出马，大骂杨奉"反贼"。奉大怒，回顾阵中曰："公明何在？"一将手执大斧，飞骤骅骝，直取崔勇。两马相交，只一合，斩崔勇于马下。杨奉乘势掩杀，汜军大败，退走二十馀里。奉乃收军来见天子。帝慰谕曰："卿救朕躬，其功不小！"奉顿首拜谢。帝曰："适斩贼将者何人？"奉乃引此将拜于车下曰："此人河东杨郡人，姓徐，名晃，字公明。"帝慰劳之。杨奉保驾至华阴驻跸。将军段煨，具衣服饮膳上献。是夜，天子宿于杨奉营中。

郭汜败了一阵，次日又点军杀至营前来。徐晃当先出马。郭汜大军八面围来，将天子、杨奉困在垓心。正在危急之中，忽然东南上喊声大震，一将引军纵马杀来。贼众奔溃。徐晃乘势攻击，大败汜军。那人来见天子，乃国戚董承也。帝哭诉前事。承曰："陛下免忧。臣与杨将军誓斩二贼，以靖天下。"帝命早赴东都。连夜驾起，前幸弘农。

却说郭汜引败军回，撞着李傕，言："杨奉、董承救驾往弘农去了。若到山东，立脚得牢，必然布告天下，令诸侯共伐我等，三族不能保矣。"傕曰："今张济兵据长安，未可轻动。我和你乘间合兵一处，至弘农杀了汉君，平分天下，有何不可？"汜喜诺。二人合兵，于路劫掠，所过一空。杨奉、董承知贼兵远来，遂勒兵回，与贼大战于东涧。傕、汜二人商议：

"我众彼寡，只可以混战胜之。"于是李傕在左，郭汜在右，漫山遍野拥来。杨奉、董承两边死战，刚保帝后车出；百官宫人，符册典籍，一应御用之物，尽皆抛弃。郭汜引军入弘农劫掠。承、奉保驾走陕北，傕、汜分兵赶来。

　　承、奉一面差人与傕、汜讲和，一面密传圣旨往河东，急召故白波帅韩暹、李乐、胡才三处军兵前来救应。那李乐亦是啸聚山林之贼，今不得已而召之。三处军闻天子赦罪赐官，如何不来；并拔本营军士，来与董承约会一齐，再取弘农。其时李傕、郭汜但到之处，劫掠百姓，老弱者杀之，强壮者充军；临敌则驱民兵在前，名曰"敢死军"，贼势浩大。李乐军到，会于渭阳。郭汜令军士将衣服物件抛弃于道。乐军见衣服满地，争往取之，队伍尽失。傕、汜二军，四面混战，乐军大败。杨奉、董承遮拦不住，保驾北走，背后贼军赶来。李乐曰："事急矣，请天子上马先行！"帝曰："朕不可舍百官而去。"众皆号泣相随。胡才被乱军所杀。承、奉见贼追急，请天子弃车驾，步行到黄河岸边。李乐等寻得一只小舟作渡船。时值天气严寒，帝与后强扶到岸，边岸又高，不得下船，后面追兵将至。杨奉曰："可解马缰绳接连，拴缚帝腰，放下船去。"人丛中国舅伏德挟白绢十数匹至，曰："我于乱军中拾得此绢，可接连拽挈。"行军校尉尚弘用绢包帝及后，令众先挂帝往下放之，乃得

◎一败涂地。

◎当时各路诸侯均可听命，为什么独召这些人马保驾？以贼讨贼，引狼入室，决非乱世颠倒，失去理智，而是各怀鬼胎，暗打算盘的结果。因为所有围绕统治者的亲信，总像一堵围墙，生怕别人（尤其比他们强的人）挤进来，打破已有的平衡。不管是曹操，还是袁绍，都是些望而生畏的角色，不能不考虑到请神容易送神难的后果，这也是杨彪那封诏书迟迟不发的隐衷吧？

下船。李乐仗剑立于船头上。后兄伏德，负后下船中。岸上有不得下船者，争扯船缆，李乐尽砍于水中。渡过帝后，再放船渡众人。其争渡者，皆被砍下手指，哭声震天。

既渡彼岸，帝左右止剩得十馀人。杨奉寻得牛车一辆，载帝至大阳，绝食。晚宿于瓦屋中，野老进粟饭，上与后共食，粗粝不能下咽。次日，诏封李乐为征北将军，韩暹为征东将军，起驾前行。有二大臣寻至，哭拜车前，乃太尉杨彪、太仆韩融也。帝后俱哭。韩融曰："催、汜二贼，颇信臣言。臣舍命去说二贼罢兵。陛下善保龙体。"韩融去了。李乐请帝入杨奉营暂歇。杨彪请帝都安邑县。驾至安邑，苦无高房，帝后都居于茅屋中；又无门关闭，四边插荆棘以为屏蔽。帝与大臣议事于茅屋之下，诸将引兵于篱外镇压。李乐等专权，百官稍有触犯，竟于帝前殴骂；故意送浊酒粗食与帝，帝勉强纳之。李乐、韩暹又连名保奏无徒、部曲、巫医、走卒二百馀名，并为校尉、御史等官。刻印不及，以锥画之，全不成体统。

却说韩融曲说催、汜二贼，二贼从其言，乃放百官及宫人归。是岁大荒，百姓皆食枣菜，饿莩遍野。河内太守张杨献米肉，河东太守王邑献绢帛，帝稍得宁。董承、杨奉商议，一面差人修洛阳宫院，欲奉车驾还东都。李乐不从。董承谓李乐曰："洛阳本天子建都之地。安邑乃小地面，如何容得

◎除逃难活命外，还有何事可言？中国人这种死要面子活受罪的阿Q精神，最可笑。

◎我真怀疑在官本位的社会中，这幅升官图会是最后一次洋相？

车驾？今奉驾还洛阳是正理。"李乐曰："汝等奉驾去，我只在此处住。"承、奉乃奉驾起程。李乐暗令人结连李傕、郭汜，一同劫驾。董承、杨奉、韩暹知其谋，连夜摆布军士，护送车驾前奔箕关。李乐闻知，不等傕、汜军到，自引本部人马前来追赶。四更左侧，赶到箕山下，大叫："车驾休行！李傕、郭汜在此！"吓得献帝心惊胆战。山上火光遍起。正是：

前番两贼分为二，今番三贼合为一。

◎偷鸡摸狗，乃农民中小痞子永远改不掉的恶习。

不知汉天子怎离此难，且听下文分解。

反观这场以汉献帝为筹码的争夺战中，那些从董卓派生出来的，一蟹不如一蟹的徒子徒孙们的表演，便知道中国封建社会能够拖延数千年而不变革的原因了。权力这东西，使人性异化，以致智商下降，理性丧失。现在，教唆犯贾诩拍拍屁股准备走人了，曹操以全新的姿态登场，要让汉末的运转秩序按照他的方式来进行了。曹操从西门豹式反巫术、毁淫祠的时代青年的先锋形象开始，到献刀行刺，以春秋战国时侠隐为榜样的浪漫主义阶段，然后，矫诏诸镇，策划反董联军，成为崭露头角的时代弄潮者。他的不停变化，告诉我们，一个人的文化认知水平，决定他的思想高度，一个人的适变应激能力，决定他的生存能力，现在，不再关注争城夺地，也不介意牧守地位，他要抓住汉献帝这张牌，以他的风格行事了。

"挟天子以令诸侯"，是历史上常见的现象，但是，能将一张烂牌一玩二十多年，玩到如此得心应手者，舍曹操莫属。

曹操说不称帝，一诺也是二十多年，直到临终，并未变卦，这说明他恰是"行非常之事"的"非常之人"，说得到，做得到。鹰，飞得再低，它与蓝天白云为伍，志在高天；鸡，飞得再高，也飞不出后院的篱笆，终身在垃圾堆里觅食。这正是他与别人的不同之处。

第十四回

曹孟德移驾幸许都
吕奉先乘夜袭徐郡

　　刘协是弱者，但他实际并不弱，不过刘晔的《后汉书》和罗贯中的《三国演义》有意忽略他而已。所以说他不弱，因为他的生存能力实在很强，而生存能力，取决于他的适应能力。大丈夫能屈能伸，只有能屈，方有能伸。在四条汉子到两条汉子的挟持中，从长安到洛阳移驾过程中，看得出来，他开始左右他的左右，虽然他的意见并不起大作用，但那些能够决定他去向的元老和权贵，总是要把最后决定经过他的御准。刘协和董承联合起来，在强藩中选择了曹操，往山东去，而不是往河北去，说明他知道汉王朝实际不可能独立存在，必须依附于某个强藩的庇护。而太强大的庇护人，常常会无视被庇护者的存在，于是，他的小朝廷一路向东而去。

　　曹操这些年来，一直在做大自己，他的政治野心也是逐步不停膨胀。他的膨胀路线图说来简单，第一步巩固山东根据地，第二步逐步赢得中原，第三步把握汉献帝，统治全国，然后便是一统江山天下。然而形势发展超出曹操想象，这个仓皇逃窜的小朝廷，正在投奔他而来，迫使曹操不得不作全面调整，迎接刘协，成为当下第一要务。他的智囊荀彧，也认为"奉主上以从人望，大顺也；秉至公以服天下，大略也；扶弘义以致英俊，大德也。四方虽有逆节其何能为？韩暹、杨奉，安足恤哉！若不时定，使豪杰生心，后虽为虑，亦无及矣"。

　　显然，挟天子以命诸侯，对于袁绍，对于曹操，都是诱惑，别看刘协只是一只垃圾股，但正朝所在，作为一股政治力量，这两位强藩都下过本钱，派过线人，做过工作，给过支持，可谁也不敢先张口，冒天下之大不韪，把汉献帝垄断在自己手里，那不成为诸侯进行群殴的靶子？如今刘协倾国举朝而来，哪有不张开双手欢迎，而拒绝拂逆之的呢？幸好，曹操存此心久矣，在许昌盖了一些楼堂馆所、亭台楼阁，既然要打刘协这张牌，干吗不紧紧抓在自己手中？

　　这年为公元196年，刘协十五岁，改年号为建安。于是，"建安"这个年号在后人心目中，更多的是与曹魏相联系，这就不值得奇怪了。因为从此开始，汉末的一切政治、军事、经济、文化现象无不具有曹魏的色彩。

却说李乐引军诈称李傕、郭汜，来追车驾，天子大惊。杨奉曰："此李乐也。"遂令徐晃出迎之。李乐亲自出战。两马相交，只一合，被徐晃一斧砍于马下，杀散馀党，保护车驾过箕关。太守张杨具粟帛迎驾于轵道。帝封张杨为大司马。杨辞帝，屯兵野王去了。

◎全是强盗行径！

帝入洛阳，见宫室烧尽，街市荒芜，满目皆是蒿草，宫院中只有颓墙坏壁，命杨奉且盖小宫居住。百官朝贺，皆立于荆棘之中。诏改兴平为建安元年。是岁又大荒。洛阳居民，仅有数百家，无可为食，尽出城去剥树皮、掘草根食之。尚书郎以下，皆自出城樵采，多有死于颓墙坏壁之间者。汉末气运之衰，无甚于此。后人有诗叹之曰：

◎礼仪之邦的幽默。

> 血流芒砀白蛇亡，赤帜纵横游四方。
> 秦鹿逐翻兴社稷，楚雏推倒立封疆。
> 天子懦弱奸邪起，气色凋零盗贼狂。
> 看到两京遭难处，铁人无泪也凄惶！

太尉杨彪奏帝曰："前蒙降诏，未曾发遣。今曹操在山东，兵强将盛，可宣入朝，以辅王室。"帝曰："朕前既降诏，卿何必再奏，今即差人前去便了。"彪领旨，即差使命赴山东，宣召曹操。

却说曹操在山东，闻知车驾已还洛阳，聚谋士

◎皇帝也顾不得追究为什么了。因为他不晓得，若干年后有一个开店的武大郎，是绝不招比他个子高的伙计的。

◎好！正愁找不到什么缘由赴宴，请柬送到。

◎这两位是拒曹派无疑。

◎他要知道他的下场，怕不会这样积极迎曹了。

◎在当时处境下，这是发自肺腑之言。

商议。荀彧进曰："昔晋文公纳周襄王，而诸侯服从；汉高祖为义帝发丧，而天下归心。今天子蒙尘，将军诚因此时首倡义兵，奉天子以从众望，不世之略也。若不早图，人将先我而为之矣。"曹操大喜。正要收拾起兵，忽报有天使赍诏宣召。操接诏，克日兴师。

却说帝在洛阳，百事未备，城郭崩倒，欲修未能。人报李傕、郭汜领兵将到。帝大惊，问杨奉曰："山东之使未回，李、郭之兵又至，为之奈何？"杨奉、韩暹曰："臣愿与贼决死战，以保陛下！"董承曰："城郭不坚，兵甲不多，战如不胜，当复如何？不若且奉驾往山东避之。"帝从其言，即日起驾望山东进发。百官无马，皆随驾步行。

出了洛阳，行无一箭之地，但见尘头蔽日，金鼓喧天，无限人马到来。帝、后战栗不能言。忽见一骑飞来，乃前差往山东之使命也，至车前拜启曰："曹将军尽起山东之兵，应诏前来。闻李傕、郭汜犯洛阳，先差夏侯惇为先锋，引上将十员，精兵五万，前来保驾。"帝心方安。少顷，夏侯惇引许褚、典韦等，至驾前面君，俱以军礼见。帝慰谕方毕，忽报正东又有一路军到。帝即命夏侯惇往探之，回奏曰："乃曹操步军也。"须臾，曹洪、李典、乐进来见驾。通名毕，洪奏曰："臣兄知贼兵至近，恐夏侯惇孤力难为，故又差臣等倍道而来协助。"帝曰："曹将军真社稷臣也！"遂命护驾前行。探马来报："李傕、郭汜领兵长驱而来。"帝令夏侯惇分两路迎之。惇乃与曹洪分为两翼，马军先出，步军后随，尽力攻击。催、汜贼兵大败，斩首万馀。于是请帝还洛阳故宫。夏侯惇屯兵于城外。

次日，曹操引大队人马到来。安营毕，入城见帝，拜于殿阶之下。帝赐平身，宣谕慰劳。操曰："臣向蒙国恩，刻思图报。今催、汜二贼，罪恶贯盈；臣有精兵二十馀万，以顺讨逆，无不克捷。陛下善保龙体，以社稷为重。"帝乃封操领司隶校尉、假节钺、录尚书事。

却说李催、郭汜知操远来，议欲速战。贾诩谏曰："不可。操兵精将勇，不如降之，求免本身之罪。"催怒曰："尔敢灭吾锐气！"拔剑欲斩诩，众将劝免。是夜，贾诩单马走回乡里去了。次日，李催军马来迎操兵。操先令许褚、曹仁、典韦领三百铁骑，于催阵中冲突三遭，方才布阵。阵圆处，李催侄李暹、李别出马阵前。未及开言，许褚飞马过去，一刀先斩李暹。李别吃了一惊，倒撞下马，褚亦斩之，双挽人头回阵。曹操抚许褚之背曰："子真吾之樊哙也！"随令夏侯惇领兵左出，曹仁领兵右出，操自领中军冲阵。鼓响一声，三军齐进。贼兵抵敌不住，大败而走。操亲掣宝剑押阵，率众连夜追杀，剿戮极多，降者不计其数。催、汜望西逃命，忙忙似丧家之狗，自知无处容身，只得往山中落草去了。

◎贾诩与李催彻底决裂后，这位谋士只好怏怏离去，李催也一步步走向灭亡。历史总是要审判罪犯的，但罪犯背后的唆使者，往往不被追究。

◎先把对方阵脚搞乱，也是取胜之法。曹操用兵之潇洒自如，不拘一格，令人佩服。

◎从哪里来，回哪里去。本是强盗来做官，现在官做不成再做强盗，这两者其实差别也不大。

◎据《三国志》称，这个董昭其实早就和曹操来往，也可以说是他派驻在汉献帝身边的联络处主任。他对控制皇帝的张杨说："袁曹虽为一家，势不久群，曹今虽弱，实天下之英雄也，当故结之。况今有缘，宜通其上事，并表荐之。若事有成，永为深分。杨于是通太祖上事，表荐太祖。昭为太祖作书于长安诸将李傕、郭汜等，各随轻重，并致殷勤。太祖遣杨犬马金帛，遂与西方往来。"看来这位素食主义者，在政治上还是很有一副好胃口的。

曹操回兵，仍屯于洛阳城外。杨奉、韩暹两个商议："今曹操成了大功，必掌重权，如何容得我等？"乃入奏天子，只以追杀傕、汜为名，引本部军屯于大梁去了。

帝一日命人至操营，宣操入宫议事。操闻天使至，请入相见。只见那人眉清目秀，精神充足。操暗想曰："今东都大荒，官僚军民皆有饥色，此人何得独肥？"因问之曰："公尊颜充腴，以何调理而至此？"对曰："某无他法，只食淡三十年矣。"操乃颔之。又问曰："君居何职？"对曰："某举孝廉。原为袁绍、张杨从事。今闻天子还都，特来朝觐，官封正议郎。济阴定陶人，姓董，名昭，字公仁。"曹操避席曰："闻名久矣！幸得于此相见。"遂置酒帐中相待，令与荀彧相会。忽人报曰："一队军往东而去，不知何人。"操急令人探来。董昭曰："此乃李傕旧将杨奉，与白波帅韩暹，因明公来此，故引兵欲投大梁去耳。"操曰："莫非疑操乎？"昭曰："此乃无谋之辈，明公何足虑也。"操又曰："李、郭二贼此去若何？"昭曰："虎无爪，鸟无翼，不久当为明公所擒，无足介意。"操见昭言语投机，便问以朝廷大事。昭曰："明公兴义兵以除暴乱，入朝辅佐天子，此五霸之功也。但诸将人殊意异，未必服从。今若留此，恐有不便。惟移驾幸许都为上策。然朝廷播越，新还京师，远近仰望，以冀一朝之安；今复徒驾，不厌众心。

夫行非常之事，乃有非常之功：愿将军决计之。"操执昭手而笑曰："此吾之本志也。但杨奉在大梁，大臣在朝，不有他变否？"昭曰："易也。以书与杨奉，先安其心。明告大臣，以京师无粮，欲车驾幸许都，近鲁阳，转运粮食，庶无欠缺悬隔之忧。大臣闻之，当欣从也。"操大喜。昭谢别，操执其手曰："凡操有所图，惟公教之。"昭称谢而去。

操由是日与众谋士密议迁都之事。时侍中太史令王立，私谓宗正刘艾曰："吾仰观天文，自去春太白犯镇星于斗牛，过天津，荧惑又逆行，与太白会于天关，金火交会，必有新天子出。吾观大汉气数将终，晋魏之地，必有兴者。"又密奏献帝曰："天命有去就，五行不常盛。代火者土也。代汉而有天下者，当在魏。"操闻之，使人告立曰："知公忠于朝廷，然天道深远，幸勿多言。"操以是告彧。彧曰："汉以火德王，而明公乃土命也。许都属土，到彼必兴。火能生土，土能旺木：正合董昭、王立之言。他日必有兴者。"操意遂决。次日，入见帝，奏曰："东都荒废久矣，不可修葺；更兼转运粮食艰辛。许都地近鲁阳，城郭宫室，钱粮民物，足可备用。臣敢请驾幸许都，惟陛下从之。"帝不敢不从；群臣皆惧操势，亦莫敢有异议。遂择日起驾。操引军护行，百官皆从。

行不到数程，前至一高陵。忽然喊声大举，杨奉、韩暹领兵拦路。徐晃当先，大叫："曹操欲劫驾

◎对汉献帝来说，这主意很恶；对曹操来说，这主意正中下怀。在人地生疏的洛阳，终究不如许都得心应手。到了他的势力范围里，皇帝老子又能如何，谁还不得乖乖地听他的吗？

◎人在胜时，归附者多，其中鱼龙混杂，良莠不齐。能够排除趋炎附势之辈，识别货真价实之材，而延揽之，使用之，信任之，甚至委以重责，是权衡一个人的眼力明暗和事业成败的关键。

◎什么时候都会有御用理论家为领导者做的任何事情找出根据。无论好坏，他们那张嘴，都能说得头头是道。

◎这话说得不错。

◎曹操在进洛阳前，必是对董昭、徐晃所有对方营垒的文臣武将，做了研究，心中有底的，否则不会略一交锋即鸣金收兵，改变策略的。

◎这自是古人的丈夫气了。后来人就变得聪明而又可怕了，凡卖主求荣者，哪有不提着旧主子的脑袋，跪在新主子脚下作见面礼的呢？

何往？"操出马视之，见徐晃威风凛凛，暗暗称奇；便令许褚出马与徐晃交锋。刀斧相交，战五十馀合，不分胜败。操即鸣金收军，召谋士议曰："杨奉、韩暹诚不足道；徐晃乃真良将也。吾不忍以力并之，当以计招之。"行军从事满宠曰："主公勿虑。某向与徐晃有一面之交，今晚扮作小卒，偷入其营，以言说之，管教他倾心来降。"操欣然遣之。

是夜满宠扮作小卒，混入彼军队中，偷至徐晃帐前，只见晃秉烛被甲而坐。宠突至其前，揖曰："故人别来无恙乎？"徐晃惊起，熟视之曰："子非山阳满伯宁耶？何以至此？"宠曰："某现为曹将军从事。今日于阵前得见故人，欲进一言，故特冒死而来。"晃乃延之坐，问其来意。宠曰："公之勇略，世所罕有，奈何屈身于杨、韩之徒？曹将军当世英雄，其好贤礼士，天下所知也；今日阵前，见公之勇，十分敬爱，故不忍以健将决死战，特遣宠来奉邀。公何不弃暗投明，共成大业？"晃沉吟良久，乃喟然叹曰："吾固知奉、暹非立业之人，奈从之久矣，不忍相舍。"宠曰："岂不闻'良禽择木而栖，贤臣择主而事'？遇可事之主，而交臂失之，非丈夫也。"晃起谢曰："愿从公言。"宠曰："何不就杀奉、暹而去，以为进见之礼？"晃曰："以臣弑主，大不义也。吾决不为。"宠曰："公真义士也！"晃遂引帐下数十骑，连夜同满宠来投曹操。早有人报知杨奉。奉大怒，自引千骑来追，大叫："徐晃反贼休走！"正追赶间，忽然一声炮响，山上山下，火把齐明，伏军四出。曹操亲自引军当先，大喝："我在此等候多时，休教走脱！"杨奉大惊，急待回军，早被曹兵围住。恰好韩暹引兵来救，两军混战，杨奉走脱。曹操趁彼军乱，乘势攻击，两家军士大半多降。杨奉、韩暹势孤，引败兵投袁术去了。

曹操收军回营。满宠引徐晃入见。操大喜，厚待之。于是迎銮驾到许都，盖造宫室殿宇，立宗庙社稷、省台司院衙门，修城郭府库；封董承等十三人为列侯。赏功罚罪，并听曹操处置。操自封为大将军、武平侯；以荀彧为侍中、尚书令；荀攸为军师；郭嘉为司马祭酒；刘晔为司空仓曹掾；毛玠、任峻为典农中郎将，催督钱粮；程昱为东平相；范成、董昭为洛阳令，满宠为许都令；夏侯惇、夏侯渊、曹仁、曹洪皆为将军；吕虔、李典、乐进、于禁、徐晃皆为校尉；许褚、典韦皆为都尉。其馀将士，各各封官。自此大权皆归于曹操。朝廷大务，先禀曹操，然后方奏天子。

操既定大事，乃设宴后堂，聚众谋士共议曰："刘备屯兵徐州，自领州事；近吕布以兵败投之，备使居于小沛。若二人同心引兵来犯，乃心腹之患也。公等有何妙计可图之？"许褚曰："愿借精兵五万，斩刘备、吕布之头，献于丞相。"荀彧曰："将军勇则勇矣，不知用谋。今许都新定，未可造次用兵。或有一计，

◎迎曹派暂时也捞到了好处。

◎自封，封人，曹操说了算，汉献帝靠边了。其实，他要封自己为皇帝，又能奈他何？曹操一生不称帝，这一点，也见他的性格。

◎从军事角度考虑，徐州是他一块心病，若不想腹背受敌，就得把它夺过来。报父仇，骂刘备，都是借口。

◎凡相异大于相同，便有空子可钻，凡怀疑大于信任，便有缝隙可间。记住这两个"大于"：一、人与人之相异，远远大于人与人之相同；二、人与人之怀疑，远远大于人与人之信任。

名曰'二虎竞食'之计。今刘备虽领徐州，未得诏命。明公可奏请诏命，实授备为徐州牧，因密与一书，教杀吕布。事成则备无猛士为辅，亦渐可图；事不成，则吕布必杀备矣：此乃'二虎竞食'之计也。"操从其言，即时奏请诏命，遣使赍往徐州，封刘备为征东将军、宜城亭侯，领徐州牧，并附密书一封。

却说刘玄德在徐州，闻帝幸许都，正欲上表庆贺。忽报天使至，出郭迎接入郡，拜受恩命毕，设宴管待来使。使曰："君侯得此恩命，实曹将军于帝前保荐之力也。"玄德称谢。使者乃取出私书，递与玄德。玄德看罢，曰："此事尚容计议。"席散，安歇来使于馆驿。玄德连夜与众商议此事。张飞曰："吕布本无义之人，杀之何碍！"玄德曰："他势穷而来投我，我若杀之，亦是不义。"张飞曰："好人难做！"玄德不从。

次日，吕布来贺，玄德教请入见。布曰："闻公受朝廷恩命，特来相贺。"玄德逊谢。只见张飞扯剑上厅，要杀吕布。玄德慌忙阻住。布大惊曰："翼德何故只要杀我？"张飞叫曰："曹操道你是无义之人，教我哥哥杀你！"玄德连声喝退。乃引吕布同入后堂，实告前因，就将曹操所送密书与吕布看。布看毕，泣曰："此乃曹贼欲令我二人不和耳！"玄德曰："兄勿忧，刘备誓不为此不义之事。"吕布再三拜谢。备留布饮酒，至晚方回。关、张曰："兄长何故不杀吕

◎刘备索性开诚布公，也是解决矛盾的一法，情义并收，何乐不为。

布？"玄德曰："此曹孟德恐我与吕布同谋伐之，故用此计，使我两人自相吞并，彼却于中取利。奈何为所使乎？"关公点头道是。张飞曰："我只要杀此贼，以绝后患！"玄德曰："此非大丈夫之所为也。"

次日，玄德送使命回京，就拜表谢恩，并回书与曹操，只言容缓图之。使命回见曹操，言玄德不杀吕布之事。操问荀彧曰："此计不成，奈何？"彧曰："又有一计，名曰'驱虎吞狼'之计。"操曰："其计如何？"彧曰："可暗令人往袁术处通问，报说刘备上密表，要略南郡。术闻之，必怒而攻备。公乃明诏刘备讨袁术。两边相并，吕布必生异心：此'驱虎吞狼'之计也。"操大喜，先发人往袁术处；次假天子诏，发人往徐州。

却说玄德在徐州，闻使命至，出郭迎接。开读诏书，却是要起兵讨袁术。玄德领命，送使者先回。麋竺曰："此又是曹操之计。"玄德曰："虽是计，王命不可违也。"遂点军马，克日起程。孙乾曰："可先定守城之人。"玄德曰："二弟之中，谁人可守？"关公曰："弟愿守此城。"玄德曰："吾早晚欲与尔议事，岂可相离？"张飞曰："小弟愿守此城。"玄德曰："你守不得此城：你一者酒后刚强，鞭挞士卒；二者作事轻易，不从人谏。吾不放心。"张飞曰："弟自今以后，不饮酒，不打军士，诸般听人劝谏便了。"麋竺曰："只恐口不应心。"飞怒曰："吾跟哥哥多年，未尝失信，你

◎一计不成，再生一计。

◎史称："飞爱敬君子而不恤小人。""羽善待卒伍而骄于士大夫。"从这里不难看出关羽的农夫本相，和张飞的庄主派头。大老粗出身的关羽，对于知识分子，甚至包括诸葛亮在内，是存有一种抵触和拒绝情绪的。他之所以秉烛夜读，通宵达旦，也是想弥补他的不足，唯其不足，才以愈益的骄矜来掩饰之。而张飞的虐下，则是财主对待奴仆的本色。他的粗野表现，不仅是他的率真，也是他无须像关羽那样装腔作势，端个架子罢了。

◎世家子弟根本不把手工业者看在眼里，这种狗屁贵族气焰，直到今天，犹能于某些大少脸上看到。

◎曹操有一句诗，"郑康成行酒，伏地气绝"，说这位大儒最后死于酒，看来魏晋尚酒。酒这个东西，既可怡神悦性，又可肆意恣气。所以，读魏晋文章，常有醍醐灌顶之感。

如何轻料我？"玄德曰："弟言虽如此，吾终不放心。还请陈元龙辅之，早晚令其少饮酒，勿致失事。"陈登应诺。玄德分付了当，乃统马步军三万，离徐州望南阳进发

却说袁术闻说刘备上表，欲吞其州县，乃大怒曰："汝乃织席编屦之夫，今辄占据大郡与诸侯同列。吾正欲伐汝，汝却反欲图我！深为可恨！"乃使上将纪灵起兵十万，杀奔徐州。两军会于盱眙。玄德兵少，依山傍水下寨。那纪灵乃山东人，使一口三尖刀，重五十斤。是日引兵出阵，大骂："刘备村夫，安敢侵吾境界！"玄德曰："吾奉天子诏，以讨不臣。汝今敢来相拒，罪不容诛！"纪灵大怒，拍马舞刀，直取玄德。关公大喝曰："匹夫休得逞强！"出马与纪灵大战。一连三十合，不分胜负。纪灵大叫少歇，关公便拨马回阵，立于阵前候之。纪灵却遣副将荀正出马。关公曰："只教纪灵来，与他决个雌雄！"荀正曰："汝乃无名下将，非纪将军对手！"关公大怒，直取荀正，交马一合，砍荀正于马下。玄德驱兵杀将过去，纪灵大败，退守淮阴河口，不敢交战，只教军士来偷营劫寨，皆被徐州兵杀败。两军相拒，不在话下。

却说张飞自送玄德起身后，一应杂事，俱付陈元龙管理；军机大务，自家参酌。一日，设宴请各官赴席。众人坐定，张飞开言曰："我兄临去时，分付我少饮酒，恐致失事。众官今日尽此一醉，明日都各戒酒，

帮我守城。今日却都要满饮。"言罢，起身与众官把盏。酒至曹豹面前，豹曰："我从天戒，不饮酒。"飞曰："厮杀汉如何不饮酒？我要你吃一盏。"豹惧怕，只得饮了一杯。张飞把遍各官，自斟巨觥，连饮了几十杯，不觉大醉，却又起身与众官把盏。酒至曹豹，豹曰："某实不能饮矣。"飞曰："你恰才吃了，如今为何推却？"豹再三不饮。飞醉后使酒，便发怒曰："你违我将令，该打一百！"便喝军士拿下。陈元龙曰："玄德公临去时，分付你甚来？"飞曰："你文官，只管文官事，休来管我！"曹豹无奈，只得告求曰："翼德公，看我女婿之面，且恕我罢。"飞曰："你女婿是谁？"豹曰："吕布是也。"飞大怒曰："我本不欲打你，你把吕布来唬我，我偏要打你！我打你，便是打吕布！"诸人劝不住。将曹豹鞭至五十，众人苦苦告饶，方止。席散，曹豹回去，深恨张飞，连夜差人赍书一封，径投小沛见吕布，备说张飞无礼，且云："玄德已往淮南，今晨可乘飞醉，引兵来袭徐州，不可错此机会。"

吕布见书，便请陈宫来议。宫曰："小沛原非久居之地。今徐州既有可乘之隙，失此不取，悔之晚矣。"布从之，随即披挂上马，领五百骑先行；使陈宫引大军继进，高顺亦随后进发。小沛离徐州只四五十里，上马便到。吕布到城下时，恰才四更，月色澄清，城上更不知觉。布到城门边叫曰："刘使君有机密使人至。"城上有曹豹军报知曹豹，豹上城看

◎曹豹不是吕布的老丈人，不过，这样演义一番，戏便好看了。

◎作为一条直性汉子的恣肆酣畅的表演，旁观者可以赞叹欣赏；作为一个工作伙伴，当事者可要准备为他擦屁股了。

◎无谋吕布被有谋陈宫说动了。

之，便令军士开门。吕布一声暗号，众军齐入，喊声大举。张飞正醉卧府中，左右急忙摇醒，报说："吕布赚开城门，杀将进来了！"张飞大怒，慌忙披挂，绰了丈八蛇矛。才出府门上得马时，吕布军马已到，正与相迎。张飞此时酒犹未醒，不能力战。吕布素知飞勇，亦不敢相逼。十八骑燕将，保着张飞，杀出东门，玄德家眷在府中，都不及顾了。

却说曹豹见张飞只十数人护从，又欺他醉，遂引百十人赶来。飞见豹，大怒，拍马来迎。战了三合，曹豹败走。飞赶到河边，一枪正刺中曹豹后心，连人带马，死于河中。飞于城外招呼士卒，出城者尽随飞投淮南而去。吕布入城安抚居民，令军士一百人守把玄德宅门，诸人不许擅入。

却说张飞引数十骑，直到盱眙来见玄德，具说曹豹与吕布里应外合，夜袭徐州。众皆失色。玄德叹曰："得何足喜，失何足忧！"关公曰："嫂嫂安在？"飞曰："皆陷于城中矣。"玄德默然无语。关公顿足埋怨曰："你当初要守城时说甚来？兄长分付你甚来？今日城池又失了，嫂嫂又陷了，如何是好！"张飞闻言，惶恐无地，掣剑欲自刎。正是：

> 举杯畅饮情何放，拔剑捐生悔已迟！

不知性命如何，且听下文分解。

◎吕布也并非无情无义之人，他完全可为他老丈人报仇出气的。

◎《三国演义》这部书里，凡饮酒使性者，无不败。诸君，谨记"郑康成行酒，伏地气绝"这句诗。

中国古代的酒，是发酵型的，酒精度不高，所以有"大碗喝酒，大块吃肉"之说，而且混浊，所以有"筛酒"之说；适度加温之后，酒精得以挥发，口感更好，所以有"青梅煮酒"之说。直到元代，中国才出现蒸溜酒，所以从《三国演义》到《水浒传》中的酒，应该是这种不大容易喝醉，但一醉则不可收拾的低度酒。"三碗不过冈"的碗，容量至少五百毫升，如今，谁敢一口气喝下一千五百毫升白酒

《三国演义》里，有两位堪称英雄的人物，也是因为喝这种低度酒而栽了大跟头。这两人，一是张飞，一是吕布，是死对头，见面就要厮杀。张骂吕曰"三姓家奴"，吕骂张曰"环眼贼"，这时候，他们都未喝酒，头脑都很清醒，居然不忘揭对方的老底。可一端起杯子，从壶中倒出来的是温温的、香香的琼浆玉液，两位英雄就要不免犯糊涂，而以至于落到兵败城丢的地步。

三国期间，吴国的顾雍不饮酒，称为一圣，然而吴国的孙权却是一个非常嗜酒的皇帝，也是很出了一些洋相的。

酒，这个东西，小饮最佳，微醺即可。人对自己，是要有一点节制的。

第十五回

太史慈酣斗小霸王
孙伯符大战严白虎

在这个世界上，虽然说太阳底下没有新鲜事，但在风起云涌、阴晴不定的大时代中，芸芸众生，各色人等，面对多变社会，涌过来的新颖面孔，眼看复杂人生，出现的惊奇故事，还是要让你感叹不已的。

据南阳称藩的袁术，带甲数十万，户口数百万，本可以干一番事业。与其兄袁绍"有隙，又与刘表不平而北连公孙瓒；绍与瓒不和而南连刘表，其兄弟携贰，舍近交远如此"。因为得了传国玉玺，竟然僭号称帝，于是，"荒侈滋甚，后宫数百皆服绮縠，余粱肉，而士卒冻馁，江淮闲空尽，人民相食"，"奢淫肆欲，征敛无度，百姓苦之"。（《三国志·袁术传》）

这种历史的误会，常常造就出闪瞬即逝的名流，五日京兆的大官，花开即谢的文人，红了就黑的明星。有的人连句整话也说不好，智商指数不如常人，一登高位，吆五喝六，照样前呼后拥，位居三司，封疆一方。这些人上了台，自己都成不了气候，老百姓该过什么样的日子，也就可想而知了。

《资治通鉴》称"袁绍在河北，军人仰食桑椹，袁术在江淮，取给蒲蠃，民多相食，州里萧条"。这兄弟俩统治下的河北、江淮，老百姓如陷水火，出头无日，身逢末世，又遭虎狼。三国时期，十人死九，百不馀一，战死者要比饿死者少。历朝历代，到了人相食的地步，便基本没救了。

袁术充其量不过一个成事不足、败事有余的世家子弟罢了，竟还过了几天皇帝瘾。"兴平二年冬，天子败于曹阳。术会群下谓曰：'今刘氏微弱，海内鼎沸。吾家四世公辅，百姓所归，欲应天顺民，于诸君意如何？'众莫敢对。"终于"用河内张炯之符命，遂僭号。以九江太守为淮南尹。置公卿，祠南北郊"。"遂建号仲氏，立台省等官，乘龙凤辇，祀南北郊，立冯方女为后，立子为东宫"。这些在历史的缝隙中突然头角峥嵘的人，除了为后世增添笑柄外，还能留下什么呢？

却说张飞拔剑要自刎，玄德向前抱住，夺剑掷地曰："古人云：'兄弟如手足，妻子如衣服。衣服破，尚可缝；手足断，安可续？'吾三人桃园结义，不求同生，但愿同死。今虽失了城池家小，安忍教兄弟中道而亡？况城池本非吾有，家眷虽被陷，吕布必不谋害，尚可设计救之。贤弟一时之误，何至遽欲捐生耶！"说罢大哭。关、张俱感泣。

且说袁术知吕布袭了徐州，星夜差人至吕布处，许以粮五万斛、马五百匹、金银一万两、彩缎一千匹，使夹攻刘备。布喜，令高顺领兵五万袭玄德之后。玄德闻得此信，乘阴雨撤兵，弃盱眙而走，思欲东取广陵。比及高顺军来，玄德已去。高顺与纪灵相见，就索所许之物。灵曰："公且回军，容某见主公计之。"高顺乃别纪灵回军，见吕布，具述纪灵语。布正在迟疑，忽有袁术书至。书意云："高顺虽来，而刘备未除；且待捉了刘备，那时方以所许之物相送。"布怒骂袁术失信，欲起兵伐之。陈宫曰："不可。术据寿春，兵多粮广，不可轻敌。不如请玄德还屯小沛，使为我羽翼。他日令玄德为先锋，那时先取袁术，后取袁绍，可纵横天下矣。"布听其言，令人赍书迎玄德回。

却说玄德引兵东取广陵，被袁术劫寨。折兵大半。回来正遇吕布之使，呈上书札，玄德大喜。关、张曰："吕布乃无义之人，不可信也。"玄德曰："彼既

◎这是一句绝对的混账话，也是演义者扬此贬彼的老手法。

◎寄人篱下，日子难过，当然是让英雄气短的事。但一到罗贯中笔下，凡哭必大，就有些夸张了。大概中国传统的话本小说，只是供说书人用的一个脚本，要靠临场发挥敷衍，才能有声有色。所以，"大哭"在这里，不过提示而已，不必太当真的。

◎除此也无别路可走，对刘备来说，曹操比吕布更是未知数，此时更不敢冒险的。

◎这是吕布在读者印象中有好感的一个细节。

◎刘备所说的这一套屈身守分、不可与命争也的犬儒哲学，是最毁坏中国人奋发图强、自力更生精神的一剂毒药。若如此，既无大禹治水，也无愚公移山，更没有卧薪尝胆，志在雪耻，也没有"楚虽三户，亡秦必楚"的不认输、不服输、宁死不屈的奋斗了。在这个世界上，有孬种，不必奇怪，但提倡当孬种，还让别人与他一起当孬种，那可就十分奇怪了。

以好情待我，奈何疑之？"遂来到徐州。布恐玄德疑惑，先令人送还家眷。甘、糜二夫人见玄德，具说吕布令兵把定宅门，禁诸人不得入；又常使侍妾送物，未尝有缺。玄德谓关、张曰："我知吕布必不害我家眷也。"乃入城谢吕布。张飞恨吕布，不肯随往，先奉二嫂往小沛去了。玄德入见吕布拜谢。吕布曰："我非欲夺城，因令弟张飞在此恃酒杀人，恐有失事，故来守之耳。"玄德曰："备欲让兄久矣。"布假意仍让玄德。玄德力辞，还屯小沛住扎。关、张心中不忿。玄德曰："屈身守分，以待天时，不可与命争也。"吕布令人送粮米缎匹。自此两家和好，不在话下。

却说袁术大宴将士于寿春。人报孙策征庐江太守陆康，得胜而回。术唤策至，策拜于堂下。问劳已毕，便令侍坐饮宴。原来孙策自父丧之后，退居江南，礼贤下士；后因陶谦与策母舅丹阳太守吴景不和，策乃移母并家属居于曲阿，自己却投袁术。术甚爱之，常叹曰："使术有子如孙郎，死复何恨！"因使为怀义校尉，引兵攻泾县大帅祖郎，得胜。术见策勇，复使攻陆康，今又得胜而回。

当日筵散，策归营寨。见术席间相待之礼甚傲，心中郁闷，乃步月于中庭。因思父孙坚如此英雄，我今沦落至此，不觉放声大哭。忽见一人自外而入，大笑曰："伯符何故如此？尊父在日，多曾用我。君今有不决之事，何不问我，乃自哭耶！"策视之，乃丹阳故鄣人，姓朱，名治，字君理，孙坚旧从事官也。策收泪而延之坐，曰："策所哭者，恨不能继父之志耳。"治曰："君何不告袁公路，借兵往江东，假名救吴景，实图大业，而乃久困于人之下乎？"正商议间，一人忽入曰："公等所谋，吾已知之。吾手下有精壮百人，暂助伯符一马之力。"策视其人，乃袁术谋士，汝南细阳人，姓吕，名范，字子衡。策大喜，延坐共议。吕范曰："只恐袁公路不肯借兵。"策曰："吾有亡父留下传国玉玺，以为质当。"范曰："公路欲得此久矣！以此相质，必肯发兵。"三人计议已定。

次日，策入见袁术，哭拜曰："父仇不能报，今母舅吴景，又为扬州刺史刘繇所逼；策老母家小，皆在曲阿，必将被害。策敢借雄兵数千，渡江救难省亲。恐明公不信，有亡父遗下玉玺，权为质当。"术闻玉玺，取而视之，大喜曰："吾非要你玉玺，今且权留在此。我借兵三千、马五百匹与你。平定之后，可速回来。你职位卑微，难掌大权。我表你为折冲校尉、殄寇将军，克日领兵便行。"

策拜谢，遂引军马，带领朱治、吕范，旧将程普、黄盖、韩当等，择日起兵。行至历阳，见一军到。当先一人，姿质风流，仪容秀丽，见了孙策，下马便拜。策视其人，乃庐江舒城人，姓周，名瑜，字公瑾。原来孙坚讨董卓之时，移家舒城，瑜与孙策同年，交情甚密，因结为昆仲。策长瑜两月，瑜以兄事策。瑜叔

◎袁术养的谋士去给孙策献计，反过来盘算袁术，可见此公是如何的糟了。

◎周瑜在《三国演义》一书里，是仅次于曹操被完全扭曲了的历史人物。他纯粹是为了衬托诸葛亮的英明伟大、光荣正确的一个牺牲品。若不是大文豪苏东坡"雄姿英发"四个字，他真冤沉大海，永无洗清之日。这虽是小说，但也反映出中国人思辨方法的形而上学。论事评人，是则全是、非则全非的绝对化。这种偏激的做法和看法，缘于中国是个小生产私有者的汪洋大海，竞争艰难，人多为患，遂构成唯恐别人有了，自己便无的精神状态，因此，心怀私利，胸无大局，以邻为壑，举目皆仇，是人与人的关系总则，自然也就无公正和实事求是可言了。

周尚，为丹阳太守；今往省亲，到此与策相遇。策见瑜大喜，诉以衷情。瑜曰："某愿施犬马之力，共图大事。"策喜曰："吾得公瑾，大事谐矣！"便令与朱治、吕范等相见。瑜谓策曰："吾兄欲济大事，亦知江东有'二张'乎？"策曰："何为'二张'？"瑜曰："一人乃彭城张昭，字子布；一人乃广陵张纮，字子纲。二人皆有经天纬地之才，因避乱隐居于此。吾兄何不聘之？"策喜，即便令人赍礼往聘，俱辞不至。策乃亲到其家，与语大悦，力聘之，二人许允。策遂拜张昭为长史兼抚军中郎将，张纮为参谋正议校尉，商议攻击刘繇。

却说刘繇字正礼，东莱牟平人也，亦是汉室宗亲，太尉刘宠之侄，兖州刺史刘岱之弟；旧为扬州刺史，屯于寿春，被袁术赶过江东，故来曲阿。当下闻孙策兵至，急聚众将商议。部将张英曰："某领一军屯于牛渚，纵有百万之兵，亦不能近。"言未毕，帐下一人高叫曰："某愿为前部先锋！"众视之，乃东莱黄县人太史慈也。慈自解了北海之围后，便来见刘繇，繇留于帐下。当日听得孙策来到，愿为前部先锋。繇曰："你年尚轻，未可为大将，只在吾左右听命。"太史慈不喜而退。张英领兵至牛渚，积粮十万于邸阁。孙策引兵到，张英出迎，两军会于牛渚滩上。孙策出马，张英大骂，黄盖便出与张英战。不数合，忽然张英军中大乱，报说寨中有人放火。张英急回

◎《三国演义》是讲计谋的书，所以，谋士占有的地位，所起的作用，以及他们的主张、行为、节操、令誉，是此书的重要组成部分。而且历朝历代，也未像三国时期，出现如此人数众多的以诸葛亮为代表的运筹帷幄、出谋划策的智囊群，所以，这一段历史也就格外好看了。

军。孙策引军前来，乘势掩杀。张英弃了牛渚，望深山而逃。原来那寨后放火的，乃是两员健将：一人乃九江寿春人，姓蒋，名钦，字公奕；一人乃九江下蔡人，姓周，名泰，字幼平。二人皆遭世乱，聚人在洋子江中，劫掠为生；久闻孙策为江东豪杰，能招贤纳士，故特引其党三百馀人，前来相投。策大喜，用为军前校尉。收得牛渚邸阁粮食、军器，并降卒四千馀人，遂进兵神亭。

　　却说张英败回见刘繇，繇怒欲斩之。谋士笮融、薛礼劝免，使屯兵零陵城拒敌。繇自领兵于神亭岭南下营，孙策于岭北下营。策问土人曰："近山有汉光武庙否？"土人曰："有庙在岭上。"策曰："吾夜梦光武召我相见，当往祈之。"长史张昭曰："不可。岭南乃刘繇寨，倘有伏兵，奈何？"策曰："神人佑我，吾何惧焉！"遂披挂绰枪上马，引程普、黄盖、韩当、蒋钦、周泰等共十三骑，出寨上岭，到庙焚香。下马参拜已毕，策向前跪祝曰："若孙策能于江东立业，复兴故父之基，即当重修庙宇，四时祭祀。"祝毕，出庙上马，回顾众将曰："吾欲过岭，探看刘繇寨栅。"诸将皆以为不可。策不从，遂同上岭，南望村林。早有伏路小军飞报刘繇。繇曰："此必是孙策诱敌之计，不可追之。"太史慈踊跃曰："此时不捉孙策，更待何时！"遂不候刘繇将令，竟自披挂上马，绰枪出营，大叫曰："有胆气者，都跟我来！"诸将不动。惟有

◎论资排辈，古已有之。然而，英雄不论出身，即使江洋大盗又何妨？

◎凡无畏的挑战精神，周围总有那么多的庸俗市侩，报之以冷嘲热讽。中国人习惯于一二一，齐步走，谁要是破例，马上就会受到"出头的椽子先烂"的诅咒。

一小将曰："太史慈真猛将也！吾可助之！"拍马同行。众将皆笑。

却说孙策看了半晌，方始回马。正行过岭，只听得岭上叫："孙策休走！"策回头视之，见两匹马飞下岭来。策将十三骑一齐摆开。策横枪立马于岭下待之。太史慈高叫曰："那个是孙策？"策曰："你是何人？"答曰："我便是东莱太史慈也，特来捉孙策！"策笑曰："只我便是。你两个一齐来并我一个，我不惧你！我若怕你，非孙伯符也！"慈曰："你便众人都来，我亦不怕！"纵马横枪，直取孙策。策挺枪来迎。两马相交，战五十合，不分胜负。程普等暗暗称奇。慈见孙策枪法无半点儿渗漏，乃佯输诈败，引孙策赶来。慈却不由旧路上岭，竟转过山背后。策赶到，大喝曰："走的不算好汉！"慈心中自忖："这厮有十二从人，我只一个，便活捉了他，也吃众人夺去。再引一程，教这厮没寻处，方好下手。"于是且战且走。策那里肯舍，一直赶到平川之地。慈兜回马再战，又到五十合。策一枪搠去，慈闪过，挟住枪；慈也一枪搠去，策亦闪过，挟住枪。两个用力只一拖，都滚下马来。马不知走的那里去了。两个弃了枪，揪住厮打，战袍扯得粉碎。策手快，掣了太史慈背上的短戟，慈亦掣了策头上的兜鍪。策把戟来刺慈，慈把兜鍪遮架。忽然喊声后起，乃刘繇接应军到来，约有千馀。策正慌急，程普等十二骑亦冲到。策与慈方才放手。

◎太史慈骁勇，孙策刚猛，两强相遇，看谁胜。

◎好一个有心计的太史慈！很想抓住战机。看来孙策虽勇，仍不脱一介武夫的鲁莽，只顾打仗，却想不到遭遇挑战。

◎把一场交手战写得跌宕起伏，层次分明，人物性格于刀光剑影中历历若现，使人有置身其中之感，确实精彩。

慈于军中讨了一匹马，取了枪，上马复来。孙策的马却是程普收得，策亦取枪上马。刘繇一千馀军，和程普等十二骑混战，逶迤杀到神亭岭下。喊声起处，周瑜领军来到。刘繇自引大军杀下岭来。时近黄昏，风雨暴至，两下各自收军。

次日，孙策引军到刘繇营前，刘繇引军出迎。两阵圆处，孙策把枪挑太史慈的小戟于阵前，令军士大叫曰："太史慈若不是走的快，已被刺死了！"太史慈亦将孙策兜鍪挑于阵前，也令军士大叫曰："孙策头已在此！"两军呐喊，这边夸胜，那边道强。太史慈出马，要与孙策决个胜负，策遂欲出。程普曰："不须主公劳力，某自擒之。"程普出到阵前，太史慈曰："你非我之敌手，只教孙策出马来！"程普大怒，挺枪直取太史慈。两马相交，战到三十合，刘繇急鸣金收军。太史慈曰："我正要捉拿贼将，何故收军？"刘繇曰："人报周瑜领军袭取曲阿，有庐江松滋人陈武，字子烈，接应周瑜入去。吾家基业已失，不可久留。速往秣陵，会薛礼、笮融军马，急来接应。"太史慈跟着刘繇退军，孙策不赶，收住人马。长史张昭曰："彼军被周瑜袭取曲阿，无恋战之心，今夜正好劫营。"孙策然之。当夜分军五路，长驱大进。刘繇军兵大败，众皆四纷五落。太史慈独力难当，引十数骑连夜投泾县去了。

却说孙策又得陈武为辅，其人身长七尺，面黄睛

◎陈寿论刘繇，"据万里之士，非其长也"。乃是一个本事不大，能力不高，连野心都有限的平庸人物，最后，连他的老乡太史慈也离他而去。看来，孙策的崛起，不是因为他多么了不起，而是因为他在江东的对手，从刘表、袁术起，到这个刘繇，一个个都非"据万里之士"。一把好刀，没有好的磨刀石，是打磨不出来的。

◎神龙见首不见尾，太史慈又消失了。

◎一个人的长处，也可能成为一个人的短处。小霸王则勇矣，而作为一军之帅来说，恃匹夫之勇，有胆而无略，未必能够事事处处都无往而不利的。

赤，形容古怪。策甚敬爱之，拜为校尉，使作先锋，攻薛礼。武引十数骑突入阵去，斩首级五十馀颗。薛礼闭门不敢出。策正攻城，忽有人报刘繇会合笮融去取牛渚。孙策大怒，自提大军竟奔牛渚。刘繇、笮融二人出马迎敌。孙策曰："吾今到此，你如何不降？"刘繇背后一人挺枪出马，乃部将于糜也。与策战不三合，被策生擒过去，拨马回阵。繇将樊能，见捉了于糜，挺枪来赶。那枪刚搠到策后心，策阵上军士大叫："背后有人暗算！"策回头，忽见樊能马到，乃大喝一声，声如巨雷。樊能惊骇，倒翻身撞下马来，破头而死。策到门旗下，将于糜丢下，已被挟死。一霎时挟死一将，喝死一将，自此人皆呼孙策为"小霸王"。

当日刘繇兵大败，人马大半降策。策斩首级万馀。刘繇与笮融走豫章，投刘表去了。孙策还兵复攻秣陵，亲到城壕边，招谕薛礼投降。城上暗放一冷箭，正中孙策左腿，翻身落马。众将急救起，还营拔箭，以金疮药傅之。策令军中诈称主将中箭身死。军中举哀，拔寨齐起。薛礼听知孙策已死，连夜起城内之军，与骁将张英、陈横杀出城来追之。忽然伏兵四起，孙策当先出马，高声大叫曰："孙郎在此！"众军皆惊，尽弃枪刀，拜于地下。策令休杀一人。张英拨马回走，被陈武一枪刺死。陈横被蒋钦一箭射死，薛礼死于乱军中。策入秣陵，安辑居民，移兵至泾县来捉太史慈。

却说太史慈招得精壮二千馀人，并所部兵，正要来与刘繇报仇。孙策与周瑜商议活捉太史慈之计。
瑜令三面攻县，只留东门放走；离城二十五里，三路
各伏一军，太史慈到那里，人困马乏，必然被擒。原
来太史慈所招军大半是山野之民，不谙纪律。泾县
城头，苦不甚高。当夜，孙策命陈武短衣持刀，首
先爬上城放火。太史慈见城上火起，上马投东门走，
背后孙策引军赶来。太史慈正走，后军赶至三十里，
却不赶了。太史慈走了五十里，人困马乏，芦苇之
中，喊声忽起。慈急待走，两下里绊马索齐来，将马
绊翻了，生擒太史慈，解投大寨。策知解到太史慈，
亲自出营喝散士卒，自释其缚，将自己锦袍衣之，请
入寨中，谓曰："我知子义真丈夫也。刘繇蠢辈，不
能用为大将，以致此败。"慈见策待之甚厚，遂请降。
策执慈手笑曰："神亭相战之时，若公获我，还相害
否？"慈笑曰："未可知也。"策大笑，请入帐，邀之
上坐，设宴款待。慈曰："刘君新破，士卒离心。某
欲自往收拾馀众，以助明公。不识能相信否？"策起
谢曰："此诚策所愿也。今与公约：明日日中，望公来
还。"慈应诺而去。诸将曰："太史慈此去必不来矣。"
策曰："子义乃信义之士，必不背我。"众皆未信。次
日，立竿于营门以候日影。恰将日中，太史慈引一千
馀众到寨。孙策大喜。众皆服策之知人。

　　于是孙策聚数万之众，下江东，安民恤众，投者
无数。江东之民，皆呼策为"孙郎"。但闻孙郎兵至，

◎最后还得大谋士周瑜出马。孙策打得那么费劲、吃力的对手，此刻周瑜不失一兵一卒，便把生龙活虎般的太史慈生擒活捉过来。作为一个领导，事必躬亲，不一定是美德。相反，群策群力，充分调动积极因素，才能有作为，做成一番事业。

◎当着真人，不说假话。

◎大丈夫一诺千金。

皆丧胆而走。及策军到，并不许一人掳掠，鸡犬不惊。人民皆悦，赍牛酒到寨劳军。策以金帛答之，欢声遍野。其刘繇旧军，愿从军者听从，不愿为军者给赏归农。江南之民，无不仰颂。由是兵势大盛。策乃迎母、叔、诸弟俱归曲阿，使弟孙权与周泰守宣城。策领兵南取吴郡。

◎古云："人无信不立"，这信，既有被人信的一面，也有能信人的一面。在中国传统文化中，信和义并立，是衡人的重要标准。

时有严白虎，自称"东吴德王"，据吴郡，遣部将守住乌程、嘉兴。当日白虎闻策兵至，令弟严舆出兵，会于枫桥。舆横刀立马于桥上。有人报入中军，策便欲出。张纮谏曰："夫主将乃三军之所系命，不宜轻敌小寇。愿将军自重。"策谢曰："先生之言如金石，但恐不亲冒矢石，则将士不用命耳。"随遣韩当出马。比及韩当到桥上时，蒋钦、陈武早驾小舟，从河岸边杀过桥里，乱箭射倒岸上军，二人飞身上岸砍杀。严舆退走。韩当引军直杀到阊门下，贼退入城里去了。策分兵水陆并进，围住吴城。

一困三日，无人出战。策引众军到阊门外招谕。城上一员裨将，左手托定护梁，右手指着城下大骂。太史慈就马上拈弓取箭，顾军将曰："看我射中这厮左手！"说声未绝，弓弦响处，果然射个正中，把那将的左手射透，反牢钉在护梁上。城上城下人见者，无不喝采。众人救了这人下城。白虎大惊曰："彼军有如此人，安能敌乎！"遂商量求和。次日，使严舆出城，来见孙策。策请舆入帐饮酒。酒酣，问舆曰：

◎从救孔融起，太史慈的每一场面、每一镜头，无不令人印象深刻。

"令兄意欲如何？"舆曰："欲与将军平分江东。"策大怒曰："鼠辈安敢与吾相等！"命斩严舆。舆拔剑起身，策飞剑砍之，应手而倒，割下首级，令人送入城中。白虎料敌不过，弃城而走。

策进兵追袭，黄盖攻取嘉兴，太史慈攻取乌程，数州皆平。白虎奔余杭，于路劫掠，被土人凌操领乡人杀败，望会稽而走。凌操父子二人来接孙策，策使为从征校尉，遂同引兵渡江。严白虎聚寇，分布于西津渡口。程普与战，复大败之，连夜赶到会稽。

会稽太守王朗，欲引兵救白虎。忽一人出曰："不可。孙策用仁义之师，白虎乃暴虐之众，还宜擒白虎以献孙策。"朗视之，乃会稽余姚人，姓虞，名翻，字仲翔，现为郡吏。朗怒叱之，翻长叹而出。朗遂引兵会合白虎，同陈兵于山阴之野。两阵对圆，孙策出马，谓王朗曰："吾兴仁义之兵，来安浙江，汝何故助贼？"朗骂曰："汝贪心不足！既得吴郡，而又强并吾界！今日特与严氏雪仇！"孙策大怒，正待交战，太史慈早出。王朗拍马舞刀，与慈战不数合，朗将周昕杀出助战。孙策阵中黄盖，飞马接住周昕交锋。两下鼓声大震，互相鏖战。忽王朗阵后先乱，一彪军从背后抄来。朗大惊，急回马来迎。原来是周瑜与程普引军刺斜杀来，前后夹攻。王朗寡不敌众，与白虎、周昕杀条血路，走入城中，拽起吊桥，坚闭城门。孙策大军乘势赶到城下，分布众军，四门攻打。王朗在城

◎从孙策由袁术处押玉玺，再借兵马起家，荡平豪强，铲除盗贼，立足江东以后，向北不敢与袁术争锋，向西也难与刘表较量，此其时，趁各路诸侯逐鹿中原，无暇旁骛之际，唯有向吴越腹地纵深开拓，奠定未来吴国的天下，是一个最好的时机。然而，也在这些首领的脑海里，形成画地为牢、自大为王的分裂思想。

◎王朗这一次被孙策打败，见诸史实。随后，曹操不得不默认孙策自领会稽太守职，只好将王朗征回许都，封谏议大夫，参司空军事。在《三国演义》里，这个王朗最后是被诸葛亮骂死在两军对阵的战场上。其实，《资治通鉴·太和二年》载："冬，十一月，兰陵成侯王朗卒。"看来，说书人的兴之所至，背离历史也太远了些。

中见孙策攻城甚急，欲再出兵决一死战。严白虎曰："孙策兵势甚大，足下只宜深沟高垒，坚壁勿出。不消一月，彼军粮尽，自然退走。那时乘虚掩之，可不战而破也。"朗依其议，乃固守会稽城而不出。

孙策一连攻了数日，不能成功，乃与众将计议。孙静曰："王朗负固守城，难可卒拔。会稽钱粮，大半屯于查渎。其地离此数十里，莫若以兵先据其内，所谓'攻其无备，出其不意'也。"策大喜曰："叔父妙用，足破贼人矣！"即下令于各门燃火，虚张旗号，设为疑兵，连夜撤围南去。周瑜进曰："主公大兵一起，王朗必然出城来赶，可用奇兵胜之。"策曰："吾今准备下了，取城只在今夜。"遂令军马起行。

却说王朗闻报孙策军马退去，自引众人来敌楼上观望；见城下烟火并起，旌旗不杂，心下迟疑。周昕曰："孙策走矣，特设此计以疑我耳。可出兵袭之。"严白虎曰："孙策此去，莫非要去查渎？我令部兵与周将军追之。"朗曰："查渎是我屯粮之所，正须提防。汝引兵先行，吾随后接应。"白虎与周昕领五千兵出城追赶。将近初更，离城二十馀里，忽密林里一声鼓响，火把齐明。白虎大惊，便勒马回走。一将当先拦住，火光中视之，乃孙策也。周昕舞刀来迎，被策一枪刺死。馀众皆降。白虎杀条血路，望余杭而走。王朗听知前军已败。不敢入城，引部下奔逃海隅去了。孙策复回大军，乘势取了城池，安定人民。

◎劫粮，是当时军家惯用的伎俩。

◎对手，是不用交学费的老师。对手有强弱之分，老师有高低之别。孙策在江东，碰到的对手多为豆腐渣，养成他的轻敌思想，最后吃了苦头。

　　不隔一日，只见一人将着严白虎首级来孙策军前报献。策视其人，身长八尺，面方口阔。问其姓名，乃会稽余姚人，姓董，名袭，字元代。策喜，命为别部司马。自是东路皆平，令叔孙静守之，令朱治为吴郡太守，收军回江东。

　　却说孙权与周泰守宣城，忽山贼窃发，四面杀至。时值更深，不及抵敌，泰抱权上马。数十贼众，用刀来砍。泰赤体步行，提刀杀贼，砍杀十馀人。随后一贼跃马挺枪直取周泰，被泰扯住枪，拖下马来，夺了枪马，杀条血路，救出孙权。馀贼远遁。周泰身被十二枪，金疮发胀，命在须臾。策闻之大惊。帐下董袭曰："某曾与海寇相持，身遭数枪，得会稽一个贤郡吏虞翻荐一医者，半月而愈。"策曰："虞翻莫非虞仲翔乎？"袭曰："然。"策曰："此贤士也。我当用之。"乃令张昭与董袭同往聘请虞翻。翻至，策优礼相待，拜为功曹，因言及求医之意。翻曰："此人乃沛国谯郡人，姓华，名佗，字元化。真当世之神医也。当引之来见。"不一日引至。策见其人，童颜鹤发，飘然有出世之姿，乃待为上宾，请视周泰疮。佗曰："此易事耳。"投之以药，一月而愈。策大喜，厚谢华佗。遂进兵杀除山贼，江南皆平。孙策分拨将士守把各处隘口，一面写表申奏朝廷，一面结交曹操，一面使人致书与袁术取玉玺。

　　却说袁术暗有称帝之心，乃回书推托不还；急聚长

◎一开始，孙吴的目标就是江东。他去祷告汉光武庙，也只求保佑他能在江东立业。严舆欲与他平分江东，掉了脑袋。如今总算立定脚跟了。

◎李贽评曰："东吴周泰不减魏之许褚、蜀之赵云也。壮哉丈夫！而仲谋报之，亦可谓一知己矣。"特别是孙权说出"孤当与卿共荣辱，同休戚，勿以寒门自退也"。李卓吾所说的"知己"，因此而来。

◎小人是不能得志的，一旦手中握有一点本钱，诸如权势实力，财物资本，精神依托，仙丹灵药，与众不同时，便马上坐不住金銮殿，眉飞色舞，亢奋不宁，手脚无措，五官挪位。袁术有了那块传国玉玺后，赖着不还，便像得了病似的要当皇帝了。

史杨大将，都督张勋、纪灵、桥蕤，上将雷薄、陈兰等三十馀人商议，曰："孙策借我军马起事，今日尽得江东地面；乃不思报本，而反来索玺，殊为无礼。当以何策图之？"长史杨大将曰："孙策据长江之险，兵精粮广，未可图也。今当先伐刘备，以报前日无故相攻之恨，然后图取孙策未迟。某献一计，使备即日就擒。"正是：

　　　　不去江东图虎豹，却来徐郡斗蛟龙。

不知其计若何，且听下文分解。

　　周瑜设计擒获太史慈，为汉献帝建安三年（198）事。

　　那时，真是年轻人能够跃武扬威的时代，因为在冷兵器的战争中，无论长官还是士兵，没有年轻力壮的身体，仅一身披挂，至少也有数十斤重量，没有体力，怎么能上阵打仗。就盔和甲，再加上兵器，步兵最轻为刀，次轻为弓箭，骑兵着装还要加护腿和含有金属物的鞋，以及武器长枪和戟，无一不需自身负担。所以，三国人物，都是出乎我们当代人所能想象的年轻人。也许东汉时期的中国人，平均寿命要低，年近半百，大概就算老了，否则，孙权不会张嘴"老贼"，闭嘴"老贼"地对曹操口出不逊。这不是《三国演义》小说中的虚构，而是见诸陈寿《三国志》的正史。

　　据《资治通鉴》，孙策收太史慈，立委重任，竟派他去抚安刘繇馀部，他将行时，众人嘀咕，"'慈必北去不还。'策曰：'子义舍我，当复从谁？'饯送阊门，把腕别曰：'何时能还？'答曰：'不过六十日。'慈行，议者犹纷纭言遣之非计，策曰：'诸君勿复言，孤断之详矣，诸君勿忧也。'慈果如期而反。"他不但完成任务，还为孙策的兼并政策，先就作好安排。

　　周瑜、孙策同龄，二十三岁，太史慈，三十三岁，如今，二三十岁的年轻人，又有多少能干得这样大事的呢？

第十六回
吕奉先射戟辕门
曹孟德败师淯水

　　辕门射戟是吕布一生中的峰顶之作，此后，便一步步往白门楼殒命的结局走去。

　　《三国志》评吕布说："有虎虎之勇，而无英奇之略，轻狡反覆，唯利是视。自古及今，未有若此不夷灭也"。从历史的角度，这个评价应该说是准确的。但是罗贯中笔下的吕布，作为一个文学人物，就不仅仅是个褒贬，也不必存在褒贬的问题了。因为读者对于历史上一个人物的评价，只有信与不信的两种比较一致的选择。而对于文学人物，经读者的再创造，便有许多不同的看法和见解，绝非简单的褒和贬可以概括的。每个读者眼中的文学人物，都盖有读者本人的印记。《三国演义》的读者，对于吕布，至少不是完全唾弃这个绝对应该否定的角色。说是多么同情他，未必，说是多么反对他，也未必。《三国演义》是一部古老的章回小说，很不入五四新文化诸公的法眼，但它这种复合性的人物写法，颇是新颖，在"说三分"的话本出现之时，西方世界尚未有文学这一说。

　　吕布在历史中是被否定的，然而在文学中，在读者头脑中，却又并不完全被否定。这也许是文学的力量吧？在所有吕布戏中，那白铠白袍的小生一出场，甚至成了后世无数观众心目中的英武潇洒的明星。因此可以说，吕布是这部小说起首部分塑造得最为成功的形象之一。

　　同样的道理，那些在史官笔下的帝王将相，千篇一律的正面人物，有时在文学中，却是适得其反，成为绑在耻辱柱上的丑类，而且还是一个木偶。所以，一些统治者，特别注重自己死后的定评，所谓盖棺论定，于是，为之掉脑袋或坐班房的，大半是史学家。更有一些统治者，凡涉及政权的得失、帝王的好坏、民心的向背、舆论的短长，都在他的关心之列。于是，掉脑袋或坐班房的，便大半是爱好渲染和夸张的文学家了。

　　但是，读者买文学的账，《三国演义》存在，吕布便永远活着。那些浮云过水式的大人物，别说身后，生前也没有人太在意的。

◎袁术总以为自己老子天下第一，其实在诸侯中，只是三流角色。他的谋士，自然也就等而下之了。

◎吕布和袁术，利字当头，倒都是本质上的现实主义者。

◎吕布每次都听陈宫的，独这一次他自计自议，自作主张。这样刻画人物，就不会犯简单化的毛病了。不要以为一根筋的人，永远一根筋。

却说杨大将献计欲攻刘备。袁术曰："计将安出？"大将曰："刘备军屯小沛，虽然易取，奈吕布虎踞徐州，前次许他金帛粮马，至今未与，恐其助备。今当令人送与粮食，以结其心，使其按兵不动，则刘备可擒。先擒刘备，后图吕布，徐州可得也。"术喜，便具粟二十万斛，令韩胤赍密书往见吕布。吕布甚喜，重待韩胤。胤回告袁术，术遂遣纪灵为大将，雷薄、陈兰为副将，统兵数万，进攻小沛。玄德闻知此信，聚众商议。张飞要出战。孙乾曰："今小沛粮寡兵微，如何抵敌？可修书告急于吕布。"张飞曰："那厮如何肯来！"玄德曰："乾之言善。"遂修书与吕布。书略曰：

> 伏自将军垂念，令备于小沛容身，实拜云天之德。今袁术欲报私仇，遣纪灵领兵到县，亡在旦夕，非将军莫能救。望驱一旅之师，以救倒悬之急，不胜幸甚！

吕布看了书，与陈宫计议曰："前者袁术送粮致书，盖欲使我不救玄德也。今玄德又来求救。吾想玄德屯军小沛，未必遂能为我害；若袁术并了玄德，则北连泰山诸将以图我，我不能安枕矣。不若救玄德。"遂点兵起程。

却说纪灵起兵，长驱大进，已到沛县东南，扎下营寨。昼列旌旗，遮映山川；夜设火鼓，震明天地。玄德县中，止有五千馀人，也只得勉强出县，布阵安营。忽报吕布引兵离县一里西南上扎下营寨。纪灵知吕布领兵来救刘备，急令人致书于吕布，责其无信。布笑曰："我有一计，使袁、刘两家都不怨我。"乃发使往纪灵、刘备寨中，请二人饮宴。

　　玄德闻布相请，即便欲往。关、张曰："兄长不可去。吕布必有异心。"玄德曰："我待彼不薄，彼必不害我。"遂上马而行。关、张随往。到吕布寨中，入见。布曰："吾今特解公之危。异日得志，不可相忘！"玄德称谢。布请玄德坐。关、张按剑立于背后。人报纪灵到，玄德大惊，欲避之。布曰："吾特请你二人来会议，勿得生疑。"玄德未知其意，心下不安。纪灵下马入寨，却见玄德在帐上坐，大惊，抽身便回，左右留之不住。吕布向前一把扯回，如提童稚。灵曰："将军欲杀纪灵耶？"布曰："非也。"灵曰："莫非杀'大耳儿'乎？"布曰："亦非也。"灵曰："然则为何？"布曰："玄德与布乃兄弟也，今为将军所困，故来救之。"灵曰："若此则杀灵也？"布曰："无有此理。布平生不好斗，惟好解斗。吾今为两家解之。"灵曰："请问解之之法？"布曰："我有一法，从天所决。"乃拉灵入帐与玄德相见。二人各怀疑忌。布乃居中坐，使灵居左，备居右，且教设宴行酒。

　　酒行数巡，布曰："你两家看我面上，俱各罢兵。"玄德无语。灵曰："吾奉主公之命，提十万之兵，专捉刘备，如何罢得？"张飞大怒，拔剑在手，叱曰：

◎一个毫无心术的人，居然用计？而此计之荒诞，旷古未闻，亏他想得出来。而此儿戏一般的主意，居然侥幸得逞，成为历史一段美谈。由此可见，现实世界，变化万千，无一定必然之规律，可能变为不可能，把握变为没把握，到嘴的肉，飞了，天上掉馅儿饼，事属荒唐，但未必是神话。有许多必然性，不一定必然，有许多偶然性，倒瞎猫碰上死耗子。所以，随机应变，因势利导，是处理矛盾、解决矛盾的重要一环。

◎热锅上的蚂蚁刘玄德，能缓一步，也是求之不得。

◎"布大怒"，因何而怒，怒从何来？看来这厮颇有演戏天分。

◎心，怕是涌到喉咙口了！

"吾虽兵少，觑汝辈如儿戏耳！你比百万黄巾何如？你敢伤我哥哥！"关公急止之曰："且看吕将军如何主意，那时各回营寨厮杀未迟。"吕布曰："我请你两家解斗，须不教你厮杀！"这边纪灵不忿，那边张飞只要厮杀。布大怒，教左右："取我戟来！"布提画戟在手，纪灵、玄德尽皆失色。布曰："我劝你两家不要厮杀，尽在天命。"令左右接过画戟，去辕门外远远插定，乃回顾纪灵、玄德曰："辕门离中军一百五十步。吾若一箭射中戟小枝，你两家罢兵；如射不中，你各自回营，安排厮杀。有不从吾言者，并力拒之。"纪灵私忖："戟在一百五十步之外，安能便中？且落得应允。待其不中，那时凭我厮杀。"便一口许诺。玄德自无不允。布都教坐，再各饮一杯酒。酒毕，布教取弓箭来。玄德暗祝曰："只愿他射得中便好！"只见吕布挽起袍袖，搭上箭，扯满弓，叫一声："着！"正是：弓开如秋月行天，箭去似流星落地。一箭正中画戟小枝。帐上帐下将校，齐声喝采。后人有诗赞之曰：

温侯神射世间稀，曾向辕门独解危。
落日果然欺后羿，号猿直欲胜由基。
虎筋弦响弓开处，雕羽翎飞箭到时。
豹子尾摇穿画戟，雄兵十万脱征衣。

当下吕布射中画戟小枝，呵呵大笑，掷弓于地，执纪灵、玄德之手曰："此天令你两家罢兵也！"喝教军士："斟酒来！各饮一大觥。"玄德暗称惭愧。纪灵默然半晌，告布曰："将军之言，不敢不听；奈纪灵回去，主人如何肯信？"布曰："吾自作书复之便了。"酒又数巡，纪灵求书先回。布谓玄德曰："非我则公危矣。"玄德拜谢，与关、张回。次日，三处军马都散。

不说玄德入小沛，吕布归徐州。却说纪灵回淮南见袁术，说吕布辕门射戟解和之事，呈上书信。袁术大怒曰："吕布受吾许多粮米，反以此儿戏之事，偏护刘备。吾当自提重兵，亲征刘备，兼讨吕布！"纪灵曰："主公不可造次。吕布勇力过人，兼有徐州之地。若布与备首尾相连，不易图也。灵闻布妻严氏有一女，年已及笄。主公有一子，可令人求亲于布。布若嫁女于主公，必杀刘备：此乃'疏不间亲'之计也。"袁术从之，即日遣韩胤为媒，赍礼物往徐州求亲。

胤到徐州见布，称说："主公仰慕将军，欲求令爱为儿妇，永结'秦晋之好'。"布入谋于妻严氏。原来吕布有二妻一妾：先娶严氏为正妻，后娶貂蝉为妾；及居小沛时，又娶曹豹之女为次妻。曹氏先亡无出，貂蝉亦无所出，惟严氏生一女，布最钟爱。当下严氏对布曰："吾闻袁公路久镇淮南，兵多粮广，早晚将为天子。若成大事，则吾女有后妃之望。只不知他有几子？"布曰："止有一子。"妻曰："既如此，即当许之。纵不为皇后，

◎"呵呵大笑"这四个字，写出一个活灵活现的吕布。

◎解和只是一箭之功，吕布端的可爱！那纪灵肯定心里骂街：你吕布开什么高级玩笑？

◎《三国演义》之所以成为世界性的读物，就在于它是一部极其生动、极其形象地阐明各种计谋的教科书。西方人好决斗，东方人好谋和，时间在我们一边，世界在我们一边。即使这一箭不中，你放心，袁术和刘备也是打不起来的。

◎这个无主见的吕布，事事需谋之于人。独是辕门射戟，他倒不找谁商量，好胜之心，英雄本性吧？

◎陈宫绝顶聪明，但他必置刘备于死地的做法，说明此公在把握斗争的大方向上，至少犯有主次不分、树敌过多的错误。因曹操而迁怒刘备，显然他不是早年相与曹操的陈宫，他的被《三国志》省略的历史，可能非一般人物。如下文中出现的陈登，按刘备评价："若元龙文武胆志，当求之于古耳，造次难得比也。"《先贤行状》也说："太祖每临大江而叹，恨不早用陈元龙计，而令封豕养其爪牙。文帝追录登功，拜登息肃为郎中。"看来，一旦进入时间黑洞，遂成万古之谜。

吾徐州亦无忧矣。"布意遂决，厚款韩胤，许了亲事。

韩胤回报袁术。术即备聘礼，仍令韩胤送至徐州。吕布受了，设席相待，留于馆驿安歇。

次日，陈宫竟往馆驿内拜望韩胤。讲礼毕，坐定。宫乃叱退左右，对胤曰："谁献此计，教袁公与奉先联姻，意在取刘玄德之头乎？"胤失惊，起谢曰："乞公台勿泄！"宫曰："吾自不泄，只恐其事若迟，必被他人识破，事将中变。"胤曰："然则奈何？愿公教之。"宫曰："吾见奉先，使其即日送女就亲，何如？"胤大喜，称谢曰："若如此，袁公感佩明德不浅矣！"宫遂辞别韩胤，入见吕布曰："闻公女许嫁袁公路，甚善。但不知于何日结亲？"布曰："尚容徐议。"宫曰："古者自受聘成婚之期，各有定例：天子一年，诸侯半年，大夫一季，庶民一月。"布曰："袁公路天赐国宝，早晚当为帝，今从天子例，可乎？"宫曰："不可。"布曰："然则仍从诸侯例？"宫曰："亦不可。"布曰："然则将从卿大夫例矣？"宫曰："亦不可。"布笑曰："公岂欲吾依庶民例耶？"宫曰："非也。"布曰："然则公意欲如何？"宫曰："方今天下诸侯，互相争雄。今公与袁公路结亲，诸侯保无有嫉妒者乎？若复远择吉期，或竟乘我良辰，伏兵半路以夺之，如之奈何？为今之计，不许便休；既已许之，当趁诸侯未知之时，即便送女到寿春，另居别馆，然后择吉成亲，万无一失也。"布喜曰："公台之言甚当。"遂入告严氏，连夜具办妆奁，收拾宝马香车，令宋宪、魏续一同韩胤送女前去。鼓乐喧天，送出城外。

　　时陈元龙之父陈珪，养老在家，闻鼓乐之声，遂问左右。左右告以故。珪曰："此乃'疏不间亲'之计也。玄德危矣！"遂扶病来见吕布。布曰："大夫何来？"珪曰："闻将军死至，特来吊丧。"布惊曰："何出此言？"珪曰："前者袁公路以金帛送公，欲杀刘玄德，而公以射戟解之；今忽来求亲，其意盖欲以公女为质，随后就来攻玄德而取小沛。小沛亡，徐州危矣。且彼或来借粮，或来借兵，公若应之，是疲于奔命，而又结怨于人；若其不允，是弃亲而启兵端也。况闻袁术有称帝之意，是造反也。彼若造反，则公乃反贼亲属矣，得无为天下所不容乎？"布大惊曰："陈宫误我！"急命张辽引兵，追赶至三十里之外，将女抢归；连韩胤都拿回监禁，不放归去。却令人回复袁术，只说女儿妆奁未备，俟备毕便自送来。陈珪又说吕布，使解韩胤赴许都。布犹豫未决。

　　忽人报："玄德在小沛招军买马，不知何意。"布曰："此为将者本分事，何足为怪。"正话间，宋宪、魏续至，告布曰："我二人奉明公之命，往山东买马，买得好马三百馀匹。回至沛县界首，被强寇劫去一半。打听得是刘备之弟张飞，诈妆山贼，抢劫马匹去了。"吕布听了大怒，随即点兵往小沛来斗张飞。

　　玄德闻知大惊，慌忙领兵出迎。两阵圆处，玄德出马曰："兄长何故领兵到此？"布指骂曰："我辕

◎此人可惜英年早逝，不然，三国又该生出多少故事。子如此，父当不弱。

◎出尔反尔，马上改变主意，也太快了些。四肢发达者，头脑必简单，不过，放在吕布身上，也有其从善如流的一面。

◎又坏在感情色彩过于强烈的张飞身上。我们经常见到这种仗特殊关系，不顾约束，任意而为的特殊人物——不听招呼，不计大局，逞一己之能；赌气冒险，轻率行动，泄一时之忿，以为自己做了好事，结果把事情搞得很糟的例子，不胜枚举。与其责怪这类二百五，还不如责怪这类二百五的保护人，祸根在这里。

◎自古以来，马在冀、鲁、豫地区，从来都是稀缺资源。

◎好容易经营的一小块地盘，就这样断送在兄弟的手下，张飞丢掉的小沛，不过弹丸之地，将来好大一方荆州，还要被关羽丧失殆尽呢！所以说，军国大事，一旦掺入感情因素，有百害而无一利。刘备自己不也为报弟仇，倾国东征，而把蜀汉断送了吗？

门射戟，救你大难，你何故夺我马匹？"玄德曰："备因缺马，令人四下收买，安敢夺兄马匹？"布曰："你便使张飞夺了我好马一百五十匹，尚自抵赖！"张飞挺枪出马曰："是我夺了你好马！你今待怎么？"布骂曰："环眼贼！你累次渺视我！"飞曰："我夺你马你便恼，你夺我哥哥的徐州便不说了？"布挺戟出马来战张飞，飞亦挺枪来迎。两个酣战一百馀合，未见胜负。玄德恐有疏失，急鸣金收军入城。吕布分军四面围定。玄德唤张飞责之曰："都是你夺他马匹，惹起事端！如今马匹在何处？"飞曰："都寄在各寺院内。"玄德随令人出城，至吕布营中，说情愿送还马匹，两相罢兵。布欲从之，陈宫曰："今不杀刘备，久后必为所害。"布听之，不从所请，攻城愈急。玄德与糜竺、孙乾商议。孙乾曰："曹操所恨者，吕布也。不若弃城走许都，投奔曹操，借军破布，此为上策。"玄德曰："谁可当先破围而出？"飞曰："小弟情愿死战！"玄德令飞在前，云长在后，自居于中，保护老小。当夜三更，乘着月明，出北门而走。正遇宋宪、魏续，被翼德一阵杀退，得出重围。后面张辽赶来，关公敌住。吕布见玄德去了，也不来赶，随即入城安民，令高顺守小沛，自己仍回徐州去了。

却说玄德前奔许都，到城外下寨，先使孙乾来见曹操，言被吕布追逼，特来相投。操曰："玄德与吾，兄弟也。"便请入城相见。次日，玄德留关、张在城外，自带孙乾、糜竺入见操。操待以上宾之礼。玄德备诉吕布之事。操曰："布乃无义之辈，吾与贤弟并力诛之。"玄德称谢。操设宴相待，至晚送出。荀彧入见曰："刘备，英雄也。今不早图，后必为患。"操不答。彧出，郭嘉入。操曰："荀彧劝我杀玄德，当如何？"嘉曰："不可。主公兴义兵，为百姓除暴，惟仗信义以招俊杰，犹惧其不来也。今玄德素有英雄之名，以困穷而来投，若杀之，是害贤也。天下智谋之士，闻而自疑，将裹足不前，主公谁与定天下乎？夫除一人之患，以阻四海之望，安危之机，不可不察。"操大喜曰："君言正合吾心。"次日，即表荐刘备领豫州牧。程昱谏曰："刘备终不为人之下，不如早图之。"操曰："方今正用英雄之时，不可杀一人而失天下之心。此郭奉孝与吾有同见也。"遂不听昱言，以兵三千、粮万斛送与玄德，使往豫州到任，进兵屯小沛，招集原散之兵，攻吕布。玄德至豫州，令人约会曹操。

操正欲起兵，自往征吕布，忽流星马报说："张济自关中引兵攻南阳，为流矢所中而死。济侄张绣统其众，用贾诩为谋士，结连刘表，屯兵宛城，欲兴兵犯阙夺驾。"操大怒，欲兴兵讨之，又恐吕布来侵许都，乃问计于荀彧。彧曰："此易事耳。吕布无谋之辈，见利必喜。明公可遣使往徐州，加官赐赏，令与玄德解和。布喜，则不思远图矣。"操曰："善。"遂差奉军都尉王则，赍官诰并和解书，往徐州去讫。一面起兵十五万，亲讨张

◎凡领袖人物，用谋士，信谋士，而不须言必听，计必从，要有自己的决断。这种决断出于全局的通盘考虑，出于事业的长远打算，更出于政权的基础，也就是人心向背的民意。"失天下之心"对一位创国者来说，那是最大的失败了。

◎当初要他俩斗，此刻劝他俩和，计谋是不能拘泥于一式的，随机而变，此时一，彼时一也。

绣；分军三路而行，以夏侯惇为先锋。军马至淯水下寨。贾诩劝张绣曰："操兵势大，不可与敌，不如举众投降。"张绣从之，使贾诩至操寨通款。操见诩应对如流，甚爱之，欲用为谋士。诩曰："某昔从李傕，得罪天下；今从张绣，言听计从，不忍弃之。"乃辞去。次日引绣来见操，操待之甚厚。引兵入宛城屯扎，馀军分屯城外，寨栅联络十馀里。一住数日，绣每日设宴请操。

　　一日操醉，退入寝所，私问左右曰："此城中有妓女否？"操之兄子曹安民，知操意，乃密对曰："昨晚小侄窥见馆舍之侧有一妇人，生得十分美丽，问之，即绣叔张济之妻也。"操闻言，便令安民领五十甲兵往取之。须臾，取到军中。操见之，果然美丽。问其姓，妇答曰："妾乃张济之妻邹氏也。"操曰："夫人识吾否？"邹氏曰："久闻丞相威名，今夕幸得瞻拜。"操曰："吾为夫人故，特纳张绣之降；不然，灭族矣。"邹氏拜曰："实感再生之恩。"操曰："今日得见夫人，乃天幸也。今宵愿同枕席，随吾还都，安享富贵，何如？"邹氏拜谢。是夜，共宿于帐中。邹氏曰："久住城中，绣必生疑，亦恐外人议论。"操曰："明日同夫人去寨中住。"次日，移于城外安歇，唤典韦就中军帐房外宿卫。他人非奉呼唤，不许辄入。因此，内外不通。操每日与邹氏取乐，不想归期。

　　张绣家人密报绣。绣怒曰："操贼辱我太甚！"便请贾诩商议。诩曰："此事不可泄漏。来日等操出

◎这些谋士，只是职业性地忠诚于他的雇佣者，并不太计较什么政治主张和派别的。这等人，倘若良知泯灭，很可怕的。

◎这在当时，是不算怎么一回事的，直到汉唐以后的道学先生们，才假正经起来。

◎《曹瞒传》曰："太祖为人佻易无威重，好音乐，倡优在侧，常以日达夕。被服轻绡，身自佩小鞶囊，以盛手巾细物，时或冠帢便帽以见宾客。每与人谈论，戏弄言诵，尽无所隐，及欢悦大笑，至以头没杯案中，肴膳皆沾污巾帻，其轻易如此。"这样一个性情中人的曹操，惹一点风流祸，不亦可以理解的嘛！

帐议事，如此如此。"次日，操坐帐中，张绣入告曰："新降兵多有逃亡者，乞移屯中军。"操许之。绣乃移屯其军，分为四寨，刻期举事。因畏典韦勇猛，急切难进，乃与偏将胡车儿商议。那胡车儿力能负五百斤，日行七百里，亦异人也。当下献计于绣曰："典韦之可畏者，双铁戟耳。主公明日可请他来吃酒，使尽醉而归。那时某便混入他跟来军士数内，偷入帐房，先盗其戟，此人不足畏矣。"绣甚喜，预先准备弓箭、甲兵，告示各寨。至期，令贾诩致意请典韦到寨，殷勤待酒。至晚醉归，胡车儿杂在众人队里，直入大寨。是夜，曹操于帐中与邹氏饮酒，忽听帐外人言马嘶。操使人观之。回报是张绣军夜巡，操乃不疑。时近二更，忽闻寨内呐喊，报说草车上火起。操曰："军人失火，勿得惊动。"须臾，四下里火起，操始着忙，急唤典韦。韦方醉卧，睡梦中听得金鼓喊杀之声，便跳起身来，却寻不见了双戟。时敌兵已到辕门，韦急掣步卒腰刀在手。只见门首无数军马，各挺长枪，抢入寨来。韦奋力向前，砍死二十馀人。马军方退，步军又到，两边枪如苇列，韦身无片甲，上下被数十枪，兀自死战。刀砍缺不堪用，韦即弃刀，双手提着两个军人迎敌，击死者八九人。群贼不敢近，只远远以箭射之，箭如骤雨。韦犹死拒寨门。争奈寨后贼军已入，韦背上又中一枪，乃大叫数声，血流满地而死。死了半晌，还无一人敢从前门而入者。

◎忠、孝，是《三国演义》作者反复强调、反复肯定的主旨，也是中国传统文化心理的一个重要组成部分。这部书所以历受各朝统治者的青睐，因为忠、孝对于巩固其统治是有利的。但同时，这部书几百年来能被老百姓认同，也因为忠、孝是维系中华民族精神的一种凝聚力。有其消极和积极的因素，不能笼统地否定或肯定。愚忠死孝固然不对，难道不忠不孝就对吗？忠于君主是忠，忠于祖国不也是忠吗？所以大写特写典韦，其意在此。

◎于禁，结局很惨，因为曹操讨张绣，大败于淯水。据《资治通鉴》："是时，诸军大乱，平虏校尉泰山于禁独整众而还，道逢青州兵劫掠人，禁数其罪而击之。"青州兵当然要告状，他不解释，只是布防，他说："且公聪明，谮诉何缘得行？"他有这个信心，曹操能理解他，果然，曹操说："淯水之败，吾犹狼狈。将军在乱能整，讨暴坚垒有不可动之节，虽古名将何以加之。"于是加官进爵。因此，他才敢在漫天大水的襄阳战役中放下武器，这就是于禁太自信，也是太相信曹操能够理解他的悲剧，很难置信于禁是一个怕死的五子良将。

却说曹操赖典韦当住寨门，乃得从寨后上马逃奔，只有曹安民步随。操右臂中了一箭，马亦中了三箭，亏得那马是大宛良马，熬得痛，走得快。刚刚走到淯水河边，贼兵追至，安民被砍为肉泥。操急骤马，冲波过河。才上得岸，贼兵一箭射来，正中马眼，那马扑地倒了。操长子曹昂，即以己所乘之马奉操。操上马急奔。曹昂却被乱箭射死。操乃走脱。路逢诸将，收集残兵。

时夏侯惇所领青州之兵，乘势下乡，劫掠民家；平虏校尉于禁，即将本部军于路剿杀，安抚乡民。青州兵走回，迎操泣拜于地，言于禁造反，赶杀青州军马。操大惊。须臾，夏侯惇、许褚、李典、乐进都到。操言于禁造反，可整兵迎之。

却说于禁见操等俱到，乃引军射住阵角，凿堑安营。或告之曰："青州军言将军造反，今丞相已到，何不分辩，乃先立营寨耶？"于禁曰："今贼追兵在后，不时即至；若不先准备，何以拒敌？分辩小事，退敌大事。"安营方毕，张绣军两路杀至。于禁身先出寨迎敌，绣急退兵。左右诸将，见于禁向前，各引兵击之，绣军大败，追杀百馀里。绣势穷力孤，引败兵投刘表去了。

曹操收军点将，于禁入见，备言青州之兵，肆行劫掠，大失民望，某故杀之。操曰："不告我，先下寨，何也？"禁以前言对。操曰："将军在匆忙之中，能整兵坚垒，任谤任劳，使反败为胜，虽古之名将，何以加兹！"乃赐以金器一副，封益寿亭侯；责夏侯惇治兵不严之过。又设祭祭典韦，操亲自哭而奠之，顾谓诸将曰："吾折长子、爱侄，俱无深痛，独号泣典韦也！"众皆感叹。次日下令班师。

　　不说曹操还兵许都。且说王则赍诏至徐州，布迎接入府，开读诏书：封布为平东将军，特赐印绶。又出操私书。王则在吕布面前极道曹公相敬之意。布大喜。忽报袁术遣人至，布唤入问之。使言："袁公早晚即皇帝位，立东宫，催取皇妃早到淮南。"布大怒曰："反贼焉敢如此！"遂杀来使，将韩胤用枷钉了，遣陈登赍谢表，解韩胤一同王则上许都来谢恩；且答书于操，欲求实授徐州牧。操知布绝婚袁术，大喜，遂斩韩胤于市曹。陈登密谏操曰："吕布，豺狼也，勇而无谋，轻于去就，宜早图之。"操曰："吾素知吕布狼子野心，诚难久养。非公父子莫能究其情，公当与吾谋之。"登曰："丞相若有举动，某当为内应。"操喜，表赠陈珪秩中二千石，登为广陵太守。登辞回，操执登手曰："东方之事，便以相付。"登点头允诺，回徐州见吕布。布问之，登言："父赠禄，某为太守。"布大怒曰："汝不为吾求徐州牧，而乃自求爵禄！汝父教我协同曹公，绝婚公路，今吾所求，终无一获，而汝父子俱各显贵，吾为汝父子所卖耳！"遂拔剑欲斩之。登大笑曰：'将军何其不明之甚也！"布曰："吾何不明？"登曰："吾见曹公，言养将军譬如养虎，当饱其肉，不饱则将噬人。曹公笑曰：'不如卿言。吾待温侯，如养鹰耳：狐兔未息，不敢先饱，

◎当然也是真情流露，但未必不包括表演成分在内，哭死人，多半是给活人看的。修筑皇陵，塑像镏金，厚葬隆祭，立传树碑，很大程度是作为一种政治手段来使用的。

◎这三位计谋高手的联袂演出，吕布纵有三头六臂，也无计可施了。

◎陈元龙哄抬有术，不露痕迹，分明奚落，却能使对方甘之如饴，妙哉！

饥则为用，饱则飏去。'某问：'谁为狐兔？'曹公曰：'淮南袁术、江东孙策、冀州袁绍、荆襄刘表、益州刘璋、汉中张鲁，皆狐兔也。'"布掷剑笑曰："曹公知我也！"正说话间，忽报袁术军取徐州。吕布闻言失惊。正是：

秦晋未谐吴越斗，婚姻惹出甲兵来。

毕竟后事如何，且听下文分解。

　　吕布在历史中是一个被否定的人物，然而在文学中，在读者头脑中，却又并不完全是被否定的人物。这就是文学的力量吧？

　　为什么吕布能得到读者的这份宽谅呢？第一，他骁勇善战，几乎无人能打败他，对于力量的崇拜，是人的本能；第二，他和貂蝉，英雄美人，是至死不渝的爱情至上主义者；第三，无论如何，是他杀掉了恶贯满盈的董卓，为民除害；第四，辕门射戟，是吕布一生中的峰顶之作，救了刘备一命。包括他不杀刘备家小，包括他怜妻惜女，都说明他的性格中不是太坏的一面。加之他四肢发达，头脑简单，极易上当，陈登几句话一说，主意就变了，甚至为曹操把他视作"饥则为用，饱则荡去"的鹰犬，沾沾自喜。大概中国人害怕莫测高深，就比较喜欢这个单线条的吕布了。

　　《资治通鉴》卷六十二，记述了他辕门射戟的过程，这是正史，而非演义。由此可见他不是一个毫无心术的人，也会用计的。而此计之荒诞，很带有吕布的性格色彩，以一箭而定乾坤，旷古未闻，而此儿戏一般的主意，居然成功，说明吕布是有把握为刘备解除厄难的。

第十七回
袁公路大起七军
曹孟德会合三将

　　袁绍不去抢汉献帝，因为其主簿耿苞预言，"赤德衰尽，袁为黄胤，宜顺天意"，从此做起皇帝梦。袁术就更荒唐了，因为手里有一块孙策质押的传国玉玺，也与袁绍同步，不过，他不是做皇帝梦，而是当真当皇帝。"兴平二年（195），天子败于曹阳，术会群下谓曰：'今刘氏微弱，海内鼎沸，吾家四世公辅，百姓所归，欲应天顺民，于诸君意若何？'众莫敢对。"

　　追求和获得，本是人的本能、天性，世界正是由于这种本能和天性的推动，才得以发展和成长。因此，无论过去还是现在，追求和获得，都是在鼓励之下，也都是在限制之中，这里面的最大公约数，就是大致的平等和平均。所以，在三国时期，袁氏两兄弟要做皇帝，姑且不论其大逆不道，单就其行为的怪异性，想法的荒谬性，理论依据的胡闹性，说他们两兄弟神经系统出了毛病，大概是可以肯定的。其实，与此同时，两袁的谋士曾经不止一次地进言，应该将处于逆境的汉献帝，迎接到自己属地，实现挟天子以命诸侯的政治野心。

　　两袁以不同方式予以拒绝，但内心想法都是，我马上就要成天子了，何必把刘协弄来裹乱呢！

　　这样，给曹操腾出三至五年时间，用来屯田兵垦，出征徐州，用来与吕布决战，取得大胜。而建安二年（197）自行加冕于寿春的袁术，"前为吕布所破，后为太祖所败，奔其部曲雷薄、陈兰于灊山，复为所拒，忧惧不知所出，将归帝号于绍"。他还写了一信："袁氏受命当王，符瑞炳然，今君拥有四州，以强则无与比大，论德则无与比高，曹操欲扶衰拯弱，安能续绝命救己灭乎？""绍阴然之。"看，这两位的皇帝梦，到死也未醒来。

　　当时，最有实力养活汉献帝的，一为袁绍，一为袁术，他们所以持冷淡态度，除了自己要当皇帝，政治上也看不到汉献帝的前景，最重要的一点，说不出口，但起决定性影响，那就是养活汉献帝是需要大把金钱的。清代康熙说，他与紫禁城里遗留下来的前朝太监交谈，明代后宫共有太监十万，可知其何等糜费。这当然是后代君王抹煞前朝的夸张之语，不过由此得知，汉献帝的许都新宫，要是完整编制，靠陛下吃饭的数千上万人，这消费都得曹操报销。在舍得还是不舍得割肉投资上，若论出手大方，少见曹操这样敢豁出去的。

　　人与人的不同，光看大节是不够的。风格即人，细节决定这个人的品质。

◎据《资治通鉴》第六十三卷："袁术既称帝，淫侈滋甚。媵御数百，无不兼罗纨，厌粱肉，自下饥困，莫之收恤。既而资实空尽，不能自立，奔其部曲陈简、雷薄，为简等所拒，遂大穷，士卒散走，忧懑不知所为。……六月，至江亭，坐簧床而叹曰：‘袁术乃至是乎！’因愤慨结病，欧血死。"此人结果，应该就是《尚书》所言"天作孽，犹可违；自作孽，不可逭"了。

却说袁术在淮南，地广粮多，又有孙策所质玉玺，遂思僭称帝号；大会群下，议曰："昔汉高祖不过泗上一亭长，而有天下。今历年四百，气数已尽，海内鼎沸。吾家四世三公，百姓所归。吾欲应天顺人，正位九五。尔众人以为何如？"主簿阎象曰："不可。昔周后稷积德累功，至于文王，三分天下有其二，犹以服事殷。明公家世虽贵，未若有周之盛；汉室虽微，未若殷纣之暴也。此事决不可行。"术怒曰："吾袁姓出于陈。陈乃大舜之后，以土承火，正应其运。又谶云：‘代汉者，当涂高也。’吾字公路，正应其谶。又有传国玉玺。若不为君，背天道也。吾意已决，多言者斩！"遂建号仲氏，立台省等官，乘龙凤辇，祀南北郊，立冯方女为后，立子为东宫。因命使催取吕布之女为东宫妃，却闻布已将韩胤解赴许都，为曹操所斩，乃大怒。遂拜张勋为大将军，统领大军二十余万，分七路征徐州：第一路大将张勋居中，第二路上将桥蕤居左，第三路上将陈纪居右，第四路副将雷薄居左，第五路副将陈兰居右，第六路降将韩暹居左，第七路降将杨奉居右。各领部下健将，克日起行。命兖州刺史金尚为太尉，监运七路钱粮。尚不从，术杀之。以纪灵为七路都救应使。术自引军三万，使李丰、梁刚、乐就为催进使，接应七路之兵。

吕布使人探听得张勋一军从大路径取徐州，桥蕤一军取小沛，陈纪一军取沂都，雷薄一军取琅琊，陈兰一军取碣石，韩暹一军取下邳，杨奉一军取浚山：七路军马，日行五十里，于路劫掠将来。乃急召众谋士商议，陈宫与陈珪父子俱至。陈宫曰："徐州之祸，乃陈珪父子所招，媚朝廷以求爵禄，今日移祸于将军，可斩二人之头献袁术，其军自退。"布听其言，即命擒下陈珪、陈登。陈登大笑曰："何如是之懦也！吾观七路之兵，如七堆腐草，何足介意！"布曰："汝若有计破敌，免汝死罪。"陈登："将军若用老夫之言，徐州可保无虞。"布曰："试言之。"登曰："术兵虽众，皆乌合之师，素不亲信。我以正兵守之，出奇兵胜之，无不成功。更有一计，不止保安徐州，并可生擒袁术。"布曰："计将安出？"登曰："韩暹、杨奉乃汉旧臣，因惧曹操而走，无家可依，暂归袁术；术必轻之，彼亦不乐为术用。若凭尺书结为内应，更连刘备为外合，必擒袁术矣。"布曰："汝须亲到韩暹、杨奉处下书。"陈登允诺。

　　布乃发表上许都，并致书与豫州，然后令陈登引数骑，先于下邳道上候韩暹。暹引兵至，下寨毕，登入见。暹问曰："汝乃吕布之人，来此何干？"登笑曰："某为大汉公卿，何谓吕布之人？若将军者，向为汉臣，今乃为叛贼之臣，使昔日关中保驾之功，化为乌有，窃为将军不取也。且袁术性最多疑，将军后必为其所害。今不早图，悔之无及！"暹叹曰："吾欲归汉，恨无门耳。"登乃出布书。暹览书毕，曰："吾

◎这也是一些名人难以逃脱的悲剧，江郎才尽，灵气消失，脑细胞退化，对新鲜事物失敏，可自我感觉仍然可怕的良好，不甘寂寞，毫不知趣，便有种种失态的举止，发霉的语言，以老卖老，横生事端，挡人道路，压制后进，每况愈下，终于不可逆转地走向自己的反面。俗话叫"作死"，即是此意。

◎寻找敌方营垒中的弱点而攻之，无不克。

◎《三国志·董二袁刘传》："时沛相下邳陈珪，故太尉球弟子也，术与珪俱公孙子弟，少共交游。"后袁术欲图大计，胁珪从之，陈珪驳之："以为足下当勠力同心，匡翼汉室，而阴谋不轨，以身试祸，岂不痛哉！欲吾营私阿附，吾犯死不能也。"所以，他才说服韩暹反正。

◎这样子像唱戏的，哪像打仗？

已知之。公先回。吾与杨将军反戈击之。但看火起为号，温侯以兵相应可也。"登辞遄，急回报吕布。

布乃分兵五路：高顺引一军进小沛，敌桥蕤；陈宫引一军进沂都，敌陈纪；张辽、臧霸引一军出琅琊，敌雷薄；宋宪、魏续引一军出碣石，敌陈兰；吕布自引一军出大道，敌张勋。各领军一万，馀者守城。吕布出城三十里下寨。张勋军到，料敌吕布不过，且退二十里屯住，待四下兵接应。是夜二更时分，韩暹、杨奉分兵到处放火，接应吕家军入寨。勋军大乱。吕布乘势掩杀，张勋败走。吕布赶到天明，正撞纪灵接应。两军相迎，恰待交锋，韩暹、杨奉两路杀来。纪灵大败而走，吕布引兵追杀。山背后一彪军到，门旗开处，只见一队军马，打龙凤日月旗幡，四斗五方旌帜，金瓜银斧，黄钺白旄，黄罗销金伞盖之下，袁术身披金甲，腕悬两刀，立马阵前，大骂："吕布，背主家奴！"布怒，挺戟向前。术将李丰挺枪来迎，战不三合，被布刺伤其手，丰弃枪而走。吕布麾兵冲杀，术军大乱。吕布引军从后追赶，抢夺马匹衣甲无数。袁术引着败军，走不上数里，山背后一彪军出，截住去路。当先一将乃关云长也，大叫："反贼！还不受死！"袁术慌走，馀众四散奔逃，被云长大杀了一阵。袁术收拾败军，奔回淮南去了。

吕布得胜，邀请云长并杨奉、韩暹等一行人马到徐州，大排筵宴管待，军士都有犒赏。次日，云长

辞归。布保韩暹为沂都牧，杨奉为琅琊牧，商议欲
留二人在徐州。陈珪曰："不可。韩、杨二人据山东，
不出一年，则山东城郭皆属将军也。"布然之，遂送
二将暂于沂都、琅琊二处屯扎，以候恩命。陈登私问
父曰："何不留二人在徐州，为杀吕布之根？"珪曰：
"倘二人协助吕布，是反为虎添爪牙也。"登乃服父之
高见。

　　却说袁术败回淮南，遣人往江东问孙策借兵报
仇。策怒曰："汝赖吾玉玺，僭称帝号，背反汉室，
大逆不道！吾方欲加兵问罪，岂肯反助叛贼乎？"
遂作书以绝之。使者赍书回见袁术。术看毕，怒曰：
"黄口孺子，何敢乃尔！吾先伐之！"长史杨大将力
谏方止。

　　却说孙策自发书后，防袁术兵来，点军守住江
口。忽曹操使至，拜策为会稽太守，令起兵征讨袁术。
策乃商议，便欲起兵。长史张昭曰："术虽新败，兵
多粮足，未可轻敌。不如遗书曹操，劝他南征，吾为
后应。两军相援，术军必败。万一有失，亦望操救
援。"策从其言，遣使以此意达曹操。

　　却说曹操至许都，思慕典韦，立祀祭之；封其
子典满为中郎，收养在府。忽报孙策遣使致书。操
览书毕，又有人报袁术乏粮，劫掠陈留。欲乘虚攻
之，遂兴兵南征。令曹仁守许都，其馀皆从征：马
步兵十七万，粮食辎重千馀车。一面先发人会合孙

◎在处于优势时，一山不容二虎；在
处于弱势时，这两只老虎倒没准相濡
以沫呢。姜还是老的辣，陈元龙不服
不行。

◎以除害之名，行扩张之实。刘备从一个敬陪末座的人物，东投西靠，攀援比附，也能与诸侯平起平坐，甚至举足轻重，决非良善懦弱之辈能够在短期内做出这番事业的。看他不声不响地干掉韩暹、杨奉，还讨了个好，是否能窥见他貌似忠厚的另一侧面呢？不要轻易相信你认为的良善之辈，尤其不要轻易相信你认为的可怜之人，太多的同情心，绝对会成为你的负资产，凡夸夸其谈的段子手，十个有九个是骗子。

策与刘备、吕布。兵至豫州界上，玄德早引兵来迎，操命请入营。相见毕，玄德献上首级二颗。操惊曰："此是何人首级？"玄德曰："此韩暹、杨奉之首级也。"操曰："何以得之？"玄德曰："吕布令二人权住沂都、琅琊两县。不意二人纵兵掠民，人人嗟怨。因此备乃设一宴，诈请议事；饮酒间，掷盏为号，使关、张二弟杀之，尽降其众。今特来请罪。"操曰："君为国家除害，正是大功，何言罪也！"遂厚劳玄德，合兵到徐州界。吕布出迎，操善言抚慰，封为左将军，许于还都之时，换给印绶，布大喜。操即分吕布一军在左，玄德一军在右，自统大军居中，令夏侯惇、于禁为先锋。

袁术知操兵至，令大将桥蕤引兵五万作先锋。两军会于寿春界口。桥蕤当先出马，与夏侯惇战不三合，被夏侯惇搠死。术军大败，奔走回城。忽报孙策发船攻江边西面，吕布引兵攻东面，刘备、关、张引兵攻南面，操自引兵十七万攻北面。术大惊，急聚众文武商议。杨大将曰："寿春水旱连年，人皆缺食；今又动兵扰民，民既生怨，兵至难以拒敌。不如留军在寿春，不必与战；待彼兵粮尽，必然生变。陛下且统御林军渡淮，一者就熟，二者暂避其锐。"术用其言，留李丰、乐就、梁刚、陈纪四人，分兵十万，坚守寿春；其余将卒并库藏金玉宝贝，尽数收拾过淮去了。

却说曹兵十七万，日费粮食浩大，诸郡又荒旱，接济不及。操催军速战，李丰等闭门不出。操军相拒月馀，粮食将尽，致书于孙策，借得粮米十万斛，不敷支散。管粮官任峻部下仓官王垕入禀操曰："兵多粮少，当如之何？"操曰："可将小斛散之，权且救一时之急。"垕曰："兵士倘怨，如何？"操曰："吾自有策。"垕依命，以小斛分散。操暗使人各寨探听，无不嗟怨，皆言丞相欺众。操乃密召王垕入曰："吾欲问汝借一物，以压众心，汝必勿吝。"垕曰："丞相欲用何物？"操曰："欲借汝头以示众耳。"垕大惊曰："某实无罪！"操曰："吾亦知汝无罪，但不杀汝，军必变矣，汝死后，汝妻子吾自养之，汝勿虑也。"垕再欲言时，操早呼刀斧手推出门外，一刀斩讫。悬头高竿，出榜晓示曰："王垕故行小斛，盗窃官粮，谨按军法。"于是众怨始解。

次日，操传令各营将领："如三日内不并力破城，皆斩！"操亲自至城下，督诸军搬土运石，填壕塞堑。城上矢石如雨，有两员裨将畏避而回，操掣剑亲斩于城下，遂自下马接土填坑。于是大小将士无不向前，军威大振。城上抵敌不住。曹兵争先上城，斩关落锁，大队拥入。李丰、陈纪、乐就、梁刚都被生擒，操令皆斩于市。焚烧伪造宫室殿宇、一应犯禁之物；寿春城中，收掠一空。商议欲进兵渡淮，追赶袁术。荀彧谏曰："年来荒旱，粮食艰难，若更进兵，劳军损民，

◎"借头说"出《三国志·武帝记》裴注引《曹瞒传》："常讨贼，廪谷不足，私谓主者曰：'如何？'主者曰：'可以小斛以足之。'太祖曰：'善。'后军中言太祖欺众，太祖谓主者曰：'特当借君死以厌众，不然事不解。'乃斩之。取首题徇曰：'行小斛，盗官谷，斩之军门。'"杀人，是曹操的职业习惯，他绝对干得出这等歹毒之事，十七万曹兵沸反盈天，借粮官之头，平息民愤，从他杀吕伯奢一家，从他夷平徐州，其杀人成性，嚼类无遗，并不稍逊他的同道，甚或更超过之。唐李冗的《独异志》稍有变化，"魏太祖军中粮乏，令主仓吏用小斗。后军众有言，太祖归罪吏，谓曰：'借汝死，令压众。'谤词遂息焉。"不是"主者曰可以小斛以足之"，而是"曹操令主仓吏用小斗"，这就更为奸诈诡谲了。而据《新编中国历史大事年表》一书，建安二年（197）九月，"曹操破袁术，术走淮南。时天旱岁荒，百姓贫困，术势遂衰"。曹操的"廪谷不足"，乃因天灾所致，而天灾不是很快就可度过，曹操这等极善算计之人，也不想想，这次借头平愤，下次呢，下下次呢？曹操曾经写过一首《谣俗词》："甕中无斗储，发箧无尺缯，友来从我贷，不知所以应。"此公是个极其现实的人，不会开这样的玩笑的。

◎远见卓识，先把定时炸弹埋好再说。

◎献帝吃足了这两人的苦头，也兴奋了，殊不知好戏还在后面呢！

未必有利。不若暂回许都，待来春麦熟，军粮足备，方可图之。"操踌躇未决。忽报马到，报说："张绣依托刘表，复肆猖獗；南阳、江陵诸县复反；曹洪拒敌不住，连输数阵，今特来告急。"操乃驰书与孙策，令其跨江布阵，以为刘表疑兵，使不敢妄动；自己即日班师，别议征张绣之事。临行，令玄德仍屯兵小沛，与吕布结为兄弟，互相救助，再无相侵。吕布领兵自回徐州。操密谓玄德曰："吾令汝屯兵小沛，是'掘坑待虎'之计也。公但与陈珪父子商议，勿致有失。某当为公外援。"话毕而别。

却说曹操引军回许都，人报段煨杀了李傕，伍习杀了郭汜，将头来献。段煨并将李傕合族老小二百余口活解入许都。操令分于各门处斩，传首号令，人民称快。天子升殿，会集文武，作太平筵宴。封段煨为荡寇将军，伍习为殄虏将军，各引兵镇守长安。二人谢恩而去。操即奏张绣作乱，当兴兵伐之。天子乃亲排銮驾，送操出师。时建安三年夏四月也。

操留荀彧在许都调遣兵将，自统大军进发。行军之次，见一路麦已熟，民因兵至，逃避在外，不敢刈麦。操使人远近遍谕村人父老，及各处守境官吏曰："吾奉天子明诏，出兵讨逆，与民除害。方今麦熟之时，不得已而起兵，大小将校，凡过麦田，但有践踏者，并皆斩首。军法甚严，尔民勿得惊疑。"百姓闻谕，无不欢喜称颂，望尘遮道而拜。官军经过麦田，

皆下马以手扶麦，递相传送而过，并不敢践踏。操
乘马正行，忽田中惊起一鸠，那马眼生，窜入麦中，
践坏了一大块麦田。操随呼行军主簿，拟议自己践
麦之罪。主簿曰："丞相岂可议罪？"操曰："吾自制
法，吾自犯之，何以服众？"即掣所佩之剑欲自刎。
众急救住。郭嘉曰："古者《春秋》之义：法不加于尊。
丞相总统大军，岂可自戕？"操沉吟良久，乃曰："既
《春秋》有'法不加于尊'之义，吾姑免死。"乃以剑
割自己之发，掷于地曰："割发权代首。"使人以发传
示三军曰："丞相践麦，本当斩首号令，今割发以代。"
于是三军悚然，无不懔遵军令。后人有诗论之曰：

　　　　十万貔貅十万心，一人号令众难禁。
　　　　拔刀割发权为首，方见曹瞒诈术深。

　　却说张绣知操引兵来，急发书报刘表，使为后
应；一面与雷叙、张先二将，领兵出城迎敌。两阵对
圆，张绣出马，指操骂曰："汝乃假仁义无廉耻之人，
与禽兽何异！"操大怒，令许褚出马。绣令张先接战。
只三合，许褚斩张先于马下，绣军大败。操引军赶
至南阳城下。绣入城，闭门不出。操围城攻打，见城
壕甚阔，水势又深，急难近城，乃令军士运土填壕，
又用土布袋并柴薪草把相杂，于城边作梯凳。又立云
梯窥望城中。操自骑马绕城观之。如此三日。传令教

◎借他人之头，割自家之发，虽然手段无所不用其极，但起码，曹操比那些倒行逆施、无恶不作的统治者强得多，他至少明白军心不可失，更不可失民心。

军士于西门角上，堆积柴薪，会集诸将，就那里上城。城中贾诩见如此光景，便谓张绣曰："某已知曹操之意矣。今可将计就计而行。"正是：

> 强中自有强中手，用诈还逢识诈人。

不知其计若何，且听下文分解。

　　陈寿是蜀地人，为晋著作郎，而晋系篡魏而来，他不能反魏。可裴松之，先为晋人，后为南朝宋人，注《三国志》，就没有这方面的顾忌。所以，大写曹操负面信息的《曹瞒传》，他差不多都附录了。关于《曹瞒传》，隋唐正史《经籍志》均载有，有的更标明为吴人作，这就是要你多长一个心眼，吴、魏曾系敌国，所以其史料价值，有存疑之处。

　　此回所述二事为：一、"常出军，行经麦中，令'士卒无败麦，犯者死。'骑士皆下马，付麦以相持，于是，太祖马腾入麦中，敕主簿评罪；主簿对以《春秋》之义，罚不加以尊。太祖曰：'制法而自犯之，何以帅下？然孤为军帅，不可自杀，请自刑。'因援剑割发以置地。"二、"常讨贼，禀谷不足，私谓主者曰：'如何？'主者曰：'可以小斛以足之。'太祖曰：'善。'后军中言太祖欺众，太祖谓主者曰：'特当借君死以厌众，不然军中不解。'乃斩之，取首题徇曰：'行小斛，盗官谷，斩之军门。'其酷虐变诈，皆此类也。"

　　从"酷虐变诈"这个定性的结语看，曹操可就真是坏到家了。

　　《曹瞒传》传说为三国后期的吴人撰，以上四字评语，便可大致了解此书作者的政治立场。由于吴亡于晋，晚于魏亡于晋十六年，谈论或者写作前朝领袖人物，不再是什么敏感话题。即使暴露阴暗面，大概也不致被杀头。何况，中国有隔代写史的传统，这个吴人，很可能是入晋以后的吴国人。而在三国时期，孙吴受到曹魏的霸凌，是深刻难忘的记忆。夹杂感情因素，书中描写的曹操，多有夸大浮泛之词，丑化秽恶之说，荒诞偏见之论，耸人听闻之文，便也不足为怪。尤其此书更像传奇，不像史书，看看可以，不必当真。

　　上述二事，割发说要比借头说更可信些。

　　曹操割发以代，自然是在演戏了。不过，一个统治者的心里，还能想着一点老百姓，也就难能可贵了。

第十八回

贾文和料敌决胜
夏侯惇拔矢啖睛

曹操袁绍之别，在《三国志·武帝纪》里已见端倪。

那时候，这两位暗下已在角力，表面仍称兄道弟："初，绍与公共起兵，绍问公曰：'若事不辑，则方面何所可据？'公曰：'足下意以为何如？'绍曰：'吾南据河，北阻燕、代，兼戎狄之众，南向以争天下，庶可以济乎？'公曰：'吾任天下之智力，以道御之，无所不可。'"

一个说，我有地盘，从容进退，以黄河为界，前进可争天下，后退，则养精蓄锐，是个唯武器论者，也是一个唯力量论者，这也是世界上强者为王的精神境界。一个说，力虽不足攘城夺地，人虽不足千军万马，但世道在我，众志成城，便无往而不胜；谋略在我，以道御之，天下人才，尽收囊中，时间在我这边，何患不强？

话是这么说，因为信心必须有，士气不能低，但曹操是现实主义者，在天下大乱、群雄互斗、不分胜负、征战不已的格局中，曹操并不是最强的，而他所惧的，也是比他更强的袁绍。所以，他说："吾所惑者，又恐绍侵扰关中，西乱羌、胡，南诱蜀、汉，是我独以兖、豫抗天下六分之五也，为将奈何？"按他的时间表，曹、袁终须一战，然后便是一统天下。但时机未到，不得不低姿态向这强藩让步。这就是《三国志》建安元年，"天子之东也"下，"于是以袁绍为太尉，绍耻班在公下，不肯受。公乃因辞，以大将军让绍"。

这对曹操来讲，当然是莫大的挑衅，曹操忍了，以求暂时的妥协。

一直到建安四年春二月，"是时，袁绍既并公孙瓒，兼四州之地，众十馀万，将进军攻许"。胜者为王，正面扑来，于是，这场他不得不打的仗，终于揭开序幕

"诸将以为不可敌，公曰：'吾知绍之为人，志大而智小，色厉而胆薄，忌克而少威，兵多而分画不明，将骄而政令不一，土地虽广，粮食虽丰适足以为吾奉也。'秋八月，公进军黎阳，九月，公还许，分兵守官渡。"用了将近一年时间，做足防御。建安五年，曹操先灭了刘备，然后，官渡大战。

两强相遇，必有一战，这就是时下所说的"修昔底德陷阱"吧？

◎方今天下，英雄其谁？贾诩会心中无数乎？他当然不是特别爱戴张绣这样的凡俗之辈，但他一定要让曹操在与他的交锋中，棋逢对手，将遇良相，为他最后走进曹营铺垫机会。

却说贾诩料知曹操之意，便欲将计就计而行，乃谓张绣曰："某在城上，见曹操绕城而观者三日。他见城东南角砖土之色，新旧不等，鹿角多半毁坏，意将从此处攻进；却虚去西北上积草，诈为声势，欲哄我撤兵守西北。彼乘夜黑，必爬东南角而进也。"绣曰："然则奈何？"诩曰："此易事耳。来日可令精壮之兵，饱食轻装，尽藏于东南房屋内；却教百姓假扮军士，虚守西北。夜间任他在东南角上爬城。俟其爬进城时，一声炮响，伏兵齐起，操可擒矣。"绣喜，从其计。

早有探马报曹操，说张绣尽撤兵在西北角上，呐喊守城，东南却甚空虚。操曰："中吾计矣！"遂命军中密备锹锸爬城器具。日间只引军攻西北角。至二更时分，却领精兵于东南角上爬过壕去，砍开鹿角。城中全无动静，众军一齐拥入。只听得一声炮响，伏兵四起。曹军急退，背后张绣亲驱勇壮杀来。曹军大败，退出城外，奔走数十里。张绣直杀至天明，方收军入城。曹操计点败军，折兵五万馀人，失去辎重无数，吕虔、于禁俱各被伤。

◎虽然现代战争的侦察手段，已到了谁也瞒不了卫星的程度，但虚虚实实、实实虚虚这种兵不厌诈的基本功是不可偏废的。

却说贾诩见操败走，急劝张绣遗书刘表，使起兵截其后路。表得书，即欲起兵。忽探马报孙策屯兵湖口。蒯良曰："策屯兵湖口，乃曹操之计也。今操新败，若不乘势击之，后必有患。"表乃令黄祖坚守隘口，自己统兵至安众县截操后路，一面约会张绣。

绣知表兵已起，即同贾诩引兵袭操。

　　且说操军缓缓而行，至襄城，到淯水，操忽于马上放声大哭。众惊问其故，操曰："吾思去年于此地折了吾大将典韦，不由不哭耳！"因即下令屯住军马，大设祭筵，吊奠典韦亡魂。操亲自拈香哭拜，三军无不感叹。祭典韦毕，方祭侄曹安民及长子曹昂，并祭阵亡军士，连那匹射死的大宛马，也都致祭。

　　次日，忽荀彧差人报说："刘表助张绣屯兵安众，截吾归路。"操答彧书曰："吾日行数里，非不知贼来追我；然吾计划已定，若到安众，破绣必矣。君等勿疑。"便催军行至安众县界。刘表军已守险要，张绣随后引军赶来。操乃令众军黑夜凿险开道，暗伏奇兵。及天色微明，刘表、张绣军会合，见操兵少，疑操遁去，俱引兵入险击之。操纵奇兵出，大破两家之兵。曹兵出了安众隘口，于隘外下寨。刘表、张绣各整败兵相见。表曰："何期反中曹操奸计！"绣曰："容再图之。"于是两军集于安众。

　　且说荀彧探知袁绍欲兴兵犯许都，星夜驰书报曹操。操得书心慌，即日回兵。细作报知张绣。绣欲追之。贾诩曰："不可追也，追之必败。"刘表曰："今日不追，坐失机会矣。"力劝绣引军万馀同往追之。约行十馀里，赶上曹军后队。曹军奋力接战，绣、表两军大败而还。绣谓诩曰："不用公言，果有此败。"诩

◎曹操倒是一个极善做政治工作的领导人，动之以情，喻之以义，深谙榜样的力量是无穷的动力，在此大做文章。

◎张绣，刘表，哪里是曹操的对手？

◎孺子不可教也！

◎不但要掌握对方的情况，还应掌握对方的心理，知己知彼的"知"，最好是无所不"知"，或者是尽可能地"知"，方是避免犯错误、获取胜利之道。

曰："今可整兵再往追之。"绣与表俱曰："今已败，奈何复追？"诩曰："今番追去，必获大胜；如其不然，请斩吾首。"绣信之。刘表疑虑，不肯同往。绣乃自引一军往追。操兵果然大败，军马辎重，连路散弃而走。绣正往前追赶，忽山后一彪军拥出。绣不敢前追，收军回安众。刘表问贾诩曰："前以精兵追退兵，而公曰必败；后以败卒击胜兵，而公曰必克：究竟悉如公言。何其事不同而皆验也？愿公明教我。"诩曰："此易知耳。将军虽善用兵，非曹操敌手。操军虽败，必有劲将为后殿，以防追兵；我兵虽锐，不能敌之也，故知必败。夫操之急于退兵者，必因许都有事；既破我追军之后，必轻车速回，不复为备，我乘其不备而更追之，故能胜也。"刘表、张绣俱服其高见。诩劝表回荆州，绣守襄城，以为唇齿。两军务散。

且说曹操正行间，闻报后军为绣所追，急引众将回身救应，只见绣军已退。败兵回告操曰："若非山后这一路人马阻住中路，我等皆被擒矣。"操急问何人。那人绰枪下马，拜见曹操，乃镇威中郎将，江夏平春人，姓李，名通，字文达。操问何来。通曰："近守汝南，闻丞相与张绣、刘表战，特来接应。"操喜，封之为建功侯，守汝南西界，以防表、绣。李通拜谢而去。

操还许都，表奏孙策有功，封为讨逆将军，赐爵吴侯，遣使赍诏江东，谕令防剿刘表。操回府，众官参见毕，荀彧问曰："丞相缓行至安众，何以知必胜贼兵？"操曰："彼退无归路，必将死战，吾缓诱之而暗图之，是以知其必胜也。"荀彧拜服。

郭嘉入，操曰："公来何暮也？"嘉袖出一书，白操曰："袁绍使人致书丞相，言欲出兵攻公孙瓒，特来借粮借兵。"操曰："吾闻绍欲图许都，今见吾归，又别生他议。"遂拆书观之，见其词意骄慢，乃问嘉曰："袁绍如此无状，吾欲讨之，恨力不及，如何？"嘉曰："刘、项之不敌，公所知也。高祖惟智胜，项羽虽强，终为所擒。今绍有十败，公有十胜，绍兵虽盛，不足惧也：绍繁礼多仪，公体任自然，此道胜也；绍以逆动，公以顺率，此义胜也；桓、灵以来，政失于宽，绍以宽济，公以猛纠，此治胜也；绍外宽内忌，所任多亲戚，公外简内明，用人惟才，此度胜也；绍多谋少决，公得策辄行，此谋胜也；绍专收名誉，公以至诚待人，此德胜也；绍恤近忽远，公虑无不周，此仁胜也；绍听谗惑乱，公浸润不行，此明胜也；绍是非混淆，公法度严明，此文胜也；绍好为虚势，不知兵要，公以少克众，用兵如神，此武胜也。公有此十胜，于以败绍无难矣。"操笑曰："如公所言，孤何足以当之！"荀彧曰："郭奉孝十胜十败之说，正与愚见相合。绍兵虽众，何足惧耶！"嘉曰："徐州吕布，实心腹大患。今绍北征公孙瓒，我当乘其远出，先取吕布，扫除东南，然后图绍，乃为上计。否则

◎郭嘉二十七岁投袁绍，见其"多端寡要，好谋无决，欲与共济天下大难，定霸王之业，难矣！"遂改投曹操，时年二十八岁，受到重用。因为，他近距离地接触过袁绍，太了解这个名望甚隆，实力甚强，谋士甚多，兵将甚众的一方诸侯，不过是个花架子，才得出绍有十败、公有十胜的结论。这对曹操伐袁，以弱攻强，先做了精神动员和舆论攻势。

我方攻绍，布必乘虚来犯许都，为害不浅也。"操然其言，遂议东征吕布。荀彧曰："可先使人往约刘备，待其回报，方可动兵。"操从之，一面发书与玄德，一面厚遣绍使，奏封绍为大将军、太尉，兼都督冀、青、幽、并四州，密书答之云："公可讨公孙瓒。吾当相助。"绍得书大喜，便进兵攻公孙瓒。

　　且说吕布在徐州，每当宾客宴会之际，陈珪父子必盛称布德。陈宫不悦，乘间告布曰："陈珪父子面谀将军，其心不可测，宜善防之。"布怒叱曰："汝无端献谗，欲害好人耶？"宫出叹曰："忠言不入，吾辈必受殃矣！"意欲弃布他往，却又不忍；又恐被人嗤笑，乃终日闷闷不乐。一日，带领数骑去小沛地面围猎解闷，忽见官道上一骑驿马，飞奔前去。宫疑之，弃了围场，引从骑从小路赶上，问曰："汝是何处使命？"那使者知是吕布部下人，慌不能答。陈宫令搜其身，得玄德回答曹操密书一封。宫即连人与书，拿见吕布。布问其故。来使曰："曹丞相差我往刘豫州处下书，今得回书，不知书中所言何事。"布乃拆书细看。书略曰：

> 奉明命欲图吕布，敢不夙夜用心。但备兵微将少，不敢轻动。丞相兴大师，备当为前驱。谨严兵整甲，专待钧命。

◎灵感，机智，到哪里去了，直白道来，不等于骂吕布一样？可怜陈宫连变换一下说话方式的聪明都失掉了。

◎刘备也是耍奸使滑之计，他才不肯真替曹操卖命呢！

吕布见了，大骂曰："操贼焉敢如此！"遂将使者斩首。先使陈宫、臧霸结连泰山寇孙观、吴敦、尹礼、昌豨，东取山东兖州诸郡；令高顺、张辽取沛城，攻玄德；令宋宪、魏续西取汝、颍；布自总中军，为三路救应。

且说高顺等引兵出徐州，将至小沛，有人报知玄德。玄德急与众商议。孙乾曰："可速告急于曹操。"玄德曰："谁可去许都告急？"阶下一人出曰："某愿往。"视之，乃玄德同乡人，姓简，名雍，字宪和，现为玄德幕宾。玄德即修书付简雍，使星夜赴许都求援；一面整顿守城器具。玄德自守南门，孙乾守北门，云长守西门，张飞守东门，令糜竺与其弟糜芳守护中军。原来糜竺有一妹，嫁与玄德为次妻。玄德与他兄弟有郎舅之亲，故令其守中军保护妻小。高顺军至，玄德在敌楼上问曰："吾与奉先无隙，何故引兵至此？"顺曰："你结连曹操，欲害吾主，今事已露，何不就缚？"言讫，便麾军攻城。玄德闭门不出。

次日，张辽引兵攻打西门。云长在城上谓之曰："公仪表非俗，何故失身于贼？"张辽低头不语。云长知此人有忠义之气，更不以恶言相加，亦不出战。辽引兵退至东门，张飞便出迎战。早有人报知关公。关公急来东门看时，只见张飞方出城，张辽军已退。飞欲追赶，关公急召入城。飞曰："彼惧而退，何不追之？"关公曰："此人武艺不在你我之下。因我以

◎刘备每次娶妻，都是政治联姻，他要统治这一方土地，就得和地方士族集团的主要人物，构成某种血缘关系，才能相辅相保，站稳脚跟。这也是中国农耕社会里常见的一种文化现象。

◎张辽也非等闲人物，他既与关羽、张飞如此默契，为什么降操而不投备呢？在三国时期，主择臣，臣亦择主，是双向选择。显然，刘、关、张只可做互相钦慕的朋友，而曹操，才是他心目中的主子。

正言感之，颇有自悔之心，故不与我等战耳。"飞乃悟，只令士卒坚守城门，更不出战。

却说简雍至许都见曹操，具言前事。操即聚众谋士议曰："吾欲攻吕布，不忧袁绍掣肘，只恐刘表、张绣议其后耳。"荀攸曰："二人新破，未敢轻动。吕布骁勇，若更结连袁术，纵横淮、泗，急难图矣。"郭嘉曰："今可乘其初叛，众心未附，疾往击之。"操从其言，即命夏侯惇与夏侯渊、吕虔、李典领兵五万先行，自统大军陆续进发，简雍随行。

早有探马报知高顺。顺飞报吕布。布先令侯成、郝萌、曹性引二百余骑接应高顺，使离沛城三十里去迎曹军，自引大军随后接应。玄德在小沛城中见高顺退去，知是曹家兵至，乃只留孙乾守城，糜竺、糜芳守家，自己却与关、张二公，提兵尽出城外，分头下寨，接应曹军。

却说夏侯惇引军前进，正与高顺军相遇，便挺枪出马搦战。高顺迎敌。两马相交，战有四五十合，高顺抵敌不住，败下阵来。惇纵马追赶，顺绕阵而走。惇不舍，亦绕阵追之。阵上曹性看见，暗地拈弓搭箭，觑得亲切，一箭射去，正中夏侯惇左目。惇大叫一声，急用手拔箭，不想连眼珠拔出，乃大呼曰："父精母血，不可弃也！"遂纳于口内啖之，仍复挺枪纵马，直取曹性。性不及提防，早被一枪搠透面门，死于马下。两边军士见者，无不骇然。夏侯惇既杀曹性，

◎拔矢啖睛，场面血腥，但也写出夏侯惇之勇、之强，若非血性汉子，怎么能仍复挺枪纵马，继续战斗？看来，这份武艺，乃是训练有素，久久为功的结果；看来，夏侯与曹，本为一家，同居坞壁之中，实际乃是一个武装堡垒。所以，夏侯惇为家将、元老辈人物，宁任魏职，而拒绝曹操授予他的汉官，说明坞壁这种土围子，其宗旨就是与政府对抗的。

纵马便回。高顺从背后赶来，麾军齐上，曹兵大败。夏侯渊救护其兄而走。吕虔、李典将败军退去济北下寨。高顺得胜，引军回击玄德。恰好吕布大军亦至，布与张辽、高顺分兵三路，来攻玄德、关、张三寨。正是：

◎这一场恶仗，读来真令人心惊肉跳！

> 啖睛猛将虽能战，中箭先锋难久持。

未知玄德胜负如何，且听下文分解。

　　良禽择木而栖，贾诩投身曹营，乃迟早之事，而且他也只有这样的选择。袁曹之间，他到底是倾向关东士族的代表人物袁绍呢，还是愿意跟没有什么根柢的曹操呢？何况前在宛城，曹操已经向他招手。他以"昔从李傕，得罪天下，今从张绣，未忍弃之"而婉拒。这样，说服张绣与他同进退，既不轻率就之，也不傲慢拒之，让曹体会他的厉害，让张佩服他的英明，棋一步一步地走，饭一口一口地吃，这就是他的审慎和自尊了。贾诩名声不佳，恶迹昭彰，但他却是三国期间不光误国害民而且活得最溜光水滑的谋士，这是曹操用人的最厉害之处，他知道此人不纳入自己麾下，迟早为患，不如先收揽之防患于未然。
　　固然，见异思迁，朝秦暮楚，人格上站不住脚，未必能得到别人真正的尊重；但抱残守缺，顽固死硬，长一个花岗岩脑袋，徒为他人嘲笑的话柄而已。贾诩为大谋士，肯定要走这一步，不请自来，未免有点掉价，一请就来，那就更欠矜持，他自然不屑为之。这位段位极高的棋手，采取了敌对交锋的直接进攻手段，在较量中，使其认识自己的分量，使其领教自己的才能，俗谓之曰"不打不相识""不掰腕子不知手劲"，即此谓也。

第十九回

下邳城曹操鏖兵
白门楼吕布殒命

　　在中国历史上，人食人的记录，以汉末和唐末最为骇人听闻。据正史：汉献帝兴平元年（194），出现蝗灾，"六月，蝗虫起，百姓大饥，是时谷一斛五十万，豆麦二十万，人相食啖，白骨委积，臭秽满路"。兴平二年（195），董卓初死，"三辅民尚数十万户。李傕、郭汜等放兵劫掠，加以饥馑，二年间民相食略尽"。汉献帝初平二年（191），太祖（曹操）军乘氏（钜野西南）。大饥，人相食。我们还注意到汉灵帝建宁三年（170），"河内人妇食夫，河南人夫食妇"这样更为恐怖的夫妻互食记载。这与《三国演义》中猎户刘安杀了妻子供刘备等进食，是相差无几的罪行，而刘安的残忍更甚。可见汉末人性之泯灭，已臻于极点。

　　《新唐书》卷一九二写安史之乱时，睢阳被围，"被围久，初杀马食，既尽，而及妇人老弱，凡食三万口。人知将死，而莫有畔者。城破，遗民止四百而已"。一座三万人口的睢阳城，吃到最后，只剩下四百来人，读到这里，那昏天黑日之感，压迫得连血管里的血液都会凝滞住的。因为具有"正义"的堂皇理由，就可以为所欲为地做出反人类的罪行吗？《资治通鉴》卷二二〇载："议者或罪张巡以守睢阳不去，与其食人，曷若全人。"

　　王夫之说："守孤城，绝外援，粮尽而馁，君子于此，唯一死而志事毕矣"，"过此者，则愆尤之府矣，适以贼仁戕义而已矣，无论城之存亡也，无论身之生死也，所必不可者，人相食也"。所以，他的结论："其食人也，不谓之不仁也不可。"王夫之发出这样正义的呼声，令人对这位远遁湘西四十年，筑石室著书而不仕清的明遗民，更多了一份崇敬。坚贞不屈的他，似乎应该赞赏这种为了一个崇高的目标而做出的牺牲，但他却谴责了这种贼仁戕义的食人现象。如果连最起码的人道精神也不存在的话，人性泯灭，兽性张扬，这世界还有什么希望呢？

却说高顺引张辽击关公寨，吕布自击张飞寨，关、张各出迎战，玄德引兵两路接应。吕布分军从背后杀来，关、张两军皆溃，玄德引数十骑奔回沛城。吕布赶来，玄德急唤城上军士放下吊桥。吕布随后也到。城上欲待放箭，又恐射了玄德，被吕布乘势杀入城门。把门将士抵敌不住，都四散奔避。吕布招军入城。玄德见势已急，到家不及，只得弃了妻小，穿城而过，走出西门，匹马逃难。吕布赶到玄德家中，糜竺出迎，告布曰："吾闻大丈夫不废人之妻子。今与将军争天下者，曹公耳。玄德常念辕门射戟之恩，不敢背将军也。今不得已而投曹公，惟将军怜之。"布曰："吾与玄德旧交，岂忍害他妻子。"便令糜竺引玄德妻小，去徐州安置。布自引军投山东兖州境上，留高顺、张辽守小沛。此时孙乾已逃出城外。关、张二人亦各自收得些人马，往山中住扎。

且说玄德匹马逃难，正行间，背后一人赶至，视之乃孙乾也。玄德曰："吾今两弟不知存亡，妻小失散，为之奈何？"孙乾曰："不若且投曹操，以图后计。"玄德依言，寻小路投许都。途次绝粮，尝往村中求食。但到处，闻刘豫州，皆争进饮食。一日，到一家投宿，其家一少年出拜，问其姓名，乃猎户刘安也。当下刘安闻豫州牧至，欲寻野味供食，一时不能得，乃杀其妻以食之。玄德曰："此何肉也？"安曰："乃狼肉也。"玄德不疑，乃饱食了一顿，天晚就宿。

◎刘备在军事上的指挥能力、战略思想、战术水平各个方面，若与曹操、孙权比，至少是龙、虎、狗之别。魏赵戬论曰："（刘备）拙于用兵，每战则败，奔亡不暇，何以图人？"吴陆逊论曰："寻备前后行军，多败少成，推以论之，不足为戚。"这一仗竟然能逃出一条命，也算侥幸了。

◎他认为妻子是衣服，命当然比衣服重要。

◎吕布有其真情，不是一味背主杀父之徒。

◎能说他不是杀人犯吗?

◎可怜刘备，刚做了刘安的食客，现在又只得做曹操的食客了。

◎轻信，是失败的前奏曲。

　　至晓将去，往后院取马，忽见一妇人杀于厨下，臂上肉已都割去。玄德惊问，方知昨夜食者，乃其妻之肉也。玄德不胜伤感，洒泪上马。刘安告玄德曰："本欲相随使君，因老母在堂，未敢远行。"玄德称谢而别，取路出梁城。忽见尘头蔽日，一彪大军来到。玄德知是曹操之军，同孙乾径至中军旗下，与曹操相见，具说失沛城、散二弟、陷妻小之事。操亦为之下泪。又说刘安杀妻为食之事，操乃令孙乾以金百两往赐之。

　　军行至济北，夏侯渊等迎接入寨，备言兄夏侯惇损其一目，卧病未痊。操临卧处视之，令先回许都调理。一面使人打探吕布现在何处。探马回报云："吕布与陈宫、臧霸结连泰山贼寇，共攻兖州诸郡。"操即令曹仁引三千兵打沛城；操亲提大军，与玄德来战吕布。前至山东，路近萧关，正遇泰山寇孙观、吴敦、尹礼、昌豨领兵三万馀，拦住去路。操令许褚迎战，四将一齐出马。许褚奋力死战，四将抵敌不住，各自败走。操乘势掩杀，追至萧关。探马飞报吕布。

　　时布已回徐州，欲同陈登往救小沛，令陈珪守徐州。陈登临行，珪谓之曰："昔曹公曾言东方事尽付与汝。今布将败，可便图之。"登曰："外面之事，儿自为之；倘布败回，父亲便请糜竺一同守城，休放布入，儿自有脱身之计。"珪曰："布妻小在此，心腹颇多，为之奈何?"登曰："儿亦有计了。"乃入见吕布曰："徐州四面受敌，操必力攻，我当先思退步：可将

钱粮移于下邳，倘徐州被围，下邳有粮可救。主公盍
早为计？"布曰："元龙之言甚善。吾当并妻小移去。"
遂令宋宪、魏续保护妻小与钱粮，移屯下邳；一面自
引军与陈登往救萧关。到半路，登曰："容某先到关
探曹操虚实，主公方可行。"布许之。

　　登乃先到关上，陈宫等接见。登曰："温侯深怪
公等不肯向前，要来责罚。"宫曰："今曹兵势大，未
可轻敌。吾等紧守关隘，可劝主公深保沛城，乃为上
策。"陈登唯唯。至晚，上关而望，见曹兵直逼关下，
乃乘夜连写三封书，拴在箭上，射下关去。次日辞了
陈宫，飞马来见吕布曰："关上孙观等皆欲献关，某
已留下陈宫守把，将军可于黄昏时杀去救应。"布曰：
"非公则此关休矣。"便教陈登飞骑先至关，约陈宫为
内应，举火为号。登径往报宫曰："曹兵已抄小路到
关内，恐徐州有失。公等宜急回。"宫遂引众弃关而
走。登就关上放起火来。吕布乘黑杀至，陈宫军和吕
布军在黑暗里自相掩杀。曹兵望见号火，一齐杀到，
乘势攻击，孙观等各自四散逃避去了。

　　吕布直杀到天明，方知是计；急与陈宫回徐州。
到得城边叫门时，城上乱箭射下。糜竺在敌楼上喝
曰："汝夺吾主城池，今当仍还吾主，汝不得复入此
城也！"布大怒曰："陈珪何在？"竺曰："吾已杀之
矣。"布回顾宫曰："陈登安在？"宫曰："将军尚执迷
而问此佞贼乎？"布令遍寻军中，却只不见。宫劝

◎吕布之蠢，蠢在既不识人，更不知
人上。陈登、陈珪父子，具有高度智
商的超级利己主义者，他这个武夫
竟一点警惕性也没有。他甚至到死
也没明白，这个以他们父子为中心，
包括他们这个士族阶层，包括他们的
徐州，所构成的圆，根本就没有吕布
的份。他们能够在不太伤害到利益的
情况下，接受陶谦、刘备、曹操，但
吕布，即使没有伤害到他们的利益，
也不会被接受，因为在这对父子俩眼
里，你吕布是汉王朝的异类。这种政
治倾向，是东汉士族的传统特色。

◎兵马调动，如此草率，吕布焉有不
败之理？

◎李贽说："陈珪父子，弄吕布如婴儿，可怜吕布全不知也。武夫哉，武夫哉！"他用了"可怜"二字，可见对这个在舞台上穿着白盔白甲、白袍白褂的英武悍将，无论古人，无论今人，总是保留一份好感。"人中吕布，马中赤兔"，这种至美至誉的说法，在人们脑海里是不能抹杀的。读者就拥有这种进行评价的权利，一个人，被你说得天花乱坠，如何如何的好，我未必深信；同样，被你说得一塌糊涂，如何如何的糟，我也许质疑。其实，拿起书来，一边接受灌输，一边进行思考。脑海，对人而言，不光是一个记忆容器，它还是一个生成感情、启动觉悟、激发灵感、积累智慧的思想库，李卓吾连说两句"武夫哉，武夫哉！"这种四肢发达、头脑简单的武夫，仅就吕布一人吗？

◎这个芒砀山，倒像是张飞的一个游击根据地，一旦无路可走，马上隐遁到那里去。由此看到汉末黄巾乱后，兵与匪，民与贼，官与盗，地方牧守与山大王，已混同一体，难以分辨了。

布急投小沛，布从之。行至半路，只见一彪军骤至，视之，乃高顺、张辽也。布问之，答曰："陈登来报说主公被围，令某等急来救解。"宫曰："此又佞贼之计也。"布怒曰："吾必杀此贼！"急驱马至小沛。只见小沛城上尽插曹兵旗号。原来曹操已令曹仁袭了城池，引军守把。吕布于城下大骂陈登。登在城上指布骂曰："吾乃汉臣，安肯事汝反贼耶！"布大怒，正待攻城，忽听背后喊声大起，一队人马来到，当先一将乃是张飞。高顺出马迎敌，不能取胜。布亲自接战。正斗间，阵外喊声复起，曹操亲统大军冲杀前来。吕布料难抵敌，引军东走。曹兵随后追赶。吕布走得人困马乏，忽又闪出一彪军拦住去路，为首一将，立马横刀，大喝："吕布休走！关云长在此！"吕布慌忙接战。背后张飞赶来。布无心恋战，与陈宫等杀开条路，径奔下邳。侯成引兵接应去了。

关、张相见，各洒泪言失散之事。云长曰："我在海州路上住扎，探得消息，故来至此。"张飞曰："弟在芒砀山住了这几时，今日幸得相遇。"两个叙话毕，一同引兵来见玄德，哭拜于地。玄德悲喜交集，引二人见曹操，便随操入徐州。麋竺接见，具言家属无恙，玄德甚喜。陈珪父子亦来参拜曹操。操设一大宴，犒劳诸将。操自居中，使陈珪居右，玄德居左。其馀将士，各依次坐。宴罢，操嘉陈珪父子之功，加封十县之禄，授登为伏波将军。

　　且说曹操得了徐州，心中大喜，商议起兵攻下邳。程昱曰："布今止有下邳一城，若逼之太急，必死战而投袁术矣。布与术合，其势难攻。今可使能事者守住淮南径路，内防吕布，外当袁术。况今山东尚有臧霸、孙观之徒未曾归顺，防之亦不可忽也。"操曰："吾自当山东诸路。其淮南径路，请玄德当之。"玄德曰："丞相将令，安敢有违。"次日，玄德留糜竺、简雍在徐州，带孙乾、关、张引军往守淮南径路。曹操自引兵攻下邳。

　　且说吕布在下邳，自恃粮食足备，且有泗水之险，安心坐守，可保无虞。陈宫曰："今操兵方来，可乘其寨栅未定，以逸击劳，无不胜者。"布曰："吾方屡败，不可轻出。待其来攻而后击之，皆落泗水矣。"遂不听陈宫之言。过数日，曹兵下寨已定。操统众将至城下，大叫："吕布答话！"布上城而立。操谓布曰："闻奉先又欲结婚袁术，吾故领兵至此。夫术有反逆大罪，而公有讨董卓之功，今何自弃其前功而从逆贼耶？倘城池一破，悔之晚矣！若早来降，共扶王室，当不失封侯之位。"布曰："丞相且退，尚容商议。"陈宫在布侧大骂曹操"奸贼"，一箭射中其麾盖。操指宫恨曰："吾誓杀汝！"遂引兵攻城。

　　宫谓布曰："曹操远来，势不能久。将军可以步骑出屯于外，宫将馀众闭守于内。操若攻将军，宫引兵击其背；若来攻城，将军为救于后。不过旬日，操军食尽，可一鼓而破。此乃掎角之势也。"布曰："公

◎把刘备放在前后夹击的位置，曹操当然居心不良，然而他的高明之处，叫你乖乖听命，不去不行。刘备明知就里，也只能硬着头皮上阵。

◎陈宫过于感情用事，甚不足取。若此时劝吕布献城，难保曹操不会成为董卓第二？这对吕布来讲，并非难事，那样，汉末的争霸局面则未可预料了。

言极是。"遂归府收拾戎装。时方冬寒，分付从人多带绵衣。布妻严氏闻之，出问曰："君欲何往？"布告以陈宫之谋。严氏曰："君委全城，捐妻子，孤军远出，倘一旦有变，妾岂得为将军之妻乎？"布踌躇未决，三日不出。宫入见曰："操军四面围城，若不早出，必受其困。"布曰："吾思远出不如坚守。"宫曰："近闻操军粮少，遣人往许都去取，早晚将至。将军可引精兵，往断其粮道。此计大妙。"布然其言，复入内对严氏说知此事。严氏泣曰："将军若出，陈宫、高顺安能坚守城池？倘有差失，悔无及矣！妾昔在长安，已为将军所弃，幸赖庞舒私藏妾身，再得与将军相聚。孰知今又弃妾而去乎？将军前程万里，请勿以妾为念！"言罢痛哭。布闻言愁闷不决，入告貂蝉。貂蝉曰："将军与妾作主，勿轻身自出。"布曰："汝无忧虑。吾有画戟、赤兔马，谁敢近我！"乃出谓陈宫曰："操军粮至者，诈也。操多诡计，吾未敢动。"宫出，叹曰："吾等死无葬身之地矣！"

　　布于是终日不出，只同严氏、貂蝉饮酒解闷。谋士许汜、王楷入见布，进计曰："今袁术在淮南，声势大振。将军旧曾与彼约婚，今何不仍求之？彼兵若至，内外夹攻，操不难破也。"布从其计，即日修书，就着二人前去。许汜曰："须得一军引路冲出方好。"布令张辽、郝萌两个引兵一千，送出隘口。是夜二更，张辽在前，郝萌在后，保着许汜、王楷杀出城去，抹过玄

◎活活画出吕布陷于生死情爱中，完全没了主意的尴尬状态。作为一军之帅来说，儿女情长，也许会被笑作太没出息，不是成事之辈。然而，作为一个人，总比刘备视妻子为衣服，置之不顾，说扔下就扔下，径管自己逃命要好得多多。

德寨，众将追赶不及，已出隘口。郝萌将五百人，跟许汜、王楷而去。张辽引一半军回来，到隘口时，云长拦住。未及交锋，高顺引兵出城救应，接入城中去了。

且说许汜、王楷至寿春，拜见袁术，呈上书信。术曰："前者杀吾使命，赖我婚姻；今又来相问，何也？"汜曰："此为曹操奸计所误，愿明上详之。"术曰："汝主不因曹兵困急，岂肯以女许我？"楷曰："明上今不相救，恐唇亡齿寒，亦非明上之福也。"术曰："奉先反复无信，可先送女，然后发兵。"许汜、王楷只得拜辞，和郝萌回来。到玄德寨边，汜曰："日间不可过。夜半吾二人先行，郝将军断后。"商量停当。夜过玄德寨，许汜、王楷先过去了。郝萌正行之次，张飞出寨拦路。郝萌交马只一合，被张飞生擒过去，五百人马尽被杀散。张飞解郝萌来见玄德，玄德押往大寨见曹操。郝萌备说求救许婚一事。操大怒，斩郝萌于军门，使人传谕各寨，小心防守：如有走透吕布及彼军士者，依军法处治。各寨悚然。玄德回营，分付关、张曰："我等正当淮南冲要之处，二弟切宜小心在意，勿犯曹公军令。"飞曰："捉了一员贼将，操不见有甚褒赏，却反来谎吓，何也？"玄德曰："非也。曹操统领多军，不以军令，何能服人？弟勿犯之。"关、张应诺而退。

却说许汜、王楷回见吕布，具言袁术先欲得妇，然后起兵救援。布曰："如何送去？"汜曰："今郝萌被获，操必知我情，预作准备。若非将军亲自护送，

◎袁术居然不傻一回，难得。

◎端人家的饭碗，服人家的管。刘备此刻那份就就业业的心情，只求曹操不炒他的鱿鱼，就满足了。

谁能突出重围？"布曰："今日便送去，如何？"汜曰：
"今日乃凶神值日，不可去。明日大利，宜用戌、亥
时。"布命张辽、高顺："引三千军马，安排小车一辆，
我亲送至二百里外，却使你两个送去。"次夜二更时
分，吕布将女以绵缠身，用甲包裹，负于背上，提戟
上马。放开城门，布当先出城，张辽、高顺跟着。将
次到玄德寨前，一声鼓响，关、张二人拦住去路，大
叫："休走！"布无心恋战，只顾夺路而行。玄德自引
一军杀来，两军混战。吕布虽勇，终是缚一女在身上，
只恐有伤，不敢冲突重围。后面徐晃、许褚皆杀来。
众军皆大叫曰："不要走了吕布！"布见军来太急，只
得仍退入城。玄德收军，徐晃等各归寨，端的不曾走
透一个。吕布回到城中，心中忧闷，只是饮酒。

　　却说曹操攻城，两月不下。忽报："河内太守张杨
出兵东市，欲救吕布；部将杨丑杀之，欲将头献丞相，
却被张杨心腹将眭固所杀，反投犬城去了。"操闻报，
即遣史涣追斩眭固。因聚众将曰："张杨虽幸自灭，然
北有袁绍之忧，东有表、绣之患。下邳久围不克。吾
欲舍布还都，暂且息战，何如？"荀攸急止曰："不可。
吕布屡败，锐气已堕。军以将为主，将衰则军无战心。
彼陈宫虽有谋而迟。今布之气未复，宫之谋未定，作
速攻之，布可擒也。"郭嘉曰："某有一计，下邳城可
立破，胜于二十万师。"荀彧曰："莫非决沂、泗之水
乎？"嘉笑曰："正是此意。"操大喜，即令军士决两

◎爱儿爱女之心，做父母者当能理解。

◎这时候的酒，比毒药还会致命的。

◎已到最后关头，只要咬牙坚持下来，就是胜利。

◎迟者，反应慢也。机会瞬息之间，抓不住，便捉臂而过，一步慢，必步步慢矣！

河之水。曹兵皆居高原，坐视水淹下邳。下邳一城，只剩得东门无水，其余各门都被水淹。众军飞报吕布。布曰："吾有赤兔马，渡水如平地，又何惧哉！"乃日与妻妾痛饮美酒。因酒色过伤，形容销减。一日取镜自照，惊曰："吾被酒色伤矣！自今日始，当戒之。"遂下令城中，但有饮酒者皆斩。

　　却说侯成有马十五匹，被后槽人盗去，欲献与玄德。侯成知觉，追杀后槽人，将马夺回。诸将与侯成作贺。侯成酿得五六斛酒，欲与诸将会饮，恐吕布见罪，乃先以酒五瓶诣布府，禀曰："托将军虎威，追得失马，众将皆来作贺，酿得些酒，未敢擅饮，特先奉上微意。"布大怒曰："吾方禁酒，汝却酿酒会饮，莫非同谋伐我乎！"命推出斩之。宋宪、魏续等诸将俱入告饶。布曰："故犯吾令，理合斩首。今看众将面，且打一百！"众将又哀告，打了五十背花，然后放归。众将无不丧气。宋宪、魏续至侯成家来探视，侯成泣曰："非公等，则吾死矣！"宪曰："布只恋妻子，视吾等如草芥。"续曰："军围城下，水绕壕边，吾等死无日矣！"宪曰："布无仁无义，我等弃之而走，何如？"续曰："非丈夫也。不若擒布献曹公。"侯成曰："我因追马受责，而布所倚恃者，赤兔马也。汝二人果能献门擒布，吾当先盗马去见曹公。"三人商议定了。是夜侯成暗至马院，盗了那匹赤兔马，飞奔东门来。魏续便开门放出，却佯作追赶之状。侯成到曹

◎又来张飞那一套，粗人行事，大抵如此。

◎过分了！人处于劣境时，最常犯的一个错误，就是急火攻心，大发雷霆，于是不应该出的纰漏出了，而且，所产生的后果更具有毁灭性。

操寨，献上马匹，备言宋宪、魏续插白旗为号，准备
献门。曹操闻此信，便押榜数十张射入城去。其榜曰：

> 大将军曹，特奉明诏，征伐吕布。如有
> 抗拒大军者，破城之日，满门诛戮。上至将
> 校，下至庶民，有能擒吕布来献，或献其首
> 级者，重加官赏。为此榜谕，各宜知悉。

次日平明，城外喊声震地。吕布大惊，提戟上城，
各门点视，责骂魏续走透侯成，失了战马，欲待治罪。
城下曹兵望见城上白旗，竭力攻城，布只得亲自抵
敌。从平明直打到日中，曹兵稍退。布少憩门楼，不
觉睡着在椅上。宋宪赶退左右，先盗其画戟，便与魏
续一齐动手，将吕布绳缠索绑，紧紧缚住。布从睡梦
中惊醒，急唤左右，却都被二人杀散，把白旗一招，
曹兵齐至城下。魏续大叫："已生擒吕布矣！"夏侯
渊尚未信。宋宪在城上掷下吕布画戟来，大开城门，
曹兵一拥而入。高顺、张辽在西门，水围难出，为曹
兵所擒。陈宫奔至南门，为徐晃所获。

　　曹操入城，即传令退了所决之水，出榜安民；一
面与玄德同坐白门楼上，关、张侍立于侧，提过擒获
一干人来。吕布虽然长大，却被绳索捆作一团。布
叫曰："缚太急，乞缓之！"操曰："缚虎不得不急。"
布见侯成、魏续、宋宪皆立于侧，乃谓之曰："我待

◎真为吕布一哭！古往今来有多少
盖世英雄，常常败于这种不经意的疏
忽上。要是不打这阵瞌睡的话，谁能
奈何得了他？其实，这看似偶然的失
败，却也是必然的难以逃脱的结局。
因为凡英雄多自信，而多自信，则缺
乏毋庸稍懈的戒备之心，于是只得眼
睁睁地看着自己完蛋了。

诸将不薄，汝等何忍背反？"宪曰："听妻妾言，不听将计，何谓不薄？"布默然。须臾，众拥高顺至，操问曰："汝有何言？"顺不答。操怒，命斩之。

徐晃解陈宫至。操曰："公台别来无恙？"宫曰："汝心术不正，吾故弃汝！"操曰："吾心不正，公又奈何独事吕布？"宫曰："布虽无谋，不似你诡诈奸险。"操曰："公自谓足智多谋，今竟何如？"宫顾吕布曰："恨此人不从吾言！若从吾言，未必被擒也。"操曰："今日之事当如何？"宫大声曰："今日有死而已！"操曰："公如是，奈公之老母妻子何？"宫曰："吾闻以孝治天下者，不害人之亲；施仁政于天下者，不绝人之祀。老母妻子之存亡，亦在于明公耳。吾身既被擒，请即就戮，并无挂念。"操有留恋之意。宫径步下楼，左右牵之不住。操起身，泣而送之，宫并不回顾。操谓从者曰："即送公台老娘妻子回许都养老，怠慢者斩。"宫闻言，亦不开口，伸颈就刑。众皆下泪。操以棺椁盛其尸，葬于许都。后人有诗叹之曰：

生死无二志，丈夫何壮哉！
不从金石论，空负栋梁材。
辅主真堪敬，辞亲实可哀。
白门身死日，谁肯似公台！

方操送宫下楼时，布告玄德曰："公为坐上客，

◎据《三国志》引《英雄记》，吕布被曹操俘获，曾表示：我待诸将不薄，没想到紧急关头，一个个都叛了我。曹操跟他老相识，也无所谓客气不客气，对他说：老兄你背着你的妻妾，与这些部下的老婆偷鸡摸狗，能说是厚待他们么？吕布哑然。其实曹操也好色，不过不吃窝边草。

◎陈宫当年放曹操一马，是出于反对董卓的立场一致，并非因为曹操其人，张操、王操也会高抬贵手的。曹操此刻无论怎样作态，只是猫在捉住老鼠后的一场死亡游戏罢了。双方敌对到如此程度，有我无你，有你无我，已无任何共同之处，绝不会放虎归山的。陈宫明知死不可免，又何必迁延时日呢？"恨此人不从吾言"的"恨"字，倒提醒后来人放聪明些，千万别与成不了气候，耳朵根软的人共事，早晚要跟着沾包的。

◎从去除眼前的劲敌看，借刀杀人，这句话说得极有分量。从长远的战略目标看，让曹操养虎贻患，对刘备要更有利些。可见这一时期的刘备，还不是十分具有雄图大略、远见灼识，给吕布留一条命，将来倒霉麻烦的，必是曹而不是刘，何必劝曹杀吕呢？太短见了。看他叮嘱关、张"勿犯曹公军令"这句话，充分表现了他当时甘心居下的心态。说明刘备固有知曹的一面，也有畏曹的一面，更有不敢与曹角力的一面。

布为阶下囚，何不发一言而相宽乎？"玄德点头。及操上楼来，布叫曰："明公所患，不过于布，布今已服矣。公为大将，布副之，天下不难定也。"操回顾玄德曰："何如？"玄德答曰："公不见丁建阳、董卓之事乎？"布目视玄德曰："是儿最无信者！"操令牵下楼缢之。布回顾玄德曰："大耳儿！不记辕门射戟时耶？"忽一人大叫曰："吕布匹夫！死则死耳，何惧之有！"众视之，乃刀斧手拥张辽至。操令将吕布缢死，然后枭首。后人有诗叹曰：

> 洪水滔滔淹下邳，当年吕布受擒时。
> 空馀赤兔马千里，漫有方天戟一枝。
> 缚虎望宽今太懦，养鹰休饱昔无疑。
> 恋妻不纳陈宫谏，枉骂无恩大耳儿。

又有诗论玄德曰：

> 伤人饿虎缚休宽，董卓丁原血未干。
> 玄德既知能啖父，争如留取害曹瞒。

却说武士拥张辽至。操指辽曰："这人好生面善。"辽曰："濮阳城中曾相遇，如何忘却？"操笑曰："你原来也记得！"辽曰："只是可惜！"操曰："可惜甚的？"辽曰："可惜当日火不大，不曾烧死你这国贼！"

操大怒曰："败将安敢辱吾！"拔剑在手，亲自来杀张
辽。辽全无惧色，引颈待杀。曹操背后一人攀住臂膊，
一人跪于面前，说道："丞相且莫动手！"正是：

　　　　乞哀吕布无人救，骂贼张辽反得生。

毕竟救张辽的是谁，且看下文分解。

　　白门楼是对刘备的一次考验，作为一个成熟的政治家，他对曹操问题的答复"公不见丁建阳、董卓之事乎？"其实是不合格的。

　　虽然，白门楼是吕布人生通道里最后一道门槛，跨过去，即生，跨不过去，即死。是生是死，就在此时此刻的。但是，只有曹操，才是究竟推出去斩了还是当场松绑立即释放的定谳法官。尽管刘备在场，坐在他的身边，只是聋子的耳朵——摆设而已。放和斩，曹操说了算。不过，也不排除曹操借此考验一下，这个眼下的合作者，是站在曹操的立场，与他一心一意，还是站在刘备的立场上，与他三心二意？曹操什么人，他的超常智慧告诉他，留下吕布的命，这五年的仗他算白打了，一个死掉的吕布，要比一个活着的吕布，让他的安全系数更高。

　　《三国演义》对于白门楼这一节的描写，层层推进，步步逼近，十分清晰。"方操送宫下楼时"，也就是曹操不在场时，吕布求其缓颊："公为座上客，布为阶下囚，何不发一言而相宽乎？"下面接着四个字："玄德点头"。"点头"，即首肯，即同意，凡中国人都这样理解。可能羑他意识到"点头"这个动作有些不合时宜，或许觉得他这个人习惯于点头而很少敢于摇头的性格动作，并非此时此刻他的真心所想而有所踌躇时，曹操回来了。

　　"及操上楼来，布大叫曰：'明公所患，不过于布，布今已服矣，公为大将，布副之，天下不难定也。'操回顾玄德曰：'何如？'玄德答曰：'公不见丁建阳、董卓之事乎？'"

　　第一，曹操只是问他吕布说的"公为大将，布副之"，持何观点？没有提到生和死的选择。第二，刘备的反应速度，显然要比常人慢若干微秒，他还在思索点头与摇头以及随之而来的砍头和释放的问题，刘备哪敢说放。于是，第三，他答非所问，竟提出丁建阳和董卓，曹操自然正合吾意，你说杀比我说杀好。于是拍板，这样，刘备便成了一个忘恩负义之徒。

　　其实，不说这句话，曹操会要你的命吗？退一万步，等曹操真问你是杀是放时，回答曰"唯公意为准"，也不至于如吕布所说："是儿最无信者"。

　　言必信，行必果，一个人生活在这万花筒似的世界上，不能随随便便点头的。

第二十回

曹阿瞒许田打围
董国舅内阁受诏

　　曹操与汉献帝发生激烈冲突，在《三国演义》上，一共两次。第一次，建安五年（200），董承衣带诏案；第二次，建安十九年（214），伏完与伏皇后书信案。

　　所以，董承的衣带诏当系刘协被曹操掌握以后，感到前途日蹙的垂死挣扎。《三国志》只用一句话表达："五年春正月，董承等谋泄，皆伏诛。"不书衣带诏事，应与刘协无关。东晋袁宏的《后汉纪》，比范晔的《后汉书》要早，只字未提衣带诏之事。

　　建安十九年（214），伏后书信案发。范晔的《后汉书·献帝纪》是这样记载的："十九年十一月丁卯，曹操杀皇后伏氏，灭其族及二皇子。"如果，与紧接着的下一行，"二十年春正月甲子，立贵人曹氏为皇后"，联系起来，便看出底细，其实是相隔一个月的同一件事。这就是曹操的最无耻的压迫了。一、这年刘协已经34岁，正是一个人的成熟年纪，建安初年与曹操的蜜月期早已过去，在拥汉派的包围、熏陶甚至教唆下，与曹操的分歧日大，成见日深，这是必然现象。但他只是一个关在金丝编的牢笼里的高级囚犯，消极是可以的，反抗是不敢的。二、曹操当然需要一个听话的傀儡，他对不听调教的异己分子，通常采取人身消灭的极端手段。但他一辈子不称帝的承诺，使刘协成了一个特例。曹操当然明白那些与其同声共气的一众人等，也早采取必要的整肃和防范措施，对伏皇后，一天二十四个小时须臾不分，于是，就有了"立贵人曹氏为皇后"的下文。

　　曹操一共有六个女儿，他将曹宪、曹节、曹华，都嫁给了刘协。伏皇后之死，只是一个女人的本能反应，但曹操不但要她本人死，还要她的两个儿子死，因为要斩草除根，就有了那封约吴蜀两处共同起兵的信，只有谋反之罪，才可以诛三族。

　　一面株连三族，滥杀无辜，一面对酒当歌，人生几何，人的复杂性简直无可尽述。《三国演义》是一部反曹拥刘的小说，自然要在这两案上大做文章。

话说曹操举剑欲杀张辽，玄德攀住臂膊，云长
跪于面前。玄德曰："此等赤心之人，正当留用。"云
长曰："关某素知文远忠义之士，愿以性命保之。"操
掷剑笑曰："我亦知文远忠义，故戏之耳。"乃亲释其
缚，解衣衣之，延之上坐。辽感其意，遂降。操拜辽
为中郎将，赐爵关内侯，使招安臧霸。霸闻吕布已死，
张辽已降，遂亦引本部军投降。操厚赏之。臧霸又招
安孙观、吴敦、尹礼来降，独昌豨未肯归顺。操封臧
霸为琅琊相，孙观等亦各加官，令守青、徐沿海地面。
将吕布妻女载回许都，大犒三军，拔寨班师。路过徐
州，百姓焚香遮道，请留刘使君为牧。操曰："刘使
君功大，且待面君封爵，回来未迟。"百姓叩谢。操
唤车骑将军车胄权领徐州。操军回许昌，封赏出征人
员，留玄德在相府左近宅院歇定。

次日，献帝设朝，操表奏玄德军功，引玄德见
帝。玄德具朝服拜于丹墀。帝宣上殿，问曰："卿祖
何人？"玄德奏曰："臣乃中山靖王之后，孝景皇帝
阁下玄孙，刘雄之孙，刘弘之子也。"帝教取宗族世
谱检看，令宗正卿宣读曰：

孝景皇帝生十四子。第七子乃中山靖王
刘胜。胜生陆城亭侯刘贞。贞生沛侯刘昂。
昂生漳侯刘禄。禄生沂水侯刘恋。恋生钦
阳侯刘英。英生安国侯刘建。建生广陵侯

◎《三国演义》中唯一有独立人格和
完整故事的女子，貂蝉再无影踪了。

◎若系刘备所安排，刘备也太傻；若
系老百姓的自发行动，也害了刘备。

◎总算不枉几番厮杀，穿上他想穿的
皇家御服了。

◎刘备的皇族来历，正史未载，只
认可"汉景帝子中山靖王胜之后
也"。罗贯中为刘备编的这个族谱，
未可尽信。

刘哀。哀生胶水侯刘宪。宪生祖邑侯刘舒。舒生祁阳侯刘谊。谊生原泽侯刘必。必生颍川侯刘达。达生丰灵侯刘不疑。不疑生济川侯刘惠。惠生东郡范令刘雄。雄生刘弘。弘不仕。刘备乃刘弘之子也。

◎中国人最热衷搞这一套。一个总回头看望过去光荣的民族，能够有多大出息呢？

帝排世谱，则玄德乃帝之叔也。帝大喜，请入偏殿叙叔侄之礼。帝暗思："曹操弄权，国事都不由朕主，今得此英雄之叔，朕有助矣！"遂拜玄德为左将军、宜城亭侯。设宴款待毕，玄德谢恩出朝。自此人皆称为刘皇叔。

曹操回府，荀彧等一班谋士入见曰："天子认刘备为叔，恐无益于明公。"操曰："彼既认为皇叔，吾以天子之诏令之，彼愈不敢不服矣。况吾留彼在许都，名虽近君，实在吾掌握之内。吾何惧哉？吾所虑者，太尉杨彪系袁术亲戚，倘与二袁为内应，为害不浅。当即除之。"乃密使人诬告彪交通袁术，遂收彪下狱，命满宠按治之。时北海太守孔融在许都，因谏操曰："杨

◎干卿底事？孔融也是多余，文人这张惹祸的嘴啊！杨彪免官，放归田里，还不领教曹操是何等样的人么？

公四世清德，岂可因袁氏而罪之乎？"操曰："此朝廷意也。"融曰："使成王杀召公，周公可得言不知耶？"操不得已，乃免彪官，放归田里。议郎赵彦愤操专横，上疏劾操不奉帝旨、擅收大臣之罪。操大怒，即收赵彦杀之。于是百官无不悚惧。谋士程昱说操曰："今明公威名日盛，何不乘此时行王霸之事？"操曰："朝廷股肱尚多，未可轻动。吾当请天子田猎，以观动静。"

于是拣选良马、名鹰、俊犬，弓矢俱备，先聚兵城外，操入请天子田猎。帝曰："田猎恐非正道。"操曰："古之帝王，春蒐夏苗，秋狝冬狩：四时出郊，以示武于天下。今四海扰攘之时，正当借田猎以讲武。"帝不敢不从，随即上逍遥马，带宝雕弓、金鈚箭，排銮驾出城。玄德与关、张各弯弓插箭，内穿掩心甲，手持兵器，引数十骑随驾出许昌。曹操骑爪黄飞电马，引十万之众，与天子猎于许田。军士排开围场，周广二百馀里。操与天子并马而行，只争一马头。背后都是操之心腹将校。文武百官，远远侍从，谁敢近前。当日献帝驰马到许田，刘玄德起居道傍。帝曰："朕今欲看皇叔射猎。"玄德领命上马。忽草中赶起一兔，玄德射之，一箭正中那兔。帝喝采。转过土坡，忽见荆棘中赶出一只大鹿。帝连射三箭不中，顾谓操曰："卿射之。"操就讨天子宝雕弓、金鈚箭，扣满一射，正中鹿背，倒于草中。群臣将校见了金鈚箭，只道天子射中，都踊跃向帝呼"万岁"。曹操纵马直出，遮于天子之前以迎受之。众皆失色。玄德背后云长大怒，剔起卧蚕眉，睁开丹凤眼，提刀拍马便出，要斩曹操。玄德见了，慌忙摇手送目。关公见兄如此，便不敢动。玄德欠身向操称贺曰："丞相神射，世所罕及！"操笑曰："此天子洪福耳。"乃回马向天子称贺，竟不献还宝雕弓，就自悬带。围场已罢，宴于许田。宴毕，驾回许都。众人各自归歇。云长问玄德曰："操贼欺君罔

◎君子之泽，五世而斩，这等窝囊废的皇帝，也确实是气数终结的必然了。

◎关云长哪里了解，汉献帝此时此刻不过是曹操手下的一个打工仔而已。

◎曹操非不知也，佯作不知耳。否则，不会有煮酒论英雄一番比试。

◎汉献帝刘协与曹操作对，是没有道理的。如果他不落到曹操手里，而是被袁氏兄弟迎到冀州或扬州，估计他很快就会被废立，那两兄弟取而代之，他会像垃圾一样被抛弃。他要是没有曹操勤王，现在还在那些亡命徒手里，苟延残喘，朝不保夕，说不定命早没了。问题在于他自己不明白，他周围的亲信也不明白，至于那些保皇分子，帝室亲信，皇亲国戚，后宫侍从，也许压根儿连想也不曾想过，打从董卓废少帝而立他起，他的寄食身份，就再也不能改变。他只是一个无足轻重的符号，曹操现在需要他的，就是他的符号作用而已。

上，我欲杀之，为国除害，兄何止我？"玄德曰："'投鼠忌器'。操与帝相离只一马头，其心腹之人周回拥侍；吾弟若逞一时之怒，轻有举动，倘事不成，有伤天子，罪反坐我等矣。"云长曰："今日不杀此贼，后必为祸。"玄德曰："且宜秘之，不可轻言。"

却说献帝回宫，泣谓伏皇后曰："朕自即位以来，奸雄并起：先受董卓之殃，后遭傕、汜之乱。常人未受之苦，吾与汝当之。后得曹操，以为社稷之臣；不意专国弄权，擅作威福。朕每见之，背若芒刺。今日在围场上，身迎呼贺，无礼已极！早晚必有异谋，吾夫妇不知死所也！"伏皇后曰："满朝公卿，俱食汉禄，竟无一人能救国难乎？"言未毕，忽一人自外而入曰："帝、后休忧。吾举一人，可除国害。"帝视之，乃伏皇后之父伏完也。帝掩泪问曰："皇丈亦知操贼之专横乎？"完曰："许田射鹿之事，谁不见之？但满朝之中，非操宗族，则其门下。若非国戚，谁肯尽忠讨贼？老臣无权，难行此事。车骑将军国舅董承可托也。"帝曰："董国舅多赴国难，朕躬素知。可宣入内，共议大事。"完曰："陛下左右皆操贼心腹，倘事泄，为祸不浅。"帝曰："然则奈何？"完曰："臣有一计。陛下可制衣一领，取玉带一条，密赐董承；却于带衬内缝一密诏以赐之，令到家见诏，可以昼夜画策，神鬼不觉矣。"帝然之，伏完辞出。

帝乃自作一密诏，咬破指尖，以血写之，暗令伏皇后缝于玉带紫锦衬内，却自穿锦袍，自系此带，令内史宣董承入。承见帝，礼毕，帝曰："朕夜来与后说霸河之苦，念国舅大功，故特宣入慰劳。"承顿首谢。帝引承出殿，到太庙，转上功臣阁内。帝焚香礼毕，引承观画像。中间画汉高祖容像。帝曰："吾高祖皇帝起身何地？如何创业？"承大惊曰："陛下戏臣耳。圣祖之事，何为不知？高皇帝起自泗上亭长，提三尺剑，斩蛇起义，纵横四海，三载亡秦，五年灭楚，遂有天下，立万世之基业。"帝曰："祖宗如此英雄，子孙如此懦弱，岂不可叹！"因指左右二辅之像曰："此二人非留侯张良、酂侯萧何耶？"承曰："然也。高祖开基创业，实赖二人之力。"帝回顾左右较远，乃密谓承曰："卿亦当如此二人立于朕侧。"承曰："臣无寸功，何以当此？"帝曰："朕想卿西都救驾之功，未尝少忘，无可为赐。"因指所着袍带曰："卿当衣朕此袍，系朕此带，常如在朕左右也。"承顿首谢。帝解袍带赐承，密语曰："卿归可细观之，勿负朕意。"承会意，穿袍系带，辞帝下阁。

　　早有人报知曹操曰："帝与董承登功臣阁说话。"操即入朝来看。董承出阁，才过宫门，恰遇操来，急无躲避处，只得立于路侧施礼。操问曰："国舅何来？"承曰："适蒙天子宣召，赐以锦袍玉带。"操问曰："何故见赐？"承曰："因念某旧日西都救驾之功，故有此赐。"操曰："解带我看。"承心知衣带中必有密诏，恐操看破，迟延不解。操叱左右："急解下来！"看了半晌，笑曰："果然是条好玉带！再脱

◎手法拙劣，不败才怪。此时还讲什么大道理？如果还要寻求共识的话，托付衣带诏岂不太冒失了吗？

◎两千年前，国中擅告密者就多了去了！

◎吕思勉对董承案持怀疑态度，他认为："董承本来是牛辅的余孽，哪里是什么公忠体国的人？他叫曹操进京，也不过是想借曹操的力量，排除异己罢了，哪里会真和曹操一心。所以后来，又有奉到什么衣带诏，说献帝叫他诛灭曹操之说？从董卓拥立之后，到曹操进京之前，这一班拥兵乱政的人的行径，献帝还领教得不足么？就是要除曹操，如何会付托董承呢？这话怕靠不住罢。"建安五年的刘协，正好二十岁，这就是说，十岁以后的他，那战乱、流亡、迫害、饥饿的记忆，应该是不会立刻忘记的。到了许都，尽管不是洛阳，可再没有残破败落，饥寒交困。不但重见帝都声威，皇家风仪，甚至久别了的朝廷礼典，内宫繁华，都一一复制过来。他有什么理由下衣带诏，谋害曹操？

下锦袍来借看。"承心中畏惧，不敢不从，遂脱袍献上。操亲自以手提起，对日影中细细详看。看毕，自己穿在身上，系了玉带，回顾左右曰："长短如何？"左右称美。操谓承曰："国舅即以此袍带转赐与吾，何如？"承告曰："君恩所赐，不敢转赠。容某别制奉献。"操曰："国舅受此衣带，莫非其中有谋乎？"承惊曰："某焉敢？丞相如要，便当留下。"操曰："公受君赐，吾何相夺？聊为戏耳。"遂脱袍带还承。

承辞操归家，至夜独坐书院中，将袍仔细反复看了，并无一物。承思曰："天子赐我袍带，命我细观，必非无意。今不见其踪迹，何也？"随又取玉带检看，乃白玉玲珑，碾成小龙穿花，背用紫锦为衬，缝缀端整，亦并无一物。承心疑，放于桌上，反复寻之。良久，倦甚。正欲伏几而寝，忽然灯花落于带上，烧着背衬。承惊拭之，已烧破一处，微露素绢，隐见血迹。急取刀拆开视之，乃天子手书血字密诏也。诏曰：

朕闻人伦之大，父子为先；尊卑之殊，君臣为重。近日操贼弄权，欺压君父；结连党伍，败坏朝纲；敕赏封罚，不由朕主。朕夙夜忧思，恐天下将危。卿乃国之大臣，朕之至戚，当念高帝创业之艰难，纠合忠义两全之烈士，殄灭奸党，复安社稷，祖宗幸甚！破指洒血，书诏付卿，再四慎之，勿负朕意！建安四年春三月诏。

董承览毕，涕泪交流，一夜寝不能寐。晨起，复至书院中，将诏再三观看，无计可施，乃放诏于几上，沉思灭操之计。忖量未定，隐几而卧。忽侍郎王子服至。门吏知子服与董承交厚，不敢拦阻，竟入书院。见承伏几不醒，袖底压着素绢，微露"朕"字。子服疑之，默取看毕，藏于袖中，呼承曰："国舅好自在！亏你如何睡得着！"承惊觉，不见诏书，魂不附体，手脚慌乱。子服曰："汝欲杀曹公！吾当出首。"承泣告曰："若兄如此，汉室休矣！"子服曰："吾戏耳。吾祖宗世食汉禄，岂无忠心？愿助兄一臂之力，共诛国贼！"承曰："兄有此心，国之大幸！"子服曰："当于密室同立义状，各舍三族，以报汉君。"承大喜，取白绢一幅，先书名画字。子服亦即书名画字。书毕，子服曰："将军吴子兰，与吾至厚，可与同谋。"承曰："满朝大臣，惟有长水校尉种辑、议郎吴硕是吾心腹，必能与我同事。"

正商议间，家僮入报种辑、吴硕来探。承曰："此天助我也！"教子服暂避于屏后。承接二人入书院坐定，茶毕，辑曰："许田射猎之事，君亦怀恨乎？"承曰："虽怀恨，无可奈何。"硕曰："吾誓杀此贼，恨无助我者耳！"辑曰："为国除害，虽死无怨！"王子服从屏后出曰："汝二人欲杀曹丞相！我当出首，董国舅便是证见。"种辑怒曰："忠臣不怕死！吾等死作汉鬼，

◎建安四年，刘协十九岁，会对曹操如此仇恨吗？那他以前对掌控他的李傕、郭汜，怎么略无反抗之意呢？

◎如此麻痹，简直岂有此理！

◎豪言壮语，书生意气，这种"语言的巨人，行动的矮子"，一碰上真格的，就只有像邓拓诗所写的那样："莫道书生空议论，头颅掷处血斑斑"了。

强似你阿附国贼！"承笑曰："吾等正为此事，欲见二公。王侍郎之言乃戏耳。"便于袖中取出诏来与二人看。二人读诏，挥泪不止。承遂请书名。子服曰："二公在此少待，吾去请吴子兰来。"子服去不多时，即同子兰至，与众相见，亦书名毕。承邀于后堂会饮。

忽报西凉太守马腾相探。承曰："只推我病，不能接见。"门吏回报。腾大怒曰："我夜来在东华门外，亲见他锦袍玉带而出，何故推病耶！吾非无事而来，奈何拒我！"门吏入报，备言腾怒。承起曰："诸公少待，暂容承出。"随即出厅延接。礼毕坐定，腾曰："腾入觐将还，故来相辞，何见拒也？"承曰："贱躯暴疾，有失迎候，罪甚！"腾曰："面带春色，未见病容。"承无言可答。腾拂袖便起，嗟叹下阶曰："皆非救国之人也！"承感其言，挽留之，问曰："公谓何人非救国之人？"腾曰："许田射猎之事，吾尚气满胸膛；公乃国之至戚，犹自殢于酒色，而不思讨贼，安得为皇家救难扶灾之人乎！"承恐其诈，佯惊曰："曹丞相乃国之大臣，朝廷所倚赖，公何出此言？"腾大怒曰："汝尚以曹贼为好人耶？"承曰："耳目甚近，请公低声。"腾曰："贪生怕死之徒，不足以论大事！"说罢，又欲起身。承知腾忠义，乃曰："公且息怒。某请公看一物。"遂邀腾入书院，取诏示之。腾读毕，毛发倒竖，咬齿嚼唇，满口流血，谓承曰："公若有举动，吾即统西凉兵为外应。"承请腾与诸公相见，取出义状，教腾书名。腾乃取酒歃血为盟曰："吾等誓死不负所约！"指坐上五人言曰："若得十人，大事谐矣。"承曰："忠义之士，不可多得。若所与非人，则反相害矣。"腾教取《鸳行鹭序簿》来检看。检到刘氏宗族，乃拍手言曰："何不共此人商议？"众皆问何人。马腾不慌不忙，说出那人来。正是：

◎除马腾外，都是些议政的官吏，毫无实力可言。所以他说了个"若"字，留个活话，也有认为光手无寸铁的这几位，未必能行的意思在内。他之所以建议再扩大一点范围，恐怕对要嘴皮子的能做出多大举动，是有些疑虑的。

　　　　本因国舅承明诏，又见宗潢佐汉朝。

毕竟马腾之言如何，且听下文分解。

　　中国人对于数目字"十"的敏感是从楚汉相争，韩信的十面埋伏开始，由来已久，对"十"的崇拜，可谓深入人心。

　　在《三国演义》中，官渡大战前，郭嘉向曹操进言，公有十胜，绍有十败，故公赢袁输，成定局矣，郭嘉的十胜十败论，造舆论攻势，成精神支柱，功莫大焉。所以，西凉马腾看了董承的衣带诏后，抛出一句"若得十人，大事谐矣"，但为什么一定要十人，而不是九人，或十一人，大家也并不觉得奇怪，只当是马腾的信口一说罢了。细细考究，马腾的这个十，可以看出来中国人的一种文化心理，因为"十"，代表着完整和圆满，也就是终点和极致，既然到了无以复加的程度，还要十一、十二，就是不知足。不知足，即贪得无厌，而贪得无厌，是要受到批评或谴责的行径，这观点反映出来中国人世世代代处于小农经济状态之下，那种很难满足下的满足何其难得，于是容易满足，并享受满足的见好即收、安分守己心态。

　　因此，再看郭嘉的十胜十败说，应该还有第十一才是，至少双方主帅的健康状态也注定了曹必胜、袁必败的结果，而且事实确也如此，但为了这个十的完整性，郭嘉免了。因此，不由得不对中国人特别热衷的这个十，就不能太形而上了。一定要到十，争取完美，不达目的，不肯罢休，有其积极意义。但够了十，便不图十一，再上层楼，不谋十二，攀登顶峰，就是"两亩地，一头牛，老婆孩子热炕头"的原地踏步之辈了。

　　生活不会停顿，道路永远向前，生命没有结束之前，不会有终点站。所以，十，不能是努力的尽头。

第二十一回

曹操煮酒论英雄
关公赚城斩车胄

　　在《三国演义》一书中，成功地塑造出一个"韬晦"或"韬讳"的人物形象，那就是刘备。从一个织席贩屦的小工商业者，成为鼎足三分的一方首领，在众多的无一不比他强的各路诸侯、英雄豪杰中间，一无资望，二无背景，三无人马，四无实力的他，很长时间处于人下，能够脱颖而出，立国为主，继而成帝，就是由于刘备深知，在这个弱要生存、强要更强、强者凌弱、弱者反抗的竞争社会里，弱者要想活命下来并努力强大，以期有朝一日成为强者，为了这个目标，"韬晦"或"韬讳"，是最好的保护色。只有先当孙子，然后才有可能成大爷。

　　最初会盟讨卓，刘、关、张只是站在公孙瓒身后的马弁，角色相当微末。所以，等到孔融派太史慈去请他出兵，他反问："孔北海知世间有刘玄德耶？"因为被人看作一个人物，便津津自喜。等到被汉献帝呼为皇叔，董承邀他参加由皇帝发起的反曹衣带诏同盟，明白自己举足轻重的地位，很觉得自己总算熬出头，有点沾沾自喜。正如明人刘基所形容："小人之未得志也，尾尾焉；一朝而得志也，岸岸焉"，这说明刘备仍不脱其小人本色，有其耐不得寂寞的情不自禁。韬晦固然好计，但韬晦行之非易，越王勾践卧薪尝胆十年，也真是不容易啊！

　　等到相府花园里青梅煮酒，小酌一番，曹操评价刘备，天下英雄唯使君与吾耳，把他惊坏了也吓坏了。他这才明白，最好的韬晦，也会露出马脚，再好的装孙子，也有装不像时。于是，他更加夹紧尾巴，更加低姿态，韬晦到家，韬讳成功。在曹操眼里，地无一平方寸，除了关、张，追从者不会超过百人的刘备，算个屁啊！居然敢放他出去打袁术。程昱埋怨道："放龙入海，纵虎归山。"郭嘉很遗憾："一日纵敌，万世之患。"曹操回答："我既遣之，何可复悔！"八个字，掷地有声，说出这话的人，才是个真汉子。

却说董承等问马腾曰："公欲用何人？"马腾曰："见有豫州牧刘玄德在此，何不求之？"承曰："此人虽系皇叔，今正依附曹操，安肯行此事耶？"腾曰："吾观前日围场之中，曹操迎受众贺之时，云长在玄德背后，挺刀欲杀操，玄德以目视之而止。——玄德非不欲图操，恨操牙爪多，恐力不及耳。公试求之，当必应允。"吴硕曰："此事不宜太速，当从容商议。"众皆散去。次日黑夜里，董承怀诏，径往玄德公馆中来。门吏入报，玄德迎出，请入小阁坐定。关、张侍立于侧。玄德曰："国舅夤夜至此，必有事故。"承曰："白日乘马相访，恐操见疑，故黑夜相见。"玄德命取酒相待。承曰："前日围场之中，云长欲杀曹操，将军动目摇头而退之，何也？"玄德失惊曰："公何以知之？"承曰："人皆不见，某独见之。"玄德不能隐讳，遂曰："舍弟见操僭越，故不觉发怒耳。"承掩面而哭曰："朝廷臣子，若尽如云长，何忧不太平哉！"玄德恐是曹操使他来试探，乃佯言曰："曹丞相治国，为何忧不太平？"承变色而起曰："公乃汉朝皇叔，故剖肝沥胆以相告，公何诈也？"玄德曰："恐国舅有诈，故相试耳。"于是董承取衣带诏令观之，玄德不胜悲愤。又将义状出示，上止有六位：一，车骑将军董承；二，工部侍郎王子服；三，长水校尉种辑；四，议郎吴硕；五，昭信将军吴子兰；六，西凉太守马腾。玄德曰："公既奉诏讨贼，备敢不效犬马之劳。"承拜谢，便请书名。

◎马腾都能看出围猎场中刘备的一动一静，曹操比他还傻吗？

◎其实刘备在内心深处，觉得这样被人高看倚重，惬意是一方面，担忧是另一方面，终究，卷入衣带诏案，不免做贼心虚。

玄德亦书"左将军刘备"，押了字，付承收讫。承曰："尚容再请三人，共聚十义，以图国贼。"玄德曰："切宜缓缓施行，不可轻泄。"共议到五更，相别去了。

玄德也防曹操谋害，就下处后园种菜，亲自浇灌，以为韬晦之计。关、张二人曰："兄不留心天下大事，而学小人之事，何也？"玄德曰："此非二弟所知也。"二人乃不复言。

一日，关、张不在，玄德正在后园浇菜，许褚、张辽引数十人入园中曰："丞相有命，请使君便行。"玄德惊问曰："有甚紧事？"许褚曰："不知。只教我来相请。"玄德只得随二人入府见操。操笑曰："在家做得好大事！"唬得玄德面如土色。操执玄德手，直至后园，曰："玄德学圃不易！"玄德方才放心，答曰："无事消遣耳。"操曰："适见枝头梅子青青，忽感去年征张绣时，道上缺水，将士皆渴；吾心生一计，以鞭虚指曰：'前面有梅林。'军士闻之，口皆生唾，由是不渴。今见此梅，不可不赏。又值煮酒正熟，故邀使君小亭一会。"玄德心神方定。随至小亭，已设樽俎：盘置青梅，一樽煮酒。二人对坐，开怀畅饮。

酒至半酣，忽阴云漠漠，骤雨将至。从人遥指天外龙挂，操与玄德凭栏观之。操曰："使君知龙之变化否？"玄德曰："未知其详。"操曰："龙能大能小，能升能隐：大则兴云吐雾，小则隐介藏形；升则飞腾于宇宙之间，隐则潜伏于波涛之内。方今春深，

◎补叙亦是行文之义。传统小说有许多头绪、情节、故事，无法一并道来，却又无法弃之不用，只好采取这种非现场的叙述。因其情景不交融，读来意趣就逊色多了。

龙乘时变化，犹人得志而纵横四海。龙之为物，可比世之英雄。玄德久历四方，必知当世英雄。请试指言之。"玄德曰："备肉眼安识英雄？"操曰："休得过谦。"玄德曰："备叨恩庇，得仕于朝。天下英雄，实有未知。"操曰："既不识其面，亦闻其名。"玄德曰："淮南袁术，兵粮足备，可为英雄？"操笑曰："冢中枯骨，吾早晚必擒之！"玄德曰："河北袁绍，四世三公，门多故吏；今虎踞冀州之地，部下能事者极多，可为英雄？"操笑曰："袁绍色厉胆薄，好谋无断；干大事而惜身，见小利而忘命：非英雄也。"玄德曰："有一人名称八俊，威镇九州——刘景升可为英雄？"操曰："刘表虚名无实，非英雄也。"玄德曰："有一人血气方刚，江东领袖——孙伯符乃英雄也？"操曰："孙策藉父之名，非英雄也。"玄德曰："益州刘季玉，可为英雄乎？"操曰："刘璋虽系宗室，乃守户之犬耳，何足为英雄！"玄德曰："如张绣、张鲁、韩遂等辈皆何如？"操鼓掌大笑曰："此等碌碌小人，何足挂齿！"玄德曰："舍此之外，备实不知。"操曰："夫英雄者，胸怀大志，腹有良谋，有包藏宇宙之机，吞吐天地之志者也。"玄德曰："谁能当之？"操以手指玄德，后自指，曰："今天下英雄，惟使君与操耳！"玄德闻言，吃了一惊，手中所执匙箸，不觉落于地下。时正值大雨将至，雷声大作。玄德乃从容俯首拾箸曰："一震之威，乃至于此。"操笑曰："丈

◎曹操在他《蒿里行》诗中，对他同时代那些衣冠人物，可以说是相当失望。所以，一气之下，单枪匹马，追杀董卓去了，忿忿中说了一句"竖子不足与谋"。此刻，在他这位成功人士心目中，这班竖子就更不在话下了。

◎曹操的每一句话，都是时评。纵然酒喝得高了一点，把握不住自己的嘴巴，但他头脑不糊涂，说的倒全是实话。刘备一个劲地装傻卖呆，也有韬晦失度之处。做戏总是以不过分为佳，太表演了就要让观众出戏的。

◎未必！

◎这时曹操被称作丞相，稍早了些。据《三国志》，建安元年，操被任命为司隶校尉，录尚书事。不久，任大将军，因袁绍不买他的账，只好把这职务让出去，任司空，行车骑将军。建安九年，破袁尚，加领冀州牧。直到建安十三年，废三公，曹操才当上丞相的。此刻，他职务虽然不高，但权倾海内，因为他手里握有天子这张王牌，确实也是踌躇满志，傲踞自负的。所以，他把自己和刘备说成是天下仅有的两位英雄，更多的是自诩之语。刘备坐在他的面前陪他喝酒助兴，不过是一句现成的恭维话罢了。

◎竟然连这二位贤弟都瞒得过，刘备的韬讳功夫可称到家。

夫亦畏雷乎？"玄德曰："圣人迅雷风烈必变，安得不畏？"将闻言失箸缘故，轻轻掩饰过了。操遂不疑玄德。后人有诗赞曰：

勉从虎穴暂趋身，说破英雄惊杀人。
巧借闻雷来掩饰，随机应变信如神。

天雨方住，见两个人撞入后园，手提宝剑，突至亭前，左右拦挡不住。操视之，乃关、张二人也。原来二人从城外射箭方回，听得玄德被许褚、张辽请将去了，慌忙来相府打听；闻说在后园，只恐有失，故冲突而入。却见玄德与操对坐饮酒。二人按剑而立。操问二人何来。云长曰："听知丞相和兄饮酒，特来舞剑，以助一笑。"操笑曰："此非'鸿门会'，安用项庄、项伯乎？"玄德亦笑。操命："取酒与二'樊哙'压惊。"关、张拜谢。须臾席散，玄德辞操而归。云长曰："险些惊杀我两个！"玄德以落箸事说与关、张。关、张问是何意。玄德曰："吾之学圃，正欲使操知我无大志；不意操竟指我为英雄，我故失惊落箸。又恐操生疑，故借惧雷以掩饰之耳。"关、张曰："兄真高见！"

操次日又请玄德。正饮间，人报满宠去探听袁绍而回。操召入问之。宠曰："公孙瓒已被袁绍破了。"玄德急问曰："愿闻其详。"宠曰："瓒与绍战不利，筑城围圈，圈上建楼，高十丈，名曰易京楼，积粟三十万以自守。战士出入不息，或有被绍围者，众请救之。瓒曰：'若救一人，后之战者只望人救，不肯死战矣。'遂不肯救。因此袁绍兵来，多有降者。瓒势孤，使人持书赴许都求救，不意中途为绍军所获。瓒又遗书张燕，暗约举火为号，里应外合。下书人又被袁绍擒住，却来城外放火诱敌。瓒自出战，伏兵四起，军马折其大半。退守城中，被袁绍穿地直入瓒所居之楼下，放起火来。瓒无走路，先杀妻子，然后自缢，全家都被火焚了。今袁绍得了瓒军，声势甚盛。绍弟袁术在淮南骄奢过度，不恤军民，众皆背反。术使人归帝号于袁绍。绍欲取玉玺，术约亲自送至，见今弃淮南欲归河北。若二人协力，急难收复。乞丞相作急图之。"玄德闻公孙瓒已死，追念昔日荐己之恩，不胜伤感；又不知赵子龙如何下落，放心不下。因暗想曰："我不就此时寻个脱身之计，更待何时？"遂起身对操曰："术若投绍，必从徐州过。备请一军就半路截击，术可擒矣。"操笑曰："来日奏帝，即便起兵。"

次日，玄德面奏君。操令玄德总督五万人马，又差朱灵、路昭二人同行。玄德辞帝，帝泣送之。玄德到寓，星夜收拾军器鞍马，挂了将军印，催促便行。董承赶出十里长亭来送。玄德曰："国舅宁耐。某此行必有以报命。"承曰："公宜留意，勿负帝心。"二

◎这世上哪有永远攻不下来的堡垒呢，马奇诺防线又如何？

◎刘备脱身而去，不能说与衣带诏无关。往好里想，他甩开羁绊，将来可以外合里应；往坏处想，在曹操眼皮子底下，这种阴谋的成功性有多大，他很怀疑，要不是虚荣心，他未必真心押这一宝的。

人分别。关、张在马上问曰："兄今番出征，何故如此慌速？"玄德曰："吾乃笼中鸟、网中鱼。——此一行如鱼入大海、鸟上青霄，不受笼网之羁绊也！"因命关、张催朱灵、路昭军马速行。时郭嘉、程昱考较钱粮方回，知曹操已遣玄德进兵徐州，慌入谏曰："丞相何故令刘备督军？"操曰："欲截袁术耳。"程昱曰："昔刘备为豫州牧时，某等请杀之，丞相不听；今日又与之兵：此放龙入海，纵虎归山也。后欲治之，其可得乎？"郭嘉曰："丞相纵不杀备，亦不当使之去。古人云：'一日纵敌，万世之患。'望丞相察之。"操然其言，遂令许褚将兵五百前往，务要追玄德转来。许褚应诺而去。

却说玄德正行之间，只见后面尘头骤起，谓关、张曰："此必曹兵追至也。"遂下了营寨，令关、张各执军器，立于两边。许褚至，见严兵整甲，乃下马入营见玄德。玄德曰："公来此何干？"褚曰："奉丞相命，特请将军回去，别有商议。"玄德曰："'将在外，君命有所不受。'吾面过君，又蒙丞相钧语。今别无他议，公可速回，为我禀覆丞相。"许褚寻思："丞相与他一向交好，今番又不曾教我来厮杀，只得将他言语回覆，另候裁夺便了。"遂辞了玄德，领兵而回。回见曹操，备述玄德之言。操犹豫未决。程昱、郭嘉曰："备不肯回兵，可知其心变矣。"操曰："我有朱灵、路昭二人在彼，料玄德未必敢心变。况我既遣之，何可复悔？"遂不复追玄德。后人有诗叹玄德曰：

> 束兵秣马去匆匆，心念天言衣带中。
> 撞破铁笼逃虎豹，顿开金锁走蛟龙。

却说马腾见玄德已去，边报又急，亦回西凉州去了。玄德兵至徐州，刺史车胄出迎。公宴毕，孙乾、糜竺等都来参见。玄德回家探视老小，一面差人探听袁术。探子回报："袁术奢侈太过，雷薄、陈兰皆投嵩山去了。术势甚衰，乃作书让帝号于袁绍。绍命人召术，术乃收拾人马、宫禁御用之物，先到徐州来。"

玄德知袁术将至，乃引关、张、朱灵、路昭五万军出，正迎着先锋纪灵至。张飞更不打话，直取纪灵。斗无十合，张飞大喝一声，刺纪灵于马下，败军奔走。袁术自引军来斗。玄德分兵三路：朱灵、路昭在左，关、张在右，玄德自引兵居中，与术相见，在门旗下责骂曰："汝反逆不道，吾今奉明诏前来讨汝！汝当束手受降，免你罪犯。"袁术骂曰："织席编屦小辈，安敢轻我！"麾兵赶来。玄德暂退，让左右两路军杀出。杀得术军尸横遍野，血流成渠；兵卒逃亡，不可胜计。又被嵩山雷薄、陈兰劫去钱粮草料。欲回寿春，又被群盗所袭，只得住于江亭。止有一千馀众，皆老弱之辈。时当盛暑，粮食尽绝，只剩麦三十斛，分派

◎放虎归山，从来都是一步败棋，曹操只此一语，丈夫气十足。谁也不能保证百分之百的正确，难免有措置不当或失误。有吃后悔药那工夫，还不如亡羊补牢，未雨绸缪呢！

◎你走，我为什么不走？所有实力派都不愿轻易以身试敌的。

◎如此不堪一击，当初何必求救吕布辕门射戟？历史小说常有这类前后矛盾之处。

◎袁术以断粮开始，以无粮告终，也是太巧合了。

◎在汉末群雄割据的局面中，诸侯之间，有一条禁忌，虽然谁都觊觎皇帝这个称号，可谁也不敢公然越线，定要染指一下的袁术，当了几天皇帝，屁股还没坐热，就被轰下台来。要论下场，他大概是败得最惨的。

◎从这里可以看出地方上的士族集团，豪强富绅，名门大户，官吏员司，才是军阀进行统治人民的基础。刘备通过与糜竺联姻的手段，得以巩固他在徐州的地盘。而孔融所以在北海待不下去，就因为他未能与地方势力达成默契。司马光评论他时，很不客气地指出："才疏意广，讫无成功，高谈清教，盈溢官曹，辞气清雅，可玩而诵，论事考实，难可悉行，造次能得人心，久久亦不愿附也。其所任用，好奇取异，多剽轻小才。"于是，他被赶出北海，好在曹操念旧，让他到许都当建筑部长。这就是大知识分子不如小手工业者更追求现实的地方了，因此，刘玄德想方设法地要回到徐州，道理也就在这里。

军士。家人无食，多有饿死者。术嫌饭粗，不能下咽，乃命庖人取蜜水止渴。庖人曰："止有血水，安有蜜水！"术坐于床上，大叫一声，倒于地下，吐血斗馀而死。时建安四年六月也。后人有诗曰：

> 汉末刀兵起四方，无端袁术太猖狂。
> 不思累世为公相，便欲孤身作帝王。
> 强暴枉夸传国玺，骄奢妄说应天祥。
> 渴思蜜水无由得，独卧空床呕血亡。

袁术已死，侄袁胤将灵柩及妻子奔庐江来，被徐璆尽杀之。璆夺得玉玺，赴许都献于曹操。操大喜，封徐璆为高陵太守。此时玉玺归操。

却说玄德知袁术已丧，写表申奏朝廷，书呈曹操，令朱灵、路昭回许都，留下军马保守徐州；一面亲自出城，招谕流散人民复业。

且说朱灵、路昭回许都见曹操，说玄德留下军马。操怒，欲斩二人。荀彧曰："权归刘备，二人亦无奈何。"操乃赦之。彧又曰："可写书与车胄就内图之。"操从其计，暗使人来见车胄，传曹操钧旨。胄随即请陈登商议此事。登曰："此事极易。今刘备出城招民，不日将还；将军可命军士伏于瓮城边，只作接他，待马到来，一刀斩之；某在城上射住后军，大事济矣。"胄从之。陈登回见父陈珪，备言其事。珪命登先往报知玄德。登领父命，飞马去报，正迎着关、张，报说如此如此。原来关、张先回，玄德在后。张飞听得，便要去厮杀。云长曰："他伏兖城边待我，去必有失。我有一计，可杀车胄：乘夜扮作曹军到徐州，引车胄出迎，袭而杀之。"飞然其言。那部下军原有曹操旗号，衣甲都同。当夜三更，到城边叫门。城上问是谁，众应是曹丞相差来张文远的人马。报知车胄，胄急请陈登议曰："若不迎接，诚恐有疑；若出迎之，又恐有诈。"胄乃上城回言："黑夜难以分辨，平明了相见。"城下答应："只恐刘备知道，疾快开门！"车胄犹豫未定，城外一片声叫开门。车胄只得披挂上马，引一千军出城；跑过吊桥，大叫："文远何在？"火光中只见云长提刀纵马直迎车胄，大叫曰："匹夫安敢怀诈，欲杀吾兄！"车胄大惊，战未数合，遮拦不住，拨马便回。到吊桥边，城上陈登乱箭射下，车胄绕城而走。云长赶来，手起一刀，砍于马下，割下首级提回，望城上呼曰："反贼车胄，吾已杀之；众等无罪，投降免死！"诸军倒戈投降，军民皆安。

云长将胄头去迎玄德，具言车胄欲害之事，今已斩首。玄德大惊曰："曹操若来，如之奈何？"云长曰："弟与张飞迎之。"玄德懊悔不已，遂入徐州。百姓父老，伏道而接。玄德到府，寻张飞，飞已将车胄全家杀尽。玄德曰："杀了曹操心腹之人，如何肯

◎陈珪、陈登父子是对总能站在最佳位置上，保护自己的实力，并扩大利益的最佳拍档。这父子俩在大节上与曹操同进退，但并不买账，与刘备似乎更贴近，又并不一心，与吕布既合作又算计，甚至将其出卖，与袁术或因历史的抵牾而始终排斥，这种具有相当武装实力的士族，也是东汉末期的政治特色，但像这对高智商的父子，混得如此应付裕如者，几乎不可复制的以自我为中心的强者，恐怕只是永远的个例了。

◎曹操曾将东方之事托付给陈登父子，其实这爷儿俩压根儿跟他不一条心。因此曹要图谋刘备，可也不曾交由这两位来办，似乎也是有所觉察。但车胄却傻乎乎地去求教这爷儿俩，也是活该倒霉了。

休？"陈登曰："某有一计，可退曹操。"正是：

既把孤身离虎穴，还将妙计息狼烟。

不知陈登说出甚计来，且听下文分解。

　　煮酒论英雄，是罗贯中《三国演义》中的精彩篇章，每个读者都能从中读到自己的理解。在正史上，只有简短的记载："先主未出时，献帝舅车骑将军董承辞受帝衣带中密诏，当诛曹公。先主未发。是时曹公从容谓先主曰：'今天下英雄，唯使君与操耳。本初之徒，不足数也。'先主方食，失匕箸，遂与承及长水校尉种辑、将军吴子兰、王子服等同谋。"《三国志·蜀书·先主传》

　　"本初之徒，不足数也。"是这节文字的"胆"，在曹操心目中，袁本初才是他认为的英雄。第一，他地盘最大；第二，他兵马最多；第三，他谋士最众；第四，他粮草最丰。更主要的还是袁绍的人望，煞是了得。他张嘴一说，"不足数也"，不过是曹操的壮胆之言。

　　凡韬晦，只要不露马脚，鲜有不成功者。刘备与曹操煮酒论英雄，为建安四年的事，在许都的他，忐忑不安的同时，还要做小服低，日子很难过。直到次年，曹操也许走神，放松对他的警惕，要他去战袁术。"会操遣备与朱灵邀袁术，程昱、郭嘉、董昭皆谏曰：'备不可遗也。'操悔，追之，不及。"（《资治通鉴》卷六十三）

　　现在回到他经营过的徐州，与他上次被吕布赶出去时，显然在精神状态上发生一些变化。无论如何，"英雄"这两个字，不管曹操出自真心还是假意，从他嘴里说出来，分量非凡。因此，当一个人意识到自己是个角色时，便会有作为，便会更努力，看看，连强盗头子昌豨，都叛操投备，"备众数万人"，往少算也得两三万，他带过这么多兵马吗？所以对来讨伐他的刘岱吹牛，消灭你们这几百人，简直如同儿戏，哪怕曹操亲自带兵来，谁输谁赢还说不定呢！

　　弱者会强，强者会弱，但弱者还没有壮大得超过强者，大话是不可说的，那你就白白韬晦了。结果，曹操放下袁绍，先打刘备，必除之而后快，这其中不排除相当程度的感情因素。结果，刘备第二次被赶出徐州。弱者，在你没有真正强壮以前，记住两句真言：一、大话不能说；二、高帽子别当真，这是最起码的为人处世之道。

第二十二回

袁曹各起马步三军
关张共擒王刘二将

　　就在曹操、袁术这场仗打个没完没了之际，罗贯中突然闹中取静，撇开烽火连天的战场，笔锋一转，娓娓来道这位博学鸿儒，也是经学注疏大家郑康成的闲话，登时云开雾散，万里晴空。其实，《三国演义》这部书对于汉末文化乃至文人，多略而不谈，或索性回避，为什么罗贯中会在刘备走投无路之际，让读者关注这位经学大师呢？看似闲笔，其实不闲。中国是文化大国，也是文化古国，虽然在历史上有很长一个时期，中国曾经是文盲大国，但中国人对文化的崇敬，是不分文盲和非文盲的。

　　汉末社会特别讲究师从关系，一是这种文化崇敬的结果，二也是当时察举制度的副产品。一个人，倘要出头，天下大乱时可以靠武力，能打能杀就能得到一切，可太平盛世，名流大儒的提携推荐，哪怕一言片语，便是举孝廉的重要台阶。所以我们便理解《三国志·武帝纪》中曹操的广泛交游，与桥玄、许劭、蔡邕等人的密切来往。而涿县的刘备，处于边地，家资有限，可能到河南求学更远更费钱，就投拜到山东的郑康成门下。可能学习时间不长，大概没有得到什么推荐，刘备从此弃文从武。虽然《三国演义》称："玄德在涿郡时，已曾师事之，及为徐州牧，时时造庐，敬礼特甚。"要不是陈登提醒，他也不会"猛省"与郑康成这一段师生之谊。

　　郑康成，一介文人，身处乱世，心在学问，那就更值得尊敬和尊重了。建安元年他由徐州赴高密途中，遭遇黄巾，贼首得知这位大学问家，连忙下马叩拜，并传令部属，不得骚扰大师及其家乡。贼尚如此，何况良知未泯之人。由此可知，不管这个社会如何战乱败坏，如何道德沦丧，而人心所系的压舱石，不论是匪首，也不论是叛军，也许大字不识一个，也许压根不懂何谓经学大师，但五千年来文化积累，发育成长，所形成的基因，成为中国人的主心骨，是谁也改变不了的。只要根在，就兀立不倒，只要本存，就绵亘不绝，只要文化不随着生灵涂炭而灭，那中国就有希望，就有未来，那中国人就能千秋万载地长存，这也许是罗贯中闲笔的不闲用意吧？战乱，总是一时性的，文化，才是千秋万代的大业。

◎袁、曹决战，由此启其端。曹操把献帝弄到许都后，马上以献帝的名义，封袁绍为大将军，马屁他一下，在冀州的袁绍付之一哂。给你脸不要，曹操马上还以颜色，下一道诏书责备袁绍："地广兵多，而专自树党，不闻勤王之师，但擅相讨伐。"从那时起，他就和袁绍彻底掰了，列为主敌，早晚是要打这一仗的了。曹对袁，从买账到不买账，是由双方实力消长决定的。

◎一个好的中间人，成功便有了一半的希望。

◎道学先生亦风流。

◎谋士虽众，而不善驭用，便有龙多不治水的可能了。

却说陈登献计于玄德曰："曹操所惧者袁绍。绍虎踞冀、青、幽、并诸郡，带甲百万，文官武将极多，今何不写书遣人到彼求救？"玄德曰："绍向与我未通往来，今又新破其弟，安肯相助？"登曰："此间有一人与袁绍三世通家，若得其一书致绍，绍必来相助。"玄德问何人。登曰："此人乃公平日所折节敬礼者，何故忘之？"玄德猛省曰："莫非郑康成先生乎？"登笑曰："然也。"

原来郑康成名玄，好学多才，尝受业于马融。融每当讲学，必设绛帐，前聚生徒，后陈声妓，侍女环列左右。玄听讲三年，目不邪视，融甚奇之。及学成而归，融叹曰："得我学之秘者，惟郑玄一人耳！"玄家中侍婢俱通《毛诗》。一婢尝忤玄意，玄命长跪阶前。一婢戏谓之曰："'胡为乎泥中？'"此婢应声曰："'薄言往愬，逢彼之怒。'"其风雅如此。桓帝朝，玄官至尚书；后因十常侍之乱，弃官归田，居于徐州。玄德在涿郡时，已曾师事之；及为徐州牧，时时造庐请教，敬礼特甚。

当下玄德想出此人，大喜，便同陈登亲至郑玄家中，求其作书。玄慨然依允，写书一封，付与玄德。玄德便差孙乾星夜赍往袁绍处投递。绍览毕，自忖曰："玄德攻灭吾弟，本不当相助；但重以郑尚书之命，不得不往救之。"遂聚文武官，商议兴兵伐曹操。谋士田丰曰："兵起连年，百姓疲弊，仓廪无积，不可复兴大军。宜先遣人献捷天子，若不得通，乃表称曹操隔我王路，然后提兵屯黎阳；更于河内增益舟楫，缮置军器，分遣精兵，屯扎边鄙。三年之中，大事可定也。"谋士审配曰："不然。以明公之神武，抚河朔之强盛，兴兵讨曹贼，易如反掌，何必迁延日月？"谋士沮授曰："制胜之策，不在强盛。曹操法令既行，士卒精练，比公孙瓒坐受困者不同。今弃献捷良策，而兴无名之兵，窃为明公不取。"谋士郭图曰："非也。兵加曹操，岂曰无名？公正当及时早定大业。愿从郑尚书之言，与刘备共仗大义，剿灭曹贼，上合天意，下合民情，实为幸甚！"四人争论未定，绍踌躇不决。忽许攸、荀谌自外而入。绍曰："二人多有见识，且看如何主张。"二人施礼毕，绍曰："郑尚书有书来，令我起兵助刘备，攻曹操。起兵是乎？不起兵是乎？"二人齐声应曰："明公以众克寡，以强攻弱，讨汉贼以扶王室：起兵是也。"

◎二比二，这让没主意的袁绍拍不了板。

绍曰："二人所见，正合我心。"便商议兴兵。先令孙乾回报郑玄，并约玄德准备接应；一面令审配、逢纪为统军，田丰、荀谌、许攸为谋士，颜良、文丑为将军，起马军十五万，步兵十五万，共精兵三十万，望黎阳进发。分拨已定，郭图进曰："以明公大义伐操，必须数操之恶，驰檄各郡，声罪致讨，然后名正言顺。"绍从之，遂令书记陈琳草檄。琳字孔璋，素有才名；灵帝时为主簿，因谏何进不听，复遭董卓之乱，避难冀州，绍用为记室。当下领命草檄，援笔立就。其文曰：

◎四比二，使他下了决心。以多数票定大政方针，还要统帅何用？

　　盖闻明主图危以制变，忠臣虑难以立权。是以有非常之人，然后有非常之事；有非常之事，然后立非常之功。夫非常者，固非常人所拟也。

◎这段话用于曹操，倒是再恰当不过。《三国志·武帝纪》最后一句总结性的评语即是："抑可谓非常之人，超世之杰矣！"

◎人身攻击，不足为训。这张汉末的大字报，也是离不开搞臭、抹黑、揭老底、翻旧账这些大批判手法，很屁。

◎一个劲地把曹操从祖宗三代臭起，一个劲地又往袁绍脸上贴金，有骂必有捧，有捧自然也得有骂。要骂则骂得狗血喷头，要捧则捧得天花乱坠，这本是御用文人的专长嘛！

曩者，强秦弱主，赵高执柄，专制朝权，威福由己；时人迫胁，莫敢正言；终有望夷之败，祖宗焚灭，污辱至今，永为世鉴。及臻吕后季年，产、禄专政，内兼二军，外统梁、赵；擅断万机，决事省禁；下陵上替，海内寒心。于是绛侯、朱虚兴兵奋怒，诛夷逆暴，尊立太宗，故能王道兴隆，光明显融：此则大臣立权之明表也。

司空曹操：祖父中常侍腾，与左悺、徐璜，并作妖孽，饕餮放横，伤化虐民；父嵩，乞匄携养，因赃假位，舆金辇璧，输货权门，窃盗鼎司，倾覆重器。操赘阉遗丑，本无懿德；猂狡锋协，好乱乐祸。

幕府董统鹰扬，扫除凶逆；续遇董卓，侵官暴国。于是提剑挥鼓，发命东夏，收罗英雄，弃瑕取用；故遂与操同谘合谋，授以裨师，谓其鹰犬之才，爪牙可任。至乃愚佻短略，轻进易退，伤夷折衄，数丧师徒；幕府辄复分兵命锐，修完补辑，表行东郡，领兖州刺史，被以虎文，奖蹙威柄，冀获秦师一克之报。而操遂承资跋扈，恣行凶忒，割剥元元，残贤害善。

故九江太守边让，英才俊伟，天下知名；直言正色，论不阿谄；身首被枭悬之诛，妻孥受灰灭之咎。自是士林愤痛，民怨弥重；一夫奋臂，举州同声。故躬破于徐方，地夺于吕布；彷徨东裔，蹈据无所。幕府惟强干弱枝之义，且不登叛人之党，故复援旌擐甲，席卷起征，金鼓响振，布众奔沮；拯其死亡之患，复其方伯之位：则幕府无德于兖土之民，而有大造于操也。

后会銮驾返旆，群虏寇攻。时冀州方有北鄙之警，匪遑离局；故使从事中郎徐勋，就发遣操，使缮修郊庙，翊卫幼主。操便放志：专行胁迁，当御省禁；卑侮王室，败法乱纪；坐领三台，专制朝政；爵赏由心，刑戮在口；所爱光五宗，所恶灭三族；群谈者受显诛，腹议者蒙隐戮；百僚钳口，道路以目；尚书记朝会，公卿充员品而已。

故太尉杨彪，典历二司，享国极位。操因缘眦睚，被以非罪；榜楚参并，五毒备至；触情任忒，不顾宪纲。又议郎赵彦，忠谏直言，义有可纳，是以圣朝含听，改容加饰。操欲迷夺时明，杜绝言路，擅收立杀，不俟报闻。又梁孝王，先帝母昆，坟陵尊显；桑梓松柏，犹宜肃恭。而操帅将吏士，亲临发掘，破棺裸尸，掠取金宝。至令圣朝流涕，士民伤怀！

操又特置"发丘中郎将"，"摸金校尉"，所过隳突，无骸不露。身处三公之位，而行桀虏之态，污国害民，毒施人鬼！加其细政惨苛，科防互设；罾缴充蹊，坑阱塞路；举

◎这篇檄文，是上了文学史的，措词遣字，严厉声讨，自然是要"一鞭一条痕，一掴一掌血"地加码，但种种恶行，谅有所本，在汉末那个纷乱年代，曹操不是做不出来，他人也不见得不做。

◎檄文，为古文的一种文体，陈琳这份檄文，题曰《为袁绍檄豫州》，其实，陈琳的经历，远不如他写这篇檄文的遭遇精彩。杀人太多的曹操，手上沾满文人的血。官渡战后，陈琳被俘，大家觉得他难逃一劫，结果不但保住了命，还谋得一份掌书记的差使，与此相类似的，还有写《为徐敬业讨武曌檄》的唐朝骆宾王。传说武则天读到此文中的"一抔之土未干，六尺之孤安在？"竟然埋怨宰相怎能失此人？也许曹操、武则天，确是非凡之辈，不像我们常见的那些统治者，马上暴跳如雷，下令严办，马上对号入座，而是不予追究，不当回事。这就是真正的政治家和那些不成气候的政治家的区别所在。

手挂网罗，动足触机陷：是以兖、豫有无聊之民，帝都有吁嗟之怨。历观载籍，无道之臣，贪残酷烈，于操为甚！

幕府方诘外奸，未及整训；加绪含容，冀可弥缝。而操豺狼野心，潜包祸谋，乃欲摧挠栋梁，孤弱汉室，除灭忠正，专为枭雄。往者伐鼓北征公孙瓒，强寇桀逆，拒围一年。操因其未破，阴交书命，外助王师，内相掩袭。会其行人发露，瓒亦枭夷，故使锋芒挫缩，厥图不果。

今乃屯据敖仓，阻河为固，欲以螳螂之斧，御隆车之隧。幕府奉汉威灵，折冲宇宙；长戟百万，胡骑千群；奋中黄、育、获之士，骋良弓劲弩之势；并州越太行，青州涉济、漯；大军泛黄河而角其前，荆州下宛、叶而掎其后：雷震虎步，若举炎火以焫飞蓬，覆沧海以沃嫖炭，有何不灭者哉？

又操军吏士，其可战者，皆出自幽、冀，或故营部曲，咸怨旷思归，流涕北顾。其馀兖、豫之民，及吕布、张杨之馀众，覆亡迫胁，权时苟从；各被创夷，人为仇敌。若回旆方徂，登高冈而击鼓吹，扬素挥以启降路，必土崩瓦解，不俟血刃。

方今汉室陵迟，纲维弛绝；圣朝无一介之辅，股肱无折冲之势。方畿之内，简练之臣，皆垂头揩翼，莫所凭恃；虽有忠义之佐，胁于暴虐之臣，焉能展其节？

又操持部曲精兵七百，围守宫阙，外托宿卫，内实拘执。惧其篡逆之萌，因斯而作。此乃忠臣肝脑涂地之秋，烈士立功之会，可不勖哉！

操又矫命称制，遣使发兵。恐边远州郡，过听给与，违众旅叛，举以丧名，为天下笑：则明哲不取也。

即日幽、并、青、冀四州并进。书到荆州，便勒现兵，与建忠将军协同声势。州郡各整义兵，罗落境界，举武扬威，并匡社稷：则非常之功于是乎著。

其得操首者，封五千户侯，赏钱五千万。部曲偏裨将校诸吏降者，勿有所问。广宣恩信，班扬符赏，布告天下，咸使知圣朝有拘迫之难。如律令！

绍览檄大喜，即命使将此檄遍行州郡，并于各处关津隘口张挂。檄文传至许都，时曹操方患头风，卧病在床。左右将此檄传进，操见之，毛骨悚然，出了一身冷汗，不觉头风顿愈，从床上一跃而起，顾谓曹洪曰："此檄何人所作？"洪曰："闻是陈琳之笔。"操笑曰："有文事者，必须以武略济之。陈琳文事虽佳，其如袁绍武略之不足何！"遂聚众谋士商议迎敌。

◎曹操后来并没有杀陈琳的头。对于诋毁自己而不咎的平常人，本不多，有此胸襟的统治者，更罕见；除非为了宣传的目的，故作姿态，一般都不肯放过的。曹操能不追究，不容易。

孔融闻之，来见操曰："袁绍势大，不可与战，只可与和。"荀彧曰："袁绍无用之人，何必议和？"融曰："袁绍土广民强。其部下如许攸、郭图、审配、逢纪皆智谋之士；田丰、沮授皆忠臣也；颜良、文丑勇冠三军；其馀高览、张郃、淳于琼等俱世之名将。——何谓绍为无用之人乎？"彧笑曰："绍兵多而不整。田丰刚而犯上，许攸贪而不智，审配专而无谋，逢纪果而无用：此数人者，势不相容，必生内变。颜良、文丑，匹夫之勇，一战可擒。其馀碌碌等辈，纵有百万，何足道哉！"孔融默然。操大笑曰："皆不出荀文若之料。"遂唤前军刘岱、后军王忠引军五万，打着"丞相"旗号，去徐州攻刘备。原来刘岱旧为兖州刺史；及操取兖州，岱降于操，操用为偏将，故今差他与王忠一同领兵。操却自引大军二十万，进黎阳，拒袁绍。程昱曰："恐刘岱、王忠不称其使。"操曰："吾亦知非刘备敌手，权且虚张声势。"分付："不可轻进。待我破绍，再勒兵破备。"刘岱、王忠领兵去了。

曹操自引兵至黎阳。两军隔八十里，各自深沟高垒，相持不战。自八月守至十月。原来许攸不乐审配领兵，沮授又恨绍不用其谋，各不相和，不图进取。袁绍心怀疑惑，不思进兵。操乃唤吕布手下降将臧霸守把青、徐；于禁、李典屯兵河上；曹仁总督大军，屯于官渡。操自引一军，竟回许都。

且说刘岱、王忠引军五万，离徐州一百里下寨。

◎兵不厌诈，有时候，虚张声势，也是一种迷惑敌人的办法。

中军虚打"曹丞相"旗号，未敢进兵，只打听河北消息。这里玄德也不知曹操虚实，未敢擅动，亦只探听河北。忽曹操差人催刘岱、王忠进战。二人在寨中商议。岱曰："丞相催促攻城，你可先去。"王忠曰："丞相先差你。"岱曰："我是主将，如何先去？"忠曰："我和你同引兵去。"岱曰："我与你拈阄，拈着的便去。"王忠拈着"先"字，只得分一半军马，来攻徐州。玄德听知军马到来，请陈登商议曰："袁本初虽屯兵黎阳，奈谋臣不和，尚未进取。曹操不知在何处。闻黎阳军中，无操旗号，如何这里却反有他旗号？"登曰："操诡计百出，必以河北为重，亲自监督，却故意不建旗号，乃于此处虚张旗号：吾意操必不在此。"玄德曰："两弟谁可探听虚实？"张飞曰："小弟愿往。"玄德曰："汝为人躁暴，不可去。"飞曰："便是有曹操也拿将来！"云长曰："待弟往观其动静。"玄德曰："云长若去，我却放心。"于是云长引三千人马出徐州来。

　　时值初冬，阴云布合，雪花乱飘，军马皆冒雪布阵。云长骤马提刀而出，大叫王忠打话。忠出曰："丞相到此，缘何不降？"云长曰："请丞相出阵，我自有话说。"忠曰："丞相岂肯轻见你！"云长大怒，骤马向前。王忠挺枪来迎。两马相交，云长拨马便走。王忠赶来。转过山坡，云长回马，大叫一声，舞刀直取。王忠拦截不住，恰待骤马奔逃，云长左手倒提宝刀，右手揪住王忠勒甲绦，拖下鞍鞒，横担于马上，

◎郭嘉曾在袁绍手下做过谋士，对他有所了解。所以曹操采取扫清外围的方式，先打次要之敌，然后集中兵力聚歼袁绍。部属很担心东击刘备，袁绍必乘虚而入。郭嘉曰："绍性迟而多疑，来必不速。备新起，众心未附，急击之，必败。"这一番话，奠定了曹操攻打刘备的决心。

◎刘协起用建安年号，不幸便开始了曹魏天下。元年（196），迎汉献帝于许都，从此挟天子以令诸侯。二年（197），以"奉天子以令不臣"为名，讨伐敢于称帝的袁术，将其消灭。三年（198），董卓余部李傕灭，四年（199），战吕布，布亡，五年（200），衣带诏案破，诛董承。曹操东进，逐刘备，擒关羽。于是，在这一系列的顺遂中，曹操的势力范围大大扩张，影响西达关中，远至甘陇，因为他手中有皇帝，大家不得不买他的账。其实力也有所增强，除兖、豫、徐州，他的根据地提供辎重和兵员外，黄河以南，淮、汉以北大部地区，也在其掌握之中，无后顾之忧。袁绍这几年当然也没闲着，他打败韩馥、公孙瓒后，拥有冀、青、幽、并四州，有几十万军队和数万匹马。曹操说，双方军力为一与六之比，当然有他的夸大敌情成分，但曹操战线拉得太长，以少打多，他也是没有多大把握，因此，他需要时间。袁绍则认为现在不打，将来更难打，打是肯定的，但内部意见不一，这是两军黎阳相峙从199年八月到200年二月的原因。

回本阵来。王忠军四散奔走。云长押解王忠，回徐州见玄德。玄德问："尔乃何人？现居何职？敢诈称'曹丞相'！"忠曰："焉敢有诈？——奉命教我虚张声势，以为疑兵。丞相实不在此。"玄德教付衣服酒食，且暂监下，待捉了刘岱，再作商议。云长曰："某知兄有和解之意，故生擒将来。"玄德曰："吾恐翼德躁暴，杀了王忠，故不教去。此等人杀之无益，留之可为解和之地。"张飞曰："二哥捉了王忠，我去生擒刘岱来！"玄德曰："刘岱昔为兖州刺史，虎牢关伐董卓时，也是一镇诸侯。今日为前军，不可轻敌。"飞曰："量此辈何足道哉！我也似二哥生擒将来便了。"玄德曰："只恐坏了他性命，误我大事。"飞曰："如杀了，我偿他命！"玄德遂与军三千。飞引兵前进。

却说刘岱知王忠被擒，坚守不出。张飞每日在寨前叫骂，岱听知是张飞，越不敢出。飞守了数日，见岱不出，心生一计：传令今夜二更去劫寨；日间却在帐中饮酒诈醉，寻军士罪过，打了一顿，缚在营中，曰："待我今夜出兵时，将来祭旗！"却暗使左右纵之去。军士得脱，偷走出营，径往刘岱营中来报劫寨之事。刘岱见降卒身受重伤，遂听其说，虚扎空寨，伏兵在外。是夜张飞却分兵三路，中间使三十馀人，劫寨放火；却教两路军抄出他寨后，看火起为号，夹击之。三更时分，张飞自引精兵，先断刘岱后路；中路三十馀人，抢入寨中放火。刘岱伏兵恰待杀入，张飞两路兵齐出。岱军自乱，正不知飞兵多少，各自溃散。刘岱引一队残军，夺路而走，正撞见张飞，狭路相逢，急难回避，交马只一合，早被张飞生擒过去。馀众皆降。飞使人先报入徐州。玄德闻之，谓云长曰："翼德自来粗莽，今亦用智，吾无忧矣！"乃亲自出郭迎之。飞曰："哥哥道我躁暴，今日如何？"玄德曰："不用言语相激，如何肯使机谋！"飞大笑。

玄德见缚刘岱过来，慌下马解其缚曰："小弟张飞误有冒渎，望乞恕罪。"遂迎入徐州，放出王忠，一同管待。玄德曰："前因车胄欲害备，故不得不杀之。丞相错疑备反，遣二将军前来问罪。备受丞相大恩，正思报效，安敢反耶？二将军至许都，望善言为备分诉，备之幸也。"刘岱、王忠曰："深荷使君不杀之恩，当于丞相处方便，以某两家老小保使君。"玄德称谢。次日尽还原领军马，送出郭外。刘岱、王忠行不上十馀里，一声鼓响，张飞拦路大喝曰："我哥哥忒没分晓！捉住贼将如何又放了？"谑得刘岱、王忠在马上发颤。张飞睁眼挺枪赶来，背后一人飞马大叫："不得无礼！"视之，乃云长也。刘岱、王忠方才放心。云长曰："既兄长放了，吾弟如何不遵法令？"飞曰："今番放了，下次又来。"云长曰："待他再来，杀之未迟。"刘岱、王忠连声告退曰："便丞相诛我三族，也不来了。望将军宽恕。"飞曰："便是曹操自来，也杀他片甲不回！今番权且寄下两颗头！"刘岱、王忠抱头鼠窜而去。

◎曹操在官渡大战前夕，毅然挥师徐州，狠狠收拾刘备，这决策表面上看，有很大的感情成分，但其实，更多的是其战略考虑。当时，许都方面众口一词，公若东征，后防空乏，袁绍乘虚而入，将如之何？而且，袁绍的谋士田丰，拄着拐杖来找袁绍，这是老天爷开眼，天赐的良机，曹操亲率兵马到徐州打刘备，留下一座空城许都和一个汉献帝，等你去取啊！结果，袁绍因为儿子生了重病，心绪大乱而拒绝了。田丰以杖蹾地："嗟乎，事去矣，夫遭难遇之几，而以婴儿病失其会，惜者。"这一点，站在统帅一边的郭嘉，早就料到。他认为袁绍不是反应敏锐之主，等他意识到也晚了，我们抓住这个时间差，已经得胜回朝了。

◎看来张飞，打了这些年的仗，连最起码的兵家规矩也不懂，是他听刘备的，还是刘备听他的，其任意性，随意性，仍是粗放式的，不入流的庄主水平。若张飞这回杀了刘岱、王忠，那何必又要活捉回来？这样擅作主张的队伍，曹操真的打来，只有做鸟兽散了。

云长、翼德回见玄德曰："曹操必然复来。"孙乾谓玄德曰："徐州受敌之地，不可久居；不若分兵屯小沛，守邳城，为掎角之势，以防曹操。"玄德用其言，令云长守下邳；甘、糜二夫人亦于下邳安置。——甘夫人乃小沛人也，糜夫人乃糜竺之妹也。——孙乾、简雍、糜竺、糜芳守徐州。玄德与张飞屯小沛。

刘岱、王忠回见曹操，具言刘备不反之事。操怒骂："辱国之徒，留你何用！"喝令左右推出斩之。正是：

犬豕何堪共虎斗，鱼虾空自与龙争。

不知二人性命如何，且听下文分解。

建安四年八月，袁绍进兵黎阳，陈琳檄文发布，曹操置袁绍于不顾，东征刘备，以消除后顾之忧。袁绍因子病之痛，未能趁机进攻许都，坐失良机。建安五年二月，曹操破刘备于下邳。四月袁、曹于白马交锋，关羽斩颜良，袁军声势大挫，然后，双方相持于官渡。半年厮杀，曹操偷袭乌巢成功，袁军大败，是为史称的"官渡大战"。其实，兵力薄弱的曹操，也已坚持不下去，准备退兵保许了。

吕思勉评价这次战役："淳于琼等既破，张郃复降，据《三国志》说：袁绍的兵就此大溃，这大约因袁绍的兵驻扎日久，锐气已挫，军心又不甚安宁，遂至一败而不可收拾。曹操攻淳于琼，固然有胆气，也只是孤注一掷之举，其能耐，倒还是在历久坚守、能挫袁军的锐气上见得。军事的成败，固然决于最后五分钟，也要能够支持到最后五分钟，才有决胜的资格哩。"战争，就是这样残酷，你有胆气坚持下来，就是胜利。吕思勉认为曹操之胜，胜在他的"能够支持到最后五分钟上"。要是没有许攸半夜来访，曹操其实是准备次日停战撤军，他明天也将断炊，对领军者而言，那是最为恐怖的事情。荀彧写信鼓励，只能说点空话，其实这位军师也供应不了粮秣给前线。所以曹操连鞋都来不及穿，来迎许攸。

固然，曹操胜在坚持，更胜在袁营内部的饮酒失事，乱调部队上，后来更败在谋士成团结伙，子婿各自为政。即使无强敌攻打，也会自行垮台。更何况曹操是劫粮的老手，许攸泄密，顿得天机，这枭雄立率五千精兵，奔袭袁军乌巢粮屯。然后，一把火将袁军粮秣，统统烧个精光。打仗的兵，是要吃喝的，一听粮没了，军心大乱。随后，曹操全线出击，袁绍土崩瓦解，一支十馀万人的大军，只剩下八百馀骑掩护着袁氏父子，仓皇北逃。

曹操以其非凡的才智和勇气，写下了他军事生涯最辉煌的一页。

第二十三回
祢正平裸衣骂贼
吉太医下毒遭刑

　　中国历代文人，大致分为三类：一类为得意者，一类为失意者，剩下来便是既不怎么得意，也不怎么失意的第三类。这个分类法，与文人的才能、水平无关，而是与他们当时穷通与否泰的生存状态有关。得意者，庙堂之上，养尊处优，失意者，屈处林下，穷愁聊倒，故而后者曰前者为在朝派，前者曰后者为在野派。其实这都是某朝某代的政治标签，在文学史上，最后还是以其作品的艺术水平、文学价值来衡量的。

　　当时的许都，特别是官渡大战后，平定冀州，中原基本一统，出现一个相对宽松的文化环境，文人从全国各地来寻找出路，于是形成相对繁荣的文学景象。但所谓"建安七子"（孔融、陈琳、王粲、徐干、阮瑀、应场、刘桢），并非一个文学团契，而是文学史以他们作品风格的分类。其实孔融是曹操政治上的死敌，格格不入，是个绝对在野的文人，而且还是一个公开叫板的反对派。祢衡（173—198），就是当时来到许都的大批文学青年之一，不论哪朝哪代，一个人写过几篇作品而能成名成家，也是苦心经营的结果。除了作品的文学水平外，关系、人脉、提携、舆论、时机、际遇……都可能是这个作家能否获得成功的因素。当然不是必需的，但却是有时用得着的。祢衡到了许都以后，眼高手低，挑三拣四，求职好像不甚顺利。可能来晚了一点，竞争者太多，他竟未能得意。或者，时运不佳，敲不开想敲的门，不得其门而入，连名刺都磨得字迹不清了。于是，碰壁又碰壁，失败再失败，遂成为时下所说的"愤青"。

　　这样，他因他那张骂人的嘴，结识了"大儿孔文举"，"小儿杨德祖"。"大儿""小儿"倒不是什么蔑称，只是文人间的一种标榜而已。这两位政治大人物，也就利用祢衡这张骂人的嘴，在大庭广众中，击鼓骂曹，代其发泄不满。然而，曹操居然没有生气，孔融、老奸巨滑，杨修，聪明过头，本想当场出曹操的洋相，激他气得怒不可遏，拔出刀来，杀了祢衡。曹操什么人，早看出这其中的鬼花活，派了两位军士，拉来三匹马，将祢架上马，礼送出境。但把祢衡送到刘表处，刘表不想沾包，又把他送到黄祖处，结果还是因那张骂人的嘴，这位年轻才子掉了脑袋。

　　江湖水深，风高浪急，不识一点水性，轻易不要弄潮。人生路长，秋去春来，错过这一个花季，还有下一个赏花时刻，年轻人的资本就是年轻，着个什么急呢？

◎刘晔、贾诩都是超一流的谋士，但前者为皇室嫡系，后者为董卓馀部。曹操用他们，信任并非绝对的，戒意当然是存在的，尊重可能是充分的，防范也是少不了的。而这两位，正如《红楼梦》里尤三姐所说，"清水下杂面"，你吃我看，心里清清楚楚，他谁也不信，他只相信他自己。曹操当然更明白，这两位若不在他手下，此类雇佣型的职业谋士，必在别人手下。在别人手下，没准成麻烦，还不如在我手下。"诩乃留晔于家中"，这一夜长谈，刘、贾达成共识，在这个人才市场上，买家很多，识货者少，方今世界，舍曹操外，焉有他选。虽然不是十分的满意，但也不是十分的不满意，这世界并不完美，聪明人的聪明，就在于抓住该抓住的，放弃该放弃的。

◎巴结人，也是一门学问。

◎曹操也有其坦荡可爱之处。

却说曹操欲斩刘岱、王忠。孔融谏曰："二人本非刘备敌手，若斩之，恐失将士之心。"操乃免其死，黜罢爵禄。欲自起兵伐玄德。孔融曰："方今隆冬盛寒，未可动兵，待来春未为晚也。可先使人招安张绣、刘表，然后再图徐州。"操然其言，先遣刘晔往说张绣。晔至襄城，先见贾诩，陈说曹公盛德。诩乃留晔于家中。次日来见张绣，说曹公遣刘晔招安之事。正议间，忽报袁绍有使至。绣命入。使者呈上书信。绣览之，亦是招安之意。诩问来使曰："近日兴兵破曹操，胜负何如？"使曰："隆冬寒月，权且罢兵。今以将军与荆州刘表俱有国士之风，故来相请耳。"诩大笑曰："汝可便回见本初，道：'汝兄弟尚不能容，何能容天下国士乎！'"当面扯碎书，叱退来使。

张绣曰："方今袁强曹弱；今毁书叱使，袁绍若至，当如之何？"诩曰："不如去从曹操。"绣曰："吾先与操有仇，安得相容？"诩曰："从操其便有三：夫曹公奉天子明诏，征伐天下，其宜从一也；绍强盛，我以少从之，必不以我为重，操虽弱，得我必喜，其宜从二也；曹公王霸之志，必释私怨，以明德于四海，其宜从三也。愿将军无疑焉。"绣从其言，请刘晔相见。晔盛称操德，且曰："丞相若记旧怨，安肯使某来结好将军乎？"绣大喜，即同贾诩等赴许都投降。绣见操，拜于阶下。操忙扶起，执其手曰："有小过失，勿记于心。"遂封绣为扬武将军，封贾诩为执金吾使。操即命绣作书招安刘表。贾诩进曰："刘景升好结纳名流，今必得一有文名之士往说之，方可降耳。"操问荀攸曰："谁人可去？"攸曰："孔文举可当其任。"操然之。攸出见孔融曰："丞相欲得一有文名之士，以备行人之选。公可当此任否？"融曰："吾友祢衡，字正平，其才十倍于我。此人宜在帝左右，不但可备行人而已。我当荐之天子。"于是遂上表奏帝。其文曰：

臣闻洪水横流，帝思俾乂；旁求四方，以招贤俊。昔世宗继统，将弘基业；畴咨熙载，群士响臻。陛下睿圣，纂承基绪，遭遇厄运，劳谦日昃；维岳降神，异人并出。窃见处士平原祢衡：年二十四，字正平，淑质贞亮，英才卓跞。初涉艺文，升堂睹奥；目所一见，辄诵之口，耳所暂闻，不忘于心；性与道合，思若有神；弘羊潜计，安世默识，以衡准之，诚不足怪。忠果正直，志怀霜雪；见善若惊，嫉恶若仇；任座抗行，史鱼厉节，殆无以过也。鸷鸟累百，不如一鹗；使衡立朝，必有可观。飞辩骋词，溢气坌涌；解疑释结，临敌有馀。

昔贾谊求试属国，诡系单于；终军欲以长缨，牵制劲越：弱冠慷慨，前世美之。近

◎作家靠炒，倒不是现代人的发明创造，孔融这篇吹捧文学新秀的文章，倒是炒作家的发轫之作，比之我们当代那些捧角评论家，可谓毫不逊色。现在看起来，从家乡来到许都的祢衡，写了几篇作品，便不知天高地厚，有些傻狂了，这是青年作家最爱犯的毛病。但怀揣名刺，处处碰壁，于是这股怨气，恰巧被孔融利用，那年轻人没遮拦的嘴，便可以替孔融骂出他想骂的话来了。所以，评论对于作家，既可以骂杀，也可以捧杀。祢衡的死，账是记在曹操名下，但把他送上断头台的，却是孔文举这块老姜。

日路粹、严象，亦用异才，擢拜台郎。衡宜与为比。如得龙跃天衢，振翼云汉，扬声紫微，垂光虹蜺，足以昭近署之多士，增四门之穆穆。钧天广乐，必有奇丽之观；帝室皇居，必蓄非常之宝。若衡等辈，不可多得。《激楚》《阳阿》，至妙之容，掌伎者之所贪；飞兔、騕褭，绝足奔放，良、乐之所急也。臣等区区，敢不以闻？陛下笃慎取士，必须效试，乞令衡以褐衣召见。如无可观采，臣等受面欺之罪。

◎二十四岁的祢衡，前程远大，好好写你的文章得了，何必贪图文章以外的声名呢？而孔融、杨修正抓住了热血青年受到冷遇后的逆反心理，自以为了不起的自负情结，最容易被蛊惑了。如果他不表现得那样躁狂的话，也许不至于如此下场。凡过分狂妄自大的人，无不错误地看轻对手，而把自己估价得过高，结果碰了个头破血流。

帝览表，以付曹操。操遂使人召衡至。礼毕，操不命坐。祢衡仰天叹曰："天地虽阔，何无一人也！"操曰："吾手下有数十人，皆当世英雄，何谓无人？"衡曰："愿闻。"操曰："荀彧、荀攸、郭嘉、程昱，机深智远，虽萧何、陈平不及也。张辽、许褚、李典、乐进，勇不可当，虽岑彭、马武不及也。吕虔、满宠为从事，于禁、徐晃为先锋；夏侯惇天下奇才，曹子孝世间福将。安得无人？"衡笑曰："公言差矣！此等人物，吾尽识之：荀彧可使吊丧问疾，荀攸可使看坟守墓，程昱可使关门闭户，郭嘉可使白词念赋，张辽可使击鼓鸣金，许褚可使牧牛放马，乐进可使取状读招，李典可使传书送檄，吕虔可使磨刀铸剑，满宠可使饮酒食糟，于禁可使负版筑墙，徐晃可使屠猪杀狗；夏侯惇称为'完体将军'，曹子孝呼为'要钱太守'。其馀皆是衣架、饭囊、酒桶、肉袋耳！"操怒曰："汝有何能？"衡曰："天文地理，无一不通；三教九流，无所不晓；上可以致君为尧、舜，下可以配德于孔、颜。岂与俗子共论乎！"时止有张辽在侧，掣剑欲斩之。操曰："吾正少一鼓吏；早晚朝贺宴享，可令祢衡充此职。"衡不推辞，应声而去。辽曰："此人出言不逊，何不杀之？"操曰："此人素有虚名，远近所闻。今日杀之，天下必谓我不能容物。彼自以为能，故令为鼓吏以辱之。"

来日，操于省厅上大宴宾客，令鼓吏挝鼓。旧吏云："挝鼓必换新衣。"衡穿旧衣而入。遂击鼓为《渔阳三挝》，音节殊妙，渊渊有金石声。坐客听之，莫不慷慨流涕。左右喝曰："何不更衣？"衡当面脱下旧破衣服，裸体而立，浑身尽露。坐客皆掩面。衡乃徐徐着裤，颜色不变。操叱曰："庙堂之上，何太无礼？"衡曰："欺君罔上乃谓无礼。吾露父母之形，以显清白之体耳！"操曰："汝为清白，谁为污浊？"衡曰："汝不识贤愚，是眼浊也；不读诗书，是口浊也；不纳忠言，是耳浊也；不通古今，是身浊也；不容诸侯，是腹浊也；常怀篡逆，是心浊也！吾乃天下名士，用为鼓吏，是犹阳货轻仲尼，臧仓毁孟子耳！欲成王霸之业，而如此轻人耶？"

时孔融在坐，恐操杀衡，乃从容进曰："祢衡罪

◎后来，曹操抓住他的一句话大做孔融文章。因为孔子二十世孙如此说过："父母与人无亲，譬若瓶器，寄盛其中。"还说过："若遭饥馑，而父不肖，宁瞻活馀人。"曹操不纠举你的一贯反曹、反政府的言论，而是以子之道，反治子身，孝，是儒家正意，你说此话，该当何罪？

◎自大狂，是一种病态，总是错误地看轻对手，而对自己估值过高，但文学史承认文学，不买账傻狂。至今人们都记得住曹操的"对酒当歌，人生几何？"可祢衡的《鹦鹉赋》，几乎很少有人读过。

同胥靡，不足发明王之梦。"操指衡而言曰："令汝往荆州为使。如刘表来降，便用汝作公卿。"衡不肯往。操教备马三匹，令二人扶挟而行；却教手下文武，整酒于东门外送之。荀彧曰："如祢衡来，不可起身。"衡至，下马入见，众皆端坐。衡放声大哭。荀彧问曰："何为而哭？"衡曰："行于死柩之中，如何不哭？"众皆曰："吾等是死尸，汝乃无头狂鬼耳！"衡曰："吾乃汉朝之臣，不作曹瞒之党，安得无头？"众欲杀之。荀彧急止之曰："量鼠雀之辈，何足污刀！"衡曰："吾乃鼠雀，尚有人性；汝等只可谓之蜾虫！"众恨而散。

衡至荆州，见刘表毕，虽颂德，实讥讽。表不喜，令去江夏见黄祖。或问表曰："祢衡戏谑主公，何不杀之？"表曰："祢衡数辱曹操，操不杀者，恐失人望；故令作使于我，欲借我手杀之，使我受害贤之名也。吾今遣去见黄祖，使曹操知我有识。"众皆称善。

时袁绍亦遣使至。表问众谋士曰："袁本初又遣使来，曹孟德又差祢衡在此，当从何便？"从事中郎将韩嵩进曰："今两雄相持，将军若欲有为，乘此破敌可也。如其不然，将择其善者而从之。今曹操善能用兵，贤俊多归，其势必先取袁绍，然后移兵向江东，恐将军不能御；莫若举荆州以附操，操必重待将军矣。"表曰："汝且去许都，观其动静，再作商

◎孔融因祢衡替他骂人而出了气，祢衡因替孔融骂人而咽了气，这笔账该怎么算呢？

◎当时有识之士，已看到袁绍势重而实不强、曹操力薄而本不弱的实质区别，"善能用兵，贤俊多归"八字，足以说明曹操必胜的原因了。

议。"嵩曰："君臣各有定分。嵩今事将军，虽赴汤蹈火，一唯所命。将军若能上顺天子，下从曹公，使嵩可也；如持疑未定，嵩到京师，天子赐嵩一官，则嵩为天子之臣，不复为将军死矣。"表曰："汝且先往观之。吾别有主意。"嵩辞表，到许都见操。操遂拜嵩为侍中，领零陵太守。荀彧曰："韩嵩来观动静，未有微功，重加此职。祢衡又无音耗，丞相遣而不问，何也？"操曰："祢衡辱吾太甚，故借刘表手杀之，何必再问？"遂遣韩嵩回荆州说刘表。嵩回见表，称颂朝廷盛德，劝表遣子入侍。表大怒曰："汝怀二心耶！"欲斩之。嵩大叫曰："将军负嵩，嵩不负将军！"蒯良曰："嵩未去之前，先有此言矣。"刘表遂赦之。

人报黄祖斩了祢衡，表问其故，对曰："黄祖与祢衡共饮，皆醉。祖问衡曰：'君在许都有何人物？'衡曰：'大儿孔文举，小儿杨德祖。除此二人，别无人物。'祖曰：'似我何如？'衡曰：'汝似庙中之神，虽受祭祀，恨无灵验！'祖大怒曰：'汝以我为土木偶人耶！'遂斩之。衡至死骂不绝口。"刘表闻衡死，亦嗟呀不已，令葬于鹦鹉洲边。后人有诗叹曰：

黄祖才非长者俦，祢衡珠碎此江头。
今来鹦鹉洲边过，惟有无情碧水流。

◎在封建社会里，握权者最乐于使用的对付知识阶层的手段，莫过于文字狱。只要将一两个异己文人关进去，就能对其他不安分的同类，起到杀鸡给猴看的作用。对封建帝王而言，这是一项投入较少，产出却大的统治行为，只消深文周纳，上纲上线，几乎无须动用国帑，就能获得耳根清净的效果，何乐而不为之？在这方面，一辈子没当皇帝，可比皇帝还皇帝的曹操，算得上成就突出的一位。

◎祢衡确系自讨死也！

◎荀彧这番话，是站在汉的立场，还是曹的立场，另说，但却是袁曹官渡决战的先声。

◎梦中无刘备的份，可见当时在人们的观感中，他的实力是无足轻重的。

　　却说曹操知祢衡受害，笑曰："腐儒舌剑，反自杀矣！"因不见刘表来降，便欲兴兵问罪。荀彧谏曰："袁绍未平，刘备未灭，而欲用兵江汉，是犹舍心腹而顾手足也。可先灭袁绍，后灭刘备，江汉可一扫而平矣。"操从之。

　　且说董承自刘玄德去后，日夜与王子服等商议，无计可施。建安五年，元旦朝贺，见曹操骄横愈甚，感愤成疾。帝知国舅染病，令随朝太医前去医治。此医乃洛阳人，姓吉，名太，字称平，人皆呼为吉平，当时名医也。平到董承府用药调治，旦夕不离；常见董承长吁短叹，不敢动问。

　　时值元宵，吉平辞去，承留住，二人共饮。饮至更馀，承觉困倦，就和衣而睡。忽报王子服等四人至，承出接入。服曰："大事谐矣！"承曰："愿闻其说。"服曰："刘表结连袁绍，起兵五十万，共分十路杀来。马腾结连韩遂，起西凉军七十二万，从北杀来。曹操尽起许昌兵马，分头迎敌，城中空虚。若聚五家僮仆，可得千馀人。乘今夜府中大宴，庆赏元宵，将府围住，突入杀之。不可失此机会！"承大喜，即唤家奴各人收拾兵器，自己披挂绰枪上马，约会都在内门前相会，同时进兵。夜至二鼓，众兵皆到。董承手提宝剑，徒步直入，见操设宴后堂，大叫："操贼休走！"一剑剁去，随手而倒。霎时觉来，乃南柯一梦，口中犹骂"操贼"不止。吉平向前叫曰："汝欲害曹公乎？"

承惊惧不能答。吉平曰："国舅休慌。某虽医人，未尝忘汉。某连日见国舅嗟叹，不敢动问。恰才梦中之言，已见真情，幸勿相瞒。倘有用某之处，虽灭九族，亦无后悔！"承掩面而哭曰："只恐汝非真心！"平遂咬下一指为誓。

◎如此密谋，已无密可言，不败才怪！

　　承乃取出衣带诏，令平视之；且曰："今之谋望不成者，乃刘玄德、马腾各自去了，无计可施，因此感而成疾。"平曰："不消诸公用心。操贼性命，只在某手中。"承问其故。平曰："操贼常患头风，痛入骨髓；才一举发，便召某医治。如早晚有召，只用一服毒药，必然死矣，何必举刀兵乎？"承曰："若得如此，救汉朝社稷者，皆赖君也！"时吉平辞归。承心中暗喜，步入后堂，忽见家奴秦庆童同侍妾云英在暗处私语。承大怒，唤左右捉下，欲杀之。夫人劝免其死，各人杖脊四十，将庆童锁于冷房。庆童怀恨，黄夜将铁锁扭断，跳墙而出，径入曹操府中，告有机密事。操唤入密室问之。庆童云："王子服、吴子兰、种辑、吴硕、马腾五人在家主府中商议机密，必然是谋丞相。家主将出白绢一段，不知写着甚的。近日吉平咬指为誓，我也曾见。"曹操藏匿庆童于府中，董承只道逃往他方去了，也不追寻。

◎对医生来讲，希波克拉底誓言的职业道德，是不应该违反的。

◎小不忍则乱大谋，最怕就是感情冲动，加之处置过分，以致激生事变。这位国舅看来只配做梦，不配做事。即或这回不栽倒在家奴告密上，早晚也要败露在别人手中。

　　次日，曹操诈患头风，召吉平用药。平自思曰："此贼合休！"暗藏毒药入府。操卧于床上，令平下药。平曰："此病可一服即愈。"教取药罐，当面煎之。药已半干，平已暗下毒药，亲自送上。操知有毒，故意迟延不服。平曰："乘热服之，少汗即愈。"操起曰："汝既读儒书，必知礼义：君有疾饮药，臣先尝之；父有疾饮药，子先尝之。汝为我心腹之人，何不先尝而后进？"平曰："药以治病，何用人尝？"平知事已泄，纵步向前，扯住操耳而灌之。操推药泼地，砖皆迸裂。操未及言，左右已将吉平执下。操曰："吾岂有疾，特试汝耳！汝果有害我之心！"遂唤二十个精壮狱卒，执平至后园拷问。操坐于亭上，将平缚倒于地。吉平面不改容，略无惧怯。操笑曰："量汝是个医人，安敢下毒害我？必有人唆使你来。你说出那人，我便饶你。"平叱之曰："汝乃欺君罔上之贼，天下皆欲杀汝，岂独我乎！"操再三磨问。平怒曰："我自欲杀汝，安有人使我来？今事不成，惟死而已！"操怒，教狱卒痛打。打到两个时辰，皮开肉裂，血流满阶。操恐打死，无可对证，令狱卒揪去静处，权且将息。

传令次日设宴，请众大臣饮酒。惟董承托病不来。王子服等皆恐操生疑，只得俱至。操于后堂设席。酒行数巡，曰："筵中无可为乐，我有一人，可为众官醒酒。"教二十个狱卒："与吾牵来！"须臾，只见一长枷钉着吉平，拖至阶下。操曰："众官不知，此人连结恶党，欲反背朝廷，谋害曹某；今日天败，请听口词。"操教先打一顿，昏绝于地，以水喷面。吉平苏醒，睁

◎采用这种暗害手段，近乎潘金莲鸩毒武大的勾当，大概也是走投无路，无计可施了。

目切齿而骂曰："操贼！不杀我，更待何时！"操曰："同谋者先有六人，与汝共七人耶！"平只是大骂。王子服等四人面面相觑，如坐针毡。操教一面打，一面喷。平并无求饶之意。操见不招，且教牵去。

◎中国文人的软弱性，于此可见。

众官席散，操只留王子服等四人夜宴。四人魂不附体，只得留待。操曰："本不相留，争奈有事相问。汝四人不知与董承商议何事？"子服曰："并未商议甚事。"操曰："白绢中写着何事？"子服等皆隐讳。操教唤出庆童对证。子服曰："汝于何处见来？"庆童曰："你回避了众人，六人在一处画字，如何赖得？"子服曰："此贼与国舅侍妾通奸，被责诬主，不可听也。"操曰："吉平下毒，非董承所使而谁？"子服等皆言不知。操曰："今晚自首，尚犹可恕；若待事发，其实难容！"子服等皆言并无此事。操叱左右将四人拿住监禁。

次日，带领众人径投董承家探病。承只得出迎。操曰："缘何夜来不赴宴？"承曰："微疾未痊，不敢轻出。"操曰："此是忧国家病耳。"承愕然。操曰："国舅知吉平事乎？"承曰："不知。"操冷笑曰："国舅如何不知？"唤左右："牵来与国舅起病。"承举措无地。须臾，二十狱卒推吉平至阶下。吉平大骂："曹操逆贼！"操指谓承曰："此人曾攀下王子服等四人，吾已拿下廷尉。尚有一人，未曾捉获。"因问平曰："谁使汝来药我？可速招出！"平曰："天使我来杀逆

◎当时，反曹的一方，不仅有文化界孔融、祢衡之造舆论，有官员中董承、刘备之搞政变，甚至就在曹的身边，也有想暗杀他的。《资治通鉴》载："操常从士徐他等谋杀操，入操帐，见校尉许褚，色变，褚觉而杀之。"这也是封建社会统治者更迭期间，难免的血雨腥风。老主子要夺回江山，新老板要巩固政权，不掉若干脑袋，不开多次杀戒，是不会定局的。

◎至少这位医生还敢骂，"如坐针毡"的那几位，连个屁也不敢放了。

◎这个董承，因其女为献帝贵人而称国舅，曾为董卓女婿牛辅的部曲，与四条汉子熟悉，遂参与到献帝由长安移驾洛阳的活动中来，这是一个多方争夺战，从公元195年二月，一直打到196年七月才结束，参与者都非良善之辈。因而王夫之对他评价很低："董承者，与乱相终始，无定虑而好逞其意计者也。"

贼！"操怒教打。身上无容刑之处。承在座观之，心如刀割。操又问平曰："你原有十指，今如何只有九指？"平曰："嚼以为誓，誓杀国贼！"操教取刀来，就阶下截去其九指，曰："一发截了，教你为誓！"平曰："尚有口可以吞贼，有舌可以骂贼！"操令割其舌。平曰："且勿动手。吾今熬刑不过，只得供招。可释吾缚。"操曰："释之何碍？"遂命解其缚。平起身望阙拜曰："臣不能为国家除贼，乃天数也！"拜毕，撞阶而死。操令分其肢体号令。时建安五年正月也。史官有诗曰：

汉朝无起色，医国有称平；
立誓除奸党，捐躯报圣明。
极刑词愈烈，惨死气如生。
十指淋漓处，千秋仰异名。

操见吉平已死，教左右牵过秦庆童至面前。操曰："国舅认得此人否？"承大怒曰："逃奴在此！即当诛之！"操曰："他首告谋反，今来对证，谁敢诛之？"承曰："丞相何故听逃奴一面之说？"操曰："王子服等吾已擒下，皆招证明白，汝尚抵赖乎？"即唤左右拿下，命从人直入董承卧房内，搜出衣带诏并义状。操看了，笑曰："鼠辈安敢如此！"遂命："将董承全家良贱，尽皆监禁，休教走脱一个。"操回府以诏状示众谋士商议，要废献帝，更立新君。

正是：

　　　　数行丹诏成虚望，一纸盟书惹祸殃。

未知献帝性命如何，且听下文分解。

◎与可谋者谋之，相得益彰；与不可谋者，千万别共谋之，弄不好，反受其累，也未可知。伏完所荐非人，献帝所托非人，连个衣带诏都藏不好的无能之辈，还想搞什么阴谋？

　　近代学者陈寅恪说过："夫曹孟德者，旷世之枭杰也。其在汉末，欲取刘氏之皇统而代之，则必先摧破其劲敌士大夫阶级精神上之堡垒，即汉代儒家思想。"所以，他杀崔琰，杀孔融，杀杨修，杀祢衡，肉体上的摧破，是最彻底的消灭法了。

　　因此，无论在处置董承衣带诏案，吉平下毒案，还是在收拾祢衡骂街案，孔融、杨修案，曹操都是着眼于"摧破其劲敌"，也就是以儒家思想为精神基础的士大夫阶级这个大目标，是半点也不温柔的。

　　如果考虑到文人之间的嫉妒因素，拥有最高和最大权力的人也舞文弄墨的话，对于在他统治下的文人来说，绝非什么幸事。

第二十四回

国贼行凶杀贵妃
皇叔败走投袁绍

刘备刚刚在相府花园，被曹操捧为"天下英雄，唯使君与操耳"，紧接着，在官渡准备与袁绍决战前夕，曹操要腾出手来好好收拾一下这位"英雄"了。

曹操所以如此做，一是战争需要，一是感情因素。前者，先扫清外围，清除垃圾，后集中力量，聚歼主敌；后则因为衣带诏事件暴露，其中成员竟有他誉为英雄的刘备，使他大丢面子，这个英雄竟然一边和他青梅煮酒，一边盘算着怎么暗杀他。虽然《青梅煮酒论英雄》故事乃罗贯中的演义，但在董承谋泄之前，曹操本来遣刘备去打袁术，他一出门转头向东，"至下邳，遂杀徐州刺史车胄，举兵屯沛"，接下来，"曹操遣刘岱、王忠击之，不克"。这是史实，逃出曹操羁縻的刘备，竟然让刘岱、王忠捎语，挑衅曹操："备谓岱等曰'使汝百人来，其无如我何，曹公自来，未可知耳。'"（《献帝春秋》）

于是，建安"五年春正月，董承等谋泄，皆伏诛"。火上加火的曹操，"将自东征备"。曹操一生，还很少遭到如此羞辱。

《三国志·武帝纪》载："诸将皆曰：'与公争天下者，袁绍也。今绍方来而弃之东，绍乘人后，若何？'公曰：'夫刘备，人杰也，今不击，必为后患。袁绍虽有大志，而见事迟，必不动也。'郭嘉亦劝公，遂东击备，破之。"

气极了的曹操，这一回差一点敲碎刘备的脑袋。《魏书》说，天下英雄两位中的这一位，压根不相信曹操会亲征，"自勒精兵征备，而候骑卒至，言曹公自来，备大惊，然犹未信。自将数十骑出望公军，见麾旌，便弃众而走"。由此可以想象当时的刘备该是多么狼狈？不过，出于做过生意的人的本能，一看大事不好，连忙拔腿开溜。他没有想到，这一回识破他韬晦的曹操，真正的愤怒，真正的打击，确是雷霆万钧。

于是，老婆丢了，关羽降了，队伍散了，人心没了，他只能逃之夭夭，匹马走青州。日行三百里，投靠袁绍。

看起来，曹操是想得天下的，孙氏兄弟是想保卫家乡的，刘关张从来没想过得天下，也没有家乡可保，截至目前为止，充其量不过是不堪一击的三个混混而已。

却说曹操见了衣带诏，与众谋士商议，欲废却献帝，更择有德者立之。程昱谏曰："明公所以能威震四方，号令天下者，以奉汉家名号故也。今诸侯未平，遽行废立之事，必起兵端矣。"操乃止。只将董承等五人，并其全家老小，押送各门处斩。死者共七百馀人。城中官民见者，无不下泪。后人有诗叹董承曰：

> 密诏传衣带，天言出禁门。
> 当年曾救驾，此日更承恩。
> 忧国成心疾，除奸入梦魂。
> 忠贞千古在，成败复谁论。

又有叹王子服等四人诗曰：

> 书名尺素矢忠谋，慷慨思将君父酬。
> 赤胆可怜捐百口，丹心自是足千秋。

且说曹操既杀了董承等众人，怒气未消，遂带剑入宫，来弑董贵妃。——贵妃乃董承之妹，帝幸之，已怀孕五月。——当日帝在后宫，正与伏皇后私论董承之事至今尚无音耗。忽见曹操带剑入宫，面有怒容，帝大惊失色。操曰："董承谋反，陛下知否？"帝曰："董卓已诛矣。"操大声曰："不是董卓！是董

◎曹操是明白人，一点就透。刚刚废立过少帝的董卓，便是前车之鉴。虽然，他手里也不是没有备胎，那个死掉的刘焉，那个还活着的刘晔，而且都是汉光武帝刘秀的嫡系子孙。

承！"帝战慄曰："朕实不知。"操曰："忘了破指修诏耶？"帝不能答。操叱武士擒董妃至。帝告曰："董妃有五月身孕，望丞相见怜。"操曰："若非天败，吾已被害。岂得复留此女，为吾后患！"伏后告曰："贬于冷宫，待分娩了，杀之未迟。"操曰："欲留此逆种，为母报仇乎？"董妃泣告曰："乞全尸而死，勿令彰露。"操令取白练至面前。帝泣谓妃曰："卿于九泉之下，勿怨朕躬！"言讫，泪下如雨。伏后亦大哭。操怒曰："犹作儿女态耶！"叱武士牵出，勒死于宫门之外。后人有诗叹董妃曰：

春殿承恩亦枉然，伤哉龙种并时捐。

堂堂帝主难相救，掩面徒看泪涌泉。

◎可怜皇帝！一旦成为傀儡，便只有任人摆布了。

操谕监宫官曰："今后但有外戚宗族，不奉吾旨，辄入宫门者，斩。守御不严，与同罪。"又拨心腹人三千充御林军，令曹洪统领，以为防察。

操谓程昱曰："今董承等虽诛，尚有马腾、刘备，亦在此数，不可不除。"昱曰："马腾屯军西凉，未可轻取；但当以书慰劳，勿使生疑，诱入京师，图之可也。刘备现在徐州，分布掎角之势，亦不可轻敌。况今袁绍屯兵官渡，常有图许都之心。若我一旦东征，刘备势必求救于绍。绍乘虚来袭，何以当之？"操曰："非也。备乃人杰也，今若不击，待其羽翼既成，急

◎历史小说终究不是历史，何况《三国演义》取材于不同史料和民间口头文学，又经不同观点的改编者加以整理，因此对人物性格描写的矛盾之处，唯有靠读小说的人加以取舍，创造自己心目中的人物了。

难图矣。袁绍虽强，事多怀疑不决，何足忧乎！"正议间，郭嘉自外而入。操问曰："吾欲东征刘备，奈有袁绍之忧，如何？"嘉曰："绍性迟而多疑，其谋士各相妒忌，不足忧也。刘备新整军兵，众心未服，丞相引兵东征，一战可定矣。"操大喜曰："正合吾意。"遂起二十万大军，分兵五路下徐州。

细作探知，报入徐州。孙乾先往下邳报知关公，随至小沛报知玄德。玄德与孙乾计议曰："此必求救于袁绍，方可解危。"于是玄德修书一封，遣孙乾至河北。乾乃先见田丰，具言其事，求其引进。丰即引孙乾入见绍，呈上书信。只见绍形容憔悴，衣冠不整。丰曰："今日主公何故如此？"绍曰："我将死矣！"丰曰："主公何出此言？"绍曰："吾生五子，惟最幼者极快吾意；今患疥疮，命已垂绝。吾有何心更论他事乎？"丰曰："今曹操东征刘玄德，许昌空虚，若以义兵乘虚而入，上可以保天子，下可以救万民。此不易得之机会也，惟明公裁之。"绍曰："吾亦知此最好，奈我心中恍惚，恐有不利。"丰曰："何恍惚之有？"绍曰："五子中惟此子生得最异，倘有疏虞，吾命休矣。"遂决意不肯发兵，乃谓孙乾曰："汝回见玄德，可言其故。倘有不如意，可来相投，吾自有相助之处。"田丰以杖击地曰："遭此难遇之时，乃以婴儿之病，失此机会！大事去矣，可痛惜哉！"跌足长叹而出。

◎一个绝对优势的军队，败于一个绝对劣势的军队，这就是官渡之战，所以成为战争史上教例的缘故。这也是曹操兵抵黎阳（河南浚县）之后，只是积极防御，而不主动进攻的原因。说到底，他本钱少，经不起消耗。据《三国志》《资治通鉴》，均记载袁军为精兵十万，战马万匹；其兵力确有十万人之多。《三国志》注引孙盛文，"绍之大举，必悉师而起，十万近之矣"。曹军方面，据《三国志·武帝纪》，"曹公兵不满万，伤者十二三"，系指其精锐部队，应该还包括一些地方部队，总数当不足两万，五与一之比，大抵是正确的。袁绍之败，还是败在自己，非战之罪也，因为孩子生病而精神恍惚，错失战机，只此一例，不败何待。

孙乾见绍不肯发兵，只得星夜回小沛见玄德，具说此事。玄德大惊曰："似此如之奈何？"张飞曰："兄长勿忧。曹兵远来，必然困乏；乘其初至，先去劫寨，可破曹操。"玄德曰："素以汝为一勇夫耳。前者捉刘岱时，颇能用计；今献此策，亦中兵法。"乃从其言，分兵劫寨。

且说曹操引军往小沛来。正行间，狂风骤至，忽听一声响亮，将一面牙旗吹折。操便令军兵且住，聚众谋士问吉凶。荀彧曰："风从何方来？吹折甚颜色旗？"操曰："风自东南方来，吹折角上牙旗，旗乃青红二色。"彧曰："不主别事，今夜刘备必来劫寨。"操点头。忽毛玠入见曰："方才东南风起，吹折青红牙旗一面。主公以为主何吉凶？"操曰："公意若何？"毛玠曰："愚意以为今夜必主有人来劫寨。"后人有诗叹曰：

　　吁嗟帝胄势孤穷，全仗分兵劫寨功。
　　争奈牙旗折有兆，老天何故纵奸雄？

操曰："天报应我，当即防之。"遂分兵九队，只留一队向前虚扎营寨，馀众八面埋伏。是夜月色微明。玄德在左，张飞在右，分兵两队进发；只留孙乾守小沛。

且说张飞自以为得计，领轻骑在前，突入操寨，但见零零落落，无多人马，四边火光大起，喊声齐举。

飞知中计，急出寨外。正东张辽、正西许褚、正南于禁、正北李典、东南徐晃、西南乐进、东北夏侯惇、西北夏侯渊，八处军马杀来。张飞左冲右突，前遮后当；所领军兵原是曹操手下旧军，见事势已急，尽皆投降去了。飞正杀间，逢着徐晃大杀一阵，后面乐进赶到。飞杀条血路突围而走，只有数十骑跟定。欲还小沛，去路已断；欲投徐州、下邳，又恐曹军截住；寻思无路，只得望芒砀山而去。

却说玄德引军劫寨，将近寨门，忽然喊声大震，后面冲出一军，先截去了一半人马。夏侯惇又到。玄德突围而走，夏侯渊又从后赶来。玄德回顾，止有三十馀骑跟随；急欲奔还小沛，早望见小沛城中火起，只得弃了小沛；欲投徐州、下邳，又见曹军漫山塞野，截住去路。玄德自思无路可归，想："袁绍有言，'倘不如意，可来相投'，今不若暂往依栖，别作良图。"遂望青州路而走，正逢李典拦住。玄德匹马落荒望北而逃，李典掳将从骑去了。

且说玄德匹马投青州，日行三百里，奔至青州城下叫门。门吏问了姓名，来报刺史。刺史乃袁绍长子袁谭。谭素敬玄德，闻知匹马到来，即便开门相迎，接入公廨，细问其故。玄德备言兵败相投之意。谭乃留玄德于馆驿中住下，发书报父袁绍；一面差本州人马，护送玄德。至平原界口，袁绍亲自引众出邺郡三十里迎接玄德。玄德拜谢，绍忙答礼曰："昨为

◎刘备此时无论在政治上还是在军事上，都不够成熟。怎么能用张飞这类儿戏去和大军压境的曹操交手？对付刘岱可以，对付曹操则不可以。难道不知道曹操是劫寨断粮的行家，会让你占了便宜？

◎曹操除掉吕布之后，刘备就升格了，由潜在的野心家成为面对的敌手，"卧榻之旁，岂容他人鼾睡？"这次就轮着他了。

◎此时刘备穷途末路，说出这话，也易，但也难，因为他终究不是昨日站在公孙瓒背后的那个刘备了。

◎陈登是极明智的利己主义者，在刘备与曹操之间，他倾向后者：曹操攻刘，他不出半点主意；曹操进了徐州，他鼓掌欢迎，如遇故人。

小儿抱病，有失救援，于心怏怏不安。今幸得相见，大慰平生渴想之思。"玄德曰："孤穷刘备，久欲投于门下，奈机缘未遇。今为曹操所攻，妻子俱陷，想将军容纳四方之士，故不避羞惭，径来相投。望乞收录，誓当图报。"绍大喜，相待甚厚，同居冀州。

且说曹操当夜取了小沛，随即进兵攻徐州。糜竺、简雍守把不住，只得弃城而走。陈登献了徐州。曹操大军入城，安民已毕，随唤众谋士议取下邳。荀彧曰："云长保护玄德妻小，死守此城。若不速取，恐为袁绍所窃。"操曰："吾素爱云长武艺人材，欲得之以为己用，不若令人说之使降。"郭嘉曰："云长义气深重，必不肯降。若使人说之，恐被其害。"帐下一人出曰："某与关公有一面之交，愿往说之。"众视之，乃张辽也。程昱曰："文远虽与云长有旧，吾观此人，非可以言词说也。某有一计，使此人进退无路，然后用文远说之，彼必归丞相矣。"正是：

整备窝弓射猛虎，安排香饵钓鳌鱼。

未知其计若何，且听下文分解。

在《三国演义》中，袁绍是一个负面人物，其实不然。他曾经很正面，领过一代风骚。

据《三国志》："袁绍字本初，汝南汝阳人也。高祖父安，为汉司徒，自安以下，四世居三公位，由是势倾天下。"如此豪门贵族，如此高官门第，可见他的声势威望，他的背景根基，是多么了不起了。《三国志》还说他"有姿貌威容，能折节下士，士多附之"，"当是时，豪侠多附绍，皆思为之报，州群蜂起，莫不假其名"，"绍外宽雅，有局度，忧喜不形于色"。从此可见，早年的他，是一个具有领袖气度，而且出类拔萃的人物。

你不能不认可，他是第一个站出来公然挑战董卓者，也是第一个主盟，自号车骑将军，起兵勃海，将以诛卓的诸侯。曹操矫诏十七镇组反董联军，是稍后的事情。

按谋士沮授所说的这个盛时的袁绍："将军弱冠登朝，则播名海内，值废立之际，则忠义奋发，单骑出奔，则董卓怀怖，济河而北，则勃海稽首，振一郡之卒，撮冀州之众，威振河朔，名重天下。"与罗贯中《三国演义》中的袁绍，判若两人。

自从曹操刺卓开始，到十八路诸侯会盟讨董失败以后，这位出身高门、四世三公的贵族子弟，便一步步走向负面。司马光在《资治通鉴》里说他"短于从善"，说他"外宽内忌，好谋无决，有才而不能用，闻善而不能纳"，《三国志》则说他"外宽内忌，好谋无决，有才而不能用，闻善而不能纳，废嫡立庶，舍礼崇爱，以至后嗣颠蹶，社稷倾覆"。这些官方评价，大抵是准确的。

历史就是这样开玩笑的，"君子之泽，五世而斩"，这些大人物的退化程度，实在是骇人的。

第二十五回

屯土山关公约三事
救白马曹操解重围

　　历代中国人其实并不关注意识形态，但在这部演义小说的潜移默化下，关羽从这部书中走出来，在人们的心目中，不再是小说中的一个人物，而是中国人主流意识形态，正义、公义、义气的代表，成为众人虔拜，万民信仰，既不属于佛教，也不属于道教，一位人间化的神灵，严格地说是一位编制外的神。虽然并不具有那些天上地下，各路神仙的法力，但他却拥有那些天上地下各路神仙所没有的义的威严、义的惩罚、义的神灵，因为他是义的代表，也是义的化身。

　　这是小说的奇迹，读者和作者共同塑造出一尊神，走出书外，形成一种关帝崇拜的意识形态，这是中国文学的特创，甚至在全世界也是唯一。

　　据《三国志》这部官方的史书，关羽只能算是一员虎将，与张飞、马超、黄忠、赵云并传，并评曰："关羽、张飞皆称万人之敌，为世虎臣。羽报效曹公，飞义释严颜，并有国士之风。然羽刚而自矜，飞暴而无恩，以短取败，理数之常也。"关羽，既有万人之敌而成盖世英雄的一面，也有刚而自矜导致荆州之失以致蜀亡的一面，就其战绩、政绩来看，也不能说是一个优秀的军事家和政治家。他不是一个超凡的人，然而他却成了神，这是个很值得研究的中国人的造神现象。

　　关羽崇拜的形成，是明清以来中国封建社会发展的必然，长期专制统治下的中国老百姓，实际上并未摆脱奴隶制度下人身依附的契约关系，除了最高统治者外，所有中国人都是比他高一等的人的奴才，既没有自主权，也没有安全感，正因为掌握不了自己的命运，无可求助的中国人，不仰赖于神祇的佑护，焉有他法？

　　这种民众创造出来的神，要比统治者或个人迷信，或造神运动所强加给老百姓的神，生命力要长远得多。

却说程昱献计曰："云长有万人之敌，非智谋不能取之。今可即差刘备手下投降之兵，入下邳，见关公，只说是逃回的，伏于城中为内应；却引关公出战，诈败佯输，诱入他处，以精兵截其归路，然后说之可也。"操听其谋，即令徐州降兵数十，径投下邳来降关公。关公以为旧兵，留而不疑。次日，夏侯惇为先锋，领兵五千来搦战。关公不出，惇即使人于城下辱骂。关公大怒，引三千人马出城，与夏侯惇交战。约战十馀合，惇拨回马走。关公赶来，惇且战且走。关公约赶二十里，恐下邳有失，提兵便回。只听得一声炮响，左有徐晃，右有许褚，两队军截住去路。关公夺路而走，两边伏兵排下硬弩百张，箭如飞蝗。关公不得过，勒兵再回，徐晃、许褚接住交战。关公奋力杀退二人，引军欲回下邳，夏侯惇又截住厮杀。公战至日晚，无路可归，只得到一座土山，引兵屯于山头，权且少歇。曹兵团团将土山围住。关公于山上遥望下邳城中火光冲天。——却是那诈降兵卒偷开城门，曹操自提大军杀入城中，只教举火以惑关公之心。——关公见下邳火起，心中惊惶，连夜几番冲下山来，皆被乱箭射回。

捱到天晓，再欲整顿下山冲突，忽见一人跑马上山来，视之乃张辽也。关公迎谓曰："文远欲来相敌耶？"辽曰："非也。想故人旧日之情，特来相见。"遂弃刀下马，与关公叙礼毕，坐于山顶。公曰："文远

◎可怜啊，刘关张没有谋士的支持，便如螃蟹失脚，无法横行，连这些细小的地方也会有闪失。

◎张辽是一位有政治头脑的将军，曹操把他派来做说客，一是借重他和关羽的友谊，二是借重他那能够晓之以义、动之以情的口才。

莫非说关某乎？"辽曰："不然。昔日蒙兄救弟，今日弟安得不救兄？"公曰："然则文远将欲助我乎？"辽曰："亦非也。"公曰："既不助我，来此何干？"辽曰："玄德不知存亡，翼德未知生死。昨夜曹公已破下邳，军民尽无伤害，差人护卫玄德家眷，不许惊扰。如此相待，弟特来报兄。"关公怒曰："此言特说我也。吾今虽处绝地，视死如归。汝当速去，吾即下山迎战。"张辽大笑曰："兄此言岂不为天下笑乎？"公曰："吾仗忠义而死，安得为天下笑？"辽曰："兄今即死，其罪有三。"公曰："汝且说我那三罪？"辽曰："当初刘使君与兄结义之时，誓同生死；今使君方败，而兄即战死，倘使君复出，欲求兄相助，而不可复得，岂不负当年之盟誓乎？其罪一也。刘使君以家眷付托于兄，兄今战死，二夫人无所依赖，负却使君依托之重。其罪二也。兄武艺超群，兼通经史，不思共使君匡扶汉室，徒欲赴汤蹈火，以成匹夫之勇，安得为义？其罪三也。兄有此三罪，弟不得不告。"

公沉吟曰："汝说我有三罪，欲我如何？"辽曰："今四面皆曹公之兵，兄若不降，则必死；徒死无益，不若且降曹公；却打听刘使君音信，如知何处，即往投之。一者可以保二夫人，二者不背桃园之约，三者可留有用之身：有此三便，兄宜详之。"公曰："兄言三便，吾有三约。若丞相能从，我即当卸甲；如其不允，吾宁受三罪而死。"辽曰："丞相宽洪大量，何所

◎张辽好一张嘴！先将关羽逼到墙角，无回旋余地，然后再给他台阶下。

◎"且降"与"降"，有什么区别吗？

不容。愿闻三事。"公曰："一者，吾与皇叔设誓，共扶汉室，吾今只降汉帝，不降曹操；二者，二嫂处请给皇叔俸禄养赡，一应上下人等，皆不许到门；三者，但知刘皇叔去向，不管千里万里，便当辞去：三者缺一，断不肯降。望文远急急回报。"张辽应诺，遂上马，回见曹操，先说降汉不降曹之事。操笑曰："吾为汉相，汉即吾也。此可从之。"辽又言："二夫人欲请皇叔俸给，并上下人等不许到门。"操曰："吾于皇叔俸内，更加倍与之。至于严禁内外，乃是家法，又何疑焉？"辽又曰："但知玄德信息，虽远必往。"操摇首曰："然则吾养云长何用？此事却难从。"辽曰："岂不闻豫让'众人国士'之论乎？刘玄德待云长不过恩厚耳。丞相更施厚恩以结其心，何忧云长之不服也？"操曰："文远之言甚当，吾愿从此三事。"

　　张辽再往山上回报关公。关公曰："虽然如此，暂请丞相退军，容我入城见二嫂，告知其事，然后投降。"张辽再回，以此言报曹操。操即传令，退军三十里。荀彧曰："不可，恐有诈。"操曰："云长义士，必不失信。"遂引军退。关公引兵入下邳，见人民安妥不动，竟到府中，来见二嫂。甘、糜二夫人听得关公到来，急出迎之。公拜于阶下曰："使二嫂受惊，某之罪也。"二夫人曰："皇叔今在何处？"公曰："不知去向。"二夫人曰："二叔今将若何？"公曰："关某出城死战，被困土山，张辽劝我投降，我以三事相

◎降谁都是降，名目上的好听，并不能掩饰投降的事实，直说了吧关老爷，您这就叫自欺欺人。

◎此语豪壮！

◎曹操好大气魄，一退三十里，这才叫真正的统帅，岂是后世那些有操之诡诈，而无操之才略者能比拟的？"退避三舍"，典出《左传·僖公二十三年》，曹操对关羽的心攻，可谓做到极致地步了。

◎也太小看荀彧了，他会这样没头脑？作为曹操的文胆，焉能如此浅薄？

◎这个曹操和那个杀董妃、董承、王子服数百口的曹操，是一个人吗？

◎事实上，除颜良外，华雄、文丑，均非死于关羽之手，小说家的演义而已。

◎这些情节都是关羽成圣成帝，被后人高山仰止的说辞。中国人能造出关公这样一位尊神，而这位尊神又最为老百姓，尤其是工商业者所拥戴，很大程度上是由于中国封建社会中，长期实行重农抑商政策的结果。因为手工业者和商人，哪怕你腰缠万贯，也为世家所不齿，世世代代被目为贱民。南宋以降，城市发展，商业繁荣，但市民阶层在社会上仍受歧视，又无农村的退路。加之捐税繁重，关卡林立，官府明抢，地痞豪夺，所以，他们切盼一个有威有灵、公正信义的保护神，作为精神支柱。这样，商贩出身的这位平民将军，刚直不阿，义薄云天，便是他们心目中的天神了。

约。曹操已皆允从，故特退兵，放我入城。我不曾得嫂嫂主意，未敢擅便。"二夫人问："那三事？"关公将上项三事，备述一遍。甘夫人曰："昨日曹军入城，我等皆以为必死；谁想毫发不动，一军不敢入门。叔叔既已领诺，何必问我二人？——只恐日后曹操不容叔叔去寻皇叔。"公曰："嫂嫂放心，关某自有主张。"二夫人曰："叔叔自家裁处，凡事不必问俺女流。"

关公辞退，遂引数十骑来见曹操。操自出辕门相接。关公下马入拜，操慌忙答礼。关公曰："败兵之将，深荷不杀之恩。"操曰："素慕云长忠义，今日幸得相见，足慰平生之望。"关公曰："文远代禀三事，蒙丞相应允，谅不食言。"操曰："吾言既出，安敢失信。"关公曰："关某若知皇叔所在，虽蹈水火，必往从之。——此时恐不及拜辞，伏乞见原。"操曰："玄德若在，必从公去；但恐乱军中亡矣。公且宽心，尚容缉听。"关公拜谢。操设宴相待。次日班师还许昌。关公收拾车仗，请二嫂上车，亲自护车而行。于路安歇馆驿，操欲乱其君臣之礼，使关公与二嫂共处一室。关公乃秉烛立于户外，自夜达旦，毫无倦色。操见公如此，愈加敬服。既到许昌，操拨一府与关公居住。关公分一宅为两院，内门拨老军十人把守，关公自居外宅。操引关公朝见献帝，帝命为偏将军。公谢恩归宅。操次日设大宴，会众谋臣武士，以客礼待关公，延之上座；又备绫锦及金银器皿相送。关公都送与二嫂收贮。关公自到许昌，操待之甚厚：小宴三日，大宴五日；又送美女十人，使侍关公。关公尽送入内门，令伏侍二嫂。却又三日一次于内门外躬身施礼，动问"二嫂安否"。二夫人回问皇叔之事毕，曰"叔叔自便"，关公方敢退回。操闻之，又叹服关公不已。

一日，操见关公所穿绿锦战袍已旧，即度其身品，取异锦作战袍一领相赠。关公受之，穿于衣底，上仍用旧袍罩之。操笑曰："云长何如此之俭乎？"公曰："某非俭也。旧袍乃刘皇叔所赐，某穿之如见兄面，不敢以丞相之新赐而忘兄长之旧赐，故穿于上。"操叹曰："真义士也！"然口虽称羡，心实不悦。

一日，关公在府，忽报："内院二夫人哭倒于地，不知为何，请将军速入。"关公乃整衣跪于内门外，问二嫂为何悲泣。甘夫人曰："我夜梦皇叔身陷于土坑之内，觉来与糜夫人论之，想在九泉之下矣！是以相哭。"关公曰："梦寐之事，不可凭信。此是嫂嫂想念之故。请勿忧愁。"

正说间，适曹操命使来请关公赴宴。公辞二嫂，往见操。操见公有泪容，问其故。公曰："二嫂思兄痛哭，不由某心不悲。"操笑而宽解之，频以酒相劝。公醉，自绰其髯而言曰："生不能报国家，而背其兄，徒为人也！"操问曰："云长髯有数乎？"公曰："约数百根。每秋月约退三五根。冬月多以皂纱囊裹之，恐其断也。"操以纱锦作囊，与关公护髯。次日，早

◎人之与人相契，确实有一种缘分在，相识不等于相知，相知不等于相契。所谓朋友，其实也是有深浅厚薄之分，古人有刎颈之交，今人所谓的"铁"，也有表面上的朋友，在心底里早就割席分歧。所以，相交若干年，始终陌如路人，相处只一面，便视作知己，是一点也不奇怪的。曹操与关羽，从温酒斩华雄那天，遭袁术申斥，当晚曹操亲携牛酒至下处抚慰起，就在意他，就欣赏他。上马金，下马银，固然是曹操的收买笼络，但也不排除这位枭雄情有独钟之处。

◎赐袍穿在里面，以不忘其旧，赐囊罩在外面，招摇过市，是什么意思呢？

朝见帝。帝见关公一纱锦囊垂于胸次，帝问之。关公奏曰："臣髯颇长，丞相赐囊贮之。"帝令当殿披拂，过于其腹。帝曰："真美髯公也！"因此人皆呼为"美髯公"。

忽一日，操请关公宴。临散，送公出府，见公马瘦，操曰："公马因何而瘦？"关公曰："贱躯颇重，马不能载，因此常瘦。"操令左右备一马来。须臾牵至。那马身如火炭，状甚雄伟。操指曰："公识此马否？"公曰："莫非吕布所骑赤兔马乎？"操曰："然也。"遂并鞍辔送与关公。关公再拜称谢。操不悦曰："吾累送美女金帛，公未尝下拜；今吾赠马，乃喜而再拜：何贱人而贵畜耶？"关公曰："吾知此马日行千里，今幸得之，若知兄长下落，可一日而见面矣。"操愕然而悔。关公辞去。后人有诗叹曰：

威倾三国著英豪，一宅分居义气高。
奸相枉将虚礼待，岂知关羽不降曹。

操问张辽曰："吾待云长不薄，而彼常怀去心，何也？"辽曰："容某探其情。"次日，往见关公。礼毕，辽曰："我荐兄在丞相处，不曾落后？"公曰："深感丞相厚意。只是吾身虽在此，心念皇叔，未尝去怀。"辽曰："兄言差矣。处世不分轻重，非丈夫也。玄德待兄，未必过于丞相，兄何故只怀去志？"公曰："吾固知曹公待吾甚厚。奈吾受刘皇叔厚恩，誓以共死，不可背之。吾终不留此。要必立效以报曹公，然后去耳。"辽曰："倘玄德已弃世，公何所归乎？"公曰："愿从于地下。"辽知公终不可留，乃告退，回见曹操，具以实告。操叹曰："事主不忘其本，乃天下之义士也！"荀彧曰："彼言立功方去，若不教彼立功，未必便去。"操然之。

却说玄德在袁绍处，旦夕烦恼。绍曰："玄德何故常忧？"玄德曰："二弟不知音耗，妻小陷于曹贼；上不能报国，下不能保家：安得不忧？"绍曰："吾欲进兵赴许都久矣。方今春暖，正好兴兵。"便商议破曹之策。田丰谏曰："前操攻徐州，许都空虚，不及此时进兵；今徐州已破，操兵方锐，未可轻敌。不如以久持之，待其有隙而后可动也。"绍曰："待我思之。"因问玄德曰："田丰劝我固守，何如？"玄德曰："曹操欺君之贼，明公若不讨之，恐失大义于天下。"绍曰："玄德之言甚善。"遂欲兴兵。田丰又谏。绍怒曰："汝等弄文轻武，使我失大义！"田丰顿首曰："若不听臣良言，出师不利。"绍大怒，欲斩之。玄德力劝，乃囚于狱中。沮授见田丰下狱，乃会其宗族，尽散家财，与之诀曰："吾随军而去，胜则威无不加，败则一身不保矣！"众皆下泪送之。

绍遣大将颜良作先锋，进攻白马。沮授谏曰："颜良性狭，虽骁勇，不可独任。"绍曰："吾之上将，

◎义在中国人的心目中，是一个理解得比较广泛的词语。譬如公义，是万世不阿的公道之义；譬如正义，是为人处世的持正之义；譬如道义，是讲求真理的德行之义。此刻关羽没有说出来，而张辽在心灵上已经体会到的，是"情比天高，义如海深"的情义。情义，也是义的一种存在方式，情和义，环环相扣，所谓"情义无价"，那分量，那价值，是以生死来称重的，自然又非局外人所能理解的了。于是，"辽知公终不可留，乃告退"。

◎沮授、田丰俱忠臣也，孔融这句话是说对了的。袁绍何许人也，他们会不清楚？知其不可谋而谋，悲剧便发生在这里。用人要有选择，被用于人，也要有选择，良禽择木而栖，还真是一句金玉良言。

◎"操引兵十五万""颜良前部精兵十万",都系演义家信口一说,不必信。袁绍此战,以强凌弱,大意是有的,他根本未动用其子袁谭、袁尚的兵力。

◎这主意高!你不让他立功,他也要走的。

非汝等可料。"大军进发至黎阳,东郡太守刘延告急许昌。曹操急议兴兵抵敌。关公闻知,遂入相府见操曰:"闻丞相起兵,某愿为前部。"操曰:"未敢烦将军。早晚有事,当来相请。"关公乃退。操引兵十五万,分三队而行。于路又连接刘延告急文书,操先提五万军亲临白马,靠土山扎住。遥望山前平川旷野之地,颜良前部精兵十万,排成阵势。操骇然,回顾吕布旧将宋宪曰:"吾闻汝乃吕布部下猛将,今可与颜良一战。"宋宪领诺,绰枪上马,直出阵前。颜良横刀立马于门旗下;见宋宪马至,良大喝一声,纵马来迎。战不三合,手起刀落,斩宋宪于阵前。曹操大惊曰:"真勇将也!"魏续曰:"杀我同伴,愿去报仇!"操许之。续上马持矛,径出阵前,大骂颜良。良更不打话,交马一合,照头一刀,劈魏续于马下。操曰:"今谁敢当之?"徐晃应声而出,与颜良战二十合,败归本阵。诸将慄然。曹操收军,良亦引军退去。

操见连折二将,心中忧闷。程昱曰:"某举一人可敌颜良。"操问是谁。昱曰:"非关公不可。"操曰:"吾恐他立了功便去。"昱曰:"刘备若在,必投袁绍。今若使云长破袁绍之兵,绍必疑刘备而杀之矣。备既死,云长又安往乎?"操大喜,遂差人去请关公。关公即入辞二嫂。二嫂曰:"叔今此去,可打听皇叔消息。"

关公领诺而出，提青龙刀，上赤兔马，引从者数人，直至白马来见曹操。操叙说："颜良连诛二将，勇不可当，特请云长商议。"关公曰："容某观之。"操置酒相待。忽报颜良搦战。操引关公上土山观看。操与关公坐，诸将环立。曹操指山下颜良排的阵势，旗帜鲜明，枪刀森布，严整有威，乃谓关公曰："河北人马，如此雄壮！"关公曰："以吾观之，如土鸡瓦犬耳！"操又指曰："麾盖之下，绣袍金甲，持刀立马者，乃颜良也。"关公举目一望，谓操曰："吾观颜良，如插标卖首耳！"操曰："未可轻视。"关公起身曰："某虽不才，愿去万军中取其首级，来献丞相。"张辽曰："军中无戏言，云长不可忽也。"关公奋然上马，倒提青龙刀，跑下山来，凤目圆睁，蚕眉直竖，直冲彼阵。河北军如波开浪裂，关公径奔颜良。颜良正在麾盖下，见关公冲来，方欲问时，关公赤兔马快，早已跑到面前；颜良措手不及，被云长手起一刀，刺于马下。忽地下马，割了颜良首级，拴于马项之下，飞身上马，提刀出阵，如入无人之境。河北兵将大惊，不战自乱。曹军乘势攻击，死者不可胜数；马匹器械，抢夺极多。关公纵马上山，众将尽皆称贺。公献首级于操前。操曰："将军真神人也！"关公曰："某何足道哉！吾弟张翼德于百万军中取上将之头，如探囊取物耳。"操大惊，回顾左右曰："今后如遇张翼德，不可轻敌。"令写于衣袍襟底以记之。

◎诛颜良，斩文丑，是关羽温酒斩华雄后，又一场武艺高强的表演。特别在写了他降汉不降曹的大义，写了他矢志不忘于兄长的忠诚，写了他金钱美色的毫不动心，写了他秉烛夜读《春秋左传》的正气浩然之后，突然间，金鼓齐鸣，万众奔腾，匹骑单刀，只见他如入无人之境，于波开浪裂的百万军中，取上将之头，读至此，焉能不随之热血沸腾？关羽成为神，其实，倒是文学家笔下竭尽渲染能事的功劳。

◎曹操也真会装腔作势。

却说颜良败军奔回，半路迎见袁绍，报说被赤面长须使大刀一勇将，匹马入阵，斩颜良而去，因此大败。绍惊问曰："此人是谁？"沮授曰："此必是刘玄德之弟关云长也。"绍大怒，指玄德曰："汝弟斩吾爱将，汝必通谋，留尔何用！"唤刀斧手推出玄德斩之。正是：

初见方为座上客，此日几同阶下囚。

未知玄德性命如何，且听下文分解。

　　关羽之能从小说中跳出来成老百姓的神，正是因为小说里充分描写了这种义薄云天的形象，符合民众的需要，便香火鼎盛起来。

　　关羽之忠诚，也符合历代统治者驾驭臣民使其效忠的需要。于是他的封号，由汉献帝的"汉寿亭侯"，到刘备的"前将军"，到刘禅的"壮缪侯"，到宋徽宗的"忠惠公"，到元文宗的"武安王"，到明万历的"三界伏魔大帝神威远镇关帝圣君"，到清代顺治、乾隆的"忠义神武关圣大帝"，一级一级地上升，成了中国人最普遍信仰，而且是官民两用不悖的神。同是这个关羽，也是被那些最底层的老百姓，最普通的中国人，自发地而不是强迫地，发自内心地而不是走走形式地虔诚敬奉。同是这个关羽，也是明清以后官方着意提倡，肯下本钱，盖庙立碑，大树特树的形象。因为这个"义"，还意味着忠诚不二，矢志如一，其实也正是历代统治者要求于他的子民者，而那些御用文人，说一千，道一万，不如盖一座关帝庙管用。于是，各取所需，各拜其是，关羽崇拜至大清王朝雍、乾两代，达到高峰。旧中国的城市中，你可能找不到一座文庙，但关帝庙绝不止一座。

第二十六回

袁本初败兵折将
关云长挂印封金

据《史记·淮阴侯列传》，韩信曾问刘邦："大王自料勇悍仁强，孰与项王？"汉王默然良久曰："不如也！"信再拜贺曰："惟信亦为大王不如也，然臣尝事之，请言项王之为人也。项王喑哑叱咤，千人皆废，然不能任贤属将，此特匹夫之勇耳。项王见人，恭敬慈爱，言语呕呕，人有疾病，涕泣分食饮。至使人有功当封爵者，印刓弊忍不能予，此所谓妇人之仁也。"刘邦问韩信："如我能将几何？"信答："陛下不过能将十万。"上曰："于君何如？"曰："臣多多而益善耳！"上笑曰："多多益善，何为为我禽？"信曰："陛下不能将兵，而善将将，此乃信之所以为陛下禽也。"

淮阴侯这番话，是有深刻道理的。其中"善将将者"和"妇人之仁"，正好应对这一回中的曹操和袁绍。

就在曹操决定率军攻打刘备之际，曹营无不惊讶。官渡大战，主敌是袁绍，你掉过头去打刘备，要是"绍乘人后，若何？"这是一道很简单的战争算术题，但曹操则认为无碍，他说："袁绍虽有大志，而见事迟，必不动也。"结果，果如所料。其实，曹营的忧虑不是夸张，就在同时，袁营的谋士田丰来见袁绍，建议这是攻击曹操的天赐良机，钧座应该亲率派重兵蹑其后，觅机围攻之，消灭之。袁绍没有答应。没有答应的理由很特别，他说，我最心疼的小儿子出了天花，眼看就要死了，我现在是万念俱灰。田丰是他的老部属，听完以后，当场拿着他的手杖跺地，"夫遭难遇之机，而以婴儿之病失其会，惜哉！"

而屈降于曹操的关羽，获悉刘备正在袁绍麾下，只是隔着一条火线。第一，他要走，第二，留不住，第三，曹操答应过放他走，不能食言。这一条感动了关羽，披挂上阵，先诛颜良，后杀文丑，报效立功，削弱了袁绍的强势，其实是曹操的功劳。他能驱使并不真心降他的一员大将，在战场上为他驰骋，可见他的驭将本领。若是他像袁绍一样，动不动扬言把刘备推下去斩首来对待关羽的话，恐怕关羽未必自告奋勇，跃马上阵了。关羽立功，是为了走，曹操知其必走，敢放手让他上阵，而不担心他穿过火线降袁与刘备汇合，这其中风险之大，真令人胆战心惊。但大气魄、大胸怀的曹操，却得到了诛颜良的战果。

◎袁绍与曹操决战，还有一个属于他个人的心理动机。据《英雄记》："是时年号初平，绍字本初，自以为年与字合，必能克平祸乱。"这等智商，还要当三军统帅，不是害人吗？其实他始终保持对曹操的压力，时间在袁绍手里，引而不发，曹操是拖不过他的。然而，"上盈其志，下务共功，悠悠黄河，吾其不反乎！"沮授这番话，预卜了这场战争的结局。

却说袁绍欲斩玄德。玄德从容进曰："明公只听一面之词，而绝向日之情耶？备自徐州失散，二弟云长未知存否；天下同貌者不少，岂赤面长须之人，即为关某也？明公何不察之？"袁绍是个没主张的人，闻玄德之言，责沮授曰："误听汝言，险杀好人。"遂仍请玄德上帐坐，议报颜良之仇。帐下一人应声而进曰："颜良与我如兄弟，今被曹贼所杀，我安得不雪其恨？"玄德视其人，身长八尺，面如獬豸，乃河北名将文丑也。袁绍大喜曰："非汝不能报颜良之仇。吾与十万军兵，便渡黄河，追杀曹贼！"沮授曰："不可。今宜留屯延津，分兵官渡，乃为上策。若轻举渡河，设或有变，众皆不能还矣。"绍怒曰："皆是汝等迟缓军心，迁延日月，有妨大事！岂不闻'兵贵神速'乎？"沮授出，叹曰："上盈其志，下务共功；悠悠黄河，吾其济乎！"遂托疾不出议事。玄德曰："备蒙大恩，无可报效，意欲与文将军同行：一者报明公之德，二者就探云长的实信。"绍喜，唤文丑与玄德同领前部。文丑曰："刘玄德屡败之将，于军不利。既主公要他去时，某分三万军，教他为后部。"于是文丑自领七万军先行，令玄德引三万军随后。

且说曹操见云长斩了颜良，倍加钦敬，表奏朝廷，封云长为汉寿亭侯，铸印送关公。忽报袁绍又使大将文丑渡黄河，已据延津之上。操乃先使人移徙居民于西河，然后自领兵迎之；传下将令：以后军为前军，以前军为后军；粮草先行，军兵在后。吕虔曰："粮草在先，军兵在后，何意也？"操曰："粮草在后，多被剽掠，故令在前。"虔曰："倘遇敌军劫去，如之奈何？"操曰："且待敌军到时，却又理会。"虔心疑未决。操令粮食辎重沿河堑至延津。操在后军，听得前军发喊，急教人看时，报说："河北大将文丑兵至，我军皆弃粮草，四散奔走。后军又远，将如之何？"操以鞭指南阜曰："此可暂避。"人马急奔土阜。操令军士皆解衣卸甲少歇，尽放其马。文丑军掩至。众将曰："贼至矣！可急收马匹，退回白马！"荀攸急止之曰："此正可以饵敌，何故反退？"操急以目视荀攸而笑。攸知其意，不复言。文丑军既得粮草车仗，又来抢马。军士不依队伍，自相杂乱。曹操却令军将一齐下土阜击之，文丑军大乱。曹兵围裹将来，文丑挺身独战，军士自相践踏。文丑止遏不住，只得拨马回走。操在土阜上指曰："文丑为河北名将，谁可擒之？"张辽、徐晃飞马齐出，大叫："文丑休走！"文丑回头见二将赶上，遂按住铁枪，拈弓搭箭，正射张辽。徐晃大叫："贼将休放箭！"张辽低头急躲，一箭射中头盔，将簪缨射去。辽奋力再赶，坐下战马，又被文丑一箭射中面颊。那马跪倒前蹄，张辽落地。文丑回马复来，徐晃急轮大斧，截住厮杀。只见文丑后面军马齐到，晃料敌不过，拨马而回。文丑沿河赶来。忽见十馀

◎因踏麦而割发，因秋收而休兵，"民为邦本，本固邦宁"，曹操懂得民心不可违的道理。不管真的假的，有的统治者连做做样子，也办不到的。

◎人的贪婪本性，常常是致祸之由。

◎史载："建安五年，绍遣大将颜良攻东郡太守刘延于白马，曹公使张辽及羽为先锋击之。羽望见良麾盖，策马刺良于万众之中，斩其首还，绍诸将莫能当者，遂解白马围。"文丑死于官渡大战中延津一役，为乱兵杀死，与关羽无涉。

骑马，旗号翩翩，一将当头提刀飞马而来，乃关云长也，大喝："贼将休走！"与文丑交马，战不三合，文丑心怯，拨马绕河而走。关公马快，赶上文丑，脑后一刀，将文丑斩下马来。曹操在土阜上，见关公砍了文丑，大驱人马掩杀。河北军大半落水，粮草马匹仍被曹操夺回。

云长引数骑东冲西突。正杀之间，刘玄德领三万军随后到。前面哨马探知，报与玄德云："今番又是红面长髯的斩了文丑。"玄德慌忙骤马来看，隔河望见一簇人马，往来如飞，旗上写着"汉寿亭侯关云长"七字。玄德暗谢天地曰："原来吾弟果然在曹操处！"欲待招呼相见，被曹兵大队拥来，只得收兵回去。袁绍接应至官渡，下定寨栅。郭图、审配入见袁绍，说："今番又是关某杀了文丑，刘备佯推不知。"袁绍大怒，骂曰："大耳贼！焉敢如此！"少顷，玄德至，绍令推出斩之。玄德曰："某有何罪？"绍曰："你故使汝弟又坏我一员大将，如何无罪？"玄德曰："容伸一言而死：曹操素忌备，今知备在明公处，恐备助公，故特使云长诛杀二将。公知必怒。此借公之手以杀刘备也。愿明公思之。"袁绍曰："玄德之言是也。汝等几使我受害贤之名。"喝退左右，请玄德上帐而坐。玄德谢曰："荷明公宽大之恩，无可补报，欲令一心腹人持密书去见云长，使知刘备消息，彼必星夜来到，辅佐

◎袁绍成不了大业，就败在他的多疑无决的性格上。

明公，共诛曹操，以报颜良、文丑之仇，若何？"
袁绍大喜曰："吾得云长，胜颜良、文丑十倍也。"
玄德修下书札，未有人送去。绍令退军武阳，连营
数十里，按兵不动。操乃使夏侯惇领兵守住官渡隘
口，自己班师回许都，大宴众官，贺云长之功。因
谓吕虔曰："昔日吾以粮草在前者，乃饵敌之计也。
惟荀公达知吾心耳。"众皆叹服。正饮宴间，忽报：
"汝南有黄巾刘辟、龚都，甚是猖獗。曹洪累战不
利，乞遣兵救之。"云长闻言，进曰："关某愿施犬
马之劳，破汝南贼寇。"操曰："云长建立大功，未
曾重酬，岂可复劳征进？"公曰："关某久闲，必
生疾病。愿再一行。"曹操壮之，点兵五万，使于禁、
乐进为副将，次日便行。荀彧密谓操曰："云长常
有归刘之心，倘知消息必去，不可频令出征。"操
曰："今次收功，吾不复教临敌矣。"

　　且说云长领兵将近汝南，扎住营寨。当夜营外拿
了两个细作人来。云长视之，内中认得一人，乃孙乾
也。关公叱退左右，问乾曰："公自溃散之后，一向
踪迹不闻，今何为在此处？"乾曰："某自逃难，飘
泊汝南，幸得刘辟收留。——今将军为何在曹操处？
未识甘、麋二夫人无恙否？"关公因将上项事细说一
遍。乾曰："近闻玄德公在袁绍处，欲往投之，未得
其便。今刘、龚二人归顺袁绍，相助攻曹。天幸得将
军到此，因特令小军引路，教某为细作，来报将军。

◎损失了两员大将的袁绍，以为可得关羽，便大喜过望，这等颠三倒四的主帅，真是无可救药了。

◎曹操对关羽，可谓情有独钟矣！

◎积极过了头，便可能有负面作用了。

◎夫人出面，关老爷你不走也得走了。

来日二人当虚败一阵，公可速引二夫人投袁绍处，与玄德公相见。"关公曰："既兄在袁绍处，吾必星夜而往。但恨吾斩绍二将，恐今事变矣。"乾曰："吾当先往探彼虚实，再来报将军。"公曰："吾见兄长一面，虽万死不辞。今回许昌，便辞曹操也。"当夜密送孙乾去了。次日，关公引兵出，龚都披挂出阵。关公曰："汝等何故背反朝廷？"都曰："汝乃背主之人，何反责我？"关公曰："我何为背主？"都曰："刘玄德在袁本初处，汝却从曹操，何也？"关公更不打话，拍马舞刀向前。龚都便走，关公赶上。都回身告关公曰："故主之恩，不可忘也。公当速进，我让汝南。"关公会意，驱军掩杀。刘、龚二人佯输诈败，四散去了。云长夺得州县，安民已定，班师回许昌。曹操出郭迎接，赏劳军士。

宴罢，云长回家，参拜二嫂于门外。甘夫人曰："叔叔两番出军，可知皇叔音信否？"公答曰："未也。"关公退，二夫人于门内痛哭曰："想皇叔休矣！二叔恐我姊妹烦恼，故隐而不言。"正哭间，有一随行老军，听得哭声不绝，于门外告曰："夫人休哭，主人现在河北袁绍处。"夫人曰："汝何由知之？"军曰："跟关将军出征，有人在阵上说来。"夫人急召云长责之曰："皇叔未尝负汝，汝今受曹操之恩，顿忘旧日之义，不以实情告我，何也？"关公顿首曰："兄今委实在河北。未敢教嫂嫂知者，恐有泄漏也。事须缓图，不可欲速。"甘夫人曰："叔宜上紧。"公退，寻思去计，坐立不安。

◎曹操居然不在此处安排耳目？绝非疏忽，定是示信于关羽也。

原来于禁探知刘备在河北，报与曹操。操令张辽来探关公意。关公正闷坐，张辽入贺曰："闻兄在阵上知玄德音信，特来贺喜。"关公曰："故主虽在，未得一见，何喜之有！"辽曰："兄与玄德交，比弟与兄交何如？"公曰："我与兄，朋友之交也；我与玄德，是朋友而兄弟、兄弟而主臣者也：岂可共论乎？"辽曰："今玄德在河北，兄往从否？"关公曰："昔日之言，安肯背之！文远须为我致意丞相。"张辽将关公之言，回告曹操。操曰："吾自有计留之。"

◎但曹操另有渠道，岂能瞒过阿瞒？

且说关公正寻思间，忽报有故人相访。及请入，却不相识。关公问曰："公何人也？"答曰："某乃袁绍部下南阳陈震也。"关公大惊，急退左右，问曰："先生此来，必有所为？"震出书一缄，递与关公。公视之，乃玄德书也。其略云：

　　备与足下，自桃园缔盟，誓以同死。今何中道相违，割恩断义？君必欲取功名、图富贵，愿献备首级以成全功。书不尽言，死待来命。

◎这封信写得差劲透顶。

关公看书毕，大哭曰："某非不欲寻兄，奈不知所在也。安肯图富贵而背旧盟乎？"震曰："玄德望

◎只此一言，便把一个关圣写出来了。

公甚切，公既不背旧盟，宜速往见。"关公曰："人生天地间，无终始者，非君子也。吾来时明白，去时不可不明白。吾今作书，烦公先达知兄长，容某辞却曹操，奉二嫂来相见。"震曰："倘曹操不允，为之奈何？"公曰："吾宁死，岂肯久留于此！"震曰："公速作回书，免致刘使君悬望。"关公写书答云：

◎这两封信，颇见两人性格，刘备的信，不脱做生意人的计较，算账，反激，玩一点小心眼。关羽的信，则流露出赶车汉的一再表白的赤诚之心，以及他不能径归的难言之隐。

> 窃闻义不负心，忠不顾死。羽自幼读书，粗知礼义，观羊角哀、左伯桃之事，未尝不三叹而流涕也。前守下邳，内无积粟，外无援兵；欲即效死，奈有二嫂之重，未敢断首捐躯，致负所托；故尔暂且羁身，冀图后会。近至汝南，方知兄信；即当面辞曹公，奉二嫂归。羽但怀异心，神人共戮。披肝沥胆，笔楮难穷。瞻拜有期，伏惟照鉴。

◎曹操也有他的可爱之处，他完全可以做绝而不做，有许多可施之计而不施，于是只有闭门谢客这一招了。

陈震得书自回。关公入内告知二嫂，随即至相府，拜辞曹操。操知来意，乃悬回避牌于门。关公怏怏而回，命旧日跟随人役，收拾车马，早晚伺候；分付宅中，所有原赐之物，尽皆留下，分毫不可带去。次日再往相府辞谢，门首又挂回避牌。关公一连去了数次，皆不得见。乃往张辽家相探，欲言其事。辽亦托疾不出。关公思曰："此曹丞相不容我去之意。

我去志已决，岂可复留！"即写书一封，辞谢曹操。
书略曰：

　　　羽少事皇叔，誓同生死；皇天后土，实
　　闻斯言。前者下邳失守，所请三事，已蒙
　　恩诺。今探知故主现在袁绍军中，回思昔
　　日之盟，岂容违背？新恩虽厚，旧义难忘。
　　兹特奉书告辞，伏惟照察。其有馀恩未报，
　　愿以俟之异日。

写毕，封固，差人去相府投递；一面将累次所受金银，
一一封置库中，悬汉寿亭侯印于堂上，请二夫人上
车。关公上赤兔马，手提青龙刀，率领旧日跟随人
役，护送车仗，径出北门。门吏挡之。关公怒目横刀，
大喝一声，门吏皆退避。关公既出门，谓从者曰："汝
等护送车仗先行，但有追赶者，吾自当之，勿得惊动
二位夫人。"从者推车，望官道进发。

　　却说曹操正论关公之事未定，左右报关公呈书。
操即看毕，大惊曰："云长去矣！"忽北门守将飞报：
"关公夺门而去，车仗鞍马二十馀人，皆望北行。"又
关公宅中人来报说："关公尽封所赐金银等物。美女
十人，另居内室。其汉寿亭侯印悬于堂上。丞相所拨
人役，皆不带去，只带原跟从人，及随身行李，出
北门去了。"众皆愕然。一将挺身出曰："某愿将铁骑

◎可以设想那些古代的说书人，讲到
关羽辞行这一段，该是如何的眉飞色
舞，大肆渲染其忠、其义、其诚，就
这样将其形象烘托得完美无缺了。

◎来得明白，走得清楚！

三千，去生擒关某，献与丞相！"众视之，乃将军蔡阳也。正是：

　　　　欲离万丈蛟龙穴，又遇三千狼虎兵。

蔡阳要赶关公，毕竟如何，且听下文分解。

　　生离死别，最是人类感情总爆发的节点。

　　南北朝时大诗人江淹在其《别赋》中，用了"黯然销魂者，唯别而已矣！"作为开头的领衔之句，一语撩人，引起惜别伤感的无限之情，长存于文学史。在《三国演义》中，所写到曹操与关羽、刘备与徐庶的这两场离别，堪称经典，也是不亚于《别赋》的绝妙文章。写白话小说，这两场生离，算得上是范文了。《三国演义》是一部写战争的小说，战场上永远是铁和血的厮杀，感情被压缩到零，根本没有其生存馀地。然而，你得承认，高手在民间，数百千年，从说话人开始，到罗贯中，甚至到毛氏父子，硬是在血腥中写出了人类最基本的感情，于是，刚柔并济，五味杂陈，这部小说遂成传世佳作。

　　在此分手之际，曹操是真想留，关羽是真想走，曹操如果硬是不让他走，关羽未必能走得了，但曹操答允过，你找到兄长时定放你走，他不能悔约。关羽自然明白，曹操不让他走，他也真是走不成，那活着不走，死了也得走，因为他与刘备有一份生死承诺，他不能背盟。此刻，这两人都是汉子，因为是汉子，曹操的奸诈没有了，关羽的傲气没有了，他们曾经是敌人，现在握别上路，至少这一刻，他们是朋友。

　　同样，刘备真心不想放徐庶走，而又不能不放他走，徐庶也是不想离开刘备，然而又不得不离开。天下人众，知己难得，这两个人的分离，也是艰难的割舍，而且，此生此世，还有机会相聚么？而且，悬心不已的是刘备没有徐庶，将来怎么办？徐庶落到曹营，那未卜的命运如何，都难以释怀，于是，送了一程，又一程。

　　于是，这四位生离死别者，让我们看到了男子汉那义重情长的一面。

第二十七回
美髯公千里走单骑
汉寿侯五关斩六将

每个人都有其值得回忆的过去，关云长一生得意之笔，应该是他千里走单骑，过五关、斩六将的这段故事了。为什么《三国演义》的创作者们特别看重这个故事，不惜笔墨，重点推出，因为，温酒斩华雄，诛颜良文丑在前，写了他的勇冠三军；单刀赴会，刮骨疗毒在后，写了他的智勇双全，坚强意志……于是最能体现其义薄云天的"义"，也是关云长成帝成圣，受到万众膜拜的"义"的由来，他的千里单骑，过关斩将，用了将近三回篇幅，大写特写，也是为了强调这个文学人物的"义"。

说实在的，人们一提关公，马上想到义气。其实这部演义中，关羽的义气，除了这段千里单骑，过关斩将外，也就是华容道放曹操了。所以说书人和编书人大张旗鼓地写辞官封印、主臣聚义，只是用以冲淡受众和读者对其降汉不降操而实际还是投降的恶劣印象。其实，中国人不别扭，对那些感到遗憾的历史和历史人物，通常采取宽容的看法，并不绝对拒绝，视若寇仇。中国历史上投降者非止关羽，但关羽的投降特别不能容忍的原因，一是因为编书人的过头描写，二是因为此人高自标置，装腔作势，居然拿着《春秋经》易主而事，连这最起码的春秋大义都不顾，则尤为不可原谅了。

但最不幸者，他的骄傲自大、自矜自负，也种下子败走麦城的种子。"福者祸之先，利者害之始"这两者存在着辩证的互为因果的关系。《三国志》说他"刚而自矜"，矜，就是自负、自大，而一个人所以自矜，就是他有一份可资骄傲的过去。过五关、斩六将，当然是《三国演义》的演义了，不足为信。但历史上的关羽，确是因他的"刚而好矜"而丢了荆州，走了麦城，身首异处，才导致刘备伐吴，兵败白帝，以致蜀汉走向衰亡的。看人，要看结果，结果如何，其人也大致如何，这是规律。关羽这个极其个人英雄主义者，尤其逃不脱。

◎树一个活的榜样，给你们众将领看看。

◎无大胸怀、大气度，说不出这番话！

◎曹操若做假，不必如此，完全可以大张旗鼓，通过新闻媒介，大造一通舆论。只是先让张辽赶前一步，紧接数十骑匆匆追上，不正表明曹操也是性情中人么？

◎如有人问关羽："此马为何不还与丞相？"不知他该怎么回答？

　　却说曹操部下诸将中，自张辽而外，只有徐晃与云长交厚，其馀亦皆敬服；独蔡阳不服关公，故今日闻其去，欲往追之。操曰："不忘故主，来去明白，真丈夫也。汝等皆当效之。"遂叱退蔡阳，不令去赶。程昱曰："丞相待关某甚厚，今彼不辞而去，乱言片楮，冒渎钧威，其罪大矣。若纵之使归袁绍，是与虎添翼也。不若追而杀之，以绝后患。"操曰："吾昔已许之，岂可失信！彼各为其主，勿追也。"因谓张辽曰："云长封金挂印，财贿不以动其心，爵禄不以移其志，此等人吾深敬之。想他去此不远，我一发结识他做个人情。汝可先去请住他，待我与他送行，更以路费征袍赠之，使为后日记念。"张辽领命，单骑先往。曹操引数十骑随后而来。

　　却说云长所骑赤兔马，日行千里，本是赶不上；因欲护送车仗，不敢纵马，按辔徐行。忽听背后有人大叫："云长且慢行！"回头视之，见张辽拍马而至。关公教车仗从人，只管望大路紧行；自己勒住赤兔马，按定青龙刀，问曰："文远莫非欲追我回乎？"辽曰："非也。丞相知兄远行，欲来相送，特先使我请住台驾，别无他意。"关公曰："便是丞相铁骑来，吾愿决一死战！"遂立马于桥上望之。见曹操引数十骑，飞奔前来，背后乃是许褚、徐晃、于禁、李典之辈。操见关公横刀立马于桥上，令诸将勒住马匹，左右排开。关公见众人手中皆无军器，方始放心。操曰：

"云长行何太速？"关公于马上欠身答曰："关某前曾禀过丞相。今故主在河北，不由某不急去。累次造府，不得参见，故拜书告辞，封金挂印，纳还丞相。望丞相勿忘昔日之言。"操曰："吾欲取信于天下，安肯有负前言。恐将军途中乏用，特具路资相送。"一将便从马上托过黄金一盘。关公曰："累蒙恩赐，尚有馀资。留此黄金以赏将士。"操曰："特以少酬大功于万一，何必推辞？"关公曰："区区微劳，何足挂齿。"操笑曰："云长天下义士，恨吾福薄，不得相留。锦袍一领，略表寸心。"令一将下马，双手捧袍过来。云长恐有他变，不敢下马，用青龙刀尖挑锦袍披于身上，勒马回头称谢曰："蒙丞相赐袍，异日更得相会。"遂下桥望北而去。许褚曰："此人无礼太甚，何不擒之？"操曰："彼一人一骑，吾数十馀人，安得不疑？吾言既出，不可追也。"曹操自引众将回城，于路叹想云长不已。

◎曹操真棒。

不说曹操自回。且说关公来赶车仗，约行三十里，却只不见。云长心慌，纵马四下寻之。忽见山头一人，高叫："关将军且住！"云长举目视之，只见一少年，黄巾锦衣，持枪跨马，马项下悬着首级一颗，引百馀步卒，飞奔前来。公问曰："汝何人也？"少年弃枪下马，拜伏于地。云长恐是诈，勒马持刀问曰："壮士，愿通姓名。"答曰："吾本襄阳人，姓廖，名化，字元俭。因世乱流落江湖，聚众五百馀人，劫掠为生。恰才同

◎这就有失大度了，谅曹操这袭锦袍，其中能暗藏什么机关？

伴杜远下山巡哨，误将两夫人劫掠上山。吾问从者，知是大汉刘皇叔夫人，且闻将军护送在此，吾即欲送下山来。杜远出言不逊，被某杀之。今献头与将军请罪。"关公曰："二夫人何在？"化曰："现在山中。"关公教急取下山。不移时，百馀人簇拥车仗前来。关公下马停刀，叉手于车前问候曰："二嫂受惊否？"二夫人曰："若非廖将军保全，已被杜远所辱。"关公问左右曰："廖化怎生救夫人？"左右曰："杜远劫上山去，就要与廖化各分一人为妻。廖化问起根由，好生拜敬；杜远不从，已被廖化杀了。"关公听言，乃拜谢廖化。廖化欲以部下人送关公。关公寻思此人终是黄巾馀党，未可作伴，乃谢却之。廖化又拜送金帛，关公亦不受。廖化拜别，自引人伴投山谷中去了。

云长将曹操赠袍事，告知二嫂，催促车仗前行。至天晚，投一村庄安歇。庄主出迎，须发皆白，问曰："将军姓甚名谁？"关公施礼曰："吾乃刘玄德之弟关某也。"老人曰："莫非斩颜良、文丑的关公否？"公曰："便是。"老人大喜，便请入庄。关公曰："车上还有二位夫人。"老人便唤妻女出迎。二夫人至草堂上，关公叉手立于二夫人之侧。老人请公坐，公曰："尊嫂在上，安敢就坐！"老人乃令妻女请二夫人入内室款待，自于草堂款待关公。关公问老人姓名。老人曰："吾姓胡，名华。桓帝时曾为议郎，致仕归乡。今有小儿胡班，在荥阳太守王植部下为从事。将军若从此

◎因为现在廖化是黄巾馀党，舍而不用，却不知后来西蜀无大将时，廖化成了先锋，一些太过于自信的人，总是很容易一下子把人看死的。

◎过五关，斩六将，本系说三分的艺人杜撰，罗贯中因其精彩，衬托出关云长之义，便保留下来。但他显然没有想到，如此关关拦阻，岂不也抹煞了曹孟德那一份大度和慷慨了吗？

处经过，某有一书寄与小儿。"关公允诺。

　　次日早膳毕，请二嫂上车，取了胡华书信，相别而行，取路投洛阳来。前至一关，名东岭关。把关将姓孔，名秀，引五百军兵在岭上把守。当日关公押车仗上岭，军士报知孔秀，秀出关来迎。关公下马，与孔秀施礼。秀曰："将军何往？"公曰："某辞丞相，特往河北寻兄。"秀曰："河北袁绍，正是丞相对头。将军此去，必有丞相文凭？"公曰："因行期慌迫，不曾讨得。"秀曰："既无文凭，待我差人禀过丞相，方可放行。"关公曰："待去禀时，须误了我行程。"秀曰："法度所拘，不得不如此。"关公曰："汝不容我过关乎？"秀曰："汝要过去，留下老小为质。"关公大怒，举刀就杀孔秀。秀退入关去，鸣鼓聚军，披挂上马，杀下关来，大喝曰："汝敢过去么！"关公约退车仗，纵马提刀，竟不打话，直取孔秀。秀挺枪来迎。两马相交，只一合，钢刀起处，孔秀尸横马下。众军便走。关公曰："军士休走。吾杀孔秀，不得已也，与汝等无干。借汝众军之口，传语曹丞相，言孔秀欲害我，我故杀之。"众军俱拜于马前。

　　关公即请二夫人车仗出关，望洛阳进发。早有军士报知洛阳太守韩福。韩福急聚众将商议。牙将孟坦曰："既无丞相文凭，即系私行；若不阻挡，必有罪责。"韩福曰："关公勇猛，颜良、文丑俱为所杀。今不可力敌，只须设计擒之。"孟坦曰："吾有一计：先将鹿角拦

◎孔秀算老几？哪是关羽对手，从尽责角度，孔秀虽死，值得尊敬。

定关口，待他到时，小将引兵和他交锋，佯败诱他来追，公可用暗箭射之。若关某坠马，即擒解许都，必得重赏。"商议停当，人报关公车仗已到。韩福弯弓插箭，引一千人马，排列关口，问："来者何人？"关公马上欠身言曰："吾汉寿亭侯关某，敢借过路。"韩福曰："有曹丞相文凭否？"关公曰："事冗不曾讨得。"韩福曰："吾奉丞相钧命，镇守此地，专一盘诘往来奸细。若无文凭，即系逃窜。"关公怒曰："东岭孔秀，已被吾杀。汝亦欲寻死耶？"韩福曰："谁人与我擒之？"孟坦出马，轮双刀来取关公。关公约退车仗，拍马来迎。孟坦战不三合，拨回马便走。关公赶来。孟坦只指望引诱关公，不想关公马快，早已赶上，只一刀，砍为两段。关公勒马回来，韩福闪在门首，尽力放了一箭，正射中关公左臂。公用口拔出箭，血流不住，飞马径奔韩福，冲散众军，韩福急走不迭，关公手起刀落，带头连肩，斩于马下；杀散众军，保护车仗。

关公割帛束住箭伤，于路恐人暗算，不敢久住，连夜投汜水关来。把关将乃并州人氏，姓卞，名喜，善使流星锤；原是黄巾馀党，后投曹操，拨来守关。当下闻知关公将到，寻思一计：就关前镇国寺中，埋伏下刀斧手二百馀人，诱关公至寺，约击盏为号，欲图相害。安排已定，出关迎接关公。公见卞喜来迎，便下马相见。喜曰："将军名震天下，谁不敬仰！今归皇叔，足见忠义！"关公诉说斩孔秀、韩

◎一不做，二不休，关羽此时，也只有一路杀下去了。

福之事。卞喜曰："将军杀之是也。某见丞相，代禀衷曲。"关公甚喜，同上马过了汜水关，到镇国寺前下马。众僧鸣钟出迎。原来那镇国寺乃汉明帝御前香火院，本寺有僧三十馀人。内有一僧，却是关公同乡人，法名普净。当下普净已知其意，向前与关公问讯，曰："将军离蒲东几年矣？"关公曰："将及二十年矣。"普净曰："还认得贫僧否？"公曰："离乡多年，不能相识。"普净曰："贫僧家与将军家只隔一条河。"卞喜见普净叙出乡里之情，恐有走泄，乃叱之曰："吾欲请将军赴宴，汝僧人何得多言！"关公曰："不然。乡人相遇，安得不叙旧情耶？"普净请关公方丈待茶。关公曰："二位夫人在车上，可先献茶。"普净教取茶先奉夫人，然后请关公入方丈。普净以手举所佩戒刀，以目视关公。公会意，命左右持刀紧随。卞喜请关公于法堂筵席。关公曰："卞君请关某，是好意，还是歹意？"卞喜未及回言，关公早望见壁衣中有刀斧手，乃大喝卞喜曰："吾以汝为好人，安敢如此！"卞喜知事泄，大叫："左右下手！"左右方欲动手，皆被关公拔剑砍之。卞喜下堂绕廊而走，关公弃剑执大刀来赶。卞喜暗取飞锤掷打关公。关公用刀隔开锤，赶将入去，一刀劈卞喜为两段。随即回身来看二嫂，早有军人围住，见关公来，四下奔走。关公赶散，谢普净曰："若非吾师，已被此贼害矣。"普净曰："贫僧此处难容，

◎关羽何喜之有？可见溜须拍马的小人从来得逞。

◎关羽想不到再次见到这位普净法师时，已是身首异处，魄无归处的败将。人在胜时，通常不往最坏处想，而到脑袋掉了以后，大呼"还我头来"，那可什么都来不及了。

◎关羽过五关的路线图，若一行人由长安出发，沿黄河南岸往东，经洛阳、汜水关、荥阳，到达滑州，然后渡河北上，到河北古城与刘备、张飞会合，是比较合理的。看来，说三分的说话人，是找了明白人问清楚才敢这样讲的。但到了罗贯中手里，发现从长安出发是不对的，建安四年，官渡之战主要在河南境内的浚县和滑县进行，曹操应该在许都坐镇，或官渡指挥，不可能带着众将，跑到长安去送行，并赠锦袍。可说话人故事编得太精彩了，罗贯中不舍得删掉，便改了出发地点，由长安而许昌，这样便害得关老爷绕了很大一个弯子，多走数百里冤枉路。

收拾衣钵，亦往他处云游也。后会有期，将军保重。"关公称谢，护送车仗，往荥阳进发。

荥阳太守王植，却与韩福是两亲家；闻得关公杀了韩福，商议欲暗害关公，乃使人守住关口。待关公到时，王植出关，喜笑相迎。关公诉说寻兄之事。植曰："将军于路驱驰，夫人车上劳困，且请入城，馆驿中暂歇一宵，来日登途未迟。"关公见王植意甚殷勤，遂请二嫂入城。馆驿中皆铺陈了当。王植请公赴宴，公辞不往；植使人送筵席至馆驿。关公因于路辛苦，请二嫂晚膳毕，就正房歇定；令从者各自安歇，饱喂马匹。关公亦解甲憩息。

却说王植密唤从事胡班听令曰："关某背丞相而逃，又于路杀太守并守关将校，死罪不轻！此人武勇难敌。汝今晚点一千军围住馆驿，一人一个火把，待三更时分，一齐放火；不问是谁，尽皆烧死！吾亦自引军接应。"胡班领命，便点起军士，密将干柴引火之物，搬于馆驿门首，约时举事。胡班寻思："我久闻关云长之名，不识如何模样，试往窥之。"乃至驿中，问驿吏曰："关将军在何处？"答曰："正厅上观书者是也。"胡班潜至厅前，见关公左手绰髯，于灯下凭几看书。班见了，失声叹曰："真天人也！"公问何人，胡班入拜曰："荥阳太守部下从事胡班。"关公曰："莫非许都城外胡华之子否？"班曰："然也。"公唤从者于行李中取书付班。班看毕，叹曰："险些误杀忠良！"

遂密告曰："王植心怀不仁，欲害将军，暗令人四面围住馆驿，约于三更放火。今某当先去开了城门，将军急收拾出城。"关公大惊，忙披挂提刀上马，请二嫂上车，尽出馆驿，果见军士各执火把听候。关公急来到城边，只见城门已开。关公催车仗急急出城。胡班还去放火。关公行不到数里，背后火把照耀，人马赶来。当先王植大叫："关某休走！"关公勒马，大骂："匹夫！我与你无仇，如何令人放火烧我？"王植拍马挺枪，径奔关公，被关公拦腰一刀，砍为两段。人马都赶散。关公催车仗速行，于路感胡班不已。

　　行至滑州界首，有人报与刘延。延引数十骑，出郭而迎。关公马上欠身而言曰："太守别来无恙！"延曰："公今欲何往？"公曰："辞了丞相，去寻家兄。"延曰："玄德在袁绍处，绍乃丞相仇人，如何容公去？"公曰："昔日曾言定来。"延曰："今黄河渡口关隘，夏侯惇部将秦琪据守，恐不容将军过渡。"公曰："太守应付船只，若何？"延曰："船只虽有，不敢应付。"公曰："我前者诛颜良、文丑，亦曾与足下解厄。今日求一渡船而不与，何也？"延曰："只恐夏侯惇知之，必然罪我。"关公知刘延无用之人，遂自催车仗前进。到黄河渡口，秦琪引军出问："来者何人？"关公曰："汉寿亭侯关某也。"琪曰："今欲何往？"关公曰："欲投河北去寻兄长刘玄德，敬来借渡。"琪曰："丞相公文何在？"公曰："吾不受丞相节制，有甚公

◎关云长过五关、斩六将，正史上是无此记载的。《三国志·武帝纪》里只有"关羽亡归刘备"这区区六个字，《先主传》和《关羽传》里也都是如此说法，这就是文学浸润历史的例证了。因为并不是所有人都具备明确的地理概念，听众和观众也并不较真艺人说唱时的错讹，随之而起的舆论造势，精神烘托，文艺渲染，宣传灌输，于是，子虚乌有的人物，不足凭信的情节，日久天长，也能弄假成真，混淆是非。

◎为什么早不想起来？其实在关羽的潜意识中，由于"新恩虽厚，旧义难忘"，降曹后的隶属关系，不是瞬刻就能消除的。

文！"琪曰："吾奉夏侯将军将令，守把关隘，你便插翅，也飞不过去！"关公大怒曰："你知我于路斩戮拦截者乎？"琪曰："你只杀得无名下将，敢杀我么？"关公怒曰："汝比颜良、文丑若何？"秦琪大怒，纵马提刀，直取关公。二马相交，只一合，关公刀起，秦琪头落。关公曰："当吾者已死，馀人不必惊走。速备船只，送我渡河。"军士急撑舟傍岸。关公请二嫂上船渡河。渡过黄河，便是袁绍地方。关公所历关隘五处，斩将六员。后人有诗叹曰：

> 挂印封金辞汉相，寻兄遥望远途还。
> 马骑赤兔行千里，刀偃青龙出五关。
> 忠义慨然冲宇宙，英雄从此震江山。
> 独行斩将应无敌，今古留题翰墨间。

关公于马上自叹曰："吾非欲沿途杀人，奈事不得已也。曹公知之，必以我为负恩之人矣。"正行间，忽见一骑自北而来，大叫："云长少住！"关公勒马视之，乃孙乾也。关公曰："自汝南相别，一向消息若何？"乾曰："刘辟、龚都自将军回兵之后，复夺了汝南；遣某往河北结好袁绍，请玄德同谋破曹之计。不想河北将士，各相妒忌。田丰尚囚狱中；沮授黜退不用；审配、郭图各自争权；袁绍多疑，主持不定。某与刘皇叔商议，先求脱身之计。今皇叔已往汝南会合刘辟去

◎如果《三国演义》中关羽这个形象，没有过五关、斩六将这些情节，这个英雄人物就要减色一半。然而，仅仅是打打杀杀，恐怕就起不到渲染烘托这位英雄人物的作用，现在，故事看似结束了，孙乾出现，指明去路。但会讲故事的作者，绝不甘心这样匆忙结局，所以，接下来，还应该有精彩的收束，所谓豹尾一击，正是所有作者必须努力为之的。

了。恐将军不知，反到袁绍处，或为所害，特遣某于路迎接将来。幸于此得见。将军可速往汝南与皇叔相会。"关公教孙乾拜见夫人。夫人问其动静。孙乾备说："袁绍二次欲斩皇叔，今幸脱身往汝南去了。夫人可与云长到此相会。"二夫人皆掩面垂泪。关公依言，不投河北去，径取汝南来。正行之间，背后尘埃起处，一彪人马赶来。当先夏侯惇大叫："关某休走！"正是：

◎夏侯惇出现，绝非好兆。

六将阻关徒受死，一军拦路复争锋。

毕竟关公怎生脱身，且听下文分解。

　　关羽之所以能从小说中跳出来成老百姓的神，一是因他所向披靡的英武形象，每攻必克，每战必胜，让总是处于压迫下经常失败的老百姓神往不已，解恨不已；二是他那义薄云天的形象，讲究信用，看重然诺，两肋插刀，济困解危，让总是无援求助下受到欺凌的老百姓，有所指望，有所祈愿。而关羽之忠诚如一，不事二主，竭诚报效，肝胆相照，也符合历代统治者驾驭臣民使其效忠的需要。于是他成为既能为老百姓接受，也能被统治者认可的一位尊神。所以《三国演义》这部小说，在文字狱时代，这套书的命运，就比当时其他书籍好得多，既不能禁止，也不能封存，更不能毁版。故尔，《三国演义》这部书，自印刷术出现以来，它的发行量一直是领先的。

　　老百姓需要这样能保护自己的神，统治者需要这样能为自己所用的神，这也是在中国大地上，他能一路通行的原因。

第二十八回

斩蔡阳兄弟释疑
会古城主臣聚义

　　从灵帝中平四年（187），刘关张桃园结义于河北涿州，到献帝建安五年（200），再聚义于河南汝南（实际上这古城只是演义和戏文中事，其聚会处，有人考证应在河南南部），一混十三年过去，转了很大一个圈子，跌跌撞撞，累死累活，站定一看，发现又回到起点。十三年前，刘、关、张抱着一腔热血，兴高采烈地出征，十三年后，还是这哥仨，带着失败的伤痕、难言的耻辱，垂头丧气地面面相觑，感慨良多。

　　最窘时，莫过于曹操仓亭战胜袁绍，乘势扫荡刘备的残兵败将，刘备陷入张郃、高览的包围之中，前后夹击，两头无路，刘玄德仰天大呼："天何使我受此窘极耶？事势至此，不如就死。"欲拔剑自刎，幸而当过黄巾贼的刘辟冒死相救，看来，死到临头，他的勇气还顶不上一个原来的黄巾贼。接下来，他数了数剩下的一千来人，竟然宣布要散摊子。"今日身无立锥，诚恐有误诸君，君等何不弃备而投明主，以取功名乎？"就在"众皆掩面而哭"的时候，关羽站了出来。

　　看来，义，既是试金石，也是吸铁石，他的出现，意味着不管千难万苦，关羽也要回到刘备身边来；赵云的出现，意味着无论千难万阻，迂回曲折，也要加入这支人马之中，古城相聚，抱团取暖，虽然一切重新开始，那么别开新篇，未必不可写出新文章？

　　刘备这样想，大家这样想，可下一步呢？刘备不得不西奔刘表，重新过起依人篱下、看人眼色的生活。这当然很痛苦，然而，又不得不为之，刘备的人马能不散，关羽、张飞的誓死相随，赵云的如愿而至，全在这一个"义"字上。这就是《三国演义》受到历代老百姓和统治者高看的原因。

却说关公同孙乾保二嫂向汝南进发，不想夏侯惇领三百馀骑，从后追来。孙乾保车仗前行。关公回身勒马按刀问曰："汝来赶我，有失丞相大度。"夏侯惇曰："丞相无明文传报，汝于路杀人，又斩吾部将，无礼太甚！我特来擒你，献与丞相发落！"言讫，便拍马挺枪欲斗。只见后面一骑飞来，大叫："不可与云长交战！"关公按辔不动。来使于怀中取出公文，谓夏侯惇曰："丞相敬爱关将军忠义，恐于路关隘拦截，故遣某特赍公文，遍行诸处。"惇曰："关某于路杀把关将士，丞相知否？"来使曰："此却未知。"惇曰："我只活捉他去见丞相，待丞相自放他。"关公怒曰："吾岂惧汝耶！"拍马持刀，直取夏侯惇。惇挺枪来迎。两马相交，战不十合，忽又一骑飞至，大叫："二将军少歇！"惇停枪问来使曰："丞相叫擒关某乎？"使者曰："非也。丞相恐守关诸将阻挡关将军，故又差某驰公文来放行。"惇曰："丞相知其于路杀人否？"使者曰："未知。"惇曰："既未知其杀人，不可放去。"指挥手下军士，将关公围住。关公大怒，舞刀迎战。两个正欲交锋，阵后一人飞马而来，大叫："云长、元让，休得争战！"众视之，乃张辽也。二人各勒住马。张辽近前言曰："奉丞相钧旨：因闻知云长斩关杀将，恐于路有阻，特差我传谕各处关隘，任便放行。"惇曰："秦琪是蔡阳之甥。

◎夏侯惇虽是独眼龙，但识见不差。

◎作为一个统帅，发现人才，善用人才是至为关键之事。选贤与能，擢优任良，恩威并施，赏罚分明，方能成就一番大事业。曹操特地派张辽来，说明他确是一位"善将将者"的大军事家、大政治家。

◎一起三落，跌宕有致。

◎惺惺相惜，张辽不忘知遇之恩。此
公是人情味最足的一位将军。

他将秦琪托付我处，今被关某所杀，怎肯干休？"
辽曰："我见蔡将军，自有分解。既丞相大度，教
放云长去，公等不可废丞相之意。"夏侯惇只得将
军马约退。辽曰："云长今欲何往？"关公曰："闻
兄长又不在袁绍处，吾今将遍天下寻之。"辽曰：
"既未知玄德下落，且再回见丞相，若何？"关公
笑曰："安有是理！文远回见丞相，幸为我谢罪。"
说毕，与张辽拱手而别。于是张辽与夏侯惇领军
自回。

关公赶上车仗，与孙乾说知此事。二人并马而
行。行了数日，忽值大雨滂沱，行装尽湿。遥望
山冈边有一所庄院，关公引着车仗，到彼借宿。庄
内一老人出迎。关公具言来意。老人曰："某姓郭，
名常，世居于此。久闻大名，幸得瞻拜。"遂宰羊
置酒相待，请二夫人于后堂暂歇。郭常陪关公、孙
乾于草堂饮酒。一边烘焙行李，一边喂养马匹。至
黄昏时候，忽见一少年，引数人入庄，径上草堂。
郭常唤曰："吾儿来拜将军。"因谓关公曰："此愚男
也。"关公问何来。常曰："射猎方回。"少年见过
关公，即下堂去了。常流泪言曰："老夫耕读传家，
止生此子，不务本业，惟以游猎为事。是家门不幸
也！"关公曰："方今乱世，若武艺精熟，亦可以
取功名，何云不幸？"常曰："他若肯习武艺，便
是有志之人。今专务游荡，无所不为：老夫所以忧

耳！"关公亦为叹息。至更深，郭常辞出。关公与孙乾方欲就寝，忽闻后院马嘶人叫。关公急唤从人，却都不应，乃与孙乾提剑往视之。只见郭常之子倒在地上叫唤，从人正与庄客厮打。公问其故。从人曰："此人来盗赤兔马，被马踢倒。我等闻叫唤之声，起来巡看，庄客们反来厮闹。"公怒曰："鼠贼焉敢盗吾马！"恰待发作，郭常奔至告曰："不肖子为此歹事，罪合万死！奈老妻最怜爱此子，乞将军仁慈宽恕！"关公曰："此子果然不肖，适才老翁所言，真'知子莫若父'也。我看翁面，且姑恕之。"遂分付从人看好了马，喝散庄客，与孙乾回草堂歇息。次日，郭常夫妇出拜于堂前，谢曰："犬子冒渎虎威，深感将军恩恕。"关公令："唤出，我以正言教之。"常曰："他于四更时分，又引数个无赖之徒，不知何处去了。"

关公谢别郭常，奉二嫂上车，出了庄院，与孙乾并马，护着车仗，取山路而行。不及三十里，只见山背后拥出百馀人，为首两骑马：前面那人，头裹黄巾，身穿战袍；后面乃郭常之子也。黄巾者曰："我乃天公将军张角部将也！来者快留下赤兔马，放你过去！"关公大笑曰："无知狂贼！汝既从张角为盗，亦知刘、关、张兄弟三人名字否？"黄巾者曰："我只闻赤面长髯者名关云长，却未识其面。汝何人也？"公乃停刀立马，解开须囊，出长髯令视之。其人滚鞍下马，

◎这一切的铺垫，都为站在关老爷身旁捧大刀的黑脸周仓出场做准备。

◎"脑揪"一词稀见，古代白话语汇，在清以前，中国男性皆束发。脑揪，当系情急之下，伸手抓住此人后脑的头发，一把揪出来亮相于公众面前。用在此处极佳。这世界上有多少该"脑揪"出来的龌龊小人啊！

◎文学作品中最怕这类有也可，无也可的人物出现，分散读者的注意力，给关老爷持青龙偃月刀的周仓即是。

◎前却廖化，现留周仓，如此用干部，这随意性也太大了。

脑揪郭常之子拜献于马前。关公问其姓名。告曰："某姓裴，名元绍。自张角死后，一向无主，啸聚山林，权于此处藏伏。今早这厮来报：'有一客人，骑一匹千里马，在我家投宿。'特邀某来劫夺此马。不想却遇将军。"郭常之子拜伏乞命。关公曰："吾看汝父之面，饶你性命！"郭子抱头鼠窜而去。

公谓元绍曰："汝不识吾面，何以知吾名？"元绍曰："离此二十里有一卧牛山。山上有一关西人，姓周，名仓，两臂有千斤之力，板肋虬髯，形容甚伟；原在黄巾张宝部下为将，张宝死，啸聚山林。他多曾与某说将军盛名，恨无门路相见。"关公曰："绿林中非豪杰托足之处。公等今后可各去邪归正，勿自陷其身。"元绍拜谢。正说话间，遥望一彪人马来到。元绍曰："此必周仓也。"关公乃立马待之。果见一人，黑面长身，持枪乘马，引众而至；见了关公，惊喜曰："此关将军也！"疾忙下马，俯伏道傍曰："周仓参拜。"关公曰："壮士何处曾识关某来？"仓曰："旧随黄巾张宝时，曾识尊颜；恨失身贼党，不得相随。今日幸得拜见。愿将军不弃，收为步卒，早晚执鞭随镫，死亦甘心！"公见其意甚诚，乃谓曰："汝若随我，汝手下人伴若何？"仓曰："愿从则俱从；不愿从者，听之可也。"于是众人皆曰："愿从。"关公乃下马至车前禀问二嫂。甘夫人曰："叔叔自离许都，于路独行至此，历过多少艰难，未尝要军马相随。前廖化欲相投，叔既却之，今何独容周仓之众耶？我辈女流浅见，叔自斟酌。"公曰："嫂嫂之言是也。"遂谓周仓曰："非关某寡情，奈二夫人不从。汝等且回山中，待我寻见兄长，必来相招。"周仓顿首告曰："仓乃一粗莽之夫，失身为盗；今遇将军，如重见天日，岂忍复错过！若以众人相随为不便，可令其尽跟裴元绍去。仓只身步行，跟随将军，虽万里不辞也！"关公再以此言告二嫂。甘夫人曰："一二人相从，无妨于事。"公乃令周仓拨人伴随裴元绍去。元绍曰："我亦愿随关将军。"周仓曰："汝若去时，人伴皆散；且当权时统领。我随关将军去，但有住扎处，便来取你。"元绍怏怏而别。

◎大写关羽的人望。也可见当时并不把他降曹的事看得多重。

　　周仓跟着关公，往汝南进发。行了数日，遥见一座山城。公问土人："此何处也？"土人曰："此名古城。数月前有一将军，姓张，名飞，引数十骑到此，将县官逐去，占住古城，招军买马，积草屯粮。今聚有三五千人马，四远无人敢敌。"关公喜曰："吾弟自徐州失散，一向不知下落，谁想却在此！"乃令孙乾先入城通报，教来迎接二嫂。

　　却说张飞在芒砀山中，住了月馀，因出外探听玄德消息，偶过古城，入县借粮；县官不肯，飞怒，因就逐去县官，夺了县印，占住城池，权且安身。当日孙乾领关公命，入城见飞。施礼毕，具言："玄德离了袁绍处，投汝南去了。今云长直从许都送二位夫人至

◎张飞做得出来！

◎不问三七二十一，是张飞性格。

◎这就是不问情由的偏执了！司马迁为被围而降匈奴的李陵，向汉武帝反映了贰师将军救援不力，不得不败的真话，结果受了宫刑，关进蚕室。从此，谁也不敢为这些败而不以一死来殉国的人多说一句。

此，请将军出迎。"张飞听罢，更不回言，随即披挂持矛上马，引一千馀人，径出北门。孙乾惊讶，又不敢问，只得随出城来。关公望见张飞到来，喜不自胜，付刀与周仓接了，拍马来迎。只见张飞圆睁环眼，倒竖虎须，吼声如雷，挥矛向关公便搠。关公大惊，连忙闪过，便叫："贤弟何故如此？岂忘了桃园结义耶？"飞喝曰："你既无义，有何面目来与我相见！"关公曰："我如何无义？"飞曰："你背了兄长，降了曹操，封侯赐爵。今又来赚我！我今与你拼个死活！"关公曰："你原来不知！我也难说。现放着二位嫂嫂在此，贤弟请自问。"二夫人听得，揭帘而呼曰："三叔何故如此？"飞曰："嫂嫂住着。且看我杀了负义的人，然后请嫂嫂入城。"甘夫人曰："二叔因不知你等下落，故暂时栖身曹氏。今知你哥哥在汝南，特不避险阻，送我们到此。三叔休错见了。"糜夫人曰："二叔向在许都，原出于无奈。"飞曰："嫂嫂休要被他瞒过了！忠臣宁死而不辱。大丈夫岂有事二主之理！"关公曰："贤弟休屈了我。"孙乾曰："云长特来寻将军。"飞喝曰："如何你也胡说！他那里有好心，必是来捉我！"关公曰："我若捉你，须带军马来。"飞把手指曰："兀的不是军马来也！"

关公回顾，果见尘埃起处，一彪人马来到。风吹旗号，正是曹军。张飞大怒曰："今还敢支吾么？"挺丈八蛇矛便搠将来。关公急止之曰："贤弟且住。你看我斩此来将，以表我真心。"飞曰："你果有真心，我这里三通鼓罢，便要你斩来将！"关公应诺。须臾，曹军至。为首一将，乃是蔡阳，挺刀纵马大喝曰："你杀吾外甥秦琪，却原来逃在此！吾奉丞相命，特来拿你！"关公更不打话，举刀便砍。张飞亲自擂鼓。只见一通鼓未尽，关公刀起处，蔡阳头已落地。众军士俱走。关公活捉执认旗的小卒过来，问取来由。小卒告说："蔡阳闻将军杀了他外甥，十分忿怒，要来河北与将军交战。丞相不肯，因差他往汝南攻刘辟。不想在这里遇着将军。"关公闻言，教去张飞前告说其事。飞将关公在许都时事细问小卒；小卒从头至尾，说了一遍，飞方才信。

　　正说间，忽城中军士来报："城南门外有十数骑来的甚紧，不知是甚人。"张飞心中疑虑，便转出南门看时，果见十数骑轻弓短箭而来。见了张飞，滚鞍下马。视之，乃麋竺、麋芳也。飞亦下马相见。竺曰："自徐州失散，我兄弟二人逃难回乡。使人远近打听，知云长降了曹操，主公在于河北；又闻简雍亦投河北去了。只不知将军在此。昨于路上遇见一伙客人，说有一姓张的将军，如此模样，今据古城。我兄弟度量必是将军，故来寻访。幸得相见！"飞曰："云长兄与孙乾送二嫂方到，已知哥哥下落。"二麋大喜，同来见关公，并参见二夫人。飞遂迎请二嫂入城。至衙中坐定，二夫人诉说关公历过之事，张飞方才大哭，参拜云长。二麋亦俱伤感。张飞亦自诉别后之事，一面设宴贺喜。

◎某关帝庙的对联这样写道："匹马斩颜良，偏师擒于禁，威武震三军，爵号亭侯君不忝；徐州降孟德，南郡丧孙权，头颅行万里，封称大帝耻难消。"如此两分法看人，难得难得。

◎兄弟隔散，妻子分离，部属亡去，人穷马尽，天下之大，竟无刘备立足之地，也真是混得够惨的了。

◎其实，"无情未必真豪杰，怜子何尝不丈夫"。据《三国志》裴松之注，关羽甚至与曹操有夺美之隙，关羽后来也有自己的子女，孙权还想同他联姻。但到了《三国演义》里来写关羽，倒是给样板戏立下了规矩，凡正面人物，均不食人间烟火。妻儿子女，淡化到似有似无，声色情欲，则更是讳莫如深。于是，关羽只好作为神被人敬，而不被人近了。

次日，张飞欲与关公同赴汝南见玄德。关公曰："贤弟可保护二嫂，暂住此城，待我与孙乾先去探听兄长消息。"飞允诺。关公与孙乾引数骑奔汝南来。刘辟、龚都接着，关公便问："皇叔何在？"刘辟曰："皇叔到此住了数日，为见军少，复往河北袁本初处商议去了。"关公怏怏不乐。孙乾曰："不必忧虑。再苦一番驱驰，仍往河北去报知皇叔，同至古城便了。"关公依言，辞了刘辟、龚都，回至古城，与张飞说知此事。张飞便欲同至河北。关公曰："有此一城，便是我等安身之处，未可轻弃。我还与孙乾同往袁绍处，寻见兄长，来此相会。贤弟可坚守此城。"飞曰："兄斩他颜良、文丑，如何去得？"关公曰："不妨。我到彼当见机而变。"遂唤周仓问曰："卧牛山裴元绍处，共有多少人马？"仓曰："约有四五百。"关公曰："我今抄近路去寻兄长。汝可往卧牛山招此一枝人马，从大路上接来。"仓领命而去。

关公与孙乾只带二十馀骑投河北来。将至界首，乾曰："将军未可轻入，只在此间暂歇。待某先入见皇叔，别作商议。"关公依言，先打发孙乾去了。遥望前村有一所庄院，便与从人到彼投宿。庄内一老翁携杖而出，与关公施礼。公具以实告。老翁曰："某亦姓关，名定。久闻大名，幸得瞻谒。"遂命二子出见，款留关公，并从人俱留于庄内。

且说孙乾匹马入冀州见玄德，具言前事。玄德

曰："简雍亦在此间，可暗请来同议。"少顷，简雍至，
与孙乾相见毕，共议脱身之计。雍曰："主公明日见
袁绍，只说要往荆州，说刘表共破曹操，便可乘机
而去。"玄德曰："此计大妙！但公能随我去否？"雍
曰："某亦自有脱身之计。"商议已定。次日，玄德入
见袁绍，告曰："刘景升镇守荆襄九郡，兵精粮足，
宜与相约，共攻曹操。"绍曰："吾尝遣使约之，奈彼
未肯相从。"玄德曰："此人是备同宗，备往说之，必
无推阻。"绍曰："若得刘表，胜刘辟多矣。"遂命玄
德行。绍又曰："近闻关云长已离了曹操，欲来河北；
吾当杀之，以雪颜良、文丑之恨！"玄德曰："明公
前欲用之，吾故召之。今何又欲杀之耶？且颜良、文
丑比之二鹿耳，云长乃一虎也：失二鹿而得一虎，何
恨之有？"绍笑曰："吾实爱之，故戏言耳。公可再
使人召之，令其速来。"玄德曰："即遣孙乾往召之可
也。"绍大喜从之。玄德出，简雍进曰："玄德此去，
必不回矣。某愿与偕往：一则同说刘表，二则监住玄
德。"绍然其言，便命简雍与玄德同行。郭图谏绍曰：
"刘备前去说刘辟，未见成事；今又使与简雍同往荆
州，必不返矣。"绍曰："汝勿多疑，简雍自有见识。"
郭图嗟呀而出。

　　却说玄德先命孙乾出城，回报关公；一面与简雍
辞了袁绍，上马出城。行至界首，孙乾接着，同往关
定庄上。关公迎门接拜，执手啼哭不止。关定领二子

◎一个人要是轻信到这种程度，不败
才怪？

◎司马光在《资治通鉴》里评袁绍
时，说他"短于从善"，这是他的致
命伤。他的谋士集团，其实是个很有
真知灼识的群体。"不才明主弃"，一
点办法也没有的，看着垮台，而无能
为力，或随之殉葬，或弃之求生，便
是自己选择了。

◎正在刘、关、张最为沉沦没落、走投无路之际，赵子龙的加入，无疑是十冬腊月添把火，顿时暖了大家的心，这就是患难见真情了。人之一生，当开顺风船扶摇直上之时，锦上添花者有之，添砖加瓦者有之，呼应助力者有之，一呼百诺者有之，无往不顺，无愿不遂，无望不足，无求不应。然而，日子很长，道路很远，并不总是高潮迭起，会有那么一天，你会发现原来热烈的人，冷面了，原来亲近的人，疏远了，原来同行的人，离开了，这时候，你才懂得何谓相知，何谓同心。

拜于草堂之前。玄德问其姓名。关公曰："此人与弟同姓，有二子：长子关宁，学文；次子关平，学武。"关定曰："今愚意欲遣次子跟随关将军，未识肯容纳否？"玄德曰："年几何矣？"定曰："十八岁矣。"玄德曰："既蒙长者厚意，吾弟尚未有子，今即以贤郎为子，若何？"关定大喜，便命关平拜关公为父，呼玄德为伯父。玄德恐袁绍追之，急收拾起行。关平随着关公，一齐起身。关定送了一程自回。

关公教取路往卧牛山来。正行间，忽见周仓引数十人带伤而来。关公引他见了玄德。问其何故受伤，仓曰："某未至卧牛山之前，先有一将单骑而来，与裴元绍交锋，只一合，刺死裴元绍，尽数招降人伴，占住山寨。仓到彼招诱人伴时，止有这几个过来，馀者俱惧怕，不敢擅离。仓不忿，与那将交战，被他连胜数次，身中三枪。——因此来报主公。"玄德曰："此人怎生模样？姓甚名谁？"仓曰："极其雄壮，不知姓名。"于是关公纵马当先，玄德在后，径投卧牛山来。周仓在山下叫骂，只见那将全副披挂，持枪骤马，引众下山。玄德早挥鞭出马大叫曰："来者莫非子龙否？"那将见了玄德，滚鞍下马，拜伏道旁。——原来果然是赵子龙。玄德、关公俱下马相见，问其何由至此。云曰："云自别使君，不想公孙瓒不听人言，以致兵败自焚。袁绍屡次招云，云想绍亦非用人之人，因此未往。后欲至徐州投使君，又闻徐州失守，云长已归曹操，使君又在袁绍处。云几番欲来相投，只恐袁绍见怪。四海飘零，无容身之地。前偶过此处，适遇裴元绍下山来欲夺吾马，云因杀之，借此安身。近闻翼德在古城，欲往投之，未知真实。今幸得遇使君！"玄德大喜，诉说从前之事。关公亦诉前事。玄德曰："吾初见子龙，便有留恋不舍之情。今幸得相遇！"云曰："云奔走四方，择主而事，未有如使君者。今得相随，大称平生。虽肝脑涂地，无恨矣。"当日就烧毁山寨，率领人众，尽随玄德前赴古城。

　　张飞、糜竺、糜芳迎接入城，各相拜诉。二夫人具言云长之事，玄德感叹不已。于是杀牛宰马，先拜谢天地，然后遍劳诸军。玄德见兄弟重聚，将佐无缺，又新得了赵云，关公又得了关平、周仓二人，欢喜无限，连饮数日。后人有诗赞之曰：

　　　　当时手足似瓜分，信断音稀杳不闻。
　　　　今日君臣重聚义，正如龙虎会风云。

　　时玄德、关、张、赵云、孙乾、简雍、糜竺、糜芳、关平、周仓部领马步军校共四五千人。玄德欲弃了古城去守汝南，恰好刘辟、龚都差人来请。于是遂起军往汝南驻扎，招军买马，徐图征进，不在话下。

　　且说袁绍见玄德不回，大怒，欲起兵伐之。郭图曰："刘备不足虑。曹操乃劲敌也，不可不除。

◎在三国时，这种合则留，不合则去的行为，相当正常，无可厚非。发展到后来，就搞绝对的人身依附，从属关系了，一朝是主，终身侍奉，甚至子而孙、孙而子地画地为牢，不得逾越，大清王朝的奴才制度，便是例证。选择，是人的根本权利。人，只有一种选择，而且还是别人强加的，那么他不过是生活在一个笼子里的动物罢了。极权专制的社会，最害怕人们的自由选择，会动摇其黑暗统治，所以拼命鼓吹不事二主，甘心做永远的奴隶。《三国演义》在进行这种"不食周粟"的宣传方面，颇得后世统治者的青睐。所以，哪一部旧小说，都有命运不济的时候，独《三国演义》，却始终被看好，正因为这些地方符合了统治者的需要。

刘表虽据荆州，不足为强。江东孙伯符威镇三江，地连六郡，谋臣武士极多，可使人结之，共攻曹操。"绍从其言，即修书遣陈震为使，来会孙策。正是：

只因河北英雄去，引出江东豪杰来。

未知其事如何，且听下文分解。

　　关老爷其实有些尴尬，这是此人一生的主要矛盾所在，尴尬在于他上不来下不去，因为他把自己放在老二的位置上，刘、关、张，不仅是年齿的序列，也是资历的排位。他视自己为实际上的副手，一直到诸葛亮出现，他还像蜗牛背着沉重的螺壳，一直到死。这种憨直，都是脑子单线条运动的结果。关老爷自认为当家老二，信心满满，他以为他不在，天要坍，其实他要早死几年，赤壁之战把守华容道的不是他而是别人，曹操早见上帝去了。副手意识成了他的病，他的尴尬，他的痛苦，他对诸葛亮的表情，绝对是那种小老婆式的吃味。破落户刘备曾就大儒卢植读过两天书，有一点点充门面的学历。关羽，解良一武夫耳，运盐卖炭之徒，从山西到河北，翻山越岭，养家糊口，粗通文墨罢了，可现又与刘备站在一起，人五人六，那种下等人的自卑，不论什么时代，都是成名以后难免有的来不及补课的遗憾，关老爷同样感到底气不足。于是，他半道抄车，不读兵法，却读起《春秋》来。每次读《三国演义》，说他老人家秉烛夜读，攻读《春秋》，不禁觉得可乐，瞎费功夫，瞎卖力气，你哪件事做得合乎《春秋》大义？
　　在这个世界上，1加1，等于2，是常态，但可能有些时候，1加1，并不等于2，也是可能的。可我们身边，经常会碰到这类不可理喻的一根筋人物，说他多坏，未必，说他多好，当时更不是。可他只接受等于2一个答案，你拿这个傻瓢怎么办？

第二十九回

小霸王怒斩于吉
碧眼儿坐领江东

　　孙策杀于吉，正史《三国志》未载。只是裴松之注书引《江表传》中，留下这段传闻。因与《搜神记》中于吉事不同，所以，裴注以"未详孰是"表示存疑。

　　《后汉书·襄楷传》则认为此人为东汉顺帝时黄老道派代表人物，《三国演义》所以将这个并非三国时代的人物，作为本回重点，并与孙策之死挂钩，大写特写，其实这是"说三分"到"平话本"的一种猎奇传统。以后我们还能在这部演义中，陆续读到孔明南征，七擒孟获，以及左慈、管辂类似的不可信情节。因为这已是一种惯例。连官方正史，也有这类鬼话连篇的章节。

　　据宋人灌圃耐得翁的《都城记胜》："瓦者，野合易散之意也，不知起于何时；但在京师时，甚为士庶放荡不羁之所，亦为子弟流连破坏之地。"在这个称作"瓦"的娱乐场所中，有一等"讲史书，讲说前代书史文传、兴废争战之事小说人"，面对来自三乡五舍，充满好奇心理，专程花钱听书的老百姓，讲史之馀，不得不以插科打诨的方式，用这些奇闻怪事，荒诞迷信，神仙妖魔，托梦显圣，以提振台下听众的精神。

　　加之，迷信在中国，容易有市场。一是因为历朝历代的统治者，明里、暗里、潜意识里服膺于神仙鬼怪；一是因为历朝历代的老百姓，有浓重的迷信基础，很容易接受小说人在大段讲史显得沉闷之际，来一小段不经之谈。

　　这也是《三国演义》所以有这么多糟粕的缘故。

　　却说孙策自霸江东，兵精粮足。建安四年，袭取庐江，败刘勋，使虞翻驰檄豫章，豫章太守华歆投降。自此声势大振，乃遣张纮往许昌上表献捷。曹操知孙策强

◎历来中央集权政府，都采取西汉晁错的削藩政策，免得尾大不掉。

◎和亲，作为手段，强者对强者，是一种示好，对半强者，是一种笼络，对弱者，是一种抚安。但和亲通常也不是万灵良药，决定利害关系的，最终还是实力。

盛，叹曰："狮儿难与争锋也！"遂以曹仁之女许配孙策幼弟孙匡，两家结婚。留张纮在许昌。孙策求为大司马，曹操不许。策恨之，常有袭许都之心。于是吴郡太守许贡，乃暗遣使赴许都上书于曹操。其略曰：

> 孙策骁勇，与项籍相似。朝廷宜外示荣宠，召还京师；不可使居外镇，以为后患。

使者赍书渡江，被防江将士所获，解赴孙策处。策观书大怒，斩其使，遣人假意请许贡议事。贡至，策出书示之，叱曰："汝欲送我于死地耶！"命武士绞杀之。贡家属皆逃散。有家客三人，欲为许贡报仇，恨无其便。

一日，孙策引军会猎于丹徒之西山，赶起一大鹿，策纵马上山逐之。正赶之间，只见树林之内有三个人持枪带弓而立。策勒马问曰："汝等何人？"答曰："乃韩当军士也。在此射鹿。"策方举辔欲行，一人拈枪望策左腿便刺。策大惊，急取佩剑从马上砍去，剑刃忽坠，止存剑把在手。一人早拈弓搭箭射来，正中孙策面颊。策就拔面上箭，取弓回射放箭之人，应弦而倒。那二人举枪向孙策乱搠，大叫："我等是许贡家客，特来为主人报仇！"策别无器械，只以弓拒之，且拒且走。二人死战不退。策身被数枪，马亦带伤。正危急之时，程普引数人至。孙策大叫：

◎《三国演义》一再宣扬的以死报主的思想，最为统治者欢迎。

"杀贼！"程普引众齐上，将许贡家客砍为肉泥。看孙策时，血流满面，被伤至重，乃以刀割袍，裹其伤处，救回吴会养病。后人有诗赞许家三客曰：

孙郎智勇冠江湄，射猎山中受困危。
许客三人能死义，杀身豫让未为奇。

却说孙策受伤而回，使人寻请华佗医治。不想华佗已往中原去了，止有徒弟在吴，命其治疗。其徒曰："箭头有药，毒已入骨。须静养百日，方可无虞。若怒气冲激，其疮难治。"孙策为人最是性急，恨不得即日便愈。将息到二十馀日，忽闻张纮有使者自许昌回，策唤问之。使者曰："曹操甚惧主公；其帐下谋士，亦俱敬服；惟有郭嘉不服。"策曰："郭嘉曾有何说？"使者不敢言。策怒，固问之。使者只得从实告曰："郭嘉曾对曹操言主公不足惧也：轻而无备，性急少谋，乃匹夫之勇耳，他日必死于小人之手。"策闻言，大怒曰："匹夫安敢料吾！吾誓取许昌！"遂不待疮愈，便欲商议出兵。张昭谏曰："医者戒主公百日休动，今何因一时之忿，自轻万金之躯？"

正话间，忽报袁绍遣使陈震至。策唤入问之。震具言袁绍欲结东吴为外应，共攻曹操。策大喜，即日会诸将于城楼上，设宴款待陈震。饮酒之间，忽见诸将互相耳语，纷纷下楼。策怪问何故。左右曰："有于

◎他的谋士虞翻早劝过的："明府喜轻出微行，从官不暇严，吏卒常苦之，夫君人者不重则不威，故白龙鱼服，困于豫且，白蛇自放，刘季害之，愿少留意！"一语成谶，不幸言中，孙策终于因此而亡。

神仙者，今从楼下过，诸将欲往拜之耳。"策起身凭栏观之，见一道人，身披鹤氅，手携藜杖，立于当道，百姓俱焚香伏道而拜。策怒曰："是何妖人？快与我擒来！"左右告曰："此人姓于，名吉，寓居东方，往来吴会，普施符水，救人万病，无有不验。当世呼为神仙，未可轻渎。"策愈怒，喝令："速速擒来！违者斩！"左右不得已，只得下楼，拥于吉至楼上。策叱曰："狂道怎敢煽惑人心！"于吉曰："贫道乃琅琊宫道士，顺帝时曾入山采药，得神书于阳曲泉水上，号曰《太平青领道》，凡百馀卷，皆治人疾病方术。贫道得之，惟务代天宣化，普救万人，未曾取人毫厘之物，安得煽惑人心？"策曰："汝毫不取人，衣服饮食，从何而得？汝即黄巾张角之流，今若不诛，必为后患！"叱左右斩之。张昭谏曰："于道人在江东数十年，并无过犯，不可杀害。"策曰："此等妖人，吾杀之，何异屠猪狗！"众官皆苦谏，陈震亦劝。策怒未息，命且囚于狱中。众官俱散。陈震自归馆驿安歇。

孙策归府，早有内侍传说此事与策母吴太夫人知道。夫人唤孙策入后堂，谓曰："吾闻汝将于神仙下于缧绁。此人多曾医人疾病，军民敬仰，不可加害。"策曰："此乃妖人，能以妖术惑众，不可不除！"夫人再三劝解。策曰："母亲勿听外人妄言，儿自有区处。"乃出唤狱吏取于吉来问。原来狱吏皆敬信于吉，吉在狱中时，尽去其枷锁；及策唤取，方带枷锁而出。

◎由此可以看到，迷信在我们这块土地上，是如何的根深蒂固。也说明历代统治者宁肯老百姓永远愚昧，而对知识和知识分子严加防范的原因了。不愚昧，迷信无法施展，不迷信，哪还有天、神、人的崇拜呢？要大家都明白了，还有什么迷信的市场？

策访知大怒，痛责狱吏，仍将于吉械系下狱。张昭等数十人，连名作状，拜求孙策，乞保于神仙。策曰："公等皆读书人，何不达理？昔交州刺史张津，听信邪教，鼓瑟焚香，常以红帕裹头，自称可助出军之威，后竟为敌军所杀。此等事甚无益，诸君自未悟耳。吾欲杀于吉，正思禁邪觉迷也。"

吕范曰："某素知于道人能祈风祷雨。方今天旱，何不令其祈雨以赎罪？"策曰："吾且看此妖人若何。"遂命于狱中取出于吉，开其枷锁，令登坛求雨。吉领命，即沐浴更衣，取绳自缚于烈日之中。百姓观者，填街塞巷。于吉谓众人曰："吾求三尺甘霖，以救万民，然我终不免一死。"众人曰："若有灵验，主公必然敬服。"于吉曰："气数至此，恐不能逃。"少顷，孙策亲至坛中下令："若午时无雨，即焚死于吉。"先令人堆积干柴伺候。将及午时，狂风骤起。风过处，四下阴云渐合。策曰："时已近午，空有阴云，而无甘雨，正是妖人！"叱左右将于吉扛上柴堆，四下举火，焰随风起。忽见黑烟一道，冲上空中，一声响亮，雷电齐发，大雨如注。顷刻之间，街市成河，溪涧皆满，足有三尺甘雨。于吉仰卧于柴堆之上，大喝一声，云收雨住，复见太阳。于是众官及百姓，共将于吉扶下柴堆，解去绳索，再拜称谢。孙策见官民俱罗拜于水中，不顾衣服，乃勃然大怒，叱曰："晴雨乃天地之定数，妖人偶乘其便，你等何得如此惑乱！"

◎这等故事最为老百姓喜闻乐见，而且不胫而走，加油添醋，越传越神。因为老百姓很愿意看官府出洋相，这也是常受官府压迫的本能反应吧？

◎中国人这种精神不死的自慰法，是一大发明。于是连头掉了，也不大在乎的。

◎老太太说的这句"圣人云"，出自《中庸》。

掣宝剑令左右速斩于吉。众官力谏，策怒曰："尔等皆欲从于吉造反耶！"众官乃不敢复言。策叱武士将于吉一刀斩头落地。只见一道青气，投东北去了。策命将其尸号令于市，以正妖妄之罪。

是夜风雨交作，及晓，不见了于吉尸首。守尸军士报知孙策。策怒，欲杀守尸军士。忽见一人，从堂前徐步而来，视之，却是于吉。策大怒，正欲拔剑斫之，忽然昏倒于地。左右急救入卧内，半晌方苏。吴太夫人来视疾，谓策曰："吾儿屈杀神仙，故招此祸。"策笑曰："儿自幼随父出征，杀人如麻，何曾有为祸之理？令杀妖人，正绝大祸，安得反为我祸？"夫人曰："因汝不信，以致如此；今可作好事以禳之。"策曰："吾命在天，妖人决不能为祸，何必禳耶！"夫人料劝不信，乃自令左右暗修善事禳解。

是夜二更，策卧于内宅，忽然阴风骤起，灯灭而复明。灯影之下，见于吉立于床前。策大喝曰："吾平生誓诛妖妄，以靖天下！汝既为阴鬼，何敢近我！"取床头剑掷之，忽然不见。吴太夫人闻之，转生忧闷。策乃扶病强行，以宽母心。母谓策曰："圣人云：'鬼神之为德，其盛矣乎！'又云：'祷尔于上下神祇。'鬼神之事，不可不信。汝屈杀于先生，岂无报应？吾已令人设醮于郡之玉清观内，汝可亲往拜祷，自然安妥。"策不敢违母命，只得勉强乘轿至玉清观。道士接入，请策焚香，策焚香而不谢。忽香炉中烟起不散，结成一座华盖，上面端坐着于吉。策怒，唾骂之；走离殿宇，又见于吉立于殿门首，怒目视策。策顾左右曰："汝等见妖鬼否？"左右皆云未见。策愈怒，拔佩剑望于吉掷去，一人中剑而倒。众视之，乃前日动手杀于吉之小卒，被剑斫入脑袋，七窍流血而死。策命扛出葬之。比及出观，又见于吉走入观门来。策曰："此观亦藏妖之所也！"遂坐于观前，命武士五百人拆毁之。武士方上屋揭瓦，却见于吉立于屋上，飞瓦掷地。策大怒，传令逐出本观道士，放火烧毁殿宇。火起处，又见于吉立于火光之中。策怒归府，又见于吉立于府门前。策乃不入府，随点起三军，出城外下寨，传唤众将商议，欲起兵助袁绍夹攻曹操。众将俱曰："主公玉体违和，未可轻动。且待平愈，出兵未迟。"

是夜孙策宿于寨内，又见于吉披发而来。策于帐中叱喝不绝。次日，吴太夫人传命，召策回府。策乃归见其母。夫人见策形容憔悴，泣曰："儿失形矣！"策即引镜自照，果见形容十分瘦损，不觉失惊，顾左右曰："吾奈何憔悴至此耶！"言未已，忽见于吉立于镜中。策拍镜大叫一声，金疮迸裂，昏绝于地。夫人令扶入卧内。须臾苏醒，自叹曰："吾不能复生矣！"随召张昭等诸人，及弟孙权，至卧榻前，嘱付曰："天下方乱，以吴越之众，三江之固，大可有为。子布等幸善相吾弟。"乃取印绶与孙权曰："若举江东之众，决机于两阵之间，与天下争衡，卿

◎陷于迷信而不拔，编出这类有想象力的故事，而且言之凿凿，是不费难的。

◎和孙坚一样，作为遗嘱，再次肯定东吴的国策，四个字，便是保全江东。

◎据《三国志·郭嘉传》："孙策转战千里，尽有江东，闻太祖与袁绍相持于官渡，将渡江北袭许，众闻皆惧。嘉料之曰：'策新并江东，所诛皆英豪雄杰，能得人死力者也。然策轻而无备，虽有百万之众，无异于独行中原也。若刺客伏起，一人之敌耳，以吾观之，必死于匹夫之手。'策临江未济，果为许贡客所杀。"

◎一、郭嘉料其必死，奇；二、孙策果如其料而死，更奇。然而，孙策杀人太多，遍地树敌，轻于防范，被那些豪狡暗算的可能性极高。如果再想到郭嘉讳莫如深的具有特工性质的行止，他的这些判断，就不是裴注引文简单几句就能否认的。历史学家的一个陋俗，宁可信其无，不能信其有。因为历史是个时间黑洞，有时求证其无，比求证其有更难。郭嘉之奇，除了曹操，永远无人知晓。

不如我；举贤任能，使各尽力以保江东，我不如卿。卿宜念父兄创业之艰难，善自图之！"权大哭，拜受印绶。策告母曰："儿天年已尽，不能奉慈母。今将印绶付弟，望母朝夕训之。父兄旧人，慎勿轻怠。"母哭曰："恐汝弟年幼，不能任大事，当复如何？"策曰："弟才胜儿十倍，足当大任。倘内事不决，可问张昭；外事不决，可问周瑜。——恨周瑜不在此，不得面嘱之也！"又唤诸弟嘱曰："吾死之后，汝等并辅仲谋。宗族中敢有生异心者，众共诛之；骨肉为逆，不得入祖坟安葬。"诸弟泣受命。又唤妻乔夫人谓曰："吾与汝不幸中途相分，汝须孝养尊姑。早晚汝妹入见，可嘱其转致周郎，尽力辅佐吾弟，休负我平日相知之雅。"言讫，瞑目而逝。年止二十六岁。后人有诗赞曰：

> 独战东南地，人称"小霸王"。
> 运筹如虎踞，决策似鹰扬。
> 威镇三江靖，名闻四海香。
> 临终遗大事，专意属周郎。

孙策既死，孙权哭倒于床前。张昭曰："此非将军哭时也。宜一面治丧事，一面理军国大事。"权乃收泪。张昭令孙静理会丧事，请孙权出堂，受众文武谒贺。孙权生得方颐大口，碧眼紫髯。昔汉使刘琬

入吴，见孙家诸昆仲，因语人曰："吾遍观孙氏兄弟，
虽各才气秀达，然皆禄祚不终。惟仲谋形貌奇伟，骨
格非常，乃大贵之表，又享高寿：众皆不及也。"

　　且说当时孙权承孙策遗命，掌江东之事。经理未
定，人报周瑜自巴丘提兵回吴。权曰："公瑾已回，
吾无忧矣。"原来周瑜守御巴丘，闻知孙策中箭被伤，
因此回来问候；将至吴郡，闻策已亡，故星夜来奔丧。
当下周瑜哭拜于孙策灵柩之前。吴太夫人出，以遗嘱
之语告瑜。瑜拜伏于地曰："敢不效犬马之力，继之
以死！"少顷，孙权入。周瑜拜见毕，权曰："愿公
无忘先兄遗命。"瑜顿首曰："愿以肝脑涂地，报知己
之恩。"权曰："今承父兄之业，将何策以守之？"瑜
曰："自古'得人者昌，失人者亡'。为今之计，须求
高明远见之人为辅，然后江东可定也。"权曰："先兄
遗言：内事托子布，外事全赖公瑾。"瑜曰："子布贤
达之士，足当大任。瑜不才，恐负倚托之重，愿荐一
人以辅将军。"权问何人。瑜曰："姓鲁，名肃，字子
敬，临淮东川人也。此人胸怀韬略，腹隐机谋。早年
丧父，事母至孝。其家极富，尝散财以济贫乏。瑜为
居巢长之时，将数百人过临淮，因乏粮，闻鲁肃家有
两囷米，各三千斛，因往求助。肃即指一囷相赠，其
慷慨如此。平生好击剑骑射，寓居曲阿。祖母亡，还
葬东城。其友刘子扬欲约彼往巢湖投郑宝，肃尚踌躇
未往。今主公可速召之。"权大喜，即命周瑜往聘。

◎十七路诸侯讨董卓，最让董卓头痛者，乃是来自江东的孙文台。王夫之对其父孙坚，颇为期许："孙坚之因袁术也，犹先主之因公孙瓒也。夫坚岂有术于心中者哉？贼未讨，功未成，始由术以立大勋，而速背之，则术必怀其毒，以挠坚之为，进与卓为敌，而退受术之击。刘虞怀忠义而死于公孙瓒职此由也。使坚不死，得自达长安，肯从术以逆终而为乱贼之爪牙乎？若坚者，虽不保其终之戴汉，而固未有瑕也。"看来，江东袭许，并非谣言攻势。孙策承其父遗风，不是安于一隅的人物，但到孙权，这种遗传基因便渐次淡薄了。

◎鲁肃称得上是东吴孙权的思想库，准确地说，应该是周瑜的智囊。但在《三国演义》中，鲁肃的形象则是近乎呆气的老好人，尤其在三国戏中，整个一个傻帽，显然有悖历史。

瑜奉命亲往，见肃叙礼毕，具道孙权相慕之意。肃曰："近刘子扬约某往巢湖，某将就之。"瑜曰："昔马援对光武云：'当今之世，非但君择臣，臣亦择君。'今吾孙将军亲贤礼士，纳奇录异，世所罕有。足下不须他计，只同我往投东吴为是。"肃从其言，遂同周瑜来见孙权。权甚敬之，与之谈论，终日不倦。

　　一日，众官皆散，权留鲁肃共饮，至晚同榻抵足而卧。夜半，权问肃曰："方今汉室倾危，四方纷扰；孤承父兄馀业，思为桓、文之事，君将何以教我？"肃曰："昔汉高祖欲尊事义帝而不获者，以项羽为害也。今之曹操可比项羽，将军何由得为桓、文乎？肃窃料汉室不可复兴，曹操不可卒除。为将军计，惟有鼎足江东以观天下之衅。今乘北方多务，剿除黄祖，进伐刘表，竟长江所极而据守之；然后建号帝王，以图天下：此高祖之业也。"权闻言大喜，披衣起谢。次日厚赠鲁肃，并将衣服帏帐等物赐肃之母。肃又荐一人见孙权：此人博学多才，事母至孝；覆姓诸葛，名瑾，字子瑜，琅琊南阳人也。权拜之为上宾。瑾劝权勿通袁绍，且顺曹操，然后乘便图之。权依言，乃遣陈震回，以书绝袁绍。

　　却说曹操闻孙策已死，欲起兵下江南。侍御史张纮谏曰："乘人之丧而伐之，既非义举；若其不克，弃好成仇：不如因而善遇之。"操然其说，乃即奏封孙权为将军，兼领会稽太守；即令张纮为会稽都尉，赍印往

◎选择，这是最起码的自由。

江东。孙权大喜，又得张纮回吴，即命与张昭同理政事。张纮又荐一人于孙权：此人姓顾，名雍，字元叹，乃中郎蔡邕之徒；其为人少言语，不饮酒，严厉正大。权以为丞，行太守事。自是孙权威震江东，深得民心。

且说陈震回见袁绍，具说："孙策已亡，孙权继立。曹操封之为将军，结为外应矣。"袁绍大怒，遂起冀、青、幽、并等处人马七十余万，复来攻取许昌。正是：

> 江南兵革方休息，冀北干戈又复兴。

未知胜负若何，且听下文分解。

◎"夫兵者凶器，战者危事也"，孙权改变其父兄好战逞勇的形象，励精图治，张昭的这番劝导是起到作用的。

　　邪教迷信，在中国这块土地上，有着悠久的历史。它之所以能够获得生存的基础，是小农经济制度所造成的普遍贫穷现象所致。贫穷，则落后，则愚昧，而落后、愚昧，则是邪教迷信得以滋生的最佳土壤。东汉之乱，始自黄巾，由一点而全面，其兴也勃，就得益于这片迷信的土壤。老百姓在不可抵抗、无法预防的天灾人祸面前，深感命运之叵测，得失之难料，生死之未卜，存活之匪易，以及对于大自然的无能，对于统治者的无奈。因此，文化程度相对低下，文明熏陶相对缺失的普通民众，是最容易接受邪教迷信的影响，来填补精神上的无可依傍的心理空间。

　　越是无知，越是盲目，越是头脑简单，越是容易受骗上当，也越能成为最坚定的信徒，这也是我们那些年里所看到的闹剧总是不断上演的原因。

第三十回

战官渡本初败绩
劫乌巢孟德烧粮

　　两军对垒，当然也是双方统帅才智的较量。一个具有"矜愎自高，短于从善"许多劣质因素的袁绍，怎么能敌得过那礼贤下士，光着脚跳下床，生怕来不及地迎接许攸的曹操呢？败局是注定了的，田丰、沮授知道自己必死的命运，早就预料到这样的结局："上盈其志，下务其功，悠悠黄河，吾其不反乎？"这个"上盈其志"的"上"，就是袁绍。他之所以失败，也就是"上盈其志"的"盈"。沮授的这句话，说到了袁绍大败的根子上。因为，一个太满足的人，也就是没有什么追求的人，他什么都不缺，应有尽有，他还追求什么呢？

　　《三国志·董二袁刘传》："卓遣执金吾胡毋班、将作大匠吴修赍书喻绍，绍使河内太守王匡杀之。卓闻绍得关东，乃悉诛绍宗族太傅隗等。"在这样的血雨腥风之下，董卓的刀子时刻悬在袁绍头上时，他敢这样放松自己而自"盈"吗？人的一生，就是压力的一生，压力不是坏事，被压力压倒、压垮才是坏事。那时的袁绍，"豪侠多附绍，皆思之为报，州郡蜂起，莫不假其名"，应该是他一生中最为奋发有为、最为朝气蓬勃之日。

　　曹操则不同，本钱不大，野心不小，他在黄巾之乱后乘乱而起，是有大志向，也是有大目标的，当他渐渐膨胀以后，便深感袁绍这庞然大物的压力了。当然，袁绍也是吃人之人，他就是这样吃大的、吃惯的。于是，两强相遇，都是不肯认输之人，必有一战，势不可免。曹操以七万兵力和袁绍的七十万大军对阵，是历史上一次有名的以少攻多、以弱击强的战役。官渡一战，对曹操来讲，至关重要。秦、汉之际，得中原就等于得天下，要得天下，必先取中原。袁绍不除，中原不稳定地掌握在曹操手中，是他一个永远的心腹之患。而且，袁绍在实力上占压倒优势，你不把他吃掉，他就会把你吃掉，这是早晚的事。所以，曹操进军洛阳之后，除吕布，逐刘备，拒袁术，抚孙策，都是在为彻底消灭袁绍作准备。在黎阳相峙，延津交手以后，曹操便有信心寻找战机与袁绍决战了。

　　人是会变的，曹操敢动手，这个袁绍已不是昨天那个袁绍。这是其许多要打因素之决定因素。他不知道沮授所言"上盈其志"，但从会盟发兵讨卓开始，这个曾在曹操心目中领一代风流的袁绍，原来不过尔尔，并无任何特殊的才禀表现，也无任何领袖气质的高人之处。

　　这场仗，打，有可能不死；不打，则必死无疑。在如此压力下，曹操选择了冒险。

却说袁绍兴兵，望官渡进发。夏侯惇发书告急。曹操起军七万，前往迎敌，留荀彧守许都。绍兵临发，田丰从狱中上书谏曰："今且宜静守以待天时，不可妄兴大兵，恐有不利。"逢纪谮曰："主公兴仁义之师，田丰何得出此不祥之语！"绍因怒，欲斩田丰。众官告免。绍恨曰："待吾破了曹操，明正其罪！"遂催军进发，旌旗遍野，刀剑如林。行至阳武，下定寨栅。沮授曰："我军虽众，而勇猛不及彼军；彼军虽精，而粮草不如我军。彼军无粮，利在急战；我军有粮，宜且缓守。若能旷以日月，则彼军不战自败矣。"绍怒曰："田丰慢我军心，吾回日必斩之。汝安敢又如此！"叱左右："将沮授锁禁军中，待我破曹之后，与田丰一体治罪！"于是下令，将大军七十万，东西南北，周围安营，连络九十余里。

细作探知虚实，报至官渡。曹军新到，闻之皆惧。曹操与众谋士商议。荀攸曰："绍军虽多，不足惧也。我军俱精锐之士，无不一以当十。但利在急战。若迁延日月，粮草不敷，事可忧矣。"操曰："所言正合吾意。"遂传令军将鼓噪而进。绍军来迎，两边排成阵势。审配拨弩手一万，伏于两翼；弓箭手五千，伏于门旗内：约炮响齐发。三通鼓罢，袁绍金盔金甲，锦袍玉带，立马阵前。左右排列着张郃、高览、韩猛、淳于琼等诸将。旌旗节钺，甚是严整。曹阵上门旗开处，曹操出马。许褚、张辽、徐晃、李典等，各持兵

◎窝里哄是中国人的一大特色，而越是凡庸的主子手下，这种争吵也越是厉害。

◎好大喜功，轻举妄动，生立丰碑，死求万代，置国家、疆土、百姓、物产于不顾，逞一己之欲，任何不同意见，都视作忤逆叛反，是所有统治者的通病。

◎都拿皇帝当招牌。

◎官渡之战一开始，曹操处于弱势，只有挨打的份。但作为一军之帅，要是遏制不住敌方的气焰，下面的戏就不大好唱了。

器，前后拥卫。曹操以鞭指袁绍曰："吾于天子之前，保奏你为大将军，今何故谋反？"绍怒曰："汝托名汉相，实为汉贼！罪恶弥天，甚于莽、卓，乃反诬人造反耶！"操曰："吾今奉诏讨汝！"绍曰："吾奉衣带诏讨贼！"操怒，使张辽出战。张郃跃马来迎。二将斗了四五十合，不分胜负。曹操见了，暗暗称奇。许褚挥刀纵马，直出助战。高览挺枪接住。四员将捉对儿厮杀。曹操令夏侯惇、曹洪，各引三千军，齐冲彼阵。审配见曹军来冲阵，便令放起号炮：两下万弩并发，中军内弓箭手一齐拥出阵前乱射。曹军如何抵敌，望南急走。袁绍驱兵掩杀，曹军大败，尽退至官渡。

袁绍移军逼近官渡下寨。审配曰："今可拨兵十万守官渡，就曹操寨前筑起土山，令军人下视寨中放箭。操若弃此而去，吾得此隘口，许昌可破矣。"绍从之，于各寨内选精壮军人，用铁锹土担，齐来曹操寨边，垒土成山。曹营内见袁军堆筑土山，欲待出去冲突，被审配弓弩手当住咽喉要路，不能前进。十日之内，筑成土山五十馀座，上立高橹，分拨弓弩手于其上射箭。曹军大惧，皆顶着遮箭牌守御。土山上一声梆子响处，箭下如雨。曹军皆蒙楯伏地，袁军呐喊而笑。曹操见军慌乱，集众谋士问计。刘晔进曰："可作发石车以破之。"操令晔进车式，连夜造发石车数百乘，分布营墙内，正对着土山上云梯。候弓箭手射箭时，营内一齐拽动石车，炮石飞空，往上乱打。人无躲处，弓箭手死者无数。袁军皆号其车为"霹雳车"。由是袁军不敢登高射箭。审配又献一计：令军人用铁锹暗打地道，直透曹营内，号为"掘子军"。曹兵望见袁军于山后掘土坑，报知曹操。操又问计于刘晔。晔曰："此袁军不能攻明而攻暗，发掘伏道，欲从地下透营而入耳。"操曰："何以御之？"晔曰："可绕营掘长堑，则彼伏道无用也。"操连夜差军掘堑。袁军掘伏道到堑边，果不能入，空费军力。

　　却说曹操守官渡，自八月起，至九月终，军力渐乏，粮草不继。意欲弃官渡退回许昌，迟疑未决，乃作书遣人赴许昌问荀彧。彧以书报之。书略曰：

> ◎官渡对垒，曹操打得很苦，实在无法抵挡袁绍的强大攻势，一个月下来，军力渐乏，粮草不继，只有退保许都一计了。

　　　　承尊命，使决进退之疑。愚以袁绍悉众聚于官渡，欲与明公决胜负，公以至弱当至强，若不能制，必为所乘：是天下之大机也。绍军虽众，而不能用；以公之神武明哲，何向而不济！今军实虽少，未若楚、汉在荥阳、成皋间也。公今画地而守，扼其喉而使不能进，情见势竭，必将有变。此用奇之时，断不可失。惟明公裁察焉。

> ◎以弱战强，正如狡兔与鸷鹰搏斗，只有一口气不停地拖着叼住它的鹰向前奔走，愈到最后时刻，愈不能泄劲。坚持到底，就是胜利，稍一迟疑，必成为鸷鹰的一顿美餐了。

　　曹操得书大喜，令将士效力死守。绍军约退三十余里，操遣将出营巡哨。有徐晃部将史涣获得袁军

◎三国时期的战争，粮草供应是战斗力能否持久的性命攸关大事。

◎官渡之战，败在粮草上。俗云，兵马未动，粮草先行。后勤保障即使对于现代化战争，也是十分重要的。

细作，解见徐晃。晃问其军中虚实。答曰："早晚大将韩猛运粮至军前接济，先令我等探路。"徐晃便将此事报知曹操。荀攸曰："韩猛匹夫之勇耳。若遣一人引轻骑数千，从半路击之，断其粮草，绍军自乱。"操曰："谁人可往？"攸曰："即遣徐晃可也。"操遂差徐晃将带史涣并所部兵先出，后使张辽、许褚引兵救应。当夜韩猛押粮车数千辆，解赴绍寨。正走之间，山谷内徐晃、史涣引军截住去路。韩猛飞马来战，徐晃接住厮杀。史涣便杀散人夫，放火焚烧粮车。韩猛抵当不住，拨回马走。徐晃催军烧尽辎重。袁绍军中，望见西北上火起，正惊疑间，败军报来："粮草被劫！"绍急遣张郃、高览去截大路，正遇徐晃烧粮而回。恰欲交锋，背后张辽、许褚军到。两下夹攻，杀散袁军，四将合兵一处，回官渡寨中。曹操大喜，重加赏劳。又分军于寨前结营，为掎角之势。

却说韩猛败军还营，绍大怒，欲斩韩猛，众官劝免。审配曰："行军以粮食为重，不可不用心提防。乌巢乃屯粮之处，必得重兵守之。"袁绍曰："吾筹策已定。汝可回邺都监督粮草，休教缺乏。"审配领命而去。袁绍遣大将淳于琼，部领督将眭元进、韩莒子、吕威璜、赵睿等，引二万人马，守乌巢。那淳于琼性刚好酒，军士多畏之；既至乌巢，终日与诸将聚饮。

且说曹操军粮告竭，急发使往许昌教荀彧作速措办粮草，星夜解赴军前接济。使者赍书而往，行不上三十里，被袁军捉住，缚见谋士许攸。那许攸字子远，少时曾与曹操为友，此时却在袁绍处为谋士。当下搜得使者所赍曹操催粮书信，径来见绍曰："曹操屯军官渡，与我相持已久，许昌必空虚；若分一军星夜掩袭许昌，则许昌可拔，而操可擒也。今操粮草已尽，正可乘此机会，两路击之。"绍曰："曹操诡计极多，此书乃诱敌之计也。"攸曰："今若不取，后将反受其害。"正话间，忽有使者自邺郡来，呈上审配书。书中先说运粮事；后言许攸在冀州时，尝滥受民间财物，且纵令子侄辈多科税，钱粮入己，今已收其子侄下狱矣。绍见书大怒曰："滥行匹夫！尚有面目于吾前献计耶！汝与曹操有旧，想今亦受他财贿，为他作奸细，啜赚吾军耳！本当斩首，今权且寄头在项！可速退出，今后不许相见！"许攸出，仰天叹曰："忠言逆耳，竖子不足与谋！吾子侄已遭审配之害，吾何颜复见冀州之人乎！"遂欲拔剑自刎。左右夺剑劝曰："公何轻生至此？袁绍不纳直言，后必为曹操所擒。公既与曹公有旧，何不弃暗投明？"只这两句言语，点醒许攸；于是许攸径投曹操。后人有诗叹曰：

◎用人疑人，使计疑计，此等人无不败者。

◎他还生怕许攸不知道，特地提个醒，好一个袁绍啊！

　　本初豪气盖中华，官渡相持枉叹嗟。
　　若使许攸谋见用，山河争得属曹家？

◎不管真的假的，至少能做得出来，英雄！

◎"兵不厌诈"，当然也包括撒谎在内。

却说许攸暗步出营，径投曹寨，伏路军人拿住。攸曰："我是曹丞相故友，快与我通报，说南阳许攸来见。"军士忙报入寨中。时操方解衣歇息，闻说许攸私奔到寨，大喜，不及穿履，跣足出迎。遥见许攸，抚掌欢笑，携手共入，操先拜于地。攸慌扶起曰："公乃汉相，吾乃布衣，何谦恭如此？"操曰："公乃操故友，岂敢以名爵相上下乎！"攸曰："某不能择主，屈身袁绍，言不听，计不从，今特弃之来见故人。愿赐收录。"操曰："子远肯来，吾事济矣！愿即教我以破绍之计。"攸曰："吾曾教袁绍以轻骑乘虚袭许都，首尾相攻。"操大惊曰："若袁绍用子言，吾事败矣。"攸曰："公今军粮尚有几何？"操曰："可支一年。"攸笑曰："恐未必。"操曰："有半年耳。"攸拂袖而起，趋步出帐曰："吾以诚相投，而公见欺如是，岂吾所望哉！"操挽留曰："子远勿嗔，尚容实诉：军中粮实可支三月耳。"攸笑曰："世人皆言孟德奸雄，今果然也。"操亦笑曰："岂不闻'兵不厌诈'！"遂附耳低言曰："军中止有此月之粮。"攸大声曰："休瞒我！粮已尽矣！"操愕然曰："何以知之？"攸乃出操与荀彧之书以示之曰："此书何人所写？"操惊问曰："何处得之？"攸以获使之事相告。操执其手曰："子远既念旧交而来，愿即有以教我。"攸曰："明公以孤军抗大敌，而不求急胜之方，此取死之道也。攸有一策，不过三日，使袁绍百万之众，不战自破。明公还肯听否？"操喜曰："愿闻良策。"攸曰："袁绍军粮辎重，尽积乌巢，今拨淳于琼守把，琼嗜酒无备。公可选精兵诈称袁将蒋奇领兵到彼护粮，乘间烧其粮草辎重，则绍军不三日将自乱矣。"操大喜，重待许攸，留于寨中。

次日，操自选马步军士五千，准备往乌巢劫粮。张辽曰："袁绍屯粮之所，安得无备？丞相未可轻往，恐许攸有诈。"操曰："不然。许攸此来，天败袁绍。今吾军粮不给，难以久持；若不用许攸之计，是坐而待困也。彼若有诈，安肯留我寨中？且吾亦欲劫寨久矣。今劫粮之举，计在必行，君请勿疑。"辽曰："亦须防袁绍乘虚来袭。"操笑曰："吾已筹之熟矣。"便教荀攸、贾诩、曹洪同许攸守大寨，夏侯惇、夏侯渊领一军伏于左，曹仁、李典领一军伏于右，以备不虞。教张辽、许褚在前，徐晃、于禁在后，操自引诸将居中：共五千人马，打着袁军旗号，军士皆束草负薪，人衔枚，马勒口，黄昏时分，望乌巢进发。是夜星光满天。

且说沮授被袁绍拘禁在军中，是夜因见众星朗列，乃命监者引出中庭，仰观天象。忽见太白逆行，侵犯牛、斗之分，大惊曰："祸将至矣！"遂连夜求见袁绍。时绍已醉卧，听说沮授有密事启报，唤入问之。授曰："适观天象，见太白逆行于柳、鬼之间，

◎一番试探以后，纳言广听，从善如流的曹操，用人而不疑人，使计而不疑计，至此，已操胜算矣！

◎怪不得当时吴国的顾雍不饮酒，咸以为德。

流光射入牛、斗之分，恐有贼兵劫掠之害。乌巢屯粮之所，不可不提备。宜速遣精兵猛将，于间道山路巡哨，免为曹操所算。"绍怒叱曰："汝乃得罪之人，何敢妄言惑众！"因叱监者曰："吾令汝拘囚之，何敢放出！"遂命斩监者，别唤人监押沮授。授出，掩泪叹曰："我军亡在旦夕，我尸骸不知落何处也！"后人有诗叹曰：

◎难道那时已有"只许规规矩矩、不许乱说乱动"之提法。

> 逆耳忠言反见仇，独夫袁绍少机谋。
> 乌巢粮尽根基拔，犹欲区区守冀州。

却说曹操领兵夜行，前过袁绍别寨，寨兵问是何处军马。操使人应曰："蒋奇奉命往乌巢护粮。"袁军见是自家旗号，遂不疑惑。凡过数处，皆诈称蒋奇之兵，并无阻碍。及到乌巢，四更已尽。操教军士将束草周围举火，众将校鼓噪直入。时淳于琼方与众将饮了酒，醉卧帐中；闻鼓噪之声，连忙跳起问："何故喧闹？"言未已，早被挠钩拖翻。眭元进、赵睿运粮方回，见屯上火起，急来救应。曹军飞报曹操，说："贼兵在后，请分军拒之。"操大喝曰："诸将只顾奋力向前，待贼至背后，方可回战！"于是众军将无不争先掩杀。一霎时，火焰四起，烟迷太空。眭、赵二将驱兵来救，操勒马回战。二将抵敌不住，皆被曹军所杀，粮草尽行烧绝。淳于琼被擒见操，操命割去其耳鼻手

◎劫粮，断其后路，是曹操的惯伎。

指，缚于马上，放回绍营以辱之。

却说袁绍在帐中，闻报正北上火光满天，知是乌巢有失，急出帐召文武各官，商议遣兵往救。张郃曰："某与高览同往救之。"郭图曰："不可。曹军劫粮，曹操必然亲往；操既自出，寨必空虚，可纵兵先击曹操之寨；操闻之，必速还：此孙膑'围魏救赵'之计也。"张郃曰："非也。曹操多谋，外出必为内备，以防不虞。今若攻操营而不拔，琼等见获，吾属皆被擒矣。"郭图曰："曹操只顾劫粮，岂留兵在寨耶！"再三请劫曹营。绍乃遣张郃、高览引军五千，往官渡击曹营；遣蒋奇领兵一万，往救乌巢。

◎张郃原在袁绍手下，即是一员有远见卓识的战将。

且说曹操杀散淳于琼部卒，尽夺其衣甲旗帜，伪作淳于琼部下败军回寨，至山僻小路，正遇蒋奇军马。奇军问之，称是乌巢败军奔回。奇遂不疑，驱马径过。张辽、许褚忽至，大喝："蒋奇休走！"奇措手不及，被张辽斩于马下，尽杀蒋奇之兵。又使人当先伪报云："蒋奇已自杀散乌巢兵了。"袁绍因不复遣人接应乌巢，只添兵往官渡。

◎虚虚实实，兵不厌诈，果然。

却说张郃、高览攻打曹营，左边夏侯惇，右边曹仁，中路曹洪，一齐冲出：三下攻击，袁军大败。比及接应军到，曹操又从背后杀来，四下围住掩杀。张郃、高览夺路走脱。袁绍收得乌巢败残军马归寨，见淳于琼耳鼻皆无，手足尽落。绍问："如何失了乌巢？"败军告说："淳于琼醉卧，因此不能抵敌。"绍

◎他相信人是可以改变的，倒比现在一些人把人看死的狭隘僵化要豁达得多。

◎曹操看透袁绍："吾知绍之为人，志大而智小，色厉而胆薄，忌克而少威，兵多而分画不明，将骄而政令不一，土地虽广，粮食虽丰，适足以为吾奉也。"曹操更厉害之处在于："吾任天下之智力，以道御之，无所不可。"结果，使用谋士最力，得益于谋士贡献最大的曹操，在官渡之战中赢了袁绍。所以，谁拥有人才优势，谁能给人才创造一个"各尽其能，各展所长"的良好环境，谁就会在竞争中占上风。所谓"得人者昌，失人者亡"，在历代统治者中间，能有曹操这样一个认识水平的，并不多。

怒，立斩之。郭图恐张郃、高览回寨证对是非，先于袁绍前谮曰："张郃、高览见主公兵败，心中必喜。"绍曰："何出此言？"图曰："二人素有降曹之意，今遣击寨，故意不肯用力，以致损折士卒。"绍大怒，遂遣使急召二人归寨问罪。郭图先使人报二人云："主公将杀汝矣。"及绍使至，高览问曰："主公唤我等为何？"使者曰："不知何故。"览遂拔剑斩来使。郃大惊。览曰："袁绍听信谗言，必为曹操所擒；吾等岂可坐而待死？不如去投曹操。"郃曰："吾亦有此心久矣。"于是二人领本部兵马，往曹操寨中投降。夏侯惇曰："张、高二人来降，未知虚实。"操曰："吾以恩遇之，虽有异心，亦可变矣。"遂开营门命二人入。二人倒戈卸甲，拜伏于地。操曰："若使袁绍肯从二将军之言，不至有败。今二将军肯来相投，如微子去殷，韩信归汉也。"遂封张郃为偏将军、都亭侯，高览为偏将军、东莱侯。二人大喜。

却说袁绍既去了许攸，又去了张郃、高览，又失了乌巢粮，军心皇皇。许攸又劝曹操作速进兵；张郃、高览请为先锋；操从之。即令张郃、高览领兵往劫绍寨。当夜三更时分，出军三路劫寨。混战到明，各自收兵，绍军折其大半。荀攸献计曰："今可扬言调拨人马，一路取酸枣，攻邺郡；一路取黎阳，断袁兵归路。袁绍闻之，必然惊惶，分兵拒我；我乘其兵动时击之，绍可破也。"操用其计，使大小三军，四远扬言。绍军闻此信，来寨中报说："曹操分兵两路：一路取邺郡，一路取黎阳去也。"绍大惊，急遣袁谭分兵五万救邺郡，辛明分兵五万救黎阳，连夜起行。曹操探知袁绍兵动，便分大队军马，八路齐出，直冲绍营。袁军俱无斗志，四散奔走，遂大溃。袁绍披甲不迭，单衣幅巾上马；幼子袁尚后随。张辽、许褚、徐晃、于禁四员将，引军追赶袁绍。绍急渡河，尽弃图书车仗金帛，止引随行八百馀骑而去。操军追之不及，尽获遗下之物。所杀八万馀人，血流盈沟，溺水死者不计其数。操获全胜，将所得金宝缎匹，给赏军士。于图书中检出书信一束，皆许都及军中诸人与绍暗通之书。左右曰："可逐一点对姓名，收而杀之。"操曰："当绍之强，孤亦不能自保，况他人乎？"遂命尽焚之，更不再问。

◎大势去矣！

◎大政治家的气魄！

　　却说袁绍兵败而奔，沮授因被囚禁，急走不脱，为曹军所获，擒见曹操。操素与授相识。授见操，大呼曰："授不降也！"操曰："本初无谋，不用君言，君何尚执迷耶？吾若早得足下，天下不足虑也。"因厚待之，留于军中。授乃于营中盗马，欲归袁氏。操怒，乃杀之。授至死神色不变。操叹曰："吾误杀忠义之士也！"命厚礼殡殓，为建坟安葬于黄河渡口，题其墓曰："忠烈沮君之墓"。后人有诗赞曰：

◎河北名士何其多也，沮授为袁绍这样的主子殉葬，则不明矣！

　　　　河北多名士，忠贞推沮君：
　　　　凝眸知阵法，仰面识天文；

至死心如铁，临危气似云。

曹公钦义烈，特与建孤坟。

操下令攻冀州。正是：

势弱只因多算胜，兵强却为寡谋亡。

未知胜负如何，且看下文分解。

　　有五千年历史的中国，至少有三分之一，或四分之一的年代里，这块土地上发生过大大小小的战争。死了无数的人，当然也不能白死，遂促成了中国的战争学，也就是从孙武的《孙子兵法》到曹操的《兵书要略》《孙子注》，一直到毛泽东的《论持久战》等兵书的特别发达，在世界上占领先位置。然而，中国的战争文学却十分不景气，除了司马迁的《史记》，罗贯中的《三国演义》，还找不出其他能与荷马史诗《伊利亚特》《奥德赛》相颉颃的作品，甚至连雨果的《九三年》、托尔斯泰的《战争与和平》这样写战争的长篇小说，也难寻难觅。

　　用白话文来写战争，也就这部《三国演义》，称得上佼佼之作、巅峰之作，至今无人超越，甚至连望其项背者也没有。

　　在罗贯中笔下，无论具有战略意义的战争，如官渡大战、赤壁鏖战、六出祁山、火烧连营的千军万马，铁蹄千里，血流成河，积尸盈野；无论具有战术意义的战争，如长驱乌丸、水淹七军、潼关厮杀、七擒孟获的穷追猛打，生死决斗，金戈铁马，拼搏沙场：以战争之神曹操为例，问鼎中原时，败吕布于下邳，溃袁术于寿春，破刘备于江陵，阻孙权于合淝的干戈相向，剑及履及，无不写得有声有色，绘神绘影，有若目睹耳闻，身临其境，其山河血染，日月无光之惊心动魄，其诡谲奇特，瞬息万变之胜负无常，其强者转弱，输家反赢之战无定局，其伏尸沙场，英雄饮恨之死不瞑目……军事文学能写到如此力出刀锋，意在刃间，张扬兵法，强调术数，使得这部演义，不仅是权谋的教科书，也是军家求胜的必备读物，不能不说是中国军事文学的一朵奇葩。

第三十一回

曹操仓亭破本初
玄德荆州依刘表

在中国历史上，一个重要人物的死亡，往往使时局改观。旧的秩序打乱，新的变化产生。如果说西凉强人董卓之死，结束了已是空壳的东汉王朝，进入诸侯混战的动乱时代，那么，中原强人袁绍之死，《三国演义》便真正进入魏、蜀、吴争雄时代，这一乱，就是三十年。中原，乃中华发源地，所以称为宝地，乃中国精华所在，没有一点斤两的人，是压不住这个江山的。董卓，一个边外之民，满身羌胡之气，认为他的胳膊可以在此统治中国？开玩笑，你是老几？结果，站着进来，躺着出去，连一具全尸也没落着。

接下来，轮到了袁绍，他是当时的拟王者，也是未来的当国者，他自己这样看，他的对手这样看，大家也是这样看的，拥有太多太多本钱的袁绍，是绝对不应该输掉这场官渡之战的。其实换一个袁绍，连打都不用打，耗，消耗，今天抓你一把，明天挠你一把，也能把本小力薄的曹操耗死。连曹操自己也不相信会赢得如此光彩，在世界战争史遂成一个以少胜多的范例，而袁绍根本没想到他会输，而且输得如此之惨，下场如此不堪。这就是中国成功人士的不料输、只料胜的通病了。你早干什么去了？袁绍失败的因素很多，只做凯歌高奏的梦，而不做仓皇出逃、单衣幅巾、流窜江湖的梦，是他的第一大错。

袁绍与曹操，年纪相当，气势正雄，但袁绍更帅，是个很有丈夫气概的领袖人物。盛时的他，一呼百应的感召力，得益于他四世三公的家族名望，这可是花钱买不来的金字招牌；得益于他早年追随党锢的光荣历史，因此，他折节下士的大气，消灭宦官的勇气，坐拥河北四州十余万大军的豪气，这可是货真价实的物质加精神的极强实力。然而，他是这样一等人，富家子弟，经得起奢华，受不得窘困，豪门出身，只相信自己，不相信别人，名望所系，只能够胜利，而不能失败，情商太低，面子、心境、情绪、趣味，不容易摆正位置。这几乎是大多数人或多或少的通病，但袁绍倒霉的是，他碰上超强的对手曹操。如果没有许攸泄密，只有一日之粮的曹操，已经向荀彧告急，准备撤军。这个告密者出现，战局急骤改观，袁绍必败无疑了。

◎知道什么叫"扯皮"吗？"扯皮"，本是制作中国鼓的一道很重要的工序，在没有机械工具的助力之前，全凭制鼓工人的同心协力。若其中有一个人光扯皮不出力，或少出力，鼓皮就蒙不紧。鼓，是中国人的精气神，欲其声如雷贯耳，欲其响惊天动地，这最后一道工序，必须众志成城，必须万众一心，必须不敢稍懈，必须全神贯注，这才能制作出地动山摇的大鼓。而袁绍的谋士在此成败关键时刻，各为其主，不出真力，貌似扯皮，其实"扯皮"，于是，袁氏之败，以扯皮始，以"扯皮"终。这也许是给中国人的最大教训了。

◎知其非主而事之，知其必败而从之，有识而无智，死也活该了。

　　却说曹操乘袁绍之败，整顿军马，迤逦追袭。袁绍幅巾单衣，引八百馀骑，奔至黎阳北岸，大将蒋义渠出寨迎接。绍以前事诉与义渠，义渠乃招谕离散之众，众闻绍在，又皆蚁聚，军势复振，议还冀州。军行之次，夜宿荒山。绍于帐中闻远远有哭声，遂私往听之。却是败军相聚，诉说丧兄失弟、弃伴亡亲之苦，各各捶胸大哭，皆曰："若听田丰之言，我等怎遭此祸！"绍大悔曰："吾不听田丰之言，兵败将亡，今回去，有何面目见之耶？"次日，上马正行间，逢纪引军来接。绍对逢纪曰："吾不听田丰之言，致有此败。吾今归去，羞见此人。"逢纪因谮曰："田丰在狱中闻主公兵败，抚掌大笑曰：'果不出吾之料！'"袁绍大怒曰："竖儒怎敢笑我？我必杀之！"遂命使者赍宝剑先往冀州狱中杀田丰。

　　却说田丰在狱中，一日，狱吏来见丰曰："与别驾贺喜。"丰曰："何喜可贺。"狱吏曰："袁将军大败而回，君必见重矣。"丰笑曰："吾今死矣！"狱吏问曰："人皆为君喜，君何言死也？"丰曰："袁将军外宽而内忌，不念忠诚。若胜而喜，犹能赦我；今战败则羞，吾不望生矣。"狱吏未信。忽使者赍剑至，传袁绍之命，欲取田丰之首，狱吏方惊。丰曰："吾固知必死也。"狱吏皆流泪。丰曰："大丈夫生于天地间，不识其主而事之，是无智也。今日受死，夫何足惜！"乃自刎于狱中。后人有诗曰：

昨朝沮授军中死，今日田丰狱内亡。

河北栋梁皆折断，本初焉不丧家邦！

田丰既死，闻者皆为叹惜。

　　袁绍回冀州，心烦意乱，不理政事；其妻刘氏劝立后嗣。绍所生三子：长子袁谭，字显思，出守青州；次子袁熙，字显奕，出守幽州；三子袁尚，字显甫，是绍后妻刘氏所生，生得形貌俊伟，绍甚爱之，因此留在身边。自官渡兵败之后，刘氏劝立尚为后嗣，绍乃与审配、逢纪、辛评、郭图四人商议。原来审、逢二人，向辅袁尚；辛、郭二人，向辅袁谭。四人各为其主。当下袁绍谓四人曰："今外患未息，内事不可不早定，吾将议立后嗣。长子谭，为人性刚好杀；次子熙，为人柔懦难成；三子尚，有英雄之表，礼贤敬士，吾欲立之。公等之意若何？"郭图曰："三子之中谭为长，今又居外，主公若废长立幼，此乱萌也。目下军威稍挫，敌兵压境，岂可复使父子兄弟自相争乱耶？主公且理会拒敌之策，立嗣之事，毋容多议。"袁绍踌躇未决。忽报袁熙引兵六万自幽州来，袁谭引兵五万自青州来，外甥高干亦引兵五万自并州来，各至冀州助战。绍喜，再整人马来战曹操。

　　时操引得胜之兵，陈列于河上，有土人箪食壶浆以迎之。操见父老数人，须发尽白，乃命入帐中赐坐，问之曰："老丈多少年纪？"答曰："皆近百岁

◎在封建王朝中，世代继承，绝对是一次铁和血的较量，所以，立长为嫡，就是为了免得皇子们为抢夺位子，打得头破血流。在世族家庭中，同样也存在这样的危机。袁绍好像嫌日子还不够乱，以亲疏爱憎的感情用事，使得几个儿子不和，埋伏下他死后，兄弟阋墙的祸根，让曹操捡了个便宜。这就完全合乎《国语·鲁语下》所说"沃土之民不材，淫也。瘠土之民向义，劳也"的道理。从人种学角度看，那些养尊处优、奢侈淫靡、醉生梦死在深宫禁院之中，沉迷陶醉于醇酒美人之间，四肢不勤的豪门后裔，五谷不分的王室贵胄，数代下来，必然会一代不如一代地衰弱下来。

只要是封建社会、专制国家，或表面民主的政权，一碰到继承人问题，必定是一次难产，而且必定伴之以一场可怕的浴血混战。直到杀够了，才算了结。这是绝对的规律，父子反目，辄换储贰，废长立庶，兄弟阋墙，妇寺干政，鸠毒宫廷，权臣势重，弑君夺位……也是《三国演义》中屡见不鲜的场面。

◎好演技！曹操很懂得邀买人心，但遗憾的是，很多窃居高位的白痴，连这点装门面的本事也没有。

◎文人对于败者，从来是不怕恶心夸张的，历史是为胜利者书写的，于是，袁绍就被史家描绘成一个很负面的人物。其实，非也，他要没有一点本事，光靠祖上四世三公的牌子，能成为中原第一强藩？请记住，他是第一和董卓翻脸的，在废立的国宴上，董卓拔剑威胁："谁敢不从，汝视我之剑不利否？"袁绍亦拔剑曰："汝剑利，吾剑未尝不利。"那时的曹操，还是一个小混混。从此以后，袁绍一心做大的施政方针，基本上是正确的，是有成效的，以冀州为根据地，逐步膨胀地盘，肃清周边残敌，河北四州，统属于他，上觊觎朝廷，下压迫曹操，很有一番气象。其实他要沉得住气，一年半载，不行，三年两载，时间在你手里，始终保持相当压力，也能将曹操压个粉碎。除了最后只用少量兵力救乌巢之粮，而把保护粮仓的主力部队张郃、高览调走打曹操的司令部，是很臭的一步棋外，其实这次官渡决战，袁绍在指挥调度上并无太多太大的失误，他的失败，一败在许攸的火线叛变，出卖情报；二败于谋士太多，互相扯皮。前者，粮库被烧，当头一击，袁营立刻崩溃；后者，军心动摇，全军失去斗志。这样，仓亭遭遇十面埋伏，他虽未死，也离死不远了。

矣。"操曰："吾军士惊扰汝乡，吾甚不安。"父老曰："桓帝时，有黄星见于楚、宋之分，辽东人殷馗善晓天文，夜宿于此，对老汉等言：'黄星见于乾象，正照此间。后五十年，当有真人起于梁、沛之间。'今以年计之，整整五十年。袁本初重敛于民，民皆怨之。丞相兴仁义之兵，吊民伐罪，官渡一战，破袁绍百万之众，正应当时殷馗之言，兆民可望太平矣。"操笑曰："何敢当老丈所言？"遂取酒食绢帛赐老人而遣之。号令三军，如有下乡杀人家鸡犬者，如杀人之罪。于是军民震服，操亦心中暗喜。

人报袁绍聚四州之兵，得二三十万，前至仓亭下寨。操提兵前进，下寨已定。次日，两军相对，各布成阵势。操引诸将出阵，绍亦引三子一甥及文官武将出到阵前。操曰："本初计穷力尽，何尚不思投降？直待刀临项上，悔无及矣！"绍大怒，回顾众将曰："谁敢出马？"袁尚欲于父前逞能，便舞双刀飞马出阵，来往奔驰。操指问众将曰："此何人？"有识者答曰："此袁绍三子袁尚也。"言未毕，一将挺枪早出。操视之，乃徐晃部将史涣也。两骑相交，不三合，尚拨马刺斜而走，史涣赶来，袁尚拈弓搭箭，翻身背射，正中史涣左目，坠马而死。袁绍见子得胜，挥鞭一指，大队人马拥将过来混战。大杀一场，各鸣金收军还寨。

操与诸将商议破绍之策。程昱献十面埋伏之计，劝操："退军于河上，伏兵十队，诱绍追至河上；我军无退路，必将死战，可胜绍矣。"操然其计，左右各分五队。左：一队夏侯惇、二队张辽、三队李典、四队乐进、五队夏侯渊；右：一队曹洪、二队张郃、三队徐晃、四队于禁、五队高览。中军许褚为先锋。次日，十队先进，埋伏左右已定。至半夜，操令许褚引兵前进，伪作劫寨之势。袁绍五寨人马一齐俱起，许褚回军便走，袁绍引军赶来，喊声不绝。比及天明，赶至河上，曹军无去路。操大呼曰："前无去路，诸军何不死战！"众军回身奋力向前，许褚飞马当先，力斩十数将，袁军大乱。袁绍退军急回，背后曹军赶来。正行间，一声鼓响，左边夏侯渊，右边高览，两军冲出。袁绍聚三子一甥，死冲血路奔走。又行不到十里，左边乐进，右边于禁杀出，杀得袁军尸横遍野，血流成渠。又行不到数里，左边李典，右边徐晃，两军截杀一阵。袁绍父子胆丧心惊，奔入旧寨，令三军造饭。方欲待食，左边张辽，右边张郃，径来冲寨。绍慌上马，前奔仓亭，人马困乏，欲待歇息，后面曹操大军赶来，袁绍舍命而走。正行之间，右边曹洪，左边夏侯惇，挡住去路。绍大呼曰："若不决死战，必为所擒矣！"奋力冲突，得脱重围，袁熙、高干皆被箭伤，军马死亡殆尽。绍抱三子痛哭一场，不觉昏倒，众人急救，绍口吐鲜血不止，叹曰："吾自历战数十场，不意今日狼狈至此，此天丧吾也！汝等各回本州，誓与曹贼一决雌雄！"便教辛评、郭图

◎这场仓亭包围战，给袁绍画了个句号，曹操从此再没有值得顾忌的强敌了。秦汉之际，要得天下，必先取中原。现在，心腹之患已除，就可以腾出手来干别的了。

◎俗话说，"龙多不治水"，袁绍之败，很大程度败在他控制不住谋士们的内讧裂解、派系横生、结党营私、互不买账上。同样是龙，在曹操手下，以道御之，就不同了。平时，行云播雨，岁稔年丰；战时，翻江倒海，推波助澜。关键在于驾驭。而像袁绍这样优柔寡断、迟疑不决、刚愎自用、随意决策的主子，手下的这些龙，除了窝里反外，什么好事都做不出来的。

火急随袁谭前往青州整顿，恐曹操犯境；令袁熙仍回幽州，高干仍回并州，各去收拾人马以备调用。袁绍引袁尚等入冀州养病，令尚与审配、逢纪暂掌军事。

却说曹操自仓亭大胜，重赏三军，令人探察冀州虚实。细作回报，绍卧病在床，袁尚、审配紧守城池，袁谭、袁熙、高干皆回本州。众皆劝操急攻之。操曰："冀州粮食极广，审配又有机谋，未可急拔。见今禾稼在田，恐废民业，姑待秋成后取之未晚。"正议间，忽荀彧有书到，报说："刘备在汝南得刘辟、龚都数万之众，闻丞相提军出征河北，乃令刘辟守汝南，备亲自引兵乘虚来攻许昌。丞相可速回军御之。"操大惊，留曹洪屯兵河上，虚张声势，操自提大兵往汝南来迎刘备。

◎能想到地里的庄稼，也难能可贵了。

却说玄德与关、张、赵云等引兵欲袭许都，行近穰山地面，正遇曹兵杀来，玄德便于穰山下寨。军分三队：云长屯兵于东南角上，张飞屯兵守西南角上，玄德与赵云于正南立寨。曹操兵至，玄德鼓噪而出。操布成阵势，叫玄德打话。玄德出马于门旗下，操以鞭指骂曰："吾待汝为上宾，汝何背义忘恩？"玄德曰："汝托名汉相，实为国贼。吾乃汉室宗亲，奉天子密诏来讨反贼！"遂于马上朗诵衣带诏。操大怒，教许褚出战，玄德背后赵云挺枪出马，二将相交三十合，不分胜负。忽然喊声大震，东南角上云长冲突而来，西南角上张飞引军冲突而来，三处一齐掩杀。

◎引区区之众，搠得胜之师，以卵击石，纯系自不量力的轻举妄动。

操军远来疲困，不能抵当，大败而走。玄德得胜回营。

次日，又使赵云搦战，操兵旬日不出。玄德再使张飞搦战，操兵亦不出。玄德愈疑。忽报龚都运粮至，被操军围住，玄德急令张飞去救。忽又报夏侯惇引军抄背后径取汝南，玄德大惊曰："若如此，吾前后受敌，无所归矣！"急遣云长救之。两军皆去。不一日，飞马来报，夏侯惇已打破汝南，刘辟弃城而走，云长现今被围。玄德大惊。又报张飞去救龚都，也被围住了。玄德急欲回兵，又恐操兵后袭。忽报寨外许褚搦战，玄德不敢出战。候至天明，教军士饱食，步军先起，马军后随，寨中虚传更点。玄德等离寨约行数里，转过土山，火把齐明，山头上大呼曰："休教走了刘备！丞相在此专等！"玄德慌寻走路，赵云曰："主公勿忧，但跟某来。"赵云挺枪跃马，杀开条路，玄德掣双股剑后随。正战间，许褚追至，与赵云力战，背后于禁、李典又至。玄德见势危，落荒而走。听得背后喊声渐远，玄德望深山僻路，单马逃生。捱到天明，侧首一彪军冲出，玄德大惊，视之，乃刘辟引败军千馀骑，护送玄德家小前来，孙乾、简雍、糜芳亦至，诉说："夏侯惇军势甚锐，因此弃城而走。曹兵赶来，幸得云长当住，因此得脱。"玄德曰："不知云长今在何处？"刘辟曰："将军且行，却再理会。"

行到数里，一棒鼓响，前面拥出一彪人马，当先

◎且别高兴得太早。

◎三国时期的战争，兵员除就地取食外，所携口粮有限，全凭给养。所以，曹操经常采用袭击运粮队伍的办法，动摇敌方军心。

◎刘备从未栽到这等地步，这个边地人竟成为"不如就死"的孬种。

◎刘备走投无路时，不是拔剑自刎，就是要散摊子，真不如当过黄巾的刘辟，还多一份战斗的韧性。

◎他比袁绍败倒时强一些，还多剩二百人。

大将乃是张郃，大叫："刘备快下马受降！"玄德方欲退后，只见山头上红旗麾动，一军从山坞内拥出，为首大将乃高览也。玄德两头无路，仰天大呼曰："天何使我受此窘极耶！事势至此，不如就死！"欲拔剑自刎。刘辟急止之曰："容某死战，夺路救君。"言讫，便来与高览交锋，战不三合，被高览一刀砍于马下。玄德正慌，方欲自战，高览后军忽然自乱，一将冲阵而来，枪起处，高览翻身落马。视之，乃赵云也。玄德大喜，云纵马挺枪，杀散后队，又来前军独战张郃。郃与云战三十馀合，拨马败走。云乘势冲杀，却被郃兵守住山隘，路窄不得出。正夺路间，只见云长、关平、周仓引三百军到。两下夹攻，杀退张郃，各出隘口，占住山险下寨。玄德使云长寻觅张飞。原来张飞去救龚都，龚都已被夏侯渊所杀。飞奋力杀退夏侯渊，迤逦赶去，却被乐进引军围住。云长路逢败军，寻踪而去，杀退乐进，与飞同回见玄德。人报曹军大队赶来，玄德教孙乾等保护老小先行，玄德与关、张、赵云在后，且战且走。操见玄德去远，收军不赶。

玄德败军不满一千，狼狈而奔。西至一江，唤土人问之，乃汉江也。玄德权且安营。土人知是玄德，奉献羊酒，乃聚饮于沙滩之上。玄德叹曰："诸君皆有王佐之才，不幸跟随刘备。备之命窘，累及诸君。今日身无立锥，诚恐有误诸君。君等何不弃备而投明主，以取功名乎？"众皆掩面而哭。云长曰："兄言差矣！昔日高祖与项羽争天下，数败于羽，后九里山一战成功，而开四百年基业。胜负兵家之常，何可自隳其志？"孙乾曰："成败有所，不可丧志。此离荆州不远，刘景升坐镇九郡，兵强粮足，更且与公皆汉室宗亲，何不往投之？"玄德曰："但恐不容耳。"乾曰："某愿先往说之，使景升出境而迎主公。"玄德大喜，便令孙乾星夜往荆州。到郡，入见刘表。礼毕，刘表问曰："公从玄德，何故至此？"乾曰："刘使君天下英雄，虽兵微将寡，而志欲匡扶社稷。汝南刘辟、龚都素无亲故，亦以死报之。明公与使君同为汉室之胄，今使君新败，欲往江东投孙仲谋，乾僭言曰：'不可背亲而向疏。荆州刘将军礼贤下士，士归之如水之投东，何况同宗也！'因此使君特使乾先来拜白，唯明公命之。"表大喜曰："玄德，吾弟也，久欲相会而不可得；今肯惠顾，实为幸甚。"蔡瑁潜曰："不可。刘备先从吕布，后事曹操，近投袁绍，皆不克终，足可见其为人。今若纳之，曹操必加兵于我，枉动干戈。不如斩孙乾之首以献曹操，操必重待主公也。"孙乾正色曰："乾非惧死之人也。刘使君忠心为国，非曹操、袁绍、吕布等比。前此相从，不得已也。今闻刘将军汉朝苗裔，谊切同宗，故千里相投。尔何献谗而妒贤如此耶！"刘表闻言，乃叱蔡瑁曰："吾主意已定，汝勿多言！"蔡瑁惭恨而出。刘表遂命孙乾先往报玄德，一面亲自出郭三十里迎接。玄德见表，执礼

◎知耻近乎勇，能承认失败，还算是一条汉子。可我们见识过多少明是谬误，却偏要弄到山穷水尽的地步还不肯罢手，还要大家认作正确、视为英明的笑话啊！

◎刘备名声不佳，也是事实。不过，他了无根基，白手起家，东投西靠，命若转蓬，以至于到这一步，有些不得已的做法，也是可以理解的。

甚恭；表亦相待甚厚。玄德引关、张等拜见刘表，表遂与玄德等同入荆州，分拨院宅居住。

却说曹操探知玄德已往荆州投奔刘表，便欲引兵攻之。程昱曰："袁绍未除，而遽攻荆襄，倘袁绍从北而起，胜负未可知矣。不如还兵许都，养军蓄锐。待来年春暖，然后引兵先破袁绍，后取荆襄，南北之利，一举可收也。"操然其言，遂提兵回许都。至建安八年春正月，操复商议兴师。先差夏侯惇、满宠镇守汝南，以拒刘表；留曹仁、荀彧守许都；亲统大军前赴官渡屯扎。

且说袁绍自旧岁感冒吐血症候，今方稍愈，商议欲攻许都。审配谏曰："旧岁官渡、仓亭之败，军心未振，尚当深沟高垒，以养军民之力。"正议间，忽报曹操进兵官渡，来攻冀州。绍曰："若候兵临城下，将至壕边，然后拒敌，事已迟矣。吾当自领大军出迎。"袁尚曰："父亲病体未痊，不可远征。儿愿提兵前去迎敌。"绍许之，遂使人往青州取袁谭，幽州取袁熙，并州取高干，四路同破曹操。正是：

才向汝南鸣战鼓，又从冀北动征鞲。

未知胜负如何，且听下文分解。

◎袁绍的病，与其弟弟袁术死时的病同，两人都是呕血数斗而亡。现代医学上的肺结核病，患者后期都死于大出血。

　　磨合，是汽车行业的一个惯用语，其实，是一门学问。现在也广泛使用于朋友和人际关系之中，只是因其功利主义，大家不公开明确讲出来罢了。汽车的运行过程，就是一个各部件磨合的过程，人与人之吻配，物与物之组合，道理是一样的，磨合无时不在。因为，需要滑润剂，是其一；间隙不容异物，是其二；等质等量是长久运行的保证，乃其三。袁氏之幸，他拥有太多的谋士；袁氏之不幸，也是因为他拥有太多的谋士。荀谌、田丰、沮授、审配、逢纪、许攸、郭图、辛评、蒋奇……无不囊括其麾下，为其效力。这些人在帮助袁绍取得冀州，拿下韩馥，取得幽州，拿下公孙瓒，一个胜利接着一个胜利，谋士与谋主的磨合，是相当良好的。而磨合得好的基础，是言听计从的袁绍能虚心接纳这些谋士的高见。

　　接下来，打不打曹操，怎么打曹操，谋士多了，意见多了，本不是坏事，集思广益，择善而从，何乐不为？奈何今日的袁绍，已非昨日的袁绍，老人家膨胀到自负，绝对到任性，而昨天的谋士，也非今朝的谋士，一个个自信到固执，互斗到倾轧。于是，袁绍不再从善如流，滑润剂没了，谋士们窝里斗，产生出运转摩擦中最可怕的异物。主宾之间，不再是精诚团结，一致对外，而是嗔怨相加，等着看笑话，这样，正如荀彧所说："且绍，布衣之雄耳，能聚人而不能用。"这是官渡大战前夕，曹营首席谋士写给曹操的信，也就预见了曹胜袁败的结局。

　　袁氏冀州被围，尚能抵挡曹操一阵，证明袁本初手下那些谋士确是出类拔萃，韬略非凡。可惜沮授、审配这些河北名士，所逢非主，纵有奇才大略，双方不能磨合，也难有磨合的机会，只好悲剧了。

第三十二回

夺冀州袁尚争锋
决漳河许攸献计

　　袁绍在时，谋士之乱已现端倪，他不在了，他的子婿，各树己党，便公开化了。中国人讲究"君子不党"，这是孔夫子的一句话。党，即朋党，是一种为争权夺利、排斥异己而结合起来的集团；不一定有组织、有纲领，意气相投，互相呼应，也是朋党。君子，可以理解为正派人，正派人持自己的见识，通常不为他人所左右，那就是说，正派人不搞这些不正派的拉帮结伙、朋比为奸的活动。朋党，这倒也不光是中国的特产，世界上凡国家、凡政党、凡机关团体，凡宗教、文化、社会团体，一直到黑手党、丐帮、行骗扒窃的或公开，或不公开，或秘密组织中，都有不同形式的朋党存在。

　　朋党，是一种腐蚀剂，如果是公开的话，多少还能起到一点制衡的作用，或许不无益处。如果是地下活动的话，那就有百害而无一利了。

　　袁绍之败，有种种原因，但他手下的谋士，也在加速他的灭亡进程。由于主将无能，谋士邀宠，自然是内外勾连，互相捣乱，成群结党，彼此拆台。加之打算不一，利害有别，肯定什么卑劣手段都使得出来的。初时，审配、郭图为一党，造成沮授死，田丰杀，许攸走，张郃、高览奔，袁绍大败的局面。后来，袁绍死，袁尚、袁谭兄弟厮杀争斗，审配、逢纪一党，为袁尚出谋；郭图、辛评一党，为袁谭献计。除了一个王修说了一番手足之情的大道理外，所有这些谋士都是火上浇油地促使内战升级。所以，一旦存在同声共气、此呼彼应、拉帮结伙、暗中来往的现象，就意味着这个团体的机制运作上必定出了毛病，而且是出大毛病了。

　　却说袁尚自斩史涣之后，自负其勇，不待袁谭兵至，遂自引兵数万出黎阳，与南军前队相迎。张辽当先出马，袁尚挺枪来战，不三合，架隔遮拦不住，大败而走。张辽乘势掩杀，袁尚不能主张，急急引军奔回冀州。袁绍闻袁尚败回，又受了一惊，旧病复发，吐血数斗，昏倒在地。刘夫人慌救入卧内，病势渐危。刘夫人急请审配、逢纪直至袁绍榻前，商议后事。绍但以手指而不能言。刘夫人曰："尚可继后嗣否？"绍点头。审配便就榻前写了遗嘱。绍翻身大叫一声，又吐血斗馀而死。后人有诗曰：

◎袁尚挥师黎阳，率兵五万，袁谭兵未至，当亦为数不少。看来，官渡大战，袁绍并未投入全部兵力，很显然，此公将其对手小看了，战略上固可藐视，战术上却是不能轻视的。

> 累世公卿立大名，少年意气自纵横。
> 空存俊杰三千客，漫有英雄百万兵。
> 羊质虎皮功不就，凤毛鸡胆事难成。
> 更怜一种伤心处，家难徒延两弟兄。

◎这首诗倒也准确地描写了袁绍。

袁绍既死，审配等主持发丧。刘夫人便将袁绍所爱宠妾五人，尽行杀害；又恐其阴魂于九泉之下再与绍相见，刀髡其发，刺其面，毁其尸——其妒恶如此。袁尚恐宠妾家属为害，并收而杀之。审配、逢纪立袁尚为大司马将军，领冀、青、幽、并四州牧，遣书报丧。此时袁谭已发兵离青州，知父死，便与郭图、辛评商议。图曰："主公不在冀州，审配、逢纪必立显甫为主矣，当速行！"辛评曰："审、逢二人必预定机谋，今若速往，必遭其祸。"袁谭曰："若此当何如？"郭图曰："可屯兵城外，观其动静。某

◎恶之极。

◎袁尚、袁谭兄弟阋于墙，是袁绍废长立幼种下的祸根。后来打得不可开交，则是谋士审配、逢纪，与郭图、辛评的斗法了。袁谭、袁尚和他们的父亲一样，更是无决断、无主见之辈，只能像傀儡一样，被操纵于这几位谋士手里。看来上代的德行，拿不定主意的遗传基因在起作用了。

◎这是某些人处于败境中，马上想到的第一招。哪怕引狼入室，哪怕以后当儿皇帝，也要借助外力，把眼前仇人打倒。袁谭降操，出尔反尔，结果弄巧成拙，贻笑世人。

当亲往察之。"谭依言。郭图遂入冀州，见袁尚，礼毕，尚问："兄何不至？"图曰："因抱病在军中，不能相见。"尚曰："吾受父亲遗命，立我为主，加兄为车骑将军。目下曹军压境，请兄为前部，吾随后便调兵接应也。"图曰："军中无人商议良策，愿乞审正南、逢元图二人为辅。"尚曰："吾亦欲仗此二人早晚画策，如何离得？"图曰："然则于二人内遣一人去，何如？"尚不得已，乃令二人拈阄，拈着者便去。逢纪拈着，尚即命逢纪赍印绶，同郭图赴袁谭军中。纪随图至谭军，见谭无病，心中不安，献上印绶。谭大怒，欲斩逢纪。郭图密谏曰："今曹军压境，且只款留逢纪在此，以安尚心。待破曹之后，却来争冀州不迟。"谭从其言，即时拔寨起行，前至黎阳，与曹军相抵。谭遣大将汪昭出战，操遣徐晃迎敌。二将战不数合，徐晃一刀斩汪昭于马下。曹军乘势掩杀，谭军大败。谭收败军入黎阳，遣人求救于尚。尚与审配计议，只发兵五千馀人相助。曹操探知救军已到，遣乐进、李典引兵于半路接着，两头围住，尽杀之。袁谭知尚止拨军五千，又被半路坑杀，大怒，乃唤逢纪责骂。纪曰："容某作书致主公，求其亲自来救。"谭即令纪作书，遣人到冀州致袁尚。尚与审配共议，配曰："郭图多谋，前次不争而去者，为曹军在境也。今若破曹，必来争冀州矣。不如不发救兵，借操之力以除之。"尚从其言，不肯发兵。使者回报，谭大怒，立斩逢纪，议欲降曹。

　　早有细作密报袁尚。尚与审配议曰："使谭降曹，并力来攻，则冀州危矣。"乃留审配并大将苏由固守冀州，自领大军来黎阳救谭。尚问军中："谁敢为前部？"大将吕旷、吕翔兄弟二人愿去。尚点兵三万，使为先锋，先至黎阳。谭闻尚自来，大喜，遂罢降曹之意。谭屯兵城中，尚屯兵城外，为掎角之势。不一日，袁熙、高干皆领军到城外，屯兵三处，每日出兵与操相持。尚屡败，操兵屡胜。至建安八年春二月，操分路攻打，袁谭、袁熙、袁尚、高干皆大败，弃黎阳而走。操引兵追至冀州，谭与尚入城坚守；熙与干离城三十里下寨，虚张声势。操兵连日攻打不下。郭嘉进曰："袁氏废长立幼，而兄弟之间权力相并，各自树党，急之则相救，缓之则相争。不如举兵南向荆州，征讨刘表，以候袁氏兄弟之变；变成而后击之，可一举而定也。"操善其言，命贾诩为太守，守黎阳；曹洪引兵守官渡。操引大军向荆州进兵。

　　谭、尚听知曹军自退，遂相庆贺。袁熙、高干各自辞去。袁谭与郭图、辛评议曰："我为长子，反不能承父业；尚乃继母所生，反承大爵，心实不甘。"图曰："主公可勒兵城外，只做请显甫、审配饮酒，伏刀斧手杀之，大事定矣。"谭从其言。适别驾王修自青州来，谭将此计告之。修曰："兄弟者，左右手也。今与他人争斗，断其右手，而曰我必胜，安可得

◎这也是一种物理现象，在压力下，气体变为液态，一旦压力解除，又恢复原来样子。更何况，内讧是国人最爱玩的游戏呢。

◎他也是他父亲的好儿子——好话绝对听不进。

◎这兄弟俩称得上是"外战外行，内战内行"的好手。

乎？夫弃兄弟而不亲，天下其谁亲之？彼谗人离间骨肉，以求一朝之利，愿塞耳勿听也！"谭怒，叱退王修，使人去请袁尚。尚与审配商议，配曰："此必郭图之计也。主公若往，必遭奸计，不如乘势攻之。"袁尚依言，便披挂上马，引兵五万出城。袁谭见袁尚引军来，情知事泄，亦即披挂上马，与尚交锋，尚见谭大骂，谭亦骂曰："汝药死父亲，篡夺爵位，今又来杀兄耶！"二人亲自交锋，袁谭大败。尚亲冒矢石，冲突掩杀。谭引败军奔平原，尚收兵还。袁谭与郭图再议进兵，令岑璧为将，领兵前来。尚自引兵出冀州，两阵对圆，旗鼓相望。璧出骂阵，尚欲自战，大将吕旷拍马舞刀，来战岑璧。二将战无数合，旷斩岑璧于马下。谭军又败，再奔平原。审配劝尚进兵，追至平原。谭抵当不住，退入平原，坚守不出。尚三面围城攻打。谭与郭图计议，图曰："今城中粮少，彼军方锐，势不相敌。愚意可遣人投降曹操，使操将兵攻冀州，尚必还救。将军引兵夹击之，尚可擒矣。若操击破尚军，我因而敛其军实以拒操。操军远来，粮食不继，必自退去；我可以仍据冀州，以图进取也。"谭从其言，问曰："何人可为使？"图曰："辛评之弟辛毗，字佐治，见为平原令。此人乃能言之士，可命为使。"谭即召辛毗，毗欣然而至。谭修书付毗，使三千军送毗出境，毗星夜赍书往见曹操。

时操屯军西平伐刘表，表遣玄德引兵为前部以迎之。未及交锋，辛毗到操寨。见操礼毕，操问其来意。毗具言袁谭相求之意，呈上书信。操看书毕，留辛毗于寨中，聚文武计议。程昱曰："袁谭被袁尚攻击太急，不得已而来降，不可准信。"吕虔、满宠亦曰："丞相既引兵至此，安可复舍表而助谭？"荀攸曰："三公之言未善。以愚意度之：天下方有事，而刘表坐保江、汉之间，不敢展足，其无四方之志可知矣。袁氏据四州之地，带甲数十万，若二子和睦，共守成业，天下事未可知也。今乘其兄弟相攻，势穷而投我；我提兵先除袁尚，后观其变，并灭袁谭，天下定矣。此机会不可失也。"操大喜，便邀辛毗饮酒，谓之曰："袁谭之降，真耶诈耶？袁尚之兵，果可必胜耶？"毗对曰："明公勿问真与诈也，只论其势可耳。袁氏连年丧败，兵革疲于外，谋臣诛于内；兄弟谗隙，国分为二；加之饥馑并臻，天灾人困，无问智愚，皆知土崩瓦解：此乃天灭袁氏之时也。今明公提兵攻邺，袁尚不还救，则失巢穴；若还救，则谭蹑袭其后。以明公之威，击疲惫之众，如迅风之扫秋叶矣。舍此之图而伐荆州，荆州丰乐之地，国和民顺，未可动摇。况四方之患，莫大于河北。河北既平，则霸业成矣，愿明公详之。"操大喜曰："恨与辛佐治相见之晚也！"即日督军还取冀州。玄德恐操有谋，不敢追袭，引兵自回荆州。

却说袁尚知曹军渡河，急急引军还邺，命吕旷、

◎坐保江汉，不敢展足，一句话说透了刘表的本质。一个不具发展意识的人，其实就是比死人多口气而已。

◎袁绍虽败，有生力量尚存，不把冀、青、幽拿到手中，并清除袁绍残余势力，中原安危是不能想象的。荀攸和他的叔叔荀彧一样，不愧为高级谋士。"黎明即起，洒扫庭除"，这是古人的家训。"打扫一切害人虫"，你才能确保"全无敌"。

◎这番言语，等于宣告了袁氏的终结。派辛毗为使，这不等于给曹操送去一个大礼包吗？袁氏之败，不是自灭，也不是曹灭，而是天灭了。

◎这手段连鬼都不信，他偏做得出，而对方不得不当回事。

◎郭图这类小动作，骗骗袁氏父子还差不多，对付权术大师曹操，岂非班门弄斧？

吕翔断后。袁谭见尚退军，乃大起平原军马，随后赶来。行不到数十里，一声炮响，两军齐出：左边吕旷，右边吕翔，兄弟二人截住袁谭。谭勒马告二将曰："吾父在日，吾并未慢待二将军，今何从吾弟而见逼耶？"二将闻言，乃下马降谭。谭曰："勿降我，可降曹丞相。"二将因随谭归营。谭候操军至，引二将见操，操大喜，以女许谭为妻，即令吕旷、吕翔为媒。谭请操攻取冀州。操曰："方今粮草不接，搬运劳苦，我由济河，遏淇水入白沟，以通粮道，然后进兵。"令谭且居平原。操引军退屯黎阳，封吕旷、吕翔为列侯，随军听用。郭图谓袁谭曰："曹操以女许婚，恐非真意。今又封赏吕旷、吕翔，带去军中，此乃牢笼河北人心，后必终为我祸。主公可刻将军印二颗，暗使人送与二吕，令作内应。待操破了袁尚，可乘便图之。"谭依言，遂刻将军印二颗，暗送与二吕。二吕受讫，径将印来禀曹操。操大笑曰："谭暗送印者，欲汝等为内助，待我破袁尚之后，就中取事耳。汝等且权受之，我自有主张。"自此曹操便有杀谭之心。

且说袁尚与审配商议："今曹兵运粮入白沟，必来攻冀州，如之奈何？"配曰："可发檄使武安长尹楷屯毛城，通上党运粮道；令沮授之子沮鹄守邯郸，远为声援；主公可进兵平原，急攻袁谭，先绝袁谭，然后破曹。"袁尚大喜。留审配与陈琳守冀州，使马延、张颙二将为先锋，连夜起兵攻打平原。谭知尚兵来近，告急于操。操曰："吾今番必得冀州矣！"正说间，适许攸自许昌来，闻尚又攻谭，入见操曰："丞相坐守于此，岂欲待天雷击杀二袁乎？"操笑曰："吾已料定矣。"遂令曹洪先进兵攻邺，操自引一军来攻尹楷。兵临本境，楷引军来迎。楷出马，操曰："许仲康安在？"许褚应声而出，纵马直取尹楷。楷措手不及，被许褚一刀斩于马下。馀众奔溃，操尽招降之，即勒马取邯郸。沮鹄进兵来迎，张辽出马与鹄交锋，战不三合，鹄大败，辽从后追赶。两马相离不远，辽急取弓射之，应弦落马。操指挥军马掩杀，众皆奔散。于是操引大军前抵冀州。曹洪已近城下。操令三军绕城筑起土山，又暗掘地道以攻之。审配设计坚守，法令甚严。东门守将冯礼，因酒醉有误巡警，配痛责之。冯礼怀恨，潜地出城降操。操问破城之策，礼曰："突门内土厚，可掘地道而入。"操便命冯礼引三百壮士，贲夜掘地道而入。

却说审配自冯礼出降之后，每夜亲自登城点视军马。当夜在突门阁上，望见城外无灯火。配曰："冯礼必引兵从地道而入也。"急唤精兵运石击突闸门，门闭，冯礼及三百壮士皆死于土内。操折了这一场，遂罢地道之计，退军于洹水之上，以候袁尚回兵。袁尚攻平原，闻曹操已破尹楷、沮鹄，大军围困冀州，乃撤兵回救。部将马延曰："从大路去，曹操必有伏兵。可取小路，从西山出滏水口去劫曹营，必解围也。"尚从其言，自领大军先行，令马延与张凯断后。早有

◎人生旅程，既阻且长，或匹马单骑，独闯天下，或携伴同行，跋山涉水。这个伴，既有不期而遇者，也有相交相识者，因此，他们可能是朋友，也可能是加上引号的"朋友"，之所以加上引号，因为，这类"朋友"，到底与相识相知、相契相铁的朋友，要不同些，因为这些与你同路的"朋友"，未必都能走在一起，走到最后。朋友，会分散，但永不分手；"朋友"，离开了，便是路人。这就是生活的复杂性。因而也就难免碰上许攸式特别以自我为中心的聪明过头的人，也有可能碰上审配式有承担、敢然诺但比较认死理的人。前者未必不好，后者未必很好。许攸才华出众，机智灵活，多谋善变，不拘小节，更适合启迪益智，广阔思路，但是嘴巴大，好表演，有点管不住舌头。审配清醒理智，敢作敢为，说话算数，无畏无惧，也许是值得信赖，放心托付；但一根筋，少变通，容易把事情做绝。所以，看人要看准，日久知人心，恐怕倒是"学而时习之"的一门功课。

◎在战场上用老百姓做挡箭牌，最是没本事、下三烂军人爱干的无耻行径。

细作去报曹操。操曰："彼若从大路上来，吾当避之；若从西山小路而来，一战可擒也。吾料袁尚必举火为号，令城中接应，吾可分兵击之。"于是分拨已定。

却说袁尚出滏水界口，东至阳平，屯军阳平亭，离冀州十七里，一边靠着滏水。尚令军士堆积柴薪干草，至夜焚烧为号。遣主簿李孚扮作曹军都督，直至城下，大叫："开门！"审配认得是李孚声音，放入城中，说："袁尚已陈兵在阳平亭，等候接应；若城中兵出，亦举火为号。"配教城中堆草放火，以通音信。孚曰："城中无粮，可发老弱残兵并妇人出降，彼必不为备，我即以兵继百姓之后出攻之。"配从其论。次日，城上竖起白旗，上写"冀州百姓投降"。操曰："此是城中无粮，教老弱百姓出降，后必有兵出也。"操教张辽、徐晃各引三千军马，伏于两边。操自乘马张麾盖至城下，果见城门开处，百姓扶老携幼，手持白旛而出。百姓才出尽，城中兵突出。操教将红旗一招，张辽、徐晃两路兵齐出乱杀，城中兵只得复回。操自飞马赶来，到吊桥边，城中弩箭如雨，射中操盔，险透其顶。众将急救回阵。操更衣换马，引众将来攻尚寨。尚自迎敌。时各路军马一齐杀至，两军混战，袁尚大败。尚引败兵退往西山下寨，令人催取马延、张凯军来。不知曹操已使吕旷、吕翔去招安二将，二将随二吕来降，操亦封为列侯。即日进兵攻打西山，先使二吕、马延、张凯截断袁尚粮道。尚情知西山守不住，夜走滥口，安营未定，四下火光并起，伏兵齐出，人不及甲，马不及鞍，尚军大溃，退走五十里。势穷力极，只得遣豫州刺史阴夔至操营请降。操佯许之，却连夜使张辽、徐晃去劫寨，尚尽弃印绶、节钺、衣甲、辎重，望中山而逃。

操回军攻冀州，许攸献计曰："何不决漳河之水以淹之？"操然其计，先差军于城外掘壕堑，周围四十里。审配在城上见操军在城外掘堑，却掘得甚浅。配暗笑曰："此欲决漳河之水以灌城耳。壕深可灌，如此之浅，有何用哉？"遂不为备。当夜曹操添十倍军士，并力发掘。比及天明，广深二丈，引漳水灌之，城中水深数尺；更兼粮绝，军士皆饿死。辛毗在城外，用枪挑袁尚印绶衣服，招安城内之人。审配大怒，将辛毗家属老小八十馀口，就于城中斩之，将头掷下。辛毗号哭不已。审配之侄审荣，素与辛毗相厚，见辛毗家属被害，心中怀忿，乃密写献门之书，拴于箭上，射下城来。军士拾献辛毗，毗将书献操。操先下令：如入冀州，休得杀害袁氏一门老小，军民降者免死。

次日天明，审荣大开西门，放曹兵入。辛毗跃马先入，军将随后，杀入冀州。审配在东南城楼上，见操军已入城中，引数骑下城死战。正迎徐晃交马，晃生擒审配，绑出城来。路逢辛毗，毗咬牙切齿，以鞭鞭配首曰："贼杀才！今日死矣！"配大骂辛毗："贼徒！引曹操破我冀州，我恨不杀汝也！"徐晃解配见

◎既能挖浅，当然也能挖深，许多主观主义者都吃了这种只知其一、不知其二的苦头。

◎凡行事过于歹毒、刻薄、残忍、暴虐，便必然会失去人心。

操。操曰："汝知献门接我者乎？"配曰："不知。"操曰："此汝侄审荣所献也。"配怒曰："小儿无行，乃至于此！"操曰："昨孤至城下，何城中弩箭之多耶？"配曰："恨少！恨少！"操曰："卿忠于袁氏，不容不如此，今肯降吾否？"配曰："不降！不降！"辛毗哭拜于地曰："家属八十馀口，尽遭此贼杀害，愿丞相戮之，以雪此恨！"配曰："吾生为袁氏臣，死为袁氏鬼，不似汝辈谗谄阿谀之贼，可速斩我！"操教牵出。临受刑，叱行刑者曰："吾主在北，不可使吾面南而死！"乃向北跪，引颈就刃。后人有诗叹曰：

> 河北多名士，谁如审正南！
> 命因昏主丧，心与古人参。
> 忠直言无隐，廉能志不贪。
> 临亡犹北面，降者尽羞惭。

审配即死，操怜其忠义，命葬于城北。众将请曹操入城。操方欲起行，只见刀斧手拥一人至，操视之，乃陈琳也。操谓之曰："汝前为本初作檄，但罪状孤可也，何乃辱及祖、父耶？"琳答曰："箭在弦上，不得不发耳。"左右劝操杀之。操怜其才，乃赦之，命为从事。

却说操长子曹丕，字子桓，时年十八岁。丕初生时，有云气一片，其色青紫，圆如车盖，覆于其室，终日不散。有望气者密谓操曰："此天子气也，令嗣

◎真是硬骨头！

◎曹操不杀陈琳，非怜其才，因为他看穿这类"箭在弦上，不得不发耳"的文人，不足为患罢了。

贵不可言。"丕八岁能属文，有逸才，博古通今，善骑射，好击剑。时操破冀州，丕随父在军中，先领随身军，径投袁绍家下马，拔剑而入。有一将当之曰："丞相有命，诸人不许入绍府。"丕叱退，提剑入后堂。见两个妇人相抱而哭，丕向前欲杀之。正是：

四世公侯已成梦，一家骨肉又遭殃。

未知性命如何，且听下文分解。

◎都记得曹操杀祢衡、杀孔融、杀杨修，却不大记得曹操不杀陈琳，还给他一份差使干。可不是所有的统治者，对骂自己亲娘老子的人，都具有他这份雅量。固然，曹操是算过账的，杀了他，出口恶气，放了他，得到美名，好像更划算些。

　　陈琳在战场上被魏军俘获，押到大营，大家都以为他大概活到头了，明年今天，应该是他的忌辰。曹操当然知道这个骂他祖宗三代的袁绍笔杆子，竟然没有从座椅上跳起来，找他算账。《三国志》载："太祖谓曰：'卿昔为本初移书，但可罪状孤而已，恶恶止其身，何乃上及父祖邪？'琳谢罪，太祖爱其才而不咎。"《三国演义》加了一句陈琳向曹操的辩解之词："箭在弦上，不得不发耳！"

　　首先，他不否认是箭，而且还是一支利箭，伤了你，我抱歉。其次，说明自己不过是人家手中的工具罢了，那只手扣弓勒弦发射出去，我是无法自己拐弯或者罢工的。显然，这种实事求是的说法，"皮之不存，毛将焉附"，皮决定毛而不是毛决定皮，打动了曹操，不但放他一马，还安排他当了自己的记室。

　　工具宿命，是中国文人永远摆脱不掉的生存之道，这也是那些突然膨胀起来，而陶陶然、昏昏然的同行，让人窃笑之处。

第三十三回

曹丕乘乱纳甄氏
郭嘉遗计定辽东

据《汉书》：陆贾"时时前说称《诗》《书》。高帝骂之曰：'乃公居马上得之，安事《诗》《书》！'贾曰：'马上得之，宁可以马上治乎？'"

所以，马上打江山是可能的，马上治江山，是绝对不可能的。对于谋士，对于谋士的作用，在三国时期，袁绍和曹操都是充分理解的，也是尽量张罗，使其入幕，为其服务者。后来，曹操在说服沮授降而未果，不得不处死时，对他不背叛袁绍的忠贞也禁不住赞叹："河北名士，何其多耶！"这里面，也有他想理解而理解不到的，这个袁绍怎么能够拥有如此强大魅力，让谋士们以死相从。他的感叹不是无缘无故的，这是曹操最后处决苟氏叔侄的原因，恐怕也是他一生对郭嘉钟爱信任的原因。

现在终于明白在取得讨袁的全面彻底的胜利以后，曹操不从众议，挥师南下，图刘表荆襄之地。当斯时也，胜者为王，其势锐不可当，根除中土刘表这支勉强抗衡的力量，确有瓮中捉鳖之感。许都上下，一片凯歌声中，只有主帅赞同郭嘉的反调，这个年轻人认为，眼前的机遇不可失去，是对的，潜在的威胁更不可小觑，那更是重中之重。他主张大军趁此胜势，北征乌桓，因为边境不宁，隐患不除，就不能巩固北方，确保中原，当然更不用说实现宏图大计，囊括荆襄、江东、巴蜀的远景了。大汉王朝，从它成立的那一天起，就与北邻匈奴为敌，心腹之痛啊，曹操懂，郭嘉懂，其他人也许就未必懂了。所以，曹操拍板，"唯奉孝为能知孤意！"

肯定有人反对，苟氏叔侄是否在列，不得而知。但有反对者说，大军远征，许都空虚，刘表和依附于他的刘备，会不会趁虚而入？郭嘉说："刘表，坐谈客耳。"不用理他。结果如他所料，刘备曾建议攻许，但被刘表否了。

不幸的是，郭嘉渐次病重，逝于北征途中，曹操感慨，天下相知者少，"哀哉奉孝！惜哉奉孝！痛哉奉孝！"应该是他内心的真情流露。

却说曹丕见二妇人啼哭，拔剑欲斩之。忽见红光满目，遂按剑而问曰："汝何人也？"一妇人告曰："妾乃袁将军之妻刘氏也。"丕曰："此女何人？"刘氏曰："此次男袁熙之妻甄氏也。因熙出镇幽州，甄氏不肯远行，故留于此。"丕拖此女近前，见披发垢面。丕以衫袖拭其面而观之，见甄氏玉肌花貌，有倾国之色，遂对刘氏曰："吾乃曹丞相之子也，愿保汝家，汝勿忧虑。"遂按剑坐于堂上。

却说曹操统领众将入冀州城，将入城门，许攸纵马近前，以鞭指城门而呼操曰："阿瞒，汝不得我，安能入此门？"操大笑。众将闻言，俱怀不平。操至绍府门下，问曰："谁曾入此门来？"守将对曰："世子在内。"操唤出责之。刘氏出拜曰："非世子不能保全妾家，愿献甄氏为世子执箕帚。"操教唤出，甄氏拜于前。操视之曰："真吾儿妇也！"遂令曹丕纳之。操既定冀州，亲往袁氏墓下设祭，再拜而哭，甚哀。顾谓众官曰："昔日吾与本初共起兵时，本初问吾曰：'若事不辑，方面何所可据？'吾问之曰：'足下意欲若何？'本初曰：'吾南据河，北阻燕、代，兼沙漠之众，南向以争天下，庶可以济乎？'吾答曰：'吾任天下之智力，以道御之，无所不可。'此言如昨，而今本初已丧，吾不能不为流涕也！"众皆叹息。操以金帛粮米赐绍妻刘氏。乃下令曰："河北居民遭兵革之难，尽免今年租赋。"一面写表申朝，操自领冀

◎"乘乱"二字，是春秋笔法，微言大义。其实这是后来著书人对那个时代的看法，在当时，这种事情并不如以后的礼教之徒想的那么严重。更何况曹丕这样一位浪漫主义者，焉有见美色而漠然视之的道理。

◎许攸是个闹，而且是老资格的闹。当年曾出过点子要废汉灵帝。但老资格却白在江湖上混了，无一点眼力，如此不知分寸，口发狂言，分明是在讨死了。功高震主，绝对是取祸之由。

◎表面文章，曹操是不怕做足的。

州牧。

一日许褚走马入东门，正迎许攸。攸唤褚曰："汝等无我，安能出入此门乎？"褚怒曰："吾等千生万死，身冒血战，夺得城池，汝安敢夸口？"攸骂曰："汝等皆匹夫耳，何足道哉！"褚大怒，拔剑杀攸，提头来见曹操，说："许攸如此无理，某杀之矣。"操曰："子远与吾旧交，故相戏耳，何故杀之？"深责许褚，令厚葬许攸。乃令人遍访冀州贤士。冀民曰："骑都尉崔琰，字季珪，清河东武城人也。数曾献计于袁绍，绍不从，因此托疾在家。"操即召琰为本州别驾从事，因谓曰："昨按本州户籍，共计三十万众，可谓大州。"琰曰："今天下分崩，九州幅裂，二袁兄弟相争，冀民暴骨原野。丞相不急存问风俗，救其涂炭，而先计校户籍，岂本州士女所望于明公哉？"操闻言，改容谢之，待为上宾。

操已定冀州，使人探袁谭消息。时谭领兵劫掠甘陵、安平、渤海、河间等处；闻袁尚败走中山，乃统军攻之。尚无心战斗，径奔幽州投袁熙。谭尽降其众，欲复图冀州。操使人召，谭不至。操大怒，驰书绝其婚，自统大军征之，直抵平原。谭闻操自统大军来，遣人求救于刘表。表请玄德商议。玄德曰："今操已破冀州，兵势正盛，袁氏弟兄不久必为操擒，救之无益。况操常有窥荆、襄之意，我只养兵自守。未可妄动。"表曰："然则何以谢之？"玄德曰："可作书与袁

◎曹操能识智士，能用智士，但对于不把他放在眼里的狂傲之士，是绝不客气的。《三国演义》写的这些，还有《三国演义》没写的那些，肯定忤触了曹操，非他授意，许褚敢杀许攸吗？

◎此刻的刘备，寄人篱下之人，也只能出这等不咸不淡的主意。

氏兄弟，以和解为名，婉词谢之。"表然其言，先遣
人以书遗谭。书略曰：

　　君子违难，不适仇国。日前闻君屈膝降
曹，则是忘先人之仇，弃手足之谊，而遗同
盟之耻矣。若冀州不弟，当降心相从。待事
定之后，使天下平其曲直，不亦高义耶？

又与袁尚书曰：

　　青州天性峭急，迷于曲直。君当先除曹
操，以卒先公之恨。事定之后，乃计曲直，
不亦善乎？若迷而不返，则是韩卢、东郭自
困于前，而遗田父之获也。

　　谭得表书，知表无发兵之意，又自料不能敌操，
遂弃平原，走保南皮。曹操追至南皮。时天气寒肃，
河道尽冻，粮船不能行动。操令本处百姓敲冰拽船，
百姓闻令而逃。操大怒，欲捕斩之。百姓闻得，乃
亲往营中投首。操曰："若不杀汝等，则吾号令不行；
若杀汝等，吾又不忍。汝等快往山中藏避，休被我军
士擒获。"百姓皆垂泪而去。
　　袁谭引兵出城，与曹军相敌。两阵对圆，操出马
以鞭指谭而骂曰："吾厚待汝，汝何生异心？"谭曰：

◎刘玄德的一辈子，功夫全用在表面文章上。

◎立足未稳之际，鉴于袁绍失败的教训，对于民心向背，曹操还是十分谨慎的。政策意识很强，为了争取与袁绍有关的人士，专门下了一道赦令："其与袁氏同恶者，与之更始"，也就是重新做人之意。

◎从历史的角度看，从《三国演义》所写袁绍死后三子一甥的内乱看，也从这班不肖子弟最后勾结边外看，郭嘉的远见卓识，难能可贵。颍川名士何其多也，但也只有英年早逝的郭嘉，能够留下完整的谋士形象。

◎曹操手中有献帝，愿意封谁就封谁，这也是他打胜仗的一个有利因素。关羽一上阵，打出"汉寿亭侯"的旗帜，其实他心里未必不明白，左右还不是曹操封的？但中国人好名，名不正则言不顺，怎么说也是以皇帝的名义封的，哪怕这皇帝不过是个傀儡，但要这个名。民初，王国维自沉昆明湖，紫禁城小朝廷里的溥仪，经罗振玉串联撮合，封了个"文慤"的谥号，不也很当回事的嘛！按说这等大学问家的周围，会没有清醒的头脑觉得这种把戏玩得很恶劣么？大概封建了数千年以后，这种帝王崇拜心理太过根深蒂固，所以，至今犹不能绝迹，也就不必惊讶了。

"汝犯吾境界，夺吾城池，赖吾妻子，反说我有异心耶？"操大怒，使徐晃出马，谭使彭安接战。两马相交，不数合，晃斩彭安于马下。谭军败走，退入南皮。操遣军四面围住。谭着慌，使辛评见操约降。操曰："袁谭小子，反覆无常，吾难准信。汝弟辛毗，吾已重用，汝亦留此可也。"评曰："丞相差矣！某闻主贵臣荣，主忧臣辱。某久事袁氏，岂可背之？"操知其不可留，乃遣回。评回见谭，言操不准投降。谭叱曰："汝弟见事曹操，汝怀二心耶？"评闻言，气满填胸，昏绝于地。谭令扶起，须臾而死。谭亦悔之。郭图进曰："来日尽驱百姓当先，以军继其后，必与曹操决一死战。"谭从其言。当夜尽驱南皮百姓，皆执刀枪听令。

次日平明，大开四门，军在后，驱百姓在前，喊声大举，一齐拥出，直抵曹寨。两军混战，自辰至午，胜负未分，杀人遍地。操见未获全胜，弃马上山，亲自击鼓。将士见之，奋力向前，谭军大败。百姓被杀者无数。曹洪奋威突阵，正迎袁谭，举刀乱砍，谭竟被曹洪杀于阵中。郭图见阵大乱，急驰入城中。乐进望见，拈弓搭箭，射下城壕，人马俱死。操引兵入南皮，安抚百姓。忽有一彪军来到，乃袁熙部将焦触、张南也。操自引军迎之。二将倒戈卸甲，特来投降。操封为列侯。又黑山贼张燕引军十万来降，操封为平北将军。下令将袁谭首级号令，敢有哭者斩。头挂北门外，一人布冠衰衣，哭于头下。左右拿来见操。操问之，乃青州别驾王修也，因谏袁谭被逐，今知谭死，故来哭之。操曰："汝知吾令否？"修曰："知之。"操曰："汝不怕死耶？"修曰："我生受其辟命，亡而不哭，非义也。畏死忘义，何以立世乎？若得收葬谭尸，受戮无恨。"操曰："河北义士，何其如此之多也？可惜袁氏不能用；若能用，则吾安敢正眼觑此地哉！"遂命收葬谭尸，礼修为上宾，以为司金中郎将。因问之曰："今袁尚已投袁熙，取之当用何策？"修不答。操曰："忠臣也。"问郭嘉，嘉曰："可使袁氏降将焦触、张南等自攻之。"操用其言，随差焦触、张南、吕旷、吕翔、马延、张凯各引本部兵，分三路进攻幽州。一面使李典、乐进会合张燕打并州，攻高干。

　　且说袁尚、袁熙知曹兵将至，料难迎敌，乃弃城，引兵星夜奔辽西投乌桓去了。幽州刺史乌桓触聚幽州众官，歃血为盟，共议背袁向曹之事，乌桓触先言曰："吾知曹丞相当世英雄，今往投降，有不遵令者斩！"依次歃血，循至别驾韩珩。珩乃掷剑于地，大呼曰："吾受袁公父子厚恩，今主败亡，智不能救，勇不能死，于义缺矣！若北面而降曹，吾不为也！"众皆失色。乌桓触曰："夫兴大事，当立大义。事之济否，不待一人。韩珩既有志如此，听其自便。"推珩而出。乌桓触乃出城迎接三路军马，径来降操。操大喜，加为镇北将军。

◎识人，才能得人；得人，而不用人，有人也等于无人。

◎袁谭之降操叛操，先为操婿，后为操敌，其翻来覆去，真是他爹的好儿子。现在，先是疑吕，后是信吕，瞬刻多变，深得袁绍真传。基因这东西，果然有这大影响吗？

忽探马来报："乐进、李典、张燕攻打并州，高干守住壶关口，不能下。"操自勒兵前往。三将接着，说干拒关难过。操集众将共议破干之计。荀攸曰："若破干，须用诈降计方可。"操然之，唤降将吕旷、吕翔，附耳低言如此如此。吕旷等引军数十，直抵关下，叫曰："吾等原系袁氏旧将，不得已而降曹。曹操为人诡谲，薄待吾等。吾今还扶旧主，可疾开关相纳。"高干未信，只教二将自上关说话。二将卸甲弃马而入，谓干曰："曹军新到，可乘其军心未定，今夜劫寨，某等愿当先。"干喜从其言，是夜教二吕当先，引万馀军前去。将至曹寨，背后喊声大震，伏兵四起。高干知是中计，急回壶关城，乐进、李典已夺了关。高干夺路走脱，往投单于，操领兵拒住关口，使人追袭高干。干到单于界，正迎北番左贤王。干下马拜伏于地，言："曹操吞并疆土，今欲犯王子地面，万乞救援，同力克复，以保北方。"左贤王曰："吾与曹操无仇，岂有侵我土地？汝欲使我结怨于曹氏耶！"叱退高干。干寻思无路，只得投刘表。行至上洛，被都尉王琰所杀，将头解送曹操。操封王琰为列侯。

并州既定，操商议西击乌桓。曹洪曰："袁熙、袁尚兵败将亡，势穷力尽，远投沙漠。我今引兵西击，倘刘备、刘表乘虚袭许都，我救应不及，为祸不浅矣。请回师勿进为上。"郭嘉曰："诸公所言错矣。主公虽威震天下，沙漠之人，恃其边远，必不设备。乘其无备，卒然击之，必可破也。且袁绍与乌桓有恩，而尚与熙兄弟犹存，不可不除。刘表坐谈之客耳，自知才不足以御刘备，重任之则恐不能制，轻任之则备不为用。虽虚国远征，公无忧也。"操曰："奉孝之言极是。"遂率大小三军，车数千辆，望前进发。但见黄沙漠漠，狂风四起，道路崎岖，人马难行。操有回军之心，问于郭嘉。嘉此时不伏水土，卧病车上。操泣曰："因我欲平沙漠，使公远涉艰辛，以至染病，吾心何安？"嘉曰："某感丞相大恩，虽死不能报万一。"操曰："吾见北地崎岖，意欲回军，若何？"嘉曰："兵贵神速。今千里袭人，辎重多而难以趋利；不如轻兵兼道以出，掩其不备。但须得识径路者为引导耳。"遂留郭嘉于易州养病，求乡导官以引路。

　　人荐袁绍旧将田畴深知此境，操召而问之，畴曰："此道秋夏间有水，浅不通车马，深不载舟楫，最难行动。不如回军，从卢龙口越白檀之险，出空虚之地，前近柳城，掩其不备，冒顿可一战而擒也。"操从其言，封田畴为靖北将军，作乡导官，为前驱。张辽为次，操自押后，倍道轻骑而进。田畴引张辽前至白狼山，正遇袁熙、袁尚会合冒顿等数万骑前来。张辽飞报曹操，操自勒马登高望之，见冒顿兵无队伍，参差不整。操谓张辽曰："敌兵不整，便可击之。"乃以麾授辽。辽引许褚、于禁、徐晃分四路下山，奋力急攻，冒顿大乱。辽拍马斩冒顿于马下，馀众皆降。

◎塞外部落，游牧民族，一直是汉王朝最感头痛的问题，无非和亲绥靖和征讨杀伐两种办法。此时，袁氏余部和乌桓势力结合，示好已晚，唯有趁其不备，迅速消灭，方是长治久安之道。否则，或扰边掠民，或长驱直入，将会防不胜防。及早消除潜在威胁，郭嘉是有识见的。

袁熙、袁尚引数千骑投辽东去了。

操收兵入柳城，封田畴为柳亭侯，以守柳城，畴涕泣曰："某负义逃窜之人也，蒙厚恩全活，为幸多矣；岂可卖卢龙之寨以邀赏禄哉！死不敢受侯爵。"操义之，乃拜畴为议郎。操抚慰单于人等，收得骏马万匹，即日回兵。时天气寒且旱，二百里无水，军又乏粮，杀马为食，凿池三四十丈方得水。操回至易州，重赏先曾谏者，因谓众将曰："孤前者乘危远征，侥幸成功。虽得胜，天所佑也，不可以为法。诸君之谏，乃万安之计，是以相赏。后勿难言。"操到易州时，郭嘉已死数日，停柩在公廨。操往祭之，大哭曰："奉孝死，乃天丧吾也！"回顾众官曰："诸君年齿皆孤等辈，惟奉孝最少，吾欲托以后事，不期中年夭折，使吾心肠崩裂矣！"嘉之左右，将嘉临死所封之书呈上，曰："郭公临亡，亲笔书此，嘱曰：'丞相若从书中所言，辽东事定矣。'"操拆书视之，点头嗟叹，诸人皆不知其意。次日，夏侯惇引众人禀曰："辽东太守公孙康久不宾服，今袁熙、袁尚又往投之，必为后患。不如乘其未动，速往征之，辽东可得也。"操笑曰："不烦诸公虎威，数日之后，公孙康自送二袁之首至矣。"诸将皆不肯信。

却说袁熙、袁尚引数千骑奔辽东。辽东太守公孙康，本襄平人，武威将军公孙度之子也。当日知袁熙、

◎杀敌一千，自损八百，成本太高，颇不划算。然而从三国一直到西晋，北方这些邻居能够相安无事，粗保太平，也就十分难得了。不过曹操敢于提倡部下提出不同意见，即使这不同意见是错的，还要赏赐有加，这样的领导人不多。

袁尚来投，遂聚本部属官商议此事。公孙恭曰："袁
绍在日，尝有吞辽东之心。今袁熙、袁尚兵败将亡，
无处依栖，来此相投，是鸠夺鹊巢之意也。若容纳之，
后必相图；不如赚入城中杀之，献头与曹公，曹公必
重待我。"康曰："只怕曹操引兵下辽东，又不如纳二
袁使为我助。"恭曰："可使人探听：如曹兵来攻，则
留二袁；如其不动，则杀二袁，送与曹公。"康从之，
使人去探消息。

　　却说袁熙、袁尚至辽东，二袁密议曰："辽东
军数万骑，足可与曹操争衡。今暂投之，后当杀公
孙康而夺其地，养成气力而抗中原，可复河北也。"
商议已定，乃入见公孙康。康留于馆驿，只推有
病，不即相见。不一日，细作回报："曹操兵屯易州，
并无下辽东之意。"公孙康大喜，乃先伏刀斧手于
壁衣中，使二袁入。相见礼毕，命坐。时天气严寒，
尚见床榻上无裀褥，谓康曰："愿铺坐席。"康瞋目
言曰："汝二人之头，将行万里，何席之有！"尚
大惊。康叱曰："左右何不下手！"刀斧手拥出，
就坐席上砍下二人之头，用木匣盛贮，使人送到易
州来见曹操。时操在易州，按兵不动。夏侯惇、张
辽入禀曰："如不下辽东，可回许都，恐刘表生心。"
操曰："待二袁首级至，即便回兵。"众皆暗笑。忽
报辽东公孙康遣人送袁熙、袁尚首级至，众皆大惊。
使者呈上书信，操大笑曰："不出奉孝之料！"重

◎逃命至此，只有服软的份儿，这
两位少爷还要算计人家，自是在找
倒霉了。

◎如此待客，场面可怕。

◎超一流的曹操不傻，与人共事二十多年近三十年，竟觉察不出荀氏叔侄事汉而非事曹的蛛丝马迹么？看来，一天两天看不出来，极为可能，一年两年看不出来，也有可能，十年二十年还看不出来，那曹操的智商真是出了问题，如果不是这样，只能看作是曹操装傻，这才是真正的曹操。《三国志》这部正史求简洁而省略，遂欠后人太多太多。当然，留给后人的想象余地也就无比宽大。

赏来使，封公孙康为襄平侯、左将军。众官问曰："何为不出奉孝之所料？"操遂出郭嘉书以示之。书略曰：

> 今闻袁熙、袁尚往投辽东，明公切不可加兵。公孙康久畏袁氏吞并，二袁往投必疑。若以兵击之，必并力迎敌，急不可下；若缓之，公孙康、袁氏必自相图：其势然也。

众皆踊跃称善。操引众官复设祭于郭嘉灵前。亡年三十八岁，从征伐十有一年，多立奇勋。后人有诗赞曰：

> 天生郭奉孝，豪杰冠群英。
> 腹内藏经史，胸中隐甲兵。
> 运谋如范蠡，决策似陈平。
> 可惜身先死，中原梁栋倾。

操领兵还冀州，使人先扶郭嘉灵枢于许都安葬。

程昱等请曰："北方既定，今还许都，可早建下江南之策。"操笑曰："吾有此志久矣！诸君所言，正合吾意。"是夜宿于冀州城东角楼上，凭栏仰望天文。时荀攸在侧，操指曰："南方旺风依然，恐未可图也。"攸曰："以丞相天威，何所不服？"正看间，忽见一

道金光，从地而起，攸曰："此必有宝于地下。"操下
楼令人随光掘之。正是：

　　　　　　星文方向南中指，金宝旋从北地生。

不知所得何物，且听下文分解。

　　历史有看得清的，但更多是看不清的。郭嘉有我们知道的一面，然而，更多是我们不知道的。《三国志·郭嘉传》有一段他被陈群廷诉事，插入得极为莫明其妙："初，陈群非嘉不治行检，数廷诉嘉，嘉意自若。太祖愈益重之，然以群能持正，亦悦焉。"此处标点有误，"嘉意自若"下应是逗号，而作句号，文意全误。所以，不要太迷信权威，因为权威不等于上帝。这细情，只有陈寿略知一二，裴松之连嘴也插不上。陈群不止一次向曹操检举郭嘉，而陈群的角色，相当于纪律检查委员会头头，不是小角色，但郭嘉对这位卫道士，"意自若"，什么叫"自若"，说得轻狂一点，根本不在乎，说得礼貌一点，没太当回事。问题在下文，"太祖愈益重之"，马上想得到的解释，曹操不认为郭嘉非"不治行检"，而且"愈益重之"。什么意思？到底什么意思？谁也回答不上。

　　郭嘉预计孙策之死于刺客，那令人骇异之准确，说明战争，尤其战略性的全面战争，是一门复杂的大学问，不光凭大将军的武艺，也不全是刀来剑往，刺刀见红，请注意，同是战争，还有隐蔽战线，地下工作，只有愚蠢的关老爷在荆州城坐着，相信吕蒙装病是真。看来他的情报部门，都是与他一样的政治白痴。

　　官渡之战后，乘胜追击，以犁庭扫穴之威，以闪电攻击之势，彻底平定了北部边境的乱局，解决了困扰汉王朝多年的积难，一举成功，大获全胜，自此再无北顾之忧，很大程度上这是曹操和郭嘉的一次精彩合作，一次完美表演。虽然死了很多人，可换来魏、晋近百年边境安宁。

　　"唯奉孝为能知孤意"，"使孤成大业者，必此人也"，赤壁之战败后，曹操还不禁怀想：若"郭奉孝在，不使孤至此"。因此可见他对郭嘉期望值之高。他对荀攸等人说："诸君年皆孤辈也，唯奉孝最少，天下事竟，欲以后事属之，而中年夭折，命也夫！"恐怕也是他发自内心的话。

第三十四回

蔡夫人隔屏听密语
刘皇叔跃马过檀溪

曹操剪除袁绍以后，一鼓作气，平定乌桓，肃清袁党，招徕贤才，拓边安民。至此，冀、青、幽、并、辽西、辽东，直到大漠以远，整个北方中国，一统于曹操手中，接着，他要实行战略重心的南移。现在，他腾出手来对付刘表和孙权了。历史上的曹操，和《三国演义》里的曹操不完全相似，他更是一个政治家。所以，南征之前，他除了做军事准备外，如建玄武池，演习水军，更在政治上采取了休养生息的方针，使饱受战争创伤的北方经济得以迅速复苏。

曹操建安九年（204）的《收田租令》，就是针对袁绍残掠百姓的反措施。"袁氏之治也，使豪强擅恣，亲戚兼并，下民贫弱，代出租赋。炫鬻家财，不足应命。审配宗族，至乃藏匿罪人，为逋逃主；欲望百姓亲附，甲兵强盛，岂可得邪！其收田亩四升，户出绢二匹，绵二斤而已，他不得擅兴发，郡国守相明检察之，无令强民有所隐藏，而弱民兼赋也。"为了减轻老百姓的负担，他近百万的军队，是靠屯田来养活的。这是他在山东收剿黄巾时就开始实行了的。曹操在建安元年（196），曾发布过一道《置屯田令》："夫定国之术，在于强兵足食。秦人以急农兼天下，孝武以屯田定西域，此先代之良式也。"

曹操之所作所为，实际上是想建立一个在他思想指导下的汉朝，一个不再由士族门第为统治中心的汉朝，而是以循名责实的法治精神，以寒族士人为骨干建立的新政权。所以他能容忍汉朝的继续存在，也能接受有其名而无其实的汉献帝这块招牌，他也很乐意以周公旦自居，一辈子不称帝。但他不能接受国家处于分裂状态，所以，他要渡江，收拾刘表以及孙权、刘备之类。看来，他未必不知道"吴宫对""隆中对"这些以分裂为指导思想的政治纲领。从他的人才三令和《收田租令》这些根本大计，以及他的军事准备看，曹操志在实现一个完整的统一的中国，是当真的，在这一点上，应该对他有新的认识和评价。

真正想三国变一国者，为曹操，而打心里想一国变三国者，乃刘备、诸葛亮、孙权、鲁肃。

却说曹操于金光处掘出一铜雀，问荀攸曰："此何兆也？"攸曰："昔舜母梦玉雀入怀而生舜，今得铜雀，亦吉祥之兆也。"操大喜，遂命作高台以庆之。乃即日破土断木，烧瓦磨砖，筑铜雀台于漳河之上。约计一年而工毕。少子曹植进曰："若建层台，必立三座：中间高者，名为铜雀；左边一座，名为玉龙；右边一座，名为金凤。更作两条飞桥，横空而上，乃为壮观。"操曰："吾儿所言甚善。他日台成，足可娱吾老矣！"原来曹操有五子，惟植性敏慧，善文章，曹操平日最爱之。于是留曹植与曹丕在邺郡造台，使张燕守北寨。操将所得袁绍之兵共五六十万，班师回许都，大封功臣。又表赠郭嘉为贞侯，养其子炎于府中。复聚众谋士商议，欲南征刘表。荀彧曰："大军方北征而回，未可复动。且待半年，养精蓄锐，刘表、孙权，可一鼓而下也。"操从之，遂分兵屯田，以候调用。

却说玄德自到荆州，刘表待之甚厚。一日，正相聚饮酒，忽报降将张武、陈孙在江夏掳掠人民，共谋造反。表惊曰："二贼又反，为祸不小！"玄德曰："不须兄长忧虑，备亲往讨之。"表大喜，即点三万军与玄德前去。玄德领命即行，不一日来到江夏。张武、陈孙引兵来迎。玄德与关、张、赵云出马在旗门下，望见张武所骑之马，极其雄骏，玄德曰："此必千里马也。"言未毕，赵云挺枪而出，径冲彼阵。张武纵马来迎，不三合，被赵云一枪刺落马下，随手扯住辔头，

◎由此可以想见此公在漳河之旁、铜雀台上吟诗作乐、欢声笑语、杯盘狼藉、觥筹交错时，该是如何淋漓尽致的一番表演了。只是这等当时的形象细节、生活场景却不见诸《三国志》有关曹操的笔墨中，就有些诧异了。难道弄文字的人为尊者讳，竟避笔到如此程度吗？

◎一个生存在夹缝中的人，就怕一朝得意，当他能施展手脚的时候，马上就会神气活现起来。这就是此时此刻刘备的状态。世人浅薄者很少能不如此的。

◎若是曹操请他喝酒，怕就未必如此大言不惭地轻狂了。刘备此人，应该去体检一次，查查这种经常出现的一时性脑空白，究属何病？

◎枕头状一告一个准。

◎在中国古典文学中，"的卢"和"赤兔"，是写得相当成功的两匹马。而成功的主要之点，就是赋予动物以人性化情节。

牵马回阵。陈孙见了，随赶来夺。张飞大喝一声，挺矛直出，将陈孙刺死。众皆溃散。玄德招安馀党，平复江夏诸县，班师而回。表出郭迎接入城，设宴庆功。酒至半酣，表曰："吾弟如此雄才，荆州有倚赖也。但忧南越不时来寇，张鲁、孙权皆足虑也。"玄德曰："弟有三将，足可委用：使张飞巡南越之境，云长拒固子城以镇张鲁，赵云拒三江以当孙权，何足虑哉！"表喜，欲从其言。蔡瑁告其姊蔡夫人曰："刘备遣三将居外，而自居荆州，久必为患。"蔡夫人乃夜对刘表曰："我闻荆州人多与刘备往来，不可不防之。今容其住居城中，无益，不如遣使他往。"表曰："玄德仁人也。"蔡氏曰："只恐他人不似汝心。"表沉吟不答。

次日出城，见玄德所乘之马极骏，问之，知是张武之马。表称赞不已，玄德遂将此马送与刘表。表大喜，骑回城中。蒯越见而问之，表曰："此玄德所送也。"越曰："昔先兄蒯良，最善相马，越亦颇晓。此马眼下有泪槽，额边生白点，名为'的卢'，骑则妨主。张武为此马而亡，主公不可乘之。"表听其言。次日请玄德饮宴，因言曰："昨承惠良马，深感厚意。但贤弟不时征进，可以用之，敬当送还。"玄德起谢。表又曰："贤弟久居此间，恐废武事，襄阳属邑新野县，颇有钱粮，弟可引本部军马于本县屯扎，何如？"玄德领诺。次日谢别刘表，引本部军马径往新野。方出城门，只见一人在马前长揖曰："公所骑马，不可乘也。"玄德视之，乃荆州幕宾伊籍，字机伯，山阳人也。玄德忙下马问之，籍曰："昨闻蒯异度对刘荆州云：'此马名的卢，乘则妨主。'因此还公，公岂可复乘之？"玄德曰："深感先生见爱。但凡人生死有命，岂马所能妨哉！"籍服其高见，自此常与玄德往来。

玄德自到新野，军民皆喜，政治一新。建安十二年春，甘夫人生刘禅。是夜有白鹤一只，飞来县衙屋上，高鸣四十馀声，望西飞去。临分娩时，异香满室。甘夫人尝夜梦仰吞北斗，因而怀胎，故乳名阿斗。此时曹操正统兵北征，玄德乃往荆州，说刘表曰："今曹操悉兵北征，许昌空虚，若以荆襄之众，乘间袭之，大事可就也。"表曰："吾坐据九州足矣，岂可别图？"玄德默然。表邀入后堂饮酒。酒至半酣，表忽然长叹，玄德曰："兄长何故发叹？"表曰："吾有心事，未易明言。"玄德再欲问时，蔡夫人出立屏后，刘表乃垂头不语。须臾席散，玄德自归新野。至是年冬，闻曹操自柳城回，玄德甚叹表之不用其言。

忽一日，刘表遣使至，请玄德赴荆州相会。玄德随使而往，刘表接着，叙礼毕，请入后堂饮宴，因谓玄德曰："近闻曹操提兵回许都，势日强盛，必有吞并荆襄之心。昔日悔不听贤弟之言，失此好机会。"玄德曰："今天下分裂，干戈日起，机会岂有尽乎？若能应之于后，未足为恨也。"表曰："吾弟之言甚当。"相与对饮。酒酣，表忽潸然泪下。玄德问其故，表曰：

◎刘表的志向，倒被郭嘉料准了的。

◎蔡夫人善于躲在屏风后，听她丈夫与客人的谈话，她大概算得上搞窃听的前辈。为什么要窃听？就是要干政；为什么要干政？就是要维护她和她儿子以及她党羽的权位。因此，太太从厨房走进客厅，插手丈夫的事务，有时并不一定是因为她有很强烈的染指欲望，而是她个人的利益和周围人的需求，把她推出来"牝鸡司晨"的。

"吾有心事，前者欲诉与贤弟，未得其便。"玄德曰："兄长有何难决之事？倘有用弟之处，弟虽死不辞。"表曰："前妻陈氏所生长子琦，为人虽贤，而柔懦不足立事；后妻蔡氏所生少子琮，颇聪明。吾欲废长立幼，恐碍于礼法；欲立长子，争奈蔡氏族中皆掌军务，后必生乱：因此委决不下。"玄德曰："自古废长立幼，取乱之道。若忧蔡氏权重，可徐徐削之，不可溺爱而立少子也。"表默然。原来蔡夫人素疑玄德，凡遇玄德与表叙论，必来窃听。是时正在屏风后，闻玄德此言，心甚恨之。玄德自知语失，遂起身如厕。因见己身髀肉复生，亦不觉潜然流涕。少顷复入席。表见玄德有泪容，怪问之，玄德长叹曰："备往常身不离鞍，髀肉皆散；今久不骑，髀里肉生。日月蹉跎，老将至矣，而功业不建，是以悲耳！"表曰："吾闻贤弟在许昌，与曹操青梅煮酒，共论英雄，贤弟尽举当世名士，操皆不许，而独曰：'天下英雄，惟使君与操耳！'以曹操之权力，犹不敢居吾弟之先，何虑功业不建乎？"玄德乘着酒兴，失口答曰："备若有基本，天下碌碌之辈，诚不足虑也。"表闻言默然。玄德自知语失，托醉而起，归馆舍安歇。后人有诗赞玄德曰：

◎ 与袁绍如出一辙，又在播下祸乱之根。这种封建制度下的接班人之争，永远是充满血腥味的。

◎ 既已提到青梅煮酒事，刘备继续脑空白，咎由自取了。

> 曹公屈指从头数，天下英雄独使君。
> 髀肉复生犹感叹，争教寰宇不三分？

却说刘表闻玄德语，口虽不言，心怀不足，别了玄德，退入内宅。蔡夫人曰："适间我于屏后听得玄德之言，甚轻觑人，足见其有吞并荆州之意。今若不除，必为后患。"表不答，但摇头而已。蔡氏乃密召蔡瑁入，商议此事。瑁曰："请先就馆舍杀之，然后告知主公。"蔡氏然其言。瑁出，便连夜点军。

却说玄德在馆舍中秉烛而坐，三更之后，方欲就寝，忽一人叩门而入，视之乃伊籍也。原来伊籍探知蔡瑁欲害玄德，特夤夜来报。当下伊籍将蔡瑁之谋报知玄德，催促玄德速速起身。玄德曰："未辞景升，如何便去？"籍曰："公若辞，必遭蔡瑁之害矣。"玄德乃谢别伊籍，急唤从者，一齐上马，不待天明，星夜奔回新野。比及蔡瑁领军到馆舍时，玄德已去远矣。瑁悔恨无及，乃写诗一首于壁间，径入见表曰："刘备有反叛之意，题反诗于壁上，不辞而去矣。"表不信，亲诣馆舍观之，果有诗四句。诗曰：

> 数年徒守困，空对旧山川。
> 龙岂池中物，乘雷欲上天！

刘表见诗大怒，拔剑言曰："誓杀此无义之徒！"行数步，猛省曰："吾与玄德相处许多时，不曾见他作诗，此必外人离间之计也。"遂回步入馆舍，用剑尖

◎自初平二年举事，至此建安六年，十年过去，仍是在人家背后站立侍候的角色，能不感叹系之吗？

◎写反诗，是《水浒传》手段，但汉末的笔墨，是否如宋代的书写流利，尚待考证。毛氏父子整理《三国演义》给诸葛亮的茅庐添了一副对联，就有人指出，汉末尚未有对联一说，可能也因那时的笔墨工具，未如唐以后得心应手的缘故吧？

◎由此可见，刘表与袁绍，虽一样的外宽内忌，好谋无决，但多一份儒雅，行事又与刚愎自用的袁绍稍有不同。《三国演义》在这些细微的性格差别上是描写得颇有些分寸的。

◎张飞这句话，倒是带有普遍性的真理。

削去此诗，弃剑上马。蔡瑁请曰："军士已点齐，可就往新野擒刘备。"表曰："未可造次，容徐图之。"蔡瑁见表持疑不决，乃暗与蔡夫人商议，即日大会众官于襄阳，就彼处谋之。次日，瑁禀表曰："近年丰熟，合聚众官于襄阳，以示抚劝之意。请主公一行。"表曰："吾近日气疾作，实不能行。可令二子为主待客。"瑁曰："公子年幼，恐失于礼节。"表曰："可往新野请玄德待客。"瑁暗喜正中其计，便差人请玄德赴襄阳。

却说玄德奔回新野，自知失言取祸，未对众人言之。忽使者至，请赴襄阳。孙乾曰："昨见主公匆匆而回，意甚不乐，愚意度之，在荆州必有事故。今忽请赴会，不可轻往。"玄德方将前项事诉与诸人。云长曰："兄自疑心语失，刘荆州并无嗔责之意。外人之言，不可轻信。襄阳离此不远，若不去，则荆州反生疑矣。"玄德曰："云长之言是也。"张飞曰："筵无好筵，会无好会，不如不去。"赵云曰："某将马步军三百人同往，可保主公无事矣。"玄德曰："如此甚好。"遂与赵云即同赴襄阳。

蔡瑁出郭迎接，意甚谦谨。随后刘琦、刘琮二子，引一班文武官僚出迎，玄德见二公子俱在，并不疑忌。是日请玄德于馆舍暂歇。赵云引三百军围绕保护，云披甲挂剑，行坐不离左右。刘琦告玄德曰："父亲气疾作，不能行动，特请叔父待客，抚劝各处守牧之官。"玄德曰："吾本不敢当此，既有兄命，不敢不从。"次日，人报九郡四十二州官员俱已到齐。蔡瑁预请蒯越计议曰："刘备世之枭雄，久留于此，后必为害，可就今日除之。"越曰："恐失士民之望。"瑁曰："吾已密领刘荆州言语在此。"越曰："既如此，可预作准备。"瑁曰："东门岘山大路，已使吾弟蔡和引军守把；南门外已使蔡中守把；北门外已使蔡勋守把。只有西门不必守把，前有檀溪阻隔，虽有数万之众，不易过也。"越曰："吾见赵云行坐不离玄德，恐难下手。"瑁曰："吾伏五百兵在城内准备。"越曰："可使文聘、王威二人另设一席于外厅，以待武将。先请住赵云，然后可行事。"瑁从其言。

当日杀牛宰马，大张筵席。玄德乘的卢马至州衙，命牵入后园拴系。众官皆至堂中。玄德主席，二公子两边分坐，其馀各依次而坐。赵云带剑立于玄德之侧。文聘、王威入请赵云赴席，云推辞不去，玄德令赵云就席，云勉强应命而出。蔡瑁在外，收拾得铁桶相似，将玄德带来三百军，都遣归馆舍，只待半酣号起下手。酒至三巡，伊籍起把盏，至玄德前，以目视玄德，低声谓曰："请更衣。"玄德会意，即起如厕。伊籍把盏毕，疾入后园，接着玄德，附耳报曰："蔡瑁设计害君，城外东、南、北三处皆有军马守把，惟西门可走，公宜速逃！"玄德大惊，急解的卢马，开后园门牵出，飞身上马，不顾从者，匹马望西门而走。门吏问之，玄

◎蔡夫人干政，第一，吃定了刘表的"外宽内忌，好谋无决"，既无主见，也无狠心，很容易吹枕头风；第二，她是少妻，生了个令刘表中意的儿子，有足够的本钱（其实刘琮，非蔡夫人所生，只是罗贯中的演义罢了）；第三，朝中有嫡系，手边有干将，荆襄豪族，树大根深，谁也撼动不得。所以，蔡氏指派内戚蔡瑁，埋下刀斧手，定要除掉刘备的计划，终于实施，很难说刘表一无所闻。虽然阴谋未能得逞，但逼得刘备亡命，刘表不也睁一只眼、闭一只眼认可了？刘表不是养不起闲人，只是刘备这样的"闲人"，其名声令他提心吊胆。

◎《三国演义》这部小说，相当大男子主义。所以，书中女性很少，除了貂蝉外，比较有故事的就是这位蔡夫人了。她很了不起，安排下刀斧手，差一点把刘备干掉。如果不是那匹的卢马，刘备也许溺毙在檀溪里了。刘表死后，也是她作出的决定，将荆州交给了曹操，从审时度势的角度看，这个有政治头脑的女人，宁可依托强者，吃安稳饭，也不依附刘备或孙权，像一粒棋子一样被争夺，未必不是高明之举。

德不答，加鞭而出。门吏当之不住，飞报蔡瑁。瑁即上马，引五百军随后追赶。

却说玄德撞出西门，行无数里，前有大溪拦住去路。那檀溪阔数丈，水通湘江，其波甚紧。玄德到溪边，见不可渡，勒马再回。遥望城西，尘头大起，追兵将至。玄德曰："今番死矣！"遂回马到溪边。回看之时，追兵近矣，玄德着慌，纵马下溪。行不数步，马前蹄忽陷，浸湿衣袍。玄德乃加鞭大呼曰："的卢！的卢！今日妨吾！"言毕，那马忽从水中涌身而起，一跃三丈，飞上西岸，玄德如从云雾中起。后来苏学士有古风一篇，单咏跃马檀溪事。诗曰：

老去花残春日暮，宦游偶至檀溪路。
停骖遥望独徘徊，眼前零落飘红絮。
暗想咸阳火德衰，龙争虎斗交相持。
襄阳会上王孙饮，坐中玄德身将危。
逃生独出西门道，背后追兵复将到。
一川烟水是檀溪，急叱征骑往前跳。
马蹄踏碎青玻璃，天风响处金鞭挥。
耳畔但闻千骑走，波中忽见双龙飞。
西蜀独霸真英主，坐上龙驹两相遇。
檀溪溪水自东流，龙驹英主今何处？
临流三叹心欲酸，斜阳寂寂照空山。
三分鼎足浑如梦，踪迹空留在世间。

玄德跃过溪西，顾望东岸，蔡瑁已引军赶到溪边，大叫："使君何故逃席而去？"玄德曰："吾与汝无仇，何故欲相害？"瑁曰："吾并无此心，使君休听人言！"玄德见瑁手将拈弓取箭，乃急拨马望西南而去。瑁谓左右曰："是何神助也！"方欲收军回城，只见西门内赵云引三百军赶来。正是：

跃去龙驹能救主，追来虎将欲诛仇。

未知蔡瑁性命如何，且听下文分解。

　　在中国封建社会中，女性作为最高统治者的母亲或妻子，在国家政治生活中发生决定性影响力的朝代，当以公元前206至公元220年间的两汉为最。清人赵翼在《廿二史劄记》中说过："两汉以外戚辅政，国家既受其祸，而外戚之受祸，亦莫如两汉者。"蔡夫人算是汉代外戚的余绪，她最后把荆州献给了曹操，不能说她不对，投强不投弱，守着饭锅饿不着。如果她支持刘表信任刘备，依赖他反抗曹操，而陷入困境，难道就正确吗？后来，刘备入蜀，没几天，就把其实也是收留他的刘璋给干掉了，这当然是后车之辙了。不过，也说明一点，女人有女人的现实主义，不能一概斥之为夫人干政，而完全拒绝的。

　　刘表单骑入荆，很大程度上也是依靠荆州当地大姓蒯、蔡二族的支持，而用联姻手段，娶了蔡瑁之妹，则起了决定作用。否则，他怀里揣着的一纸董卓颁他为荆州牧的任命书，等于废纸一张。所以，在东汉，士族和大族是地方的实际统治者。后来，十八路诸侯组成反董联军，《三国演义》只写了十七镇，独缺刘表，就因为董卓当权后，收买人心，为党锢之祸被迫害者平反，刘表才得以立足荆州，为报此情，而按兵不动。

　　刘表早年有"八骏"之美称，坐镇荆州十八年，竟然营造出乱世中的一块乐土，说明他并非庸才。然而他好文求名，立意自守，无四方之志，心胸窄隘，多疑猜忌，无用人之量。他的原部下，建安七子之一的王粲评述他："刘表雍容荆楚，坐观时变，自以为西伯可规。士之避乱荆州者，皆海内之俊杰也；表不知所任，故国危而无辅。"最后，他的夫人竟能当他的家，结果也就可想而知了。

第三十五回

玄德南漳逢隐沦
单福新野遇英主

　　刘备从没落户起家，拉扯着两位弟兄，从站在人家身后的马弁开始，一直奋斗到与曹操、孙权比肩，成为魏、蜀、吴三国的国家首领之一，从这个角度看，他是个当之无愧的英雄，那些比他有实力、有资格、有名望、有声势的诸侯，一个个被淘汰出局，扫进历史垃圾堆，而他却奇迹般地笑到了最后。虽然跌跌爬爬，连滚带爬，眼泪鼻涕，形象不雅，但此公地盘却由小而大，人马能由少而多，逐渐成为三足之一足，举足轻重。追溯起来，为什么一直依附于人、听命于人、看人脸色的刘备，东投西靠，无路可走之时，突然觉悟，要做自己的主人，而不再做别人的听差，要走自己的道路，而不再仰鼻息于他人？这还真是亏了檀溪这一跳，跳出了不同于前的新刘备。

　　《周易·系辞下》："穷则变，变则通，通则久。"这个变通之变，从刘备匹马单骑逃出襄阳后，肯定是悟到了，否则他不会如此求贤若渴地希望得人得智，立国立身。他在刘表席间对于髀肉复生的感慨，所谓功业不建，时光不待，实际上体现了他的紧迫感。从中平初年黄巾起事从戎开始，至此，二十年过去，仍应对于诸侯之间，依附谁才能讨得一口饭吃。所以，他失口说出："备若有基本，天下碌碌之辈，诚不足虑也。"此刻，他明白，哪怕是一块立锥之地，也强似寄人篱下，这充分表明了他在势穷力蹙后的觉悟。地，是中国人的根本，也是中国人的生命，中国人要想做事业，无立锥之地，永远像孤魂一样游荡。的卢从水中跃起，对岸已在脚下，他如梦初醒，这才认识到这个世界上，看似做得成的事，未必做得成，而看似做不成的事，却未必做不成，无论如何也跳不过去的湍急溪流，居然一跃而济。

　　思想境界上的突然飞跃，使刘备有一点不想再做三等公民的非分之想，也许就是在跳过檀溪此刻形成了。因此，跃马过檀溪，对他灵魂的触动，达到豁然开朗的程度，其意义远超过生命之获救。刘备至少给自己明确了两点：一、明知其不可为而为之，是可以的；二、有非常之人必有非常之事，是正常的。按常理，以他区区之众，存立国之想，连一个小小蔡瑁都敢要了他的命的织席贩屦之辈，岂非痴心妄想？然而檀溪已在身后，那么在他眼前展现的生路，不正说明一切并非不可为，而是他想不想为、敢不敢为？

　　却说蔡瑁方欲回城，赵云引军赶出城来。原来赵云正饮酒间，忽见人马动，急入内观之，席上不见了玄德。云大惊，出投馆舍，听得人说蔡瑁引军望西赶去了。云火急绰枪上马，引着原带来三百军，奔出西门，正遇见蔡瑁，急问曰："吾主何在？"瑁曰："使君逃席而去，不知何往。"赵云是谨细之人，不肯造次，即策马前行，遥望大溪。别无去路，乃复回马，喝问蔡瑁曰："汝请吾主赴宴，何故引着军马追来？"瑁曰："九郡四十二州县官僚俱在此，吾为上将，岂可不防护？"云曰："汝逼吾主何处去了？"瑁曰："闻使君匹马出西门，到此却又不见。"云惊疑不定，直来溪边看时，只见隔岸一带水迹。云暗忖曰："难道连马跳过了溪去？"令三百军四散观望，并不见踪迹。云再回马时，蔡瑁已入城去了。云乃拿守门军士追问，皆说刘使君飞马出西门而去。云再欲入城，又恐有埋伏，遂急引军归新野。

　　却说玄德跃马过溪，似醉如迷。想此阔涧一跃而过，岂非天意！迤逦望南漳策马而行。日将沉西，正行之间，见一牧童跨于牛背上，口吹短笛而来，玄德叹曰："吾不如也！"遂立马观之。牧童亦停牛罢笛，熟视玄德，曰："将军莫非破黄巾刘玄德否？"玄德惊问曰："汝乃村僻小童，何以知吾姓字？"牧童曰："我本不知，因常侍师父，有客到日，多曾说有一刘玄德，身长七尺五寸，垂手过膝，目能自顾其耳，乃

◎卫队长把保卫对象丢掉，这里用"谨细"形容赵云，倒是有点贬义了。

◎一个人要想超越自己，是困难的。这一道檀溪，促成他一次思想上的飞跃，这才有以后魏、蜀、吴的鼎立局面。否则，他与那些他自己都蔑视的碌碌之辈，有什么差别呢？

◎在《三国演义》一书中，诸葛亮的出场，是用尽功力，不吝笔墨，造足气氛，镜头画面给得最多的一个。即使在其他古典小说中，也少见。从牧童短笛开始，就在为这位羽扇纶巾的先生出场做准备了。

◎神化，是国人最擅长的把戏。

当世之英雄。今观将军如此模样，想必是也。"玄德曰："汝师何人也？"牧童曰："吾师复姓司马，名徽，字德操，颍川人也。道号水镜先生。"玄德曰："汝师与谁为友？"小童曰："与襄阳庞德公、庞统为友。"玄德曰："庞德公乃庞统何人？"童子曰："叔侄也。庞德公字山民，长俺师父十岁；庞统字士元，小俺师父五岁。一日，我师父在树上采桑，适庞统来相访，坐于树下，共相议论，终日不倦。吾师甚爱庞统，呼之为弟。"玄德曰："汝师今居何处？"牧童遥指曰："前面林中，便是庄院。"玄德曰："吾正是刘玄德，汝可引我去拜见你师父。"童子便引玄德，行二里馀，到庄前下马。

入至中门，忽闻琴声甚美。玄德教童子且休通报，侧耳听之。琴声忽住而不弹，一人笑而出曰："琴韵清幽，音中忽起高抗之调，必有英雄窃听。"童子指谓玄德曰："此即吾师水镜先生也。"玄德视其人松形鹤背，器宇不凡，慌忙进前施礼，衣襟尚湿。水镜曰："公今日幸免大难！"玄德惊讶不已。小童曰："此刘玄德也。"水镜请入草堂，分宾主坐定。玄德见架上满堆书卷，窗外盛栽松竹，横琴于石床之上，清气飘然。水镜问曰："明公何来？"玄德曰："偶尔路由此过，因小童相指，得拜尊颜，不胜万幸。"水镜笑曰："公不必隐讳。公今必逃难至此。"玄德遂以襄阳一事告之。水镜曰："吾观公气色，已知之矣。"因问玄德曰："吾久闻明公大名，何故至今犹落魄不偶耶？"玄德曰："命途多蹇，所以至此。"水镜曰："不然，盖因将军左右不得其人耳。"玄德曰："备虽不才，文有孙乾、糜竺、简雍之辈，武有关、张、赵云之流，竭忠辅相，颇赖其力。"水镜曰："关、张、赵云乃万人敌，惜无善用之之人。若孙乾、糜竺辈，乃白面书生，非经纶济世之才也。"玄德曰："备亦尝侧身以求山谷之遗贤，奈未遇其人何！"水镜曰："岂不闻孔子云：'十室之邑，必有忠信。'何谓无人？"玄德曰："备愚昧不识，愿赐指教。"水镜曰："公闻荆襄诸郡小儿谣言乎？冀谣曰：'八九年间始欲衰，至十三年无孑遗。到头天命有所归，泥中蟠龙向天飞。'此谣始于建安初。建安八年，刘景升丧却前妻，便生家乱，此所谓'始欲衰'也。'无孑遗'者，不久则景升将逝，文武零落无孑遗矣。'天命有归'，'龙向天飞'，盖应在将军也。"玄德闻言，惊谢曰："备安敢当此？"水镜曰："今天下之奇才尽在于此，公当往求之。"玄德急问曰："奇才安在？果系何人？"水镜曰："伏龙、凤雏，两人得一，可安天下。"玄德曰："伏龙、凤雏何人也？"水镜抚掌大笑曰："好！好！"玄德再问时，水镜曰："天色已晚，将军可于此暂宿一宵，明日当言之。"即命小童具饮馔相待，马牵入后院喂养。玄德饮膳毕，即宿于草堂之侧。

　　玄德因思水镜之言，寝不成寐。约至更深，忽听

◎人才是事业成败的关键，这是谁都明白的道理。但什么样的人才算是人才，并不是所有用人者都能分辨的。

◎你老兄至今一事无成，焉知不是这些白面书生纸上谈兵害的？怕就怕这等貌似人才、实非人才的人，办不成事，还要误事。

◎刘备的人才意识远不如曹操，不但卧龙、凤雏了无所闻，连到刘表处求职的徐庶也丝毫不知。当然，曹操也未必知，但他建安十五年、建安十九年、建安二十二年，七年之中接连颁布的三道广招人才的诏令，却像磁铁一样吸引着天下贤才，奔赴邺都和洛阳。

◎这是那些不完全糊涂，但十分窝囊的领导人的通病。

◎水镜先生一个劲地"好好"，倒是一种吊刘备胃口的悬念法。要是一语道破，也许刘备的兴趣就不强烈了。

一人叩门而入。水镜曰："元直何来？"玄德起床密听之，闻其人答曰："久闻刘景升善善恶恶，特往谒之。及至相见，徒有虚名。盖善善而不能用，恶恶而不能去者也。故遗书别之，而来至此。"水镜曰："公怀王佐之才，宜择人而事，奈何轻身往见景升乎？且英雄豪杰，只在眼前，公自不识耳。"其人曰："先生之言是也。"玄德闻之大喜，暗忖此人必是伏龙、凤雏，即欲出见，又恐造次。候至天晓，玄德求见水镜，问曰："昨夜来者是谁？"水镜曰："此吾友也。"玄德求与相见，水镜曰："此人欲往投明主，已到他处去了。"玄德请问其姓名，水镜笑曰："好！好！"玄德再问："伏龙、凤雏，果系何人？"水镜亦只笑曰："好！好！"玄德拜请水镜出山相助，同扶汉室。水镜曰："山野闲散之人，不堪世用。自有胜吾十倍者来助公，公宜访之。"

正谈论间，忽闻庄外人喊马嘶，小童来报："有一将军，引数百人来到庄也。"玄德大惊，急出视之，乃赵云也。玄德大喜。云下马入见曰："某夜来回县，寻不见主公，连夜跟问到此。主公可作速回县，只恐有人来县中厮杀。"玄德辞了水镜，与赵云上马，投新野来。行不数里，一彪人马来到，视之，云长与翼德也。相见大喜。玄德诉说跃马檀溪之事，共相嗟呀。到县中，与孙乾等商议。乾曰："可先致书于景升，诉告此事。"玄德从其言，即令孙乾赍书至

荆州。刘表唤入问曰："吾请玄德襄阳赴会，缘何逃
席而去？"孙乾呈上书札，具言蔡瑁设谋相害，赖
跃马檀溪得脱。表大怒，急唤蔡瑁责骂曰："汝焉敢
害吾弟！"命推出斩之。蔡夫人出，哭求免死，表
怒犹未息。孙乾告曰："若杀蔡瑁，恐皇叔不能安居
于此矣。"表乃责而释之，使长子刘琦同孙乾至玄德
处请罪。

　　琦奉命赴新野，玄德接着，设宴相待。酒酣，琦
忽然堕泪。玄德问其故，琦曰："继母蔡氏，常怀谋
害之心，侄无计免祸，幸叔父指教。"玄德劝以"小
心尽孝，自然无祸"。次日，琦泣别。玄德乘马送琦
出郭，因指马谓琦曰："若非此马，吾已为泉下之人
矣。"琦曰："非马之力，乃叔父之洪福也。"说罢相
别，刘琦泣涕而去。玄德回马入城，忽见市上一人，
葛巾布袍，皂绦乌履，长歌而来。歌曰：

◎刘备给他侄辈刘琦出的主意，对于
坐骑的卢的感慨，只能说明他是个好
人，但不是一个好政治家。

　　　天地反覆兮火欲殂，大厦将崩兮一木难
　　扶。山谷有贤兮欲投明主，明主求贤兮却不
　　知吾。

玄德闻歌，暗思："此人莫非水镜所言伏龙、凤雏
乎？"遂下马相见，邀入县衙。问其姓名，答曰："某
乃颍上人也，姓单名福。久闻使君纳士招贤，欲来
投托，未敢辄造，故行歌于市，以动尊听耳。"玄德

◎这就是刘备的感召力。因为对他来讲，兵马不强，实力不足，地盘不备，声望不高，除以仁义行天下外，也无他法。然而，这些精神的东西，若无雄厚的物质基础为后盾，也难成事。所以，西蜀一直局限在四川盆地，并无大的进展，是很自然的。

◎弱不可怕，正因为弱，才要把握机会，发奋图强。跃马檀溪的刘备，终于了解到这世界上有许多事情，非不能也，乃不为耳！于是也敢挺直腰杆面对曹操的来犯。因此，千万不要嘲笑有志气的弱者，尤其在没有笑到最后的时候，谁是赢家还说不定呢！

大惊，待为上宾。单福曰："适使君所乘之马，再乞一观。"玄德命去鞍牵于堂下。单福曰："此非的卢马乎？虽是千里马，却只妨主，不可乘也。"玄德曰："已应之矣。"遂具言跃檀溪之事。福曰："此乃救主，非妨主也。终必妨一主。某有一法可禳。"玄德曰："愿问禳法。"福曰："公意中有仇怨之人，可将此马赐之；待妨过了此人，然后乘之，自然无事。"玄德闻言变色曰："公初至此，不教吾以正道，便教作利己妨人之事，备不敢闻教！"福笑谢曰："向闻使君仁德，未敢便信，故以此言相试耳。"玄德亦改容起谢曰："备安能有仁德及人，唯先生教之。"福曰："吾自颍上来此，闻新野之人歌曰：'新野牧，刘皇叔。自到此，民丰足。'可见使君之仁德及人也。"玄德乃拜单福为军师，调练本部人马。

却说曹操自冀州回许都，常有取荆州之意，特差曹仁、李典并降将吕旷、吕翔等领兵三万屯樊城，虎视襄阳，就探看虚实。时吕旷、吕翔禀曹仁曰："今刘备屯兵新野，招军买马，积草储粮，其志不小，不可不早图之。吾二人自降丞相之后，未有寸功，愿请精兵五千，取刘备之头以献丞相。"曹仁大喜，与二吕兵五千，前往新野厮杀。探马飞报玄德。玄德请单福商议，福曰："既有敌兵，不可令其入境。可使关公引一军从左而出，以敌来军中路；张飞引一军从右而出，以敌来军后路；公自引赵云出兵前路相迎：

敌可破矣。"玄德从其言，即差关、张二人去讫；然后与单福、赵云等，共引二千人马，出关相迎。行不数里，只见山后尘头大起，吕旷、吕翔引军来到。两边各射住阵角。玄德出马于旗下，大呼曰："来者何人，敢犯吾境？"吕旷出马曰："吾乃大将吕旷也。奉丞相命，特来擒汝！"玄德大怒，使赵云出马。二将相交，战不数合，赵云一枪刺吕旷于马下。玄德麾军掩杀，吕翔抵敌不住，引军便走。正行间，路旁一军突出，为首大将，乃关云长也。冲杀一阵，吕翔折兵大半，夺路走脱。行不到十里，又一军拦住去路，为首大将挺矛大叫："张翼德在此！"直取吕翔，措手不及，被张飞一矛刺中，翻身落马而死。馀众四散奔走，玄德合军追赶，大半多被擒获。玄德班师回县，重待单福，犒赏三军。

　　却说败军回见曹仁，报说二吕被杀，军士多被活捉。曹仁大惊，与李典商议，典曰："二将欺敌而亡，今只宜按兵不动，申报丞相，起大兵来征剿，乃为上策。"仁曰："不然。今二将阵亡，又折许多军马，此仇不可不急报。量新野弹丸之地，何劳丞相大军？"典曰："刘备人杰也，不可轻视。"仁曰："公何怯也！"典曰："兵法云：'知彼知己，百战百胜。'某非怯战，但恐不能必胜耳。"仁怒曰："公怀二心耶？吾必欲生擒刘备！"典曰："将军若去，某守樊城。"仁曰："汝不同去，真怀二心矣。"典不得已，只得与

◎曹仁、李典都是曹操嫡系部队，但同是子弟兵，曹仁说话的口气，就显得比李典的腰杆子粗些。这种通过家族血缘联系构成的社会网络，不仅决定人际关系的亲疏近远，而且也是封建统治者借以巩固政权的重要手段。

曹仁点起二万五千军马，渡河投新野而来。正是：

偏裨既有舆尸辱，主将重兴雪耻兵。

未知胜负如何，且听下文分解。

　　据《世说新语》，其中引《司马徽别传》："徽字德操，颍川阳翟人。有人伦鉴识。居荆州，知刘表性暗，必害善人，乃括囊不谈议。""括囊"，非囊括，现已不用的古旧词语，是将口袋扎紧的意思，喻缄口不言。这位水镜先生，乃当时大名士，他之所以这样做，是当时政治大背景使然耳。

　　刘表此人，一无曹操的雄才大略，二无刘备的壮志宏图，三无孙权的称霸野心。属于那种本事不大，毛病不小，但自我感觉总是良好的高官，属于那种水平不高，能力有限，但心胸相当狭小，不能包容贤才的牧守。荆州当时人才济济，诸葛亮就在他眼皮子底下而不用，司马徽这样的大名士，隐居荆州，在草包军阀的地盘上求生存，不"括囊"闭嘴，恐怕没他的好日子过。虽然如此，这位司马徽，未将诸葛亮介绍给刘表，而是郑重推荐给刘备："伏龙、凤雏，两人得一，可安天下。"还是这个司马徽，不是劝说徐庶继续投奔刘表，而是让他择人而事辅助刘备。"公怀王佐之才，奈何轻身往见刘景升乎？且英雄豪杰，只在眼前，公自不识耳。"

　　看来，"括囊"，是他的一面；荐贤，是他的另一面。

第三十六回

玄德用计袭樊城
元直走马荐诸葛

　　《三国演义》是一部讲权谋的小说。既然是权谋，必离不开谋士，因此，《三国演义》也是一部讲谋士的小说。这也是一部中国仅有的，世界少见的，以表现谋士智慧为主的小说。

　　这部小说除了帝王将相之外，确实也无其他了。看不到一个有清晰面目的老百姓，也看不到一个有清晰面目的士兵。甚至人类的另一半，在有名有姓的人物中，也是微乎其微的。全书以很大的篇幅写战争，那是"将"的事；同样，以很大的篇幅写权谋，那是"相"的事。

　　在所有的这些谋士中，最出类拔萃的，最典范的，最不朽的，莫过于"鞠躬尽瘁，死而后已"的诸葛亮了。

　　徐庶走了，腾出舞台空间，让《三国演义》中的另一位人物出场，在中国传统小说中，敢花如此篇幅，敢用如许章节，将一个人物推到读者面前，从刘备欲见诸葛亮，到刘备见到诸葛亮，估计用了一万多字（不包括穿插其中的曹操、程昱、徐庶及其母亲的情节），这实在是打破记录的"慷慨"。倒也不是罗贯中卖弄技巧，而是出自历代说话人内心对诸葛亮的崇拜，因为说话人实际联系着更多受众，某种程度上讲，也是更多老百姓参与的创作。由于画面淡雅，结构精彩，引人入胜，曲折有趣，到了罗贯中整理这本书时，自然也就全盘继承了。

　　读诗必读唐，读唐必读杜，那么老杜这篇"丞相祠堂何处寻？锦官城外柏森森"的《蜀相》，自然耳熟能详了。对于诸葛亮的褒美与敬仰，非自《三国演义》起，从杜甫的这首律诗，便知道在中国人的心目中的谋士形象、丞相形象、忠诚形象、尽瘁形象，早在唐代，甚或更前，就以诸葛亮为楷模了。

　　却说曹仁忿怒，遂起本部大兵，即星夜渡河，意欲踏平新野。且说单福得胜回县，谓玄德曰："曹仁屯兵樊城，今知二将被诛，必起大兵来战。"玄德曰：

"当何以迎之？"福曰："彼若尽提兵而来，樊城空虚，可乘间夺之。"玄德问计，福附耳低言：如此如此。玄德大喜，预先准备已定。忽报马报说曹仁引大军渡河来了。单福曰："果不出吾之料！"遂请玄德出军迎敌。两阵对圆，赵云出马，唤彼将答话。曹仁命李典出阵，与赵云交锋。约战十数合，李典料敌不过，拨马回阵。云纵马追赶，两翼军射住，遂各罢兵归寨。李典回见曹仁，言彼军精锐，不可轻敌，不如回樊城。曹仁大怒曰："汝未出军时，已慢吾军心，今又卖阵，罪当斩首！"便喝刀斧手推出李典要斩，众将苦告方免。乃调李典领后军，仁自引军为前部。

次日，鸣鼓进军，布成一个阵势，使人问玄德曰："识吾阵否？"单福便上高处观看毕，谓玄德曰："此'八门金锁阵'也。八门者：休、生、伤、杜、景、死、惊、开。如从生门、景门、开门而入则吉；从伤门、惊门、休门而入则死；从杜门、死门而入则亡。今八门虽布得整齐，只是中间通欠主将。如从东南角上生门击入，往正西景门而出，其阵必乱。"玄德传令，教军士把住阵角，命赵云引五百军从东南而入，径往西出。云得令，挺枪跃马，引兵径投东南角上，呐喊杀入中军。曹仁便投北走，云不追赶，却突出西门，又从西杀转东南角上来。曹仁军大乱。玄德麾军冲击，曹兵大败而退。单福命休追赶，收军自回。

却说曹仁输了一阵，方信李典之言，因复请典商

◎曹仁敢砍李典的头，不就仗着他是曹操的从弟？

◎看来刘备不识。

◎若是那些半吊子领导，未必如刘备这样买账呢！

议，言："刘备军中必有能者，吾阵竟为所破。"李典曰："吾虽在此，甚忧樊城。"曹仁曰："今晚去劫寨。如得胜，再作计议；如不胜，便退军回樊城。"李典曰："不可，刘备必有准备。"仁曰："若如此多疑，何以用兵？"遂不听李典之言，自引军为前队，使李典为后应，当夜二更劫寨。

　　却说单福正与玄德在寨中议事，忽信风骤起。福曰："今夜曹仁必来劫寨。"玄德曰："何以敌之？"福笑曰："吾已预算定了。"遂密密分拨已毕。至二更，曹仁兵将近寨，只见寨中四围火起，烧着寨栅。曹仁知有准备，急令退军，赵云掩杀将来，仁不及收兵回寨，急望北河而走。将到河边，才欲寻船过河，岸上一彪军杀到，为首大将，乃张飞也。曹仁死战，李典保护曹仁下船渡河，曹军大半淹死水中。曹仁渡过河面，上岸奔至樊城，令人叫门。只见城上一声鼓响，一将引军而出，大喝曰："吾已取樊城多时矣！"众惊视之，乃关云长也。仁大惊，拨马便走。云长追杀过来。曹仁又折了好些军马，星夜投许昌。于路打听，方知有单福为军师，设谋定计。

　　不说曹仁败回许昌。且说玄德大获全胜，引军入樊城，县令刘泌出迎。玄德安民已定。那刘泌乃长沙人，亦汉室宗亲，遂请玄德到家，设宴相待。只见一人侍立于侧。玄德视其人器宇轩昂，因问泌曰："此何人？"泌曰："此吾之甥寇封，本罗侯寇氏之子

◎也就是等于说，过去刘备军中无有能者。

◎偷袭，或突然袭击，或不宣而战，为军家常用之计，乘其不意，攻其不备，往往取得好的战果。到了近代，在不对称的战争中，尤为居弱势的一方所乐用。你在明处，我在暗处，常能获最佳战果。既然是战争，也就无所谓道德，也就允许无所不用其极。于是，弱者偷袭，强者也搞偷袭，这样，不仅在沙场之上防不胜防，在商场上，在职场上，在赛场上，在官场上，也得打起百倍精神去应付呢！

◎义兄义弟、义父义子这种事情，在底层社会里是不当一回事的，是平民中的一种文化现象。关羽不免有些霸道，他不也在河北界首，认了关平为子吗？他认为："既有子，何必用螟蛉？"那么将来刘备也可反问："既有螟蛉，何必用子？"关羽此人的伪，要从细处看。不要被他手里的《春秋》唬住，其实他最不懂《春秋》。

◎只是为了烘托诸葛亮耳！

◎曹操为什么不问程昱，既然十倍于你，为什么不早引荐给我？

也，因父母双亡，故依于此。"玄德爱之，欲嗣为义子。刘泌欣然从之，遂使寇封拜玄德为父，改名刘封。玄德带回，令拜云长、翼德为叔。云长曰："兄长既有子，何必用螟蛉？后必生乱。"玄德曰："吾待之如子，彼必事吾如父，何乱之有！"云长不悦。玄德与单福计议，令赵云引一千军守樊城。玄德领众自回新野。

却说曹仁与李典回许都见曹操，泣拜于地请罪，具言损将折兵之事。操曰："胜负乃军家之常，但不知谁为刘备画策？"曹仁言是单福之计。操曰："单福何人也？"程昱笑曰："此非单福也。此人幼好学击剑，中平末年，尝为人报仇杀人，披发涂面而走，为吏所获。问其姓名不答，吏乃缚于车上，击鼓行于市，令市人识之，虽有识者不敢言。而同伴窃解救之，乃更姓名而逃，折节向学，遍访名师。尝与司马徽谈论。此人乃颍川徐庶，字元直，单福乃其托名也。"操曰："徐庶之才，比君何如？"昱曰："十倍于昱。"操曰："惜乎贤士归于刘备，羽翼成矣！奈何？"昱曰："徐庶虽在彼，丞相要用，招来不难。"操曰："安得彼来归？"昱曰："徐庶为人至孝。幼丧其父，止有老母在堂。现今其弟徐康已亡，老母无人侍养。丞相可使人赚其母至许昌，令作书召其子，则徐庶必至矣。"操大喜，使人星夜前去取徐庶母。

不一日，取至。操厚待之，因谓之曰："闻令嗣徐元直，乃天下奇才也。今在新野，助逆臣刘备，背叛朝廷，正犹美玉落于污泥之中，诚为可惜。今烦老母作书，唤回许都，吾于天子之前保奏，必有重赏。"遂命左右取过文房四宝，命徐母作书。徐母曰："刘备何如人也？"操曰："沛郡小辈，妄称皇叔，全无信义，所谓外君子而内小人者也。"徐母厉声曰："汝何虚诞之甚也！吾久闻玄德乃中山靖王之后，孝景皇帝阁下玄孙。屈身下士，恭己待人，仁声素著。世之黄童白叟、牧子樵夫皆知其名，真当世之英雄也。吾儿辅之，得其主矣。汝虽托名汉相，实为汉贼，乃反以玄德为逆臣，欲使吾儿背明投暗，岂不自耻乎？"言讫，取石砚便打曹操。操大怒，叱武士执徐母出，将斩之。程昱急止之，入谏曰："今徐母触忤丞相者，欲求死也。丞相若杀之，则招不善之名，而成徐母之德。徐母既死，徐庶必死心助刘备以报仇矣。不如留之，使徐庶身心两处，纵使助刘备，亦不尽力也。且留得徐母在，昱自有计赚徐庶至此，以辅丞相。"操然其言，遂不杀徐母，送于别室养之。

程昱日往问候，诈言曾与徐庶结为兄弟，待徐母如亲母，时常馈送物件。必具手启，徐母因亦作手启答之。程昱赚得徐母笔迹，乃仿其字体，诈修家书一封，差一心腹人，持书径奔新野县，寻问单福行幕。军士引见徐庶。庶知母有家书至，急唤入问之。来人曰："某乃馆下走卒，奉老夫人言语，有书附达。"庶

◎看来徐庶之母，要比她儿子更有大局观念。

◎谋士与谋士斗，千万不能被对方抓住感情弱点。徐庶所以不敌程昱，只是因为他的孝亲之心。结果老母身亡，身陷许都，连自己的一生也交待了。

拆封视之，书曰：

> 近汝弟康丧，举目无亲。正悲凄间，不
> 期曹丞相使人赚至许昌，言汝背反，下我于
> 缧绁，赖程昱等救免。若得汝降，则能免我
> 死。如书到日，可念劬劳之恩，星夜前来，
> 以全孝道；然后徐图归耕故园，免遭大祸。
> 吾今命若悬丝，尚望救援，更不多言。

　　徐庶览毕，泪如泉涌，持书来见玄德曰："某本
颍川徐庶，字元直，因为逃难，更名单福。前闻刘景
升招贤纳士，特往见之。及与论事，方知是无用之人，
故作书别之，奔夜至司马水镜庄上，诉说其事。水
镜深责庶不识主，因说：'刘豫州在此，何不事之？'
庶故作狂歌于市，以动使君；幸蒙不弃，即赐重用。
争奈老母今被曹操奸计赚至许昌囚禁，将欲加害。老
母手书来唤，庶不容不去。非不欲效犬马之劳，以
报使君；奈慈亲被执，不得尽力。今当告归，容图后
会。"玄德闻言大哭曰："子母乃天性之亲，元直无以
备为念。待与老夫人相见之后，或者再得奉教。"徐
庶便拜谢欲行。玄德曰："乞再聚一宵，来日饯行。"
孙乾密谓玄德曰："元直天下奇才，久在新野，尽知
我军中虚实。今若使归曹操，必然重用，我其危矣。
主公宜苦留之，切勿放去。操见元直不去，必斩其母。

◎刘备一直患有曹操恐惧症，建安五年煮酒论英雄时，刘备的反应很是失态。"玄德闻言，吃了一惊，手中所执匙箸不觉落于地下。"刘备在精神上慑伏于曹操的淫威，非止一日，跃马檀溪以后，居然敢于直面强敌，火烧之，佯败之，埋伏之，围歼之，颇有一点咸鱼翻生之感，这倒是军师徐庶对刘备的启示了。还是昨天的人马，还是以往的打法，怎么产生出如此截然不同的结果呢，他明白了，只是多了一个单福而已。尽管孙乾不放徐庶走的这个主意，对曹操适用，对刘备则不适用，曹操能留住徐庶，而决不会再有徐庶走马荐诸葛的雅举。所谓"以德化人"，在刀枪剑戟中，也会获得异常效果。

元直知母死，必为母报仇，力攻曹操也。"玄德曰："不可。使人杀其母而吾用其子，不仁也；留之不使去，以绝其子母之道，不义也。吾宁死，不为不仁不义之事。"众皆感叹。

玄德请徐庶饮酒。庶曰："今闻老母被囚，虽金波玉液，不能下咽矣。"玄德曰："备闻公将去，如失左右手，虽龙肝凤髓，亦不甘味。"二人相对而泣，坐以待旦。诸将已于郭外安排筵席饯行。玄德与徐庶并马出城，至长亭，下马相辞。玄德举杯谓徐庶曰："备分浅缘薄，不能与先生相聚，望先生善事新主，以成功名。"庶泣曰："某才微智浅，深荷使君重用，今不幸半途而别，实为老母故也。纵使曹操相逼，庶亦终身不设一谋。"玄德曰："先生既去，刘备亦将远遁山林矣。"庶曰："某所以与使君共图王霸之业者，恃此方寸耳。今以老母之故，方寸乱矣，纵使在此，无益于事。使君宜别求高贤辅佐，共图大业，何便灰心如此？"玄德曰："天下高贤，恐无出先生右者。"庶曰："某椿栎庸材，何敢当此重誉？"临别，又顾谓诸将曰："愿诸公善事使君，以图名垂竹帛，功标青史，切勿效庶之无终始也。"诸将无不伤感。玄德不忍相离，送了一程，又送一程。庶辞曰："不劳使君远送，乃就此告别。"玄德就马上执庶之手曰："先生此去，天各一方，未知相会却在何日？"说罢，泪如雨下。庶亦涕泣而别。玄德立马于林畔，看徐庶乘

◎徐庶的出现，给刘备上了一课，敌情两军对垒，是一门很深的学问。曹仁摆出"八门金锁阵"，刘备竟然不识，顿时傻帽，若非徐庶指点，陷在阵里，必死无疑。这也使他下定决心，升级改造，让他的部队，至少要比黄巾高一个等级。

◎刘备初见司马徽，说到"卧龙凤雏，两人得一，天下可治"，玄德懵然不知，水镜先生以"好好"应之。成语"司马称好"，就出自他的这种口头禅。再见司马徽，说到"孔明与博陵崔州平，颍州石广元，汝南孟公威与徐元直为好友"时，刘玄德终于开了窍，赞叹"何颍州之多贤乎"，这一回，他才意识到不是没有人才，而是他两眼瞎，即使人才在面前也看不到罢了。

马与从者匆匆而去。玄德哭曰："元直去矣！吾将奈何？"凝泪而望，却被一树林隔断。玄德以鞭指曰："吾欲尽伐此处树木。"众问何故，玄德曰："因阻吾望徐元直之目也。"

正望间，忽见徐庶拍马而回。玄德曰："元直复回，莫非无去意乎？"遂欣然拍马向前迎问曰："先生此回，必有主意。"庶勒马谓玄德曰："某因心绪如麻，忘却一语。此间有一奇士，只在襄阳城外二十里隆中，使君何不求之？"玄德曰："敢烦元直为备请来相见。"庶曰："此人不可屈致，使君可亲往求之。若得此人，无异周得吕望，汉得张良矣。"玄德曰："此人比先生才德何如？"庶曰："以某比之，譬犹驽马并麒麟，寒鸦配鸾凤耳。此人每尝自比管仲、乐毅；以吾观之，管、乐殆不及此人。此人有经天纬地之才，盖天下一人也。"玄德喜曰："愿闻此人姓名。"庶曰："此人乃琅琊阳都人，覆姓诸葛，名亮，字孔明。乃汉司隶校尉诸葛丰之后。其父名珪，字子贡，为泰山郡丞，早卒。亮从其叔玄。玄与荆州刘景升有旧，因往依之，遂家于襄阳。后玄卒，亮与弟诸葛均躬耕于南阳。尝好为《梁父吟》。所居之地有一冈，名卧龙冈，因自号为'卧龙先生'。此人乃绝代奇才，使君急宜枉驾见之。若此人肯相辅佐，何愁天下不定乎？"玄德曰："昔水镜先生曾为备言：'伏龙、凤雏，两人得一，可安天下。'今所云莫非即伏龙、凤

雏乎？"庶曰："凤雏乃襄阳庞统也，伏龙正是诸葛
孔明。"玄德踊跃曰："今日方知伏龙、凤雏之语，何
期大贤只在目前。非先生言，备有眼如盲也！"后人
有赞徐庶走马荐诸葛诗曰：

> 痛恨高贤不再逢，临歧泣别两情浓。
> 片言却似春雷震，能使南阳起卧龙。

徐庶荐了孔明，再别玄德，策马而去。玄德闻徐庶之
语，方悟司马德操之言，似醉方醒，如梦初觉。引众
将回至新野，便具厚币，同关、张前去南阳请孔明。

　　且说徐庶既别玄德，感其留恋之情，恐孔明不
肯出山辅之，遂乘马直至卧龙冈下，入草庐见孔明。
孔明问其来意，庶曰："庶本欲事刘豫州，奈老母为
曹操所囚，驰书来召，只得舍之而往。临行时，将公
荐于玄德。玄德即日将来奉谒，望公勿推阻，即展生
平之大才以辅之，幸甚！"孔明闻言作色曰："君以
我为享祭之牺牲乎？"说罢，拂袖而入。庶羞惭而退，
上马趱程，赴许昌见母。正是：

> 嘱友一言因爱主，赴家千里为忠亲。

未知后事若何，下文便见。

◎徐庶的意义，对刘备来说，五个
字——知识即力量。

◎此时的诸葛亮，还是站在世事纷争
以外的一个冷眼旁观者呢，自然应该
这样反责徐庶。

　　徐庶惦记着他母亲的生和死，忧心忡忡，刘备则依依不舍，难解难分，好不容易得到的军师要走，明天该怎么过？《三国演义》本是一部讲武之书，刀枪耀眼，肉战心惊，却难得看见这些英雄豪杰也有倾吐感情的篇章。一是徐庶真的不想走，人生最难得的是有用武之地；二是刘备真的不甘将徐庶放走，他一走，刚展开的画卷顿成泡影。虽然，他来的日子不多，但谋后而动，出手见彩，兵出奇径，不拘一格，刘备并不是沙场新手，无敌如吕布，也是见识过的，高手如曹操，也是领教过的，他这边地出身的军人，在战争这门功课上，看来只能算是初学乍练，还需向这位军师好好讨教。

　　送君千里，终须一别，刘备之情，出自肺腑，本来他的哭天抹泪已是习惯性的条件反射，但这一次与徐庶分手时的泪如雨下，却是他真情的总爆发。他这才明白了多年来东奔西走，屡起屡败，至今还没有一块属于他的地盘，为什么，原来他们哥仨，只明白打仗，力气第一，现在，明白了比力气更重要的，是智谋。虽然，有勇有谋挂在口边，实际上，有勇无谋，徒有力气而无头脑，空有武艺而无计谋。想立国成事，而无运筹帷幄的智囊，想成王成霸，而无高瞻远瞩的谋士，无异于缘木求鱼，守株待兔，永远看人家的脸色行事。

　　该走的总是要走，但该来的能够如约而至吗？

　　这时，策马而走的徐庶渐走渐远，在落日斜阳里的身影也渐行渐淡。可是，徐庶突然调回马头……于是，《三国演义》最精彩的篇章"三顾茅庐"，便展现在我们眼前。

第三十七回

司马徽再荐名士
刘玄德三顾草庐

　　刘备现身南阳卧龙冈，打乱了诸葛亮平静的生活，如果没有刘备的三顾，他一直在南阳诸葛庐，耕读自娱，未尝不是充实的一生。然而，盛情难却，一诺千金，走出盆地，不再平平安安，而是风风雨雨，刀光剑影的一生，但是，他从不后悔自己的抉择。他知道，他入世不得其时，于世无补，徒费心力，平白消耗其一生。可他摆脱不了他自设的的心狱，也是中国优秀知识分子终于难逃的忧国忧民意识，正是背负这样的重担，他走进了历史，成为千秋仰戴的伟人。

　　诸葛亮的伟大，是他至死不悔的献身精神，他所以隐居荆州，因为他处于一个末世。末世，意味着沉重的灾难，意味着无尽的痛苦，以他区区一介书生，既做不成什么，也改变不了什么。然而他重然诺，这位山东汉子，毅然决然地、义无返顾地走进了这个混乱的、纷争的、到处点燃烽火的世界。一路走来，艰难险阻，凄风苦雨，生死关头，昂首前行的诸葛亮，既没有退缩，也没有停步，更没有懊悔，尤其在难以为继时，他从不绝望。这信心，就是他最可宝贵的坚持。明知其不可为而为之，明知其不可行而行之。他知道，即使以生命为代价，也不变初衷地履行自己的使命，兑现自己的诺言。所以他的一生，是以"鞠躬尽瘁，死而后已"八个字，画上最完美的句号。

　　然而，说到底，中国，是我们大家的家。做一个中国人，你跳动着的心，你流动着的血，总是和这个曾经脐带相连的母体，有着先天相同的脉动规律，有着难解难分的同质基因。于是，中国知识分子心灵中，这是一份永远推拭不掉的天然责任，因此，在思想精神上甘于背起沉重负担的这位伟人，以其一生，完成了他的使命。

　　却说徐庶趱程赴许昌，曹操知徐庶已到，遂命荀彧、程昱等一班谋士往迎之。庶入相府拜见曹操。　　◎徐庶竟不识曹操之诈乎？

操曰："公乃高明之士，何故屈身而事刘备乎？"庶曰："某幼逃难，流落江湖，偶至新野，遂与玄德交厚。老母在此，幸蒙慈念，不胜愧感。"操曰："公今至此，正可晨昏侍奉令堂，吾亦得听清诲矣。"庶拜谢而出，急往见其母，泣拜于堂下。母大惊曰："汝何故至此？"庶曰："近于新野事刘豫州，因得母书，故星夜至此。"徐母勃然大怒，拍案骂曰："辱子！飘荡江湖数年，吾以为汝学业有进，何其反不如初也！汝既读书，须知忠孝不能两全。岂不识曹操欺君罔上之贼！刘玄德仁义布于四海，况又汉室之胄，汝既事之，得其主矣。今凭一纸伪书，更不详察，遂弃明投暗，自取恶名，真愚夫也。吾有何面目与汝相见？汝玷辱祖宗，空生于天地间耳！"骂得徐庶拜伏于地，不敢仰视。母自转入屏风后去了。少顷，家人出报曰："老夫人自缢于梁间。"徐庶慌入救时，母气已绝。后人有《徐庶母赞》曰：

◎这样的结果，是徐庶始料不及的。不禁令人大疑，他果是其智十倍于程昱的谋士吗？

> 贤哉徐母，流芳千古。
>
> 守节无亏，于家有补。
>
> 教子多方，处身自苦。
>
> 气若丘山，义出肺腑。
>
> 赞美豫州，毁触魏武。
>
> 不畏鼎镬，不惧刀斧。
>
> 唯恐后嗣，玷辱先祖。

伏剑同流，断机堪伍。

生得其名，死得其所。

贤哉徐母，流芳千古！

徐庶见母已死，哭绝于地，良久方苏。曹操使人赍礼吊问，又亲往祭奠。徐庶葬母枢于许昌之南原，居丧守墓。凡操有所赐，庶俱不受。时操欲商议南征，荀彧谏曰："天寒未可用兵，姑待春暖，方可长驱大进。"操从之，乃引漳河之水作一池，名玄武池，于内教练水军，准备南征。

　　却说玄德正安排礼物，欲往隆中谒诸葛亮，忽人报："门外有一先生，峨冠博带，道貌非常，特来相探。"玄德曰："此莫非即孔明否？"遂整衣出迎，视之，乃司马徽也。玄德大喜，请入后堂高坐，拜问曰："备自别仙颜，日因军务倥偬，有失拜访。今得光降，大慰仰慕之私。"徽曰："闻徐元直在此，特来一会。"玄德曰："近因曹操囚其母，徐母遣人驰书唤回许昌去矣。"徽曰："此中曹操之计矣！吾素闻徐母最贤，虽为操所囚，必不肯驰书召其子，此书必诈也。元直不去，其母尚存；今若去，母必死矣。"玄德惊问其故，徽曰："徐母高义，必羞见其子也。"玄德曰："元直临行，荐南阳诸葛亮，其人若何？"徽笑曰："元直欲去，自去便了，何又惹他出来呕心血也？"玄德曰："先生

◎徐庶只知一个孝字，却不知其母之正、其友之佞，交结上如此之佞友，你就等着被出卖吧。

◎看来，感情因素颇能左右决策。

◎一开始，谁也不买账的关老二，就对孔明心生嫌隙。这世界上就有这等货色，饭可以少吃一碗两碗，名位高低却不能不在意的。

◎水镜先生"虽得其主，不得其时"这八个字，便成了诸葛亮一生不幸的谶语。不过，老先生的预测，准么？

何出此言？"徽曰："孔明与博陵崔州平、颍川石广元、汝南孟公威与徐元直四人为密友。此四人务于精纯，唯孔明独观其大略。尝抱膝长吟，而指四人曰：'公等仕进可至刺史、郡守。'众问孔明之志若何，孔明但笑而不答。每常自比管仲、乐毅，其才不可量也。"玄德曰："何颍川之多贤乎！"徽曰："昔有殷馗，善观天文，尝谓群星聚于颍分，其地必多贤士。"时云长在侧曰："某闻管仲、乐毅乃春秋、战国名人，功盖寰宇。孔明自比此二人，毋乃太过？"徽笑曰："以吾观之，不当比此二人，我欲另以二人比之。"云长问："那二人？"徽曰："可比兴周八百年之姜子牙，旺汉四百年之张子房也。"众皆愕然。徽下阶相辞欲行，玄德留之不住。徽出门，仰天大笑曰："卧龙虽得其主，不得其时，惜哉！"言罢，飘然而去。玄德叹曰："真隐居贤士也！"次日，玄德同关、张并从人等来隆中，遥望山畔，数人荷锄耕于田间，而作歌曰：

苍天如圆盖，陆地如棋局。
世人黑白分，往来争荣辱。
荣者自安安，辱者定碌碌。
南阳有隐居，高眠卧不足。

玄德闻歌，勒马唤农夫问曰："此歌何人所作？"答

曰："乃卧龙先生所作也。"玄德曰："卧龙先生住何
处？"农夫曰："自此山之南，一带高冈，乃卧龙冈
也。冈前疏林内茅庐中，即诸葛先生高卧之地。"玄
德谢之，策马前行。不数里，遥望卧龙冈，果然清景
异常。后人有古风一篇，单道卧龙居处。诗曰：

> 襄阳城西二十里，一带高冈枕流水。
> 高冈屈曲压云根，流水潺湲飞石髓。
> 势若困龙石上蟠，形如单凤松阴里。
> 柴门半掩闭茅庐，中有高人卧不起。
> 修竹交加列翠屏，四时篱落野花馨。
> 床头堆积皆黄卷，座上往来无白丁。
> 叩户苍猿时献果，守门老鹤夜听经。
> 囊里名琴藏古锦，壁间宝剑映松文。
> 庐中先生独幽雅，闲来亲自勤耕稼。
> 专待春雷惊梦回，一声长啸安天下。

　　玄德来到庄前，下马亲叩柴门。一童出问，玄德
曰："汉左将军宜城亭侯领豫州牧皇叔刘备特来拜见
先生。"童子曰："我记不得许多名字。"玄德曰："你
只说刘备来访。"童子曰："先生今早少出。"玄德曰：
"何处去了？"童子曰："踪迹不定，不知何处去了。"
玄德曰："几时归？"童子曰："归期亦不定，或三五
日，或十数日。"玄德惆怅不已。张飞曰："既不见，

◎人的生长环境，对人的潜移默化作用，日久天长，不可低估，也不必高估。诸葛亮本是山东琅琊人，自小避乱，来到荆州，一直是在山清水秀的南阳成长。而位处于伏牛、桐柏山脉之中的南阳，恰好是个盆地。盆地的特点，因闭锁而自强，因内向而凝重，因聚集而丰厚，因狭窄而收敛，因而，张扬狂放，不是盆地人的性格，保守持重，倒是盆地人的心态，大张旗鼓，不是盆地人的追求，就就业就，才是盆地人的生存之道……这一切，都可以看出诸葛亮的人生性格，与这盆地存在着对应的关联。

◎刘备应该印张名片，省得这样啰啰唆唆自报家门。不过，"皇叔"算是什么官职呢？

◎文学最忌重复，可《三国演义》来自"说三分"话本，话本是说话人据以演唱的底本，针对观众而非读者。因为那时没有剧场，只是所谓的"三瓦两舍"，是个开放经营，随意出入，行动自由的娱乐场所，为使那些流动的观众听得明白，故事得以连贯，重复便是必须的手段。到了罗贯中手里，面对的是读者，就不大喜欢没完没了地重复，可这位改编者，也不敢大改，只好一仍其旧，一顾二顾而三顾了。《三国志》惜墨如金："由是先主遂诣亮，凡三往，乃见。"

◎崔州平"顺天者逸，逆天者劳"这八个字，诸葛亮只有"鞠躬尽瘁，死而后已"了。

自归去罢了。"玄德曰："且待片时。"云长曰："不如且归，再使人来探听。"玄德从其言，嘱咐童子："如先生回，可言刘备拜访。"遂上马。

行数里，勒马回观隆中景物，果然山不高而秀雅，水不深而澄清，地不广而平坦，林不大而茂盛，猿鹤相亲，松篁交翠，观之不已。忽见一人，容貌轩昂，丰姿俊爽，头戴逍遥巾，身穿皂布袍，杖藜从山僻小路而来。玄德曰："此必卧龙先生也！"急下马向前施礼，问曰："先生非卧龙否？"其人曰："将军是谁？"玄德曰："刘备也。"其人曰："吾非孔明，乃孔明之友，博陵崔州平也。"玄德曰："久闻大名，幸得相遇。乞即席地权坐，请教一言。"二人对坐于林间石上，关、张侍立于侧。州平曰："将军何故欲见孔明？"玄德曰："方今天下大乱，四方云扰，欲见孔明，求安邦定国之策耳。"州平笑曰："公以定乱为主，虽是仁心，但自古以来，治乱无常：自高祖斩蛇起义，诛无道秦，是由乱而入治也；至哀、平之世二百年，太平日久，王莽篡逆，又由治而入乱；光武中兴，重整基业，复由乱而入治；至今二百年，民安已久，故干戈又复四起，此正由治入乱之时，未可猝定也。将军欲使孔明斡旋天地，补缀乾坤，恐不易为，徒费心力耳。岂不闻'顺天者逸，逆天者劳'，'数之所在，理不得而夺之；命之所定，人不得而强之'乎？"玄德曰："先生所言，诚为高见。但备身为汉胄，合当匡扶汉室，何敢委之数与命？”州平曰：
“山野之夫，不足与论天下事，适承明问，故妄言之。”
玄德曰：“蒙先生见教。但不知孔明往何处去了？”
州平曰：“吾亦欲访之，正不知其何往。”玄德曰：“请
先生同至敝县若何？”州平曰：“愚性颇乐闲散，无
意功名久矣，容他日再见。”言讫长揖而去。玄德与
关、张上马而行。张飞曰：“孔明又访不着，却遇此
腐儒，闲谈许久！”玄德曰：“此亦隐者之言也。”

　　三人回至新野。过了数日，玄德使人探听孔明。
回报曰：“卧龙先生已回矣。”玄德便教备马。张飞曰：
“量一村夫，何必哥哥自去，使人唤来便了。”玄德叱
曰：“汝岂不闻孟子云：‘欲见贤而不以其道，犹欲其
入而闭之门也。’孔明当世大贤，岂可召乎？”遂上
马再往访孔明。关、张亦乘马相随。时值隆冬，天
气严寒，彤云密布。行无数里，忽然朔风凛凛，瑞
雪霏霏，山如玉簇，林似银妆。张飞曰：“天寒地冻，
尚不用兵，岂宜远见无益之人乎？不如回新野以避风
雪。”玄德曰：“吾正欲使孔明知我殷勤之意。如弟辈
怕冷，可先回去。”飞曰：“死且不怕，岂怕冷乎！但
恐哥哥空劳神思。”玄德曰：“勿多言，只相随同去。”
将近茅庐，忽闻路旁酒店中有人作歌。玄德立马听
之。其歌曰：

　　　　壮士功名尚未成，呜呼久不遇阳春。

◎看透了便有看透了的豁达，相悖而
行，难免寂寞；看不透便有看不透的
烦恼，相向而行，自然热闹——这就
是摆在诸葛亮面前的选择。于是我们
懂得这样一个道理，你得到了什么，
你也必然失去了什么，同样，你失去
了什么，你也会得到了什么。人的一
生，会保持着这样大致的平衡。

◎这话说出口来，便是小人嘴脸。做
过小本生意的买卖人，是习惯于掂斤
簸两。

君不见东海老叟辞荆榛，
后车遂与文王亲。
八百诸侯不期会，白鱼入舟涉孟津。
牧野一战血流杵，鹰扬伟烈冠武臣。
又不见高阳酒徒起草中，
长揖芒砀隆准公。
高谈王霸惊人耳，辍洗延坐钦英风。
东下齐城七十二，天下无人能继踪。
两人非际圣天子，至今谁复识英雄？

歌罢，又有一人击桌而歌，其歌曰：

吾皇提剑清寰海，创业垂基四百载。
桓灵季业火德衰，奸臣贼子调鼎鼐。
青蛇飞下御座旁，又见妖虹降玉堂。
群盗四方如蚁聚，奸雄百辈皆鹰扬。
吾侪长啸空拍手，闷来村店饮村酒。
独善其身尽日安，何须千古名不朽！

二人歌罢，抚掌大笑。玄德曰："卧龙其在此间乎？"遂下马入店。见二人凭桌对饮，上首者白面长须，下首者清奇古貌。玄德揖而问曰："二公谁是卧龙先生？"长须者曰："公何人？欲寻卧龙何干？"玄德曰："某乃刘备也，欲访先生，求济世安民之术。"长

◎当时诸侯征伐，战乱频仍，生灵涂炭，民不聊生，迫使一部分知识分子逃避严峻的现实，远遁山林，避祸村野，崇尚庄老，追求无为，这也是看透了一切以后的旷达。诸葛亮所以和这些人过从甚密，自是思想上有共鸣之处。

须者曰："吾等非卧龙，皆卧龙之友也。吾乃颍川石广元，此位是汝南孟公威。"玄德喜曰："备久闻二公大名，幸得邂逅。今有随行马匹在此，敢请二公同往卧龙庄上一谈。"广元曰："吾等皆山野慵懒之徒，不省治国安民之事，不劳下问。明公请自上马寻访卧龙。"

玄德乃辞二人，上马投卧龙冈来。到庄前下马，扣门问童子曰："先生今日在庄否？"童子曰："现在堂上读书。"玄德大喜，遂跟童子而入。至中门，只见门上大书一联云："淡泊以明志，宁静以致远。"玄德正看间，忽闻吟咏之声，乃立于门侧窥之，见草堂之上，一少年拥炉抱膝，歌曰：

> 凤凰翔于千仞兮，非梧不栖；
> 士伏处于一方兮，非主不依。
> 乐躬耕于陇亩兮，吾爱吾庐；
> 聊寄傲于琴书兮，以待天时。

玄德待其歌罢，上草堂施礼曰："备久慕先生，无缘拜会。昨因徐元直称荐，敬至仙庄，不遇空回。今特冒风雪而来，得瞻道貌，实为万幸。"那少年慌忙答礼曰："将军莫非刘豫州，欲见家兄否？"玄德惊讶曰："先生又非卧龙耶？"少年曰："某乃卧龙之弟诸葛均也。愚兄弟三人：长兄诸葛瑾，现在江东孙仲谋处为幕宾；孔明乃二家兄。"玄德曰：

◎这两句话在诸葛亮的《诫子书》里写成："夫君子之行，静以修身，俭以养德。非淡泊无以明志，非宁静无以致远。"这也是他一生的座右铭。

◎卧龙先生似乎"卧"的时候不多，比较忙。

◎这倒是刘备为人厚道之处，实话实说。

"卧龙今在家否？"均曰："昨为崔州平相约，出外闲游去矣。"玄德曰："何处闲游？"均曰："或驾小舟游于江湖之中，或访僧道于山岭之上，或寻朋友于村落之间，或乐琴棋于洞府之内：往来莫测，不知去所。"玄德曰："刘备直如此缘分浅薄，两番不遇大贤！"均曰："少坐献茶。"张飞曰："那先生既不在，请哥哥上马。"玄德曰："我既到此间，如何无一语而回？"因问诸葛均曰："闻令兄卧龙先生熟谙韬略，日看兵书，可得闻乎？"均曰："不知。"张飞曰："问他则甚！风雪甚紧，不如早归。"玄德叱止之。均曰："家兄不在，不敢久留车骑，容日却来回礼。"玄德曰："岂敢望先生枉驾。数日之后，备当再至。愿借纸笔作一书，留达令兄，以表刘备殷勤之意。"均遂进文房四宝。玄德呵开冻笔，拂展云笺，写书曰：

　　备久慕高名，两次晋谒，不遇空回，惆怅何似！窃念备汉朝苗裔，滥叨名爵，伏睹朝廷陵替，纲纪崩摧，群雄乱国，恶党欺君，备心胆俱裂。虽有匡济之诚，实乏经纶之策。仰望先生仁慈忠义，慨然展吕望之大才，施子房之鸿略，天下幸甚！社稷幸甚！先此布达，再容斋戒薰沐，特拜尊颜，面倾鄙悃。统希鉴原。

玄德写罢，递与诸葛均收了，拜辞出门。均送出，玄德再三殷勤致意而别。方上马欲行，忽见童子招手篱外，叫曰："老先生来也！"玄德视之，见小桥之西，一人暖帽遮头，狐裘蔽体，骑着一驴，随后一青衣小童，携一葫芦酒，踏雪而来。转过小桥，口吟诗一首。诗曰：

> 一夜北风寒，万里彤云厚。
> 长安雪乱飘，改尽江山旧。
> 仰面观太虚，疑是玉龙斗。
> 纷纷鳞甲飞，顷刻遍宇宙。
> 骑驴过小桥，独叹梅花瘦。

玄德闻歌曰："此真卧龙矣！"滚鞍下马；向前施礼曰："先生冒寒不易，刘备等候久矣。"那人慌忙下驴答礼。诸葛均在后曰："此非卧龙家兄，乃家兄岳父黄承彦也。"玄德曰："适间所吟之句，极其高妙。"承彦曰："老夫在小婿家观《梁父吟》，记得这一篇。适过小桥，偶见篱落间梅花，故感而诵之。不期为尊客所闻。"玄德曰："曾见令婿否？"承彦曰："便是老夫也来看他。"玄德闻言，辞别承彦，上马而归。正值风雪又大，回望卧龙冈，悒怏不已。后人有诗，单道玄德风雪访孔明。诗曰：

◎真是写得波澜起伏，层出不穷。

◎罗贯中为了突出刘备之诚，用了整整一回篇幅，见谁都误以为是诸葛亮，多次重复同一情节，结果，倒把刘备写得有些呆头呆脑了。

一天风雪访贤良，不遇空回意感伤。

冻合溪桥山石滑，寒侵鞍马路途长。

当头片片梨花落，扑面纷纷柳絮狂。

回首停鞭遥望处，烂银堆满卧龙冈。

玄德回新野之后，光阴荏苒，又早新春。乃命卜者揲蓍，选择吉期，斋戒三日，薰沐更衣，再往卧龙冈谒孔明。关、张闻之不悦，遂一齐入谏玄德。正是：

高贤未服英雄志，屈节偏生杰士疑。

不知其言若何，下文便晓。

　　说书、听书，是一种中国式的读书方式。因为老百姓文化程度不高，识字者少，况且在印刷术未普及前，书籍为手抄本，其价昂贵，一般人难以问津。所以，就由一个识字的人念给大家听，像后来的读报一样。慢慢地，说书成为一门职业。陆游那首"斜阳古柳赵家庄，负鼓盲翁正作场"诗，表明远在南宋时期，就有这种游街串巷以说唱为业的艺人。

　　因为是为老百姓说书，便不可能不带有浓厚的民间色彩，不可能不反映老百姓的心愿和诉求。说书人要使听众耐心坐下来，不抽签，不退场，不起哄，不叫倒好，就必须了解听众"喜闻乐见"些什么。一、必须要与老百姓同声共气，呼吸相通；二、必须要爱其所爱，仇其所仇，善其所善，恶其所恶。《三国演义》这部书能够家喻户晓，深入人心，有着经久不衰的魅力，主要原因，就在贯穿全书的这种难能可贵的平民精神。

　　当代文学，特别是小说创作，受西方小说影响颇巨，对于中国传统小说的继承则相对较弱。尤其在大众化、平民化、通俗化、传奇化方面，如何令老百姓喜闻乐见，则尤须下功夫向前人借鉴其成功经验。所以，章回小说，是旧小说，可未必旧，更不能小觑，曾经是明、清到辛亥五四以后中国小说创作的主流。《三国演义》和《红楼梦》，以及《西游记》《封神榜》，便是其中的出类拔萃的佼佼者。这些古典文学白话名著，数百年，至今仍旧永葆青春，为人珍爱，而五四以后许多小说，数十年，却成为明日黄花，视若敝屣，其中必然有很多症结，值得我们后人思考的。

第三十八回

定三分隆中决策
战长江孙氏报仇

俗云"金无足赤，人无完人"，这是中国人看透这个世界的至理名言。

诸葛亮是个伟大的人物，而他之所以伟大，就是他给起事二十多年来的刘备，指出了一条短期的、长期的、短长期相衔接的奋斗道路。否则，再转战二十年，狼奔豕突，东投西靠，辗转千里，对不起老兄，您仍然逃脱不了不是当强者的看家狗，就是靠剽掠为生，与盗匪也无差别的流寇这两种出路。最后下场无非有二：一、打不赢对方之后被吞噬；二、混不下去时自动瓦解。我估计孔明不会用这赤白的语言对刘备讲，但在分析大局，剖解形势，必会将这番意思表达出来。于是，一头冷汗的刘备，这才有了救命之宝"隆中对"。

"隆中对"，其实是一份分裂主义宣言。什么"魏得天时，吴得地利，蜀得人和"？说白了，就是三分天下。在此前七年，鲁肃在吴都也曾向孙权提出相似的观点，让碧眼儿眼界为之一开，原来版图不是万古不变的，江东不是他孙权从出生到坟场的必然所在，也是应该有一份入主中原的进门证。现在，已经查不到"隆中对"和"吴宫对"的来龙去脉了。但我们能够知道的，鲁肃、诸葛亮之间，有一个诸葛瑾。这三者之间是有热线沟通的。

诸葛亮设计得很完美，"若跨有荆、益，保其岩阻，西和诸戎，南抚彝越，外接孙权，内修政理，待天下有变，则命一上将将荆州之兵，以向宛洛，将军身率益州之众，以出秦川，百姓有不箪食壶浆以迎将军者乎！"但是，诸葛亮的前景，在刘备眼里是远景，而诸葛亮的远景，在刘备眼里显然是神话了。他究竟对"隆中对"听懂了多少，大可存疑。这就是时下的流行语所说："理想很丰满，现实很骨感。"

诸葛亮出山，到诸葛亮病逝，综其一生，高瞻远瞩的他，一旦脚踏实地，人间的沟沟坎坎，世上的恶山险水，人心的刁钻古怪，事态之复杂变化，显然是僻居在卧龙冈的他估计不足的。尽管《三国演义》不遗余力地美化他、神化他，但书未读完，蜀汉先灭，细细考究过去，诸葛亮这位历史伟人，不是没有责任的。他就是他，不是神。而《三国演义》在诸葛亮这个人物的塑造上，不那么成功之处，也就在这里。

◎关羽对于知识分子总是不那么买账，一张嘴就是轻蔑口吻；而张飞则脱不了地主保甲长的派头，动不动就要用绳子绑人。旧时中国文人，固然很怕文字狱，但碰上关羽、张飞这类草根英雄，也是蛮难对付的。

却说玄德访孔明两次不遇，欲再往访之。关公曰："兄长两次亲往拜谒，其礼太过矣。想诸葛亮有虚名而无实学，故避而不敢见。兄何惑于斯人之甚也。"玄德曰："不然。昔齐桓公欲见东郭野人，五反而方得一面。况吾欲见大贤耶？"张飞曰："哥哥差矣！量此村夫，何足为大贤？今番不须哥哥去，他如不来，我只用一条麻绳缚将来！"玄德叱曰："汝岂不闻周文王谒姜子牙之事乎？文王且如此敬贤，汝何太无礼！今番汝休去，我自与云长去。"飞曰："既两位哥哥都去，小弟如何落后？"玄德曰："汝若同往，不可失礼。"飞应诺。

于是三人乘马引从者往隆中。离草庐半里之外，玄德便下马步行，正遇诸葛均。玄德忙施礼，问曰："令兄在庄否？"均曰："昨暮方归，将军今日可与相见。"言罢，飘然自去。玄德曰："今番侥幸，得见先生矣。"张飞曰："此人无礼，便引我等到庄也不妨，何故竟自去了！"玄德曰："彼各有事，岂可相强？"三人来到庄前叩门，童子开门出问。玄德曰："有劳仙童转报，刘备专来拜见先生。"童子曰："今日先生虽在家，但今在草堂上昼寝未醒。"玄德曰："既如此，且休通报。"吩咐关、张二人，只在门首等着。玄德徐步而入，见先生仰卧于草堂几席之上。玄德拱立阶下，半晌，先生未醒。关、张在外立久，不见动静，入见玄德犹然侍立。张飞大怒，谓云长曰："这先生如何傲慢！见我哥哥侍立阶下，他竟高卧，推睡不起。等我去屋后放一把火，看他起不起！"云长再三劝住。玄德仍命二人出门外等候。望堂上时，见先生翻身将起，忽又朝里壁睡着。童子欲报，玄德曰："且勿惊动。"又立了一个时辰，孔明才醒，口吟诗曰：

◎刘备在做戏，诸葛亮也在做戏，只有张飞是真性情，无一丝假惺惺。

> 大梦谁先觉？平生我自知。
> 草堂春睡足，窗外日迟迟。

孔明吟罢，翻身问童子曰："有俗客来否？"童子曰："刘皇叔在此立候多时。"孔明乃起身曰："何不早报？尚容更衣。"遂转入后堂。又半晌，方整衣冠出迎。玄德见孔明身长八尺，面如冠玉，头戴纶巾，身披鹤氅，飘飘然有神仙之概。玄德下拜曰："汉室末胄，涿郡愚夫，久闻先生大名，如雷贯耳。昨两次晋谒，不得一见；已书贱名于文几，未审得入览否？"孔明曰："南阳野人，疏懒成性，屡蒙将军枉临，不胜愧赧。"二人叙礼毕，分宾主而坐。童子献茶。茶罢，孔明曰："昨观书意，足见将军忧民忧国之心。但恨亮年幼才疏，有误下问。"玄德曰："司马德操之言，徐元直之语，岂虚谈哉？望先生不弃鄙贱，曲赐教诲。"孔明曰："德操、元直，世之高士，亮乃一耕夫耳，安敢谈天下事？二公谬举矣。将军奈何舍美玉而求顽石乎？"玄德曰："大丈夫抱经世奇

◎凡自以为高雅，而视别人皆俗者，其实他也未必不俗，也许更俗。

◎在《魏略》中，诸葛亮和刘备相结识，无三顾一说："刘备屯于樊城，是时曹公方定河北，亮知荆州次当受敌，而刘表性缓不晓军事。亮乃北行见备，备与亮非旧，又以其年少，以诸生意待之。坐集既毕，众宾散去，而亮独留，备亦不问其所欲言。备性好结牦牦，时适有人以牦牛尾与备者，备因手自结之。亮乃进曰：'明将军当复有远志，但结牦牦而已邪？'备知亮非常人也，乃投牦牦而答曰：'是何言与，我聊以忘忧耳。'亮遂言曰：'将军度刘镇南孰与曹公邪？'备曰：'不及。'亮又曰：'将军自度何如也？'备曰：'亦不如。'曰：'今皆不及，而将军之众不过数千人，以此待敌得无非计乎？'备曰：'我亦愁之。'亮曰：'今荆州非少人也，而著籍者寡，平居发调，则人心不悦，可语镇南，令国中凡有游户，皆使自实，因录以益众可也。'备然其计，故众遂强。备由此知英略，乃以上客礼之。《九州春秋》所言亦如之。"

◎想得好，未必做得到。一个极好的主意，要是没有一个得力的人去实施，也有泡汤的可能。

才，岂可空老于林泉之下？愿先生以天下苍生为念，开备愚鲁而赐教。"孔明笑曰："愿闻将军之志。"玄德屏人促席而告曰："汉室倾颓，奸臣窃命。备不量力，欲伸大义于天下；而智术浅短，迄无所就。唯先生开其愚而拯其厄，实为万幸。"孔明曰："自董卓造逆以来，天下豪杰并起。曹操势不及袁绍，而竟能克绍者，非唯天时，抑亦人谋也。今操已拥百万之众，挟天子以令诸侯，此诚不可与争锋。孙权据有江东，已历三世，国险而民附，此可用为援而不可图也。荆州北据汉、沔，利尽南海，东连吴、会，西通巴、蜀，此用武之地，非其主不能守，是殆天所以资将军，将军岂有意乎？益州险塞，沃野千里，天府之国，高祖因之以成帝业。今刘璋暗弱，民殷国富而不知存恤，智能之士，思得明君。将军既帝室之胄，信义著于四海，总揽英雄，思贤如渴；若跨有荆、益，保其岩阻，西和诸戎，南抚彝、越，外结孙权，内修政理，待天下有变，则命一上将将荆州之兵以向宛、洛，将军身率益州之众以出秦川，百姓有不箪食壶浆以迎将军者乎？诚如是，则大业可成，汉室可兴矣。此亮所以为将军谋者也，唯将军图之。"

言罢，命童子取出画一轴，挂于中堂，指谓玄德曰："此西川五十四州之图也。将军欲成霸业，北让曹操占天时，南让孙权占地利，将军可占人和。先取荆州为家，后即取西川建基业，以成鼎足之势，然后可图中原也。"玄德闻言，避席拱手谢曰："先生之言，顿开茅塞，使备如拨云雾而睹青天。但荆州刘表、益州刘璋，皆汉室宗亲，备安忍夺之？"孔明曰："亮夜观天象，刘表不久人世；刘璋非立业之主，久后必归将军。"玄德闻言，顿首拜谢。只这一席话，乃孔明未出茅庐，已知三分天下，真万古之人不及也。后人有诗赞曰：

> 豫州当日叹孤穷，何幸南阳有卧龙。
> 欲识他年分鼎处，先生笑指画图中。

玄德拜请孔明曰："备虽名微德薄，愿先生不弃鄙浅，出山相助，备当拱听明诲。"孔明曰："亮久乐耕锄，懒于应世，不能奉命。"玄德泣曰："先生不出，如苍生何？"言毕，泪沾袍袖，衣襟尽湿。孔明见其意甚诚，乃曰："将军既不相弃，愿效犬马之劳。"玄德大喜，遂命关、张入，拜献金帛礼物。孔明固辞不受。玄德曰："此非聘大贤之礼，但表刘备寸心耳。"孔明方受。于是玄德等在庄中共宿一宵。次日，诸葛均回，孔明嘱付曰："吾受刘皇叔三顾之恩，不容不出。汝可躬耕于此，勿得荒芜田亩。待吾功成之日，即当归隐。"后人有诗叹曰：

> 身未升腾思退步，功成应忆去时言。

◎《三国志·鲁肃传》载他建议孙权："剿除黄祖，进伐刘表，竟长江所极，据而有之，然后建号帝王以图天下。"这是早于"隆中对"前七年的"江都对"，鲁肃是东吴第一政治家，他认为，东吴应该把荆州看成立国生命线的。因此，与诸葛亮以荆州为根据地的隆中决策相冲突，从《三国志·庞统传》裴注引《九州春秋》来看，庞统主张急取益州，或是解决这个矛盾的一法。"荆州荒残，人物殚尽，东有孙吴，北有曹氏，鼎足方针，难以得志。"曹操谋士蒋济也说过："刘备、孙权外亲内疏，关羽得志，权必不愿也。"所以，对于诸葛亮的隆中对，从以后实际状况来评断，先取荆州为家，势必和东吴翻脸，书生之见，未必是最佳方案。

只因先主丁宁后，星落秋风五丈原。

又有古风一篇曰：

高皇手提三尺雪，芒砀白蛇夜流血。

平秦灭楚入咸阳，二百年前几断绝。

大哉光武兴洛阳，传至桓灵又崩裂。

献帝迁都幸许昌，纷纷四海生豪杰。

曹操专权得天时，江东孙氏开鸿业。

孤穷玄德走天下，独居新野愁民危。

南阳卧龙有大志，腹内雄兵分正奇。

只因徐庶临行语，茅庐三顾心相知。

先生尔时年三九，收拾琴书离陇亩。

先取荆州后取川，大展经纶补天手。

纵横舌上鼓风雷，谈笑胸中换星斗。

龙骧虎视安乾坤，万古千秋名不朽。

◎诸葛亮身在茅庐，心系寰内。虽耕读自娱，但曹操在冀州作玄武池以练水军的动向，他也牵挂在心。说明他虽躬耕陇亩，世间的一切，仍时刻萦系在他脑海之中。

玄德等三人别了诸葛均，与孔明同归新野。玄德待孔明如师，食则同桌，寝则同榻，终日共论天下之事。孔明曰："曹操于冀州作玄武池以练水军，必有侵江南之意。可密令人过江探听虚实。"玄德从之，使人往江东探听。

却说孙权自孙策死后，据住江东，承父兄基业，广纳贤士，开宾馆于吴会，命顾雍、张纮延接四方宾客。连年以来，你我相荐。时有会稽阚泽字德润、彭城严畯字曼才、沛县薛综字敬文、汝阳程秉字德枢、吴郡朱桓字休穆、陆绩字公纪、吴人张温字惠恕、会稽凌统字公绪、乌程吾粲字孔休：此数人皆至江东，孙权敬礼甚厚。又得良将数人，乃汝阳吕蒙字子明、吴郡陆逊字伯言、琅琊徐盛字文向、东郡潘璋字文珪、庐江丁奉字承渊。文武诸人，共相辅佐，由此江东称得人之盛。建安七年，曹操破袁绍，遣使往江东，命孙权遣子入朝随驾。权犹豫未决。吴太夫人命周瑜、张昭等面议。张昭曰："操欲令我遣子入朝，是牵制诸侯之法也。然若不令去，恐其兴兵下江东，势必危矣。"周瑜曰："将军承父兄馀资，兼六郡之众，兵精粮足，将士用命，有何逼迫而欲送质于人？质一入，不得不与曹氏连和；彼有命召，不得不往：如此则见制于人也。不如勿遣，徐观其变，别以良策御之。"吴夫人曰："公瑾之言是也。"权遂从其言，谢使者，不遣子。自此曹操有下江南之意；但正值北方未宁，无暇南征。建安八年十一月，孙权引兵伐黄祖，战于大江之中，祖军败绩。权部将凌操，轻舟当先，杀入夏口，被黄祖部将甘宁一箭射死。凌操子凌统，时年方十五岁，奋力往夺父尸而归。权见风色不利，收军还东吴。

却说孙权弟孙翊，为丹阳太守。翊性刚好酒，醉后尝鞭挞士卒。丹阳督将妫览、郡丞戴员二人，常有

◎人才难得，并非所有的领导人物，都像刘备、孙权这样思贤若渴，从善如流的。

◎张昭表面文章，周瑜更高一筹。

◎除刘备青梅煮酒没出问题外，一本《三国演义》，凡喝酒者，无有不误事的，曹操也不例外。

◎江东女子，从孙尚香到这位徐氏，俱有不弱的表现。

杀翊之心，乃与翊从人边洪结为心腹，共谋杀翊。时诸将县令皆集丹阳，翊设宴相待。翊妻徐氏美而慧，极善卜《易》。是日卜一卦，其象大凶，劝翊勿出会客。翊不从，遂与众大会。至晚席散，边洪带刀跟出门外，即抽刀砍死孙翊。妫览、戴员乃归罪边洪，斩之于市。二人乘势掳翊家资侍妾。妫览见徐氏美貌，乃谓之曰："吾为汝夫报仇，汝当从我，不从则死。"徐氏曰："夫死未几，不忍便相从；可待至晦日，设祭除服，然后成亲未迟。"览从之。徐氏乃密召孙翊心腹旧将孙高、傅婴二人入府，泣告曰："先夫在日，常言二公忠义。今妫、戴二贼谋杀我夫，只归罪边洪，将我家资童婢尽皆分去。妫览又欲强占妾身，妾已诈许之，以安其心。二将军可差人星夜报知吴侯，一面设密计以图二贼，雪此仇辱，生死衔恩。"言毕再拜。孙高、傅婴皆泣曰："我等平日感府君恩遇，今日所以不即死难者，正欲为复仇计耳。夫人所命，敢不效力！"于是密遣心腹使者往报孙权。至晦日，徐氏召孙、傅二人，伏于密室帷幕之中，然后设祭于堂上。祭毕，即除去孝服，沐浴薰香，浓妆艳裹，言笑自若。妫览闻之甚喜。

至夜，徐氏遣婢妾请览入府，设席堂中饮酒。饮既醉，徐氏乃邀览入密室。览喜，乘醉而入。徐氏大呼曰："孙、傅二将军何在！"二人即从帷幕中持刀跃出。妫览措手不及，被傅婴一刀砍倒在地，孙高再

复一刀，登时杀死。徐氏复传请戴员赴宴。员入府来，
至堂中，亦被孙、傅二将所杀。一面使人诛戮二将家
小及其馀党。徐氏遂重穿孝服，将妫览、戴员首级祭
于孙翊灵前。不一日，孙权自领军马至丹阳，见徐氏
已杀妫、戴二贼，乃封孙高、傅婴为牙门将，令守丹
阳，取徐氏归家养老。江东人无不称徐氏之德。后人
有诗赞曰：

才节双全世所无，奸回一旦受摧锄。
庸臣从贼忠臣死，不及东吴女丈夫。

且说东吴各处山贼，尽皆平复。大江之中，有
战船七千馀只。孙权拜周瑜为大都督，总统江东水
陆军马。建安十二年冬十月，权母吴太夫人病危，
召周瑜、张昭二人至，谓曰："我本吴人，幼亡父
母，与弟吴景徙居越中。后嫁于孙氏，生四子。长
子策生时，吾梦月入怀；后生次子权，又梦日入怀。
卜者云：'梦日月入怀者，其子大贵。'不幸策早丧。
今将江东基业付权，望公等同心助之，吾死不朽
矣。"又嘱权曰："汝事子布、公瑾以师傅之礼，不
可怠慢。吾妹与我共嫁汝父，则亦汝之母也。吾死
之后，事吾妹如事我。汝妹亦当恩养，择佳婿以嫁
之。"言讫遂终。孙权哀哭，具丧葬之礼，自不必说。
至来年春，孙权商议欲伐黄祖。张昭曰："居丧

◎孙权生得"方颐大口，碧眼紫髯"，从他这种肤色毛发的变异来看，是否有波斯人的血统，值得存疑。究竟是由于人种，或是遗传基因造成的变化，史书上无记载。《三国志》明确说到他是个"形貌奇伟，骨体不恒"的人。在汉代，中国与西域的交通已经打开，再不是关山险阻，胡汉隔绝。孙氏江东豪族，家中有胡姬，并不多么意外，因此孙权权可能具有外族血统，不过，史为其讳而已。也许由于这种遗传学上的杂交优势，他体质强壮，按当时的平均年龄偏低的情况，他算是超长寿的国君了。曹操有一次情不自禁地赞美过，"生子当如孙仲谋！"大概由于孙权的身材相貌，体魄精神，要强于他的儿子曹丕、曹植，才说出这番话的。

◎张昭是个绝无建树的形式主义者，周瑜是个敢想敢干的务实主义者，识见胆气，文武韬略，都非一般。可惜英年早逝，否则，东吴的形势会是另外一个样子。

◎甘宁一番话，竟成了日后吴、蜀为仇的根源。一个劫江贼有如此见解，俨然是诸葛亮隆中决策的翻版。可见血统论者所蔑视的微贱之人，未必智商就低；反过来说，贵胄孙权也好，皇叔刘备也好，智商也不见得就高。荆州、巴蜀之地的重要性，竟然看不出来，真令人不解。

未及期年，不可动兵。"周瑜曰："报仇雪恨，何待期年？"权犹豫未定。适平北都尉吕蒙入见，告权曰："某把龙湫水口，忽有黄祖部将甘宁来降。某细询之，宁字兴霸，巴郡临江人也，颇通书史，有气力，好游侠。尝招合亡命，纵横于江湖之中，腰悬铜铃，人听铃声，尽皆避之。又尝以西川锦作帆幔，时人皆称为'锦帆贼'。后悔前非，改行从善，引众投刘表。见表不能成事，即欲来投东吴，却被黄祖留住在夏口。前东吴破祖时，祖得甘宁之力，救回夏口，乃待宁甚薄。都督苏飞屡荐宁于祖，祖曰：'宁乃劫江之贼，岂可重用？'宁因此怀恨。苏飞知其意，乃置酒邀宁到家，谓之曰：'吾荐公数次，奈主公不能用。日月逾迈，人生几何，宜自远图。吾当保公为鄂县长，自作去就之计。'宁因此得过夏口，欲投江东，恐江东恨其救黄祖杀凌操之事。某具言主公求贤若渴，不记旧恨；况各为其主，又何恨焉？宁欣然引众渡江，来见主公。乞钧旨定夺。"孙权大喜曰："吾得兴霸，破黄祖必矣。"遂命吕蒙引甘宁入见。参拜已毕，权曰："兴霸来此，大获我心，岂有记恨之理？请无怀疑。愿教我以破黄祖之策。"宁曰："今汉祚日危，曹操终必篡窃。南荆之地，操所必争也。刘表无远虑，其子又愚劣，不能承业传基，明公宜早图之；若迟，则操先图之矣。今宜先取黄祖。祖今年老昏迈，务于货利；侵求吏民，人心皆怨；战具不修，军无法律。明公若往攻之，其势必破。既破祖军，鼓行而西，据楚关而图巴、蜀，霸业可定也。"孙权曰："此金玉之论也。"遂命周瑜为大都督，总水陆军兵；吕蒙为前部先锋，董袭与甘宁为副将；权自领大军十万，征讨黄祖。

细作探知，报至江夏。黄祖急聚众商议，令苏飞为大将，陈就、邓龙为先锋，尽起江夏之兵迎敌。陈就、邓龙各引一队艨艟截住沔口，艨艟上各设强弓硬弩千馀张，将大索系定艨艟于水面上。东吴兵至，艨艟上鼓响，弓弩齐发，兵不敢进，约退数里水面。甘宁谓董袭曰："事已至此，不得不进。"乃选小船百馀只，每船用精军五十人，二十人撑船，三十人各披衣甲，手执钢刀，不避矢石，直至艨艟傍边，砍断大索，艨艟遂横。甘宁飞上艨艟，将邓龙砍死。陈就弃船而走。吕蒙见了，跳下小船，自举橹棹，直入船队，放火烧船。陈就急待上岸，吕蒙舍命赶到跟前，当胸一刀砍翻。比及苏飞引军于岸上接应时，东吴诸将一齐上岸，势不可当。祖军大败。苏飞落荒而走，正遇东吴大将潘璋，两马相交，战不数合，被璋生擒过去。径至船中来见孙权。权命左右以槛车囚之，待活捉黄祖，一并诛戮。催动三军，不分昼夜，攻打夏口。正是：

　　　　只因不用锦帆贼，致令冲开大索船。

不知黄祖胜负如何，且看下文分解。

◎两军交锋，强者胜，这是毫无疑义的。但是弱者要是能够坚持住，形势便会发生变化，强者就未必总占上风了。

　　毛泽东主席读三国，对诸葛亮的隆中对，认为他至少犯下了分散兵力的错误。集中优势兵力，本是克敌制胜之道，荆州要守，入蜀须攻，无论攻守，都得兵马，伸出两个拳头，对付一个敌人，总比同时对付两个敌人来得从容，因此，他不怎么高看隆中对。隆中对三分天下说敲定，时为公元 207 年（建安十二年），但早在公元 200 年（建安五年），东吴鲁肃经周瑜引见于孙权时，就提出"汉室不可复兴，曹操不可卒除，为将军计，惟有鼎足江东，以观天下之衅"，这是江都对的三分天下说。裴松之在注《三国志》时，对"三分说"的版权问题，认为应该归于鲁肃。这位极有头脑的政治家，被"演义"和"三国戏"写歪了，成了一个笑料人物，实乃大谬。其实，鲁肃、周瑜、庞统这个东吴的智囊三人组，因为史家的讳莫如深，已经成为不可知的黑洞，鲁肃最后荐庞统入蜀，其大动机恐非就业那样简单，而周瑜死得突然与实力派吕蒙接班，那箭伤也许只是个附会。

　　鲁肃说："刘备与权并力，共拒中国，皆肃之本谋。又语诸葛亮曰：'我子瑜友也'，则亮已亟闻肃言矣。"子瑜，即诸葛瑾，诸葛亮之兄，事吴，为大臣。诸葛一门，分别仕于魏蜀吴，在当时，不以为奇。无论隆中对，还是江都对（或吴宫对），都是分裂主义的产物，不足取。

第三十九回

荆州城公子三求计
博望坡军师初用兵

　　和傻瓜在一起，你倒不至于成为傻瓜，但你的思维，有时不得不按傻瓜的逻辑行事。这场大撤退，就是诸葛亮出山以后，所见识到的刘备第一个镜头。

　　他很失望，很沮丧，他很着急，很上火，差一点点要爆炸，但他茅庐的对联"淡泊以明志，宁静以致远"，提醒了他，他定了定神，想了一想，终于明白，战争的胜负，人心的向背，孰重？这个答案世界上的人都明白，于是，昨天的老师，便成了今天的学生。

　　曹操是个识势的统帅，势之所在，顺势则胜，逆势则败，先打孙权，还是先打刘备，虽然这两个人都是难剃的头，但一条饿着肚子的狼，要比一条吃饱了肚子的狼更是他的障碍，所以，曹操兵向荆襄而去的决策，当然是正确的决策。这一仗，曹操打得无比顺手，"战果辉煌"，都不足以形容这位统帅一脸的得意之色，我们已经无法查到曹操何时下决心要打赤壁大战的，估计刘玄德的这场惨败，是其重要的诱因。

　　刘表一死，刘琮降操，毫无心理准备的刘玄德如晴天霹雳，六神无主，措手不及，狼狈万状。据裴注引孔衍《汉魏春秋》曰："刘琮乞降，不敢告备，备亦不知，久之乃觉，遣所亲问琮。琮令宋忠诣备宣旨，是时曹在宛，备乃大惊骇。"看来，打了十多年仗，刘备还不如共产党的一个武工队长，至少还能了解鬼子何时下乡扫荡。曹操先头部队已到宛城，刘备还在凭吊刘表，这下子他麻爪了。

　　刘备吃了大亏，是由于他背了太大的包袱。因为刘琮降操后，"琮左右及荆州人多归备，比到当阳，众十馀万人，辎重数千两"。太多的盆盆罐罐，这是他不愿轻易抛弃的本钱。另外，相当多的黎民百姓，被刘备的仁义感召，也随着他过江而去，他自然无法不闻不问，弃之不顾。这种农民式牵牛赶羊的大搬家、大迁徙，自然是军家大忌。加之曹操"以江陵有军实，恐刘备据之，乃释辎重，轻军到襄阳。闻备已过，操将精骑五千急追之，一日一夜行三百馀里，及于当阳之长坂"，拼命地追过来，将他包抄。诸葛亮出山与刘备联手以后，没想到碰上这样一场遭遇战。诸葛亮熟读兵书，没想见识到刘备这场人海战、仁义战、明知无救的必死战，他不得不按照刘备的逻辑行事。一百多年后，晋人习凿齿对此评价："刘玄德虽颠沛险难而信义愈明，势逼事危而言不失道。追景升之顾，则情感三军；恋赴义之士，则甘与同败。终济大业，不亦宜乎！"

却说孙权督众攻打夏口，黄祖兵败将亡，情知守把不住，遂弃江夏，望荆州而走。甘宁料得黄祖必走荆州，乃于东门外伏兵等候。祖带数十骑突出东门，正走之间，一声喊起，甘宁拦住。祖于马上谓宁曰："我向日不曾轻待汝，今何相逼耶？"宁叱曰："吾昔在江夏多立功绩，汝乃以劫江贼待我，今日尚有何说？"黄祖自知难免，拨马而走。甘宁冲开士卒，直赶将来。只听得后面喊声起处，又有数骑赶来。宁视之，乃程普也。宁恐普来争功，慌忙拈弓搭箭，背射黄祖，祖中箭翻身落马。宁枭其首级，回马与程普合兵一处，回见孙权，献黄祖首级。权命以木匣盛贮，待回江东祭献于亡父灵前。重赏三军，升甘宁为都尉。商议欲分兵守江夏，张昭曰："孤城不可守，不如且回江东。刘表知我破黄祖，必来报仇；我以逸待劳，必败刘表。表败而后乘势攻之，荆襄可得也。"权从其言，遂弃江夏，班师回江东。

苏飞在槛车内，密使人告甘宁求救。宁曰："飞即不言，吾岂忘之？"大军既至吴会，权命将苏飞枭首，与黄祖首级一同祭献。甘宁乃入见权，顿首哭告曰："某向日若不得苏飞，则骨填沟壑矣，安能效命于将军麾下哉？今飞罪当诛，某念其昔日之恩，情愿纳还官爵，以赎飞罪。"权曰："既彼有恩于君，吾为君赦之。但彼若逃去奈何？"宁曰："飞得免诛戮，感恩无地，岂肯走乎？若飞去，宁愿将首级献于阶

◎杀祢衡者，亦有被人杀时。

◎周瑜没有附和，张昭此议可疑。攻城略地，只为一颗首级，儿戏了！

下。"权乃赦苏飞，止将黄祖首级祭献。祭毕，设宴大会文武庆功。正饮酒间，只见座上一人大哭而起，拔剑在手，直取甘宁。宁忙举坐椅以迎之。权惊视其人，乃凌统也。因甘宁在江夏时，射死他父亲凌操，今日相见，故欲报仇。权连忙劝住，谓统曰："兴霸射死卿父，彼时各为其主，不容不尽力。今既为一家人，岂可复理旧仇？万事皆看吾面。"凌统叩头大哭曰："不共戴天之仇，岂容不报！"权与众官再三劝之，凌统只是怒目而视甘宁。权即日命甘宁领兵五千、战船一百只，往夏口镇守，以避凌统。宁拜谢，领兵自往夏口去了。权又加封凌统为承烈都尉，统只得含恨而止。东吴自此广造战船，分兵守把江岸；又命孙静引一枝军守吴会，孙权自领大军屯柴桑，周瑜日于鄱阳湖教练水军，以备攻战。

◎既赦，就不要怕跑；怕跑，就不必赦。"万事皆看吾面"，说出这种话来，可见孙权此时，尚未真正有权有威。

话分两头。却说玄德差人打探江东消息，回报东吴已攻杀黄祖，现今屯兵柴桑。玄德便请孔明计议。正话间，忽刘表差人来请玄德赴荆州议事。孔明曰："此必因江东破了黄祖，故请主公商议报仇之事也。某当与主公同往，相机而行，自有良策。"玄德从之，留云长守新野，令张飞引五百人马跟随往荆州来。玄德在马上谓孔明曰："今见景升，当若何对答？"孔明曰："当先谢襄阳之事。他若令主公去征讨江东，切不可应允，但说容归新野整顿军马。"玄德依言，来到荆州馆驿安下，留张飞屯兵城外，玄德

◎"话分两头"，乃旧小说最恶俗之习用语。说，读者出戏，不说，读者也不是不明白，绝对是句废话。

◎刘琦求计，登楼撤梯，孔明这才建议他出任江夏太守。《资治通鉴》引《三国志·诸葛亮传》，文前加一"初"字，表示此事发生在刘表死前，与刘备率众大逃亡，非同时事。由此可见诸葛亮虽然隐居南阳，但实际上是一个活跃人物，刘备三顾茅庐而不遇，也与他积极广泛的活动有关。"大隐隐于市"，大概就是这个意思了。诸葛亮与刘表、刘琦父子，非一朝一夕之交往，因其岳父黄承彦与刘表有姻亲关系，为避嫌，不愿介入别人家事，才有密授机宜之举。《三国演义》故意忽略了"初"字，打了个时间差，将两件事情混为一谈。

与孔明入城见刘表。礼毕，玄德请罪于阶下。表曰："吾已悉知贤弟被害之事。当时即欲斩蔡瑁之首以献贤弟，因众人告免，故姑恕之。贤弟幸勿见罪。"玄德曰："非干蔡将军之事，想皆下人所为耳。"表曰："今江夏失守，黄祖遇害，故请贤弟共议报复之策。"玄德曰："黄祖性暴，不能用人，故至此祸。今若兴兵南征，倘曹操北来，又当奈何？"表曰："吾今年老多病，不能理事，贤弟可来助我。我死之后，弟便为荆州之主也。"玄德曰："兄何出此言，量备安敢当此重任？"孔明以目视玄德。玄德曰："容徐思良策。"遂辞出，回至馆驿。孔明曰："景升欲以荆州付主公，奈何却之？"玄德曰："景升待我，恩礼交至，安忍乘其危而夺之？"孔明叹曰："真仁慈之主也！"

　　正商论间，忽报公子刘琦来见。玄德接入，琦泣拜曰："继母不能相容，性命只在旦夕，望叔父怜而救之。"玄德曰："此贤侄家事耳，奈何问我？"孔明微笑。玄德求计于孔明，孔明曰："此家事，亮不敢与闻。"少时，玄德送琦出，附耳低言曰："来日我使孔明回拜，贤侄可如此如此，彼定有妙计相告。"琦谢而去。次日，玄德只推腹痛，乃浼孔明代往回拜刘琦。孔明允诺，来至公子宅前，下马入见公子。公子邀入后堂。茶罢，琦曰："琦不见容于继母，幸先生一言相救。"孔明曰："亮客寄于此，岂敢与人骨肉之事？倘有泄漏，为害不浅。"说罢，起身告辞。琦曰：

"既承光顾，安敢慢别？"乃挽留孔明入密室共饮。饮酒之间，琦又曰："继母不见容，乞先生一言救我。"孔明曰："此非亮所敢谋也。"言讫，又欲辞去。琦曰："先生不言则已，何便欲去？"孔明乃复坐。琦曰："琦有一古书，请先生一观。"乃引孔明登一小楼。孔明曰："书在何处？"琦泣拜曰："继母不见容，琦命在旦夕，先生忍无一言相救乎？"孔明作色而起，便欲下楼，只见楼梯已撤去。琦告曰："琦欲求教良策，先生犹恐泄漏，不肯出言。今日上不至天，下不至地，出君之口，入琦之耳，可以赐教矣。"孔明曰："疏不间亲，亮何能为公子谋？"琦曰："先生终不幸教琦乎！琦命固不保矣，请即死于先生之前。"乃掣剑欲自刎。孔明止之曰："已有良策。"琦拜曰："愿即赐教。"孔明曰："公子岂不闻申生、重耳之事乎？申生在内而亡，重耳在外而安。今黄祖新亡，江夏乏人守御，公子何不上言，乞屯兵守江夏，则可以避祸矣。"琦再拜谢教，乃命人取梯送孔明下楼。孔明辞别，回见玄德，具言其事，玄德大喜。

次日，刘琦上言欲守江夏，刘表犹豫未决，请玄德共议。玄德曰："江夏重地，固非他人可守，正须公子自往。东南之事，兄父子当之；西北之事，备愿当之。"表曰："近闻曹操于邺郡作玄武池以练水军，必有征南之意，不可不防。"玄德曰："备已知之，兄勿忧虑。"遂拜辞回新野。刘表令刘琦引兵三千往江夏镇守。

◎继承人之争，从来如险山恶水，只要活着，便命若悬丝。这种战战兢兢的叵测心态，在当下这个地球上，似也未能尽免。

◎这个诸葛亮的对手，也随之而来了。中国人称之为相生相克，在大自然中，也称之为生物链。在政治斗争中，也似乎存在一环套一环、一物降一物的互为配伍的现象。

◎徐庶是想吓唬曹操，还是要曹操把注意力集中到诸葛亮、刘备身上呢？

◎那种小手工业者的趣味，油然而生。看来，臭他织席贩履者，也非虚妄。

却说曹操罢三公之职，自以丞相兼之。以毛玠为东曹掾，崔琰为西曹掾，司马懿为文学掾。懿字仲达，河内温人也，颍川太守司马隽之孙，京兆尹司马防之子，主簿司马朗之弟也。自是文官大备，乃聚武将商议南征。夏侯惇进曰："近闻刘备在新野，每日教演士卒，必为后患，可早图之。"操即命夏侯惇为都督，于禁、李典、夏侯兰、韩浩为副将，领兵十万，直抵博望城以窥新野。荀彧谏曰："刘备英雄，今更兼诸葛亮为军师，不可轻敌。"惇曰："刘备鼠辈耳，吾必擒之。"徐庶曰："将军勿轻视刘玄德。今玄德得诸葛亮为辅，如虎生翼矣。"操曰："诸葛亮何人也？"庶曰："亮字孔明，道号卧龙先生，有经天纬地之才，出鬼入神之计，真当世之奇才，非可小觑。"操曰："比公若何？"庶曰："庶安敢比亮？庶如萤火之光，亮乃皓月之明也。"夏侯惇曰："元直之言谬矣。吾看诸葛亮如草芥耳，何足惧哉！吾若不一阵生擒刘备，活捉诸葛亮，愿将首级与丞相。"操曰："汝早报捷书，以慰吾心。"惇奋然辞曹操，引军登程。

却说玄德自得孔明，以师礼待之。关、张二人不悦，曰："孔明年幼，有甚才学！兄长待之太过，又未见他真实效验。"玄德曰："吾得孔明，犹鱼之得水也，两弟不复多言。"关、张见说，不言而退。一日，有人送氂牛尾至，玄德取尾亲自结帽。孔明入见，正色曰："明公无复有远志，但事此而已耶？"玄德投帽于地而谢曰："吾聊假此以忘忧耳。"孔明曰："明公自度比曹操若何？"玄德曰："不如也。"孔明曰："明公之众，不过数千人，万一曹兵至，何以迎之？"玄德曰："吾正愁此事，未得良策。"孔明曰："可速招募民兵，亮自教之，可以待敌。"玄德遂招新野之地得三千人，孔明朝夕教演阵法。

忽报曹操差夏侯惇引兵十万，杀奔新野来了。张飞闻知，谓云长曰："可着孔明前去迎敌便了。"正说之间，玄德召二人入，谓曰："夏侯惇引兵到来，如何迎敌？"张飞曰："哥哥何不使'水'去？"玄德曰："智赖孔明，勇须二弟，何必推调？"关、张出，玄德请孔明商议。孔明曰："但恐关、张二人不肯听吾号令。主公若欲亮行兵，乞假剑印。"玄德便以剑印付孔明，孔明遂聚集众将听令。张飞谓云长曰："且听令去，看他如何调度？"孔明令曰："博望之左有山，名曰豫山；右有林，名曰安林：可以埋伏军马。云长可引一千军往豫山埋伏，等彼军至，放过休敌，其辎重粮草必在后面，但看南面火起，可纵兵出击，就焚其粮草。翼德可引一千军去安林背后山谷中埋伏，只看南面火起，便可出，向博望城旧屯粮草处纵火烧之。关平、刘封可引五百军，预备引火之物，于博望坡后两边等候，至初更兵到，便可放火矣。"又命于樊城取回赵云，令为前部，不要赢，只要输。"主公自引一军为后援。各须依计而行，勿使有失。"

◎张飞也有他的幽默感。

◎关云长一直没有把自己的位置摆正，这也是他一辈子骄傲自满的总根子。他总认为刘备之下，就该是他了。所以，一位大人物在谈到《三国演义》中的关云长时，认为他"大体上是不懂统一战线的，不讲政策"。

云长曰："我等皆出迎敌，未审军师却作何事？"孔明曰："我只坐守县城。"张飞大笑曰："我们都去厮杀，你却在家里坐地，好自在！"孔明曰："剑印在此，违令者斩！"玄德曰："岂不闻'运筹帷幄之中，决胜千里之外'？二弟不可违令。"张飞冷笑而去。云长曰："我们且看他的计应也不应，那时却来问他未迟。"二人去了。众将皆未知孔明韬略，今虽听令，却都疑惑不定。孔明谓玄德曰："主公今日可便引兵就博望山下屯住。来日黄昏，敌兵必到，主公便弃营而走，但见火起，即回军掩杀。亮与糜竺、糜芳引五百军守县。命孙乾、简雍准备庆喜筵席，安排功劳簿伺候。"派拨已毕，玄德亦疑惑不定。

却说夏侯惇与于禁等引兵至博望，分一半精兵作前队，其馀尽护粮车而行。时当秋月，商飙徐起。人马趱行之间，望见前面尘头忽起。惇便将人马摆开，问乡导官曰："此间是何处？"答曰："前面便是博望坡，后面是罗口川。"惇令于禁、李典押住阵脚，亲自出马阵前。遥望军马来到，惇忽然大笑。众问："将军为何而笑？"惇曰："吾笑徐元直在丞相面前夸诸葛亮为天人，今观其用兵，乃以此等军马为前部与吾对敌，正如驱犬羊与虎豹斗耳。吾于丞相前夸口，要活捉刘备、诸葛亮，今必应吾言矣。"遂自纵马向前。赵云出马，惇骂曰："汝等随刘备，如孤魂随鬼矣！"云大怒，纵马来战。两马相交，不数合，云诈败而走，夏侯惇从后追赶。云约走十馀里，回马又战，不数合又走。韩浩拍马向前谏曰："赵云诱敌，恐有埋伏。"惇曰："敌军如此，虽十面埋伏，吾何惧哉！"遂不听浩言，直赶至博望坡。一声炮响，玄德自引军冲将过来，接应交战。夏侯惇笑谓韩浩曰："此即埋伏之兵也。吾今晚不到新野，誓不罢兵！"乃催军前进，玄德、赵云退后便走。

　　时天色已晚，浓云密布，又无月色，昼风既起，夜风愈大。夏侯惇只顾催军赶杀。于禁、李典赶到窄狭处，两边都是芦苇。典谓禁曰："欺敌者必败。南道路狭，山川相逼，树木丛杂，倘彼用火攻奈何？"禁曰："君言是也。吾当往前为都督言之，君可止住后军。"李典便勒回马，大叫："后军慢行！"人马走发，那里拦当得住。于禁骤马大叫："前军都督且住！"夏侯惇正走之间，见于禁从后军奔来，便问何故。禁曰："南道路狭，山川相逼，树木丛杂，可防火攻。"夏侯惇猛省，即回马令军马勿进。言未已，只听背后喊声震起，早望见一派火光烧着，随后两边芦苇亦着，一霎时四面八方，尽皆是火；又值风大，火势愈猛。曹家人马自相践踏，死者不计其数。赵云回军赶杀。夏侯惇冒烟突火而走。

　　且说李典见势头不好，急奔回博望城时，火光中一军拦住，当先大将，乃关云长也。李典纵马混战，夺路而走。于禁见粮草车辆，都被火烧，便投小路

◎嫡系部队，有好装备，好给养，但不一定能打仗，恃宠而骄，常常是失败的祸根。李典上次陪曹仁出征，这次又陪夏侯惇作战，深有体会，才产生骄兵必败的论断。

奔逃去了。夏侯兰、韩浩来救粮车，正遇张飞。战不数合，张飞一枪刺夏侯兰于马下。韩浩夺路走脱。直杀到天明，却才收军。杀得尸横遍野，血流成河。后人有诗曰：

博望相持用火攻，指挥如意笑谈中。
直须惊破曹公胆，初出茅庐第一功。

夏侯惇收拾残军，自回许昌。

却说孔明收军，关、张二人相谓曰："孔明真英杰也！"行不数里，见糜竺、糜芳引军簇拥着一辆小车，车中端坐一人，乃孔明也。关、张下马，拜伏于车前。须臾，玄德、赵云、刘封、关平等皆至，收聚众军，把所获粮草辎重，分赏将士，班师回新野。新野百姓望尘遮道而拜曰："吾属生全，皆使君得贤人之力也！"孔明回至县中，谓玄德曰："夏侯惇虽败去，曹操必自引大军来。"玄德曰："似此如之奈何？"孔明曰："亮有一计敌曹军。"正是：

破敌未堪息战马，避兵又必赖良谋。

未知其计若何，且看下文分解。

◎关、张二人对待诸葛亮的敬服程度上，未必尽同。清人王夫之认为蜀之败，魏之篡，关羽是有责任的。"吴、蜀之好不终，关羽以死，荆州以失，曹操以乘二国之离，无忌而急于篡，关羽安能逃其责哉？羽守江陵，数与鲁肃生疑贰，于是而诸葛之志不宣，而肃亦苦矣。肃以欢好抚羽，岂私羽而畏昭烈乎？其欲并力以抗操，匪舌是出，而羽不谅，故以知肃心之独苦也。"

诸葛亮出山后，第二个镜头就更使他难堪了。

当时，夏侯惇引兵十万，杀奔新野来了，诸葛亮排兵布阵以后，"云长曰：'我等皆出迎敌，未审军师却作何事？'孔明曰：'我只坐守县城。'张飞大笑曰：'我们都去厮杀，你却在家里坐地，好自在！'孔明曰：'剑印在此，违令者斩！'玄德曰：'岂不闻运筹帷幄之中，决胜千里之外？二弟不可违令。'张飞冷笑而去。云长曰：'我们且看他的计应也不应，那时却来问他未迟。'"

在这个世界上，最难看的一张脸，倒也未必一定是长官，但长官的左膀右臂，那冷淡中的鄙夷，那乜眼时的蔑视，如此两张脸肯定是相当不好看的。刘备的俩哥哥们儿，赏给这位新履任的军师，正是这一副面孔。出身低下不可耻，出身低下而不知礼，就真的没救了。

新野之火攻，白河之水浸，不见于正史。在火药或炸药未能改变冷兵器战争史之前，也就难怪《三国演义》反复出现类似场面。但孔明之胜，与其说胜了夏侯，还不如说胜了关、张。"夏侯惇收拾残军，自回许昌。""却说孔明收军。关、张二人相谓曰：'孔明真英杰也！'行不数里，见糜竺、糜芳引军簇拥着一辆小车。车中端坐一人，乃孔明也。关、张下马拜伏于车前。"但他们俩说孔明真英杰，是真正发自内心的吗？

至少那位声称夜读《春秋》，却从未听其言及《春秋》一言半语的关羽，自始至终视自己为股肱，而不把诸葛亮放在眼里。

第四十回

蔡夫人议献荆州
诸葛亮火烧新野

　　刘备从建安六年（201）投靠刘表，直到建安十二年（207）刘表死亡，竟未能越出新野驻地一步，说明不但刘表防范着他，蔡夫人的哥哥，统率水军的头目蔡瑁，也是日夜对他进行严格的约束。所以正史《三国志》无刘表对刘备的托国说，是肯定的，因为夫人集团不可能给他这个机会。据《后汉书·刘表传》："六年，刘备自袁绍奔荆州，表厚相待结而不能用也。"他也是生怕刘备坐大的。我们从《后汉书·刘表传》所写："二子：琦、琮。表初以琦貌类于己，甚爱之，后为琮娶其后妻蔡氏之侄，蔡氏遂爱琮而恶琦，毁誉之言日闻于表。表耽爱后妻，每信受焉。"以及习凿齿的《襄阳耆旧记》："（表）为少子琮纳后妻之侄，遂爱琮而恶琦。至蔡氏有宠，其弟蔡瑁，又外甥张允，并得幸于表；又睦于琮，琮有善，虽小必闻，有过，虽大必蔽。蔡氏称美于内，允、瑁颂德于外，爱憎由之，而琦益疏，乃出为江夏太守，监兵于外。瑁、允阴伺其过阙，随而毁之，美无显而不掩，阙无微而不露。于是，表忿怒之色日发，诮让之言日至，而琮竟为嗣矣。"看来，晚年的刘表，连他亲生儿子刘琦想见一面都不可能，刘备哪有靠近的机会。

　　但裴松之注引《魏书》《英雄记》《汉魏春秋》有托孤和托国说，当系刘备当年的宣传攻势所留下的历史遗迹。三国时期，天下大乱，无一人不具野心，无一人不想攫取，很难想象刘备如此本分规矩，他和不得人心的夫人集团肯定会有大小摩擦冲突。否则，他不可能在荆州人心目中，建立起如此崇高的威望，以致数十万人引颈以盼，至死追随。不过，历史不算细账，信其有即有，信其无则无。

　　但是，蔡夫人最后把荆州献给了曹操，刘表最怕的也正是这个结果，早知如此，又何必苦苦防范这个同是皇亲国戚的刘备呢？

　　　　　　　　却说玄德问孔明求拒曹兵之计。孔明曰："新野小县，不可久居。近闻刘景升病在危笃，可乘此机会，取彼荆州为安身之地，庶可拒曹操也。"玄德曰："公言甚善，但备受景升之恩，安忍图之？"孔明曰："今若不取，后悔何及！"玄德曰："吾宁死不忍作负义之事。"孔明曰："且再作商议。"

却说夏侯惇败回许昌，自缚见曹操，伏地请罪。操释之。惇曰："惇遭诸葛亮诡计，因火攻破我军。"操曰："汝自幼用兵，岂不知狭处须防火攻？"惇曰："李典、于禁曾言及此，悔之不及。"操乃赏二人。惇曰："刘备如此猖狂，真腹心之患也，不可不急除。"操曰："吾所虑者，刘备、孙权耳，馀皆不足介意。今当乘此时扫平江南。"便传令起大兵五十万，令曹仁、曹洪为第一队，张辽、张郃为第二队，夏侯渊、夏侯惇为第三队，于禁、李典为第四队，操自领诸将为第五队。每队各引兵十万。又令许褚为折冲将军，引兵三千为先锋。选定建安十三年秋七月丙午日出师。

太中大夫孔融谏曰："刘备、刘表皆汉室宗亲，不可轻伐。孙权虎踞六郡，且有大江之险，亦不易取。今丞相兴此无义之师，恐失天下之望。"操怒曰："刘表、刘备、孙权皆逆命之臣，岂容不讨！"遂叱退孔融，下令"如有再谏者必斩"。孔融出府，仰天叹曰："以至不仁伐至仁，安得不败乎？"时御史大夫郗虑家客闻此言，报知郗虑。虑常被孔融侮慢，心正恨之，乃以此言入告曹操，且曰："融平日每狎侮丞相，又与祢衡相善。衡赞融曰'仲尼不死'，融赞衡曰'颜回

◎勿谓言之不预也。

◎曹操记仇，报复的时钟，虽然慢半拍，但并不停摆，孔融这个首席反对派，终于难逃一劫。

◎从伐袁绍起，孔融就与曹操意见相左。在大政方针上公开唱反调，这也不是第一次；被人诬告，有侮慢诽谤之罪，严重程度也未超过祢衡，何至见刑；即使文人相轻，嫉妒才华，也未必掉脑袋。看来曹操最忌者，是孔融"虽居家失势，而宾客日满其门"，成为一股离心力量的领袖人物，这是无法容忍的。他在赐死崔琰令中，有一句话："琰虽见刑，而通宾客，门若市人"，可见曹操对这种裴多菲式的政治俱乐部，言不及义，是如何深恶痛绝。统治者对于异议者的容忍，是有底线的。这底线就是：可以闹事，不可出事；不怕成群，就怕结伙；不怕叫嚣，就怕行动。据《后汉书》："曹操既积嫌忌，而郗虑复构成其罪，遂令丞相军谋祭酒路粹枉状奏融。"看来，曹操对杀名人，杀大名人，也是有其顾忌的，所以，曹操趁着南征刘表离开许都时，让别人火速办了，以示此事与他无涉。杀他的理由也与他俩的个人恩怨无干，而是祢衡传孔融所言，正好与当时提倡的孝道相背，杀他符合世道人心。可是曹操忘了一条，糊弄一时容易，糊弄千秋万代不容易。孔融、祢衡非他所杀，但他是杀手，万世难辞。

复生'，向者祢衡之辱丞相，乃融使之也。"操大怒，遂命廷尉捕捉孔融。融有二子，年尚少，时方在家对坐弈棋，左右急报曰："尊君被廷尉执去，将斩矣！二公子何不急避？"二子曰："破巢之下，安有完卵乎？"言未已，廷尉又至，尽收融家小，并二子皆斩之，号令融尸于市。京兆脂习伏尸而哭，操闻之大怒，欲杀之。荀彧曰："或闻脂习常谏融曰：'公刚直太过，乃取祸之道。'今融死而来哭，乃义人也，不可杀。"操乃止。习收融父子尸首，皆葬之。后人有诗赞孔融曰：

> 孔融居北海，豪气贯长虹。
> 座上客常满，樽前酒不空。
> 文章惊世俗，谈笑侮王公。
> 史笔褒忠直，存官纪"太中"。

曹操既杀孔融，传令五队军马次第起行，只留荀彧等守许昌。

却说荆州刘表病重，使人请玄德来托孤。玄德引关、张至荆州见刘表，表曰："我病已入膏肓，不久便死矣，特托孤于贤弟。我子无才，恐不能承父业。我死之后，贤弟可自领荆州。"玄德泣拜曰："备当竭力以辅贤侄，安敢有他意乎？"正说间，人报曹操自领大兵至，玄德急辞刘表，星夜回新野。刘表病中闻此信，吃惊不小，商议写遗嘱，令玄德辅佐长子刘琦为荆州之主。蔡夫人闻之大怒，关上内门，使蔡瑁、张允二人把住外门。时刘琦在江夏，知父病危，来至荆州探病。方到外门，蔡瑁当住曰："公子奉父命镇守江夏，其任至重；今擅离职守，倘东吴兵至，如之奈何？若入见主公，主公必生嗔怒，病将转增，非孝也，宜速回。"刘琦立于门外，大哭一场，上马仍回江夏。刘表病势危笃，望刘琦不来，至八月戊申日，大叫数声而死。后人有诗叹刘表曰：

> 昔闻袁氏居河朔，又见刘君霸汉阳。
> 总为牝晨致家累，可怜不久尽销亡。

刘表既死，蔡夫人与蔡瑁、张允商议，假写遗嘱，令次子刘琮为荆州之主，然后举哀报丧。时刘琮年方十四岁，颇聪明，乃聚众言曰："吾父弃世，吾兄现在江夏，更有叔父玄德在新野。汝等立我为主，倘兄与叔兴兵问罪，如何解释？"众官未及对，幕官李珪答曰："公子之言甚善。今可急发哀书至江夏，请大公子为荆州之主，就命玄德一同理事。北可以敌曹操，南可以拒孙权，此万全之策也。"蔡瑁叱曰："汝何人？敢乱言以逆主公遗命！"李珪大骂曰："汝内外朋谋，假称遗命，废长立幼，眼见荆襄九郡，送于蔡氏之手！故主有灵，必当殛汝！"蔡瑁大怒，喝令左右推出斩之。李珪至死大骂不绝。于是蔡瑁遂立刘琮为主。蔡氏宗族分领荆州之兵。令治中邓义、别驾刘先守荆州。蔡

◎刘表葬地，不告知刘备，说得过去，不告知刘琦，不近情理。

◎凡强敌压境，一定有投降派。鬼子未到，汉奸先行，这是规律。

夫人自与刘琮前赴襄阳驻扎，以防刘琦、刘备。就葬刘表之柩于襄阳城东汉阳之原，竟不讣告刘琦与玄德。

刘琮至襄阳，方才歇马，忽报曹操引大军径望襄阳而来。琮大惊，遂请蒯越、蔡瑁等商议。东曹掾傅巽进言曰："不特曹操兵来为可忧，今大公子在江夏，玄德在新野，我皆未往报丧，若彼兴兵问罪，荆襄危矣。巽有一计，可使荆襄之民安如泰山，又可保全主公名爵。"琮曰："计将何在？"巽曰："不如将荆襄九郡献与曹操，必重待主公也。"琮叱曰："是何言也！孤受先君之基业，坐尚未稳，岂可便弃之也？"蒯越进曰："傅公悌之言是也。夫逆顺有大体，强弱有定势。今曹操南征北讨，以朝廷为名，主公拒之，其名不顺。且主公新立，外患未宁，内忧将作。荆襄之民，闻曹兵至，未战而胆先寒，安能与之敌哉？"琮曰："诸公善言，非我不从，但以先君之业，一旦弃与他人，恐贻笑于天下耳。"

言未已，一人昂然而进曰："傅公悌、蒯异度之言甚善，何不从之？"众视之，乃山阳高平人，姓王，名粲，字仲宣。粲容貌瘦弱，身材短小。幼时往见中郎蔡邕，时邕高朋满座，闻粲至，倒履迎之，宾客皆惊曰："蔡中郎何独敬此小子耶？"邕曰："此子有异才，吾不如也。"粲博闻强记，人皆不及。尝观道旁碑文一过，便能记诵；观人弈棋，棋局乱，粲复为摆出，不差一子。又善算术。其文辞妙绝一时。年十七，辟为黄门侍郎，不就。后因避乱至荆襄，刘表以为上宾。

当日谓刘琮曰："将军自料比曹公何如？"琮曰："不如也。"粲曰："曹公兵强将勇，足智多谋，擒吕布于下邳，摧袁绍于官渡，逐刘备于陇右，破乌桓于白狼：枭除荡定者，不可胜计。今以大军南下荆襄，势难抵敌。傅、蒯二君之谋，乃长策也。将军不可迟疑，致生后悔。"琮曰："先生见教极是，但须禀告母亲知道。"只见蔡夫人从屏后转出，谓琮曰："既是仲宣、公悌、异度三人所见相同，何必告我？"于是刘琮意决，便写降书，令宋忠潜地往曹操军前投献。宋忠领命，直至宛城，接着曹操，献上降书。操大喜，重赏宋忠，吩咐教刘琮出城迎接，便着他永为荆州之主。

宋忠拜辞曹操，取路回荆襄。将欲渡江，忽见一枝人马到来，视之，乃关云长也。宋忠回避不迭，被云长唤住，细问荆州之事。忠初时隐讳，后被云长盘问不过，只得将前后事情一一实告。云长大惊，随捉宋忠至新野见玄德，道言其事。玄德闻之大哭。张飞曰："事已如此，可先斩宋忠，随起兵渡江，夺了襄阳，杀了蔡氏、刘琮，然后与曹操交战。"玄德曰："你且缄口，我自有斟酌。"乃叱宋忠曰："你知众人作事，何不早来报我？今虽斩汝，无益于事，可速去。"忠拜谢，抱头鼠窜而去。

玄德正忧闷间，忽报公子刘琦差伊籍到来。玄德感伊籍昔日相救之恩，降阶迎之，再三称谢。籍曰："大公子在江夏，闻荆州已故，蔡夫人与蔡瑁等商议，不来报丧，竟立刘琮为主。公子差人往襄阳探听，回

◎刘琮降操，"时刘备屯樊，琮不敢告备。备久之乃觉，遣所亲问琮，琮令官属诣备宣旨。时曹操已在宛，备乃大惊骇，谓忠曰：'卿诸人作事如此，不早相语，今祸至方告我，不亦太剧乎？'引刀向忠曰：'今断卿头，不足以解忿，亦耻大夫临别复杀卿辈！'"《资治通鉴》里的这段描写，倒把刘备形容得比《三国演义》里有声有色多了。

◎这真是岂有此理了！老子托孤，而孤不买他的账，把荆州献给了曹操。如今已是曹操名下的地盘，他该取而不取；刘表的另一个儿子，也希望他进军襄阳，吊民伐罪，他应该取而不取。这就绝不是嘴上的仁义道德能够遮掩住的了，压根儿是他的畏曹思想，不敢正面撄敌。也难怪，八年前，官渡大战，他和袁绍成为战败者，无处可去，好容易刘表收留，得以离曹操远些，没想到这个曹操又打上门来，他不哭，难道笑么？

说是实，恐使君不知，特差某赍哀书呈报；并求使君尽起麾下精兵，同往襄阳问罪。"玄德看书毕，谓伊籍曰："机伯只知刘琮僭立，更不知刘琮已将荆襄九郡献与曹操矣！"籍大惊曰："使君何从知之？"玄德具言拿获宋忠之事。籍曰："若如此，使君不如以吊丧为名，前赴襄阳，诱刘琮出迎，就便擒下，诛其党类，则荆州属使君矣。"孔明曰："机伯之言是也，主公可从之。"玄德垂泪曰："吾兄临危托孤于我，今若执其子而夺其地，异日死于九泉之下，何面目复见我兄乎？"孔明曰："如不行此事，今曹兵已至宛城，何以拒敌？"玄德曰："不如走樊城以避之。"

正商议间，探马飞报曹兵已到博望了。玄德慌忙发付伊籍回江夏整顿军马，一面与孔明商议拒敌之计。孔明曰："主公且宽心。前番一把火，烧了夏侯惇大半人马；今番曹兵又来，必教他中这条计。我等在新野住不得了，不如早到樊城去。"便差人四门张榜，晓谕居民："无问老幼男女，愿从者，即于今日皆跟我往樊城暂避，不可自误。"差孙乾往河边调拨船只，救济百姓；差糜竺护送各官家眷到樊城。一面聚诸将听令。先教云长："引一千军去白河上流头埋伏，各带布袋，多装沙土，遏住白河之水。至来日三更后，只听下流头人喊马嘶，急取起布袋，放水淹之，却顺水杀将下来接应。"又唤张飞："引一千军去博陵渡口埋伏。此处水势最慢，曹兵被淹，必从此逃难，可便乘势杀来接应。"又唤赵云："引军三千，分为四队：自领一队伏于东门外，其三队分伏西、南、北三门，却先于城内人家屋上，多藏硫黄焰硝引火之物。曹军入城，必安歇民房。来日黄昏后，必有大风。但看风起，便令西、南、北三门伏军尽将火箭射入城去；待城中火势大作，却于城外呐喊助威。只留东门放他出走，汝却于东门外从后击之。天明会合关、张二将，收军回樊城。"再令糜芳、刘封二人："带二千军，一半红旗，一半青旗，去新野城外三十里鹊尾坡前屯住。一见曹军到，红旗军走在左，青旗军走在右。他心疑必不敢追，汝二人却去分头埋伏。只望城中火起，便可追杀败兵，然后却来白河上流头接应。"孔明分拨已定，乃与玄德登高瞭望，只候捷书。

却说曹仁、曹洪引军十万为前队，前面已有许褚引三千铁甲军开路，浩浩荡荡，杀奔新野来。是日午牌时分，来到鹊尾坡，望见坡前一簇人马，尽打青、红旗号。许褚催军向前，刘封、糜芳分为四队，青、红旗各归左右。许褚勒马，教："且休进，前面必有伏兵。我兵只在此处住下。"许褚一骑马飞报前队曹仁，曹仁曰："此是疑兵，必无埋伏。可速进兵，我当催军继至。"许褚复回坡前，提兵杀入，至林下追寻时，不见一人。时日已西坠，许褚方欲前进，只听得山上大吹大擂。抬头看时，只见山顶上一簇旗，旗丛中两把伞盖，左玄德，右孔明，二人对坐饮酒。许褚大怒，引军寻路上山，山上擂木炮石打将下来，不能前进；

◎刘备三顾茅庐前，隐居的诸葛亮已很有名声，张昭曾经动员他到东吴来事孙权，他没有答应，可见其自视之高。但刘备，一个在夹缝中生存，无出头之望的落寞人物，竟然说服他出山，显然，是凭他的真心诚意打动了诸葛亮，而毅然决然地追随了他一生。刘备此人，此生，看来有许多令人非议之处，但其仁义的感召力，其人品的亲和力，其精神的磁吸力，以及他始终低姿态的趋应力，在江湖上是久有名焉。徐州的陈登父子，只是与刘备曾共事，有过交往，那法眼里容得下他，实属不易，竟然由衷地称："雄姿杰出，有王霸之略，吾敬刘玄德。"从这种持高度自我中心论者的嘴中说出来，那是非同小可的。

又闻山后喊声大震。欲寻路厮杀，天色已晚。曹仁领兵到，教且夺新野城歇马。军士至城下时，只见四门大开。曹兵突入，并无阻当，城中亦不见一人，竟是一座空城了。曹洪曰："此是势孤计穷，故尽带百姓逃窜去了。我军权在城安歇，来日平明进兵。"此时各军走乏，都已饥饿，皆去夺房造饭。曹仁、曹洪就在衙内安歇。初更已后，狂风大作。守门军士飞报火起，曹仁曰："此必军士造饭不小心遗漏之火，不可自惊。"说犹未了，接连几次飞报，西、南、北三门皆火起。曹仁急令众将上马时，满县火起，上下通红。是夜之火，更胜前日博望烧屯之火。后人有诗叹曰：

奸雄曹操守中原，九月南征到汉川。
风伯怒临新野县，祝融飞下焰摩天。

曹仁引众将突烟冒火，寻路奔走，闻说东门无火，急急奔出东门。军士自相践踏，死者无数。曹仁等方才脱得火厄，背后一声喊起，赵云引军赶来混战。曹军各逃性命，谁肯回身厮杀。正奔走间，糜芳引一军至，又冲杀一阵。曹仁大败，夺路而走。刘封又引一军截杀一阵。到四更时分，人马困乏，军士大半焦头烂额，奔至白河边，喜得河水不甚深，军马都下河吃水，人相喧嚷，马尽嘶鸣。

却说云长在上流用布袋遏住河水。黄昏时分，望见

◎火烧新野，放水白河，于正史无据。其实这时的孔明已经顾不得羽扇纶巾，只好随着刘、关、张仓皇出逃了。但是，民间说唱艺人，倒是为从草庐里刚出山的诸葛亮，编造出两场好戏来。

新野火起。至四更，忽听得下流头人语马嘶，急令军士
一齐掣起布袋，水势滔天，望下流冲去，曹军人马俱溺
于水中，死者极多。曹仁引众将望水势慢处夺路而走。
行到博陵渡口，只听喊声大起，一军拦路，当先大将，
乃张飞也，大叫："曹贼快来纳命！"曹军大惊。正是：

　　　　　城内才看红焰吐，水边又遇黑风来。

未知曹仁性命如何，且看下文分解。

　　《英雄记》载，吕布第一次与刘备接触，"布见备，甚敬之，谓备曰：我与卿同边地人也……"吕布并
人，刘备幽人，都被中原人视为"边地"，所以来自西凉的董卓，引起洛阳人的极度恐慌，那是比边地还
要野蛮落后的异域了。《三国演义》特别说到刘备，"尝师事郑玄、卢植"，以示他的正宗学历，而这是士
族社会里正经人家子弟，必须走的这条路，那年，他十五岁，正是成长定型的年纪，就这样文不成鸿儒、
武不就名将地成为一方之主。这还真得感谢他从娘胎里带来的边地人好武成性、厮杀为生的天性，以及
与生俱来的，一旦投入战斗，绝不怕刺刀见红的血性，这杀气足以使中原士兵望风披靡，屁滚尿流的。
　　然而，他的仁义旗帜，他的皇族贵胄招牌，生生将他边地人的血性阉割了。《魏书》曰："表病笃，托
国于备，顾谓曰：'我儿不才，我死之后，而诸将并零落，卿便摄荆州。'备曰：'诸子自贤，君其忧病。'
或劝备宜从表言，备曰：'此人待我厚，今从其言，人必以为我为薄，所不忍也。'"虽然裴松之以此为"不
然之言"，他甚至对史学前辈不甚恭敬地说，"疑习凿齿所自造者也"。假如，这个选择放在同是边地人的
吕布面前，肯定是你给我要，你不给我抢，毫不客气，绝不礼让的，这才是三国人的风格。
　　孔衍《汉魏春秋》曰："或劝备劫琮及荆州吏士径南到江陵，备答曰：'刘荆州临亡托我以孤遗，背信自济，
吾所不为，死何面目以见刘荆州乎！'"他的迟疑，他的犹豫，则令人不禁当头猛喝，你身体里那边地人的血
性，到哪里去了？最后，《典略》曰："备过辞表墓，遂涕泣而去。"除了他的这个典型行动以外，这个从灵魂到
意志都非边地人的刘备，也就只能如此了。曹操的急行军，已经咬住他的屁股，还在刘表墓前眼泪一把，鼻涕
一把。此时，嘴上的仁义道德，也许并非他的真实思想，只是这多年来在夹缝中生存惯了的人，独当一面，
难免怯场。哭，只不过是掩饰而已。

（明）罗贯中 著

李国文 评点

李国文陪读

三國演義

〔中〕

四川文艺出版社

张角

吕布

貂蝉

曹操

张辽

司馬懿

钟会

邓
艾

第四十一回

刘玄德携民渡江
赵子龙单骑救主

刘玄德三顾茅庐，如果用谦诚二字形容来访者，是一点也不过分的。那么，接下来的刘玄德携民渡江，对诸葛亮而言，则是学习学习再学习了。此人为避战乱，隐居南阳以来，大概是他有生第一次和这么多人混杂在一起，总数应该是十多万，而且是基本失控的人群。诸葛亮读过许多书，但从未见过这么多人，这支庞杂的队伍除了集体走向死亡，也别无他路。渡江以后绝不是什么安全区，往前走，是死，往后退，也是死，无法救赎的悲剧结果，在等待着这十多万人。更何况曹操的急行军，"一日一夜行三百馀里"的速度，取全面包围之势，就等在当阳，拦住去路。败局是逃脱不掉的，至于怎么败，如何败，按中国人最为宿命的说法，只有天知道了。

但奇迹在于刘备输了天，输了地，输到极惨，却不曾输了人，这批打散了混杂在乱民中的军人，没过多久，千方百计地重又聚结回到他的身边。那些离乡离土的荆州士民，打散了，打乱了，三五年后又成为进驻益州的骨干队伍。诸葛亮这样的政治家，从没有玩过这种赌命的游戏，其计算胜负的方式比较离奇，是以年头，而不是人头，这是那个特殊年代的计算法。虽然这十几万荆州人最后下落不明，但两三年过去，到了益州的诸葛亮才发现，这些人善面熟的荆州乡党，一见如故。

"宜速行保江陵，今虽拥大众，披甲者少，若曹公兵至何以拒之？""过襄阳，诸葛亮说先主攻琮，荆州可有。"刘玄德回答："夫济大事必以人为本，今人归吾，吾何忍弃去？""以人为本"，刊于陈寿《三国志》，创世之先。诸葛亮闻所未闻，不禁一怔。

结果，"先主弃妻子，与诸葛亮、张飞、赵云等数十骑走，曹公大获其人众辎重"的这场败仗，在《三国演义》中，写得如同胜仗。《三国志》定性的胜和负，乃史官陈寿的一家之言，而要按那十几万追随刘备的新野、樊城、襄阳、江夏老百姓的观点，回答必然是否定的，这也许是刘玄德自举事以来人气最高的一刻。十几万人，明知无望无救也不离不弃，把自己的生命交给他，以死相随。这种磁场效应，绝对是具有感召力的领袖气质。于是令人禁不住想，这个刘备倘不狭隘，倘不小农（这也是我们所有人难以摆脱的紧箍咒），是应该做出一番事业的。所以，这一仗，是曹操赢了，还是刘备赢了，你不能全信陈寿的话，风物长宜放眼量，接下来的赤壁之败，怎么算？

◎火攻，水淹，是《三国演义》里的经常出现的战争场面。冷兵器时代，这种大规模的杀伤手段，曾被广泛使用。在这部小说中，最大的一场火攻，莫过于火烧赤壁，最大的一场水淹，莫过于水淹七军。因为此书脱胎于民间说唱文学，早期那些说话人，口口相传，代代增添，倾心铺陈，选萃拔优，一辈一辈下来，才在史传提供的有限资料中，能够演绎出天花乱坠的精彩故事。中国传统小说，讲究故事性。中国读者读中国小说，故事性总是摆在第一位的。

　　却说张飞因关公放了上流水，遂引军从下流杀将来，截住曹仁混杀。忽遇许褚，便与交锋。许褚不敢恋战，夺路走脱。张飞赶来，接着玄德、孔明，一同沿河到上流。刘封、糜芳已安排船只等候，遂一齐渡河，尽望樊城而去。孔明教将船筏放火烧毁。

　　却说曹仁收拾残军，就新野屯住，使曹洪去见曹操，具言失利之事。操大怒曰："诸葛村夫，安敢如此！"催动三军，漫山塞野，尽至新野下寨。传令军士一面搜山，一面填塞白河。令大军分作八路，一齐去取樊城。刘晔曰："丞相初至襄阳，必须先买民心。今刘备尽迁新野百姓入樊城，若我兵径进，二县为齑粉矣。不如先使人招降刘备。备即不降，亦可见我爱民之心；若其来降，则荆州之地，可不战而定也。"操从其言，便问："谁可为使？"刘晔曰："徐庶与刘备至厚，今现在军中，何不命他一往？"操曰："他去恐不复来。"晔曰："他若不来，贻笑于人矣，丞相勿疑。"操乃召徐庶至，谓曰："我本欲踏平樊城，奈怜众百姓之命。公可往说刘备，如肯来降，免罪赐爵；若更执迷，军民共戮，玉石俱焚。吾知公忠义，故特使公往，愿勿相负。"徐庶受命而行。至樊城，玄德、孔明接见，共诉旧日之情。庶曰："曹操使庶来招降使君，乃假买民心也。今彼分兵八路，填白河而进，樊城恐不可守，宜速作行计。"玄德欲留徐庶，庶谢曰："某若不还，恐惹人笑。某今老母已丧，抱恨终天，身虽在彼，誓不为设一谋。公有卧龙辅佐，何愁大业不成？庶请辞。"玄德不敢强留。

徐庶辞回，见了曹操，言玄德并无降意。操大怒，即日进兵。玄德问计于孔明，孔明曰："可速弃樊城，取襄阳暂歇。"玄德曰："奈百姓相随许久，安忍弃之？"孔明曰："可令人遍告百姓，有愿随者同去，不愿者留下。"先使云长往江岸整顿船只，令孙乾、简雍在城中扬声曰："今曹兵将至，孤城不可久守，百姓愿随者，便同过江。"两县之民齐声大呼曰："我等虽死，亦愿随使君。"即日号泣而行，扶老携幼，将男带女，滚滚渡河，两岸哭声不绝。玄德于船上望见，大哭曰："为吾一人，而使百姓遭此大难，吾何生哉！"欲投江而死，左右急救止。闻者莫不痛哭。船到傍岸，回顾百姓，有未渡者，望南而哭。玄德急令云长催船渡之，方才上马。

行至襄阳东门，只见城上遍插旌旗，壕边密布鹿角。玄德勒马大叫曰："刘琮贤侄，吾但欲救百姓，并无他念，可快开门！"刘琮闻玄德至，惧而不出。蔡瑁、张允径来敌楼上，叱军士乱箭射下。城外百姓，皆望敌楼而哭。城中忽有一将，引数百人径上城楼，大喝："蔡瑁、张允卖国之贼！刘使君乃仁德之人，

◎有句歇后语："徐庶进曹营——一言不发。"都是后来人被"汉贼不两立"弄得绝对化了的结果，当时人其实未必如此壁垒分明。

◎也许诸葛亮初出茅庐，经验不足，他的主意，"愿随者同去，不愿者留下"，于是成了一场毫无章法的大撤退。当阳长坂坡一仗，给后人的启示，有如障碍重重的人生通道，有的你能跨过去，有的你怎么努力也跨不过去。假设你歇口气，再努力一把，也许过，也许不过，那则是命也运也的安排了，只要你不泄气，你就活得有尊严。这过程，既谈不到胜，也谈不到负，这就是生活，也就是我们大家所有人的生活。

今为救民而来投，何得相拒！"众视其人，身长八尺，面如重枣，乃义阳人也，姓魏，名延，字文长。当下魏延轮刀砍死守门将士，开了城门，放下吊桥，大叫："刘皇叔快领兵入城，共杀卖国之贼！"张飞便跃马欲入，玄德急止之曰："休惊百姓。"魏延只顾招呼玄德军马入城，只见城内一将飞马引军而出，大喝："魏延无名小卒，安敢造乱，认得我大将文聘么？"魏延大怒，挺枪跃马，便来交战。两下军兵在城边混杀，喊声大震。玄德曰："本欲保民，反害民也。吾不愿入襄阳！"孔明曰："江陵乃荆州要地，不如先取江陵为家。"玄德曰："正合吾心。"于是引着百姓，尽离襄阳大路，望江陵而走。襄阳城中百姓，多有乘乱逃出城来，跟玄德而去。魏延与文聘交战，从巳至未，手下兵卒，皆已折尽。延乃拨马而逃，却寻不见玄德，自投长沙太守韩玄去了。

　　却说玄德同行军民共数万，大小车数千辆，挑担背负者不计其数。路过刘表之墓，玄德率众将拜于墓前，哭告曰："辱弟备无德无才，负兄寄托之重，罪在备一身，与百姓无干。望兄英灵，垂救荆襄之民。"言甚悲切，军民无不下泪。忽哨马报说："曹操大军，已屯樊城，使人收拾船筏，即日渡江赶来也。"众将皆曰："江陵要地，足可拒守。今拥民众数万，日行十馀里，似此几时得至江陵？倘曹兵到，如何迎敌？不如暂弃百姓，先行为上。"玄德泣曰："举大事者必

◎信马由缰，想一出是一出，真是兵败如山倒。

◎他自己都救不了自己，能救谁？

以人为本，今人归我，奈何弃之？"百姓闻玄德此言，莫不伤感。后人有诗赞曰：

> 临难仁心存百姓，登舟挥泪动三军。
> 至今凭吊襄江口，父老犹然忆使君。

却说玄德拥着百姓，缓缓而行。孔明曰："追兵不久即至，可遣云长往江夏求救于公子刘琦，教他速起兵乘船会于江陵。"玄德从之，即修书，令云长同孙乾同五百军往江夏求救；令张飞断后；赵云保护老小；其馀俱管顾百姓而行。每日只走十馀里便歇。

却说曹操在樊城，使人渡江至襄阳，召刘琮相见。琮惧怕不敢往见。蔡瑁、张允请行。王威密告琮曰："将军既降，玄德又走，曹操必懈弛无备。愿将军奋整奇兵，设于险处击之，操可获矣。获操则威震天下，中原虽广，可传檄而定。此难遇之机，不可失也。"琮以其言告蔡瑁，瑁叱王威曰："汝不知天命，安敢妄言！"威怒骂曰："卖国之徒，吾恨不生啖汝肉！"瑁欲杀之，蒯越劝止。瑁遂与张允同至樊城，拜见曹操，瑁等辞色甚是谄佞。操问："荆州军马钱粮，今有多少？"瑁曰："马军五万，步军十五万，水军八万：共二十八万。钱粮大半在江陵，其馀各处，亦足供给一载。"操曰："战船多

◎王威也不看看刘琮是什么样的人？连去见一见曹操都不敢的主，有胆量打曹操？计是好计，谋是好谋，但眼力不行，看错人了。

◎凡投降派，都是这副标准辞色。

◎世界很大，学问很多，光看世界而不及学问，是谓之日妄；光顾学问而不及世界，是谓之日执。圆通这个词汇，有一点市侩气息，有一点犬儒哲学，然而却是立身处世的要义。

少？原是何人管领？"瑁曰："大小战船共七千馀只，原是瑁等二人掌管。"操遂加瑁为镇南侯水军大都督，张允为助顺侯水军副都督。二人大喜拜谢。操又曰："刘景升既死，其子降顺，吾当表奏天子，使永为荆州之主。"二人大喜而退。荀攸曰："蔡瑁、张允乃谄佞之徒，主公何遂加以如此显爵，更教都督水军乎？"操笑曰："吾岂不识人？止因吾所领北地之众，不习水战，故且权用此二人。待成事之后，别有理会。"

却说蔡瑁、张允归见刘琮，具言："曹操许保奏将军永镇荆襄。"琮大喜。次日与母蔡夫人赍捧印绶兵符，亲自渡江拜迎曹操。操抚慰毕，即引随征军将进屯襄阳城外。蔡瑁、张允令襄阳百姓焚香拜接，曹操俱用好言抚谕。入城至府中坐定，即召蒯越近前，抚慰曰："吾不喜得荆州，喜得异度也。"遂封蒯越为江陵太守樊城侯，傅巽、王粲等皆为关内侯；而以刘琮为青州刺史，便教起程。琮闻命大惊，辞曰："琮不愿为官，愿守父母乡土。"操曰："青州近帝都，教你随朝为官，免在荆襄被人图害。"琮再三推辞，曹操不准，琮只得与母蔡夫人同赴青州，只有故将王威相随，其馀官员俱送至江口而回。操唤于禁嘱付曰："你可引轻骑追刘琮母子杀之，以绝后患。"于禁得令，领众赶上，大喝曰："我奉丞相令，教来杀汝母子，可早纳下首级。"蔡夫人抱刘琮而大哭。于禁喝令军士下手，王威忿怒，奋力相斗，竟被众军所杀。军士杀死刘琮及蔡夫人。于禁回报曹操，操重赏于禁。便使人往隆中搜寻孔明妻小，却不知去向，原来孔明先已令人搬送至三江内隐避矣。操深恨之。

　　襄阳既定，荀攸进言曰："江陵乃荆襄重地，钱粮极广。刘备若据此地，急难动摇。"操曰："孤岂忘之？"随命于襄阳诸将中选一员引军开道，诸将中却独不见文聘。操使人寻问，方才来见。操曰："汝来何迟？"对曰："为人臣而不能使其主保全境土，心实悲惭，无颜早见耳。"言讫，歔欷流涕。操曰："真忠臣也。"除江夏太守，赐爵关内侯，便教引军开道。探马报说："刘备带领百姓，日行止十数里，计程只有三百馀里。"操教各部下精选五千铁骑，星夜前进，限一日一夜赶上刘备。大军陆续随后而进。

　　却说玄德引十数万百姓、三千馀军马，一程程挨着往江陵进发。赵云保护老小，张飞断后。孔明曰："云长往江夏去了，绝无回音，不知若何？"玄德曰："敢烦军师亲自走一遭。刘琦感公昔日之教，今若见公亲至，事必谐矣。"孔明允诺，便同刘封引五百军先往江夏求救去了。当日玄德自与简雍、糜竺、糜芳同行。正行间，忽然一阵狂风就马前刮起，尘土冲天，平遮红日。玄德惊曰："此何兆也？"简

◎在铲除袁绍之子、刘表之子、孔融之子的狠毒上，曹操就像杀怀孕的董妃一样，不留后患。那杀吕伯奢的血腥气，又令人厌恶地扑来。曹操杀人不少，不过，刘琮被于禁追杀，史不载，系小说家的演义。

◎这是打仗的曹操，那是搬家的刘备，不败何待？

◎在此关键时刻，军师离开统帅，去扮演一个联络员的角色，真是舍本逐末了。

雍颇明阴阳，袖占一课，失惊曰："此大凶之兆也，应在今夜。主公可速弃百姓而走。"玄德曰："百姓从新野相随至此，吾安忍弃之？"雍曰："主公若恋而不弃，祸不远矣。"玄德问："前面是何处？"左右答曰："前面是当阳县，有座山名为景山。"玄德便叫就此山扎住。时秋末冬初，凉风透骨；黄昏将近，哭声遍野。至四更时分，只听得西北喊声震地而来。玄德大惊，急上马引本部精兵二千馀人迎敌。曹兵掩至，势不可当。玄德死战。正在危迫之际，幸得张飞引军至，杀开一条血路，救玄德望东而走。文聘当先拦住，玄德骂曰："背主之贼，尚有何面目见人！"文聘羞愧满面，引兵自投东北去了。张飞保着玄德，且战且走。奔至天明，闻喊声渐渐远去，玄德方才歇马。看手下随行人，止有百馀骑；百姓老小并糜竺、糜芳、简雍、赵云等一干人，皆不知下落。玄德大哭曰："十数万生灵，皆因恋我，遭此大难，诸将及老小，皆不知存亡：虽土木之人，宁不悲乎！"

正恓惶时，忽见糜芳面带数箭，踉跄而来，口言："赵子龙反投曹操去了也！"玄德叱曰："子龙是吾故交，安肯反乎？"张飞曰："他今见我等势穷力尽，或者反投曹操，以图富贵耳。"玄德曰："子龙从我于患难，心如铁石，非富贵所能动摇也。"糜芳曰："我亲见他投西北去了。"张飞曰："待我亲自寻他去，若撞见时，一枪刺死！"玄德曰："休错疑心。岂不见你二兄诛颜良、文丑之事乎？子龙此去，必有事故。吾料子龙必不弃我也。"张飞那里肯听，引二十馀骑，至长坂桥。见桥东有一带树木，飞生一计，教所从二十馀骑，都砍下树枝，拴在马尾上，在树林内往来驰骋，冲起尘土，以为疑兵。飞却亲自横矛立马于桥上，向西而望。

却说赵云自四更时分与曹军厮杀，往来冲突，杀至天明，寻不见玄德，又失了玄德老小。云自思曰："主公将甘、糜二夫人与小主人阿斗托付在我身上，今日军中失散，有何面目去见主人？不如去决一死战，好歹要寻主母与小主人下落。"回顾左右，只有三四十骑相随。云拍马在乱军中寻觅。二县百姓嚎哭之声，震天动地；中箭着枪，抛男弃女而走者，不计其数。

赵云正走之间，见一人卧在草中，视之，乃简雍也。云急问曰："曾见两位主母否？"雍曰："二主母弃了车仗，抱阿斗而走。我飞马赶去，转过山坡，被一将刺了一枪，跌下马来，马被夺了去。我争斗不得，故卧在此。"云乃将从人所骑之马，借一匹与简雍骑坐。又着二卒扶护简雍先去，报与主人："我上天入地，好歹寻主母与小主人来。如寻不见，死在沙场上也！"说罢，拍马望长坂坡而去。忽一人大叫："赵将军那里去？"云勒马问曰："你

◎这场大撤退，刘备吃了大亏，是由于他背了太大的包袱。因为刘琮降操后，"琮左右及荆州人多归备，比到当阳，众十馀万人，辎重数千辆"。这是他不愿轻易抛弃的本钱。另外相当多的黎民百姓，被刘备的仁义感召，也随着他过江而去，他自然无法不问。这种农民式牵牛赶羊的大搬家，自然是兵家大忌。加之曹操拼命地追过来，便是赵子龙在战场上所见到的这副惨状了。

◎赵子龙匹马单枪救阿斗，作者铺叙到家。先找到甘夫人，再救下糜竺，然后，杀出一条血路，送至长坂坡，再后才进入高潮迭起、引人入胜的主场面，只见他在千军万马的重围下，手起刀落，血肉横飞，无马得马，无剑获剑，赵子龙一身是胆，由此可知。

是何人？"答曰："我乃刘使君帐下护送车仗的军士，被箭射倒在此。"赵云便问二夫人消息，军士曰："恰才见甘夫人披头跣足，相随一伙百姓妇女，投南而走。"云见说，也不顾军士，急纵马望南赶去。只见一伙百姓，男女数百人，相携而走。云大叫曰："内中有甘夫人否？"夫人在后面望见赵云，放声大哭。云下马插枪而泣曰："使主母失散，云之罪也。糜夫人与小主人安在？"甘夫人曰："我与糜夫人被逐，弃了车仗，杂于百姓内步行，又撞见一枝军马冲散。糜夫人与阿斗不知何往，我独自逃生至此。"

正言间，百姓发喊，又撞出一枝军来。赵云拔枪上马看时，面前马上绑着一人，乃糜竺也。背后一将，手提大刀，引着千馀军，乃曹仁部将淳于导，拿住糜竺，正要解去献功。赵云大喝一声，挺枪纵马，直取淳于导。导抵敌不住，被云一枪刺落马下，向前救了糜竺，夺得马二匹。云请甘夫人上马，杀开条大路，直送至长坂坡。只见张飞横矛立马于桥上，大叫："子龙！你如何反我哥哥？"云曰："我寻不见主母与小主人，因此落后，何言反耶？"飞曰："若非简雍先来报信，我今见你，怎肯干休也。"云曰："主公在何处？"飞曰："只在前面不远。"云谓糜竺曰："糜子仲保甘夫人先行，待我仍往寻糜夫人与小主人去。"言罢，引数骑再回旧路。

　　正走之间，见一将手提铁枪，背着一口剑，引十数骑跃马而来。赵云更不答话，直取那将，交马只一合，把那将一枪刺倒，从骑皆走。原来那将乃曹操随身背剑之将夏侯恩也。曹操有宝剑二口，一名"倚天"，一名"青釭"，倚天剑自佩之，青釭剑令夏侯恩佩之。那青釭剑砍铁如泥，锋利无比。当时夏侯恩自恃勇力，背着曹操，只顾引人抢夺掳掠；不想撞着赵云，被他一枪刺死，夺了那口剑，看靶上有金嵌"青釭"二字，方知是宝剑也。云插剑提枪，复杀入重围。回顾手下从骑，已没一人，只剩得孤身。云并无半点退心，只顾往来寻觅，但逢百姓，便问糜夫人消息。忽一人指曰："夫人抱着孩儿，左腿上着了枪，行走不得，只在前面墙缺内坐地。"赵云听了，连忙追寻。只见一个人家，被火烧坏土墙，糜夫人抱着阿斗，坐于墙下枯井之旁啼哭。云急下马伏地而拜。夫人曰："妾得见将军，阿斗有命矣。望将军可怜他父亲飘荡半世，只有这点骨血。将军可护持此子，教他得见父面，妾死无恨！"云曰："夫人受难，云之罪也。不必多言，请夫人上马。云自步行死战，保夫人透出重围。"糜夫人曰："不可！将军岂可无马？此子全赖将军保护。妾已重伤，死何足惜。望将军速抱此子前去，勿以妾为累也。"云曰："喊声将近，追兵已至，请夫人速速上马。"糜夫人曰："妾身委实

◎长篇小说讲究铺垫，对当代作家而言，乃小手段。可金圣叹、张竹坡这班古典小说评点大家，总喜欢用草蛇灰线、伏笔千里之外来形容铺垫。提醒读者，加深印象。正是这些评点大家的点拨和指引，这些古典作品的艺术价值、文学水平，才被更多的世人认识。这把青釭就是专为阿斗而设，现在救他的命，将来还要救他这个人呢！

◎读至此，能不为赵子龙在战场上那份勇猛无敌、赤胆忠心所动容吗？也许被救之人，并不值得如此舍生忘死，但救助行动的本身，却永远是人们所赞美的。人类若没有这一往无前、奋不顾身的精神，不去援助那些处于困厄中、生命危殆、奄奄一息的同类，和动物的区别又在哪里？

难去，休得两误。"乃将阿斗递与赵云曰："此子性命全在将军身上！"赵云三回五次，请夫人上马，夫人只不肯上马。四边喊声又起，云厉声曰："夫人不听吾言，追军若至，如之奈何？"糜夫人乃弃阿斗于地，翻身投入枯井中而死。后人有诗赞之曰：

> 战将全凭马力多，步行怎把幼君扶？
> 拼将一死存刘嗣，勇决还亏女丈夫。

赵云见夫人已死，恐曹军盗尸，便将土墙推倒，掩盖枯井。掩讫，解开勒甲绦，放下掩心镜，将阿斗抱护在怀，绰枪上马。早有一将引一队步军至，乃曹洪部将晏明也，持三尖两刃刀来战赵云。不三合，被赵云一枪刺倒，杀散众军，冲开一条路。正走间，前面又一枝军马拦住，当先一员大将，旗号分明，大书"河间张郃"。云更不答话，挺枪便战。约十馀合，云不敢恋战，夺路而走。背后张郃赶来。云加鞭而行，不想跕跶一声，连马和人，颠入土坑之内。张郃挺枪来刺，忽然一道红光，从土坑中滚起，那匹马平空一跃，跳出坑外。后人有诗曰：

> 红光罩起困龙飞，征马冲开长坂围。

◎中国人最爱听这种无稽之谈，说多少遍都不嫌烦的。不过，一个不成才的阿斗，会值得这道神光佑护吗？

四十二年真主命，将军因得显神威。

张郃见了，大惊而退。赵云纵马正走，背后忽有二将大呼："赵云休走！"前面又有二将，使两般军器，截住去路。后面赶的是马延、张颚，前面阻的是焦触、张南，都是袁绍手下降将。赵云力战四将，曹军一齐拥至，云乃拔青釭剑乱砍，手起处，衣甲平过，血如涌泉。杀退众军将，直透重围。

却说曹操在景山顶上，望见一将，所到之处，威不可当，急问左右是谁，曹洪飞马下山大叫曰："军中战将可留姓名！"云应声曰："吾乃常山赵子龙也！"曹洪回报曹操。操曰："真虎将也，吾当生致之。"遂令飞马传报各处：如赵云到，不许放冷箭，只要捉活的。因此赵云得脱此难，此亦阿斗之福所致也。这一场杀，赵云怀抱后主，直透重围，砍倒大旗两面，夺槊三条；前后枪刺剑砍，杀死曹营名将五十馀员。后人有诗曰：

◎在《三国演义》人物中，只有这个赵子龙称得上浑身是胆，他的一生，简直是无可挑剔的完美。

　　血染征袍透甲红，当阳谁敢与争锋。
　　古来冲阵扶危主，只有常山赵子龙。

赵云当下杀透重围，已离大阵，血满征袍。正行间，山坡下又撞出两枝军，乃夏侯惇部将钟缙、钟绅兄弟二人，一个使大斧，一个画戟，大喝："赵云快下马受缚！"正是：

才离虎窟逃生去，又遇龙潭鼓浪来。

毕竟子龙怎地脱身，且听下文分解。

《世说新语》："曹公问裴潜曰：'卿昔与刘备共在荆州，卿以备才如何？'潜曰：'使居中国能乱人，不能为治。若乘边守险，足为一方之主。'"这是当时人对于他政治领导才能的一种看法。曹操的谋士赵戬论刘备，"拙于用兵，每战则败，奔亡不暇，何以图人？"东吴的陆逊说："寻备前后行军，多败少成，推以论之，不足为戚。"这是当时人对他军事指挥能力的一种评价。涿郡，边地也，有尚武精神，这是他的一面。后来，从卢植学，从郑康成游，受到儒学熏陶，是他的另一面。所以，这次完全依他仁义之心作出战略转移，结果弄得队伍散了，百姓惨了，老婆死了，孩子丢了，遭到毁灭性的失败，也是一种必然。但要记住一条：在这场荆州大劫难中，老百姓付出多少，他也付出多少，老百姓受多大的苦，他也受多大的苦。

失败，人生常态。有败于骄傲自满者，有败于猝不及防者，有败于轻信蒙蔽者，有败于疏忽大意者，但像刘备这样为了一个"仁义"名声，知其必败，也要咬着牙坚持败到底者，还真是少见。看来，他居然能败处复起，死里逃生，正如裴潜所言，"足为一方之主"的"足"，应该承认，其人格魅力，其精神力量，还是很能磁吸同志、同道、同命同运者为之抛头颅、洒热血的。

即使败到如此山穷水尽的他，那赵子龙，为了他出生入死，奋不顾身，冲锋陷阵，单骑救主。看来，此公有其不可小觑之处。识人，是一种睿智；知人，是一种慧识；而知人又为人知，则是一种真情、一种互信。刘备与赵子龙，那是最难得的心灵沟通、精神契合。这就说明刘备的情义、信义、仗义、节义，使其在魏、蜀、吴三主中确实是最具吸引力的领袖。

第四十二回
张翼德大闹长坂桥
刘豫州败走汉津口

一连串的胜利，恐怕连曹操本人也没有想到，战争之神如此眷顾于他，攻无不克，战无不胜，顺手到了极点。官渡之胜，他明白，其实是一场险胜，也就是吕思逸所说的"谁坚持到最后五分钟"，曹营已经到了生死关头，要不是许攸，高奏凯旋进行曲者就是袁绍，而非趾高气扬的曹操了。而荆州之胜，则绝对是他压倒一切的军事力量，以及他追赶战和包围战的功劳了，这种曹操式狂风暴雨般的连续围击，从他的徐州之战、濮阳之战，已见端倪。所以，这一回的"张翼德大闹长坂桥"，实际是刘备残军彻底失败前的最后挣扎而已。这就是小说家的本事了，能将一场败仗写成胜仗，而且还轰轰烈烈，因而在标题中加了一个"闹"字，免得读者误会。

曹操在官渡大战结束后，马不停蹄南征，以兑现他的一统江山理想。在战争面前，必然会有审慎和激进的两种声音出现，审慎者记住了刘表的庞然大物，认为不宜动手，至少暂时不要动手；而激进者记住了刘表的无能无为，何妨一鼓作气，趁此馀威，将荆州收入囊中？

一个人的宗旨定下来后，在一个相对时期内，以不变应万变；那么这个人的策略，因时因地，因敌因友而变化之，改易之，以应对瞬息万变的客观形势，也是正常的。因而，对聪明人讲，有不变的宗旨，无不变的策略。深通机变的郭嘉离世而去，曹操痛失智囊，下一步怎么走，踌躇满志的他，再听不到这个年轻人的声音，真还有一丝不知所措。还记得官渡战役后，对袁谭、袁尚兄弟所采取的急则相济，缓则相争，促使他们内部生变，然后逐个击破的方针。尤其，克服艰难险阻，付出重大代价，取得击其不备，打败乌桓，也使袁尚、袁熙和外境勾结，骚扰中原的美梦破产，从而统一了北方，使三分之二的中国归于曹操手中。所以，他自己拍板，刘表曾经庞大过，但并未强大过，即使他是死老虎，也要当作真老虎那样对付。

其实，刘备是催动曹操急于打荆州的另外一个原因，因为在官渡大战前，他已经将刘备打零碎了，想不到逃到刘表这里，死灰复燃，又要成势。这个刘备如同当年的吕布一样，成了他的心头之痛。于是，打荆州，目标有二：一是刘表，二是刘备。一个未来的敌人，要比现在的敌人，更值得警惕，何况是煮酒论英雄被他认为同是英雄的刘备呢？

◎张飞为什么不去救他的侄子阿斗，却在那里坐等？

◎从小看大，在赵云铠甲里睡得很香的阿斗，确有"乐不思蜀"的基因。

◎一则古老的民谚："刘备摔孩子，邀买人心"，即出于此。因为刘备的表演太过火了，既不合乎人情，也不近乎常理，过于矫情，于是老百姓也认为他是一种政治表演了。不过，不少政治家出于职业习惯，有一种表演欲，成了毛病，也难改。

却说钟缙、钟绅二人拦住赵云厮杀。赵云挺枪便刺，钟缙当先挥大斧来迎，两马相交，战不三合，被赵云一枪刺落马下，夺路便走。背后钟绅持戟赶来，马尾相衔，那枝戟只在赵云后心内弄影。云急拨转马头，恰好两胸相拍，云左手持枪隔过画戟，右手拔出青釭宝剑砍去，带盔连脑，砍去一半。绅落马而死，馀众奔散。赵云得脱，望长坂桥而走。只闻后面喊声大震，原来文聘引军赶来。赵云到得桥边，人马困乏，见张飞挺矛立马于桥上，云大呼曰："翼德援我！"飞曰："子龙速行，追兵我自当之。"云纵马过桥，行二十馀里，见玄德与众人憩于树下。云下马伏地而泣，玄德亦泣。云喘息而言曰："赵云之罪，万死犹轻。糜夫人身带重伤，不肯上马，投井而死，云只得推土墙掩之。怀抱公子，身突重围，赖主公洪福，幸而得脱。适来公子尚在怀中啼哭，此一会不见动静，多是不能保也。"遂解视之，原来阿斗正睡着未醒。云喜曰："幸得公子无恙。"双手递与玄德。玄德接过，掷之于地曰："为汝这孺子，几损我一员大将！"赵云忙向地下抱起阿斗，泣拜曰："云虽肝脑涂地，不能报也。"后人有诗曰：

曹操军中飞虎出，赵云怀中小龙眠。
无由抚慰忠臣意，故把亲儿掷马前。

却说文聘引军追赵云至长坂桥，只见张飞倒竖虎须，圆睁环眼，手绰蛇矛，立马桥上；又见桥东树林之后，尘头大起，疑有伏兵，便勒住马，不敢近前。俄而曹仁、李典、夏侯惇、夏侯渊、乐进、张辽、张郃、许褚等都至，见飞怒目横矛，立马于桥上，又恐是诸葛孔明之计，都不敢近前。扎住阵脚，一字儿摆在桥西，使人飞报曹操。操闻知，急上马，从阵后来。张飞睁圆环眼，隐隐见后军青罗伞盖、旄钺旌旗来到，料得是曹操心疑，亲自来看。飞乃厉声大喝曰："我乃燕人张翼德也！谁敢与我决一死战？"声如巨雷，曹军闻知，尽皆股栗。曹操急令去其伞盖，回顾左右曰："吾向曾闻云长言：翼德于百万军中取上将之首，如探囊取物。今日相逢，不可轻敌。"言未已，张飞睁目又喝曰："燕人张翼德在此！谁敢来决死战？"曹操见张飞如此气概，颇有退心。飞望见曹操后军阵脚移动，乃挺矛又喝曰："战又不战，退又不退，却是何故？"喊声未绝，曹操身边夏侯杰，惊得肝胆碎裂，倒撞于马下。操便回马而走。于是诸军众将一齐望西逃走。正是：黄口孺子，怎闻霹雳之声；病体樵夫，难听虎豹之吼。一时弃枪落盔者不计其数，人如潮涌，马似山崩，自相践踏。后人有诗赞曰：

> 长坂桥头杀气生，横枪立马眼圆睁。
> 一声好似轰雷震，独退曹家百万兵。

◎火药发明于唐，这就是说，在唐以前，为冷兵器战争时代。但现代人对于千年以前的古人作战方式，十分茫然，几乎全部知识，都来自《三国演义》和其他战争题材的白话小说。其可信程度是要打上很大问号的，因为这些小说最早出现的年代为宋，而宋朝已经进入火药时代，作者所认知的战争已与前代相异，因此，"说三分"所讲三国战争，其真实性，大可怀疑。但张飞的挑战"谁敢来决死战"，和赵云于乱军中寻找阿斗的不断厮杀，大致可以想象到冷兵器战争进入最后混战阶段，那乱象应该是相近的。

◎过分夸张，便不可信。《资治通鉴》上写："操兵无敢近者"，更真实地反映了张飞据水断桥、睁目横矛的勇气。

却说曹操惧张飞之威，骤马望西而走，冠簪尽落，披发奔逃。张辽、许褚赶上，扯住辔环，曹操仓皇失措。张辽曰："丞相休惊。料张飞一人，何足深惧。今急回军杀去，刘备可擒也。"曹操神色方才稍定，乃令张辽、许褚再至长坂桥探听消息。且说张飞见曹军一拥而退，不敢追赶，速唤回原随二十骑，摘去马尾树枝，令将桥梁拆断，然后回马来见玄德，具言断桥一事。玄德曰："吾弟勇则勇矣，惜失于计较。"飞问其故，玄德曰："曹操多谋，汝不合拆断桥梁，彼必追至矣。"飞曰："他被我一喝，倒退数里，何敢再追？"玄德曰："若不断桥，彼恐有埋伏，不敢进兵；今拆断了桥，彼料我无军而怯，必来追赶。彼有百万之众，虽涉江、汉，可填而过，岂惧一桥之断耶？"于是即刻起身，从小路斜投汉津，望沔阳路而走。

◎要知道，做假也是一门学问。拆穿，是要付出代价的。

却说曹操使张辽、许褚探长坂桥消息，回报曰："张飞已拆断桥梁而去矣。"操曰："彼断桥而去，乃心怯也。"遂传令差一万军，速搭三座浮桥，只今夜就要过。李典曰："此恐是诸葛亮之诈谋，不可轻进。"操曰："张飞一勇之夫，岂有诈谋？"遂传下号令，火速进兵。

却说玄德行近汉津，忽见后面尘头大起，鼓声连天，喊声震地。玄德曰："前有大江，后有追兵，如之奈何？"急命赵云准备抵敌。曹操下令军中曰："今刘备釜中之鱼，阱中之虎，若不就此时擒捉，如放鱼入海，纵虎归山矣。众将可努力向前。"众将领命，一个个

奋威追赶。忽山坡后鼓声响处，一队人马飞出，大叫
曰："我在此等候多时了！"当头那员大将，手执青龙
刀，坐下赤兔马，原来是关云长去江夏借得军马一万，
探知当阳长坂大战，特地从此路截出。曹操一见云长，
即勒住马，回顾众将曰："又中诸葛亮之计也！"传令
大军速退。云长追赶十数里，即回军保护玄德等到汉
津，已有船只伺候，云长请玄德并甘夫人、阿斗至船
中坐定。云长问曰："二嫂嫂如何不见？"玄德诉说当
阳之事。云长叹曰："曩日猎于许田时，若从吾意，可
无今日之患。"玄德曰："我于此时亦'投鼠忌器'耳。"

　　正说之间，忽见江南岸战鼓大鸣，舟船如蚁，顺
风扬帆而来。玄德大惊。船来至近，只见一人白袍银
铠，立于船头上大呼："叔父别来无恙？小侄得罪。"
玄德视之，乃刘琦也。刘琦过船哭拜曰："闻叔父困
于曹操，小侄特来接应。"玄德大喜，遂合兵一处，
放舟而行。在船中正诉情由，江西南上战船一字儿摆
开，乘风嗖哨而至。刘琦惊曰："江夏之兵，小侄已
尽起至此矣。今有战船拦路，非曹操之军，即江东之
军也，如之奈何？"玄德出船头视之，见一人纶巾道
服，坐在船头上，乃孔明也。背后立着孙乾。玄德
慌请过船，问其何故却在此。孔明曰："亮自至江夏，
先令云长于汉津登陆地而接。我料曹操必来追赶，主
公必不从江陵来，必斜取汉津矣。故特请公子先来接
应，我竟往夏口，尽起军前来相助。"玄德大悦，合

◎有的浅薄之人对于自己的一点业
绩，总是念念不忘，常常挂在嘴边，
生怕人家不知道。

◎船上两番三次惊吓，纯系庸人自
扰。其实关羽早已了解，都是孔明一
手安排，为什么不对刘备透露，而大
谈许田围猎？难道因为那时他与刘
备之间没有一个诸葛亮？总之，他的
这种心态，很怪。

◎据考证，当时双方的兵力：大约北兵是十五六万，荆州的兵有七八万，合计共二十余万。刘备一方面，合水陆兵人有万人，刘琦手下的江夏兵，亦有一万。周瑜、程普的兵，《三国志》上有的地方说各有万人，有的地方又说共有三万，大率鲁肃手下还有些人，合计共有三万。孙刘之兵约为五万。两方的兵力，约系一与五之比。（吕思勉：《三国史话》）

为一处，商议破曹之策。孔明曰：“夏口城险，颇有钱粮，可以久守，请主公且到夏口屯住。公子自回江夏，整顿战船，收拾军器，为掎角之势，可以抵当曹操。若共归江夏，则势反孤矣。”刘琦曰：“军师之言甚善。但愚意欲请叔父暂至江夏，整顿军马停当，再回夏口不迟。”玄德曰：“贤侄之言亦是。”遂留下云长，引五千军守夏口。玄德、孔明、刘琦共投江夏。

却说曹操见云长在旱路引军截出，疑有伏兵，不敢来追；又恐水路先被玄德夺了江陵，便星夜提兵赴江陵来。荆州治中邓义、别驾刘先，已备知襄阳之事，料不能抵敌曹操，遂引荆州军民出郭投降。曹操入城，安民已定，释韩嵩之囚，加为大鸿胪。其馀众官，各有封赏。曹操与众将议曰：“今刘备已投江夏，恐结连东吴，是滋蔓也。当用何计破之？”荀攸曰：“我今大振兵威，遣使驰檄江东，请孙权会猎于江夏，共擒刘备，分荆州之地，永结盟好。孙权必惊疑而来降，则吾事济矣。”操从其计，一面发檄遣使赴东吴，一面计点马步水军，共八十三万，诈称一百万，水陆并进，船骑双行，沿江而来。西连荆、陕，东接蕲、黄，寨栅联络三百馀里。

话分两头。却说江东孙权屯兵柴桑郡，闻曹操大军至襄阳，刘琮已降，今又星夜兼道取江陵，乃集众谋士商议御守之策。鲁肃曰：“荆州与国邻接，江山险固，士民殷富，吾若据而有之，此帝王之资也。

今刘表新亡，刘备新败，肃请奉命往江夏吊丧，因说刘备使抚刘表众将，同心一意，共破曹操。备若喜而从命，则大事可定矣。"权喜从其言，即遣鲁肃赍礼往江夏吊丧。

　　却说玄德至江夏，与孔明、刘琦共议良策。孔明曰："曹操势大急难抵敌，不如往投东吴孙权，以为应援。使南北相持，吾等于中取利，有何不可？"玄德曰："江东人物极多，必有远谋，安肯相容耶？"孔明笑曰："今操引百万之众，虎踞江、汉，江东安得不使人来探听虚实？若有人到此，亮借一帆风，直至江东，凭三寸不烂之舌，说南北两军互相吞并。若南军胜，共诛曹操以取荆州之地；若北军胜，则我乘胜以取江南可也。"玄德曰："此论甚高。但如何得江东人到？"正说间，人报江东孙权差鲁肃来吊丧，船已傍岸。孔明笑曰："大事济矣！"遂问刘琦曰："往日孙策亡时，襄阳曾遣人去吊丧否？"琦曰："江东与我家有杀父之仇，安得通庆吊之礼？"孔明曰："然则鲁肃此来，非为吊丧，乃来探听军情也。"遂谓玄德曰："鲁肃至，若问曹操动静，主公只推不知。再三问时，主公只说可问诸葛亮。"计会已定，使人迎接鲁肃。

　　肃入城吊丧，收过礼物，刘琦请肃与玄德相见。礼毕，邀入后堂饮酒。肃曰："久闻皇叔大名，无缘拜会，今幸得见，实为欣慰。近闻皇叔与曹操会战，必知彼虚实，敢问操军约有几何？"玄德曰："备兵微将

◎只怕北军胜了，就容不得乘势以取江南了，这是诸葛亮想得美。不过由此可以断定，任何政治、军事、经济上的联盟，都是各怀心腹事，自己的利害得失总是第一位的。

◎王夫之认为曹操官渡之战所以胜，而赤壁之战所以败，虽然他指出"操之兵众，众则骄，瑜之兵寡，寡则奋"。其实最主要的原因，"操之破绍，非战而胜也，固守以老绍之师而乘其蔽也。以此施之吴则左矣，吴凭江而守，矢石不及，举全吴以馈一军，而粮运于无虑之地，愈守则兵愈增，粮愈足，而人气愈壮，欲老吴而自先老，又其一也"。这就证明，在家门口打仗，与千里迢迢地远征，到底是不一样的。

◎同盟，从来是建立在互相需要的基础之上的。

寡，一闻操至即走，竟不知彼虚实。"鲁肃曰："闻皇叔用诸葛孔明之谋，两场火烧得曹操魂亡胆落，何言不知耶？"玄德曰："除非问孔明，便知其详。"肃曰："孔明安在？愿求一见。"玄德教请孔明出来相见。

肃见孔明礼毕，问曰："向慕先生才德，未得拜晤。今幸相遇，愿闻目今安危之事。"孔明曰："曹操奸计，亮已尽知，但恨力未及，故且避之。"肃曰："皇叔今将止于此乎？"孔明曰："使君与苍梧太守吴臣有旧，将往投之。"肃曰："吴臣粮少兵微，自不能保，焉能容人？"孔明曰："吴臣处虽不足久居，今且暂依之，别有良图。"肃曰："孙将军虎踞六郡，兵精粮足，又极敬贤礼士，江东英雄，多归附之。今为君计，莫若遣心腹往结东吴，以共图大事。"孔明曰："刘使君与孙将军自来无旧，恐虚费词说，且别无心腹之人可使。"肃曰："先生之兄，现为江东参谋，日望与先生相见。肃不才，愿与公同见孙将军，共议大事。"玄德曰："孔明是吾之师，顷刻不可相离，安可去也？"肃坚请孔明同去，玄德佯不许。孔明曰："事急矣，请奉命一行。"玄德方才许诺。鲁肃遂别了玄德、刘琦，与孔明登舟，望柴桑郡来。正是：

只因诸葛扁舟去，致使曹兵一旦休。

不知孔明此去毕竟如何，且看下文分解。

　　打顺手了，便无往而不利，这种赢者通吃、胜者为王的战争，并不罕见。恺撒登上北非大陆，他说："到了，见了，胜了。"不可一世，然而不久，被人刺死。大食国战胜唐朝，夺得葱岭以西，成为偌大帝国，不久，整个国家分裂。看来连续胜利，会对统帅产生极大的冒险诱惑和再赌一把的勇气。好运总是站在胜方，这也是屡见不鲜的事情。经过官渡大战的得心遂意，经过征讨乌桓的势如破竹，经过江夏一役俘获了刘表水师，经过汉津围歼刘备"作鸟兽散"的全胜，"毕其功于一役"的曹操，进行这场赤壁大战，就几乎没有什么顾虑了。

　　但是，战争是以生命为赌注的游戏，复杂多端，变化万千，即使在冷兵器时代，也没有永远不败的无敌将军。因为每场战争，从开始到结束，必受其时间、空间、对手、实力诸多客观条件的制约。而这些外部因素又受主、客双方部队物质和精神状态制约，赢的会输，输的会赢，强的会弱，弱的会强，这是一个不断变化的过程，也是需要不断预见，不断发现，不断适应，不断改变的过程。

　　曹操眼中的赤壁之战，与史官陈寿眼中的赤壁之战，不是一回事，也与你我大家心目中的赤壁之战，完全不一样。我们认为，赤壁之战是曹操一蹶不振的开始；陈寿认为，赤壁之战是曹操一生吃过的最大一次败仗；而曹操认为，赤壁之战是他官渡之战的翻版，只是因为没有郭嘉，未能穷追猛打，将刘备、孙权像袁尚、袁熙一样彻底珍灭而已。其实，战争乃实力的较量，乃智谋的竞赛，战争更是一种高强度的体力消耗，说白了，乃体力活也。曹操这年五十四岁，他还有力气打下一场大战么？这才是他最不甘心处。

第四十三回

诸葛亮舌战群儒
鲁子敬力排众议

　　《三国演义》这部小说在文学史上的最大功绩，就是塑造了两个成功人物，一个是关羽，一个便是诸葛亮了。前者成为万民敬仰的神，后者成为中国人心目中最贤明的辅国大臣。因为在老百姓看来，历史的经验也在告诉他们，一朝一代，皇帝弱一点，也许无大关系。但国家如家，倘若没有一位治国能臣，也就是宰相即丞相，俗称的当家人，老百姓的岁月恐怕就会过得不很滋润了。

　　三顾茅庐，为诸葛亮的出场造足了势，这一场舌战群儒，彻底动摇了东吴文臣的投降心理，提高了孙权的主战意识，促成吴、蜀政治结盟，他的雄辩口才，他的智多识广，他的敏捷反应，他的浩然正气，以及随之而来的赤壁鏖战中，以少击多，以弱击强，打退曹操八十三万人马，终于出现了他所期盼的鼎足三分的局面。最重要的，让他辅佐的刘备，得以立足在三国纷乱的战局中，站住脚，不再走投无路。

　　在中国长期封建社会的最高统治层面，好的皇帝，是罕有物件。中国一共有多少皇帝，有人统计过，从秦王嬴政起到清末溥仪止，将近五百位。但你能一口气说上五位明君，而且，经得起推敲，那就不容易了。因此，人们并不期望英主的降临，更盼望有一个大贤大能的丞相。所以对于管仲、乐毅、张良、萧何这类艰苦立业、励志图强、外御内安、国富民康的治臣贤相，后人褒美礼赞之词，甚于他们辅佐的那些君主。秦二世若非赵高，唐玄宗若非李林甫，宋徽宗若非蔡京，明熹宗若非魏忠贤的话，也许中国史又是另外一种写法了。

　　一般来说，中国当皇帝的人，由于"唯辟作威，唯辟作福"的缘故，遂也容易产生种种程度不同的恶，若不加以抑制的话，所造成的灾难性的后果，必是老百姓埋单。所以，一人之下万人之上的良相，常常起到皇帝和他的子民之间的调节器的作用。在封建社会里，君权和相权，既互相作为，也互相制约。加之历朝历代的皇帝，无能者多，除一些开国之君称得上英主外，其余治国有方的，真是屈指可数。实际治理国家的还是丞相，只要皇帝把心思用在三宫六院上，倒是小民之福了。

　　所以，自古至今，哪朝哪代没有"丞相"这个内阁重职呢？但泛提"丞相"二字，人们想到的准是诸葛亮。杜甫诗云："丞相祠堂何处寻？锦官城外柏森森。"正表明了这两个字在某种程度上的专属意义。

却说鲁肃、孔明辞了玄德、刘琦，登舟望柴桑郡来。二人在舟中共议。鲁肃谓孔明曰："先生见孙将军，切不可实言曹操兵多将广。"孔明曰："不须子敬叮咛，亮自有对答之语。"及船到岸，肃请孔明于馆驿中暂歇，先自往见孙权。权正聚文武于堂上议事，闻鲁肃回，急召入问曰："子敬往江夏，体探虚实若何？"肃曰："已知其略，尚容徐禀。"权将曹操檄文示肃曰："操昨遣使赍文至此，孤先发遣来使，现今会众商议未定。"肃接檄文观看，其略曰：

> 孤近承帝命，奉辞伐罪。旌麾南指，刘琮束手；荆襄之民，望风归顺。今统雄兵百万，上将千员，欲与将军会猎于江夏，共伐刘备，同分土地，永结盟好。幸勿观望，速赐回音。

鲁肃看毕曰："主公尊意若何？"权曰："未有定论。"张昭曰："曹操拥百万之众，借天子之名以征四方，拒之不顺。且主公大势可以拒操者，长江也。今操既得荆州，长江之险，已与我共之矣，势不可敌。以愚之计，不如纳降，为万安之策。"众谋士皆曰："子布之言，正合天意。"孙权沉吟不语。张昭又曰："主公不必多疑。如降操，则东吴民安，江南六郡可保矣。"孙权低头不语。

◎这封信很不策略，舆论攻势是起到了。但敌人是两个，没有道理将孙权、刘备同时推上断头台，这封信只能促使那二人更加抱团。抱团，未必能不死，不抱团则死定，显然，这是曹操没有想到的反效果。不过，太得胜的军事统帅，有点狂，很正常，解决刘表，是他解决袁绍之后，第一心腹要事，也是他早就提到日程上的举国大事。他的谋士集团，除了郭嘉，都是书读太多，疑神见鬼，对他志于一统的规划，深以为乃这奸雄的花招，说说玩的。其实这是历史的误解，曹操不想篡汉，他上任第一天不篡，他伸腿瞪眼那一天也没篡，凭什么说他篡汉？如果说早先的中国人说他篡汉，是中了《三国演义》的毒，那么，现在中国人仍旧说他篡汉，唯物史观白宣传几十年了。难道一个人长了一张强盗脸，千秋万代都要当嫌疑犯吗？

◎东吴首席谋士竟是主降派，众谋士无一主战者，吴下诸公竟心惊胆战如此？也许知识分子过于脆弱的神经，容易被来势汹汹的语言恫吓，吓得惊惶失措。一枪未响，就要竖白旗了。

须臾，权起更衣，鲁肃随于权后。权知肃意，乃执肃手而言曰："卿欲如何？"肃曰："恰才众人所言，深误将军。众人皆可降曹操，唯将军不可降曹操。"权曰："何以言之？"肃曰："如肃等降操，当以肃还乡党，累官故不失州郡也。将军降操，欲安所归乎？位不过封侯，车不过一乘，骑不过一匹，从不过数人，岂得南面称孤哉！众人之意，各自为己，不可听也。将军宜早定大计。"权叹曰："诸人议论，大失孤望。子敬开说大计，正与吾见相同，此天以子敬赐我也。但操新得袁绍之众，近又得荆州之兵，恐势大难以抵敌。"肃曰："肃至江夏，引诸葛瑾之弟诸葛亮在此，主公可问之，便知虚实。"权曰："卧龙先生在此乎？"肃曰："现在馆驿中安歇。"权曰："今日天晚，且未相见。来日聚文武于帐下，先教见我江东英俊，然后升堂议事。"肃领命而去。

次日，至馆驿中见孔明，又嘱曰："今见我主，切不可言曹操兵多。"孔明笑曰："亮自见机而变，决不有误。"肃乃引孔明至幕下，早见张昭、顾雍等一班文武二十馀人，峨冠博带，整衣端坐。孔明逐一相见，各问姓名，施礼已毕，坐于客位。

张昭等见孔明丰神飘洒，器宇轩昂，料道此人必来游说。张昭先以言挑之曰："昭乃江东微末之士，久闻先生高卧隆中，自比管、乐，此语果有之乎？"孔明曰："此亮平生小可之比也。"昭曰："近闻刘豫

◎主，不能降，国，当然也就不降了。鲁肃辩才，堪称一流。

州三顾先生于草庐之中，幸得先生，以为如鱼得水，思欲席卷荆襄。今一旦以属曹操，未审是何主见？"孔明自思张昭乃孙权手下第一个谋士，若不先难倒他，如何说得孙权？遂答曰："吾观取汉上之地，易如反掌。我主刘豫州躬行仁义，不忍夺同宗之基业，故力辞之。刘琮孺子，听信佞言，暗自投降，致使曹操得以猖獗。今我主屯兵江夏，别有良图，非等闲可知也。"

昭曰："若此，是先生言行相违也。先生自比管、乐。管仲相桓公，霸诸侯，一匡天下；乐毅扶持微弱之燕，下齐七十馀城：此二人者，真济世之才也。先生在草庐之中，但笑傲风月，抱膝危坐；今既从事刘豫州，当为生灵兴利除害，剿灭乱贼。且刘豫州未得先生之时，尚且纵横寰宇，割据城池。今得先生，人皆仰望，虽三尺童蒙，亦谓彪虎生翼，将见汉室复兴，曹氏即灭矣。朝廷旧臣，山林隐士，无不拭目而待，以为拂高天之云翳，仰日月之光辉，拯民于水火之中，措天下于衽席之上，在此时也。何先生自归豫州，曹兵一出，弃甲抛戈，望风而窜。上不能报刘表以安庶民，下不能辅孤子而据疆土，乃弃新野，走樊城，败当阳，奔夏口，无容身之地。是豫州既得先生之后，反不如其初也。管仲、乐毅，果如是乎？愚直之言，幸勿见怪！"

孔明听罢，哑然而笑曰："鹏飞万里，其志岂群

◎杜甫诗云："挽弓当挽强，擒贼先擒王"。舌战群儒，其实只战孙权一人而已，将这班谋士难倒，也就等于说服孙权。其实谋士所怕，也是孙权所怕，怕什么？怕曹操的八十三万人马。曹操是军事家，也是政治家，他深谙宣传之道，夸张声势，先声夺人，造足气氛，打心理战，也是克敌制胜的一法。所以鲁肃劝诸葛亮不要强调曹操实力，以免吓着孙权。但诸葛亮却大做反面文章，结论便是，唯有"与中国抗衡"，否则只有"北面而事之"的一种选择而已。俯首称臣，对一国之主来说，那可真是太痛苦了。鲁肃也说，众人皆可降曹，唯将军不可降曹，因为我们这些文武官吏，降曹之后仍然可以易君事曹，官品不丢，俸禄不减。将军要降了，还能南面为王吗？所以，孙权决定战。诸葛亮的舌战群儒，遂千古流传。

◎不禁语塞，但又不能语塞。

◎自负又何妨?

鸟能识哉?譬如人染沉疴,当先用糜粥以饮之,和药以服之;待其腑脏调和,形体渐安,然后用肉食以补之,猛药以治之,则病根尽去,人得全生也。若不待气脉和缓,便投以猛药厚味,欲求安保,诚为难矣。吾主刘豫州,向日军败于汝南,寄迹刘表,兵不满千,将止关、张、赵云而已,此正如病势怔羸已极之时也。新野山僻小县,人民稀少,粮食鲜薄,豫州不过暂借以容身,岂真将坐守于此耶?夫以甲兵不完,城郭不固,军不经练,粮不继日,然而博望烧屯,白河用水,使夏侯惇、曹仁辈心惊胆裂:窃谓管仲、乐毅之用兵,未必过此。至于刘琮降操,豫州实出不知,且又不忍乘乱夺同宗之基业,此真大仁大义也。当阳之败,豫州见有数十万赴义之民,扶老携幼相随,不忍弃之,日行十里,不思进取江陵,甘与同败,此亦大仁大义也。寡不敌众,胜负乃其常事。昔高皇数败于项羽,而垓下一战成功,此非韩信之良谋乎?夫信久事高皇,未尝累胜。盖国家大计,社稷安危,是有主谋。非比夸辩之徒,虚誉欺人,坐议立谈,无人可及,临机应变,百无一能,诚为天下笑耳。"这一篇言语,说得张昭并无一言回答。

座间忽一人抗声问曰:"今曹公兵屯百万,将列千员,龙骧虎视,平吞江夏,公以为何如?"孔明视之,乃虞翻也。孔明曰:"曹操收袁绍蚁聚之兵,劫刘表乌合之众,虽数百万不足惧也。"虞翻冷笑曰:

"军败于当阳，计穷于夏口，区区求救于人，而犹言不惧，此真大言欺人也。"孔明曰："刘豫州以数千仁义之师，安能敌百万残暴之众？退守夏口，所以待时也。今江东兵精粮足，且有长江之险，犹欲使其主屈膝降贼，不顾天下耻笑。由此论之，刘豫州真不惧操贼者矣！"虞翻不能对。

◎戳痛其心理弱点，最为有效。

座间又一人问曰："孔明欲效仪、秦之舌，游说东吴耶？"孔明视之，乃步骘也。孔明曰："步子山以苏秦、张仪为辩士，不知苏秦、张仪亦豪杰也。苏秦佩六国相印，张仪两次相秦，皆有匡扶人国之谋，非比畏强凌弱，惧刀避剑之人也。君等闻曹操虚发诈伪之词，便畏惧请降，敢笑苏秦、张仪乎？"步骘默然无语。

忽一人问曰："孔明以曹操何如人也？"孔明视其人，乃薛综也。孔明答曰："曹操乃汉贼也，又何必问？"综曰："公言差矣。汉传世至今，天数将终。今曹公已有天下三分之二，人皆归心。刘豫州不识天时，强欲与争，正如以卵击石，安得不败乎？"孔明厉声曰："薛敬文安得出此无父无君之言乎？夫人生天地间，以忠孝为立身之本。公既为汉臣，则见有不臣之人，当誓共戮之，臣之道也。今曹操祖宗叨食汉禄，不思报效，反怀篡逆之心，天下之所共愤。公乃以天数归之，真无父无君之人也！不足与语，请勿复言！"薛综满面羞惭，不能对答。

◎凡是一场政策大辩论，真理常在少数人手里，否则也就无须舌剑唇枪了。特别在强敌逼境下有关和战的定夺，在中国，主和派从来是压倒主战派的。这个世界上，再没有比国人更爱惜自己的坛坛罐罐了。

◎诸葛亮此行,也是孤注一掷,别无他路可走的最后一招,东吴要是不抵抗的话,刘、关、张和他只有南下苍梧,投奔吴臣,永无出头之日了,所以,这场大辩论,他只能赢,不能输。哪怕强词夺理,也要在气势上压倒对方。

座上又一人应声问曰:"曹操虽挟天子以令诸侯,犹是相国曹参之后;刘豫州虽云中山靖王苗裔,却无可稽考,眼见只是织席贩屦之夫耳,何足与曹操抗衡哉!"孔明视之,乃陆绩也。孔明笑曰:"公非袁术座间怀橘之陆郎乎?请安坐,听吾一言!曹操既为曹相国之后,则世为汉臣矣。今乃专权肆横,欺凌君父,是不唯无君,亦且蔑祖;不唯汉室之乱臣,亦曹氏之贼子也。刘豫州堂堂帝胄,当今皇帝按谱赐爵,何云无可稽考?且高祖起身亭长,而终有天下。织席贩屦,又何足为辱乎?陆公小儿之见,不足与高士共语。"陆绩语塞。

座上一人忽曰:"孔明所言,皆强词夺理,均非正论,不必再言。且请问孔明治何经典?"孔明视之,乃严畯也。孔明曰:"寻章摘句,世之腐儒也,何能兴邦立事?且古耕莘伊尹,钓渭子牙,张良、陈平之流,邓禹、耿弇之辈,皆有匡扶宇宙之才,未审其平生治何经典;岂亦效书生区区于笔砚之间,数黑论黄,舞文弄墨而已乎?"严畯低头丧气而不能对。

忽又一人大声曰:"公好为大言,未必真有实学,恐适为儒者所笑耳。"孔明视其人,乃汝南程德枢也。孔明答曰:"儒有君子小人之别:君子之儒,忠君爱国,守正恶邪,务使泽及当时,名留后世;若夫小人之儒,唯务雕虫,专工翰墨,青春作赋,皓首穷经,笔下虽有千言,胸中实无一策。且如扬雄以文章名世，而屈身事莽，不免投阁而死，此所谓小人之儒也。虽日赋万言，亦何取哉！"程德枢不能对。众人见孔明对答如流，尽皆失色。

时座上张温、骆统二人，又欲问难。忽一人自外而入，厉声言曰："孔明乃当世奇才，君等以唇舌相难，非敬客之礼也。曹操大军临境，不思退敌之策，乃徒斗口耶！"众视其人，乃零陵人，姓黄名盖，字公覆，现为东吴粮官。当时黄盖谓孔明曰："愚闻多言获利，不如默而无言。何不将金石之论为我主言之，乃与众人辩论也？"孔明曰："诸君不知世务，互相问难，不容不答耳。"于是黄盖与鲁肃引孔明入，至中门，正遇诸葛瑾，孔明施礼。瑾曰："贤弟既到江东，如何不来见我？"孔明曰："弟既事刘豫州，理宜先公后私。公事未毕，不敢及私。望兄见谅。"瑾曰："贤弟见过吴侯，却来叙话。"说罢自去。

鲁肃曰："适间所嘱，不可有误。"孔明点头应诺。引至堂上，孙权降阶而迎，优礼相待。施礼毕，赐孔明坐。众文武分两行而立。鲁肃立于孔明之侧，只看他讲话。孔明致玄德之意毕，偷眼看孙权，碧眼紫须，堂堂一表。孔明暗思："此人相貌非常，只可激，不可说。等他问时，用言激之便了。"献茶已毕，孙权曰："多闻鲁子敬谈足下之才，今幸得相见，敢求教益。"孔明曰："不才无学，有辱明问。"权曰："足下近在新野，佐刘豫州与曹操决战，必深知彼军虚实。"孔明曰："刘豫州

◎小人之儒，从不在脸上写出来，所以他们没有一个像扬雄那样投阁而死？

◎诸葛一姓，在三分天下中，各得其所，各事其主，各忠其国，不受亲情影响。看来古人讲究人格和气节的完整，甚于后人。所以，像诸葛瑾所说的伯夷、叔齐那样"不食周粟"而饿死在首阳山上的"傻瓜"，便再也见不着了。

◎凡做任何事情，要想达到某种目标，必须针对不同对象，采取不同措施，应急临变，千招万式，因时因地，不必拘泥。只有那些僵死的笨伯，才会死抱着一本书、一套话、一个腔调、一种方法，一条道走到黑的。

◎《三国志》载周瑜说服孙权："今使北上已安，操无内忧，能旷日持久，来争疆场，又能与我校胜负于船楫间乎？今北上既未平安，加马超、韩遂尚在关西，为操后患。且舍鞍马，仗舟楫，与吴越争衡，本非中国所长，又今盛寒，马无蒿草，驱中国士众远涉江湖之间，不习水土，必生疾病。此数四者，用兵之患也，而操皆冒行之，将军禽操，宜在今日。"他的意见，孙权似信似疑，起到决定性的作用的，还是鲁肃那句，我们都可以降，独你不可以降，我们降了，原职原薪，你要降了，曹操会让你做江东之主吗？

兵微将寡，更兼新野城小无粮，安能与曹操相持？"权曰："曹兵共有多少？"孔明曰："马步水军，约有一百馀万。"权曰："莫非诈乎？"孔明曰："非诈也。曹操就兖州已有青州军二十万；平了袁绍，又得五六十万；中原新招之兵三四十万；今又得荆州之兵二三十万：以此计之，不下一百五十万。亮以百万言之，恐惊江东之士也。"鲁肃在旁，闻言失色，以目视孔明，孔明只做不见。权曰："曹操部下战将，还有多少？"孔明曰："足智多谋之士，能征惯战之将，何止一二千人！"权曰："今曹操平了荆、楚，复有远图乎？"孔明曰："即今沿江下寨，准备战船，不欲图江东，待取何地？"权曰："若彼有吞并之意，战与不战，请足下为我一决。"孔明曰："亮有一言，但恐将军不肯依。"权曰："愿闻高论。"

孔明曰："向者宇内大乱，故将军起江东，刘豫州收众汉南，与曹操并争天下。今曹操芟除大难，略已平矣。近又新破荆州，威震海内，纵有英雄，无用武之地，故豫州遁逃至此。愿将军量力而处之：若能以吴、越之众，与中国抗衡，不如早与之绝；若其不能，何不从众谋士之论，按兵束甲，北面而事之？"权未及答，孔明又曰："将军外托服从之名，内怀疑贰之见，事急而不断，祸至无日矣。"权曰："诚如君言，刘豫州何不降操？"孔明曰："昔田横，齐之壮士耳，犹守义不辱；况刘豫州王室之胄，英才盖世，众士仰慕。事之不济，此乃天也，又安能屈处人下乎？"

孙权听了孔明此言，不觉勃然变色，拂衣而起，退入后堂。众皆哂笑而散。鲁肃责孔明曰："先生何故出此言？幸是吾主宽洪大度，不即面责。先生之言，藐视吾主甚矣。"孔明仰面笑曰："何如此不能容物耶！我自有破曹之计，汝不问我，我故不言。"肃曰："果有良策，肃当请主公求教。"孔明曰："吾视曹操百万之众，如群蚁耳。但我一举手，则皆为齑粉矣。"

肃闻言，便入后堂见孙权。权怒气未息，顾谓肃曰："孔明欺吾太甚！"肃曰："臣亦以此责孔明，孔明反笑主公不能容物。破曹之策，孔明不肯轻言，主公何不求之？"权回嗔作喜曰："原来孔明有良谋，故以言词激我。我一时浅见，几误大事。"便同鲁肃重复出堂，再请孔明叙话。权见孔明，谢曰："适来冒渎威严，幸勿见罪。"孔明亦谢曰："亮言语冒犯，望乞恕罪。"权邀孔明入后堂，置酒相待。

数巡之后，权曰："曹操平生所恶者，吕布、刘表、袁绍、袁术、豫州与孤耳。今数雄已灭，独豫州与孤尚存。孤不能以全吴之地受制于人，吾计决矣。非刘豫州莫与当曹操者，然豫州新败之后，安能抗此难乎？"孔明曰："豫州虽新败，然关云长犹率精兵万人；刘琦领江夏战士，亦不下万人。曹操之众，远来疲惫，近追豫州，轻骑一日夜行三百里，此所谓'强弩之末，势不能穿鲁缟'者也。且北方之人，不习水战。荆州士民附操者，迫于势耳，非本心也。今将军

◎曹操的精神攻势，所谓八十三万人马下江南，确实是吓坏了东吴一些人的。战争从来都是实力的较量，所以，对于敌方的虚实，是不能不在意的。

◎来势汹汹中有多少虚张声势的成分？杀气冲天中有多少扩大宣传的效果？是真老虎，还是假老虎，或者只不过是纸老虎，这都需要透过表面现象看本质的一双眼睛，认清并看穿的。生活中难免要碰到一些有点资历，有点本钱，有点后台，或者有点学问的对手。其实也许并非对手，说对手还是抬举了他，只不过是站在对面的人而已，这时候，你就要冷静了，稳住你的自信，守住你的尊严，平和对待，从容处置，从其虚张声势中，窥其真情实况，从其肢体动作中，睹其内心动态，实者自实，虚者自虚，记住诸葛亮的话，强弩之末，鲁缟难穿，时间在你这边，主动在你这边，兵来将挡，水来土掩，你安如泰山，你稳如磐石，即使真有八十三万人马，不也赤壁大败而归？

诚能与豫州协力同心，破曹军必矣。操军破，必北还，则荆、吴之势强，而鼎足之形成矣。成败之机，在于今日，唯将军裁之。"权大悦曰："先生之言，顿开茅塞。吾意已决，更无他疑。即日商议起兵，共灭曹操。"遂令鲁肃将此意传谕文武官员，就送孔明于馆驿安歇。

张昭知孙权欲兴兵，遂与众议曰："中了孔明之计也。"急入见权曰："昭等闻主公将兴兵与曹操争锋，主公自思比袁绍若何？曹操向日兵微将寡，尚能一鼓克袁绍；何况今日抚百万之众南征，岂可轻敌？若听诸葛亮之言，妄动甲兵，此谓负薪救火也。"孙权只低头不语。顾雍曰："刘备因为曹操所败，故欲借我江东之兵以拒之，主公奈何为其所用乎？愿听子布之言。"孙权沉吟未决。张昭等出，鲁肃入见曰："适张子布等又劝主公休动兵，力主降议，此皆全躯保妻子之臣，自为谋之计耳，愿主公勿听也。"孙权尚在沉吟。肃曰："主公若迟疑，必为众人误矣。"权曰："卿且暂退，容我三思。"肃乃退出。时武将或有要战的，文官都是要降的，议论纷纷不一。

且说孙权退入内室，寝食不安，犹豫不决。吴国太见权如此，问曰："何事在心，寝食俱废？"权曰："今曹操屯兵于江、汉，有下江南之意。问诸文武，或欲降者，或欲战者。欲待战来，恐寡不敌众；欲待降来，又恐曹操不容。因此犹豫不决。"吴国太曰："汝何不记吾姐临终之语乎？"孙权如醉方醒，似梦初觉，想出这句话来。正是：

> 追思国母临终语，引得周郎立战功。

毕竟说着甚的，且看下文分解。

　　东汉建安十三年（208），曹操五十三岁，在赤壁发动了一场大战。这是他将黄河流域的各路诸侯，大漠朔方的各族渠首，统统打趴在地以后，腾出手来收拾长江流域强敌，一次乘胜追击的决定性行动。曹操是强悍的政治家，是善战的军事家。官渡之战，结束中原分割，赤壁之战，结束长江分治，只有这样才是黄巾起事以前中国的样子，也是他二十多年的努力追求。只是可惜这位英雄选择的战机，无论在天时上，在地利上，在人和上，都不是最佳状态。现在也弄不懂他为什么如此着急，等上两三个月，春暖花开之际，再求一战，有何不可？习凿齿在《汉晋春秋》里形容这次赤壁之败："昔齐桓一矜其功而叛者九国，曹操暂自骄伐而天下三分。皆勤之于数十年之内，而弃之于俯仰之顷，岂不惜乎！"习凿齿是东晋史官，以骨鲠直言，留名青史。东晋的格局，在北方苻坚的压迫下，有点类似蜀汉的局促，故而他这部史学著作特别反曹而同情蜀汉。定曹操为篡逆者，是从他这部书开始，而到宋代，"以蜀绍汉"说才正式流传。所以注《三国志》的裴松之，对习凿齿的结论也多不以为然，其实，他对曹操的评价，"勤之于数十年之内"，倒是表明曹操确实是志在统一的。

　　现在分析起来，曹操要打这一仗，自是势所必然，他做了相当的打仗准备，也是众所周知。虽然他对于对手的估计，对于时机的把握，对于水战的经验，对于人心的动向，都有尚待完善和谋划不够之处，但是一个接连打胜仗的统帅，更容易迷信武力解决问题。这也是西方古罗马帝国之败亡，东方秦帝国之覆灭的历史证实了的。这既是统帅太过自负的性格悲剧，也是一支打了胜仗的军队很轻易地就能发动下一场战争的惯性作用。成功使人骄傲，胜利使人膨胀，立不世之功的自我期许，能使人觉得掉一回脑袋也值得的。

　　苏东坡谪放湖北黄州任上，游赤壁，作《念奴娇》，"大江东去，浪淘尽千古风流人物"，这里包含着事物发展的辩证法。强，可以变弱；弱，可以转强：赢了今天，不一定能赢明天；输了今天，并不一定明天也输。

第四十四回

孔明用智激周瑜
孙权决计破曹操

如果说，曹操打官渡之战是逼上梁山，他不打，别人也要打他。袁绍看到对手在急速膨胀，开始对其形成威胁，若不趁早下手的话，势必要对他低头认输。曹操当然是要跟袁绍交手的，但按其实力，一与六之比，显然，现在不是时候，最好再延迟几年，等翅膀长硬了，就敢应战。然而，袁绍等不及，千军万马，强敌压境，曹操哪是甘拜下风之人，打也得打，不打也得打，与其如此，不能不好好打。而曹操打赤壁之战，正好与官渡之战相反，此刻他是当年的袁绍，膀大腰圆，身强力壮，而孙权可不是当年的曹操，其军事实力甚至不如当年曹操相比袁绍的六分之一。

现在，曹操扮演当年袁绍这个角色，可不同的是，袁绍当时有的紧迫感，此刻的曹操，并无被孙权压迫的感觉，只是想不到的胜利，改变了他的计划，而"毕其功于一役"的诱惑，使他将五年后的战争提前施行罢了。正如当年袁绍讨曹，沮授曾经劝过，你着什么急，你什么都不做，干熬着，硬拖着，也能将曹操耗死。你财大气粗，他本小利薄，你有的是时间，他是撑不住你的。现在，同样的话，又在曹操耳边响起，《三国志》的《贾诩传》中，有如此一节："建安十三年，太祖破荆州，欲顺江东下。诩谏曰：'明公昔破袁氏，今收汉南，威名远著，军势既大；若乘旧楚之饶，以飨吏士，抚安百姓，使安士乐业，则可不劳众而江东稽服矣。'太祖不从，军遂无利。"因为时间对曹操来讲，"对酒当歌，人生几何？譬如朝露，去日苦多"。那种来日无多的感觉，更具有迫切性，再说，不世功名的诱惑，对英雄而言，那也是不可抵挡的。

然而，孙权其实既不想，也不敢打这一仗的。东吴自立国以来，不曾打过大仗，何况曹操声势浩大的八十三万兵马，着实吓人。大军压境，生死关头，也就有了这场答辩会。所以，鲁肃把诸葛请到江东，因为他刚刚与曹操交过手，知道曹营的虚实，希望他来做孙权的工作，结果，孔明反其道而行之，不但没有按照鲁肃的脚本，反而大大夸张了曹营的厉害，让鲁肃暗中叫苦不迭。他哪了解诸葛亮的高明，诸葛亮明白，他面对的虽是东吴的文官，其实是在幕后旁听的孙权。文官之问，正是孙权所想，孔明之辩，也是给孙权释惑解疑。

却说吴国太见孙权疑惑不决，乃谓之曰："先姊遗言云：'伯符临终有言：内事不决问张昭，外事不决问周瑜。'今何不请公瑾问之？"权大喜，即遣使往鄱阳请周瑜议事。原来周瑜在鄱阳湖训练水师，闻曹操大军至汉上，便星夜回柴桑郡议军机事。使者未发，周瑜已先到。鲁肃与瑜最厚，先来接着，将前项事细述一番。周瑜曰："子敬休忧，瑜自有主张。今可速请孔明来相见。"鲁肃上马去了。

周瑜方才歇息，忽报张昭、顾雍、张纮、步骘四人来相探。瑜接入堂中坐定，叙寒温毕。张昭曰："都督知江东之利害否？"瑜曰："未知也。"昭曰："曹操拥众百万，屯于汉上，昨传檄文至此，欲请主公会猎于江夏。虽有相吞之意，尚未露其形。昭等劝主公且降之，庶免江东之祸。不想鲁子敬从江夏带刘备军师诸葛亮至此，彼因自欲雪愤，特下说词以激主公，子敬却执迷不悟。正欲待都督一决。"瑜曰："公等之见皆同否？"顾雍等曰："所议皆同。"瑜曰："吾亦欲降久矣。公等请回，明早见主公，自有定议。"昭等辞去。少顷，又报程普、黄盖、韩当等一班战将来见。瑜迎入，各问慰讫。程普曰："都督知江东早晚属他人否？"瑜曰："未知也。"普曰："吾等自随孙将军开基创业，大小数百战，方才战得六郡城池。今主公听谋士之言，欲降曹操，此真可耻可惜之事！吾等宁死不辱。望都督劝主公决计兴兵，吾等愿效死战。"瑜

◎演义者把回标题为"孔明用智激周瑜"，说明孔明此行，除了完成鲁肃的嘱托，做孙权的工作，还有一项非鲁肃的要求，更是着重在周瑜身上做文章，这才是孔明的重中之重。周瑜是主战派，主战派还用得着你诸葛亮大费口舌吗？同样主战，坚定性、坚决性、坚持性，也存在着某些差异。何况，"内事问张昭，外事问周瑜"，这成东吴的执政要诀，于是，便有了被歪曲的《铜雀台赋》，出现了"揽二乔于东南兮，乐朝夕之与共"的伪句，这自然是后代演义者的"演义"了。

◎其实应该是小事问张昭，大事问周瑜。读《三国演义》中的周瑜，只能视为一个文学人物，而不能作为一个历史人物来看的。鲁、周二人，关系匪浅。焉知不是吴、蜀联盟已经有了眉目，才先后回来的呢？

曰："将军等所见皆同否？"黄盖忿然而起，以手拍额曰："吾头可断，誓不降曹！"众人皆曰："吾等都不愿降。"瑜曰："吾正欲与曹操决战，安肯投降？将军等请回，瑜见主公，自有定议。"程普等别去。又未几，诸葛瑾、吕范一班儿文官相候。瑜迎入，讲礼方毕。诸葛瑾曰："舍弟诸葛亮自汉上来，言刘豫州欲结东吴共伐曹操，文武商议未定。因舍弟为使，瑾不敢多言，专候都督来决此事。"瑜曰："以公论之若何？"瑾曰："降者易安，战者难保。"周瑜笑曰："瑜自有主张，来日同至府下定议。"瑾等辞退。忽又报吕蒙、甘宁等一班儿来见。瑜请入，亦叙谈此事。有要战者，有要降者，互相争论。瑜曰："不必多言，来日都到府下公议。"众乃辞去，周瑜冷笑不止。

　　至晚，人报鲁子敬引孔明来拜。瑜出中门迎入，叙礼罢，分宾主而坐。肃先问瑜曰："今曹操驱众南侵，和与战二策，主公不能决，一听于将军。将军之意如何？"瑜曰："曹操以天子为名，其师不可拒；且其势大，未可轻敌。战则必败，降则易安。吾意已决，来日见主公，便当遣使纳降。"鲁肃愕然曰："君言差矣！江东基业已历三世，岂可一旦弃于他人？伯符遗言，外事付托将军。今正欲仗将军保全国家，为泰山之靠，奈何从懦夫之议耶？"瑜曰："江东六郡，生灵无限，若罹兵革之祸，必有归怨于我，故决计请降耳。"肃曰："不然。以将军之英雄，东吴之险

◎投降派和主战派，都在争取周瑜。他对来看他的几拨人士，态度也各不相同，有从降的，有从战的，有冷笑的，但对鲁肃的自有主张的话，也用于诸葛瑾等中间派，可见他的深沉之处。

固，操未必便能得志也。"二人互相争辩，孔明只袖手冷笑。瑜曰："先生何故哂笑？"孔明曰："亮不笑别人，笑子敬不识时务耳。"肃曰："先生如何反笑我不识时务？"孔明曰："公瑾主意欲降操，甚为合理。"瑜曰："孔明乃识时务之士，必与吾有同心。"肃曰："孔明，你也如何说此？"孔明曰："操极善用兵，天下莫敢当。向只有吕布、袁绍、袁术、刘表敢与对敌；今数人皆被操灭，天下无人矣。独有刘豫州不识时务，强与争衡；今孤身江夏，存亡未保。将军决计降曹，可以保妻子，可以全富贵。国祚迁移，付之天命，何足惜哉！"鲁肃大怒曰："汝教吾主屈膝受辱于国贼乎！"

孔明曰："愚有一计，并不劳牵羊担酒，纳土献印，亦不须亲自渡江，只须遣一介之使，扁舟送两个人到江上。操一得此两人，百万之众，皆卸甲卷旗而退矣。"瑜曰："用何二人，可退操兵？"孔明曰："江东去此两人，如大木飘一叶，太仓减一粟耳。而操得之，必大喜而去。"瑜又问："果用何二人？"孔明曰："亮居隆中时，即闻操于漳河新造一台，名曰'铜雀'，极其壮丽。广选天下美女以实其中。操本好色之徒，久闻江东乔公有二女，长曰大乔，次曰小乔，有沉鱼落雁之容，闭月羞花之貌。曹操曾发誓曰：'吾一愿扫平四海，以成帝业。一愿得江东二乔，置之铜雀台，以乐晚年，虽死无恨矣。'今虽引百万之众，

◎孔明到东吴，一个劲地用激将法，拼命做反面文章，因为东吴在孙坚退守江东以来，已历三世，养精蓄锐，羽毛丰满，这是他们不甘心屈服于曹操的主要方面。孙权自建安五年接手政权，至此也有七八年，他当然不愿拱手把江山送与曹操。所以，孔明对这些不甘心认输的对手，此法自然会奏效的。但是，这种无所不用其极的做法，未必可取。一旦被证实作伪的话，那种反弹，会失去更多。

◎小乔，确有其人。乔，应作桥。唐杜牧显然受到"说三分"的影响。故尔诗中有"东风不与周郎便，铜雀春深锁二乔"的设想句，而宋苏轼词就摆脱此说，直写小乔初嫁了的周瑜，在赤壁大战中的英雄形象："遥想公瑾当年，小乔初嫁了，雄姿英发，羽扇纶巾，谈笑间，樯橹灰飞烟灭。"苏东坡乃大诗人，他这一句诗起到为周瑜正名的作用，千古流传。

虎视江南，其实为此二女也。将军何不去寻乔公，以千金买此二女，差人送与曹操。操得二女，称心满意，必班师矣。此范蠡献西施之计，何不速为之？"周瑜曰："操欲得二乔，有何证验？"孔明曰："曹操幼子曹植，字子建，下笔成文。操尝命作一赋，名曰《铜雀台赋》。赋中之意，单道他家合为天子，誓取二乔。"瑜曰："此赋公能记否？"孔明曰："吾爱其文华美，尝窃记之。"瑜曰："试请一诵。"孔明即时诵《铜雀台赋》云：

从明后以嬉游兮，登层台以娱情。见太府之广开兮，观圣德之所营。建高门之嵯峨兮，浮双阙乎太清。立中天之华观兮，连飞阁乎西城。临漳水之长流兮，望园果之滋荣。立双台于左右兮，有玉龙与金凤。揽"二乔"于东南兮，乐朝夕之与共。俯皇都之宏丽兮，瞰云霞之浮动。欣群才之来萃兮，协飞熊之吉梦。仰春风之和穆兮，听百鸟之悲鸣。云天亘其既立兮，家愿得乎双逞。扬仁化于宇宙兮，尽肃恭于上京。唯桓文之为盛兮，岂足方乎圣明？

休矣！美矣！惠泽远扬。翼佐我皇家兮，宁彼四方。同天地之规量兮，齐日月之辉光。永贵尊而无极兮，等君寿于东皇。

御龙旗以遨游兮，迥鸾驾而周章。恩化及乎
四海兮，嘉物阜而民康。愿斯台之永固兮，
乐终古而未央。

　　周瑜听罢，勃然大怒，离座指北而骂曰："老贼
欺吾太甚！"孔明急起止之曰："昔单于屡侵疆界，
汉天子许以公主和亲，今何惜民间二女乎？"瑜曰：
"公有所不知，大乔是孙伯符将军主妇，小乔乃瑜
之妻也。"孔明佯作惶恐之状曰："亮实不知，失口
乱言，死罪死罪！"瑜曰："吾与老贼誓不两立！"
孔明曰："事须三思，免致后悔。"瑜曰："吾承伯符
寄托，安有屈身降曹之理？适来所言，故相试耳。
吾自离鄱阳湖，便有北伐之心，虽刀斧加头，不易
其志也。望孔明助一臂之力，同破曹贼。"孔明曰：
"若蒙不弃，愿效犬马之劳，早晚拱听驱策。"瑜曰：
"来日入见主公，便议兴兵。"孔明与鲁肃辞出，相
别而去。

　　次日清晨，孙权升堂。左边文官张昭、顾雍等
三十馀人，右边武官程普、黄盖等三十馀人，衣冠
济济，剑佩锵锵，分班侍立。少顷，周瑜入见。孙
权问慰罢。瑜曰："近闻曹操引兵屯汉上，驰书至此，
主公尊意若何？"权即取檄文与周瑜。看罢已毕，
笑曰："老贼以我江东无人，敢如此相侮耶！"权曰：
"君之意若何？"瑜曰："主公曾与众文武商议否？"

◎这当然是演义了，不过，作为一种
攻心战，在战争中，敌意宣传往往无
所不用其极，大军事家总是大政治
家，自然不会在意，演义者太低估周
瑜了。

◎骂他为怕死鬼，恐怕倒更贴切些。

◎刘备在他心目中，还数不上。

权曰："连日议此事，有劝我降者，有劝我战者。吾意未定，故请公瑾一决。"瑜曰："谁劝主公降？"权曰："张子布等皆主其意。"瑜即问张昭曰："愿闻先生所以主降之意。"昭曰："曹操挟天子而征四方，动以朝廷为名，近又得荆州，威势愈大。吾江东可以拒操者，长江耳。今操艨艟战舰，何止千百，水陆并进，何可当之？不如且降，更图后计。"瑜曰："此迂儒之论也。江东自开国以来，今历三世，安忍一旦废弃？"权曰："若此，计将安出？"瑜曰："操虽托名汉相，实为汉贼。将军以神武雄才，仗父兄馀业，据有江东，兵精粮足，正当横行天下，为国家除残去暴，奈何降贼耶？且操今此来，多犯兵家之忌：北土未平，马腾、韩遂为其后患，而操久于南征，一忌也；北军不熟水战，操舍鞍马，仗舟楫，与东吴争衡，二忌也；又时值隆冬盛寒，马无蒿草，三忌也；驱中国士卒，远涉江湖，不服水土，多生疾病，四忌也。操兵犯此数忌，虽多必败。将军擒操，正在今日。瑜请得精兵数千，进屯夏口，为将军破之！"权蹶然起曰："老贼欲废汉自立久矣，所惧二袁、吕布、刘表与孤耳。今数雄已灭，惟孤尚存。孤与老贼，誓不两立。卿言当伐，甚合孤意，此天以卿授我也。"瑜曰："臣为将军决一血战，万死不辞，只恐将军狐疑不定。"权拔佩剑砍面前奏案一角曰："诸官将有再言降操者，与此案同。"言罢，便将此剑赐周瑜，即封瑜为大都督，程普为副都督，鲁肃为赞军校尉。如文武官将有不听号令者，即以此剑诛之。瑜受了剑，对众言曰："吾奉主公之命，率众破曹。诸将官吏来日俱于江畔行营听令。如迟误者，依七禁令、五十四斩施行。"言罢，辞了孙权，起身出府。众文武各无言而散。

周瑜回到下处，便请孔明议事。孔明至，瑜曰："今日府下公议已定，愿求破曹良策。"孔明曰："孙将军心尚未稳，不可以决策也。"瑜曰："何谓心不稳？"孔明曰："心怯曹兵之多，怀寡不敌众之意。将军能以军数开解，使其了然无疑，然后大事可成。"瑜曰："先生之论甚善。"乃复入见孙权。权曰："公瑾夜至，必有事故。"瑜曰："来日调拨军马，主公心有疑否？"权曰："但忧曹操兵多，寡不敌众耳。他无所疑。"瑜笑曰："瑜特为此，特来开解主公。主公因见操檄文言水陆大军百万，故怀疑惧，不复料其虚实。今以实较之：彼将中国之兵，不过十五六万，且已久疲；所得袁氏之众，亦止七八万耳，尚多怀疑未服。夫以久疲之卒，狐疑之众，其数虽多，不足畏也。瑜得五万兵，自足破之。愿主公勿以为虑。"权抚瑜背曰："公瑾此言，足释吾疑。子布无谋，深失孤望。独卿及子敬与孤同心耳。卿可与子敬、程普即日选军前进，孤当续发人马，多载资粮，为卿后应。卿前军倘不如意，便还就孤。孤当亲与操贼决战，更无

◎宋人唐庚《三国杂事》曰："世之为将者，务多其兵，而不知兵至三十万难用哉！若曹公，可谓善将矣，复以水军六十万，号称八十万而败于乌林。是岁战舰相接，故为敌人所烧，大众屯聚，故疫死者几半。此兵多为累之明验也。以高祖之才，不过能将十万众，则水军六十万，当得如高祖者六人乃能将之。高祖岂易得哉，其败也固宜！"多多益善，不见得是好事情。

◎这是定心丸。

◎周瑜要杀诸葛亮，不足凭信，但盟友之间，互相算计，是必然的。赤壁之战，东吴为主体，刘备不过是盟军罢了。周瑜是三军统帅，诸葛亮顶多也相当于参谋长这样一个角色。但经小说家铺陈演义之后，主次位置竟颠倒调换过来，也难怪身居要位的人，对于作家的这一份戒备之心了。

◎若老资格者都能有此雅量，天下太平得多。

他疑。"周瑜谢出，暗忖曰："孔明早已料着吴侯之心，其计画又高我一头，久必为江东之患，不如杀之。"乃令人连夜请鲁肃入帐，言欲杀孔明之事。肃曰："不可。今操贼未破，先杀贤士，是自去其助也。"瑜曰："此人助刘备，必为江东之患。"肃曰："诸葛瑾乃其亲兄，可令招此人同事东吴，岂不妙哉！"瑜善其言。

次日平明，瑜赴行营，升中军帐高坐，左右立刀斧手，聚集文官武将听令。原来程普年长于瑜，今瑜爵居其上，心中不乐，是日乃托病不出，令长子程咨自代。瑜令众将曰："王法无亲，诸君各守乃职。方今曹操弄权，甚于董卓，囚天子于许昌，屯暴兵于境上。我今奉命讨之，诸君幸皆努力向前。大军到处，不得扰民；赏劳罚罪，并不徇纵。"令毕，即差韩当、黄盖为前部先锋，领本部战船即日起行，前至三江口下寨，别听将令；蒋钦、周泰为第二队；凌统、潘璋为第三队；太史慈、吕蒙为第四队；陆逊、董袭为第五队；吕范、朱治为四方巡警使，催督六郡官军，水陆并进，克日取齐。调拨已毕，诸将各自收拾船只军器起行。程咨回见父程普，说周瑜调兵，动止有法。普大惊曰："我素欺周郎懦弱不足为将，今能如此，真将才也，我如何不服？"遂亲诣行营谢罪，瑜亦逊谢。

次日，瑜请诸葛瑾，谓曰："令弟孔明有王佐之才，如何屈身事刘备？今幸至江东，欲烦先生不惜齿牙馀论，使令弟弃刘备而事东吴，则主公既得良辅，而先生兄弟又得相见，岂不美哉！先生幸即一行。"瑾曰："瑾自至江东，愧无寸功；今都督有命，敢不效力。"即时上马径投驿亭来见孔明。孔明接入，哭拜，各诉阔情。瑾泣曰："弟知伯夷、叔齐乎？"孔明暗思："此必周郎教来说我也。"遂答曰："夷、齐古之圣贤也。"瑾曰："夷、齐虽至饿死首阳山下，兄弟二人亦在一处。我今与你同胞共乳，乃各事其主，不能旦暮相聚。视夷、齐之为人，能无愧乎？"孔明曰："兄所言者，情也；弟所守者，义也。弟与兄皆汉人，今刘皇叔乃汉室之胄，兄若能去东吴而与弟同事刘皇叔，则上不愧为汉臣，而骨肉又得相聚：此情义两全之策也。不识兄意以为何如？"瑾思曰："我来说他，反被他说了我也。"遂无言回答，起身辞去。回见周瑜，细述孔明之言。瑜曰："公意若何？"瑾曰："我受孙将军厚恩，安肯相背？"瑜曰："公既忠心事主，不必多言，我自有服孔明之计。"正是：

智与智逢宜必合，才和才角又难容。

毕竟周瑜定何计伏孔明，且看下文分解。

◎《资治通鉴》写赤壁之战，极为精彩："进，与操遇于赤壁。时操军众已有疾疫，初一交战，操军不利，引次江北。瑜等在南岸，瑜部将黄盖曰：'今寇众我寡，难与持久。操军方连船舰，首尾相接，可烧而走也。'乃取蒙冲斗舰十艘，载燥荻、枯柴、灌油其中，裹以帷幕，上建旌旗，预备走舸，系于其尾。先以书遗操，诈云欲降。时东南风急，盖以十舰最著前，中江举帆，馀船以次俱进。操军吏士皆出营立观，指言盖降。去北军二里馀，同时发火，火烈风猛，船往如箭，烧尽北船，延及岸上营落。顷之，烟炎张天，人马烧溺死者甚众。瑜等率轻锐继其后，雷鼓大进，北军大坏。"文中提及的疾疫，有人认为是血吸虫病传染，不知确否。

　　嫉妒是人类与生俱来的情感，人人皆有，程度不一。小嫉妒不是坏事，说不定能催人上进；大嫉妒则不是好事，最甚者勾起内心歹毒的连锁反应那就很可怕。周瑜不能容许一个事事料定自己，处处胜过自己的诸葛亮存在。这是中国人的竞争风格，不是嫉妒者努力改变着自己赶上被嫉妒者，那费时费力，而且未必见效，因为你在进步的时候，被嫉妒者也是会前进的，于是，缺乏耐性和忍受不了痛苦磨练以赶上去的嫉妒者，最好的办法，莫过于使被嫉妒者从人间蒸发，老子天下第一，也就无须嫉妒了。俗话说，出头的椽子先烂，强一点的被嫉妒者出局以后，嫉妒者才能安心。这样，中国封建社会能够迁延数千年，就是这种劣币驱逐良币的结果。何况演义中的诸葛亮比演义中的周瑜，并不是强一点，而是强若干点，周瑜除了人身消灭外，焉有他计？

　　习惯在竞争中使自己不足的部分改善加强，和足者齐步同进者很少。而是我败让你也败，我穷你也别富，我不行，咱们一块不行者很多。所谓保护落后，所谓鞭打快牛，所谓平均主义，所谓吃大锅饭，所谓木秀于林风必摧之，从本质上讲，都是损有余来补不足，这也是中国历史上，常常没有什么游戏规则，都抱着《三国演义》中"既生瑜，何生亮"灭掉对手的减法，从不抱着"既有瑜，又有亮"而多凭手段而独霸天下的原因了。

　　嫉妒和竞争，不是一回事，小说中的周瑜，和历史上的周瑜，也切勿混为一谈。

第四十五回
三江口曹操折兵
群英会蒋干中计

　　建安十三年（208），也就是官渡之战后八年，至此为止，天下十三州，曹操独占九州，剩下四州由韩遂、马腾、刘璋、张鲁、刘备、孙权、士燮……分别占据。官渡大战，曹操哪里想到竟会成为战争教科书上以少击多的突出战例。可想而知，这顶胜者为王的桂冠戴在头上八年，乐不可支的曹操，肯定半夜做梦时都会笑出声来。胜利是催情剂，令人兴奋的同时，也有可能产生再来一次的激动，何况曹操那多血质型爱冲动、喜挑战的天性。没有官渡，也不会有赤壁，这就是老子哲学"祸兮福所倚，福兮祸所伏"的相互关系了。

　　曹操从公元184年讨伐黄巾起家，二十多年间，早期，他不是没有失败过，进军洛阳以后，便基本上是战无不利，攻无不克了。但是他在取得荆襄战役的空前大胜，拿下荆州以后，发动的这场在公元208年的赤壁大战，是这位枭雄按捺不住的行动，也造成此公一生中最大的失败。败绩的原因是多方面的。兵员疲疾（有人说是血吸虫），不习水战（青、徐兵都是旱鸭子），降卒贰心（刘表余部不肯合作），火烧连营（大冬天刮起相背的东南风）；若从决策者主帅个人察究的话，习凿齿所说的"骄"，是赤壁失利的根本因素。而这一败的后果，曹操休想在他手中统一南北方，于是造成长期三分鼎立的局面。

　　却说周瑜闻诸葛瑾之言，转恨孔明，存心欲谋杀之。次日点齐军将，入辞孙权。权曰："卿先行，孤即起兵继后。"瑜辞出，与程普、鲁肃领兵起行，便邀孔明同往。孔明欣然从之。一同登舟，驾起帆樯，迤逦望夏口而进。离三江口五六十里，船依次第歇

◎凡嫉妒心重之人，必然不择手段，无所不用其极。嫉妒是恶，小嫉妒小恶，也许不过触及皮毛，无伤大雅；大嫉妒大恶，则必须要付出泪和血的代价了。

定。周瑜在中央下寨，岸上依西山结营，周围屯住。孔明只在一叶小舟内安身。周瑜分拨已定，使人请孔明议事。孔明至中军帐，叙礼毕。瑜曰："昔曹操兵少，袁绍兵多，而操反胜绍者，因用许攸之谋，先断乌巢之粮也。今操兵八十三万，我兵只五六万，安能拒之？亦必须先断操之粮，然后可破。我已探知操军粮草俱屯于聚铁山。先生久居汉上，熟知地理，敢烦先生与关、张、子龙辈，吾亦助兵千人，星夜往聚铁山断操粮道。彼此各为主人之事，幸勿推调。"孔明暗思："此因说我不动，设计害我。我若推调，必为所笑，不如应之，别有计议。"乃欣然领诺。瑜大喜。

孔明辞出，鲁肃密谓瑜曰："公使孔明劫粮，是何意见？"瑜曰："吾欲杀孔明，恐惹人笑，故借曹操之手杀之，以绝后患耳。"肃闻言，乃往见孔明，看他知也不知。只见孔明略无难色，整点军马要行。肃不忍，以言挑之曰："先生此去，可成功否？"孔明笑曰："吾水战、步战、马战、车战，各尽其妙，何愁功绩不成？非比江东公与周郎辈止一能也。"肃曰："吾与公瑾何谓一能？"孔明曰："吾闻江南小儿谣言云：'伏路把关饶子敬，临江水战有周郎。'公等于陆地但能伏路把关；周公瑾但堪水战，不能陆战耳。"肃乃以此言告知周瑜。瑜怒曰："何欺我不能陆战耶！不用他去，我自引一万马军，往聚铁山断操粮道。"肃又将此言告孔明。孔明笑曰："公瑾令吾断粮者，实欲使曹

◎仍用激将一法，屡试不爽，周瑜如此傻瓜，孔明也就并不高明了。《三国演义》是从民间文学创作的基础上加工而成。民间艺人的多年创造，已成定式，因群众喜闻乐见，还不得不留存下来，这也是这部小说一些故事情节、人物性格不经推敲的原因。

操杀吾耳。吾故以片言戏之，公瑾便容纳不下。目今
用人之际，只愿吴侯与刘使君同心，则功可成；如各
相谋害，大事休矣。操贼多谋，他平生惯断人粮道，
今如何不以重兵提备？公瑾若去，必为所擒。今只当
先决水战，挫动北军锐气，别寻妙计破之。望子敬善
言以告公瑾为幸。"鲁肃遂连夜回见周瑜，备述孔明
之言。瑜摇首顿足曰："此人见识胜吾十倍。今不除之，
后必为我国之祸。"肃曰："今用人之际，望以国家为
重。且待破曹之后，图之未晚。"瑜然其说。

　　却说玄德吩咐刘琦守江夏，自领众将引兵往夏
口。遥望江南岸旗幡隐隐，戈戟重重，料是东吴已动
兵矣。乃尽移江夏之兵，至樊口屯扎。玄德聚众曰：
"孔明一去东吴，杳无音信，不知事体何如？谁人可
去探听虚实回报？"糜竺曰："竺愿往。"玄德乃备羊
酒礼物，令糜竺至东吴，以犒军为名，探听虚实。竺
领命，驾小舟顺流而下，径至周瑜大寨前。

　　军士入报周瑜，瑜召入。竺再拜，致玄德相敬
之意，献上酒礼。瑜受讫，设宴款待糜竺。竺曰："孔
明在此已久，今愿与同回。"瑜曰："孔明方与我同谋
破曹，岂可便去？吾亦欲见刘豫州，共议良策；奈
身统大军，不可暂离。若豫州肯枉驾来临，深慰所
望。"竺应诺，拜辞而回。肃问瑜曰："公欲见玄德，
有何计议？"瑜曰："玄德世之枭雄，不可不除。吾
今乘机诱至杀之，实为国家除一后患。"鲁肃再三劝

◎这个小说中的周瑜从此成为气量
狭窄、毫不容人的典型。其实，史
实中的周瑜"性度恢宏"，孙权与
陆逊讨论时说："公瑾雄烈，胆略兼
人。"程普说过："与周公瑾交，若饮
醇醪，不觉自醉。"而且他"长壮有
姿貌""少精意于音乐"。可见他是个
苏东坡笔下的"小乔初嫁了，雄姿
英发"的风流人物。从公元 210 年他
给孙权的信中说"刘备以枭雄之姿，
而有关羽、张飞熊虎之将，必非久屈
为人用者"来看，对于诸葛亮的作用
并未提及，也许在赤壁，时年三十岁
的诸葛亮不是和比他长六岁的周瑜
共同指挥这场战役的。但小说家的虚
构，扬抑之间，两人一则为神，一则
为小肚鸡肠的小人了。

◎演义中的周瑜，最初想除掉的是刘备，后来诸葛亮到东吴与他共事，于是一而再，再而三，要除掉诸葛亮了。英国的培根爵士，写过一篇《论嫉妒》，其中引用了一句古人之言："嫉妒是不懂休息的。"看来，很有道理。

◎做贼不免心虚，心虚则胆怯。诸葛亮相信此时此刻的周瑜，即使有把事情做绝之心，也未必就有在大战前夕把盟友置于死地之胆。

谏，瑜只不听，遂传密令："如玄德至，先埋伏刀斧手五十人于壁衣中，看吾掷杯为号，便出下手。"却说麋竺回见玄德，具言周瑜欲请主公到彼面会，别有商议。玄德便教收拾快船一只，只今便行。云长谏曰："周瑜多谋之士，又无孔明书信，恐其中有诈，不可轻去。"玄德曰："我今结东吴以共破曹操，周郎欲见我，我若不往，非同盟之意。两相猜忌，事不谐矣。"云长曰："兄长若坚意要去，弟愿同往。"张飞曰："我也跟去。"玄德曰："只云长随我去。翼德与子龙守寨，简雍固守鄂县，我去便回。"吩咐毕，即与云长乘小舟，并从者二十馀人，飞棹赴江东。玄德观看江东艨艟战舰，旌旗甲兵，左右分布整齐，心中甚喜。军士飞报周瑜："刘豫州来了。"瑜问："带多少船只来？"军士答曰："只有一只船，二十馀从人。"瑜笑曰："此人命合休矣！"乃命刀斧手先埋伏定，然后出寨迎接。玄德引云长等二十馀人直到中军帐，叙礼毕，瑜请玄德上坐。玄德曰："将军名传天下，备不才，何烦将军重礼？"乃分宾主而坐。周瑜设宴相待。

且说孔明偶来江边，闻说玄德来此与都督相会，吃了一惊，急入中军帐窃看动静。只见周瑜面有杀气，两边壁衣中密排刀斧。孔明大惊曰："似此如之奈何！"回视玄德，谈笑自若。却见玄德背后一人，按剑而立，乃云长也。孔明喜曰："吾主无危矣！"遂不复入，仍回身至江边等候。周瑜与玄德饮宴，酒行数

巡，瑜起身把盏，猛见云长按剑立于玄德背后，忙问
何人。玄德曰；"吾弟关云长也。"瑜惊曰："非向日斩
颜良、文丑者乎？"玄德曰："然也。"瑜大惊，汗流
满背，便斟酒与云长把盏。少顷，鲁肃入。玄德曰："孔
明何在？烦子敬请来一会。"瑜曰："且待破了曹操，
与孔明相会未迟。"玄德不敢再言。云长以目视玄德，
玄德会意，即起身辞瑜曰："备暂告别，即日破敌收功
之后，专当叩贺。"瑜亦不留，送出辕门。玄德别了
周瑜，与云长等来至江边，只见孔明已在舟中。玄德
大喜。孔明曰："主公知今日之危乎？"玄德愕然曰：
"不知也。"孔明曰："若无云长，主公几为周郎所害
矣。"玄德方才省悟，便请孔明同回樊口。孔明曰："亮
虽居虎口，安如泰山。今主公但收拾船只军马候用。
以十一月二十甲子日后为期，可令子龙驾小舟来南岸
边等候，切勿有误。"玄德问其意，孔明曰："但看东
风起，亮必还矣。"玄德再欲问时，孔明催促玄德作
速开船。言讫自回。玄德与云长及从人开船，行不数
里，忽见上流头放下五六十只船来，船头上一员大将，
横矛而立，乃张飞也。因恐玄德有失，云长独力难持，
特来接应。于是三人一同回寨，不在话下。

　　却说周瑜送了玄德，回至寨中。鲁肃入问曰："公
既诱玄德至此，为何又不下手？"瑜曰："关云长，
世之虎将也，与玄德行坐相随。吾若下手，他必来害
我。"肃愕然。忽报曹操遣使送书至。瑜唤入。使者

◎周瑜不能容许一个事事料定自己，处处胜过自己的诸葛亮存在。因为按照《三国演义》的安排，诸葛亮是西蜀派到联合司令部的代表。按照兵力，东吴兵力投入大于西蜀，周瑜为主帅，当仁不让，诸葛亮为副手，多少有点照顾。但当主帅的总是斗不过副手，这是周瑜气急败坏的原因。于是就有一气、二气、三气周瑜的情节和故事。其实，这只是《三国演义》的"演义"。而历史上的周瑜是一个被绝对肯定的英雄人物，无可挑剔。

◎周瑜的小人之心，写得入骨三分。老实如鲁肃者，也为之"愕然"。

◎劫江贼出身，这大江之上，正是他的天下，谁能是他的对手？

◎赤壁之败，还有一个因素，即疫病。正史《资治通鉴》和《三国志》俱有记载，而且流行规模较大，士卒死病者多。所以，"时曹公军众已有疾病，初一交战，公等败退，引次江北"。

呈上书看时，封面上判云"汉大丞相付周都督开拆"。瑜大怒，更不开拆，将书扯碎，掷于地下，喝斩来使。肃曰："两国相争，不斩来使。"瑜曰："斩使以示威。"遂斩使者，将首级付从人持回。随令甘宁为先锋，韩当为左翼，蒋钦为右翼，瑜自部领诸将接应。来日四更造饭，五更开船，鸣鼓呐喊而进。

却说曹操知周瑜毁书斩使，大怒，便唤蔡瑁、张允等一班荆州降将为前部，操自为后军，催督战船。到三江口，早见东吴船只，蔽江而来。为首一员大将，坐在船头上大呼曰："吾乃甘宁也！谁敢来与我决战？"蔡瑁令弟蔡壎前进。两船将近，甘宁拈弓搭箭，望蔡壎射来，应弦而倒。宁驱船大进，万弩齐发，曹军不能抵当。右边蒋钦，左边韩当，直冲入曹军队中。曹军大半是青、徐之兵，素不习水战，大江面上，战船一摆，早立脚不住。甘宁等三路战船，纵横水面，周瑜又催船助战。曹军中箭着炮者不计其数。从巳时直杀到未时，周瑜虽得利，只恐寡不敌众，遂下令鸣金，收住船只。曹军败回。操登旱寨，再整军士，唤蔡瑁、张允责之曰："东吴兵少，反为所败，是汝等不用心耳！"蔡瑁曰："荆州水军，久不操练；青、徐之军，又素不习水战，故尔致败。今当立水寨，令青、徐军在中，荆州军在外，每日教习精熟，方可用之。"操曰："汝既为水军都督，可以便宜从事，又何必禀我？"于是张、蔡二人，自引训练水军。沿江一带分二十四座水门，以大船居于外为城郭，小船居于内，可通往来。至晚点上灯火，照得天心水面通红。旱寨三百馀里，烟火不绝。

却说周瑜得胜回寨，犒赏三军，一面差人到吴侯处报捷。当夜瑜登高观望，只见西边火光接天，左右告曰："此皆北军灯火之光也。"瑜亦心惊。次日，瑜欲亲往探看曹军水寨，乃命收拾楼船一只，带着鼓乐，随行健将数员，各带强弓硬弩，一齐上船，迤逦前进。至操寨边，瑜命下了碇石，楼船上鼓乐齐奏。瑜暗窥他水寨，大惊曰："此深得水军之妙也！"问："水军都督是谁？"左右曰："蔡瑁、张允。"瑜思曰："二人久居江东，谙习水战，吾必设计先除此二人，然后可以破曹。"正窥看间，早有曹军飞报曹操，说："周瑜偷看吾寨。"操命纵船擒捉。瑜见水寨中旗号动，急教收起碇石，两边四下一齐轮转橹棹，望江面上如飞而去。比及曹寨中船出时，周瑜的楼船，已离了十数里远，追之不及，回报曹操。

操问众将曰："昨日输了一阵，挫动锐气；今又被他深窥吾寨，吾当作何计破之？"言未毕，忽帐下一人出曰："某自幼与周郎同窗交契，愿凭三寸不烂之舌，往江东说此人来降。"曹操大喜，视之，乃九江人，姓蒋，名干，字子翼，见为帐下幕宾。操问曰："子翼与周公瑾相厚乎？"干曰："丞相放心。干到江左，必要成功。"操问："要将何物去？"干曰："只消

◎三江口之战，挫曹操大军锐气，长自己威风；敌前侦察，鼓乐齐鸣，这对振作士气，激励军心，作用不可低估，周瑜确是一个非凡人物。

◎史称：周瑜"好乐坟典，虽在戎旅，诵声不绝"。他对于音乐颇为精通，《三国志》载："瑜少精意于音乐，虽三爵以后，其有阙误，瑜必知之。知之必顾，故时人谣曰：'曲有误，周郎顾。'"看来，他这番话不是泛泛之谈。

◎史称蒋干确实想扮演这个诱降角色，不过，此人精明，见事不可行，也就免开尊口了。

一童随往，二仆驾舟，其馀不用。"操甚喜，置酒与蒋干送行。干葛巾布袍，驾一只小舟，径到周瑜寨中，命传报："故人蒋干相访。"周瑜正在帐中议事，闻干至，笑谓诸将曰："说客至矣。"遂与众将附耳低言：如此如此。众皆应命而去。

　　瑜整衣冠，引从者数百，皆锦衣花帽，前后簇拥而出。蒋干引一青衣小童，昂然而来。瑜拜迎之。干曰："公瑾别来无恙？"瑜曰："子翼良苦，远涉江湖，为曹氏作说客耶？"干愕然曰："吾久别足下，特来叙旧，奈何疑我作说客也？"瑜笑曰："吾虽不及师旷之聪，闻弦歌而知雅意。"干曰："足下待故人如此，便请告退。"瑜笑而挽其臂曰："吾但恐兄为曹氏作说客耳。既无此心，何速去也？"遂同入帐。叙礼毕，坐定，即传令悉召江左英杰与子翼相见。须臾，文官武将，各穿锦衣；帐下偏裨将校，都披银铠，分两行而入。瑜都教相见毕，就列于两旁而坐。大张筵席，奏军中得胜之乐，轮换行酒。瑜告众官曰："此吾同窗契友也。虽从江北到此，却不是曹家说客，公等勿疑。"遂解佩剑付太史慈曰："公可佩我剑作监酒，今日宴饮，但叙朋友交情，如有提起曹操与东吴军旅之事者，即斩之！"太史慈应诺，按剑坐于席上。蒋干惊而不敢多言。周瑜曰："吾自领军以来，滴酒不饮，今日见了故人，又无疑忌，当饮一醉。"说罢，大笑畅饮。座上觥筹交错。饮至半酣，瑜携干手，同步出帐外。左右军士，皆全装惯带，持戈执戟而立。瑜曰："吾之军士，颇雄壮否？"干曰："真熊虎之士也。"瑜又引干到帐后一望，粮草堆如山积。瑜曰："吾之粮草，颇足备否？"干曰："兵精粮足，名不虚传。"瑜佯醉大笑曰："想周瑜与子翼同学业时，不曾望有今日。"干曰："以吾兄高才，实不为过。"瑜执干手曰："大丈夫处世，遇知己之主，外托君臣之义，内结骨肉之恩，言必行，计必从，祸福共之。假使苏秦、张仪、陆贾、郦生复出，口似悬河，舌如利刃，安能动我心哉！"言罢大笑。蒋干面如土色。瑜复携干入帐，会诸将再饮，因指诸将曰："此皆江东之英杰。今日此会，可名'群英会'。"饮至天晚，点上灯烛，瑜自起舞剑作歌。歌曰：

丈夫处世兮立功名，立功名兮慰平生。
慰平生兮吾将醉，吾将醉兮发狂吟！

◎这就是所谓的"精神战"了，本来他就是曹操派来的观察员嘛！

歌罢，满座欢笑。至夜深，干辞曰："不胜酒力矣。"瑜命撤席，诸将辞出。瑜曰："久不与子翼同榻，今宵抵足而眠。"于是佯作大醉之状，携干入帐共寝。瑜和衣卧倒，呕吐狼藉。蒋干如何睡得着？伏枕听时，军中鼓打二更。起视残灯尚明，看周瑜时，鼻息如雷。干见帐内桌上堆着一卷文书，乃起床偷视之，却都是往来书信。内有一封，上写"张允蔡瑁谨封"。

◎这等戏剧性手法，也只能骗骗演义中人物蒋干而已，稍有常识者是不会上当的。

干大惊，暗读之。书略曰：

某等降曹，非图仕禄，迫于势耳。今已
赚北军困于寨中，但得其便，即将操贼之
首，献于麾下。早晚人到，便有关报，幸勿
见疑。先此敬覆。

干思曰："原来蔡瑁、张允结连东吴！"遂将书
暗藏于衣内。再欲检看他书时，床上周瑜翻身，干急
灭灯就寝。瑜口内含糊曰："子翼，我数日之内，教
你看操贼之首！"干勉强应之。瑜又曰："子翼，且
住！教你看操贼之首。"及干问之，瑜又睡着。干伏
于床上，将近四更，只听得有人入帐，唤曰："都督
醒否？"周瑜梦中做忽觉之状，故问那人曰："床上
睡着何人？"答曰："都督请子翼同寝，何故忘却？"
瑜懊悔曰："吾平日未尝饮醉，昨日醉后失事，不知可
曾说甚言语？"那人曰："江北有人到此。"瑜喝："低
声！"便唤："子翼。"蒋干只妆睡着。瑜潜出帐。干
窃听之，只闻有人在外曰："张、蔡二都督道：'急切
不得下手。'"后面言语颇低，听不真实。少顷，瑜入
帐，又唤："子翼。"蒋干只是不应，蒙头假睡。瑜亦
解衣就寝。干寻思："周瑜是个精细人，天明寻书不
见，必然害我。"睡至五更，干起唤周瑜，瑜却睡着。
干戴上巾帻，潜步出帐，唤了小童，径出辕门。军士

◎骗蒋干，打黄盖，是周瑜最出色的
表演，丝丝入扣，不温不火，一招一
式，匠心独运，否则，这个文学人物
也太无精彩可言了。

问："先生那里去？"干曰："吾在此恐误都督事，权且告别。"军士亦不阻当。

干下船，飞棹回见曹操。操问："子翼干事若何？"干曰："周瑜雅量高致，非言词所能动也。"操怒曰："事不济，反为所笑！"干曰："虽不能说周瑜，却与丞相打听得一件事，乞退左右！"干取出书信，将上项事逐一说与曹操。操大怒曰："二贼如此无礼耶！"即便唤蔡瑁、张允到帐下。操曰："我欲使汝二人进兵。"瑁曰："军尚未曾练熟，不可轻进。"操怒曰："军若练熟，吾首级献于周郎矣！"蔡、张二人不知其意，惊慌不能回答。操喝武士推出斩之。须臾，献头帐下，操方省悟曰："吾中计矣！"后人有诗叹曰：

> 曹操奸雄不可当，一时诡计中周郎。
> 蔡张卖主求生计，谁料今朝剑下亡。

众将见杀了张、蔡二人，入问其故。操虽心知中计，却不肯认错，乃谓众将曰："二人怠慢军法，吾故斩之。"众皆嗟呀不已。操于众将内选毛玠、于禁为水军都督，以代蔡、张二人之职。

细作探知，报过江东。周瑜大喜曰："吾所患者，此二人耳。今既剿除，吾无忧矣。"肃曰："都督用兵如此，何愁曹贼不破乎！"瑜曰："吾料诸将不知此

◎蒋干盗书是一出精彩的好戏，但在历史上，曹操岂是能被这种儿戏蒙骗的主，而周瑜也不会热衷于明眼人一看便知的拙劣表演。实际上蒋干负着曹操使命去诱降周瑜，后知难而退，是一个不成功的说客，而非那出《盗书》中的丑角。

计，独有诸葛亮识见胜我，如此谋亦不能瞒也。子敬试以言挑之，看他知也不知，便当回报。"正是：

还将反间成功事，去试从旁冷眼人。

未知肃去问孔明还是如何，且看下文分解。

实际上，这场长江上的决战，究竟是在蒲圻西北的赤壁，还是在嘉鱼东北的赤壁，或者就是苏轼写诗写赋的黄州附近的赤壁，至今仍有不同看法。但赤壁鏖战的真正意义，是作为一支弱势军队打败强敌的战例，在军事教材上也是被反复提及的。

赤壁战后，等于重新洗了一次牌，魏、蜀、吴三足鼎立，划江而治，曹操便彻底失去了统一中国的机会。他实际损失并不大，但心理挫伤太严重。这一次合久必分，他看到了趋势，然而，下一次分久必合，他已经看不到苗头。他本以为官渡之战，结束北方之乱，赤壁之战，再结束南方之乱，然后，南北一体，万众归心，但这个"然后"，他看不到了。

公元208年的长江上，在这次战争舞台上大显身手的主角，可分老中青三拨。刘备四十七岁，曹操四十三岁，为第一组；周瑜三十三岁，为第二组；诸葛亮二十七岁，孙权二十六岁，为第三组。还有一个未出场的，属于见习生的陆逊，才二十五岁。这个陆逊，后来把刘备困死在白帝城，则更属于后生可畏之类了。

看来，四十三岁的曹操，败于三十三岁的周瑜，除了其他影响战争胜败的因素，他们两人的年龄差距，也决定了大自然的优势，是站在年轻人一边的。所以，苏东坡在《赤壁赋》里，也为这一世枭雄嗟叹："方其破荆州，下江陵，顺流而东也，舳舻千里，旌旗蔽空，酾酒临江，横槊赋诗，固一世之雄也，而今安在哉？"

你不能不承认年龄所具有的优势，你不能不承认青春所带来的活力。"遥想公瑾当年，小乔初嫁了，雄姿英发。羽扇纶巾，谈笑间，樯橹灰飞烟灭。"一个绝对的强者，栽在一个绝对的弱者手下，不由得不服老，不由得不相信后来居上，苏东坡自己也不禁感慨系之了。"故国神游，多情应笑我，早生华发。人生如梦，一樽还酹江月。"

第四十六回

用奇谋孔明借箭
献密计黄盖受刑

　　赤壁之战，从军事角度来看，确实是一次表现高水平的战争艺术的范例。从四十三回"诸葛亮舌战群儒"起一直到五十七回"柴桑口卧龙吊孝"止，把这次战役的起始至余波写得淋漓尽致。大费笔墨的孔明出山之后，《三国演义》的重头戏就是这场赤壁之战了。

　　吕思勉说："曹操固然犯着兵家之忌，有其致败之道，然而孙、刘方面，也未见得有何必胜的理由。自此以后，曹操幸而用兵于关西、汉中，未曾专注于南方。倘使曹操置别一方面为缓图，尽力向荆州或者扬州攻击，孙权的能否支持，究竟有无把握呢？孙权和刘备不同。刘备投降曹操，曹操是必不能相容的，所以只得拼死抵抗。孙权和曹操，本无嫌隙，当时假使投降，曹操还要格外优待，做个榜样给未降的人看的。所以当时孙权假使迎降，就能使天下及早统一，免于分裂之祸；而以孙权一家论，亦系莫大的幸福。裴松之在《三国志·张昭传》注里，早经说过了。然则孙权的决意抵抗，周瑜、鲁肃的一力撺掇孙权抵抗，不过是好乱和行险侥幸而已。"

　　《三国演义》主旨，扬刘抑曹，对赤壁之战，曹操之败，当然是要大写而特写的。于是，文学上的渲染夸张，本来以孙为主，以刘为辅，周瑜为主帅的这场战争，竟颠倒了过来，诸葛亮成为火烧赤壁的主角。至于这位军师当时是不是参与了决策，大可怀疑，那么，《三国演义》的赤壁大战，就是"七实三虚"的"三虚"了。

　　裴松之说："赤壁之败，盖有运数。实由疾疫大兴，以损凌厉之锋，凯风自南，用成焚如之势。天实为之，岂人事哉？然则魏武之东下，非失算也。"裴松之的"非失算也"和吕思勉的"天下及早统一，免于分裂之祸"，对魏武的"非失算"，能有更多的理解。但那是一个混乱年代，好乱和行险分子太多，赤壁败后，鼎立之势成，五百年的分裂便不可免。连首创以蜀绍汉、反对曹操的史学家习凿齿，也为他惋惜不已，说他积数十年的努力，志在一统，就这样付之东流了。

却说鲁肃领了周瑜言语，径来舟中相探孔明。孔明接入小舟对坐。肃曰："连日措办军务，有失听教。"孔明曰："便是亮亦未与都督贺喜。"肃曰："何喜？"孔明曰："公瑾使先生来探亮知也不知，便是这件事可贺喜耳。"唬得鲁肃失色问曰："先生何由知之？"孔明曰："这条计只好弄蒋干。曹操虽被一时瞒过，必然便省悟，只是不肯认错耳。今蔡、张二人既死，江东无患矣，如何不贺喜？吾闻曹操换毛玠、于禁为水军都督，则这两个手里，好歹送了水军性命。"鲁肃听了，开口不得，把些言语支吾了半晌，别孔明而回。孔明嘱曰："望子敬在公瑾面前，勿言亮先知此事。恐公瑾心怀妒忌，又要寻事害亮。"鲁肃应诺而去，回见周瑜，把上项事只得实说了。瑜大惊曰："此人决不可留，吾决意斩之！"肃劝："若杀孔明，却被曹操笑也。"瑜曰："吾自有公道斩之，教他死而无怨。"肃曰："何以公道斩之？"瑜曰："子敬休问，来日便见。"

次日，聚众将于帐下，教请孔明议事，孔明欣然而至。坐定，瑜问孔明曰："即日将与曹军交战。水路交兵，当以何兵器为先？"孔明曰："大江之上，以弓箭为先。"瑜曰："先生之言，甚合愚意。但今军中正缺箭用，敢烦先生监造十万枝箭，以为应敌之具。此系公事，先生幸勿推却。"孔明曰："都督见委，自当效劳。敢问十万枝箭，何时要用？"瑜曰："十

◎主事者之最忌，莫过于猜中他不想让人知道的心事，孔明也太多嘴。

日之内，可完办否？"孔明曰："操军即日将至，若候十日，必误大事。"瑜曰："先生料几日可完办？"孔明曰："只消三日，便可拜纳十万枝箭。"瑜曰："军中无戏言。"孔明曰："怎敢戏都督？愿纳军令状，三日不办，甘当重罚。"瑜大喜，唤军政司当面取了文书，置酒相待，曰："待军事毕后，自有酬劳。"孔明曰："今日已不及，来日造起，至第三日，可差五百小军到江边搬箭。"饮了数杯，辞去。鲁肃曰："此人莫非诈乎？"瑜曰："他自送死，非我逼他。今明白对众要了文书，他便两胁生翅，也飞不去。我只吩咐军匠人等，教他故意迟延，凡应用物件，都不与齐备。如此，必然误了日期。那时定罪，有何理说？公今可去探他虚实，却来回报。"

◎公报私仇，是堂而皇之灭掉对头的办法，有权者常乐用之。

肃领命来见孔明。孔明曰："吾曾告子敬休对公瑾说，他必要害我。不想子敬不肯为我隐讳，今日果然又弄出事来。三日内如何造得十万箭？子敬只得救我！"肃曰："公自取其祸，我如何救得你？"孔明曰："望子敬借我二十只船，每船要军士三十人，船上皆用青布为帐，各束草千馀个，分布两边。吾别有妙用，第三日包管有十万枝箭。只不可又教公瑾得知；若彼知之，吾计败矣。"肃允诺，却不解其意。回报周瑜，果然不提起借船之事，只言孔明并不用箭竹、翎毛、胶漆等物，自有道理。瑜大疑曰："且看他三日后如何回覆我。"

◎鲁肃却也如北京人说的实诚，果然不对周瑜透露借船之事。周瑜却也单纯得相当可爱，竟也不派个人去哨探哨探，由着诸葛亮生米煮成熟饭。究竟鲁肃跟谁是一家人啊？

◎大雾垂江，是借箭的好天气。但作家并不急着去叙述即将进行的战斗，而是掉转笔锋，来描写这大雾迷漫中的长江。赋，是文学形式中的咏叹调，最适宜于感情的宣泄，思想的升华，心绪的泛滥，灵感的挥发。特别在金鼓催动、号角齐鸣、弓箭齐发、万马奔腾的时刻，由大动而突然大静，也是为读者在下一个大战高潮到来之前，一个心理上的舒缓期，自然也是作文把握节奏的一法了。

却说鲁肃私自拨轻快船二十只，各船三十馀人，并布幔、束草等物，尽皆齐备，候孔明调用。第一日却不见孔明动静，第二日亦只不动。至第三日四更时分，孔明密请鲁肃到船中。肃问曰："公召我来何意？"孔明曰："特请子敬同往取箭。"肃曰："何处去取？"孔明曰："子敬休问，前去便见。"遂命将二十只船，用长索相连，径望北岸进发。是夜大雾漫天，长江之中，雾气更甚，对面不相见。孔明促舟前进。果然是好大雾！前人有篇《大雾垂江赋》曰：

大哉长江！西接岷、峨，南控三吴，北带九河。汇百川而入海，历万古以扬波。至若龙伯、海若、江妃、水母，长鲸千丈，天蜈九首，鬼怪异类，咸集而有。盖夫鬼神之所凭依，英雄之所战守也。

时也阴阳既乱，昧爽不分。讶长空之一色，忽大雾之四屯。虽舆薪而莫睹，唯金鼓之可闻。初若溟蒙，才隐南山之豹；渐而充塞，欲迷北海之鲲。然后上接高天，下垂厚地。渺乎苍茫，浩乎无际。鲸鲵出水而腾波，蛟龙潜渊而吐气。又如梅霖收溽，春阴酿寒，溟溟漠漠，浩浩漫漫。东失柴桑之岸，南无夏口之山。战船千艘，俱沉沦于岩壑；渔舟一叶，惊出没于波澜。甚则穹昊无光，朝阳失色，返白昼为昏黄，变丹山为水碧。
虽大禹之智，不能测其浅深；离娄之明，焉
能辨乎咫尺！

　　于是冯夷息浪，屏翳收功，鱼鳖遁迹，
鸟兽潜踪。隔断蓬莱之岛，暗围阊阖之宫。
恍惚奔腾，如骤雨之将至；纷纭杂沓，若寒
云之欲同。乃能中隐毒蛇，因之而为瘴疠；
内藏妖魅，凭之而为祸害。降疾厄于人间，
起风尘于塞外。小民遇之夭伤，大人观之感
慨。盖将返元气于洪荒，混天地为大块。

　　当夜五更时候，船已近曹操水寨。孔明教把船只
头西尾东，一带摆开，就船上擂鼓呐喊。鲁肃惊曰：
"倘曹兵齐出，如之奈何？"孔明笑曰："吾料曹操于
重雾中必不敢出。吾等只顾酌酒取乐，待雾散便回。"
　　却说曹寨中听得擂鼓呐喊，毛玠、于禁二人慌忙
飞报曹操。操传令曰："重雾迷江，彼军忽至，必有
埋伏，切不可轻动。可拨水军弓弩手乱箭射之。"又
差人往旱寨内唤张辽、徐晃各带弓弩军三千，火速到
江边助射。比及号令到来，毛玠、于禁怕南军抢入水
寨，已差弓弩手在寨前放箭；少顷，旱寨内弓弩手亦
到，约一万余人，尽皆向江中放箭，箭如雨发。孔明
教把船吊回，头东尾西，逼近水寨受箭，一面擂鼓呐
喊。待至日高雾散，孔明令收船急回。二十只船两

◎草船借箭，乃《三国演义》中最为
大众耳熟能详的故事，也是表现诸葛
亮智慧形象的最佳例证。所以大众特
别记住草船借箭，因为这样一个极为
简单的道理，鲁肃想不到，周瑜更想
不到，原来智慧就在一念之间，诸葛
亮想到了，而包括你在内，哦，原来
不过如此。就印象深刻地记住了这个
故事。其实，乃罗贯中借孙权乘船受
箭情节改编，有掠美之嫌。

◎小说，亦称传奇。奇或者异，乃中国文学灵魂的另一面。志异，这也是中国文学的全部魅力所在。现在传世的古典白话小说四大名著，《三国演义》《红楼梦》《水浒传》《西游记》，就是志异最为杰出的代表作。《西游记》西天取经，九九八十一难，无一不是妖魔鬼怪，不去说它了。《水浒传》本是江湖一百零八位英雄好汉的故事，一开头就是洪太尉揭开封锢的匮藏而放出来的蕴蓄之气。而绝对写实的《红楼梦》，其中的太虚幻境，金陵十二钗的宿命谶语，则更为虚无缥缈。至于这部《三国演义》中那些天命、运数、幻异、梦变、怪奇、神仙、鬼魅、魔法……所有的一切，都是中国文学传统中一脉相传的与现实主义相伴而不悖的超现实主义，也是中国人对于不可知的那个上至九天下至十八层地狱的想象在文学中的表达。你可以不相信它有，但也可以不认为它无；你感到它有就有，你觉得它无就无，这就是中国人的审美观。

边束草上，排满箭枝。孔明令各船上军士齐声叫曰："谢丞相箭！"比及曹军寨内报知曹操时，这里船轻水急，已放回二十馀里，追之不及。曹操懊悔不已。

却说孔明回船谓鲁肃曰："每船上箭约五六千矣，不费江东半分之力，已得十万馀箭。明日即将来射曹军，却不甚便？"肃曰："先生真神人也！何以知今日如此大雾？"孔明曰："为将而不通天文，不识地利，不知奇门，不晓阴阳，不看阵图，不明兵势，是庸才也。亮于三日前已算定今日有大雾，因此敢任三日之限。公瑾教我十日完办，工匠料物，都不应手，将这一件风流罪过，明白要杀我。我命系于天，公瑾焉能害我哉！"鲁肃拜服。船到岸时，周瑜已差五百军在江边等候搬箭。孔明教于船上取之，可得十馀万枝，都搬入中军帐交纳。鲁肃入见周瑜，备说孔明取箭之事。瑜大惊，慨然叹曰："孔明神机妙算，吾不如也！"后人有诗赞曰：

> 一天浓雾满长江，远近难分水渺茫。
> 骤雨飞蝗来战舰，孔明今日伏周郎。

少顷，孔明入寨见周瑜。瑜下帐迎之，称羡曰："先生神算，使人敬服。"孔明曰："诡谲小计，何足为奇？"瑜邀孔明入帐共饮。瑜曰："昨吾主遣使来催督进军，瑜未有奇计，愿先生教我。"孔明曰："亮乃碌碌庸才，安有妙计？"瑜曰："某昨观曹操水寨，极是严整有法，非等闲可攻。思得一计，不知可否，先生幸为我一决之。"孔明曰："都督且休言，各自写于手内，看同也不同。"瑜大喜，教取笔砚来，先自暗写了，却送与孔明，孔明亦暗写了。两个移近坐榻，各出掌中之字，互相观看，皆大笑。原来周瑜掌中字乃一"火"字，孔明掌中亦一"火"字。瑜曰："既我两人所见相同，更无疑矣。幸勿漏泄。"孔明曰："两家公事，岂有漏泄之理？吾料曹操虽两番经我这条计，然必不为备。今都督尽行之可也。"饮罢分散。诸将皆不知其事。

◎英雄所见略同。在冷兵器时代，火攻，是最常用的战术，以其最具杀伤力；以其最大面积的攻击力，以其难以很快复原的摧毁力，而被广泛使用。所以，杀人放火，便是战争的绝对手段。曹操著《孙子注》，其中有《火攻篇》。

　　却说曹操平白折了十五六万箭，心中气闷。荀攸进计曰："江东有周瑜、诸葛亮二人用计，急切难破。可差人去东吴诈降，为奸细内应，以通消息，方可图也。"操曰："此言正合吾意。汝料军中谁可行此计？"攸曰："蔡瑁被诛，蔡氏宗族皆在军中。瑁之族弟蔡中、蔡和现为副将，丞相可以恩结之，差往诈降东吴，必不见疑。"操从之，当夜密唤二人入帐，嘱咐曰："汝二人可引些少军士，去东吴诈降。但有动静，使人密报。事成之后，重加封赏，休怀二心！"二人曰："吾等妻子俱在荆州，安敢怀二心？丞相勿疑。某二人必取周瑜、诸葛亮之首，献于麾下。"操厚赏之。次日，二人带五百军士，驾船数只，顺风望着南岸来。

　　且说周瑜正理会进兵之事，忽报江北有船来到江口，称是蔡瑁之弟蔡和、蔡中特来投降。瑜唤入，二人哭拜曰："吾兄无罪，被操贼所杀。吾二人欲报兄仇，特来投降。望赐收录，愿为前部。"瑜大喜，重赏二人，即命与甘宁引军为前部。二人拜谢，以为中计。瑜密唤甘宁吩咐曰："此二人不带家小，非真投降，乃曹操使来为奸细者。吾今欲将计就计，教他通报消息。汝可殷勤相待，就里提防。至出兵之日，先要杀他两个祭旗。汝切须小心，不可有误。"甘宁领命而去。鲁肃入见周瑜曰："蔡中、蔡和之降，多应是诈，不可收用。"瑜叱曰："彼因曹操杀其兄，欲报仇而来降，何诈之有？你若如此多疑，安能容天下之士乎？"肃默然而退，乃往告孔明。孔明笑而不言。肃曰："孔明何故哂笑？"孔明曰："吾笑子敬不识公瑾用计耳。大江隔远，细作极难往来。操使蔡和、蔡中诈降来探我军中事，公瑾将计就计，正要他通报消息。兵不厌诈，公瑾之谋是也。"肃方才省悟。

　　却说周瑜夜坐帐中，忽见黄盖潜入中军来见周瑜。瑜问曰："公覆夜至，必有良谋见教。"盖曰："彼众我寡，不宜久持，何不用火攻之？"瑜曰："谁教公献此计？"盖曰："某出自己意，非他人之所教也。"瑜曰："吾正欲如此，故留蔡中、蔡和诈降之人以通消息，但恨无一人为我行诈降计耳。"盖曰："某愿行此计。"瑜曰："不受些苦，彼如何肯信？"盖曰："某受孙氏厚恩，虽肝脑涂地，亦无怨悔。"瑜拜而谢之

◎曹操比周瑜用苦肉计，要早一步，还把人送到你眼皮子底下。

◎有时候要付出一些代价，甚至牺牲，只要能够换来更大的胜利成果，也是值得的。

曰：“君若肯行此苦肉计，则江东之万幸也。”盖曰：“某死亦无怨。”遂谢而出。

次日，周瑜鸣鼓大会诸将于帐下，孔明亦在座。周瑜曰：“操引百万之众，连络三百馀里，非一日可破。今令诸将各领三个月粮草，准备御敌。”言未讫，黄盖进曰：“莫说三个月，便支三十个月粮草，也不济事。若是这个月破的，便破；若是这个月破不的，只可依张子布之言，弃甲倒戈，北面而降之耳！”周瑜勃然变色，大怒曰：“吾奉主公之命督兵破曹，敢有再言降者必斩。今两军相敌之际，汝敢出此言慢我军心，不斩汝首，难以服众！”喝左右将黄盖斩讫报来。黄盖亦怒曰：“吾自随破虏将军，纵横东南，已历三世，那有你来？”瑜大怒，喝令速斩。甘宁进前告曰：“公覆乃东吴旧臣，望宽恕之。”瑜喝曰：“汝何敢多言，乱吾法度！”先叱左右将甘宁乱棒打出。众官皆跪告曰：“黄盖罪固当诛，但于军不利。望都督宽恕，权且记罪。破曹之后，斩亦未迟。”瑜怒未息。众官苦苦告求。瑜曰：“若不看众官面皮，决须斩首！今且免死！”命左右拖翻，打一百脊杖，以正其罪。众官又告免。瑜推翻案桌，叱退众官，喝教行杖。将黄盖剥了衣服，拖翻在地，打了五十脊杖。众官又复苦告求免。瑜跃起指盖曰：“汝敢小觑我耶！且寄下五十棍。再有怠慢，二罪俱罚！”恨声不绝而入帐中。

众官扶起黄盖，打得皮开肉绽，鲜血迸流，扶

◎苦肉计，三十六计之一，是个很老牌，至今犹在不断使用的计谋。周瑜打黄盖，就是最典型的案例。因此也衍生出“周瑜打黄盖——愿打愿挨”，以拆穿串通起来行骗的歇后语。对付生活中时不时碰到的伪悲情、伪义愤、伪激动、伪诉苦，最好的办法，立即向后转，开步走。

◎以皮肉痛苦博取信任的伎俩，在赤壁大战中双方都使用过。曹操的苦肉计失败，周瑜的苦肉计胜出，但成败不足以说明计谋之高低，或从事者能力之大小。而主事者之志在必得，成功在我，因而疏于细心经营，麻痹大意，和小心谨慎，唯恐失着，不得不处处防范，步步为营，是大有分别的。

归本寨，昏绝几次。动问之人，无不下泪。鲁肃也往看问了，来至孔明船中，谓孔明曰："今日公瑾怒责公覆，我等皆是他部下，不敢犯颜苦谏；先生是客，何故袖手旁观，不发一语？"孔明笑曰："子敬欺我。"肃曰："肃与先生渡江以来，未尝一事相欺。今何出此言？"孔明曰："子敬岂不知公瑾今日毒打黄公覆，乃其计耶？如何要我劝他？"肃方悟。孔明曰："不用苦肉计，何能瞒过曹操？今必令黄公覆去诈降，却教蔡中、蔡和报知其事矣。子敬见公瑾时，切勿言亮先知其计，只说亮也埋怨都督便了。"肃辞去，入帐见周瑜。瑜邀入帐后。肃曰："今日何故痛责黄公覆？"瑜曰："诸将怨否？"肃曰："多有心中不安者。"瑜曰："孔明之意若何？"肃曰："他也埋怨都督忒情薄。"瑜笑曰："今番须瞒过他也。"肃曰："何谓也？"瑜曰："今日痛打黄盖，乃计也。吾欲令他诈降，先须用苦肉计，瞒过曹操，就中用火攻之，可以取胜。"肃乃暗思孔明之高见，却不敢明言。

且说黄盖卧于帐中，诸将皆来动问，盖不言语，但长吁而已。忽报参谋阚泽来问，盖令请入卧内，叱退左右。阚泽曰："将军莫非与都督有仇？"盖曰："非也。"泽曰："然则公之受责，莫非苦肉计乎？"盖曰："何以知之？"泽曰："某观公瑾举动，已料着八九分。"盖曰："某受吴侯三世厚恩，无以为报，故献此计以破曹操。吾虽受苦，亦无所恨。吾遍观军中，无一人可为心腹者。唯公素有忠义之心，敢以心腹相告。"泽曰："公之告我，无非要我献诈降书耳。"盖曰："实有此意，未知肯否？"阚泽欣然领诺。正是：

　　　　勇将轻身思报主，谋臣为国有同心。

未知阚泽所言若何，且看下文分解。

　　现在，弄不懂曹操为什么那样执迷于一举而下江东的雄图大略？

　　此人是有大想法的，他急于渡江，收复江东，是要一统汉室河山，很可能在拿下荆州这个意外胜利以后，既有趁热打铁，一气呵成，毕其功于一役的顺势而为；也有头脑膨胀，集体发烧，上下一齐的狂热。就看他认为即将功成业就的前夕，置酒襄阳，在汉水之滨，举办了一次彩排的祝捷大会，这就是高兴得太早的热昏之招，陈寿《三国志·王粲传》载其事。那个说服刘表之子刘琮降操的文人王粲，捧起酒来，吹捧曹操："海内回心，望风而愿治，文武并用，英雄尽力，此三王之举也。"一般说，失败的后遗症，是畏缩；胜利的后遗症，是狂躁。此刻的曹操，比在渤海边，碣石旁，更不可一世了。他现在要做的最后一件事，就是完成他的"山不厌高，水不厌深，周公吐哺，天下归心"的宿愿，立万世基业了。

　　曹操登峰造极之时，也是曹军上下高度亢奋之日，这种集体无意识，才是最大的危险。

　　诸葛亮说过："夫败军丧师，未有不因轻敌而致祸者。"官渡之战，赤壁之战，绝对强者遭遇绝对弱者的失败，莫不因此。

第四十七回

阚泽密献诈降书
庞统巧授连环计

　　清人赵翼说："人才莫盛于三国，亦惟三国之主，各能用人，故得众力相扶，以成鼎足之势。"曹操采取海纳百川，有容乃大的人才政策，因而在三国鼎立状态下，一直处于强势。这回曹操吃了黄盖假投降的亏，虽然史实并非如此，若果真如此，也不奇怪。张辽为吕布的人，本打算推出去斩了，经关羽一劝，降了；张郃本属袁绍，官渡鏖战中率队火线反正，降了——这两位降人，最终成为曹操的五子良将。

　　曹操一生敢于使用从对方阵营过来的人，敢于用反对过自己的人，获益良多。这种容人肚量，用人气派，在历史上还很难找到第二个。曹操的人才政策，在三国鼎立状态下，一直处于强势。他的人才三令，固然有其偏激的成分，不足为训，但本质上体现了他求贤若渴，不拘一格的包容精神。

　　一个领导人，无论职务高低，无论权力大小，第一要学会包容，第二要学会放手，第三要学会信任，第四要学会识别。这世界上除了孙悟空，谁也没有火眼金睛，除了刘伯温，谁也不可能前知五百年，后知五百年，允许犯错误，及时总结经验教训也就行了。人才济济，这是曹操在三分天下的局势中，始终兴旺不衰的一个非常重要的原因。

　　黄盖诈降，阚泽献书，乃至庞统授计，当然是不足凭信的演义。演义者的描写有时是颇为绝对化的，赤壁败绩的曹操，和官渡大捷的曹操，写得判若两人，性格背离，以致像小儿一样的轻易被人播弄。这就是史和小说的区别，即或如此，无论历史上的，还是小说中的曹操，确是一个非凡人物。

　　却说阚泽字德润，会稽山阴人也。家贫好学，尝借人书来看，看过十遍，便不遗忘。口才辨给，少有胆气。孙权召为参谋，与黄盖最相善。盖知其能言有胆，故欲使献诈降书。泽欣然应诺曰："大丈夫处世，不能立功建业，不几与草木同腐乎？公既捐躯报主，泽又何惜微生！"黄盖滚下床来，拜而谢之。泽曰："事不可缓，即今便行。"盖曰："书已修下了。"

　　泽领了书，只就当夜扮作渔翁，驾小舟望北岸而行。是夜寒星满天。三更时候，早到曹军水寨。巡江军士拿住，连夜报知曹操。操曰："莫非是奸细么？"军士曰："只一渔翁，自称是东吴参谋阚泽，有机密事来见。"操便教引将入来。军士引阚泽至，只见帐上灯烛辉煌，曹操凭几危坐，问曰："汝既是东吴参谋，来此何干？"泽曰："人言曹丞相求贤若渴，今观此问，甚不相合。黄公覆，汝又错寻思了也！"操曰："吾与东吴旦夕交兵，汝私行到此，如何不问？"泽曰："黄公覆乃东吴三世旧臣，今被周瑜于众将之前无端毒打，不胜忿恨，因欲投降丞相，为报仇之计，特谋之于我。我与公覆情同骨肉，径来为献密书，未知丞相肯容纳否？"操曰："书在何处？"阚泽取书呈上。操拆书就灯下观看。书略曰：

　　　　盖受孙氏厚恩，本不当怀二心，然以今日事势论之：用江东六郡之卒，当中国百万之师，众寡不敌，海内所共见也。东吴将吏，无有智愚，皆知其不可。周瑜小子，褊怀浅戆，自负其能，辄欲以卵敌石；兼之擅作威

◎其实黄盖降不如张昭降更能让曹操相信。

福，无罪受刑，有功不赏。盖系旧臣，无端
为所摧辱，心实恨之。伏闻丞相诚心待物，
虚怀纳士，盖愿率众归降，以图建功雪耻。
粮草军仗，随船献纳。泣血拜白，万勿见疑。

◎曹操用降将，一生得益不少。然而他用人不疑，疑人不用，既然他看出苦肉计，一位成熟的政治家，怎能被阚泽几句话打动？看来，说书人为了戏剧性，而忽略了人物性格的一贯性、完整性。

　　曹操于几案上翻覆将书看了十馀次，忽然拍案张目大怒曰："黄盖用苦肉计，令汝下诈降书，就中取事，却敢来戏侮我耶！"便教左右推出斩之。左右将阚泽簇下。泽面不改容，仰天大笑。操教牵回，叱曰："吾已识破奸计，汝何故哂笑？"泽曰："吾不笑你。吾笑黄公覆不识人耳。"操曰："何不识人？"泽曰："杀便杀，何必多问！"操曰："吾自幼熟读兵书，深知奸伪之道。汝这条计，只好瞒别人，如何瞒得我？"泽曰："你且说书中那件事是奸计？"操曰："我说出你那破绽，教你死而无怨。你既是真心献书投降，如何不明约几时？今你有何理说！"
　　阚泽听罢，大笑曰："亏汝不惶恐，敢自夸熟读兵书，还不及早收兵回去！倘若交战，必被周瑜擒矣。无学之辈，可惜吾屈死汝手！"操曰："何谓我无学？"泽曰："汝不识机谋，不明道理，岂非无学？"操曰："你且说我那几般不是处？"泽曰："汝无待贤之礼，吾何必言！但有死而已。"操曰："汝若说得有理，我自然敬服。"泽曰："岂不闻'背主作窃，不可定期'？倘今约定日期，急切下不得手，这里反来接应，事必泄漏。但可觑便而行，岂可预期相订乎？汝不明此理，欲屈杀好人，真无学之辈也！"操闻言，改容下席而谢曰："某见事不明，误犯尊威，幸勿挂怀。"泽曰："吾与黄公覆倾心投降，如婴儿之望父母，岂有诈乎？"操大喜曰："若二人能建大功，他日受爵，必在诸人之上。"泽曰："某等非为爵禄而来，实应天顺人耳。"操取酒待之。

少顷，有人入帐，于操耳边私语。操曰："将书来看。"其人以密书呈上。操观之，颜色颇喜。阚泽暗思："此必蔡中、蔡和来报黄盖受刑消息，操故喜我降之之事为真实也。"操曰："烦先生再回江东，与黄公覆约定，先通消息过江，吾以兵接应。"泽曰："某已离江东，不可复还。望丞相别遣机密人去。"操曰："若他人去，事恐泄漏。"泽再三推辞，良久乃曰："若去，则不敢久停，便当行矣。"

操赐以金帛，泽不受。辞别出营，再驾扁舟，重回江东，来见黄盖，细说前事。盖曰："非公能辩，则盖徒受苦矣。"泽曰："吾今去甘宁寨中，探蔡和、蔡中消息。"盖曰："甚善。"泽至宁寨，宁接入。泽曰："将军昨为救黄公覆，被周公瑾所辱，吾甚不平。"宁笑而不答。正话间，蔡和、蔡中至。泽以目送甘宁，宁会意，乃曰："周公瑾只自恃其能，全不以我等为念，我今被辱，羞见江左诸人！"说罢，咬牙切齿，拍案大叫。泽乃虚与宁耳边低语。宁低头不言，长叹数声。

◎这就叫"自作自受"、"聪明反被聪明误"了。

◎这种小儿科的间谍游戏，也就是文学作品中的佐料罢了，是千万当真不得的。

◎官渡大战中的曹操和赤壁大战中的曹操，其实倒也没有什么大变，只是一个于200年，一个于208年，八年之差，不禁使人想起杜甫的《短歌行·赠王郎司直》："青眼高歌望君子，眼中之人吾老矣。"

蔡和、蔡中见宁、泽皆有反意，以言挑之曰："将军何故烦恼？先生有何不平？"泽曰："吾等腹中之苦，汝岂知耶？"蔡和曰："莫非欲背吴投曹耶？"阚泽失色。甘宁拔剑而起曰："吾事已为窥破，不可不杀之以灭口！"蔡和、蔡中慌曰："二公勿忧，吾亦当以心腹之事相告。"宁曰："可速言之。"蔡和曰："吾二人乃曹公使来诈降者。二公若有归顺之心，吾当引进。"宁曰："汝言果真？"二人齐声曰："安敢相欺？"宁佯喜曰："若如此，是天赐其便也。"二蔡曰："黄公覆与将军被辱之事，吾已报知丞相矣。"泽曰："吾已为黄公覆献书丞相，今特来见兴霸，相约同降耳。"宁曰："大丈夫既遇明主，自当倾心相投。"于是四人共饮，同论心事。二蔡即时写书密报曹操，说甘宁与某同为内应。阚泽另自修书，遣人密报曹操。书中具言黄盖欲来，未得其便，但看船头插青牙旗而来者，即是也。

却说曹操连得二书，心中疑惑不定，聚众谋士商议曰："江左甘宁被周瑜所辱，愿为内应；黄盖受责，令阚泽来纳降：俱未可深信。谁敢直入周瑜寨中探听实信？"蒋干进曰："某前日空往东吴，未得成功，深怀惭愧。今愿舍身再往，务得实信回报丞相。"操大喜，即时令蒋干上船。干驾小舟，径到江南水寨边，便使人传报。周瑜听得干又到，大喜曰："吾之成功，只在此人身上。"遂嘱咐鲁肃："请庞士元来，为我如此如此。"原来襄阳庞统，字士元，因避乱寓江东。鲁肃曾荐之于周瑜，统未及往见，瑜先使鲁肃问计于统曰："破曹当用何策？"统密谓肃曰："欲破曹兵，须用火攻。但大江面上，一船着火，馀船四散，除非献连环计，教他钉作一处，然后功可成也。"肃以告瑜，瑜深服其论，因谓肃曰："为我行此计者，非庞士元不可。"肃曰："只怕曹操奸猾，如何去得？"

　　周瑜沉吟未决，正寻思没个机会，忽报蒋干又来。瑜大喜，一面吩咐庞统用计，一面坐于帐上，使人请干。干见不来接，心中疑虑，教把船于僻静岸口缆系，乃入寨见周瑜。瑜作色曰："子翼何故欺我太甚！"蒋干笑曰："吾想与你乃旧日弟兄，特来吐心腹事，何言相欺也？"瑜曰："汝要说吾降，除非海枯石烂。前番吾念旧日交情，请你痛饮一醉，留你共榻；你却盗吾私书，不辞而去，归报曹操，杀了蔡瑁、张允，致使吾事不成。今日无故又来，必不怀好意！吾不看旧日之情，一刀两段！本待送你过去，争奈吾一二日间，便要破曹贼；待留你在军中，又必有泄漏。"便教左右："送子翼往西山庵中歇息，待吾破了曹操，那时渡你过江未迟。"蒋干再欲开言，周瑜已入帐后去了。左右取马与蒋干乘坐，送到西山背后小庵歇息，拨两个军人伏侍。

　　干在庵内，心中忧闷，寝食不安。是夜星露满天，独步出庵后，只听得读书之声。信步寻去，见山岩畔有草屋数椽，内射灯光。干往窥之，只见一人挂剑灯前，诵孙、吴兵书。干思此必异人也，叩户请见。其

◎庞统与东吴的关系密切，与周瑜、鲁肃的关系更密切，由此可见。后来经鲁肃推荐给刘备，从此仕蜀，倡弃荆图益说，似有些来由。周瑜、鲁肃、庞统，这个组合对东吴来讲，是有点异数的三人组。

◎历史上的蒋干，确实负有曹操的使命，游说周瑜。他和周瑜见面以后，"但笑，终无所言，干还。称瑜雅量高致，非言辞所间"。看来是很识时务的人，不像《三国演义》中这样自作聪明，愚不可及。但现实生活中，这类鼻子上抹一块白的丑角，并不乏见。

人开门出迎，仪表非俗。干问姓名，答曰："姓庞，名统，字士元。"干曰："莫非凤雏先生否？"统曰："然也。"干喜曰："久闻大名，今何僻居此地？"答曰："周瑜自恃才高，不能容物，吾故隐居于此。公乃何人？"干曰："吾蒋干也。"统乃邀入草庵，共坐谈心。干曰："以公之才，何往不利？如肯归曹，干当引进。"统曰："吾亦欲离江东久矣。公既有引进之心，即今便当一行。如迟则周瑜闻之，必将见害。"于是与干连夜下山，至江边寻着原来船只，飞棹投江北。

既至操寨，干先入见，备述前事。操闻凤雏先生来，亲自出帐迎入，分宾主坐定，问曰："周瑜年幼，恃才欺众，不用良谋。操久闻先生大名，今得惠顾，乞不吝教诲。"统曰："某素闻丞相用兵有法，今愿一睹军容。"操教备马，先邀统同观旱寨。统与操并马登高而望。统曰："傍山依林，前后顾盼，出入有门，进退曲折，虽孙、吴再生，穰苴复出，亦不过此矣。"操曰："先生勿得过誉，尚望指教。"于是又与同观水寨。见向南分二十四座门，皆有艨艟战舰，列为城郭，中藏小船，往来有巷，起伏有序。统笑曰："丞相用兵如此，名不虚传！"因指江南而言曰："周郎，周郎，克期必亡。"操大喜。回寨，请入帐中，置酒共饮，同说兵机。统高谈雄辩，应答如流。操深敬服，殷勤相待。

统佯醉曰："敢问军中有良医否？"操问何用，统曰："水军多疾，须用良医治之。"时操军因不服水土，俱生呕吐之疾，多有死者。操正虑此事，忽闻统言，如何不问。统曰："丞相教练水军之法甚妙，但可惜不全。"操再三请问，统曰："某有一策，使大小水军，并无疾病，安稳成功。"操大喜，请问妙策。统曰："大江之中，潮生潮落，风浪不息。北兵不惯乘舟，受此颠播，便生疾病。若以大船小船各皆配搭，或三十为一排，或五十为一排，首尾用铁环连锁，上铺阔板，休言人可渡，马亦可走矣。乘此而行，任他风浪潮水上下，复何惧哉？"曹操下席而谢曰："非先生良谋，安能破东吴耶？"统曰："愚浅之见，丞相自裁之。"操即时传令，唤军中铁匠，连夜打造连环大钉，锁住船只。诸军闻之，俱各喜悦。后人有诗曰：

赤壁鏖兵用火攻，运筹决策尽皆同。
若非庞统连环计，公瑾安能立大功。

庞统又谓操曰："某观江左豪杰，多有怨周瑜者。某凭三寸舌为丞相说之，使皆来降。周瑜孤立无援，必为丞相所擒。瑜既破，则刘备无所用矣。"操曰："先生果能成大功，操请奏闻天子，封为三公之列。"统曰："某非为富贵，但欲救万民耳。丞相渡江，慎勿杀害。"操曰："吾替天行道，安忍杀戮人民？"统拜求榜文，以安宗族。操曰："先生家属，见居何处？"统曰："只在江边。若得此榜，可保全矣。"操

◎一个劲直接地或简接地拍阁下马屁者，如果不是傻子，十之九不怀好意。凡往你耳朵里灌米汤时，你觉得很悦耳，那恭喜你，阁下智商离傻子也不远了。

◎章回小说脱胎于口头文学，因此，每回结尾都留有极强的戏剧性悬念，以便吸引听众。但为了悬念而悬念，便有失真硬凑之感。在《三国演义》中，这类牵强的且听下回分解，也不之见。

命写榜金押付统。统拜谢曰："别后可速进兵，休待周郎知觉。"操然之。

统拜别，至江边正欲下船，忽见岸上一人，道袍竹冠，一把扯住统曰："你好大胆！黄盖用苦肉计，阚泽下诈降书，你又来献连环计，只恐烧不尽绝！你们把出这等毒手来，只好瞒曹操，也须瞒我不得。"唬得庞统魂飞魄散。正是：

莫道东南能制胜，谁云西北独无人？

毕竟此人是谁，且看下文分解。

官渡之战，曹操大胜，时年四十五，赤壁之战，曹操大败，时年五十四，岁月无情，时光不饶人，乃是无情而必须接受的事实。史称：三国时期人口平均年龄二十五至三十五岁。所以，周瑜和孙权，都称曹操为老贼。冷兵器时代，一个普通士兵的自身负荷，仅武器和盔甲（不包括口粮），重四五十公斤，因为头盔为金属制品，而护身之甲则是混入金属丝材料编织而成，所谓披挂上阵的"披挂"，就是要将这些相当分量的护身设备，绑扎在身体各个部位，才能投入战斗。所以，一个骑兵，被对方打到，并跌下马去，是很难再上马进行下一回合的战斗的。因此，作为指挥员的曹操，双方圆阵以后，他必须上阵，也不能不如此进行自身保护，他的护兵应该相当多，但作为目标，敌军的明枪暗箭，也都以他为重点打击对象，所以，一个快六十岁的老汉，要担负二三十岁小伙子能够胜任的装备，可想而知，对曹操也是很大考验。

赤壁之败，使曹操认识到，按他的体力不可能再次发动战略性的大战，所以，他的黯然退场，意味着他的时代的结束，也就意味着他的一统河山的想法泡汤，这才是胸怀大志、改写历史的英雄无可奈何的悲哀。虽然，他绝不承认失败，然而，历史定格在这里，这就是历史的无情。他不死心过，缓过气来，与马超、韩遂、张鲁这非等量级对手试过身手。但英雄迟暮，虎威已失，他总算明白自己老之将至、来日无多的现实，这是他最难得的清醒。

第四十八回

宴长江曹操赋诗
锁战船北军用武

　　诸葛亮、周瑜、庞统都想到了火攻一策，其实，曹操也不是没有估计到会被火攻的可能性。应该说，双方统帅在指挥艺术、谋略运筹处于同一水平时，对于彼此将会采取什么动作，基本上是能够掌握的。

　　按《三国演义》所写，为了实现火攻这个目标，周瑜、庞统设计了铁索连身的阴谋，诱敌上当。当时，这两位谋略家，并未考虑到风和风向这个事关紧要的方面。曹操所以排除了火攻的可能性，也是根据冬天多西北风的判断。他是北人，深知腊月里西北风的凛冽，这不能不说是曹操要比周瑜、庞统两人想得远些，而周瑜终于觉悟到风对于火攻的重要性，急得口吐鲜血，庞统却始终未意识到，表明周瑜的思虑要比庞统全面些。当然，能借来东风的诸葛亮，则更胜一筹了。虽然这是神话，这是巧遇。所谓"天助我也"，在整个战争过程中，再多的必然性之中，也会出现偶然性的。

　　这是《三国演义》的演义，诸葛亮借东风一说，于史无据。只是《三国志·周瑜传》中有一句"盖放诸船，同时发火。时风盛猛，悉延烧岸上营落。"长江水面宽阔，冷兵器时代是封锁不住的，火种船偷驶至上流，即使刮的是西北风，也能起到助燃作用，因为冷热气流的急骤交换，也能形成风势。"时风盛猛"说，是对的，"借东风"说，则是《三国演义》为了神化诸葛亮而"近乎妖"的描写。鲁迅先生在《中国小说史略》中批评《三国演义》，"亦颇有失，以至欲显刘备之长厚而似伪，状诸葛之多智而近妖"，这所谓的"失"，只是按西方现实主义文学观念的要求。中国传统的白话小说，几乎无一部无神仙鬼怪，甚至官方史书，也无一部不设卜者、日者、方伎列传，这是中国古人的小说观，也是中国人的文学欣赏习惯。

　　却说庞统闻言，吃了一惊，急回视其人，原来却是徐庶。统见是故人，心下方定。回顾左右无人，乃

◎在这个世界上，任何计谋，要想瞒过所有人的眼睛，是困难的。

曰："你若说破我计，可惜江南八十一州百姓，皆是你送了也。"庶笑曰："此间八十三万人马，性命如何？"统曰："元直真欲破我计耶？"庶曰："吾感刘皇叔厚恩，未尝忘报。曹操送死吾母，吾已说过终身不设一谋，今安肯破兄良策？只是我亦随军在此，兵败之后，玉石不分，岂能免难？君当教我脱身之术，我即缄口远避矣。"统笑曰："元直如此高见远识，谅此有何难哉！"庶曰："愿先生赐教。"统去徐庶耳边略说数句。庶大喜拜谢。庞统别却徐庶，下船自回江东。

且说徐庶当晚密使近人去各寨中暗布谣言。次日，寨中三三五五，交头接耳而说。早有探事人报知曹操，说军中传言西凉州韩遂、马腾谋反，杀奔许都来。操大惊，急聚众谋士商议曰："吾引兵南征，心中所忧者，韩遂、马腾耳。军中谣言，虽未辨虚实，然不可不防。"言未毕，徐庶进曰："庶蒙丞相收录，恨无寸功报效。请得三千人马，星夜往散关把住隘口。如有紧急，再行告报。"操喜曰："若得元直去，吾无忧矣。散关之上，亦有军兵，公统领之。目下拨三千马步军，命臧霸为先锋，星夜前去，不可稽迟。"徐庶辞了曹操，与臧霸便行。此便是庞统救徐庶之计。后人有诗曰：

　　曹操征南日日忧，马腾韩遂起矛戈。
　　凤雏一语教徐庶，正似游鱼脱钓钩。

◎其实，庞统的谣言攻势，不仅仅使徐庶脱身，在涣散曹营军心上，也是功不可没的。在正面战争之外，不惜一切手段削弱对方，也是一个很重要的方面。

曹操自遣徐庶去后，心中稍安，遂上马先看沿江旱寨，次看水寨。乘大船一只，于中央上建帅字旗号，两旁皆列水寨，船上埋伏弓弩千张，操居于上。时建安十二年冬十一月十五日，天气晴明，平风静浪。操令："置酒设乐于大船之上，吾今夕欲会诸将。"天色向晚，东山月上，皎皎如同白日。长江一带，如横素练。操坐大船之上，左右侍御者数百人，皆锦衣绣袄，荷戈执戟。文武众官，各依次而坐。操见南屏山色如画，东视柴桑之境，西观夏口之江，南望樊山，北觑乌林，四顾空阔。心中欢喜，谓众官曰："吾自起义兵以来，与国家除凶去害，誓愿扫清四海，削平天下，所未得者江南也。今吾有百万雄师，更赖诸公用命，何患不成功耶！收服江南之后，天下无事，与诸公共享富贵，以乐太平。"文武皆起谢曰："愿得早奏凯歌，我等终身皆赖丞相福荫。"操大喜，命左右行酒。饮至半夜，操酒酣，遥指南岸曰："周瑜、鲁肃不识天时，今幸有投降之人，为彼心腹之患，此天助吾也。"荀攸曰："丞相勿言，恐有泄漏。"操大笑曰："座上诸公与近侍左右，皆吾心腹之人也，言之何碍？"又指夏口曰："刘备、诸葛亮，汝不料蝼蚁之力，欲撼泰山，何其愚耶！"顾谓诸将曰："吾今年五十四岁矣。如得江南，窃有所喜。昔日乔公与吾至契，吾知其二女皆有国色，后不料为孙策、周瑜所娶。吾今新构铜雀台于

◎曹操此举，通常被视作炫功，作者也是从这个角度来写他如何骄盈的。大军伐吴和他进军洛阳，奋击袁绍处于弱势地位时，确实是今非昔比，自满是必然的存在。不过，也应看到曹操这次近似誓师性质的聚会，有他振奋军心，同仇敌忾，上下一心，众志成城的构想。包括他处置刘馥，也可说是一种儆戒。

◎虽非史实，但也衬出曹操的风流。

◎文人雅兴，对酒当歌，踌躇满志，横槊赋诗。这也是所有文学发烧友，很容易涌上来的德行。曹操是文人，难免文人风流，如此得意，自然情不自禁，诗情大发。加之马屁精一捧，就摇头晃脑地作起诗来。不过话说回来，在中国历代帝王中，好当作家者多，但能给后人留下这么一首气势豪迈的诗者，还是绝无仅有的。

漳水之上，如得江南，当娶二乔置之台上，以娱暮年，吾愿足矣。"言罢大笑。唐人杜牧之有诗曰：

折戟沉沙铁未消，自将磨洗认前朝。

东风不与周郎便，铜雀春深锁二乔。

曹操正笑谈间，忽闻鸦声望南飞鸣而去。操问曰："此鸦缘何夜鸣？"左右答曰："鸦见月明，疑是天晓，故离树而鸣也。"操又大笑。时操已醉，乃取槊立于船头上，以酒奠于江中，满饮三爵，横槊谓诸将曰："吾持此槊，破黄巾，擒吕布，灭袁术，收袁绍，深入塞北，直抵辽东，纵横天下，颇不负大丈夫之志也。今对此景，甚有慷慨。吾当作歌，汝等和之。"歌曰：

对酒当歌，人生几何？

譬若朝露，去日苦多。

慨当以慷，忧思难忘。

何以解忧？惟有杜康。

青青子衿，悠悠我心。

但为君故，沉吟至今。

呦呦鹿鸣，食野之萍。

我有嘉宾，鼓瑟吹笙。

皎皎如月，何时可掇？

忧从中来，不可断绝。

越陌度阡，枉用相存。

契阔谈宴，心念旧恩。

月明星稀，乌鹊南飞，

绕树三匝，无枝可依。

山不厌高，水不厌深。

周公吐哺，天下归心。

◎周公，是曹操心仪的古人楷模，他把自己的人生坐标，也就定在这个方位上。

歌罢，众和之，共皆欢笑。忽座间一人进曰："大军相当之际，将士用命之时，丞相何故出此不吉之言？"操视之，乃扬州刺史，沛国相人，姓刘，名馥，字元颖。馥起自合淝，创立州治，聚逃散之民，立学校，广屯田，兴治教，久事曹操，多立功绩。当下操横槊问曰："吾言有何不吉？"馥曰："'月明星稀，乌鹊南飞，绕树三匝，无枝可依。'此不吉之言也。"操大怒曰："汝安敢败吾兴！"手起一槊，刺死刘馥。众皆惊骇，遂罢宴。次日，操酒醒，悔恨不已。馥子刘熙，告请父尸归葬。操泣曰："吾昨因醉误伤汝父，悔之无及。可以三公厚礼葬之。"又拨军士护送灵柩，即日回葬。

次日，水军都督毛玠、于禁诣帐下请曰："大小船只，俱已配搭连锁停当。旌旗战具，一一齐备。请丞相调遣，克日进兵。"操至水军中央大战船上坐定，唤集诸将，各各听令。水旱二军，俱分五色旗号：水军中央黄旗毛玠、于禁，前军红旗张郃，后军皂旗吕虏，左军青旗文聘，右军白旗吕通；马步前军红旗徐晃，后军皂旗李典，左军青旗乐进，右军白旗夏侯渊。水陆路都接应使：夏侯惇、曹洪。护卫往来监战使：许褚、张辽。其馀骁将，各依队伍。令毕，水军寨中发擂三通，各队伍战船，分门而出。是日西北风骤起，各船拽起风帆，冲波激浪，稳如平地。北军在船上，踊跃施勇，刺枪使刀。前后左右各军，旗旛不杂。又有小船五十馀只，往来巡警催督。操立于将台之上，观看调练，心中大喜，以为必胜之法。教且收住帆幔，各依次序回寨。

◎铁索连舟，并非佳计，程昱和荀攸也看出火攻的危险性。

操升帐，谓众谋士曰："若非天命助我，安得凤雏妙计？铁索连舟，果然渡江如履平地。"程昱曰："船皆连锁，固是平稳，但彼若用火攻，难以回避，不可不防。"操大笑曰："程仲德虽有远虑，却还有见不到处。"荀攸曰："仲德之言甚是，丞相何故笑之？"操曰："凡用火攻，必借风力。方今隆冬之际，但有西风北风，安有东风南风耶？吾居于西北之上，彼兵皆在南岸，彼若用火，是烧自己之兵也，吾何惧哉？若是十月小春之时，吾早已提备矣。"诸将皆拜伏曰："丞相高见，众人不及。"操顾诸将曰："青、徐、燕、代之众，不惯乘舟；今非此计，安能涉大江之险！"只见班部中二将挺身出曰："小将虽幽、燕之人，也能乘舟。今愿借巡船二十只，直至北江口，夺旗鼓而还，以显北军亦能乘舟也。"操视

◎程昱、荀攸恐怕也不得不服丞相的高见，但战争迷宫，歧路万千，再英明的统帅，也有一失足成千古恨的时候。

之，乃袁绍手下旧将焦触、张南也。操曰："汝等皆生长北方，恐乘舟不便。江南之兵，往来水上，习练精熟，汝勿轻以性命为儿戏也。"焦触、张南大叫曰："如某不胜，甘受军法。"操曰："战船尽已连锁，惟有小舟，每舟可容二十人，只恐未便接战。"触曰："若用大船，何足为奇？乞付小舟二十馀只，某与张南各引一半，只今日直抵江南水寨，须要夺旗斩将而还。"操曰："吾与汝二十只船，差拨精锐军五百人，皆长枪硬弩。到来日天明，将大寨船出到江面上，远为之势。更差文聘亦领三十双巡船，接应汝回。"焦触、张南欣喜而退。次日四更造饭，五更结束已定，早听得水寨中擂鼓鸣金，船皆出寨，分布水面。长江一带，青红旗号交杂。焦触、张南领哨船二十只，穿寨而出，望江南进发。

却说南岸隔日听得鼓声喧震，遥望曹操调练水军，探事人报知周瑜。瑜往山顶观之，操军已收回。次日，忽又闻鼓声震天，军士急登高观望，见有小船冲波而来，飞报中军。周瑜问帐下谁敢先出，韩当、周泰二人齐出曰："某当权为先锋破敌。"瑜喜，传令各寨严加守御，不可轻动。韩当、周泰各引哨船五只，分左右而出。却说焦触、张南凭一勇之气，飞棹小船而来。韩当独披掩心，手执长枪，立于船头。焦触船先到，便命军士乱箭望韩当船上射来，当用牌遮隔。焦触捻长枪与韩当交锋，当手起一枪，刺死焦触。张

◎试探，也就是接触，是一种艺术。军与军如此，人与人亦如此。曹操在《孙子注》中说，故曰：知己知彼，百战不殆；不知彼而知己，一胜一负；不知彼不知己，每战必殆。曹操首战败北，很大因素吃亏在一个"骄"字上，派不习水性之将，乘非征战适用之舟，携不足应战的士卒，与对方强将在江上角力，焉有不败之理？周瑜说北军不习水战，果然。

南随后大叫赶来。隔斜里周泰船出。张南挺枪立于船头，两边弓矢乱射。周泰一臂挽牌，一手提刀。两船相离七八尺，泰即飞身一跃，直跃过张南船上，手起刀落，砍张南于水中，乱杀驾舟军士。众船飞棹急回。韩当、周泰催船进赶，到半江中，恰与文聘船相迎，两边便摆定船厮杀。

却说周瑜引众将立于山顶，遥望江北水面，艨艟战船排合江上，旗帜号带皆有次序。回看文聘与韩当、周泰相持。韩当、周泰奋力攻击，文聘抵敌不住，回船而走。韩、周二人急催船追赶。周瑜恐二人深入重地，便将白旗招飐，令众鸣金，二人乃挥棹而回。周瑜于山顶看隔江战船，尽入水寨。瑜顾谓众将曰："江北战船如芦之密，操又多谋，当用何计以破之？"众未及对，忽见曹军寨中，被风吹折中央黄旗，飘入江中。瑜大笑曰："此不祥之兆也！"正观之际，忽狂风大作，江中波涛拍岸。一阵风过，刮起旗角于周瑜脸上拂过。瑜猛然想起一事在心，大叫一声，往后便倒，口吐鲜血。诸将急救起时，却早不省人事。正是：

　　　　一时忽笑又忽叫，难使南军破北军。

毕竟周瑜性命如何，且看下文分解。

◎大战前夕的小接触，通常都是一种试探，既想摸对方的底，又怕露自己的短。这时候，没打过大仗的周瑜，要比曹操更为谨慎，连忙鸣金收兵。

◎万事俱备，只欠东风，这时候的周瑜，要不急火攻心，那倒奇怪了。

　　苏东坡那首脍炙人口的《念奴娇》，其中一句"人道是三国周郎赤壁"，说出了一个无可辩驳的事实：赤壁之战是"小乔初嫁了，雄姿英发"的周瑜，把号称八十三万人马的曹操打败的。而在《三国演义》中，把指挥这场战争的总司令头衔加在诸葛亮身上，实际是一种掠他人之美的行为。这不是诸葛亮的错，而是后来一心想美化他的作家们的错。

　　公元208年，取得荆州的曹操，大军压江，志在必得，根本未把对手周瑜看在眼里，但想不到这位官渡大捷的英雄，却在赤壁碰壁。大人物常常瞧不上小人物，但偏偏栽倒在小人物手里，这样的故事我们看到的和听到的，不胜枚举。大人物高高在上，不接地气，血脉不通，迂塞迟钝。小人物跌打滚爬，脚踏实地，消息灵通，心胸活跃。所以，前者，应急措施跟不上，常打被动之仗，后者，不怕跌倒再爬起，主动出击多奇招，于是，周瑜打败曹操，是使历史上许多盖世英雄为之蒙羞的故事。

　　东晋史学家习凿齿著述《汉晋春秋》时，距赤壁之战也就不过百多年，应该说，他对于曹操的败因的分析，接近于历史真实。汉末天下，经曹操的振作，本不该三分的，但赤壁战后，曹操真是再没有力气打大仗了。曹操自量再无这份统一天下的本钱，就收手了。习凿齿应该是知道曹操为这两次大战，花费了多少心血，所以才有"勤之于数十年之内而弃之于俯仰之顷，岂不惜乎"的说法，可惜，习凿齿反曹，遂略而不谈。从208年到他离世的220年，还有十二年，他虽与韩遂、马超、张鲁等进行过局部战争，都不再具有改变全局的作用。这就是苏轼的词末所写的"故国神游，多情应笑我，早生华发。人生如梦，一樽还酹江月"了。

第四十九回

七星坛诸葛祭风
三江口周瑜纵火

　　赤壁之战中的诸葛亮和周瑜，是一种既合作又斗争，既共同御侮又针锋相对的关系；也是一种非敌非友，亦敌亦友，表面和谐，暗中较劲，周瑜总在算计诸葛亮，而诸葛亮总是让周瑜算计不成的尴尬关系。史实并非如此。就小说而言，气量狭窄、好嫉成性的周瑜认为，为东吴未来着想，诸葛亮辅佐刘备，如虎添翼，将比曹操更具威胁力。

　　一个今天的朋友，一个可能是明天的敌人。是留着他，还是干掉他？大政治家，以德化人，使其更友，促其不敌；中政治家，以情感人，增其友好，去其敌意；小政治家，如《三国演义》中的周瑜（实际上他是个大政治家，《三国演义》将其严重歪曲），由于妒火中烧，心急难忍。因此，他的具体措施有三：一是争取诸葛亮为东吴效力；二是羁縻在东吴不令回荆；三是都不成，使用名正言顺的名目杀，或者爽性用非法手段杀，想尽一切办法把诸葛亮消灭掉。杀头是主要的，争取是次要的，鲁肃、诸葛瑾也不过是走走过场的预演罢了。

　　为什么周瑜更倾向于杀呢？这就是不惜下毒手的传统路子了，也是一个被逼到墙角的当事人，最后没有办法的办法了。因为第一招，劝降，不成；第二招，借箭，十万支箭到手，交差；第三招，借东风，眼看风起，旗幡转向，周瑜连忙派人到祭台上去杀他，坛下一叶扁舟早把他接走了。诸葛亮见招拆招，周公瑾招招落空，周瑜大惊曰："此人如此多谋，使我晓夜不安矣！"

　　人与人之间，只有构成均势，方能共处。一种办法，比较费事，是处于弱势地位的，使自己强起来，超过原来的强者；一种办法，比较简便，是使处于优势地位的，削弱到比处于弱势地位者还要弱，甚至不存在：由于失去竞争对手地位，再弱之势，也是强势了。

　　所以，周瑜从此成为不仅在文学中，甚至是历史上家喻户晓的无丝毫容人之量的典型。

却说周瑜立于山顶，观望良久，忽然望后而倒，口吐鲜血，不省人事。左右救回帐中。诸将皆来动问，尽皆愕然相顾曰："江北百万之众虎踞鲸吞，不争都督如此。倘曹兵一至，如之奈何？"慌忙差人申报吴侯，一面求医调治。

却说鲁肃见周瑜卧病，心中忧闷，来见孔明，言周瑜卒病之事。孔明曰："公以为何如？"肃曰："此乃曹操之福，江东之祸也。"孔明曰："公瑾之病，亮亦能医。"肃曰："诚如此，则国家万幸。"即请孔明同去看病。肃先入见周瑜。瑜以被蒙头而卧。肃曰："都督病势若何？"周瑜曰："心腹搅痛，时复昏迷。"肃曰："曾服何药饵？"瑜曰："心中呕逆，药不能下。"肃曰："适来去望孔明，言能医都督之病。见在帐外，烦来医治，何如？"瑜命请入，教左右扶起，坐于床上。孔明曰："连日不晤君颜，何期贵体不安！"瑜曰："'人有旦夕祸福'，岂能自保？"孔明笑曰："'天有不测风云'，人又岂能料乎？"瑜闻失色，乃作呻吟之声。孔明曰："都督心中似觉烦积否？"瑜曰："然。"孔明曰："必须用凉药以解之。"瑜曰："已服凉药，全然无效。"孔明曰："须先理其气。气若顺，则呼吸之间自然痊可。"瑜料孔明必知其意，乃以言挑之曰："若得顺气，当服何药？"孔明笑曰："亮有一方，便教都督气顺。"瑜曰："愿先生赐教。"孔明索纸笔，屏退左右，密书十六字曰：

◎这便如何是好？

◎一句话说到病根上了。

◎双方都是高手，但诸葛亮逼得周瑜向他求教，也在促使他下更大决心除掉这个处处胜他一筹的隐敌。

> 欲破曹公，宜用火攻。
>
> 万事具备，只欠东风。

写毕，递与周瑜曰："此都督病源也。"瑜见了大惊，暗思："孔明真神人也，早已知我心事，只索以实情告之。"乃笑曰："先生已知我病源，将用何药治之？事在危急，望即赐教。"孔明曰："亮虽不才，曾遇异人传授八门遁甲天书，可以呼风唤雨。都督若要东南风，可于南屏山建一台，名曰七星坛，高九尺，作三层，用一百二十人手执旗幡围绕。亮于台上作法，借三日三夜东南大风，助都督用兵，何如？"瑜曰："休道三日三夜，只一夜大风，大事可成矣。只是事在目前，不可迟缓。"孔明曰："十一月二十日甲子祭风，至二十二日丙寅风息，如何？"瑜闻言大喜，矍然而起。便传令差五百精壮军士，往南屏山筑坛；拨一百二十人执旗守坛，听候使令。

孔明辞别出帐，与鲁肃上马，来南屏山相度地势。令军士取东南方赤土筑坛，方圆二十四丈，每一层高三尺，共是九尺。下一层插二十八宿旗：东方七面青旗，按角、亢、氐、房、心、尾、箕，布苍龙之形；北方七面皂旗，按斗、牛、女、虚、危、室、壁，作玄武之势；西方七面白旗，按奎、娄、胃、昴、毕、觜、参，踞白虎之威；南方七面红旗，按井、鬼、柳、星、张、翼、轸，成朱雀之状。第二层周围黄旗六十四面，按

◎借东风里的诸葛亮，是一个神化了的诸葛亮，你不能拿现实眼光打量他，那就大错而特错了。

六十四卦，分八位而立。上一层用四人，各人戴束发冠，穿皂罗袍，凤衣博带，朱履方裾。前左立一人，手执长竿，竿尖上用鸡羽为葆，以招风信；前右立一人，手执长竿，竿上系七星号带，以表风色；后左立一人，捧宝剑；后右立一人，捧香炉。坛下二十四人，各持旌旗、宝盖、大戟、长戈、黄旄、白钺、朱旛、皂纛，环绕四面。孔明于十一月二十日甲子吉辰，沐浴斋戒，身披道衣，跣足散发，来到坛前。吩咐鲁肃曰："子敬自往军中相助公瑾调兵。倘亮所祈无应，不可有怪。"鲁肃别去。孔明嘱咐守坛将士："不许擅离方位，不许交头接耳，不许失口乱言，不许大惊小怪！如违令者斩！"众皆领命。孔明缓步登坛，观瞻方位已定，焚香于炉，注水于盂，仰天暗祝。下坛入帐中少歇，令军士更替吃饭。孔明一日上坛三次，下坛三次，却并不见有东南风。

　　且说周瑜请程普、鲁肃一班军官在帐中伺候，只等东南风起，便调兵出，一面关报孙权接应。黄盖已自准备火船二十只，船头密布大钉，船内装载芦苇干柴，灌以鱼油，上铺硫黄、焰硝引火之物，各用青布油单遮盖。船头上插青龙牙旗，船尾各系走舸。在帐下听候，只等周瑜号令。甘宁、阚泽窝盘蔡和、蔡中在水寨中，每日饮酒，不放一卒登岸。周围尽是东吴军马，把得水泄不通：只等帐上号令下来。周瑜正在帐中坐议，探子来报："吴侯船只离寨八十五里停泊，只等都督好音。"瑜即差鲁肃遍告各部下官兵

◎志异，是中国古典小说的光荣传统，五四以后，文学西化，遂以不科学、不文明的理由使其消失了，所以，当代文学中的小说，特别是20世纪30年代，都是绝对写实主义的作品。

◎嫉妒，是人类与生俱来的痼疾。而中国人的嫉妒，表现在情爱上的，远不如在人生竞技场中的化为切齿之恨的这种感情浓烈。

◎任何事物的运动规律，有其必然性，也有其偶然性。呆子总相信必然性，搞本本主义，傻子总幻想偶然性，做成功的梦。只有聪明人，尊重必然，把握偶然。长江流域的冬天，虽然经常受到西北方向的冷气团控制，但也不排除东南方向大洋暖湿气流的偶尔进入。所以，姑且这场东风，是诸葛亮借来的，那也启示我们，学问无止境，多熟悉这个人间世，多关心似乎与你无关，其实也未必与你无关的宏观和微观世界，活到老，学到老，那是人生最大乐趣。

将士："俱各收拾船只、军器、帆樯等物。号令一出，时刻休违。倘有迟误，即按军法。"众兵将得令，一个个摩拳擦掌，准备厮杀。

是日看看近夜，天色晴明，微风不动。瑜谓鲁肃曰："孔明之言谬矣！隆冬之时，怎得东南风乎？"肃曰："吾料孔明必不谬谈。"将近三更时分，忽听风声响，旗旛转动。瑜出帐看时，旗脚竟飘西北，霎时间东南风大起。瑜骇然曰："此人有夺天地造化之法，鬼神不测之术，若留此人，乃东吴祸根也。及早杀却，免生他日之忧。"急唤帐前护军校尉丁奉、徐盛二将："各带一百人。徐盛从江内去，丁奉从旱路去，都到南屏山七星坛前。休问长短，拿住诸葛亮便行斩首，将首级来请功。"二将领命。徐盛下船，一百刀斧手荡开棹桨；丁奉上马，一百弓弩手各跨征驹，往南屏山来。于路正迎着东南风起。后人有诗曰：

七星坛上卧龙登，一夜东风江水腾。
不是孔明施妙计，周郎安得逞才能？

丁奉马军先到，见坛上执旗将士当风而立。丁奉下马，提剑上坛，不见孔明。慌问守坛将士，答曰："恰才下坛去了。"丁奉忙下坛寻时，徐盛船已到，二人聚于江边。小卒报曰："昨晚一只快船停在前面滩口。适间却见孔明披发下船，那船望上水去了。"丁奉、徐盛便分水陆两路追袭。徐盛教拽起满帆，抢风而使。遥望前船不远，徐盛在船头上高声大叫："军师休去，都督有请！"只见孔明立于船尾，大笑曰："上复都督，好好用兵。诸葛亮暂回夏口，异日再容相见。"徐盛曰："请暂少住，有紧话说。"孔明曰："吾已料定都督不能容我，必来加害，预先教赵子龙来相接。将军不必追赶。"徐盛见前船无篷，只顾赶去。看看至近，赵云拈弓搭箭，立于船尾，大叫曰："吾乃常山赵子龙也！奉令特来接军师，你如何来追赶？本待一箭射死你来，显得两家失了和气。教你知我手段！"言讫，箭到处，射断徐盛船上篷索。那篷堕落下水，其船便横。赵云却教自己船上拽起满帆，乘顺风而去。其船如飞，追之不及。岸上丁奉唤徐盛船近岸，言曰："诸葛亮神机妙算，人不可及，更兼赵云有万夫不当之勇，汝知他当阳长坂时否？吾等只索回报便了。"于是二人回见周瑜，言孔明预先约赵云迎接去了。周瑜大惊曰："此人如此多谋，使吾晓夜不安矣！"鲁肃曰："且待破曹之后，却再图之。"

瑜从其言，唤集诸将听令。先教甘宁带了蔡中并降卒，沿南岸而走："只打北军旗号，直取乌林地面，正当曹操屯粮之所。深入军中，举火为号。只留下蔡和一人在帐下，我有用处。"第二唤太史慈吩咐："你可领三千兵，直奔黄州地界，断曹操合淝接应之兵，就逼曹兵，放火为号。只看红旗，便是吴侯接应

◎孔明去也！

◎"汉室不可复兴，曹操不可卒除。为将军计，惟有鼎足江东，以观天下之衅。规模如此，亦自无嫌。何者？北方诚多务也。因其多务，剿除黄祖，进伐刘表，竟长江所极，据而有之，然后建号帝王以图天下，此高帝之业也。"一个能够提出这样战略方针的人物，在《三国演义》里被写成迂夫子，老好人，有一副好脾气，能够委曲求全的忠厚长者，实在是对东吴思想库鲁肃的歪曲。其实，他最初向孙权提出以上这个构想时，连孙权也是瞠然未解的。领众人之先的智者，如同叫得太早的公鸡，这种孤独是难免的。

◎苏东坡的《念奴娇》里，有一句"人道是三国周郎赤壁"，可见直到唐、宋，是周瑜指挥这次战役，为人所共知。自《三国演义》出现以后，小说便强调了诸葛亮的作用。于是在历史上并未见参与这次战争的诸葛亮，喧宾夺主，倒成为决定性的人物了。

之兵。"这两队兵最远，先发。第三唤吕蒙领三千兵，去乌林接应甘宁，焚烧曹操寨栅。第四唤凌统领三千兵，直截彝陵界首，只看乌林火起，以兵应之。第五唤董袭领三千兵，直取汉阳，从汉川杀奔曹操寨中，看白旗接应。第六唤潘璋领三千兵，尽打白旗，往汉阳接应董袭。六队船只，各自分路去了。却令黄盖安排火船，使小卒驰书约曹操，今夜来降。一面拨战船四只，随于黄盖船后接应。第一队领兵军官韩当，第二队领兵军官周泰，第三队领兵军官蒋钦，第四队领兵军官陈武。四队各引战船三百只，前面各摆列火船二十只。周瑜自与程普在大艨艟上督战，徐盛、丁奉为左右护卫。只留鲁肃共阚泽及众谋士守寨。程普见周瑜调军有法，甚相敬服。

却说孙权差使命持兵符至，说已差陆逊为先锋，直抵蕲、黄地面进兵，吴侯自为后应。瑜又差人西山放火炮，南屏山举号旗。各各准备停当，只等黄昏举动。

话分两头。且说刘玄德在夏口专候孔明回来，忽见一队船到，乃是公子刘琦自来探听消息。玄德请上敌楼坐定，说："东南风起多时，子龙去接孔明，至今不见到，吾心甚忧。"小校遥指樊口港上："一帆风送扁舟来到，必军师也。"玄德与刘琦下楼迎接。须臾船到，孔明、子龙登岸，玄德大喜。问候毕，孔明曰："且无暇告诉别事。前者所约军马战船，皆已办

否？"玄德曰："收拾久矣，只候军师调用。"孔明便
与玄德、刘琦升帐坐定，谓赵云曰："子龙可带三千
军马，渡江径取乌林小路，拣树木芦苇密处埋伏。今
夜四更已后，曹操必然从那条路奔走。等他军马过，
就半中间放起火来。虽然不杀他尽绝，也杀一半。"
云曰："乌林有两条路：一条通南郡，一条取荆州。不
知向那条路来？"孔明曰："南郡势迫，曹操不敢往，
必来荆州，然后大军投许昌而去。"云领计去了。又
唤张飞曰："翼德可领三千兵渡江，截断彝陵这条路，
去葫芦谷口埋伏。曹操不敢走南彝陵，必望北彝陵
去。来日雨过，必然来埋锅造饭。只看烟起，便就山
边放起火来。虽然不捉得曹操，翼德这场功料也不
小。"飞领计去了。又唤糜竺、糜芳、刘封三人，各
驾船只，绕江剿擒败军，夺取器械。三人领计去了。
孔明起身，谓公子刘琦曰："武昌一望之地，最为紧
要。公子便请回，率领所部之兵，陈于岸口。操一败，
必有逃来者，就而擒之，却不可轻离城郭。"刘琦便
辞玄德、孔明去了。孔明谓玄德曰："主公可于樊口
屯兵，凭高而望，坐看今夜周郎成大功也。"

　　时云长在侧，孔明全然不睬。云长忍耐不住，乃
高声曰："关某自从兄长征战，许多年来未尝落后。
今日逢大敌，军师却不委用，此是何意？"孔明笑曰：
"云长勿怪。某本欲烦足下把一个最紧要隘口，怎奈
有些违碍，不敢教去。"云长曰："有何违碍？愿即见

◎诸葛亮安排妥当，人各就位，就是
逼关羽跳出来。

◎军师谬矣，怎敢怠慢云长呢？

谕。"孔明曰："昔日曹操待足下甚厚，足下当有以报之。今日操兵败，必走华容道。若令足下去时，必然放他过去。因此不敢教去。"云长曰："军师好心多！当日曹操果是重待某，某已斩颜良、诛文丑，解白马之围，报过他了。今日撞见，岂肯放过！"孔明曰："倘若放了时，却如何？"云长曰："愿依军法。"孔明曰："如此，立下文书。"云长便与了军令状。云长曰："若曹操不从那条路上来，如何？"孔明曰："我亦与你军令状。"云长大喜。孔明曰："云长可于华容小路高山之处，堆积柴草，放起一把火烟，引曹操来。"云长曰："曹操望见烟，知有埋伏，如何肯来？"孔明笑曰："岂不闻兵法虚虚实实之论？操虽能用兵，只此可以瞒过他也。他见烟起，将谓虚张声势，必然投这条路来。将军休得容情。"云长领了将令，引关平、周仓并五百校刀手，投华容道埋伏去了。玄德曰："吾弟义气深重，若曹操果然投华容道去时，只恐端的放了。"孔明曰："亮夜观乾象，操贼未合身亡。留这人情教云长做了，亦是美事。"玄德曰："先生神算，世所罕及。"孔明遂与玄德往樊口，看周瑜用兵，留孙乾、简雍守城。

却说曹操在大寨中，与众将商议，只等黄盖消息。当日东南风起甚紧，程昱入告曹操曰："今日东南风起，宜预提防。"操笑曰："冬至一阳生。来复之时，安得无东南风？何足为怪。"军士忽报江东一只

◎到底是诸葛亮指挥关羽，还是关羽指挥诸葛亮？拜把子兄弟便有这份和军师平起平坐的特权？

◎端的放了，尔等奈何？别以为关羽不会出此狂言！

小船来到，说有黄盖密书。操急唤入。其人呈上书。书中诉说："周瑜关防得紧，因此无计脱身。今有鄱阳湖新运到粮，周瑜差盖巡哨，已有方便。好歹杀江东名将，献首来降。只在今晚二更，船上插青龙牙旗者，即粮船也。"操大喜，遂与众将来水寨中大船上，观望黄盖船到。

　　且说江东。天色向晚，周瑜唤出蔡和，令军士缚倒。和叫："无罪！"瑜曰："汝是何等人，敢来诈降！吾今缺少福物祭旗，愿借你首级。"和抵赖不过，大叫曰："汝家阚泽、甘宁亦曾与谋！"瑜曰："此乃吾之所使也。"蔡和悔之无及。瑜令捉至江边皂纛旗下，奠酒烧纸，一刀斩了蔡和，用血祭旗毕，便令开船。黄盖在第三只火船上，独披掩心，手提利刃，旗上大书"先锋黄盖"。盖乘一天顺风，望赤壁进发。

　　是时东风大作，波浪汹涌。操在中军，遥望隔江，看看月色照耀江水，如万道金蛇，翻波戏浪。操迎风大笑，自以为得志。忽一军指说："江南隐隐一簇帆幔，使风而来。"操凭高望之。报称："皆插青龙牙旗。内中有大旗，上书先锋黄盖名字。"操笑曰："公覆来降，此天助我也。"来船渐近，程昱观望良久，谓操曰："来船必诈，且休教近寨。"操曰："何以知之？"程昱曰："粮在船中，船必稳重。今观来船，轻而且浮。更兼今夜东南风甚紧，倘有诈谋，何以当之？"操省悟，便问："谁去止之？"

◎祭旗，是远古奴隶时代战争中的野蛮习俗，至今仍可在原始部落的争斗中见到这种习俗的残余。在文明社会里，自然是绝迹的了。但偶尔有被当作牺牲品，贡献给诸如此类的政治运动等，大概就是这种祭旗的"返祖"现象了。

文聘曰："某在水上颇熟，愿请一往。"言毕，跳下小船，用手一指，十数只巡船随文聘船出。聘立于船头，大叫："丞相钧旨：南船且休近寨，就江心抛住！"众军齐喝："快下了篷！"言未绝，弓弦响处，文聘被箭射中左臂，倒在船中。船上大乱，各自奔回。南船距操寨止隔二里水面。黄盖用刀一招，前船一齐发火。火趁风威，风助火势，船如箭发，烟焰涨天。二十只火船，撞入水寨，曹寨中船只一时尽着，又被铁环锁住，无处逃避。隔江炮响，四下火船齐到。但见三江面上，火逐风飞，一派通红，漫天彻地。曹操回观岸上营寨，几处烟火。黄盖跳在小船上，背后数人驾舟，冒烟突火，来寻曹操。操见势急，方欲跳上岸，忽张辽驾一小脚船，扶操下得船时，那只大船，已自着了。张辽与十数人保护曹操，飞奔岸口。黄盖望见穿绛红袍者下船，料是曹操，乃催船速进。手提利刃，高声大叫："曹贼休走，黄盖在此！"操叫苦连声。张辽拈弓搭箭，觑着黄盖较近，一箭射去。此时风势正大，黄盖在火光中，那里听得弓弦响，正中肩窝，翻身落水。正是：

　　火厄盛时遭水厄，棒疮愈后患金疮。

未知黄盖性命若何，且看下文分解。

◎曹操上了新"降将"黄盖的当，但也得了旧"降将"张辽的济，倘非张辽驾船来到，救急得时，曹操危矣！

◎棒疮未愈，又遭枪刨，黄盖可太倒霉了！

　　"七星坛诸葛祭风"，是最受当代具有科学头脑读者訾议的，其实这是不公平的看法。中国的章回小说虽然只有明、清两朝数百年的历史，比起西方18、19世纪的小说成就，无法相较，但曾经拥有最广大的大众读者市场，那是一个统计不出来，但肯定十分惊人的数字。因此林琴南不得不将那些西方的精彩小说通过别人意译，再以中国小说的传统风格，用文言文转译过来，在中国争取这个读者市场。

　　这些章回小说，随着五四新文化运动的蓬勃发展，逐渐湮没，但是其历史渊源悠久，早自魏、晋，直到唐代，才定型为文言文小说，这是适应中国大众需求而产生，显然，也就有了从娘胎里带来的中国血脉。在中国，这种文言文小说，又称传奇，鲁迅编校的《唐人传奇集》的"传奇"二字，或更近乎数千年来流行于中国的这种文学样式。现在流行的长中短篇的小说，严格说来，除"小说"二字相同外，与中国惯称为"传奇"的文学作品，是两种不同的文学形式。

　　传奇，是中国自有文学以来最为美丽的奇葩，她记录我们这个古老民族的神话、传说、生生不息的繁衍故事，相争相斗、相爱相恋的人文历史，以及从宇宙洪荒以来的说不清是神、是巫，还是人的奋斗史、生存史。乃至于中国有史以来的官方史书，除国家大事照实记录外，对于这些非官方的传奇，也是尽量收存，久而久之，史官以外便有职业的传奇作家。《太平广记》第四八四卷至第四九二卷，就以《杂传奇》为总名，收集了唐代大量传奇故事。

　　所以从"七星坛诸葛祭风"，到"五丈原诸葛禳星"，是这类传奇文学的应有之义，也是中国文化多样性、丰富性的一种，说不上好，也说不上不好。如果因为有几盏七星灯，就和宣传封建迷信挂起钩来，那你永远就是中国文化的门外汉。包含与包容，学习和深入，不以洋人的口味来设计自己的胃口，而要以自己舌尖的感觉来决定自己想吃什么，该吃什么。

第五十回

诸葛亮智算华容
关云长义释曹操

　　关云长义释曹操，正史无此一说。《资治通鉴》汉纪五十七："操引军从华容道走，遇泥泞，道不通，天又大风，悉使羸兵负草填之，骑乃得通，羸兵为人马所蹈藉，死者甚众。"《三国演义》系从"说三分"而来，那些说话人所创作出来华容道义释曹操的故事，当然是为了美化关羽，其义薄云天、义重如山的人物形象，但是，看得出来，历代演义者对此持相当审慎的态度。虽然，此刻的释操也好，以前的降操也好，极具戏剧性因而也极具吸引力，但是，他们知道，释操，到底是义，还是非义，降操，到底是对，还是不对，大众有着截然相反的看法。由此，罗贯中整理此书此回，释操的篇幅占得很小很小，褒词用得很少很少，比之关云长过五关、斩六将，反复展现，极尽大肆宣扬之能事，要收敛得多。因为，一不符合那时的"尊刘抑曹"的主调；二对于义的诠释，过于宽泛，不符合那时的道德风尚。所以，对《三国演义》中关羽这个人物的评价，便两极分化。褒者，如李卓吾，"云长是圣人，是佛！"贬者，如某地关帝庙门联："匹马斩颜良，偏师擒于禁，威武震三军，爵号亭侯君不忝。徐州降孟德，南郡丧孙权，头颅行万里，封称大帝耻难消。"

　　义，是中国人精神世界中包涵广泛，几乎囊括所有优良品德的概念，无论公义，正义，信义，仁义，忠义，侠义，情义……都是我们立身处事，待人接物，求生图存，奋斗不止的信念，也是对于人世间善恶是非，好坏优劣的判断标准。因之，凡不义之举，在大节上是怎么美化也站不住脚的。不过，中国人讲恕道，讲宽容，讲厚德载物，讲宁静致远，而以己度人，善待一切，遂有宽严之别、褒贬之分。

　　这世界上有多少人，就有多少看法，同与不同，乃正常现象。

却说当夜张辽一箭射黄盖下水，救得曹操登岸，寻着马匹走时，军已大乱。韩当冒烟突火来攻水寨，忽听得士卒报道："后稍舵上一人，高叫将军表字。"韩当细听，但闻高叫："公义救我！"当曰："此黄公覆也。"急教救起。见黄盖负箭着伤，咬出箭杆，箭头陷在肉内。韩当急为脱去湿衣，用刀剜出箭头，扯旗束之，脱自己战袍与黄盖穿了，先令别船送回大寨医治。原来黄盖深知水性，故大寒之时，和甲堕江，也逃得性命。

却说当日满江火滚，喊声震地。左边是韩当、蒋钦两军从赤壁西边杀来，右边是周泰、陈武两军从赤壁东边杀来，正中是周瑜、程普、徐盛、丁奉大队船只都到。火须兵应，兵仗火威。此正是三江水战，赤壁鏖兵。曹军着枪中箭、火焚水溺者，不计其数。后人有诗曰：

> 魏吴争斗决雌雄，赤壁楼船一扫空。
> 烈火初张照云海，周郎曾此破曹公。

又有一绝云：

> 山高月小水茫茫，追叹前朝割据忙。
> 南士无心迎魏武，东风有意便周郎。

不说江中鏖兵。且说甘宁令蔡中引入曹寨深处，宁将蔡中一刀砍于马下，就草上放起火来。吕蒙遥望

◎宋人洪迈在《容斋随笔》里说："周瑜拒曹公于赤壁，部将黄盖献火攻之策，会东南风急，悉烧操船，军遂败。使天无大风，黄盖不进计，则瑜未必胜。是说者，皆不善人者也。"他认为，周瑜有必胜之把握："方孙权问计于瑜，瑜已言操冒行四患，将军禽之宜在今日。刘备见瑜，恨其兵少。瑜曰：'此自足用，豫州但观瑜破之。'正使无火攻之说，其必有以制胜之术矣，不然，何以为瑜？"

◎刘备在不久前遭遇到的东西夹击，南北逃窜的场面，现在轮到曹操来领受了。

◎曹操一路败退下来，能不断有人接应，说明他不是一位了无远见的统帅。

中军火起，也放十数处火接应甘宁。潘璋、董袭分头放火呐喊。四下里鼓声大震。曹操与张辽引百馀骑，在火林内走，看前面无一处不着。正走之间，毛玠救得文聘，引十数骑到。操令军寻路。张辽指道："只有乌林地面空阔可走。"操径奔乌林。正走间，背后一军赶到，大叫："曹贼休走！"火光中现出吕蒙旗号。操催军马向前，留张辽断后，抵敌吕蒙。却见前面火把又起，从山谷中拥出一军，大叫："凌统在此！"曹操肝胆皆裂。忽刺斜里一彪军到，大叫："丞相休慌，徐晃在此！"彼此混战一场，一路望北而走。忽见一队军马屯在山坡前，徐晃出问，乃是袁绍手下降将马延、张颢，有三千北地军马，列寨在彼，当夜见满天火起，未敢转动，恰好接着曹操。操教二将引一千军马开道，其馀留着护身。操得这枝生力军马，心中稍安。马延、张颢二将飞骑前行。不到十里，喊声起处，一彪军出。为首一将，大呼曰："吾乃东吴甘兴霸也！"马延正欲交锋，早被甘宁一刀斩于马下。张颢挺枪来迎，宁大喝一声，颢措手不及，被宁手起一刀，翻身落马。后军飞报曹操。操此时指望合淝有兵救应，不想孙权在合淝路口，望见江中火光，知是我军得胜，便教陆逊举火为号；太史慈见了，与陆逊合兵一处，冲杀将来。操只得望彝陵而走。路上撞见张郃，操令断后。

纵马加鞭，走至五更，回望火光渐远，曹操心方定，问曰："此是何处？"左右曰："此是乌林之西，宜都之北。"操见树木丛杂，山川险峻，乃于马上仰面大笑不止。诸将问曰："丞相何故大笑？"操曰："吾不笑别人，单笑周瑜无谋，诸葛亮少智。若是吾用兵之时，预先在这里伏下一军，如之奈何？"说犹未了，两边鼓声震响，火光竟天而起，惊得曹操几乎坠马。刺斜里一彪军杀出，大叫："我赵子龙奉军师将令，在此等候多时了！"操教徐晃、张郃双敌赵云，自己冒烟突火而去。子龙不来追赶，只顾抢夺旗帜。曹操得脱。

天色微明，黑云罩地，东南风尚不息。忽然大雨倾盆，湿透衣甲。操与军士冒雨而行，诸军皆有饥色。操令军士往村落中劫掠粮食，寻觅火种。方欲造饭，后面一军赶到，操心甚慌。原来却是李典、许褚保护着众谋士来到。操大喜，令军马且行，问："前面是那里地面？"人报："一边是南彝陵大路，一边是北彝陵山路。"操问："那里投南郡江陵去近？"军士禀曰："取南彝陵过葫芦口去最便。"操教走南彝陵。行至葫芦口，军皆饥馁，行走不上；马亦困乏，多有倒于路者。操教前面暂歇。马上有带得锣锅的，也有村中掠得粮米的，便就山边拣干处埋锅造饭，割马肉烧吃。尽皆脱去湿衣，于风头吹晒。马皆摘鞍野放，咽咬草根。操坐于疏林之下，仰面大笑。众官问曰："适来丞相笑周瑜、诸葛亮，引惹出赵子龙来，又折了许多人马。如今为何又笑？"操曰："吾笑诸葛亮、周瑜毕竟智谋不足。若是我用兵时，就这个去处，也

◎乐观主义，对于身处劣境之人，是一帖补心之剂。哪怕是阿Q式的，也比雪上加霜地折磨自己好。

◎曹操此时不想笑也必须笑了，倘若失败情绪弥漫开来，会连最后一点战斗力也要丧失掉的。

◎战争有时像捉迷藏一样，未知数和已知数几乎是同样的多，所以，知己知彼，方能百战不殆。"虚则实之，实则虚之"，兵书是这样写的，但那不过是研究一般军事作战规律的著作。它适用于普遍性，但不一定适用于特殊性。对于军事家来讲，普遍中有特殊，特殊中又有普遍的辩证法，是绝不能搞本本主义的。曹操注《孙子兵法》，显然有些学究气了。

埋伏一彪军马，以逸待劳。我等纵然脱得性命，也不免重伤矣。彼见不到此，我是以笑之。"正说间，前军后军一齐发喊。操大惊，弃甲上马。众军多有不及收马者。早见四下火烟布合，山口一军摆开，为首乃燕人张翼德，横矛立马，大叫："操贼走那里去！"诸军众将见了张飞，尽皆胆寒。许褚骑无鞍马来战张飞，张辽、徐晃二将，纵马也来夹攻。两边军马混战做一团。操先拨马走脱，诸将各自脱身。张飞从后赶来。操迤逦奔逃，追兵渐远，回顾众将多已带伤。

正行间，军士禀曰："前面有两条路，请问丞相从那条路去？"操问："那条近？"军士曰："大路稍平，却远五十馀里；小路投华容道，却近五十馀里，只是地窄路险，坑坎难行。"操令人上山观望，回报："小路山边有数处烟起，大路并无动静。"操教前军便走华容道小路。诸将曰："烽烟起处，必有军马，何故反走这条路？"操曰："岂不闻兵书有云：'虚则实之，实则虚之。'诸葛亮多谋，故使人于山僻烧烟，使我军不敢从这条山路走，他却伏兵在大路等着。吾料已定，偏不教中他计。"诸将皆曰："丞相妙算，人不可及。"遂勒兵走华容道。此时人皆饥倒，马尽困乏，焦头烂额者扶策而行，中箭着枪者勉强而走。衣甲湿透，个个不全；军器旗幡，纷纷不整。大半皆是彝陵道上被赶得慌，只骑得秃马，鞍辔衣服，尽皆抛弃。正值隆冬严寒之时，其苦何可胜言。操见前军停马不进，问是何故。回报曰：

"前面山僻小路，因早晨下雨，坑堑内积水不流，泥陷马蹄，不能前进。"操大怒，叱曰："军旅逢山开路，遇水叠桥，岂有泥泞不堪行之理！"传下号令，教老弱中伤军士在后慢行，强壮者担土束柴，搬草运芦，填塞道路；务要即时行动，如违令者斩。众军只得都下马，就路旁砍伐竹木，填塞山路。操恐后军来赶，令张辽、许褚、徐晃引百骑执刀在手，但迟慢者便斩之。操喝令人马沿栈而行，死者不可胜数，号哭之声，于路不绝。操怒曰："死生有命，何哭之有？如再哭者立斩！"三停人马：一停落后，一停填了沟壑，一停跟随曹操。过了险峻，路稍平坦。操回顾止有三百馀骑随后，并无衣甲袍铠整齐者。操催速行，众将曰："马乏矣，只好少歇。"操曰："赶到荆州将息未迟。"又行不到数里，操在马上扬鞭大笑。众将问："丞相何又大笑？"操曰："人皆言周瑜、诸葛亮足智多谋，以吾观之，到底是无能之辈。若使此处伏一旅之师，吾等皆束手受缚矣。"

　　言未毕，一声炮响，两边五百校刀手摆开，为首大将关云长，提青龙刀，跨赤兔马，截住去路。操军见了，亡魂丧胆，面面相觑。操曰："既到此处，只得决一死战！"众将曰："人纵然不怯，马力已乏，安能复战？"程昱曰："某素知云长傲上而不忍下，欺强而不凌弱，恩怨分明，信义素著。丞相旧日有恩于彼，今只亲自告之，可脱此难。"操从其说，即纵马向前，欠身谓云长曰："将军别来无恙？"云长亦欠身答曰：

◎"一停填了沟壑""死者不可胜数"，这也是《资治通鉴》的说法，战争的残酷性如此可知。

◎《三国演义》绝不怕情节重复，曹操一笑，二笑，乃至三笑，都是那样几句话，并不讲究什么变化，可读者和听众却能安之若素，毫无厌倦，这大概是和中国人长期接受填鸭式灌输的习惯有关。

◎曹操对关羽讲的这则庾公之斯追杀子濯孺子的故事，出自《春秋》。这就是曹操之大奸而特奸了。他太了解这个关羽，虚荣心极重，所以独独点出他挑灯夜读的《春秋》，并说明是其"深明"者，是要让他先得到一个大满足。这故事我估计关羽也未必了了，但曹操特别指出《春秋》，就先把关羽拿定一半。其实曹操讲的这几位春秋人物，是《孟子》改编过的，姓名特别拗嘴，"子濯孺子在逃亡的路途上，因病发作，不能举弓，难逃一死。但御车者告诉他，已经看出来卫国派来追杀他者是庾公之斯，子濯孺子松了一口气，他对御车者说，这样我就得以不死，得以生还，御车者问他，你怎么这样自信，子濯孺子说，庾公之斯是个非常讲义气的人。庾公之斯追上来了，一看是因病而不能举弓的子濯孺子，他也放下了弓，说，'小人学射于尹公之他，尹公之他学射于夫子。我不忍以夫子之道，反害夫子。虽然，今日之事，君事也，我不敢废。'抽矢扣轮，去其金，发乘矢而后反"。曹操这个《春秋》故事，恰恰击中关羽的特别讲义气的人生宗旨，每个人都有经不起挫折的软肋。于是，以义行天下的关羽，能不高抬贵手，给曹操放行吗？

"关某奉军师将令，等候丞相多时。"操曰："曹操兵败势危，到此无路，望将军以昔日之情为重。"云长曰："昔日关某虽蒙丞相厚恩，然已斩颜良，诛文丑，解白马之危，以奉报矣。今日之事，岂敢以私废公？"操曰："五关斩将之时，还能记否？大丈夫以信义为重。将军深明《春秋》，岂不知庾公之斯追子濯孺子之事乎？"云长是个义重如山之人，想起当日曹操许多恩义，与后来五关斩将之事，如何不动心？又见曹军惶惶皆欲垂泪，一发心中不忍。于是把马头勒回，谓众军曰："四散摆开。"这个分明是放曹操的意思。操见云长回马，便和众将一齐冲将过去。云长回身时，曹操已与众将过去了。云长大喝一声，众军皆下马，哭拜于地。云长愈加不忍。正犹豫间，张辽纵马而至。云长见了，又动故旧之情，长叹一声，并皆放去。后人有诗曰：

> 曹瞒兵败走华容，正与关公狭路逢。
> 只为当初恩义重，放开金锁走蛟龙。

曹操既脱华容之难，行至谷口，回顾所随军兵，止有二十七骑。比及天晚，已近南郡，火把齐明，一簇人马拦路。操大惊曰："吾命休矣！"只见一群哨马冲到，方认得是曹仁军马，操才安心。曹仁接着，言："虽知兵败，不敢远离，只得在附近迎接。"操曰："几与汝不相见也！"于是引众入南郡安歇。随后张辽也到，说云长之德。操点将校，中伤者极多，操皆令将息。曹仁置酒与操解闷，众谋士俱在座。操忽仰天大恸，众谋士曰："丞相于虎窟中逃难之时，全无惧怯，今到城中，人已得食，马已得料，正须整顿军马复仇，何反痛哭？"操曰："吾哭郭奉孝耳！若奉孝在，决不使吾有此大失也！"遂捶胸大哭曰："哀哉奉孝！痛哉奉孝！惜哉奉孝！"众谋士皆默然自惭。次日，操唤曹仁："吾今暂回许都收拾军马，必来报仇。汝可保全南郡。吾有一计，密留在此，非急休开，急则开之。依计而行，使东吴不敢正视南郡。"仁曰："合淝、襄阳，谁可保守？"操曰："荆州托汝管领；襄阳吾已拨夏侯惇守把；合淝最为紧要之地，吾令张辽为主将，乐进、李典为副将，保守此地。但有缓急，飞报将来。"操分拨已定，遂上马引众奔回许昌。荆州原降文武各官，依旧带回许昌调用。曹仁自遣曹洪据守彝陵、南郡，以防周瑜。

却说关云长放了曹操，引军自回。此时诸路军马，皆得马匹、器械、钱粮，已回夏口；独云长不获一人一骑，空身回见玄德。孔明正与玄德作贺，忽报云长至。孔明忙离坐席，执杯相迎曰："且喜将军立此盖世之功，除普天下之大害，合宜远接庆贺。"云长默然。孔明曰："将军莫非因吾等不曾远接，故尔不乐？"回顾左右曰："汝等缘何不先报？"云长曰："关某特来请死。"孔明曰："莫非曹操不曾投华容道上来？"云长曰："是从那里来。关某无能，因此被他走脱。"孔

◎从来哭死人，是给活人听的。该哭时笑，该笑时哭，曹操非常人也。

◎北京话，不过逗逗闷子而已。

明曰："拿得甚将士来？"云长曰："皆不曾拿。"孔明曰："此是云长想曹操昔日之恩，故意放了。但既有军令状在此，不得不按军法。"遂叱武士推出斩之。正是：

拚将一死酬知己，致令千秋仰义名。

未知云长性命如何，且看下文分解。

　　有五千年历史的中国，没有战争的年头很少很少，据统计，汉代昭君出嫁匈奴，进行和亲活动后，曾经有过将近六十多年的太平岁月，那就是随后被赞美的文景之治了。唐代算是盛世，但据钱穆的考证，完全没有内乱和外战的日子，加在一起也就三十多年。宋代，尤其北宋，真宗、仁宗朝，约有百年时间，由于花钱买和平之故，故尔澶渊之役起，百姓不识刀枪为何物。接下来的南宋，那就更不堪言及了，先是被金，后是被元，边打边退，一直退到珠江口的崖门船只上，集体赴水，可谓国无宁日。元代本是靠他的骑兵，以战争起家，当然结果也以战争而亡。明代曾经伟大过，最后终以内乱外患亡于清。于是有人提出来，清代两位执政年头最多的帝王，也就是康熙和乾隆，在位期间，曾创有一百一十六年的举国不动干戈的和平年月。其实不然，这两位在开疆辟土，镇压内乱方面，也是不少打仗的。

　　战争，对于社会的作用，钱穆有这样一个看法，是很有道理的。他说："今天我们社会一般知识分子，慢慢接受西方影响，只论治乱强弱，却把一般中心的主持人物也忽略了。若使我们把二十五史来作一统计，我能先告诉你们一结论。中国史上第一等大人物，多在乱世衰世。所谓大人物，他不仅在当世，还要在身后，对历史有影响，有作用，这才是大人物。影响作用愈大，此一人物也就愈大。而所谓人物，起于衰世乱世的反而更多更大。起于盛世治世的反而更少，更差一点。"

　　钱穆特别谈到三国，《三国志》从第一页至最后一页，就是战争，就是打仗，死的人堆起来成"京观"者，前有公孙瓒，后有司马懿，那可怕的厮杀，也是据钱穆的统计，等到西晋统一，全部剩下的人口，约相当于后汉的一个州而已。他以"乌七八糟"形容三国："而且乱极了。但在中国历史上，除了战国，中国人最喜欢读的应是三国史。今天任何一个中国人，都知道些三国史。也许是因为有罗贯中作了《三国演义》，但罗贯中为何来作《三国演义》？《三国演义》为何能如此流传？正因为三国时代人物多，而且真算得人物。即如曹操，那是历史上的反面人物，他也有影响，有作用，只是些反影响反作用。此刻再来讲三国时代的正面人物，诸葛亮就了不得，有了一个诸葛亮，全部三国历史就光明了，一切都变成有色彩，有意义。"

　　战争，是残酷的，是无情的，是以生命为代价的。但战争，也是一次荡污涤垢的大清洗，也是一次新陈代谢的大扫除，也是一次人才群出的大机遇，也是一次由乱而治的大补课，世界就是这样进步的，人类也正是这样向前的。

第五十一回

曹仁大战东吴兵
孔明一气周公瑾

周瑜身为联军统帅，完全应该邀请刘备同攻南郡。狭隘之人，难有敞开心胸，若是刘备在他的统一指挥之下，主动权在自己手中掌握，何其从容自如？但他独吞胜利果实的贪婪胃口，加之嫉妒心重，要单打独干，出一出风头的小家子气，这也是根基浅，道行不深的人士的通病。于是，他得独自去和犹有余力的曹操较量，结果打得很费力。那曹操正憋着一肚子火，没处撒呢！阁下来得正好。再说，刘备、诸葛亮绝不是什么好队友，自然要趁虚而入，然后坐享其成，使他犯了一个不可饶恕的错误。如果周瑜胸怀宽广一点，咱们继续哥俩好吧，联合攻下南郡，按刘备的一贯言行看，周瑜可以毫不客气地坐领南郡。如果刘备这一回不那么仁义，也是有可能的，因为孔明不肯放弃这难得的机遇。至少，双方平分南郡，还有周瑜百分之五十的机会。可他却轻骑出征，渡江远击，中了曹操的伏兵之计。

由此可以看出，周瑜只知其一，刘备有窥伺南郡之心，绝不能让他介入其中。曹操预知其二，吴或蜀的追兵必袭南郡，预留锦囊妙计，以期转败为胜，振作士气。诸葛亮却能知其三，利用周瑜来抵挡曹操败退途中的疯狂反扑，坐守其成。反过来，也等于依靠曹操去遏制周瑜得胜之师的骄纵气势。然后，在双方较量的间隙中，巧夺豪取，拿下荆州、襄阳，以极小代价，得极大成果。智商高低之分，也就一目了然了。

不但战争，即使平平常常的角力中，也得提防螳螂捕蝉，黄雀在后的局面出现；再说，努力耕耘之后，别人趁机摘桃，这种事，我们大家也不是没见过、没经过。记住这句话，上帝很吝啬，从不给胜利者加冕。

◎正因为关羽知道必是这么一个结果，奈我关老爷何？才敢放了曹操。这位毛病很大的先生，一旦走向自己的反面，便放慢不了下沉的速度。问题在于他给自己定位为神圣不可侵犯的副老板。一个团体，一个组合，其首脑部分出现这样的病态，通常是凶多吉少，难以救药了。

却说孔明欲斩云长，玄德曰："昔吾三人结义时，誓同生死。今云长虽犯法，不忍违却前盟。望权记过，容将功赎罪。"孔明方才饶了。

且说周瑜收军点将，各各叙功，申报吴侯。所得降卒，尽行发付渡江。大犒三军，遂进兵攻取南郡。前队临江下寨，前后分五营。周瑜居中。瑜正与众商议征进之策，忽报："刘玄德使孙乾来与都督作贺。"瑜命请入。乾施礼毕，言："主公特命乾拜谢都督大德，有薄礼上献。"瑜问曰："玄德在何处？"乾答曰："现移兵屯油江口。"瑜惊曰："孔明亦在油江否？"乾曰："孔明与主公同在油江。"瑜曰："足下先回，某亲来相谢也。"瑜收了礼物，发付孙乾先回。肃曰："却才都督为何失惊？"瑜曰："刘备屯兵油江，必有取南郡之意。我等费了许多军马，用了许多钱粮，目下南郡反手可得；彼等心怀不仁，要就现成，——须放着周瑜不死！"肃曰："当用何策退之？"瑜曰："吾自去和他说话。好便好；不好时，不等他取南郡，先结果了刘备！"肃曰："某愿同往。"于是瑜与鲁肃引三千轻骑，径投油江口来。

先说孙乾回见玄德，言周瑜将亲来相谢。玄德乃问孔明曰："来意若何？"孔明笑曰："那里为这些薄礼肯来相谢。止为南郡而来。"玄德曰："他若提兵来，何以待之？"孔明曰："他来便可如此如此应答。"遂于油江口摆开战船，岸上列着军马。人报：

"周瑜、鲁肃引兵到来。"孔明使赵云领数骑来接。瑜见军势雄壮，心甚不安。行至营门外，玄德、孔明迎入帐中。各叙礼毕，设宴相待。玄德举酒致谢鏖兵之事。酒至数巡，瑜曰："豫州移兵在此，莫非有取南郡之意否？"玄德曰："闻都督欲取南郡，故来相助。若都督不取，备必取之。"瑜笑曰："吾东吴久欲吞并汉江，今南郡已在掌中，如何不取？"玄德曰："胜负不可预定。曹操临归，令曹仁守南郡等处，必有奇计；更兼曹仁勇不可当：但恐都督不能取耳。"瑜曰："吾若取不得，那时任从公取。"玄德曰："子敬、孔明在此为证，都督休悔。"鲁肃踌躇未对。瑜曰："大丈夫一言既出，何悔之有！"孔明曰："都督此言，甚是公论。先让东吴去取；若不下，主公取之，有何不可！"瑜与肃辞别玄德、孔明，上马而去。玄德问孔明曰："却才先生教备如此回答，虽一时说了，展转寻思，于理未然。我今孤穷一身，无置足之地，欲得南郡，权且容身；若先教周瑜取了，城池已属东吴矣，却如何得住？"孔明大笑曰："当初亮劝主公取荆州，主公不听，今日却想耶？"玄德曰："前为景升之地，故不忍取；今为曹操之地，理合取之。"孔明曰："不须主公忧虑。尽着周瑜去厮杀，早晚教主公在南郡城中高坐。"玄德曰："计将安出？"孔明曰："只须如此如此。"玄德大喜，只在江口屯扎，按兵不动。

◎诸葛亮让东吴先取南郡，是有他的盘算的。曹操虽败，"瘦死的骆驼也比马大"，周瑜虽胜，"数战民劳，久师兵敝"，让他们先将气力消耗一阵，然后，乘虚而入，当收事半功倍之效。这当然是小说家的演义了，在战场上，避实就虚，驾轻就熟，这点点狡诈，不过家常便饭。

◎"尽着周瑜去厮杀"这句话，深得军家奥妙，消耗有生力量，乃是削弱对方的要义。战场如此，非战场上的交手，也应如此。看他跳，看他能跳多高，等他跳累了，趴下了，再收拾不迟。战场上是不讲运动场上的"fair play"精神的。

却说周瑜、鲁肃回寨。肃曰："都督如何亦许玄德取南郡？"瑜曰："吾弹指可得南郡，落得虚做人情。"随问帐下将士："谁敢先取南郡？"一人应声而出，乃蒋钦也。瑜曰："汝为先锋，徐盛、丁奉为副将，拨五千精锐军马，先渡江。吾随后引兵接应。"

且说曹仁在南郡，分付曹洪守彝陵，以为犄角之势。人报："吴兵已渡汉江。"仁曰："坚守勿战为上。"骁将牛金奋然进曰："兵临城下而不出战，是怯也。况吾兵新败，正当重振锐气。某愿借精兵五百，决一死战。"仁从之，令牛金引五百军出战。丁奉纵马来迎。约战四五合，奉诈败，牛金引军追赶入阵。奉指挥众军一裹围牛金于阵中。金左右冲突，不能得出。曹仁在城上望见牛金困在垓心，遂披甲上马，引麾下壮士数百骑出城，奋力挥刀，杀入吴阵。徐盛迎战，不能抵当。曹仁杀到垓心，救出牛金。回顾尚有数十骑在阵，不能得出，遂复翻身杀入，救出重围。正遇蒋钦拦路，曹仁与牛金奋力冲散。仁弟曹纯，亦引兵接应，混杀一阵。吴军败走，曹仁得胜而回。蒋钦兵败，回见周瑜，瑜怒欲斩之，众将告免。

瑜即点兵，要亲与曹仁决战。甘宁曰："都督未可造次。今曹仁令曹洪据守彝陵，为犄角之势；某愿以精兵三千，径取彝陵，都督然后可取南郡。"瑜服其论，先教甘宁领三千兵攻打彝陵。早有细作报知曹

◎曹仁不弱，周瑜、关羽都中了他的毒箭。此厮心黑，乃曹门家风。

◎曹仁何许人也，周瑜把他小看了，蒋钦岂是他的对手。首战失利，打乱了周瑜部署事小，影响了周瑜情绪事大，在急怒中处理问题，就难免要出岔子了。

仁，仁与陈矫商议。矫曰："彝陵有失，南郡亦不可守矣。宜速救之。"仁遂令曹纯与牛金暗地引兵救曹洪。曹纯先使人报知曹洪，令洪出城诱敌。甘宁引兵至彝陵，洪出与甘宁交锋。战有一二十余合，洪败走。宁夺了彝陵。至黄昏时，曹纯、牛金兵到，两下相合，围了彝陵。探马飞报周瑜，说甘宁困于彝陵城中，瑜大惊。程普曰："可急分兵救之。"瑜曰："此地正当冲要之处，若分兵去救，倘曹仁引兵来袭，奈何？"吕蒙曰："甘兴霸乃江东大将，岂可不救？"瑜曰："吾欲自往救之；但留何人在此，代当吾任？"蒙曰："留凌公绩当之。蒙为前驱，都督断后；不须十日，必奏凯歌。"瑜曰："未知凌公绩肯暂代吾任否？"凌统曰："若十日为期，可当之；十日之外，不胜其任矣。"瑜大喜，遂留兵万馀，付与凌统；即日起大兵投彝陵来。蒙谓瑜曰："彝陵南僻小路，取南郡极便。可差五百军去砍倒树木，以断其路。彼军若败，必走此路；马不能行，必弃马而走，吾可得其马也。"瑜从之，差军去讫。大兵将至彝陵，瑜问："谁可突围而入，以救甘宁？"周泰愿往，即时绰刀纵马，直杀入曹军之中，径到城下。甘宁望见周泰至，自出城迎之。泰言："都督自提兵至。"宁传令教军士严装饱食，准备内应。却说曹洪、曹纯、牛金闻周瑜兵将至，先使人往南郡报知曹仁，一面分兵拒敌。及吴兵至，曹兵迎之。比及交锋，甘宁、周泰分两路杀出，曹兵大乱，吴兵

◎乘胜追击，扩大战果，获得赤壁之胜的东吴，自然倾全力一举控制长江险要，荆襄重镇。虽然《三国演义》所写赵云袭击江陵，取了南郡，《三国志》却是周瑜与曹仁旷日持久地苦战以后，夺得南郡。而在这场鏖战中，周瑜"流矢中右肋，疮甚，便还。后仁闻瑜卧未起，勒兵就阵，瑜乃自兴，案行军营，激扬吏士，仁由是遂退"。在南郡之战中，周瑜不但指挥出色，而且负伤不下火线，不亏是个"雄姿英发"的军事家。而且他的西进计划，实际上就是后来刘备、庞统入川的蓝本。如果沿着鲁肃、周瑜、庞统的路线图，不难看出刘备入川，是老剧本，新班子，你也就明白诸葛亮袖手旁观的原因了。因为真正产生打通蜀益、联通西北这个战略考虑者，乃周瑜也。据《吴书·周瑜传》："是时刘璋为益州牧，外有张鲁寇侵，瑜乃诣京见权曰：'今曹操折刃，方忧在腹心，未能与将军连兵相逼也。乞与奋威（孙瑜，孙权之堂兄）俱进取蜀，得蜀而并张鲁，因留奋威固守其地，好与马超结援，瑜还与将军据襄阳以蹴操，北方可图也。'权许之。瑜还江陵，为行装，而道于巴丘病卒，时年三十六。"这就是我们好感叹的"人生长恨水长东"了，分明一局西部好棋，生是坏在刘备手上。

◎小胜未必是好事。

◎周瑜大意了，哪有敌方两员大将均战不终局，连输而走的道理？哪有战败之将不退守城池，落荒而去的道理？

四下掩杀。曹洪、曹纯、牛金果然投小路而走；却被乱柴塞道，马不能行，尽皆弃马而走。吴兵得马五百馀匹。周瑜驱兵星夜赶到南郡，正遇曹仁军来救彝陵。两军接着，混战一场。天色已晚，各自收兵。

曹仁回城中，与众商议。曹洪曰："目今失了彝陵，势已危急，何不拆丞相遗计观之，以解此危？"曹仁曰："汝言正合吾意。"遂拆书观之，大喜，便传令教五更造饭；平明，大小军马，尽皆弃城；城上遍插旌旗，虚张声势，军分三门而出。

却说周瑜救出甘宁，陈兵于南郡城外。见曹兵分三门而出，瑜上将台观看。只见女墙边虚搠旌旗，无人守护；又见军士腰下各束缚包裹。瑜暗忖曹仁必先准备走路，遂下将台号令，分布两军为左右翼；如前军得胜，只顾向前追赶，直待鸣金，方许退步。命程普督后军，瑜亲自引军取城。对阵鼓声响处，曹洪出马搦战，瑜自至门旗下，使韩当出马，与曹洪交锋；战到三十馀合，洪败走。曹仁自出接战，周泰纵马相迎；斗十馀合，仁败走。阵势错乱。周瑜麾两翼军杀出，曹军大败。瑜自引军马追至南郡城下，曹军皆不入城，望西北而走。韩当、周泰引前部尽力追赶。瑜见城门大开，城上又无人，遂令众军抢城。数十骑当先而入。瑜在背后纵马加鞭，直入瓮城。陈矫在敌楼上，望见周瑜亲自入城来，暗暗喝采道："丞相妙策如神！"一声梆子响，两边弓弩齐发，势如骤

雨。争先入城的，都颠入陷坑内。周瑜急勒马回时，
被一弩箭，正射中左肋，翻身落马。牛金从城中杀出，
来捉周瑜；徐盛、丁奉二人舍命救去。城中曹兵突出，
吴兵自相践踏，落堑坑者无数。程普急收军时，曹仁、
曹洪分兵两路杀回。吴兵大败。幸得凌统引一军从刺
斜里杀来，敌住曹兵。曹仁引得胜兵进城，程普收败
军回寨。丁、徐二将救得周瑜到帐中，唤行军医者
用铁钳子拔出箭头，将金疮药敷掩疮口，疼不可当，
饮食俱废。医者曰："此箭头上有毒，急切不能痊可。
若怒气冲激，其疮复发。"程普令三军紧守各寨，不
许轻出。三日后，牛金引军来搦战，程普按兵不动。
牛金骂至日暮方回，次日又来骂战。程普恐瑜生气，
不敢报知。第三日，牛金直至寨门外叫骂，声声只道
要捉周瑜。程普与众商议，欲暂且退兵，回见吴侯，
却再理会。

　　却说周瑜虽患疮痛，心中自有主张；已知曹兵常
来寨前叫骂，却不见众将来禀。一日，曹仁自引大
军，擂鼓呐喊，前来搦战。程普拒住不出。周瑜唤
众将入帐问曰："何处鼓噪呐喊？"众将曰："军中教
演士卒。"瑜怒曰："何欺我也！吾已知曹兵常来寨前
辱骂。程德谋既同掌兵权，何故坐视？"遂命人请程
普入帐问之。普曰："吾见公瑾病疮，医者言勿触怒，
故曹兵搦战，不敢报知。"瑜曰："公等不战，主意若
何？"普曰："众将皆欲收兵暂回江东。待公箭疮平

◎曹操一向诈兵取胜，但在赤壁之战
中，他的诈屡败于周瑜的诈，于是也
就索性不诈了。周瑜就吃了这个以为
他不诈的亏，上了曹操的当。制造假
象，也是兵家一法。

◎程普应该再说一句，留下这块肥肉，让刘备和曹操两个去抢吧，等他们打累了，咱们捡现成的，多好？也许周瑜就不至于一意孤行，非要干到底不可。从蒋钦失利起，"演义"中的周瑜是在感情用事中决策，哪有不败之理？《三国演义》一书，第一被糟蹋者为曹操，第二被糟蹋者，就是这个周瑜了。

◎中国人傻吗？中国人的平均智商并不低，单个的中国人都不傻。但聚集在一起，做一件事，譬如打仗，就会出现一时性的智商缺失。因为形势倏忽万变，迫在眉睫，因为信息蜂拥而至，蒙头转向，因为人多七嘴八舌，莫衷一是，因为缺位思考，忙中出错，遂被人所乘，出现不应该出的变故。韩非说过，"战阵之间，不厌诈伪"，也是指战场乃容易上当，容易中计的地方。不过，《三国演义》的作者，虽然涵盖了宋元明三代，但他们对于战争的感受，都是从书本到书本，从传闻到传闻，故而不断重复，了无新意，这也是本书令人遗憾的地方了。

复，再作区处。"瑜听罢，于床上奋然跃起曰："大丈夫既食君禄，当死于战场，以马革裹尸还，幸也！岂可为我一人，而废国家大事乎？"言讫，即披甲上马。诸军众将，无不骇然。遂引数百骑出营前。望见曹兵已布成阵势，曹仁自立马于门旗下，扬鞭大骂曰："周瑜孺子，料必横夭，再不敢正觑我兵！"骂犹未绝，瑜从群骑内突然出曰："曹仁匹夫！见周郎否！"曹军看见，尽皆惊骇。曹仁回顾众将曰："可大骂之！"众军厉声大骂。周瑜大怒，使潘璋出战。未及交锋，周瑜忽大叫一声，口中喷血，坠于马下。曹兵冲来。众将向前抵住，混战一场，救起周瑜，回到帐中。程普问曰："都督贵体若何？"瑜密谓普曰："此吾之计也。"普曰："计将安出？"瑜曰："吾身本无甚痛楚；吾所以为此者，欲令曹兵知我病危，必然欺敌。可使心腹军士去城中诈降，说吾已死。今夜曹仁必来劫寨。吾却于四下埋伏以应之，则曹仁可一鼓而擒也。"程普曰："此计大妙！"随就帐下举起哀声。众军大惊，尽传言都督箭疮大发而死，各寨尽皆挂孝。

却说曹仁在城中与众商议，言周瑜怒气冲发，金疮崩裂，以致口中喷血，坠于马下，不久必亡。正论间，忽报："吴寨内有十数个军士来降。中间亦有二人，原是曹兵被掳过去的。"曹仁忙唤入问之。军士曰："今日周瑜阵前金疮碎裂，归寨即死。今众将皆已挂孝举哀。我等皆受程普之辱，故特归降，便报此事。"曹仁大喜，随即商议今晚便去劫寨，夺周瑜之尸，斩其首级，送赴许都。陈矫曰："此计速行，不可迟误。"曹仁遂令牛金为先锋，自为中军，曹洪、曹纯为合后，只留陈矫领些少军士守城，其馀军兵尽起。初更后出城，径投周瑜大寨。来到寨门，不见一人，但见虚插旗枪而已。情知中计，急忙退军。四下炮声齐发：东边韩当、蒋钦杀来，西边周泰、潘璋杀来，南边徐盛、丁奉杀来，北边陈武、吕蒙杀来。曹兵大败，三路军皆被冲散，首尾不能相救。曹仁引十数骑杀出重围，正遇曹洪，遂引败残军马一同奔走。杀到五更，离南郡不远，一声鼓响，凌统又引一军拦住去路，截杀一阵。曹仁引军刺斜而走，又遇甘宁大杀一阵。曹仁不敢回南郡，径投襄阳大路而行。吴军赶了一程，自回。

　　周瑜、程普收住众军，径到南郡城下，见旌旗布满，敌楼上一将叫曰："都督少罪！吾奉军师将令，已取城了。——吾乃常山赵子龙也。"周瑜大怒，便命攻城。城上乱箭射下。瑜命且回军商议，使甘宁引数千军马，径取荆州；凌统引数千军马，径取襄阳；然后却再取南郡未迟。正分拨间，忽然探马急来报说："诸葛亮自得了南郡，遂用兵符，星夜诈调荆州守城军马来救，却教张飞袭了荆州。"又一探马飞来报说："夏侯惇在襄阳，被诸葛亮差人赍兵符，诈称曹仁求救，诱惇引兵出，却教云长袭取了襄阳。二处

◎曹仁、曹洪自是欠揍，你用计骗周瑜入城，周瑜不会以子之道，还治其人之身吗？

◎照此说法，那倒是"鹬蚌相争，渔翁得利"了。

城池，全不费力，皆属刘玄德矣。"周瑜曰："诸葛亮怎得兵符？"程普曰："他拿住陈矫，兵符自然尽属之矣。"周瑜大叫一声，金疮迸裂。正是：

几郡城池无我分，一场辛苦为谁忙！

未知性命如何，且看下文分解。

赤壁之战后之战，犹如名角戏罢，加唱一曲，更为精彩。

曹操虽败，老本还在，自然不甘退出赌局。周瑜大胜，打扫战场，无非想赢得更多。刘备、诸葛亮比较尴尬，第一，他们力薄身单，不可能从曹操手中夺得一块立脚之地。第二他们人微言轻，不可能让周瑜吐出刚吞进的胜利果实。前者，瘦死的骆驼比马大，他们不敢惹；后者，刚结盟的哥儿们，哪能为此翻脸？

但是，周瑜的胃口很大，野心不小，溯江而上的他，并不是为巩固江东六郡而来，是要和曹操再打一仗，将南郡、荆州，纳入东吴版图。想法当然是很好的，做法就未必可行了。你要硬打，曹操不软；你要软打，曹操很硬。再说，你打赢了第一仗，不一定就能打赢第二仗。成于官渡，败于赤壁的曹操就是一个例子。但这个火烧赤壁的主帅，信心满满，直奔南郡而来。现在，刘备、诸葛亮只有寄希望于两强终有一战，等到魏、吴实力相互消长到一定时机，就如成语所说，"螳螂捕蝉，黄雀在后"，坐享其成。

周瑜之败，一败于江东水军，本来很强，奈何长途奔袭，远离基地，登陆作战，哪敌守南郡的曹仁手下，那些青、徐兵和骑兵；二败于他根本未把赤壁败军看在眼里，一条落水狗，也会抖你一身水的。于是，刘备、诸葛亮趁魏、吴打累了的机会，按《演义》所写，夺取了长沙、桂阳、零陵、武陵等郡。

胃口不能太大，期望值别定太高，先站住脚，然后迈步，接着再跳，以为由此一步登天，那叫傻狂。诸葛亮的聪明，在于求实，在于稳健，天上不会掉馅儿饼，这是小本经营者必须懂得的存身之道。

第五十二回

诸葛亮智辞鲁肃
赵子龙计取桂阳

赤壁大战等于重新洗了一次牌，如果说八年前的官渡大战，终结了诸侯混战的格局，曹操、刘备、孙权三人，命运使他们成为主宰当时中国的三人组，这次赤壁大战的序幕——荆州之役，其实刘备已经出局。赤壁大战，按曹操的战略决策，孙权应该是第二个出局者。现在，仗打完了，不但孙权毫毛未伤，连已经溃败得无处安身的刘备，他死灰复燃地出现了。这个打不死的刘备啊，居然还获得了一块不算大的地盘，但对过惯了贫无立锥之地的刘备而言，谢天谢地，老天爷难得对他开了一次眼。曹操不得不佩服自己的远见，"英雄"二字，当年不是信口而言。所以，他在给孙权的信中，不无幽默地说了一句"刘备，吾俦也"，这也等于承认，赤壁大战虽然洗牌，实际还是这个三人组，如果说有什么改变的话，就是正式认可刘备的身份。

现在，得到荆州、南郡、襄阳、江夏的刘备，心中大喜，图谋久远之计，准备在此安家立业了。这种心满意足的表现，充分说明了他是一个口头上的胸怀大志者，而实际上仍未摆脱织席贩屦小生意人知足求安的天性。有块地盘比之周旋于下邳、小沛，亡命于新野、樊城，日子要好过得多了，顿有鸟枪换炮之感。其实刘备这样小富即足的人物，胃口本来不大，如果曹操不跟他过不去，即使刘表死后，小老板刘琮不撵他，也会在小沛、新野存身，并努力安分守己的。

这三位天差地别，曹操，帝王谱派，战略观念，身居中原，着眼全国；孙权，王侯气质，雍容大气，领袖一方，富富有余：都是做得大事的领袖人物。刘备既无曹操的雄心壮志，也无东吴的祖宗基业，虽然打着光复汉室的旗帜，那不过是个遥远的政治目标。除去仁义的名声，拥有相当号召力外，再无其他长足之处。

小有斩获的这位皇叔，再也不求拓展，过起小日子来了。与这类人共事，倘不能辖治住他，推着他往前走，便要谨慎你的进取之心，不要使他认为受到威胁。在中国，越是这类无能的皇帝，越是害怕比他能干的臣下功高盖主，那危险程度（包括掉脑袋）也越来越大。所以，中国自古以来，只有一个诸葛亮存活下来，便知他是多么了解刘备了。

◎即使没有箭伤，也会气得休克过去的。

◎若能在对方阵营中，有一个通情达理的亲善分子，那绝对是花小钱、获大利的好事。

却说周瑜见孔明袭了南郡，又闻他袭了荆襄，如何不气？气伤箭疮，半晌方苏。众将再三劝解。瑜曰："若不杀诸葛村夫，怎息我心中怨气！程德谋可助我攻打南郡，定要夺还东吴。"正议间，鲁肃至。瑜谓之曰："吾欲起兵与刘备、诸葛亮共决雌雄，复夺城池。子敬幸助我。"鲁肃曰："不可。方今与曹操相持，尚未分成败；主公现攻合淝不下。不争自家互相吞并，倘曹兵乘虚而来，其势危矣。况刘玄德旧曾与曹操相厚，若逼得紧急，献了城池，一同攻打东吴，如之奈何？"瑜曰："吾等用计策，损兵马，费钱粮，他去图现成，岂不可恨！"肃曰："公瑾且耐。容某亲见玄德，将理来说他。若说不通，那时动兵未迟。"诸将曰："子敬之言甚善。"

于是鲁肃引从者径投南郡来，到城下叫门。赵云出问，肃曰："我要见刘玄德有话说。"云答曰："吾主与军师在荆州城中。"肃遂不入南郡，径奔荆州。见旌旗整列，军容甚盛，肃暗羡曰："孔明真非常人也！"军士报入城中，说鲁子敬要见。孔明令大开城门，接肃入衙。讲礼毕，分宾主而坐。茶罢，肃曰："吾主吴侯，与都督公瑾，教某再三申意皇叔：前者，操引百万之众，名下江南，实欲来图皇叔；幸得东吴杀退曹兵，救了皇叔。所有荆州九郡，合当归于东吴。今皇叔用诡计，夺占荆襄，使江东空费钱粮军马，而皇叔安受其利，恐于理未顺。"孔明曰："子敬乃高明之士，何故亦出此言？常言道：'物必归主。'荆襄九郡，非东吴之地，乃刘景升之基业。吾主固景升之弟也。景升虽亡，其子尚在；以叔辅侄，而取荆州，有何不可？"肃曰："若果系公子刘琦占据，尚有可解；今公子在江夏，须不在这里！"孔明曰："子敬欲见公子乎？"便命左右："请公子出来。"只见两从者从屏风后扶出刘琦。琦谓肃曰："病躯不能施礼，子敬勿罪。"鲁肃吃了一惊，默然无语，良久，言曰："公子若不在，便如何？"孔明曰："公子在一日，守一日；若不在，别有商议。"肃曰："若公子不在，须将城池还我东吴。"孔明曰："子敬之言是也。"遂设宴相待。

宴罢，肃辞出城，连夜归寨，具言前事。瑜曰："刘琦正青春年少，如何便得他死？这荆州何日得还？"肃曰："都督放心。只在鲁肃身上，务要讨荆襄还东吴。"瑜曰："子敬有何高见？"肃曰："吾观刘琦过于酒色，病入膏肓，现今面色羸瘦，气喘呕血：不过半年，其人必死。那时往取荆州，刘备须无得推故。"周瑜犹自忿气未消，忽孙权遣使至。瑜令请入。使曰："主公围合淝，累战不捷。特令都督收回大军，且拨兵赴合淝相助。"周瑜只得班师回柴桑养病，令程普部领战船士卒，来合淝听孙权调用。

却说刘玄德自得荆州、南郡、襄阳，心中大喜，商议久远之计。忽见一人上厅献策，视之，乃伊籍也。玄

◎含糊有含糊的好处，不致使矛盾激化。但模棱两可，也有产生后遗症的危险。拖，是中国人的一种无可奈何的权宜之计。其实，斩钉截铁地说清楚，这荆州之地，不会成为吴蜀交恶的一个焦点。

◎因为有些话是不便直说的，譬如碍于面子，譬如涉及关系，譬如有关尊严，譬如地位不同，聪明人往往绕一个弯子，换一种说法，采取圆通之道，达到说服对方的目的，也是交往的常识。因为小农意识容易满足，而满足产生惰性，影响进取之心，这正是刘玄德让诸葛亮最担忧的。于是，伊籍出面，马良献策，显然是这位军师的操作了。

刘备得了新野那弹丸之地，就有歇口气的意思，甚至有闲心编结帽子，重操旧业，诸葛为此还曾经面谏过。但这种让人主过不去，下不了台的事，可一而不可再。其实，朋友之间，也是不宜直来直去，应该讲究一点方式方法，何况上下级？现在据有荆襄之地，要一个小作坊主，树立长远之计，继续革命，就得拐个弯儿让他觉悟了。小康不是终极目标，但小康状态却能使原先的贫穷者产生一种满足感，这种满足，很容易便导致精神懈怠，由于懈怠，便意志衰退。小康的刘备，那种手工业者的天性，始终是忍不住就要表现出来的。上一次，人家送来了牛尾毛，他那酷善编织的手艺人习气来神了，做出来一顶小冠，自以是得意。所以，庞统来投，他也早没了三顾茅庐、求贤若渴的谦谨，差点炒人家鱿鱼。看来，小康状态下的小农意识的满足感，很值得大家警惕的！

德感其旧日之恩，十分相敬，坐而问之。籍曰："要知荆州久远之计，何不求贤士以问之？"玄德曰："贤士安在？"籍曰："荆襄马氏，兄弟五人并有才名：幼者名谡，字幼常；其最贤者，眉间有白毛，名良，字季常。乡里为之谚曰：'马氏五常，白眉最良。'公何不求此人而与之谋？"玄德遂命请之。马良至，玄德优礼相待，请问保守荆襄之策。良曰："荆襄四面受敌之地，恐不可久守；可令公子刘琦于此养病，招谕旧人以守之，就表奏公子为荆州刺史，以安民心。然后南征武陵、长沙、桂阳、零陵四郡，积收钱粮，以为根本。此久远之计也。"玄德大喜，遂问："四郡当先取何郡？"良曰："湘江之西，零陵最近，可先取之；次取武陵。然后湘江之东取桂阳；长沙为后。"玄德遂用马良为从事，伊籍副之。请孔明商议送刘琦回襄阳，替云长回荆州。便调兵取零陵，差张飞为先锋，赵云合后，孔明、玄德为中军，人马一万五千；留云长守荆州；糜竺、刘封守江陵。

却说零陵太守刘度，闻玄德军马到来，乃与其子刘贤商议。贤曰："父亲放心。他虽有张飞、赵云之勇，我本州上将邢道荣，力敌万人，可以抵对。"刘度遂命刘贤与邢道荣引兵万馀，离城三十里，依山靠水下寨。探马报说："孔明自引一军到来。"道荣便引军出战。两阵对圆，道荣出马，手使开山大斧，厉声高叫："反贼安敢侵我境界！"只见对阵中，一簇黄旗出。旗开处，推出一辆四轮车，车中端坐一人，头戴纶巾，

身披鹤氅，手执羽扇，用扇招邢道荣曰："吾乃南阳诸
葛孔明也。曹操引百万之众，被吾聊施小计，杀得片
甲不回。汝等岂堪与我对敌？我今来招安汝等，何不
早降？"道荣大笑曰："赤壁鏖兵，乃周郎之谋也，干
汝何事，敢来诳语！"轮大斧竟奔孔明。孔明便回车，
望阵中走，阵门复闭。道荣直冲杀过来，阵势急分两
下而走。道荣遥望中央一簇黄旗，料是孔明，乃只望
黄旗而赶。抹过山脚，黄旗扎住，忽地中央分开，不
见四轮车，只见一将挺矛跃马，大喝一声，直取道荣，
乃张翼德也。道荣轮大斧来迎，战不数合，气力不加，
拨马便走。翼德随后赶来，喊声大震，两下伏兵齐出。
道荣舍死冲过，前面一员大将，拦住去路，大叫："认
得常山赵子龙否！"道荣料敌不过，又无处奔走，只
得下马请降。子龙缚来寨中见玄德、孔明。玄德喝教
斩首。孔明急止之，问道荣曰："汝若与我捉了刘贤，
便准你投降。"道荣连声愿往。孔明曰："你用何法捉
他？"道荣曰："军师若肯放某回去，某自有巧说。今
晚军师调兵劫寨，某为内应，活捉刘贤，献与军师。
刘贤既擒，刘度自降矣。"玄德不信其言。孔明曰："邢
将军非谬言也。"遂放道荣归。道荣得放回寨，将前
事实诉刘贤。贤曰："如之奈何？"道荣曰："可将计
就计。今夜将兵伏于寨外，寨中虚立旗旛，待孔明来
劫寨，就而擒之。"刘贤依计。

　　当夜二更，果然有一彪军到寨口，每人各带草把，

◎这既是历史，也是事实。

◎所谓将计就计者也！

◎王夫之提到："赤壁之战，操之必败，瑜之必胜，非一端也。"他认为："北来之军二十万，刘表新降之众几半之，而恃之以为水军所用，新附之志不坚，而怀主思散以各归其故栽地近而易。表之众又素未有远征之志者也。重以戴先主之德，怀刘琦之恩，故黄盖之火一爇而人皆骇散，荆土思归之士先之矣，此又其一也。"所以，赵云攻桂阳，打出刘景升、刘琦旗号，民心所向也，也是刘备、诸葛亮攻城得地的原因之一。

一齐放火。刘贤、道荣两下杀来，放火军便退。刘贤、道荣两军乘势追赶，赶了十馀里，军皆不见。刘贤、道荣大惊，急回本寨，只见火光未灭，寨中突出一将，乃张翼德也。刘贤叫道荣："不可入寨，却去劫孔明寨便了。"于是复回军。走不十里，赵云引一军刺斜里杀出，一枪刺道荣于马下。刘贤急拨马奔走，背后张飞赶来，活捉过马，绑缚见孔明。贤告曰："邢道荣教某如此，实非本心也。"孔明令释其缚，与衣穿了，赐酒压惊，教人送入城说父投降；如其不降，打破城池，满门尽诛。刘贤回零陵见父刘度，备述孔明之德，劝父投降。度从之，遂于城上竖起降旗，大开城门，赍捧印绶出城，竟投玄德大寨纳降。孔明教刘度仍为郡守，其子刘贤赴荆州随军办事。零陵一郡居民，尽皆喜悦。

玄德入城安抚已毕，赏劳三军。乃问众将曰："零陵已取了，桂阳郡何人敢取？"赵云应曰："某愿往。"张飞奋然出曰："飞亦愿往！"二人相争。孔明曰："终是子龙先应，只教子龙去。"张飞不服，定要去取。孔明教拈阄，拈着的便去。又是子龙拈着。张飞怒曰："我并不要人相帮，只独领三千军去，稳取城池。"赵云曰："某也只领三千军去。如不得城，愿受军令。"孔明大喜，责了军令状，选三千精兵付赵云去。张飞不服，玄德喝退。

赵云领了三千人马，径往桂阳进发。早有探马报知桂阳太守赵范。范急聚众商议。管军校尉陈应、鲍隆愿领兵出战。原来二人都是桂阳岭山乡猎户出身，陈应会使飞叉，鲍隆曾射杀双虎。二人自恃勇力，乃对赵范曰："刘备若来，某二人愿为前部。"赵范曰："我闻刘玄德乃大汉皇叔；更兼孔明多谋，关、张极勇；今领兵来的赵子龙，在当阳长坂百万军中，如入无人之境。我桂阳能有多少人马？不可迎敌，只可投降。"应曰："某请出战。若擒不得赵云，那时任太守投降不迟。"赵范拗不过，只得应允。

陈应领三千人马出城迎敌，早望见赵云领军来到。陈应列成阵势，飞马绰叉而出。赵云挺枪出马，责骂陈应曰："吾主刘玄德，乃刘景升之弟，今辅公子刘琦同领荆州，特来抚民。汝何敢迎敌。"陈应骂曰："我等只服曹丞相，岂顺刘备！"赵云大怒，挺枪骤马，直取陈应。应捻叉来迎。两马相交，战到四五合，陈应料敌不过，拨马便走。赵云追赶。陈应回顾赵云马来相近，用飞叉掷去，被赵云接住，回掷陈应。应急躲过，云马早到，将陈应活捉过马，掷于地下，喝军士绑缚回寨。败军四散奔走。云入寨叱陈应曰："量汝安敢敌我！我今不杀汝，放汝回去；说与赵范，早来投降。"陈应谢罪，抱头鼠窜，回到城中，对赵范尽言其事。范曰："我本欲降，汝强要战，以致如此。"遂叱退陈应，赍捧印绶，引十数骑出城投大寨纳降。

云出寨迎接，待以宾礼，置酒共饮，纳了印绶。酒至数巡，范曰："将军姓赵，某亦姓赵，五百年前，

◎虾兵蟹将，哪是赵子龙的对手？更何况这位姓赵的地方官，还想成就一门亲事呢？

合是一家。将军乃真定人，某亦真定人，又是同乡。倘得不弃，结为兄弟，实为万幸。"云大喜，各叙年庚。云与范同年。云长范四个月，范遂拜云为兄。二人同乡，同年，又同姓，十分相得。至晚席散，范辞回城。次日，范请云入城安民。云教军士休动，只带五十骑随入城中。居民执香伏道而接。云安民已毕，赵范邀请入衙饮宴。酒至半酣，范复邀云入后堂深处，洗盏更酌。云饮微醉。范忽请出一妇人，与云把酒。子龙见妇人身穿缟素，有倾国倾城之色，乃问范曰："此何人也？"范曰："家嫂樊氏也。"子龙改容敬之。樊氏把盏毕，范令就坐。云辞谢。樊氏辞归后堂。云曰："贤弟何必烦令嫂举杯耶？"范笑曰："中间有个缘故，乞兄勿阻：先兄弃世已三载，家嫂寡居，终非了局，弟常劝其改嫁。嫂曰：'若得三件事兼全之人，我方嫁之：第一要文武双全，名闻天下；第二要相貌堂堂，威仪出众；第三要与家兄同姓。'你道天下那得有这般凑巧的？今尊兄堂堂仪表，名震四海，又与家兄同姓，正合家嫂所言。若不嫌家嫂貌陋，愿陪嫁资，与将军为妻，结累世之亲，如何？"云闻言大怒而起，厉声曰："吾既与汝结为兄弟，汝嫂即吾嫂也，岂可作此乱人伦之事乎！"赵范羞惭满面，答曰："我好意相待，如何这般无礼！"遂目视左右，有相害之意。云已觉，一拳打倒赵范，径出府门，上马出城去了。

范急唤陈应、鲍隆商议。应曰："这人发怒去了，

◎哪有这样找对象的条件，查遍魏蜀吴，除赵云外无人能应征了。

只索与他厮杀。"范曰："但恐赢他不得。"鲍隆曰："我
两个诈降在他军中，太守却引兵来搦战，我二人就阵
上擒之。"陈应曰："必须带些人马。"隆曰："五百骑足
矣。"当夜二人引五百军径奔赵云寨来投降。云已心
知其诈，遂教唤入。二将到帐下，说："赵范欲用美人
计赚将军，只等将军醉了，扶入后堂谋杀，将头去曹
丞相处献功：如此不仁。某二人见将军怒出，必连累
于某，因此投降。"赵云佯喜，置酒与二人痛饮。二
人大醉，云乃缚于帐中，擒其手下人问之，果是诈降。
云唤五百军入，各赐酒食，传令曰："要害我者，陈
应、鲍隆也；不干众人之事。汝等听吾行计，皆有重
赏。"众军拜谢。将降将陈、鲍二人当时斩了；却教
五百军引路，云引一千军在后，连夜到桂阳城下叫
门。城上听时，说陈、鲍二将军杀了赵云回军，请太
守商议事务。城上将火照看，果是自家军马。赵范
急忙出城。云喝左右捉下。遂入城，安抚百姓已定，
飞报玄德。

　　玄德与孔明亲赴桂阳。云迎接入城，推赵范于
阶下。孔明问之，范备言以嫂许嫁之事。孔明谓云
曰："此亦美事，公何如此？"云曰："赵范既与某结
为兄弟，今若娶其嫂，惹人唾骂，一也；其妇再嫁，
使失大节，二也；赵范初降，其心难测，三也。主公
新定江汉，枕席未安，云安敢以一妇人而废主公之人
事？"玄德曰："今日大事已定，与汝娶之，若何？"

◎胡扯。后汉三国，那时没有"饿死
事小失节事大"的说法。写历史小
说，最为没落者，便是不谙史实，将
后来的观点，强加给前人。让古人按
今人的拍子跳舞，热闹是有了，可真
实却没有了。

◎这岂不是很圆满的事情嘛？樊氏如此看，赵范如此看，刘备、诸葛亮也如此看，赵云也未免太扫兴了些。

云曰："天下女子不少，但恐名誉不立，何患无妻子乎？"玄德曰："子龙真丈夫也！"遂释赵范，仍令为桂阳太守，重赏赵云。

张飞大叫曰："偏子龙干得功！偏我是无用之人！只拨三千军与我去取武陵郡，活捉太守金旋来献！"孔明大喜曰："翼德要去不妨，但要依一件事。"正是：

军师决胜多奇策，将士争先立战功。

未知孔明说出那一件事来，且看下文分解。

唐和宋，唐称盛唐；宋，无论北宋，还是南宋，其生产总值，都远远超过前朝，但人称弱宋。为什么？盛唐是向外扩张的，弱宋是受人侵略的。

因此，自汉至唐，中国人的基本主张，为放，向外看。自宋至清，中国人的大政方针，是收，向内看。所以，在中国历史上，唐和宋，是一个在思想上放和收的分界线。

虽然，元曾地跨欧亚，明曾屡越重洋，清曾大拓疆界，但绝无汉唐时中国人精神上的盛世气度。一个男人，有这份气度，显得豪迈、一个女人，有这份气度，显得美丽；一个民族，有这份气度，显得宽容；而一个国家，有这份气度，必定显得气象万千的发达。汉以这份气度，做大事业；唐以这份气度，有大格局。然而，到了宋朝，乃至以后，休想再有这等大作为、大手笔了。中国人后来的全部不幸，与朱熹的理学，与二程的道学，有相当大的关联。

清初思想家颜元，曾经一针见血地说："千余年来，率天下入故纸中，耗尽身心气力，作弱人，病人，无用人者，皆晦庵为之也。"（《朱子语类评》）这位集伪君子、假道学、正经面孔、花花肠子于一身的朱晦庵，在思想领域中所起到的长期桎梏作用，为害甚广；在精神世界中所起到的钳制作用，流毒更远。看赵子龙所说的"一也，二也，三也"，满口旧道德的腔调，一副高大全的模样，绝对三突出的形象，很难把这样一位礼教之徒，放在三国那个大环境里，与关、张、马、黄并列五虎上将，相反，他倒应该与朱熹、二程一党，提倡"一女不嫁二夫"，提倡"饿死事小，失节事大"，才显得更为合适。

文学最忌讳越俎代庖，《三国演义》出自宋以后人手，便将古人按自己的模子来塑造，是不足为训的。

第五十三回

关云长义释黄汉升
孙仲谋大战张文远

　　战争，说到底，是一场恶行的竞赛。在这场竞赛中，善会变恶，恶则更恶，所有人类不齿的罪恶，都会毫不知耻地公然进行，所有人类曾经皈依的原则、宗旨、信念、章法，都被践踏在铁蹄之下。这种自我毁灭的行径，并不因战争的结束而结束，恶行还要赓续下来。无论胜方，也无论败方，都不甘退出，胜者以未能全歼对手，意犹未尽，而重图再战，败者以不甘雌伏之心，而想东山再起。战争从来是多边格局，那不胜不负的第三方，自然还打算发些洋财，找点外快……所以，不服输，是人类的天性，从人类诞生在这个地球上起，就存在着的。因为不服输，就有斗争，小则肢体冲突，大则群殴械斗，棍棒扩而大之，便是枪炮，于是局部战争，继而成为全面战争。故而，大战以后必有小战，小战以后必有余波，是一点也不奇怪的。

　　这就是这场赤壁之战以后，三方继续打个没完没了的缘故。东吴方面，赢者想通吃，哪有罢手收束之意，于是，水军登陆，长驱而西，先取荆襄，后战合淝，恨不能一战而定天下。这时候，吴国的思想库鲁肃出来说话了，他劝受了箭伤的周瑜回柴桑休养，这是大热中下的一帖冷剂，东吴长史张纮诫告孙权，曹操虽败，未失元气，勿逞匹夫之勇，去挑战受伤的老虎，不要受职业军官的挑唆，休生养息是战后吴国的要务，这就更是一种难得的冷静了。那曹操，输了不认输，更是嚣张不已。从其与孙权书中说："赤壁之役，值有疾病，孤烧船自退，横使周瑜虚获此名"看，他也不服气的，自然要寻机报复，转败为胜。所以，张辽以他"勿以胜为喜，勿以败为忧"的为将之道，劝喻这位统帅，这也是战争参与者，能够跳出战争的薮渊，重新审视战争的清醒。

　　战场如此，非战场亦如此，不过度激动，不胡乱冲动，更不盲目蛮动，把感情的热度压至最低，方为应对这个复杂繁复世界的上策。

◎赤壁战后，旧有的格局打破，又一轮争城略地的重新割据开始了。

却说孔明谓张飞曰："前者子龙取桂阳郡时，责下军令状而去。今日翼德要取武陵，必须也责下军令状，方可领兵去。"张飞遂立军令状，欣然领三千军，星夜投武陵界上来。金旋听得张飞引兵到，乃集将校，整点精兵器械，出城迎敌。从事巩志谏曰："刘玄德乃大汉皇叔，仁义布于天下；加之张翼德骁勇非常。不可迎敌，不如纳降为上。"金旋大怒曰："汝欲与贼通连为内变耶？"喝令武士推出斩之。众官皆告曰："先斩家人，于军不利。"金旋乃喝退巩志，自率兵出。离城二十里，正迎张飞。飞挺矛立马，大喝金旋。旋问部将："谁敢出战？"众皆畏惧，莫敢向前。旋自骤马舞刀迎之。张飞大喝一声，浑如巨雷，金旋失色，不敢交锋，拨马便走。飞引众军随后掩杀。金旋走至城边，城上乱箭射下。旋惊视之，见巩志立于城上曰："汝不顺天时，自取败亡，吾与百姓自降刘矣。"言未毕，一箭射中金旋面门，坠于马下，军士割头献张飞。巩志出城纳降，飞就令巩志赍印绶，往桂阳见玄德。玄德大喜，遂令巩志代金旋之职。

玄德亲至武陵安民毕，驰书报云长，言翼德、子龙各得一郡。云长乃回书上请曰："闻长沙尚未取，如兄长不以弟为不才，教关某干这件功劳甚好。"玄德大喜，遂教张飞星夜去替云长守荆州，令云长来取长沙。云长既至，入见玄德、孔明。孔明曰："子龙取桂阳，翼德取武陵，都是三千军去。今长沙太守韩

◎关羽的话一出口，总有点酸溜溜的味道。

玄，固不足道。只是他有一员大将，乃南阳人，姓黄，名忠，字汉升；是刘表帐下中郎将，与刘表之侄刘磐共守长沙，后事韩玄；虽今年近六旬，却有万夫不当之勇，不可轻敌。云长去，必须多带军马。"云长曰："军师何故长别人锐气，灭自己威风？量一老卒，何足道哉！关某不须用三千军，只消本部下五百名校刀手，决定斩黄忠、韩玄之首，献来麾下。"玄德苦挡。云长不依，只领五百校刀手而去。孔明谓玄德曰："云长轻敌黄忠，只恐有失。主公当往接应。"玄德从之，随后引兵望长沙进发。

◎关羽一生，傲敌好强，自以为是，目中无人，胜亦因此，败亦因此。

　　却说长沙太守韩玄，平生性急，轻于杀戮，众皆恶之。是时听知云长军到，便唤老将黄忠商议。忠曰："不须主公忧虑。凭某这口刀，这张弓，一千个来，一千个死！"原来黄忠能开二石力之弓，百发百中。言未毕，阶下一人应声而出曰："不须老将军出战，只就某手中定活捉关某。"韩玄视之，乃管军校尉杨龄。韩玄大喜，遂令杨龄引军一千，飞奔出城。约行五十里，望见尘头起处，云长军马早到。杨龄挺枪出马，立于阵前骂战。云长大怒，更不打话，飞马舞刀，直取杨龄。龄挺枪来迎。不三合，云长手起刀落，砍杨龄于马下。追杀败兵，直至城下。韩玄闻之大惊，便教黄忠出马。玄自来城上观看。忠提刀纵马，引五百骑兵飞过吊桥。云长见一老将出马，知是黄忠，把五百校刀手一字摆开，横刀立马而问曰："来将莫

◎又是一个不服老、不服输的，一张嘴，都能吓人一个跟头。

◎现实生活中的拖刀计，要比战场之上，更加防不胜防。

◎这倒是相当"费厄泼赖"精神的，可惜不是奥林匹克运动会。在立见生死的战争中，这种绅士风度，除了表现欲外，再找不到别的了。

◎赵云取桂阳，张飞取武陵，关羽取长沙，都有类似的情节重复。因为话本本是说书人的一个提纲，一说书人并非一口气将一部三国说完，二听书人也不可能天天坐在那里直到听完。因此，重复，或反复，作为口头文学的一种加深记忆的手法，成书以后，便残留下来。

非黄忠否？"忠曰："既知我名，焉敢犯我境！"云长曰："特来取汝首级！"言罢，两马交锋。斗一百馀合，不分胜负。韩玄恐黄忠有失，鸣金收军。黄忠收军入城。云长也退军，离城十里下寨，心中暗忖："老将黄忠，名不虚传：斗一百合，全无破绽。来日必用拖刀计，背砍赢之。"

　　次日早饭毕，又来城下搦战。韩玄坐在城上，教黄忠出马。忠引数百骑杀过吊桥，再与云长交马。又斗五六十合，胜负不分。两军齐声喝采。鼓声正急时，云长拨马便走。黄忠赶来。云长方欲用刀砍去，忽听得脑后一声响；急回头看时，见黄忠被战马前失，掀在地下。云长急回马，双手举刀猛喝曰："我且饶你性命！快换马来厮杀！"黄忠急提起马蹄，飞身上马，奔入城中。玄惊问之。忠曰："此马久不上阵，故有此失。"玄曰："汝箭百发百中，何不射之？"忠曰："来日再战，必然诈败，诱到吊桥边射之。"玄以自己所乘一匹青马与黄忠。忠拜谢而退，寻思："难得云长如此义气！他不忍杀害我，我又安忍射他？若不射，又恐违了将令。"是夜踌躇未定。次日天晓，人报云长搦战。忠领兵出城。云长两日战黄忠不下，十分焦躁，抖擞威风，与忠交马。战不到三十馀合，忠诈败，云长赶来。忠想昨日不杀之恩，不忍便射，带住刀，把弓虚拽弦响，云长急闪，却不见箭；云长又赶，忠又虚拽，云长急闪，又无箭；只道黄忠不会射，放心赶来。将近吊桥，黄忠在桥上搭箭开弓，弦响箭到，正射在云长盔缨根上。前面军齐声喊起。云长吃了一惊，带箭回寨，方知黄忠有百步穿杨之能，今日只射盔缨，正是报昨日不杀之恩也。云长领兵而退。

黄忠回到城上来见韩玄，玄便喝左右捉下黄忠。忠叫曰："无罪！"玄大怒曰："我看了三日，汝敢欺我！汝前日不力战，必有私心；昨日马失，他不杀汝，必有关通；今日两番虚拽弓弦，第三箭却止射他盔缨，如何不是外通内连？若不斩汝，必为后患！"喝令刀斧子推下城门外斩之。众将欲告，玄曰："但告免黄忠者，便是同情！"刚推到门外，恰欲举刀，忽然一将挥刀杀入，砍死刀手，救起黄忠，大叫曰："黄汉升乃长沙之保障，今杀汉升，是杀长沙百姓也！韩玄残暴不仁，轻贤慢士，当众共殛之！愿随我者便来！"众视其人，面如重枣，目若朗星，乃义阳人魏延也。——自襄阳赶刘玄德不着，来投韩玄；玄怪其傲慢少礼，不肯重用，故屈沉于此。当日救下黄忠，教百姓同杀韩玄，袒臂一呼，相从者数百馀人。黄忠拦当不住。魏延直杀上城头，一刀砍韩玄为两段，提头上马，引百姓出城，投拜云长。云长大喜，遂入城。安抚已毕，请黄忠相见；忠托病不出。云长即使人去请玄德、孔明。

却说玄德自云长来取长沙，与孔明随后催促人马接应。正行间，青旗倒卷，一鸦自北南飞，连叫三声

◎《三国演义》中人物的出场，多种多样，魏延的出场，与三请诸葛亮，千呼万唤才出来不同。不打招呼，不请自来，上一次襄阳夺门，出乎意料，这一次长沙杀城，行为突兀，看来，这是个要让你注意，并留下印象的人物。

◎上一次魏延出场，就是窝里反，这一次又照方抓药。作者不高兴一个人物，也就无可奈何了。国人有"三岁看大，七岁看老"的说法，很是形而上。一个人，先坏，则后来必坏，后坏，则先前也该坏。人类若没有变化，今天和昨天一样，昨天和前天一样，那世界还会有什么新鲜的空气？

而去。玄德曰："此应何祸福？"孔明就马上袖占一课，曰："长沙郡已得，又主得大将。午时后定见分晓。"少顷，见一小校飞报前来，说："关将军已得长沙郡，降将黄忠、魏延。崋等主公到彼。"玄德大喜，遂入长沙。云长接入厅上，具言黄忠之事。玄德乃亲往黄忠家相请，忠方出降，求葬韩玄尸首于长沙之东。后人有诗赞黄忠曰：

> 将军气概与天参，白发犹然困汉南。
> 至死甘心无怨望，临降低首尚怀惭。
> 宝刀灿雪彰神勇，铁骑临风忆战酣。
> 千古高名应不泯，长随孤月照湘潭。

玄德待黄忠甚厚。云长引魏延来见，孔明喝令刀斧手推下斩之。玄德惊问孔明曰："魏延乃有功无罪之人，军师何故欲杀之？"孔明曰："食其禄而杀其主，是不忠也；居其土而献其地，是不义也。吾观魏延脑后有反骨，久后必反，故先斩之，以绝祸根。"玄德曰："若斩此人，恐降者人人自危。望军师恕之。"孔明指魏延曰："吾今饶汝性命。汝可尽忠报主，勿生异心；若生异心，我好歹取汝首级。"魏延喏喏连声而退。黄忠荐刘表侄刘磐——现在攸县闲居，玄德取回，教掌长沙郡。四郡已平，玄德班师回荆州，改油江口为公安。自此钱粮广盛，贤士归之；将军马匹

◎脑后反骨，纯系诸葛亮无稽之谈，也不符合人体解剖学。魏延是个粗人，粗得不能再粗，诸葛亮是个细人，细得不能再细，在赌场上，粗人敢赌命，赌脑袋，细人盘算来盘算去，只敢小赌输赢。所以，性格相逆，好恶不同，诸葛亮至死也没解开这个心结。他是大人物，但大人物也有令人厌恶的小毛病。

四散屯于隘口。

却说周瑜自回柴桑养病，令甘宁守巴陵郡，令凌统守汉阳郡，二处分布战船，听候调遣。程普引其馀将士投合淝县来。原来孙权自从赤壁鏖兵之后，久在合淝，与曹兵交锋，大小十馀战，未决胜负，不敢逼城下寨，离城五十里屯兵。闻程普兵到，孙权大喜，亲自出营劳军。人报鲁子敬先至，权乃下马立待之。肃慌忙滚鞍下马施礼。众将见权如此待肃，皆大惊异。权请肃上马，并辔而行，密谓曰："孤下马相迎，足显公否？"肃曰："未也。"权曰："然则何如而后为显耶？"肃曰："愿明公威德加于四海，总括九州，克成帝业，使肃名书竹帛，始为显矣。"权抚掌大笑。同至帐中，大设饮宴，犒劳鏖兵将士，商议破合淝之策。

忽报张辽差人来下战书。权拆书观毕，大怒曰："张辽欺吾太甚！汝闻程普军来，故意使人搦战！来日吾不用新军赴敌，看我大战一场！"传令当夜五更，三军出寨，望合淝进发。辰时左右，军马行至半途，曹兵已到。两边布成阵势。孙权金盔金甲，披挂出马；左宋谦，右贾华，二将使方天画戟，两边护卫。三通鼓罢，曹军阵中，门旗两开，三员将全装惯带，立于阵前：中央张辽，左边李典，右边乐进。张辽纵马当先，专搦孙权决战。权绰枪欲自战，阵门中一将挺枪骤马早出，乃太史慈也。张辽

◎孙氏昆仲，总是把自己看作将而不是帅，勇气可嘉，但对三军来讲，帅不离位，或许更为重要。孙坚、孙策，都是怎样毙命的？孙权总算吸取教训，不蹈其父、其兄的覆辙。

◎孙权年轻，少经战阵，自负轻敌，动辄搦战，先遭李典之困，后遭张辽之劫，差一点点就送了命，这都是少当家欲突破父兄之威之望的努力，不摔几个跟头，不吃若干苦头，年轻人是很难成长长大的。

挥刀来迎。两将战有七八十合，不分胜负。曹阵上李典谓乐进曰："对面金盔者，孙权也。若捉得孙权，足可与八十三万大军报仇。"说犹未了，乐进一骑马，一口刀，从刺斜里径取孙权，如一道电光，飞至面前，手起刀落。宋谦、贾华急将画戟遮架。刀到处，两枝戟齐断，只将戟杆望马头上打。乐进回马，宋谦绰军士手中枪赶来。李典搭上箭，望宋谦心窝里便射，应弦落马。太史慈见背后有人堕马，弃却张辽，望本阵便回。张辽乘势掩杀过来，吴兵大乱，四散奔走。张辽望见孙权，骤马赶来。看看赶上，刺斜里撞出一军，为首大将，乃程普也；截杀一阵，救了孙权。张辽收军自回合淝。

程普保孙权归大寨，败军陆续回营。孙权因见折了宋谦，放声大哭。长史张纮曰："主公恃盛壮之气，轻视大敌，三军之众，莫不寒心。即使斩将搴旗，威振疆场，亦偏将之任，非主公所宜也。愿抑贲、育之勇，怀王霸之计。且今日宋谦死于锋镝之下，皆主公轻敌之故。今后切宜保重。"权曰："是孤之过也。从今当改之。"少顷，太史慈入帐，言："某手下有一人，姓戈，名定，与张辽手下养马后槽是弟兄。后槽被责怀怨，今晚使人报来，举火为号，刺杀张辽，以报宋谦之仇。某请引兵为外应。"权曰："戈定何在？"太史慈曰："已混入合淝城中去了。某愿乞五千兵去。"诸葛瑾曰："张辽多谋，恐有准备，不可造次。"太史慈坚执要行。权因伤感宋谦之死，急要报仇，遂令太史慈引兵五千，去为外应。

　　却说戈定乃太史慈乡人；当日杂在军中，随入合淝城，寻见养马后槽，两个商议。戈定曰："我已使人报太史慈将军去了，今夜必来接应。你如何用事？"后槽曰："此间离中军较远，夜间急不能进，只就草堆上放起一把火，你去前面叫反，城中兵乱，就里刺杀张辽，馀军自走也。"戈定曰："此计大妙！"是夜张辽得胜回城，赏劳三军，传令不许解甲宿睡。左右曰："今日全胜，吴兵远遁，将军何不卸甲安息？"辽曰："非也。为将之道：勿以胜为喜，勿以败为忧。倘吴兵度我无备，乘虚攻击，何以应之？今夜防备，当比每夜更加谨慎。"说犹未了，后寨火起，一片声叫反，报者如麻。张辽出帐上马，唤亲从将校十数人，当道而立。左右曰："喊声甚急，可往观之。"辽曰："岂有一城皆反者？此是造反之人，故惊军士耳。如乱者先斩！"无移时，李典擒戈定并后槽至。辽询得其情，立斩于马前。只听得城门外鸣锣击鼓，喊声大震。辽曰："此是吴兵外应，可就计破之。"便令人于城门内放起一把火，众皆叫反，大开城门，放下吊桥。太史慈见城门大开，只道内变，挺枪纵马先入。城上一声炮响，乱箭射下，太史慈急退，身中数箭。背后李典、乐进杀出，吴

◎太史慈是个极精细的人，一招一式，十分地道，怎么能把一场偷袭，寄托在两名兵卒的发难上？是太史慈之不可思议呢，抑或是作者不该有的疏失呢？

◎临危不惧，面乱不惊，头脑清醒，处置果断。张辽，一派大将风度。

兵折其大半，乘势直赶到寨前。陆逊、董袭杀出，救了太史慈。曹兵自回。孙权见太史慈身带重伤，愈加伤感。张昭请权罢兵。权从之，遂收兵下船，回南徐润州。比及屯住军马，太史慈病重；权使张昭等问安，太史慈大叫曰："大丈夫生于乱世，当带三尺剑立不世之功；今所志未遂，奈何死乎！"言讫而亡，年四十一岁。后人有诗赞曰：

> 矢志全忠孝，东莱太史慈；
> 姓名昭远塞，弓马震雄师；
> 北海酬恩日，神亭酣战时。
> 临终言壮志，千古共嗟咨！

◎太史慈的结局，与他一世英名，不甚吻配，颇觉遗憾，此乃演义人之疏失，非史之阙也。"曹操闻其名，遗慈书，以箧封之，发省无所道，而当贮当归。"唐人段成式的《酉阳杂俎》对这个三国人物，也有关注。演义如此草草了了、俗之又俗的下场，实在是对英雄的辱没。

孙权闻慈死，伤悼不已，命厚葬于南徐北固山下，养其子太史亨于府中。

却说玄德在荆州整顿军马，闻孙权合淝兵败，已回南徐，与孔明商议。孔明曰："亮夜观星象，见西北有星坠地，必应折一皇族。"正言间，忽报公子刘琦病亡。玄德闻之，痛哭不已。孔明劝曰："生死分定，主公勿忧，恐伤贵体。且理大事：可急差人到彼守御城池，并料理葬事。"玄德曰："谁可去？"孔明曰："非云长不可。"即时便教云长前去襄阳保守。玄德曰："今日刘琦已死，东吴必来讨荆州，如何对答？"孔明曰："若有人来，亮自有言对答。"过了半

◎荆州从此便是诸葛亮的一块心病。若丢则无立足之地，若守则无坚固后方，若赖着不还则东吴不会放手，若彻底放弃则隆中对便是一纸空话。难矣哉！其实，啾啾乡巴佬刘备的隆中对，已是过期的膏药，早失效了。

月，人报东吴鲁肃特来吊丧。正是：

> 先将计策安排定，只等东吴使命来。

未知孔明如何对答，且看下文分解。

　　诸葛亮始终把魏延看作异己分子，实乃大谬。一介平民，存偏见，闹别扭，顶多自己不开心，不痛快；但一个领导，成见看人，形而上，唯心论，不但害人，还要害己的。人才，就怕生错了时代，生错了地方，其实，碰上了一个怎么看你怎么不顺眼的上司，而你又不能跳槽，他也不炒你鱿鱼，那才是上天无路、入地无门的事情。

　　魏延"不肯下人"，个人英雄主义严重，这一点，由于他的"子午谷奇袭"想法提出来以后，与主帅形成两条军事路线之争，很明显，这是针锋相对的挑战，对"诸葛一生唯谨慎"的作战方针，挑战之大，威胁之深，可想而知。加上此人一贯不怎礼敬长官，不怎么买账同袍，也是诸葛亮对他反感的主要原因，更何况"延长谓亮怯，叹恨己才用之不尽"的牢骚，不可能不传到诸葛亮的耳朵中，这就是很犯忌的事情。所以，他对诸葛亮内心中的由衷敬服，以及突袭计划被否以后，仍旧顾全大局，不折不扣地按其指示执行任务，竟得不到这位上级的明察，仍以成见待之。这就是他无论怎么努力，都会让对方视为假招子、掉花枪而更加鄙视。

　　穿插子午谷，其实之不可行，根本问题在于蜀太弱，魏太强。以太弱袭太强，最怕偷鸡不成蚀把米，这一点，诸葛亮谨慎是对的。没有充足的后盾，没有雄厚的资本，魏延的冒险主义，是玩不起的游戏。西蜀上下并不全然了解诸葛谋取陇右，急于扩大地盘、增加移民的策略，只是老天不给孔明时间，若他多活十年，陇羌到手，兵强马壮，益州天府，岁丰年稔，那是一个什么成色？若依魏延计，孤注一掷，即使取了长安，站不住脚，也是白取。小本钱，做不成大买卖。假设第一，魏延率一万人，五千人负责战斗，五千人负责粮，即或魏军不抵抗，粮吃完之后呢？谁保障供给？第二，若诸葛亮按魏计，兵出斜谷，举国空虚，那些益州本土派，就会把蜀汉外来政权给端了。所以司马懿盛赞魏延此举，实属居心不良，那是他在卖乖，风凉话谁不会说？

　　成见害人，偏见误己，明白如诸葛亮者，也有一叶障目、不悟不悔的时候。

第五十四回

吴国太佛寺看新郎
刘皇叔洞房续佳偶

　　现在已经很难观看到名角汇萃的京剧《龙凤呈祥》了。史实是这样的：周瑜建议孙权用宫室车马，声色美女，将刘备羁縻在东吴。孙权没有采纳，因为曹操在北方，实力强大，应该让刘备发挥他应有的作用，牵制策应，互保联防，使东吴不致单独抗击曹操，以减轻压力。为此，孙权还曾将一部分土地，划归刘备治理，借此来巩固吴蜀联盟。所以，深知吴蜀联盟对其不利的曹操，听到这个消息后，手中的笔都跌落在地，是一点也不奇怪的。

　　由此来看，吴蜀联姻，是政治上的需要，也是面对强敌的一种必然选择。这个决策固然是诸葛亮隆中对中的一个极重要的战略部分，其实更是东吴孙权的大政方针。在历史上，击败刘表后的曹操，并不把残兵败卒、千里流亡的刘备放在眼里，而是一心一意要来收拾羽毛丰满的孙权。因此，孙权需要刘备的迫切性，求盟的主动性，更强烈些。

　　但是荆州这块地盘，却是吴蜀联盟中的一个不和的根源，也是诸葛亮一生中，以他的才智聪明应该妥善处理，而并没有得到很好安排的隐患。当刘表逊让交权，诸葛亮建议刘备取而不取，当蔡氏兄弟作乱，诸葛亮建议刘备夺而不夺，一再贻误时机，那么在落入曹操手中后，谁打败曹操，谁是这块土地的所有者，是理所当然的事。

　　诸葛亮明知这一点，再加上他本人对荆州的长期居留之情，只能采取拖、赖、借这种在政治上被动的手法招架，在道义上也处于下风，无论在《三国演义》中，怎样渲染诸葛亮的哄骗鲁肃，三气周瑜，锦囊妙计，赔了夫人又折兵，实际上这并不成功的战果，却埋下了两国翻脸、西蜀败亡的基础。

　　隆中对的重点是荆州，这里不排除有很多诸葛亮的因素，所以庞统一出现，就叫嚷荆州荒残，不堪为立国之基，主张进入益州。现在我们已经不可能知道周瑜西进大计与鲁肃、庞统的关系，但荆州蜀占部分若赖着，吴蜀必敌对，若退吴，等于摔给他一个大包袱，吴因此东西同时受敌，于是，吴对于蜀的要求，远大于蜀对于吴的依赖。而且，举国进蜀，兵力集中，也不至于久攻不克，连庞统都送了命。现在，只能让人仰望那一路绝尘而去的周瑜形象，这位战略家做好的一个也许改变中国的局，生是被这一帮太多私心的政客玩砸了。

却说孔明闻鲁肃到，与玄德出城迎接，接到公廨，相见毕。肃曰："主公闻令侄弃世，特具薄礼，遣某前来致祭。周都督再三致意刘皇叔、诸葛先生。"玄德、孔明起身称谢，收了礼物，置酒相待。肃曰："前者皇叔有言：'公子不在，即还荆州。'今公子已去世，必然见还。不识几时可以交割？"玄德曰："公且饮酒，有一个商议。"肃强饮数杯，又开言相问。玄德未及回答，孔明变色曰："子敬好不通理，直须待人开口！自我高皇帝斩蛇起义，开基立业，传至于今；不幸奸雄并起，各据一方；少不得天道好还，复归正统。我主人乃中山靖王之后，孝景皇帝玄孙，今皇上之叔，岂不可分茅裂土？况刘景升乃我主之兄也，弟承兄业，有何不顺？汝主乃钱塘小吏之子，素无功德于朝廷；今倚势力，占据六郡八十一州，尚自贪心不足，而欲并吞汉土。刘氏天下，我主姓刘倒无分，汝主姓孙反要强争？且赤壁之战，我主多负勤劳，众将并皆用命，岂独是汝东吴之力？若非我借东南风，周郎安能展半筹之功？江南一破，休说二乔置于铜雀宫，虽公等家小，亦不能保。适来我主人不即答应者，以子敬乃高明之士，不待细说。何公不察之甚也！"

一席话，说得鲁子敬缄口无言；半晌乃曰："孔明之言，怕不有理；争奈鲁肃身上甚是不便。"孔明曰："有何不便处？"肃曰："昔日皇叔当阳受难时，是肃引孔明渡江，见我主公；后来周公瑾要兴兵取

◎纯系强词夺理！那当初干吗要许诺"公子不在，即还荆州"呢？政治家背弃自己的诺言，不是一件稀奇的事情。那么为什么不早一点把皇室有资格"分茅裂土"的理论打出来呢？凡理亏者，总是不停地寻找借口狡赖，包括骄纵关羽，破坏联盟，在这些恶性循环中，诸葛亮的荆州情结，没有起到什么好作用。

◎这似是儿戏的行为，在古今中外的国际关系中，倒也常见。对政治家来说，撕毁协议，破坏合约，签了字不认账，欠了债不还钱，信誓旦旦而翻脸不认人，友谊万岁而互相下绊子，都是司空见惯之事。国际大局如此，人际关系亦如此。只有傻子，才在人家卖他的时候帮着点钱。

◎连哄带唬，拖得步是一步，未见孔明有多么高明之处。因为此时的诸葛亮仍囿于隆中对，荆州是其发祥地，这才寸土必争的。

荆州，又是肃挡住；至说待公子去世还荆州，又是肃担承：今却不应前言，教鲁肃如何回覆？我主与周公瑾必然见罪。肃死不恨，只恐惹恼东吴，兴动干戈，皇叔亦不能安坐荆州，空为天下耻笑耳。"孔明曰："曹操统百万之众，动以天子为名，吾亦不以为意，岂惧周郎一小儿乎！若恐先生面上不好看，我劝主人立纸文书，暂借荆州为本；待我主别图得城池之时，便交付还东吴。此论如何？"肃曰：孔明待夺得何处，还我荆州？"孔明曰："中原急未可图；西川刘璋闇弱，我主将图之。若图得西川，那时便还。"肃无奈，只得听从。玄德亲笔写成文书一纸，押了字。保人诸葛孔明也押了字。孔明曰："亮是皇叔这里人，难道自家作保？烦子敬先生也押个字，回见吴侯也好看。"肃曰："某知皇叔乃仁义之人，必不相负。"遂押了字，收了文书。宴罢辞回。玄德与孔明，送到船边。孔明嘱曰："子敬回见吴侯，善言伸意，休生妄想。若不准我文书，我翻了面皮，连八十一州都夺了。今只要两家和气，休教曹贼笑话。"

肃作别下船而回，先到柴桑郡见周瑜。瑜问曰："子敬讨荆州如何？"肃曰："有文书在此。"呈与周瑜。瑜顿足曰："子敬中诸葛之谋也！名为借地，实是混赖。他说取了西川便还，知他几时取西川？假如十年不得西川，十年不还？这等文书，如何中用，你却与他做保！他若不还时，必须连累足下，主公见罪奈何？"肃闻言，呆了半晌，曰："恐玄德不负我。"瑜曰："子敬乃诚实人也。刘备枭雄之辈，诸葛亮奸猾之徒，恐不似先生心地。"肃曰："若此，如之奈何？"瑜曰："子敬是我恩人，想昔日指困相赠之情，如何不救你？你且宽心住数日，待江北探细的回，别有区处。"鲁肃踟蹰不安。

过了数日，细作回报："荆州城中扬起布旛做好事，城外别建新坟，军士各挂孝。"瑜惊问曰："没了甚人？"细作曰："刘玄德没了甘夫人，即日安排殡葬。"瑜谓鲁肃曰："吾计成矣：使刘备束手就缚，荆州反掌可得！"肃曰："计将安出？"瑜曰："刘备丧妻，必将续娶。主公有一妹，极其刚勇，侍婢数百，居常带刀，房中军器摆列遍满，虽男子不及。我今上书主公，教人去荆州为媒，说刘备来入赘。赚到南徐，妻子不能勾得，幽囚在狱中，却使人去讨荆州换刘备。等他交割了荆州城池，我别有主意。于子敬身上，须无事也。"鲁肃拜谢。周瑜写了书呈，选快船送鲁肃投南徐见孙权，先说借荆州一事，呈上文书。权曰："你却如此糊涂！这样文书，要他何用！"肃曰："周都督有书呈在此，说用此计，可得荆州。"权看毕，点头暗喜，寻思谁人可去。猛然省曰："非吕范不可。"遂召吕范至，谓曰："近闻刘玄德丧妇。吾有一妹，欲招赘玄德为婿，永结姻亲，

◎周瑜对这两个对手的看法，有些高抬了。这两句评语更适合曹操。刘备称得上雄，但枭，远远不足，诸葛亮有点猾，而奸是说不上的。因为这两个人，一为手工业者出身，一为读书文化人出身，前者有朴实敦厚的一面，后者有斯文儒雅的一面，这种良善的本质，也就注定他们难以枭、难以奸的一生。

◎吴侯嫁妹，是为巩固联盟大局着想，这是历史；但一到了小说里，变成了一出美人计，甚至美人计也说不上，孙夫人只是作为一种钓鱼上钩的诱饵。对周瑜、孙权这样的政治家来说，不会采取这类只是市井百姓所能想象的手法。但演义是大众的集体创作，于是，就得按一般人的胃口，来点随意性了。

同心破曹，以扶汉室。非子衡不可为媒，望即往荆州一言。"范领命，即日收拾船只，带数个从人，望荆州来。

却说玄德自没了甘夫人，昼夜烦恼。一日，正与孔明闲叙，人报东吴差吕范到来。孔明笑曰："此乃周瑜之计，必为荆州之故。亮只在屏风后潜听。但有甚说话，主公都应承了。留来人在馆驿中安歇，别作商议。"玄德教请吕范入。礼毕坐定，茶罢，玄德问曰："子衡来，必有所谕？"范曰："范近闻皇叔失偶，有一门好亲，故不避嫌，特来作媒。未知尊意若何？"玄德曰："中年丧妻，大不幸也。骨肉未寒，安忍便议亲？"范曰："人若无妻，如屋无梁，岂可中道而废人伦？吾主吴侯有一妹，美而贤，堪奉箕帚。若两家共结秦、晋之好，则曹贼不敢正视东南也。此事家国两便，请皇叔勿疑。但我国太吴夫人甚爱幼女，不肯远嫁，必求皇叔到东吴就婚。"玄德曰："此事吴侯知否？"范曰："不先禀吴侯，如何敢造次来说！"玄德曰："吾年已半百，鬓发斑白；吴侯之妹，正当妙龄：恐非配偶。"范曰："吴侯之妹，身虽女子，志胜男儿。常言：'若非天下英雄，吾不事之。'今皇叔名闻四海，正所谓淑女配君子，岂以年齿上下相嫌乎！"玄德曰："公且少留，来日回报。"是日设宴相待，留于馆舍。至晚，与孔明商议。孔明曰："来意亮已知道了。适间卜《易》，得

◎倒也不讳言，这是一门政治婚姻。自古迄今，刘备与孙夫人的纯粹为政治服务的婚姻，既不是第一对，也不是最后一对。

一大吉大利之兆。主公便可应允。先教孙乾和吕范回见吴侯，面许已定，择日便去就亲。"玄德曰："周瑜定计欲害刘备，岂可以身轻入危险之地？"孔明大笑曰："周瑜虽能用计，岂能出诸葛亮之料乎！略用小谋，使周瑜半筹不展；吴侯之妹，又属主公；荆州万无一失。"玄德怀疑未决。孔明竟教孙乾往江南说合亲事。孙乾领了言语，与吕范同到江南，来见孙权。权曰："吾愿将小妹招赘玄德，并无异心。"孙乾拜谢，回荆州见玄德，言："吴侯专候主公去结亲。"玄德怀疑不敢往。孔明曰："吾已定下三条计策，非子龙不可行也。"遂唤赵云近前，附耳言曰："汝保主公入吴，当领此三个锦囊。囊中有三条妙计，依次而行。"即将三个锦囊，与云贴肉收藏。孔明先使人往东吴纳了聘，一切完备。

　　时建安十四年冬十月。玄德与赵云、孙乾取快船十只，随行五百余人，离了荆州，前往南徐进发。荆州之事，皆听孔明裁处。玄德心中怏怏不安。到南徐州，船已傍岸，云曰："军师分付三条妙计，依次而行。今已到此，当先开第一个锦囊来看。"于是开囊看了计策。便唤五百随行军士，一一分付如此如此，众军领命而去。又教玄德先往见乔国老。——那乔国老乃二乔之父，居于南徐。——玄德牵羊担酒，先往拜见，说吕范为媒、娶夫人之事。随行五百军士，俱披红挂彩，入南徐买办物件，传说玄德入赘东吴，城中人尽知其

◎此地无银三百两。

◎一个关羽，一个张飞，恃特殊关系，常自以为是，有时也不买诸葛亮的账。所以每用他俩，难免顾虑。只有赵云，最能领会诸葛亮的意图，配合最佳，立功不少。后来，若是让赵云留守荆州，而不是关羽的话，也许西蜀可以多维持两年。

◎有时候，将鬼祟之事公之于众，把对手见不得人的秘密暴露于光天化日之下，也是一种克敌制胜之道。孔明满街扬言，造成既成事实，扭被动为主动，弄假成真，周瑜还有什么戏好唱呢？

◎望门寡乃封建迷信的无稽之谈，当始于礼教盛行的宋、明之际，三国时期，并无此说。同在《三国演义》之中，那桂阳太守赵范之嫂孀居，欲嫁与赵云，连刘备、诸葛也无不称好，可见当时并不在乎这些忌讳的，这就是演义者以其自身体验，加诸古人头上的。颠倒了，犹如描写农民起义军领袖深通毛主席游击战术一样，失去时间与空间必须一致的感觉，那就难免贻笑大方了。

事。孙权知玄德已到，教吕范相待，且就馆舍安歇。

却说乔国老既见玄德，便入见吴国太贺喜。国太曰："有何喜事？"乔国老曰："令爱已许刘玄德为夫人，今玄德已到，何故相瞒？"国太惊曰："老身不知此事！"便使人请吴侯问虚实，一面先使人于城中探听。人皆回报："果有此事。女婿已在馆驿安歇，五百随行军士都在城中买猪羊果品，准备成亲。做媒的女家是吕范，男家是孙乾，俱在馆驿中相待。"国太吃了一惊。少顷，孙权入后堂见母亲。国太捶胸大哭。权曰："母亲何故烦恼？"国太曰："你直如此将我看承得如无物！我姐姐临危之时，分付你甚么话来！"孙权失惊曰："母亲有话明说，何苦如此？"国太曰："男大须婚，女大须嫁，古今常理。我为你母亲，事当禀命于我。你招刘玄德为婿，如何瞒我？女儿须是我的！"权吃了一惊，问曰："那里得这话来？"国太曰："若要不知，除非莫为。满城百姓，那一个不知？你倒瞒我！"乔国老曰："老夫已知多日了，今特来贺喜。"权曰："非也。此是周瑜之计，因要取荆州，故将此为名，赚刘备来拘囚在此，要他把荆州来换；若其不从，先斩刘备。此是计策，非实意也。"国太大怒，骂周瑜曰："汝做六郡八十一州大都督，直恁无条计策去取荆州，却将我女儿为名，使美人计！杀了刘备，我女便是望门寡，明日再怎的说亲？须误了我女儿一世！你们好做作！"乔国老曰：

"若用此计，便得荆州，也被天下人耻笑。此事如何行得！"说得孙权默然无语。

国太不住口的骂周瑜。乔国老劝曰："事已如此，刘皇叔乃汉室宗亲，不如真个招他为婿，免得出丑。"权曰："年纪恐不相当。"国老曰："刘皇叔乃当世豪杰，若招得这个女婿，也不辱了令妹。"国太曰："我不曾认得刘皇叔。明日约在甘露寺相见：如不中我意，任从你们行事；若中我的意，我自把女儿嫁他！"孙权乃大孝之人，见母亲如此言语，随即应承，出外唤吕范，分付来日甘露寺方丈设宴，国太要见刘备。吕范曰："何不令贾华部领三百刀斧手，伏于两廊；若国太不喜时，一声号举，两边齐出，将他拿下。"权遂唤贾华，分付预先准备，只看国太举动。

却说乔国老辞吴国太归，使人去报玄德，言："来日吴侯、国太亲自要见，好生在意！"玄德与孙乾、赵云商议。云曰："来日此会，多凶少吉，云自引五百军保护。"次日，吴国太、乔国老先在甘露寺方丈里坐定。孙权引一班谋士，随后都到，却教吕范来馆驿中请玄德。玄德内披细铠，外穿锦袍，从人背剑紧随，上马投甘露寺来。赵云全装惯带，引五百军随行。来到寺前下马，先见孙权。权观玄德仪表非凡，心中有畏惧之意。二人叙礼毕，遂入方丈见国太。国太见了玄德，大喜，谓乔国老曰："真吾婿也！"国老曰："玄德有龙凤之姿，天日之表；更兼仁

◎这个乔国老，与桥玄不是一回事，系罗贯中误打误撞而来。桥玄，东汉灵帝时名臣，他曾评价过曹操："天下将乱，非命世之才不能济也，能安之者，其在君乎！"《曹操集》中收有写他的一篇《祀故太尉桥玄文》。汉代重门第，曹操出身宦官之家，他很在意交结当世名流，以提高声望。

◎有些老头子、老太太是万万得罪不起的，是袒腹东床，还是押上断头台，全在那昏花老眼的一转念间，如果不高兴，哼的一声，刘备即使穿防弹背心也无济于事。

德布于天下：国太得此佳婿，真可庆也！"玄德拜谢，共宴于方丈之中。少刻，子龙带剑而入，立于玄德之侧。国太问曰："此是何人？"玄德答曰："常山赵子龙也。"国太曰："莫非当阳长坂抱阿斗者乎？"玄德曰："然。"国太曰："真将军也！"遂赐以酒。赵云谓玄德曰："却才某于廊下巡视，见房内有刀斧手埋伏，必无好意。可告知国太。"玄德乃跪于国太席前，泣而告曰："若杀刘备，就此请诛。"国太曰："何出此言？"玄德曰："廊下暗伏刀斧手，非杀备而何？"国太大怒，责骂孙权："今日玄德既为我婿，即我之儿女也。何故伏刀斧手于廊下！"权推不知，唤吕范问之；范推贾华；国太唤贾华责骂，华默然无言。国太喝令斩之。玄德告曰："若斩大将，于亲不利，备难久居膝下矣。"乔国老也相劝。国太方叱退贾华。刀斧手皆抱头鼠窜而去。

玄德更衣出殿前，见庭下有一石块。玄德拔从者所佩之剑，仰天祝曰："若刘备能勾回荆州，成王霸之业，一剑挥石为两段。如死于此地，剑剁石不开。"言讫，手起剑落，火光迸溅，砍石为两段。孙权在后面看见，问曰："玄德公如何恨此石？"玄德曰："备年近五旬，不能为国家剿除贼党，心常自恨。今蒙国太招为女婿，此平生之际遇也。恰才问天买卦，如破曹兴汉，砍断此石。今果然如此。"权暗思："刘备莫非用此言瞒我？"亦掣剑谓玄德曰："吾亦问天买卦。

◎又哭！又哭！

◎强烈的戏剧冲突并不适合小说，润物无声，回味无穷，方是小说佳境。刘备已在吴境，只赵云五百军，插翅难飞，何须埋伏刀斧手，这都是演义者掌握了中国人的秉性，好看戏，好演戏，人人自以为是个角色，于是就有许多热闹。

若破得曹贼，亦断此石。"却暗暗祝告曰："若再取得荆州，兴旺东吴，砍石为两半！"手起剑落，巨石亦开。至今有十字纹"恨石"尚存。后人观此胜迹，作诗赞曰：

> 宝剑落时山石断，金环响处火光生。
> 两朝旺气皆天数，从此乾坤鼎足成。

二人弃剑，相携入席。又饮数巡，孙乾目视玄德，玄德辞曰："备不胜酒力，告退。"孙权送出寺前，二人并立，观江山之景。玄德曰："此乃天下第一江山也！"至今甘露寺牌上云："天下第一江山"。后人有诗赞曰：

> 江山雨霁拥青螺，境界无忧乐最多。
> 昔日英雄凝目处，岩崖依旧抵风波。

◎由于文学作品的传播，而牵强附会形成历史古迹者，在中国，以《三国演义》为多，这也说明这部小说的深入人心。

二人共览之次，江风浩荡，洪波滚雪，白浪掀天。忽见波上一叶小舟，行于江面上，如行平地。玄德叹曰："'南人驾船，北人乘马'，信有之也。"孙权闻言自思曰："刘备此言，戏我不惯乘马耳。"乃令左右牵过马来，飞身上马，驰骤下山，复加鞭上岭，笑谓玄德曰："南人不能乘马乎？"玄德闻言，撩衣一跃，跃上马背，飞走下山，复驰骋而上。二人立马于山坡之上，扬鞭大笑。至今此处名为"驻马坡"。后人有诗曰：

> 驰骤龙驹气概多，二人并辔望山河。
> 东吴西蜀成王霸，千古犹存驻马坡。

当日二人并辔而回。南徐之民，无不称贺。

玄德自回馆驿，与孙乾商议。乾曰："主公只是哀求乔国老，早早毕姻，免生别事。"次日，玄德复至乔国老宅前下马。国老接入，礼毕，茶罢，玄德告曰："江左之人，多有要害刘备者，恐不能久居。"国老曰："玄德宽心。吾为公告国太，令作护持。"玄德拜谢自回。乔国老入见国太，言玄德恐人谋害，急急要回。国太大怒曰："我的女婿，谁敢害他！"即时便教搬入书院暂住，择日毕姻。玄德自入告国太曰："只恐赵云在外不便，军士无人约束。"国太教尽搬入府中安歇，休留在馆驿中，免得生事。玄德暗喜。

数日之内，大排筵会，孙夫人与玄德结亲。至晚客散，两行红炬，接引玄德入房。灯光之下，但见枪刀簇满；侍婢皆佩剑悬刀，立于两傍。唬得玄德魂不附体。正是：

> 惊看侍女横刀立，疑是东吴设伏兵。

毕竟是何缘故，且看下文分解。

◎这应该具浪漫主义却摆满刀枪剑戟的洞房，倒也很不一般，难怪刘备要筛糠了。可见有违常理的悖谬，也是古已有之的。

　　刘皇叔东吴招亲，因其极富戏剧冲突，遂被搬上舞台，成为经久不衰的节目。本来，吴侯嫁妹，是为巩固联盟大局着想，这是历史。在《三国志·先主传》里，只有八个字："权稍畏之，进妹固好。"但一到了小说里，变成了一出郡主出降，贵婿入赘，洞房花烛，枪戟迎新，紧张热烈，惊险疑惧，面对刀枪，绝处逢生的大戏。不能不佩服历代《三国演义》的作者，能从八个字生发出千言万语，那编故事的能力，确实非凡。小说没有故事是不行的，小说有了太多的故事，就成了戏剧。戏剧性，乃小说之大敌。

　　自古迄今，刘备与孙夫人的这种政治婚姻，已成各朝各代统治者玩腻了的老把戏。和亲，汉代最盛行，王昭君最出名，是国与国之间的一种具有政治意味的交往行为；和亲，是宗主国为了示信，以帝王之女，出嫁于邻国或原附属国、藩国的首领，以联姻关系，加强两国的友好。当宗主国不得不向邻国实施和亲时，通常都是藩邦坐大成势，而宗主国日益孱弱之际。和亲久已有之，但在中国人的耻辱记忆中，基本上都是负资产。

　　如果没有后来的京剧《龙凤呈祥》，这位孙夫人在历史上连这个芳名都没有。但当年，这出戏曾经由于梅兰芳、马连良、叶盛兰这些名角联袂演出过，遂成为精品杰作。每逢盛大庆典，喜乐满堂，就会邀请大牌演员，一起来演这出大团圆的名剧，使节庆气氛更加浓郁芳华。尤其戏到结尾，那孙权眼看自己的假戏真做，亲妹妹与刘备成亲而去，那周郎妙计安天下，赔了夫人又折兵的下场，满场喝彩，大幕徐徐落下——要是接着冷静思考一下，孙尚香果真幸福吗？

第五十五回
玄德智激孙夫人
孔明二气周公瑾

　　羁縻，古词语，语出《史记·孝武本记》："天子益怠厌方士之怪迂语矣，然终羁縻弗绝，冀遇其真。"但从春秋战国起，这个词汇就专用于统治者对付异己分子的一种控制手段。

　　战国为七国，春秋有多少国家，则几乎没有定论，好几百总是有的，于是有句现在不常用的成语："自剑以下"，也就是说自剑以下的小国家，就一概省略了。可再小的国家，也是个国家，有国家，就有国君，有国君，就有其统治的安危问题，也就必然有视为同心同德的股肱，那也就当然有被看成离心离德的对手和潜在对手。这类人，迟早要成为自己的麻烦。于是就有了赤壁之战后周瑜诣京见权上疏曰："刘备以枭雄之姿，而有关羽、张飞熊虎之将，必非久屈为人用者。愚谓大计，宜徙备置吴，盛为筑宫室，多其美女玩好，以娱其耳目。分此二人，各置一方，使如瑜者得挟与攻战，大事可定也。今猥割土地以资业之，聚此三人，俱在疆场，恐蛟龙得云雨，终非池中物也。"于是，周瑜这番话，便成为"羁縻"的经典注解。

　　"终非池中物"，是所以羁縻的理由。从春秋开始的大小国君，比较乐于采用比软禁（当然，实际是更为养尊处优的软禁）还要宽泛得多的羁縻政策，把握在身边，观察在眼下，高官厚禄，声色犬马，"丧其心志""娱其耳目"，是最为稳妥的了。然而，即使十足赤金的笼子，看起来金碧辉煌，也是关进去出不来的笼子。

　　其实，刘备若不是赵云，在东吴住下来当娇客，和他那个宝贝儿子阿斗降晋迁洛阳乐不思蜀一样，也会乐不思荆的。

却说玄德见孙夫人房中两边枪刀森列，侍婢皆佩剑，不觉失色。管家婆进曰："贵人休得惊惧：夫人自幼好观武事，居常令侍婢击剑为乐，故尔如此。"玄德曰："非夫人所观之事，吾甚心寒，可命暂去。"管家婆禀覆孙夫人曰："房中摆列兵器，娇客不安，今且去之。"孙夫人笑曰："厮杀半生，尚惧兵器乎！"命尽撤去，令侍婢解剑伏侍。当夜玄德与孙夫人成亲，两情欢洽。玄德又将金帛散给侍婢，以买其心，先教孙乾回荆州报喜。自此连日饮酒。国太十分爱敬。

◎刘备为他的脑袋之安全计，刀枪还是离远点儿的好。

却说孙权差人来柴桑郡报周瑜，说："我母亲力主，已将吾妹嫁刘备。不想弄假成真。此事还复如何？"瑜闻大惊，行坐不安，乃思一计，修密书付来人持回见孙权。权拆书视之。书略曰：

◎这事本来就办得不地道，弄巧成拙，搬石头砸了自己的脚。

　　瑜所谋之事，不想反覆如此。既已弄假成真，又当就此用计。刘备以枭雄之姿，有关、张、赵云之将，更兼诸葛用谋，必非久屈人下者。愚意莫如软困之于吴中：盛为筑宫室，以丧其心志；多送美色玩好，以娱其耳目；使分开关、张之情，隔远诸葛之契：各置一方，然后以兵击之，大事可定矣。今若纵之，恐蛟龙得云雨，终非池中物也。愿明公熟思之。

孙权看毕，以书示张昭。昭曰："公瑾之谋，正

◎声色犬马，花天酒地，那些经不起物质诱惑的人，目迷五色，走向反面者，也是不少的。回想东吴繁华，不觉凄然泪下。周瑜、孙权、张昭这一招，对那些乐不思蜀者，相当管用。看来，刘氏父子同病。

合愚意。刘备起身微末，奔走天下，未尝受享富贵。今若以华堂大厦，子女金帛，令彼享用，自然疏远孔明、关、张等，使彼各生怨望，然后荆州可图也。主公可依公瑾之计而速行之。"权大喜，即日修整东府，广栽花木，盛设器用，请玄德与妹居住；又增女乐数十馀人，并金玉锦绮玩好之物。国太只道孙权好意，喜不自胜。玄德果然被声色所迷，全不想回荆州。

却说赵云与五百军在东府前住，终日无事，只去城外射箭走马。看看年终。云猛省："孔明分付三个锦囊与我，教我一到南徐，开第一个；住到年终，开第二个；临到危急无路之时，开第三个：于内有神出鬼没之计，可保主公回家。此时岁已将终，主公贪恋女色，并不见面，何不拆开第二个锦囊，看计而行？"遂拆开视之。原来如此神策。即日径到府堂，要见玄德。侍婢报曰："赵子龙有紧急事来报贵人。"玄德唤入问之。云佯作失惊之状曰："主公深居画堂，不想荆州耶？"玄德曰："有甚事如此惊怪？"云曰："今早孔明使人来报，说曹操要报赤壁鏖兵之恨，起精兵五十万，杀奔荆州，甚是危急，请主公便回。"玄德曰："必须与夫人商议。"云曰："若和夫人商议，必不肯教主公回。不如休说，今晚便好起程。——迟则误事！"玄德曰："你且暂退，我自有道理。"云故意催逼数番而出。玄德入见孙夫人，暗暗垂泪。孙夫人曰："丈夫何故烦恼？"玄德曰："念备一身飘荡异乡，生不能侍奉二亲，又不能祭祀宗祖，乃大逆不孝也。今岁旦在迩，使备悒怏不已。"孙夫人曰："你休瞒我，我已听知了也！方才赵子龙报说荆州危急，你欲还乡，故推此意。"玄德跪而告曰："夫人既知，备安敢相瞒。备欲不去，使荆州有失，被天下人耻笑；欲去，又舍不得夫人：因此烦恼。"夫人曰："妾已事君，任君所之，妾当相随。"玄德曰："夫人之心，虽则如此，争奈国太与吴侯安肯容夫人去？夫人若可怜刘备，暂时辞别。"言毕，泪如雨下。孙夫人劝曰："丈夫休得烦恼。妾当苦告母亲，必放妾与君同去。"玄德曰："纵然国太肯时，吴侯必然阻挡。"孙夫人沉吟良久，乃曰："妾与君正旦拜贺时，推称江边祭祖，不告而去，若何？"玄德又跪而谢曰："若如此，生死难忘！——切勿漏泄。"两个商议已定。玄德密唤赵云分付："正旦日，你先引军士出城，于官道等候。吾推祭祖，与夫人同走。"云领诺。建安十五年春正月元旦，吴侯大会文武于堂上。玄德与孙夫人入拜国太。孙夫人曰："夫主想父母宗祖坟墓，俱在涿郡，昼夜伤感不已。今日欲往江边，望北遥祭，须告母亲得知。"国太曰："此孝道也，岂有不从？汝虽不识舅姑，可同汝夫前去祭拜，亦见为妇之礼。"孙夫人同玄德拜谢而出。

此时只瞒着孙权。夫人乘车，止带随身一应细

◎孙夫人是这部小说中不多的女性之一，着墨不多，但巾帼英雄的飒爽精神，弄刀耍枪的行伍色彩，武器林立的香闺特色，倏地翻脸的杀伐果断，这样的尚武女性，在旧小说中鲜见。

◎这大概是孙权始料不及的，人是有感情的动物，你把妹妹嫁给了刘备，他们就成了一家人。感情如酵母，一旦介入到政治纷争之中，有水有面，就一定要发酵，那就做不出你想要的面包了。

◎三国魏晋，酒风甚盛，孙权也是一个贪杯的人物，后来腐败时更甚。

◎看来宿酒未醒，还在耍酒疯，刘备的头，你妹妹的头，岂是你能取的？

软。玄德上马，引数骑跟随出城，与赵云相会。五百军士前遮后拥，离了南徐，趱程而行。当日，孙权大醉，左右近侍扶入后堂，文武皆散。比及众官探得玄德、夫人逃遁之时，天色已晚。要报孙权，权醉不醒。及至睡觉，已是五更。次日，孙权闻知走了玄德，急唤文武商议。张昭曰："今日走了此人，早晚必生祸乱。可急追之。"孙权令陈武、潘璋选五百精兵，无分昼夜，务要赶上拿回。二将领命去了。孙权深恨玄德，将案上玉砚摔为粉碎。程普曰："主公空有冲天之怒，某料陈武、潘璋必擒此人不得。"权曰："焉敢违我令！"普曰："郡主自幼好观武事，严毅刚正，诸将皆惧。既然肯顺刘备，必同心而去。所追之将，若见郡主，岂肯下手？"权大怒，掣所佩之剑，唤蒋钦、周泰听令，曰："汝二人将这口剑去取吾妹并刘备头来！违令者立斩！"蒋钦、周泰领命，随后引一千军赶来。

却说玄德加鞭纵辔，趱程而行；当夜于路暂歇两个更次，慌忙起行。看看来到柴桑界首，望见后面尘头大起，人报："追兵至矣！"玄德慌问赵云曰："追兵既至，如之奈何？"赵云曰："主公先行，某愿当后。"转过前面山脚，一彪军马拦住去路。当先两员大将，厉声高叫曰："刘备早早下马受缚！吾奉周都督将令，守候多时！"原来周瑜恐玄德走脱，先使徐盛、丁奉引三千军马于冲要之处扎营等候，时常令人登高遥望，料得玄德若投旱路，必经此道而过。当日徐盛、丁奉了望得玄德一行人到，各绰兵器截住去路。玄德惊慌勒回马问赵云曰："前有拦截之兵，后有追赶之兵：前后无路，如之奈何？"云曰："主公休慌。军师有三条妙计，多在锦囊之中。已拆了两个，并皆应验。今尚有第三个在此，分付遇危难之时，方可拆看。今日危急，当拆观之。"便将锦囊拆开，献与玄德。玄德看了，急来车前泣告孙夫人曰："备有心腹之言，至此尽当实诉。"夫人曰："丈夫有何言语，实对我说。"玄德曰："昔日吴侯与周瑜同谋，将夫人招嫁刘备，实非为夫人计，乃欲幽困刘备而夺荆州耳。夺了荆州，必将杀备。是以夫人为香饵而钓备也。备不惧万死而来，盖知夫人有男子之胸襟，必能怜备。昨闻吴侯将欲加害，故托荆州有难，以图归计。幸得夫人不弃，同至于此。今吴侯又令人在后追赶，周瑜又使人于前截住，非夫人莫解此祸。如夫人不允，备请死于车前，以报夫人之德。"夫人怒曰："吾兄既不以我为亲骨肉，我有何面目重相见乎！今日之危，我当自解。"于是叱从人推车直出，卷起车帘，亲喝徐盛、丁奉曰："你二人欲造反耶？"徐、丁二将慌忙下马，弃了兵器，声喏于车前曰："安敢造反。为奉周都督将令，屯兵在此专候刘备。"孙夫人大怒曰："周瑜逆贼！我东吴不曾亏负你！玄德乃大汉皇叔，是我丈夫。我已对母亲、哥哥说知回荆州去。今

◎他做了两手准备，一是羁縻，一是提防刘备出走，但周瑜只知道政治利害，没估计到女人的情感因素，爱情这东西，有时候会压倒政治的。漫说刘备还有激起孙夫人一腔义愤的说辞呢？

◎这么一位尚武的巾帼公主，谈吐竟是市井妇人口吻，作家谬矣。

◎孙权嫁妹，史有记载。按周瑜的想法，羁縻刘备是主要的，因为这位贵族子弟吃准了，凡贪贱者获得权力后，最迫切要得到满足的，一是财宝，一是女人。所以，他建议孙权："徙备置吴，盛为筑宫室，多其美女玩好，以娱其耳目。"但并没有杀他头的意思。后来，孙权并未照办，还把荆州借给他，以联合抗曹。但《三国演义》把孙权这样一位政治家，写得太不堪了些。

你两个于山脚去处，引着军马拦截道路，意欲劫掠我夫妻财物耶？"徐盛、丁奉喏喏连声，口称："不敢。请夫人息怒。这不干我等之事，乃是周都督的将令。"孙夫人叱曰："你只怕周瑜，独不怕我？周瑜杀得你，我岂杀不得周瑜？"把周瑜大骂一场，喝令推车前进。徐盛、丁奉自思："我等是下人，安敢与夫人违拗？"又见赵云十分怒气，只得把军喝住，放条大路教过去。

恰才行不得五六里，背后陈武、潘璋赶到。徐盛、丁奉备言其事。陈、潘二将曰："你放他过去差了也。我二人奉吴侯旨意，特来追捉他回去。"于是四将合兵一处，趱程赶来。玄德正行间，忽听得背后喊声大起。玄德又告孙夫人曰："后面追兵又到，如之奈何？"夫人曰："丈夫先行，我与子龙当后。"玄德先引三百军，望江岸去了。子龙勒马于车傍，将士卒摆开，专候来将。四员将见了孙夫人，只得下马，叉手而立。夫人曰："陈武、潘璋，来此何干？"二将答曰："奉主公之命，请夫人、玄德回。"夫人正色叱曰："都是你这伙匹夫，离间我兄妹不睦！我已嫁他人，今日归去，须不是与人私奔。我奉母亲慈旨，令我夫妇回荆州。便是我哥哥来，也须依礼而行。你二人倚仗兵威，欲待杀害我耶？"骂得四人面面相觑，各自寻思："他一万年也只是兄妹。更兼国太作主；吴侯乃大孝之人，怎敢违逆母言？明日翻过脸来，只是我等不是。不如做个人情。"军中又不见玄德；但见赵云怒目睁眉，只待厮杀。——因此四将喏喏连声而退。孙夫人令推车便行。徐盛曰："我四人同去见周都督，告禀此事。"四人犹豫未定。忽见一军如旋风而来，视之，乃蒋钦、周泰。二将问曰："你等曾见刘备否？"四人曰："早晨过去，已半日矣。"蒋钦曰："何不拿下？"四人各言孙夫人发话之事。蒋钦曰："便是吴侯怕道如此，封一口剑在此，教先杀他妹，后斩刘备。违者立斩！"四将曰："去之已远，怎生奈何？"蒋钦曰："他终是些步军，急行不上。徐、丁二将军可飞报都督，教水路棹快船追赶；我四人在岸上追赶：无问水旱之路，赶上杀了，休听他言语。"于是徐盛、丁奉飞报周瑜；蒋钦、周泰、陈武、潘璋四个领兵沿江赶来。

　　却说玄德一行人马，离柴桑较远，来到刘郎浦，心才稍宽。沿着江岸寻渡，一望江水弥漫，并无船只。玄德俯首沉吟。赵云曰："主公在虎口中逃出，今已近本界，吾料军师必有调度，何用忧疑？"玄德听罢，蓦然想起在吴繁华之事，不觉凄然泪下。后人有诗叹曰：

　　　　吴蜀成婚此水浔，明珠步障屋黄金。
　　　　谁知一女轻天下，欲易刘郎鼎峙心。

◎孙权打合淝，也没动员如此兵力，太笑话了吧？

◎虽然是挺没出息的，不过倒也说明他是性情中人，比起那些口是心非的伪君子，要强得多。

◎据《三国志》："（刘）琦病死，群下推先主为荆州牧，治公安。"因此，公安，是距东吴边界较近的城池，可以断定孙夫人随刘备离开东吴后，就落脚公安，或许这位公主确实考虑到交通方便。再则，就是刘备无法奈何她的性格了。她可以顶住其兄孙权的压力，随你西行，可你做丈夫的也不能任意摆布我，所以，刘备取益州，本公主没有兴趣，而留在公安，随后，竟然带着刘备的儿子阿斗回东吴娘家。如果阿斗是你生的，你带走，情有可原，阿斗非你所生，这就是政治绑票了。于是，这段从建安十四年维系到建安十六年的政治婚姻，也就结束了。

玄德令赵云望前哨探船只，忽报后面尘土冲天而起。玄德登高望之，但见军马盖地而来，叹曰："连日奔走，人困马乏，追兵又到，死无地矣！"看看喊声渐近。正慌急间，忽见江岸边一字儿抛着拖篷船二十馀只。赵云曰："天幸有船在此！何不速下，棹过对岸，再作区处！"玄德与孙夫人便奔上船。子龙引五百军亦都上船。只见船舱中一人纶巾道服，大笑而出，曰："主公且喜！诸葛亮在此等候多时。"船中扮作客人的，皆是荆州水军。玄德大喜。不移时，四将赶到。孔明笑指岸上人言曰："吾已算定多时矣。汝等回去传示周郎，教休再使美人局手段。"岸上乱箭射来，船已开的远了。蒋钦等四将，只好呆看。

玄德与孔明正行间，忽然江声大震。回头视之，只见战船无数。帅字旗下，周瑜自领惯战水军，左有黄盖，右有韩当，势如飞马，疾似流星。看看赶上。孔明教棹船投北岸，弃了船，尽皆上岸而走，车马登程。周瑜赶到江边，亦皆上岸追袭。大小水军，尽是步行；止有为首官军骑马。周瑜当先，黄盖、韩当、徐盛、丁奉紧随。周瑜曰："此处是那里？"军士答曰："前面是黄州界首。"望见玄德车马不远，瑜令并力追袭。正赶之间，一声鼓响，山崦内一彪刀手拥出，为首一员大将，乃关云长也。周瑜举止失措，急拨马便走；云长赶来，周瑜纵马逃命。正奔走间，左边黄忠，右边魏延，两军杀出。吴兵大败。周瑜急急下得船时，岸上军士齐声大叫曰："周郎妙计安天下，陪了夫人又折兵！"瑜怒曰："可再登岸决一死战！"黄盖、韩当力阻。瑜自思曰："吾计不成，有何面目去见吴侯！"大叫一声，金疮迸裂，倒于船上。众将急救，却早不省人事。正是：

> 两番弄巧翻成拙，此日含嗔却带羞。

未知周郎性命如何，且看下文分解。

　　孙夫人尚武，可见其性格之桀骜不驯，脾气之暴急刚强。她要不点头，这门亲事，她哥哥，她哥哥的军师，甚至她母亲和那位乔国老，是做不了她的主的。《三国演义》说是吴国太相中贵婿，其实，毋宁说是得到公主的认可。因此，阴谋说不可能存在。如果按本回所写："管家婆禀覆孙夫人曰：'房中摆列兵器，娇客不安，今日去之。'孙夫人笑曰：'厮杀半生，尚惧兵器乎？'"似可从侧面看到，刘备的"厮杀半生"，是这位尚武公主为之动心之处。所以，她能到公安，迈出这一步，是孙权和周瑜始料未及的。

　　《三国志》的裴松之注中，对这位孙夫人有段记载。刘备进益州后，她留在荆州未随同前去，刘备考虑到"权妹骄豪，多将吴吏兵，纵横不法"，只好委赵云为"特任掌内事"来监护约束她。可见这位公主嫁给刘备后，也仍是一位任性跋扈、不可一世的金枝玉叶，连她的先生也无可奈何她的。《三国志·法正传》载诸葛亮论刘备的一席话："主公之在公安也，北畏曹公之强，东惮孙权之逼，近则惧孙夫人生变于肘腋之下。"这位巾帼夫人，"才捷刚猛，有诸兄之风，侍婢百馀人，皆亲执刀侍立，先主每入，衷心常凛凛"。说明娶了年轻媳妇的刘皇叔，这二人世界的日子不怎么好过，很害怕发生家庭暴力呢！

　　然而，走到这一步，说明孙夫人对政治婚姻不知情，也包括她归宁一定要带走阿斗，虽然这是孙权和张昭的主意，但她未必这么想，她是她先生的妻子，自然有责任和义务关照她先生的儿子。后来，她终于彻底明白，甚至她先生也是知道这是一场政治婚姻，更甭说她哥哥了。政治婚姻，始于政治，终于政治，成亦政治，败亦政治。与感情无关，与爱情更无关，而是与使命有关，与利益有关，吴蜀联盟牢固，孙夫人走不了，走了也会回来。吴蜀相互敌对，孙夫人必然走，再也不会回头，她太绝望了，也就只有大归一途。

　　《左传·文公十八年》："夫人姜氏归于齐，大归也。"《诗·邶风·燕燕》孔颖达疏："言大归者，不返之辞。以归宁者有时而反，此即归不复来，故谓之大归也。"还有一种解释，妇女被休，回到娘家，也曰大归。陈寿著《三国志》，不为她立传，或因此。

第五十六回

曹操大宴铜雀台
孔明三气周公瑾

　　北京人有句口头语，曰"弯弯绕"，就是一个精明的人，通过各式各样的方法手段，花言巧语的精神攻势，诱使对方入其彀中的计谋。因为弯弯绕，本钱不大，绕着了，捞一票，绕不着，也不亏什么，所以，特别在商业社会里并不乏见。但《三国演义》中的第五十六回，却是一场弯弯绕的大汇演。

　　演义中的周瑜，应该是个聪明人，其实，他的聪明，自作聪明者多，真正聪明者少。他突然心生一计，特派要员奔赴邺都，为刘备求荆州牧一职，其实这是他的弯弯绕。一、说明他对刘备多么友好；二、表明吴蜀关系多么和谐。但实际上，一、荆州现在三家分管，刘备他"牧"不了，空头人情，不送白不送；二、等于告诉曹操，刘备不是一个吃素的，你不要把目光集中到东吴，那刘备才不是一个安分之人；三、挑起曹操的警惕，借刀杀人，也好减轻曹操对他的压力。但曹操接到这纸公文后，奸诈一笑，周郎给我弯弯绕钻，我干脆封你为南郡太守，谋士程昱说："东吴所倚者，周瑜也。丞相今表奏周瑜为南郡太守，瑜必自与刘备为仇敌矣。"于是，他派到邺都的要员还未回返，一纸封周瑜为南郡太守的委任状就到了周瑜手中。曹操心想，别以为只有你会玩弯弯绕。聪明的周瑜，怎么就没有想到，曹操这一手，不就是他的那一手吗？他的那一手，对曹操不起作用，可曹操这一手，使周瑜更加仇恨刘备，因为演义上最后得了南郡的正是这位"荆州牧"。

　　结果，这场真假不分、是非不明的弯弯绕，绕出来赤壁大战以后魏、蜀、吴三方的不安于位、不服现状的明争暗斗，所以如此，都是在追求各方所能得到的最大利益，这是国之本能，也是人之本性。其实在这不可调和的矛盾前面，强硬不是唯一的解决办法，而只做加法、不想做减法的周瑜，最终还是被人家弯弯绕了。曹操的荆州，还在自己手里，安然无恙；刘备巧夺豪取，得荆南四郡，有了立脚之地；而周瑜身中曹仁一箭，最后丧了他命。人称《三国演义》更像是中国人在乱世中求生图存的教科书，是有道理的。

却说周瑜被诸葛亮预先埋伏关公、黄忠、魏延三枝军马，一击大败。黄盖、韩当急救下船，折却水军无数。遥观玄德、孙夫人车马仆从，都停住于山顶之上，瑜如何不气？箭疮未愈，因怒气冲激，疮口迸裂，昏绝于地。众将救醒，开船逃去。孔明教休追赶，自和玄德归荆州庆喜，赏赐众将。

周瑜自回柴桑。蒋钦等一行人马自归南徐报孙权。权不胜忿怒，欲拜程普为都督，起兵取荆州。周瑜又上书，请兴兵雪恨。张昭谏曰："不可。曹操日夜思报赤壁之恨，因恐孙、刘同心，故未敢兴兵。今主公若以一时之忿，自相吞并，操必乘虚来攻，国势危矣。"顾雍曰："许都岂无细作在此？若知孙、刘不睦，操必使人勾结刘备。备惧东吴，必投曹操。若是，则江南何日得安？为今之计，莫若使人赴许都，表刘备为荆州牧。曹操知之，则惧而不敢加兵于东南。且使刘备不恨于主公。然后使心腹用反间之计，令曹、刘相攻，吾乘隙而图之，斯为得耳。"权曰："元叹之言甚善。但谁可为使？"雍曰："此间有一人，乃曹操敬慕者，可以为使。"权问何人。雍曰："华歆在此，何不遣之？"权大喜，即遣歆赍表赴许都。歆领命起程，径到许都来见曹操。闻操会群臣于邺郡，庆赏铜雀台，歆乃赴邺郡候见。

操自赤壁败后，常思报仇；只疑孙、刘并力，因此不敢轻进。时建安十五年春，造铜雀台成，操乃大

◎周瑜从借东风起，至此，已"昏绝"过多次了。

◎东吴谋士，除周瑜外，有高见者不多。尤其畏曹若鼠的张昭，简直无个好主意。这一回，他倒是对的。顾雍之计，一石二鸟，则尤为高明。

◎败而不馁，方显英雄本色。曹操是个不大肯认输之人，只有不认输，才会有下文，才会有后来的故事。

◎曹操也是很懂得搞统一战线的。他南征北战，光靠他的宗族子弟，是打不了天下的，那些从敌方阵营过来的文臣武将，为他也立下汗马功劳。所以，这一次大宴铜雀台，既是他对外显示实力，对内也是一次论功行赏的行动。但这个既不服输，也不认输的曹操，三分大势已定，他的下一步，是继续和孙、刘纠缠，还是另辟蹊径，打出一片新天地，恐怕已经进入他的思考之中。

会文武于邺郡，设宴庆贺。其台正临漳河，中央乃铜雀台，左边一座名玉龙台，右边一座名金凤台，各高十丈，上横二桥相通，千门万户，金碧交辉。是日，曹操头戴嵌宝金冠，身穿绿锦罗袍，玉带珠履，凭高而坐。文武侍立台下。

操欲观武官比试弓箭，乃使近侍将西川红锦战袍一领，挂于垂杨枝上，下设一箭垛，以百步为界。分武官为两队：曹氏宗族俱穿红，其馀将士俱穿绿；各带雕弓长箭，跨鞍勒马，听候指挥。操传令曰："有能射中箭垛红心者，即以锦袍赐之；如射不中，罚水一杯。"号令方下，红袍队中，一个少年将军骤马而出，众视之，乃曹休也。休飞马往来，奔驰三次，扣上箭，拽满弓，一箭射去，正中红心。金鼓齐鸣，众皆喝采。曹操于台上望见大喜，曰："此吾家千里驹也！"方欲使人取锦袍与曹休，只见绿袍队中，一骑飞出，叫曰："丞相锦袍，合让俺外姓先取，宗族中不宜搀越。"操视其人，乃文聘也。众官曰："且看文仲业射法。"文聘拈弓纵马一箭，亦中红心。众皆喝采，金鼓乱鸣。聘大呼曰："快取袍来！"只见红袍队中，又一将飞马而出，厉声曰："文烈先射，汝何得争夺？看我与你两个解箭！"拽满弓，一箭射去，也中红心。众人齐声喝采。视其人，乃曹洪也。洪方欲取袍，只见绿袍队里又一将出，扬弓叫曰："你三人射法，何足为奇！看我射来！"众视之，乃张郃也。

郃飞马翻身，背射一箭，也中红心。四枝箭齐齐的攒在红心里。众人都道："好射法！"郃曰："锦袍须该是我的！"言未毕，红袍队中一将飞马而出，大叫曰："汝翻身背射，何足称异！看我夺射红心！"众视之，乃夏侯渊也。渊骤马至界口，纽回身一箭射去，正在四箭当中，金鼓齐鸣。渊勒马按弓大叫曰："此箭可夺得锦袍么？"只见绿袍队里，一将应声而出，大叫："且留下锦袍与我徐晃！"渊曰："汝更有何射法，可夺我袍？"晃曰："汝夺射红心，不足为异。看我单取锦袍！"拈弓搭箭，遥望柳条射去，恰好射断柳条，锦袍坠地。徐晃飞取锦袍，披于身上，骤马至台前声喏曰："谢丞相袍！"曹操与众官无不称羡。晃才勒马要回，猛然台边跃出一个绿袍将军，大呼曰："你将锦袍那里去？早早留下与我！"众视之，乃许褚也。晃曰："袍已在此，汝何敢强夺！"褚更不回答，竟飞马来夺袍。两马相近，徐晃便把弓打许褚。褚一手按住弓，把徐晃拖离鞍鞒。晃急弃了弓，翻身下马，褚亦下马，两个揪住厮打。操急使人解开。那领锦袍已是扯得粉碎。操令二人都上台。徐晃睁眉怒目，许褚切齿咬牙，各有相斗之意。操笑曰："孤特视公等之勇耳。岂惜一锦袍哉？"便教诸将尽都上台，各赐蜀锦一匹。诸将各各称谢。操命各依位次而坐。乐声竞奏，水陆并陈。文官武将轮次把盏，献酬交错。

操顾谓众文官曰："武将既以骑射为乐，足显威

◎《魏书》这样评价曹操："文武并施，御军三十徐年，手不舍书，昼则讲武策，夜则思经传，登高必赋，及创新诗，被之管弦，皆成乐章。"大宴铜雀台，比武赛文，盛况空前。看来，曹操虽然输了赤壁，但他的心志依然故我，仍是一副枭雄本色。他之所以如此大张旗鼓，一是要跳出失败的阴霾，鼓舞士气；二是要巩固其绝对权威，振奋精神；三是要给他的对手看看，在三国相争的舞台上，谁才是绝对的主角。

◎抬轿子、吹喇叭的文人墨客，该登场献艺了。这类永远锦衣饫食的马屁精，只要捧抬得高，鼓吹得响，便不愁满身朱紫。

◎此刻的曹操，或许仍有一点清醒，这就是吃败仗的好处。他日，也许就并不如此了。捧，是文化人最擅长的绝技。"饶你奸似鬼，也得喝了老娘洗脚水"，《水浒传》里母夜叉的这句名言，用来形容拍马屁者的手段，倒也确当。

勇矣。公等皆饱学之士，登此高台，可不进佳章以纪一时之胜事乎？"众官皆躬身而言曰："愿从钧命。"时有王朗、钟繇、王粲、陈琳一班文官，进献诗章。诗中多有称颂曹操功德巍巍、合当受命之意。曹操逐一览毕，笑曰："诸公佳作，过誉甚矣。孤本愚陋，始举孝廉。后值天下大乱，筑精舍于谯东五十里，欲春夏读书，秋冬射猎，以待天下清平，方出仕耳。不意朝廷征孤为典军校尉，遂更其意，专欲为国家讨贼立功，图死后得题墓道曰：'汉故征西将军曹侯之墓'，平生愿足矣。念自讨董卓、剿黄巾以来，除袁术、破吕布、灭袁绍、定刘表，遂平天下。身为宰相，人臣之贵已极，又复何望哉？如国家无孤一人，正不知几人称帝，几人称王。或见孤权重，妄相忖度，疑孤有异心，此大谬也。孤常念孔子称文王之至德，此言耿耿在心。但欲孤委捐兵众，归就所封武平侯之国，实不可耳：诚恐一解兵柄，为人所害；孤败则国家倾危；是以不得慕虚名而处实祸也。诸公必无知孤意者。"众皆起拜曰："虽伊尹、周公，不及丞相矣。"后人有诗曰：

周公恐惧流言日，王莽谦恭下士时：
假使当年身便死，一生真伪有谁知！

曹操连饮数杯，不觉沉醉，唤左右捧过笔砚，亦欲作《铜雀台诗》。刚才下笔，忽报："东吴使华歆表奏刘备为荆州牧，孙权以妹嫁刘备，汉上九郡大半已属备矣。"操闻之，手脚慌乱，投笔于地。程昱曰："丞相在万军之中，矢石交攻之际，未尝动心；今闻刘备得了荆州，何故如此失惊？"操曰："刘备，人中之龙也，生平未尝得水。今得荆州，是困龙入大海矣。孤安得不动心哉！"程昱曰："丞相知华歆来意否？"操曰："未知。"昱曰："孙权本忌刘备，欲以兵攻之；但恐丞相乘虚而击，故令华歆为使，表荐刘备。乃安备之心，以塞丞相之望耳。"操点头曰："是也。"昱曰："某有一计，使孙、刘自相吞并，丞相乘间图之，一鼓而二敌俱破。"操大喜，遂问其计。程昱曰："东吴所倚者，周瑜也。丞相今表奏周瑜为南郡太守、程普为江夏太守，留华歆在朝重用之；瑜必自与刘备为仇敌矣。我乘其相并而图之，不亦善乎？"操曰："仲德之言，正合孤意。"遂召华歆上台，重加赏赐。当日筵散，操即引文武回许昌，表奏周瑜为总领南郡太守、程普为江夏太守。封华歆为大理少卿，留在许都。使命至东吴，周瑜、程普各受职讫。

周瑜既领南郡，愈思报仇，遂上书吴侯，乞令鲁肃去讨还荆州。孙权乃命肃曰："汝昔保借荆州与刘备，今备迁延不还，等待何时？"肃曰："文书上明白写着，得了西川便还。"权叱曰："只说取西川，到

◎历史学家吕思勉说过："举世都说魏武帝是奸臣，这话不知从何而来？固然，这是受《演义》的影响，然而《演义》亦必有所本。《演义》的前身是说书，说书的人是不会有什么特别的见解的，总不过迎合社会的心理；而且一种见解，不是和大多数人的心理相合，也决不会流行到如此之广的；所以对魏武帝的不正当的批评，我们只能认为社会的程度低下，不足以认识英雄。"要是大多数为质素低下的一群，那群众舆论，那社会心理，未必足以采信。

◎荆州是东吴和西蜀的一块心病，东吴只有一个字，要。而诸葛亮却要煞费苦心，变着法儿来应付，不停地想出新词抵挡，也太难了。凡死结，总是越缠越紧，任何问题，靠拖，绝非良策。

今又不动兵，不等老了人！"肃曰："某愿往言之。"遂乘船投荆州而来。

却说玄德与孔明在荆州广聚粮草，调练军马，远近之士多归之。忽报鲁肃到。玄德问孔明曰："子敬此来何意？"孔明曰："昨者孙权表主公为荆州牧，此是惧曹操之计。操封周瑜为南郡太守，此欲令我两家自相吞并，他好于中取事也。今鲁肃此来，又是周瑜既受太守之职，要来索荆州之意。"玄德曰："何以答之？"孔明曰："若肃提起荆州之事，主公便放声大哭。哭到悲切之处，亮自出来解劝。"计会已定，接鲁肃入府，礼毕，叙坐。肃曰："今日皇叔做了东吴女婿，便是鲁肃主人，如何敢坐？"玄德笑曰："子敬与我旧交，何必太谦？"肃乃就坐。茶罢，肃曰："今奉吴侯钧命，专为荆州一事而来。皇叔已借住多时，未蒙见还。今既两家结亲，当看亲情面上，早早交付。"玄德闻言，掩面大哭。肃惊曰："皇叔何故如此？"玄德哭声不绝。孔明从屏后出曰："亮听之久矣。子敬知吾主人哭的缘故么？"肃曰："某实不知。"孔明口："有何难见？当初我主人借荆州时，许下取得西川便还。仔细想来：益州刘璋是我主人之弟，一般都是汉朝骨肉，若要兴兵去取他城池时，恐被外人唾骂；若要不取，还了荆州，何处安身？若不还时，于尊舅面上又不好看。事实两难，因此泪出痛肠。"孔明说罢，触动玄德衷肠，真个捶胸顿足，放声大哭。鲁肃劝曰："皇叔且休烦恼，与孔明从长计议。"孔明曰："有烦子敬，回见吴侯，勿惜一言之劳，将此烦恼情节，恳告吴侯，再容几时。"肃曰："倘吴侯不从，如之奈何？"孔明曰："吴侯既以亲妹聘嫁皇叔，安得不从乎？望子敬善言回覆。"

　　鲁肃是个宽仁长者，见玄德如此哀痛，只得应允。玄德、孔明拜谢。宴毕，送鲁肃下船。径到柴桑，见了周瑜，具言其事。周瑜顿足曰："子敬又中诸葛亮之计也！当初刘备依刘表时，常有吞并之意，何况西川刘璋乎？似此推调，未免累及老兄矣。吾有一计，使诸葛亮不能出吾算中。子敬便当一行。"肃曰："愿闻妙策。"瑜曰："子敬不必去见吴侯，再去荆州对刘备说：孙、刘两家，既结为亲，便是一家；若刘氏不忍去取西川，我东吴起兵去取；取得西川时，以作嫁资，却把荆州交还东吴。"肃曰："西川迢递，取之非易。都督此计，莫非不可？"瑜笑曰："子敬真长者也。你道我真个去取西川与他？我只以此为名，实欲去取荆州，且教他不做准备。东吴军马收川，路过荆州，就问他索要钱粮，刘备必然出城劳军。那时乘势杀之，夺取荆州，雪吾之恨，解足下之祸。"鲁肃大喜，便再往荆州来。玄德与孔明商议。孔明曰："鲁肃必不曾见吴侯，只到柴桑和周瑜商量了甚计策，来诱我耳。但说的话，主公只看我点头，便满口应承。"计会已定。鲁肃入见，礼毕，曰："吴侯甚是称

◎《三国演义》中的周瑜，每况愈下，出的主意越来越臭，也说明演义者愈来愈技穷矣。

◎解鲁肃祸，那根本不是问题，雪周瑜恨，才是第一位的。这当然是《三国演义》中的周瑜了。一个情绪化到了不能自拔的人，只想到出这口恶气，而不能自制，那就如同自由落体，加速度地走向自己的终点。

◎如此与史无据的演义，脱口而出，至少产生若干反效果：第一，鲁肃连这小儿也瞒不过的计策，也信之不疑，岂非太傻？第二，刘备问孔明，此是何意，说明此公的智商，也并不高；第三，一个指挥过赤壁大战的周瑜，竟出此"高招"，也太把人看扁，而且还未过招，箭疮复裂，是不是太脆弱了些？故事人人会编，但要说得圆，不留破绽，方是正经。

赞皇叔盛德，遂与诸将商议，起兵替皇叔收川。取了西川，却换荆州，以西川权当嫁资。但军马经过，却望应些钱粮。"孔明听了，忙点头曰："难得吴侯好心！"玄德拱手称谢曰："此皆子敬善言之力。"孔明曰："如雄师到日，即当远接犒劳。"鲁肃暗喜，宴罢辞回。玄德问孔明曰："此是何意？"孔明大笑曰："周瑜死日近矣！这等计策，小儿也瞒不过！"玄德又问如何，孔明曰："此乃'假途灭虢'之计也。虚名收川，实取荆州。等主公出城劳军，乘势拿下，杀入城来，'攻其无备，出其不意'也。"玄德曰："如之奈何？"孔明曰："主公宽心，只顾'准备窝弓以擒猛虎，安排香饵以钓鳌鱼'。等周瑜到来，他便不死，也九分无气。"便唤赵云听计："如此如此，其馀我自有摆布。"玄德大喜。后人有诗叹云：

> 周瑜决策取荆州，诸葛先知第一筹。
> 指望长江香饵稳，不知暗里钓鱼钩。

◎高兴得太早者，结果总是不太妙的。

却说鲁肃回见周瑜，说玄德、孔明欢喜一节，准备出城劳军。周瑜大笑曰："原来今番也中了吾计！"便教鲁肃禀报吴侯，并遣程普引军接应。周瑜此时箭疮已渐平愈，身躯无事，使甘宁为先锋，自与徐盛、丁奉为第二，凌统、吕蒙为后队，水陆大兵五万，望荆州而来。周瑜在船中，时复欢笑，以为孔明中计。

前军至夏口，周瑜问："荆州有人在前面接否？"人报："刘皇叔使糜竺来见都督。"瑜唤至，问劳军如何。糜竺曰："主公皆准备安排下了。"瑜曰："皇叔何在？"竺曰："在荆州城门外相等，与都督把盏。"瑜曰："今为汝家之事，出兵远征；劳军之礼，休得轻易。"糜竺领了言语先回。战船密密排在江上，依次而进。看看至公安，并无一只军船，又无一人远接。周瑜催船速行。离荆州十馀里，只见江面上静荡荡的。哨探的回报："荆州城上，插两面白旗，并不见一人之影。"瑜心疑，教把船傍岸，亲自上岸乘马，带了甘宁、徐盛、丁奉一班军官，引亲随精军三千人，径望荆州来。既至城下，并不见动静。瑜勒住马，令军士叫门。城上问是谁人。吴军答曰："是东吴周都督亲自在此。"言未毕，忽一声梆子响，城上军一齐都竖起枪刀。敌楼上赵云出曰："都督此行，端的为何？"瑜曰："吾替汝主取西川，汝岂犹未知耶？"云曰："孔明军师已知都督'假途灭虢'之计，故留赵云在此。吾主公有言：'孤与刘璋，皆汉室宗亲，安忍背义而取西川？若汝东吴端的取蜀，吾当披发入山，不失信于天下也。'"周瑜闻之，勒马便回。只见一人打着令字旗，于马前报说："探得四路军马，一齐杀到：关某从江陵杀来，张飞从秭归杀来，黄忠从公安杀来，魏延从屠陵小路杀来，四路正不知多少军马。喊声远近震动百馀里，皆言要捉周瑜。"瑜马

◎不过说说罢了，最后谁并了刘璋？刘备虽以仁义取天下，但照样真真假假，首先他的哭就是一大假。诚实，不过是打出来哄人的旗号而已。

上大叫一声，箭疮复裂，坠于马下。正是：

一着棋高难对敌，几番算定总成空。

未知性命如何，且看下文分解。

　　老实说，文学家玩政治，和政治家玩文学，都有点票友性质，是不能正式登场的。在中国历史上，有几个像曹操这样全才全能的政治家兼文学家呢？因此，他的一生，既没有出过政治家玩文学玩不好的闹剧，也没有出过文学家玩政治玩不好把小命搭上的悲剧。

　　就看曹操对付那个自视甚高的徐桢——建安七子之一，就可知道文学家永远不是政治家的对手。他把徐桢送去"劳改"的理由，就在于这位文学家崇尚"通脱"，到了过头的地步，也是不怎么安生，越出了文学的范围，才惹祸上身的。有一次，曹丕在私邸宴请他的这些文学朋友，也就是建安七子中的几位。当时，大家酒也喝得多了些，言语也随便，曹丕的夫人甄氏是位闻名的美人，可能有人提出想一睹芳容，也许正是徐桢的主意。《三国志》裴注引《文士传》中讲述了这段插曲："徐桢辞旨巧妙皆如是，由是特为诸公子所亲爱。其后，太子尝请诸文学，酒酣坐次，命夫人甄氏出拜。坐中众人咸伏，而桢独平视，太祖闻之，乃收桢，减死输作。"就因为看了一眼皇太子妃的"通脱"和不在乎，对不起，关进劳改营去采石了。

　　过了一些日子，"武帝至尚方观作者，见桢匡坐，正色磨石。武帝问曰：'石如何？'桢因得喻己自理，跪而对曰：'石出荆山悬崖之巅，外有五色之章，内含卞氏之珍，磨之不加莹，雕之不增文，禀气坚贞，受之自然，顾其理，枉屈纡绕而不得申。'帝顾左右大笑，即日赦之"。（出《世说新语》）

　　看来，这篇即席吟诵的《琢石赋》，把文学家的曹操打动了，当场将其解除劳动改造，予以释放。看来，这该是最早的大墙文学了。

第五十七回

柴桑口卧龙吊丧
耒阳县凤雏理事

　　卧龙吊孝，自然是罗贯中七实三虚的"虚"的部分，不过，作为诸葛亮的一次外交活动，来到柴桑参加东吴悼念周瑜的丧礼：第一，联盟关系，需要巩固，他不能不来；第二，周瑜和诸葛亮，由于"瑜亮情结"而形成的双方嫌隙，需要弥合，他也不能不来。以此表现诸葛亮的政治家风度，也无不可。所以，庞统说"汝气死周郎，却又来吊孝，明欺东吴无人耶？"这就是低层次误会了。

　　因为诸葛亮悼念周瑜的这篇祭文写得精采，特别"从此天下，更无知音"八个字，犹为动情，于是一出老生唱工戏《卧龙吊孝》，就以这篇祭文为基础编演而成，唱来娓娓动听，尤其作为周瑜未亡人的小乔出场，虽然她只有一句台词："众位将军，诸葛亮过江吊祭乃是好意，我等当以国事为先，你等不要鲁莽，下面歇息去吧！"接着就闭幕了。她的见解要比庞统高蹈得多。

　　其实，瑜亮情结是一种普遍存在的社会现象，是两个等量级的共事者难免要产生的心态。这就要看你的心胸和气量了，对手无论强弱，都视之为师，比你强者，值得追赶，比你弱者，值得借鉴，只是《三国演义》这部文学作品，将周瑜的嫉妒夸大了，极端了，变态了，于是"既生瑜，何生亮"，便成了失败者的无奈之言。其实，这世界就是"生存竞争，发展变化"八个大字，你在这一回合输了，那在另一回合还可以赢回来。人各有长短，换一个战场，换一种打法，峰回路转，柳暗花明，只要奋斗，便有前途，那结果也许是另外一种样子的。

　　却说周瑜怒气填胸，坠于马下，左右急救归船。军士传说："玄德、孔明在前山顶上饮酒取乐。"瑜大怒，咬牙切齿曰："你道我取不得西川，吾誓取之！"正恨间，人报吴侯遣弟孙瑜到。周瑜接入，具言其事。孙瑜曰："吾奉兄命来助都督。"遂令催军前行。行至巴丘，人报上流有刘封、关平二人领军截住水路。周瑜愈怒。忽又报孔明遣人送书至。周瑜拆封视之。书曰：

> 汉军师中郎将诸葛亮，致书于东吴大都督公瑾先生麾下：亮自柴桑一别，至今恋恋不忘。闻足下欲取西川，亮窃以为不可。益州民强地险，刘璋虽阇弱，足以自守。今劳师远征，转运万里，欲收全功，虽吴起不能定其规，孙武不能善其后也。曹操失利于赤壁，志岂须臾忘报仇哉？今足下兴兵远征，倘操乘虚而至，江南齑粉矣！亮不忍坐视，特此告知。幸垂照鉴。

◎孙瑜实际是进攻西川的主角，说书人附会到周瑜身上，"三气周瑜"遂成了不是历史的历史。

周瑜览毕，长叹一声，唤左右取纸笔作书上吴侯。乃聚众将曰："吾非不欲尽忠报国，奈天命已绝矣。汝等善事吴侯，共成大业。"言讫，昏绝。徐徐又醒，仰天长叹曰："既生瑜，何生亮！"连叫数声而亡。寿三十六岁。后人有诗叹曰：

◎"既生瑜，何生亮"，这六个字，写尽了天下所有的鼠肚鸡肠、不能容人之辈的绝户心胸。

> 赤壁遗雄烈，青年有俊声。弦歌知雅意，杯酒谢良朋。曾谒三千斛，常驱十万兵。巴丘终命处，凭吊欲伤情。

周瑜停丧于巴丘。众将将所遗书缄，遣人飞报孙权。权闻瑜死，放声大哭。拆视其书，乃荐鲁肃以自代也。书略曰：

瑜以凡才，荷蒙殊遇，委任腹心，统御兵马，敢不竭股肱之力，以图报效。奈死生不测，修短有命；愚志未展，微躯已殒，遗恨何极！方今曹操在北，疆场未静；刘备寄寓，有似养虎；天下之事，尚未可知。此正朝士旰食之秋，至尊垂虑之日也。鲁肃忠烈，临事不苟，可以代瑜之任。"人之将死，其言也善"。倘蒙垂鉴，瑜死不朽矣。

孙权览毕，哭曰："公瑾有王佐之才，今忽短命而死，孤何赖哉？既遗书特荐子敬，孤敢不从之。"即日便命鲁肃为都督，总统兵马；一面教发周瑜灵柩回葬。

却说孔明在荆州，夜观天文，见将星坠地，乃笑曰："周瑜死矣。"至晓，告于玄德。玄德使人探之，果然死了。玄德问孔明曰："周瑜既死，还当如何？"孔明曰："代瑜领兵者，必鲁肃也。亮观天象，将星聚于东方。亮当以吊丧为由，往江东走一遭，就寻贤士佐助主公。"玄德曰："只恐吴中将士加害于先生。"孔明曰："瑜在之日，亮犹不惧；今瑜已死，又何患乎？"乃与赵云引五百军，具祭礼，下船赴巴丘吊丧。

◎周瑜荐鲁肃，是从拒曹联蜀大局出发。因为吴、蜀相争，蜀弱吴强，吴不惧蜀；而曹操却有席卷江东的力量。尽管周瑜十分戒备刘玄德和关、张二将，也深知鲁肃的亲西蜀之心，但能作出这样的建议，说明他还是一个有战略头脑的谋士。在吊唁会上，庞统的出现似可证明庞统与周瑜的交情匪浅，见《三国志·先主传》裴注引的《江表传》，似可一窥东吴的内部分歧，以及周瑜死于非命的疑因。

◎又是赵云！大概关、张二将，他是不大敢支配的。

于路探听得孙权已令鲁肃为都督，周瑜灵柩已回柴桑。孔明径至柴桑，鲁肃以礼迎接。周瑜部将皆欲杀孔明，因见赵云带剑相随，不敢下手。孔明教设祭物于灵前，亲自奠酒，跪于地下，读祭文曰：

呜呼公瑾，不幸夭亡！修短故天，人岂不伤？我心实痛，酹酒一觞；君其有灵，享我烝尝！吊君幼学，以交伯符；仗义疏财，让舍以民。吊君弱冠，万里鹏抟；定建霸业，割据江南。吊君壮力，远镇巴丘；景升怀虑，讨逆无忧。吊君丰度，佳配小乔；汉臣之婿，不愧当朝。吊君气概，谏阻纳质；始不垂翅，终能奋翼。吊君鄱阳，蒋干来说；挥洒自如，雅量高志。吊君弘才，文武筹略；火攻破敌，挽强为弱。想君当年，雄姿英发；哭君早逝，俯地流血。忠义之心，英灵之气；命终三纪，名垂百世。哀君情切，愁肠千结；惟我肝胆，悲无断绝。昊天昏暗，三军怆然；主为哀泣，友为泪涟。

◎这篇祭文不知后世何人代诸葛亮捉刀？但"从此天下，更无知音"八个字，倒也说明了彼此都不弱的对手之间，打了一辈子交道，旗鼓相当，也能产生出一种精神上的共鸣。

亮也不才，丐计求谋；助吴拒曹，辅汉安刘；掎角之援，首尾相俦；若存若亡，何虑何忧？呜呼公瑾！生死永别！朴守其贞，冥冥灭灭。魂如有灵，以鉴我心：从此天下，更无知音！呜呼痛哉！伏惟尚飨。

孔明祭毕，伏地大哭，泪如涌泉，哀恸不已。众将相谓曰："人尽道公瑾与孔明不睦，今观其祭奠之情，人皆虚言也。"鲁肃见孔明如此悲切，亦为感伤，自思曰："孔明自是多情，乃公瑾量窄，自取死耳。"后人有诗叹曰：

◎鲁肃实心肠，孔明皆假意。

> 卧龙南阳睡未醒，又添列曜下舒城。
> 苍天既已生公瑾，尘世何须出孔明！

鲁肃设宴款待孔明。宴罢，孔明辞回。方欲下船，只见江边一人道袍竹冠，皂绦素履，一手揪住孔明大笑曰："汝气死周郎，却又来吊孝，明欺东吴无人耶！"孔明急视其人，乃凤雏先生庞统也。孔明亦大笑。两人携手登舟，各诉心事。孔明乃留书一封与统，嘱曰："吾料孙仲谋必不能重用足下。稍有不如意，可来荆州共扶玄德。此人宽仁厚德，必不负公平生之所学。"统允诺而别。孔明自回荆州。

◎可以想见那一副悻悻然、暗中得意之色。

◎既然引荐，只开了一封介绍信，又不与刘备打声招呼，到底是怎么回事？

却说鲁肃送周瑜灵柩至芜湖，孙权接着，哭祭于前，命厚葬于本乡。瑜有两男一女，长男循，次男胤，权皆厚恤之。鲁肃曰："肃碌碌庸才，误蒙公瑾重荐，其实不称所职。愿举一人以助主公。此人上通天文，下晓地理；谋略不减于管、乐，枢机可并于孙、吴。往日周公瑾多用其言，孔明亦深服其智。现在江南，何不重用？"权闻言大喜，便问此人姓名。肃曰："此人乃襄阳人，姓庞，名统，字士元，道号凤雏先生。"
权曰："孤亦闻其名久矣。今既在此，可即请来相见。"
于是鲁肃邀请庞统入见孙权。施礼毕。权见其人浓眉
掀鼻，黑面短髯，形容古怪，心中不喜。乃问曰："公
平生所学，以何为主？"统曰："不必拘执，随机应
变。"权曰："公之才学，比公瑾如何？"统笑曰："某
之所学，与公瑾大不相同。"权平生最喜周瑜，见统
轻之，心中愈不乐，乃谓统曰："公且退。待有用公
之时，却来相请。"统长叹一声而出。鲁肃曰："主公
何不用庞士元？"权曰："狂士也，用之何益！"肃曰：
"赤壁鏖兵之时，此人曾献连环策，成第一功。——
主公想必知之。"权曰："此时乃曹操自欲钉船，未必
此人之功也。吾誓不用之。"鲁肃出谓庞统曰："非肃
不荐足下，奈吴侯不肯用公。公且耐心。"统低头长
叹不语。肃曰："公莫非无意于吴中乎？"统不答。
肃曰："公抱匡济之才，何往不利？可实对肃言，将
欲何往？"统曰："吾欲投曹操去也。"肃曰："此明珠
暗投矣。可往荆州投刘皇叔，必然重用。"统曰："统
意实欲如此，前言戏耳。"肃曰："某当作书奉荐。公
辅玄德，必令孙、刘两家，无相攻击，同力破曹。"
统曰："此某平生之素志也。"乃求肃书，径往荆州来
见玄德。

此时孔明按察四郡未回。门吏传报："江南名士庞
统，特来相投。"玄德久闻统名，便教请入相见。统见

◎真正的学问，倒应该是这样的。

◎孙权视庞统为"狂士"，也还是有
点道理的。

玄德，长揖不拜。玄德见统貌陋，心中亦不悦，乃问统曰："足下远来不易？"统不拿出鲁肃、孔明书投呈，但答曰："闻皇叔招贤纳士，特来相投。"玄德曰："荆楚稍定，苦无闲职。此去东北一百三十里，有一县名耒阳县，缺一县宰，屈公任之。如后有缺，却当重用。"统思："玄德待我何薄！"欲以才学动之，见孔明不在，只得勉强相辞而去。统到耒阳县，不理政事，终日饮酒为乐；一应钱粮词讼，并不理会。有人报知玄德，言庞统将耒阳县事尽废。玄德怒曰："竖儒焉敢乱吾法度！"遂唤张飞分付，引从人去荆南诸县巡视："如有不公不法者，就便究问。恐于事有不明处，可与孙乾同去。"

　　张飞领了言语，与孙乾前至耒阳县。军民官吏，皆出郭迎接，独不见县令。飞问曰："县令何在？"同僚覆曰："庞县令自到任及今将百馀日，县中之事，并不理问，每日饮酒，自旦及夜，只在醉乡。今日宿酒未醒，犹卧不起。"张飞大怒，欲擒之。孙乾曰："庞士元乃高明之人，未可轻忽。且到县问之。如果于理不当，治罪未晚。"飞乃入县，正厅上坐定，教县令来见。统衣冠不整，扶醉而出。飞怒曰："吾兄以汝为人，令作县宰，汝焉敢尽废县事！"统笑曰："将军以吾废了县中何事？"飞曰："汝到任百馀日，终日在醉乡，安得不废政事？"统曰："量百里小县，些小公事，何难决断！将军少坐，待我发落。"随即唤公吏，将百馀日所积公务，都取来剖断。吏皆纷然赍抱案卷上厅，

◎又不是相姑爷！这算什么选用干部的标准？

◎此人记性不佳，早忘了这个竖儒，正是水镜先生推荐的凤雏啊！日子好过了，求贤若渴便搁置一边了。

◎"先生大才，小子失敬"，从张飞嘴里说出这八个字，一见他的宽宏器度，二见他的自审精神。

诉词被告人等，环跪阶下。统手中批判，口中发落，耳内听词，曲直分明，并无分毫差错。民皆叩首拜伏。不到半日，将百馀日之事，尽断毕了，投笔于地而对张飞曰："所废之事何在？曹操、孙权，吾视之若掌上观文，量此小县，何足介意！"飞大惊，下席谢曰："先生大才，小子失敬。吾当于兄长处极力举荐。"统乃将出鲁肃荐书。飞曰："先生初见吾兄，何不将出？"统曰："若便将出，似乎专藉荐书来干谒矣。"飞顾谓孙乾曰："非公则失一大贤也。"遂辞统回荆州见玄德，具说庞统之才。玄德大惊曰："屈待大贤，吾之过也！"飞将鲁肃荐书呈上。玄德拆视之。书略曰：

庞士元非百里之才，使处治中、别驾之任，始当展其骥足。如以貌取之，恐负所学，终为他人所用，实可惜也！

玄德看毕，正在嗟叹，忽报孔明回。玄德接入，礼毕，孔明先问曰："庞军师近日无恙否？"玄德曰："近治耒阳县，好酒废事。"孔明笑曰："士元非百里之才，胸中之学，胜亮十倍。亮曾有荐书在士元处，曾达主公否？"玄德曰："今日方得子敬书，却未见先生之书。"孔明曰："大贤若处小任，往往以酒糊涂，倦于视事。"玄德曰："若非吾弟所言，险失大贤。"随即令张飞往耒阳县敬请庞统到荆州。玄德下阶请罪。统方将出孔明所荐之书。玄德看书中之意，言凤雏到日，宜即重用。玄德喜曰："昔司马德操言：'伏龙、凤雏，两人得一，可安天下。'今吾二人皆得，汉室可兴矣。"遂拜庞统为副军师中郎将，与孔明共赞方略，教练军士，听候征伐。

早有人报到许昌，言刘备有诸葛亮、庞统为谋士，招军买马，积草屯粮，连结东吴，早晚必兴兵北伐。曹操闻之，遂聚众谋士商议南征。荀攸进曰："周瑜新死，可先取孙权，次攻刘备。"操曰："我若远征，恐马腾来袭许都。前在赤壁之时，军中有讹言，亦传西凉入寇之事，今不可不防也。"荀攸曰："以愚所见，不若降诏加马腾为征南将军，使讨孙权，诱入京师，先除此人，则南征无患矣。"操大喜，即日遣人赍诏至西凉召马腾。

却说腾字寿成，汉伏波将军马援之后。父名肃，字子硕，桓帝时为天水兰干县尉；后失官流落陇西，与羌人杂处，遂取羌女生腾。腾身长八尺，体貌雄异，禀性温良，人多敬之。灵帝末年，羌人多叛，腾招募民兵破之。初平中年，因讨贼有功，拜征西将军，与镇西将军韩遂为弟兄。当日奉诏，乃与长子马超商议曰："吾自与董承受衣带诏以来，与刘玄德约共讨贼，不幸董承已死，玄德屡败。我又僻处西凉，未能协助玄德。今闻玄德已得荆州，我正欲展昔日之志，而曹操反来召我，当是如何？"马超曰："操奉天子之命

◎卧榻之旁，岂容他人鼾睡？西凉是一块让曹操始终放不下心的地方。

◎马超也是一直觊觎中原，但他有胆无心，错过良机，在曹操率大军南征，枕戈大江之上时，西北空虚，本可乘机进袭，越潼关而东。但现在，曹操腾出手来收拾他的时候，却要小试锋芒，显然不是时机了。

以召父亲，今若不往，彼必以'逆命'责我矣。当乘其来召，竟往京师，于中取事，则昔日之志可展也。"马腾兄子马岱谏曰："曹操心怀叵测，叔父若往，恐遭其害。"超曰："儿愿尽起西凉之兵，随父亲杀入许昌，为天下除害，有何不可？"腾曰："汝自统羌兵保守西凉，只教次子马休、马铁并侄马岱随我同往。曹操见有汝在西凉，又有韩遂相助，谅不敢加害于我也。"超曰："父亲欲往，切不可轻入京师。当随机应变，观其动静。"腾曰："吾自有处，不必多虑。"于是马腾乃引西凉兵五千，先教马休、马铁为前部，留马岱在后接应，迤逦望许昌而来。离许昌二十里屯住军马。

　　曹操听知马腾已到，唤门下侍郎黄奎分付曰："目今马腾南征，吾命汝为行军参谋，先至马腾寨中劳军，可对马腾说：西凉路远，运粮甚难，不能多带人马。我当更遣大兵，协同前进。来日教他入城面君，吾就应付粮草与之。"奎领命，来见马腾。腾置酒相待。奎酒半酣而言曰："吾父黄琬死于李傕、郭汜之难，尝怀痛恨。不想今日又遇欺君之贼！"腾曰："谁为欺君之贼？"奎曰："欺君者操贼也。公岂不知之，而问我耶？"腾恐是操使来相探，急止之曰："耳目较近，休得乱言。"奎叱曰："公竟忘却衣带诏乎！"腾见他说出心事，乃密以实情告之。奎曰："操欲公入城面君，必非好意。公不可轻入。来日当勒兵城下。待曹操出城点军，就点军处杀之，大事济矣。"二人商议已定。

黄奎回家，恨气未息。其妻再三问之，奎不肯言。不料其妾李春香，与奎妻弟苗泽私通。泽欲得春香，正无计可施。妾见黄奎愤恨，遂对泽曰："黄侍郎今日商议军情回，意甚愤恨，不知为谁？"泽曰："汝可以言挑之曰：'人皆说刘皇叔仁德，曹操奸雄，何也？'看他说甚言语。"是夜黄奎果到春香房中。妾以言挑之。奎乘醉言曰："汝乃妇人，尚知邪正，何况我乎？吾所恨者，欲杀曹操也！"妾曰："若欲杀之，如何下手？"奎曰："吾已约定马将军，明日在城外点兵时杀之。"妾告于苗泽，泽报知曹操。操便密唤曹洪、许褚分付如此如此；又唤夏侯渊、徐晃分付如此如此。各人领命去了，一面先将黄奎一家老小拿下。

次日，马腾领着西凉兵马，将次近城，只见前面一簇红旗，打着丞相旗号。马腾只道曹操自来点军，拍马向前。忽听得一声炮响，红旗开处，弓弩齐发。一将当先，乃曹洪也。马腾急拨马回时，两下喊声又起：左边许褚杀来，右边夏侯渊杀来，后面又是徐晃领兵杀至，截断西凉军马，将马腾父子三人困在垓心。马腾见不是头，奋力冲杀。马铁早被乱箭射死。马休随着马腾，左冲右突，不能得出。二人身带重伤，坐下马又被箭射倒，父子二人俱被执。曹操教将黄奎与马腾父子，一齐绑至。黄奎大叫："无罪！"操教苗泽对证。马腾大骂曰："竖儒误我大事！我不能为国杀贼，是乃天也！"操命牵出。马腾骂不绝口，

◎曹操领教过西凉军阀董卓的厉害，即使马腾不与黄奎合谋，也不会饶了他的。这就是曹操不当皇帝的好处了，他若是称帝，马腾早就自立为王。可他挟天子以令诸侯，以汉献帝的名义，马腾就不得不来送死了。

◎马腾最终死于曹操之手，但《三国演义》所写的过程与史实不同，又掺进了编造的奸情故事，与衣带诏告密雷同，了无新意，不足取。写小说，切忌重复，重复别人不好，重复自己也不好。

与其子马休，及黄奎，一同遇害。后人有诗叹马腾曰：

> 父子齐芳烈，忠贞著一门。
> 捐生图国难，誓死答君恩。
> 嚼血盟言在，诛奸义状存。
> 西凉推世胄，不愧伏波孙！

苗泽告操曰："不愿加赏，只求李春香为妻。"操笑曰："你为了一妇人，害了你姐夫一家，留此不义之人何用！"便教将苗泽、李春香与黄奎一家老小并斩于市。观者无不叹息。后人有诗叹曰：

> 苗泽因私害荩臣，春香未得反伤身。
> 奸雄亦不相容恕，枉自图谋作小人。

◎曹操会如此之傻，以后谁还敢向他告密？不过是老百姓的对于告密者的泄恨想法罢了。

曹操教招安西凉兵马，谕之曰："马腾父子谋反，不干众人之事。"一面使人分付把住关隘，休教走了马岱。

且说马岱自引一千兵在后。早有许昌城外逃回军士，报知马岱。岱大惊，只得弃了兵马，扮作客商，连夜逃遁去了。曹操杀了马腾等，便决意南征。忽人报曰："刘备调练军马，收拾器械，将欲取川。"操惊曰："若刘备收川，则羽翼成矣。将何以图之？"言未毕，阶下一人进言曰："某有一计，使刘备、孙权不能相顾，江南、西川皆归丞相。"正是：

　　　　　西州豪杰方遭戮，南国英雄又受殃。

未知献计者是谁，且看下文分解。

　　周瑜是位智勇双全、文武皆长的三国人物，可惜被《三国演义》写坏了，在普通人的三国记忆中，他成了一个嫉贤妒能，气量窄小，而且敢下毒招灭掉对手的卑鄙之人。现在来看这部古典文学作品，其人物形象的创造，是极其成功的：罗贯中抬高了关羽和诸葛亮，一个成了圣，一个成了神；贬低了曹操和周瑜，一个成了"豺豹"，一个成了"孺子"。其实小说中这四个文学人物，与历史上的真实人物，不但形实不符，而且多有悖背谬误之处。不过，文学的腿长，走进千家万户，遂广为人知，历史的嘴短，没功夫解释，也就只能任之由之了。

　　历史的公正还是有的。《资治通鉴》称："周瑜、程普将数万众，与曹仁隔江未战。甘宁请用无径取夷陵，往，即得其城。曹仁遣兵围甘宁，宁困急，求救于周瑜，诸将以为兵少不足分，吕蒙谓周瑜：'留凌公绩于江陵，蒙随君行，解围释急，势亦不久。蒙保公绩能十日守也。'瑜从之，大破仁兵于夷陵，获马三百匹而还。"实际上，曹仁，是曹操子弟兵中最为出色的战将，周瑜打的是曹仁，实际痛在曹操身上。"瑜乃渡江，屯北岸，与仁相拒。"曹仁不弱，否则，曹操不会委他留守，与周瑜对阵一月多，还让作为主帅的周瑜受了箭伤。"医者曰：'此箭头上有毒，急切不能痊可。若怒气冲激，其疮复发。'"曹仁再三搦战，程普拒住不出。被周瑜一再追问，才说："众将皆欲收兵暂回江东。待公箭疮平复，再作区处。"周瑜到底是条汉子，"于床上奋然跃起曰：'大丈夫既食君禄，当死于战场，以马革裹尸还，幸也！岂可为我一人，而废国家大事乎？'言讫，即披甲上马。诸军众将，无不骇然。遂引数百骑出营前。望见曹兵已布成阵势，曹仁自立马于门旗下，扬鞭大骂曰：'周瑜孺子，料必横夭，再不敢正觑我兵！'骂犹未绝，瑜从群骑内突然出曰：'曹仁匹夫！见周郎否！'曹军看见，尽皆惊骇。"

　　大将军必有大气势，这样一个挟风起云涌之气、拥雷霆万钧之势的周瑜，会干出暗害诸葛亮的宵小行为吗？

第五十八回

马孟起兴兵雪恨
曹阿瞒割须弃袍

　　当年，赤壁大战正酣，马超、韩遂只是袖手坐山观虎斗，而不曾想到曹操后防空虚，取骑兵之长，长途奔袭，打他一个措手不及？机遇，瞬息即逝，你抓住了，你便占上风；你失去了，便一事无成。这两位西北王，看来子承父业，智商不高，基因是不会改变的。果如曹操所料，乃鼠目寸光之辈，有胳膊、有力气，无头脑、无志向，曹操认为只派一个徐庶守关，足矣。现在，曹操决定要收拾这两位了。

　　曹操的厉害，还在于他看透他的对手，都不是具有宏图大略的人物，所以，赤壁大战时他就算定这两位西北首领，习于苟安，只求自保，只看热闹，绝不染指，更不敢趁火打劫，他们也是很害怕捉不着狐狸，惹一身骚的。这一次，曹操率兵西进，也是一步险棋，利用赤壁战后，吴、蜀两家又要联合又有矛盾，吴图荆州，蜀谋西川，谁也顾不上向中原发动反攻的空隙，搞定西北，以防肘腋生变。若孙、刘抛却前嫌，不计恩怨，歃血誓师，北上抗曹。那么，天下形势，恐怕又会变成另外一个样子。然而，小家小业出身的刘备，小日月过惯了的孙权，即或算是政治家，也是一个小政治家。尤其无立锥之地的刘备，更着急得到眼前利益，西川薄弱易攻，马上即可得手，若竭荆襄之众，与马超、韩遂两面夹攻曹操，如中途孙权变卦，韩、马退缩，偷鸡不着蚀把米，自然不敢做这篇大文章了。

　　曹、马之战，是勇与谋的较量，谋不立，则勇者胜。本来，曹操的强项，是智谋，是奸诈，是诡计多端，是变化莫测。而冲锋陷阵，动刀动枪，就不是曹操的拿手好戏了。冷兵器时代，双方对阵，基本都是零距离，因而古人打仗，相当血腥。你智谋胜他一千倍，他武艺高你一万倍，这时候，真刀真枪，智谋不顶屁用。潼关之战，曹操被马超打得丧魂落魄，确是史实。但在晋人陈寿笔下，却一笔带过，晋承魏统，自然要淡化太祖吃败仗等负面情节，尤其最后，他用贾诩计，离间成功，大败马超，胜者为王，自然嘴大，怎么说怎么是了。

却说献策之人，乃治书侍御史陈群，字长文。操问曰："陈长文有何良策？"群曰："今刘备、孙权结为唇齿，若刘备欲取西川，丞相可命上将提兵，会合淝之众，径取江南，则孙权必求救于刘备；备意在西川，必无心救权；权无救则力乏兵衰，江东之地，必为丞相所得。——若得江东，则荆州一鼓可平也；荆州既平，然后徐图西川：天下定矣。"操曰："长文之言，正合吾意。"即时起大兵三十万，径下江南；令合淝张辽，准备粮草，以为供给。

早有细作报知孙权。权聚众将商议。张昭曰："可差人往鲁子敬处，教急发书到荆州，使玄德同力拒曹。子敬有恩于玄德，其言必从；且玄德既为东吴之婿，亦义不容辞。若玄德来相助，江南可无患矣。"权从其言，即遣人谕鲁肃，使求救于玄德。肃领命，随即修书使人送玄德。玄德看了书中之意，留使者于馆舍，差人往南郡请孔明。孔明到荆州，玄德将鲁肃书与孔明看毕，孔明曰："也不消动江南之兵，也不必动荆州之兵，自使曹操不敢正觑东南。"便回书与鲁肃，教："高枕无忧。若但有北兵侵犯，皇叔自有退兵之策。"使者去了。玄德问曰："今操起三十万大军，会合淝之众，一拥而来，先生有何妙计，可以退之？"孔明曰："操平生所虑者，乃西凉之兵也。今操杀马腾，其子马超，现统西凉之众，必切齿操贼。主公可作一书，往结马超，使超兴兵入关，则操又何

◎这主意并不十分高明，赤壁之战的失败教训已经很清楚了。曹操不出兵，吴、蜀定是纷争不已，若是北军压江，虎视眈眈，吴、蜀必考虑到唇亡齿寒而团结御侮。这都是会察颜观色的马屁谋士，因为在赤壁吃了败仗的曹操，肯定对东吴耿耿于怀，总在想法出这口气，所以主子乐意听什么，便顺着胃口灌什么。这也是曹操身旁那么多高级谋士都不表态的缘故。

◎马超在《三国演义》中，戏份不多，但在读者印象里，他与曹操这一番厮杀，特别是渭水之战，却非常深刻难忘。这就是文学的力量了。罗贯中能抓住你眼球，就是一面写他无与伦比的勇，一面写他不堪救药的蠢，让这个矛盾对立的冲突，令你顿足长叹其功败垂成而遗憾不已。虽然，正史将其列入《关张马黄赵传》，有其家族门望的考虑，若论武将之武，在《三国演义》中能将曹操打到这副熊样者，舍吕布外，也就是这个马超了。

暇下江南乎？"玄德大喜，即时作书，遣一心腹人，径往西凉州投下。

却说马超在西凉州，夜感一梦：梦见身卧雪地，群虎来咬。惊惧而觉，心中疑惑，聚帐下将佐，告说梦中之事。帐下一人应声曰："此梦乃不祥之兆也。"众视其人，乃帐前心腹校尉，姓庞，名德，字令明。超问："令明所见若何？"德曰："雪地遇虎，梦兆殊恶。莫非老将军在许昌有事否？"言未毕，一人踉跄而入，哭拜于地曰："叔父与弟皆死矣！"超视之，乃马岱也。超惊问何为。岱曰："叔父与侍郎黄奎同谋杀操，不幸事泄，皆被斩于市。二弟亦遇害。惟岱扮作客商，星夜走脱。"超闻言，哭倒于地。众将救起。超咬牙切齿，痛恨操贼。忽报荆州刘皇叔遣人赍书至。超拆视之。书略曰：

伏念汉室不幸，操贼专权，欺君罔上，黎民凋残。备昔与令先君同受密诏，誓诛此贼。今令先君被操所害，此将军不共天地、不同日月之仇也。若能率西凉之兵，以攻操之右，备当举荆襄之众，以遏操之前：则逆操可擒，奸党可灭，仇辱可报，汉室可兴矣。书不尽言，立待回音。

马超看毕，即时挥涕回书，发使者先回，随后便起西凉军马。正欲进发，忽西凉太守韩遂使人请马超往见。超至遂府，遂将出曹操书示之。内云："若将马超擒赴许都，即封汝为西凉侯。"超拜伏于地曰："请叔父就缚俺兄弟二人，解赴许昌，免叔父戈戟之劳。"韩遂扶起曰："吾与汝父结为兄弟，安忍害汝？汝若兴兵，吾当相助。"马超拜谢。韩遂便将操使者推出斩之，乃点手下八部军马，一同进发。那八部？乃侯选、程银、李堪、张横、梁兴、成宜、马玩、杨秋也。八将随着韩遂，合马超手下庞德、马岱，共起二十万大兵，杀奔长安来。长安郡守钟繇，飞报曹操；一面引军拒敌，布阵于野。西凉州前部先锋马岱，引军一万五千，浩浩荡荡，漫山遍野而来。钟繇出马答话。岱使宝刀一口，与繇交战。不一合，繇大败奔走。岱提刀赶来。马超、韩遂引大军都到，围住长安。钟繇上城守护。长安乃西汉建都之处，城郭坚固，壕堑险深，急切攻打不下。一连围了十日，不能攻破。庞德进计曰："长安城中土硬水碱，甚不堪食，更兼无柴。今围十日，军民饥荒。不如暂且收军，只须如此如此，长安唾手可得。"马超曰："此计大妙！"即时差"令"字旗传与各部，尽教退军，马超亲自断后。各部军马渐渐退去。钟繇次日登城看时，军皆退了，只恐有计；令人哨探，果然远去，方才放心。纵令军民出城打柴取水，大

◎刘备明白这是个千载难逢的机会，但他志在西川，因为那是个薄弱环节，易攻。若率荆襄之众过操，则难克，从实力考虑较多。而且他也不能不提防马超退兵以后吴、曹联手的后果。所以，刘备算不上是大政治家，做不出一篇大文章来。手工业出身的人，很容易斤斤计较于眼前利益，而缺乏远景企划。这种小格局，小儿科，小聪明，小算盘，直到今天，我们还可以在某些人、某些事上见到的。

◎此人为大书法家，尤工草书，后世将他与王羲之并称。他的儿子钟会，为三国末期很能折腾的重要人物。

开城门，放人出入。至第五日，人报马超兵又到，军民竞奔入城，钟繇仍复闭城坚守。

　　却说钟繇弟钟进，守把西门。约近三更，城门里一把火起。钟进急来救时，城边转过一人，举刀纵马大喝曰："庞德在此！"钟进措手不及，被庞德一刀斩于马下，杀散军校，斩关断锁，放马超、韩遂军马入城。钟繇从东门弃城而走。马超、韩遂得了城池，赏劳三军。钟繇退守潼关，飞报曹操。操知失了长安，不敢复议南征。遂唤曹洪、徐晃分付："先带一万人马，替钟繇紧守潼关。如十日内失了关隘，皆斩；十日外，不干汝二人之事。我统大军随后便至。"二人领了将令，星夜便行。曹仁谏曰："洪性躁，诚恐误事。"操曰："你与我押送粮草，便随后接应。"

　　却说曹洪、徐晃到潼关，替钟繇坚守关隘，并不出战。马超领军来关下，把曹操三代毁骂。曹洪大怒，要提兵下关厮杀。徐晃谏曰："此是马超要激将军厮杀，切不可与战。待丞相大军来，必有主画。"马超军日夜轮流来骂。曹洪只要厮杀，徐晃苦苦挡住。至第九日，在关上看时，西凉军都弃马在于关前草地上坐；多半困乏，就于地上睡卧。曹洪便教备马，点起三千兵杀下关来。西凉兵弃马抛戈而走。洪迤逦追赶。时徐晃正在关上点视粮车，闻曹洪下关厮杀，大惊，急引兵随后赶来，大叫曹洪回

◎可见曹操也有疏忽处，书法家都派上用场。弄一些文官稗将把守边关，哪经得起西凉兵马的攻打？在这样节节进展下，只好亲自出征了。

马。忽然背后喊声大震，马岱引军杀至。曹洪、徐晃急回走时，一棒鼓响，山背后两军截出：左是马超，右是庞德，混杀一阵。曹洪抵挡不住，折军大半，撞出重围，奔到关上。西凉兵随后赶来，洪等弃关而走。庞德直追过潼关，撞见曹仁军马，救了曹洪等一军。马超接应庞德上关。曹洪失了潼关，奔见曹操。操曰："与你十日限，如何九日失了潼关？"洪曰："西凉军兵，百般辱骂。因见彼军懈怠，乘势赶去，不想中贼奸计。"操曰："洪年幼躁暴，徐晃你须晓事！"晃曰："累谏不从。当日晃在关上点粮车，比及知道，小将军已下关了。晃恐有失，连忙赶去，已中贼奸计矣。"操大怒，喝斩曹洪。众官告免。曹洪服罪而退。

操进兵直叩潼关。曹仁曰："可先下定寨栅，然后打关未迟。"操令砍伐树木，起立排栅，分作三寨：左寨曹仁，右寨夏侯渊，操自居中寨。次日，操引三寨大小将校，杀奔关隘前去，正遇西凉军马。两边各布阵势。操出马于门旗下，看西凉之兵，人人勇健，个个英雄。又见马超生得面如傅粉，唇若抹朱，腰细膀宽，声雄力猛，白袍银铠，手执长枪，立马阵前；上首庞德，下首马岱。操暗暗称奇，自纵马谓超曰："汝乃汉朝名将子孙，何故背反耶？"超咬牙切齿，大骂："操贼！欺君罔上，罪不容诛！害我父弟，不共戴天之仇！吾当活捉生啖汝肉！"说罢，挺枪直

◎曹洪姓曹，多少要优越一些，沾光一些，出了问题可以开脱一些，倒也不是后来才有的新鲜事。

◎曹操虽狼狈万状，但职业反应倒还敏捷。幸亏那时的曹操，不是后来舞台上定了型的曹操，若是马超说追那个大白脸者，不知曹操该怎么办了？

◎即使在华容道，曹操也不曾栽得这样厉害！

杀过来。曹操背后于禁出迎。两马交战，斗得八九合，于禁败走。张郃出迎，战二十合亦败走。李通出迎，超奋威交战，数合之中，一枪刺李通于马下。超把枪望后一招，西凉兵一齐冲杀过来。操兵大败。西凉兵来得势猛，左右将佐，皆抵当不住。马超、庞德、马岱引百馀骑，直入中军来捉曹操。操在乱军中，只听得西凉军大叫："穿红袍的是曹操！"操就马上急脱下红袍。又听得大叫："长髯者是曹操！"操惊慌，掣所佩刀断其髯。军中有人将曹操割髯之事，告知马超，超遂令人叫拿："短髯者是曹操！"操闻知，即扯旗角包颈而逃。后人有诗曰：

> 潼关战败望风逃，孟德怆惶脱锦袍。
> 剑割髭髯应丧胆，马超声价盖天高。

曹操正走之间，背后一骑赶来，回头视之，正是马超。操大惊。左右将校见超赶来，各自逃命，只撇下曹操。超厉声大叫曰："曹操休走！"操惊得马鞭坠地。看看赶上，马超从后使枪搠来。操绕树而走，超一枪搠在树上；——急拔下时，操已走远。超纵马赶来，山坡边转过一将，大叫："勿伤吾主！曹洪在此！"轮刀纵马，拦住马超。操得命走脱。洪与马超战到四五十合，渐渐刀法散乱，气力不加。夏侯渊引数十骑随到。马超独自一人，恐被所算，乃拨马而回。

夏侯渊也不来赶。

　　曹操回寨，却得曹仁死据定了寨栅，因此不曾多折军马。操入帐叹曰："吾若杀了曹洪，今日必死于马超之手也！"遂唤曹洪，重加赏赐。收拾败军，坚守寨栅，深沟高垒，不许出战。超每日引兵来寨前辱骂搦战。操传令教军士坚守，如乱动者斩。诸将曰："西凉之兵，尽使长枪，当选弓弩迎之。"操曰："战与不战，皆在于我，非在贼也。贼虽有长枪，安能便刺？诸公但坚壁观之，贼自退矣。"诸将皆私相议曰："丞相自来征战，一身当先；今败于马超，何如此之弱也？"过了几日，细作报来："马超又添二万生力兵来助战，乃是羌人部落。"操闻知大喜。诸将曰："马超添兵，丞相反喜，何也？"操曰："待吾胜了，却对汝等说。"三日后又报关上又添军马。操又大喜，就于帐中设宴作贺。诸将皆暗笑。操曰："诸公笑我无破马超之谋，公等有何良策？"徐晃进曰："今丞相盛兵在此，贼亦全部现屯关上，此去河西，必无准备；若得一军暗渡蒲阪津，先截贼归路，丞相径发河北击之，贼两不相应，势必危矣。"操曰："公明之言，正合吾意。"便教徐晃引精兵四千，和朱灵同去径袭河西，伏于山谷之中，"待我渡河北同时击之。"徐晃、朱灵领命，先引四千军暗暗去了。操下令，先教曹洪于蒲阪津，安排船筏。留曹仁守寨，操自领兵渡渭河。

◎马超战曹操这一段文字，写马超之英勇无敌，写曹操之机智应急，好似电影的长镜头，一一摇过来，尽收目下。当代战争文学，已经很难读到这样极具现场感的篇章了。

早有细作报知马超。超曰："今操不攻潼关，而使人准备船筏，欲渡河北，必将遏吾之后也。吾当引一军循河拒住岸北。操兵不得渡，不消二十日，河东粮尽，操兵必乱，却循河南而击之，操可擒矣。"韩遂曰："不必如此。岂不闻'兵法'有云：'兵半渡可击。'待操兵渡至一半，汝却于南岸击之，操兵皆死于河内矣。"超曰："叔父之言甚善。"即使人探听曹操几时渡河。

却说曹操整兵已毕，分三停军，前渡渭河。比及人马到河口时，日光初起。操先发精兵渡过北岸，开创营寨。操自引亲随护卫军将百人，按剑坐于南岸，看军渡河。忽然人报："后边白袍将军到了！"众皆认得是马超，一拥上船。河边军争上船者，声喧不止。操犹坐而不动，按剑指约休闹。只听得人喊马嘶，蜂拥而来，船上一将跃身上岸，呼曰："贼至矣！请丞相下船！"操视之，乃许褚也。操口内犹言："贼至何妨？"回头视之，马超已离不得百馀步。许褚拖操下船时，船已离岸一丈有馀，褚负操一跃上船。随行将士尽皆下水，扳住船边，争欲上船逃命。船小将翻，褚掣刀乱砍，傍船手尽折，倒于水中，急将船望下水棹去。许褚立于梢上，忙用木篙撑之。操伏在许褚脚边。马超赶到河岸，见船已流在半河，遂拈弓搭箭，喝令骁将绕河射之，矢如雨急。褚恐伤曹操，以左手举马鞍遮之。马超箭不虚发，船上驾舟之人，应弦落

◎"老瞒每到败后，愈有精神"，李卓吾评曹操的这句话，很是抓住了他那种不言败、不认输的性格。

水；船中数十人皆被射倒。其船反撑不定，于急水中旋转。许褚独奋神威，将两腿夹舵摇撼，一手使篙撑船，一手举鞍遮护曹操。

　　时有渭南县令丁斐，在南山之上，见马超追操甚急，恐伤操命，遂将寨内牛只马匹，尽驱于外，漫山遍野，皆是牛马。西凉兵见之，都回身争取牛马，无心追赶，曹操因此得脱。方到北岸，便把船筏凿沉。诸将听得曹操在河中逃难，急来救时，操已登岸。许褚身披重铠，箭皆嵌在甲上。众将保操至野寨中，皆拜于地而问安。操大笑曰："我今日几为小贼所困！"褚曰："若非有人纵马放牛以诱贼，贼必努力渡河矣。"操问曰："诱贼者谁也？"有知者答曰："渭南县令丁斐也。"少顷，斐入见。操谢曰："若非公之良谋，则吾被贼所擒矣。"遂命为典军校尉。斐曰："贼虽暂去，明日必复来。须以良策拒之。"操曰："吾已准备了也。"遂唤诸将各分头循河筑起甬道，暂为寨脚。贼若来时，陈兵于甬道外，内虚立旌旗，以为疑兵；更沿河掘下壕堑，虚土棚盖，河内以兵诱之："贼急来必陷，贼陷便可击矣。"

　　却说马超回见韩遂，说："几乎捉住曹操！有一将奋勇负操下船去了，不知何人。"遂曰："吾闻曹操选极精壮之人，为帐前侍卫，名曰'虎卫军'，以骁将典韦、许褚领之。典韦已死，今救曹操者，必许褚也。此人勇力过人，人皆称为'虎痴'；如遇之，不

◎曹操、马超之战，是勇与谋的较量，谋不立，则勇者胜。曹操赤壁败后，看来确实是伤了元气，面对关西悍兵强将的攻势，也就只好趴在许褚脚下躲箭了。

◎此时不笑，难道哭吗？所以历代开国皇帝，少有几个不带一点流氓气的。

◎庞德真虎将也！

◎埋伏，这是长篇小说的惯技，为其以后荆州之战重头戏的张本。

◎曹操挟重兵，拥战将，却拿不下在他眼里不过是草寇的西北军，甚至还被打得焦头烂额，看来，一个人要立于永远不败之地，也难。

可轻敌。"超曰："吾亦闻其名久矣。"遂曰："今操渡河，将袭我后，可速攻之，不可令他创立营寨。若立营寨，急难剿除。"超曰："以侄愚意，还只拒住北岸，使彼不得渡河，乃为上策。"遂曰："贤侄守寨，吾引军循河战操，若何？"超曰："令庞德为先锋，跟叔父前去。"于是韩遂与庞德将兵五万，直抵渭南。操令众将于甬道两旁诱之。庞德先引铁骑千馀，冲突而来。喊声起处，人马俱落于陷马坑内。庞德踊身一跳，跃出土坑，立于平地，立杀数人，步行砍出重围。韩遂已被困在垓心，庞德步行救之。正遇着曹仁部将曹永，被庞德一刀砍于马下，夺其马，杀开一条血路，救出韩遂，投东南而走。背后曹兵赶来，马超引军接应，杀败曹兵，复救出大半军马。战至日暮方回。计点人马，折了将佐程银、张横，陷坑中死者二百馀人。超与韩遂商议："若迁延日久，操于河北立了营寨，难以退敌；不若乘今夜引轻骑去劫野营。"遂曰："须分兵前后相救。"于是超自为前部，令庞德、马岱为后应，当夜便行。

却说曹操收兵屯渭北，唤诸将曰："贼欺我未立寨栅，必来劫野营。可四散伏兵，虚其中军。号炮响时，伏兵尽起，一鼓可擒也。"众将依令，伏兵已毕。当夜，马超却先使成宜引三十骑往前哨探。成宜见无人马，径入中军。操军见西凉兵到，遂放号炮。四面伏兵皆出，只围得三十骑。成宜被夏侯渊

所杀。马超却自从背后与庞德、马岱兵分三路蜂拥
杀来。正是：

　　　　纵有伏兵能候敌，怎当健将共争先？

未知胜负若何，且看下文分解。

　　马、曹捉对儿厮杀，其画面，生动传神，其文字，精彩绝伦。写人人勇健、个个英雄的西北军，杀
将过来的声势；写抵挡不住、临阵而退的中原兵，溃散逃窜的败象。写马超之英勇无敌，穷追不舍，所向
披靡，神勇无比，单枪匹马，差点活捉曹操；也写曹操之割须弃袍，旗角包颈，险些中枪的落魄，然而不
失机智应急，狡猾多端，不甘失败的应变。现场感，是文学的生命线。没有现场感，如何有身临其境的
真实体会，如何有耳濡目染的心领神会？曹、马之战，许褚护主，就看他用刀剁去攀船者的双手，血雨
腥风，流水染赤，那战争场面才叫惊心动魄。
　　在这个世界上，再强大的帝国，有其软肋，再伟大的人物，有其弱项，不承认这个现实，早晚要出
洋相。曹操以为重兵压境，骁将如云，志在必得，求胜心切，却拿在他眼里不过是边鄙草民的散兵游勇
不当一回事，最后被打到走投无路的地步，只好趴在许褚脚下躲箭。于是，情急无奈之下，他用了贾诩
的离间计，这个西凉人深知边陲民性，疑多而且狭隘，量小加之固执，马超、韩遂两位，因为曹操故意
在信上涂抹了两个字，因而猜忌，失和，敌对分裂，曹操遂胜。
　　在《三国志》中，记载了曹操的特别关注："始，贼每一部到，公辄有喜色。贼破之后，诸将问其故。
公答曰：'关中长远，若贼各依险阻，征之，不一二年不可定也。今皆来集，其觽虽多，莫相归服，军无
适主，一举可灭，为功差易，吾是以喜。'"这个曹操，当年穷追乌丸蹋顿而务求彻底，和现在闻马超招
羌人至而喜悦，都在说明他从来没有放弃一统华夏的壮志宏图。
　　曹操一生，南征北战，其扩张目的，志在一统，这一点，很重要。

第五十九回

许褚裸衣斗马超
曹操抹书间韩遂

　　离间是兵家必用之术。

　　间谍，是我们都熟知的一个行业，而且很古老，大概自有人类的相争相斗以来，就出现了。因为这一方非常想知道另一方的情实，而另一方非常不愿意对方知道自己的情实，于是，不但有了间谍，同时也就有了反间谍。《曹操集》中的《孙子注》，压轴一章为《用间篇》，间者，即间谍也。可知间谍之重要性，他说："战者必用间谍，以知敌之情实也。"这个战者，对今天的读者而言，并非仅指硝烟弥漫战场上的每一个人，包括将军到士兵，而是延伸开去，其实，人生就是一场战斗，时刻都是一个战者，因此，不论是战场，职场，官场，商场，只要存在着竞争，你要是不知道对手的情实，你的成功率将会大打折扣。

　　但间和谍，是两回事，间，作为名词，是间隙，在古文里，还有"间隔之"的意思。这一回标题"曹操抹书间韩遂"的"间"字，实际是个动词。离间计的先决条件，必须是有"间"可离，而假如敌人密不可分，不给你空子钻，那么离间计是无法使用的。所以，曹操所说的"知敌之情实也"的间，并非间而是谍也，而实施挑拨离间，分化瓦解，使其主帅犹豫，将领生疑，士兵内讧，军心不稳，以致敌方的战斗力大大或小小削弱者，则为间。间之所以得行，因为人的理智和感情常常步调不一，无论理智对感情失去控制，任其自流，或是感情受到理智压抑，不得张扬，都是间得以施展的时机。因为，人是具有七情六欲的，信任和怀疑，喜好和厌恶，亲近和疏远，友好和敌对，情感的作用，有时会胜过理智，所以，一个人，要做到绝对的清醒，绝对的理智，绝对的冷静，绝对的无动于衷，不受感情倾向的影响，非大智者，非大圣人，是很难做到的。

　　马超长于勇短于智，而曹操长于智短于勇。曹操与马超斗，斗勇而不斗智，以己之短，击彼之长，以致打得如此狼狈，割须弃袍，旗角包颈，匍匐避箭，慌乱逃生。这时候，他的谋士贾诩出现了，他只是在书信上故意涂抹了几个字，利用马超、韩遂并非铁板一块的间隙，挑起两人矛盾，尤其是那个有的是力气，却少的是头脑的马超，从猜疑到生分，从不信到破裂，于是，便使马、韩联盟土崩瓦解，曹操西征，终获全胜。

却说当夜两兵混战，直到天明，各自收兵。马超屯兵渭口，日夜分兵，前后攻击。曹操在渭河内将船筏锁链作浮桥三条，接连南岸。曹仁引军夹河立寨，将粮草车辆穿连，以为屏障。马超闻之，教军士各挟草一束，带着火种，与韩遂引军并力杀到寨前，堆积草把，放起烈火。操兵抵敌不住，弃寨而走。车乘、浮桥，尽被烧毁。西凉兵大胜，截住渭河。曹操立不起营寨，心中忧惧。荀攸曰："可取渭河沙土筑起土城，可以坚守。"操拨三万军担土筑城。马超又差庞德、马岱各引五百马军，往来冲突；更兼沙土不实，筑起便倒，操无计可施。时当九月尽，天气暴冷，彤云密布，连日不开。曹操在寨中纳闷。忽人报曰："有一老人来见丞相，欲陈说方略。"操请入。见其人鹤骨松姿，形貌苍古。问之，乃京兆人也，隐居终南山，姓娄，名子伯，道号"梦梅居士"。操以客礼待之。子伯曰："丞相欲跨渭安营久矣，今何不乘时筑之？"操曰："沙土之地，筑垒不成。隐士有何良策赐教？"子伯曰："丞相用兵如神，岂不知天时乎？连日阴云布合，朔风一起，必大冻矣。风起之后，驱兵士运土泼水，比及天明，土城已就。"操大悟，厚赏子伯。子伯不受而去。

是夜北风大作。操尽驱兵士担土泼水；为无盛水之具，作缣囊盛水浇之，随筑随冻。比及天明，沙水冻紧，土城已筑完。细作报知马超。超领兵观之，

◎潼关之战，曹操打得吃力被动，狼狈透顶，差点要了他的老命，这是事实。人，盛时的气运，无往而不利，凡攻必克；败时的气运，则诸事不顺，处处碰壁。看来，赤壁之败，曹操的英气消耗殆半，再看不到这个阿瞒愈败愈勇的精气神。陈寿作《三国志》，因晋承魏统，自然要淡化对曹操不利的一面。最后曹操大败马超，胜者为王，自然怎么说都有理了。可他趴在许褚脚下躲箭，这是历史上抹不去的真实镜头。

◎曹操真是犯愁了。他的青州兵根本不是凉州兵的对手，在当时能战的兵中，羌陇第一，西凉次之，接下来是并州兵，边地兵，曹操改编自黄巾的青州兵，根本不入流。

◎周瑜、诸葛亮借东风，让曹操吃足了亏，但好像付了学费的阿瞒，却还不懂得如何利用一切客观条件，包括天气，竟劳动一位隐士前来指点，看来他被马超打得有些失魂落魄了。

◎演义系由话本而来，说话人在重点段落前，习惯于不断铺垫，一为造足气氛，二为加紧入戏。所以这样做，因为旧时书场，瓜子花生，沏茶倒水，言谈笑语，纷至沓来，表演者无法扯住台下人的耳朵，令其安静，只好求之于不停反复。当代观众在剧场里按捺不住的多动症，屡为外人诟病，其实这倒是古风遗韵，改不掉的恶习。下面将有一场马超与许褚的双打，罗贯中按照老规矩，不得不先声夺人地提示一番。

◎这一场精彩的对打，自然也是一段精彩的文字！

大惊，疑有神助。次日，集大军鸣鼓而进。操自乘马出营，止有许褚一人随后。操扬鞭大呼曰："孟德单骑至此，请马超出来答话。"超乘马挺枪而出。操曰："汝欺我营寨不成，今一夜天已筑就，汝何不早降！"马超大怒，意欲突前擒之，见操背后一人，睁圆怪眼，手提钢刀，勒马而立。超疑是许褚，乃扬鞭问曰："闻汝军中有虎侯，安在哉？"许褚提刀大叫曰："吾即谯郡许褚也！"目射神光，威风抖擞。超不敢动，乃勒马回。操亦引许褚回寨。两军观之，无不骇然。操谓诸将曰："贼亦知仲康乃虎侯也！"自此军中皆称褚为虎侯。许褚曰："某来日必擒马超。"操曰："马超英勇，不可轻敌。"褚曰："某誓与死战！"即使人下战书，说虎侯单搦马超来日决战。超接书大怒曰："何敢如此相欺耶！"即批次日誓杀"虎痴"。

次日，两军出营布成阵势。超分庞德为左翼，马岱为右翼，韩遂押中军。超挺枪纵马，立于阵前，高叫："虎痴快出！"曹操在门旗下回顾众将曰："马超不减吕布之勇！"言未绝，许褚拍马舞刀而出。马超挺枪接战。斗了一百馀合，胜负不分。马匹困乏，各回军中，换了马匹，又出阵前。又斗一百馀合，不分胜负。许褚性起，飞回阵中，卸了盔甲，浑身筋突，赤体提刀，翻身上马，来与马超决战。两军大骇。两个又斗到三十馀合，褚奋威举刀便砍马超。超闪过，一枪望褚心窝刺来。褚弃刀将枪挟住。两个在马上夺枪。许褚力大，一声响，拗断枪杆，各拿半节在马上乱打。操恐褚有失，遂令夏侯渊、曹洪两将齐出夹攻。庞德、马岱见操将齐出，麾两翼铁骑，横冲直撞，混杀将来。操兵大乱。许褚臂中两箭。诸将慌退入寨。马超直杀到壕边，操兵折伤大半。操令坚闭休出。马超回至渭口，谓韩遂曰："吾见恶战者莫如许褚，真'虎痴'也！"

却说曹操料马超可以计破，乃密令徐晃、朱灵尽渡河西结营，前后夹攻。一日，操于城上见马超引数百骑，直临寨前，往来如飞。操观良久，掷兜鍪于地曰："马儿不死，吾无葬地矣！"夏侯渊听了，心中气忿，厉声曰："吾宁死于此地，誓灭马贼！"遂引本部千馀人，大开寨门，直赶去。操急止不住，恐其有失，慌自上马前来接应。马超见曹兵至，乃将前军作后队，后队作先锋，一字儿摆开。夏侯渊到，马超接住厮杀。超于乱军中遥见曹操，就撇了夏侯渊，直取曹操。操大惊，拨马而走。曹兵大乱。正追之际，忽报操有一军，已在河西下了营寨。超大惊，无心追赶，急收军回寨，与韩遂商议，言："操兵乘虚已渡河西，吾军前后受敌，如之奈何？"部将李堪曰："不如割地请和，两家且各罢兵。捱过冬天，到春暖别作计议。"韩遂曰："李堪之言最善，可从之。"

超犹豫未决。杨秋、侯选皆劝求和。于是韩遂

◎一部《三国演义》，写马超的精彩，至此曹操一句话："马儿不死，吾无葬地矣！"达到最高峰，这里，还有一个极戏剧化的动作，"掷兜鍪于地"，何谓"兜鍪"？战场上的个人防护设备也。看来，赤壁战败以后，曹操真是老了，连仗都打不动了，这世界上，老是任何人都躲不掉的。

◎至于最重乡党情谊的贾诩，这一次，破例地将西北老乡贡献出来作牺牲，就猜不透这只老狐狸的用意了。

◎曹操与马超斗，不斗智，而斗勇，处处被动。现在，他总算悟过来要争取主动了。

◎贾诩策划下的这个叙旧场面，就是专给马超看的了。

遣杨秋为使，直往操寨下书，言割地请和之事。操曰："汝且回寨。吾来日使人回报。"杨秋辞去。贾诩入见操曰："丞相主意若何？"操曰："公所见若何？"诩曰："兵不厌诈，可伪许之；然后用反间计，令韩、马相疑，则一鼓可破也。"操抚掌大喜曰："天下高见，多有相合。文和之谋，正吾心中之事也。"于是遣人回书，言："待我徐徐退兵，还汝河西之地。"一面教搭起浮桥，作退军之意。马超得书，谓韩遂曰："曹操虽然许和，奸雄难测。倘不准备，反受其制。超与叔父轮流调兵，今日叔向操，超向徐晃；明日超向操，叔向徐晃；分头提备，以防其诈。"韩遂依计而行。

早有人报知曹操。操顾贾诩曰："吾事济矣！"问："来日是谁合向我这边？"人报曰："韩遂。"次日，操引众将出营，左右围绕，操独显一骑于中央。韩遂部卒多有不识操者，出阵观看。操高叫曰："汝诸军欲观曹公耶？吾亦犹人也，非有四目两口，但多智谋耳。"诸军皆有惧色。操使人过阵谓韩遂曰："丞相谨请韩将军会话。"韩遂即出阵；见操并无甲仗，亦弃衣甲，轻服匹马而出。二人马头相交，各按辔对语。操曰："吾与将军之父，同举孝廉，吾尝以叔事之。吾亦与公同登仕路，不觉有年矣。将军今年妙龄几何？"韩遂答曰："四十岁矣。"操曰："往日在京师，皆青春年少，何期又中旬矣！安得天下清平共乐耶！"只把旧事细说，并不提起军情。说罢大笑。相谈有一个时辰，方回马而别，各自归寨。早有人将此事报知马超。超忙来问韩遂曰："今日曹操阵前所言何事？"遂曰："只诉京师旧事耳。"超曰："安得不言军务乎？"遂曰："曹操不言，吾何独言之？"超心甚疑，不言而退。

却说曹操回寨，谓贾诩曰："公知吾阵前对语之意否？"诩曰："此意虽妙，尚未足间二人。某有一策，令韩、马自相仇杀。"操问其计。贾诩曰："马超乃一勇之夫，不识机密。丞相亲笔作一书，单与韩遂，中间朦胧字样，于要害处，自行涂抹改易，然后封送与韩遂，故意使马超知之。超必索书来看。若看见上面要紧去处，尽皆改抹，只猜是韩遂恐超知其机密事，自行改抹，正合着单骑会语之疑；疑则必生乱。我更暗结韩遂部下诸将，使互相离间，超可图矣。"操曰："此计甚妙。"随写书一封，将紧要处尽皆改抹，然后实封，故意多遣从人送过寨去，下了书自回。果然有人报知马超。超心愈疑，径来韩遂处索书看。韩遂将书与超。超见上面有改抹字样，问遂曰："书上如何都改抹糊涂？"遂曰："原书如此，不知何故。"超曰："岂有以草稿送与人耶？必是叔父怕我知了详细，先改抹了。"遂曰："莫非曹操错将草稿误封来了。"超曰："吾又不信。曹操是精细之人，岂有差错？吾与叔父并力杀贼，奈何忽生异心？"遂曰："汝若不信吾心，来日吾在阵前赚操说话，汝从阵内突出，一枪刺杀便了。"

◎猜疑，是人类与生俱来的弱点，矛盾，则是人与人之间相处的必然副产品，贾诩给曹操出的这个主意，可就把他乡党西凉韩、马联盟彻底搞垮了。

◎贾诩曾是汉末乱源之一，经他挑动起来的四条汉子之乱，给社会造成的破坏，是继黄巾、董卓之后第三次彻底性的摧毁。三辅地区在董卓乱后，尚存数十万人，不出两年，民已"相食略尽"，曹操有诗曰"生民百馀一"，也就是说一百个人死了九十九个，但这位遗患无穷的始作俑者，却从未受到历史谴责。汉献帝刘协最恨的应该是他，要不是他唆使乡党作乱，日子会好过得多。贾诩，甘肃武威人，陇羌士族，曾为董卓女婿牛辅部将，后又与李傕、郭汜、张济、樊稠为伍，接着追随张绣、段煨之类，无一不是他的乡党。这一回曹操潼关大败，又是他的西北老乡马超和韩遂干的，他要不帮曹操解围，会让曹想起当年打张绣时的丧子之恸，这个极善于保护自己的谋士，不得不将乡党出卖一回。

◎对于头脑简单，思维定向，不知变通的人来讲说，使其生疑、猜忌，是最有效的煽动了。

超曰："若如此，方见叔父真心。"

两人约定。次日，韩遂引侯选、李堪、梁兴、马玩、杨秋五将出阵。马超藏在门影里。韩遂使人到操寨前，高叫："韩将军请丞相攀话。"操乃令曹洪引数十骑径出阵前与韩遂相见。马离数步，洪马上欠身曰："夜来丞相拜意将军之言，切莫有误。"言讫便回马。超听得大怒，挺枪骤马，便刺韩遂。五将拦住，劝解回寨。遂曰："贤侄休疑，我无歹心。"马超那里肯信，恨怨而去。韩遂与五将商议曰："这事如何解释？"杨秋曰："马超倚仗武勇，常有欺凌主公之心，便胜得曹操，怎肯相让？以某愚见，不如暗投曹公，他日不失封侯之位。"遂曰："吾与马腾结为兄弟，安忍背之？"杨秋曰："事已至此，不得不然。"遂曰："谁可以通消息？"杨秋曰："某愿往。"遂乃写密书，遣杨秋径来操寨，说投降之事。操大喜，许封韩遂为西凉侯、杨秋为西凉太守，其馀皆有官爵。约定放火为号，共谋马超。杨秋拜辞，回见韩遂，备言其事："约定今夜放火，里应外合。"遂大喜，就令军士于中军帐后堆积干柴，五将各悬刀剑听候。韩遂商议，欲设宴赚请马超，就席图之，犹豫未去。

不想马超早已探知备细，便带亲随数人，仗剑先行，令庞德、马岱为后应。超潜步入韩遂帐中，只见五将与韩遂密语，只听得杨秋口中说道："事不宜迟，可速行之！"超大怒，挥剑直入，大喝曰："群贼焉敢谋害我！"众皆大惊。超一剑望韩遂面门剁去，遂

慌以手迎之，左手早被砍落。五将挥刀齐出。超纵
步出帐外，五将围绕混杀。超独挥宝剑，力敌五将。
剑光明处，鲜血溅飞：砍翻马玩，剁倒梁兴，三将各
自逃生。超复入帐中来杀韩遂时，已被左右救去。帐
后一把火起，各寨兵皆动。超连忙上马。庞德、马岱
亦至，互相混战。超领军杀出时，操兵四至：前有许
褚，后有徐晃，左有夏侯渊，右有曹洪。西凉之兵，
自相并杀。超不见了庞德、马岱，乃引百馀骑，截
于渭桥之上。天色微明，只见李堪领一军从桥下过，
超挺枪纵马逐之。李堪拖枪而走。恰好于禁从马超背
后赶来，禁开弓射马超。超听得背后弦响，急闪过，
却射中前面李堪，落马而死。超回马来杀于禁，禁
拍马走了。超回桥上住扎。操兵前后大至，虎卫军
当先，乱箭夹射马超。超以枪拨之，矢皆纷纷落地。
超令从骑往来突杀。争奈曹兵围裹坚厚，不能冲出。
超于桥上大喝一声，杀入河北，从骑皆被截断。超独
在阵中冲突，却被暗弩射倒坐下马，马超堕于地上，
操军逼合。正在危急，忽西北角上一彪军杀来，乃庞
德、马岱也。二人救了马超，将军中战马与马超骑
了，翻身杀条血路，望西北而走。曹操闻马超走脱，
传令诸将："无分晓夜，务要赶到马儿。如得首级者，
千金赏，万户侯；生获者封大将军。"众将得令，各
要争功，迤逦追袭。马超顾不得人马困乏，只顾奔走。
从骑渐渐皆散。步兵走不上者，多被擒去。止剩得

◎头脑简单，容易上当，因其思维
定式不变，只朝一个方向想，拒绝
回头。于是，落入人家设好的圈套，
至死不悟，还自以为得计。马超的
武艺，堪称一流，曹操就认为他不
亚于吕布，但其智商，似乎也步吕
布后尘。

三十馀骑，与庞德、马岱望陇西临洮而去。

　　曹操亲自追至安定，知马超去远，方收兵回长安。众将毕集，韩遂已无左手，做了残疾之人，操教就于长安歇马，授西凉侯之职。杨秋、侯选皆封列侯，令守渭口。下令班师回许都。凉州参军杨阜，字义山，径来长安见操。操问之，杨阜曰："马超有吕布之勇，深得羌人之心。今丞相若不乘势剿绝，他日养成气力，陇上诸郡，非复国家之有也。望丞相且休回兵。"操曰："吾本欲留兵征之，奈中原多事，南方未定，不可久留。君当为孤保之。"阜领诺，又保荐韦康为凉州刺史，同领兵屯冀城，以防马超。阜临行，请于操曰："长安必留重兵以为后援。"操曰："吾已定下，汝但放心。"阜辞而去。众将皆问曰："初贼据潼关，渭北道缺，丞相不从河东击冯翊，而反守潼关，迁延日久，而后北渡，立营固守，何也？"操曰："初贼守潼关，若吾初到，便取河东，贼必以各寨分守诸渡口，则河西不可渡矣。吾故盛兵皆聚于潼关前，使贼尽南守，而河西不准备，故徐晃、朱灵得渡也。吾然后引兵北渡，连车树栅为甬道，筑冰城，欲贼知吾弱，以骄其心，使不准备。吾乃巧用反间，畜士卒之力，一旦击破之。正所谓'疾雷不及掩耳'。兵之变化，固非一道也。"众将又请问曰："丞相每闻贼加兵添众，则有喜色，何也？"操曰："关中边远，若群贼各依险阻，征之非一二年不可平复；今皆来聚

◎胜了怎么说都有理，若非贾诩反间计，什么冰城，什么栅栏，都挡不住西凉铁骑。这也是所有官至一品的人最常见的毛病：就是轻易不肯承认错误；不但不认错，还要倒打一耙。这时他早忘了趴在船底的丑态了。

一处，其众虽多，人心不一，易于离间，一举可灭：吾故喜也。"众将拜曰："丞相神谋，众不及也！"操曰："亦赖汝众文武之力。"遂重赏诸军。留夏侯渊屯兵长安，所得降兵，分拨各部。夏侯渊保举冯翊高陵人，姓张，名既，字德容，为京兆尹，与渊同守长安。操班师回都。献帝排銮驾出郭迎接。诏操"赞拜不名，入朝不趋，剑履上殿"：如汉相萧何故事。自此威震中外。

这消息播入汉中，早惊动了汉宁太守张鲁。原来张鲁乃沛国丰人。其祖张陵在西川鹄鸣山中造作道书以惑人，人皆敬之。陵死之后，其子张衡行之。百姓但有学道者，助米五斗，世号"米贼"。张衡死，张鲁行之。鲁在汉中自号为"师君"；其来学道者皆号为"鬼卒"；为首者号为"祭酒"；领众多者号为"治头大祭酒"。务以诚信为主，不许欺诈。如有病者，即设坛使病人居于静室之中，自思己过，当面陈首，然后为之祈祷；主祈祷之事者，号为"奸令祭酒"。祈祷之法，书病人姓名，说服罪之意，作文三通，名为"三官手书"：一通放于山顶以奏天，一通埋于地以奏地，一通沉于水以申水官。如此之后，但病痊可，将米五斗为谢。又盖义舍：舍内饭米、柴火、肉食齐备，许过往人量食多少，自取而食；多取者受天诛。境内有犯法者，必恕三次；不改者，然后施刑。所在并无官长，尽属祭酒所管。如此雄据汉中之地已三十年。国

◎曹操对这些同时代各霸一方的人物，如张绣、张鲁、韩遂等辈，评价极低，根本不放在眼里。他对刘备说："此等碌碌小人，何足挂齿！"

◎原来写检查，作检讨，古人也干过的。

◎从黄巾开始，到张鲁的五斗米教，无不以治病为由惑众。所以盅惑成功，盖因一是文化低下，二是拒绝文明，三是偏执保守，四是封闭愚昧；乘虚而入的邪教所起到麻醉作用，就像吸食鸦片一样，逐渐成瘾而不能自拔。这就是张鲁能够雄据汉中三十年的原因。

家以为地远不能征伐，就命鲁为镇南中郎将，领汉宁太守，通进贡而已。当年闻操破西凉之众，威震天下，乃聚众商议曰："西凉马腾遭戮，马超新败，曹操必将侵我汉中。我欲自称汉宁王，督兵拒曹操，诸君以为何如？"阎圃曰："汉川之民，户出十万馀众，财富粮足，四面险固；今马超新败，西凉之民，从子午谷奔入汉中者，不下数万。愚意益州刘璋昏弱，不如先取西川四十一州为本，然后称王未迟。"张鲁大喜，遂与弟张卫商议起兵。早有细作报入川中。

却说益州刘璋，字季玉，即刘焉之子，汉鲁恭王之后。章帝元和中，徙封竟陵，支庶因居于此。后焉官至益州牧，兴平元年患病疽而死，州大吏赵韪等，共保璋为益州牧。璋曾杀张鲁母及弟，因此有仇。璋使庞羲为巴西太守，以拒张鲁。时庞羲探知张鲁欲兴兵取川，急报知刘璋。璋平生懦弱，闻得此信，心中大忧，急聚众官商议。急一人昂然而出曰："主公放心。某虽不才，凭三寸不烂之舌，使张鲁不敢正眼来觑西川。"正是：

只因蜀地谋臣进，致引荆州豪杰来。

未知此人是谁，且看下文分解。

　　这一年，为建安十六年（211），曹操已近花甲年纪，犹能亲临前线，与马超、韩遂一战，实在是志士暮年，壮心未已。虽然渭河船上的遭遇战，神速的马超出其不意，差一点要了他的命，但无论如何，到底是上了年纪的人，反应慢一些，也可理解。而且，他之亲临一线，本是向战士示范，步兵如何与西凉骑兵作战之道，以加强部下作战勇气，怎么可能发现敌军骑兵以后，先行渡河撤退？于是就出现了《三国志·许褚传》中这个场面："太祖将北渡，临济河，先渡兵，独与褚及虎士百馀人留南岸断后。超将步骑万馀人，来奔太祖军，矢下如雨。褚白太祖，贼来多，今兵渡已尽，宜去，乃扶太祖上船。贼战急，军争济，船重欲沉，褚斩攀船者，左手举马鞍蔽太祖。船工为流矢所中死，褚右手并溯船，仅乃得渡。是日，微褚几危。"

　　"后数日会战，大破超等，褚身斩首级，迁武卫中郎将，武卫之号，自此始也。"后"迁中坚将军"，"文帝践祚，进封万岁亭侯，迁武卫将军，都督中军宿卫禁兵，甚亲近焉。初，褚所将为虎士者从征伐，其后以功为将军封侯者数十人，都尉、校尉百馀人，皆剑客也。明帝即位进封牟乡侯，邑七百户，赐子爵一人关内侯"。这就是宋人司马光在《资治通鉴》中点赞"勋劳宜赏，不吝千金；无功望施，分豪不与"的赏罚分明了。

　　曹操，乃真正会用人者。

第六十回

张永年反难杨修
庞士元议取西蜀

　　吕思勉指出，建安十七、十八年间刘备、刘璋的益州之争，"如其统观前后，则刘备的急于吞并刘璋，实在是失败的远因。倘使刘备老实一些，竟替刘璋出一把力，北攻张鲁，这是易如反掌可以攻下的。张鲁既下，而马超、韩遂等还未全败，彼此联合，以扰关中，曹操就难以对付了。刘备心计太工，不肯北攻张鲁，而要反噬刘璋，以至替曹操腾出了平定关中和凉州的时间，而且仍给以削平张鲁的机会"。这当然是一家之言了。

　　刘玄德是织席贩屦的手工业者，掂斤播两，小本买卖，不可能做长期打算，更不可能做远景投资，所以他不可能具有吕思勉所期许的那种气派。那么，他应该回到实打实的小生意人的现实主义者本分，然而不，荆州该取而不取，益州该得而不得，此公又扮演起以仁义行天下的角色，高蹈风范，令人仰止。其实，他既想取荆州，更想得益州，但最好像陶谦三让徐州那样顺利到手，这就是做大头梦了。

　　刘备建安十六年（211）入川，部队开到葭萌关便驻下了，既不打张鲁，也不动刘璋。他被自己打出来的仁义招牌捆住了手脚。庞统急了："乱离之时，固非一道所能定也，且兼弱攻昧，逆取顺守，古人所贵。若事定以后，封以大国，何负于信，今日不取，终为人利耳！"陈寿在《三国志》里也说过："璋才非人雄，而据土乱世，负乘致寇，自然之理，其见夺取，非不幸也。"

　　刘备终于还是耐不下去，小买卖人最怕做蚀本生意，找了借口，与刘璋撕破了脸。结果，211年该取不取，214年再取更难，死了庞统，包围成都近一年，也拿不下这个"守土之犬"。所以，刘备这面仁义大旗，固然哄得了天下人，可在荆州、在益州，也着实坑了自己。

却说那进计于刘璋者，乃益州别驾，姓张，名松，字永年。其人生得额镬头尖，鼻偃齿露，身短不满五尺，言语有若铜钟。刘璋问曰："别驾有何高见，可解张鲁之危？"松曰："某闻许都曹操，扫荡中原，吕布、二袁皆为所灭，近又破马超，天下无敌矣。主公可备进献之物，松亲往许都，说曹操兴兵取汉中，以图张鲁。则鲁拒敌不暇，何敢复窥蜀中耶？"刘璋大喜，收拾金珠锦绮，为进献之物，遣张松为使。松乃暗画西川地理图本藏之，带从人数骑，取路赴许都。早有人报入荆州。孔明便使人入许都打探消息。

◎是救主子呢，还是卖主子？刘璋竟相信这样的干部，其蠢可知。主子的高度，决定其部下的高度。

却说张松到了许都馆驿中住定，每日去相府伺候，求见曹操。原来曹操自破马超回，傲睨得志，每日饮宴，无事少出，国政皆在相府商议。张松候了三日，方得通姓名。左右近侍先要贿赂，却才引入。操坐于堂上，松拜毕，操问曰："汝主刘璋连年不进贡，何也？"松曰："为路途艰难，贼寇窃发，不能通进。"操叱曰："吾扫清中原，有何盗贼？"松曰："南有孙权，北有张鲁，西有刘备，至少者亦带甲十馀万，岂得为太平耶？"操先见张松人物猥琐，五分不喜；又闻语言冲撞，遂拂袖而起，转入后堂。左右责松曰："汝为使命，何不知礼，一味冲撞？幸得丞相看汝远来之面，不见罪责。汝可急急回去！"松笑曰："吾川中无谄佞之人也。"忽然阶下一人大喝曰："汝川中不会谄佞，吾中原岂有谄佞者乎？"

◎火烧赤壁，输得好没面子；割须弃袍，败得相当丢脸。现在平了西凉，总算抬得起头，曹操怎能不尽享凯旋的快乐？习凿齿说："何骄矜之有哉？君子是以知曹操之不能遂兼天下者也。"老实说，三国鼎立的局面形成，曹操"遂兼天下"的心思，恐怕不那么热烈了。

◎从来文人多轻薄！这两位尤甚。

◎当曹操与刘备煮酒论天下英雄时，刘问曹："益州刘季玉，可为英雄乎？"曹回答："刘璋虽系宗室，乃守土之犬耳，何足为英雄？"唐王勃作《滕王阁序》，其中有一句："人杰地灵，徐孺下陈蕃之榻"，这是互为因果的关系。蜀中这块地方虽好，但为守土之犬所有，人不杰，地何以灵？

松观其人，单眉细眼，貌白神清。问其姓名，乃太尉杨彪之子杨修，字德祖，现为丞相门下掌库主簿。此人博学能言，智识过人。松知修是个舌辩之士，有心难之。修亦自恃其才，小觑天下之士。当时见张松言语讥讽，遂邀出外面书院中，分宾主而坐，谓松曰："蜀道崎岖，远来劳苦。"松曰："奉主之命，虽赴汤蹈火，弗敢辞也。"修问："蜀中风土何如？"松曰："蜀为西郡，古号益州。路有锦江之险，地连剑阁之雄。回还二百八程，纵横三万馀里。鸡鸣犬吠相闻，市井闾阎不断。田肥地茂，岁无水旱之忧；国富民丰，时有管弦之乐。所产之物，阜如山积。天下莫可及也！"修又问曰："蜀中人物如何？"松曰："文有相如之赋，武有伏波之才；医有仲景之能，卜有君平之隐。九流三教，'出乎其类，拔乎其萃'者，不可胜记，岂能尽数！"修又问曰："方今刘季玉手下，如公者还有几人？"松曰："文武全才，智勇足备，忠义慷慨之士，动以百数。如松不才之辈，车载斗量，不可胜记。"修曰："公近居何职？"松曰："滥充别驾之任，甚不称职。敢问公为朝廷何官？"修曰："现为丞相府主簿。"松曰："久闻公世代簪缨，何不立于庙堂，辅佐天子，乃区区作相府门下一吏乎？"杨修闻言，满面羞惭，强颜而答曰："某虽居下寮，丞相委以军政钱粮之重，早晚多蒙丞相教诲，极有开发，故就此职耳。"松笑曰："松闻曹丞相文不明孔、孟之道，武不达孙、吴之机，专务强霸而居大位，安能有所教诲，以开发明公耶？"修曰："公居边隅，安知丞相大才乎？吾试令公观之。"呼左右于箧中取书一卷，以示张松。松观其题曰："孟德新书"。从头至尾，看了一遍，共一十三篇，皆用兵之要法。松看毕，问曰："公以此为何书耶？"修曰："此是丞相酌古准今，仿《孙子十三篇》而作。公欺丞相无才，此堪以传后世否？"松大笑曰："此书吾蜀中三尺小童，亦能暗诵，何为'新书'？此是战国时无名氏所作，曹丞相盗窃以为己能，止好瞒足下耳！"修曰："丞相秘藏之书，虽已成帙，未传于世。公言蜀中小儿暗诵如流，何相欺乎？"松曰："公如不信，吾试诵之。"遂将《孟德新书》，从头至尾，朗诵一遍，并无一字差错。修大惊曰："公过目不忘，真天下奇才也！"后人有诗赞曰：

古怪形容异，清高体貌疏。
语倾三峡水，目视十行书。
胆量魁西蜀，文章贯太虚。
百家并诸子，一览更无馀。

当下张松欲辞回。修曰："公且暂居馆舍，容某再禀丞相，令公面君。"松谢而退。

修入见操曰："适来丞相何慢张松乎？"操曰："言语不逊，吾故慢之。"修曰："丞相尚容一祢衡，

◎张松此人，聪明，干练，善词辩，多机变，因而狂妄自负，这种人用起来具有相当危险性，因为他要作起恶来，后果必然很可怕。这个背叛主子再待价而沽的败类，只不过因为受了曹操的怠慢，自尊受到伤害，形体缺陷受触犯而产生的变态反应，就把西川转而献给了刘备。但是，他的这种卖主求荣的行为，只因买主是刘备，竟堂而皇之不受到丝毫谴责，实在是没有道理的。

何不纳张松？”操曰：“祢衡文章，播于当今，吾故不忍杀之。松有何能？”修曰：“且无论其口似悬河，辩才无碍。适修以丞相所撰《孟德新书》示之，彼观一遍，即能暗诵。如此博闻强记，世所罕有。松言此书乃战国时无名氏所作，蜀中小儿，皆能熟记。”操曰：“莫非古人与我暗合否？”令扯碎其书烧之。修曰：“此人可使面君，教见天朝气象。”操曰：“来日我于西教场点军，汝可先引他来，使见我军容之盛，教他回去传说：吾即日下了江南，便来收川。”修领命。

至次日，与张松同至西教场。操点虎卫雄兵五万，布于教场中。果然盔甲鲜明，衣袍灿烂；金鼓震天，戈矛耀日；四方八面，各分队伍；旌旗飐彩，人马腾空。松斜目视之。良久，操唤松指而示曰：“汝川中曾见此英雄人物否？”松曰：“吾蜀中不曾见此兵革，但以仁义治人。”操变色视之。松全无惧意。杨修频以目视松。操谓松曰：“吾视天下鼠辈犹草芥耳。大军到处，战无不胜，攻无不取，顺吾者生，逆吾者死。汝知之乎？”松曰：“丞相驱兵到处，战必胜，攻必取，松亦素知。昔日濮阳攻吕布之时，宛城战张绣之日；赤壁遇周郎，华容逢关羽；割须弃袍于潼关，夺船避箭于渭水：此皆无敌于天下也！”操大怒曰：“竖儒怎敢揭吾短处！”喝令左右推出斩之。杨修谏曰：“松虽可斩，奈从蜀道而来入贡，若斩之，恐失远人之意。”操怒气未息。荀

◎像曹操这样敢于否定自己文章者，古今独一。

彧亦谏。操方免其死，令乱棒打出。

松归馆舍，连夜出城，收拾回川。松自思曰："吾本欲献西川州郡与曹操，谁想如此慢人！我来时于刘璋之前，开了大口；今日怏怏空回，须被蜀中人所笑。吾闻荆州刘玄德仁义远播久矣，不如径由那条路回。试看此人如何，我自有主见。"于是乘马引仆从望荆州界上而来。前至郢州界口，忽见一队军马，约有五百余骑，为首一员大将，轻妆软扮，勒马前问曰："来者莫非张别驾乎？"松曰："然也。"那将慌忙下马，声喏曰："赵云等候多时。"松下马答礼曰："莫非常山赵子龙乎？"云曰："然也。某奉主公刘玄德之命，为大夫远涉路途，鞍马驱驰，特命赵云聊奉酒食。"言罢，军士跪奉酒食，云敬进之。松自思曰："人言刘玄德宽仁爱客，今果如此。"遂与赵云饮了数杯，上马同行。来到荆州界首，是日天晚，前到馆驿，见驿门外百余人侍立，击鼓相接。一将于马前施礼曰："奉兄长将令，为大夫远涉风尘，令关某洒扫驿庭，以待歇宿。"松下马，与云长、赵云同入馆舍，讲礼叙坐。须臾，排上酒筵，二人殷勤相劝。饮至更阑，方始罢席，宿了一宵。

次日早膳毕，上马行不到三五里，只见一簇人马到。乃是玄德引着伏龙、凤雏，亲自来接。遥见张松，早先下马等候。松亦慌忙下马相见。玄德曰："久闻大夫高名，如雷灌耳。恨云山遥远，不得听教。今闻回都，专此相接。倘蒙不弃，到荒州暂歇片时，以叙渴

◎曹操刚下了"唯才是举令"，就这样拒人千里以外。说一套，做一套，言行不一，倒是某些当官者的特点。

◎无微不至的招待，甜言蜜语的侍候，尽其所能的供给，王侯待遇的服务，都是有所图的。张松不就怀里揣着这张联络图，才能足足地享受一番吗？

◎一方出卖，一方收买，这种非商业性的私底下的交易，是一门讨价还价的艺术。张松先想把蜀中卖给曹操，不成，后又卖给刘备，卖者无耻，买者卑鄙，因为所有者始终被蒙在鼓里，实际上人家已经拍板成交了。看来，对出卖者而言，只有利之多寡，而无义之取舍，至于买家是谁，他不在乎，只要价钱合适，就是大爷。而买家，迫不及待想买到手，又不想表现出急切获得的样子，犹如像钓鱼，诱其上钩，以较少的投入，得较大的产出。刘备在装孙子这方面的演技，堪称一流，遂把张松骗了个结实。其实，他先是看中曹操这个绩优股的，但曹操没买他的账，就转而求其次了。

仰之思，实为万幸！"松大喜，遂上马并辔入城。至府堂上各各叙礼，分宾主依次而坐，设宴款待。饮酒间，玄德只说闲话，并不提起西川之事。松以言挑之曰："今皇叔守荆州，还有几郡？"孔明答曰："荆州乃暂借东吴的，每每使人取讨。今我主因是东吴女婿，故权且在此安身。"松曰："东吴据六郡八十一州，民强国富，犹且不知足耶？"庞统曰："吾主汉朝皇叔，反不能占据州郡；其他皆汉之蟊贼，却都恃强侵占地土：惟智者不平焉。"玄德曰："二公休言。吾有何德，敢多望乎？"松曰："不然。明公乃汉室宗亲，仁义充塞乎四海。休道占据州郡，便代正统而居帝位，亦非分外。"玄德拱手谢曰："公言太过，备何敢当！"

自此一连留张松饮宴三日，并不提起川中之事。松辞去，玄德于十里长亭设宴送行。玄德举酒酹松曰："甚荷大夫不外，留叙三日；今日相别，不知何时再得听教。"言罢，潸然泪下。张松自思："玄德如此宽仁爱士，安可舍之？不如说之，令取西川。"乃言曰："松亦思朝暮趋侍，恨未有便耳。松观荆州：东有孙权，常怀虎踞；北有曹操，每欲鲸吞。亦非可久恋之地也。"玄德曰："故知如此，但未有安迹之所。"松曰："益州险塞，沃野千里，民殷国富；智能之士，久慕皇叔之德。若起荆襄之众，长驱西指，霸业可成，汉室可兴矣。"玄德曰："备安敢当此？刘益州亦帝室宗亲，恩泽布蜀中久矣。他人岂可得而动摇乎？"松曰："某非卖主求荣；今遇明公，不敢不披沥肝胆：刘季玉虽有益州之地，禀性暗弱，不能任贤用能；加之张鲁在北，时思侵犯；人心离散，思得明主。松此一行，专欲纳款于操；何期逆贼恣逞奸雄，傲贤慢士，故特来见明公。明公先取西川为基，然后北图汉中，收取中原，匡正天朝，名垂青史，功莫大焉。明公果有取西川之意，松愿施犬马之劳，以为内应。未知钧意若何？"玄德曰："深感君之厚意。奈刘季玉与备同宗，若攻之，恐天下人唾骂。"松曰："大丈夫处世，当努力建功立业，著鞭在先。今若不取，为他人所取，悔之晚矣。"玄德曰："备闻蜀道崎岖，千山万水，车不能方轨，马不能联辔；虽欲取之，用何良策？"松于袖中取出一图，递与玄德曰："松感明公盛德，敢献此图。但看此图，便知蜀中道路矣。"玄德略展视之，上面尽写着地理行程，远近阔狭，山川险要，府库钱粮，一一俱载明白。松曰："明公可速图之。松有心腹契友二人：法正、孟达。此二人必能相助。如二人到荆州时，可以心事共议。"玄德拱手谢曰："青山不老，绿水长存。他日事成，必当厚报。"松曰："松遇明主，不得不尽情相告，岂敢望报乎？"说罢作别。孔明命云长等护送数十里方回。

张松回益州，先见友人法正。正字孝直，右扶风郿人也，贤士法真之子。松见正，备说："曹操轻贤傲士，只可同忧，不可同乐。吾已将益州许刘皇叔矣。

◎刘备没白费心力，张松联络图终于到手。

◎凡卖国求荣或卖主求荣，常常需要铁哥儿们联手行事，结党营私，一丘之貉，祸国殃民，沆瀣一气，这等狼狈为奸的勾当害莫大焉。

◎有这些算计主子的部下，刘璋不败才怪。

◎俗话说，一个傻子提出的问题，十个聪明人也回答不上来。同样，一个笨蛋作出的决定，那是任何人都阻挡不了的。刘璋说，我有此心久矣，看来，在这个世界上，非要引狼入室，以身噬虎者，并非罕见。梁武帝召侯景入建康，最后国破身亡，他说："自我得之，自我失之，亦复何恨？"这个刘璋后来恐怕也只能作如是想了。

专欲与兄共议。"法正曰："吾料刘璋无能，已有心见刘皇叔久矣。此心相同，又何疑焉？"少顷，孟达至。达字子庆，与法正同乡。达入，见正与松密语。达曰："吾已知二公之意。将欲献益州耶？"松曰："是欲如此。兄试猜之，合献与谁？"达曰："非刘玄德不可。"三人抚掌大笑。法正谓松曰："兄明日见刘璋，当若何？"松曰："吾荐二公为使，可往荆州。"二人应允。

次日，张松见刘璋。璋问："干事若何？"松曰："操乃汉贼，欲篡天下，不可为言。彼已有取川之心。"璋曰："似此如之奈何？"松曰："松有一谋，使张鲁、曹操必不敢轻犯西川。"璋曰："何计？"松曰："荆州刘皇叔，与主公同宗，仁慈宽厚，有长者风。赤壁鏖兵之后，操闻之而胆裂，何况张鲁乎？主公何不遣使结好，使为外援，可以拒曹操、张鲁矣。"璋曰："吾亦有此心久矣。谁可为使？"松曰："非法正、孟达，不可往也。"璋即召二人入，修书一封，令法正为使，先通情好；次遣孟达领精兵五千，迎玄德入川为援。正商议间，一人自外突入，汗流满面，大叫曰："主公若听张松之言，则四十一州郡，已属他人矣！"松大惊；视其人，乃西阆中巴人，姓黄，名权，字公衡，现为刘璋府下主簿。璋问曰："玄德与我同宗，吾故结之为援；汝何出此言？"权曰："某素知刘备宽以待人，柔能克刚，英雄莫敌；远得人心，近得民望；兼有诸葛亮、庞统之智谋，关、张、赵云、黄忠、魏延为羽翼。若召到蜀中，以部曲待之，刘备安肯伏低做小？若以客礼待之，又一国不容二主。今听臣言，则西蜀有泰山之安；不听臣言，则主公有累卵之危矣。张松昨从荆州过，必与刘备同谋。可先斩张松，后绝刘备，则西川万幸也。"璋曰："曹操、张鲁到来，何以拒之？"权曰："不如闭境绝塞，深沟高垒，以待时清。"璋曰："贼兵犯界，有烧眉之急；若待时清，则是慢计也。"遂不从其言，遣法正行。又一人阻曰："不可！不可！"璋视之，乃帐前从事官王累也。累顿首言曰："主公今听张松之说，自取其祸。"璋曰："不然。吾结好刘玄德，实欲拒张鲁也。"累曰："张鲁犯界，乃癣疥之疾；刘备入川，乃心腹之大患。况刘备世之枭雄，先事曹操，便思谋害；后从孙权，便夺荆州。心术如此，安可同处乎？今若召来，西川休矣！"璋叱曰："再休乱道！玄德是我同宗，他安肯夺我基业？"便教扶二人出。遂命法正便行。

法正离益州，径取荆州，来见玄德。参拜已毕，呈上书信。玄德拆封视之。书曰：

族弟刘璋，再拜致书于玄德宗兄将军麾下：久伏电天，蜀道崎岖，未及赍贡，甚切惶愧。璋闻"吉凶相救，患难相扶"，朋友尚然，况宗族乎？今张鲁在北，旦夕兴兵，侵犯璋界，甚不自安。专人谨奉尺书，上乞

◎有理！

◎后来刘备、诸葛亮要是采取这个方针，足可以和魏、吴盘旋一阵的。

◎在国与国、诸侯与诸侯的交锋中，敢行非常之事，并产生全局影响者，为政治家。能巧夺豪取，得到眼前实际利益者，为政客。而像刘璋这样远无想法，近无目标，守土之犬，只有伸出舌头喘息的力气，乃庸人耳。所以法正也好，张松也好，要抛弃他，背离他，跳出传统道德、忠君爱主的精神羁绊，而另求生机，在那乱离之世，也是碌碌之辈唯一能做的事，便情有可原了。如同一条下沉的船，无论你跳不跳，这条船都要下沉的，你跳，也许你可不死，你不跳，则必定与船同归于尽。法正投靠，张松出卖，固然有悖中国人的道德观，但想到明天、后天，刘璋成为新主子的盘中餐，他们的下场会更好么？

钧听。倘念同宗之情，全手足之义，即日兴师剿灭狂寇，永为唇齿，自有重酬。书不尽言，尚候车骑。

玄德看毕大喜，设宴相待法正。酒过数巡，玄德屏退左右，密谓正曰："久仰孝直英名，张别驾多谈盛德。今获听教，甚慰平生。"法正谢曰："蜀中小吏，何足道哉！盖闻马逢伯乐而嘶，人遇知己而死。张别驾昔日之言，将军复有意乎？"玄德曰："备一身寄客，未尝不伤感而叹息。尝思鹪鹩尚存一枝，狡兔犹藏三窟，何况人乎？蜀中丰馀之地，非不欲取；奈刘季玉系备同宗，不忍相图。"法正曰："益州天府之国，非治乱之主，不可居也。今刘季玉不能用贤，此业不久必属他人。今日自付与将军，不可错失。岂不闻'逐兔先得'之语乎？将军欲取，某当效死。"玄德拱手谢曰："尚容商议。"

当日席散，孔明亲送法正归馆舍。玄德独坐沉吟。庞统进曰："事当决而不决者，愚人也。主公高明，何多疑耶？"玄德问曰："以公之意，当复何如？"统曰："荆州东有孙权，北有曹操，难以得志。益州户口百万，土广财富，可资大业。今幸张松、法正为内助，此天赐也。何必疑哉？"玄德曰："今与吾水火相敌者，曹操也。操以急，吾以宽；操以暴，吾以仁；操以谲，吾以忠：每与操相反，事乃可成。

◎这就是所谓的引狼入室了，也就是老百姓所说无事烧纸引鬼来。

◎当着刘备这样说，而刘备浑然不觉言外之意，真够愚的了！

若以小利而失信义于天下，吾不忍也。"庞统笑曰："主公之言，虽合天理，奈离乱之时，用兵争强，固非一道；若拘执常理，寸步不可行矣，宜从权变。且'兼弱攻昧'、'逆取顺守'，汤、武之道也。若事定之后，报之以义，封为大国，何负于信？今日不取，终被他人取耳。主公幸熟思焉。"玄德乃恍然曰："金石之言，当铭肺腑。"于是遂请孔明，同议起兵西行。孔明曰："荆州重地，必须分兵守之。"玄德曰："吾与庞士元、黄忠、魏延前往西川；军师可与关云长、张翼德、赵子龙守荆州。"孔明应允。于是孔明总守荆州；关公拒襄阳要路，当青泥隘口；张飞领四郡巡江；赵云屯江陵，镇公安。玄德令黄忠为前部，魏延为后军，玄德自与刘封、关平在中军，庞统为军师，马步兵五万，起程西行。临行时，忽廖化引一军来降。玄德便教廖化辅佐云长以拒曹操。

　　是年冬月，引兵望西川进发。行不数程，孟达接着，拜见玄德，说刘益州令某领兵五千远来迎接。玄德使人入益州，先报刘璋。璋便发书告报沿途州郡，供给钱粮。璋欲自出涪城亲接玄德，即下令准备车乘帐幔，旌旗铠甲，务要鲜明。主簿黄权入谏曰："主公此去，必被刘备之害，某食禄多年，不忍主公中他人奸计。望三思之！"张松曰："黄权此言，疏间宗族之义，滋长寇盗之威，实无益于主公。"璋乃叱权曰："吾意已决，汝何逆吾！"权叩首流血，近

◎庞统这一番话，比诸葛亮舌战群儒还要费唾沫，真亏他这张嘴，终于说得顽石点头了。

前口衔璋衣而谏。璋大怒，扯衣而起。权不放，顿落门牙两个。璋喝左右，推出黄权。权大哭而归。

璋欲行，一人叫曰："主公不纳黄公衡忠言，乃欲自就死地耶！"伏于阶前而谏。璋视之，乃建宁俞元人也，姓李，名恢。叩首谏曰："窃闻'君有诤臣，父有诤子'。黄公衡忠义之言，必当听从。若容刘备入川，是犹迎虎于门也。"璋曰："玄德是吾宗兄，安肯害吾？再言者必斩！"叱左右推出李恢。张松曰："今蜀中文官各顾妻子，不复为主公效力；诸将恃功骄傲，各有外意。不得刘皇叔，则敌攻于外，民攻于内，必败之道也。"璋曰："公所谋，深于吾有益。"次日，上马出榆桥门。人报："从事王累，自用绳索倒吊于城门之上，一手执谏章，一手仗剑，口称如谏不从，自割断其绳索，撞死于此地。"刘璋教取所执谏章观之。其略曰：

> 益州从事臣王累，泣血恳告：窃闻"良药苦口利于病，忠言逆耳利于行"。昔楚怀王不听屈原之言，会盟于武关，为秦所困。今主公轻离大郡，欲迎刘备于涪城，恐有去路而无回路矣。倘能斩张松于市，绝刘备之约，则蜀中老幼幸甚，主公之基业亦幸甚！

刘璋观毕，大怒曰："吾与仁人相会，如亲芝兰，汝何数侮于吾耶！"王累大叫一声，自割断其索，撞死

◎封建统治者提倡这种忠诚，但真碰上这样不知趣的主，也挺麻烦的。丢了两颗门牙，小事一桩，还有丢脑袋的呢！

◎这真是所谓"善善而不能用，恶恶而不能去"了。

于地。后人有诗叹曰：

倒挂城门捧谏章，拼将一死报刘璋。
黄权折齿终降备，矢节何如王累刚！

刘璋将三万人马往涪城来。后军装载资粮钱帛一千馀辆，来接玄德。

却说玄德前军已到垫江。所到之处，一者是西川供给；二者是玄德号令严明，如有妄取百姓一物者斩：于是所到之处，秋毫无犯。百姓扶老携幼，满路瞻观，焚香礼拜。玄德皆用好言抚慰。

却说法正密谓庞统曰："近张松有密书到此，言于涪城相会刘璋，便可图之。机会切不可失。"统曰："此意且勿言。待二刘相见，乘便图之。若预走泄，于中有变。"法正乃秘而不言。涪城离成都三百六十里。璋已到，使人迎接玄德。两军皆屯于涪江之上。玄德入城，与刘璋相见，各叙兄弟之情。礼毕，挥泪诉告衷情。饮宴毕，各回寨中安歇。

璋谓众官曰："可笑黄权、王累等辈，不知宗兄之心，妄相猜疑。吾今日见之，真仁义之人也。吾得他为外援，又何虑曹操、张鲁耶？非张松则失之矣。"乃脱所穿绿袍，并黄金五百两，令人往成都赐与张松。时部下将佐刘璝、泠苞、张任、邓贤等一班文武官曰："主公且休欢喜。刘备柔中有刚，其心未

◎鬼子进村，汉奸跳蹦得最凶，洋人发话，假洋鬼子马上响应。凡卖主背友叛国通敌的国人，都是一不做二不休，绝对敢下毒手的主。

◎汉朝王气已尽，姓刘的宗室，也一个个不能振作，难怪曹操在煮酒论英雄时说这个刘璋："虽系宗室，乃守户之犬耳！"看两刘会面，刘璋对刘备的评价，便知此人如何昏聩了。

◎想借刘备之力以自保，图个大便宜。但古往今来，占大便宜者，无不都要吃大亏，天上不会掉馅儿饼。

可测，还宜防之。"璋笑曰："汝等皆多虑。吾兄岂有二心哉！"众皆嗟叹而退。

却说玄德归到寨中。庞统入见曰："主公今日席上见刘季玉动静乎？"玄德曰："季玉真诚实人也。"统曰："季玉虽善，其臣刘璝、张任等皆有不平之色，其间吉凶未可保也。以统之计，莫若来日设宴，请季玉赴席；于壁衣中埋伏刀斧手一百人，主公掷杯为号，就筵上杀之；一拥入成都，刀不出鞘，弓不上弦，可坐而定也。"玄德曰："季玉是吾同宗，诚心待吾；更兼吾初到蜀中，恩信未立；若行此事，上天不容，下民亦怨。公此谋，虽霸者亦不为也。"统曰："此非统之谋，是法孝直得张松密书，言事不宜迟，只在早晚当图之。"言未已，法正入见，曰："某等非为自己，乃顺天命也。"玄德曰："刘季玉与吾同宗，不忍取之。"正曰："明公差矣。若不如此，张鲁与蜀有杀母之仇，必来攻取。明公远涉山川，驱驰士马，既到此地，进则有功，退则无益。若执狐疑之心，迁延日久，大为失计。且恐机谋一泄，反为他人所算。不若乘此天与人归之时，出其不意，早立基业，实为上策。"庞统亦再三相劝。正是：

◎此时为仁义，来日大动干戈，就仁义了吗？伪善害人。

人主几番存厚道，才臣一意进权谋。

未知玄德心下如何，且看下文分解。

张松的超强记忆力，差点让曹操怀疑起自己的著作权来，要扯碎其书烧之，这真是力求不与人同、独树一帜的大家气派。《三国志·武帝纪》说他"特好兵法，抄集数家兵法，名曰《兵书接要》"。由此便知他对兵法有着广泛的涉猎，尤其对《孙子兵法》，着力颇深。唐代诗人杜牧，也是一位造诣甚高的军事发烧友，他说，原来为八十二篇的《孙子兵法》，经"曹操削其繁剩，笔其精粹"为十三篇，遂成定稿。

曹操打了一辈子的仗，理论指导实践，万千韬略，悉在胸中，加之政治、权谋，加之残忍、奸枭，所以，他总能一往无前，势不可挡。《魏书》说："太祖自统御海内，芟夷群丑，其行军用师，大较依孙、吴之法，而因事设奇，谲敌制胜，变化如神。自作兵书十万馀言，诸将征伐，皆以新书从事。"这就是他听张松说后，要付之一炬的《孟德新书》了。《魏书》还说："临事又手为节度，从令者克捷，违教者负败，与虏对陈，意思安闲，如不欲战，然至决机乘胜，气势盈溢，故每战必克，军无幸胜。"所以，三国期间那些与他争锋的诸侯，无一不被他打得落花流水。

听杨修说到蜀中小儿都能倒背如流，曹操说："莫非古人与我暗合乎？"他不说我暗合古人，而说古人暗合于他，这种自信精神，大家气派，确是非同凡俗。

第六十一回

赵云截江夺阿斗
孙权遗书退老瞒

　　有选择比没有选择好，大家都这样说，其实不然，因为碰上两难的选择，就未必如此了。孟子说，鱼，我所欲也；熊掌，亦我所欲也。二者不可得兼，那就难了。不过也不难，顶多放弃，不吃也就没有选择的困难了。然而，生活中却常有许多尴尬，两个选择，你不选不行，尽管你不想选，因为哪个选择，都不是你想选的。《三国演义》这一回里，选择倒成为一把双刃剑。

　　刘备进西川，本非好意，既然如此，那就动手。可是动手，仁义就没了，要讲仁义，益州永远是刘璋的，那他兴师动众来干什么？如果大动干戈，刘玄德的仁义大旗就得从此扯下来，于是，此公陷于两难之中。赵子龙在江上，已经跳上了吴国的船，孙夫人大怒，不让他动阿斗。是抢小主人，得罪孙夫人，还是放她走，阿斗从此成为人质？一时不知如何是好。那曹操在合淝，报赤壁之仇，雪火烧之恨，但打又打不赢孙权，不打又怕吴军反攻，退兵岂不很丢面子，坚决不退，春雨泥泞日子难过。犹豫之中，枭雄不知如何才好。

　　事与事不同，但性质相似，人与人相异，对于生活中的不测，选择的困难，便有各式各样的反应。

　　那赵子龙何等身手，剑及履及，一把抢过阿斗，我将他长坂坡千军万马中保护过来，岂容夫人拐走？一脚跳上张飞的巡江船，不辞而别。孙权给阿瞒一封信，足下不死，孤不得安，曹操哈哈大笑，总算找了个台阶下，下令撤军。只有刘备，又想吃，又怕烫，结果短期可以解决的问题，拖泥带水，打了一年，要不是刘璋主动放下武器，他根本进不了成都。

　　不管是谁，记住这一条，这世界上没有免费的午餐。你既想得到，就得付出，你只有豁得出去，你才能得到选择的自由。

　　却说庞统、法正二人，劝玄德就席间杀刘璋，西川唾手可得。玄德曰："吾初入蜀中，恩信未立，此事决不可行。"二人再三说之，玄德只是不从。次日，复与刘璋宴于城中，彼此细叙衷曲，情好甚密。酒至半酣，庞统与法正商议曰："事已至此，由不得主公了。"便教魏延登堂舞剑，乘势杀刘璋。延遂拔剑进曰："筵间无以为乐，愿舞剑为戏。"庞统便唤众武士入，列于堂下，只待魏延下手。刘璋手下诸将，见魏延舞剑筵前，又见阶下武士手按刀靶，直视堂上，从事张任亦掣剑舞曰："舞剑必须有对，某愿与魏将军同舞。"二人对舞于筵前。魏延目视刘封，封亦拔剑助舞。于是刘璝、泠苞、邓贤各掣剑出曰："我等当群舞，以助一笑。"玄德大惊，急掣左右所佩之剑，立于席上曰："吾兄弟相逢痛饮，并无疑忌。又非'鸿门会'上，何用舞剑？不弃剑者立斩！"刘璋亦叱曰："兄弟相聚，何必带刀？"命侍卫者尽去佩剑。众皆纷然下堂。玄德唤诸将士上堂，以酒赐之，曰："吾弟兄同宗骨血，共议大事，并无二心。汝等勿疑。"诸将皆拜谢。刘璋执玄德之手而泣曰："吾兄之恩，誓不敢忘！"二人欢饮至晚而散。玄德归寨，责庞统曰："公等奈何欲陷备于不义耶？今后断勿为此。"统嗟叹而退。

却说刘璋归寨，刘璝等曰："主公见今日席上光景乎？不如早回，免生后患。"刘璋曰："吾兄刘玄德，非比他人。"众将曰："虽玄德无此心，他手下人皆欲吞并西川，以图富贵。"璋曰："汝等无间吾兄弟之情。"遂不听，日与玄德欢叙。忽报张鲁整顿兵马，

◎刘璋把刘备请进西川，正如严颜所云"独坐穷山，放虎自卫"。败也是活该了。严颜虽为刘璋部属，但有点年纪，有点资格，对顶替老子刘焉为牧守的刘璋，并不买账，所以这样调侃他。不过，刘璋在益州，基本上无人买账，这就是中国世袭制的怪现象了，一个无人买账的废物点心，却能窃居人上。

◎刘备固愚不可及，庞统也太越俎代庖了。不在一个理解层次的人，几乎很难有共同语言。人和人的差别，有时真是天渊之别。

将犯葭萌关。刘璋便请玄德往拒之。玄德慨然领诺，即日引本部兵望葭萌关去了。众将劝刘璋令大将紧守各处关隘，以防玄德兵变。璋初时不从，后因众人苦劝，乃令白水都督杨怀、高沛二人，守把涪水关。刘璋自回成都。玄德到葭萌关，严禁军士，广施恩惠，以收民心。

　　早有细作报入东吴。吴侯孙权会文武商议。顾雍进曰："刘备分兵远涉山险而去，未易往还。何不差一军先截川口，断其归路，后尽起东吴之兵，一鼓而下荆襄？此不可失之机会也。"权曰："此计大妙！"正商议间，忽屏风后一人大喝而出曰："进此计者可斩之！欲害吾女之命耶！"众惊视之，乃吴国太也。国太怒曰："吾一生惟有一女，嫁与刘备。今若动兵，吾女性命如何！"因叱孙权曰："汝掌父兄之业，坐领八十一州，尚自不足，乃顾小利而不念骨肉！"孙权喏喏连声，答曰："老母之训，岂敢有违！"遂叱退众官。国太恨恨而入。孙权立于轩下，自思："此机会一失，荆襄何日可得？"正沉吟间，只见张昭入问曰："主公有何忧疑？"孙权曰："正思适间之事。"张昭曰："此极易也：今差心腹将一人，只带五百军，潜入荆州，下一封密书与郡主，只说国太病危，欲见亲女，取郡主星夜回东吴。玄德平生只有一子，就教带来。那时玄德定把荆州来换阿斗。如其不然，一任动兵，更有何碍？"权曰："此计大妙！吾有一人，姓周，名善，

◎至今才恍然大悟，许多电影、戏剧中都离不了隔墙有耳的窃听法，敢情老祖宗在这里，失敬了。难怪清代文人王渔洋对此摇头："何三国屏风后人之多！"看来此法不足为训。

◎张昭的主意，这就是上有政策，下有对策了。

最有胆量。自幼穿房入户，多随吾兄。今可差他去。"
昭曰："切勿漏泄。只此便令起行。"

　　于是密遣周善，将五百人，扮为商人，分作五船；
更诈修国书，以备盘诘；船内暗藏兵器。周善领命，取
荆州水路而来。船泊江边，善自入荆州，令门吏报孙
夫人。夫人命周善入。善呈上密书。夫人见说国太病危，
洒泪动问。周善拜诉曰："国太好生病重，且夕只是思
念夫人。倘去得迟，恐不能相见。就教夫人带阿斗去
见一面。"夫人曰："皇叔引兵远出，我今欲回，须使人
知会军师，方可以行。周善曰："若军师回言道：'须报
知皇叔，候了回命，方可下船'，如之奈何？"夫人曰：
"若不辞而去，恐有阻当。"周善曰："大江之中，已准
备下船只。只今便请夫人上车出城。"孙夫人听知母病
危急，如何不慌？便将七岁孩子阿斗，载在车中；随行
带三十馀人，各跨刀剑，上马离荆州城，便来江边上船。
府中人欲报时，孙夫人已到沙头镇，下在船中了。

　　周善方欲开船，只听得岸上有人大叫："且休开船，
容与夫人饯行！"视之，乃赵云也。原来赵云巡哨方回，
听得这个消息，吃了一惊，只带四五骑，旋风般沿江
赶来。周善手执长戈，大喝曰："汝何人，敢当主母！"
叱令军士一齐开船，各将军器出来，摆列在船上。风
顺水急，船皆随流而去。赵云沿江赶叫："任从夫人去。
只有一句话拜禀。"周善不睬，只催船速进。赵云沿江
赶到十馀里，忽见江滩斜缆一只渔船在那里。赵云弃

◎202 年，曹操下书让孙权把儿子送来作为人质。212 年，孙权也来这一套，想把刘备的儿子质押在自己手里，使其俯首听命。孔夫子说过："己所不欲，勿施于人。"但某些人常常把自己身受过的，而且是很大的痛苦，一朝得意，又很自然地反加诸别人头上，这大概便是人性之恶了。

◎这把原是曹操的剑，削铁如泥，锋利无比，能到赵云手里，是因为他在当阳战斗中，单骑救阿斗而得。现在这个阿斗又处于危境之中，于是，又青钅工剑露面了，并且派上了用场。契诃夫有句名言，舞台上出现一支勃朗宁，在闭幕前，它应该是要响一下的，否则这位剧作家就该打屁股了。在小说技巧上乃前后照应之意也。

马执枪，跳上渔船。只两人驾船前来，望着夫人所坐大船追赶。周善教军士放箭。赵云以枪拨之，箭皆纷纷落水。离大船悬隔丈馀，吴兵用枪乱刺。赵云弃枪在小船上，掣所佩青钅工剑在手，分开枪搠，望吴船涌身一跳，早登大船。吴兵尽皆惊倒。赵云入舱中，见夫人抱阿斗于怀中，喝赵云曰："何故无礼！"云插剑声喏曰："主母欲何往？何故不令军师知会？"夫人曰："我母亲病在危笃，无暇报知。"云曰："主母探病，何故带小主人去？"夫人曰："阿斗是吾子，留在荆州，无人看觑。"云曰："主母差矣。主人一生，只有这点骨血，小将在当阳长坂坡百万军中救出；今日夫人却欲抱将去，是何道理？"夫人怒曰："量汝只是帐下一武夫，安敢管我家事！"云曰："夫人要去便去，只留下小主人。"夫人喝曰："汝半路辄入船中，必有反意！"云曰："若不留下小主人，纵然万死，亦不敢放夫人去。"夫人喝侍婢向前揪捽，被赵云推倒，就怀中夺了阿斗，抱出船头上。欲要傍岸，又无帮手；欲要行凶，又恐碍于道理：进退不得。夫人喝侍婢夺阿斗，赵云一手抱定阿斗，一手仗剑，人不敢近。周善在后梢挟住舵，只顾放船下水。风顺水急，望中流而去。赵云孤掌难鸣，只护得阿斗，安能移舟傍岸？

正在危急，忽见下流头港内一字儿使出十馀只船来，船上磨旗擂鼓。赵云自思："今番中了东吴之计！"只见当头船上一员大将，手执长矛，高声大叫："嫂嫂留下侄儿去！"原来张飞巡哨，听得这个消息，急来油江夹口，正撞着吴船，急忙截住。当下张飞提剑跳上吴船。周善见张飞上船，提刀来迎，被张飞手起一剑砍倒，提头掷于孙夫人前。夫人大惊曰："叔叔何故无礼？"张飞曰："嫂嫂不以俺哥哥为重，私自归家，这便无礼！"夫人曰："吾母病重，甚是危急，若等你哥哥回报，须误了我事。若你不放我回去，我情愿投江而死！"

张飞与赵云商议："若逼死夫人，非为臣下之道。只护着阿斗过船去罢。"乃谓夫人曰："俺哥哥大汉皇叔，也不辱没嫂嫂。今日相别，若思哥哥恩义，早早回来。"说罢，抱了阿斗，自与赵云回船，放孙夫人五只船去了。后人有诗赞子龙曰：

　　昔年救主在当阳，今日飞身向大江。
　　船上吴兵皆胆裂，子龙英勇世无双！

又有诗赞翼德曰：

　　长坂桥边怒气腾，一声虎啸退曹兵。
　　今朝江上扶危主，青史应传万载名。

二人欢喜回船。行不数里，孔明引大队船只接来。见阿斗已夺回，大喜。三人并马而归。孔明自申文书往葭萌关，报知玄德。

◎在长坂桥，百万军中护阿斗，赵云与张飞搭档；在大江中，于孙夫人手中夺阿斗，又是这两员大将合作。这当然是作家的有意安排了。看风景，相映成趣，是眼睛的一种享受；读小说，前后呼应，也是阅读的一种快乐。

◎她哥哥以母亲病危为由骗她回东吴的事，按她的女中丈夫性格，事后一字不提她母亲，也不追究，此事蹊跷。

◎周瑜病危时，荐鲁肃，鲁肃临终时，荐吕蒙，吕蒙将死之际，荐陆逊，他们构成东吴政权的执政和决策的内向轴心，也是孙权得以稳坐江山数十载的保证。王夫之在《读通鉴论》中说："顾雍既秉国，陆逊益济之以宽仁，自汉末以来，数十年无屠掠之惨，抑无苛繁之政，生养休息，唯江东也独。"看来，一个方针明确，政策对头的政府，一个一以贯之地坚定奉行不变的领导班子，那就是百姓之福，国家之福了。历史上以为美谈的吴国陆抗与晋国羊祜两军睦邻的故事，就是这个方针不变的结果。吴国执政这四代人，以周瑜气局最为弘廓，次则鲁肃，主张联盟蜀汉，共图大计。但到了吕蒙、陆逊，眼光便内向了，锋芒也收敛了。一代人有一代人的生活方式，一代人也就有一代人的思想方法，说不上对，也说不上错，但国土分合意识，从"吴下阿蒙"还很遥远时期，执政中心就贯穿这样一个"自私"的想法。江东分裂出去的趋势，便不可遏止。

却说孙夫人回吴，具说张飞、赵云杀了周善，截江夺了阿斗。孙权大怒曰："今吾妹已归，与彼不亲，杀周善之仇，如何不报！"唤集文武，商议起军攻取荆州。正商议调兵，忽报曹操起军四十万来报赤壁之仇。孙权大惊，且按下荆州，商议拒敌曹操。人报长史张纮辞疾回家，今已病故，有哀书上呈。权拆视之，书中劝孙权迁居秣陵，言秣陵山川有帝王之气，可速迁于此，以为万世之业。孙权览书大哭，谓众官曰："张子纲劝吾迁居秣陵，吾如何不从！"即命迁治建业，筑石头城。吕蒙进曰："曹操兵来，可于濡须水口筑坞以拒之。"诸将皆曰："上岸击贼，跣足入船，何用筑城？"蒙曰："兵有利钝，战无必胜。如猝然遇敌，步骑相促，人尚不暇及水，何能入船乎？"权曰："'人无远虑，必有近忧'。子明之见甚远。"便差军数万筑濡须坞。晓夜并工，刻期告竣。

却说曹操在许都，威福日甚。长史董昭进曰："自古以来，人臣未有如丞相之功者，虽周公、吕望，莫可及也：栉风沐雨，三十馀年，扫荡群凶，与百姓除害，使汉室复存。岂可与诸臣宰同列乎？合受魏公之位，加'九锡'以彰功德。"你道那九锡？

一，车马^{大辂、戎辂各一。大辂，金车也。戎辂，兵车也。玄牡二驷，黄马八匹。}　二，衣服^{衮冕之服，赤舄副焉。衮冕，王者之服。赤舄，朱履也。}

三，乐悬^{乐悬者，王之乐也。}　四，朱户^{居以朱户，红门也。}　五，纳陛^{纳陛以登陛，阶也。}

六，虎贲^{虎贲三百人，守门之军也。}　七，铁钺^{铁，钺各一。铁，即斧也。钺，斧属。}　八，弓矢彤弓一，彤矢百。彤，赤色也。
玈弓十，玈矢千。玈，黑色也。　　　九，秬鬯圭瓒秬鬯一卣，圭瓒副焉。秬，黑
黍也。鬯，香酒，灌地以求神
于阴。卣，中樽也。圭瓒，
宗庙祭器，以柜先王也。

侍中荀彧曰："不可。丞相本兴义兵，匡扶汉室，当
秉忠贞之志，守谦退之节。君子爱人以德，不宜如
此。"曹操闻言，勃然变色。董昭曰："岂可以一人而
阻众望？"遂上表请尊操为魏公，加九锡。荀彧叹曰：
"吾不想今日见此事！"操闻，深恨之，以为不助己
也。建安十七年冬十月，曹操兴兵下江南，就命荀彧
同行。彧已知操有杀己之心，托病止于寿春。忽曹操
使人送饮食一盒至。盒上有操亲笔封记。开盒视之，
并无一物。彧会其意，遂服毒而亡。年五十岁。后人
有诗叹曰：

　　　　文若才华天下闻，可怜失足在权门。

　　　　后人休把留侯比，临没无颜见汉君。

其子荀恽，发哀书报曹操。操甚懊悔，命厚葬之，谥
曰敬侯。

　　且说曹操大军至濡须，先差曹洪领三万铁甲马
军，哨至江边。回报云："遥望沿江一带，旗幡无数，
不知兵聚何处。"操放心不下，自领兵前进，就濡须
口排开军阵。操领百馀人上山坡，遥望战船，各分队
伍，依次摆列。旗分五色，兵器鲜明。当中大船上青
罗伞下，坐着孙权。左右文武，侍立两边。操以鞭

◎"十七年董昭等谓太祖宜进爵国公，
密以咨彧。"彧说："君子爱人以德，不
宜如此。"这番话，着实让曹操恼了。
两人精诚合作这么多年，"吾之子房"
敢情为汉而不是为曹。曹还为荀彧上
表请封："举贤用能，训卒厉兵，决机
发策，征伐四克，遂能以弱为强，化
敌为治，十分天下而有其八。"这简直
就是曹操被骗的铁证。第一，自以为
圣明的曹操，竟然没有发觉；第二，竟
然一瞒好几十年，瞒得如此结实。上
当感，挫败感，失落感，叛卖感，对曹
操打击之大，使其无地自容。一辈子
不称帝的他，会在意"进爵国公"吗？
但他说不，行；你们说不，不行；尤其
荀彧，更不行，那当然只有赏他一死了。
司马光认为荀彧辅佐曹操，是"汉末大
乱，群生涂炭，自非高世之才不能济也。
然则荀彧舍魏武将谁事哉？"老先生
的解释，汉献帝刘协会这样看吗？唐
代杜牧说得好，荀彧"之劝魏武取兖
州则比之高、光，官渡不令还许则比
之楚汉，及事就功毕，乃欲邀名于汉代，
譬之教盗穴墙发匮而不与同挈，得不为
盗乎"。杜牧的意思很清楚，你已经上
了曹操的贼船，与他结伙，何必还说
什么"匡扶汉室，当秉忠贞之志，守
谦退之节"，以示那一份虚伪的名节
呢？做了婊子，就不要想再立牌坊。
董昭、荀彧，便是当谋士能否善终
的两种类型。作为领袖的智囊，无
论作出多少贡献，得到如何的殊荣，
切切牢记自己的身份，不得僭越。
他可以与你亲密无间，你万不可跟

他平起平坐。无论怎样从大政方针到具体政策上，产生差异，以致忤逆上峰，除昏君外，仍可有获得理解的可能。但涉及领袖个人欲望方面，半点分歧的看法也不能表现出来，那绝对是不可饶恕的行为。荀彧的饮药自杀，除了他心存汉室，引起曹操高度愤怒，还在于他过高估计了自己，认为有资本可以改变曹操，而曹操不能对他怎样。对不起，他忘了这个世界上有几个是听得进别人言语的领袖？要都从善如流的话，岂不是天下太平了么？

◎曹操这两个太阳的梦，其实是罗贯中替他做的。因为，长史董昭上书，提出曹操应受魏公之位，这是正史，罗贯中不得不写。而正史之加九锡，是对于诸侯的最高礼遇，通常都是下一步为帝王的前奏。出于尊刘抑曹的宣传目的，才有山上一个太阳，水里一个太阳不伦不类的梦，借以冲淡曹操加九锡对读者的影响。因为前人特别在意这些形式主义的安排，所以罗先生才以两个太阳混淆之。

指曰："生子当如孙仲谋！若刘景升儿子，豚犬耳！"忽一声响动，南船一齐飞奔过来。濡须坞内又一军出，冲动曹兵。曹操军马退后便走，止喝不住。忽有千百骑赶到山边，为首马上一人，碧眼紫髯，众人认得正是孙权。权自引一队马军来击曹操。操大惊，急回马时，东吴大将韩当、周泰，两骑马直冲将上来。操背后许褚纵马舞刀，敌住二将，曹操得脱归寨。许褚与二将战三十合方回。操回寨，重赏许褚，责骂众将："临敌先退，挫吾锐气！后若如此，尽皆斩首！"是夜二更时分，忽寨外喊声大震。操急上马，见四下里火起，却被吴兵劫入大寨。杀至天明，曹兵退五十馀里下寨。操心中郁闷，闲看兵书。程昱曰："丞相既知兵法，岂不知'兵贵神速'乎？丞相起兵，迁延日久，故孙权得以准备，夹濡须水口为坞，难于攻击。不若且退兵还许都，别作良图。"操不应。

程昱出。操伏几而卧，忽闻潮声汹涌，如万马争奔之状。操急视之，见大江中推出一轮红日，光华射目；仰望天上，又有两轮太阳对照。忽见江心那轮红日，直飞起来，坠于寨前山中，其声如雷。猛然惊觉，原来在帐中做了一梦。帐前军报道午时。曹操教备马，引五十馀骑，径奔出寨，至梦中所见落日山边。正看之间，忽见一簇人马，当先一人，金盔金甲。操视之，乃孙权也。权见操至，也不慌忙，在山上勒住马，以鞭指操曰："丞相坐镇中原，富贵已极，何

故贪心不足，又来侵我江南？"操答曰："汝为臣下，
不尊王室。吾奉天子诏，特来讨汝！"孙权笑曰："此
言岂不羞乎？天下岂不知你挟天子令诸侯？吾非不
尊汉朝，正欲讨汝以正国家耳。"操大怒，叱诸将上
山捉孙权。忽一声鼓响，山背后两彪军出：右边韩当、
周泰，左边陈武、潘璋。四员将带三千弓弩手乱射，
矢如雨发。操急引众将回走。背后四将赶来甚急。赶
到半路，许褚引众虎卫军敌住，救回曹操。吴兵齐
奏凯歌，回濡须去了。操还营自思："孙权非等闲人
物。红日之应，久后必为帝王。"于是心中有退兵之
意。又恐东吴耻笑，进退未决。两边又相拒了月馀，
战了数场，互相胜负。直至来年正月，春雨连绵，水
港皆满，军士多在泥水之中，困苦异常。操心甚忧。
当日正在寨中，与众谋士商议。或劝操收兵；或云目
今春暖，正好相持，不可退归。操犹豫未定。忽报东
吴有使赍书到。操启视之。书略曰：

　　　孤与丞相，彼此皆汉朝臣宰。丞相不思
　　报国安民，乃妄动干戈，残虐生灵，岂仁人
　　之所为哉？即日春水方生，公当速去。如其
　　不然，复有赤壁之祸矣。公宜自思焉。

书背后又批两行云："足下不死，孤不得安。"
　　曹操看毕，大笑曰："孙仲谋不欺我也。"重赏来

◎曹操每处于这种进不得、退不得的
尴尬状态时，总要想办法找一个体面
的台阶下，否则，他就宁可在那痛苦
地僵持着。正好孙权的信来了，还有
点幽默感，于是下令班师。这就是
说，长官的面子更要紧。

使，遂下令班师，命庐江太守朱光镇守皖城，自引大军回许昌。孙权亦收军回秣陵。权与众将商议："曹操虽然北去，刘备尚在葭萌关未还。何不引拒曹操之兵，以取荆州？"张昭献计曰："且未可动兵。某有一计，使刘备不能再还荆州。"正是：

孟德雄兵方退北，仲谋壮志又图南。

不知张昭说出甚计来，且看下文分解。

　　荀彧为曹操首席谋士、第一智囊，为初平二年（191）事，一见面曹就说"吾之子房也"。但是，善用天下之智力的这位领袖，却逼得这位建有丰功伟业、一起打下江山的超一流谋士、饮药自裁了。

　　表面原因是，建安十七年（212）冬十月，董昭进言，曹操合受魏公之位，加九锡以彰功德，而荀彧不以为然，以致惹恼曹操。但事实上却反映了以曹操为代表的新兴阶层，和皇族、贵族、士族、豪族，以儒家思想体系构成旧统治集团之间，根本解不开的深层次矛盾。董昭，他应该属于后者，站在曹操一边，荀彧，毫无疑义，应该跟曹操一伙；但在这件事上，却俨然以捍卫正朔的姿态持异议，并且责备董昭，"君子爱人以德，不宜如此"。老实讲，曹操对什么封魏公、加九锡，不是特别热衷。一位说书先生曰，曹某人打了一辈子仗，没有得到什么实的，那就赶紧图些虚名，那可就看扁曹某人了。他想马上当皇帝，只要咳嗽一声，汉献帝还不得乖乖禅位。因此，在曹操看来，他可以表示不介意，他可以表示高姿态，但别人不得表示你曹操本来就不可以。旧统治集团这样说，他也许一笑了之；出自荀彧之口，便罪不可逭。

　　一个保留异见并不真心共事的部下，早晚会不见容于统治者的。其实，历史有很多糊涂账，是永远缠夹不清的，曹操究竟为什么要灭掉荀彧，恐怕还有更深刻的背景。两年以后所发生的诛伏皇后案，足以说明复辟与反复辟的两股势力，始终是涌动在许都政治生活中的潜流。在这位枭雄眼前，你是为汉，还是为曹，不仅仅是立场问题，更是要不要脑袋的大是大非的问题。

第六十二回

取涪关杨高授首
攻雒城黄魏争功

　　诸葛亮从第一眼看到魏延起，对他就没有好印象，直到诸葛亮临终，布置后事，仍是对他极不信任。这样看死一个人，能说这位领袖人物毫无失当之处吗？世间万物，无不变化，人，当然也在变化之中，或变好，或变不好，全在观察之中；不是一天两天，而是十年八年，无大好，也无大不好；固执己见如此，一成不变，对魏延来说，真是太不幸了；而对西蜀来讲，最后失去这样一员猛将，也绝说不上是件幸事。

　　一位大人物，绝对相信自己的英明，大家也恭维他的英明，这可不是好风气。诸葛亮，当然英明，但绝对英明，则说不上。诸葛亮这一辈子对魏延的拒绝、排斥、敌意，就是这个英明的人，极其不英明的表现。蜀之败，是必然，但蜀之败得那么快，则未必是必然，若魏延不死于内乱，若他能统帅军权，依他在任汉中太守时对刘备豪言"若曹操举天下而来，请为大王拒之；偏将十万之众至，请为大王吞之"的口气，应该还能维持一些时日。

　　刘备此人，其实他不甚识人知人，独对魏延十分信任，特别重用。"先主为汉中王，迁治成都，当得重将以镇汉川，众论以为必在张飞，飞亦以心自许。先主乃拔延为督汉中镇远将军，领汉中太守，一军皆惊。"他赏识魏延，委以重任，绝不是兴之所至，率意而为的事，自是有魏延值得信赖之处。可惜魏延中了暗计，死于诸葛亮临死前的后事安排，未得施展其才志，真是可惜了。为魏延叹，也为西蜀叹。诸葛亮与魏延的矛盾，还在作战方针上，魏延这个子午谷奇袭计划，极具想象力、诱惑力，当然也极具危险性，对本钱不大的蜀国来说，这赌博是玩不起的，魏延兵出奇径的突袭，当然也不是制胜之道，但断然拒绝，必从坦道，十全必克，避免悬危，也太过保守了吧？《三国志》载："延常谓亮为怯，叹恨己才用之不尽。"

　　看来，帅将矛盾，早就相当尖锐了。魏延一生的悲剧所在，就是诸葛亮始终把他看作敌人。一个普通人，对人存有偏见成见，无足轻重；一个领导，成见看人，形而上，唯心论，不但害人，还要害己。魏延是个有缺点却智勇过人的猛将，如果诸葛亮不那么排斥他，也许未来西蜀的形势不会溃不成军，一败涂地。

◎东吴张昭，很少献计，这两封信，倒也歹毒，只是后来并无下文交待。针线不密，写书人之过也。

◎刘备一次次地被他那些虚张声势的仁义诚信误了大事。庞统说，事当决而不决者，愚人也。在全书中，只有这位大谋士当着刘备的面，斥之为"愚人"，而刘备甘之如饴，他之所以成不了气候，他背的这个虚假名声的包袱，太重了。你既然目标是当上帝，就不要再想得到当撒旦的好处。真正的政治家，以利害为权衡标准，上帝的归上帝，撒旦的归撒旦，其实也是可以并行不悖的。只要不把漂亮话说得太多太绝，一切便都在便宜行事之中了。刘备其实也是如此行事的，但此人太夸张，好表演，再加上婆婆妈妈，便使到嘴的鸭子飞了。

却说张昭献计曰："且休要动兵。若一兴师，曹操必复至。不如修书二封：一封与刘璋，言刘备结连东吴，共取西川，使刘璋心疑而攻刘备；一封与张鲁，教进兵向荆州来，着刘备首尾不能救应。我然后起兵取之，事可谐矣。"权从之，即发使二处去讫。

且说玄德在葭萌关日久，甚得民心。忽接得孔明文书，知孙夫人已回东吴。又闻曹操兴兵犯濡须，乃与庞统议曰："曹操击孙权，操胜必将取荆州，权胜亦必取荆州矣。为之奈何？"庞统曰："主公勿忧。有孔明在彼，料想东吴不敢犯荆州。主公可驰书去刘璋处，只推：'曹操攻击孙权，权求救于荆州。吾与孙权唇齿之邦，不容不相援。张鲁自守之贼，决不敢来犯界。吾今欲勒兵回荆州，与孙权会同破曹操，奈兵少粮缺。望推同宗之谊，速发精兵三四万，行粮十万斛相助。请勿有误。'若得军马钱粮，却另作商议。"

玄德从之，遣人往成都。来到关前，杨怀、高沛闻知此事，遂教高沛守关，杨怀同使者入成都，见刘璋呈上书信。刘璋看毕，问杨怀为何亦同来。杨怀曰："专为此书而来。刘备自从入川，广布恩德，以收民心，其意甚是不善。今求军马钱粮，切不可与。如若相助，是把薪助火也。"刘璋曰："吾与玄德有兄弟之情，岂可不助？"一人出曰："刘备枭雄，久留于蜀而不遣，是纵虎入室矣。今更助之以军马钱粮，何异与虎添翼乎？"众视其人，乃零陵烝阳人，姓刘、名巴，字子初。刘璋闻刘巴之言，犹豫未决。黄权又复苦谏。璋乃量拨老弱军四千，米一万斛，发书遣使报玄德。仍令杨怀、高沛紧守关隘。刘璋使者到葭萌关见玄德，呈上回书。玄德大怒曰："吾为汝御敌，费力劳心。汝今积财吝赏，何以使士卒效命乎？"遂扯毁回书，大骂而起。使者逃回成都。庞统曰："主公只以仁义为重，今日毁书发怒，前情尽弃矣。"玄德曰："如此，当若何？"庞统曰："某有三条计策，请主公自择而行。"

◎可见刘玄德的仁义，基本上是假招，连低能儿刘璋都看穿了。

　　玄德问："那三条计？"统曰："只今便选精兵，昼夜兼道径袭成都：此为上计。杨怀、高沛乃蜀中名将，各仗强兵拒守关隘；今主公佯以回荆州为名，二将闻知，必来相送；就送行处，擒而杀之，夺了关隘，先取涪城，然后却向成都：此中计也。退还白帝，连夜回荆州，徐图进取：此为下计。若沉吟不去，将至大困，不可救矣。"玄德曰："军师上计太促，下计太缓；中计不迟不疾，可以行之。"

　　于是发书致刘璋，只说曹操令部将乐进引兵至青泥镇，众将抵敌不住，吾当亲往拒之，不及面会，特书相辞。书至成都，张松听得说刘玄德欲回荆州，只道是真心，乃修书一封，欲令人送与玄德。却值亲兄广汉太守张肃到，松急藏书于袖中，与肃相陪说话。肃见松神情恍惚，心中疑惑。松取酒与肃共饮。献酬之间，忽落此书于地，被肃从人拾得。席散后，从人以书呈肃。肃开视之。书略曰：

> 松昨进言于皇叔，并无虚谬，何乃迟迟
> 不发？逆取顺守，古人所贵。今大事已在掌
> 握之中，何故欲弃此而回荆州乎？使松闻
> 之，如有所失。书呈到日，疾速进兵。松当
> 为内应，万勿自误！

◎又来一个卖弟求荣的。三国时期，就已经卖人成风了。从董承的衣带诏，到张松的效忠信，这种不慎外泄的手段，书中屡见，倘不是古人马虎，太容易泄密，便是作者技穷，太不善变化了。

张肃见了，大惊曰："吾弟作灭门之事，不可不首。"连夜将书见刘璋，具言弟张松与刘备同谋，欲献西川。刘璋大怒曰："吾平日未尝薄待他，何故欲谋反！"遂下令捉张松全家，尽斩于市。后人有诗叹曰：

> 一览无遗世所稀，谁知书信泄天机。
> 未观玄德兴王业，先向成都血染衣。

刘璋既斩张松，聚集文武商议曰："刘备欲夺吾基业，当如之何？"黄权曰："事不宜迟。即便差人告报各处关隘，添兵把守，不许放荆州一人一骑入关。"璋从其言，星夜驰檄各关去讫。

◎刘备在抉择时下不了狠心，那么现在就要付出愚人应付代价了，一关一关地打去吧！

却说玄德提兵回涪城，先令人报上涪水关，请杨怀、高沛出关相别。杨、高二将闻报，商议曰："玄德此回若何？"高沛曰："玄德合死。我等各藏利刃在身，就送行

处剌之，以绝吾主之患。"杨怀曰："此计大妙。"二人只带随行二百人，出关送行，其馀并留在关上。玄德大军尽发。前至涪水之上，庞统在马上谓玄德曰："杨怀、高沛若欣然而来，可提防之；若彼不来，便起兵径取其关，不可迟缓。"正说间，忽起一阵旋风，把马前"帅"字旗吹倒。玄德问庞统曰："此何兆也？"统曰："此警报也：杨怀、高沛二人必有行刺之意，宜善防之。"玄德乃身披重铠，自佩宝剑防备。人报杨、高二将前来送行。玄德令军马歇定。庞统分付魏延、黄忠："但关上来的军士，不问多少，马步军兵，一个也休放回。"二将得令而去。

却说杨怀、高沛二人身边各藏利刃，带二百军兵，牵羊送酒，直至军前。见并无准备，心中暗喜，以为中计。入至帐下，见玄德正与庞统坐于帐中。二将声喏曰："闻皇叔远回，特具薄礼相送。"遂进酒劝玄德。玄德曰："二将军守关不易，当先饮此杯。"二将饮酒毕，玄德曰："吾有密事与二将军商议，闲人退避。"遂将带来二百人尽赶出中军。玄德叱曰："左右与吾捉下二贼！"帐后刘封、关平应声而出。杨、高二人急待争斗，刘封、关平各捉住一人。玄德喝曰："吾与汝主是同宗兄弟，汝二人何故同谋，离间亲情？"庞统叱左右搜其身畔，果然各搜出利刃一口。统便喝斩二人；玄德还犹未决，统曰："二人本意欲杀吾主，罪不容诛。"遂叱刀斧手斩杨怀、高沛于帐前。黄忠、魏延早将二百从人，先自捉下，不曾走了一个。玄德唤入，各赐酒压惊。

◎第七回，孙坚分兵四面，围住襄阳攻打，忽一日，狂风骤起，将中军"帅"字旗杆吹折。第四十八回，赤壁之战时，周瑜于山顶看隔江战船，尽入眼帘。忽见曹军寨中，被风吹折中央黄旗，飘入江中。瑜大笑曰："此不祥之兆也！"在东方神秘文化中，这种或曰"兆头"，或曰"图谶"的出现，相信是上天在大吉大凶出现之前，作出的某种预兆和警示。由于古人对大自然变化无常的无知和无奈，对自身命运的难以把握，对明天，对未来，甚至对下一个时辰可能来临的灾难的茫然和无防，因此，产生这种迷信现象，也就不足为奇了。不过，科学昌明，文明进步，进入21世纪的今天，仍有义和团式的集体无意识群体出现，这种精神上的返祖现象，是多么可笑。

玄德曰："杨怀、高沛离间吾兄弟，又藏利刃行刺，故行诛戮。尔等无罪，不必惊疑。"众各拜谢。庞统曰："吾今即用汝等引路，带吾军取关。各有重赏。"众皆应允。是夜二百人先行，大军随后。前军至关下叫曰："二将军有急事回，可速开关。"城上听得是自家军，即时开关。大军一拥而入，兵不血刃，得了涪关。蜀兵皆降。玄德各加重赏，遂即分兵前后守把。次日劳军，设宴于公厅。玄德酒酣，顾庞统曰："今日之会，可为乐乎？"庞统曰："伐人之国而以为乐，非仁者之兵也。"玄德曰："吾闻昔日武王伐纣，作乐象功，此亦非仁者之兵欤？汝言何不合道理？可速退！"庞统大笑而起。左右亦扶玄德入后堂。睡至半夜，酒醒。左右以逐庞统之言，告知玄德。玄德大悔；次早穿衣升堂，请庞统谢罪曰："昨日酒醉，言语触犯，幸勿挂怀。"庞统谈笑自若。玄德曰："昨日之言，惟吾有失。"庞统曰："君臣俱失，何独主公？"玄德亦大笑，其乐如初。

◎刘备内心深处的一副小人得意相，到底原形毕露。既然本来如此，何必假惺惺呢？现代社会管这一套叫作修养云云，真也够肉麻得有趣了。

却说刘璋闻玄德杀了杨、高二将，袭了涪水关，大惊曰："不料今日果有此事！"遂聚文武，问退兵之策。黄权曰："可连夜遣兵屯雒县，塞住咽喉之路。刘备虽有精兵猛将，不能过也。"璋遂令刘璝、泠苞、张任、邓贤点五万大军，星夜往守雒县，以拒刘备。

◎给他个台阶下。

四将行兵之次，刘璝曰："吾闻锦屏山中有一异人，道号'紫虚上人'，知人生死贵贱。吾辈今日行军，正从锦屏山过。何不试往问之？"张任曰："大丈夫行兵拒敌，岂可问于山野之人乎？"瓒曰："不然。圣人云：'至诚之道，可以前知。'吾等问于高明之人，当趋吉避凶。"于是四人引五六十骑至山下，问径樵夫。樵夫指高山绝顶上，便是上人所居。四人上山至庵前，见一道童出迎。问了姓名，引入庵中。只见紫虚上人，坐于蒲墩之上。四人下拜，求问前程之事。紫虚上人曰："贫道乃山野废人，岂知休咎？"刘瓒再三拜问，紫虚遂命道童取纸笔，写下八句言语，付与刘瓒。其文曰：

> 左龙右凤，飞入西川。
> 雏凤坠地，卧龙升天。
> 一得一失，天数当然。
> 见机而作，勿丧九泉。

刘瓒又问曰："我四人气数如何？"紫虚上人曰："定数难逃，何必再问！"瓒又请问时，上人眉垂目合，恰似睡着的一般，并不答应。四人下山。刘瓒曰："仙人之言，不可不信。"张任曰："此狂叟也，听之何益。"遂上马前行。既至雒县，分调人马，守把各处隘口。刘瓒曰："雒城乃成都之保障，失此则成都难保。吾四人公议，着二人守城，二人去雒县前面，依山傍险，扎下两个寨子，勿使敌兵临城。"泠苞、邓贤曰："某愿往结寨。"刘瓒大喜，分兵二万，与泠、邓二人，离城六十里下寨。刘瓒、张任守护雒城。

◎谶，是中国迷信文化中比卜，比卦，更加清晰明白的暗示。紫虚上人这八句谶言，不仅预示刘璋及其部将的命运，也预示了诸葛亮、庞统以及刘备蜀汉以后的前程。这当然是说书人事后的演义，说现成语罢了。

◎魏延每次出场，都有惊人之笔。作者本心是要突出他的负面，但无意中却写出了一个活生生的魏延。比武、抢攻、失手、伏兵，充分表现了他的智勇双全，桀骜不驯，以及机敏灵捷的性格。

◎《三国志》写道："魏延字文长，义阳人也。"义阳，或谓益阳，这才有可能在长沙救黄忠的演义。不过，也有研究者认为是荆州桐柏，隶属南阳。从陈寿对魏延的评价来看："既善养士卒，勇猛过人，又性矜高，当时皆避下之。"可以想见他早期在刘表地盘上，率领部队，驻扎一方，也是一个只知骄养兵卒，而不知善待士人的军官。诸葛亮那时隐居南阳，也是一个不甘寂寞的人，对魏延之桀骜不逊，或有所闻，或有所感，诸葛亮对于魏延的嫌隙，肯定有些历史因素，不过湮没于尘埃之中，无影无踪，只能存此异说，聊作遐想而已。

却说玄德既得涪水关，与庞统商议进取雒城。人报刘璋拨四将前来，即日泠苞、邓贤领二万军离城六十里，扎下两个大寨。玄德聚众将问曰："谁敢建头功，去取二将寨栅？"老将黄忠应声出曰："老夫愿往。"玄德曰："老将军率本部人马，前至雒城，如取得泠苞、邓贤营寨，必当重赏。"

黄忠大喜，即领本部兵马，谢了要行。忽帐下一人出曰："老将军年纪高大，如何去得？小将不才愿往。"玄德视之，乃是魏延。黄忠曰："我已领下将令，你如何敢搀越？"魏延曰："老者不以筋骨为能。吾闻泠苞、邓贤乃蜀中名将，血气方刚。恐老将军近他不得，岂不误了主公大事？因此愿相替，本是好意。"黄忠大怒曰："汝说吾老，敢与我比试武艺么？"魏延曰："就主公之前，当面比试。赢得的便去，何如？"黄忠遂趋步下阶，便叫小校："将刀来！"玄德急止之曰："不可！吾今提兵取川，全仗汝二人之力。今两虎相斗，必有一伤。须误了我大事。吾与你二人劝解，休得争论。"庞统曰："汝二人不必相争。即今泠苞、邓贤下了两个营寨。今汝二人自领本部军马，各打一寨。如先夺得者，便为头功。"于是分定黄忠打泠苞寨，魏延打邓贤寨。二人各领命去了。庞统曰："此二人去，恐于路上相争。主公可自引军为后应。"玄德留庞统守城，自与刘封、关平引五千军随后进发。

却说黄忠归寨，传令来日四更造饭，五更结束，平明进兵，取左边山谷而进。魏延却暗使人探听黄忠甚时起兵。探事人回报："来日四更造饭，五更起兵。"魏延暗喜，分付众军士二更造饭，三更起兵，平明要到邓贤寨边。军士得令，都饱餐一顿，马摘铃，人衔枚，卷旗束甲，暗地去劫寨。三更前后，离寨前进。到半路，魏延马上寻思："只去打邓贤寨，不显能处；不如先去打泠苞寨，却将得胜兵打邓贤寨。两处功劳，都是我的。"就马上传令，教军士都投左边山路里去。天色微明，离泠苞寨不远，教军士少歇，排搠金鼓旗幡、枪刀器械。

早有伏路小军飞报入寨，泠苞已有准备了。一声炮响，三军上马，杀将出来。魏延纵马提刀，与泠苞接战。二将交马，战到三十合，川兵分两路来袭汉军。汉军走了半夜，人马力乏，抵当不住，退后便走。魏延听得背后阵脚乱，撇了泠苞，拨马回走。川兵随后赶来，汉军大败。走不到五里，山背后鼓声震地，邓贤引一彪军从山谷里截出来，大叫："魏延快下马受降！"魏延策马飞奔，那马忽失前蹄，双足跪地，将魏延掀将下来。邓贤马奔到，挺枪来刺魏延。枪未到处，弓弦响，邓贤倒撞下马。后面泠苞方欲来救，一员大将，从山坡上跃马而来，厉声大叫："老将黄忠在此！"舞刀直取泠苞。泠苞抵敌不住，望后便走。黄忠乘势追赶，川兵大乱。

黄忠一枝军救了魏延，杀了邓贤，直赶到寨前。泠苞回马与黄忠再战。不到十馀合，后面军马拥将上

◎更，是前人对夜间的计时单位。每更约相当于两个小时，五更，应为清晨3至5时。

◎谁都有马失前蹄的时候，黄忠不也如此栽倒在关羽脚下吗？

来，泠苞只得弃了左寨，引败军来投右寨。只见寨中旗帜全别，泠苞大惊。兜住马看时，当头一员大将，金甲锦袍，乃是刘玄德——左边刘封，右边关平——大喝道："寨子吾已夺下，汝欲何往？"原来玄德引兵从后接应，便乘势夺了邓贤寨子。泠苞两头无路，取山僻小径，要回雒城。行不到十里，狭路伏兵忽起，搭钩齐举，把泠苞活捉了。原来却是魏延自知罪犯，无可解释，收拾后军，令蜀兵引路，伏在这里，等个正着。用索缚了泠苞，解投玄德寨来。

却说玄德立起免死旗，但川兵倒戈卸甲者，并不许杀害，如伤者偿命；又谕众降兵曰："汝川人皆有父母妻子，愿降者充军，不愿降者放回。"于是欢声动地。黄忠安下寨脚，径来见玄德，说魏延违了军令，可斩之。玄德急召魏延，魏延解泠苞至。玄德曰："延虽有罪，此功可赎。"令魏延谢黄忠救命之恩，今后毋得相争。魏延顿首伏罪。玄德重赏黄忠。使人押泠苞到帐下，玄德去其缚，赐酒压惊，问曰："汝肯降否？"泠苞曰："既蒙免死，如何不降？刘璝、张任与某为生死之交；若肯放某回去，当即招二人来降，就献雒城。"玄德大喜，便赐衣服鞍马，令回雒城。魏延曰："此人不可放回。若脱身一去，不复来矣。"玄德曰："吾以仁义待人，人不负我。"

却说泠苞得回雒城，见刘璝、张任，不说捉去放回，只说："被我杀了十馀人，夺得马匹逃回。"刘璝忙遣人

◎以仁义待人，就不要期待别人以仁义还报，如果一定按照"投之以桃，报之以李"的规律来施行仁义的话，这种功利主义也就说不上是仁义了。从这句话，便可了解刘玄德的仁义，不过是一种手段罢了。

往成都求救。刘璋听知折了邓贤，大惊，慌忙聚众商议。长子刘循进曰："儿愿领兵前去守雒城。"璋曰："既吾儿肯去，当遣谁人为辅？"一人出曰："某愿往。"璋视之，乃舅氏吴懿也。璋曰："得尊舅去最好。谁可为副将？"吴懿保吴兰、雷铜二人为副将，点二万军马来到雒城。刘璝、张任接着，具言前事。吴懿曰："兵临城下，难以拒敌，汝等有何高见？"泠苞曰："此间一带，正靠涪江，江水大急；前面寨占山脚，其形最低。某乞五千军，各带锹锄前去，决涪江之水，可尽淹死刘备之兵也。"吴懿从其计，即令泠苞前往决水，吴兰、雷铜引兵接应。泠苞领命，自去准备决水器械。

却说玄德令黄忠、魏延各守一寨，自回涪城，与军师庞统商议。细作报说："东吴孙权遣人结好东川张鲁，将欲来攻葭萌关。"玄德惊曰："若葭萌关有失，截断后路，吾进退不得，当如之何？"庞统谓孟达曰："公乃蜀中人，多知地理，去守葭萌关如何？"达曰："某保一人与某同去守关，万无一失。"玄德问何人。达曰："此人曾在荆州刘表部下为中郎将，乃南郡枝江人，姓霍，名峻，字仲邈。"玄德大喜，即时遣孟达、霍峻守葭萌关去了。

庞统退归馆舍，门吏忽报："有客特来相访。"统出迎接，见其人身长八尺，形貌甚伟；头发截短，披于颈上；衣服不甚齐整。统问曰："先生何人也？"其人不答，径登堂仰卧床上。统甚疑之，再三请问。其

◎刘备生前对魏延相当信任，但与诸葛亮谈到马谡，却认为是"言过其实，不可大用，君其察之！"刘备这个人，才质平庸，但对马谡的看法，事实验证他是对的。因此可知，他赏识魏延，委以重任，绝不是兴之所至、率意而为，自是因魏延有值得信赖之处。

◎刘备围雒城近一年，攻不下，还致庞统死于非命，此公在军事上的成就，值得一书者，真是寥寥无几。

人曰："且消停，吾当与汝说知天下大事。"统闻之愈疑，命左右进酒食。其人起而便食，并无谦逊；饮食甚多，食罢又睡。统疑惑不定，使人请法正视之，恐是细作。法正慌忙到来。统出迎接，谓正曰："有一人如此如此。"法正曰："莫非彭永言乎？"升阶视之。其人跃起曰："孝直别来无恙！"正是：

只为川人逢旧识，遂令涪水息洪流。

毕竟此人是谁，且看下文分解。

　　《三国演义》写出"既生瑜，何生亮"的智嫉，也写出诸葛亮与魏延的才嫉，这种总是慢半拍的才智之嫉，虽不若情感之嫉的表现强烈，但在内心的较量上，却是不遗余力的侧重。所以说，诸葛亮之排斥魏延，也是因为他知道自己的软肋所在，读书出身的他，比起行伍出身的魏延，在冲决力上，在爆破力上，确有不如魏延敢于孤注一掷的胆量。

　　现在也弄不明白那几个同一战壕的战友，为何如此一致地排挤魏延。一个超强的选手，在他的同行间，总是孤独的，这是命运使然耳，也是形势使然耳。而一个本色的，动不动就不买账，就展现强偪性格的"必然"（他自己这样看，他的同在跑道的队员也如此看）冠军那脾性，于是，"木秀于林，风必摧之"的命运，也就"必然"等待着他。

　　直到诸葛亮危殆，才招杨仪、费祎、姜维，部署退军安排，魏延被排除在外，这是一个很不好的迹象。"自古材大难为用"，乃是诸葛亮戒惧他的缘由，这三位听到丞相口中吐出"若延或不从命"的话，立刻心领神会，强人魏延，就此出局。诸葛亮本意求安，可这三位，包括还有一口气的诸葛亮，也不想想，那魏延，岂是一个好剃的头？这就埋下了不内斗也要内讧的祸根。

　　魏延跳出来，"丞相虽亡，吾自见在。府亲官属便可将丧还葬，吾自当率诸军击贼，云何以一人死废天下之事邪？""且魏延何人，当为杨仪所部勒，作断后将乎！"虽然最后他以叛乱名义，终于死于诸葛亮之手，但兵乱之始，魏延是往成都方向跑，军败以后，魏延是往汉中方向跑，用他的鲜血、头颅，证明他心向何方？

　　《三国演义》这部民间文学的杰作，神化关云长，圣化诸葛亮，达到了极致。不过，我们要是平视过去，既非神，也非圣，把他们看成人，也就觉得这一切，其实都是人性之常。

第六十三回

诸葛亮痛哭庞统
张翼德义释严颜

　　毛泽东读《三国》，批评"隆中对"的两点，一是不可能集中优势兵力，一是不可以伸出两个拳头打人，益州之败，恰恰不幸而言中。本来三刀两枪就可摆平的小战斗，硬是远超正常人的思维所及，先后打了一年。

　　诸葛亮从他出现的那一天起，就是一位完人，一个自始至终的完人，也就是没有变化的人。一个不能与时俱进固守隆中对的人，是休想伟大的。从进军益州的人马，与留下来守卫荆州的人马进行横比，你会感觉到军师的私心难掩。庞统也并不在乎，因为他有速战速决的多种方案，他既然敢慨然受命，说明他的绝对把握，但他没想到恰好碰上死不转寰的刘备，只有命中注定死于非命了。绝非完人的庞统，对孔明的那按捺不住的嫉妒心理，再加之其事功心理作祟，当然也不排除远在荆州的孔明，会无一丝一毫对于庞统入川后迅速建功立业，声威日重的忌惮，深虑庞统对刘备施加什么影响……所有这一切潜意识会如何发生作用，又将在何时何地发生作用，这是人类智慧至今也不能预知和预防的。

　　人类，看起来很强大，其实很渺小。想象，可以很美丽，现实，往往更残酷，不碰一些钉子，不吃一些苦头，你是不会聪明起来的。

　　于是，导致庞统争功心切，急军轻进，冒险行事，在落凤坡死于乱箭之下。若无刘备的迁延不决，也就无这场战争；无这场战争，当然也无庞统之死。若是庞统无狭隘偏窄之心，能够谨慎从事，步步为营，卧龙、凤雏，同治西川，那西蜀局面的拓展该是多么顺手啊！

　　问题在于庞统一死，刘备无脱身之计，孔明必须西来，以解围厄。而孔明离开荆州，进了西川，没有再回到他的荆州，而把全权授予关羽这样一个根本不执行政策、自以为是的将领，一错再错，也就注定了荆州必失，关羽必死，刘备复仇，困兽犹斗，落得一个小国寡民的命运，这也是后来人嘲笑诸葛亮自视为乐毅、管仲，而空负其名的地方。

◎庞统，荆州襄阳人，但对他的故乡，不怎么抱有期望，他与周瑜契知，深知吴国上下对这肘腋之地的重视，所以，在蜀汉立国方针上，与诸葛亮相左，他认为荆襄夹在曹、孙之间，是麻烦，而非福地，不可依托，所以他急于主张拓展益州，另辟疆土。可惜，急于求成而不成，终成遗恨。

◎庞统身为军师，又有张松所献地图，出此疏忽，似不应当。人，一旦被偏颇的情绪控制，常常会出现一叶障目的片面性。这个彭羕，最后也被诸葛亮清洗掉了，进川而不重用川人，蜀之失也。

　　却说法正与那人相见，各抚掌而笑。庞统问之。正曰："此公乃广汉人，姓彭，名羕，字永言，蜀中豪杰也。因直言触忤刘璋，被璋髡钳为徒隶，因此短发。"统乃以宾礼待之，问羕从何而来。羕曰："吾特来救汝数万人性命，见刘将军方可说。"法正忙报玄德。玄德亲自谒见，请问其故。羕口："将军有多少军马在前寨？"玄德实告："有魏延、黄忠在彼。"羕曰："为将之道，岂可不知地理乎？前寨紧靠涪江，若决动江水，前后以兵塞之，一人无可逃也。"玄德大悟。彭羕曰："罡星在西方，太白临于此地，当有不吉之事，切宜慎之。"玄德即拜彭羕为幕宾，使人密报魏延、黄忠，教朝暮用心巡警，以防决水。黄忠、魏延商议：二人各轮一日；如遇敌军到来，互相通报。

　　却说泠苞见当夜风雨大作，引了五千军，径循江边而进，安排决江。只听得后面喊声乱起，泠苞知有准备，急急回军。前面魏延引军赶来，川兵自相践踏。泠苞正奔走间，撞着魏延。交马不数合，被魏延活捉去了。比及吴兰、雷铜来接应时，又被黄忠一军杀退。魏延解泠苞到涪关。玄德责之曰："吾以仁义相待，放汝回去，何敢背我！今次难饶！"将泠苞推出斩之，重赏魏延。玄德设宴管待彭羕。忽报：荆州诸葛亮军师特遣马良奉书至此。玄德召入问之。马良礼毕曰："荆州平安，不劳主公忧念。"遂呈上军师书信。玄德拆书观之，略云：

亮夜算太乙数，今年岁次癸巳，罡星在
西方；又观乾象，太白临于雒城之分：主将
帅身上多凶少吉。切宜谨慎。

◎即使从好意看，诸葛亮这种泼冷水的信，也会让人生疑的。

玄德看了书，便教马良先回。玄德曰："吾将回荆州，去论此事。"庞统暗思："孔明怕我取了西川，成了功，故意将此书相阻耳。"乃对玄德曰："统亦算太乙数，已知罡星在西，应主公合得西川，别不主凶事。统亦占天文，见太白临于雒城，先斩蜀将泠苞，已应凶兆矣。主公不可疑心，可急进兵。"

玄德见庞统再三催促，乃引军前进。黄忠同魏延接入寨去。庞统问法正曰："前至雒城，有多少路？"法正画地作图。玄德取张松所遗图本对之，并无差错。法正言："山北有条大路，正取雒城东门；山南有条小路，却取雒城西门：两条路皆可进兵。"庞统谓玄德曰："统令魏延为先锋，取南小路而进；主公令黄忠作先锋，从山北大路而进：并到雒城取齐。"玄德曰："吾自幼熟于弓马，多行小路。军师可从大路去取东门，吾取西门。"庞统曰："大路必有军邀拦，主公引兵当之。统取小路。"玄德曰："军师不可。吾夜梦一神人，手执铁棒击吾右臂，觉来犹自臂疼。此行莫非不佳。"庞统曰："壮士临阵，不死带伤，理之自然也。何故以梦寐之事疑心乎？"玄德曰："吾所疑者，孔明之书也。军师还守涪关，如何？"庞统

◎为什么要换刘备的座骑"的卢"呢？偌大一支部队，找不出第二匹骏马供军师骑用？当年徐庶曾对刘备说过此马的禳解之法：公意中有仇怨之人，可将此马赐之，待妨过了此人，然后乘之，自然无事。刘备责徐庶不行正道，现在如此做，刘备是何居心？有些作者为强调刘备之大度，竟忘了"的卢妨主"之说，钻进自己编的笼子，非败笔，乃水平耳。

大笑曰："主公被孔明所惑矣：彼不欲令统独成大功，故作此言以疑主公之心。心疑则致梦，何凶之有？统肝脑涂地，方称本心。主公再勿多言，来早准行。"当日传下号令，军士五更造饭，平明上马。黄忠、魏延领军先行。玄德再与庞统约会，忽坐下马眼生前失，把庞统掀将下来。玄德跳下马，自来笼住那马。玄德曰："军师何故乘此劣马？"庞统曰："此马乘久，不曾如此。"玄德曰："临阵眼生，误人性命。吾所骑白马，性极驯熟，军师可骑，万无一失。劣马吾自乘之。"遂与庞统更换所骑之马。庞统谢曰："深感主公厚恩，虽万死亦不能报也。"遂各上马取路而进。玄德见庞统去了，心中甚觉不快，快快而行。

却说雒城中吴懿、刘璝听知折了泠苞，遂与众商议。张任曰："城东南山僻有一条小路，最为要紧，某自引一军守之。诸公紧守雒城，勿得有失。"忽报汉兵分两路前来攻城。张任急引三千军，先来抄小路埋伏。见魏延兵过，张任教尽放过去，休得惊动。后见庞统军来，张任军士遥指军中大将："骑白马者必是刘备。"张任大喜，传令教如此如此。

却说庞统迤逦前进，抬头见两山逼窄，树木丛杂；又值夏末秋初，枝叶茂盛。庞统心下甚疑，勒住马问："此处是何地？"数内有新降军士，指道："此处地名落凤坡。"庞统惊曰："吾道号凤雏，此处名落凤坡，不利于吾。"令后军疾退。只听山坡前一声炮响，箭如飞蝗，只望骑白马者射来。可怜庞统竟死于乱箭之下。时年止三十六岁。后人有诗叹曰：

古岘相连紫翠堆，士元有宅傍山隈。
儿童惯识呼鸠曲，闾巷曾闻展骥才。
预计三分平刻削，长驱万里独徘徊。
谁知天狗流星坠，不使将军衣锦回。

先是东南有童谣云：

一凤并一龙，相将到蜀中。
才到半路里，凤死落坡东。
风送雨，雨随风，
隆汉兴时蜀道通，蜀道通时只有龙。

◎卧龙凤雏，这两位并名于世的人物，同在荆州，其实是很有隔阂的，私下之间的交往情谊，从无蛛丝马迹可寻。于是，这两个旗鼓相当的超级谋士，如杜甫诗所云"人生不相见，动如参与商"地不来往，只有物理学的物质之间相拒和相吸的定律能够解释了。

当日张任射死庞统，汉军拥塞，进退不得，死者大半。前军飞报魏延。魏延忙勒兵欲回，奈山路逼窄，厮杀不得。又被张任截断归路，在高阜处用强弓硬弩射来。魏延心慌。有新降蜀兵曰："不如杀奔雒城下，取大路而进。"延从其言，当先开路，杀奔雒城来。尘埃起处，前面一军杀至，乃雒城守将吴兰、雷铜也；后面张任引兵追来：前后夹攻，把魏延围在垓心。魏延死战不能得脱。但见吴兰、雷铜后军自乱，二将急回马去救。魏延乘势赶去，当先一将，舞刀拍马，大叫："文

◎按刘璋之暗弱，益中事本是唾手可得，刘璋的部下，虽然如张松、法正之流，卖主求荣者不少，但爱土爱家，忠于旧主，抗争不已，以身殉志者，也络绎不绝。本来用一锅端的阴谋手法，就可以解决问题的事情，不得不一城一地地以战争手段解决。刘备的仁义招牌，是具感召天下的力量，但真打起仗来，需要的是韬略计谋，用兵调度，靠仁义，连一个城池也攻不下的。人有其所长，也必有其所短，舍其强项，就其弱项，这就是刘备的不智之处了。

◎庞统之死，死在急于图功上。但刘备入川，关、张、赵这三员虎将均不随行，只有老将黄忠，和诸葛亮不喜欢的魏延，冲锋陷阵。这种部署配置，着实有些蹊跷。荆州为守，却驻重兵，益州是攻，并非主将，是没有什么道理的。这里，我们姑且不怀疑诸葛亮有意要庞统好看，但也不妨设想自负的庞统，焉不打算凭自己非凡之才，率即使非主流部队，也能打开益州局面，来表现一下自己并不弱于诸葛亮的文韬武略呢？人是一种很奇怪的动物，有时会生出很奇怪的想法。所谓"丈二和尚摸不着头脑"，估计就是这样来的。

长，吾特来救汝！"视之，乃老将黄忠也。两下夹攻，杀败吴、雷二将，直冲至雒城之下。刘璝引兵杀出，却得玄德在后当住接应。黄忠、魏延翻身便回。玄德军马比及奔到寨中，张任军马又从小路里截出。刘璝、吴兰、雷铜当先赶来。玄德守不住二寨，且战且走，奔回涪关。蜀兵得胜，迤逦追赶。玄德人困马乏，那里有心厮杀，且只顾奔走。将近涪关，张任一军追赶至紧。幸得左边刘封，右边关平，二将领三万生力军截出，杀退张任；还赶二十里，夺回战马极多。

玄德一行军马，再入涪关，问庞统消息。有落凤坡逃得性命的军士，报说："军师连人带马，被乱箭射死于坡前。"玄德闻言，望西痛哭不已，遥为招魂设祭。诸将皆哭。黄忠曰："今番折了庞统军师，张任必然来攻打涪关，如之奈何？不若差人往荆州，请诸葛军师来商议收川之计。"正说之间，人报张任引军直临城下搦战。黄忠、魏延皆要出战。玄德曰："锐气新挫，宜坚守以待军师来到。"黄忠、魏延领命，只谨守城池。玄德写一封书，教关平分付："你与我往荆州请军师去。"关平领了书，星夜往荆州来。玄德自守涪关，并不出战。

却说孔明在荆州，时当七夕佳节，大会众官夜宴，共说收川之事。只见正西上一星，其大如斗，从天坠下，流光四散。孔明失惊，掷杯于地，掩面哭曰："哀哉！痛哉！"众官慌问其故。孔明曰："吾前者算今年罡星在西方，不利于军师；天狗犯于吾军，太白临于雒城，已拜书主公，教谨防之。谁想今夕西方星坠，庞士元命必休矣！"言罢，大哭曰："今吾主丧一臂矣！"众官皆惊，未信其言。孔明曰："数日之内，必有消息。"是夕酒不尽欢而散。

数日之后，孔明与云长等正坐间，人报关平到。众官皆惊。关平入，呈上玄德书信。孔明视之，内言："本年七月初七日，庞军师被张任在落凤坡前箭射身故。"孔明大哭，众官无不垂泪。孔明曰："既主公在涪关进退两难之际，亮不得不去。"云长曰："军师去，谁人保守荆州？荆州乃重地，干系非轻。"孔明曰："主公书中虽不明言其人，吾已知其意了。"乃将玄德书与众官看曰："主公书中，把荆州托在吾身上，教我自量才委用。虽然如此，今教关平赍书前来，其意欲云长公当此重任。云长想桃园结义之情，可竭力保守此地。责任非轻，公宜勉之。"云长更不推辞，慨然领诺。孔明设宴，交割印绶。云长双手来接。孔明擎着印曰："这干系都在将军身上。"云长曰："大丈夫既领重任，除死方休。"孔明见云长说个"死"字，心中不悦；欲待不与，其言已出。孔明曰："倘曹操引兵来到，当如之何？"云长曰："以力拒之。"孔明又曰："倘曹操、孙权，齐起兵来，如之奈何？"云长曰："分兵拒之。"孔明曰："若如此，荆州危矣。吾有八个字，将军牢记，可保守荆州。"云长问："那

◎这一手高明，索性公开。如果说诸葛亮一生也有看错人的地方，但对关羽，他是十分了解的。可明知非恰当人选，仍委以重任，除了刘备的干扰外，他的无大器识的忠君思想，也是他违心地作出这个悲剧性决定的原因。关平一来，不言自明，已将刘备这个近乎自杀的决定交了底了。而关羽的嚣张，一是他愈来愈膨胀的狂傲自大，一是他愈来愈坚定的副手意识，前者，刘备的纵容，大有关系，后者，诸葛亮的谦让，也是原因。仔细分析诸葛亮的谦让，便了解他半点儿也不书生气，不排除利用其虚荣心的满足，而得以驾御之的权术考虑。若按他的清洁主义，与刘、关、张这样来自底层的英雄豪杰，是不会有共同语言的。

◎正话反说，这种刚愎自用、自视甚高、睥睨一切的人，肯买谁的账？你诸葛亮在，你的联吴政策在；你诸葛亮不在，那我关羽就说了算。

◎鞭挞士卒，这是张飞一辈子军阀作风的拿手好戏，最后也送命在这上头。

◎毛宗岗评点张飞时说："翼德生平有快事数端：前乎此者，鞭督邮矣，骂吕布矣，喝长坂矣，夺阿斗矣。然前数事之勇，不若擒严颜之智也；擒严颜之智，又不若释严颜之尤智也。未遇孔明之前，则勇有馀而智不足；既遇孔明之后，则勇有馀而智亦有馀。盖一入孔明熏陶，而莽气化焉。勇不可学，而智可学。翼德之勇固其素有，而其智则孔明教之云。"只有不满的瓶子能装得进水，瓶子满了，就再装不进水。这就是同样的"熏陶"，对关老爷不起丝毫作用的道理所在。

八个字？"孔明曰："北拒曹操，东和孙权。"云长曰："军师之言，当铭肺腑。"

孔明遂与了印绶，令文官马良、伊籍、向朗、糜竺，武将糜芳、廖化、关平、周仓，一班儿辅佐云长，同守荆州。一面亲自统兵入川。先拨精兵一万，教张飞部领，取大路杀奔巴州、雒城之西，先到者为头功。又拨一枝兵，教赵云为先锋，溯江而上，会于雒城。孔明随后引简雍、蒋琬等起行。那蒋琬字公琰，零陵湘乡人也，乃荆襄名士，现为书记。

当日孔明引兵一万五千，与张飞同日起行。张飞临行时，孔明嘱付曰："西川豪杰甚多，不可轻敌。于路戒约三军，勿得掳掠百姓，以失民心。所到之处，并宜存恤，勿得恣逞鞭挞士卒。望将军早会雒城，不可有误。"

张飞欣然领诺，上马而去。迤逦前行，所到之处，但降者秋毫无犯。径取汉川路，前至巴郡。细作回报："巴郡太守严颜，乃蜀中名将，年纪虽高，精力未衰，善开硬弓，使大刀，有万夫不当之勇：据住城郭，不竖降旗。"张飞教离城十里下寨，差人入城去，"说与老匹夫：早早来降，饶你满城百姓性命；若不归顺，即踏平城郭，老幼不留！"

却说严颜在巴郡，闻刘璋差法正请玄德入川，拊心而叹曰："此所谓独坐穷山，引虎自卫者也！"后闻玄德据住涪关，大怒，屡欲提兵往战，又恐这条路上有兵来。当日闻知张飞兵到，便点起本部五六千人马，准备迎敌。或献计曰："张飞在当阳长坂，一声喝退曹兵百万之众。曹操亦闻风而避之，不可轻敌。今只宜深沟高垒，坚守不出。彼军无粮，不过一月，自然退去。更兼张飞性如烈火，专要鞭挞士卒；如不与战，必怒；怒则必以暴厉之气，待其军士：军心一变，乘势击之，张飞可擒也。"严颜从其言，教军士尽数上城守护。忽见一个军士，大叫："开门！"严颜教放入问之。那军士告说是张将军差来的，把张飞言语依直便说。严颜大怒，骂："匹夫怎敢无礼！吾严将军岂降贼者乎！借你口说与张飞！"唤武士把军人割下耳鼻，却放回寨。

　　军人回见张飞，哭告严颜如此毁骂。张飞大怒，咬牙睁目，披挂上马，引数百骑来巴郡城下搦战。城上众军百般痛骂。张飞性急，几番杀到吊桥，要过护城河，又被乱箭射回。到晚全无一个人出，张飞忍一肚气还寨。次日早晨，又引军去搦战。那严颜在城敌楼上，一箭射中张飞头盔。飞指而恨曰："若拿住你这老匹夫，我亲自食你肉！"到晚又空回。第三日，张飞引了军，沿城去骂。原来那座城子是个山城，周围都是乱山，张飞自乘马登山，下视城中。见军士尽皆披挂，分列队伍，伏在城中，只是不出；又见民夫来来往往，搬砖运石，相助守城。张飞教马军下马，步军皆坐，引他出敌，并无动静。

◎张飞打严颜，也没一味进攻，懂得转寰，便多一条出路。人生奋斗，道理相同，也不能小胡同赶猪，只有直来直去这条道可走。

◎猛张飞也不是一个劲儿地猛到底的。

◎张飞是条硬汉,是条铁汉,但也偶见其妩媚可爱之时,这是你在一本正经的关老爷那里永远看不到的。人,其实自然就好,总端着架子,总拿着姿势,第一,累,第二,假,第三,大家也就只好远着你了。

又骂了一日,依旧空回。张飞在寨中,自思:"终日叫骂,彼只不出,如之奈何?"猛然思得一计,教众军不要前去搦战,都结束了在寨中等候;却只教三五十个军士,直去城下叫骂,引严颜军出来,便与厮杀。张飞磨拳擦掌,只等敌军来。小军连骂了三日,全然不出。张飞眉头一纵,又生一计,传令教军士四散砍打柴草,寻觅路径,不来搦战。严颜在城中,连日不见张飞动静,心中疑惑,着十数个小军,扮作张飞砍柴的军,潜地出城,杂在军内,入山中探听。

当日诸军回寨。张飞坐在寨中,顿足大骂:"严颜老匹夫!枉气杀我!"只见帐前三四个人说道:"将军不须心焦:这几日打探得一条小路,可以偷过巴郡。"张飞故意大叫曰:"既有这个去处,何不早来说?"众应曰:"这几日却才哨探得出。"张飞曰:"事不宜迟,只今二更造饭,趁三更明月,拔寨都起,人衔枚,马去铃,悄悄而行。我自前面开路,汝等依次而行。"传了令便满寨告报。

探细的军听得这个消息,尽回城中来,报与严颜。颜大喜曰:"我算定这匹夫忍耐不得!你偷小路过去,须是粮草辎重在后;我截住后路,你如何得过?好无谋匹夫,中我之计!"即时传令,教军士准备赴敌:"今夜二更也造饭,三更出城,伏于树木丛杂去处。只等张飞过咽喉小路去了,车仗来时,只听鼓响，一齐杀出。"传了号令，看看近夜，严颜全军尽皆饱食，披挂停当，悄悄出城，四散伏住，只听鼓响；严颜自引十数裨将，下马伏于林中。约三更后，遥望见张飞亲自在前，横矛纵马，悄悄引军前进。去不得三四里，背后车仗人马，陆续进发。严颜看得分晓，一齐擂鼓，四下伏兵尽起。正来抢夺车仗，背后一声锣响，一彪军掩到，大喝："老贼休走！我等的你恰好！"严颜猛回头看时，为首一员大将，豹头环眼，燕颔虎须，使丈八矛，骑深乌马：乃是张飞。四下里锣声大震，众军杀来。严颜见了张飞，举手无措，交马战不十合，张飞卖个破绽，严颜一刀砍来，张飞闪过，撞将入去，扯住严颜勒甲绦，生擒过来，掷于地下；众军向前，用索绑缚住了。原来先过去的是假张飞。料道严颜击鼓为号，张飞却教鸣金为号：金响诸军齐到。川兵大半弃甲倒戈而降。

张飞杀到巴郡城下，后军已自入城。张飞叫休杀百姓，出榜安民。群刀手把严颜推至。飞坐于厅上，严颜不肯下跪。飞怒目咬牙大叱曰："大将到此，何为不降，而敢拒敌？"严颜全无惧色，回叱飞曰："汝等无义，侵我州郡！但有断头将军，无降将军！"飞大怒，喝左右斩来。严颜喝曰："贼匹夫！砍头便砍，何怒也？"张飞见严颜声音雄壮，面不改色，乃回嗔作喜，下阶喝退左右，亲解其缚，取衣衣之，扶在正中高坐，低头便拜曰："适来言语冒渎，幸勿见责。

◎张飞用计，非止一次。粗中有细，屡建奇功。他与关羽不同之处，在于能知道自己的弱点所在，只要不肆意妄为的话，也还能听得进别人的话。而自尊自信，还有点自行其是的关羽，就很缺乏这种自知之明。他守荆州，假如真把孔明的话放在心上，也许不至于死于非命。

◎关羽对黄忠，张飞待严颜，便可看出持"阶级烙印"说者，绝对化固然不足为训，但这种印"烙印"的痕迹，在某些人的性格上，却是难以遮掩的。

吾素知老将军乃豪杰之士也。"严颜感其恩义，乃降。

后人有诗赞严颜曰：

> 白发居西蜀，清名震大邦。
> 忠心如皎月，浩气卷长江。
> 宁可断头死，安能屈膝降？
> 巴州年老将，天下更无双。

又有赞张飞诗曰：

> 生获严颜勇绝伦，惟凭义气服军民。
> 至今庙貌留巴蜀，社酒鸡豚日日春。

张飞请问入川之计。严颜曰："败军之将，荷蒙厚恩，无可以报，愿施犬马之劳，不须张弓只箭，径取成都。"正是：

> 只因一将倾心后，致使连城唾手降。

未知其计如何，且看下文分解。

庞统在《三国演义》中，因与诸葛亮并论卧龙、凤雏，遂成重要人物。但重要人物，并无因他而左右大局，而影响全盘的重要事件发生。这"重要"二字，便不免有盛名之下，其实难副的遗憾。正如所谓的著名作家，而无著名作品，常见其大名之鼎鼎，常见其亮相于公众，常见其高谈阔论在庙堂之上，常见其奔走竞逐于权贵中间，就是不知道他曾经写过什么，或者也许写过什么，可什么印象也没有。这种名胜于文的重要人物，大概也是社会生态中少不了的点缀，故而是不会绝种的。如此这般的无足轻重的人物，也许不必介意，这世界很大，应该容许他们的存在。这才有热闹可看。但是，若这位无足轻重之辈，突然觉得自己有足轻重，那就必出洋相，必出笑话。现在看起来，刘备当年安排庞统当耒阳县令，也许不无道理。

还应该看到，庞统在演义中之无足轻重，与他出场太晚、退场太早有关系，也与他情节较少、着墨不多有关系。虽然他作为西路军的军师，负开疆辟土重任，但打交道的对手，既非江东孙权，也非枭雄曹操，而是个软柿子刘璋。这还不由他大展手脚，愿意怎么捏就怎么捏么？王夫之在《读通鉴论》中，分析过刘璋的"暗弱"，"弱者弱与强争，暗者暗于变诈"，这句话，简单说来，就是窝囊废。可这位军师在对付这个窝囊废时，却表现得更为窝囊。未见其帷幄划策、高瞻远瞩的襟怀，也看不到战场交锋、指挥若定的气概，总是诉求于鸿门宴的格杀，苦迭打的突变，刀斧手的埋伏，近卫军的逼宫等诸如此类的小动作、小阴谋。最后，他竟被这个窝囊废部下的小设计、小手段算计，万箭穿心而毙命，这就很具讽刺意味了。

最后，只有两个人为他掉眼泪，一是刘备，没想到一个软柿子竟如此难啃，丢人丢脸；一个是孔明，这样一来，打乱整个战略部署，下一步棋如何走，要大费踌躇了。

第六十四回

孔明定计捉张任
杨阜借兵破马超

　　益州被形容为"天府之国"，以及"益州疲弊"说，都出自诸葛亮之口。前者在《隆中对》，后者在《出师表》。

　　为什么同一个诸葛亮，会对西川得出如此截然相反的评价呢？有人找到这样一组数字，据《续汉书·郡国志》，顺帝永和五年（140）益州的人口，计有户九十七万六千二百五十七，口七百二十四万一千二十八。到刘禅给邓艾呈上降表，蜀汉亡国那年（263），益州的人口，只有户二十八万，男女口九十四万，以及带甲将士十万二千，吏四万人。其中可以比较的，户减少了将近七十万，口减少了七百多万，这就是说，户和口的减少率为百分之九十。

　　你觉得刘备、阿斗和诸葛亮的蜀汉统治，十个人死了九个，与杀人魔王何异，值得后世人如此赞扬吗？

　　益州虽富，并非取之不尽，用之不竭，就那么多物产，你占有了我就没，我占有了你就没。从刘焉开始，直到刘璋，直到后来的诸葛亮、刘禅，这些统治者始终未能解决外来人口与本地人口共存共生的矛盾。《晋书·卷一二〇·载记第二十》，十六国之一的成汉"李特随流人将入于蜀，至剑阁，箕踞太息"。他认为刘禅有险不守而至降晋，大不该。其实他的后代所建立的成汉，也是因为同样理由，未能解决好外来户与坐地户的矛盾，而被东晋桓温所灭。

　　建兴十三年（235），因六出祁山，战争不断，经济衰退，直百五铢减至3克以下，随后，铸行2克重的直百钱。诸葛亮死后战事暂停，直百钱的重量得以维持多年。延熙十二年（249）以后，姜维屡次出战，开支年增，该钱减重。当时蜀汉仅以一州之力与魏吴十二州抗衡，自然力不从心。不得不靠货币贬值来维持，使得蜀中"虚用其众，刻剥众羌，劳役无已，民不堪命"。蜀汉政权只能进一步将货币贬值，直百钱重量从2克相继减为1.4克、1克、0.6克，直至0.4克，与后来成汉的贬值的始兴钱命运同样。可知蜀中百姓已不能忍受这些外来政权，不亡何待？

却说张飞问计于严颜，颜曰："从此取雒城，凡守御关隘，都是老夫所管，官军皆出于掌握之中。今感将军之恩，无可以报，老夫当为前部，所到之处，尽皆唤出拜降。"张飞称谢不已。于是严颜为前部，张飞领军随后。凡到之处，尽是严颜所管，都唤出投降。有迟疑未决者，颜曰："我尚且投降，何况汝乎？"自是望风归顺，并不曾厮杀一场。

却说孔明已将起程日期申报玄德，教都会聚雒城。玄德与众官商议："今孔明、翼德分两路取川，会于雒城，同入成都。水陆舟车，已于七月二十日起程，此时将及待到。今我等便可进兵。"黄忠曰："张任每日来搦战，见城中不出，彼军懈怠，不做准备，今日夜间分兵劫寨，胜如白昼厮杀。"玄德从之，教黄忠引兵取左，魏延引兵取右，玄德取中路。当夜二更，三路军马齐发。张任果然不做准备。汉军拥入大寨，放起火来，烈焰腾空。蜀兵奔走，连夜直赶到雒城，城中兵接应入去。玄德还中路下寨；次日，引兵直到雒城，围住攻打。张任按兵不出。攻到第四日，玄德自提一军攻打西门，令黄忠、魏延在东门攻打，留南门北门放军行走。原来南门一带都是山路，北门有涪水：因此不围。张任望见玄德在西门，骑马往来，指挥打城，从辰至未，人马渐渐力乏。张任教吴兰、雷铜二将引兵出北门，转东门，敌黄忠、魏延；自己却引军出南门，转西门，单迎玄德。城内尽拨民兵上

◎张飞、赵云一来，便势如破竹矣！

◎一个地道的投降派，这是什么狗屁逻辑！

◎刘备以他的仁义，可以感召天下，但以他的指挥水平、用兵韬略，连一个城池也攻不下的。人有其所长，也就必有其短，舍其强项，就其弱项，这就是刘备的不智之处了。

城，擂鼓助喊。

却说玄德见红日平西，教后军先退。军士方回身，城上一片声喊起，南门内军马突出。张任径来军中捉玄德。玄德军中大乱。黄忠、魏延又被吴兰、雷铜敌住。两下不能相顾。玄德敌不住张任，拨马往山僻小路而走。张任从背后追来，看看赶上。玄德独自一人一马，张任引数骑赶来。玄德正望前尽力加鞭而行，忽山路一军冲来。玄德马上叫苦曰："前有伏兵，后有追兵，天亡我也！"只见来军当头一员大将，乃是张飞。原来张飞与严颜正从那条路上来，望见尘埃起，知与川兵交战。张飞当先而来，正撞着张任，便就交马。战到十馀合，背后严颜引兵大进。张任火速回身。张飞直赶到城下。张任退入城，拽起吊桥。

◎此公只有叫苦等死的本领。

张飞回见玄德曰："军师溯江而来，尚且未到，反被我夺了头功。"玄德曰："山路险阻，如何无军阻当，长驱大进，先到于此？"张飞曰："于路关隘四十五处，皆出老将严颜之功，因此于路并不曾费分毫之力。"遂把义释严颜之事，从头说了一遍，引严颜见玄德。玄德谢曰："若非老将军，吾弟安能到此？"即脱身上黄金锁子甲以赐之。严颜拜谢。正待安排宴饮，忽闻哨马回报："黄忠、魏延和川将吴兰、雷铜交锋，城中吴懿、刘璝又引兵助战，两下夹攻，我军抵敌不住，魏、黄二将败阵投东去了。"张飞听得，便请玄德分兵两路，杀去救援。于是张飞在

◎强将手下无弱兵，弱将手下有强兵。刘璋虽是窝囊废，但他的这些部下，却并不弱。黄忠何其勇，魏延何其猛！然而也有被刘璋部将吴兰、雷铜、吴懿、刘璝打败的时候。尤其那个张任，有智有谋，能征惯战，宁死不降，不事二主，真是一条了不起的蜀中汉子。

左，玄德在右，杀奔前来。吴懿、刘璝见后面喊声起，慌退入城中。吴兰、雷铜只顾引兵追赶黄忠、魏延，却被玄德、张飞截住归路。黄忠、魏延又回马转攻。吴兰、雷铜料敌不住，只得将本部军马前来投降。玄德准其降，收兵近城下寨。

却说张任失了二将，心中忧虑。吴懿、刘璝曰："兵势甚危，不决一死战，如何得兵退？一面差人去成都见主公告急，一面用计敌之。"张任曰："吾来日领一军搦战，诈败，引转城北；城内再以一军冲出，截断其中：可获胜也。"吴懿曰："刘将军相辅公子守城，我引兵冲出助战。"约会已定。次日，张任引数千人马，摇旗呐喊，出城搦战。张飞上马出迎，更不打话，与张任交锋。战不十馀合，张任诈败，绕城而走。张飞尽力追之。吴懿一军截住，张任引军复回，把张飞围在垓心，进退不得。正没奈何，只见一队军从江边杀出。当先一员大将，挺枪跃马，与吴懿交锋；只一合，生擒吴懿，战退敌军，救出张飞。视之，乃赵云也。飞问："军师何在？"云曰："军师已至。想此时已与主公相见了也。"二人擒吴懿回寨。张任自退入东门去了。

张飞、赵云回寨中，见孔明、简雍、蒋琬已在帐中。飞下马来参军师。孔明惊问曰："如何得先到？"玄德具述义释严颜之事。孔明贺曰："张将军能用谋，皆主公之洪福也。"赵云解吴懿见玄德。玄德曰："汝

◎刘备进川，据《三国志·先主传》"先主并军三万馀人"，加上随后张飞山路来的，诸葛亮水路来的人马，当有五万人之多，益州虽富，凭空多添五万张吃饭的嘴，那是吃不消的。《三国志·蜀书》所记人物籍贯，自诸葛亮以下至杨戏止，有专传者计五十六人、有附传者计十六人，共计七十二人。其中除二人失载籍贯者外，尚馀七十人。而此七十人之中，隶籍益州者仅二十三人。非隶籍益州者，竟当其全体三分之二，当地人肯定觉得这不是一件多么开心的事。

◎孔明入川第一仗，是必须打赢的。所以，他把全部兵力、四员上将统统投入这场战斗，焉有不胜之理？至此，能不为庞统一叹乎！

降否？"吴懿曰："我既被捉，如何不降？"玄德大喜，亲解其缚。孔明问："城中有几人守城？"吴懿曰："有刘季玉之子刘循，辅将刘璝、张任。刘璝不打紧；张任乃蜀郡人，极有胆略，不可轻敌。"孔明曰："先捉张任，然后取雒城。"问："城东这座桥名为何桥？"吴懿曰："金雁桥。"孔明遂乘马至桥边，绕河看了一遍，回到寨中，唤黄忠、魏延听令曰："离金雁桥南五六里，两岸都是芦苇蒹葭，可以埋伏。魏延引一千枪手伏于左，单戳马上将；黄忠引一千刀手伏于右，单砍坐下马。杀散彼军，张任必投山东小路而来。张翼德引一千军伏在那里，就彼处擒之。"又唤赵云伏于金雁桥北："待我引张任过桥，你便将桥拆断，却勒兵于桥北，遥为之势，使张任不敢望北走，退投南去，却好中计。"调遣已定，军师自去诱敌。

却说刘璋差卓膺、张翼二将，前至雒城助战。张任教张翼与刘璝守城，自与卓膺为前后二队：任为前队，膺为后队，出城退敌。孔明引一队不整不齐军，过金雁桥来，与张任对阵。孔明乘四轮车，纶巾羽扇而出，两边百馀骑簇捧，遥指张任曰："曹操以百万之众，闻吾之名，望风而走；今汝何人，敢不投降？"张任看见孔明军伍不齐，在马上冷笑曰："人说诸葛亮用兵如神，原来有名无实！"把枪一招，大小军校齐杀过来。孔明弃了四轮车，上马退走过桥。张任从背后赶来。过了金雁桥，见玄德军在左，严颜军在右，冲杀将来。张任知是计，急回军时，桥已拆断了；欲投北去，只见赵云一军隔岸摆开，遂不敢投北，径往南绕河而走。走不到五七里，早到芦苇丛杂处。魏延一军从芦中忽起，都用长枪乱戳。黄忠一军伏在芦苇里，用长刀只剁马蹄。马军尽倒，皆被执缚。步军那里敢来？张任引数十骑望山路而走，正撞着张飞。张任方欲退走，张飞大喝一声，众军齐上，将张任活捉了。原来卓膺见张任中计，已投赵云军前降了，一发都到大寨。玄德赏了卓膺。张飞解张任至。孔明亦坐于帐中。玄德谓张任曰："蜀中诸将，望风而降，汝何不早投降？"张任睁目怒叫曰："忠臣岂肯事二主乎？"玄德曰："汝不识天时耳。降即免死。"任曰："今日便降，久后也不降！可速杀我！"玄德不忍杀之。张任厉声高骂。孔明命斩之以全其名。后人有诗赞曰：

烈士岂甘从二主，张君忠勇死犹生。
高明正似天边月，夜夜流光照雒城。

玄德感叹不已，令收其尸首，葬于金雁桥侧，以表其忠。

次日，令严颜、吴懿等一班蜀中降将为前部，直至雒城，大叫："早开门受降，免一城生灵受苦！"

◎刘璋虽为守家之犬，但他也有良臣勇将，并不都是张松、法正之流。读到这里，谁能说蜀中无人呢？《三国志·蜀书·刘二牧传第一》："明年（建安十七年），先主至葭萌，还兵南向，所在皆克。十九年进围成都数十日，城中尚有精兵三万人，谷帛支一年，吏民咸欲死战。璋言：'父子在州二十馀年无恩德以加百姓，百姓攻战三年，肌膏草野者，以璋故也，何心能安？'遂开城出降，群下莫不流涕。"历史的公正，总是要来的，有时会迟到，但不会缺席。

◎在李贤注的范晔《后汉书》里，谈到刘璋最后的下落："备迁璋于公安，公安，今荆州县。归其财宝，后以病卒。"《蜀志》曰："先主迁璋于公安南，犹佩振威将军印绶。孙权破关羽，取荆州，以璋为益州牧，留驻秭归。"这不知是孙权的幽默感呢，还是天道好还，刘璋又任为益州牧，而驻地正好安排在秭归，这让九泉之下的刘备情何以堪？

刘璝在城上大骂。严颜方待取箭射之，忽见城上一将，拔剑砍翻刘璝，开门投降。玄德军马入雒城，刘循开西门走脱，投成都去了。玄德出榜安民。杀刘璝者，乃武阳人张翼也。玄德得了雒城，重赏诸将。孔明曰："雒城已破，成都只在目前；惟恐外州郡不宁，可令张翼、吴懿引赵云抚外水江阳、犍为等处所属州郡，令严颜、卓膺引张飞抚巴西德阳所属州郡，就委官按治平靖，即勒兵回成都取齐。"张飞、赵云领命，各自引兵去了。孔明问："前去有何处关隘？"蜀中降将曰："止绵竹有重兵守御；若得绵竹，成都唾手可得。"孔明便商议进兵。法正曰："雒城既破，蜀中危矣。主公欲以仁义服众，且勿进兵。某作一书上刘璋，陈说利害，璋自然降矣。"孔明曰："孝直之言最善。"便令写书遣人径往成都。

却说刘循逃回见父，说雒城已陷，刘璋慌聚众官商议。从事郑度献策曰："今刘备虽攻城夺地，然兵不甚多，士众未附，野谷是资，军无辎重。不如尽驱巴西梓潼民，过涪水以西。其仓廪野谷，尽皆烧除，深沟高垒，静以待之。彼至请战，勿许。久无所资，不过百日，彼兵自走。我乘虚击之，备可擒也。"刘璋曰："不然。吾闻拒敌以安民，未闻动民以备敌也。此言非保全之计。"正议间，人报法正有书至。刘璋唤入。呈上书。璋拆开视之。其略曰：

昨蒙遣差结好荆州，不意主公左右不得其人，以致如此。今荆州眷念旧情，不忘族谊。主公若能幡然归顺，量不薄待。望三思裁示。

刘璋大怒，扯毁其书，大骂："法正卖主求荣、忘恩背义之贼！"逐其使者出城。即时遣妻弟费观，提兵前去守把绵竹。费观举保南阳人姓李，名严，字正方，一同领兵。当下费观、李严点三万军来守绵竹。益州太守董和，字幼宰，南郡枝江人也，上书与刘璋，请往汉中借兵。璋曰："张鲁与吾世仇，安肯相救？"和曰："虽然与我有仇，刘备军在雒城，势在危急，唇亡则齿寒，若以利害说之，必然肯从。"璋乃修书遣使前赴汉中。

却说马超自兵败入羌，二载有馀，结好羌兵，攻拔陇西州郡。所到之处，尽皆归降；惟冀城攻打不下。刺史韦康，累遣人求救于夏侯渊。渊不得曹操言语，未敢动兵。韦康见救兵不来，与众商议："不如投降马超。"参军杨阜哭谏曰："超等叛君之徒，岂可降之？"康曰："事势至此，不降何待？"阜苦谏不从。韦康大开城门，投拜马超。超大怒曰："汝今事急请降，非真心也！"将韦康四十馀口尽斩之，不留一人。有人言："杨阜劝韦康休降，可斩之。"超曰："此人守义，不可斩也。"复用杨阜为参军。

◎从来无永久之友，也无长远之敌，昨敌今友，今友昨敌，此一时也，彼一时也，这点圆通，是万万不可不悟的。

◎小人与小人，因利害关系，既容易撕破脸皮，不念旧情，也很容易重归于好，海誓山盟。从生物学的角度观察，越是低等动物，其感应力越接近于本能的条件反射，而少经脑子的考量。看刘璋和张鲁这两个窝囊废，从昨天的不共戴天，到今朝的勾肩搭背，其实，刘备对于刘璋，与张鲁对于刘璋，都是一丘之貉，只能付之一粲罢了。史学家吕思勉分析建安十七、十八年间刘备、刘璋争持，他的看法是："如其统观前后，则刘备的急于吞并刘璋，实在是失败的远因。倘使刘备老实一些，竟替刘璋出一把力，北攻张鲁，这是易如反掌可以攻下的。张鲁既下，而马超、韩遂等还未全败，彼此联合，以扰关中，曹操就难以对付了。"作为三流政治家的刘备，他的智商肯定达不到这样的谋略高度，那其实是政客的军师，根本不可能有如此宏大的远见。加之小手工业者，受小农思想的支配，三十亩地一头牛，为人生最高境界，争这块地盘，便是全力以赴的事情了。

◎马超绝无政治头脑可言，这种恃力使气的武夫，无论怎样勇猛善战，终归于败，是必无疑问的。

阜荐梁宽、赵衢二人，超尽用为军官。杨阜告马超曰：阜妻死于临洮，乞告两个月假，归葬其妻便回。马超从之。

　　杨阜过历城，来见抚彝将军姜叙。叙与阜是姑表兄弟：叙之母是阜之姑，时年已八十二。当日，杨阜入姜叙内宅，拜见其姑，哭告曰："阜守城不能保，主亡不能死，愧无面目见姑。马超叛君，妄杀郡守，一州士民，无不恨之。今吾兄坐据历城，竟无讨贼之心，此岂人臣之理乎？"言罢，泪流出血。叙母闻言，唤姜叙入，责之曰："韦使君遇害，亦尔之罪也。"又谓阜曰："汝既降人，且食其禄，何故又兴心讨之？"阜曰："吾从贼者，欲留残生，与主报冤也。"叙曰："马超英勇，急难图之。"阜曰："有勇无谋，易图也。吾已暗约下梁宽、赵衢。兄若肯兴兵，二人必为内应。"叙母曰："汝不早图，更待何时？谁不有死，死于忠义，死得其所也。勿以我为念。汝若不听义山之言，吾当先死，以绝汝念。"

　　叙乃与统兵校尉尹奉、赵昂商议。原来赵昂之子赵月，现随马超为裨将。赵昂当日应允，归见其妻王氏曰："吾今日与姜叙、杨阜、尹奉一处商议，欲报韦康之仇。吾想子赵月现随马超，今若兴兵，超必先杀吾子，奈何？"其妻厉声曰："雪君父之大耻，虽丧身亦不惜，何况一子乎！君若顾子而不行，吾当先死矣！"赵昂乃决。次日一同起兵。姜叙、杨阜

◎令人感动的母亲教子有方也，教子先教"做人"为第一要务！

屯历城，尹奉、赵昂屯祁山。王氏乃尽将首饰资帛，亲自往祁山军中，赏劳军士，以励其众。

马超闻姜叙、杨阜会合尹奉、赵昂举事，大怒，即将赵月斩之；令庞德、马岱尽起军马，杀奔历城来。姜叙、杨阜引兵出。两阵圆处，杨阜、姜叙衣白袍而出，大骂曰："叛君无义之贼！"马超大怒，冲将过来，两军混战。姜叙、杨阜如何抵得马超，大败而走。马超驱兵赶来。背后喊声起处，尹奉、赵昂杀来。超急回时，两下夹攻，首尾不能相顾。正斗间，刺斜里大队军马杀来。原来是夏侯渊得了曹操军令，正领军来破马超。超如何当得三路军马，大败奔回。走了一夜，比及平明，到得冀城叫门时，城上乱箭射下。梁宽、赵衢立在城上，大骂马超；将马超妻杨氏从城上一刀砍了，撇下尸首来；又将马超幼子三人，并至亲十馀口，都从城上一刀一个，剁将下来。超气噎塞胸，几乎坠下马来。背后夏侯渊引兵追赶。超见势大，不敢恋战，与庞德、马岱杀开一条路走。前面又撞见姜叙、杨阜，杀了一阵；冲得过去，又撞着尹奉、赵昂，杀了一阵。零零落落，剩得五六十骑，连夜奔走。四更前后，走到历城下，守门者只道姜叙兵回，大开门接入。超从城南门边杀起，尽洗城中百姓。至姜叙宅，拿出老母。母全无惧色，指马超而大骂。超大怒，自取剑杀之。尹奉、赵昂全家老幼，亦尽被马超所

◎这是《三国演义》中最为血腥的场面。人杀、杀人，家灭、族亡，也是马超从极光辉到暗淡，到退出历史的一刻。英雄末路，人还在，故事无，关张赵马黄的"马"，结局是最为平淡的了。

◎马超在潼关最终被曹操打散，遁入羌区。曹操班师，因为他的重中之重是中原，时为建安十五年（210），果如原凉州刺史兼从事杨阜所料，曹操一撤，在羌区的马超，元气恢复，必然纠结人马，陇上诸郡，又会被其占领。于是，只剩下一座孤城的冀城，马超、杨阜之间，展开了夺城、夺城的拉锯战，双方滥杀家族亲人，是《三国演义》最为血腥恐怖的一幕。其实，马超之没头脑，甚于吕布，夏侯渊不敢西进，无兵无马的杨阜，能奈何何？最后兵败投张鲁而舍刘备，那是与你参马腾同署衣带诏者，这点大道理都不明白，太愚蠢了。

杀。昂妻王氏因在军中，得免于难。次日，夏侯渊大军至，马超弃城杀出，望西而逃。行不得二十里，前面一军摆开，为首的是杨阜。超切齿而恨，拍马挺枪刺之。阜宗弟七人，一齐来助战。马岱、庞德敌住后军。宗弟七人，皆被马超杀死。阜身中五枪，犹然死战。后面夏侯渊大军赶来，马超遂走。只有庞德、马岱五七骑后随而去。夏侯渊自行安抚陇西诸州人民，令姜叙等各各分守，用车载杨阜赴许都，见曹操。操封阜为关内侯。阜辞曰："阜无捍难之功，又无死难之节，于法当诛，何颜受职？"操嘉之，卒与之爵。

却说马超与庞德、马岱商议，径往汉中投张鲁。张鲁大喜，以为得马超，则西可以吞益州，东可以拒曹操，乃商议欲以女招超为婿。大将杨柏谏曰："马超妻子遭惨祸，皆超之贻害也。主公岂可以女与之？"鲁从其言，遂罢招婿之议。或以杨柏之言，告知马超。超大怒，有杀杨柏之意。杨柏知之，与兄杨松商议，亦有图马超之心。正值刘璋遣使求救于张鲁，鲁不从。忽报刘璋又遣黄权到。权先来见杨松，说："东西两川，实为唇齿；西川若破，东川亦难保矣。今若肯相救，当以二十州相酬。"松大喜，即引黄权来见张鲁，说唇齿利害，更以二十州相谢。鲁喜其利，从之。巴西阎圃谏曰："刘璋与主公世仇，今事急求救，诈许割地，不可从也。"忽阶下一人进曰：

"某虽不才，愿乞一旅之师，生擒刘备。务要割地以还。"正是：

方看真主来西蜀，又见精兵出汉中。

未知其人是谁，且看下文分解。

　　刘璋虽然弱暗，但他爱惜百姓，不忍百姓为他受到杀戮，故他的仁是真仁。刘备假仁，兵临城下，刘璋真仁，扫地出门。曹操从来不讲仁，所以，他最为强势。

　　清人毛宗岗，《三国演义》评点大家，他说："从来有仁心者，每每吃亏，每每失事，为之一叹。"刘璋好心收留刘备，一是皇叔的英名，二是皇叔的仁义，三也是他那些背主求荣的部下的撺掇，结果，引狼入室，养虎贻患，哪想到好心换来的却是鸠占鹊巢。毛宗岗分析道："厚为无用之别名，非忠厚之无用，忠厚而不精明之为无用也。刘璋失岂在仁，失在仁而不智耳。"也算是一家之言吧！

　　章回小说的评点，肇始于明人李贽，为万历三十八年（1610）容与堂刻一百回本《李卓吾先生批评忠义水浒传》，然后，张竹坡评《金瓶梅》，金圣叹评《水浒传》，毛宗岗父子评《三国演义》，以及脂砚斋评《石头记》，便广泛流行开来。

　　于是，这种评论家得以与作家在同一平台上发声，只有我们中国文学才有的评论样式，在这个世界文学史上称得上独一无二。然而，随着章回小说的热潮消退，五四新文学运动中现代小说的兴起，依附于章回小说的评点，也退出了历史舞台。

　　不过，古典白话小说的评点，还是读懂作品的一把钥匙。评点，说白了，是评点者介入于作者和读者之间的对话，听听，会有益处。

第六十五回

马超大战葭萌关
刘备自领益州牧

　　在中国历史上，执法标准有宽严之分，乱世用宽容，弛世行重典。刘备、诸葛亮入蜀，制定法典。在《三国志·诸葛亮传》的注中，引《蜀记》载诸葛亮与法正的一席话：

　　"亮刑法峻急，刻剥百姓，自君子小人咸怀怨叹，法正谏曰：'昔高祖入关，约法三章，秦民知德，今君假借威力，跨据一州，初有其国，未垂惠抚；且客主之义，宜相降下，原缓刑弛禁，以慰其望。'亮答曰：'君知其一，未知其二。秦以无道，政苛民怨，匹夫大呼，天下土崩；高祖因之，可以弘济。刘璋暗弱，自焉以来，有累世之恩，文法羁縻，互相承奉，德政不举，威刑不肃。蜀土人士，专权自恣，君臣之道，渐以陵替。宠之以位，位极则贱；顺之以恩，恩竭则慢。所以致敝，实由于此。吾今威之以法，法行则知恩；限之以爵，爵加则知荣。荣恩并济，上下有节，为治之要，于斯而著矣！'"

　　失之以宽，和失之以严，都不利于治。任何事情总应以适度为佳，诸葛亮与法正把事情搞到"一饭之德，睚眦之怨，无不报复"的绝对化程度，这就是中国人凡矫枉必过正的老毛病了。尽管诸葛亮英明无比，但在这些问题的处置上，有时也是相当好走极端的。

　　中国历代的统治者和被统治者，其中是存在着一种契约关系的，那就是《孟子·离娄篇下》所说："君之视臣如手足，则臣之视君为腹心。君之视臣如犬马，则臣视君如国人。君之视臣如土芥，则臣之视君如寇仇。"这其间是有度的，超过这个度，老百姓便要造反了。

　　诸葛亮主张用重典，士兵犯错，罚棍二十，他也要在场全程观察。司马懿笑话他，这样一位惩罚主义者，岂不累死？

　　尽管诸葛亮优秀无比，圣明无比，但在治蜀问题的处置上，也并非至美至善。对于诸葛亮的治绩，有"刑法峻急，刻剥百姓，自君子小人感怀怨叹"的非议。对其北伐，也有"空劳师旅，无岁不征，未能进咫尺之地，开帝王之基，而使国内受其荒残，西土苦其役调"的歧议。虽然有这些微词，也无碍于这位丞相"鞠躬尽瘁"的光辉形象。

　　却说阎圃正劝张鲁勿助刘璋，只见马超挺身出曰："超感主公之恩，无可上报。愿领一军攻取葭萌关，生擒刘备。务要刘璋割二十州奉还主公。"张鲁大喜，先遣黄权从小路而回，随即点兵二万与马超。此时庞德卧病不能行，留于汉中。张鲁令杨柏监军。超与弟马岱选日起程。

　　却说玄德军马在雒城。法正所差下书人回报说："郑度劝刘璋尽烧野谷，并各处仓廪，率巴西之民，避于涪水西，深沟高垒而不战。"玄德、孔明闻之，皆大惊曰："若用此言，吾势危矣！"法正笑曰："主公勿忧。此计虽毒，刘璋必不能用也。"不一日，人传刘璋不肯迁动百姓，不从郑度之言。玄德闻之，方始宽心。孔明曰："可速进兵取绵竹。如得此处，成都易取矣。"遂遣黄忠、魏延领兵前进。费观听知玄德兵来，差李严出迎。严领三千兵出，各布阵完。黄忠出马，与李严战四五十合，不分胜败。孔明在阵中教鸣金收军。黄忠回阵，问曰："正待要擒李严，军师何故收兵？"孔明曰："吾已见李严武艺，不可力取。来日再战，汝可诈败，引入山峪，出奇兵以胜之。"黄忠领计。次日，李严再引兵来，黄忠又出战，不十合诈败，引兵便走。李严赶来，迤逦赶入山峪，猛然省悟。急待回来，前面魏延引兵摆开。孔明自在山头，唤曰："公如不降，两下已伏强弩，欲与吾庞士元报仇矣。"李严慌下马卸甲投降。军士不曾伤害一人。孔明引李

◎曹操对张鲁的评价"碌碌小人"四字，这倒是挺准的。

◎《资治通鉴》载："益州从事广汉郑度闻刘备举兵，谓刘璋曰：'左将军悬军袭我，兵不满万，士众未附，军无辎重，野谷是资，其计莫若尽驱巴西、梓潼民内涪水以西，其仓廪野谷，一皆烧除，高垒深沟，静以待之。彼至请战，勿许，久无所资，不过百日，必将自走，走而击之，此必禽耳。'"在战争中，这种坚壁清野的焦土战术，是经常采用的。但刘璋却说："吾闻拒敌以安民，未闻动民以避敌也。"这位统治者倒真称得上仁义了，为了老百姓的安，自己则危了。

严见玄德。玄德待之甚厚。严曰："费观虽是刘益州亲戚，与某甚密，当往说之。"玄德即命李严回城招降费观。严入绵竹城，对费观赞玄德如此仁德；今若不降，必有大祸。观从其言，开门投降。玄德遂入绵竹，商议分兵取成都。忽流星马急报，言："孟达、霍峻守葭萌关，今被东川张鲁遣马超与杨柏、马岱领兵攻打甚急，救迟则关隘休矣。"玄德大惊。孔明曰："须是张、赵二将，方可与敌。"玄德曰："子龙引兵在外未回。翼德已在此，可急遣之。"孔明曰："主公且勿言，容亮激之。"

◎常用这种激将法，为将者和为帅者的智商，值得打个问号。其实，将和帅都没有问题，只是说书人和听书人的智商成问题罢了。

却说张飞闻马超攻关，大叫而入曰："辞了哥哥，便去战马超也！"孔明佯作不闻，对玄德曰："今马超侵犯关隘，无人可敌；除非往荆州取关云长来，方可与敌。"张飞曰："军师何故小觑吾！吾曾独拒曹操百万之兵，岂愁马超一匹夫乎！"孔明曰："翼德拒水断桥，此因曹操不知虚实耳；若知虚实，将军岂得无事？今马超之勇，天下皆知，渭桥六战，杀得曹操割须弃袍，几乎丧命，非等闲之比。云长且未必可胜。"飞曰："我只今便去；如胜不得马超，甘当军令！"孔明曰："既尔肯写文书，便为先锋。请主公亲自去一遭。留亮守绵竹。待子龙来，却作商议。"魏延曰："某亦愿往。"孔明令魏延带五百哨马先行，张飞第二，玄德后队，望葭萌关进发。魏延哨马先到关下，正遇杨柏。魏延与杨柏交战，不十合，杨柏败走。魏延要夺张飞头功，乘势赶去。前面一军摆开，为首乃是马岱。魏延只道是马超，舞刀跃马迎之。与岱战不十合，岱败走。延赶去，被岱回身一箭，中了魏延左臂。延急回马走。马岱赶到关前，只见一将喊声如雷，从关上飞奔至面前。原来是张飞初到关上，听得关前厮杀，便来看时，正见魏延中箭，因骤马下关，救了魏延。飞喝马岱曰："汝是何人？先通姓名，然后厮杀！"马岱曰："吾乃西凉马岱是也。"张飞曰："你原来不是马超，快回去！非吾对手！只令马超那厮自来，说道燕人张飞在此！"马岱大怒曰："汝焉敢小觑我！"挺枪跃马，直取张飞。战不十合，马岱败走。张飞欲待追赶，关上一骑马到来，叫："兄弟且休去！"飞回视之，原来是玄德到来。飞遂不赶，一同上关。玄德曰："恐怕你性躁，故我随后赶来到此。既然胜了马岱，且歇一宵，来日战马超。"

次日天明，关下鼓声大震，马超兵到。玄德在关上看时，门旗影里，马超纵骑持枪而出；狮盔兽带，银甲白袍：一来结束非凡，二者人才出众。玄德叹曰："人言'锦马超'，名不虚传！"张飞便要下关。玄德急止之曰："且休出战。先当避其锐气。"关下马超单搦张飞出马，关上张飞恨不得平吞马超，三五番皆被玄德当住。看看午后，玄德望见马超阵上人马皆倦，遂选五百骑，跟着张飞，冲下关来。马超见张飞军到，把枪望后一招，约退军有一箭之地。张飞军马一齐扎住；

◎凡写魏延，总是一色。如此无一是处之人，刘备迁成都后，能将汉中太守重职，不委张飞而委他么？

◎马超战张飞，这一场精彩马战将近三百回合，真是一场苦战。骑马作战，若以上一回合交手后，马冲过去，骑者因手持武器，无法使用缰绳，只能以脚蹬指挥马匹，使座骑拐弯回来与对方再交手，开始新一回合。设定马与马主配合默契，即使最小弧度的转弯，过程最短也需1-3分钟。这就是说张飞与马超的马战，持续将近十几个小时，是绝对不可能的。所以，古典白话小说中的"大战数百回合，不分胜负"，只能理解为"双方武力相当，并且交战了很多时间"，其他就不必推敲，也经不起推敲的。

◎马超公侯世家，哪看得上涿州某区某乡的一个没落户？

◎挑灯夜战，壮观非凡。

◎《三国演义》最擅长描写这类两强直接交手的场面，这也是吸引读者眼球的篇章，更是说书、戏剧、影视、绘画最热衷的题材。武艺之高超绝伦，功夫之特立独行，情节之起伏跌宕，厮杀之惊心动魄，黑张飞和锦马超的这场恶战，龙争虎斗之刀起剑落，英雄豪气之风起云涌，真让人看得气都喘不过来。掩卷之余，不禁思索，为什么此后的中国人，被外国人打，跟外国人打，自己人跟自己人打，打了不知多少大仗、恶仗，为什么就再读不到一本让我们念念不忘的战争小说了呢？

关上军马，陆续下来。张飞挺枪出马，大呼："认得燕人张翼德么！"马超曰："吾家屡世公侯，岂识村野匹夫！"张飞大怒。两马齐出，二枪并举。约战百馀合，不分胜负。玄德观之，叹曰："真虎将也！"恐张飞有失，急鸣金收军。两将各回。张飞回到阵中，略歇马片时，不用头盔，只裹包巾上马，又出阵前搦马超斯杀。超又出。两个再战。玄德恐张飞有失，自披挂下关，直至阵前；看张飞与马超又斗百馀合，两个精神倍加。玄德教鸣金收军。二将分开，各回本阵。是日天色已晚，玄德谓张飞曰："马超英勇，不可轻敌，且退上关。来日再战。"张飞杀得性起，那里肯休？大叫曰："誓死不回！"玄德曰："今日天晚，不可战矣。"飞曰："多点火把，安排夜战！"马超亦换了马，再出阵前，大叫曰："张飞！敢夜战么？"张飞性起，问玄德换了坐下马，抢出阵来，叫曰："我捉你不得，誓不上关！"超曰："我胜你不得，誓不回寨！"两军呐喊，点起千百火把，照耀如同白日。两将又向阵前鏖战。到二十馀合，马超拨回马便走。张飞大叫曰："走那里去！"原来马超见赢不得张飞，心生一计：诈败佯输，赚张飞赶来，暗掣铜锤在手，扭回身觑着张飞便打将来。张飞见马超走，心中也提防；比及铜锤打来时，张飞一闪，从耳朵边过去。张飞便勒回马走时，马超却又赶来。张飞带住马，拈弓搭箭，回射马超；超却闪过。二将各自回阵。玄德自于阵前叫曰："吾以仁义待人，不施谲诈。马孟起，你收兵歇息，我不乘势赶你。"马超闻言，亲自断后，诸军渐退。玄德亦收军上关。

次日，张飞又欲下关战马超。人报军师来到。玄德接着孔明。孔明曰："亮闻孟起世之虎将，若与翼德死战，必有一伤；故令子龙、汉升守住绵竹，我星夜来此。可用条小计，令马超归降主公。"玄德曰："吾见马超英勇，甚爱之。如何可得？"孔明曰："亮闻东川张鲁，欲自立为'汉宁王'。手下谋士杨松，极贪贿赂。主公可差人从小路径投汉中，先用金银结好杨松，后进书与张鲁云：'吾与刘璋争西川，是与汝报仇。不可听信离间之语。事定之后，保汝为汉宁王。'令其撤回马超兵。待其来撤时，便可用计招降马超矣。"玄德大喜，即时修书，差孙乾赍金珠从小路径至汉中，先来见杨松，说知此事，送了金珠。松大喜，先引孙乾见张鲁，陈言方便。鲁曰："玄德只是左将军，如何保得我为汉宁王？"杨松曰："他是大汉皇叔，正合保奏。"张鲁大喜，便差人教马超罢兵。孙乾只在杨松家听回信。

◎金钱开路，无有不通行的道理。

不一日，使者回报："马超言：未成功，不可退兵。"张鲁又遣人去唤，又不肯回。一连三次不至。杨松曰："此人素无信行，不肯罢兵，其意必反。"遂使人流言云："马超意欲夺西川，自为蜀主，与父报仇，不肯臣于汉中。"张鲁闻之，问计于杨松。松曰："一面差人去说与马超：'汝既欲成功，与汝一月

◎诸葛亮若果然成行，就属于轻举妄动了。《三国演义》这种本心在于增益而效果适得其反的写法，最不可取。

限，要依我三件事。若依得，便有赏；否则必诛：一要取西川，二要刘璋首级，三要退荆州兵。三件事不成，可献头来。'一面教张卫点军守把关隘，防马超兵变。"鲁从之，差人到马超寨中，说这三件事。超大惊曰："如何变得恁的！"乃与马岱商议："不如罢兵。"杨松又流言曰："马超回兵，必怀异心。"于是张卫分七路军，坚守隘口，不放马超兵入。超进退不得，无计可施。孔明谓玄德曰："今马超正在进退两难之际，亮凭三寸不烂之舌，亲往超寨，说马超来降。"玄德曰："先生乃吾之股肱心腹，倘有疏虞，如之奈何？"孔明坚意要去。玄德再三不肯放去。

正踌躇间，忽报赵云有书荐西川一人来降。玄德召入问之。其人乃建宁俞元人也，姓李，名恢，字德昂。玄德曰："向日闻公苦谏刘璋，今何故归我？"恢曰："吾闻：'良禽相木而栖，贤臣择主而事。'前谏刘益州者，以尽人臣之心；既不能用，知必败矣。今将军仁德布于蜀中，知事必成，故来归耳。"玄德曰："先生此来，必有益于刘备。"恢曰："今闻马超在进退两难之际。恢昔在陇西，与彼有一面之交，愿往说马超归降，若何？"孔明曰："正欲得一人替吾一往。愿闻公之说词。"李恢于孔明耳畔陈说如此如此。孔明大喜，即时遣行。

恢行至超寨，先使人通姓名。马超曰："吾知李恢乃辩士，今必来说我。"先唤二十刀斧手伏于帐下，嘱曰："令汝砍，即砍为肉酱！"须臾，李恢昂然而入。

马超端坐帐中不动，叱李恢曰："汝来为何？"恢曰："特来作说客。"超曰："吾匣中宝剑新磨。汝试言之。其言不通，便请试剑！"恢笑曰："将军之祸不远矣！但恐新磨之剑，不能试吾之头，将欲自试也！"超曰："吾有何祸？"恢曰："吾闻越之西子，善毁者不能闭其美；齐之无盐，善美者不能掩其丑；'日中则昃，月满则亏'：此天下之常理也。今将军与曹操有杀父之仇，而陇西又有切齿之恨；前不能救刘璋而退荆州之兵，后不能制杨松而见张鲁之面；目下四海难容，一身无主；若复有渭桥之败，冀城之失，何面目见天下之人乎？"超顿首谢曰："公言极善；但超无路可行。"恢曰："公既听吾言，帐下何故伏刀斧手？"超大惭，尽叱退。恢曰："刘皇叔礼贤下士，吾知其必成，故舍刘璋而归之。公之尊人，昔年曾与皇叔约共讨贼，公何不背暗投明，以图上报父仇，下立功名乎？"马超大喜，即唤杨柏入，一剑斩之，将首级共恢一同上关来降玄德。玄德亲自接入，待以上宾之礼。超顿首谢曰："今遇明主，如拨云雾而见青天！"时孙乾已回。玄德复命霍峻、孟达守关，便撤兵来取成都。赵云、黄忠接入绵竹。人报蜀将刘晙、马汉引军到。赵云曰："某愿往擒此二人！"言讫，上马引军出。玄德在城上管待马超吃酒。未曾安席，子龙已斩二人之头，献于筵前。马超亦惊，倍加敬重。超曰："不须主公军马厮杀，超自唤出刘璋来降。如不肯降，超自与弟马岱

◎诱降者无非两道，一则动之以利，一则示之以害，而后者有时比前者要更具说服力些。在财宝与死亡的选择上，除非那些真是要钱不要命者，一般来说，还是以保住首级为最要紧的。

◎这句话点中了马超的穴。

◎王夫之说："论者曰'刘璋暗弱'，岂果昏屠之甚乎？其不断者，不能早授州于先主，而多此战争耳。自知不逮而引退以避之，可谓保身之智矣。其属吏悻悻以争气矜之雄，以毒天下，何足尚哉！"老先生不知道，有一丝清醒，总比彻底的昏聩好，但是，在中国历史上，握权者通常不肯自动下台的。

◎《三国志》载张郃言"刘璋愚弱而守善言，未为无道之主也"。很少有统治者能想到他的老百姓，而把权力拱手让人的，刘璋简直是例外的例外。

取成都，双手奉献。"玄德大喜。是日尽欢。

却说败兵回到益州，报刘璋。璋大惊，闭门不出。人报城北马超救兵到，刘璋方敢登城望之。见马超、马岱立于城下，大叫："请刘季玉答话。"刘璋在城上问之。超在马上以鞭指曰："吾本领张鲁兵来救益州，谁想张鲁听信杨松谗言，反欲害我。今已归降刘皇叔。公可纳土拜降，免致生灵受苦。如或执迷，吾先攻城矣！"刘璋惊得面如土色，气倒于城上。众官救醒。璋曰："吾之不明，悔之何及！不若开门投降，以救满城百姓。"董和曰："城中尚有兵三万馀人；钱帛粮草，可支一年：奈何便降？"刘璋曰："吾父子在蜀二十馀年，无恩德以加百姓；攻战三年，血肉捐于草野：皆我罪也。我心何安？不如投降以安百姓。"众人闻之，皆堕泪。忽一人进曰："主公之言，正合天意。"视之，乃巴西西充国人也，姓谯，名周，字允南。此人素晓天文。璋问之，周曰："某夜观乾象，见群星聚于蜀郡；其大星光如皓月，乃帝王之象也。况一载之前，小儿谣云：'若要吃新饭，须待先生来。'此乃预兆。不可逆天道。"黄权、刘巴闻言皆大怒，欲斩之。刘璋当住。忽报："蜀郡太守许靖，逾城出降矣。"刘璋大哭归府。

次日，人报刘皇叔遣幕宾简雍在城下唤门。璋令开门接入。雍坐车中，傲睨自若。忽一人掣剑大喝曰："小辈得志，傍若无人！汝敢藐视吾蜀中人物耶！"

雍慌下车迎之。此人乃广汉绵竹人也，姓秦，名宓，字子敕。雍笑曰："不识贤兄，幸勿见责。"遂同入见刘璋，具说玄德宽洪大度，并无相害之意。于是刘璋决计投降，厚待简雍。次日，亲赍印绶文籍，与简雍同车出城投降。玄德出寨迎接，握手流涕曰："非吾不行仁义，奈势不得已也！"共入寨，交割印绶文籍，并马入城。

玄德入成都，百姓香花灯烛，迎门而接。玄德到公厅，升堂坐定。郡内诸官，皆拜于堂下；惟黄权、刘巴，闭门不出。众将忿怒，欲往杀之。玄德慌忙传令曰："如有害此二人者，灭其三族！"玄德亲自登门，请二人出仕。二人感玄德恩礼，乃出。孔明请曰："今西川平定，难容二主：可将刘璋送去荆州。"玄德曰："吾方得蜀郡，未可令季玉远去。"孔明曰："刘璋失基业者，皆因太弱耳。主公若以妇人之仁，临事不决，恐此土难以长久。"玄德从之，设一大宴，请刘璋收拾财物，佩领振威将军印绶，令将妻子良贱，尽赴南郡公安住歇，即日起行。

玄德自领益州牧。其所降文武，尽皆重赏，定拟名爵：严颜为前将军，法正为蜀郡太守，董和为掌军中郎将，许靖为左将军长史，庞义为营中司马，刘巴为左将军，黄权为右将军。其余吴懿、费观、彭羕、卓膺、李严、吴兰、雷铜、李恢、张翼、秦宓、谯周、吕义、霍峻、邓芝、杨洪、周群、费祎、费诗、孟达，

◎一个动不动哭哭啼啼之人，与妇人何异？

◎纯粹是假惺惺了。要是按庞统主意，不也就这样以"不得已"三字了结么？结果，绕了一大圈，付出了沉重代价，拿今天的说法，那就是付学费了。

◎这位大哥大是慢待不得的。

◎赵云是几位武将中最具政治头脑的一位。

◎于是，《蜀科》列入议程。这是刘备统治之下的益州地方法，当时他还没有立国，所以标上"蜀"。刘备也好，孙权也好，与曹操最大不同处，刘、孙二人，从来也没有打过统一全国的算盘，制定《蜀科》，表明刘备只打算在四川盆地做一个长治久安的分裂主义者罢了。

文武投降官员，共六十馀人，并皆擢用。诸葛亮为军师，关云长为荡寇将军、汉寿亭侯，张飞为征虏将军、新亭侯，赵云为镇远将军，黄忠为征西将军，魏延为扬武将军，马超为平西将军。孙乾、简雍、糜竺、糜芳、刘封、吴班、关平、周仓、廖化、马良、马谡、蒋琬、伊籍，及旧日荆襄一班文武官员，尽皆升赏。遣使赍黄金五百斤、白银一千斤、钱五千万、蜀锦一千匹，赐与云长。其馀官将，给赏有差。杀牛宰马，大犒士卒，开仓赈济百姓：军民大悦。

益州既定，玄德欲将成都有名田宅，分赐诸官。赵云谏曰："益州人民，屡遭兵火，田宅皆空；今当归还百姓，令安居复业，民心方服；不宜夺之为私赏也。"玄德大喜，从其言。使诸葛军师定拟治国条例，刑法颇重。法正曰："昔高祖约法三章，黎民皆感其德。愿军师宽刑省法，以慰民望。"孔明曰："君知其一，未知其二：秦用法暴虐，万民皆怨，故高祖以宽仁得之。今刘璋暗弱，德政不举，威刑不肃；君臣之道，渐以陵替。宠之以位，位极则残；顺之以恩，恩竭则慢。所以致弊，实由于此。吾今威之以法，法行则知恩；限之以爵，爵加则知荣。恩荣并济，上下有节。为治之道，于斯著矣。"法正拜服。自此军民安堵。四十一州地面，分兵镇抚，并皆平定。法正为蜀郡太守，凡平日一餐之德，睚眦之怨，无不报复。或告孔明曰："孝直太横，宜稍斥之。"孔明曰："昔主公困守荆州，北畏曹操，东惮孙权，赖孝直为之辅翼，遂翻然翱翔，不可复制。今奈何禁止孝直，使不得少行其意耶？"因竟不问。法正闻之，亦自敛戢。

一日，玄德正与孔明闲叙，忽报云长遣关平来谢所赐金帛。玄德召入。平拜罢，呈上书信曰："父亲知马超武艺过人，要入川来与之比试高低。教就禀伯父此事。"玄德大惊曰："若云长入蜀，与孟起比试，势不两立。"孔明曰："无妨。亮自作书回之。"玄德只恐云长性急，便教孔明写了书，发付关平星夜回荆州。平回至荆州，云长问曰："我欲与马孟起比试，汝曾说否？"平答曰："军师有书在此。"云长拆开视之。其书曰：

> 亮闻将军欲与孟起分别高下。以亮度之：孟起虽雄烈过人，亦乃黥布、彭越之徒耳；当与翼德并驱争先，犹未及美髯公之绝伦超群也。今公受任守荆州，不为不重；倘一入川，若荆州有失，罪莫大焉。惟冀明照。

云长看毕，自绰其髯笑曰："孔明知我心也。"将书遍示宾客，遂无入川之意。

却说东吴孙权，知玄德并吞西川，将刘璋逐于公安，遂召张昭、顾雍商议曰："当初刘备借我荆州时，说取了西川，便还荆州。今已得巴蜀四十一

◎关羽是非有这事、非有这话不可的。这种自以为老子天下第一的人，总是成事不足，败事有余。

◎一派虚荣。

州，须用取索汉上诸郡。如其不还，即动干戈。"
张昭曰："吴中方宁，不可动兵。昭有一计，使刘
备将荆州双手奉还主公。"正是：

西蜀方开新日月，东吴又索旧山川。

未知其计如何，且看下文分解。

　　关老爷的骄傲自满、自以为是的毛病，到了荆州，当一把手后，更是刚愎自用，狂妄跋扈，这种症状的发生，一是自我过分膨胀，一是刘玄德过分倚重，一是诸葛亮过分迁就，遂被惯出一身毛病来。

　　王夫之认为："关羽，可用之材也，失其可用而卒至于败亡，昭烈之骄之也，私之也。"刘备把这样"于百万军中取上将之头，如探囊取物耳"的战神，派到三国相峙的敏感地区，主持全面工作，太失当了。他跟你是哥儿们，你信得过他，但他干得了干不了，并不取决于你对他的信任，和他对你的忠诚。对既无战略思想，更无政治才能，谈不到高瞻远瞩，更无所谓通盘谋划的关羽来说，根本就挑不动这副担子。

　　在这个世界上，突然有了很大的权，很多的钱，很响的名，尔后头脑发热，感觉错位，在别人眼里，不过是可笑的浅薄而已。而他本人，总是发热错位下去，后果肯定不会很好。要是关老爷有些许清醒，恐怕也不至于败走麦城，身首异处。看来，诸葛亮作为一个知识分子，也有其无药可治的软弱性，对于这位身居高位、后台很硬、自视为神、不买他账的汉寿亭侯，除了顾全大局以自勉，并大抹稀泥外，还能有什么作为呢？

　　关羽的英武盖世，威震华夏，就因为他既有百万军中取上将之头的勇气，也有横扫千军如卷席之威风，更有忠贞节烈刚正不阿之大义，和临危不惧虽龙潭虎穴不辞之胆略。人，是需要一点精神的，正因为《三国演义》一书中所塑造的他，恰恰凝聚了中华文化中视为典范的精神全部。这样，他就成了人们景仰的神。大家视其为神，可以；自己视自己为神，那就是病。

第六十六回
关云长单刀赴会
伏皇后为国捐生

关云长单刀赴会，是他一生颇为辉煌的篇章。第一，他敢去，不怯场；第二，他不辱使命，功成身返。因为他实在拿不出什么道理说服东吴。因此，《三国演义》为此大吹特吹。其实，《资治通鉴》载他被鲁肃驳诘到无言语塞的场面："肃曰：'不然，始于豫州观于长坂，豫州之众不当一校，计穷虑极，志势摧弱，图欲远窜，望不及此，主上矜悯豫州之身无有处所，不爱土地士民之力，使有所庇荫以济其患，而豫州私独饰情，愆德堕好，今已藉手于西川矣，又欲翦并荆州之土，斯盖凡夫所不忍行，而况整领人物之主乎！'羽无以答，会闻魏公操将攻汉中，刘备惧失益州，便使求和于权。"但《三国演义》不讲这些，却重点放在关羽能进得去、出得来那无惧无畏的气势上。

单枪匹马，亲到敌营谈判，面对面进行较量，身陷虎口，具有相当危险，但能不卑不亢，随机应变，又能化险为夷，取得上风，但关羽唯知武力，不足为训。

关羽单刀赴会，称得上审时度势，判断准确，反应得当，措施不俗，因而表现出胆识和勇气，不过，他的成功，幸运在于谈判对手是亲蜀派鲁肃，换个人试试，怕就不是这样一个结果。关羽最后一招，方显出他武夫的本领，"手提大刀，亲握鲁肃，（东吴方面）恐肃被伤，遂不敢动。云长到船边，却才放手，早立于船首，与鲁肃作别。肃如痴似呆，看关公船已乘风而去"。老关到底是推车运输，靠胳膊起家，也算是混混出身，饱读诗书的鲁肃，哪想到他竟会来以陪绑保他安全这一手，对这样的谈判代表，也只能"如痴似呆"了。

却说孙权要索荆州。张昭献计曰："刘备所倚仗者，诸葛亮耳。其兄诸葛瑾今仕于吴，何不将瑾老小执下，使瑾入川告其弟，令劝刘备交割荆州：'如其

◎孙策遗言，外事问周瑜，内事问张昭，只要张昭一插手外事，这主意不是很馊，就是很糟。

不还，必累及我老小。'亮念同胞之情，必然应允。"权曰："诸葛瑾乃诚实君子，安忍拘其老小？"昭曰："明教知是计策，自然放心。"权从之，召诸葛瑾老小，虚监在府；一面修书，打发诸葛瑾往西川去。不数日，早到成都，先使人报知玄德。玄德问孔明曰："令兄此来为何？"孔明曰："来索荆州耳。"玄德曰："何以答之？"孔明曰："只须如此如此。"

◎诸葛两兄弟，都是表演给别人看的。

计会已定，孔明出郭接瑾。不到私宅，径入宾馆。参拜毕，瑾放声大哭。亮曰："兄长有事但说。何故发哀？"瑾曰："吾一家老小休矣！"亮曰："莫非为不还荆州乎？因弟之故，执下兄长老小，弟心何安？兄休忧虑，弟自有计还荆州便了。"瑾大喜，即同孔明入见玄德，呈上孙权书。玄德看了，怒曰："孙权既以妹嫁我，却乘我不在荆州，竟将妹子潜地取去，情理难容！我正要大起川兵，杀下江南，报我之恨，却还想来索荆州乎！"孔明哭拜于地，曰："吴侯执下亮兄长老小，倘若不还，吾兄将全家被戮。兄死，亮岂能独生？望主公看亮之面，将荆州还了东吴，全亮兄弟之情！"玄德再三不肯，孔明只是哭求。玄德徐徐曰："既如此，看军师面，分荆州一半还之：将长沙、零陵、桂阳三郡与他。"亮曰："既蒙见允，便可写书与云长令交割三郡。"玄德曰："子瑜到彼，须用善言求吾弟。吾弟性如烈火，吾尚惧之。切宜仔细。"

瑾求了书，辞了玄德，别了孔明，登途径到荆州。云长请入中堂，宾主相叙。瑾出玄德书曰："皇叔许先以三郡还东吴，望将军即日交割，令瑾好回见吾主。"云长变色曰："吾与吾兄桃园结义，誓共匡扶汉室。荆州本大汉疆土，岂得妄以尺寸与人？'将在外，君命有所不受'。虽吾兄有书来，我却只不还。"瑾曰："今吴侯执下瑾老小，若不得荆州，必将被诛。望将军怜之！"云长曰："此是吴侯谲计，如何瞒得我过！"瑾曰："将军何太无面目？"云长执剑在手曰："休再言！此剑上并无面目！"关平告曰："军师面上不好看，望父亲息怒。"云长曰："不看军师面上，教你回不得东吴！"

瑾满面羞惭，急辞下船，再往西川见孔明。孔明已自出巡去了。瑾只得再见玄德，哭告云长欲杀之事。玄德曰："吾弟性急，极难与言。子瑜可暂回，容吾取了东川、汉中诸郡，调云长往守之，那时方得交付荆州。"瑾不得已，只得回东吴见孙权，具言前事。孙权大怒曰："子瑜此去，反覆奔走，莫非皆是诸葛亮之计？"瑾曰："非也。吾弟亦哭告玄德，方许将三郡先还，又无奈云长恃顽不肯。"孙权曰："既刘备有先还三郡之言，便可差官前去长沙、零陵、桂阳三郡赴任，且看如何。"瑾曰："主公所言极善。"权乃令瑾取回老小，一面差官往三郡赴任。不一日，三郡差去官吏，尽被逐回，告孙权曰："关云长不肯相容，连夜赶逐回吴。迟后者便要杀。"孙权大怒，

◎一拖二赖三蛮，诸葛亮关于荆州的政策，无非这几个字。成也荆州，败也荆州。西蜀在这个问题上，从来处于被动挨打状态，无计可施。所以，一得西川，便扎了老营，再舍不得离开，也和这种长年吃无根据地之苦分不开。

◎"诸葛公东使，鲁肃西结，遂定两国之交，资孙氏以破曹，羽不能有功，而功出于亮。刘琦曰：'朝廷养兵三十年，而大功出一儒生。'羽于是以忌诸葛者忌肃，因之忌吴，而葛、鲁之成谋，遂为之灭裂而不可复收。然而肃之心未遽忿羽而堕其始志也，以义折羽，以从容平孙权之怒，尚冀吴、蜀之可合，而与诸葛亮相孚以制操耳。身遽死而授之吕蒙，权之忮无以平之，羽之忿无与制之，诸葛不能力争之际，无与体之，而成谋尽毁矣。肃之死也，羽之败也。操之幸，先主之孤也。悲夫！"这是王夫之《读通鉴论》中对关羽的看法，一个"忌"字，以致祸蜀、败国、身亡、名裂，能不令人引以为训吗？无胸廓无以成事，无气度无以登高，草木之人终究逃不脱灰飞烟灭的结果，定数也。

◎目中无人至此，就不是一般所说的战略上的藐视了。

差人召鲁肃责之曰："子敬昔为刘备作保，借吾荆州；今刘备已得西川，不肯归还，子敬岂得坐视？"肃曰："肃已思得一计，正欲告主公。"权问："何计？"肃曰："今屯兵于陆口，使人请关云长赴会。若云长肯来，以善言说之；如其不从，伏下刀斧手杀之。如彼不肯来，随即进兵，与决胜负，夺取荆州便了。"孙权曰："正合吾意。可即行之。"阚泽进曰："不可。关云长乃世之虎将，非等闲可及。恐事不谐，反遭其害。"孙权怒曰："若如此，荆州何日可得！"便命鲁肃速行此计。肃乃辞孙权，至陆口，召吕蒙、甘宁商议，设宴于陆口寨外临江亭上，修下请书，选帐下能言快语一人为使，登舟渡江。江口关平问了，遂引使人入荆州，叩见云长，具道鲁肃相邀赴会之意，呈上请书。云长看书毕，谓来人曰："既子敬相请，我明日便来赴宴。汝可先回。"

使者辞去。关平曰："鲁肃相邀，必无好意；父亲何故许之？"云长笑曰："吾岂不知耶？此是诸葛瑾回报孙权，说吾不肯还三郡，故令鲁肃屯兵陆口，邀我赴会，便索荆州。吾若不往，道吾怯矣。吾来日独驾小舟，只用亲随十馀人，单刀赴会，看鲁肃如何近我！"平谏曰："父亲奈何以万金之躯，亲蹈虎狼之穴？恐非所以重伯父之寄托也。"云长曰："吾于千枪万刃之中，矢石交攻之际，匹马纵横，如入无人之境；岂忧江东群鼠乎！"马良亦谏曰："鲁肃虽

有长者之风，但今事急，不容不生异心。将军不可
轻往。"云长曰："昔战国时赵人蔺相如，无缚鸡之力，
于渑池会上，觑秦国君臣如无物；况吾曾学万人敌者
乎！既已许诺，不可失信。"良曰："纵将军去，亦当
有准备。"云长曰："只教吾儿选快船十只，藏善水军
五百，于江上等候。看吾认旗起处，便过江来。"平
领命自去准备。

　　却说使者回报鲁肃，说云长慨然应允，来日准到。
肃与吕蒙商议："此来若何？"蒙曰："彼带军马来，
某与甘宁各人领一军伏于岸侧，放炮为号，准备厮杀；
如无军来，只于庭后伏刀斧手五十人，就筵间杀之。"
计会已定。次日，肃令人于岸口遥望。辰时后，见江
面上一只船来，梢公水手只数人，一面红旗，风中招
飐，显出一个大"关"字来。船渐近岸，见云长青巾
绿袍，坐于船上；傍边周仓捧着大刀；八九个关西大
汉，各跨腰刀一口。鲁肃惊疑，接入庭内。叙礼毕，
入席饮酒，举杯相劝，不敢仰视。云长谈笑自若。

　　酒至半酣，肃曰："有一言诉与君侯，幸垂听焉：
昔日令兄皇叔，使肃于吾主之前，保借荆州暂住，约
于取川之后归还。今西川已得，而荆州未还，得毋
失信乎？"云长曰："此国家之事，筵间不必论之。"
肃曰："吾主只区区江东之地，而肯以荆州相借者，
为念君侯等兵败远来，无以为资故也。今已得益州，
则荆州自应见还；乃皇叔但肯先割三郡，而君侯又不

◎精神状态极佳，这是最要紧的。但
逞匹夫之勇，是不足为训的。若是吴
军截江，这区区人马，又有何用？

◎武夫者，强硬不行，诘辩不能，只能一个劲地回避了。对比孔明舌战群儒，真有小巫与大巫之差了。

◎诸葛亮当年江东赴会，舌战群儒，邀请者是这个鲁肃；现在单刀赴会，保卫荆州，邀请者还是这个鲁肃。他是当然要去抢这个"风头"的。在关羽看来，刘、关、张三结义，关排第二，孔明出现以后，尽管是军师，关从来也不把自己排在第三。所以，他始终拒绝诸葛亮，除了那种对知识分子压根儿不信任的草根心理外，排位次序，一直是这等人心底的隐痛。唯其如此，他就处事事要跟孔明赛个高低。

从，恐于理上说不去。"云长曰："乌林之役，左将军亲冒矢石，戮力破敌，岂得徒劳而无尺土相资？今足下复来索地耶？"肃曰："不然。君侯始与皇叔同败于长坂，计穷力竭，将欲远窜，吾主矜念皇叔身无处所，不爱土地，使有所托足，以图后功；而皇叔愆德隳好，已得西川，又占荆州，贪而背义，恐为天下所耻笑。惟君侯察之。"云长曰："此皆吾兄之事，非某所宜与也。"肃曰："某闻君侯与皇叔桃园结义，誓同生死。皇叔即君侯也，何得推托乎？"云长未及回答，周仓在阶下厉声言曰："天下土地，惟有德者居之。岂独是汝东吴当有耶！"云长变色而起，夺周仓所捧大刀，立于庭中，目视周仓而叱曰："此国家之事，汝何敢多言！可速去！"仓会意，先到岸口，把红旗一招。关平船如箭发，奔过江东来。云长右手提刀，左手挽住鲁肃手，佯推醉曰："公今请吾赴宴，莫提起荆州之事。吾今已醉，恐伤故旧之情。他日令人请公到荆州赴会，另作商议。"鲁肃魂不附体，被云长扯至江边。吕蒙、甘宁各引本部军欲出，见云长手提大刀，亲握鲁肃，恐肃被伤，遂不敢动。云长到船边，却才放手，早立于船首，与鲁肃作别。肃如痴似呆，看关公船已乘风而去。后人有诗赞关公曰：

藐视吴臣若小儿，单刀赴会敢平欺。

当年一段英雄气，尤胜相如在渑池。

云长自回荆州。鲁肃与吕蒙共议："此计又不成，如之奈何？"蒙曰："可即申报主公，起兵与云长决战。"肃即时使人申报孙权。权闻之大怒，商议起倾国之兵，来取荆州。忽报："曹操又起三十万大军来也！"权大惊，且教鲁肃休惹荆州之兵，移兵向合淝、濡须，以拒曹操。

却说操将欲起程南征，参军傅干，字彦材，上书谏操。书略曰：

> 干闻用武则先威，用文则先德；威德相济，而后王业成。往者天下大乱，明公用武攘之，十平其九；今未承王命者，吴与蜀耳。吴有长江之险，蜀有崇山之阻，难以威胜。愚以为：且宜增修文德，按甲寝兵，息军养士，待时而动。今若举数十万之众，顿长江之滨，倘贼凭险深藏，使我士马不得逞其能，奇变无所用其权，则天威屈矣。惟明公详察焉。

曹操览之，遂罢南征，兴设学校，延礼文士。于是侍中王粲、杜袭、卫凯、和洽四人，议欲尊曹操为"魏王"。中书令荀攸曰："不可。丞相官至魏公，荣加九锡，位已极矣。今又进升王位，于理不可。"曹操闻之，怒曰："此人欲效荀彧耶！"荀攸知之，忧

◎外交，乃国家利益的延伸。所谓弱国无外交，人微言轻，没有发言权罢了。现在刘备处于胜势，而且也是吃准了东吴，只敢要，而不敢夺，因为还有一个曹操在东吴身后，他不能不在乎，所以关羽敢硬敢赖。

◎荀攸之死，史实并非如此，但作为小说，叔侄俩如出一辙地死于非命，罗贯中也显得笨拙了些。

愤成疾，卧病十数日而卒，亡年五十八岁。操厚葬之，遂罢"魏王"事。

一日，曹操带剑入宫，献帝正与伏后共坐。伏后见操来，慌忙起身。帝见曹操，战栗不已。操曰："孙权、刘备各霸一方，不尊朝廷，当如之何？"帝曰："尽在魏公裁处。"操怒曰："陛下出此言，外人闻之，只道吾欺君也。"帝曰："君若肯相辅则幸甚；不尔，愿垂恩相舍。"操闻言，怒目视帝，恨恨而出。左右或奏帝曰："近闻魏公欲自立为王，不久必将篡位。"帝与伏后大哭。后曰："妾父伏完常有杀操之心，妾今当修书一封，密与父图之。"帝曰："昔董承为事不密，反遭大祸；今恐又泄漏，朕与汝皆休矣！"后曰："旦夕如坐针毡，似此为人，不如早亡！妾看宦官中之忠义可托者，莫如穆顺，当令寄此书。"乃即召穆顺入屏后，退去左右近侍。帝后大哭告顺曰："操贼欲为'魏王'，早晚必行篡夺之事。朕欲令后父伏完密图此贼，而左右之人，俱贼心腹，无可托者。欲汝将皇后密书，寄与伏完。量汝忠义，必不负朕。"顺泣曰："臣感陛下大恩，敢不以死报！臣即请行。"后乃修书付顺。顺藏书于发中，潜出禁宫，径至伏完宅，将书呈上。完见是伏后亲笔，乃谓穆顺曰："操贼心腹甚众，不可遽图。除非江东孙权、西川刘备，二处起兵于外，操必自往。此时却求在朝忠义之臣，一同谋之。内外夹攻，庶可有济。"顺曰："皇丈可作书覆帝后，求密诏，暗遣人往吴、蜀二处，令约会起兵，讨贼救主。"伏完即取纸写书付顺。顺乃藏于头髻内，辞完回宫。

原来早有人报知曹操。操先于宫门等候。穆顺回遇曹操，操问："那里去来？"顺答曰："皇后有病，命求医去。"操曰："召得医人何在？"顺曰："还未召至。"操喝左右，遍搜身上，并无夹带，放行。忽然风吹落其帽。操又唤回，取帽视之，遍观无物，还帽令戴。穆顺双手倒戴其帽。操心疑，令左右搜其头发中，搜出伏完书来。操看时，书中言欲结连孙、刘为外应。操大怒，执下穆顺于密室问之，顺不肯招。操连夜点起甲兵三千，围住伏完私宅，老幼并皆拿下；搜出伏后亲笔之书，随将伏氏三族尽皆下狱。平明，使御林将军郗虑持节入宫，先收皇后玺绶。

是日，帝在外殿，见郗虑引三百甲兵直入。帝问曰："有何事？"虑曰："奉魏公命收皇后玺。"帝知事泄，心胆皆碎。虑至后宫，伏后方起。虑便唤管玺绶人索取玉玺而出。伏后情知事发，便于殿后椒房内夹壁中藏躲。少顷，尚书令华歆引五百甲兵入到后殿，问宫人："伏后何在？"宫人皆推不知。歆教甲兵打开朱户，寻觅不见；料在壁中，便喝甲士破壁搜寻。歆亲自动手揪后头髻拖出。后曰："望免我一命！"歆叱曰："汝自见魏公诉去！"后披发跣足，

◎这是刘协与曹操的一次正面冲突。司马光《资治通鉴》曰："帝自都许以来，守位而已。左右侍卫莫非曹氏之人者。"像这样一位高级俘虏，失去最起码的自由，与囚犯无异，能有什么作为呢？

◎自建安元年（196），曹操奉汉献帝迁都许昌，至建安十九年（214），献帝伏皇后作书其父伏完，图操，事泄。这年，曹操六十岁，花甲之年。将近二十年来，曹操与汉献帝"和平"共处，既没有干掉他自己登位，也没有把他当回事，不过放在那里当摆设罢了。但是，皇室及其残馀势力，复辟之心不死，明知是在作无望的挣扎，也要豁出命来与曹操一拼。这种拿鸡蛋往石头上碰的挑衅，只能激起枭雄大开杀戒而已。

◎华歆是曹魏时期的一位名士，一位高官，品行高洁，作风廉正，但在那样一个血雨腥风的年代里，要想保住自己的完整人格，出污泥而不染，谈何容易？虽然逼伏后事，出自《三国演义》，未见诸正史，但由于这位大人物先投孙权，后见曹操成事，转投魏，颇为时人所嫌。《世说新语》载管宁与他割席分坐，不复为友。实际是当时知识分子仕汉与仕魏的政治分歧的一个缩影。华歆为魏官，助纣为虐，也未必不下去手。宋唐庚所著《三国杂事》也对这个人物，"此予之所不解也夫"。其实，三国人物，特别是知识分子，因时因事，在威权政治下，人格扭曲，作恶到底，岂止华歆这位"贤者"？

二甲士推拥而出。原来华歆素有才名，向与邴原、管宁相友善。时人称三人为一龙：华歆为龙头，邴原为龙腹，管宁为龙尾。一日，宁与歆共种园蔬，锄地见金。宁挥锄不顾；歆拾而视之，然后掷下。又一日，宁与歆同坐观书，闻户外传呼之声，有贵人乘轩而过。宁端坐不动，歆弃书往观。宁自此鄙歆之为人，遂割席分坐，不复与之为友。后来管宁避居辽东，常戴白帽，坐卧一楼，足不履地，终身不肯仕魏；而歆乃先事孙权，后归曹操，至此乃有收捕伏皇后一事。后人有诗叹华歆曰：

> 华歆当日逞凶谋，破壁生将母后收。
> 助虐一朝添虎翼，骂名千载笑"龙头"！

又有诗赞管宁曰：

> 辽东传有管宁楼，人去楼空名独留。
> 笑杀子鱼贪富贵，岂如白帽自风流。

且说华歆将伏后拥至外殿。帝望见后，乃下殿抱后而哭。歆曰："魏公有命，可速行！"后哭谓帝曰："不能复相活耶？"帝曰："我命亦不知在何时也！"甲士拥后而去，帝捶胸大恸。见郗虑在侧，帝曰："郗公！天下宁有是事乎！"哭倒在地。郗虑令左右扶帝

◎做这样的皇帝，也真是和囚犯差不多了。所以，他对曹操恳求："肯相辅则幸甚；不尔，愿垂恩相舍。"也是真不想当这个皇帝的。

入宫。华歆拿伏后见操。操骂曰："吾以诚心待汝等，汝等反欲害我耶！吾不杀汝，汝必杀我！"喝左右乱棒打死。随即入宫，将伏后所生二子，皆鸩杀之。当晚将伏完、穆顺等宗族二百余口，皆斩于市。朝野之人，无不惊骇。时建安十九年十一月也。后人有诗叹曰：

> 曹瞒凶残世所无，伏完忠义欲何如。
> 可怜帝后分离处，不及民间妇与夫！

献帝自从坏了伏后，连日不食。操入曰："陛下无忧，臣无异心。臣女已与陛下为贵人，大贤大孝，宜居正宫。"献帝安敢不从？于建安二十年正月朔，就庆贺正旦之节，册立曹操女曹贵人为正宫皇后。群下莫敢有言。

此时曹操威势日甚，会大臣商议收吴灭蜀之事。贾诩曰："须召夏侯惇、曹仁二人回，商议此事。"操即时发使，星夜唤回。夏侯惇未至，曹仁先到，连夜便入府中见操。操方被酒而卧，许褚仗剑立于堂门之内。曹仁欲入，被许褚当住。曹仁大怒曰："吾乃曹氏宗族，汝何敢阻当耶？"许褚曰："将军虽亲，乃外藩镇守之官；许褚虽疏，现充内侍。主公醉卧堂上，不敢放入。"仁乃不敢入。曹操闻之，叹曰："许褚真忠臣也！"不数日，夏侯惇亦至，共议征伐。惇曰："吴、蜀急未可攻，

◎这就是正统心理作祟了。曹操一辈子不敢称帝，但不等于他心灵深处没有这种帝王情结，所以，要让自己的女儿去给这个他绝看不上的皇帝做皇后，自己当国丈，对这实在是有些莫名其妙的。

宜先取汉中张鲁，以得胜之兵取蜀，可一鼓而下也。"
曹操曰："正合吾意。"遂起兵西征。正是：

方逞凶谋欺弱主，又驱劲卒扫偏邦。

未知后事如何，且看下文分解。

在《三国演义》尊刘抑曹的思想影响下，曹操不称帝，先就被定性为贬义词。认为这是他伪饰自己，麻痹众人的狡狯手段，认为他的不称帝，比称帝更具欺骗性。欺骗，总是一时性的，有其时间和空间的约束，曹操一辈子不称帝，至死没有改变或翻悔，他的不称帝实际是他的一种行为，行为有好坏对错之分，但与欺骗无关，这是常识。

如果细读他的《让县本述志令》，"后征为都尉，迁典军校尉，意遂更欲为国家讨贼立功，欲望封侯作征西将军，然后题墓道言'汉故征西将军曹侯之墓'，此其志也"。曹操从他早年写起，那时，锋芒初露，立显非凡。尤其，他把当时袁绍、袁术等大户都不要的汉献帝刘协，从洛阳弄到许都来，从此，挟天子以令诸侯，很快，头角峥嵘，扶摇直上。然后，官渡之战，北征乌桓，达到他人生的顶峰。这篇文字写于建安十五年（210），是他赤壁败后的第二年所写，这年，他五十五岁，死前的十年。赤壁大败以后，曹操再无统一华夏的雄心，再无天下归一的壮志，全面收缩，遂进入其人生的末期。从他笔下"汉故征西将军曹侯"的这个"汉"字，似乎能一睹他一生未能摆脱的心迹。

现在，弄不懂那个在洛阳被玩弄于小军阀，连饭都没得吃的刘协，曹操将他接到许都，重建汉宫仪仗，皇室威风，理应十分感激的这位末帝，不知为什么，自始至终，视曹操为敌，表现十分凉薄。按孟子所说："君之视臣如土芥，则臣视君如寇仇。"但曹操对他很客气，当然，也很残酷，报复起来，也是无所不用其极的。曹操一生的原动力，只有三个字："打天下。"现在连天下都打不动了，还要那些虚名做什么。一个离死不远，但头脑异常清醒之人，会改变他一辈子不称帝所抱定的主意吗？《三国演义》所写荀彧叔侄，《三国演义》没写的崔琰，都是太书生意气了。

第六十七回

曹操平定汉中地
张辽威震逍遥津

　　曹操平定汉中，他才知道张鲁尽管居弹丸之地，乌合之众，看起来不堪一击，结果败师而回。他亲到战地仔细观察，才知道地形地貌大异，吃了不调查研究、轻敌的苦头，"若知此处如此险恶，必不起兵来"，重新振作，再作一战，方转败为胜。著名的淝水之战，也因为投鞭断流的苻坚，不把区区谢安放在眼里，竟答应退一席地让对手过河与其决战，这实在是荒唐的事情。而六军一退，则不可收拾，晋军乘势大举进攻，以弱胜强。因此，麻痹轻敌者，总是要吃苦头的。

　　接下来，顺理成章，司马懿、刘晔鼓动曹操借势攻蜀。"丞相主簿司马懿言于操曰：'刘备以诈力虏刘璋，蜀人未附，而远争江陵，此机不可失也。今克汉中，益州震动，进兵临之，势必瓦解。圣人不能违时，亦不可失时也。'"曹操登时心动，他那见猎心喜冲动型的性格，马上按捺不住。因为，从张鲁处虏获甚多，足够再打一仗，更诱惑他的，"蜀中一日数十惊，守将虽斩之而不能安也"。不过，曹操高明于刘备、孙权的地方，就是他看得比他们远一点。张鲁这个野狐禅，让他初战失利，给他的这份清醒，使他冷静下来：益州的山川形势，远比汉中复杂多端，刘备的军事实力，胜于张鲁十倍，何况还有关、张、赵云之辈；再说，他的青、徐兵，师老战久，战斗力岂有不降之理。所以他说："人苦无足，既得陇，复望蜀邪？"

　　枭雄之枭，他也不甚放心司马懿和刘晔，一个是不合作分子，一个是正宗的嫡系皇室，会不会挖个坑忽悠他跳啊！但他，打完张鲁，既不说退军，也不说下一步，开辟第二战场，表面上做出若无其事的样子，内心里却在盘算着，是信他俩还是不信他俩，是进川一战还是打道回府，七上八下，拿不定主意，下不了决心。

　　整整一个礼拜以后，"操问晔曰：'今尚可击不？'晔曰：'今已小定，未可击也。'乃还"，他这才下令班师。

◎张鲁弄神捣鬼，愚昧无知，对其属民，实行蒙昧社会的管理方式，所在并无官长，尽属教门辖治，其落后可想而知。远在边鄙，消息隔绝，曹操不把他放在眼里，也正常。

◎整个部队充斥着松懈情绪，主帅不责自己，而责将领，是没有道理的。

◎有人给曹操说辞："张鲁易攻，阳平城下南北山相远，不可守也。"他信以为然，及至实地观察，才发现不是这么一回事，叹曰："他人商度，少如人意。"知道自己做出了错误的决断。

却说曹操兴师西征，分兵三队：前部先锋夏侯渊、张郃；操自领诸将居中；后部曹仁、夏侯惇，押运粮草。早有细作报入汉中来。张鲁与弟张卫，商议退敌之策。卫曰："汉中最险无如阳平关；可于关之左右，依山傍林，下十馀个寨栅，迎敌曹兵。兄在汉宁，多拨粮草应付。"张鲁依言，遣大将杨昂、杨任，与其弟即日起程。军马到阳平关，下寨已定。夏侯渊、张郃前军随到；闻阳平关已有准备，离关一十五里下寨。是夜，军士疲困，各自歇息。忽寨后一把火起，杨昂、杨任两路兵杀来劫寨。夏侯渊、张郃急上得马，四下里大兵拥入，曹兵大败，退见曹操。操怒曰："汝二人行军许多年，岂不知'兵若远行疲困，可防劫寨'？如何不作准备？"欲斩二人，以明军法。众官告免。

操次日自引兵为前队；见山势险恶，林木丛杂，不知路径，恐有伏兵，即引军回寨，谓许褚、徐晃二将曰："吾若知此处如此险恶，必不起兵来。"许褚曰："兵已至此，主公不可惮劳。"次日，操上马，只带许褚、徐晃二人，来看张卫寨栅。三匹马转过山坡，早望见张卫寨栅。操扬鞭遥指，谓二将曰："如此坚固，急切难下！"言未已，背后一声喊起，箭如雨发。杨昂、杨任分两路杀来。操大惊。许褚大呼曰："吾当敌贼！徐公明善保主公！"说罢，提刀纵马向前，力敌二将。杨昂、杨任不能当许

褚之勇，回马退去，其馀不敢向前。徐晃保着曹操
奔过山坡，前面又一军到；看时，却是夏侯渊、张
郃二将，听得喊声，故引军杀来接应。于是杀退杨
昂、杨任，救得曹操回寨。操重赏四将。自此两边
相拒五十馀日，只不交战。曹操传令退军。贾诩曰：
"贼势未见强弱，主公何故自退耶？"操曰："吾料
贼兵每日提备，急难取胜。吾以退军为名，使贼懈
而无备，然后分轻骑抄袭其后，必胜贼矣。"贾诩
曰："丞相神机，不可测也。"于是令夏侯渊、张郃
分兵两路，各引轻骑三千，取小路抄阳平关后。曹
操一面引大军拔寨尽起。杨昂听得曹兵退，请杨任
商议，欲乘势击之。杨任曰："操诡计极多，未知
真实，不可追赶。"杨昂曰："公不往，吾当自去。"
杨任苦谏不从。杨昂尽提五寨军马前进，只留些少
军士守寨。是日，大雾迷漫，对面不相见。杨昂军
至半路，不能行，且权扎住。

　　却说夏侯渊一军抄过山后，见重雾垂空，又闻人
语马嘶，恐有伏兵，急催人马行动，大雾中误走到杨
昂寨前。守寨军士，听得马蹄响，只道是杨昂兵回，
开门纳之。曹军一拥而入，见是空寨，便就寨中放起
火来。五寨军士，尽皆弃寨而走。比及雾散，杨任领
兵来救，与夏侯渊战不数合，背后张郃兵到。杨任杀
条大路，奔回南郑。杨昂待要回时，已被夏侯渊、张
郃两个占了寨栅。背后曹操大队军马赶来。两下夹攻，

◎曹操醒过劲来，当回事认真地打仗了。

◎这等小卒，哪里是张郃的对手？

◎杨任败后再战，率部两万，动员庞德入列，拨兵一万，这个张鲁出手倒是挺大方的，说明他的军事力量积蓄丰足。可羊毛出在羊身上，汉中地方不大，为这位教主的厉兵秣马，得承受多大负担啊！战争，这是最花钱的游戏，但最后埋单还是落到老百姓头上。西蜀刘禅亡国时，天府之国全部人口不足百万，不及当下成都平原一个中等县城的规模，可见三国时期的战争，给老百姓造成多大灾难。

四边无路。杨昂欲突阵而出，正撞着张郃。两个交手，被张郃杀死。败兵回投阳平关，来见张卫。原来卫知二将败走，诸营已失，半夜弃关，奔回去了。曹操遂得阳平关并诸寨。张卫、杨任回见张鲁。卫言二将失了隘口，因此守关不住。张鲁大怒，欲斩杨任。任曰："某曾谏杨昂，休追操兵。他不肯听信，故有此败。任再乞一军前去挑战，必斩曹操。如不胜，甘当军令。"张鲁取了军令状。杨任上马，引二万军离南郑下寨。

却说曹操提军将进，先令夏侯渊领五千军，往南郑路上哨探，正迎着杨任军马，两军摆开。任遣部将昌奇出马，与渊交锋；战不三合，被渊一刀斩于马下。杨任自挺枪出马，与渊战三十馀合，不分胜负。渊佯败而走，任从后追来；被渊用拖刀计，斩于马下。军士大败而回。曹操知夏侯渊斩了杨任，即时进兵，直抵南郑下寨。张鲁慌聚文武商议。阎圃曰："某保一人，可敌曹操手下诸将。"鲁问是谁。圃曰："南安庞德，前随马超投主公；后马超往西川，庞德卧病不曾行。现今蒙主公恩养，何不令此人去？"

张鲁大喜，即召庞德至，厚加赏劳；点一万军马，令庞德出。离城十馀里，与曹兵相对，庞德出马搦战。曹操在渭桥时，深知庞德之勇，乃嘱诸将曰："庞德乃西凉勇将，原属马超；今虽依张鲁，未称其心。吾欲得此人。汝等须皆与缓斗，使其力乏，然后擒之。"张郃先出，战了数合便退。夏侯渊也战数合退了。徐晃又战三五合也退了。临后许褚战五十馀合亦退。庞德力战四将，并无惧怯。各将皆于操前夸庞德好武艺。曹操心中大喜，与众将商议："如何得此人投降？"贾诩曰："某知张鲁手下，有一谋士杨松。其人极贪贿赂。今可暗以金帛送之，使谮庞德于张鲁，便可图矣。"操曰："何由得人入南郑？"诩曰："来日交锋，诈败佯输，弃寨而走，使庞德据我寨；我却于黄夜引兵劫寨，庞德必退入城：却选一能言军士，扮作彼军，杂在阵中，便得入城。"操听其计，选一精细军校，重加赏赐，付与金掩心甲一副，令披在贴肉，外穿汉中军士号衣，先于半路上等候。次日，先拨夏侯渊、张郃两枝军，远去埋伏；却教徐晃挑战，不数合败走。庞德招军掩杀，曹兵尽退。庞德却夺了曹操寨栅。见寨中粮草极多，大喜，即时申报张鲁；一面在寨中设宴庆贺。当夜二更之后，忽然二路火起：正中是徐晃、许褚，左张郃，右夏侯渊。三路军马，齐来劫寨。庞德不及提备，只得上马冲杀出来，望城而走。背后三路兵追来。庞德急唤开城门，领兵一拥而入。

此时细作已杂到城中，径投杨松府下谒见，具说："魏公曹丞相久闻盛德，特使某送金甲为信。更有密书呈上。"松大喜，看了密书中言语，谓细作曰："上覆魏公，但请放心。某自有良策奉报。"打发来人先回，便连夜入见张鲁，说庞德受了曹操贿赂，卖此一阵。张鲁大怒，唤庞德责骂，欲斩之。阎圃苦谏。

◎杨松贪名在外，诸葛亮想得马超时贿赂过他，曹操现在想得庞德又派人送银子去，而张鲁却信之不疑，可见此公比刘璋还不如了。汉末各霸一方的诸侯，除曹、孙、刘外，每况愈下，到张鲁之辈，真是自刽以下，不堪言及了。

张鲁曰："你来日出战，不胜必斩！"庞德抱恨而退。次日，曹兵攻城，庞德引兵冲出。操令许褚交战。褚诈败，庞德赶来。操自乘马于山坡上唤曰："庞令明何不早降？"庞德寻思："拿住曹操，抵一千员上将！"遂飞马上坡。一声喊起，天崩地塌，连人和马，跌入陷坑内去；四壁钩索一齐上前，活捉了庞德，押上坡来。曹操下马，叱退军士，亲释其缚，问庞德肯降否。庞德寻思张鲁不仁，情愿拜降。曹操亲扶上马，共回大寨，故意教城上望见。人报张鲁，德与操并马而行。鲁益信杨松之言为实。

◎如此不惜重金，网罗人才，曹操怎会不成功呢？

　　次日，曹操三面竖立云梯，飞炮攻打。张鲁见其势已极，与弟张卫商议。卫曰："放火尽烧仓廪府库，出奔南山，去守巴中可也。"杨松曰："不如开门投降。"张鲁犹豫不定。卫曰："只是烧了便行。"张鲁曰："我向本欲归命国家，而意未得达；今不得已而出奔，仓廪府库，国家之有，不可废也。"遂尽封锁。是夜二更，张鲁引全家老小，开南门杀出。曹操教休追赶；提兵入南郑，见鲁封闭库藏，心甚怜之。遂差人往巴中，劝使投降。张鲁欲降，张卫不肯。杨松以密书报操，便教进兵，松为内应。操得书，亲自引兵往巴中。张鲁使弟卫领兵出敌，与许褚交锋；被褚斩于马下。败军回报张鲁，鲁欲坚守。杨松曰："今若不出，坐而待毙矣。某守城，主公当亲与决一死战。"鲁从之。阎圃谏鲁休出。鲁不听，遂引军出

◎张鲁和刘璋一样，也就这点不敢作恶到底之心，令人稍许同情。

迎。未及交锋，后军已走。张鲁急退，背后曹兵赶来。鲁到城下，杨松闭门不开。张鲁无路可走，操从后追至，大叫："何不早降！"鲁乃下马投拜。操大喜；念其封仓库之心，优礼相待，封鲁为镇南将军。阎圃等皆封列侯。于是汉中皆平。曹操传令各郡分设太守，置都尉，大赏士卒。惟有杨松卖主求荣，即命斩之于市曹示众。后人有诗叹曰：

◎因为张鲁的谋士阎圃，曾向这位教主建议，或北降魏武，或西结刘备，两者择一。张鲁勃然曰："宁为曹公作奴，不为刘备上客。"所以曹操更在意张鲁这种拒绝刘备的姿态。

> 妨贤卖主逞奇功，积得金银总是空。
> 家未荣华身受戮，令人千载笑杨松！

曹操已得东川，主簿司马懿进曰："刘备以诈力取刘璋，蜀人尚未归心。今主公已得汉中，益州震动。可速进兵攻之，势必瓦解。智者贵于乘时，时不可失也。"曹操叹曰："'人苦不知足，既得陇，复望蜀'耶？"刘晔曰："司马仲达之言是也。若少迟缓，诸葛亮明于治国而为相，关、张等勇冠三军而为将，蜀民既定，据守关隘，不可犯矣。"操曰："士卒远涉劳苦，且宜存恤。"遂按兵不动。

◎司马懿又一次亮相，此公见识，非同一般。"智者贵于乘时"，时者，势也，是极有道理的。

却说西川百姓，听知曹操已取东川，料必来取西川，一日之间，数遍惊恐。玄德请军师商议。孔明曰："亮有一计，曹操自退。"玄德问何计。孔明曰："曹操分军屯合淝，惧孙权也。今我若分江夏、长沙、桂阳三郡还吴，遣舌辩之士，陈说利害，令吴起兵袭合淝，牵动其

◎曹操到了晚年，正如许多老人那样，思想行动逐渐趋于保守，甚至顽固。对他来讲，外患固然重要，内忧更是关键。所以司马懿劝他趁热打铁，一鼓作气，解决西蜀问题，他以得陇不必望蜀，对再一次大动干戈持审慎态度。而此刻的他，更关注政权的赓续，接班人的挑选，反对派的捣乱，对不同政见人士的控制，还有那个名义上的汉献帝会不会制造新的麻烦，因此，平稳过渡，平和继承，防止动乱，稳定人心，便成为这位老人临终前最主要的任务。

◎孙坚、孙策、孙权父子，一言不合，抄家伙就打，好亲自上阵，好身先士卒，好跃马搏战，好冲锋向前。作为统帅，自然需要这样的士卒，但作为士卒，就未必欢迎这样的统帅了。俗话说，帅不离位，孙权此举，勇则有余，大将风度，相当欠缺。难怪孙策死前交待，决机于两阵之间，卿不如我，举贤任能使各尽力，我不如卿了。

势，操必勒兵南向矣。"玄德问："谁可为使？"伊籍曰："某愿往。"玄德大喜，遂作书具礼，令伊籍先到荆州，知会云长，然后入吴。到秣陵，来见孙权，先通了姓名。权召籍入。籍见权礼毕，权问曰："汝到此何为？"籍曰："昨承诸葛子瑜取长沙等三郡，为军师不在，有失交割，今传书送还。所有荆州南郡、零陵，本欲送还；被曹操袭取东川，使关将军无容身之地。今合淝空虚，望君侯起兵攻之，使曹操撤兵回南。吾主若取了东川，即还荆州全土。"权曰："汝且归馆舍，容吾商议。"伊籍退出，权问计于众谋士。张昭曰："此是刘备恐曹操取西川，故为此谋。虽然如此，可因操在汉中，乘势取合淝，亦是上计。"权从之，发付伊籍回蜀去讫，便议起兵攻操：令鲁肃收取长沙、江夏、桂阳三郡，屯兵于陆口，取吕蒙、甘宁回；又去馀杭取凌统回。

不一日，吕蒙、甘宁先到。蒙献策曰："现今曹操令庐江太守朱光，屯兵于皖城，大开稻田，纳谷于合淝，以充军实。今可先取皖城，然后攻合淝。"权曰："此计甚合吾意。"遂教吕蒙、甘宁为先锋，蒋钦、潘璋为合后，权自引周泰、陈武、董袭、徐盛为中军。时程普、黄盖、韩当在各处镇守，都未随征。

却说军马渡江，取和州，径到皖城。皖城太守朱光，使人往合淝求救；一面固守城池，坚壁不出。权自到城下看时，城上箭如雨发，射中孙权麾盖。权回寨，问众将曰："如何取得皖城？"董袭曰："可差军士筑起土山攻之。"徐盛曰："可竖云梯，造虹桥，下观城中而攻之。"吕蒙曰："此法皆费日月而成，合淝救军一至，不可图矣。今我军初到，士气方锐，正可乘此锐气，奋力攻击。来日平明进兵，午未时便当破城。"权从之。次日五更饭毕，三军大进。城上矢石齐下。甘宁手执铁链，冒矢石而上。朱光令弓弩手齐射，甘宁拨开箭林，一链打倒朱光。吕蒙亲自擂鼓。士卒皆一拥而上，乱刀砍死朱光。馀众多降，得了皖城，方才辰时。张辽引军至半路，哨马回报皖城已失。辽即回兵归合淝。

孙权入皖城，凌统亦引军到。权慰劳毕，大犒三军，重赏吕蒙、甘宁诸将，设宴庆功。吕蒙逊甘宁上坐，盛称其功劳。酒至半酣，凌统想起甘宁杀父之仇，又见吕蒙夸美之，心中大怒，瞪目直视良久，忽拔左右所佩之剑，立于筵上曰："筵前无乐，看吾舞剑。"甘宁知其意，推开果桌起身，两手取两枝戟挟定，纵步出曰："看我筵前使戟。"吕蒙见二人各无好意，便一手挽牌，一手提刀，立于其中曰："二公虽能，皆不如我巧也。"说罢，舞起刀牌，将二人分于两下。早有人报知孙权。权慌跨马，直至筵前。众见权至，方各放下军器。权曰："吾常言二人休念旧仇，今日又何如此？"凌统哭拜于地。孙权再三劝止。至次日，起兵进取合淝，三军尽发。

◎兵贵神速，吕蒙不愧是一员谋将，接着又让功于甘宁，又舞刀牌于凌、甘之间，非同一般。

◎这里接连出现凌统对甘宁的敌视场面、李典与张辽的不睦情景。临敌作战时的这种内部矛盾，弄不好会是性命攸关的大事。但吕蒙能够为军国分忧，张辽能够克己让人，而作为主帅的孙权和曹操，一个能够及时而至，一个能够了若指掌，这说明曹、孙二人，确是具有王者风范的人物。

张辽为失了皖城，回到合淝，心中愁闷。忽曹操差薛悌送木匣一个，上有操封，傍书云："贼来乃发"。是日报说孙权自引十万大军，来攻合淝。张辽便开匣观之。内书云："若孙权至，张、李二将军出战，乐将军守城。"张辽将教帖与李典、乐进观之。乐进曰："将军之意若何？"张辽曰："主公远征在外，吴兵以为破我必矣。今可发兵出迎，奋力与战，折其锋锐，以安众心，然后可守也。"李典素与张辽不睦，闻辽此言，默然不答。乐进见李典不语，便道："贼众我寡，难以迎敌，不如坚守。"张辽曰："公等皆是私意，不顾公事。吾今自出迎敌，决一死战。"便教左右备马。李典慨然而起曰："将军如此，典岂敢以私憾而忘公事乎？愿听指挥。"张辽大喜曰："既曼成肯相助，来日引一军于逍遥津北埋伏；待吴兵杀过来，可先断小师桥，吾与乐文谦击之。"李典领命，自去点军埋伏。

却说孙权令吕蒙、甘宁为前队，自与凌统居中，其馀诸将陆续进发，望合淝杀来。吕蒙、甘宁前队兵进，正与乐进相迎。甘宁出马与乐进交锋，战不数合，乐进诈败而走。甘宁招呼吕蒙一齐引军赶去。孙权在第二队，听得前军得胜，催兵行至逍遥津北，忽闻连珠炮响，左边张辽一军杀来，右边李典一军杀来。孙权大惊，急令人唤吕蒙、甘宁回救时，张辽兵已到。凌统手下，止有三百馀骑，当不得曹军势如山倒。凌

◎知其不和，要其同战，曹操安排，意重心长。

统大呼曰："主公何不速渡小师桥！"言未毕，张辽引二千馀骑，当先杀至。凌统翻身死战。孙权纵马上桥，桥南已折丈馀，并无一片板。孙权惊得手足无措。牙将谷利大呼曰："主公可约马退后，再放马向前，跳过桥去。"孙权收回马来有三丈馀远，然后纵辔加鞭，那马一跳飞过桥南。后人有诗曰：

"的卢"当日跳檀溪，又见吴侯败合淝。
退后着鞭驰骏骑，逍遥津上玉龙飞。

孙权跳过桥南，徐盛、董袭驾舟相迎。凌统、谷利抵住张辽。甘宁、吕蒙引军回救，却被乐进从后追来，李典又截住厮杀，吴兵折了大半。凌统所领三百馀人，尽被杀死。统身中数枪，杀到桥边，桥已折断，绕河而逃。孙权在舟中望见，急令董袭棹舟接之，乃得渡回。吕蒙、甘宁皆死命逃过河南。这一阵杀得江南人人害怕；闻张辽大名，小儿也不敢夜啼。众将保护孙权回营。权乃重赏凌统、谷利，收军回濡须，整顿船只，商议水陆并进；一面差人回江南，再起人马来助战。

却说张辽闻孙权在濡须将欲兴兵进取，恐合淝兵少难以抵敌，急令薛悌星夜往汉中，报知曹操，求请救兵。操同众官议曰："此时可收西川否？"刘晔曰："今蜀中稍定，已有提备，不可击也。不如撤兵去救合淝之急，就下江南。"操乃留夏侯渊守汉中定军山

◎司马光乃大师级的史家，不足二百字，写得绘声绘色。张辽之勇之猛之胆气之爱部下的形象，跃然纸上："于是，辽夜募敢从之士，得八百人，椎牛犒飨。明旦，辽被甲持戟，先登陷阵，杀数十人，斩二大将，大呼自名，冲垒入至权麾下。权大惊，不知所为，走登高冢，以长戟自守。辽叱权下战，权不敢动，望见辽所将众少，乃聚围辽数重。辽急击围开，将麾下数十人得出。馀众号呼曰：'将军弃我乎？'辽复还突围，拔出馀众，权人马皆披靡，无敢当者。自旦战至日中，吴人夺气。乃还修守备，众心遂安。"这一次教训，实在太深刻了，看来，张辽真是把孙权打疼了。多少年后，孙权还耿耿于怀："张辽虽病，不可当也，慎之！"

◎这就是吴蜀联盟的优势了，可惜，这个政策被关羽给破坏了。而先降魏者，恰恰是西蜀。

隘口，留张郃守蒙头岩等隘口。其馀军兵拔寨都起，杀奔濡须坞来。正是：

铁骑甫能平陇右，旌旄又复指江南。

未知胜负如何，且看下文分解。

张辽威震逍遥津，以七千兵力敌住十万吴军，而且在东吴撤退时，猛虎发威，最后一个反扑，差点没把孙权生擒。《资治通鉴》曰："权守合淝十馀日，城不可拔，彻军还。兵皆就路，权与诸将在逍遥津北，张辽觇望知之，即将步骑奄至。甘宁与吕蒙等力战扦敌，凌统率亲近扶权出围，复还与辽战，左右尽死，身亦被创，度权已免，乃还。""这一阵，杀得江南人人害怕，小儿也不敢夜啼。"

曹操评说张辽："合淝之役，以步辛八百，破贼十万，自古用兵，未之有也。使贼至今夺气，可谓国之爪牙矣。"《三国志·张辽传》写这场与孙权的贴身战，也是写得绘声绘色："平旦，辽被甲持戟，先登陷阵，杀数十人，斩二将，大呼自名，冲垒入，至权麾下。权大惊，众不知所为，走登高冢，以长戟自守。辽叱权下战，权不敢动，望见辽所将众少，乃聚围辽数重。辽左右麾围，直前急击，围开，辽将麾下数十人得出，馀众号呼曰：'将军弃我乎！'辽复还，突围，拔出馀众。权人马皆披靡，无敢当者。"陈寿所写，不亚于司马光。

张辽早为并州丁原部属，后归董卓，再归吕布。曹操破吕布于下邳，停辽，遂降，一员降将，能为曹操独当一面，其勇其猛，固不待言。然而，作为善用将者的曹操，不也值得我们刮目相看吗？

并州，出刀的地方，并州兵特擅持刀近战。明末陈子龙《渡易水》："并刀昨夜匣中鸣，燕赵悲歌最不平；易水潺湲云草碧，可怜无处送荆卿！"并刀，冷兵器之王。

毛宗岗评曰："张辽之守合淝，其真大将之才乎！大将之才三：既胜而能惧，是其慎也；闻变而不乱，是其定也；乘机以诱敌，是其谋也。宜其为关公之器重欤！惟大将不惧大将，亦惟大将能知大将。"但张辽是个极讲政治的将领，而在这方面，说关羽是政治上的白痴，也许言重，但他在政治上确实不及格，才丢了荆州，是无法与保卫合淝的张辽相提并论的。

第六十八回

甘宁百骑劫魏营
左慈掷杯戏曹操

　　崔琰之死，是三国时期政治斗争中的一件大事，演义给忽略了。《三国演义》是给老百姓看的，老百姓不甚关心这班高级知识分子，《三国演义》的省略可以理解。

　　东汉，士族豪门是社会中最有实力，最有影响的阶层。特别是他们的代表人物，也就是名士。这些有身份的大人物，在政治上拥有极大的发言权，冀州崔琰就是这些名士中的佼佼者。这样，一部分诸侯州牧，一部分名门望族，一部分地方豪强，以及与这些名士存在着姻亲、故旧、门生、隶属等关系的群体，就构成了一支举足轻重的社会集团力量。名士不全是坏人，但名士也不全干好事，正如后来人批判的，他们在左右政策，臧否人伦，操纵选举，阿党比周上，常常只顾自己的利益，而妄作威福，肆行非法，收敛钱财，乃至行凶作恶。

　　曹操的先祖是曹腾，宦官出身，作为阉寺后代，是被排斥在那个名士集团之外的贱民。袁绍一张嘴，就骂他是"赘阉遗丑"，根本看不起他。因此曹操得势以后，一方面拉拢、延揽、礼聘、笼络这个阶层的代表人物，作为招牌；一方面不遗余力，不拘一格，唯才是举，大量起用那些地位较低阶层中的人才，以作后盾。但在汉代，这种上品和寒门间的矛盾依然存在，士族阶层和非其族类的曹操，摩擦也并未消除，你拥有权力，是一回事，但我在精神上高于你，看不上你，是另一回事。借不孝之名杀孔融，就是曹操以其人之道，反治其人之身，给这些名士的一次打击。

　　崔琰和孔融、毛玠等世人侧目的大名士，虽然名目上仕魏，但实际上却在仕汉，伴附曹操，心存汉祚，保持独立人格，并不与操同心同德。因此，由魏公而魏王，享受与天子不亚的尊荣，比拟伊、周的行为，这种在他们眼里的篡夺行径，当然是不能接受的，冀州崔琰，代表士族集团站出来飞短流长，表示不满，也是一种很自然的反抗。曹操杀他，自然是对这个阶层的整体所发出的一次警告。

却说孙权在濡须口收拾军马，忽报曹操自汉中领兵四十万前来救合淝。孙权与谋士计议，先拨董袭、徐盛二人领五十只大船，在濡须口埋伏；令陈武带领人马，往来江岸巡哨。张昭曰："今曹操远来，必须先挫其锐气。"权乃问帐下曰："曹操远来，谁敢当先破敌，以挫其锐气？"凌统出曰："某愿往。"权曰："带多少军去？"统曰："三千人足矣。"甘宁曰："只须百骑，便可破敌，何必三千！"凌统大怒。两个就在孙权面前争竞起来。权曰："曹军势大，不可轻敌。"乃命凌统带三千军出濡须口去哨探，遇曹兵，便与交战。凌统领命，引着三千人马，离濡须坞。尘头起处，曹兵早到。先锋张辽与凌统交锋，斗五十合，不分胜败。孙权恐凌统有失，令吕蒙接应回营。

甘宁见凌统回，即告权曰："宁今夜只带一百人马去劫曹营；若折了一人一骑，也不算功。"孙权壮之，乃调拨帐下一百精锐马兵付宁；又以酒五十瓶，羊肉五十斤，赏赐军士。甘宁回到营中，教一百人皆列坐，先将银碗斟酒，自吃两碗，乃语百人曰："今夜奉命劫寨，请诸公各满饮一觞，努力向前。"众人闻言，面面相觑。甘宁见众人有难色，乃拔剑在手，怒叱曰："我为上将，且不惜命；汝等何得迟疑！"众人见甘宁作色，皆起拜曰："愿效死力。"甘宁将酒肉与百人共饮食尽，约至二更时候，取白鹅翎一百根，插于盔上为号；都披甲上马，飞奔曹操寨边，拔开鹿角，大喊一声，杀

◎甘宁不改江湖手段。

入寨中，径奔中军来杀曹操。原来中军人马，以车仗伏路穿连，围得铁桶相似，不能得进。甘宁只将百骑，左冲右突。曹兵惊慌，正不知敌兵多少，自相扰乱。那甘宁百骑，在营内纵横驰骤，逢着便杀。各营鼓噪，举火如星，喊声大震。甘宁从寨之南门杀出，无人敢当。孙权令周泰引一枝兵来接应。甘宁将百骑回到濡须。操兵恐有埋伏，不敢追袭。后人有诗赞曰：

　　鼙鼓声喧震地来，吴师到处鬼神哀！
　　百翎直贯曹家寨，尽说甘宁虎将才。

甘宁引百骑到寨，不折一人一骑；至营门，令百人皆击鼓吹笛，口称："万岁！"欢声大震。孙权自来迎接。甘宁下马拜伏。权扶起，携宁手曰："将军此去，足使老贼惊骇。非孤相舍，正欲观卿胆耳！"即赐绢千匹，利刀百口。宁拜受讫，遂分赏百人。权语诸将曰："孟德有张辽，孤有甘兴霸，足以相敌也。"

　　次日，张辽引兵搦战。凌统见甘宁有功，奋然曰："统愿敌张辽。"权许之。统遂领兵五千，离濡须。权自引甘宁临阵观战。对阵圆处，张辽出马，左有李典，右有乐进。凌统纵马提刀，出至阵前。张辽使乐进出迎。两个斗到五十合，未分胜败。曹操闻知，亲自策马到门旗下来看，见二将酣斗，乃令曹休暗放冷箭。曹休便闪在张辽背后，开弓一箭，正中凌统坐下马，

◎不过到对方营垒里制造一次混乱而已，既未携得粮草，也未俘得敌将，有什么值得"万岁"的？中国人之好喊万岁，很可能是封建太久，皇帝太多而形成的后遗症吧。

◎救了你的性命，就不记父仇，那么先前甘宁所作的那些和解努力，只是还不足以等价交换了？

那马直立起来，把凌统掀翻在地。乐进连忙持枪来刺。枪还未到，只听得弓弦响处，一箭射中乐进面门，翻身落马。两军齐出，各救一将回营，鸣金罢战。凌统回寨中拜谢孙权。权曰："放箭救你者，甘宁也。"凌统乃顿首拜宁曰："不想公能如此垂恩！"自此与甘宁结为生死之交，再不为恶。

且说曹操见乐进中箭，令自到帐中调治。次日，分兵五路来袭濡须：操自领中路；左一路张辽，二路李典；右一路徐晃，二路庞德。每路各带一万人马，杀奔江边来。时董袭、徐盛二将，在楼船上见五路军马来到，诸军各有惧色。徐盛曰："食君之禄，忠君之事，何惧哉！"遂引猛士数百人，用小船渡过江边，杀入李典军中去了。董袭在船上，令众军擂鼓呐喊助威。忽然江上猛风大作，白浪掀天，波涛汹涌。军士见大船将覆，争下脚舰逃命。董袭仗剑大喝曰："将受君命，在此防贼，怎敢弃船而去！"立斩下船军士十馀人。须臾，风急船覆，董袭竟死于江口水中。徐盛在李典军中，往来冲突。

却说陈武听得江边厮杀，引一军来，正与庞德相遇，两军混战。孙权在濡须坞中，听得曹兵杀到江边，亲自与周泰引军前来助战。正见徐盛在李典军中搅做一团厮杀，便麾军杀入接应。却被张辽、徐晃两枝军，把孙权困在垓心。曹操上高阜处看见孙权被围，急令许褚纵马持刀杀入军中，把孙权军冲作两段，彼此不能相救。

却说周泰从军中杀出，到江边，不见了孙权，勒回马，从外又杀入阵中，问本部军："主公何在？"军人以手指兵马厚处，曰："主公被围甚急！"周泰挺身杀入，寻见孙权。泰曰："主公可随泰杀出。"于是泰在前，权在后，奋力冲突。泰到江边，回头又不见孙权，乃复翻身杀入围中，又寻见孙权。权曰："弓弩齐发，不能得出，如何？"泰曰："主公在前，某在后，可以出围。"孙权乃纵马前行。周泰左右遮护，身被数枪，箭透重铠，救得孙权。到江边，吕蒙引一枝水军前来接应下船。权曰："吾亏周泰三番冲杀，得脱重围。但徐盛在垓心，如何得脱？"周泰曰："吾再救去。"遂轮枪复翻身杀入重围之中，救出徐盛。二将各带重伤。吕蒙教军士乱箭射住岸上兵，救二将下船。

却说陈武与庞德大战，后面又无应兵，被庞德赶到峪口，树林丛密；陈武再欲回身交战，被树株抓住袍袖，不能迎敌，为庞德所杀。曹操见孙权走脱了，自策马驱兵，赶到江边对射。吕蒙箭尽，正慌间，忽对江一宗船到，为首一员大将，乃是孙策女婿陆逊，自引十万兵到；一阵射退曹兵，乘势登岸追杀曹兵，复夺战马数千匹，——曹兵伤者，不计其数，大败而回。——于乱军中寻见陈武尸首。

孙权知陈武已亡，董袭又沉江而死，哀痛至切，令人入水中寻见董袭尸首，与陈武尸一齐厚葬之。又

◎三国中，这类杀进去，又杀出来，三番五次，如入无人之境的勇将，如典韦、赵云、许褚、张辽，此处，又多一周泰。

◎张昭终究是个投降派。

◎事实上崔琰这位大名士，已经相当收敛，倒没有公然反对，只是借一篇别人吹捧曹操的文章，说了两句怪话。而碰到了曹操痛处，才被关起来的。《三国志》称："初，太祖性忌，有所不堪者，鲁国孔融，南阳许攸，娄圭，皆以恃旧不虔见诛。而琰最为世所痛惜，至今冤之。"看来，早早晚晚，逃不出曹操的手。

感周泰救护之功，设宴款之。权亲自把盏，抚其背，泪流满面，曰："卿两番相救，不惜性命，被枪数十，肤如刻画，孤亦何心不待卿以骨肉之恩、委卿以兵马之重乎！卿乃孤之功臣，孤当与卿共荣辱、同休戚也。"言罢，令周泰解衣与众将观之：皮肉肌肤，如同刀剜，盘根遍体。孙权手指其痕，一一问之。周泰具言战斗被伤之状。一处伤令吃一觞酒。是日，周泰大醉。权以青罗伞赐之，令出入张盖，以为显耀。

权在濡须，与操相拒月馀，不能取胜。张昭、顾雍上言："曹操势大，不可力取；若与久战，大损士卒：不若求和安民为上。"孙权从其言，令步骘往曹营求和，许年纳岁贡。操见江南急未可下，乃从之，令："孙权先撤人马，吾然后班师。"步骘回覆，权只留蒋钦、周泰守濡须口，尽发大兵上船回秣陵。

操留曹仁、张辽屯合淝，班师回许昌。文武众官皆议立曹操为"魏王"。尚书崔琰力言不可。众官曰："汝独不见荀文若乎？"琰大怒曰："时乎，时乎！会当有变！任自为之！"有与琰不和者，告知操。操大怒，收琰下狱问之。琰虎目虬髯，只是大骂曹操欺君奸贼。廷尉白操，操令杖杀崔琰在狱中。后人有赞曰：

清河崔琰：天性坚刚；虬髯虎目，铁石心肠；奸邪辟易，声节显昂；忠于汉主，千古名扬!

建安二十一年夏五月,群臣表奏献帝,颂魏公曹操功德,"极天际地,伊、周莫及,宜进爵为王。"献帝即令钟繇草诏,册立曹操为"魏王"。曹操假意上书三辞。诏三报不许,操乃拜命受"魏王"之爵,冕十二旒,乘金根车,驾六马,用天子车服銮仪,出警入跸,于邺郡盖魏王宫,议立世子。操大妻丁夫人无出。姜刘氏生子曹昂,因征张绣时死于宛城。卞氏所生四子:长曰丕,次曰彰,三曰植,四曰熊。于是黜丁夫人,而立卞氏为魏王后。第三子曹植,字子建,极聪明,举笔成章,操欲立之为后嗣。长子曹丕,恐不得立,乃问计于中大夫贾诩。诩教如此如此。自是但凡操出征,诸子送行,曹植乃称述功德,发言成章;惟曹丕辞父,只是流涕而拜,左右皆感伤。于是操疑植乖巧,诚心不及丕也。丕又使人买嘱近侍,皆言丕之德。操欲立后嗣,踌躇不定,乃问贾诩曰:"孤欲立后嗣,当立谁?"贾诩不答,操问其故。诩曰:"正有所思,故不能即答耳。"操曰:"何所思?"诩对曰:"思袁本初、刘景升父子也。"操大笑,遂立长子曹丕为王世子。

冬十月,魏王宫成,差人往各处收取奇花异果,栽植后苑。有使者到吴地,见了孙权,传魏王令旨,再往温州取柑子。时孙权正尊让魏王,便令人于本城选了大柑子四十馀担,星夜送往邺郡。至中途,挑担

◎214年杀伏后、伏完,215年徙西北贵族,216年杀崔琰、收毛玠,其实是对皇室、贵族、士人的反对派联合阵线的一次镇压行动。曹操亲笔写的赐死崔琰令里提道:"琰虽见刑,而通宾客,门若市人。对宾客虬须直视,若有所瞋。"愤恨之情溢于言表,报复之心,按捺不住。可见他是多么仇视那些根本不买他账的士族阶层及其代表人物的。

◎汉献帝不敢不这样做,一而再,再而三下诏封王,曹操也不得不照规矩,再三再四地礼让。封建社会篡位者这样认真其事地表演,明知是假的,还要当真去做,便是地道的京剧《跳加官》了。

◎《后汉书》将左慈列入《方士列传下》，在其他史书（包括官方的正史）中，也多设有这类人物的传记。由此可知，方士，在中国有着悠久的历史，是一个很庞杂，很混乱，与宗教、神秘信仰有着密切联系的诡异群体。凡从事炼金术、炼丹术、房中术、长寿术，以及以巫、卜、星、相为业者，都称为方士。因为中医有丸、散、膏、丹一说，中古以上，也曾被视为方士一流，更早一些时间，连儒生也包括在方士之中。《史记·秦始皇本纪》："悉召文学方术士甚众，欲以兴太平，方士欲炼以求奇药。"因此，方士的方，实际是简，方士，本义为读书人，或书生，久而久之，人们将儒生区别出去，将医生区别出去，基本上就剩下来名声越来越臭的、靠卖嘴皮混饭吃的方士；而愈到科学昌明，文化发达的现代社会，这个群体的生存空间也愈益狭窄，愈益苟延残喘。

役夫疲困，歇于山脚下，见一先生，眇一目，跛一足，头戴白藤冠，身穿青懒衣，来与脚夫作礼，言曰："你等挑担劳苦，贫道都替你挑一肩何如？"众人大喜。于是先生每担各挑五里。但是先生挑过的担儿都轻了。众皆惊疑。先生临去，与领柑子官说："贫道乃魏王乡中故人，姓左，名慈，字元放，道号'乌角先生'。如你到邺郡，可说左慈申意。"遂拂袖而去。

取柑人至邺郡见操，呈上柑子。操亲剖之，但只空壳，内并无肉。操大惊，问取柑人。取柑人以左慈之事对。操未肯信。门吏忽报："有一先生，自称左慈，求见大王。"操召入。取柑人曰："此正途中所见之人。"操叱之曰："汝以何妖术，摄吾佳果？"慈笑曰："岂有此事！"取柑剖之，内皆有肉，其味甚甜。但操自剖者，皆空壳。操愈惊，乃赐左慈坐而问之。慈索酒肉，操令与之，饮酒五斗不醉，肉食全羊不饱。操问曰："汝有何术，以至于此？"慈曰："贫道于西川嘉陵峨嵋山中，学道三十年，忽闻石壁中有声呼我之名；及视，不见。如此者数日。忽有天雷震碎石壁，得天书三卷，名曰'遁甲天书'。上卷名'天遁'，中卷名'地遁'，下卷名'人遁'。天遁能腾云跨风，飞升太虚；地遁能穿山透石；人遁能云游四海，藏形变身，飞剑掷刀，取人首级。大王位极人臣，何不退步，跟贫道往峨嵋山中修行？当以三卷天书相授。"操曰："我亦久思急流勇退，奈朝廷未得其人耳。"慈笑曰："益州刘玄德乃帝室之胄，何不让此位与之？不然，贫道当飞剑取汝之头也。"操大怒曰："此正是刘备细作！"喝左右拿下。慈大笑不止。操令十数狱卒，捉下拷之。狱卒着力痛打，看左慈时，却鼾鼾熟睡，全无痛楚。操怒，命取大枷，铁钉钉了，铁锁锁了，送入牢中监收，令人看守。只见枷锁尽落，左慈卧于地上，并无伤损。连监禁七日，不与饮食。及看时，慈端坐于地上，面皮转红。狱卒报知曹操，操取出问之。慈曰："我数十年不食，亦不妨；日食千羊，亦能尽。"操无可奈何。

　　是日，诸官皆至王宫大宴。正行酒间，左慈足穿木履，立于筵前。众官惊怪。左慈曰："大王今日水陆俱备，大宴群臣，四方异物极多，内中欠少何物，贫道愿取之。"操曰："我要龙肝作羹，汝能取否？"慈曰："有何难哉！"取墨笔于粉墙上画一条龙，以袍袖一拂，龙腹自开。左慈于龙腹中提出龙肝一副，鲜血尚流。操不信，叱之曰："汝先藏于袖中耳！"慈曰："即今天寒，草木枯死；大王要甚好花，随意所欲。"操曰："吾只要牡丹花。"慈曰："易耳。"令取大花盆放筵前，以水喂之。顷刻发出牡丹一株，开放双花。众官大惊，邀慈同坐而食。少刻，庖人进鱼脍。慈曰："脍必松江鲈鱼者方美。"操曰："千里之隔，安能取之？"慈曰："此亦何难取！"教把钓竿来，于堂下鱼池中钓之。顷刻钓出数十尾大鲈鱼，放在殿上。操曰："吾池中原有此鱼。"慈曰："大王

◎何不取曹操之头给我们看看？国人对于暴君的愤恨，常常不是诉诸行动，而多是寄托于幻想中的报复，来给自己一点可怜的慰藉。这也是统治过于严酷，被压迫者过于软弱的必然结果，所以，只剩下这点想象的空间。

◎中国人最神往的，就是这种超能力了。因为对那些无能无为，无力无助，同时又是无声无息，无言无诉的大多数人来说，这种视帝王为草芥，视权贵为虫豸，视财富为粪土，视强横为蝼蚁的神话，便是唯一可以得到安慰的精神家园了。

◎三教九流，左道旁门，妖魔鬼怪，道会功法，就像长了腿似的，不胫而走，不教自会，甚至不能自拔，而出现左慈这种弄神弄鬼的现象，连《后汉书》也不禁质疑："幽贶罕征，明数难校。不探精远，歇感灵效？如或迁诬，实乖玄奥。"看来，提倡科学精神，追求文明进步，对国人来说，正如《论语·泰伯》所云，"士不可以不弘毅，任重而道远"，还得很努力才是。

◎"四腮鲈鱼"，即松江鲈鱼，因产于上海松江而名。西晋张翰在洛阳为官，见秋风起，怀念家乡莼菜、鲈鱼，作诗《秋风歌》："秋风起兮佳景时，吴江水兮鲈鱼肥。三千里兮家未归，恨难得兮仰天悲。"后张翰弃官回乡，"莼鲈之思"成为思乡之语。另，吴降晋后，南方名士纷纷北上，也有因受到地域歧视而不愿客居异乡而返者，张翰的"莼鲈之思"，其中也有这种因素。

何相欺耶？天下鲈鱼只两腮，惟松江鲈鱼有四腮：此可辨也。"众官视之，果是四腮。慈曰："烹松江鲈鱼，须紫芽姜方可。"操曰："汝亦能取之否？"慈曰："易耳。"令取金盆一个，慈以衣覆之。须臾，得紫芽姜满盆，进上操前。操以手取之，忽盆内有书一本，题曰《孟德新书》。操取视之，一字不差。操大疑。慈取桌上玉杯，满斟佳酿进操曰："大王可饮此酒，寿有千年。"操曰："汝可先饮。"慈遂拔冠上玉簪，于杯中一画，将酒分为两半；自饮一半，将一半奉操。操叱之。慈掷杯于空中，化成一白鸠，绕殿而飞。众官仰面视之，左慈不知所往。左右忽报："左慈出宫门去了。"操曰："如此妖人，必当除之！否则必将为害。"遂命许褚引三百铁甲军追擒之。褚上马引军赶至城门，望见左慈穿木履在前，慢步而行。褚飞马追之，却只追不上。直赶到一山中，有牧羊小童，赶着一群羊而来，慈走入羊群内。褚取箭射之，慈即不见。褚尽杀群羊而回。牧羊小童守羊而哭。忽见羊头在地上作人言，唤小童曰："汝可将羊头都凑在死羊腔子上。"小童大惊，掩面而走。忽闻有人在后呼曰："不须惊走，还汝活羊。"小童回顾，见左慈已将地上死羊凑活，赶将来了。小童急欲问时，左慈已拂袖而去。其行如飞，倏忽不见。

小童归告主人，主人不敢隐讳，报知曹操。操画影图形，各处捉拿左慈。三日之内，城里城外，所捉眇一目、跛一足、白藤冠、青懒衣、穿木履先生，都一般模样者，有三四百个。哄动街市。操令众将，将猪羊血泼之，押送城南教场。曹操亲自引甲兵五百人围住，尽皆斩之。人人颈腔内务起一道青气，到上天聚成一处，化成一个左慈，向空招白鹤一只骑坐，拍手大笑曰："土鼠随金虎，奸雄一旦休！"操令众将以弓箭射之。忽然狂风大作，走石扬沙；所斩之尸，皆跳起来，手提其头，奔上演武厅来打曹操。文官武将，掩面惊倒，各不相顾。正是：

奸雄权势能倾国，道士仙机更异人。

未知曹操性命如何，且看下文分解。

◎国人对于暴君的统治，最经常、最安全，也最解恨的反抗办法，除了诅咒他早死外，便是这种精神报复法了，于吉、左慈，就是人们幻想出来的精神上的超人。其实，说到底，这只是反映了那些被压迫却不敢造反的农民身上一种愚昧的精神状态罢了。

官渡之战，曹操胜，得冀州后，他第一个去拜访的就是崔琰这位士族的代表人物。别看崔琰身居冀州，名声很大，一言一行，很有影响。他立授要职，辟丞相府东曹，拉崔琰来当自己的官，甚至说："君有伯夷之风，史鱼之直，贪夫慕名而清，壮士尚称而厉，斯可以率时者己。"然而，崔琰这样的大名士，他不会轻易改变自己的。建安二十一年（216），太祖为魏王，有一个名叫杨训的官员，递进表章，对此称王之举，盛赞功伐，褒述盛德。据《三国志》：时人或笑训希世浮伪，但这个杨训，乃崔琰举荐，遂有论者，谓琰为失所举。于是，崔琰从训取表草视之，与训书曰："省表，事佳耳！时乎时乎，会当有变时。"陈寿说："琰本意讥论者好谴词而不寻情理也。"这番话，也很费解。然而，"时乎时乎，会当有变时"，大家没有不明白的了。于是，好事者——这世界上任何时候都少不了这种人的——"有白琰此书傲世怨谤者，太祖怒，罚琰为徒隶"，曹操"使人视之，辞色不挠。太祖令曰：'琰虽见刑，而通宾客，门若市人，对宾客虬须直视，若有所瞋。'遂赐琰死"。

当然，崔琰之死，还有其他说法，但根子还是在这位大名士，视曹操非我族类之故也。

第六十九回

卜周易管辂知机
讨汉贼五臣死节

　　魏晋文人，在中国文学史上是特殊的一群，他们在高压的政治气氛下，在血雨腥风的岁月里，展现了他们的才志，其知性、其机敏、其灵感、其通脱，营造出中国文人最优雅、最放纵，也是最随性、最自由的一个文人集群。就以这一回"卜周易管辂知机"中提到的何晏，本书两位最重要的对汉朝天下起到左右作用的何进和曹操，都与他有着姻亲关系，一位是他的祖父，一位是他的泰山。他非常有学问，也非常能折腾。然而，他在《三国演义》中只是匆匆一面，而在《三国志》中也只有寥寥数行，相反，一个左慈，一个管辂，却连篇累牍，没完没了。这你就懂得"志异体"的文学，在中国文学史上曾经拥有的光辉纪录。

　　我们都知道"文史不分家"这句话，文中有史，史中有文，文史文史，一直处于骈体共生的状态。这部《三国演义》就是最具代表性的例证。管辂和左慈对于在近代科学环境中成长起来的读者来说，甚至认为不值一哂。可对古代那些文化不高、知识浅陋的老百姓来讲，启迪民智，开拓视野，促进想象，灵活思想，无不由此而来。所以，连惜墨如金的陈寿也不得不对他这本《三国志》里管辂的篇幅，给予次于君相、高于诸侯的安排，以"广异闻而表其事也"来解释之。

　　"异"，曾经是中国文学的一朵奇葩，在今大中国人的脑海里，所有的神话故事、传说演义，乃至开天辟地，宇宙洪荒，一直到神魔鬼怪，今生来世，生老病死，爱恨情仇，几乎无一不是来自志异体文学作品的灌输，应该看到，人变得更聪明，思想的开阔，脑力的扩张，想象的展开，视野的开拓，这些作品都曾起到促进推动的作用。

　　中国文学中志异的优良传统，也是中国对世界的了不起的贡献。所谓异，就是有别于正统、传统、道统的"异"，它存在过，它出现过，它才不管你是喜欢还是讨厌，大模大样，大摇大摆，张扬了数百年、数千年。因此，也就不能以"正统、传统、道统"的眼光，来看文学作品和历史作品中的"异"。这才是我们现在的读者应该采取的海纳百川的读书态度。

却说当日曹操见黑风中群尸皆起，惊倒于地。须臾风定，群尸皆不见。左右扶操回宫，惊而成疾。后人有诗赞左慈曰：

飞步凌云遍九州，独凭遁甲自遨游。
等闲施设神仙术，点悟曹瞒不转头。

曹操染病，服药无愈。适太史丞许芝，自许昌来见操。操令芝卜《易》。芝曰："大王曾闻神卜管辂否？"操曰："颇闻其名，未知其术。汝可详言之。"芝曰："管辂字公明，平原人也。容貌粗丑，好酒疏狂。其父曾为琅琊郡丘长。辂自幼便喜仰视星辰，夜不肯寐，父母不能禁止。常云：'家鸡野鹄，尚自知时，何况为人在世乎？'与邻儿共戏，辄画地为天文，分布日月星辰。及稍长，即深明《周易》，仰观风角，数学通神，兼善相术。琅琊太守单子春闻其名，召辂相见。时有坐客百馀人，皆能言之士。辂谓子春曰：'辂年少胆气未坚，先请美酒三升，饮而后言。'子春奇之，遂与酒三升。饮毕，辂问子春：'今欲与辂为对者，若府君四座之士耶？'子春曰：'吾自与卿旗鼓相当。'于是与辂讲论《易》理。辂亹亹而谈，言言精奥。子春反复辩难，辂对答如流。从晓至暮，酒食不行。子春及众宾客，无不叹服。于是天下号为'神童'。后有居民郭恩者，兄弟三人，皆得躄疾，

◎建安十三年（208）春正，许昌的一次未遂政变，自然很快给镇压下去，这场内乱不是无缘无故发生的，曹操杀崔琰、毛玠后，拥汉的士族阶层被逼反抗。曹操的接班人至今未定，曹丕、曹植各树己党，给人以可乘之机。荆州的关羽屯军襄阳、樊城一带，近在咫尺，形势危急，给复辟分子极大鼓舞。更重要的是士族府邸，豪门家宅，延续东汉"坞壁"遗风，无不养有私兵，无不磨刀霍霍，遂趁着取消夜禁的元宵灯节实施暴动。曹操迁汉献帝于许，而在此以前，只发生过衣带诏案、伏后案宫廷复辟事件，至此已二十三年，居然一场暴动发生，只能说明一点，时年六十多岁的曹操，确实老矣！人老了，就不可能事无巨细，一切都在掌握中，他不是不想掌握，而是不能掌握，智力和体力的衰退，对上了年纪的人，是不可逆的。"想"如何如何，"能"如何如何，已经不是一回事了。

◎志异，是中国文学宝贵的遗产，虽然数千年处于农耕社会的中国人，物质财富的增长是极其缓慢的，但处于贫穷、贫困甚至贫乏的这些先人前辈，其智商之发达，其想象之丰富，其识见之远大，其眼光之超越时空，在精神财富的创造上，呈几何级数的发展和扩张。从《道德经》到《南华经》，从《山海经》到《博物志》，再到《酉阳杂俎》，志异这个文学传统，对中国文化作出不可估量的贡献。《三国演义》从"说三分"起，就是以说史自命，因此，于吉、左慈、华佗、管辂，以及借东风、八卦阵，七擒孟获、蛮方异域……络绎不绝出现在读者眼前，也就不以为奇了。

请辂卜之。辂曰：'卦中有君家本墓中女鬼，非君伯母即叔母也。昔饥荒之年，谋数升米之利，推之落井，以大石压破其头，孤魂痛苦，自诉于天，故君兄弟有此报。不可禳也。'郭恩等涕泣伏罪。安平太守王基，知辂神卜，延辂至家。适信都令妻，常患头风，其子又患心痛，因请辂卜之。辂曰：'此堂之西角有二死尸：一男持矛，一男持弓箭。头在壁内，脚在壁外。持矛者主刺头，故头痛；持弓箭者主刺胸腹，故心痛。'乃掘之。入地八尺，果有二棺。一棺中有矛，一棺中有角弓及箭，木俱已朽烂。辂令徙骸骨去城外十里埋之，妻与子遂无恙。馆陶令诸葛原，迁新兴太守，辂往送行。客言辂能覆射。诸葛原不信，暗取燕卵、蜂窠、蜘蛛三物，分置三盒之中，令辂卜之。卦成，各写四句于盒上。其一曰：'含气须变，依乎宇堂；雌雄以形，羽翼舒张：此燕卵也。'其二曰：'家室倒悬，门户众多；藏精育毒，得秋乃化：此蜂窠也。'其三曰：'觳觫长足，吐丝成罗；寻网求食，利在昏夜：此蜘蛛也。'满座惊骇。乡中有老妇失牛，求卜之。辂判曰：'北溪之滨，七人宰烹；急往追寻，皮肉尚存。'老妇果往寻之：七人于茅舍后煮食，皮肉犹存。妇告本郡太守刘邠，捕七人罪之，因问老妇曰：'汝何以知之？'妇告以管辂之神卜。刘邠不信，请辂至府，取印囊及山鸡毛藏于盒中，令卜之。辂卜其一曰：'内方外圆，五色成文；含宝守信，出则有章：此印囊也。'其二曰：'岩岩有鸟，锦体朱衣；
羽翼玄黄，鸣不失晨：此山鸡毛也。'刘邠大惊，遂
待为上宾。一日，出郊闲行，见一少年耕于田中，辂
立道傍，观之良久，问曰：'少年高姓、贵庚？'答曰：
'姓赵，名颜，年十九岁矣。敢问先生为谁？'辂曰：
'吾管辂也。吾见汝眉间有死气，三日内必死。汝貌
美，可惜无寿。'赵颜回家，急告其父。父闻之，赶
上管辂，哭拜于地曰：'请归救吾子！'辂曰：'此乃
天命也，安可禳乎？'父告曰：'老夫止有此子，望
乞垂救！'赵颜亦哭求。辂见其父子情切，乃谓赵
颜曰：'汝可备净酒一瓶，鹿脯一块，来日赍往南山
之中，大树之下，看盘石上有二人弈棋：一人向南坐，
穿白袍，其貌甚恶；一人向北座，穿红袍，其貌甚美。
汝可乘其弈兴浓时，将酒及鹿脯跪进之。待其饮食
毕，汝乃哭拜求寿，必得益算矣。但切勿言是吾所
教。'老人留辂在家。次日，赵颜携酒脯杯盘入南山
之中。约行五六里，果有二人于大松树下盘石上着
棋，全然不顾。赵颜跪进酒脯。二人贪着棋，不觉饮
酒已尽。赵颜哭拜于地而求寿，二人大惊。穿红袍者
曰：'此必管子之言也。吾二人既受其私，必须怜之。'
穿白袍者，乃于身边取出簿籍检看，谓赵颜曰：'汝
今年十九岁，当死。吾今于"十"字上添一"九"字，
汝寿可至九十九。回见管辂，教再休泄漏天机；不然，
必致天谴。'穿红者出笔添讫，一阵香风过处，二人

◎在中国，这种延长寿限的神话，最
有听众了。诸如自己的名字不再在阎
罗的生死簿里，遇到仙人增加了自己
的寿限，吃了什么九散膏丹获得长生
不老，与若干处女发生性关系后延年
益寿，不但有深信不疑者，还有身体
力行者呢！

◎神仙也吃人嘴短了！

化作二白鹤，冲天而去。赵颜归问管辂。辂曰：'穿红者，南斗也：穿白者，北斗也。'颜曰：'吾闻北斗九星，何止一人？'辂曰：'散而为九，合而为一也。北斗注死，南斗注生。今已添注寿算，子复何忧？'父子拜谢。自此管辂恐泄天机，更不轻为人卜。此人现在平原，大王欲知休咎，何不召之？"

操大喜，即差人往平原召辂。辂至，参拜讫，操令卜之。辂答曰："此幻术耳，何必为忧？"操心安，病乃渐可。操令卜天下之事。辂卜曰："三八纵横，黄猪遇虎；定军之南，伤折一股。"又令卜传祚修短之数。辂卜曰："狮子宫中，以安神位；王道鼎新，子孙极贵。"操问其详。辂曰："茫茫天数，不可预知。待后自验。"操欲封辂为太史。辂曰："命薄相穷，不称此职，不敢受也。"操问其故。答曰："辂额无主骨，眼无守睛；鼻无梁柱，脚无天根；背无三甲，腹无三壬：只可泰山治鬼，不能治生人也。"操曰："汝相吾若何？"辂曰："位极人臣，又何必相？"再三问之，辂但笑而不答。操令辂遍相文武官僚。辂曰："皆治世之臣也。"操问休咎，皆不肯尽言。后人有诗赞曰：

平原神卜管公明，能算南辰北斗星。

八卦幽微通鬼窍，六爻玄奥究天庭。

预知相法应无寿，自觉心源极有灵。

可惜当年奇异术，后人无复授遗经。

◎国人最爱听这种灵验的神话，直到科学昌明的今天，仍有人在传诵那些反科学或者是伪科学的神话。

操令卜东吴、西蜀二处。辂设卦云："东吴主亡一大将，西蜀有兵犯界。"操不信。忽合淝报来："东吴陆口守将鲁肃身故。"操大惊，便差人往汉中探听消息。不数日，飞报刘玄德遣张飞、马超兵屯下辨取关。操大怒，便欲自领大兵再入汉中，令管辂卜之。辂曰："大王未可妄动。来春许都必有火灾。"操见辂言累验，故不敢轻动，留居邺郡，使曹洪领兵五万，往助夏侯渊、张郃同守东川；又差夏侯惇领兵三万，于许都来往巡警，以备不虞；又教长史王必总督御林军马。主簿司马懿曰："王必嗜酒性宽，恐不堪任此职。"操曰："王必是孤披荆棘历艰难时相随之人，忠而且勤，心如铁石，最足相当。"遂委王必领御林军马屯于许都东华门外。

时有一人，姓耿，名纪，字季行，洛阳人也；旧为丞相府掾，后迁侍中少府，与司直韦晃甚厚；见曹操进封王爵，出入用天子车服，心甚不平。时建安二十三年春正月。耿纪与韦晃密议曰："操贼奸恶日甚，将来必为篡逆之事。吾等为汉臣，岂可同恶相济？"韦晃曰："吾有心腹人，姓金，名祎，乃汉相金日磾之后，素有讨操之心；更兼与王必甚厚。若得同谋，大事济矣。"耿纪曰："他既与王必交厚，岂肯与我等同谋乎？"韦晃曰："且往说之，看是如何。"于是二人同至金祎宅中。祎接入后堂，坐定。晃曰："德伟与王长史甚厚，吾二人特来告求。"祎曰："所

◎司马懿频频出镜，语必中的，但曹操多不用，是很耐人玩味的。据说曹操对司马懿的"狼顾相"，心里总犯嘀咕，认为不可信，不可用。与诸葛亮看魏延脑后有"反骨"同出一辙。《三国志》未载，说明是有存疑之处。

◎两汉时中国人平均年龄，远远低于当下，所以有七十古稀之说。这年，曹操六十四岁，老先生了。无论如何，人老了，已经到了他生命的晚期，感觉器官是要渐渐迟钝的，也就难免有其力所不逮之处。精明也许依旧，精细就怕未必，精力当然仍存，精气神大不如前，幽默感大为减少之时，恶潜能便会发达起来，所以，只有大开杀戒解恨。

求何事？"晃曰："吾闻魏王早晚受禅，将登大宝，公与王长史必高迁。望不相弃，曲赐提携，感德非浅！"祎拂袖而起。适从者奉茶至，便将茶泼于地上。晃佯惊曰："德伟故人，何薄情也？"祎曰："吾与汝交厚，为汝等是汉朝臣宰之后；今不思报本，欲辅造反之人，吾有何面目与汝为友！"耿纪曰："奈天数如此，不得不为耳！"祎大怒。耿纪、韦晃见祎果有忠义之心，乃以实情相告曰："吾等本欲讨贼，来求足下。前言特相试耳。"祎曰："吾累世汉臣，安能从贼！公等欲扶汉室，有何高见？"晃曰："虽有报国之心，未有讨贼之计。"祎曰："吾欲里应外合，杀了王必，夺其兵权，扶助銮舆。更结刘皇叔为外援，操贼可灭矣。"二人闻之，抚掌称善。

祎曰："我有心腹二人，与操贼有杀父之仇，现居城外，可用为羽翼。"耿纪问是何人。祎曰："太医吉平之子：长名吉邈，字文然；次名吉穆，字思然。操昔日为董承衣带诏事，曾杀其父；二子逃窜远乡，得免于难。今已潜归许都，若使相助讨贼，无有不从。"耿纪、韦晃大喜。金祎即使人密唤二吉。须臾，二人至。祎具言其事。二人感愤流泪，怨气冲天，誓杀国贼。金祎曰："正月十五日夜间，城中大张灯火，庆赏元宵。耿少府、韦司直，你二人各领家僮，杀到王必营前；只看营中火起，分两路杀入；杀了王必，径跟我入内，请天子登五凤楼，召百官面谕讨贼。

吉文然兄弟于城外杀入，放火为号，各要扬声，叫百姓诛杀国贼，截住城内救军；待天子降诏，招安已定，便进兵杀投邺郡擒曹操，即发使赍诏召刘皇叔。今日约定，至期二更举事。勿似董承自取其祸。"五人对天说誓，歃血为盟，各自归家，整顿军马器械，临期而行。

且说耿纪、韦晃二人，各有家僮三四百，预备器械。吉邈兄弟，亦聚三百人口，只推围猎，安排已定。金祎先期来见王必，言："方今海宇稍安，魏王威震天下；今值元宵令节，不可不放灯火以示太平气象。"王必然其言，告谕城内居民，尽张灯结彩，庆赏佳节。至正月十五夜，天色晴霁，星月交辉，六街三市，竞放花灯。真个金吾不禁，玉漏无催！王必与御林诸将，在营中饮宴。二更以后，忽闻营中呐喊，人报营后火起。王必慌忙出帐看时，只见火光乱滚；又闻喊杀连天，知是营中有变，急上马出南门，正遇耿纪，一箭射中肩膊，几乎坠马，遂望西门而走。背后有军赶来。王必着忙，弃马步行。至金祎门首，慌叩其门。原来金祎一面使人于营中放火，一面亲领家僮随后助战，只留妇女在家。时家中闻王必叩门之声，只道金祎归来。祎妻从隔门便问曰："王必那厮杀了么？"王必大惊，方悟金祎同谋，径投曹休家，报知金祎、耿纪等同谋反。休急披挂上马，引千馀人在城中拒敌。城内四下火起，烧着五凤楼，帝避于深宫。曹

◎范晔的《后汉书》这样记载："二十三年春正月甲子，少府耿纪、丞相司直韦晃起兵诛曹操，不克，夷三族。"在《列传》中，更说到："（耿秉）曾孙（耿）纪，少有美名，辟公府，曹操甚敬异之，稍迁少府。纪以操将篡汉，建安二十三年，与大医令吉祎（注："祎"或作"平"）、丞相司直韦晃谋起兵诛操，不克，夷三族。于时衣冠盛门坐纪罹祸灭者众矣。"

◎同声共气，如此相投，可见士族阶层普遍的反曹情绪。

◎看来，英明如曹操者，只是敏感那些公开或半公开地与他唱反调的名士，必置之死地而后快；但对于表面恭顺，心怀不满，伪作谦谨，地下串联的人士，也难免千虑一失。第一，陶醉于盖世殊荣；第二，满足于大唱赞歌；第三，因表面的平静而麻痹失察；第四，因任用非人而造成疏漏。于是，一场火在他脚下燃起来了。

◎自作聪明者戒！

氏心腹爪牙，死据宫门。城中但闻人叫："杀尽曹贼，以扶汉室！"

原来夏侯惇奉曹操命，巡警许昌，领三万军，离城五里屯扎；是夜，遥望见城中火起，便领大军前来，围住许都，使一枝军入城接应曹休。直混杀至天明。耿纪、韦晃等无人相助。人报金祎、二吉皆被杀死。耿纪、韦晃夺路杀出城门，正遇夏侯惇大军围住，活捉去了。手下百馀人皆被杀。夏侯惇入城，救灭遗火，尽收五人老小宗族，使人飞报曹操。操传令教将耿、韦二人，及五家宗族老小，皆斩于市，并将在朝大小百官，尽行拿解邺郡，听候发落。夏侯惇押耿、韦二人至市曹。耿纪厉声大叫曰："曹阿瞒！吾生不能杀汝，死当作厉鬼以击贼！"刽子以刀搲其口，流血满地，大骂不绝而死。韦晃以面颊顿地曰："可恨！可恨！"咬牙皆碎而死。后人有诗赞曰：

> 耿纪精忠韦晃贤，各持空手欲扶天。
> 谁知汉祚相将尽，恨满心胸丧九泉。

夏侯惇尽杀五家老小宗族，将百官解赴邺郡。曹操于教场立红旗于左、白旗于右，下令曰："耿纪、韦晃等造反，放火焚许都，汝等亦有出救火者，亦有闭门不出者。如曾救火者，可立于红旗下；如不曾救火者，可立于白旗下。"众官自思救火者必无罪，于是多奔红旗之下。三停内只有一停立于白旗下。操教尽拿立于红旗下者。众官各言无罪。操曰："汝当时之心，非是救火，实欲助贼耳。"尽命牵出漳河边斩之，死者三百馀员。其立于白旗下者，尽皆赏赐，仍令还许都。时王必已被箭疮发而死，操命厚葬之。令曹休总督御林军马，钟繇为相国，华歆为御史大夫。遂定侯爵六等十八级，关中侯爵十七级，皆金印紫绶；又置关内外侯十六级，银印龟纽墨绶；五大夫十五级，铜印环纽墨绶。定爵封官，朝廷又换一班人物。曹操方悟管辂火灾之说，遂重赏辂。辂不受。

却说曹洪领兵到汉中，令张郃、夏侯渊各据险要。曹洪亲自进兵拒敌。时张飞自与雷铜守把巴西。马超兵至下辨，令吴兰为先锋，领军哨出，正与曹洪军相遇。吴兰欲退，牙将任夔曰："贼兵初至，若不先挫其锐气，何颜见孟起乎？"于是骤马挺枪搦曹洪战。洪自提刀跃马而出。交锋三合，斩夔于马下，乘势掩杀。吴兰大败，回见马超。超责之曰："汝不得吾令，何故轻敌致败？"吴兰曰："任夔不听吾言，故有此败。"马超曰："可紧守隘口，勿与交锋。"一面申报成都，听候行止。曹洪见马超连日不出，恐有诈谋，引军退回南郑。张郃来见曹洪，问曰："将军既已斩将，如何退兵？"洪曰："吾见马超不出，恐有别谋。且我在邺都，闻神卜管辂有言：当于此地折

◎曹操至此才明白重建政体的重要。正是由于官制的改革，削弱了士族阶层的影响，也使得汉皇室的影响愈来愈小，以至于无，遂奠定了几年后曹丕受禅称帝时，几乎没什么反对派的活动基础。

一员大将。吾疑此言，故不敢轻进。"张郃大笑曰："将军行兵半生，今奈何信卜者之言而惑其心哉！郃虽不才，愿以本部兵取巴西。若得巴西，蜀郡易耳。"洪曰："巴西守将张飞，非比等闲，不可轻敌。"张郃曰："人皆怕张飞，吾视之如小儿耳！此去必擒之！"洪曰："倘有疏失，若何？"郃曰："甘当军令。"洪勒了文状，张郃进兵。正是：

　　自古骄兵多致败，从来轻敌少成功。

未知胜负如何，且看下文分解。

◎张郃自官渡之战归曹，身经百战，想不到老而弥坚，竟有这等豪气！

　　按鲁迅说："何晏的名声很大，位置也很高。""第一，他喜欢空谈，是空谈的祖先；第二，他喜欢服药，是服药的祖师。"鲁迅还说，"其实何晏值得骂的，就是因为他是吃药的发起人。"但何晏的喜空谈，好玄学，造成魏晋南北朝的知识分子坐而论道，脱离实际，拒绝实干，逃避现实的坏风气，贻患数代人。在关注汉末三国，直至魏这段时期社会消极影响时，这个何晏是不可忽略的因素。

　　鲁迅在《魏晋风度及文章与药及酒之关系》中说："至于他是怎样的一个人呢？那真相现在可很难知道，很难调查。因为他是曹氏一派的人，司马氏很讨厌他，所以他们的记载对何晏大不满。"

　　其实，司马懿将他视为"曹氏一派"，只是看到他作为曹操"纳晏母并收养晏，见宠如公子"，又娶了公主，"晏无所顾忌"这些早年间的表层现象，并不符合他后来不得志的处境和被排斥的状态。曹操活着，他是有倚仗的；曹操死后，后台没了，失去保护伞的他，自然先要受曹丕的压制；曹丕死了，后又受到曹叡的冷遇。何晏在这雪藏日子里，能让上层社会中的众多人物随着他"清谈"，能让精英阶层的贤达名流随着他"服食"，造成恶劣社会风气，迁延百把十年，这个被疏忽了的三国人物，确有其不能不佩服的非凡能量。

　　看来，《三国演义》这部说史的小说，说什么和不说什么，是有选择的。别看何晏"名声很大，位置也很高"，别看他的故事很具戏剧性，但他的"空谈"，他的"服药"，与老百姓相距甚远。历史，从来就是一个浩漫的文学世界，写什么和不写什么，这一点，从说三分的艺人，到总成这部书的罗贯中，都明白一个道理：老百姓的眼光，老百姓的口味，才是唯一的标准。从何晏这个三国人物的取舍，便知道这部小说盛行不衰的原因所在。

第七十回

猛张飞智取瓦口隘
老黄忠计夺天荡山

　　夏侯渊之死，曹氏宗亲的豪强一代便结束了，此后的子孙便如九斤老太所言，一代不如一代。

　　东汉出现的坞壁政治，是天下走向分裂的基本动因。坞壁最早出现，是为了防范匈奴入侵的自卫组织，后来，成为农、武结合，政、经一体的独立体，实际上便是一个变相的政府组织，利用宗亲关系和人身依附，实施其有效统治。《三国志·魏书·武帝纪第一》载："卓遂杀太后及弘农王，太祖至陈留，散家财，合义兵，将以诛卓。冬十二月始起兵于己吾，是岁中平六年（189）也。"这就是说，曹姓与夏侯姓在陈留，肯定有相当规模的坞壁，这个小政府、小社会，居然能纠结成一支有两千多匹战马的骑兵队伍，可供驰骋，那么这支武装力量，至少也有上万人马。东汉坞壁之出现，对于撕裂统一的中国，贻患无穷，三国之后的五胡十六国，南北朝，这次大分裂，迁延数百年之久。

　　从秦始皇的郡县制，到西汉时的亭里制，再到东汉时的坞壁政治，当然是历史的倒退。所以，刘秀终其一生，"遣其渠师，皆诣京师；散其小民，令就农业；坏其营垒，无使复聚"（袁宏《后汉纪·光武纪》），这种分裂倾向，一经形成，并能在乱世中起到自保的作用，便不可遏止。毛泽东长征至陕北，特别警惕"土围子"的出现。那么三国时代的分裂，东汉坞壁政治的必然结果，也就不可避免。曹操本想改变东汉历史，他摧毁士族之不余其力，他起用新人之无所不至，他巩固边疆之穷追恶寇，他维持汉室之贯彻始终，然而面对涌动起来的潮流，那人心所向的裹胁力，浩浩荡荡。你若顶得住，你就是胜利者；你若顶不住，便会被碾压，成为败将。

　　曹操自从赤壁败后，无攻不克，无往不得的胜势，就不再是属于他的专利。其实夏侯渊之死，自是法正和黄忠的智勇双全，因势得利。然而，曹操的一封书信，更是一道催命符。曹操的用意是戒其匹夫之勇，"若但任勇，则是一夫之敌耳"。而夏侯渊看到的是"欲观卿之妙才"。于是，这员悍将，终于死于黄忠刀下。

◎《三国志》载："郃识变数，善处营阵，战势地形，无不如计。"所以夏侯渊被黄忠斩后，"当是时新失元帅，恐为备所乘，三军皆失色。渊司马郭淮乃令众曰：'张将军国家名将，刘备所惮。今日事急，非张将军不能安也'"。由此可知，张郃在曹军中是不亚于张辽、徐晃的名将。但是，曹操对夏侯渊虽早有评价："将当以勇为本，行之以智计；但知任勇，一匹夫敌耳！"可统帅却是非夏侯莫属，这种任人唯亲现象，也真是叫英雄气短啊！

◎你张郃会骂娘，难道我张飞就不会骂娘么？你张郃会喝酒，难道我张飞就不会喝酒么？同样是骂，同样是喝，张郃不过图一个嘴上痛快，而张飞，却是用计在赚这位袁绍旧部。

却说张郃部兵三万，分为三寨，各傍山险：一名宕渠寨，一名蒙头寨，一名荡石寨。当日张郃于三寨中，各分军一半，去取巴西，留一半守寨。早有探马报到巴西，说张郃引兵来了。张飞急唤雷铜商议。铜曰："阆中地恶山险，可以埋伏。将军引兵出战，我出奇兵相助，郃可擒矣。"张飞拨精兵五千与雷铜去讫。飞自引兵一万，离阆中三十里，与张郃兵相遇。两军摆开，张飞出马，单搦张郃。郃挺枪纵马而出。战到二十余合，郃后军忽然喊起：原来望见山背后有蜀兵旗幡，故此扰乱。张郃不敢恋战，拨马回走。张飞从后掩杀。前面雷铜又引兵杀出。两下夹攻，郃兵大败。张飞、雷铜连夜追袭，直赶到宕渠山。张郃仍旧分兵守住三寨，多置擂木炮石，坚守不战。张飞离宕渠十里下寨，次日引兵搦战。郃在山上大吹大擂饮酒，并不下山。张飞令军士大骂，郃只不出。飞只得还营。次日，雷铜又去山下搦战，郃又不出。雷铜驱军士上山，山上擂木炮石打将下来。雷铜急退。荡石、蒙头两寨兵出，杀败雷铜。次日，张飞又去搦战，张郃又不出。飞使军人百般秽骂，郃在山上亦骂。张飞寻思，无计可施。相拒五十余日，飞就在山前扎住大寨，每日饮酒；饮至大醉，坐于山前辱骂。

玄德差人犒军，见张飞终日饮酒，使者回报玄德。玄德大惊，忙来问孔明。孔明笑曰："原来如此！军前恐无好酒；成都佳酿极多，可将五十瓮作三车装，送到军前与张将军饮。"玄德曰："吾弟自来饮酒失事，军师何故反送酒与他？"孔明笑曰："主公与翼德做了许多年兄弟，还不知其为人耶？翼德自来刚强，然前于收川之时，义释严颜，此非勇夫所为也。今与张郃相拒五十馀日，酒醉之后，便坐山前辱骂，傍若无人：此非贪杯，乃败张郃之计耳。"玄德曰："虽然如此，未可托大。可使魏延助之。"孔明令魏延解酒赴军前，车上各插黄旗，大书"军前公用美酒"。魏延领命，解酒到寨中，见张飞，传说主公赐酒。飞拜受讫，分付魏延、雷铜各引一枝人马，为左右翼；只看军中红旗起，便各进兵；教将酒摆列帐下，令军士大开旗鼓而饮。有细作报上山来，张郃自来山顶观望，见张飞坐于帐下饮酒，令二小卒于面前相扑为戏。郃曰："张飞欺我太甚！"传令今夜下山劫飞寨，令蒙头、荡石二寨，皆出为左右援。当夜张郃乘着月色微明，引军从山侧而下，径到寨前。遥望张飞大明灯烛，正在帐中饮酒。张郃当先大喊一声，山头擂鼓为助，直杀入中军。但见张飞端坐不动。张郃骤马到面前，一枪刺倒，却是一个草人。急勒马回时，帐后连珠炮起。一将当先，拦住去路，睁圆环眼，声如巨雷：乃张飞也。挺矛跃马，直取张郃。两将在火光中，战到三五十合。张郃只盼两寨来救，谁知两寨救兵，已被魏延、雷铜两将杀退，就势夺了二寨。张郃不见救兵至，正没奈何，又见山上火起，已被张飞后军夺

◎张飞以酒设局，张郃如此聪明，竟被骗个结实。

◎有真张飞，有假张飞，现在又弄出一个草张飞来。后来，死孔明吓走生仲达，是不是诸葛亮从张飞处学会的呢？

了寨栅。张郃三寨俱失，只得奔瓦口关去了。张飞大获胜捷，报入成都。玄德大喜，方知翼德饮酒是计，只要诱张郃下山。

却说张郃退守瓦口关，三万军已折了二万，遣人问曹洪求救。洪大怒曰："汝不听吾言，强要进兵，失了紧要隘口，却又来求救！"遂不肯发兵，使人催督张郃出战。郃心慌，只得定计，分两军去关口前山僻埋伏，分付曰："我诈败，张飞必然赶来，汝等就截其归路。"当日张郃引军前进，正遇雷铜。战不数合，张郃败走，雷铜赶来。两军齐出，截断回路。张郃复回，刺雷铜于马下。败军回报张飞。飞自来与张郃挑战。郃又诈败，张飞不赶。郃又回战，不数合，又败走。张飞知是计，收军回寨，与魏延商议曰："张郃用埋伏计，杀了雷铜，又要赚吾，何不将计就计？"延问曰："如何？"飞曰："我明日先引一军前往，汝却引精兵于后，待伏兵出，汝可分兵击之。用车十馀乘，各藏柴草，寨住小路，放火烧之。吾乘势擒张郃，与雷铜报仇。"魏延领计。次日，张飞引兵前进。张郃兵又至，与张飞交锋。战到十合，郃又诈败。张飞引马步军赶来，郃且战且走。引张飞过山峪口，郃将后军为前，复扎住营，与飞又战，指望两彪伏兵出，要围困张飞。不想伏兵却被魏延精兵到，赶入峪口，将车辆截住山路，放火烧车，山谷草木皆着，烟迷其径，兵不得出。张飞只顾引军冲突，张郃大

◎张飞将计就计，又赢了张郃。凡能将计就计者，又比一般用计者高出一筹矣！

败，死命杀开条路，走上瓦口关，收聚败兵，坚守不出。

张飞和魏延连日攻打关隘不下。飞见不济事，把军退二十里，却和魏延引数十骑，自来两边哨探小路。忽见男女数人，各背小包，于山僻路攀藤附葛而走。飞于马上用鞭指与魏延曰："夺瓦口关，只在这几个百姓身上。"便唤军士分付："休要惊恐他，好生唤那几个百姓来。"军士连忙唤到马前。飞用好言以安其心，问其何来。百姓告曰："某等皆汉中居民，今欲还乡。听知大军厮杀，塞闭阆中官道；今过苍溪，从梓潼山桧钤川入汉中，还家去。"飞曰："这条路取瓦口关远近若何？"百姓曰："从梓潼山小路，却是瓦口关背后。"飞大喜，带百姓入寨中，与了酒食；分付魏延："引兵扣关攻打，我亲自引轻骑出梓潼山攻关后。"便令百姓引路，选轻骑五百，从小路而进。

却说张郃为救军不到，心中正闷，人报魏延在关下攻打。张郃披挂上马，却待下山，忽报："关后四五路火起，不知何处兵来。"郃自领兵来迎。旗开处，早见张飞。郃大惊，急往小路而走。马不堪行，后面张飞追赶甚急，郃弃马上山，寻径而逃，方得走脱。随行只有十馀人，步行入南郑，见曹洪。洪见张郃只剩下十馀人，大怒曰："吾教汝休去，汝取下文状要去；今日折尽大兵，尚不自死，还来做甚！"喝令左右推出斩之。行军司马郭淮谏曰："'三军易得，

◎《江表传》载："羽好《左氏传》，讽诵略皆上口。"《三国志》载："羽闻马超来降，书与诸葛亮，问超人才可谁比类。"看来，"刚而自矜"的关羽，与"暴而无恩"的张飞，有所不同。关羽看不大起作为军师的诸葛亮，但他内心深处，却有成为一个饱学之士的情结。所以，张飞打仗也好，行事也好，不按规则出牌。而关羽事事处处都端着架子，摆出派头，做文武全才的亚领袖状。因此，对张飞来说，胜负不过是兵家常事，而对只能打赢不能打输的关羽来说，一走麦城，只能是悲剧下场，一点弯也不能转的。

◎一个曹洪，竟这样对待张郃，不就因为他姓曹么？

◎郭淮头脑清醒，知人识人，若不是他的周全，西线没了张郃，接下来的局面不堪设想。

一将难求'。张郃虽然有罪，乃魏王所深爱者也，不可便诛。可再与五千兵径取葭萌关，牵动其各处之兵，汉中自安矣。如不成功，二罪俱罚。"曹洪从之，又与兵五千，教张郃取葭萌关。郃领命而去。

却说葭萌关守将孟达、霍峻，知张郃兵来。霍峻只要坚守；孟达定要迎敌，引军下关与张郃交锋，大败而回。霍峻急申文书到成都。玄德闻知，请军师商议。孔明聚众将于堂上，问曰："今葭萌关紧急，必须阆中取翼德，方可退张郃也。"法正曰："今翼德兵屯瓦口，镇守阆中，亦是紧要之地，不可取回。帐中诸将内选一人去破张郃。"孔明笑曰："张郃乃魏之名将，非等闲可及。除非翼德，无人可当。"忽一人厉声而出曰："军师何轻视众人耶！吾虽不才，愿斩张郃首级，献于麾下。"众视之，乃老将黄忠也。孔明曰："汉升虽勇，争奈年老，恐非张郃对手。"忠听了，白发倒竖而言曰："某虽老，两臂尚开三石之弓，浑身还有千斤之力：岂不足敌张郃匹夫耶！"孔明曰："将军年近七十，如何不老？"忠趋步下堂，取架上大刀，轮动如飞；壁上硬弓，连拽折两张。孔明曰："将军要去，谁为副将？"忠曰："老将严颜，可同我去。但有疏虞，先纳下这白头。"玄德大喜，即时令严颜、黄忠去与张郃交战。赵云谏曰："今张郃亲犯葭萌关，军师休为儿戏。若葭萌一失，益州危矣。何故以二老将当此大敌乎？"孔明曰："汝以二人老迈，不

◎何必把赵云写得如此不堪？《三国演义》作者有时为了突出某人，而使他人陪衬屈就，甚至不惜牺牲人物性格的完整，是让人不以为然的。

能成事，吾料汉中必于此二人手内可得。"赵云等各各哂笑而退。

却说黄忠、严颜到关上，孟达、霍峻见了，心中亦笑孔明欠调度："是这般紧要去处，如何只教两个老的来！"黄忠谓严颜曰："你可见诸人动静么？他笑我二人年老，今可建奇功，以服众心。"严颜曰："愿听将军之令。"两个商议定了。黄忠引军下关，与张郃对阵。张郃出马，见了黄忠，笑曰："你许大年纪，犹不识羞，尚欲出战耶！"忠怒曰："竖子欺吾年老！吾手中宝刀却不老！"遂拍马向前与郃决战。二马相交，约战二十余合，忽然背后喊声起：原来是严颜从小路抄在张郃军后。两军夹攻，张郃大败。连夜赶去，张郃兵退八九十里。黄忠、严颜收兵入寨，俱各按兵不动。曹洪听知张郃输了一阵，又欲见罪。郭淮曰："张郃被迫，必投西蜀；今可遣将助之，就如监临，使不生外心。"曹洪从之，即遣夏侯惇之侄夏侯尚并降将韩玄之弟韩浩，二人引五千兵，前来助战。二将即时起行。到张郃寨中，问及军情，郃言："老将黄忠，甚是英雄，更有严颜相助，不可轻敌。"韩浩曰："我在长沙知此老贼利害。他和魏延献了城池，害吾亲兄，今既相遇，必当报仇！"遂与夏侯尚引新军离寨前进。原来黄忠连日哨探，已知路径。严颜曰："此去有山，名天荡山，山中乃是曹操屯粮积草之地。若取得那个去处，断其粮草，汉中可得也。"忠曰："将军之言，正合吾意。可

◎防将生变，只好派人监军。后来，唐、宋、明还索性制度化了，所以一遇强敌，处处掣肘，便只好吃败仗了。

与吾如此如此。"严颜依计，自领一枝军去了。

却说黄忠听知夏侯尚、韩浩来，遂引军马出营。韩浩在阵前，大骂黄忠："无义老贼！"拍马挺枪，来取黄忠。夏侯尚便出夹攻。黄忠力战二将，各斗十馀合，黄忠败走。二将赶二十馀里，夺了黄忠寨。忠又草创一营。次日，夏侯尚、韩浩赶来，忠又出阵，战数合，又败走。二将又赶二十馀里，夺了黄忠营寨，唤张郃守后寨。郃来前寨谏曰："黄忠连退二日，于中必有诡计。"夏侯尚叱张郃曰："你如此胆怯，可知屡次战败！今再休多言，看吾二人建功！"张郃羞报而退。次日，二将又战，黄忠又败退二十里；二将迤逦赶上。次日，二将兵出，黄忠望风而走，连败数阵，直退在关上。二将扣关下寨，黄忠坚守不出。孟达暗暗发书，申报玄德，说："黄忠连输数阵，现今退在关上。"玄德慌问孔明。孔明曰："此乃老将骄兵之计也。"赵云等不信。玄德差刘封来关上接应黄忠。忠与封相见，问刘封曰："小将军来助战何意？"封曰："父亲得知将军数败，故差某来。"忠笑曰："此老夫骄兵之计也。看今夜一阵，可尽复诸营，夺其粮食马匹。此是借寨与彼屯辎重耳。今夜留霍峻守关，孟将军可与我搬粮草夺马匹，小将军看我破敌！"

是夜二更，忠引五千军开关直下。原来夏侯尚、韩浩二将连日见关上不出，尽皆懈怠；被黄忠破寨直入，人不及甲，马不及鞍，二将各自逃命而走，军马

◎刘备倒是犯傻呢，还是装傻？无论如何，也是戎马生涯数十年的人了，怎么会如此沉不住气呢？

自相践踏，死者无数。比及天明，连夺三寨。寨中丢下军器鞍马无数，尽教孟达搬运入关。黄忠催军马随后而进，刘封曰："军士力困，可以暂歇。"忠曰："'不入虎穴，焉得虎子？'"策马先进。士卒皆努力向前。张郃军兵，反被自家败兵冲动，都屯扎不住，望后而走；尽弃了许多寨栅，直奔至汉水傍。

　　张郃寻见夏侯尚、韩浩议曰："此天荡山，乃粮草之所；更接米仓山，亦屯粮之地：是汉中军士养命之源。倘若疏失，是无汉中也。当思所以保之。"夏侯尚曰："米仓山有吾叔夏侯渊分兵守护，那里正接定军山，不必忧虑。天荡山有吾兄夏侯德镇守，我等宜往投之，就保此山。"于是张郃与二将连夜投天荡山来，见夏侯德，具言前事。夏侯德曰："吾此处屯十万兵，你可引去，复取原寨。"郃曰："只宜坚守，不可妄动。"忽听山前金鼓大震，人报黄忠兵到。夏侯德大笑曰："老贼不谙兵法，只恃勇耳！"郃曰："黄忠有谋，非止勇也。"德曰："川兵远涉而来，连日疲困，更兼深入战境此无谋也！"郃曰："亦不可轻敌。且宜坚守。"韩浩曰："愿借精兵三千击之，当无不克。"德遂分兵与浩下山。黄忠整兵来迎。刘封谏曰："日已西沉矣，军皆远来劳困，且宜暂息。"忠笑曰："不然。此天赐奇功，不取是逆天也。"言毕，鼓噪大进。韩浩引兵来战。黄忠挥刀直取浩，只一合，斩浩于马下。蜀兵大喊，杀上山来。张郃、夏侯尚急引军来迎。忽

◎看样子，他是被张飞、黄忠打怕了。

◎法正之说，正中下怀，汉中不仅是蜀汉门户，而且控制着汉水上游，从东三郡直接进入荆州，所以，汉中之战和关羽北伐，是诸葛亮和刘备早就敲定的基本盘。当然，曹操虽老，并不傻，打张鲁，得汉中，蜀中一日数惊，他未必不想得陇望蜀。但这位战争之神明白，与一个小小的张鲁交手尚且吃力，何况关张刘备诸葛亮？所以，汉中之战打了两年（217—219），曹败刘胜，刘备终于成为汉中王。

听山后大喊，火光冲天而起，上下通红。夏侯德提兵来救火时，正遇老将严颜，手起刀落，斩夏侯德于马下。原来黄忠预先使严颜引军埋伏于山僻去处，只等黄忠军到，却来放火，柴草堆上，一齐点着，烈焰飞腾，照耀山峪。严颜既斩夏侯德，从山后杀来。张郃、夏侯尚前后不能相顾，只得弃天荡山，望定军山投奔夏侯渊去了。黄忠、严颜守住天荡山，捷音飞报成都。玄德闻之，聚众将庆喜。法正曰："昔曹操降张鲁，定汉中，不因此势以图巴、蜀，乃留夏侯渊、张郃二将屯守，而自引大军北还：此失计也。今张郃新败，天荡失守，主公若乘此时，举大兵亲往征之，汉中可定也。既定汉中，然后练兵积粟，观衅伺隙，进可讨贼，退可自守。此天与之时，不可失也。"

玄德、孔明皆深然之，遂传令赵云、张飞为先锋，玄德与孔明亲自引兵十万，择日图汉中；传檄各处，严加提备。时建安二十三年，秋七月吉日，玄德大军出葭萌关下营，召黄忠、严颜到寨，厚赏之。玄德曰："人皆言将军老矣，惟军师独知将军之能。今果立奇功。但今汉中定军山，乃南郑保障，粮草积聚之所；若得定军山，阳平一路，无足忧矣。将军还敢取定军山否？"黄忠慨然应诺，便要领兵前去。孔明急止之曰："老将军虽然英勇，然夏侯渊非张郃之比也。渊深通韬略，善晓兵机，曹操倚之为西凉藩蔽：先曾屯兵长安，拒马孟起；今又屯兵汉中。操不托他人，而独托渊者，以渊有将才也。今将军虽胜张郃，未卜能胜夏侯渊。吾欲酌量着一人去荆州，替回关将军来，方可敌之。"忠奋然答曰："昔廉颇年八十，尚食斗米、肉十斤，诸侯畏其勇，不敢侵犯赵界，何况黄忠未及七十乎？军师言吾老，吾今并不用副将，只将本部兵三千人去，立斩夏侯渊首级，纳于麾下。"孔明再三不容。黄忠只是要去。孔明曰："既将军要去，吾使一人为监军同去，若何？"正是：

请将须行激将法，少年不若老年人。

未知其人是谁，且看下文分解。

◎老将出马，余勇可嘉，但也从此看出西蜀后继无人的隐忧。

　　因为曹操关于继嗣问题并未封口，从建安十六年（211），直到建安二十二年（217），丕、植二人的争夺王位战，便相当文明地开打起来，虽然这是历朝历代的常见戏码，但这兄弟俩倒不曾撕破脸，更没有全武行。只是在不停地较劲当中。遇人不淑的曹植，多次丢人现脸，大出洋相。出征前夕，喝得酩酊大醉，第二天开拔，全军列队，就差他这位司令员，于是，失去他父亲的最后一点信任，败在了他哥哥手里。

　　可以相信，从初定继嗣，到确定继嗣的六年间，曹操也不是没有动摇过，所以，曹丕也不是一直就是曹操的不二之选。但史书之可怕，从来胜者为王，历史本就是胜利者来书写的，所以我们看不到曹操对五官中郎将的不满，更看不到曹丕的德行欠缺的记载。

　　有的人，就觉得这是一次政治上的赌局，值得投资一把。《三国志》载："是时，文帝为五官将，而临菑侯植才名方盛，各有党与，有夺宗之议。文帝使人问诩自固之术，诩曰：'愿将军恢崇德度，躬素士之业，朝夕孜孜，不违子道。如此而已。'文帝从之，深自砥砺。"

　　有一天，"太祖又尝屏除左右问诩，诩嘿然不对。太祖曰：'与卿言而不答，何也？'诩曰：'属适有所思，故不即对耳。'太祖曰：'何思？'诩曰：'思袁本初、刘景升父子也。'太祖大笑，于是太子遂定"。"文帝即位，以诩为太尉，进爵魏寿乡侯，增邑三百，并前八百户。又分邑二百，封小子访为列侯。以长子穆为驸马都尉。"结果，贾诩这次押宝成功，等着飞黄腾达吧！

第七十一回

占对山黄忠逸待劳
据汉水赵云寡胜众

　　有勇有谋，有胆有识，方是英雄。汉水之战，赵云杀入曹操二十万大军之中，先救黄忠，再救张著。杀得曹营心战胆惊，杀得曹操目瞪口呆。杀回本寨后，追军云集，部将张翼欲闭寨门，赵云拒绝：吾昔在当阳长坂时，觑曹兵八十三万如草芥。在此战未必胜，逃无退路的迫急情势下，临危不惧的赵云，大开寨门，当门而立，曹军竟不敢再进一步，这过人的勇气，超凡的才智，非赵云不能有。

　　《三国志》载："益州既定，时议欲以成都中屋舍及城外园地桑田分赐诸将，云驳之曰：'霍去病以匈奴未灭，无用家为，今国贼非但匈奴，未可求安也。须天下都定，各返乡梓，归耕本土，乃其宜耳。益州人民，初罹兵革，田宅皆可归还，令安居复业，然后可役调，得其欢心。'先主即从之。"这建议在安定西川民心上，起了很好的作用。

　　特别后来在谏阻刘备伐吴的问题上，他的见解若能被采纳，西蜀的日子也许会好过些。他说："国贼是曹操，非孙权也，且先灭魏，则吴自服。操身虽毙，子丕篡盗，当因众心，早图关中，居河、渭上流以讨凶逆，关东义士必裹粮策马以迎王师。不应置魏，先与吴战；兵势一交，不得卒解。"可是一意孤行的刘备，感情用事，最后只好命丧白帝了。

　　《三国演义》中没有"政治"这个名词，不等于不讲政治。识见之识，即当下大家讲的政治。赵云是蜀汉最具识见，也是最讲政治的将领，所以他无往而不胜。毛泽东说过："战争是政治的继续"，"战争本身就是政治性质的行动，从古以来没有不带政治性的战争"。《三国演义》虽是一部写战争的书，其实更是一部讲政治的书。

却说孔明分付黄忠："你既要去，吾教法正助你。凡事计议而行。吾随后拨人马来接应。"黄忠应允，和法正领本部兵去了。孔明告玄德曰："此老将不着言语激他，虽去不能成功。他今既去，须拨人马前去接应。"乃唤赵云："将一枝人马，从小路出奇兵接应黄忠：若忠胜，不必出战；倘忠有失，即去救应。"又遣刘封、孟达："领三千兵于山中险要去处，多立旌旗，以壮我兵之声势，令敌人惊疑。"三人各自领兵去了。又差人往下辨，授计与马超，令他如此而行。又差严颜往巴西阆中守隘，替张飞、魏延来同取汉中。

却说张郃与夏侯尚来见夏侯渊，说："天荡山已失，折了夏侯德、韩浩。今闻刘备亲自领兵来取汉中，可速奏魏王，早发精兵猛将，前来策应。"夏侯渊便差人报知曹洪。洪星夜前到许昌，禀知曹操。操大惊，急聚文武，商议发兵救汉中。长史刘晔进曰："汉中若失，中原震动。大王休辞劳苦，必须亲自征讨。"操自悔曰："恨当时不用卿言，以致如此！"忙传令旨，起兵四十万亲征。时建安二十三年秋七月也。

曹操兵分三路而进：前部先锋夏侯惇，操自领中军，使曹休押后，三军陆续起行。操骑白马金鞍，玉带锦衣；武士手执大红罗销金伞盖，左右金瓜银钺，镫棒戈矛，打日月龙凤旌旗；护驾龙虎官军二万五千，分为五队，每队五千，按青、黄、赤、白、黑五色，旗幡甲马，并依本色：光辉灿烂，极其雄壮。

◎三军，冷兵器战争时期的军队建制，始自春秋五霸之一齐桓公。三军，上军、中军、下军。上军为先锋，中军为主力，下军为后勤保障。与现代战争中的海、陆、空三军无关。

◎蔡文姬因兵乱被掳北地，作《胡笳十八拍》思念中原，曹操能为他老朋友蔡邕的女儿，花大把金钱，把她从匈奴左贤王那儿赎回来。这说明作为政治家、军事家的曹操，那性格中极富文化色彩的一面，所以出自笔下的诗歌，无不充满诗人激情。

◎《三国志》载，曹操问蔡琰："闻夫人家先多坟籍，犹能忆识之不？"文姬曰："昔亡父赐书四千许卷，流离涂炭，罔有存者。今所诵忆裁四百馀篇耳。"操曰："今当使十吏，就夫人写之。"文姬曰："妾闻男女之别，礼不亲授，乞给纸笔，真草唯命。"汉代就讲究男女授受不亲了么？但从蔡琰亡逸之书，可以看到连年战乱对于文化的毁灭，也看到曹操的文化素养不同于刘备、孙权之处。

◎曹丕在《典论》中说："上雅好文词篇咏，虽在军旅，手不释卷。"《颜氏家训》说："孔子云，五十以学易，可以无大过。魏武袁遗，老而弥笃，皆少学而至老不倦者。"吴之孙权，蜀之刘备，似无任何文学气韵而言，魏之曹操，却是在中国文学史上享有不朽地位的人物。

　　兵出潼关，操在马上望见一簇林木，极其茂盛，问近侍曰："此何处也？"答曰："此名蓝田。林木之间，乃蔡邕庄也。今邕女蔡琰，与其夫董祀居此。"原来操素与蔡邕相善。先时其女蔡琰，乃卫仲道之妻；后被北方掳去，于北地生二子，作《胡笳十八拍》，流入中原。操深怜之，使人持千金入北方赎之。左贤王惧操之势，送蔡琰还汉。操乃以琰配与董祀为妻。当日到庄前，因想起蔡邕之事，令军马先行，操引近侍百馀骑，到庄门下马。

　　时董祀出仕于外，止有蔡琰在家，琰闻操至，忙出迎接。操至堂，琰起居毕，侍立于侧。操偶见壁间悬一碑文图轴，起身观之。问于蔡琰，琰答曰："此乃曹娥之碑也。昔和帝时，上虞有一巫者，名曹盱，能婆娑乐神；五月五日，醉舞舟中，堕江而死。其女年十四岁，绕江啼哭七昼夜，跳入波中；后五日，负父之尸浮于江面；里人葬之江边。上虞令度尚奏闻朝廷，表为孝女。度尚令邯郸淳作文镌碑以记其事。时邯郸淳年方十三岁，文不加点，一挥而就，立石墓侧，时人奇之。妾父蔡邕闻而往观，时日已暮，乃于暗中以手摸碑文而读之，索笔大书八字于其背。后人镌石，并镌此八字。"操读八字云："黄绢幼妇，外孙齑臼。"操问琰曰："汝解此意否？"琰曰："虽先人遗笔，妾实不解其意。"操回顾众谋士曰："汝等解否？"众皆不能答。于内一人出曰："某已解其意。"操视之，乃主簿杨修也。

操曰："卿且勿言，容吾思之。"遂辞了蔡琰，引众出庄。上马行三里，忽省悟，笑谓修曰："卿试言之。"修曰："此隐语耳。黄绢乃颜色之丝也：色傍加丝，是绝字。幼妇者，少女也：女傍少字，是妙字。外孙乃女之子也：女傍子字，是好字。齑臼乃受五辛之器也：受傍辛字，是辤字。总而言之，是'绝妙好辤'四字。"操大惊曰："正合孤意！"众皆叹羡杨修才识之敏。

　　不一日，军至南郑。曹洪接着，备言张郃之事。操曰："非郃之罪，胜负乃兵家常事耳。"洪曰："目今刘备使黄忠攻打定军山，夏侯渊知大王兵至，固守未曾出战。"操曰："若不出战，是示懦也。"便差人持节到定军山，教夏侯渊进兵。刘晔谏曰："渊性太刚，恐中奸计。"操乃作手书与之。使命持节到渊营，渊接入。使者出书，渊拆视之。略曰："凡为将者，当以刚柔相济，不可徒恃其勇。若但任勇，则是一夫之敌耳。吾今屯大军于南郑，欲观卿之妙才，勿辱二字可也。"夏侯渊览毕大喜。打发使命回讫，乃与张郃商议曰："今魏王率大兵屯于南郑，以讨刘备。吾与汝久守此地，岂能建立功业？来日吾出战，务要生擒黄忠。"张郃曰："黄忠谋勇兼备，况有法正相助，不可轻敌。此间山路险峻，只宜坚守。"渊曰："若他人建了功劳，吾与汝有何面目见魏王耶？汝只守山，吾去出战。"遂下令曰："谁敢出哨诱敌？"夏侯尚曰："吾愿往。"渊曰："汝去出哨，与黄忠交战，只宜输，

◎杨修浅薄了，何必卖弄？凡这类文人，就会有这种耐不得寂寞的表现欲，着实让人讨厌。

◎"辤"是"辞"的旧式写法。

◎曹操故作惊讶状，他是一个不肯认输之人。其实，他也未必了然。

◎曹操本是好意，一封吹捧他的书信，却断送了夏侯渊的命。对四肢发达，头脑简单者，别绕弯子，别做高深状，直截了当地驱使，倒双方都省事些。

◎张郃说黄忠谋勇兼备，不可小觑。沙场之上，凡到了相当量级的交战双方，通常都尽量保持节制、审慎、冷静的态度。能够客观地看待对手。自公元213年起，当曹操攻孙权争持不下，引军还邺，魏军的主攻方向，便基本上由东线转为西线。张郃，也就成为西部战场上的主要指挥员。

◎法正对刘备来说，是个仅次于诸葛
亮、庞统的重要谋士，蜀得益州，很
大程度上是法正起到了决定性作用。
备得汉中，又是他看到曹操降张鲁后
不急于图巴、蜀，认为"非其智不
逮而力不足也，必将内有忧逼故耳"。
便力主刘备率部自阳平南渡沔水，与
魏军决战。结果，夏侯授首，大获全
胜；尤被他料中的，是许都在年底年
初果然发生街头暴动。只是可惜，英
才早逝，未能竭尽全力辅佐刘备。后
来关、张死，刘备复仇之战在白帝城
惨败，诸葛亮叹息，要是法正在，他
会阻止刘备蛮干的。不过想问一声，
为什么法正能阻止，你却不能呢？

不宜赢。吾有妙计，如此如此。"尚受令，引三千军
离定军山大寨前行。

却说黄忠与法正引兵屯于定军山口，累次挑战，
夏侯渊坚守不出；欲要进攻，又恐山路危险，难以料
敌，只得据守。是日，忽报山上曹兵下来搦战。黄
忠恰待引军出迎，牙将陈式曰："将军休动，某愿当
之。"忠大喜，遂令陈式引军一千，出山口列阵。夏
侯尚兵至，遂与交锋。不数合，尚诈败而走。式赶去，
行到半路，被两山上擂木炮石，打将下来，不能前进。
正欲回时，背后夏侯渊引兵突出，陈式不能抵当，被
夏侯渊生擒回寨。部卒多降。有败军逃得性命，回报
黄忠，说陈式被擒。

忠慌与法正商议，正曰："渊为人轻躁，恃勇少
谋。可激劝士卒，拔寨前进，步步为营，诱渊来战而
擒之：此乃反客为主之法。"忠用其谋，将应有之物，
尽赏三军，欢声满谷，愿效死战。黄忠即日拔寨而进，
步步为营；每营住数日，又进。渊闻之，欲出战。张
郃曰："此乃反客为主之计，不可出战，战则有失。"
渊不从，令夏侯尚引数千兵出战，直到黄忠寨前。忠
上马提刀出迎，与夏侯尚交马，只一合，生擒夏侯尚
归寨。馀皆败走，回报夏侯渊。

渊急使人到黄忠寨，言愿将陈式来换夏侯尚。忠
约定来日阵前相换。次日，两军皆到山谷阔处，布
成阵势。黄忠、夏侯渊各立马于本阵门旗之下。黄

忠带着夏侯尚，夏侯渊带着陈式，各不与袍铠，只穿蔽体薄衣。一声鼓响，陈式、夏侯尚各望本阵奔回。夏侯尚比及到阵门时，被黄忠一箭，射中后心。尚带箭而回。渊大怒，骤马径取黄忠。忠正要激渊厮杀。两将交马，战到二十馀合，曹营内忽然鸣金收兵。渊慌拨马而回，被忠乘势杀了一阵。渊回阵问押阵官："为何鸣金？"答曰："某见山凹中有蜀兵旗幡数处，恐是伏兵，故急招将军回。"渊信其说，遂坚守不出。

　　黄忠逼到定军山下，与法正商议。正以手指曰："定军山西，巍然有一座高山，四下皆是险道。此山上足可下视定军山之虚实。将军若取得此山，定军山只在掌中也。"忠仰见山头稍平，山上有些少人马。是夜二更，忠引军士鸣金击鼓，直杀上山顶。此山有夏侯渊部将杜袭守把，止有数百馀人。当时见黄忠大队拥上，只得弃山而走。忠得了山顶，正与定军山相对。法正曰："将军可守在半山，某居山顶。待夏侯渊兵至，吾举白旗为号，将军却按兵勿动；待他倦怠无备，吾却举起红旗，将军便下山击之：以逸待劳，必当取胜。"忠大喜，从其计。

　　却说杜袭引军逃回，见夏侯渊，说黄忠夺了对山。渊大怒曰："黄忠占了对山，不容我不出战。"张郃谏曰："此乃法正之谋也。将军不可出战，只宜坚守。"渊曰："占了吾对山，观吾虚实，如何不出战？"郃苦谏不听。渊分军围住对山，大骂挑战。法正在山上举起白旗；任从夏侯渊百般辱骂，黄忠只不出战。午时以后，法正

◎曹刿论战，就抓住了这个"一鼓作气，再而衰"的心理因素。凡占优势者，完全可以运用这种战术战胜对方。

见曹兵倦怠，锐气已堕，多下马坐息，乃将红旗招展。鼓角齐鸣，喊声大震，黄忠一马当先，驰下山来，犹如天崩地塌之势。夏侯渊措手不及，被黄忠赶到麾盖之下，大喝一声，犹如雷吼。渊未及相迎，黄忠宝刀已落，连头带肩，砍为两段。后人有诗赞黄忠曰：

◎定军山，遂成为黄忠的收官之作。

> 苍头临大敌，皓首逞神威。
> 力趁雕弓发，风迎雪刃挥。
> 雄声如虎吼，骏马似龙飞。
> 献馘功勋重，开疆展帝畿。

黄忠斩了夏侯渊，曹兵大溃，各自逃生。黄忠乘势去夺定军山，张郃领兵来迎。忠与陈式两下夹攻，混杀一阵，张郃败走。忽然山傍闪出一彪人马，当住去路；为首一员大将，大叫："常山赵子龙在此！"张郃大惊，引败军夺路望定军山而走。只见前面一枝兵来迎，乃杜袭也。袭曰："今定军山已被刘封、孟达夺了。"郃大惊，遂与杜袭引败兵到汉水扎营；一面令人飞报曹操。

◎在《曹操集》的一篇《军策令》中，有"渊本非能用兵也，军中呼为'白地将军'"的负面评价。所以，曹操的"放声大哭"，也有表演成分。

操闻渊死，放声大哭，方悟管辂所言："三八纵横"，乃建安二十四年也；"黄猪遇虎"，乃岁在己亥正月也；"定军之南"，乃定军山之南也；"伤折一股"，乃渊与操有兄弟之亲情也。操令人寻管辂时，不知何处去了。操深恨黄忠，遂亲统大军，来定军山与夏侯渊报仇，令徐晃作先锋。行到汉水，张郃、杜袭接着曹操。二将曰："今定军山已失，可将米仓山粮草移于北山寨中屯积，然后进兵。"曹操依允。

却说黄忠斩了夏侯渊首级，来葭萌关上见玄德献功。玄德大喜，加忠为征西大将军，设宴庆贺。忽牙将张著来报说："曹操自领大军二十万，来与夏侯渊报仇。目今张郃在米仓山搬运粮草，移于汉水北山脚下。"孔明曰："今操引大兵至此，恐粮草不敷，故勒兵不进；若得一人深入其境，烧其粮草，夺其辎重，则操之锐气挫矣。"黄忠曰："老夫愿当此任。"孔明曰："操非夏侯渊之比，不可轻敌。"玄德曰："夏侯渊虽是总帅，乃一勇夫耳，安及张郃？若斩得张郃，胜斩夏侯渊十倍也。"忠奋然曰："吾愿往斩之。"孔明曰："你可与赵子龙同领一枝兵去；凡事计议而行，看谁立功。"忠应允便行。孔明就令张著为副将同去。云谓忠曰："今操引二十万众，分屯十营，将军在主公前要去夺粮，非小可之事。将军当用何策？"忠曰："看我先去，如何？"云曰："等我先去。"忠曰："我是主将，你是副将，如何争先？"云曰："我与你都一般为主公出力，何必计较？我二人拈阄，拈着的先去。"忠依允。当时黄忠拈着先去。云曰："既将军先去，某当相助。可约定时刻。如将军依时而还，某按兵不动；若将军过时而不还，某即引军来接应。"忠曰："公言是也。"于是二人约定午时为期。云回本

◎刘备识见高明！

◎关张赵马黄，五虎上将之中，赵子龙是参战最多、失误最少、立功最大的一位，也是从不计较、从不与刘备闹情绪、撂耙子的一位，更是诸葛亮用得最顺手、指到哪里打到哪里的一位。

寨，谓部将张翼曰："黄汉升约定明日去夺粮草，若午时不回，我当往助。吾营前临汉水，地势危险；我若去时，汝可谨守寨栅，不可轻动。"张翼应诺。

却说黄忠回到寨中，谓副将张著曰："我斩了夏侯渊，张郃丧胆；吾明日领命去劫粮草，只留五百军守营。你可助吾。今夜三更，尽皆饱食；四更离营，杀到北山脚下，先捉张郃，后劫粮草。"张著依令。当夜黄忠领人马在前，张著在后，偷过汉水，直到北山之下。东方日出，见粮积如山。有些少军士看守，见蜀兵到，尽弃而走。黄忠教马军一齐下马，取柴堆于米粮之上。正欲放火，张郃兵到，与忠混战一处。曹操闻知，急令徐晃接应。晃领兵前进，将黄忠困于垓心。张著引三百军走脱，正要回寨，忽一枝兵撞出，拦住去路，为首大将，乃是文聘；后面曹兵又至，把张著围住。

却说赵云在营中，看看等到午时，不见忠回，急忙披挂上马，引三千军向前接应；临行，谓张翼曰："汝可坚守营寨。两壁厢多设弓弩，以为准备。"翼连声应诺。云挺枪骤马直杀往前去。迎头一将拦路，乃文聘部将慕容烈也，拍马舞刀来迎赵云；被云手起一枪刺死。曹兵败走。云直杀入重围，又一枝兵截住；为首乃魏将焦炳。云喝问曰："蜀兵何在？"炳曰："已杀尽矣！"云大怒，骤马一枪，又刺死焦炳。杀散馀兵，直至北山之下，见张郃、徐晃两人围住黄忠，军士被困多时。云大喝一声，挺枪骤马，杀入重围，

◎轻敌者，总会碰上这类不测事件的。

左冲右突，如入无人之境。那枪浑身上下，若舞梨花；遍体纷纷，如飘瑞雪。张郃、徐晃心惊胆战，不敢迎敌。云救出黄忠，且战且走；所到之处，无人敢阻。操于高处望见，惊问众将曰："此将何人也？"有识者告曰："此乃常山赵子龙也。"操曰："昔日当阳长坂英雄尚在！"急传令曰："所到之处，不许轻敌。"赵云救了黄忠，杀透重围，有军士指曰："东南上围的，必是副将张著。"云不回本寨，遂望东南杀来。所到之处，但见"常山赵云"四字旗号，曾在当阳长坂知其勇者，互相传说，尽皆逃窜。云又救了张著。

　　曹操见云东冲西突，所向无前，莫敢迎敌，救了黄忠，又救了张著，奋然大怒，自领左右将士来赶赵云。云已杀回本寨。部将张翼接着，望见后面尘起，知是曹兵追来，即谓云曰："追兵渐近，可令军士闭上寨门，上敌楼防护。"云喝曰："休闭寨门！汝岂不知吾昔在当阳长坂时，单枪匹马，觑曹兵八十三万如草芥！今有军有将，又何惧哉！"遂拨弓弩手于寨外壕中埋伏；将营内旗枪，尽皆倒偃，金鼓不鸣。云匹马单枪，立于营门之外。

　　却说张郃、徐晃领兵追至蜀寨，天色已暮；见寨中偃旗息鼓，又见赵云匹马单枪，立于营外，寨门大开，二将不敢前进。正疑之间，曹操亲到，急催督众军向前。众军听令，大喊一声，杀奔营前；见赵云全然不动，曹兵翻身就回。赵云把枪一招，壕中弓弩齐

◎曹操为赵子龙作免费宣传。

◎虚者实之，实者虚之，而虚者虚之，非有胆有识者莫敢为，赵子龙先于诸葛亮演出空城计，壮哉！

发。时天色昏黑，正不知蜀兵多少。操先拨回马走。只听得后面喊声大震，鼓角齐鸣，蜀兵赶来。曹兵自相践踏，拥到汉水河边，落水死者，不知其数。赵云、黄忠、张著各引兵一枝，追杀甚急。操正奔走间，忽刘封、孟达率二枝兵，从米仓山路杀来，放火烧粮草。操齐了北山粮草，忙回南郑。徐晃、张郃扎脚不住，亦弃本寨而走。赵云占了曹寨，黄忠夺了粮草，汉水所得军器无数，大获胜捷，差人去报玄德。玄德遂同孔明前至汉水，问赵云的部卒曰："子龙如何厮杀？"军士将子龙救黄忠、拒汉水之事，细述一遍。玄德大喜，看了山前山后险峻之路，欣然谓孔明曰："子龙一身都是胆也！"后人有诗赞曰：

> 昔日战长坂，威风犹未减。
> 突阵显英雄，被围施勇敢。
> 鬼哭与神号，天惊并地惨。
> 常山赵子龙，一身都是胆！

◎一身都是胆，只是赵子龙在千军万马的战场上有勇有谋的表现，而在政治上的成熟、思想上的高蹈、见识上的卓越、行止上的坚定，则更在其他五虎将之上。

于是玄德号子龙为虎威将军，大劳将士，欢宴至晚。忽报曹操复遣大军从斜谷小路而进，来取汉水。玄德笑曰："操此来无能为也。我料必得汉水矣。"乃率兵于汉水之西以迎之。曹操命徐晃为先锋，前来决战。帐前一人出曰："某深知地理，愿助徐将军同去破蜀。"操视之，乃巴西宕渠人也，姓王，名平，字子均；现充牙门将军。操大喜，遂命王平为副先锋，相助徐晃。操屯兵于定军山北。徐晃、王平引军至汉水，晃令前军渡水列阵。平曰："军若渡水，倘要急退，如之奈何？"晃曰："昔韩信背水为阵，所谓致之死地而后生也。"平曰："不然。昔者韩信料敌人无谋而用此计；今将军能料赵云、黄忠之意否？"晃曰："汝可引步军拒敌，看我引马军破之。"遂令搭起浮桥，随即过河来战蜀兵。正是：

◎不学无术也许不是什么太可怕的事，最令人头疼的，是不学无术的人偏要做出有学问的样子。做样子还不行，要充明公，那就太让人痛苦了。

> 魏人妄意宗韩信，蜀相那知是子房。

未知胜负如何，且看下文分解。

汉中到手，刘备，这个吃了一辈子败仗的人，得以扬眉吐气。无论如何，这是他亲手指挥的一场漂亮仗。所谓漂亮，是以其战果丰硕而论，一、诛曹操心腹大将夏侯渊，二、得益州北部屏障汉中郡。对曹操来说，失夏侯渊比丢汉中地，更让他疼痛，"渊与操有兄弟之亲情也"，更何况那是他的股肱之臣啊！

法正是位奇才，有远见，善谋略，从他夺天荡山开始，老黄忠先杀夏侯渊，再夺定军山，从而取得汉中。以致曹操劳师亲征，而刘备居然应而不战，相当沉得住气，扼险而守，曹操奉陪不起，不得不引军还。嗣后，刘备为汉中王……曹操认为，如此一气呵成，乃高手操盘，他看不起只能小打小闹的刘备，这一切，"吾故知玄德不办此，必为人所教也"。在曹操眼中，刘备虽是他口封的英雄，其实，连四分之一的军事家也不是，居然逼得他引军而还，让他无法不纳闷。后来，他才知道这个幕后的韬略奇才，竟是法正。据《华阳国志》，曹操为之叹息："吾收奸雄略尽，独不得法正邪？"以网罗天下英豪著称的曹操，居然不识法正而错过了他，所以感到遗憾。可见曹操对其评价之高。

曹操并不害怕失败，而是很害怕按照人家预设的程序失败，这个神机妙算、胜人一筹的法正，颇令曹操敬畏。尤其后来当他得知这个法正，预料到许都的元宵暴动，让他大为吃惊，甚至连曹操本人也未估计到自己的屁股底下会着火。所以，陈寿在《三国志》里，称法正"著见成败，有奇画策算"，是很高的褒誉了。

上帝不会特别眷顾刘备，让他同时拥有诸葛亮、庞统、法正三位高级谋士的。

第七十二回

诸葛亮智取汉中
曹阿瞒兵退斜谷

　　建安七年（202），曹操东征，进军官渡前，以太牢祀桥玄，并作祭文，他这样写的："幼年逮升堂室，特以顽鄙之姿，为大君子所纳，增荣益观，皆由奖助。"这个桥玄，即《三国志·武帝纪》里所写的梁国桥玄，在他眼中的曹操，"天下将乱，非命世之才不能济也，能安之者，其在君乎！"很是高看这个年轻人的。可见曹操少年出道时之不俗，也可见其成材谋事之老道。因桥玄，他广泛结交如蔡邕等大文化人，还得以进入以识人著称的许子将法眼。"治世之能臣，乱世之奸雄"这个评语，就是出自此公之口，这不但给曹操定性，也由此知名于世。两汉时期，名流和前辈的举荐、期许，对一个人的前途影响巨大。因此，他对桥玄的提携，"士死知己，怀此无忘"。桥玄，也很幽默，"从容约誓"曹操，"殂逝以后，路有经由，不以斗酒只鸡过相沃酹，车过三步，腹痛勿怪"。

　　由此也可了解，在什么样的文化环境成长起来，决定这个人的文化素养，以及他能够达到的文化境界。邺下文人集团得以形成，建安七子得以生存，建安文学得以创立，这都是曹操对于中国文化的贡献。其实，最重要的，汉末建安时期的文人，也许是中国最早意识到文学家是可以存在于社会之中的独立个体——在此以前，像司马迁、班固、班婕妤、司马相如、枚乘、邹阳之流，他们的身份，都还是附庸于帝王贵族的官员、清客、幕僚、侍从，或者竟是医祝亚卜的三教九流之类——这还真是从曹魏时期渐渐形成的共识。还不要小看这一点点变化，从此以后，以文学为生存手段，允许为文学而文学，以文学来表现自己和这个世界，便是文学家的神圣使命了。

　　　　　　却说徐晃引军渡汉水，王平苦谏不听，渡过汉水扎营。黄忠、赵云告玄德曰："某等各引本部兵去迎曹兵。"玄德应允。二人引兵而行。忠谓云曰："今徐晃

恃勇而来，且休与敌；待日暮兵疲，你我分兵两路击
之可也。"云然之，各引一军据住寨栅。徐晃引兵从
辰时搦战，直至申时，蜀兵不动。晃尽教弓弩手向前，
望蜀营射去。黄忠谓赵云曰："徐晃令弓弩射者，其军
必将退也：可乘时击之。"言未已，忽报曹兵后队果然
退动。于是蜀营鼓声大震：黄忠领兵左出，赵云领兵
右出。两下夹攻，徐晃大败，军士逼入汉水，死者无
数。晃死战得脱，回营责王平曰："汝见吾军势将危，
如何不救？"平曰："我若来救，此寨亦不能保。我曾
谏公休去，公不肯听，以致此败。"晃大怒，欲杀王平。

　　平当夜引本部军就营中放起火来，曹兵大乱，徐
晃弃营而走。王平渡汉水来投赵云，云引见玄德。王
平尽言汉水地理。玄德大喜曰："孤得王子均，取汉中
无疑矣。"遂命王平为偏将军，领向导使。却说徐晃逃
回见操，说："王平反去降刘备矣！"操大怒，亲统大
军来夺汉水寨栅。赵云恐孤军难立，遂退于汉水之西。

　　两军隔水相拒，玄德与孔明来观形势。孔明见
汉水上流头，有一带土山，可伏千馀人；乃回到营中，
唤赵云分付："汝可引五百人，皆带鼓角，伏于土山
之下；或半夜，或黄昏，只听我营中炮响：炮响一番，
擂鼓一番。只不要出战。"子龙受计去了。孔明却在
高山上暗窥。次日，曹兵到来搦战，蜀营中一人不出，
弓弩亦都不发。曹兵自回。当夜更深，孔明见曹营灯
火方息，军士歇定，遂放号炮。子龙听得，令鼓角齐

◎建安二十二年（217）十月，刘备
进军汉中，曹营节节失利，一是王平
反水，徐晃败退，二是曹昂出马，不
见其威，三是法正操盘，曹操无法招
架，四是曹操进爵为王后，遭到士族
阶层的抵制，于是上年杀崔琰，是年
杀杨修，以儆效尤。

◎曹操在杀掉杨修以后，给杨修的父亲太尉杨彪写了一封信。"操白：与足下同海内大义，足下不遗，以贤子见辅。比中国虽靖，方外未夷，今军征事大，主簿宜守。而足下贤子，恃豪父之势，每不与吾同怀，即欲直绳，顾颇恨恨。谓其能改，遂转宽舒，复即script贤资，将延足下尊门之累，便令刑之。念卿父息之情，同此悼楚，亦未必非幸也。"下面开列他送去的礼物清单：有锦裘二领、银杖一枚、宫绢五百匹、钱六十万、车一乘，牛两头、马一匹，驱使二人，青衣二人。"所奉虽薄，以表吾意，足下便当慨然承纳，不致往返。"此信见《曹操集》。读后掩卷，顿有昏天黑地之感，以及弥漫不散的血腥气。此人的报复虽然慢半拍，但报复是沉重而致命的。这应该是三十年前的事了，建安元年，在决定汉献帝急忙向东投靠曹操，杨彪并不站在董承方面，这位老人家出于士族的高傲，一直抵制曹操，并且早就扣押下要曹操勤王的函件。这对当时挣扎着要出头的曹操，当然是可忍孰不可忍的事情。现在，终于结账了，也是顺便对杨彪之类士族反对派之流的一个警告吧！

鸣。曹兵惊慌，只疑劫寨。及至出营，不见一军。方才回营欲歇，号炮又响，鼓角又鸣，呐喊震地，山谷应声。曹兵彻夜不安。一连三夜，如此惊疑，操心怯，拔寨退三十里，就空阔处扎营。孔明笑曰："曹操虽知兵法，不知诡计。"遂请玄德亲渡汉水，背水结营。玄德问计，孔明曰："可如此如此。"

曹操见玄德背水下寨，心中疑惑，使人来下战书。孔明批来日决战。次日，两军会于中路五界山前，列成阵势。操出马立于门旗下，两行布列龙凤旌旗，擂鼓三通，唤玄德答话。玄德引刘封、孟达并川中诸将而出。操扬鞭大骂曰："刘备忘恩失义，反叛朝廷之贼！"玄德曰："吾乃大汉宗亲，奉诏讨贼。汝上弑母后，自立为王，僭用天子銮舆，非反而何？"操怒，命徐晃出马来战，刘封出迎。交战之时，玄德先走入阵。封敌晃不住，拨马便走。操下令："捉得刘备，便为西川之主。"大军齐呐喊杀过阵来。蜀兵望汉水而逃，尽弃营寨；马匹军器，丢满道上。曹军皆争取。操急鸣金收军。众将曰："某等正待捉刘备，大王何故收军？"操曰："吾见蜀兵背汉水安营，其可疑一也；多弃马匹军器，其可疑二也。可急退军，休取衣物。"遂下令曰："妄取一物者立斩。火速退兵。"曹兵方回头时，孔明号旗举起：玄德中军领兵便出，黄忠左边杀来，赵云右边杀来。曹兵大溃而逃，孔明连夜追赶。

操传令军回南郑，只见五路火起，原来魏延、张
飞得严颜代守阆中，分兵杀来，先得了南郑。操心惊，
望阳平关而走。玄德大兵追至南郑褒州。安民已毕，
玄德问孔明曰："曹操此来，何败之速也？"孔明曰：
"操平生为人多疑，虽能用兵，疑则多败。吾以疑兵
胜之。"玄德曰："今操退守阳平关，其势已孤，先生
将何策以退之？"孔明曰："亮已算定了。"便差张飞、
魏延分兵两路去截曹操粮道，令黄忠、赵云分兵两路
去放火烧山。四路军将，各引向导官军去了。

　　却说曹操退守阳平关，令军哨探。回报曰："今
蜀兵将远近小路，尽皆塞断；砍柴去处，尽放火烧绝。
不知兵在何处。"操正疑惑间，又报张飞、魏延分兵
劫粮。操问曰："谁敢敌张飞？"许褚曰："某愿往！"
操令许褚引一千精兵，去阳平关路上护接粮草。解
粮官接着，喜曰："若非将军到此，粮不得到阳平矣。"
遂将车上的酒肉，献与许褚。褚痛饮，不觉大醉，便
乘酒兴，催粮车行。解粮官曰："日已暮矣，前褒州
之地，山势险恶，未可过去。"褚曰："吾有万夫之勇，
岂惧他人哉！今夜乘着月色，正好使粮车行走。"许
褚当先，横刀纵马，引军前进。二更已后，往褒州路
上而来。行至半路，忽山凹里鼓角震天，一枝军当住。
为首大将，乃张飞也，挺矛纵马，直取许褚。褚舞刀
来迎，却因酒醉，敌不住张飞；战不数合，被飞一矛
刺中肩膊，翻身落马；军士急忙救起，退后便走。张

◎抓住对方性格上的特点，好疑者
惑之，好嫉者挑之，好急者激之，
好暴者躁之，乘虚而入，常收事半
功倍之效。

◎酒，使人胜者，少之又少，使人败
者，多之又多。

飞尽夺粮草车辆而回。

却说众将保着许褚，回见曹操。操令医士疗治金疮，一面亲自提兵来与蜀兵决战。玄德引军出迎。两阵对圆，玄德令刘封出马。操骂曰："卖履小儿，常使假子拒敌！吾若唤黄须儿来，汝假子为肉泥矣！"刘封大怒，挺枪骤马，径取曹操。操令徐晃来迎，封诈败而走。操引兵追赶。蜀兵营中，四下炮响，鼓角齐鸣。操恐有伏兵，急教退军。曹兵自相践踏，死者极多，奔回阳平关，方才歇定。蜀兵赶到城下：东门放火，西门呐喊；南门放火，北门擂鼓。操大惧，弃关而走。蜀兵从后追袭。操正走之间，前面张飞引一枝兵截住，赵云引一枝兵从背后杀来，黄忠又引兵从褒州杀来。操大败。

诸将保护曹操，夺路而走。方逃至斜谷界口，前面尘头忽起，一枝兵到。操曰："此军若是伏兵，吾休矣！"及兵将近，乃操次子曹彰也。彰字子文，少善骑射；膂力过人，能手格猛兽。操尝戒之曰："汝不读书而好弓马，此匹夫之勇，何足贵乎？"彰曰："大丈夫当学卫青、霍去病，立功沙漠，长驱数十万众，纵横天下；何能作博士耶？"操尝问诸子之志，彰曰："好为将。"操问："为将何如？"彰曰："披坚执锐，临难不顾，身先士卒；赏必行，罚必信。"操大笑。建安二十三年，代郡乌桓反，操令彰引兵五万讨之；临行戒之曰："居家为父子，受事为君臣。法不徇情，

◎既为曹彰出场造势，也为他第一个被曹丕清洗造势。宫廷接班人之争，甚于烽火弥漫的战场。

◎为将之道，能做到这几句的话，士卒敢不同命？

尔宜深戒。"彰到代北，身先战阵，直杀至桑干，北方皆平；因闻操在阳平败阵，故来助战。操见彰至，大喜曰："我黄须儿来，破刘备必矣！"遂勒兵复回，于斜谷界口安营。有人报玄德，言曹彰到。玄德问曰："谁敢去战曹彰？"刘封曰："某愿往。"孟达又说要去。玄德曰："汝二人同去，看谁成功。"各引兵五千来迎：刘封在先，孟达在后。曹彰出马与封交战，只三合，封大败而回。孟达引兵前进，方欲交锋，只见曹兵大乱。原来马超、吴兰两军杀来，曹兵惊动。孟达引兵夹攻。马超士卒，蓄锐日久，到此耀武扬威，势不可当。曹兵败走。曹彰正遇吴兰，两个交锋，不数合，曹彰一戟刺吴兰于马下。三军混战。操收兵于斜谷界口扎住。

　　操屯兵日久，欲要进兵，又被马超拒守；欲收兵回，又恐被蜀兵耻笑，心中犹豫不决。适庖官进鸡汤。操见碗中有鸡肋，因而有感于怀。正沉吟间，夏侯惇入帐，禀请夜间口号。操随口曰："鸡肋！鸡肋！"惇传令众官，都称"鸡肋"。行军主簿杨修，见传"鸡肋"二字，便教随行军士，各收拾行装，准备归程。有人报知夏侯惇。惇大惊，遂请杨修至帐中问曰："公何收拾行装？"修曰："以今夜号令，便知魏王不日将退兵归也：鸡肋者，食之无肉，弃之有味。今进不能胜，退恐人笑，在此无益，不如早归：来日魏王必班师矣。故先收拾行装，免得临行慌乱。"夏侯惇曰：

◎《三国演义》中的杨修，智慧过人，颖悟超群，看似绝顶聪明，其实却是个糊涂笨伯。李卓吾说，他的聪明，不过孔雀尾巴上的翠羽，只是为他招来杀身之祸罢了。

魏陈群论崔琰，以智不存身贬之。凡不善于保护自己生存的人，就不算是一个聪明人。杨修才华外露，行为浅薄，巧智有余，心无器识。这种人，玩文学是可以的，顶多傻狂而已。做御用文人，随班唱和，帮腔歌德，谨慎些，乖巧些，马屁拍得响些，也会有一份好俸禄。但千万不能玩政治，不能玩官场斗争，尤其不能参与危险的宫廷抢班夺权的游戏，杨修就是把自己看得太了不起，与曹植过从甚密，一日不见，如隔三秋，这才引起曹操警惕，借个由子将他杀了。

◎漫说是一个统治者，即使普通人，也并不愿意让人揭开内心隐秘，触到痛处。杨修的这种轻薄行为，落在了刚吃了败仗，而且一直想要收拾他的曹操手里，当然是找死了。

◎有聪明的聪明人，也有不聪明的聪明人，杨修即是后者。聪明的聪明人，识得大势所趋，把握全局脉动。不聪明的聪明人，只顾眼下利益，多多益善，遑论明天天气，是阴是晴？

"公真知魏王肺腑也！"遂亦收拾行装。于是寨中诸将，无不准备归计。当夜曹操心乱，不能稳睡，遂手提钢斧，绕寨私行。只见夏侯惇寨内军士，各准备行装。操大惊，急回帐召惇问其故。惇曰："主簿杨德祖先知大王欲归之意。"操唤杨修问之，修以鸡肋之意对。操大怒曰："汝怎敢造言乱我军心！"喝刀斧手推出斩之，将首级号令于辕门外。

原来杨修为人恃才放旷，数犯曹操之忌：操尝造花园一所；造成，操往观之，不置褒贬，只取笔于门上书一"活"字而去。人皆不晓其意。修曰："门内添活字，乃阔字也。丞相嫌园门阔耳。"于是再筑墙围，改造停当，又请操观之。操大喜，问曰："谁知吾意？"左右曰："杨修也。"操虽称美，心甚忌之。又一日，塞北送酥一盒至。操自写"一合酥"三字于盒上，置之案头。修入见之，竟取匙与众分食讫。操问其故，修答曰："盒上明书一人一口酥，岂敢违丞相之命乎？"操虽喜笑，而心恶之。操恐人暗中谋害己身，常分付左右："吾梦中好杀人；凡吾睡着，汝等切勿近前。"一日，昼寝帐中，落被于地，一近侍慌取覆盖。操跃起拔剑斩之，复上床睡；半晌而起，佯惊问："何人杀吾近侍？"众以实对。操痛哭，命厚葬之。人皆以为操果梦中杀人；惟修知其意，临葬时指而叹曰："丞相非在梦中，君乃在梦中耳！"操闻而愈恶之。操第三子曹植，爱修之才，常邀修谈论，终夜不息。操与众商议，欲立植为世子。曹丕知之，密请朝歌长吴质入内府商议；因恐有人知觉，乃用大簏藏吴质于中，只说是绢匹在内，载入府中。修知其事，径来告操。操令人于丕府门伺察之。丕慌告吴质，质曰："无忧也：明日用大簏装绢再入以惑之。"丕如其言，以大簏载绢入。使者搜看簏中，果绢也，回报曹操。操因疑修谮害曹丕，愈恶之。操欲试曹丕、曹植之才干。一日，令各出邺城门；却密使人分付门吏，令勿放出。曹丕先至，门吏阻之，丕只得退回。植闻之，问于修。修曰："君奉王命而出，如有阻当者，竟斩之可也。"植然其言。及至门，门吏阻住。植叱曰："吾奉王命，谁敢阻当！"立斩之。于是曹操以植为能。后有人告操曰："此乃杨修之所教也。"操大怒，因此亦不喜植。修又尝为曹植作答教十余条，但操有问，植即依条答之。操每以军国之事问植，植对答如流。操心中甚疑。后曹丕暗买植左右，偷答教来告操。操见了大怒曰："匹夫安敢欺我耶！"此时已有杀修之心；今乃借惑乱军心之罪杀之。修死年三十四岁。后人有诗曰：

聪明杨德祖，世代继簪缨。
笔下龙蛇走，胸中锦绣成。
开谈惊四座，捷对冠群英。
身死因才误，非关欲退兵。"

◎应该说，曹操不会善待杨修，因为杨修是杨彪的儿子，是袁术的外甥，这两位都是他的劲敌。如此"底子潮"的人，他敢于使用，说明其有爱才的一面。但后来，杨修和他的儿子曹植，已经到了"数日不见，思子为劳，想同之也"的密不可分的地步，显然已非一般的彼此唱和的文学沙龙式交流，而是出谋划策，纠集势力，形成反曹丕的政治上的共同体。曹操何许人也，到他死前一年，公元219年，到底把他始终不甚放心的杨修，送上断头台。

◎杨修介入了宫廷最高层次权力斗争的漩涡中去，这才是招致杀身之祸的真正原因。他错误地估计形势，认为曹操爱才，有可能传位于曹植，遂成为铁杆的植党。其实，对统治者来说，接触到实际的继承问题时，所谓的"才"，绝不是首先考虑的条件。如何保持这个政权，便成第一位的选择标准。杨修太看重"才"，曹操当然也不是不看重"才"，但一涉及江山大业，文学家的曹操不得不让步于政治家的曹操，把王位传给他并不满意的曹丕。杨修的头，从那时起，就不在他的脖子上了。

曹操既杀杨修，佯怒夏侯惇，亦欲斩之。众官告免。操乃叱退夏侯惇，下令来日进兵。次日，兵出斜谷界口，前面一军相迎，为首大将乃魏延也。操招魏延归降，延大骂。操令庞德出战。二将正斗间，曹寨内火起。人报马超劫了中后二寨。操拔剑在手曰："诸将退后者斩！"众将努力向前，魏延诈败而走。操方麾军回战马超，自立马于高阜处，看两军争战。忽一彪军撞至面前，大叫："魏延在此！"拈弓搭箭，射中曹操。操翻身落马。延弃弓绰刀，骤马上山坡来杀曹操。刺斜里闪出一将，大叫："休伤吾主！"视之，乃庞德也。德奋力向前，战退魏延，保操前行。马超已退。操带伤归寨：原来被魏延射中人中，折却门牙两个，急令医士调治。方忆杨修之言，随将修尸收回厚葬，就令班师；却教庞德断后。操卧于毡车之中，左右虎贲军护卫而行。忽报斜谷山上两边火起，伏兵赶来。曹兵人人惊恐。正是：

依稀昔日潼关厄，仿佛当年赤壁危。

未知曹操性命如何，且看下文分解。

唐代大诗人李白，有一首古风，起首两句。"大雅久不作，吾衰竟谁陈？"曾提到建安文学，"自从建安来，绮丽不足珍"，强调那时曹氏父子和建安七子的作品，雄健深沉、慷慨悲凉的艺术风格，也就是在文学史所说的建安风骨，李白期待唐诗能拥有这样的气象。乱世是没有文学生存余地的，直到公元196年的许都，有了一个安定的局面，才出现一个邺下文人圈子，使得曹操可能在文化上有所建树。于是，《文心雕龙》评曰："魏之三祖，气爽才丽，宰割词调，音节靡平，观其《北上》诸引，《秋风》诸篇，或迷酣宴，或伤羁旅，志不出于淫荡，辞不离于哀思，虽三调之正声，实韶夏之郑曲。"正是有这样一位按赵翼在《廿二史札记》中所说的"创业之君，兼擅文学"的曹操，才能网罗天下文士，齐集邺下，甚至把蔡琰也从匈奴赎了回来。于是，建安之初，五言腾涌的局面便出现了。因此，也无妨说，没有曹氏父子，也就不可能有"建安文学"。

第七十三回
玄德进位汉中王
云长攻拔襄阳郡

　　《三国志·关羽传》载:"二十四年,先主为汉中王,拜羽为前将军,假节钺。是岁,羽率众攻曹仁于樊。曹公遣于禁助仁。秋,大霖雨,汉水泛溢,禁所督七军皆没。禁降羽,羽又斩将军庞德。梁、郏、陆浑群盗,或遥受羽印号,为之支党,羽威震华夏。曹公议徙许都以避其锐,司马宣王、蒋济以为关羽得志,孙权必不愿也。可遣人劝权蹑其后,许割江南以封权,则樊围自解。曹公从之。"

　　按《三国演义》的写法,关羽攻樊,是诸葛亮用来分化曹操联吴攻蜀的计谋。但在单刀赴会后的关羽,鉴于荆州暂保无虞,而西线的节节进展,使他黯然失色,这对他来讲,是不能宁耐的失落。个人英雄主义,是一种病,没有潜伏期,而且终身不免疫。中医叫作虚火,西医叫作亢奋,使他期望再次立功斩将,夺城略地,与张、赵、马、黄一赛高低。

　　攻樊城,夺襄阳的计谋,可能有,但何时启动这次北伐战役,从出事后成都的措手不及,被动应对来看,当系关羽的个人英雄主义支配下的一次突发行为。从他要到成都与马超比武的这一行为,就知道此人根本不把组织性、纪律性放在眼里。显然因为刘备称王,对他的安排,未能如他所愿。打一仗给你们瞧瞧,拿下襄阳给你们看看,绝对是这个自以为是亚领袖的率性而为。华容道敢将曹操放走的关老爷,没有他不敢干的事。

　　因为如果诸葛亮让他离荆攻樊,而不派员代领牧守,以防吴之乘间偷袭,则非运筹帷幄的诸葛亮了。但若果然委任赵云(那是最恰当的人选)或其他人来荆州接替,那也就不是充分了解关羽的诸葛亮了。由于这是位唯我独尊的将领,所以聪明的诸葛亮只有闭嘴,如果孔明派别人来代理他,那将出现更坏的结局。

　　若无襄阳大捷,吓得曹操迁都,刘备一方也许还不至于被胜利冲昏头脑,最后惨败。大胜以后大败,这在历史上是不乏先例的。

却说曹操退兵至斜谷，孔明料他必弃汉中而走，故差马超等诸将，分兵十数路，不时攻劫。因此操不能久住；又被魏延射了一箭，急急班师。三军锐气堕尽。前队才行，两下火起，乃是马超伏兵追赶。曹兵人人丧胆。操令军士急行，晓夜奔走无停；直至京兆，方始安心。

且说玄德命刘封、孟达、王平等，攻取上庸诸郡。申耽等闻操已弃汉中而走，遂皆投降。玄德安民已定，大赏三军，人心大悦。于是众将皆有推尊玄德为帝之心；未敢径启，却来禀告诸葛军师，孔明曰："吾意已有定夺了。"随引法正等入见玄德，曰："今曹操专权，百姓无主；主公仁义著于天下，今已抚有两川之地，可以应天顺人，即皇帝位，名正言顺，以讨国贼。事不宜迟，便请择吉。"玄德大惊曰："军师之言差矣。刘备虽然汉之宗室，乃臣子也；若为此事，是反汉矣。"孔明曰："非也。方今天下分崩，英雄并起，各霸一方，四海才德之士，舍死亡生而事其上者，皆欲攀龙附凤，建立功名也。今主公避嫌守义，恐失众人之望。愿主公熟思之。"玄德曰："要吾僭居尊位，吾必不敢。可再商议长策。"诸将齐言曰："主公若只推却，众心解矣。"孔明曰："主公平生以义为本，未肯便称尊号。今有荆襄、两川之地，可暂为汉中王。"玄德曰："汝等虽欲尊吾为王，不得天子明诏，是僭也。"孔明曰："今宜从权，不可拘执常理。"张飞大

◎三国时期，曹操为天下率，诸侯无不以他的一举一动，视作准绳。他一称王，刘备先坐不住，这是必然引起的连锁反应。

◎张飞想自己的时候少，只要他哥哥当皇帝。关羽就想得多了，哥哥当了皇帝，把他摆在什么位置上？

◎魏延在西蜀将领中的地位，仅次于五虎将，而且官封汉中太守，说明他不光是武将，而且是有政治才能的文官。

叫曰："异姓之人，皆欲为君，何况哥哥乃汉朝宗派！莫说汉中王，就称皇帝，有何不可！"玄德叱曰："汝勿多言！"孔明曰："主公宜从权变，先进位汉中王，然后表奏天子，未为迟也。"

玄德再三推辞不过，只得依允。建安二十四年秋七月，筑坛于沔阳，方圆九里，分布五方，各设旌旗仪仗。群臣皆依次序排列。许靖、法正请玄德登坛，进冠冕玺绶讫，面南而坐，受文武官员拜贺为汉中王。子刘禅，立为王世子。封许靖为太傅，法正为尚书令；诸葛亮为军师，总理军国重事。封关羽、张飞、赵云、马超、黄忠为五虎大将，魏延为汉中太守。其馀各拟功勋定爵。

玄德既为汉中王，遂修表一道，差人赍赴许都。表曰："备以具臣之才，荷上将之任，总督三军，奉辞于外；不能扫除寇难，靖匡王室，久使陛下圣教陵迟，六合之内，否而未泰：惟忧反侧，疢如疾首。曩者董卓，伪为乱阶。自是之后，群凶纵横，残剥海内。赖陛下圣德威临，人臣同应，或忠义奋讨，或上天降罚，暴逆并殪，以渐冰消。惟独曹操，久未枭除，侵擅国权，恣心极乱。臣昔与车骑将军董承，图谋讨操，机事不密，承见陷害。臣播越失据，忠义不果，遂得使操穷凶极逆：主后戮杀，皇子鸩害。虽纠合同盟，念在奋力；懦弱不武，历年未效。常恐殒没，辜负国恩；寤寐永叹，夕惕若厉。今臣群僚以为：在昔虞书敦叙九族，庶明励翼；帝王相传，此道不废；周监二代，并建诸姬，实赖晋、郑夹辅之力；高祖龙兴，尊王子弟，大启九国，卒斩诸吕，以安大宗。今操恶直丑正，实繁有徒，包藏祸心，篡盗已显；既宗室微弱，帝族无位，斟酌古式，依假权宜：上臣为大司马、汉中王。臣伏自三省：受国厚恩，荷任一方，陈力未效，所获已过，不宜复忝高位，以重罪谤。群僚见逼，迫臣以义。臣退惟寇贼不枭，国难未已；宗庙倾危，社稷将坠：诚臣忧心碎首之日。若应权通变，以宁静圣朝，虽赴水火，所不得辞。辄顺众议，拜受印玺，以崇国威。仰惟爵号，位高宠厚；俯思报效，忧深责重。惊怖惕息，如临于谷。敢不尽力输诚，奖励六师，率齐群义，应天顺时，以宁社稷。谨拜表以闻。"

　　表到许都，曹操在邺郡闻知玄德自立汉中王，大怒曰："织席小儿，安敢如此！吾誓灭之！"即时传令，尽起倾国之兵，赴两川与汉中王决雌雄。一人出班谏曰："大王不可因一时之怒，亲劳车驾远征。臣有一计，不须张弓只箭，令刘备在蜀自受其祸；待其兵衰力尽，只须一将往征之，便可成功。"操视其人，乃司马懿也。操喜问曰："仲达有何高见？"懿曰："江东孙权，以妹嫁刘备，而又乘间窃取回去；刘备又据占荆州不还：彼此俱有切齿之恨。今可差一舌辩之士，赍书往说孙权，使兴兵取荆州；刘备必发两川之兵以救荆州。那时大王兴兵去取汉川，令刘备首尾

◎岂有此理！你不想当皇帝，别人能杀了你的头？

◎有些人永远长了一张说人的嘴，老鸹跳在猪背上——看得见别人的黑，却看不见自身的黑。

◎司马懿渐露其智，每语必中。

不能相救，势必危矣。"操大喜，即修书令满宠为使，星夜投江东来见孙权。

权知满宠到，遂与谋士商议。张昭进曰："魏与吴本无仇；前因听诸葛之说词，致两家连年征战不息，生灵遭其涂炭。今满伯宁来，必有讲和之意，可以礼接之。"权依其言，令众谋士接满宠入城相见。礼毕，权以宾礼待宠。宠呈上操书，曰："吴、魏自来无仇，皆因刘备之故，致生衅隙。魏王差某到此，约将军攻取荆州，魏王以兵临汉川，首尾夹击。破刘之后，共分疆土，誓不相侵。"孙权览书毕，设筵相待满宠，送归馆舍安歇。

权与众谋士商议。顾雍曰："虽是说词，其中有理。今可一面送满宠回，约会曹操，首尾相击；一面使人过江探云长动静，方可行事。"诸葛瑾曰："某闻云长自到荆州，刘备娶与妻室，先生一子，次生一女。其女尚幼，未许字人。某愿往与主公世子求婚。若云长肯许，即与云长计议共破曹操；若云长不肯，然后助曹取荆州。"孙权用其谋，先送满宠回许都；却遣诸葛瑾为使，投荆州来。入城见云长，礼毕。云长曰："子瑜此来何意？"瑾曰："特来求结两家之好：吾主吴侯有一子，甚聪明；闻将军有一女，特来求亲。两家结好，并力破曹。此诚美事，请君侯思之。"云长勃然大怒曰："吾虎女安肯嫁犬子乎！不看汝弟之面，立斩汝首！再休多言！"遂唤左右逐出。

◎你可以拒绝，不可以骂街，粗人也。《春秋》白读了。

瑾抱头鼠窜，回见吴侯；不敢隐匿，遂以实告。权大怒曰："何太无礼耶！"便唤张昭等文武官员，商议取荆州之策。步骘曰："曹操久欲篡汉，所惧者刘备也；今遣使来令吴兴兵吞蜀，此嫁祸于吴也。"权曰："孤亦欲取荆州久矣。"骘曰："今曹仁现屯兵于襄阳、樊城，又无长江之险，旱路可取荆州；如何不取，却令主公动兵？只此便见其心。主公可遣使去许都见操，令曹仁旱路先起兵取荆州，云长必掣荆州之兵而取樊城。若云长一动，主公可遣一将，暗取荆州，一举可得矣。"权从其议，即时遣使过江，上书曹操，陈说此事。操大喜，发付使者先回，随遣满宠往樊城助曹仁，为参谋官，商议动兵；一面驰檄东吴，令领兵水路接应，以取荆州。

却说汉中王令魏延总督军马，守御东川。遂引百官回成都。差官起造宫庭，又置馆舍，自成都至白水，共建四百馀处馆舍亭邮。广积粮草，多造军器，以图进取中原。细作人探听得曹操结连东吴，欲取荆州，即飞报入蜀。汉中王忙请孔明商议。孔明曰："某已料曹操必有此谋；然吴中谋士极多，必教操令曹仁先兴兵矣。"汉中王曰："似此如之奈何？"孔明曰："可差使命就送官诰与云长，令先起兵取樊城，使敌军胆寒，自然瓦解矣。"汉中王大喜，即差前部司马费诗为使，赍捧诰命投荆州来。

云长出郭，迎接入城。至公廨礼毕，云长问曰：

◎看来关羽表态的"军师所言，当铭肺腑"的话，纯系一派虚词。诸葛亮的联吴拒操大计，他根本不放在心上。漫说是盟友，即使是敌国，也不能如此倨傲狂妄。分明是在恶化气氛，使得本不巩固的联盟，走向瓦解。"虎女安肯嫁犬子"这句话，反映了他内心的自诩之情。一个本来的推车亡命之徒，如今到镇守一方的州牧之份，这种天壤之别的变化，若不是暴发户的小人得志，便是相信自己高人一等的非凡狂妄，关羽属于后者。

◎关老爷，第一是中国人，第二是农民，第三是很想做官的人，所以，在官本位的社会里，在乎他的爵位，也属理所当然。不过，一张嘴，不谈兵家大事，先问封我何官，不免显得龌龊。但大家都龌龊，如入鲍鱼之肆，也就不以龌龊为龌龊了。

◎最后弃张鲁，奔刘备而来的马超，与那个在渭水之滨，将曹操打得落荒而走的盖世英雄马超，判若两人。最后郁郁寡欢而亡。一位身经百战的大将，一旦失去他用武之地，一旦失去他熟知的行伍弟兄，一旦失去他生死相共的战友，来到一个仰人鼻息的陌生环境，这种失群的感觉，其实是催死的因素。更何况自认为"银牌得主"的关羽，不愿意与老卒为伍，而放下荆州公务专程入川挑战，与马超决一高下，让寄人篱下的马超，情何以堪？关羽压迫马超之举，实是对刘备为王以后，把他和别人等同安排，未加特殊礼遇的不满罢了。如果刘备做汉中王，把他封为"亚王"镇守荆州，他就不发这顿脾气了。

◎这句话，才是他听进耳朵里去的。

"汉中王封我何爵？"诗曰："五虎大将之首。"云长问："那五虎将？"诗曰："关、张、赵、马、黄是也。"云长怒曰："翼德吾弟也；孟起世代名家；子龙久随吾兄，即吾弟也：位与吾相并，可也。黄忠何等人，敢与吾同列？大丈夫终不与老卒为伍！"遂不肯受印。诗笑曰："将军差矣。昔萧何、曹参与高祖同举大事，最为亲近，而韩信乃楚之亡将也；然信位为王，居萧、曹之上，未闻萧、曹以此为怨。今汉中王虽有五虎将之封，而与将军有兄弟之义，视同一体。将军即汉中王，汉中王即将军也。岂与诸人等哉？将军受汉中王厚恩，当与同休戚、共祸福，不宜计较官号之高下。愿将军熟思之。"云长大悟，乃再拜曰："某之不明，非足下见教，几误大事。"即拜受印绶。

费诗方出王旨，令云长领兵取樊城。云长领命，即时便差傅士仁、糜芳二人为先锋，先引一军于荆州城外屯扎；一面设宴城中，款待费诗。饮至二更，忽报城外寨中火起。云长急披挂上马，出城看时，乃是傅士仁、糜芳饮酒，帐后遗火，烧着火炮，满营撼动，把军器粮草，尽皆烧毁。云长引兵救扑，至四更方才火灭。云长入城，召傅士仁、糜芳责之曰："吾令汝二人作先锋，不曾出师，先将许多军器粮草烧毁，火炮打死本部军人。如此误事，要你二人何用？"叱令斩之。费诗告曰："未曾出师，先斩大将，于军不利。可暂免其罪。"云长怒气不息，叱二人曰："吾不看费司马之面，必斩汝二人之首！"乃唤武士各杖四十，摘去先锋印绶，罚糜芳守南郡，傅士仁守公安；且曰："若吾得胜回来之日，稍有差池，二罪俱罚！"二人满面羞惭，喏喏而去。

云长便令廖化为先锋，关平为副将，自总中军，马良、伊籍为参谋，一同征进。先是，有胡华之子胡班，到荆州来投降关公；公念其旧日相救之情，甚爱之；令随费诗入川，见汉中王受爵。费诗辞别关公，带了胡班，自回蜀中去了。

且说关公是日祭了"帅"字大旗，假寐于帐中。忽见一猪，其大如牛，浑身黑色，奔入帐中，径咬云长之足。云长大怒，急拔剑斩之，声如裂帛。霎然惊觉，乃是一梦。便觉左足阴阴疼痛，心中大疑。唤关平至，以梦告之。平对曰："猪亦有龙象。龙附足，乃升腾之意，不必疑忌。"云长聚多官于帐下，告以梦兆。或言吉祥者，或言不祥者，众论不一。云长曰："吾大丈夫，年近六旬，即死何憾！"正言间，蜀使至，传汉中王旨，拜云长为前将军，假节钺，都督荆襄九郡事。云长受命讫，众官拜贺曰："此足见猪龙之瑞也。"于是云长坦然不疑，遂起兵奔襄阳大路而来。

曹仁正在城中，忽报云长自领兵来。仁大惊，欲坚守不出。副将翟元曰："今魏王令将军约会东吴取荆州；今彼自来，是送死也，何故避之！"参谋满宠谏曰："吾素知云长勇而有谋，未可轻敌。不如坚守，

◎既撤了职，又委以重任，给了官，又加以恫吓，纯粹是激其生变也。连人都不会做，怎为一军之帅？

◎虽是盖世英雄，但虚荣之中，也有其虚弱的一面。

◎曹仁在嫡系部队里，是一员既勇猛，也有头脑的战将。曹操每战，都派他力当一面，屡有建树。曹仁为曹操从弟，关羽为刘备义弟，现在是这两个为弟者的一场较量了。

乃为上策。"骁将夏侯存曰："此书生之言耳。岂不闻水来土掩，将至兵迎？我军以逸待劳，自可取胜。"曹仁从其言，令满宠守樊城，自领兵来迎云长。

云长知曹兵来，唤关平、廖化二将，受计而往。与曹兵两阵对圆，廖化出马搦战。翟元出迎。二将战不多时，化诈败，拨马便走，翟元从后追杀，荆州兵退二十里。次日，又来搦战。夏侯存、翟元一齐出迎，荆州兵又败，又追杀二十余里。忽听得背后喊声大震，鼓角齐鸣。曹仁急命前军速回，背后关平、廖化杀来，曹兵大乱。曹仁知是中计，先掣一军飞奔襄阳；离城数里，前面绣旗招飐，云长勒马横刀，拦住去路。曹仁胆战心惊，不敢交锋，望襄阳斜路而走。云长不赶。须臾，夏侯存军至，见了云长，大怒，便与云长交锋，只一合，被云长砍死。翟元便走，被关平赶上，一刀斩之。乘势追杀，曹兵大半死于襄江之中。曹仁退守樊城。

云长得了襄阳，赏军抚民。随军司马王甫曰："将军一鼓而下襄阳，曹兵虽然丧胆，然以愚意论之：今东吴吕蒙屯兵陆口，常有吞并荆州之意；倘率兵径取荆州，如之奈何？"云长曰："吾亦念及此。汝便可提调此事：去沿江上下，或二十里，或三十里，选高阜处置一烽火台，每台用五十军守之；倘吴兵渡江，夜则明火，昼则举烟为号。吾当亲往击之。"王甫曰："糜芳、傅士仁守二隘口，恐不竭力；必须再得一人

◎被胜利冲昏头脑了。

以总督荆州。"云长曰："吾已差治中潘濬守之，有何虑焉？"甫曰："潘濬平生多忌而好利，不可任用。可差军前都督粮料官赵累代之。赵累为人忠诚廉直。若用此人，万无一失。"云长曰："吾素知潘濬为人。今既差定，不必更改。赵累现掌粮料，亦是重事。汝勿多疑，只与我筑烽火台去。"王甫怏怏拜辞而行。云长令关平准备船只渡襄江，攻打樊城。

却说曹仁折了二将，退守樊城，谓满宠曰："不听公言，兵败将亡，失却襄阳，如之奈何？"宠曰："云长虎将，足智多谋，不可轻敌，只宜坚守。"正言间，人报云长渡江而来，攻打樊城。仁大惊。宠曰："只宜坚守。"部将吕常奋然曰："某乞兵数千，愿当来军于襄江之内。"宠谏曰："不可。"吕常怒曰："据汝等文官之言，只宜坚守，何能退敌？岂不闻兵法云：军半渡可击。今云长军半渡襄江，何不击之？若兵临城下，将至壕边，急难抵当矣。"仁即与兵二千，令吕常出樊城迎战。吕常来至江口，只见前面绣旗开处，云长横刀出马。吕常却欲来迎，后面众军见云长神威凛凛，不战先走，吕常喝止不住。云长混杀过来，曹兵大败，马步军折其大半，残败军奔入樊城。

曹仁急差人求救，使命星夜至长安，将书呈上曹操，言："云长破了襄阳，现围樊城甚急。望拨大将前来救援。"曹操指班部内一人而言曰："汝可去解樊城之围。"其人应声而出。众视之，乃于禁也。禁曰：

◎独断专横，自以为是，蛮横跋扈，不纳人言，关羽之个人英雄主义，病得不轻。王甫说潘濬"多忌而好利"，其实也是关羽败亡之根本。

"某求一将作先锋，领兵同去。"操又问众人曰："谁敢作先锋？"一人奋然出曰："某愿施犬马之劳，生擒关某，献于麾下。"操观之大喜。正是：

未见东吴来伺隙，先看北魏又添兵。

未知此人是谁，且看下文分解。

　　每个人身上都有程度不同的爱慕虚荣、攀高比低的小市民气习，谁也不是圣人，多少有一点庸俗，倒也并无大碍。刘备不一样，早先，他很在乎实，不大在意名，哪怕站在公孙瓒身后当马弁。现在，一方之主，既在乎实，也在意名了。所以，建安十八年（213），曹操称魏公，对刘备来说，是一次强刺激，弄得他很不是滋味。

　　可是冷静下来一想，魏郡，是人家曹操实实在在的根基，至今他连一块属于自己的领地还没有，荆州暂时在他手里，可还打着借条。益州和刘璋撕破了脸，但未分胜负前，算不得是他的地盘，荆公、益公，他也未必不想当，空头司令，名不副实，徒令人生笑耳！

　　建安二十一年（216），曹操称魏王时，此刻的他手中有点本钱了，一有益州，二有汉中，三还有荆州，颇成一点气象。你曹操敢称公，欺君罔上，你曹操敢称王，颠覆秩序，那我也就不客气，不谦虚，我为什么不能如法炮制？

　　于是，建安二十四年（219），风示诸葛亮、法正一众人等，他要步曹操后尘，再上一个台阶。凡明白人早就懂得刘备的求名心切，这世界上，什么东西都会断档，独马屁精是不会缺货的，肯定有人上书，趁此汉中平定，自我加冕，岂不皆大欢喜吗？接下来，由驿站将原来曹操以汉献帝名义赐予他的"假左将军""宜城亭侯"等印绶，派员退回许都，自立为王。看来曹操所说不知几人称王，几人成帝，也并不是无的放矢啊！

　　因曹操称魏王，估计刘备曾经想称汉王，因为他打出来绍汉的旗帜嘛！但当年刘邦和项羽争霸时称过汉王，他哪敢僭越？可是又不想拿掉这个具有号召力的"汉"字，恰好又得汉中，图个吉利，这大概是汉中王的来历。

第七十四回

庞令明抬榇决死战
关云长放水淹七军

　　三国英雄，层出不穷，庞令明抬榇决一死战，写出一个存不败必胜之念、抱非生即死之心的英雄，在他生命最后一刻所爆发出来的光华，在三国星空上，又闪耀出炫目的光彩。庞德从马超，战渭河，随张鲁，投曹操，其威名无一不是打出来的；但这次抬榇决战，多了一份壮烈，那更教人感佩。榇者何？棺材也，抬着棺材来与关羽决一死战。其决心，其勇气，当然是毫无疑义的坚定，可他这份牺牲决心后面，更有一个强人的身影在，那就是曹操。而曹操，并不是他的恩主，只不过是在战场上收降他的主帅，现在，我们也弄不清楚，这个人称枭雄的曹操，有什么魅力，使得庞德对他如此心悦诚服，生出抬榇决死的忠诚动力。

　　曹操一生，除了姓曹和姓夏侯的家将以外，很多将领，都是来自敌方阵营，张辽原属吕布，张郃为袁绍旧将，徐晃为杨奉部下，文聘为刘表大将，以及臧霸、张绣、张燕、高览之流，甚至他的青、徐兵，也是在清剿黄巾时，对所俘人员，择其弱者屯田，壮者从军而组成的。

　　曹操才是识英雄者，他看一个人，那眼力堪称弹无虚发。与张鲁战时，这位主帅嘱诸将曰："庞德乃西凉勇将，原属马超；今虽依张鲁，未称其心。吾欲得此人。汝等须皆与缓斗，使其力乏，然后擒之。"结果，经张郃、夏侯渊、徐晃和许褚等轮番战过，落入陷阱，被捉，于是服降。其实，他是降操较晚的将领，然而，在与关羽战时，"曹操闻于禁言，庞德旧主马超，亲兄庞柔，均在西蜀，让他纳下先锋印。庞德闻之，免冠顿首，流血满面而告曰：'某自汉中投降大王，每感厚恩，虽肝脑涂地，不能补报；大王何疑于德也？'"接下来，我们看到曹操的大度和大气："操乃扶起庞德，抚慰曰：'孤素知卿忠义，前言特以安众人之心耳。卿可努力建功。卿不负孤，孤亦必不负卿也。'"有这两句话，庞德这才抬榇上阵，决一死战，即使付出生命，也无怨无悔了。知人善任，以诚相待，倾心相与，以情感人，曹操之善将将，即此一例，可见其他。

　　君不负我，我不负君，这种中国人的信任，那可是千金不易的承诺啊！

却说曹操欲使于禁赴樊城救援，问众将谁敢作先锋。一人应声愿往。操视之，乃庞德也。操大喜曰："关某威震华夏，未逢对手；今遇令明，真劲敌也。"遂加于禁为征南将军，加庞德为征西都先锋，大起七军，前往樊城。这七军，皆北方强壮之士。两员领军将校：一名董衡，一名董超；当日引各头目参拜于禁。董衡曰："今将军提七枝重兵，去解樊城之厄，期在必胜；乃用庞德为先锋，岂不误事？"禁惊问其故。衡曰："庞德原系马超手下副将，不得已而降魏；今其故主在蜀，职居五虎上将，况其亲兄庞柔亦在西川为官，今使他为先锋，是泼油救火也。将军何不启知魏王，别换一人去？"

禁闻此语，遂连夜入府启知曹操。操省悟，即唤庞德至阶下，令纳下先锋印。德大惊曰："某正欲与大王出力，何故不肯见用？"操曰："孤本无猜疑；但今马超现在西川，汝兄庞柔亦在西川，俱佐刘备。孤纵不疑，奈众口何？"庞德闻之，免冠顿首，流血满面而告曰："某自汉中投降大王，每感厚恩，虽肝脑涂地，不能补报；大王何疑于德也？德昔在故乡时，与兄同居，嫂甚不贤，德乘醉杀之；兄恨德入骨髓，誓不相见，恩已断矣。故主马超，有勇无谋，兵败地亡，孤身入川，今与德各事其主，旧义已绝。德感大王恩遇，安敢萌异志？惟大王察之。"操乃扶起庞德，抚慰曰："孤素知卿忠义，前言特以安众人之

◎我也怀疑，要放在一些爱查别人祖宗三代者的手里，一定会以社会关系复杂为由，实行控制使用。慢说先锋，后卫也没庞德的份儿。

心耳。卿可努力建功。卿不负孤，孤亦必不负卿也。"

德拜谢回家，令匠人造一木榇。次日，请诸友赴席，列榇于堂。众亲友见之，皆惊问曰："将军出师，何用此不祥之物？"德举杯谓亲友曰："吾受魏王厚恩，誓以死报。今去樊城与关某决战，我若不能杀彼，必为彼所杀；即不为彼所杀，我亦当自杀。故先备此榇，以示无空回之理。"众皆嗟叹。德唤其妻李氏与其子庞会出，谓其妻曰："吾今为先锋，义当效死疆场。我若死，汝好生看养吾儿；吾儿有异相，长大必当与吾报仇也。"妻子痛哭送别，德令扶榇而行。临行，谓部将曰："吾今去与关某死战，我若被关某所杀，汝等即取吾尸置此榇中；我若杀了关某，吾亦即取其首，置此榇内，回献魏王。"部将五百人皆曰："将军如此忠勇，某等敢不竭力相助！"于是引军前进。有人将此言报知曹操。操喜曰："庞德忠勇如此，孤何忧焉！"贾诩曰："庞德恃血气之勇，欲与关某决死战，臣窃虑之。"操然其言，急令人传旨戒庞德曰："关某智勇双全，切不可轻敌。可取则取，不可取则宜谨守。"庞德闻命，谓众将曰："大王何重视关某也？吾料此去，当挫关某三十年之声价。"禁曰："魏王之言，不可不从。"德奋然趱军前至樊城，耀武扬威，鸣锣击鼓。

却说关公正坐帐中，忽探马飞报："曹操差于禁为将，领七枝精壮兵到来。前部先锋庞德，军前抬一

◎卿不负我，我不负卿，有这两句话，庞德即使付出生命代价也不后悔了。知人善任，难能可贵。

◎挫关某三十年之声价，老字号的无形资产，还是很令人敬畏的。

◎庞德已经打算死在你的刀下，哪有小看你的道理！

◎大丈夫顶天立地，走自己的路，实现自己的抱负，承受自己的担当。此时，无言胜似有言，一切均在战场上见，那才是英雄不论出身，以生命写出的答案最准确。罗贯中不甚懂得文学语言愈隐之愈显之的道理，还画蛇添足编出"嫂其不贤，德乘醉杀之"的故事，便是多余之举了。

木樣，口出不逊之言，誓欲与将军决一死战。兵离城止三十里矣。"关公闻言，勃然变色，美髯飘动，大怒曰："天下英雄，闻吾之名，无不畏服；庞德竖子，何敢藐视吾耶！关平一面攻打樊城，吾自去斩此匹夫，以雪吾恨！"平曰："父亲不可以泰山之重，与顽石争高下。辱子愿代父去战庞德。"关公曰："汝试一往，吾随后便来接应。"

关平出帐，提刀上马，领兵来迎庞德。两阵对圆，魏营一面皂旗上大书"南安庞德"四个白字。庞德青袍银铠，钢刀白马，立于阵前；背后五百军兵紧随，步卒数人肩抬木樣而出。关平大骂庞德："背主之贼！"庞德问部卒曰："此何人也？"或答曰："此关公义子关平也。"德叫曰："吾奉魏王旨，来取汝父之首！汝乃疥癞小儿，吾不杀汝！快唤汝父来！"平大怒，纵马舞刀，来取庞德。德横刀来迎。战三十合，不分胜负，两家各歇。

早有人报知关公。公大怒，令廖化去攻樊城，自己亲来迎敌庞德。关平接着，言与庞德交战，不分胜负。关公随即横刀出马，大叫曰："关云长在此，庞德何不早来受死！"鼓声响处，庞德出马曰："吾奉魏王旨，特来取汝首！恐汝不信，备樣在此。汝若怕死，早下马受降！"关公大骂曰："量汝一匹夫，亦何能为！可惜我青龙刀斩汝鼠贼！"纵马舞刀，来取庞德。德轮刀来迎。二将战有百馀合，精神倍长。两军各看得痴呆了。魏军恐庞德有失，急令鸣金收军。关平恐父年老，亦急鸣金。二将各退。庞德归寨，对众曰："人言关公英雄，今日方信也。"正言间，于禁至。相见毕，禁曰："闻将军战关公，百合之上，未得便宜，何不且退军避之？"德奋然曰："魏王命将军为大将，何太弱也？吾来日与关某共决一死，誓不退避！"禁不敢阻而回。

却说关公回寨，谓关平曰："庞德刀法惯熟，真吾敌手。"平曰："俗云初生之犊不惧虎，父亲纵然斩了此人，只是西羌一小卒耳；倘有疏虞，非所以重伯父之托也。"关公曰："吾不杀此人，何以雪恨？吾意已决，再勿多言！"次日，上马引兵前进。庞德亦引兵来迎。两阵对圆，二将齐出，更不打话，出马交锋。斗至五十馀合，庞德拨回马，拖刀而走。关公随后追赶。关平恐有疏失，亦随后赶去。关公口中大骂："庞贼！欲使拖刀计，吾岂惧汝？"原来庞德虚作拖刀势，却把刀就鞍鞒挂住，偷拽雕弓，搭上箭，射将来。关平眼快，见庞德拽弓，大叫："贼将休放冷箭！"关公急睁眼看时，弓弦响处，箭早到来；躲闪不及，正中左臂。关平马到，救父回营。庞德勒回马轮刀赶来，忽听得本营锣声大震。德恐后军有失，急勒马回。原来于禁见庞德射中关公，恐他成了大功，灭己威风，故鸣金收军。庞德回马，问："何故鸣金？"于禁曰："魏王有戒：关公智勇双全。他虽

◎庞德相信关公英雄，关羽也承认庞德真吾对手，只需真刀真枪地较量。当初，关要与马超一试高低，现在来看，连庞德都拿不下，杀得曹操屁滚尿流的西凉马超，关老爷还有兴致挑战么？那些豪言壮语、空话大话制造者，十之八九都是些坐而论道者。

◎于禁在曹操手下，是以不徇私情、坚持原则、执法守纪、治军严整著称的将领，作者把他写成一个嫉贤妒能，生怕庞德立了大功，而处处设障的人，肯定是考虑到他后被俘投降这一节，才如此安排。这就是习见的绝对化观点，一错则百错，无一是处了。酒，坏了，尚且可以做醋，人，要坏了，前后都不是人了，一点也不讲历史唯物主义。这种绝对化，害人误国，更可怕的是，坚持这样的观点的人，还振振有词呢！

◎在这个世界上，人尽其才，只是一个美好的理想：有本事的人，不一定能得到一份好工作；没有什么才干的人，却能得到一份好差使。关羽，绝非帅才，正如刘备，当不了一国之主那样，本来是奔走呐喊的龙套，担纲主角，要演谭富英、马连良的角色，上台是可以的，但怎么下台，只有天知道了。

中箭，只恐有诈，故鸣金收军。"德曰："若不收军，吾已斩了此人也。"禁曰："紧行无好步，当缓图之。"庞德不知于禁之意，只懊悔不已。

却说关公回营，拔了箭头。幸得箭射不深，用金疮药敷之。关公痛恨庞德，谓众将曰："吾誓报此一箭之仇！"众将对曰："将军且暂安息几日，然后与战未迟。"次日，人报庞德引军搦战。关公就要出战。众将劝住。庞德令小军毁骂。关平把住隘口，分付众将休报知关公。庞德搦战十馀日，无人出迎，乃与于禁商议曰："眼见关公箭疮举发，不能动止；不若乘此机会，统七军一拥杀入寨中，可救樊城之围。"于禁恐庞德成功，只把魏王戒旨相推，不肯动兵。庞德累欲动兵，于禁只不允，乃移七军转过山口，离樊城北十里，依山下寨，禁自领兵截断大路，令庞德屯兵于谷后，使德不能进兵成功。

却说关平见关公箭疮已合，甚是喜悦。忽听得于禁移七军于樊城之北下寨，未知其谋，即报知关公。公遂上马，引数骑上高阜处望之，见樊城城上旗号不整，军士慌乱；城北十里山谷之内，屯着军马；又见襄江水势甚急。看了半晌，唤向导官问曰："樊城北十里山谷，是何地名？"对曰："罾口川也。"关公喜曰："于禁必为我擒矣。"将士问曰："将军何以知之？"关公曰："鱼入罾口，岂能久乎？"诸将未信。公回本寨。时值八月秋天，骤雨数日。公令人预备船筏，收拾水具。关平问曰："陆地相持，何用水具？"
公曰："非汝所知也。于禁七军不屯于广易之地，而
聚于罾口川险隘之处；方今秋雨连绵，襄江之水必然
泛涨；吾已差人堰住各处水口，待水发时，乘高就船，
放水一淹，樊城罾口川之兵皆为鱼鳖矣。"关平拜服。

却说魏军屯于罾口川，连日大雨不止，督将成何
来见于禁曰："大军屯于川口，地势甚低；虽有土山，
离营稍远。即今秋雨连绵，军士艰辛。近有人报说
荆州兵移于高阜处，又于汉水口预备战筏；倘江水泛
涨，我军危矣。宜早为计。"于禁叱曰："匹夫惑吾军
心耶！再有多言者斩之！"成何羞惭而退，却来见庞
德，说此事。德曰："汝所见甚当。于将军不肯移兵，
吾明日自移军屯于他处。"

计议方定，是夜风雨大作。庞德坐于帐中，只听
得万马争奔，征鼙震地。德大惊，急出帐上马看时，
四面八方，大水骤至；七军乱窜，随波逐浪者，不计
其数。平地水深丈馀，于禁、庞德与诸将各登小山避
水。比及平明，关公及众将皆摇旗鼓噪，乘大船而来。
于禁见四下无路，左右止有五六十人，料不能逃，口
称愿降。关公令尽去衣甲，拘收入船，然后来擒庞德。
时庞德并二董及成何，与步卒五百人，皆无衣甲，立
在堤上。见关公来，庞德全无惧怯，奋然前来接战。
关公将船四面围定，军士一齐放箭，射死魏兵大半。
董衡、董超见势已危，乃告庞德曰："军士折伤大半，

◎这是兵家最起码的军事常识，把于禁写得也太不堪了。

◎打小报告倒死在被谗者刀下，这也真是太偶然了。通常，总是这类在头儿耳边嚼舌头根者蘸人血馒头吃的，这一回，他倒先喂了鱼鳖。

四下无路，不如投降。"庞德大怒曰："吾受魏王厚恩，岂肯屈节于人！"遂亲斩董衡、董超于前，厉声曰："再说降者，以此二人为例！"于是众皆奋力御敌。自平明战至日中，勇力倍增。关公催四面急攻，矢石如雨。德令军士用短兵接战。德回顾成何曰："吾闻勇将不怯死以苟免，壮士不毁节而求生。今日乃我死日也。汝可努力死战。"成何依令向前，被关公一箭射落水中。众军皆降，止有庞德一人力战。正遇荆州数十人，驾小船近堤来，德提刀飞身一跃，早上小船，立杀十馀人，馀皆弃船赴水逃命。庞德一手提刀，一手使短棹，欲向樊城而走。只见上流头一将撑大筏而至，将小船撞翻，庞德落于水中。船上那将跳下水去，生擒庞德上船。众视之，擒庞德者，乃周仓也。仓素知水性，又在荆州住了数年，愈加惯熟；更兼力大，因此擒了庞德。于禁所领七军，皆死于水中。其会水者料无去路，亦皆投降。后人有诗曰：

夜半征鼙响震天，襄樊平地作深渊。
关公神算谁能及，华夏威名万古传。

关公回到高阜去处，升帐而坐。群刀手押过于禁来。禁拜伏于地，乞哀请命。关公曰："汝怎敢抗吾？"禁曰："上命差遣，身不由己。望君侯怜悯，誓以死报。"公绰髯笑曰："吾杀汝，犹杀狗彘耳，空

◎放下武器，打出白旗，但人格不能投降，精神不能投降，于禁"乞哀请命"，就被人唾弃了。

污刀斧！"令人缚送荆州大牢内监候："待吾回，别作区处。"发落去讫。关公又令押过庞德。德睁眉怒目，立而不跪，关公曰："汝兄现在汉中；汝故主马超，亦在蜀中为大将。汝如何不早降？"德大怒曰："吾宁死于刀下，岂降汝耶！"骂不绝口。公大怒，喝令刀斧手推出斩之。德引颈受刑。关公怜而葬之。于是乘水势未退，复上战船，引大小将校来攻樊城。

却说樊城周围，白浪滔天，水势益甚，城垣渐渐浸塌，男女担土搬砖，填塞不住。曹军众将，无不丧胆，慌忙来告曹仁曰："今日之危，非力可救；可趁敌军未至，乘舟夜走，虽然失城，尚可全身。"仁从其言。方欲备船出走，满宠谏曰："不可。山水骤至，岂能长存？不旬日即当自退。关公虽未攻城，已遣别将在郏下。其所以不敢轻进者，虑吾军袭其后也。今若弃城而去，黄河以南，非国家之有矣。愿将军固守此城，以为保障。"仁拱手称谢曰："非伯宁之教，几误大事。"乃骑白马上城，聚众将发誓曰："吾受魏王命，保守此城；但有言弃城而去者斩！"诸将皆曰："某等愿以死据守！"仁大喜，就城上设弓弩数百，军士昼夜防护，不敢懈怠。老幼居民，担土石填塞城垣。旬日之内，水势渐退。

关公自擒魏将于禁等，威震天下，无不惊骇。忽次子关兴来寨内省亲。公就令兴赍诸官立功文书去成都见汉中王，各求升迁。兴拜辞父亲，径投成都去讫。

◎满宠之言，足可以为被一时声势所惑者诫。

◎邀功，是关羽此次樊襄战役的一项主要目标。说是为了部下求升迁，实质也等于是为自己大树特树，营造气氛。这回要让西川的诸位看看，他关云长是能同老卒黄忠并列的吗？

却说关公分兵一半，直抵郏下。公自领兵四面攻打樊城。当日关公自到北门，立马扬鞭，指而问曰："汝等鼠辈，不早来降，更待何时？"正言间，曹仁在敌楼上，见关公身上止披掩心甲，斜袒着绿袍，乃急招五百弓弩手，一齐放箭。公急勒马回时，右臂上中一弩箭，翻身落马。正是：

水里七军方丧胆，城中一箭忽伤身。

未知关公性命如何，且看下文分解。

　　关帝崇拜，在中国根深蒂固，但到迷信程度，以清代为盛。中央政府的鼓动，地方政权的来劲，加剧了举国崇拜关羽的倾向，关帝庙在北京城内外最多时达二十多处；而纪念孔夫子的文庙，屈指可数，当时，除紫禁城，只有关帝庙可以用黄色琉璃瓦屋顶。据说清代未入关前，就将《三国演义》一书译成满文，以为作战指南，从政规范。乾隆四十七年（1782）十一月上谕："关帝当时力扶炎汉，志节凛然，乃史臣所谥，并非佳名。陈寿又与蜀汉有嫌，所撰《三国志》，多有私见，遂亦不为论定，岂得为公？从前世祖章皇帝，曾经降旨，封为忠义神武大帝，而正史犹存旧谥，阴寓讥评，非所以传信万世。今当抄录四库全书，不可相沿旧习。所有志中关帝之谥，应改为忠义。"（《东华录》）

　　且不说清朝统治者这种文化专制主义，用官方提倡的方式煽动崇关风气，而起到最大作用者，还是《三国演义》竭尽渲染之能事，让我们看到文学作品潜移默化的作用。其实，在陈寿的《三国志》里，"后主景耀三年，追谥羽为壮缪侯"，当有所本，定非妄撰。而乾隆皇帝突然来劲，还包括他的老子雍正，给关羽正名，除了统治者的意识形态作怪，使文化服务于政治需要，也是觉得这个"缪"字，怎么看也不顺眼。因为武功不成曰"缪"，事理不明曰"缪"，谬种流传的"谬"，也与"缪"通，有给关老爷脸上抹黑之嫌，遂跳出来动用行政手段干预。

　　综其一生，关羽之壮，毫无疑义，关羽之缪，历历在目。所以这个褒中有贬的谥，对他而言，应该说是相当准确的。

第七十五回

关云长刮骨疗毒
吕子明白衣渡江

《吕氏春秋》载："齐宣王好射，说人之谓己能用强弓也。其尝所用不过三石，以示左右，左右皆试引之，中关而止，皆曰：'此不下九石，非王其孰能用是？'宣王之情，所用不过三石，而终身自以为用九石，岂不悲哉？"关羽之误，就误在自己只是三石之力，而在众人抬捧之下，膨胀出三倍，成九石之力，便像多喝了二两老酒，晕晕乎乎，上了战场，吃了一箭，还不反躬自省，再吃一箭，便真成为齐宣王第二了。

关云长大意失荆州，大意二字，是很准确的总结。大意，来自轻敌，轻敌，来自骄傲。骄傲，一是个人性格上的缺陷；二是大家吹喇叭、抬轿子的结果；三是最可怕者，经过大家一忽悠，当事人果真相信自己确实了不起，这就把关老爷给坑了。

兵者，诈术也。诈即骗，骗则不择手段，明来，你可以还手，暗来，你措手不及，所以，不宣而战，突然袭击，出其不意，攻其不备，便成战争的家常饭。曹操在斜谷，吃了魏延一箭，正好他也打不下去，借此收兵。关羽在樊城，吃了庞德一箭，幸亏于禁争功鸣金，得以脱险。紧跟着，太大意、太自信的关羽，敞披战袍，左袒其臂，以这种过分的、与其身份很不相符的轻率，挑战樊城北门，被曹仁一阵乱箭射来，又吃了一箭。

看起来，庞德便值得向他致敬了，正规军官，素质考究，胜负美争，人格要讲，绝不在箭镞上抹致人死命的乌头汁。而曹仁，曹操从祖弟，与曹操有比较靠近的血缘关系，因此，血管里难免有与曹操相同的诡谲阴狠、敢下毒手的基因。但曹仁没想到，刮骨疗毒，成为千古美谈，正是他这一箭，将关羽的英雄形象，推高到顶点。

其实，关羽最后的失败，是东吴方面的口蜜腹剑将他迷惑。软刀子割肉不觉痛，先是吕蒙佯病，不理军务，使关老爷放松对他的警惕；接着是陆逊代理，言辞卑下，让关老爷压根儿不把他当回事。此刻的东吴，鲁肃已逝，再无亲蜀派，吴国上下，举国同仇，一心要夺回荆州。而正在刮骨疗毒的关云长，"饮酒食肉，谈笑弈棋，全无痛苦之色"，哪里知道离他败走麦城，身首分离的日子，已经不远。

◎关羽攻樊城，共吃两箭。看来庞德那一箭没有毒药，由此，对于这位战将的职业素质表示钦佩。在现实生活中，暗地里给你使出种种见血封喉的毒招者，实在是防不胜防啊！

◎樊城对于西蜀，大撤退记忆犹新，总是一块心病，但关羽求胜心切，已欲罢不能了。中国有句名言，叫"见好即收"，势正旺盛者通常不能悟到这一点，难免要走向自己的反面了。

却说曹仁见关公落马，即引兵冲出城来；被关平一阵杀回，救关公归寨，拔出臂箭。原来箭头有药，毒已入骨，右臂青肿，不能运动。关平慌与众将商议曰："父亲若损此臂，安能出敌？不如暂回荆州调理。"于是与众将入帐见关公。公问曰："汝等来有何事？"众对曰："某等因见君侯右臂损伤，恐临敌致怒，冲突不便。众议可暂班师回荆州调理。"公怒曰："吾取樊城，只在目前；取了樊城，即当长驱大进，径到许都，剿灭操贼，以安汉室。岂可因小疮而误大事？汝等敢慢吾军心耶！"平等默然而退。

众将见公不肯退兵，疮又不痊，只得四方访问名医。忽一日，有人从江东驾小舟而来，直至寨前。小校引见关平。平视其人：方巾阔服，臂挽青囊；自言姓名，乃沛国谯郡人，姓华，名佗，字元化。因闻关将军乃天下英雄，今中毒箭，特来医治。平曰："莫非昔日医东吴周泰者乎？"佗曰："然。"平大喜，即与众将同引华佗入帐见关公。时关公本是臂疼，恐慢军心，无可消遣，正与马良弈棋；闻有医者至，即召入。礼毕，赐坐。茶罢，佗请臂视之。公袒下衣袍，伸臂令佗看视。佗曰："此乃弩箭所伤，其中有乌头之药，直透入骨；若不早治，此臂无用矣。"公曰："用何物治之？"佗曰："某自有治法，但恐君侯惧耳。"公笑曰："吾视死如归，有何惧哉？"佗曰："当于静处立一标柱，上钉大环，请君侯将臂穿于环中，以绳系之，然后以被蒙其首。吾用尖刀割开皮肉，直至于骨，刮去骨上箭毒，用药敷之，以线缝其口，方可无事。但恐君侯惧耳。"公笑曰："如此，容易！何用柱环？"令设酒席相待。

公饮数杯酒毕，一面仍与马良弈棋，伸臂令佗割之。佗取尖刀在手，令一小校捧一大盆于臂下接血。佗曰："某便下手，君侯勿惊。"公曰："任汝医治，吾岂比世间俗子惧痛者耶！"佗乃下刀，割开皮肉，直至于骨，骨上已青；佗用刀刮骨，悉悉有声。帐上帐下见者，皆掩面失色。公饮酒食肉，谈笑弈棋，全无痛苦之色。

须臾，血流盈盆。佗刮尽其毒，敷上药，以线缝之。公大笑而起，谓众将曰："此臂伸舒如故，并无痛矣。先生真神医也！"佗曰："某为医一生，未尝见此。君侯真天神也！"后人有诗曰：

> 治病须分内外科，世间妙艺苦无多。
> 神威罕及惟关将，圣手能医说华佗。

关公箭疮既愈，设席款谢华佗。佗曰："君侯箭疮虽治，然须爱护。切勿怒气伤触。过百日后，平复如旧矣。"关公以金百两酬之。佗曰："某闻君侯高义，特来医治，岂望报乎！"坚辞不受，留药一帖，以敷疮口，辞别而去。

◎关羽刮骨疗毒之时，也是其对手东吴吕蒙摩拳擦掌之日，此人是主战派，对关羽很在意。一个经常研究对手的人，往往不会失着，因为有应对之策，而一个不把对手放在心上的人，常常要吃大亏，因为无预防措施。吕蒙将关羽吃得很透。"斯人长而好学，读左传略皆上口，梗亮有雄气，然性颇自负，好凌人。"所以，吴蜀之间，终有一战，这是鲁肃死了以后的必然，但关羽很自信，当然他也不会不提防，因为从未将东吴放在眼里，认为顶多小打小闹而已，他这才放手去战庞德、于禁、曹仁，再立不世之功。

◎这是关羽立刻牛市的最利好消息。

◎司马懿自有妙计，挑唆东吴，解樊城之围。只此一席话，便把关羽赶到绝路上去了。

◎没与关羽做成儿女亲家的孙权，正憋着一肚子无名火，这封信来，岂不正中下怀？

却说关公擒了于禁，斩了庞德，威名大震，华夏皆惊。探马报到许都，曹操大惊，聚文武商议曰："某素知云长智勇盖世，今据荆襄，如虎生翼。于禁被擒，庞德被斩，魏兵挫锐；倘彼率兵直至许都，如之奈何？孤欲迁都以避之。"司马懿谏曰："不可。于禁等被水所淹，非战之故；于国家大计，本无所损。今孙、刘失好，云长得志，孙权必不喜；大王可遣使去东吴陈说利害，令孙权暗暗起兵蹑云长之后，许事平之日，割江南之地以封孙权，则樊城之危自解矣。"主簿蒋济曰："仲达之言是也。今可即发使往东吴，不必迁都动众。"操依允，遂不迁都；因叹谓诸将曰："于禁从孤三十年，何期临危反不如庞德也！今一面遣使致书东吴，一面必得一大将以当云长之锐。"言未毕，阶下一将应声而出曰："某愿往。"操视之，乃徐晃也。操大喜，遂拨精兵五万，令徐晃为将，吕建副之，克日起兵，前到阳陵坡驻扎；看东南有应，然后征进。

却说孙权接得曹操书信，览毕，欣然应允，即修书发付使者先回，乃聚文武商议。张昭曰："近闻云长擒于禁，斩庞德，威震华夏，操欲迁都以避其锋。今樊城危急，遣使求救，事定之后，恐有反覆。"权未及发言，忽报吕蒙乘小舟自陆口来，有事面禀。权召入问之，蒙曰："今云长提兵围樊城，可乘其远出，袭取荆州。"权曰："孤欲北取徐州，如何？"蒙曰："今操远在河北，未暇东顾，徐州守兵无多，往自可克；然其地势利于陆战，不利水战，纵然得之，亦难保守。不如先取荆州，全据长江，别作良图。"权曰："孤本欲取荆州，前言特以试卿耳。卿可速为孤图之。孤当随后便起兵也。"

吕蒙辞了孙权，回至陆口，早有哨马报说："沿江上下，或二十里，或三十里，高阜处各有烽火台。"又闻荆州军马整肃，预有准备，蒙大惊曰："若如此，急难图也。我一时在吴侯面前劝取荆州，今却如何处置？"寻思无计，乃托病不出，使人回报孙权。权闻吕蒙患病，心甚怏怏。陆逊进言曰："吕子明之病，乃诈耳，非真病也。"权曰："伯言既知其诈，可往视之。"

◎东吴只有鲁肃是一个亲蜀派，连诸葛亮的兄长诸葛瑾都不亲蜀。鲁肃一死，反蜀势力掌权，加之关羽恶化吴、蜀联盟关系，这一仗是不打也得打了。

陆逊领命，星夜至陆口寨中，来见吕蒙，果然面无病色。逊曰："某奉吴侯命，敬探子明贵恙。"蒙曰："贱躯偶病，何劳探问。"逊曰："吴侯以重任付公，公不乘时而动，空怀郁结，何也？"蒙目视陆逊，良久不语。逊又曰："愚有小方，能治将军之疾，未审可用否？"蒙乃屏退左右而问曰："伯言良方，乞早赐教。"逊笑曰："子明之疾，不过因荆州兵马整肃，沿江有烽火台之备耳。予有一计，令沿江守吏，不能举火；荆州之兵，束手归降，可乎？"蒙惊谢曰："伯言之语，如见我肺腑。愿闻良策。"陆逊曰："云长倚恃英雄，自料无敌，所虑者惟将军耳。将军乘此机会，托疾辞职，以陆口之任让之他人，使他人卑辞赞美关公，以骄其心，彼必尽撤荆州之兵，以向樊城。若荆

◎建安十三年（208），赤壁之战时，刘备四十七岁、曹操五十三岁，关羽约为四十五岁，陆逊才二十五岁。建安二十四年（219），五十多岁的关羽，和二十多岁的陆逊交手。黄初元年（222），六十多岁的刘备，与小他一半年纪的陆逊决战，看来，年龄优势是不可小视的因素。

◎卑辞赞美，以骄其心，这一手，从古至今，无有不应验如神的。何况关羽这位自以为天下无二的个人英雄主义者呢？陆逊属于新生代的年轻将领。"雏凤清于老凤声"，看来他的战术变化，要比之前辈灵活务实多了。

州无备，用一旅之师，别出奇计以袭之，则荆州在掌握之中矣。"蒙大喜曰："真良策也！"

由是吕蒙托病不起，上书辞职。陆逊回见孙权，具言前计。孙权乃召吕蒙还建业养病。蒙至，入见权，权问曰："陆口之任，昔周公瑾荐鲁子敬以自代，后子敬又荐卿自代，今卿亦须荐一才望兼隆者，代卿为妙。"蒙曰："若用望重之人，云长必然提备。陆逊意思深长，而未有远名，非云长所忌；若即用以代臣之任，必有所济。"权大喜，即日拜陆逊为偏将军、右都督，代蒙守陆口。逊谢曰："某年幼无学，恐不堪重任。"权曰："子明保卿，必不差错。卿毋得推辞。"逊乃拜受印绶，连夜往陆口；交割马步水三军已毕，即修书一封，具名马、异锦、酒礼等物，遣使赍赴樊城见关公。

时公正将息箭疮，按兵不动。忽报："江东陆口守将吕蒙病危，孙权取回调理，近拜陆逊为将，代吕蒙守陆口。今逊差人赍书具礼，特来拜见。"关公召入，指来使而言曰："仲谋见识短浅，用此孺子为将！"来使伏地告曰："陆将军呈书备礼：一来与君侯作贺，二来求两家和好。幸乞笑留。"公拆书视之，书词极其卑谨。关公览毕，仰面大笑，令左右收了礼物，发付使者回去。使者回见陆逊曰："关公欣喜，无复有忧江东之意。"

逊大喜，密遣人探得关公果然撤荆州大半兵赴樊城听调，只待箭疮痊可，便欲进兵。逊察知备细，

◎摆老资格，藐视后辈，不把他们放在眼里，是老人家们的通病。关羽也不例外。

即差人星夜报知孙权，孙权召吕蒙商议曰："今云长果撤荆州之兵，攻取樊城，便可设计袭取荆州。卿与吾弟孙皎同引大军前去，何如？"孙皎字叔明，乃孙权叔父孙静之次子也。蒙曰："主公若以蒙可用则独用蒙；若以叔明可用则独用叔明。岂不闻昔日周瑜、程普为左右都督，事虽决于瑜，然普自以旧臣而居瑜下，颇不相睦；后因见瑜之才，方始敬服。今蒙之才不及瑜，而叔明之亲胜于普，恐未必能相济也。"

权大悟，遂拜吕蒙为大都督，总制江东诸路军马；令孙皎在后接应粮草。蒙拜谢，点兵三万，快船八十余只，选会水者扮作商人，皆穿白衣，在船上摇橹，却将精兵伏于艨艟船中。次调韩当、蒋钦、朱然、潘璋、周泰、徐盛、丁奉等七员大将，相继而进。其余皆随吴侯为合后救应。一面遣使致书曹操，令进兵以袭云长之后；一面先传报陆逊，然后发白衣人，驾快船往浔阳江去。昼夜趱行，直抵北岸。江边烽火台上守台军盘问时，吴人答曰："我等皆是客商，因江中阻风，到此一避。"随将财物送与守台军士。军士信之，遂任其停泊江边。约至二更，艨艟中精兵齐出，将烽火台上官军缚倒，暗号一声，八十余船精兵俱起，将紧要去处墩台之军，尽行捉入船中，不曾走了一个。于是长驱大进，径取荆州，无人知觉。将至荆州，吕蒙将沿江墩台所获官军，用好言抚慰，各各重赏，令赚开城门，纵火为号。众军领命，吕蒙便教前导。比及

◎这一点，孙策早就预言，"举贤任能，各尽其心，以保江东，我不如卿"。

◎荆州是蜀汉的发祥地，荆州一失，等于蜀汉的魂也就丢了。

◎吕蒙得荆州后的攻心战，太厉害了，不妄杀一人，不妄取一物，这一政策比什么武器都厉害，把关羽的城防无形中予以瓦解了。最后，他不是不想打，兵逃卒亡，人心不附，只剩下关老爷孤家寡人，只有被擒一途了。

◎乃关羽信任，并为之保驾的人，如何？

半夜，到城下叫门。门吏认得是荆州之兵，开了城门。众军一声喊起，就城门里放起号火。吴兵齐入，袭了荆州。吕蒙便传令军中："如有妄杀一人，妄取民间一物者，定按军法。"原任官吏，并依旧职。将关公家属另养别宅，不许闲人搅扰。一面遣人申报孙权。

一日大雨，蒙上马引数骑点看四门。忽见一人取民间箬笠以盖铠甲，蒙喝左右执下问之，乃蒙之乡人也。蒙曰："汝虽系我同乡，但吾号令已出，汝故犯之，当按军法。"其人泣告曰："某恐雨湿官铠，故取遮盖，非为私用。乞将军念同乡之情！"蒙曰："吾固知汝为覆官铠，然终是不应取民间之物。"叱左右推下斩之。枭首传示毕，然后收其尸首，泣而葬之。自是三军震肃。

不一日，孙权领众至。吕蒙出郭迎接入衙。权慰劳毕，仍命潘濬为治中，掌荆州事；监内放出于禁，遣归曹操；安民赏军，设宴庆贺。权谓吕蒙曰："今荆州已得，但公安傅士仁、南郡糜芳，此二处如何收复？"言未毕，忽一人出曰："不须张弓只箭，某凭三寸不烂之舌，说公安傅士仁来降，可乎？"众视之，乃虞翻也。权曰："仲翔有何良策，可使傅士仁归降？"翻曰："某自幼与士仁交厚；今若以利害说之，彼必归矣。"权大喜，遂令虞翻领五百军，径奔公安来。

却说傅士仁听知荆州有失，急令闭城坚守。虞翻至，见城门紧闭，遂写书拴于箭上，射入城中。军士拾得，献与傅士仁。士仁拆书视之，乃招降之意。览毕，想起"关公去日恨吾之意，不如早降"。即令大开城门，请虞翻入城。二人礼毕，各诉旧情。翻说吴侯宽洪大度，礼贤下士；士仁大喜，即同虞翻赍印绶来荆州投降。孙权大悦，仍令去守公安。吕蒙密谓权曰："今云长未获，留士仁于公安，久必有变；不若使往南郡招糜芳归降。"权乃召傅士仁谓曰："糜芳与卿交厚，卿可招来归降，孤自当有重赏。"傅士仁慨然领诺，遂引十馀骑，径投南郡招安糜芳。正是：

◎种瓜得瓜，种豆得豆，凡后来之果，必有先前之因。关羽之众叛亲离，和他一贯的骄傲自大、目中无人、刚愎自用、自以为是的作风，是分不开的。

　　今日公安无守志，从前王甫是良言。

未知此去如何，且看下文分解。

　　王夫之说："欲合孙氏于昭烈以共图中原者，鲁肃也；欲合昭烈于孙氏以共拒曹操者，诸葛孔明也。二子者守之终身而不易。子敬以借荆资先主，被仲谋之责而不辞，诸葛欲谏先主之东伐，难以尽谏，而叹法正之死，盖吴则周瑜、吕蒙乱子敬之谋，蜀则关羽、张飞破诸葛之策，使相信之主未免相疑。"所以，鲁肃一死，吕蒙领兵，吴蜀联盟必然面临瓦解的命运。

　　曹操213年称魏公，216年称魏王，刘备219年称汉中王，我们发现，东吴的孙权，对这三年一次的加冕热，保持特别的冷静。说明东吴这位领袖，将把荆州拿回来，视为比加冕更为重要的事情。王夫之说："仲谋之听子敬，不如其信瑜、蒙，先主之任孔明，而终不违关、张之客气。"一个基础并不牢固的联盟，再加上外部压力和威胁的存在，内部分崩离析的因素不停拆台，肯定是不能持久的。

　　王夫之分析吴蜀联盟成败的前因后果："而诸葛公东使，鲁肃西结，遂定两国之交，资孙多功能破曹，羽不能有功，而功出于亮，刘琦曰'朝廷养兵三十年，而大功聘儒生'羽于是以忌诸葛者忌肃，因之忌吴，而葛、鲁之成谋，遂为之灭裂而不可复收。……身遽死而授之吕蒙，权之忮无以平之，羽之忿无与制之，诸葛不能力争之隐，无与体之，而成谋尽毁矣。肃之死也，羽之败也，操之幸，先主之孤也。悲夫！"

　　这位史学大师剖析历史事件中人的因素，说得再清楚不过了。蜀事之坏，就坏于刘备纵容下的关羽个人英雄主义。

第七十六回

徐公明大战沔水
关云长败走麦城

关羽走麦城，离这位英雄的终结，也就一步之遥了。

东吴诸葛瑾来说降，这时的关羽也再不具威震华夏、气冲斗牛、趾高气扬、居高临下之势，一张嘴先说出"吾乃解良一武夫"这样颇觉酸楚的话来。

一个人，尤其一个浅薄的人，得意的时候便忘乎所以，只有失意的时候才想到自己是老几。忘本已久的关羽，早就把山西解良丢在脑后。这多年来，他从来被捧，只知道捧他的那晕乎乎的享受，从未挨打，也从来没有挨过这么严重的打，打得这位"亚王"，只剩下三五百骑，困守麦城，等死而已。不得不承认失败的他，这时才想起来他曾经贩过盐、运过煤的推车脚夫出身，那一步步留在盐池里、山路上沉重的脚印，竟然没有让他学会踏实做人。

人字很好写，一撇一捺，但做人，是一步一个脚印走出来的。

个人英雄主义，把这位盖世英雄害死了，他认为刘备为汉中王，那接下来的一幕，就是他任荆州王。尤其曹操要迁都以避其锋芒，助长了他的傲气，更让这位关老爷先将"亚王"二字，贴在额头上。我们经常见到这种有点权力就得瑟，有点钱财就烧包，坐不住金銮殿，不知天高地厚的贱皮子。没想到捧读《春秋》的关老爷也没能不如此。于是，一系列的失误，接踵而至：第一，他之狂，为了邀名争功，不打招呼，擅自发动樊城、襄阳之战，以致东吴趁机偷袭荆州。从成都方面略无策应，从上庸方面毫不知情，便知端倪。第二，他之骄，小看东吴，视为无物。你要打曹操，至少要安抚住孙权，稍有政治头脑者都懂的不要两面受敌，他不屑为之，所有卑词赞美，瞒哄伎俩，他皆深信不疑。第三，他之任性，在其政策措施上，颐指气使，任用非人，惩罚主义，军阀作风。吃了一箭，不接受老天教训，还要再吃一箭。

一狂、二骄、三任性，个人英雄主义三部曲一唱完，统统归零，解良一车夫耳。

却说糜芳闻荆州有失，正无计可施。忽报公安守将傅士仁至，芳忙接入城，问其事故。士仁曰："吾非不忠。势危力困，不能支持，我今已降东吴。将军亦不如早降。"芳曰："吾等受汉中王厚恩，安忍背之？"士仁曰："关公去日，痛恨吾二人；倘一日得胜而回，必无轻恕。公细察之。"芳曰："吾兄弟久事汉中王，岂可一朝相背？"正犹豫间，忽报关公遣使至，接入厅上。使者曰："关公军中缺粮，特来南郡、公安二处取白米十万石，令二将军星夜解去军前交割。如迟立斩。"芳大惊，顾谓傅士仁曰："今荆州已被东吴所取，此粮怎得过去？"士仁厉声曰："不必多疑！"遂拔剑斩来使于堂上。芳惊曰："公如何斩之？"士仁曰："关公此意，正要斩我二人。我等安可束手受死？公今不早降东吴，必被关公所杀。"正说间，忽报吕蒙引兵杀至城下。芳大惊，乃同傅士仁出城投降。蒙大喜，引见孙权。权重赏二人。安民已毕，大犒三军。

时曹操在许都，正与众谋士议荆州之事，忽报东吴遣使奉书至。操召入，使者呈上书信。操拆视之，书中具言吴兵将袭荆州，求操夹攻云长；且嘱勿泄漏，使云长有备也。操与众谋士商议，主簿董昭曰："今樊城被困，引颈望救，不如令人将书射入樊城，以宽军心；且使关公知东吴将袭荆州。彼恐荆州有失，必速退兵，却令徐晃乘势掩杀，可获全功。"操从其谋，一面差人催徐晃急战；一面亲统大兵，径

◎一个只信自己、不信别人的统治者，部属是不会有、也不敢有任何积极性和主观能动性的。主管乱了方寸，那必然会是一盘散沙的局面。

◎生怕他们不降东吴，关羽还要施加压力，非逼他们降不可。这就是所谓的"一着棋错，满盘皆输"的多米诺骨牌效应，是毫无办法挽回的。

◎政治无信义可言，你让我保密，我偏不保密，只要能为我所用，无不充分利用之。

往洛阳之南阳陵坡驻扎，以救曹仁。

　　却说徐晃正坐帐中，忽报魏王使至。晃接入问之，使曰："今魏王引兵，已过洛阳；令将军急战关公，以解樊城之困。"正说间，探马报说："关平屯兵在偃城，廖化屯兵在四冢：前后一十二个寨栅，连络不绝。"晃即差副将徐商、吕建假着徐晃旗号，前赴偃城与关平交战。晃却自引精兵五百，循沔水去袭偃城之后。

　　且说关平闻徐晃自引兵至，遂提本部兵迎敌。两阵对圆，关平出马，与徐商交锋，只三合，商大败而走；吕建出战，五六合亦败走。平乘胜追杀二十馀里，忽报城中火起。平知中计，急勒兵回救偃城。正遇一彪军摆开，徐晃立马在门旗下，高叫曰："关平贤侄，好不知死！汝荆州已被东吴夺了，犹然在此狂为！"平大怒，纵马轮刀，直取徐晃；不三四合，三军喊叫，偃城中火光大起。平不敢恋战，杀条大路，径奔四冢寨来。廖化接着。化曰："人言荆州已被吕蒙袭了，军心惊慌，如之奈何？"平曰："此必讹言也。军士再言者斩之。"

　　忽流星马到，报说正北第一屯被徐晃领兵攻打。平曰："若第一屯有失，诸营岂得安宁？此间皆靠沔水，贼兵不敢到此。吾与汝同去救第一屯。"廖化唤部将分付曰："汝等坚守营寨，如有贼到，即便举火。"部将曰："四冢寨鹿角十重，虽飞鸟亦不能入，何虑贼兵！"于是关平、廖化尽起四冢寨精兵，奔至第一屯住扎。关平看见魏兵屯于浅山之上，谓廖化曰："徐

◎谣言攻势，尚能蛊惑人心，何况言之凿凿？看来，他们不是不听，而是不敢听，不想听，因为那后果实在太可怕了。

晃屯兵，不得地利，今夜可引兵劫寨。"化曰："将军可分兵一半前去，某当谨守本寨。"

是夜，关平引一枝兵杀入魏寨，不见一人。平知是计，火速退时，左边徐商，右边吕建，两下夹攻。平大败回营，魏兵乘势追杀前来，四面围住。关平、廖化支持不住，弃了第一屯，径投四冢寨来。早望见寨中火起。急到寨前，只见皆是魏兵旗号。关平等退兵，忙奔樊城大路而走。前面一军拦住，为首大将，乃是徐晃也。平、化二人奋力死战，夺路而走，回到大寨，来见关公曰："今徐晃夺了偃城等处；又兼曹操自引大军，分三路来救樊城；多有人言荆州已被吕蒙袭了。"关公喝曰："此敌人讹言，以乱我军心耳！东吴吕蒙病危，孺子陆逊代之，不足为虑！"

言未毕，忽报徐晃兵至。公令备马。平谏曰："父体未痊，不可与敌。"公曰："徐晃与吾有旧，深知其能；若彼不退，吾先斩之，以警魏将。"遂披挂提刀上马，奋然而出。魏军见之，无不惊惧。公勒马问曰："徐公明安在？"魏营门旗开处，徐晃出马，欠身而言曰："自别君侯，倏忽数载，不想君侯须发已苍白矣！忆昔壮年相从，多蒙教诲，感谢不忘。今君侯英风震于华夏，使故人闻之，不胜叹美！兹幸得一见，深慰渴怀。"公曰："吾与公明交契深厚，非比他人；今何故数穷吾儿耶？"晃回顾众将，厉声大叫曰："若取得云长首级者，重赏千金！"公惊曰："公明何出此言？"晃曰："今日

◎无论消息是讹是实，荆州乃立足存身之地，本非固若金汤，现又主力外移，稍有头脑者，至少也要采取一些防范措施，关羽竟置之不顾，连想都不肯想一下，骄傲至此，不败何为？

◎许都友情，惺惺相惜，华容放行，虎口余生，此时都不在话下了。人情这东西，是绝对靠不住的。一旦你把希望寄托在这些虚无渺茫上，你的失望会百倍地将你击倒。

乃国家之事，某不敢以私废公。"言讫，挥大斧直取关公。公大怒，亦挥刀迎之。战八十馀合，公虽武艺绝伦，终是右臂少力。关平恐公有失，火急鸣金，公拨马回寨。忽闻四下里喊声大震。原来是樊城曹仁闻曹操救兵至，引军杀出城来，与徐晃会合，两下夹攻，荆州兵大乱。关公上马，引众将急奔襄江上流头。背后魏兵追至。关公急渡过襄江，望襄阳而奔。忽流星马到，报说："荆州已被吕蒙所夺，家眷被陷。"关公大惊。不敢奔襄阳，提兵投公安来。探马又报："公安傅士仁已降东吴了。"关公大怒。忽催粮人到，报说："公安傅士仁往南郡，杀了使命，招糜芳都降东吴去了。"

关公闻言，怒气冲塞，疮口迸裂，昏绝于地。众将救醒，公顾谓司马王甫曰："悔不听足下之言，今日果有此事！"因问："沿江上下，何不举火？"探马答曰："吕蒙使水手尽穿白衣，扮作客商渡江，将精兵伏于艨艟之中，先擒了守台士卒，因此不得举火。"公跌足叹曰："吾中奸贼之谋矣！有何面目见兄长耶！"管粮都督赵累曰："今事急矣，可一面差人往成都求救，一面从旱路去取荆州。"关公依言，差马良、伊籍赍文三道，星夜赴成都求救；一面引兵来取荆州，自领前队先行，留廖化、关平断后。

却说樊城围解，曹仁引众将来见曹操，泣拜请罪。操曰："此乃天数，非汝等之罪也。"操重赏三军，亲至四冢寨周围阅视，顾谓众将曰："荆州兵围堑鹿角数重，

◎关羽此刻才想起差马良、伊籍赴成都求救，这便是他与当局毫无协同下挑起事端的铁证。

徐公明深入其中，竟获全功。孤用兵三十馀年，未敢长驱径入敌围。公明真胆识兼优者也！"众皆叹服。操班师还于摩陂驻扎。徐晃兵至，操亲出寨迎之，见晃军皆按队伍而行，并无差乱。操大喜曰："徐将军真有周亚夫之风矣！"遂封徐晃为平南将军，同夏侯尚守襄阳，以遏关公之师。操因荆州未定，就屯兵于摩陂，以候消息。

却说关公在荆州路上，进退无路，谓赵累曰："目今前有吴兵，后有魏兵，吾在其中，救兵不至，如之奈何？"累曰："昔吕蒙在陆口时，尝致书君侯，两家约好，共诛操贼，今却助操而袭我，是背盟也。君侯暂驻军于此，可差人遗书吕蒙责之，看彼如何对答。"关公从其言，遂修书遣使赴荆州来。

却说吕蒙在荆州，传下号令：凡荆州诸郡，有随关公出征将士之家，不许吴兵搅扰，按月给与粮米；有患病者，遣医治疗。将士之家，感其恩惠，安堵不动。忽报关公使至，吕蒙出郭迎接入城，以宾礼相待。使者呈书与蒙。蒙看毕，谓来使曰："蒙昔日与关将军结好，乃一己之私见；今日之事，乃上命差遣，不得自主。烦使者回报将军，善言致意。"遂设宴款待，送归馆驿安歇。于是随征将士之家，皆来问信；有附家书者，有口传音信者，皆言家门无恙，衣食不缺。

使者辞别吕蒙，蒙亲送出城。使者回见关公，具道吕蒙之语，并说："荆州城中，君侯宝眷并诸将家属，俱各无恙，供给不缺。"公大怒曰："此奸贼之计也！我生

◎吕蒙深通瓦解分化，拉拢引诱，蛊惑煽动，挑拨离间……的政治攻势，此术用于两军对垒中，能起到比正面战斗取得更大成果的作用。这个吕蒙可不是当年的"吴下阿蒙"了。

◎这就是"四面楚歌"，关羽重蹈项羽覆辙。

◎从垓下之围的四面楚歌开始，军事家们就懂得使用心理战。孙子曰："不战而屈人之兵，善之善者也。"因此，一个成熟的军事家，无不想方设法使敌人军心动摇，斗志丧失，部队涣散，情绪低迷，以此削弱对方的战斗力。吕蒙这一手，可把关羽置于死地了。

不能杀此贼，死必杀之，以雪吾恨！"喝退使者。使者出寨，众将皆来探问家中之事；使者具言各家安好，吕蒙极其恩恤，并将书信传送各将。各将欣喜，皆无战心。

关公率兵取荆州，军行之次，将士多有逃回荆州者。关公愈加恨怒，遂催军前进。忽然喊声大震，一彪军拦住，为首大将，乃蒋钦也，勒马挺枪大叫曰："云长何不早降！"关公骂曰："吾乃汉将，岂降贼乎！"拍马舞刀，直取蒋钦。不三合，钦败走。关公提刀追杀二十馀里，喊声忽起，左边山谷中韩当领军冲出，右边山谷中周泰引军冲出，蒋钦回马复战，三路夹攻。关公急撤军回走。行无数里，只见南山冈上人烟聚集，一面白旗招飐，上写"荆州土人"四字，众人都叫本处人速速投降。关公大怒，欲上冈杀之。山崦内又有两军撞出：左边丁奉，右边徐盛；并合蒋钦等三路军马，喊声震地，鼓角喧天，将关公困在垓心。手下将士，渐渐消疏。比及杀到黄昏，关公遥望四山之上，皆是荆州土兵，呼兄唤弟，觅子寻爷，喊声不住。军心尽变，皆应声而去。关公止喝不住，部从止有三百馀人。

杀至三更，正东上喊声连天，乃是关平、廖化分两路兵杀入重围，救出关公。关平告曰："军心乱矣，必得城池暂屯，以待援兵。麦城虽小，足可屯扎。"关公从之，催促残军前至麦城，分兵紧守四门，聚将士商议。赵累曰："此处相近上庸，现有刘封、孟达在彼把守，可速差人往求救兵。若得这枝军马接济，以待川兵大至，军心自安矣。”

正议间，忽报吴兵已至，将城四面围定。公问曰："谁敢突围而出，往上庸求救？"廖化曰："某愿往。"关平曰："我护送汝出重围。"关公即修书付廖化藏于身畔。饱食上马，开门出城。正遇吴将丁奉截住。被关平奋力冲杀，奉败走，廖化乘势杀出重围。投上庸去了。关平入城，坚守不出。

且说刘封、孟达自取上庸，太守申耽率众归降，因此汉中王加刘封为副将军，与孟达同守上庸。当日探知关公兵败，二人正议间，忽报廖化至。

封令请入问之。化曰："关公兵败，现困于麦城，被围至急。蜀中援兵，不能旦夕即至。特命某突围而出，来此求救。望二将军速起上庸之兵，以救此危。倘稍迟延，公必陷矣。"封曰："将军且歇，容某计议。"

化乃至馆驿安歇，专候发兵。刘封谓孟达曰："叔父被困，如之奈何？"达曰："东吴兵精将勇；且荆州九郡，俱已属彼，止有麦城，乃弹丸之地；又闻曹操亲督大军四五十万，屯于摩陂：量我等山城之众，安能敌得两家之强兵？不可轻敌。"封曰："吾亦知之。奈关公是吾叔父，安忍坐视而不救乎？"达笑曰："将军以关公为叔，恐关公未必以将军为侄也。某闻汉中王初嗣将军之时，关公即不悦。后汉中王登位之后，欲立后嗣，问于孔明，孔明曰：'此家事也，问关、张可矣。'汉中王遂遣人至荆州问关公，关公以将军乃

◎人到穷急时，即使一根稻草，也要拼命抓紧。关羽也不想想，上庸的孟达、刘封，即使把山城的全部家当都押上，能救得了吴、魏夹击的败军之将吗？船要沉没，耗子先逃，你关云长都控制不了部下的离心离德，还有谁愿意陪着送命？

◎孟达劝降，直指刘封痛处。关羽从刘封被刘备认子时起就不以为然，可想而知，他对刘封的态度如何了。所以，现在兵败求救，很难指望刘封能急人之急。但杯水车薪，即使出兵救援，也挽回不了关羽的败局了。大厦将倾，独木难支，关羽之败，与刘封无关，因此而被赐死，那就更没有道理了。

◎吕思勉在《三国史话》中说："关羽这个人，是有些本领的，我们不能因他失败而看轻他。"关羽这个人，本领确实非凡，但却很不懂政治。而不懂政治最主要之点，就是不顾大局，妄自尊大。此人敢放下荆州，要跑回蜀中与马超比武，只有他这个政治二百五，才能说得出口。从他独挑大梁，驻守荆州，其骄傲，其自负，其感觉错位，到了狂妄的程度。一方面动摇吴蜀联盟的根本，一方面挑起攻樊围襄的战端。前者，既没有与诸葛亮打招呼，后者，也没有与刘备商讨过，一己之念，擅定大局，这样的人，本领越大，其对整体的败坏力也越可怕。这种老爷，跟他一块儿喝喝茶是可以的，聊聊天吹吹牛皮也是可以的，千万不能共事。

蝼蚁之子，不可僭立，劝汉中王远置将军于上庸山城之地，以杜后患。此事人人知之，将军岂反不知耶？何今日犹沾沾以叔侄之义，而欲冒险轻动乎？"封曰："君言虽是，但以何词却之？"达曰："但言山城初附，民心未定，不敢造次兴兵，恐失所守。"封从其言。

次日，请廖化至，言此山城初附之所，未能分兵相救。化大惊，以头叩地曰："若如此，则关公休矣！"达曰："我今即往，一杯之水，安能救一车薪之火乎？将军速回，静候蜀兵至可也。"化大恸告求，刘封、孟达皆拂袖而入。廖化知事不谐，寻思须告汉中王求救，遂上马大骂出城，望成都而去。

却说关公在麦城盼望上庸兵到，却不见动静；手下止有五六百人，多半带伤；城中无粮，甚是苦楚。忽报城下一人教休放箭，有话来见君侯。公令放入，问之，乃诸葛瑾也。礼毕茶罢，瑾曰："今奉吴侯命，特来劝谕将军。自古道识时务者为俊杰，今将军所统汉上九郡，皆已属他人矣；止有孤城一区，内无粮草，外无救兵，危在旦夕。将军何不从瑾之言，归顺吴侯，复镇荆襄，可以保全家眷。幸君侯熟思之。"关公正色而言曰："吾乃解良一武夫，蒙吾主以手足相待，安肯背义投敌国乎？城若破，有死而已。玉可碎而不可改其白，竹可焚而不可毁其节；身虽殒，名可垂于竹帛也。汝勿多言，速请出城，吾欲与孙权决一死战！"瑾曰："吴侯欲与君侯结秦晋之好，同力破曹，共扶汉室，别无他意。君侯何执迷如是？"言未毕，关平拔剑而前，欲斩诸葛瑾。公止之曰："彼弟孔明在蜀，佐汝伯父，今若杀彼，伤其兄弟之情也。"遂令左右逐出诸葛瑾。

瑾满面羞惭，上马出城，回见吴侯曰："关公心如铁石，不可说也。"孙权曰："真忠臣也！似此如之奈何？"吕范曰："某请卜其休咎。"权即令卜之。范揲蓍成象，乃"地水师卦"，更有玄武临应，主敌人远奔。权问吕蒙曰："卦主敌人远奔，卿以何策擒之？"蒙笑曰："卦象正合某之机也。关公虽有冲天之翼，飞不出吾罗网矣！"正是：

　　龙游沟壑遭虾戏，凤入牢笼被鸟欺。

毕竟吕蒙之计若何，且看下文分解。

◎不过，迄止此刻，刘备、诸葛亮未发一兵一卒，未派一将一吏，来给关羽撑腰打气，这个历史之谜，是一个死结，谁也解不开。从益州到荆州，顺流直下，一昼夜事，很费难乎？

文学作品的渲染夸张，常常使读者产生错觉。在人们印象里，自三顾茅庐，诸葛亮走出南阳以后，即为刘备的第二把手，从那以后，好像从来就定位在这个角色上。其实不然，这只是读者的多情，现实远非理想那么简单，诸葛亮不过是刘、关、张这个联合体请来的军师，自始至终是个雇员，雇员只领工资，不参与公司分红。

所以，刘备取得部分荆州，关羽为襄阳太守，荡寇将军；张飞为宜都太守，征虏将军；然后，才轮到诸葛亮，为军师中郎将，官阶，在关、张之下。只是"督零陵、桂阳、长沙三郡，调其赋税，以充军实"，辖区小于那两位多多。刘备自号汉中王，关羽为前将军，假节。张飞为右将军，假节。诸葛亮安排为军师将军，署左将军府事，相当于大内总管，事情很多，职位很低。一直到公元221年，刘备称帝，这时，关、张已死，诸葛亮才被任为丞相录尚书事，假节，兼司隶校尉。所谓"假节"，就是获得最高统治者特命全权代表的资格。这时的诸葛亮，才真正称得上是一人之下、万人之上。而等刘备死后，才成为国家领导人。"建兴元年，封亮武乡侯，开府治事，顷之，又领益州牧，政事无巨细，咸决于亮。"

所以王夫之感慨："由此而知刘备之知人而能任，不及仲谋远矣！"

第七十七回

玉泉山关公显圣
洛阳城曹操感神

　　元末明初，罗贯中在执笔撰写《三国志演义》时，经过宋以来"说三分"的广泛传播，三国故事家喻户晓，关羽崇拜业已形成，不但普通百姓认为他成王成圣，连帝王将相，也对他礼敬有加。虽然，信仰是共同的，但角度各有侧重，大众相信其仁义，官方鼓吹其忠义，本来义薄云天的关公之义，无论仁义、忠义、信义、公义、正义……都是所有中国人之至盼，于是，各取所需，各有所用。因此，罗贯中在书中对关羽之死，动情描写，精心刻画，极尽渲染之能事。

　　在《三国演义》中，任何一个人物的死亡，鲜有这样巨大的篇幅，详尽的叙述，而通过关羽之死，所表达出的对于善恶报应的传统心理，更是老百姓长时间奉为圭臬的真理。因为封建社会，是一个压迫的社会，统治者压迫被统治者，无所不用其极。善良者之被恶人任意欺凌，正直之被邪恶无端屈辱，君子之被小人踩在脚下，忠臣之被奸佞折磨陷害，于是，处于无救状态下的人们，便把希望寄托在"善有善报，恶有恶报，不是不报，时候未到"的终结公平上。所以，英雄一死，其敌必亡，先是吕蒙暴毙，后是曹操即亡。显然，大家相信不知在天上，还是在地下，存在着另一个比较公平的世界，那就是神和鬼在统治着的、至少不像人间社会那样作恶者不遭谴责，害人者不受惩罚，犯罪者逍遥法外，老百姓受压迫永世不得翻身的天地。

　　关羽所以特别受到崇拜，因为他不是天上之神，离老百姓很远；也不是地下之神，虚无缥缈，不可捉摸；他是人间之神，时刻关注着受苦受难之众，也时刻惩罚着为非作歹之徒。虽然，这其中更多是无力反抗之人自我安慰的精神良药。但他们在心中坚定地认为，他和他那把青龙偃月刀，不但是永恒的正义之剑，还能起到保护他们的作用，这就是信仰了。民众的衷心拥戴，官方的大力提倡，便是他从书中走出书外，成为人世间尊神的道理所在。

却说孙权求计于吕蒙。蒙曰："吾料关某兵少，必不从大路而逃，麦城正北有险峻小路，必从此路而去。可令朱然引精兵五千，伏于麦城之北二十里；彼军至，不可与敌，只可随后掩杀。彼军定无战心，必奔临沮。却令潘璋引精兵五百，伏于临沮山僻小路，关某可擒矣。今遣将士各门攻打，只空北门，待其出走。"权闻计，令吕范再卜之。卦成，范告曰："此卦主敌人投西北而走，今夜亥时必然就擒。"权大喜，遂令朱然、潘璋领两枝精兵，各依军令埋伏去讫。

且说关公在麦城，计点马步军兵，止剩三百馀人；粮草又尽。是夜，城外吴兵招唤各军姓名，越城而去者甚多。救兵又不见到。心中无计，谓王甫曰："吾悔昔日不用公言！今日危急，将复何如？"甫哭告曰："今日之事，虽子牙复生，亦无计可施也。"赵累曰："上庸救兵不至，乃刘封、孟达按兵不动之故。何不弃此孤城，奔入西川，再整兵来，以图恢复？"公曰："吾亦欲如此。"遂上城观之。见北门外敌军不多，因问本城居民："此去往北，地势若何？"答曰："此去皆是山僻小路，可通西川。"公曰："今夜可走此路。"王甫谏曰："小路有埋伏，可走大路。"公曰："虽有埋伏，吾何惧哉！"即下令马步官军：严整装束，准备出城。甫哭曰："君侯于路，小心保重！某与部卒百馀人，死据此城；城虽破，身不降也！专望君侯速来救援！"

公亦与泣别。遂留周仓与王甫同守麦城，关公自

◎曹操走华容道，庞统往落凤坡，关羽走麦城，都犯了同一性质的错误。相信对手"虚者实之，实者虚之"地诱使自己犯错误。这固然是兵家惯使的故技，但常识一旦异化为常规，有时也很愚弄聪明人的。

◎要是关羽早作此打算，一路西向，刘备接应也较快捷，荆州士兵，谅不至于落入四面楚歌的精神攻势之中，而做鸟兽散了。

◎死别矣！

◎宋人洪迈在《容斋随笔·名将晚谬》里写过:"关羽手杀袁绍二将颜良、文丑于万众之中,及攻曹仁于樊(城),于禁等七军皆没,羽威震华夏,曹操议徙许都以避其锐,其功名盛矣。而不悟吕蒙、陆逊之诈,竟堕孙权计中,父子成擒,以败大事。"骄兵必败,古今皆然,关羽之骄,个人英雄主义害死了他,刘备的纵容宠信,诸葛亮的放纵让步,也是滋长他忘乎所以的重要因素。

与关平、赵累引残卒二百馀人,突出北门。关公横刀前进,行至初更以后,约走二十馀里,只见山凹处,金鼓齐鸣,喊声大震,一彪军到,为首大将朱然,骤马挺枪叫曰:"云长休走!趁早投降,免得一死!"公大怒,拍马轮刀来战。朱然便走,公乘势追杀。一棒鼓响,四下伏兵皆起。公不敢战,望临沮小路而走,朱然率兵掩杀。关公所随之兵,渐渐稀少。走不得四五里,前面喊声又震,火光大起,潘璋骤马舞刀杀来。公大怒,轮刀相迎,只三合,潘璋败走。公不敢恋战,急望山路而走。背后关平赶来,报说赵累已死于乱军中。关公不胜悲惶,遂令关平断后,公自在前开路,随行止剩得十馀人。行至决石,两下是山,山边皆芦苇败草,树木丛杂。时已五更将尽。正走之间,一声喊起,两下伏兵尽出,长钩套索,一齐并举,先把关公坐下马绊倒。关公翻身落马,被潘璋部将马忠所获。关平知父被擒,火速来救;背后潘璋、朱然率兵齐至,把关平四下围住。平孤身独战,力尽亦被执。至天明,孙权闻关公父子已被擒获,大喜,聚众将于帐中。

少时,马忠簇拥关公至前。权曰:"孤久慕将军盛德,欲结秦晋之好,何相弃耶?公平昔自以为天下无敌,今日何由被吾所擒?将军今日还服孙权否?"关公厉声骂曰:"碧眼小儿,紫髯鼠辈!吾与刘皇叔桃园结义,誓扶汉室,岂与汝叛汉之贼为伍耶!我今误中奸计,有死而已,何必多言!"权回顾众官曰："云长世之豪杰，孤深爱之。今欲以礼相待，劝使归降，何如？"主簿左咸曰："不可。昔曹操得此人时，封侯赐爵，三日一小宴，五日一大宴，上马一提金，下马一提银：如此恩礼，毕竟留之不住，听其斩关杀将而去，致使今日反为所逼，几欲迁都以避其锋。今主公既已擒之，若不即除，恐贻后患。"孙权沉吟半晌，曰："斯言是也。"遂命推出。于是关公父子皆遇害。时建安二十四年冬十二月也。关公亡年五十八岁。后人有诗叹曰：

汉末才无敌，云长独出群；
神威能奋武，儒雅更知文。
天日心如镜，《春秋》义薄云。
昭然垂万古，不止冠三分。

又有诗曰：

人杰惟追古解良，士民争拜汉云长。
桃园一日兄和弟，俎豆千秋帝与王。
气挟风雷无匹敌，志垂日月有光芒。
至今庙貌盈天下，古木寒鸦几夕阳。

关公既殁，坐下赤兔马被马忠所获，献与孙权。权即赐马忠骑坐。其马数日不食草料而死。

◎孙权大概一时性智障发作，竟在大庭广众之下劝降关羽，真是岂有此理？接下去，这位一国之主，便函首许昌，并马于禁，一直昏聩下去。

◎王夫之在《读通鉴论》中说："吴蜀之好不终，关羽以死，荆州以失，曹操以乘二国之离，无忌而急于篡，关羽安能逃其责哉？"这个责任要是细究起来，刘备是更不能辞其咎的。联吴大计，是诸葛亮定的，他让亲魏忌吴的关羽，主持荆州事务，一错；益州攻不下，小事，荆州保不住，大事，刘备却偏要将诸葛亮调离荆州，二错；刘备暗忌诸葛亮与诸葛瑾的兄弟关系，三错；农民的拜把子落后意识压倒政治考量，感情代替政策，四错。于是华容道的关羽，成为走麦城的关羽，这完全是刘备一手造成的。

◎关羽的"还我头来"，还是他自尊自大、高高在上的一贯排场。战场战场，生死较量，在死亡面前，大家是平等的。法师说得好，"然则颜良、文丑，五关六将等众人之头，又将向谁索耶？"

却说王甫在麦城中，骨颤肉惊，乃问周仓曰："昨夜梦见主公浑身血污，立于前；急问之，忽然惊觉。不知主何吉凶？"正说间，忽报吴兵在城下，将关公父子首级招安。王甫、周仓大惊，急登城视之，果关公父子首级也。王甫大叫一声，堕城而死。周仓自刎而亡。于是麦城亦属东吴。

却说关公一魂不散，荡荡悠悠，直至一处，乃荆门州当阳县一座山，名为玉泉山。山上有一老僧，法名普净，原是汜水关镇国寺中长老；后因云游天下，来到此处，见山明水秀，就此结草为庵，每日坐禅参道，身边只有一小行者，化饭度日。是夜月白风清，三更已后，普净正在庵中默坐，忽闻空中有人大呼曰："还我头来！"普净仰面谛视，只见空中一人，骑赤兔马，提青龙刀，左有一白面将军、右有一黑脸虬髯之人相随，一齐按落云头，至玉泉山顶。普净认得是关公，遂以手中麈尾击其户曰："云长安在？"关公英魂顿悟，即下马乘风落于庵前，又手问曰："吾师何人？愿求法号。"普净曰："老僧普净，昔日汜水关前镇国寺中，曾与君侯相会，今日岂遂忘之耶？"公曰："向蒙相救，铭感不忘。今某已遇祸而死，愿求清诲，指点迷途。"普净曰："昔非今是，一切休论；后果前因，彼此不爽。今将军为吕蒙所害，大呼还我头来，然则颜良、文丑，五关六将等众人之头，又将向谁索耶？"于是关公恍然大悟，稽首皈依而去。

后往往于玉泉山显圣护民，乡人感其德，就于山顶上
建庙，四时致祭。后人题一联于其庙云：

赤面秉赤心、骑赤兔追风，驰驱时无忘
赤帝；青灯观青史、仗青龙偃月，隐微处不
愧青天。

却说孙权既害了关公，遂尽收荆襄之地，赏犒三
军，设宴大会诸将庆功；置吕蒙于上位，顾谓众将曰：
"孤久不得荆州，今唾手而得，皆子明之功也。"蒙再
三逊谢。权曰："昔周郎雄略过人，破曹操于赤壁，不
幸早夭，鲁子敬代之。子敬视见孤时，便及帝王大略，
此一快也；曹操东下，诸人皆劝孤降，子敬独劝孤召公
瑾逆而击之，此二快也；惟劝吾借荆州与刘备，是其一
短。今子明设计定谋，立取荆州，胜子敬、周郎多矣！"

于是亲酌酒赐吕蒙。吕蒙接酒欲饮，忽然掷杯于地，
一手揪住孙权，厉声大骂曰："碧眼小儿！紫髯鼠辈！
还识我否？"众将大惊，急救时，蒙推倒孙权，大步前
进，坐于孙权位上，两眉倒竖，双眼圆睁，大喝曰："我
自破黄巾以来，纵横天下三十馀年，今被汝一旦以奸计
图我，我生不能啖汝之肉，死当追吕贼之魂！我乃汉寿
亭侯关云长也。"权大惊，慌忙率大小将士，皆下拜。
只见吕蒙倒于地上，七窍流血而死。众将见之，无不恐
惧。权将吕蒙尸首，具棺安葬，赠南郡太守、孱陵侯；

命其子吕霸袭爵。孙权自此感关公之事，惊讶不已。

忽报张昭自建业而来。权召入问之。昭曰："今主公损了关公父子，江东祸不远矣！此人与刘备桃园结义之时，誓同生死。今刘备已有两川之兵；更兼诸葛亮之谋，张、黄、马、赵之勇。备若知云长父子遇害，必起倾国之兵，奋力报仇，恐东吴难与敌也。"权闻之大惊，跌足曰："孤失计较也！似此如之奈何？"昭曰："主公勿忧。某有一计，令西蜀之兵不犯东吴，荆州如磐石之安。"权问何计。昭曰："今曹操拥百万之众，虎视华夏，刘备急欲报仇，必与操约和。若二处连兵而来，东吴危矣。不如先遣人将关公首级，转送与曹操，明教刘备知是操之所使，必痛恨于操，西蜀之兵，不向吴而向魏矣。吾乃观其胜负，于中取事。此为上策。"

权从其言，随遣使者以木匣盛关公首级，星夜送与曹操。时操从摩陂班师回洛阳，闻东吴送关公首级至，喜曰："云长已死，吾夜眠贴席矣。"阶下一人出曰："此乃东吴移祸之计也。"操视之，乃主簿司马懿也。操问其故，懿曰："昔刘、关、张三人桃园结义之时，誓同生死。今东吴害了关公，惧其复仇，故将首级献与大王，使刘备迁怒大王，不攻吴而攻魏，他却于中乘便而图事耳。"操曰："仲达之言是也。孤以何策解之？"懿曰："此事极易。大王可将关公首级，刻一香木之躯以配之，葬以大臣之礼；刘备知之，必深恨孙权，尽力南征。我却观其胜负！蜀胜则击吴，

◎孙权一心嫁祸于人，此计恶则恶矣，曹操却并不傻，不会引火烧身的，而且将计就计，把球又踢回到孙权门前了。

吴胜则击蜀。二处若得一处，那一处亦不久也。"操大喜，从其计，遂召吴使入。呈上木匣，操开匣视之，见关公面如平日。操笑曰："云长公别来无恙！"言未讫，只见关公口开目动，须发皆张，操惊倒。众官急救，良久方醒，顾谓众官曰："关将军真天神也！"吴使又将关公显圣附体、骂孙权追吕蒙之事告操。操愈加恐惧，遂设牲醴祭祀，刻沉香木为躯，以王侯之礼，葬于洛阳南门外，令大小官员送殡，操自拜祭，赠为荆王，差官守墓；即遣吴使回江东去讫。

却说汉中王自东川回成都，法正奏曰："王上先夫人去世；孙夫人又南归，未必再来。人伦之道，不可废也，必纳王妃，以襄内政。"汉中王从之，法正复奏曰："吴懿有一妹，美而且贤。尝闻有相者，相此女后必大贵。先曾许刘焉之子刘瑁，瑁早夭。其女至今寡居，大王可纳之为妃。"汉中王曰："刘瑁与我同宗，于理不可。"法正曰："论其亲疏，何异晋文之与怀嬴乎？"汉中王乃依允，遂纳吴氏为王妃。后生二子：长刘永，字公寿；次刘理，字奉孝。

且说东西两川，民安国富，田禾大成。忽有人自荆州来，言东吴求婚于关公，关公力拒之。孔明曰："荆州危矣！可使人替关公回。"正商议间，荆州捷报使命，络绎而至。不一日，关兴到，具言水淹七军之事。忽又报马到来，报说关公于江边多设墩台，提防甚密，万无一失。因此玄德放心。

◎果如司马懿坐山观虎斗、收渔翁之利的预料，历史就这样进行的。

◎荆州是蜀汉的发祥地，是刘备鱼龙变化的出发点，所以在他眼里，益州，荆州，一鸟两翼，这块宝地，必须交到关羽手里，他才放心。也许正因为此，关羽的感觉因地位突变而发生可怕的膨胀。他不再视自己为将，而是亚王，这也是草根阶层，陡得大位，暴得富贵，浪得大名以后，因本质上的虚弱，根基上的松软，灵魂上的无着无落，而自傲自矜，自大自是，无限扩张，膨化不已，来掩饰"高处不胜寒"的心理怯懦。这是入主荆州后，他不断和中央发生名位争执之根源所在，也是他不断地与东吴发生联盟摩擦之问题所在。他的骄傲，他的自负，达到一个快要"爆表"的程度，备之过也。

◎现在做梦、托梦都于事无补了，从刘备委荆州大局于关羽开始，就注定是这个结局。

忽一日，玄德自觉浑身肉颤，行坐不安；至夜，不能宁睡，起坐内室，秉烛看书，觉神思昏迷，伏几而卧；就室中起一阵冷风，灯灭复明，抬头见一人立于灯下。玄德问曰："汝何人，黄夜至吾内室？"其人不答。玄德疑怪，自起视之，乃是关公，于灯影下往来躲避。玄德曰："贤弟别来无恙！夜深至此，必有大故。吾与汝情同骨肉，因何回避？"关公泣告曰："愿兄起兵，以雪弟恨！"言讫，冷风骤起，关公不见。玄德忽然惊觉，乃是一梦。时正三鼓。玄德大疑，急出前殿，使人请孔明来。

孔明入见，玄德细言梦警。孔明曰："此乃王上心思关公，故有此梦。何必多疑？"玄德再三疑虑，孔明以善言解之。孔明辞出，至中门外，迎见许靖。靖曰："某才赴军师府下报一机密，听知军师入宫，特来至此。"孔明曰："有何机密？"靖曰："某适闻外人传说，东吴吕蒙已袭荆州，关公已遇害！故特来密报军师。"孔明曰："吾夜观天象，见将星落于荆楚之地，已知云长必然被祸，但恐王上忧虑，故未敢言。"

二人正说之间，忽然殿内转出一人，扯住孔明衣袖而言曰："如此凶信，公何瞒我！"孔明视之，乃玄德也。孔明、许靖奏曰："适来所言，皆传闻之事，未足深信。愿王上宽怀，勿生忧虑。"玄德曰："孤与云长，誓同生死；彼若有失，孤岂能独生耶！"孔明、许靖正劝解之间，忽近侍奏曰："马良、伊籍至。"玄德急召入问之。二人具说荆州已失，关公兵败求救，呈上表章。未及拆观，侍臣又奏荆州廖化至。玄德急召入。化哭拜于地，细奏刘封、孟达不发救兵之事。玄德大惊曰："若如此，吾弟休矣！"孔明曰："刘封、孟达如此无礼，罪不容诛！王上宽心，亮亲提一旅之师，去救荆襄之急。"玄德泣曰："云长有失，孤断不独生！孤来日自提一军去救云长！"遂一面差人赴阆中报知翼德，一面差人会集人马。

未及天明，一连数次，报说关公夜走临沮，为吴将所获，义不屈节，父子归神。玄德听罢，大叫一声，昏绝于地。正是：

为念当年同誓死，忍教今日独捐生！

未知玄德性命如何，且看下文分解。

◎219年正月斩夏侯渊，五月得汉中，七月刘备称王，八月关羽攻樊城，围襄阳，大破曹军。十二月，荆州还吴，关羽败死。而且从此蜀汉一蹶不振，退守西川。所以说，"祸福交错乎倚伏之间，兴亡缠绵乎盈虚之会"。太多的胜利，是很容易让头脑不清醒的人摔跤的。

孙权之蠢，从孙坚、孙策，就看得出来这是一个家族基因。因孙坚、孙策死得早，蠢基因没来得及表现多少，孙权活得长寿，其蠢转恶，最后不可救药而死。这种由于地域狭隘限制，一代二代坐井观天下来，只有头顶一片天，而不及其他，久而久之，大脑空间相对萎缩，不是没有可能。因而囿于一隅的孙权，久居江东，性格上、性情上，出现局限、狭隘、小器、拘束，也是可想而知的。按《三国演义》所写，杀关羽，绝对是他这种不具大局面、不具大视野的人，才能干得出来的蠢事。

一气之下，急火攻心，便将关羽父子处置了。杀了以后，这个蠢货没了主意，突发奇想，函首许都，玩这种脑筋急转弯的游戏，孙权哪是曹操的对手。结果，曹操以王侯礼厚葬之，这下，孙权猪八戒照镜子——里外不是人，只能说明关云长斥之为"碧眼小儿"的"小"，真是说准了这位江东之君的小人之心。他能容得下一降再降的于禁，却非要关羽的命，显然，他很在意前不久求婚遭拒的羞辱，总算得到报仇雪恨的机会。

后果怎么样呢？曹操死，曹丕代，大举伐吴，势单力薄的孙权，只好俯首称臣，这是他最害怕做的事，也不得不班服低了。

第七十八回

治风疾神医身死
传遗命奸雄数终

　　关羽所说"玉可碎而不可改其白，竹可焚而不可毁其节"，铮铮铁骨，掷地有声，这是他的自喻，也是他的誓言。玉碎竹焚，美的毁灭，是一场悲剧。那么，《三国演义》中的曹操之死，就是丑恶的终结。说书人煞有介事地推出梦魇关羽、砍树溅血、冤鬼索命、屋宇坍塌等耸人听闻情节，以证其乃是一个气数已尽、恶贯满盈、是个死有余辜、不得善终的反面人物。

　　其实不然，《三国演义》中的文学人物曹操，与历史上的伟人曹操，根本不是一回事。唐太宗李世民认为："魏武帝若无多疑猜人之性，几为完人也。"《资治通鉴》则高度评价曹操，说他"知人善察，难眩以伪。识拔奇才，不拘微贱，随能任使，皆获其用。与敌对阵，意思安闲，如不欲战然；及至决机乘胜，气势盈溢。勋劳宜赏，不吝千金；无功望施，分毫不与。用法峻急，有犯必戮，或对之流涕，然终无所赦。雅性节俭，不好华丽。故能芟刈群雄，几平海内"。

　　宋以后，强邻入侵，山河日缩，其形势与三国时期蜀汉，局促一隅，十分相似。到了南宋，岌岌可危，为维系正统地位，朱熹的以蜀绍汉说出笼，曹操才成为被唾弃的角色，加之"说三分"的说话人，为彰朱熹之说的抹黑，到《三国演义》对曹操丑化的集大成，从此绑上了耻辱柱。

　　其实，《资治通鉴》说他"故能芟刈群雄，几平海内"，所谓海内，系指全国。这充分说明曹操是有大志向的人物，他奋战一生的目标是要统一；而蜀汉的刘备，东吴的孙权，从一开始就是打算搞分裂的，两者之间，是有着天渊之别的。这一点，李世民的"几为完人"，还真是拨乱反正的看法。

　　却说汉中王闻关公父子遇害，哭倒于地；众文武急救，半晌方醒，扶入内殿。孔明劝曰："王上少忧。自

古道死生有命；关公平日刚而自矜，故今日有此祸。王
上且宜保养尊体，徐图报仇。"玄德曰："孤与关、张
二弟桃园结义时，誓同生死。今云长已亡，孤岂能独
享富贵乎！"言未已，只见关兴号恸而来。玄德见了，
大叫一声，又哭绝于地。众官救醒。一日哭绝三五次，
三日水浆不进，只是痛哭；泪湿衣襟，斑斑成血。孔
明与众官再三劝解。玄德曰："孤与东吴，誓不同日月
也！"孔明曰："闻东吴将关公首级献与曹操，操以王
侯礼祭葬之。"玄德曰："此何意也？"孔明曰："此是东
吴欲移祸于曹操，操知其谋，故以厚礼葬关公，令王
上归怨于吴也。"玄德曰："吾今即提兵问罪于吴，以雪
吾恨！"孔明谏曰："不可。方今吴欲令我伐魏，魏亦
欲令我伐吴，各怀谲计，伺隙而乘。王上只宜按兵不
动，且与关公发丧。待吴、魏不和，乘时而伐之，可也。"
众官又再三劝谏，玄德方才进膳，传旨川中大小将士，
尽皆挂孝。汉中王亲出南门招魂祭奠，号哭终日。

　　却说曹操在洛阳，自葬关公后，每夜合眼便见关公。
操甚惊惧，问于众官。众官曰："洛阳行宫旧殿多妖，可
造新殿居之。"操曰："吾欲起一殿，名建始殿。恨无良
工。"贾诩曰："洛阳良工有苏越者，最有巧思。"操召入，
令画图像。苏越画成九间大殿，前后廊庑楼阁，呈与操。
操视之曰："汝画甚合孤意，但恐无栋梁之材。"苏越曰：
"此去离城三十里，有一潭，名跃龙潭；前有一祠，名跃
龙祠。祠傍有一株大梨树，高十馀丈，堪作建始殿之梁。"

◎关羽已故，诸葛亮无妨可以一吐多年郁结心中的块垒矣！

◎拜把子闹革命的终极目标，独享富贵，终于和盘托出。

◎总能识破司马懿之计者，诸葛亮也。

◎这就牵强了，据《魏志》："太祖到，皆毁坏祠屋，止绝官吏民不得祠祀，及至秉政，遂除奸邪鬼神之事，世之淫祀由此遂绝。"看来，按曹操的性格与他的行事方式，是不会相信，也不会对这一套买账的。

◎恶之极，鬼神也不饶了！极写曹操之为天人之所不容，这当然是反映了老百姓对于不得人心的统治者的愤恨。

◎中国的弱势人群，对于施虐者，期盼有更强的力量来收拾他们的梦。正是这种心理上的止痛剂，被施虐者宁可在这梦中等待，伸长脖子挨宰，撅起屁股挨打，也不反抗。

操大喜，即令人工到彼砍伐。次日，回报此树锯解不开，斧砍不入，不能斩伐。操不信，自领数百骑，直至跃龙祠前下马，仰观那树，亭亭如华盖，直侵云汉，并无曲节。操命砍之，乡老数人前来谏曰："此树已数百年矣，常有神人居其上，恐未可伐。"操大怒曰："吾平生游历，普天之下，四十馀年，上至天子，下及庶人，无不惧孤；是何妖神，敢违孤意！"言讫，拔所佩剑亲自砍之，铮然有声，血溅满身。操愕然大惊，掷剑上马，回至宫内。是夜二更，操睡卧不安，坐于殿中，隐几而寐。忽见一人披发仗剑，身穿皂衣，直至面前，指操喝曰："吾乃梨树之神也。汝盖建始殿，意欲篡逆，却来伐吾神木！吾知汝数尽，特来杀汝！"操大惊，急呼："武士安在？"皂衣人仗剑砍操。操大叫一声，忽然惊觉，头脑疼痛不可忍。急传旨遍求良医治疗，不能痊可。众官皆忧。

华歆入奏曰："大王知有神医华佗否？"操曰："即江东医周泰者乎？"歆曰："是也。"操曰："虽闻其名，未知其术。"歆曰："华佗字元化，沛国谯郡人也。其医术之妙，世所罕有。但有患者，或用药，或用针，或用灸，随手而愈。若患五脏六腑之疾，药不能效者，以麻肺汤饮之，令病者如醉死，却用尖刀剖开其腹，以药汤洗其脏腑，病人略无疼痛。洗毕，然后以药线缝口，用药敷之；或一月，或二十日，即平复矣：其神妙如此！一日，佗行于道上，闻一人呻吟之声。佗曰：'此饮食不下之病。'问之果然。佗令取蒜齑汁三升饮之，吐蛇一条，长二三尺，饮食即下。广陵太守陈登，心中烦懑，面赤，不能饮食，求佗医治。佗以药饮之，吐虫三升，皆赤头，首尾动摇。登问其故，佗曰：此因多食鱼腥，故有此毒。今日虽可，三年之后，必将复发，不可救也。后陈登果三年而死。又有一人眉间生一瘤，痒不可当，令佗视之。佗曰：'内有飞物。'人皆笑之。佗以刀割开，一黄雀飞去，病者即愈。有一人被犬咬足指，随长肉二块，一痛一痒，俱不可忍。佗曰：'痛者内有针十个，痒者内有黑白棋子二枚。'人皆不信。佗以刀割开，果应其言。此人真扁鹊、仓公之流也！现居金城，离此不远，大王何不召之？"

操即差人星夜请华佗入内，令诊脉视疾。佗曰："大王头脑疼痛，因患风而起。病根在脑袋中，风涎不能出，枉服汤药，不可治疗。某有一法：先饮麻肺汤，然后用利斧砍开脑袋，取出风涎，方可除根。"操大怒曰："汝要杀孤耶！"佗曰："大王曾闻关公中毒箭，伤其右臂，某刮骨疗毒，关公略无惧色；今大王小可之疾，何多疑焉？"操曰："臂痛可刮，脑袋安可砍开？汝必与关公情熟，乘此机会，欲报仇耳！"呼左右拿下狱中，拷问其情。贾诩谏曰："似此良医，世罕其匹，未可废也。"操叱曰："此人欲乘机害我，正与吉平无异！"急令追拷。

华佗在狱，有一狱卒，姓吴，人皆称为"吴押狱"。此人每日以酒食供奉华佗。佗感其恩，乃告曰："我今

◎直到今天，那些治病的功法所打出的种种旗号，也还是和神怪迷信缠夹不清。而且，越是弄神弄鬼，上下虔信者也越众多。这也是不断出现的怪现象，分明大半皆是骗局，却能风靡一方，盛极一时，是很莫名其妙的。

◎华佗的故事，范晔《后汉书》有另一说："曹操闻而召佗，常在左右，操积苦头风眩，佗针，随手而差。"又载：佗"为人性恶，难得意，且耻以医见业，又去家思归，乃就操求还取方，因托妻疾，数期不反。操累书呼之，又敕郡县发遣，佗恃能厌事，独不肯至。操大怒，使人廉之，知妻诈疾，乃收付狱讯，考验首服。荀彧请曰：'佗方术实工，人命所悬，宜加全宥。'操不从，竟杀之。佗临死，出一卷书与狱吏，曰：'此可以活人。'吏畏法不敢受，佗不强与，索火烧之"。存此参照。

将死，恨有《青囊书》未传于世。感公厚意，无可为报；我修一书，公可遣人送与我家，取《青囊书》来赠公，以继吾术。"吴押狱大喜曰："我若得此书，弃了此役，医治天下病人，以传先生之德。"佗即修书付吴押狱。吴押狱直至金城，问佗之妻取了《青囊书》；回至狱中，付与华佗检看毕，佗即将书赠与吴押狱。吴押狱持回家中藏之。旬日之后，华佗竟死于狱中。吴押狱买棺殡殓讫，脱了差役回家，欲取《青囊书》看习，只见其妻正将书在那里焚烧。吴押狱大惊，连忙抢夺，全卷已被烧毁，只剩得一两叶。吴押狱怒骂其妻。妻曰："纵然学得与华佗一般神妙，只落得死于牢中，要他何用！"吴押狱嗟叹而止。因此《青囊书》不曾传于世，所传者止阉鸡猪等小法，乃烧剩一两叶中所载也。后人有诗叹曰：

◎吴押狱妻这句话，倒有点禅意。

> 华佗仙术比长桑，神识如窥垣一方。
> 惆怅人亡书亦绝，后人无复见青囊！

却说曹操自杀华佗之后，病势愈重，又忧吴、蜀之事。正虑间，近臣忽奏东吴遣使上书。操取书拆视之，略曰："臣孙权久知天命已归王上，伏望早正大位，遣将剿灭刘备，扫平两川，臣即率群下纳土归降矣。"操观毕大笑，出示群臣曰："是儿欲使吾居炉火上耶！"侍中陈群等奏曰："汉室久已衰微，殿下功德巍巍，生灵仰望。今孙权称臣归命，此天人之应，异气齐声。殿下宜应天顺人，早正大位。"操笑曰："吾事汉多年，虽有功德及民，然位至于王，名爵已极，何敢更有他望？苟天命在孤，孤为周文王矣。"司马懿曰："今孙权既称臣归附，王上可封官赐爵，令拒刘备。"操从之，表封孙权为骠骑将军、南昌侯，领荆州牧。即日遣使赍诰敕赴东吴去讫。

操病势转加。忽一夜梦三马同槽而食，及晓，问贾诩曰："孤向日曾梦三马同槽，疑是马腾父子为祸；今腾已死，昨宵复梦三马同槽。主何吉凶？"诩曰："禄马，吉兆也。禄马归于曹，王卜何必疑乎？"操因此不疑。后人有诗曰：

三马同槽事可疑，不知已植晋根基。
曹瞒空有奸雄略，岂识朝中司马师？

是夜，操卧寝室，至三更，觉头目昏眩，乃起，伏几而卧。忽闻殿中声如裂帛，操惊视之，忽见伏皇后、董贵人、二皇子，并伏完、董承等二十馀人，浑身血污，立于愁云之内，隐隐闻索命之声。操急拔剑望空砍去，忽然一声响亮，震塌殿宇西南一角。操惊倒于地，近侍救出，迁于别宫养病。次夜，又闻殿外男女哭声不绝。至晓，操召群臣入曰："孤在戎马之中，三十余年，未尝信怪异之事。今日为何如此？"群臣奏曰："大王当命道士设醮修禳。"操叹曰："圣人云：获罪于天，无所

◎孙权这个马屁没有拍响。曹操一辈子不敢称帝，到老还能保持这份清醒，不易。通常，人到了晚年，走到自己的对立面去，不是一件奇怪的事。我们见到多少晚节不佳的糊涂老人啊！

◎正史《晋书·宣帝纪》的这段："帝内忌而外宽，猜忌多权变。魏武察帝有雄豪志，闻有狼顾相。欲验之。乃召使前行，令反顾，面正向后而身不动。又尝梦三马同食一槽，甚恶焉。因谓太子丕曰：'司马懿非人臣也，必预汝家事。'"未见诸《三国志》的史实，当需打个问号。曹操疑惧司马懿由来已久，一是他的士族身份，势必镇压，二是他的不肯就范，更需收拾。读史，即使正史，也要多问两个为什么。

◎如此不肯随俗，曹操确是有其不一般处。

◎司马懿至此已成心腹了！

◎建安二十五年（220），曹操写了一篇遗令，"吾夜半觉小不佳，至明日饮粥汗出服当归汤"。他知道不久人世，便在这篇遗嘱里，特别提到"吾婢妾与伎人皆勤苦，使著铜雀台，善待之"，还说："诸舍中无所为，可学作组履卖也。"也只有曹操这样一个性情中人能想得到。还要求他的坟墓中"无藏金玉珍宝"，可见他此时，又是充满诗人气质的人了。但他要求"葬毕便除服"，"其将兵屯戍者，皆不得离屯部；有司各率乃职"，"天下尚未安定，未得遵古也"，可见，他实际上还是以政治为第一的统治者。

祷也。孤天命已尽，安可救乎？"遂不允设醮。

次日，觉气冲上焦，目不见物，急召夏侯惇商议。惇至殿门前，忽见伏皇后、董贵人、二皇子、伏完、董承等，立在阴云之中。惇大惊昏倒，左右扶出，自此得病。操召曹洪、陈群、贾诩、司马懿等，同至卧榻前，嘱以后事。曹洪等顿首曰："大王善保玉体，不日定当霍然。"操曰："孤纵横天下三十馀年，群雄皆灭，止有江东孙权，西蜀刘备，未曾剿除。孤今病危，不能再与卿等相叙，特以家事相托。孤长子曹昂，刘氏所生，不幸早年殁于宛城；今卞氏生四子：丕、彰、植、熊。孤平生所爱第三子植，为人虚华少诚实，嗜酒放纵，因此不立。次子曹彰，勇而无谋；四子曹熊，多病难保。惟长子曹丕，笃厚恭谨，可继我业。卿等宜辅佐之。"曹洪等涕泣领命而出。

操令近侍取平日所藏名香，分赐诸侍妾，且嘱曰："吾死之后，汝等须勤习女工，多造丝履，卖之可以得钱自给。"又命诸妾多居于铜雀台中，每日设祭，必令女伎奏乐上食。又遗命于彰德府讲武城外，设立疑冢七十二："勿令后人知吾葬处，恐为人所发掘故也。"嘱毕，长叹一声，泪如雨下。须臾，气绝而死。寿六十六岁。时建安二十五年春正月也。后人有《邺中歌》一篇叹曹操云：

邺则邺城水漳水，定有异人从此起：

雄谋韵事与文心，君臣兄弟而父子；

英雄未有俗胸中，出没岂随人眼底？

功首罪魁非两人，遗臭流芳本一身；

文章有神霸有气，岂能苟尔化为群？

横流筑台距太行，气与理势相低昂；

安有斯人不作逆，小不为霸大不王？

霸王降作儿女鸣，无可奈何中不平；

向帐明知非有益，分香未可谓无情。

呜呼！古人作事无巨细，寂寞豪华皆有意；

书生轻议冢中人，冢中笑尔书生气！

◎曹操"雄谋韵事与文心"，色色俱备，独少一分书生气，所以，他有资格笑那些轻议他的书生们。

却说曹操身亡，文武百官尽皆举哀；一面遣人赴世子曹丕、鄢陵侯曹彰、临淄侯曹植、萧怀侯曹熊处报丧。众官用金棺银椁将操入殓，星夜举灵榇赴邺郡来。曹丕闻知父丧，放声痛哭，率大小官员出城十里，伏道迎榇入城，停于偏殿。官僚挂孝，聚哭于殿上。忽一人挺身而出曰："请世子息哀，且议大事。"众视之，乃中庶子司马孚也。孚曰："魏王既薨，天下震动；当早立嗣王，以安众心。何但哭泣耶？"群臣曰："世子宜嗣位，但未得天子诏命，岂可造次而行？"兵部尚书陈矫曰："王薨于外，爱子私立，彼此生变，则社稷危矣。"遂拔剑割下袍袖，厉声曰："即今日便请世子嗣位。众官有异议者，以此袍为例！"百官悚惧。

忽报华歆自许昌飞马而至，众皆大惊。须臾华歆入，众问其来意，歆曰："今魏王薨逝，天下震动，何不早请世子嗣位？"众官曰："正因不及候诏命，方议欲以王后卞氏慈旨立世子为王。"歆曰："吾已于汉帝处索得诏命在此。"众皆踊跃称贺。歆于怀中取出诏命开读。原来华歆谄事魏，故草此诏，威逼献帝降之；帝只得听从，故下诏即封曹丕为魏王、丞相、冀州牧。丕即日登位，受大小官僚拜舞起居。

正宴会庆贺间，忽报鄢陵侯曹彰，自长安领十万大军来到。丕大惊，遂问群臣曰："黄须小弟，平日性刚，深通武艺。今提兵远来，必与孤争王位也。如之奈何？"忽阶下一人应声出曰："臣请往见鄢陵侯，以片言折之。"众皆曰："非大夫莫能解此祸也。"正是：

试看曹氏丕彰事，几作袁家谭尚争。

未知此人是谁，且看下文分解。

鲁迅说过："因为年代长了，做史的是本朝人，当然恭维本朝人物；年代短了，做史的是别朝人，便于自由地贬斥其异朝人物。所以在秦朝，差不多在史的记载上半个好人也没有。曹操在史上的年代也是颇短的，自然也逃不了被后一朝人说坏话的公例。其实，曹操是一个很有本事的人，至少是一个英雄，我虽不是曹操一党，但无论如何，总是非常佩服他的。"近人章太炎是一个拥曹派，曾作《魏武帝颂》，赞扬备至。"夫其经纬万端，神谋天挺。出师而检犹襄，戎衣而关洛定……加之以恭俭，申之以廉谨。廷有壶飧之清，家有绣衣之警。布贞士于周行，遏苞苴于邪径。务稼穑故民繁殖，烦师旅而人不病。信智计之绝人，故虽谲而近正。所以承炎刘之记录，握中原之魁柄。夫唯其锋之锐，故不狐媚以弭戎警。其气之刚，不宠贿以要大政……"这样的总体评价，应该说是相当公允的。

对曹操的评价，众口不一，遂有视为奸雄，视为枭雄，视为英雄的区别。无论怎么说，雄是曹操的主调，也奠定了他在历史上的地位。

第七十九回

兄逼弟曹植赋诗
侄陷叔刘封伏法

　　曹植这首"煮豆燃豆萁"的七步诗，大家都晓得，虽不见于他的诗集，但尽人皆知，因为诗里含有兄弟相斗的寓意。

　　帝国王位之争，历来都是刺刀见红的血腥之争。因为曹操对继承人一直没有表态，这两个都有可能为王的曹丕、曹植，便明争暗斗好几年，不见分晓。这两人都有自己的支持者，而所有支持者都等着因为支持成功，而获得更多的利益，其竞争激烈程度可想而知。但曹操拿不定主意，曹丕是长子，应该定他，可能不甚满意，就是不宣布结果，大家也看出来，曹操更看中曹植。显然，曹丕有让曹操的不满意处，但最终他是胜者，史官就把他的劣迹统统删了，现在能看到的，全是曹植的不是处，譬如酗酒闹事啊，交友不慎啊，出兵迟到啊，侮慢属官啊，但他诗写得好，同是诗人的他老子很赞赏，有一度曹操曾经属意于他，让曹丕紧张得不得了。

　　建安二十五年（220）正月，曹丕终于继位，二月，动手收拾曹植，看来，迫不及待的曹丕报复心之强，无与伦比。《资治通鉴·魏纪一》载："王弟鄢陵侯彰等皆就国。临菑临国谒者灌均，希指奏：'临菑侯植醉酒悖慢，劫胁使者。'王贬植为安乡侯，诛右刺奸掾沛国丁仪及弟黄门侍郎廙并其男口，皆植之党也。"丁仪、丁廙两兄弟，是曹植的诗友兼酒友，是支持曹植的铁杆。倘非孝服未除，曹植也是在劫难逃的。"煮豆燃豆萁"的七步诗，有可能是这时写出来的，也未可知。

　　曹植的不幸，他是一个优秀的文学家，而不是一个成功的政治家，他的支持者中，杨修最有才华，丁氏兄弟，名士兼才子，都热衷政治却不懂政治，最后无一不死于非命。看来文学家和政治家斗，是老鼠与猫在玩游戏，弄不好要搭上一条命的。谨记谨记。

◎俗话说，"秀才造反，三年不成"，先解决这个带兵的曹彰，然后，腾出手来，慢慢地消遣曹植。

却说曹丕闻曹彰提兵而来，惊问众官；一人挺身而出，愿往折服之。众视其人，乃谏议大夫贾逵也。曹丕大喜，即命贾逵前往。逵领命出城，迎见曹彰。彰问曰："先王玺绶安在？"逵正色而言曰："家有长子，国有储君。先王玺绶，非君侯之所宜问也。"彰默然无语，乃与贾逵同入城。至宫门前，逵问曰："君侯此来，欲奔丧耶？欲争位耶？"彰曰："吾来奔丧，别无异心。"逵曰："既无异心，何故带兵入城？"彰即时叱退左右将士，只身入内，拜见曹丕。兄弟二人，相抱大哭。曹彰将本部军马尽交与曹丕。丕令彰回鄢陵自守，彰拜辞而去。

于是曹丕安居王位，改建安二十五年为延康元年；封贾诩为太尉，华歆为相国，王朗为御史大夫；大小官僚，尽皆升赏。谥曹操曰武王，葬于邺郡高陵，令于禁董治陵事。禁奉命到彼，只见陵屋中白粉壁上，图画关云长水淹七军擒获于禁之事：画云长俨然上坐，庞德愤怒不屈，于禁拜伏于地，哀求乞命之状。原来曹丕以于禁兵败被擒，不能死节，既降敌而复归，心鄙其为人，故先令人图画陵屋粉壁，故意使之往见以愧之。当下于禁见此画像，又羞又恼，气愤成病，不久而死。后人有诗叹曰：

◎司马光说："于禁将数万众，败不能死，生降于敌，既而复归，文帝废之可也，杀之可也，乃画陵屋以辱之，斯为不君矣！"不要以为曹丕是多么好的东西，老子一死，立刻到曹操后宫，蒸其妃嫔。

> 三十年来说旧交，可怜临难不忠曹。
> 知人未向心中识，画虎今从骨里描。

却说华歆奏曹丕曰："鄢陵侯已交割军马，赴本国去了；临庙淄侯植、萧怀侯熊，二人竟不来奔丧，理当问罪。"丕从之，即分遣二使往二处问罪。不一日，萧怀使者回报："萧怀侯曹熊惧罪，自缢身死。"丕令厚葬之，追赠萧怀王。又过了一日，临淄使者回报，说："临淄侯日与丁仪、丁廙兄弟二人酣饮，悖慢无礼，闻使命至，临淄侯端坐不动；丁仪骂曰：'昔者先王本欲立吾主为世子，被谗臣所阻；今王丧未远，便问罪于骨肉，何也？'丁廙又曰：'据吾主聪明冠世，自当承嗣大位，今反不得立。汝那庙堂之臣，何不识人才若此！'临淄侯因怒，叱武士将臣乱棒打出。"

丕闻之，大怒，即令许褚领虎卫军三千，火速至临淄擒曹植等一干人来。褚奉命，引军至临淄城。守将拦阻，褚立斩之，直入城中，无一人敢当锋锐，径到府堂。只见曹植与丁仪、丁廙等尽皆醉倒。褚皆缚之，载于车上，并将府下大小属官，尽行拿解邺郡，听候曹丕发落。丕下令，先将丁仪、丁廙等尽行诛戮。丁仪字正礼，丁廙字敬礼，沛郡人，乃一时文士；及其被杀，人多惜之。

却说曹丕之母卞氏，听得曹熊缢死，心甚悲伤；忽又闻曹植被擒，其党丁仪等已杀，大惊。急出殿，召曹丕相见。丕见母出殿，慌来拜谒。卞氏哭谓丕曰："汝弟植平生嗜酒疏狂，盖因自恃胸中之才，故尔放纵。汝可念同胞之情，存其性命。吾至九泉亦瞑目也。"丕曰："儿亦深爱其才，安肯害他？今正欲戒其性耳。母亲勿忧。"

◎曹操有文才，也有治术，但他的儿子曹植，只有诗文，而不懂政治，所以，他就被丁仪、杨修之流包围。而丁仪在朝廷里名声不佳，早有人说他："怀奸佞之心，立于明朝，其得久乎？"可诗人曹植却与这些人过从甚密，能不败乎？

◎天下文人通病，唯有动嘴的本事，除了骂街外，任何一点作为也拿不出手，祸到临头，还不知死，也真是悲哀。

◎曹丕应变有术，机敏之极！

◎看来，君王们也很在乎文人这张嘴的，总是想方设法堵上，没有声音才能安然入睡的。

　　卞氏洒泪而入，丕出偏殿，召曹植入见。华歆问曰："适来莫非太后劝殿下勿杀子建乎？"丕曰："然。"歆曰："子建怀才抱智，终非池中物；若不早除，必为后患。"丕曰："母命不可违。"歆曰："人皆言子建出口成章，臣未深信。主上可召入，以才试之。若不能，即杀之；若果能，则贬之，以绝天下文人之口。"丕从之。须臾，曹植入见，惶恐伏拜请罪。丕曰："吾与汝情虽兄弟，义属君臣，汝安敢恃才蔑礼？昔先君在日，汝常以文章夸示于人，吾深疑汝必用他人代笔。吾今限汝行七步吟诗一首。若果能，则免一死；若不能，则从重治罪，决不姑恕！"植曰："愿乞题目。"时殿上悬一水墨画，画着两只牛，斗于土墙之下，一牛坠井而亡。丕指画曰："即以此画为题。诗中不许犯着'二牛斗墙下，一牛坠井死'字样。"植行七步，其诗已成。诗曰：

　　　　两肉齐道行，头上带凹骨。
　　　　相遇块山下，欻起相搪突。
　　　　二敌不俱刚，一肉卧土窟。
　　　　非是力不如，盛气不泄毕。

　　曹丕及群臣皆惊。丕又曰："七步成章，吾犹以为迟。汝能应声而作诗一首否？"植曰："愿即命题。"丕口："吾与汝乃兄弟也。以此为题。亦不许犯着'兄弟'字样。"植略不思索，即口占一首曰：

煮豆燃豆萁，豆在釜中泣。

本是同根生，相煎何太急！

曹丕闻之，潸然泪下。其母卞氏，从殿后出曰："兄何逼弟之甚耶？"丕慌忙离坐告曰："国法不可废耳。"于是贬曹植为安乡侯。植拜辞上马而去。

曹丕自继位之后，法令一新，威逼汉帝，甚于其父。早有细作报入成都。汉中王闻之，大惊，即与文武商议曰："曹操已死，曹丕继位，威逼天子，更甚于操。东吴孙权，拱手称臣。孤欲先伐东吴，以报云长之仇；次讨中原，以除乱贼。"言未毕，廖化出班，哭拜于地曰："关公父子遇害，实刘封、孟达之罪。乞诛此二贼。"玄德便欲遣人擒之。孔明谏曰："不可。且宜缓图之，急则生变矣。可升此二人为郡守，分调开去，然后可擒。"玄德从之，遂遣使升刘封去守绵竹。

原来彭羕与孟达甚厚，听知此事，急回家作书，遣心腹人驰报孟达。使者方出南门外，被马超巡视军捉获，解见马超。超审知此事，即往见彭羕。羕接入，置酒相待。酒至数巡，超以言挑之曰："昔汉中王待公甚厚，今何渐薄也？"羕因酒醉，恨骂曰："老革荒悖，吾必有以报之！"超又探曰："某亦怀怨心久矣。"羕曰："公起本部军，结连孟达为外合，某领川兵为内应，大事可图也。"超曰："先生之言甚当。来日再议。"

超辞了彭羕，即将人与书解见汉中王，细言其

◎这一首诗未收入《曹子建集》，但它却比曹植所有其他的作品拥有更多读者。

◎诸葛亮一生用人，远不如曹操豁达。刘玄德三顾茅庐时误会为诸葛亮的博陵崔州平，颍川石广元，汝南孟公威，乃至于徐庶，都是当时荆州难得的贤俊，与诸葛亮比肩的优才，然而，有"隆中对"志向的诸葛亮，无论入蜀前还是入蜀后，不但没有延聘他们入阁的想法，甚至中断交往，再无联系。进川后更是起用一些谨小慎微、无开拓精神、循规蹈矩、无非常才力之人、不能不说是他的失着，这对西蜀的事业，无疑起了不好的影响。像彭羕这样的狂放之士，最后心怀叛意，与诸葛亮的疑惧、排斥、忌刻、狭隘是不无关系的。他并非南阳人，只是在南阳生活多年，盆地意识对他的思想，竟会起到这么大影响吗？

◎在《三国演义》中，三度叛主的孟达，在投降曹丕前，还要写信卖乖，当然是很可恶了。这封信收录于清人严可均所撰的《全上古三代秦汉三国六朝文》中，标题为《辞先主表》。这部书中，还收录了他给他的原上级刘封的劝降信，看来，这个孟达也真是不走运了。他与法正，一起走出家乡陕西扶风，乱世之际，也是出头之时，两人先投刘璋，后又背着刘璋，与张松一起引刘备入蜀。法正成为刘备的首席顾问，他却不甚得意。在领兵进攻上庸时，刘备心血来潮，派其义子刘封与他会合，位在其上。而后因关羽兵败，求救于他们俩而遭拒绝，很显然，这罪过至少两人分担，所以，他的信里便出现了伍子胥、蒙恬、乐毅等古人名字，当系他的自喻了。后来，当他第三次叛背，脱魏归蜀，诸葛亮给他写信，也承认过刘封不是东西，"呜呼孟子，斯实刘封侵陵足下，以伤先主待士之义"。但一个被绑上耻辱柱的叛变者，即使跳进黄河，也是无法洗净自己的。

事。玄德大怒，即令擒彭羕下狱，拷问其情。羕在狱中，悔之无及。玄德问孔明曰："彭羕有谋反之意，当何以治之？"孔明曰："羕虽狂士，然留之久必生祸。"于是玄德赐彭羕死于狱。

羕既死，有人报知孟达。达大惊，举止失措。忽使命至，调刘封回守绵竹去讫。孟达慌请上庸、房陵都尉申耽、申仪弟兄二人商议曰："我与法孝直同有功于汉中王；今孝直已死，而汉中王忘我前功，乃欲见害，为之奈何？"耽曰："某有一计，使汉中王不能加害于公。"达大喜，急问何计。耽曰："吾弟兄欲投魏久矣，公可作一表，辞了汉中王，投魏王曹丕，丕必重用。吾二人亦随后来降也。"达猛然省悟，即写表一通，付与来使；当晚引五十余骑投魏去了。

使命持表回成都，奏汉中王，言孟达投魏之事。先主大怒。览其表曰："臣达伏惟殿下将建伊、吕之业，追桓、文之功，大事草创，假势吴、楚，是以有为之士，望风归顺。臣委质以来，愆戾山积；臣犹自知，况于君乎？今王朝英俊鳞集，臣内无辅佐之器，外无将领之才，列次功臣，诚足自愧！臣闻范蠡识微，浮于五湖；舅犯谢罪，逡巡河上。夫际会之间，请命乞身，何哉？欲洁去就之分也。况臣卑鄙，无元功巨勋，自系于时，窃慕前贤，早思远耻。昔申生至孝，见疑于亲；子胥至忠，见诛于君；蒙恬拓境而被大刑，乐毅破齐而遭谗佞。臣每读其书，未尝不感慨流涕；而亲当其事，益用伤悼！迩者，荆州覆败，大臣失节，百无一还；惟臣寻事，自致房陵、上庸，而复乞身，自放于外。伏想殿下圣恩感悟，愍臣之心，悼臣之举。臣诚小人，不能始终。知而为之，敢谓非罪？臣每闻'交绝无恶声，去臣无怨辞'，臣过奉教于君子，愿君王勉之，臣不胜惶恐之至！"玄德看毕，大怒曰："匹夫叛吾，安敢以文辞相戏耶！"即欲起兵擒之。孔明曰："可就遣刘封进兵，令二虎相并；刘封或有功，或败绩，必归成都，就而除之，可绝两害。"玄德从之，遂遣使到绵竹，传谕刘封。封受命，率兵来擒孟达。

　　却说曹丕正聚文武议事，忽近臣奏曰："蜀将孟达来降。"丕召入问曰："汝此来，莫非诈降乎？"达曰："臣为不救关公之危，汉中王欲杀臣，因此惧罪来降，别无他意。"曹丕尚未准信，忽报刘封引五万兵来取襄阳，单搦孟达厮杀。丕曰："汝既是真心，便可去襄阳取刘封首级来，孤方准信。"达曰："臣以利害说之，不必动兵，令刘封亦来降也。"丕大喜，遂加孟达为散骑常侍、建武将军、平阳亭侯，领新城太守，去守襄阳、樊城。原来夏侯尚、徐晃已先在襄阳，正将收取上庸诸部。孟达到了襄阳，与二将礼毕，探得刘封离城五十里下寨。达即修书一封，使人赍赴蜀寨招降刘封。刘封览书大怒曰："此贼误吾叔侄之义，又间吾父子之亲，使吾为不忠不孝之人也！"遂扯碎来书，斩其使。次日，引军前来搦战。

◎刘封实际是个可怜虫，所有欲靠大树好乘凉者，都应以此为鉴，已经打定主意要收拾你了，你还大谈什么不忠不孝呢？

孟达知刘封扯书斩使，勃然大怒，亦领兵出迎。两阵对圆，封立马于门旗下，以刀指骂曰："背国反贼，安敢乱言！"孟达曰："汝死已临头上，还自执迷不省！"封大怒，拍马轮刀，直奔孟达。战不三合，达败走，封乘虚追杀二十馀里，一声喊起，伏兵尽出，左边夏侯尚杀来，右边徐晃杀来，孟达回身复战。三军夹攻，刘封大败而走，连夜奔回上庸，背后魏兵赶来。刘封到城下叫门，城上乱箭射下。申耽在敌楼上叫曰："吾已降了魏也！"封大怒，欲要攻城，背后追军将至，封立脚不住，只得望房陵而奔，见城上已尽插魏旗。申仪在敌楼上将旗一飐，城后一彪军出，旗上大书"右将军徐晃"。封抵敌不住，急望西川而走。晃乘势追杀。刘封部下只剩得百馀骑。到了成都，入见汉中王，哭拜于地，细奏前事。玄德怒曰："辱子有何面目复来见吾！"封曰："叔父之难，非儿不救，因孟达谏阻故耳。"玄德转怒曰："汝须食人食、穿人衣，非土木偶人！安可听谗贼所阻！"命左右推出斩之。汉中王既斩刘封，后闻孟达招之，毁书斩使之事，心中颇悔；又哀痛关公，以致染病。因此按兵不动。

且说魏王曹丕，自即王位，将文武官僚，尽皆升赏；遂统甲兵三十万，南巡沛国谯县，大飨先茔。乡中父老，扬尘遮道，奉觞进酒，效汉高祖还沛之事。人报大将军夏侯惇病危，丕即还邺郡。时惇已卒，丕为挂孝，以厚礼殡葬。

◎刘备荒谬，或许并不奇怪，奇怪的是明察秋毫的诸葛亮，怎么也会糊涂若此？历史的复杂性，要比我们读过的史书更复杂，而历史的诡异，如海洋深处的潜流，则是后人永远也解不开的谜。

是岁八月间，报称石邑县凤凰来仪，临淄城麒麟出现，黄龙现于邺郡。于是中郎将李伏、太史丞许芝商议：种种瑞征，乃魏当代汉之兆，可安排受禅之礼，令汉帝将天下让于魏王。遂同华歆、王朗、辛毗、贾诩、刘廙、刘晔、陈矫、陈群、桓阶等一班文武官僚，四十馀人，直入内殿，来奏汉献帝，请禅位于魏王曹丕。正是：

> 魏家社稷今将建，汉代江山忽已移。

未知献帝如何回答，且看下文分解。

　　彭羕、刘琰之死，廖立、李严之废，都是发生在诸葛亮执掌蜀政以后的事情。

　　彭羕"姿性骄傲，多所轻忽"，"羕起徒步，一朝处州人之上，形色嚣然，自矜得遇滋甚，诸葛亮虽外接待羕，而内不能善，屡密言先主，羕心大志广，难可保安"。刘琰"有风流，善谈论"，"车服饮食，号为侈靡，侍婢数十，皆能为声乐，又悉教诵读《鲁灵光殿赋》，建兴十年，与前军师魏延不和，言语虚诞，亮责让之"。这种嚣张型的知识分子，不大容易为诸葛亮容纳。

　　廖立"自谓才名宜为诸葛亮之贰，而更游散在李严等下，常怀怏怏"。他说过，"昔先主不取汉中，走与吴争南三郡，卒以三郡与吴人，徒劳役吏士，无益而还。既亡汉中，使夏侯渊、张郃深入于巴，几丧一州。后到汉中，使关侯身死无孑遗，上庸覆败，徒失一方。是羽怙恃勇名，作军无法，直以意突耳，故前后数丧师众也。""亮表立曰：'羊之乱群，犹能为害，况立托在大位，中人以下识真伪邪？'废立为民。"这种狂放型的知识分子，也很难被诸葛亮接受。李严"以才干称"，为诸葛亮所重。"章武九年，亮军祁山，平（即李严）催督运事。秋夏之际，值天霖雨，运粮不继。"他要求诸葛亮退军，"平闻军退，乃更阳惊，说'军粮饶足，何以便归？'欲以解己不办之责，显亮不进之愆也。又表后主，说'军伪退，欲以诱贼与战。'亮具出其前后手笔书疏本末，平辞穷情竭，首谢罪负。乃废平为民"。这种阴谋型的知识分子，恐怕更要受到诸葛亮的排斥。

　　这四位蜀中名流，都是反刘璋、亲刘备的当地代表人物。你欢迎还来不及，怎能如此排斥见外呢？尤其李严（即李平）是刘备死于白帝城时托孤的两人（另一人为诸葛亮）之一，就这点子过错，被废弃不用，甚至连戴罪立功的机会也不再给，苛刻至此，本地干部，情何以堪？看来，诸葛亮入川以后，执行的是一条以荆州外来人口为主的关门政策。所以，蜀汉之败，原因很多，而一个外来政权，不能鱼水交融地解决外来户与坐地户的矛盾，那好日子是长久不了的。

第八十回

曹丕废帝篡炎刘
汉王正位续大统

　　曹操一生未称帝，这个终身承诺，无论对其怎样评价，好或者更好，坏或者很坏，他死的那天，汉献帝还坐在他的傀儡位置上，这一点，其人格的完整，无可置疑。死前不久，孙权因为夺荆州、杀关羽，与蜀交恶，日子很不好过，不得不向曹操示好。遣使上书，建议他"早正大位"，他说："是儿欲使吾居炉火上耶！"

　　这很足以说明曹操一生不变的心态，不做皇帝，只做周公，是他起事后数十年的既定方针。如果他要当皇帝的话，进军洛阳时就可以把献帝废了。他知道，在汉末天下大乱，群雄蜂起，挟天子以令诸侯，要比他称帝讨伐，更加名正言顺，得天应人些。他若废帝自立，第一，诸侯会联合起来反对他；第二，即使能用武力逐个消灭地方割据势力，他也无法使整个士族阶层服帖，这就是他所比喻的炉火。因此，权变也好，狡诈也好，作为一个不食言的政治家，在中国历史上，他称得上唯一。

　　另一方面，从他的诗文也可窥知他的内心奥秘，如"山不厌高，海不厌深。周公吐哺，天下归心"中对于周公的褒扬；如"周西伯昌，怀此圣德。三分天下，而有其二。修奉贡献，臣节不坠"中对于西伯始终以臣事殷的赞美，都是自况之词。虽然文章也是一种作伪术，但他一生付诸实践，也难能可贵。所以，他弥留之际，只谈家事，不论国政，也还是在追求他个人这种道德的完整。

　　但曹丕是新的一代，有不同于他父亲的价值观念，对于汉王朝，他不存在任何感情义务，因此与其辅主为臣，不如篡汉自立。在诸侯大部顺服，士族基本归心的客观情势下，旧的君臣框架，已成形式，汉祚的延续，根本毫无意义，所以取而代之，也是历史的必然。

　　在这个世界上，没有一成不变的事物，每一代人都有不同于上代人的想法、看法和做法，时代就是这样进步的。

却说华歆等一班文武，入见献帝。歆奏曰："伏睹魏王，自登位以来，德布四方，仁及万物，越古超今，虽唐、虞无以过此。群臣会议，言汉祚已终，望陛下效尧、舜之道，以山川社稷，禅与魏王，上合天心，下合民意，则陛下安享清闲之福，祖宗幸甚！生灵幸甚！臣等议定，特来奏请。"帝闻奏大惊，半晌无言，觑百官而哭曰："朕想高祖提三尺剑，斩蛇起义，平秦灭楚，创造基业，世统相传，四百年矣。朕虽不才，初无过恶，安忍将祖宗大业，等闲弃了？汝百官再从公计议。"

华歆引李伏、许芝近前奏曰："陛下若不信，可问此二人。"李伏奏曰："自魏王即位以来，麒麟降生，凤凰来仪，黄龙出现，嘉禾蔚生，甘露下降。此是上天示瑞，魏当代汉之象也。"许芝又奏曰："臣等职掌司天，夜观乾象，见炎汉气数已终，陛下帝星隐匿不明；魏国乾象，极天际地，言之难尽。更兼上应图谶，其谶曰：'鬼在边，委相连；当代汉，无可言。言在东，午在西；两日并光上下移。'以此论之，陛下可早禅位。鬼在边，委相连，是魏字也；言在东，午在西，乃许字也；两日并光上下移，乃昌字也：此是魏在许昌应受汉禅也。愿陛下察之。"帝曰："祥瑞图谶，皆虚妄之事；奈何以虚妄之事，而遽欲朕舍祖宗之基业乎？"王朗奏曰："自古以来，有兴必有废，有盛必有衰，岂有不亡之国、不败之家乎？汉室相传四百馀

◎后曹操时期，曹丕任五官中郎将，实际上为他日后施政进行准备。建安二十四年（219）许都一次暴乱，就是他亲手镇压的。"太子丕诛（魏）讽，连坐死者数十人，钟繇坐免官。"所以，他上台，第一步，清除曹植、曹彰这些王位竞争者；第二步，魏承大统，把名存实亡的汉献帝废掉，他来当皇帝。

◎能拍到皇帝的马屁，这是某些文人做梦都会笑醒的美事。

◎祥瑞图谶，对需要者，则是魏当代汉之象，对不需要者，就成了虚妄之事。可见政治上的实用主义，和制造舆论者的多么善于各取所需，为我所用了。

◎势利小人。一个个跳出来，逼刘协退位。

◎曹操共有六个女儿：曹宪、曹节、清河公主、安阳公主、金乡公主、曹华。曹操将曹宪、曹节、曹华都嫁给了汉献帝。伏皇后诛后，曹节为后。曹操所以这样择婿，当然是一种政治行为。曹皇后为保夫君，挺身而出，这倒应了一句老百姓的话："嫁鸡随鸡，嫁狗随狗。"

◎一出"逼宫"大戏，正式上演。

年，延至陛下，气数已尽，宜早退避，不可迟疑；迟则生变矣。"帝大哭，入后殿去了。百官哂笑而退。

次日，官僚又集于大殿，令宦官入请献帝。帝忧惧不敢出。曹后曰："百官请陛下设朝，陛下何故推阻？"帝泣曰："汝兄欲篡位，令百官相逼，朕故不出。"曹后大怒曰："吾兄奈何为此乱逆之事耶！"言未已，只见曹洪、曹休带剑而入，请帝出殿。曹后大骂曰："俱是汝等乱贼，希图富贵，共造逆谋！吾父功盖寰区，威震天下，然且不敢篡窃神器。今吾兄嗣位未几，辄思篡汉，皇天必不祚尔！"言罢，痛哭入宫。左右侍者皆歔欷流涕。

曹洪、曹休力请献帝出殿。帝被逼不过，只得更衣出前殿。华歆奏曰："陛下可依臣等昨日之议，免遭大祸。"帝痛哭曰："卿等皆食汉禄久矣；中间多有汉朝功臣子孙，何忍作此不臣之事？"歆曰："陛下若不从众议，恐旦夕萧墙祸起。非臣等不忠于陛下也。"帝曰："谁敢弑朕耶？"歆厉声曰："天下之人，皆知陛下无人君之福，以致四方大乱！若非魏王在朝，弑陛下者，何止一人？陛下尚不知恩报德，直欲令天下人共伐陛下耶？"帝大惊，拂袖而起，王朗以目视华歆。歆纵步向前，扯住龙袍，变色而言曰："许与不许，早发一言！"帝战栗不能答，曹洪、曹休拔剑大呼曰："符宝郎何在？"祖弼应声出曰："符宝郎在此！"曹洪索要玉玺。祖弼叱曰："玉玺乃天子之宝，安得擅索！"洪喝令武士推出斩之。祖弼大骂不绝口而死。后人有诗赞曰：

> 奸宄专权汉室亡，诈称禅位效虞唐。
> 满朝百辟皆尊魏，仅见忠臣符宝郎。

帝颤栗不已。只见阶下披甲持戈数百馀人，皆是魏兵。帝泣谓群臣曰："朕愿将天下禅于魏王，幸留残喘，以终天年。"贾诩曰："魏王必不负陛下。陛下可急降诏，以安众心。"帝只得令陈群草禅国之诏，令华歆赍捧诏玺，引百官直至魏王宫献纳。曹丕大喜。开读诏曰："朕在位三十二年，遭天下荡覆，幸赖祖宗之灵，危而复存。然今仰瞻天象，俯察民心，炎精之数既终，行运在乎曹氏。是以前王既树神武之迹，今王又光耀明德，以应其期。历数昭明，信可知矣。夫大道之行，天下为公；唐尧不私于厥子，而名播于无穷，朕窃慕焉，今其追踵尧典，禅位于丞相魏王。王其毋辞！"

曹丕听毕，便欲受诏。司马懿谏曰："不可。虽然诏玺已至，殿下宜且上表谦辞，以绝天下之谤。"丕从之，令王朗作表，自称德薄，请别求大贤以嗣天位。帝览表，心甚惊疑，谓群臣曰："魏王谦逊，如之奈何？"华歆曰："昔魏武王受王爵之时，三辞而诏不许，然后受之，今陛下可再降诏，魏王自当允从。"

帝不得已，又令桓阶草诏，遣高庙使张音，持节

◎曹操称臣于刘协二十四年，不变初衷，就冲这点"交情"，刘协终于觉得应该物归原主了。

◎无非走过场，国人这类假谦虚的把戏，玩得最熟练了。

奉玺至魏王宫。曹丕开读诏曰："咨尔魏王，上书谦让。朕窃为汉道陵迟，为日已久；幸赖武王操，德膺符运，奋扬神武，芟除凶暴，清定区夏。今王丕缵承前绪，至德光昭，声教被四海，仁风扇八区；天之历数，实在尔躬。昔虞舜有大功二十，而放勋禅以天下；大禹有疏导之绩，而重华禅以帝位。汉承尧运，有传圣之义，加顺灵祇，绍天明命，使行御史大夫张音，持节奉皇帝玺绶。王其受之！"

曹丕接诏欣喜，谓贾诩曰："虽二次有诏，然终恐天下后世，不免篡窃之名也。"诩曰："此事极易，可再命张音赍回玺绶，却教华歆令汉帝筑一坛，名受禅坛；择吉日良辰，集大小公卿，尽到坛下，令天子亲奉玺绶，禅天下与王，便可以释群疑而绝众议矣。"

丕大喜，即令张音赍回玺绶，仍作表谦辞。音回奏献帝。帝问群臣曰："魏王又让，其意若何？"华歆奏曰："陛下可筑一坛，名曰受禅坛，集公卿庶民，明白禅位；则陛下子子孙孙，必蒙魏恩矣。"帝从之，乃遣太常院官，卜地于繁阳，筑起三层高坛，择于十月庚午日寅时禅让。

至期，献帝请魏王曹丕登坛受禅，坛下集大小官僚四百馀员，御林虎贲禁军三十馀万，帝亲捧玉玺奉曹丕。丕受之。坛下群臣跪听册曰："咨尔魏王！昔者唐尧禅位于虞舜，舜亦以命禹：天命不于常，惟归有德。汉道陵迟，世失其序；降及朕躬，大乱滋昏，群凶恣逆，宇内颠覆。赖武王神武，拯兹难于四方，惟清区夏，

◎也许曹操一辈子没称帝，当儿子的，便一而再，再而三，过足当皇帝的瘾。

◎另一出登基大典的好戏，也即将开演，幕开幕闭，上台下台，也不是新鲜事了。不管谁上来，老百姓该吃饭还得吃饭，同样，该倒霉还得倒霉。

以保绥我宗庙；岂予一人获义，俾九服实受其赐。今王钦承前绪，光于乃德；恢文武之大业，昭尔考之弘烈。皇灵降瑞，人神告征；诞惟亮采，师锡朕命。金曰尔度克协于虞舜，用率我唐典，敬逊尔位。於戏！天之历数在尔躬，君其祗顺大礼，飨万国以肃承天命！"

读册已毕，魏王曹丕即受八般大礼，登了帝位。贾诩引大小官僚朝于坛下。改延康元年为黄初元年。国号大魏。丕即传旨，大赦天下。谥父曹操为太祖武皇帝。华歆奏曰："'天无二日，民无二主。'汉帝既禅天下，理宜退就藩服。乞降明旨，安置刘氏于何地？"言讫，扶献帝跪于坛下听旨。丕降旨封帝为山阳公，即日便行。华歆按剑指帝，厉声而言曰："立一帝，废一帝，古之常道！今上仁慈，不忍加害，封汝为山阳公。今日便行，非宣召不许入朝！"献帝含泪拜谢，上马而去。坛下军民人等见之，伤感不已。丕谓群臣曰："舜、禹之事，朕知之矣！"群臣皆呼万岁。后人观此受禅坛，有诗叹曰：

◎曹丕终于找到了他父亲一辈子也没有得到的"万岁"感觉。

> 两汉经营事颇难，一朝失却旧江山。
> 黄初欲学唐虞事，司马将来作样看。

百官请曹丕答谢天地。丕方下拜，忽然坛前卷起一阵怪风，飞砂走石，急如骤雨，对面不见；坛上火烛，尽皆吹灭。丕惊倒于坛上，百官急救下坛，半响方醒。侍臣扶入宫中，数日不能设朝。后病稍可，方出殿受群臣朝贺。封华歆为司徒，王朗为司空；大小官僚，一一升赏。丕疾未痊，疑许昌宫室多妖，乃自许昌幸洛阳，大建宫室。

早有人到成都，报说曹丕自立为大魏皇帝，于洛阳盖造宫殿；且传言汉帝已遇害。汉中王闻知，痛哭终日，下令百官挂孝，遥望设祭，上尊谥曰"孝愍皇帝"。玄德因此忧虑，致染成疾，不能理事，政务皆托与孔明。

孔明与太傅许靖、光禄大夫谯周商议，言天下不可一日无君。欲尊汉中王为帝。谯周曰："近有祥风庆云之瑞；成都西北角有黄气数十丈，冲霄而起；帝星见于毕、胃、昴之分，煌煌如月。此正应汉中王当即帝位，以继汉统，更复何疑？"于是孔明与许靖，引大小官僚上表，请汉中王即皇帝位。汉中王览表，大惊曰："卿等欲陷孤为不忠不义之人耶？"孔明奏曰："非也。曹丕篡汉自立，王上乃汉室苗裔，理合继统以延汉祀。"汉中王勃然变色曰："孤岂效逆贼所为！"拂袖而起，入于后宫。众官皆散。

三日后，孔明又引众官入朝，请汉中王出。众皆拜伏于前。许靖奏曰："今汉天子已被曹丕所弑，王上不即帝位，兴师讨逆，不得为忠义也。今天下无不欲王上为君，为孝愍皇帝雪恨。若不从臣等所议，是失民望矣。"汉中王曰："孤虽是景帝之孙，并未有德泽以布于民；今一旦自立为帝，与篡窃何异！"孔

◎魏有祥瑞图谶，蜀有祥风庆云，以后吴主登基，当然也会有这一套的。凡是官方制造出来的祥瑞舆论，上台造势，万民敬仰，举世同庆等，说有，宁可信之无，多从反面看，或许会接近于真实。

明苦劝数次，汉中王坚执不从。

　　孔明乃设一计，谓众官曰：如此如此。于是孔明托病不出。汉中王闻孔明病笃，亲到府中，直入卧榻边，问曰："军师所感何疾？"孔明答曰："忧心如焚，命不久矣！"汉中王曰："军师所忧何事？"连问数次，孔明只推病重，瞑目不答。汉中王再三请问。孔明喟然叹曰："臣自出茅庐，得遇大王，相随至今，言听计从；今幸大王有两川之地，不负臣夙昔之言。目今曹丕篡位，汉祀将斩，文武官僚，咸欲奉大王为帝，灭魏兴刘，共图功名；不想大王坚执不肯，众官皆有怨心，不久必尽散矣。若文武皆散，吴、魏来攻，两川难保。臣安得不忧乎？"汉中王曰："吾非推阻，恐天下人议论耳。"孔明曰："圣人云：名不正则言不顺，今大王名正言顺，有何可议？岂不闻天与弗取，反受其咎？"汉中王曰："待军师病可，行之未迟。"孔明听罢，从榻上跃然而起，将屏风一击，外面文武众官皆入，拜伏于地曰："王上既允，便请择日以行大礼。"汉中王视之，乃是太傅许靖、安汉将军糜竺、青衣侯向举、阳泉侯刘豹、别驾赵祚、治中杨洪、议曹杜琼、从事张爽、太常卿赖恭、光禄卿黄权、祭酒何宗、学士尹默、司业谯周、大司马殷纯、偏将军张裔、少府王谋、昭文博士伊籍、从事郎秦宓等众也。

　　汉中王惊曰："陷孤于不义，皆卿等也！"孔明："王上既允所请，便可筑坛择吉，恭行大礼。"即时送

◎司马光不认可刘备绍汉："昭烈之于汉，虽云中山靖王之后，而族属疏远，不能纪其世数名位……是非难辨，故不敢以光武及晋元帝为比，使得绍汉氏之遗统也。"直到宋代，对于三国历史的评述，仍接近于历史本相。但《三国演义》形成以后，便有许多似是而非的事实，倒弄得扑朔迷离了。

◎刘备也会来这一套，好像人存心害他似的。其实史书载，他早有称帝之心，蜀人费诗太天真，泼了一点冷水，马上给免了官。

◎据宋人唐庚所撰《三国杂事》称："刘备父子相继四十多年，始终号汉，未尝一称蜀。其称蜀，俗流之语耳。陈寿黜其正号，从其俗称，循魏晋之私意，废史家之法。用意如此，则其所书善恶褒贬予夺尚可信乎！"

◎又一出登基的戏。李卓吾曰："哪一处不是戏场？哪一人不是戏子？"诚然。

汉中王还宫，一面令博士许慈、谏议郎孟光掌礼，筑坛于成都武担之南。诸事齐备，多官整设銮驾，迎请汉中王登坛致祭。谯周在坛上，高声朗读祭文曰："惟建安二十六年四月丙午朔，越十二日丁巳，皇帝备，敢昭告于皇天后土：汉有天下，历数无疆。曩者王莽篡盗，光武皇帝震怒致诛，社稷复存。今曹操阻兵残忍，戮杀主后，罪恶滔天；操子丕，载肆凶逆，窃据神器。群下将士，以为汉祀堕废，备宜延之，嗣武二祖，躬行天罚。备惧无德忝帝位，询于庶民，外及遐荒君长，佥曰：天命不可以不答，祖业不可以久替，四海不可以无主。率土式望，在备一人。备畏天明命，又惧高、光之业，将坠于地，谨择吉日，登坛告祭，受皇帝玺绶，抚临四方。惟神飨祚汉家，永绥历服！"

读罢祭文，孔明率众官恭上玉玺。汉中王受了，捧于坛上，再三推辞曰："备无才德，请择有才德者受之。"孔明奏曰："王上平定四海，功德昭于天下，况是大汉宗派，宜即正位。已祭告天神，复何让焉！"文武各官，皆呼万岁。拜舞礼毕，改元章武元年。立妃吴氏为皇后，长子刘禅为太子；封次子刘永为鲁王，三子刘理为梁王；封诸葛亮为丞相，许靖为司徒；大小官僚，一一升赏。大赦天下。两川军民，无不欣跃。

次日设朝，文武官僚拜毕，列为两班。先主降诏曰："朕自桃园与关、张结义，誓同生死。不幸二弟云长，被东吴孙权所害；若不报仇，是负盟也。朕欲起倾国之兵，剪伐东吴，生擒逆贼，以雪此恨！"言未毕，班内一人拜伏于阶下，谏曰："不可。"先主视之，乃虎威将军赵云也。正是：

君王未及行天讨，臣下曾闻进直言。

未知子龙所谏若何，且看下文分解。

◎龙椅尚未坐热，心血突然来潮，朕即国，国即家，小手工业者即使披上龙袍，那为兄弟复仇雪恨的狭隘意识，念兹在兹，不是一下两下改变得了的。

　　刘备想当皇帝的觉悟犹早，还在孩提年代，就聚众童于树下，我为天子，如何如何。所以，称帝之心，非止一日。而刘备成为风云人物，就自称中山靖王刘胜之后，刘胜此人生有一百二十多个儿子，谁有兴趣要查的话，一年半载，未必能有眉目。

　　写《资治通鉴》的司马光说了："昭烈之于汉，虽云中山靖王之后，而族属疏远，不能纪其世数名位，是非难辨，故不敢以光武为比，使得绍汉氏之遗统也。"注《资治通鉴》的胡三省说：刘备"自祖父以上，世系不可考"。注《三国志》的裴松之也说："臣松之以为先主虽云出自孝景，而世数悠远，昭穆难明，既绍汉祚，不知以何帝为元祖以立亲庙。于时英贤作辅，儒生在宫，宗庙制度，必有宪章，而载记阙略，良可恨哉！"至于"皇叔"，则系"说三分"的民间文学了，正史上是找不到的。《三国演义》流行以后，七实三虚，便诬假成真。

　　在西蜀这块地盘上，有了一点小朝廷的意思以后，心痒难禁。《零陵先贤传》称："是时中夏，人情未一，刘备在蜀，四方延颈。而备锐意欲即真，刘巴、雍茂谏备，备以他事杀茂，由是远人不复至矣。"《蜀志·费诗传》称："群臣议欲推汉中王称尊号，诗上疏曰：'……诚不为殿下取也。'由此忤指，左迁部永昌从事。"按《三国演义》，他之为王，因曹操，他之为帝，因曹丕，这都是作家为了美化他的推托之词。王夫之说得好："承统已后，则亡吾国者，不共戴天之仇也。而先主无一矢之加于曹氏，即位之后三月，即举伐吴之师；孙权一荆州牧耳，未敢代汉为王，而急修关羽之怨，逞兵以逼，岂祖宗百世之仇，不如一将之私怨矣，乘机以自主而已。"

　　出身成分，古代是并不讲究的，但存在决定意识，天大的馅儿饼掉在他的眼前，他可没有曹操一忍二十四年的定力。因此，小农经济的阶级烙印，使这位织席贩屦者，那称帝之心是无法按捺得住的。你认为可笑，他确实当真，这就是后人读史深感怪异之处。古人已矣，今人仍旧，就更为之不齿了。

（明）罗贯中 著

李国文 评点

李国文陪读

三國演義

〔下〕

四川文艺出版社

孙权

周瑜

鲁肃

黄盖

陆逊

张松

姜维

第八十一回

急兄仇张飞遇害
雪弟恨先主兴兵

　　关羽之亡，张飞之死，然后，刘备执意伐吴，终于兵败而死白帝，刘、关、张完了，蜀汉也就完了。历史就是这样无情，让你完，你就非完不可。

　　所以，趋势的"势"，形势的"势"，切莫小看，其实乃是事物发展总过程中所形成的，既摸不着，也看不见的超能量。有人称之为势，也有人称之为数、为运、为时。名称不一，实质相同，它应该是物质的，因为它能推动势的向上、向前、向好的方面发展，也能反作用使势的向后、向下、向坏的方面倒退，然而它是当代科学目前还未发现的某种能量形式，只有极少数特别具有敏感天赋的人，能够体会而不是感觉到它的存在，但它又并不是精神的，因为它并不受制于精神。精神左右不了它，它有它的运动规律，所以自有人类以来，无不对于这种冥冥中控制着我们的势、时、数、运，存在一份敬畏之心。在人类历史中，全部故事总括起来，逃不脱顺势而为、蒸蒸日上，逆势而为、坐以待毙的这种兴亡代谢的总规律。一个人如此，一个团体如此，一个国家也如此。

　　当刘备取得益州、汉中后，是西蜀形势最好的时期。东有荆州之固，北有汉中之防，西有剑阁之险，栈道之阻，加之盆地富饶，钱粮丰足，本是可以文治武备，养精蓄锐之地。但是，由于关羽之自大倨傲，丢掉了半壁江山，大势已去，加之纠错无力，一错再错，美好前景，付之东流，从此只能龟缩于川中苟且偷安，得过且过了。

　　势去难留，这本是谁也难以避免之事，切莫感情冲动，气急败坏，意气用事，盲目作为，而应及时止步，摆脱困境，接受痛苦，认低服输，承认小败才不会导致大败，否则会加速度地走向一败涂地的结局。关、张、刘之死，乃至诸葛亮的失败，所有苦果的种子，都是他们自己种下的。本来只能挽三石之弓，却以为自己胳膊有九石之力，这四个人都吃亏在雄心甚大，根基不足，高估自己，错判形势，尤其是不识时务上。于是，匆匆来，匆匆去，成为历史过客。

◎若当年委派赵云守荆州，决无此失。

◎立国为私，倒也是中国皇帝的本色，但冠冕堂皇总是要的。刘备好，索性露出织席贩履者手工业的行帮本性，当上皇帝先想到的，只有哥们儿义气。

◎感情失控，对一个无论大小的领导来说，绝对不是好事。

　　却说先主欲起兵东征，赵云谏曰："国贼乃曹操，非孙权也。今曹丕篡汉，神人共怒。陛下可早图关中，屯兵渭河上流，以讨凶逆，则关东义士，必裹粮策马以迎王师。若舍魏以伐吴，兵势一交，岂能骤解？愿陛下察之。"先主曰："孙权害了朕弟，又兼傅士仁、糜芳、潘璋、马忠皆有切齿之仇，啖其肉而灭其族，方雪朕恨！卿何阻耶？"云曰："汉贼之仇，公也；兄弟之仇，私也。愿以天下为重。"先主答曰："朕不为弟报仇，虽有万里江山，何足为贵？"遂不听赵云之谏，下令起兵伐吴；且发使往五谿，借番兵五万，共相策应。一面差使往阆中，迁张飞为车骑将军，领司隶校尉，封西乡侯，兼阆中牧。使命赍诏而去。

　　却说张飞在阆中，闻知关公被东吴所害，旦夕号泣，血湿衣襟。诸将以酒解劝，酒醉，怒气愈加。帐上帐下，但有犯者即鞭挞之，多有鞭死者。每日望南切齿睁目怒恨，放声痛哭不已。忽报使至，慌忙接入，开读诏旨。飞受爵，望北拜毕，设酒款待来使。飞曰："吾兄被害，仇深似海，庙堂之臣，何不早奏兴兵？"使者曰："多有劝先灭魏而后伐吴者。"飞怒曰："是何言也！昔我三人桃园结义，誓同生死；今不幸二兄半途而逝，吾安得独享富贵耶！吾当面见天子，愿为前部先锋，挂孝伐吴，生擒逆贼，祭告二兄，以践前盟！"言讫，就同使命望成都而来。

　　却说先主每日自下教场操演军马，克日兴师，御驾亲征。于是公卿都至丞相府中见孔明，曰："今天子初临大位，亲统军伍，非所以重社稷也。丞相秉钧衡之职，何不规谏？"孔明曰："吾苦谏数次，只是不听。今日公等随我入教场谏去。"当下孔明引百官来奏先主曰："陛下初登宝位，若欲北讨汉贼，以伸大义于天下，方可亲统六师；若只欲伐吴，命一上将统军伐之可也，何必亲劳圣驾？"先主见孔明苦谏，心中稍回。忽报张飞到来，先主急召入。飞至演武厅拜伏于地，抱先主足而哭。先主亦哭。飞曰："陛下今日为君，早忘了桃园之誓！二兄之仇，如何不报？"先主曰："多官谏阻，未敢轻举。"飞曰："他人岂知昔日之盟！若陛下不去，臣舍此躯与二兄报仇！若不能报时，臣宁死不见陛下也！"先主曰："朕与卿同往。卿提本部兵自阆州而出，朕统精兵会于江州，共伐东吴，以雪此恨！"飞临行，先主嘱曰："朕素知卿酒后暴怒，鞭挞健儿，而复令在左右，此取祸之道也。今后务宜宽容，不可如前。"飞拜辞而去。

　　次日，先主整兵要行。学士秦宓奏曰："陛下舍万乘之躯，而徇小义，古人所不取也。愿陛下思之。"先主曰："云长与朕，犹一体也。大义尚在，岂可忘耶？"宓伏地不起曰："陛下不从臣言，诚恐有失。"先主大怒曰："朕欲兴兵，尔何出此不利之言！"叱武士推出斩之。宓面不改色，回顾先主而笑曰："臣

◎任何事态的发展，总是以这样的规律出现，好则锦上添花，坏则雪上加霜。刘备略有一点清醒，张飞一死，又六神无主了。

◎西晋司马彪的《九州春秋》里，载有原信都令阎忠对车骑将军皇甫嵩的一席话："夫难得而易失者，时也；时至而不旋踵者，机也，故圣人常顺时而动，智者必因机而发。"这是汉末黄巾之乱，皇甫嵩大破黄巾，威震天下时，阎忠建议皇甫举大事、成大业，但皇甫"不从，忠乃亡去"的一节文字。阎忠所说的"难得而易失者，时也；时至而不旋踵者，机也"，是很有道理的。时，或者机，其实就是势，蜀汉在关羽失荆州前，拥有益、荆，又得汉中，时和机都在自己手中，本应谨慎从事，逐步坐大，结果，刘备狂妄，改元立国称帝在先，关羽更狂妄，拒封比武启战在后，这就是阎忠所说的"至聪不察，机事不先，必婴后悔，亦无及矣"，逆而行之的这三兄弟，将这难得的顺势错过，蜀汉也就无可救了。

死无恨，但可惜新创之业，又将颠覆耳！"众官皆为秦宓告免。先主曰："暂且囚下，待朕报仇回时发落。"孔明闻知，即上表救秦宓。其略曰：

> 臣亮等切以吴贼逞奸诡之计，致荆州有覆亡之祸，陨将星于斗牛，折天柱于楚地，此情哀痛，诚不可忘。但念迁汉鼎者，罪由曹操；移刘祚者，过非孙权。窃谓魏贼若除，则吴自宾服。愿陛下纳秦宓金石之言，以养士卒之力，别作良图，则社稷幸甚！天下幸甚！

先主看毕，掷表于地曰："朕意已决，无得再谏！"遂命丞相诸葛亮保太子守两川；骠骑将军马超并弟马岱，助镇北将军魏延守汉中，以当魏兵；虎威将军赵云为后应，兼督粮草；黄权、程畿为参谋；马良、陈震掌理文书；黄忠为前部先锋；冯习、张南为副将；傅彤、张翼为中军护尉；赵融、廖淳为合后。川将数百员，并五谿番将等，共兵七十五万，择定章武元年七月丙寅日出师。

却说张飞回到阆中，下令军中：限三日内制办白旗白甲，三军挂孝伐吴。次日，帐下两员末将范疆、张达，入帐告曰："白旗白甲，一时无措，须宽限方可。"飞大怒曰："吾急欲报仇，恨不明日便到逆贼之

◎既然如此决断，当初又何必三顾茅庐？连孔明都排斥了，可见已无理智可言，所以他也没法不师败人亡了。打江山需要力气，坐江山需要头脑，这就是一介武夫往往笑不到最后的原因。文化这东西，固然不很值钱，却不可或缺。若你再加上没有头脑，最后必成无头的苍蝇，乱撞一气。

境，汝安敢违我将令！"叱武士缚于树上，各鞭背五十。鞭毕，以手指之曰："来日俱要完备！若违了限，即杀汝二人示众！"打得二人满口出血。回到营中商议，范疆曰："今日受了刑责，着我等如何办得？其人性暴如火，倘来日不完，你我皆被杀矣！"张达曰："比如他杀我，不如我杀他。"疆曰："怎奈不得近前。"达曰："我两个若不当死，则他醉于床上；若是当死，则他不醉。"二人商议停当。

却说张飞在帐中，神思昏乱，动止恍惚，乃问部将曰："吾今心惊肉颤，坐卧不安，此何意也？"部将答曰："此是君侯思念关公，以致如此。"飞令人将酒来，与部将同饮，不觉大醉，卧于帐中。范、张二贼探知消息，初更时分，各藏短刀，密入帐中，诈言欲禀机密重事，直至床前。原来张飞每睡不合眼，当夜寝于帐中，二贼见他须竖目张，本不敢动手；因闻鼻息如雷，方敢近前，以短刀刺入飞腹。飞大叫一声而亡，时年五十五岁。后人有诗叹曰：

> 安喜曾闻鞭督邮，黄巾扫尽佐炎刘。
> 虎牢关上声先震，长坂桥边水逆流。
> 义释严颜安蜀境，智欺张郃定中州。
> 伐吴未克身先死，秋草长遗阆地愁。

却说二贼当夜割了张飞首级，便引数十人连夜投

◎刘备兴师伐吴之一意孤行，除了为报羽仇之外，实际上，其内心深处，还有不可告人的私欲存在，这就是他与东吴孙夫人这段短暂婚姻。孙权"进妹固好"，固然是藉联姻敦睦的古老策略。但这位国妹，"侍婢数百人，皆亲执刀侍立，先主每入，衷心常凛凛"，根本谈不上婚姻生活。后来，刘备入益州，孙夫人便回娘家一住不归。婚姻虽然是政治的权谋，但终究是婚姻的这个事实，我想，刘备这个大男人，被东吴这样耍弄，不耿耿于怀，是说不过去的。

◎如同多米诺骨牌连锁效应一样，蜀之败，一败涂地，张飞之死，还不是倒下的最后一张牌呢！这就说明了一个人，在形势变得极为严峻，极为不利的情况下，保持清醒，保持冷静，承认失败，承认错误，立刻包扎止血，立刻认输退场，是件多么重要的事情。诸葛亮在出山时，司马徽感叹过"虽得其主，未得其时"，现在看来，在关键时刻，刘备也不是一个很好的合作伙伴呀！

东吴去了。次日，军中闻知，起兵追之不及。时有张飞部将吴班，向自荆州来见先主，先主用为牙门将，使佐张飞守阆中。当下吴班先发表章，奏知天子；然后令长子张苞具棺椁盛贮，令弟张绍守阆中，苞自来报先主。时先主已择期出师，大小官僚，皆随孔明送十里方回。孔明回至成都，怏怏不乐，顾谓众官曰："法孝直若在，必能制主上东行也。"

却说先主是夜心惊肉颤，寝卧不安，出帐仰观天文，见西北一星，其大如斗，忽然坠地。先主大疑，连夜令人求问孔明，孔明回奏曰："合损一上将。三日之内，必有惊报。"先主因此按兵不动。忽侍臣奏曰："阆中张车骑部将吴班，差人赍表至。"先主顿足曰："噫！三弟休矣！"及至览表，果报张飞凶信。先主放声大哭，昏绝于地，众官救醒。次日，人报一队军马骤风而至，先主出营观之。良久，见一员小将，白袍银铠，滚鞍下马，伏地而哭，乃张苞也。苞曰："范疆、张达杀了臣父，将首级投吴去了！"先主哀痛至甚，饮食不进。群臣苦谏曰："陛下方欲为二弟报仇，何可先自摧残龙体？"先主方才进膳；遂谓张苞曰："卿与吴班，敢引本部军作先锋，为卿父报仇否？"苞曰："为国为父，万死不辞！"先主正欲遣苞起兵，又报一彪军风拥而至。先主令侍臣探之。须臾，侍臣引一小将军，白袍银铠，入营伏地而哭。先主视之，乃关兴也。先主见了关兴，想起关公，又放声大哭。众官苦劝。先主曰："朕想布衣时，与关、张结义，誓同生死；今朕为天子，正欲与两弟同享富贵，不幸俱死于非命！见此二侄，能不断肠！"言讫又哭。众官曰："二小将军且退。容圣上将息龙体。"侍臣奏曰："陛下年过六旬，不宜过于哀痛。"先主曰："二弟俱亡，朕安忍独生！"言讫，以头顿地而哭。

多官商议曰："今天子如此烦恼，将何解劝？"马良曰："主上亲统大兵伐吴，终日号泣，于军不利。"陈震曰："吾闻成都青城山之西，有一隐者，姓李，名意。世人传说此老已三百馀岁，能知人之生死吉凶，乃当世之神仙也。何不奏知天子，召此老来，问他吉凶，胜如吾等之言。"遂入奏先主。先主从之，即遣陈震赍诏，往青城山宣召。震星夜到了青城，令乡人引入山谷深处，遥望仙庄，清云隐隐，瑞气非凡。忽见一小童来迎曰："来者莫非陈孝起乎？"震大惊曰："仙童如何知我姓字？"童子曰："吾师昨者有言：'今日必有皇帝诏命至，使者必是陈孝起。'"震曰："真神仙也！人言信不诬矣！"遂与小童同入仙庄，拜见李意，宣天子诏命。李意推老不行。震曰："天子急欲见仙翁一面，幸勿吝鹤驾。"再三敦请，李意方行。

既至御营，入见先主。先主见李意鹤发童颜，碧眼方瞳，灼灼有光，身如古柏之状，知是异人，优礼相待。李意曰："老夫乃荒山村叟，无学无识。辱陛

◎这真是：国即是家，家即是国，国事即家事，家事即国事。公私不分，混在一起，全无章法可循了。草莽之人，复归草莽，这是这个阶层大多数闹腾者的下场。

◎这绝对是诸葛亮的安排，纯属没有办法的办法。在《三国演义》中，诸葛亮的超能力，最为村夫愚妇所津津乐道者，不过这一次，对吃了秤坨铁了心的刘备，竟不起作用。

◎父是英雄儿好汉的血统论，是中国统治阶级最为津津乐道的上智下愚理论之一，而市井百姓也跟着兴味盎然地瞎起哄，实在够没趣的。

下宣召，不知有何见谕？"先主曰："朕与关、张二弟结生死之交，三十馀年矣。今二弟被害，亲统大军报仇，未知休咎如何。久闻仙翁通晓玄机，望乞赐教。"李意曰："此乃天数，非老夫所知也。"先主再三求问，意乃索纸笔，画兵马器械四十馀张，画毕便一一扯碎。又画一大人仰卧于地上，傍边一人掘土埋之，上写一大"白"字，遂稽首而去。先主不悦，谓群臣曰："此狂叟也！不足为信。"即以火焚之，便催军前进。

张苞入奏曰："吴班军马已至。小臣乞为先锋。"先主壮其志，即取先锋印赐张苞。苞方欲挂印，又一少年将奋然出曰："留下印与我！"视之，乃关兴也。苞曰："我已奉诏矣。"兴曰："汝有何能，敢当此任？"苞曰："我自幼习学武艺，箭无虚发。"先主曰："朕正要观贤侄武艺，以定优劣。"苞令军士于百步之外，立一面旗，旗上画一红心。苞拈弓取箭，连射三箭，皆中红心。众皆称善。关兴挽弓在手曰："射中红心，何足为奇！"正言间，忽值头上一行雁过。兴指曰："吾射这飞雁第三只。"一箭射去，那只雁应弦而落。文武官僚，齐声喝采。苞大怒，飞身上马，手挺父所使丈八点钢矛，大叫曰："你敢与我比试武艺否？"兴亦上马，绰家传大砍刀，纵马而出曰："偏你能使矛，吾岂不能使刀！"二将方欲交锋，先主喝曰："二子休得无礼！"兴、苞二人慌忙下马，各弃兵器，拜伏请罪。先主曰："朕自涿郡与卿等之父结异姓之交，亲如骨肉；今汝二人亦是昆仲之分，正当同心协力，共报父仇。奈何自相争竞，失其大义！父丧未远而犹如此，况日后乎？"二人再拜伏罪，先主问曰："卿二人谁年长？"苞曰："臣长关兴一岁。"先主即命兴拜苞为兄。二人就帐前折箭为誓，永相救护。先主下诏，使吴班为先锋，令张苞、关兴护驾。水陆并进，船骑双行，浩浩荡荡，杀奔吴国来。

却说范疆、张达将张飞首级，投献吴侯，细告前事。孙权听罢，收了二人，乃谓百官曰："今刘玄德即了帝位，统精兵七十馀万，御驾亲征，其势甚大，如之奈何？"百官尽皆失色，面面相觑。诸葛瑾出曰："某食君侯之禄久矣，无可报效，愿舍残生，去见蜀主，以利害说之，使两国相和，共讨曹丕之罪。"权大喜，即遣诸葛瑾为使，来说先主罢兵。正是：

两国相争通使命，一言解难赖行人。

未知诸葛瑾此去如何，且看下文分解。

◎有《小五义》，有《后水浒》，可惜《三国演义》是一部历史小说，那些续貂者不好意思瞎编，否则，这些下一代，还要较量一番的。

刘备伐吴，是一个童稚皆能辨别得出的错误行动。《三国志·魏书·文帝纪第二》："闰月，孙权破刘备于夷陵。初，帝闻备兵东下，与权交战，树栅连营七百馀里，谓群臣曰：'备不晓兵，岂有七百里营可以拒敌者乎！'"他引用兵法"包原隰险阻而为军者为敌所禽"而后说："此兵忌也，孙权上事今至矣。"果然，"后七日，破备书到"。一军之帅，竟犯如此低级错误，曹丕说刘备"不晓兵"，应该说是很礼貌的评价了。

从常识来看，这仗不该打，了解他这个人的弱智，就知道这仗非打不可。所以才有赵云的力阻，秦宓的死谏。但最应该出来说话的诸葛亮，却并未站到第一线来。因为，自公元208年事刘备起，至此公元221年，两人13年的风风雨雨的"磨合"，诸葛亮深知：一，对于刘、关、张这三个人，国事即家事，家事即国事，朕即国家，国家即朕的合二而一，所有所有的一切，必须持非常谨慎回避的态度；二，对于东吴诸葛瑾的存在，既是他的家事，也不免涉及到国事，尤其需要持格外小心处理的态度；三，尤其那三位边地人对于文化人士，对于士族出身，对于知识的拥有和他们心灵中非文化、非士族、非知识阶层而形成的那种一根筋的偏执……

做人难啊，对"诸葛一生惟谨慎"的这位军师来说，便是可以理解的审慎了。

如果对照刘备偏要将诸葛亮调来益州攻刘璋，任关羽在荆州为所欲为；如果对照刘备这次东征孙权，竟然弃这样一位足智多谋的军师不用，便也可以体会刘备与这位卧龙先生心中的芥蒂了。所谓小人，蝇营狗苟，常常记住小节，而罔顾大局。所谓君子，高风亮节，总是先看到大局，而对微枝末节，抓大放小，往往忽略不计。那三位，都属于前类，这一位，也不完全是后类，蜀之先天不幸也。

第八十二回

孙权降魏受九锡
先主征吴赏六军

一个人的进步，有从失败中获得，这就是痛苦的教训了。如果错了不认错，不接受教训，继续错下去，倾其国力，坚持东征，那前景必将一败涂地，孙子曰，"主不可以怒而兴师，将不可以愠而攻战"，这是眼下全身心投入为兄弟复仇之战的刘备，将国家与兄弟画等号，实际上是师出无名，不败何归？

在一连串的险棋中，因敌方的疏忽，逮了个大便宜，遂懂得总结经验，汲取教训，知道自己的胜利，并非实力所致，而是乘虚夺得荆州，乱中擒获关羽，这胜者的桂冠，有很大的侥幸成分。这是此时的孙权。稳扎稳打，小步快走，不事夸张，踏实前进，这一时期的孙权，是其一生中的黄金时代。

所以，他没有躺在功劳簿上，大唱凯旋之歌。而是在接下来的政治措施上，开始体现他自己的风格，那就是投曹中拒曹，抗蜀后和蜀，处处表现出主动积极，又不失风度的特色。虽甘为曹丕纳贡之臣，但并不卑躬屈膝，俯首听命。对于西蜀，重修旧好，不谈过去，着眼未来，再申联盟之意。

东吴际此安危存亡的关头，好样的孙权以备战二字建立他自己的治国大纲。他认为："夫存不忘亡，安必虑危，古之善教。昔隽不疑汉之名臣，于安平之世而刀剑不离于身，盖君子之于武备，不可以已。况今处身疆畔，豺狼交接，而可轻忽不思变难哉？"

所以，魏文帝于222年、225年、228年多次伐吴，皆失利退兵。可见孙权周旋于魏、蜀之间，能够渔利成功，和他有一个加强战备，严阵以待，不敢松懈，时刻警惕的内部环境，是有关系的。

却说章武元年秋八月，先主起大军至夔关，驾屯白帝城，前队军马已出川口。近臣奏曰："吴使诸葛

◎刘备伐吴，不用诸葛亮，是刘备的大错。但诸葛亮眼看着他错下去，而听之任之，难道他就没有责任吗？刘备失败后，他说："孝直若在，必能制主上东行；就使东行，必不倾危矣！"如果反问，"法正能谏刘备东行，你岂不更能吗？假如你也东行的话，会败得这样惨吗？"其实，并不是法正强于诸葛亮，而是法正没有一个哥哥或弟弟，为东吴领导集团成员。胎记，是由生而来的，你可以当回事，也可以不当回事，但你却不能阻止别人不当回事。所以谨慎的诸葛亮，成为多疑的诸葛亮，而多疑的诸葛亮，成为提防的诸葛亮。其实，胎记，不疼不痒，你自己不在乎，别人也就顺其自然的不在乎。可你总在乎，很在乎，别人也就自然因你的在乎而在乎。于是，形成物理学上的一种场效应，看似精神，其实很物质，在使大家变得更愚蠢方面，其作用，不可低估。

◎诸葛瑾使蜀求和，也是孙权的低姿态政策。对于强者魏如此，对于弱者蜀也能如此，表明孙权有过人之智，而气急败坏的刘备，则简直没有一点政治家的样子。再说，他本来也不是什么政治家，只是他的本色表演而已。

瑾至。"先主传旨，教休放入。黄权奏曰："瑾弟在蜀为相，必有事而来，陛下何故绝之？当召入，看他言语。可从则从；如不可，则就借彼口说与孙权，令知问罪有名也。"先主从之，召瑾入城。瑾拜伏于地。先主问曰："子瑜远来，有何事故？"瑾曰："臣弟久事陛下，臣故不避斧钺，特来奏荆州之事：前者，关公在荆州时，吴侯数次求亲，关公不允。后关公取襄阳，曹操屡次致书吴侯，使袭荆州；吴侯本不肯许，因吕蒙与关公不睦，故擅自兴兵，误成大事。今吴侯悔之不及。此乃吕蒙之罪，非吴侯之过也。今吕蒙已死，冤仇已息。孙夫人一向思归。今吴侯令臣为使，愿送归夫人，缚还降将，并将荆州仍旧交还，永结盟好，共灭曹丕，以正篡逆之罪。"先主怒曰："汝东吴害了朕弟，今日敢以巧言来说乎！"瑾曰："臣请以轻重大小之事，与陛下论之。陛下乃汉朝皇叔，今汉帝已被曹丕篡夺，不思剿除；却为异姓之亲，而屈万乘之尊：是舍大义而就小义也。中原乃海内之地，两都皆大汉创业之方，陛下不取，而但争荆州：是弃重而取轻也。天下皆知陛下即位，必兴汉室，恢复山河；今陛下置魏不问，反欲伐吴：窃为陛下不取。"先主大怒曰："杀吾弟之仇，不共戴天！欲朕罢兵，除死方休！不看丞相之面，先斩汝首！今且放汝回去，说与孙权，洗颈就戮！"诸葛瑾见先主不听，只得自回江南。

却说张昭见孙权曰："诸葛子瑜知蜀兵势大，故假以请和为辞，欲背吴入蜀。此去必不回矣。"权曰："孤与子瑜，有生死不易之盟。孤不负子瑜，子瑜亦不负孤。昔子瑜在柴桑时，孔明来吴，孤欲使子瑜留之。子瑜曰：'弟已事玄德，义无二心。弟之不留，犹瑾之不往。'其言足贯神明。今日岂肯降蜀乎？孤与子瑜可谓神交，非外言所得间也。"正言间，忽报诸葛瑾回。权曰："孤言若何？"张昭满面羞惭而退。瑾见孙权，言先主不肯通和之意。权大惊曰："若如此，则江南危矣！"阶下一人进曰："某有一计，可解此危。"视之，乃中大夫赵咨也。权曰："德度有何良策？"咨曰："主公可作一表，某愿为使，往见魏帝曹丕，陈说利害，使袭汉中，则蜀兵自危矣。"权曰："此计最善。但卿此去，休失了东吴气象。"咨曰："若有些小差失，即投江而死，安有面目见江南人物乎！"

权大喜，即写表称臣，令赵咨为使。星夜到了许都，先见太尉贾诩等，并大小官僚。次日早朝，贾诩出班奏曰："东吴遣大夫赵咨上表。"曹丕笑曰："此欲退蜀兵故也。"即令召入。咨拜伏于丹墀。丕览表毕，遂问咨曰："吴侯乃何如主也？"咨曰："聪明、仁智、雄略之主也。"丕笑曰："卿褒奖毋乃太甚？"咨曰："臣非过誉也。吴侯纳鲁肃于凡品，是其聪也；拔吕蒙于行阵，是其明也；获于禁而不害，是其仁也；取

◎这就是以小人之心，度君子之腹了。

◎信人者得人，疑人者失人。

◎曹丕不弱，一语中的。

◎敢于把观点公开亮出来，倒比不讲使对手得以包藏祸心、难以臆测为好。有些事，闪闪烁烁，含糊其词，耐人寻味好。有些事，开门见山，直白道来，使旁人无置喙之地，也不失为一种预防措施。人与人的关系，其复杂矛盾，其曲折微妙，不多几个心眼，不留若干后手，是很难从容面对，应付裕如的。

荆州兵不血刃，是其智也；据三江虎视天下，是其雄也；屈身于陛下，是其略也。以此论之，岂不为聪明、仁智、雄略之主乎？"丕又问曰："吴主颇知学乎？"咨曰："吴主浮江万艘，带甲百万，任贤使能，志存经略；少有馀闲，博览书传，历观史籍，采其大旨，不效书生寻章摘句而已。"丕曰："朕欲伐吴，可乎？"咨曰："大国有征伐之兵，小国有御备之策。"丕曰："吴畏魏乎？"咨曰："带甲百万，江汉为池，何畏之有？"丕曰："东吴如大夫者几人？"咨曰："聪明特达者八九十人；如臣之辈，车载斗量，不可胜数。"丕叹曰："'使于四方，不辱君命'，卿可以当之矣。"于是即降诏，命太常卿邢贞赍册封孙权为吴王，加九锡。赵咨谢恩出城。

大夫刘晔谏曰："今孙权惧蜀兵之势，故来请降。以臣愚见，蜀、吴交兵，乃天亡之也。今若遣上将提数万之兵，渡江袭之，蜀攻其外，魏攻其内，吴国之亡，不出旬日。吴亡则蜀孤矣。陛下何不早图之？"丕曰："孙权既以礼服朕，朕若攻之，是沮天下欲降者之心；不若纳之为是。"刘晔又曰："孙权虽有雄才，乃残汉骠骑将军、南昌侯之职。官轻则势微，尚有畏中原之心；若加以王位，则去陛下一阶耳。今陛下信其诈降，崇其位号以封殖之，是与虎添翼也。"丕曰："不然。朕不助吴，亦不助蜀。待看吴、蜀交兵，若灭一国，止存一国，那时除之，有何难哉？朕意已决，卿勿复言。"遂命太常卿邢贞同赵咨捧执册锡，径至东吴。

却说孙权聚集百官，商议御蜀兵之策。忽报："魏帝封主公为王，礼当远接。"顾雍谏曰："主公宜自称上将军、九州伯之位，不当受魏帝封爵。"权曰："当日沛公受项羽之封，盖因时也；何故却之？"遂率百官出城迎接。邢贞自恃上国天使，入门不下车。张昭大怒，厉声曰："礼无不敬，法无不肃，而君敢自尊大，岂以江南无方寸之刃耶？"邢贞慌忙下车，与孙权相见，并车入城。忽车后一人放声哭曰："吾等不能奋身舍命，为主并魏吞蜀，乃令主公受人封爵，不亦辱乎！"众视之，乃徐盛也。刑贞闻之，叹曰："江东将相如此，终非久在人下者也！"

却说孙权受了封爵，众文武官僚拜贺已毕，命收拾美玉明珠等物，遣人赍进谢恩。早有细作报说："蜀主引本国大兵，及蛮王沙摩柯番兵数万，又有洞溪汉将杜路、刘宁二枝兵，水陆并进，声势震天。水路军已出巫口，旱路军已到秭归。"时孙权虽登王位，奈魏主不肯接应，乃问文武曰："蜀兵势大，当复如何？"众皆默然。权叹曰："周郎之后有鲁肃，鲁肃之后有吕蒙。今吕蒙已亡，无人与孤分忧也！"言未毕，忽班部中一少年将，奋然而出，伏地奏曰："臣虽年幼，颇习兵书。愿乞数万之兵，以破蜀兵。"权视之，乃孙桓也。桓字叔武，其父名河，本姓俞氏，孙策爱之，赐姓孙，因此亦系吴王宗族。河生四子，桓居其长，

◎老子英雄儿好汉，并非必然的规律，名人之子多败德，也是历史验证的结论。曹丕的文学水准，不让其父，在统治一个偌大的国家方面，只能算是庸才。

◎《资治通鉴》载："曹丕遣使求雀头香、大贝、明珠、象牙、犀角、玳瑁、孔雀、翡翠、斗鸭、长鸣鸡于吴。吴群臣曰：'荆、扬二州，贡有常典，魏所求珍玩之物，非礼也，宜勿与。'孙权曰：'方有事于西北，江表元元，恃主为命。彼所求者，于我瓦石耳，孤何惜焉！且彼在谅阴之中，而所求若此，宁可与言礼哉？'皆具以与之。"从这一点看孙权，视珍宝为瓦石，如此对待曹丕，诚非常人也。

◎曹丕继位，有两件事，是存心跟他老子唱对台戏的，一是称帝，二是改制。曹操一辈子不称帝，曹丕一上台，就篡汉立魏，那就是说，曹操所以不称帝，是为他儿子称帝做准备。这既有嫁祸栽赃之嫌，又有给自己洗净篡夺之罪，很可恶。而与豪门士族妥协，全面实施九品中正制，则绝对是逆曹操意志的反动了，那就极其可恶了。曹操一生，三发求才令，主张唯才是举，逐渐改变两汉士族控制政权的旧习，他是革命的，所以他迟迟不宣布继承人，恐怕他也看出曹丕的不革命本质。

弓马熟娴，常从吴王征讨，累立奇功，官授武卫都尉，时年二十五岁。权曰："汝有何策胜之？"桓曰："臣有大将二员：一名李异，一名谢旌，俱有万夫不当之勇。乞数万之众，往擒刘备。"权曰："侄虽英勇，争奈年幼，必得一人相助方可。"虎威将军朱然出曰："臣愿与小将军同擒刘备。"权许之，遂点水陆军五万，封孙桓为左都督，朱然为右都督，即日起兵。哨马探得蜀兵已至宜都下寨。孙桓引二万五千马军，屯于宜都界口，前后分作三营，以拒蜀兵。

却说蜀将吴班领先锋之印，自出川以来，所到之处，望风而降，兵不血刃，直到宜都；探知孙桓在彼下寨，飞奏先主。时先主已到秭归，闻奏怒曰："量此小儿，安敢与朕抗耶！"关兴奏曰："既孙权令此子为将，不劳陛下遣大将，臣愿往擒之。"先主曰："朕正欲观汝壮气。"即命关兴前往。兴拜辞欲行，张苞出曰："既关兴前去讨贼，臣愿同行。"先主曰："二侄同行甚妙，但须谨慎，不可造次。"

二人拜辞先主，会合先锋，一同进兵，列成阵势。孙桓听知蜀兵大至，合寨多起。两阵对圆，桓领李异、谢旌立马于门旗之下。见蜀营中，拥出二员大将，皆银盔银铠，白马白旗：上首张苞挺丈八点钢矛，下首关兴横着大砍刀。苞大骂曰："孙桓竖子！死在临时，尚敢抗拒天兵乎！"桓亦骂曰："汝父已作无头之鬼，今汝又来讨死，好生不智！"张苞大怒，挺枪直取孙

桓。桓背后谢旌骤马来迎。两将战有三十馀合，旌败
走，苞乘胜赶来。李异见谢旌败了，慌忙拍马轮蘸金
斧接战。张苞与战二十馀合，不分胜负。吴军中裨将
谭雄，见张苞英勇，李异不能胜，却放一冷箭，正射
中张苞所骑之马。那马负痛奔回本阵，未到门旗边，
扑地便倒，将张苞掀在地上。李异急向前轮起大斧，
望张苞脑袋便砍。忽一道红光闪处，李异头早落地。
原来关兴见张苞马回，正待接应，忽见张苞马倒，李
异赶来，兴大喝一声，劈李异于马下，救了张苞，乘
势掩杀，孙桓大败。各自鸣金收军。

　　次日，孙桓又引军来。张苞、关兴齐出。关兴立
马于阵前，单搦孙桓交锋。桓大怒，拍马轮刀，与关
兴战三十馀合，气力不加，大败回阵。二小将追杀入
营，吴班引着张南、冯习驱兵掩杀。张苞奋勇当先，
杀入吴军，正遇谢旌，被苞一矛刺死。吴军四散奔走。
蜀将得胜收兵，只不见了关兴。张苞大惊曰："安国
有失，吾不独生！"言讫，绰枪上马。寻不数里，只
见关兴左手提刀，右手活挟一将。苞问曰："此是何
人？"兴笑答曰："吾在乱军中，正遇仇人，故生擒
来。"苞视之，乃昨日放冷箭的谭雄也。苞大喜，同
回本寨，斩首沥血，祭了死马。遂写表，差人赴先主
处报捷。

　　孙桓折了李异、谢旌、谭雄等许多将士，力穷
势孤，不能抵敌，即差人回吴求救。蜀将张南、冯

◎关兴、张苞，首战获胜，将门虎子，这是演义必不可少的一笔！

◎有关中国古代冷兵器战争场面，最好的教科书就是这部《三国演义》了。究竟那时的战争，是否如同演义中所写的那种样子，大可怀疑。但可以想象，如果考虑到投掷武器的距离限制，战车和马匹运动的有限空间，指挥调度、通讯联络的极其原始，以及手持武器必须贴近敌方使用，小说家所说的"铺天盖地而来"，只是视野所及，所以数千人，上万人，或数万士兵的混战，其占地面积至少应该数平方公里以上，实际上是不可能的。因此，曹操、马超的渭水之战，曹操、吕布的濮阳之战，双方直接接触战争的兵员，应该不会超过数百人。

习谓吴班曰："目今吴兵势败，正好乘虚劫寨。"班曰："孙桓虽然折了许多将士，朱然水军现今结营江上，未曾损折。今日若去劫寨，倘水军上岸，断我归路，如之奈何？"南曰："此事至易。可教关、张二将军，各引五千军伏于山谷中；如朱然来救，左右两军齐出夹攻，必然取胜。"班曰："不如先使小卒诈作降兵，却将劫寨事告与朱然；然见火起，必来救应，却令伏兵击之，则大事济矣。"冯习等大喜，遂依计而行。

却说朱然听知孙桓损兵折将，正欲来救，忽伏路军引几个小卒上船投降。然问之，小卒曰："我等是冯习帐下士卒，因赏罚不明，特来投降，就报机密。"然曰："所报何事？"小卒曰："今晚冯习乘虚要劫孙将军营寨，约定举火为号。"朱然听毕，即使人报知孙桓。报事人行至半途，被关兴杀了。朱然一面商议，欲引兵去救应孙桓。部将崔禹曰："小卒之言，未可深信。倘有疏虞，水陆二军尽皆休矣。将军只宜稳守水寨，某愿替将军一行。"然从之，遂令崔禹引一万军前去。是夜，冯习、张南、吴班分兵三路，直杀入孙桓寨中。四面火起，吴兵大乱，寻路奔走。

且说崔禹正行之间，忽见火起，急催兵前进，刚才转过山来，忽山谷中鼓声大震，左边关兴，右边张苞，两路夹攻。崔禹大惊，方欲奔走，正遇张苞，交马只一合，被苞生擒而回。朱然听知危急，将船往下水退五六十里去了。孙桓引败军逃走，问部将曰："前去何处城坚粮广？"部将曰："此去正北彝陵城，可以屯兵。"桓引败军急望彝陵而走，方进得城，吴班等追至，将城四面围定。关兴、张苞等解崔禹到秭归来。先主大喜，传旨将崔禹斩却，大赏三军。自此威风震动，江南诸将无不胆寒。

却说孙桓令人求救于吴王，吴王大惊，即召文武商议曰："今孙桓受困于彝陵，朱然大败于江中，蜀兵势大，如之奈何？"张昭奏曰："今诸将虽多物故，然尚有十馀人，何虑于刘备？可命韩当为正将，周泰为副将，潘璋为先锋，凌统为合后，甘宁为救应，起兵十万拒之。"权依所奏，即命诸将速行。此时甘宁已患痢疾，带病从征。

却说先主从巫峡、建平起，直接彝陵界分，七百馀里，连结四十馀寨；见关兴、张苞屡立大功，叹曰："昔日从朕诸将，皆老迈无用矣。复有二侄如此英雄，朕何虑孙权乎！"正言间，忽报韩当、周泰领兵来到。先主方欲遣将迎敌，近臣奏曰："老将黄忠，引五六人投东吴去了。"先主笑曰："黄汉升非反叛之人也。因朕失口误言老者无用，彼必不服老，故奋力去相持矣。"即召关兴、张苞曰："黄汉升此去，必然有失。贤侄休辞劳苦，可去相助。略有微功，便可令回，勿使有失。"二小将拜辞先主，

◎"陆逊为大都督，诸将或讨逆时旧将，或公室贵戚，各自矜持，不相听从。"这个孙桓也是个孙家子弟，被围，陆逊未及时救援，众将找他责问："孙安东，公族，见围已困，奈何不救？"可见年青人挤进权力分配的桌子旁边，不经过一番奋斗，是很难在那些既得利益者中间找到一席座位的。

引本部军来助黄忠。正是：

老臣素矢忠君志，年少能成报国功。

未知黄忠此去如何，且看下文分解。

　　在这个世界上，压力是个好东西，使人清醒，使人奋发，清醒的是头脑，奋发的是精神。孙权就是压力越高，反弹力越强的领袖人物。

　　在此蜀军大举压境，魏都动向不明之际，一是派诸葛瑾西去，争取刘备缓兵，一是派赵咨北上，与魏暂结同盟。史称孙权"屈身忍辱，任才尚计，有勾践之奇英，人之杰也"，这个评价是一点也不过分的。因为，事实上他并没有输，因为，他自擅江表，鼎峙吴楚，也不是没有力量。而且，凡输赢未定，手里还握有赌本，轻易不肯示弱，这是人类好斗本性所决定的。孙权之了不起，对蜀，他答应送归夫人，缚还降将，将荆州原璧归赵。对魏，俯首称臣，表示归降，以求平安相处。第一，他需要时间，积蓄民意，准备力量。第二，他不可能两条战线，同时交手。第三，短暂的让步，一时的低头，能使对手麻痹，敌方松懈。所以，孙权准备付出的代价，其实是蛮大的。一是向曹丕称臣，二是向刘备归还荆州，没有大气派，没有大智慧，是绝对做不到，也下不了这个决心的。

　　曹丕，被不辱使命的赵咨所说服，而刘备，毫无转寰余地，一根筋的他，差点将诸葛瑾宰了。其实，孙权承认自己错了，答应把你的太太送回来，把你的降将押回来，把你的荆州还回来，战胜国如此弯腰低头，世所罕见，你还求什么？可这位老人家，仍旧一门心思要血洗东吴，为弟报仇。这也就是那些文化不高，智商较低，意识狭隘，心胸局促的人，非要一条道走到黑的愚蠢了。

　　看一个人，表面的东西是靠不住的，涉世未深者，也许难掩内心的轨迹，而那些见过世面、翻过跟头、城府叵测、讳莫如深的人士，就得在交往中多留点心了。吴国太佛寺看新郎，那一眼相中的佳婿，只是一个极其表象的刘备，和现在本质上的织席贩履的小生意人，天差地别。

　　刘备，哪里是孙权的对手？史称江东孙氏兄弟，"盖孙吴之后也"。而孙吴，乃兵家之尊神也！对于家传的这部《孙子兵法》，孙权会不记得老祖宗的教导："大将怒之而不厌服，忿而赴敌，不量轻重，则必崩坏。"所以，他敢退让，他敢放弃，因为刘备怒火冲天地杀来，不正应了这条兵家犯忌的戒条吗！

第八十三回

战猇亭先主得仇人
守江口书生拜大将

"江山代有才人出，各领风骚数百年"，此乃清人赵翼论诗，其实，更是论世。

夷陵之战首役，黄忠请战，众皆谓不可，他说，"看吾斩将，老也不老"，一战再战，偏要上阵，终因中箭落马，被众人搭救回来，不治身亡。以战死沙场了此一生。甘宁原为东吴大将，屡立奇功，此次随军而来，这位沙场老将，没想到遭遇番兵番马，还吃了番将沙摩柯当头一箭，结果一生终结于一个番将手下。而年逾花甲的刘备，也许知道他的对手陆逊年轻，却不知道对方刚刚四十岁，这个二十岁的年龄差距，意味着什么，他竟毫不在意，结果，火烧连营，全军败北，只能卧病白帝，连成都都回不去了。

放和收，行和止，全在个人的把握之中；于是，迟钝和敏捷，及时和滞后，就会因人的变化而变化。青春一去不复返，寒霜冰雪终须来，年龄优势，势不可当，老气横秋，日暮途穷，这是历史的总规律。

中国老年人之不服老，始于曹操的"老骥伏枥，志在千里"的煽动。建安十二年（207）北征乌桓时，那时曹操五十二岁或五十三岁，他和年青人郭嘉在一起，作《龟虽寿》诗，以此自勉。讽刺的是紧接着进行赤壁大战，打赢官渡的一流军事家，想不到被周瑜一把火，烧得屁滚尿流而走。这一走，五十四岁的曹操，才意识到自己老了，衰了。后来，他还想努力的挣扎，没想到，结果更差，第一，他被马超打得狼狈透顶，第二，他连张鲁也打得极不顺手，这才明白，"老骥伏枥，志在千里"，敢情只是一句空话。可时到今日，多少老爷子为此人来疯，出洋相而缺乏曹操式的自审精神。

曹操的衰老，标志着他那一代人的结束。没想到比曹操只是小三岁的刘备，胡子一把，眼泪一把，还在战场厮杀，革命到底，那就是真正的不知趣了。

◎人老了，作老骥状，可以，人老了，志在千里，可以。精神上的不服老，有一点"老骥"情结，用来自勉，可以，用来自强，更可以，但有了一大把年纪，仍要振翅翻展翅，仍要一冲斗牛，仍要重整旗鼓，仍要再作冯妇，那就很可能要出笑话了。

却说章武二年春正月，武威后将军黄忠随先主伐吴，忽闻先主言老将无用，即提刀上马，引亲随五六人，径到猇陵营中。吴班与张南、冯习接入，问曰："老将军此来，有何事故？"忠曰："吾自长沙跟天子到今，多负勤劳。今虽七旬有馀，尚食肉十斤，臂开二石之弓，能乘千里之马，未足为老。昨日主上言吾等老迈无用，故来此与东吴交锋，看吾斩将，老也不老！"

正言间，忽报吴兵前部已到，哨马临营。忠奋然而起，出帐上马。冯习等劝曰："老将军且休轻进。"忠不听，纵马而去。吴班令冯习引兵助战。忠在吴军阵前，勒马横刀，单搦先锋潘璋交战。璋引部将史迹出马。迹欺忠年老，挺枪出战；斗不三合，被忠一刀斩于马下。潘璋大怒，挥关公使的青龙刀，来战黄忠。交马数合，不分胜负。忠奋力恶战，璋料敌不过，拨马便走。忠乘势追杀，全胜而回。路逢关兴、张苞。兴曰："我等奉圣旨来助老将军。既已立了功，速请回营。"忠不听。

次日，潘璋又来搦战。黄忠奋然上马。兴、苞二人要助战，忠不从；吴班要助战，忠亦不从；只自引五千军出迎。战不数合，璋拖刀便走。忠纵马追之，厉声大叫曰："贼将休走！吾今为关公报仇！"追至三十馀里，四面喊声大震，伏兵齐出：右边周泰，左边韩当，前有潘璋，后有凌统，把黄忠困在垓心。忽然狂风大起，忠急退时，山坡上马忠引一军出，一箭射中黄忠肩窝，险些儿落马。吴兵见忠中箭，一齐来攻。忽后面喊声大起，两路军杀来，吴兵溃败，救出黄忠，乃关兴、张苞也。二小将保送黄忠径到御前营中。忠年老血衰，箭疮痛裂，病甚沉重。先主御驾自来看视，抚其背曰："令老将军中伤，朕之过也！"忠曰："臣乃一武夫耳，幸遇陛下。臣今年七十有五，寿亦足矣。望陛下善保龙体，以图中原！"言讫，不省人事。是夜殒于御营。后人有诗叹曰：

> 老将说黄忠，收川立大功。
> 重披金锁甲，双挽铁胎弓。
> 胆气惊河北，威名镇蜀中。
> 临亡头似雪，犹自显英雄。

先主见黄忠气绝，哀伤不已，敕具棺椁，葬于成都。先主叹曰："五虎大将，已亡三人，朕尚不能复仇，深可痛哉！"乃引御林军直至猇亭，大会诸将，分军八路，水陆俱进。水路令黄权领兵，先主自率大军于旱路进发。时章武二年二月中旬也。

韩当、周泰听知先主御驾来征，引兵出迎。两阵对圆，韩当、周泰出马。只见蜀营门旗开处，先主自出，黄罗销金伞盖，左右白旄黄钺，金银旌节，前后围绕。当大叫曰："陛下今为蜀主，何自轻出？倘有疏虞，悔之何及！"先主遥指骂曰："汝等吴狗，

◎这就是不会颐养天年，硬要称雄的结果了。好心是无可非议的，但应该相信后来人，把事情交给他们去办，天塌不下来。老实说，缺了谁，这个地球也是要照样转的。

◎韩当、周泰其实是一片好意，万乘之尊，最好不宜轻举妄动。但刘备却如此气急败坏，泼口大骂，实在缺乏风度。

◎所谓将门虎子之说，是那些越不是贵族，越盼自己成个贵族的人，和那些刚当上小贵族的人，最津津乐道的了。

◎有句谚语，"挑水的回头，过井（景）了"。吕蒙夺下荆州的风光，也不过是昨天的事情，但历史像走马灯一样，新的人物又要登场了。

伤朕手足，誓不与立于天地之间！"当回顾众将曰："谁敢冲突蜀兵？"部将夏恂，挺枪出马。先主背后张苞挺丈八矛，纵马而出，大喝一声，直取夏恂。恂见苞声若巨雷，心中惊惧，恰待要走，周泰弟周平见恂抵敌不住，挥刀纵马而来。关兴见了，跃马提刀来迎。张苞大喝一声，一矛刺中夏恂，倒撞下马。周平大惊，措手不及，被关兴一刀斩了。二小将便取韩当、周泰。韩、周二人，慌退入阵。先主视之，叹曰："虎父无犬子也！"用御鞭一指，蜀兵一齐掩杀过去，吴兵大败。那八路兵，势如泉涌，杀的那吴军尸横遍野，血流成河。

却说甘宁正在船中养病，听知蜀兵大至，火急上马。正遇一彪蛮兵，人皆披发跣足，皆使弓弩长枪，搪牌刀斧。为首乃是番王沙摩柯，生得面如噀血，碧眼突出，使一个铁蒺藜骨朵，腰带两张弓，威风抖擞。甘宁见其势大，不敢交锋，拨马而走，被沙摩柯一箭射中头颅。宁带箭而走，到于富池口，坐于大树之下而死。树上群鸦数百，围绕其尸。吴王闻之，哀痛不已，具礼厚葬，立庙祭祀。后人有诗叹曰：

> 吴郡甘兴霸，长江锦幔舟。
>
> 酬君重知己，报友化仇雠。
>
> 劫寨将轻骑，驱兵饮巨瓯。
>
> 神鸦能显圣，香火永千秋。

　　却说先主乘势追杀，遂得猇亭。吴兵四散逃走。先主收兵，只不见关兴，先主慌令张苞等四面跟寻。原来关兴杀入吴阵，正遇仇人潘璋，骤马追之。璋大惊，奔入山谷内，不知所往。兴寻思只在山里，往来寻觅不见。看看天晚，迷踪失路。幸得星月有光，追至山僻之间，时已二更，到一庄上，下马叩门。一老者出问何人。兴曰："吾是战将，迷路到此，求一饭充饥。"老人引入，兴见堂内点着明烛，中堂绘画关公神像。兴大哭而拜。老人问曰："将军何故哭拜？"兴曰："此吾父也。"老人闻言，即便下拜。兴曰："何故供养吾父？"老人答曰："此间皆是尊神地方。在生之日，家家侍奉，何况今日为神乎？老夫只望蜀兵早早报仇。今将军到此，百姓有福矣。"遂置酒食待之，卸鞍喂马。

　　三更已后，忽门外又一人击户。老人出而问之，乃吴将潘璋亦来投宿。恰入草堂，关兴见了，按剑大喝曰："歹贼休走！"璋回身便出。忽门外一人，面如重枣，丹凤眼，卧蚕眉，飘三缕美髯，绿袍金铠，按剑而入。璋见是关公显圣，大叫一声，神魂惊散，欲待转身，早被关兴手起剑落，斩于地上，取心沥血，就关公神像前祭祀。兴得了父亲的青龙偃月刀，却将潘璋首级，摽于马项之下，辞了老人，就骑了潘璋的马，望本营而来。老人自将潘璋之尸拖出烧化。

　　且说关兴行无数里，忽听得人言马嘶，一彪军来

◎至此，刘备若还有一点清醒，仇已报，恨已消，就该班师，回成都开庆功大会。可他，从涿郡起事以来，都在夹缝中求生存，经常被扫地出门，只有挨打的份，哪有打人的份。这次兴师东征，第一次，千军万马，由他亲自指挥，第一次，旗开得胜，系他亲自决策。他找到了统帅的感觉，他意识到自己的"能量"，他当然不会罢手，他当然要趁热打铁。这就是所有浅薄侥幸之徒，赢了一把以后，非要在赌桌上输光最后一个筹码的小胜大败定律。

◎这是中国人的最为神往的一个镜头。哪怕报应的并非自己的仇人，但这种称心之感，也如同他最恨的人也遭了报应一样。这些极普通的老百姓，也就以这样的手段宣泄，舍此以外，还有什么办法？

◎公元222年夷陵大战的关键一战是火烧连营，而火烧连营也是陆逊拒战半年的结果。捕猎最了不起的一门功夫，就是百分之二百的耐性，所以要耐住性子等待，就是要让猎物松懈，失去警惕。陆逊从正月至六月，采取积极防御策略。长江流域的农历正月，最冷，而农历六月，最热。又是闰六月，更热。刘备其实是个草包，不读兵书，连远在北方的曹丕都看出破绽来了。"备不晓兵，岂有七百里营可以拒敌者乎！'包原隰险阻而为军者为敌所禽'，此兵忌也。"结果刘备大败。因此，多读点书吧，绝对没有坏处的。

到。为首一将，乃潘璋部将马忠也。忠见兴杀了主将潘璋，将首级擐于马项之下，青龙刀又被兴得了，勃然大怒，纵马来取关兴。兴见马忠是害父仇人，气冲牛斗，举青龙刀望忠便砍。忠部下三百军并力上前，一声喊起，将关兴困在垓心。兴力孤势危。忽见西北上一彪军杀来，乃是张苞。马忠见救兵到来，慌忙引军自退。关兴、张苞一处赶来。赶不数里，前面糜芳、傅士仁引兵来寻马忠。两军相合，混战一处。苞、兴二人兵少，慌忙撤退，回到猇亭，来见先主，献上首级，具言此事。先主惊异，赏犒三军。

却说马忠回见韩当、周泰，收聚败军，各分头守把。军士中伤者不计其数。马忠引傅士仁、糜芳于江渚屯扎。当夜三更，军士皆哭声不止。糜芳暗听之，有一伙军言曰："我等皆是荆州之兵，被吕蒙诡计送了主公性命。今刘皇叔御驾亲征，东吴早晚休矣。所恨者，糜芳、傅士仁也。我等何不杀此二贼，去蜀营投降，功劳不小。"又一伙军言曰："不要性急，等个空儿，便就下手。"糜芳听毕，大惊，遂与傅士仁商议曰："军心变动，我二人性命难保。今蜀主所恨者马忠耳，何不杀了他，将首级去献蜀主，告称：'我等不得已而降吴，今知御驾前来，特来诣营请罪。'"仁曰："不可。去必有祸。"芳曰："蜀主宽仁厚德，目今阿斗太子是我外甥，彼但念我国戚之情，必不肯加害。"二人计较已定，先备了马。三更时分，入帐刺杀马忠，将首级割了，二人带数十骑，径投猇亭而来。伏路军人先引见张南、冯习，具说其事。次日，到御营中来见先主，献上马忠首级，哭告于前曰："臣等实无反心，被吕蒙诡计，称言关公已亡，赚开城门，臣等不得已而降。今闻圣驾前来，特杀此贼，以雪陛下之恨。伏乞陛下恕臣等之罪。"先主大怒曰："朕自离成都许多时，你两个如何不来请罪？今日势危，故来巧言，欲全性命！朕若饶你，至九泉之下，有何面目见关公乎！"言讫，令关兴在御营中，设关公灵位。先主亲捧马忠首级，诣前祭祀。又令关兴将糜芳、傅士仁剥去衣服，跪于灵前，亲自用刀剐之，以祭关公。忽张苞上帐哭拜于前曰："二伯父仇人皆已诛戮，臣父冤仇何日可报？"先主曰："贤侄勿忧。朕当削平江南，杀尽吴狗，务擒二贼，与汝亲自醢之，以祭汝父。"苞泣谢而退。

此时先主威声大震，江南之人尽皆胆裂，日夜号哭。韩当、周泰大惊，急奏吴王，具言糜芳、傅士仁杀了马忠，去归蜀帝，亦被蜀帝杀了。孙权心怯，遂聚文武商议。步骘奏曰："蜀主所恨者，乃吕蒙、潘璋、马忠、糜芳、傅士仁也。今此数人皆亡，独有范疆、张达二人，现在东吴。何不擒此二人，并张飞首级，遣使送还，交与荆州，送归夫人，上表求和，再会前情，共图灭魏，则蜀兵自退矣。"权从其言，遂具沉香木匣，盛贮飞首，绑缚范疆、张达，囚于槛车

◎世上竟有这等笨伯，叛变岂是小儿捉迷藏游戏乎？可以随心所欲的事情么？

◎太恶心了。

◎孙权的现实主义政策，决不是懦弱的表现。某些时候作一些适当的让步，是有勇气的行为。而一条道走到黑的人，由于缺乏灵活自如、进退自由的应变能力，路越走越窄，门越关越严，遂把自己堵死拉倒。

之内，令程秉为使，赍国书，望猇亭而来。

却说先主欲发兵前进。忽近臣奏曰："东吴遣使送张车骑之首，并囚范疆、张达二贼至。"先主两手加额曰："此天之所赐，亦由三弟之灵也！"即令张苞设飞灵位。先主见张飞首级在匣中面不改色，放声大哭。张苞自仗利刀，将范疆、张达万剐凌迟，祭父之灵。祭毕，先主怒气不息，定要灭吴。马良奏曰："仇人尽戮，其恨可雪矣。吴大夫程秉到此，欲还荆州，送回夫人，永结盟好，共图灭魏，伏候圣旨。"先主怒曰："朕切齿仇人，乃孙权也。今若与之连和，是负二弟当日之盟矣。今先灭吴，次灭魏。"便欲斩来使，以绝吴情。多官苦告方免。

◎刘备的偏执狂，害了个人事小，几十万兵马和一个好端端的开局，生是这样付诸东流。

程秉抱头鼠窜，回奏吴主曰："蜀不从讲和，誓欲先灭东吴，然后伐魏，众臣苦谏不听，如之奈何？"权大惊，举止失措。阚泽出班奏曰："现有擎天之柱，如何不用耶？"权急问何人。泽曰："昔日东吴大事，全任周郎；后鲁子敬代之；子敬亡后，决于吕子明。今子明虽丧，现有陆伯言在荆州。此人名虽儒生，实有雄才大略，以臣论之，不在周郎之下。前破关公，其谋皆出于伯言。主上若能用之，破蜀必矣。如或有失，臣愿与同罪。"权曰："非德润之言，孤几误大事。"张昭曰："陆逊乃一书生耳，非刘备敌手，恐不可用。"顾雍亦曰："陆逊年幼望轻，恐诸公不服；若不服则生祸乱，必误大事。"步骘亦曰："逊才堪治郡耳；若托以大事，非其宜也。"阚泽大呼曰："若不用陆伯言，则东吴休矣！臣愿以全家保之！"权曰："孤亦素知陆伯言乃奇才也。孤意已决，卿等勿言。"于是命召陆逊。

　　逊本名陆议，后改名逊，字伯言，乃吴郡吴人也；汉城门校尉陆纡之孙，九江都尉陆骏之子；身长八尺，面如美玉；官领镇西将军。当下奉召而至，参拜毕。权曰："今蜀兵临境，孤特命卿总督军马，以破刘备。"逊曰："江东文武，皆大王故旧之臣；臣年幼无才，安能制之？"权曰："阚德润以全家保卿，孤亦素知卿才。今拜卿为大都督，卿勿推辞。"逊曰："倘文武不服，何如？"权取所佩剑与之曰："如有不听号令者，先斩后奏。"逊曰："荷蒙重托，敢不拜命。但乞大王于来日会聚众官，然后赐臣。"阚泽曰："古之命将，必筑坛会众，赐白旄黄钺、印绶兵符，然后威行令肃。今大王宜遵此礼，择日筑坛，拜伯言为大都督，假节钺，则众人自无不服矣。"权从之，命人连夜筑坛完备，大会百官，请陆逊登坛，拜为大都督、右护军、镇西将军，进封娄侯，赐以宝剑印绶，令掌六郡八十一州兼荆楚诸路军马。吴王嘱之曰："阃以内，孤主之；阃以外，将军制之。"逊领命下坛，令徐盛、丁奉为护卫，即日出师；一面调诸路军马，水陆并进。

　　文书到猇亭，韩当、周泰大惊曰："主上如何以一书生总兵耶？"比及逊至，众皆不服。逊升帐议事，

◎孙权坚持是正确的，刘备坚持却是错误的。同是坚持，后果迥异，这大概就叫领导水平了。何谓胆识？识，即是准确的判断；胆，即是勇敢的坚持。

◎用人不疑，疑人不用，这是第一步。既信之，则任之，放手让部属大胆行事，这是第二步。承担责任，敢为一切后果负责，这是第三步。这才是有器度、能成事的领导吧？

◎魏晋时人李康，不知何许人也。他的"木秀于林，风必摧之"为大家熟知；其所著《命运论》一文中说道："圣明之君，必有忠贤之臣。其所以相遇也，不求而自合；其所以相亲也，不介而自亲。唱之而必和，谋之而必从；道合玄同，曲折合符；得失不能疑其志，谗构不能离其交；然后得成功也。"其实，刘玄德和诸葛亮，本应该是这样一对君臣的，然而却因太多的个人因素而不能走到一起。

◎给一个时间让敌人犯错误，这是不战之战。

众人勉强参贺。逊曰："主上命吾为大将，督军破蜀。军有常法，公等各宜遵守。违者王法无亲，勿致后悔。"众皆默然。周泰曰："目今安东将军孙桓，乃主上之侄，现困于彝陵城中，内无粮草，外无救兵。请都督早施良策，救出孙桓，以安主上之心。"逊曰："吾素知孙安东深得军心，必能坚守，不必救之。待吾破蜀后，彼自出矣。"众皆暗笑而退。韩当谓周泰曰："命此孺子为将，东吴休矣！公见彼所行乎？"泰曰："吾聊以言试之，早无一计，安能破蜀也！"

次日，陆逊传下号令，教诸将各处关防，牢守隘口，不许轻敌。众皆笑其懦，不肯坚守。次日，陆逊升帐，唤诸将曰："吾钦承王命，总督诸军。昨已三令五申，令汝等各处坚守。俱不遵吾令，何也？"韩当曰："吾自从孙将军平定江南，经数百战；其馀诸将，或从讨逆将军，或从当今大王，皆披坚执锐，出生入死之士。今主上命公为大都督，令退蜀兵，宜早定计，调拨军马，分头征进，以图大事；乃只令坚守勿战，岂欲待天自杀贼耶？吾非贪生怕死之人，奈何使吾等堕其锐气？"于是帐下诸将，皆应声而言曰："韩将军之言是也。吾等情愿决一死战！"陆逊听毕，掣剑在手，厉声曰："仆虽一介书生，今蒙主上托以重任者，以吾有尺寸可取，能忍辱负重故也。汝等只各守隘口，牢把险要，不许妄动。如违令者皆斩！"众皆愤愤而退。

却说先主自猇亭布列军马，直至川口，接连七百里，前后四十营寨，昼则旌旗蔽日，夜则火光耀天。忽细作报说："东吴用陆逊为大都督，总制军马。逊令诸将各守险要不出。"先主问曰："陆逊何如人也？"马良奏曰："逊虽东吴一书生，然年幼多才，深有谋略；前袭荆州，皆系此人之诡计。"先主大怒曰："竖子诡计，损朕二弟，今当擒之！"便传令进兵。马良谏曰："陆逊之才，不亚周郎，未可轻敌。"先主曰："朕用兵老矣，岂反不如一黄口孺子耶！"遂亲领前军，攻打诸处关津隘口。

韩当见先主兵来，差人报知陆逊。逊恐韩当妄动，急飞马自来观看，正见韩当立马于山上；远望蜀兵，漫山遍野而来，军中隐隐有黄罗盖伞。韩当接着陆逊，并马而观。当指曰："军中必有刘备，吾欲击之。"逊曰："刘备举兵东下，连胜十馀阵，锐气正盛；今只乘高守险，不可轻出，出则不利。但宜奖励将士，广布守御之策，以观其变。今彼驰骋于平原广野之间，正自得志；我坚守不出，彼求战不得，必移屯于山林树木间。吾当以奇计胜之。"韩当口虽应诺，心中只是不服。

先主使前队搦战，辱骂百端。逊令塞耳休听，不许出迎，亲自遍历诸关隘口，抚慰将士，皆令坚守。先主见吴军不出，心中焦躁。马良曰："陆逊深有谋略。今陛下远来攻战，自春历夏；彼之不出，欲待我军之变也。愿陛下察之。"先主曰："彼有何谋？但怯

◎既不知己，复不知彼，这个刘备过去不学习，现在不补习，也许此公真是老而朽之了。

◎刘豫州一生中，败到孤身出逃，置妻子儿女于不顾的狼狈历史，也够老资格了。老先生炫耀他的用兵老矣，并不让人振奋。

敌耳。向者数败，今安敢再出！"先锋冯习奏曰："即今天气炎热，军屯于赤火之中，取水深为不便。"先主遂命各营皆移于山林茂盛之地，近溪傍涧，待过夏到秋，并力进兵。冯习遂奉旨，将诸寨皆移于林木阴密之处。马良奏曰："我军若动，倘吴兵骤至，如之奈何？"先主曰："朕令吴班引万馀弱兵，近吴寨平地屯住；朕亲选八千精兵，伏于山谷之中。若陆逊知朕移营，必乘势来击，却令吴班诈败；逊若追来，朕引兵突出，断其归路，小子可擒矣。"文武皆贺曰："陛下神机妙算，诸臣不及也！"马良曰："近闻诸葛丞相在东川点看各处隘口，恐魏兵入寇。陛下何不将各营移居之地，画成图本，问于丞相？"先主曰："朕亦颇知兵法，何必又问丞相？"良曰："古云：'兼听则明，偏听则蔽。'望陛下察之。"先主曰："卿可自去各营，画成四至八道图本，亲到东川去问丞相。如有不便，可急来报知。"马良领命而去。于是先主移兵于林木阴密处避暑。

早有细作报知韩当、周泰。二人听得此事，大喜，来见陆逊曰："目今蜀兵四十馀营，皆移于山林密处，依溪傍涧，就水歇凉。都督可乘虚击之。"正是：

蜀主有谋能设伏，吴兵好勇定遭擒。

未知陆逊可听其言否，且看下文分解。

◎这世界上最可怕的，就是不懂装懂。更可怕的，是那种一知半解，便顽固地相信自己很懂，还自以为是的人。此刻的刘备，就是这种可怕的人了。

人过花甲，应该追求一种成熟的美。进入古稀之年，更应该体现出一种智慧的美。但实际上，要做到这种程度，谈何容易。所以，最难得者：六十岁时清醒，七十岁时更清醒，八十岁时彻底清醒，这就达到至善至美的境界了。但通常情况下，即或不是早老性痴呆症，六十岁时开始胡涂，七十岁时更加胡涂，八十岁时完全胡涂，也是大有人在的。

一个上了年岁的人，无论怎么健步如飞，神采奕奕，不可能再出现年青时的那股干劲。无论怎么反应敏捷，思路清晰，不可能再拥有年青时的那种活力。无论怎么兴趣盎然，精神抖擞，不可能再具备年青时那样激情。应该承认，青春一去不复返，想象力，好奇心，冲动性，挑战意识，浪漫情怀，少年意气，都在衰退之中。了解这一点，便厘清自己应该做些什么，能够做些什么，恰到好处，适可而止，善自珍摄，皆大欢喜，那就达到了自愉人悦的境界了。

老人的哲学应该是，我奋斗了，我尽责了，我做了我应做的事，我无愧于心，剩下来的，很自然地由后来人接棒了。尽管夕阳西下，苦日无多，但彩霞满天，绚丽晚景，那闭幕前的光彩，同样不让日中，有什么理由，不使自己活着的每一天，都拥有节日般的快乐呢？

刘备的悲哀，就在于他的不知老，不服老上。

结果："升马鞍山，陈兵自绕，逊督促诸军，四面蹙之，土崩瓦解，死者万数。汉主夜遁，驿人自担烧铙铠断后，仅得入白帝城，其舟船、器械，水、步军资，一时略尽，尸骸塞江而下。汉主大惭恚曰：'吾乃为陆逊所折辱，岂非天耶！'"

第八十四回

陆逊营烧七百里
孔明巧布八阵图

　　语言的专属性，对当事人来讲，有时是永驻青史的褒扬，有时就成为抹不掉的历史污点，一提"火烧连营七百里"，遂成为三国刘备的耻辱记忆。他连曹操赤壁败后，"孤烧船自退耳"那句光棍话也说不出，一个连兵书都没读透的三军统帅，吃的这个哑巴亏，使蜀国的军力化为乌有，国力倾亡殆矣。

　　不懂，不怕，就怕装懂；装懂，也不怕，就怕假充内行。三五十人，数十回合，刘备指挥起来，也许绰绰有余，无论如何，没吃过猪肉，但见过猪跑。一支数十万兵马，交给一个六十多岁的从未打过大仗的老行伍手里，诸葛亮罪莫大焉。血海深仇，可以鼓舞士气，但两军接触了，那是要真刀真枪的。于是，具有相当优势的军队，败在实力并不强的对手名下，这在战争史上并不算新鲜。但像刘备这样，连营七百里，为陆逊创造克敌致胜的便利条件，可以说是罕见的。

　　这场战争本来是应该避免的，但既然挑起了这场战火，那就不能感情用事，而要按照战争规律，认真对待敌人。"包原隰险阻而为军者为敌所擒，兵家之大忌也。"这点已是书本上的属于ＡＢＣ性质的常识，陆逊、曹丕、诸葛亮一看便晓，独独刘备这位老用兵的指挥家，却似乎茫然无知。

　　这是十分奇怪的。只能作这样的解释，倘非刘备是军事指挥上的弱智，从来不读兵书外，那就是他已经陷入不可拔的偏执狂的病态之中，一叶障目，几无理智可言了。

　　刘备伐吴的失败，证实了"物必先腐，而后虫生"的道理，对立双方，其败者，往往因自败之故，授人以柄，给对方可乘之隙，对方乘虚而入才胜。陆逊深懂堡垒要从内部攻破的道理，按兵不动，等待时机，其实就是等着刘备犯错误，结果，"朕用兵老矣"的刘备，移营至"包原隰险阻"地区，以避暑热，哪知给陆逊火烧连营七百里，创造了条件，如果刘备从黄权计，水陆两路，顺江夹击，你吃不掉我，我就吃掉你，孙权早就是阶下囚了。

　　却说韩当、周泰探知先主移营就凉，急来报知陆逊。逊大喜，遂引兵自来观看动静：只见平地一屯，不满万馀人，大半皆是老弱之众，大书"先锋吴班"旗号。周泰曰："吾视此等兵如儿戏耳。愿同韩将军分两路击之。如其不胜，甘当军令。"陆逊看了良久，以鞭指曰："前面山谷中，隐隐有杀气起，其下必有伏兵，故于平地设此弱兵，以诱我耳。诸公切不可出。"众将听了，皆以为懦。

　　次日，吴班引兵到关前搦战，耀武扬威，辱骂不绝；多有解衣卸甲，赤身裸体，或睡或坐。徐盛、丁奉入帐禀陆逊曰："蜀兵欺我太甚！某等愿出击之！"逊笑曰："公等但恃血气之勇，未知孙、吴妙法。此彼诱敌之计也，三日后必见其诈矣。"徐盛曰："三日后，彼移营已定，安能击之乎？"逊曰："吾正欲令彼移营也。"诸将哂笑而退。过三日后，会诸将于关上观望，见吴班兵已退去。逊指曰："杀气起矣。刘备必从山谷中出也。"言未毕，只见蜀兵皆全装惯束，拥先主而过。吴兵见了，尽皆胆裂。逊曰："吾之不听诸公击班者，正为此也。今伏兵已出，旬日之内，必破蜀矣。"诸将皆曰："破蜀当在初时；今连营五六百里，相守经七八月，其诸要害，皆已固守，安能破乎？"逊曰："诸公不知兵法。备乃世之枭雄，更多智谋，其兵始集，法度精专；今守之久矣，不得我便，兵疲意阻，取之正在今日。"诸将方才叹服，

◎赤壁那把火，曹操不过丢盔卸甲，狼狈而已；彝陵这把火，却送了刘备的老命和蜀国的主力，从此，永远休想走出夔门。

◎等待也是一种战术，捕猎者多半采用这种有足够耐心的等待战术，使野兽麻痹，失去警惕，堕我彀中。时久而必生变，谁最沉得住气，谁就能获得胜利。

后人有诗赞曰：

　　虎帐谈兵按《六韬》，安排香饵钓鲸鳌。
　　三分自是多英俊，又显江南陆逊高。

　　却说陆逊已定了破蜀之策，遂修笺遣使奏闻孙权，言指日可以破蜀之意。权览毕，大喜曰："江东复有此异人，孤何忧哉！诸将皆上书言其懦，孤独不信。今观其言，果非懦也！"于是大起吴兵来接应。

　　却说先主于猇亭尽驱水军，顺流而下，沿江屯扎水寨，深入吴境。黄权谏曰："水军沿江而下，进则易，退则难。臣愿为前驱。陛下宜在后阵，庶万无一失。"先主曰："吴贼胆落，朕长驱大进，有何碍乎？"众官苦谏，先主不从。遂分兵两路：命黄权督江北之兵，以防魏寇；先主自督江南诸军，夹江分立营寨，以图进取。

　　细作探知，连夜报知魏主，言："蜀兵伐吴，树栅连营，纵横七百余里，分四十余屯，皆傍山林下寨。今黄权督兵在江北岸，每日出哨百余里，不知何意。"魏主闻之，仰面笑曰："刘备将败矣！"群臣请问其故。魏主曰："刘玄德不晓兵法：岂有连营七百里，而可以拒敌者乎？包原隰险阻屯兵者，此兵法之大忌也。玄德必败于东吴陆逊之手。旬日之内，消息必至矣。"群臣犹未信，皆请拨兵备之。魏主曰："陆逊若

◎孙权甚至比陆逊还要高明得多，知其人，识其心，用将如此，可称高明。

◎刘备自谓"朕亦颇知兵法"，曹丕却说"刘备不晓兵法"，自己心中的自己，与别人心中的自己，差距如此之大，看来，肯定有一方出毛病了。

胜，必尽举吴兵去取西川；吴兵远去，国中空虚，朕虚托以兵助战，令三路一齐进兵，东吴唾手可取也。"众皆拜服。魏主下令，使曹仁督一军出濡须，曹休督一军出洞口，曹真督一军出南郡："三路军马会合日期，暗袭东吴。朕随后自来接应。"调遣已定。

◎这当然是千载难逢的机会，趁虚而入，收"螳螂捕蝉，黄雀在后"之功，曹丕也是一个不弱之人。

　　不说魏兵袭吴。且说马良至川，入见孔明，呈上图本而言曰："今移营夹江，横占七百里，下四十馀屯，皆依溪傍涧，林木茂盛之处。皇上令良将图本来与丞相观之。"孔明看讫，拍案叫苦曰：是何人教主上如此下寨？可斩此人！"马良曰："皆主上自为，非他人之谋。"孔明叹曰："汉朝气数休矣！"良问其故。孔明曰："包原隰险阻而结营，此兵家之大忌。倘彼用火攻，何以解救？又岂有连营七百里而可拒敌乎？祸不远矣！陆逊拒守不出，正为此也。汝当速去见天子，改屯诸营，不可如此。"良曰："倘今吴兵已胜，如之奈何？"孔明曰："陆逊不敢来追，成都可保无虞。"良曰："逊何故不追？"孔明曰："恐魏兵袭其后也。主上若有失，当投白帝城避之。吾入川时，已伏下十万兵在鱼腹浦矣。"良大惊曰："某于鱼腹浦往来数次，未尝见一卒，丞相何作此诈语？"孔明曰："后来必见，不劳多问。"马良求了表章，火速投御营来。孔明自回成都，调拨军马救应。

◎诸葛亮作为军师，他一点内疚都没有吗？丢失荆州，固然是关羽之过，若是一开始不考虑刘、关、张的特殊关系，也不在乎刘备派关平作为使者的特殊暗示，既然授权，那就应该留一位执行联吴政策的将领，把守荆州。结果，荆州之失，关羽、张飞之死，才导致这次刘备出征。而刘备一生，只有带过几十万老百姓由樊城到襄阳江陵的逃亡经验，从来没领过数十万兵打仗，究竟有多少指挥大规模战争的能力，诸葛亮是心里有数的。形势恶化到如此程度，他能以发一通脾气，丝毫不自责地过去吗？

　　却说陆逊见蜀兵懈怠，不复提防，升帐聚大小将士听令曰："吾自受命以来，未尝出战。今观蜀兵，足知动静，故欲先取江南岸一营。谁敢去取？"言未毕，韩当、周泰、凌统等应声而出曰："某等愿往。"逊教皆退不用，独唤阶下末将淳于丹曰："吾与汝五千军，去取江南第四营，蜀将傅彤所守。今晚就要成功。吾自提兵接应。"淳于丹引兵去了。又唤徐盛、丁奉曰："汝等各领兵三千，屯于寨外五里。如淳于丹败回，有兵赶来，当出救之，却不可追去。"二将自引军去了。

却说淳于丹于黄昏时分，领兵前进，到蜀寨时，已三更之后。丹令众军鼓噪而入。蜀营内傅彤引军杀出，挺枪直取淳于丹。丹敌不住，拨马便回。忽然喊声大震，一彪军拦住去路，为首大将赵融。丹夺路而走，折兵大半。正走之间，山后一彪蛮兵拦住，为首番将沙摩柯。丹死战得脱，背后三路军赶来。比及离营五里，吴军徐盛、丁奉二人两下杀来，蜀兵退去，救了淳于丹回营。

丹带箭入见陆逊请罪。逊曰："非汝之过也。吾欲试敌人之虚实耳。破蜀之计，吾已定矣。"徐盛、丁奉曰："蜀兵势大，难以破之，空自损兵折将耳。"逊笑曰："吾这条计，但瞒不过诸葛亮耳。天幸此人不在，使我成大功也。"遂集大小将士听令：使朱然于水路进兵，来日午后东南风大作，用船装载茅草，依计而行；韩当引一军攻江北岸，周泰引一军攻江南岸，每人手执茅草一把，内藏硫黄焰硝，各带火种，各执枪刀，一齐而上，但到蜀营，顺风举火；蜀兵

◎陆逊哪把刘备放在眼里。不在一个等量级上的高段棋手，不过是在陪这位业余战争爱好者，玩玩而已。

◎小败也是引鱼上钩的饵，促使对手完全松懈之一计。

四十屯，只烧二十屯，每间一屯烧一屯。各军预带干粮，不许暂退，昼夜追袭，只擒了刘备方止。众将听了军令，各受计而去。

　　却说先主正在御营寻思破吴之计，忽见帐前中军旗幡，无风自倒。乃问程畿曰："此为何兆？"畿曰："今夜莫非吴兵来劫营？"先主曰："昨夜杀尽，安敢再来？"畿曰："倘是陆逊试敌，奈何？"正言间，人报山上远远望见吴兵尽沿山望东去了。先主曰："此是疑兵。"令众休动，命关兴、张苞各引五百骑出巡。黄昏时分，关兴回奏曰："江北营中火起。"先主急令关兴往江北，张苞往江南，探看虚实："倘吴兵到时，可急回报。"二将领命去了。

　　初更时分，东南风骤起。只见御营左屯火发；方欲救时，御营右屯又火起。风紧火急，树木皆着，喊声大震。两屯军马齐出，奔离御营中，御营军自相践踏，死者不知其数。后面吴兵杀到，又不知多少军马。先主急上马，奔冯习营时，习营中火光连天而起。江南、江北，照耀如同白日。冯习慌上马，引数十骑而走，正逢吴将徐盛军到，敌住厮杀。先主见了，拨马投西便走。徐盛舍了冯习，引兵追来。先主正慌，前面又一军拦住，乃是吴将丁奉，两下夹攻。先主大惊，四面无路。忽然喊声大震，一彪军杀入重围，乃是张苞，救了先主，引御林军奔走。正行之间，前面一军又到，乃蜀将傅彤也，合兵一处而行。背后吴兵追至。

◎《三国演义》中，出军旗折的情节，反复出现，令人很倒胃口。这种不断重复自己，克隆自己，左手抄右手的写作毛病，在当代作家中，也是屡见不鲜的。

◎至此，火烧连营七百里，漫说刘备，神仙已无计可施了。

先主前到一山，名马鞍山。张苞、傅彤请先主上的山时，山下喊声又起，陆逊大队人马，将马鞍山围住。张苞、傅彤死据山口。先主遥望遍野火光不绝，死尸重叠，塞江而下。

次日，吴兵又四下放火烧山，军士乱窜，先主惊慌。忽然火光中一将引数骑杀上山来，视之，乃关兴也。兴伏地请曰："四下火光逼近，不可久停。陛下速奔白帝城，再收军马可也。"先主曰："谁敢断后？"傅彤奏曰："臣愿以死当之！"当日黄昏，关兴在前，张苞在中，留傅彤断后，保着先主，杀下山来。吴兵见先主奔走，皆要争功，各引大军，遮天盖地，往西追赶。先主令军士尽脱袍铠，塞道而焚，以断后军。正奔走间，喊声大震，吴将朱然引一军从江岸边杀来，截住去路。先主叫曰："朕死于此矣！"关兴、张苞纵马冲突，被乱箭射回，各带重伤，不能杀出。背后喊声又起，陆逊引大军从山谷中杀来。

先主正慌急之间，此时天色已微明，只见前面喊声震天，朱然军纷纷落涧，滚滚投岩，一彪军杀入，前来救驾。先主大喜，视之，乃常山赵子龙也。时赵云在川中江州，闻吴、蜀交兵，遂引军出；忽见东南一带火光冲天，云心惊，远远探视，不想先主被困，云奋勇冲杀而来。陆逊闻是赵云，急令军退。云正杀之间，忽遇朱然，便与交锋，不一合，一枪刺朱然于马下，杀散吴兵，救出先主，望白帝城而走。先主曰："朕虽

◎《史记》曰："廉将军善饭，然与臣坐，顷之三遗矢，赵王以为老，遂不召。"用兵老矣的刘备，终于败在东吴黄口小儿手下，年岁不饶人，"三遗矢矣"，这句话，很不中听，但很真理。

◎不知刘备何颜见常山赵子龙？

得脱，诸将士将奈何？"云曰："敌军在后，不可久迟。
陛下且入白帝城歇息，臣再引兵去救应诸将。"此时先
主仅存百馀人入白帝城。后人有诗赞陆逊曰：

　　　　持矛举火破连营，玄德穷奔白帝城。
　　　　一旦威名惊蜀魏，吴王宁不敬书生。

　　却说傅彤断后，被吴军八面围住。丁奉大叫曰：
"川兵死者无数，降者极多，汝主刘备已被擒获。今
汝力穷势孤，何不早降？"傅彤叱曰："吾乃汉将，安
肯降吴狗乎！"挺枪纵马，率蜀军奋力死战，不下百
馀合，往来冲突，不能得脱。彤长叹曰："吾今休矣！"
言讫，口中吐血，死于吴军之中。后人赞傅彤诗曰：

◎虽有忠臣良将，但大势去矣，犹如
大厦已倾，凭独木是难以支撑的了。

　　　　彝陵吴蜀大交兵，陆逊施谋用火焚。
　　　　至死犹然骂吴狗，傅彤不愧汉将军。

　　蜀祭酒程畿，匹马奔至江边，招呼水军赴敌，吴
兵随后追来，水军四散奔逃。畿部将叫曰："吴兵至
矣！程祭酒快走罢！"畿怒曰："吾自从主上出军，
未尝赴敌而逃！"言未毕，吴兵骤至，四下无路，畿
拔剑自刎。后人有诗赞曰：

　　　　慷慨蜀中程祭酒，身留一剑答君王。

临危不改平生志，博得声名万古香。

时吴班、张南久围彝陵城，忽冯习到，言蜀兵败，遂引军来救先主，孙桓方才得脱。张、冯二将正行之间，前面吴兵杀来，背后孙桓从彝陵城杀出，两下夹攻。张南、冯习奋力冲突，不能得脱，死于乱军之中。后人有诗赞曰：

冯习忠无二，张南义少双。
沙场甘战死，史册共流芳。

吴班杀出重围，又遇吴兵追赶，幸得赵云接着，救回白帝城去了。时有蛮王沙摩柯，匹马奔走，正逢周泰，战二十馀合，被泰所杀。蜀将杜路、刘宁尽皆降吴。蜀营一应粮草器仗，尺寸不存。蜀将川兵，降者无数。

时孙夫人在吴，闻猇亭兵败，讹传先主死于军中，遂驱车至江边，望西遥哭，投江而死。后人立庙江滨，号曰枭姬祠。尚论者作诗叹之曰：

先主兵归白帝城，夫人闻难独捐生。
至今江畔遗碑在，犹著千秋烈女名。

却说陆逊大获全功，引得胜之兵，往西追袭。前离夔关不远，逊在马上看见前面临山傍江，一阵杀

◎孙夫人作为历史人物，这些子虚乌有之野史传闻，自然是不会采信的了，但作为《三国演义》中的文学人物，作家应该而且必要，让读者知道这位不幸成为政治工具的女性，她的下落和去向。否则，百密一疏，便是永远的遗憾了。

气，冲天而起，遂勒马回顾众将曰："前面必有埋伏，三军不可轻进。"即倒退十馀里，于地势空阔处，排成阵势，以御敌军。即差哨马前去探视，回报并无军屯在此。逊不信，下马登高望之，杀气复起。逊再令人仔细探视，哨马回报，前面并无一人一骑。逊见日将西沉，杀气越加，心中犹豫，令心腹人再往探看。回报江边止有乱石八九十堆，并无人马。逊大疑，令寻土人问之。须臾，有数人到。逊问曰："何人将乱石作堆？如何乱石堆中有杀气冲起？"土人曰："此处地名鱼腹浦。诸葛亮入川之时，驱兵到此，取石排成阵势于沙滩之上。自此常常有气如云，从内而起。"

　　陆逊听罢，上马引数十骑来看石阵，立马于山坡之上，但见四面八方，皆有门有户。逊笑曰："此乃惑人之术耳，有何益焉！"遂引数骑下山坡来，直入石阵观看。部将曰："日暮矣，请都督早回。"逊方欲出阵，忽然狂风大作，一霎时，飞沙走石，遮天盖地。但见怪石嵯峨，槎枒似剑；横沙立土，重叠如山；江声浪涌，有如剑鼓之声。逊大惊曰："吾中诸葛亮之计也！"急欲回时，无路可出。正惊疑间，忽见一老人立于马前，笑曰："将军欲出此阵乎？"逊曰："愿长者引出。"老人策杖徐徐而行，径出石阵，并无所碍，送至山坡之上。逊问曰："长者何人？"老人答曰："老夫乃诸葛孔明之岳父黄承彦也。昔小婿入川之时，于此布下石阵，名'八阵图'。反复八门，按遁甲休、生、伤、杜、景、死、

◎孔明作八阵图，原为推演兵法，训练士卒所用，至今川、陕等地，犹有多处遗址，供人凭吊。唐大历元年（766），诗人杜甫迁居夔州，在这里写了多首对蜀汉的怀古诗，其中就有一首《八阵图》的五绝，于是，白帝城、永安宫、八阵图，遂成为后世的知名景点。诗很精练，也很凝缩，但内涵丰富，意韵悠长，"功盖三分国，名成八阵图。江流石不转，遗恨失吞吴。"诗人既歌颂了诸葛亮的功绩，也批判了刘备伐吴所铸下的大错，二十个字几乎囊括了从三顾茅庐起至白帝托孤止的大半本《三国演义》。

◎对于志异体文学作品中，这些神怪荒谬、无稽不经之谈，是不能以现实主义眼光来打量的。文学是时代的产儿，也必然具备那个时代的特色，正如我们当下读上个世纪三四十年代的文学作品，难免有的隔阂一样，时间拉得越长，生疏遂不可免。所以，陶渊明的《五柳先生传》中所倡的"好读书不求甚解"，或许不无道理。

惊、开。每日每时，变化无端，可比十万精兵。临去之时，曾分付老夫道：'后有东吴大将迷于阵中，莫要引他出来。'老夫适于山岩之上，见将军从'死门'而入，料想不识此阵，必为所迷。老夫平生好善，不忍将军陷没于此，故特自'生门'引出也。"逊曰："公曾学此阵法否？"黄承彦曰："变化无穷，不能学也。"逊慌忙下马拜谢而回。后杜工部有诗曰：

> 功盖三分国，名成八阵图。
> 江流石不转，遗恨失吞吴。

陆逊回寨，叹曰："孔明真'卧龙'也，吾不能及！"于是下令班师。左右曰："刘备兵败势穷，困守一城，正好乘势击之。今见石阵而退，何也？"逊曰："吾非惧石阵而退。吾料魏主曹丕，其奸诈与父无异，今知吾追赶蜀兵，必乘虚来袭。吾若深入西川，急难退矣。"遂令一将断后，逊率大军而回。退兵未及二日，三处人来飞报："魏兵曹仁出濡须，曹休出洞口，曹真出南郡，三路兵马数十万，星夜至境，未知何意。"逊笑曰："不出吾之所料。吾已令兵拒之矣。"正是：

> 雄心方欲吞西蜀，胜算还须御北朝。

◎螳螂捕蝉，黄雀其后。陆逊不得不防着曹丕这一手的。

未知如何退兵，且看下文分解。

　　曹丕不明白其父一生不称帝的奥秘，等不及的禅代。大家平起平坐，气势与时机，就不是你的强项。于是，西蜀以攻为守，保全一方自安，东吴鏖战长江，打得不可开交，便使三国分裂定型。此刻的司马懿，虽不过是曹丕既不敢大用、又不能小用的人物，但是，等他手中的握有"气势"与"时机"，最后篡魏，灭蜀降吴，出现三国归晋成一统的局面，现在就显出苗头了。

　　中国人的统一情结，也是气势之所在，时机之所在，谁把握了，谁就是胜者。

　　秦汉大一统之后的大分裂，始自三国，延续到魏晋南北朝，一直到隋，前后凡三百九十四年。在此期间，曾经有过短暂的统一政府，"严格言之，不到十五年，放宽言之，亦只有三十馀年，不到全时期十分之一"，这是钱穆在《国史大纲》中的说法。他认为，"中国何以要走上分崩割据的衰运，一是旧的统一政权必然将趋于毁灭，二是新的统一政权不能创建稳固。旧统治权因其脱离民众而覆灭，新统治权却又不能依民众势力而产生。"东汉式微，固然与黄巾之乱有关。但实际上，"东汉王室并没有为黄巾所倾覆。而是把握到时代力量的名士大族，他们不忠心要一个统一的国家，试问统一的国家何从成立？"

　　钱穆认为，到建安初年，黄巾已靖，"若使当时的士族，有意翊戴王室，其时外戚、宦官均已扑灭，献帝亦未有失德，未尝不可将已倒的统一政府复兴，然而他们的意思，并不在此。"公元220年，曹操死，公元223年，刘备死，三国时期，这种大分裂的格局，便益发坐实，不可挽回。

第八十五回

刘先主遗诏托孤儿
诸葛亮安居平五路

现在，败师白帝的刘备，只有死之一途了。

若从三顾茅庐的虔诚来看，刘备应该会听诸葛亮不去伐吴，可报仇雪恨的刘备一定要去；但指挥数十万人马打大仗，应该不会排斥军师孔明，而刘备没让他去，他也果然不去。为什么诸葛亮听任刘备意气用事？因为诸葛亮也算定了，这一次吴、蜀交手，蜀胜也许不能，他太了解刘备那两下子了，但是，诸葛亮估计，败也未必大败，因为吴、蜀双方的实力，彼此彼此，也不是不知情。但坚决阻止刘备出师，不让他出这口气，那恐怕也不是办法，按时下的说法，只当是交学费了。

但哪知道初战告捷以后，吴方固守拒战，而竟牵延半年之久，时逢暑热，刘备移营到"包原险隘阻"地区，反遭陆逊火攻，以致一败涂地，对此，诸葛亮不可能不内咎，如他在，此事不会发生；再则，旱路半年攻不下来，为什么不动水师呢，虽然东吴水军强势，但能扭转吴军死活不出战的局面。这就是君子之交和小人之交的区别所在了。诸葛亮和刘备，君子之交，有分际，讲是非，我劝阻了，我尽职了，你不听你好由你。关、张与刘备，实乃小人之交，感情第一，不讲对错，唯知两肋插刀，同生共死，报仇第一，毫无原则。孔明作为当家人，他已有交一点学费的打算，也让他对那两位结义兄弟有个交待，谁知老兄如此不争气，竟弄到这个国家倾家荡产的地步，诸葛亮敢说自己了无干系吗？小人之交出了事，君子之交的诸葛亮只好承担。中国知识分子最大的优点，也是最大的缺点，就是那种爱往自己身上揽责的原罪感在发酵了。尤其刘备最后承认自己"智识浅陋，不纳丞相之言，自取其败"。在中国历代帝王中间，能够这样认错者是不多的，所以，刘备死前的托孤，我估计感情激动加之自责的他，也未必听清，作为君子之交的诸葛亮，还能有什么推托的，人之将死，其言也善，他只能点头接受。

唉，知识分子的软弱天性啊，夫复何言！

却说章武二年夏六月，东吴陆逊大破蜀兵于猇亭、彝陵之地，先主奔回白帝城，赵云引兵据守。忽马良至，见大军已败，懊悔不及，将孔明之言，奏知先主。先主叹曰："朕早听丞相之言，不致今日之败！今有何面目复回成都见群臣乎！"遂传旨就白帝城住扎，将馆驿改为永安宫。人报冯习、张南、傅肜、程畿、沙摩柯等皆殁于王事，先主伤感不已。又近臣奏称："黄权引江北之兵，降魏去了。陛下可将彼家属送有司问罪。"先主曰："黄权被吴兵隔断在江北岸，欲归无路，不得已而降魏，是朕负权，非权负朕也。何必罪其家属？"仍给禄米以养之。

却说黄权降魏，诸将引见曹丕。丕曰："卿今降朕，欲追慕于陈、韩耶？"权泣而奏曰："臣受蜀帝之恩，殊遇甚厚，令臣督诸军于江北，被陆逊绝断。臣归蜀无路，降吴不可，故来投陛下。败军之将，免死为幸，安敢追慕于古人耶！"丕大喜，遂拜黄权为镇南将军。权坚辞不受。忽近臣奏曰："有细作人自蜀中来，说蜀主将黄权家属尽皆诛戮。"权曰："臣与蜀主，推诚相信，知臣本心，必不肯杀臣之家小也。"丕然之。后人有诗责黄权曰：

降吴不可却降曹，忠义安能事两朝？
堪叹黄权惜一死，紫阳书法不轻饶。

◎此时悔之晚矣！不过，总算刘备有了一份清醒，比起那些死也不认错的人，躺在棺材里被后人数落，要强得多了。

◎黄权降魏，这一件事，刘备、曹丕的表现均佳。豁达不可少，宽容不可无，以心度心，也就省却许多无事生非的麻烦。

◎紫阳，为南宋朱熹别号，他是以蜀绍汉的主张者，鼓吹者之一。北宋以前，中国人对于三国的历史观，没有"汉贼不两立"的排曹尊刘的看法。北宋司马光编纂《资治通鉴》，在《魏纪》首章写了长篇文字，论述为什么以魏记年，而不以蜀记年的理由。朱熹是个狂热的儒家原教旨主义者，而《三国演义》恰恰就是全面贯彻朱熹主张，而谬种流传的一部文学作品。

◎时事多变，应对之策也不能墨守陈规。所谓灵活运用，就是要根据不同的情况，制定不同的方针政策。当吴国处于败境时，势虚人危，军心浮动，趁机击之，事半功倍。如今胜利之师，上下齐心，锐不可当，攻之就难以奏效了。胜势的势，是一种不可低估的精神力量，在双方较量中，万万不能忽略。

曹丕问贾诩曰："朕欲一统天下，先取蜀乎？先取吴乎？"诩曰："刘备雄才，更兼诸葛亮善能治国；东吴孙权，能识虚实，陆逊现屯兵于险要，隔江泛湖，皆难卒谋。以臣观之，诸将之中，皆无孙权、刘备敌手。虽以陛下天威临之，亦未见万全之势也。只可持守，以待二国之变。"丕曰："朕已遣三路大兵伐吴，安有不胜之理？"尚书刘晔曰："近东吴陆逊，新破蜀兵七十万，上下齐心，更有江湖之阻，不可卒制；陆逊多谋，必有准备。"丕曰："卿前劝朕伐吴，今又谏阻，何也？"晔曰："时有不同也。昔东吴累败于蜀，其势顿挫，故可击耳。今既获全胜，锐气百倍，未可攻也。"丕曰："朕意已决，卿勿复言。"遂引御林军亲往接应三路兵马。早有哨马报说东吴已有准备：令吕范引兵拒住曹休，诸葛瑾引兵在南郡拒住曹真，朱桓引兵当住濡须以拒曹仁。刘晔曰："既有准备，去恐无益。"丕不从，引兵而去。

却说吴将朱桓，年方二十七岁，极有胆略，孙权甚爱之。时督军于濡须，闻曹仁引大军去取羡溪，桓遂尽拨军守把羡溪去了，止留五千骑守城。忽报曹仁令大将常雕同诸葛虔、王双，引五万精兵飞奔濡须城来。众军皆有惧色。桓按剑而言曰："胜负在将，不在兵之多寡。兵法云：'客兵倍而主兵半者，主兵尚能胜于客兵。'今曹仁千里跋涉，人马疲困。吾与汝等，共据高城，南临大江，北背山险，以逸待劳，以主制客，此乃百战百胜之势。虽曹丕自来，尚不足忧，况仁等耶！"于是传令，教众军偃旗息鼓，只作无人守把之状。

且说魏将先锋常雕，领精兵来取濡须城，遥望城上并无军马，雕催军急进。离城不远，一声炮响，旌旗齐竖。朱桓横刀飞马而出，直取常雕。战不三合，被桓一刀斩常雕于马下。吴兵乘势冲杀一阵，魏兵大败，死者无数。朱桓大胜，得了无数旌旗军器战马。曹仁领兵随后到来，却被吴兵从羡溪杀出。曹仁大败而退，回见魏主，细奏大败之事。丕大惊。正议之间，忽探马报："曹真、夏侯尚围了南郡，被陆逊伏兵于内，诸葛瑾伏兵于外，内外夹攻，因此大败。"言未毕，忽探马又报："曹休亦被吕范杀败。"丕听知三路兵败，乃喟然叹曰："朕不听贾诩、刘晔之言，果有此败！"时值夏天，大疫流行，马步军十死六七，遂引军回洛阳。吴、魏自此不和。

却说先主在永安宫，染病不起，渐渐沉重。至章武三年夏四月，先主自知病入四肢，又哭关、张二弟，其病愈深。两目昏花，厌见侍从之人，乃叱退左右，独卧于龙榻之上。忽然阴风骤起，将灯吹摇，灭而复明。只见灯影之下，二人侍立。先主怒曰："朕心绪不宁，教汝等且退，何故又来！"叱之不退。先主起而视之，上首乃云长，下首乃翼德也。先主大惊曰："二弟原来尚在？"云长曰："臣等非人，乃鬼也。上

◎胜军不可轻搠，以其势盛也。曹丕不听贾诩、刘晔劝阻，引兵攻吴。"时值夏天，大疫流行，马步军十死六七"，连病菌都不站在曹丕一边，只好"引军回洛阳"。

◎刘备最后承认自己"智识浅陋，不纳丞相之言，自取其败。"其实老百姓，不怕你出错犯错，而是怕你错了还以为正确，错了不改还要继续错下去，一条道走到黑，直到山河易色，直到神州陆沉，那才是一劫不复的灾难啊！

帝以臣二人平生不失信义，皆敕命为神。哥哥与兄弟聚会不远矣。"先主扯定大哭。忽然惊觉，二弟不见。即唤从人问之，时正三更。先主叹曰："朕不久于人世矣！"遂遣使往成都，请丞相诸葛亮、尚书令李严等，星夜来永安宫听受遗命。孔明等与先主次子鲁王刘永、梁王刘理，来永安宫见帝，留太子刘禅守成都。

且说孔明到永安宫，见先主病危，慌忙拜伏于龙榻之下。先主传旨，请孔明坐于龙榻之侧，抚其背曰："朕自得丞相，幸成帝业。何期智识浅陋，不纳丞相之言，自取其败。悔恨成疾，死在旦夕。嗣子孱弱，不得不以大事相托。"言讫，泪流满面。孔明亦涕泣曰："愿陛下善保龙体，以副天下之望！"先主以目遍视，只见马良之弟马谡在傍，先主令且退。谡退出，先主谓孔明曰："丞相观马谡之才何如？"孔明曰："此人亦当世之英才也。"先主曰："不然。朕观此人，言过其实，不可大用。丞相宜深察之。"分付毕，传旨召诸臣入殿，取纸笔写了遗诏，递与孔明而叹曰："朕不读书，粗知大略。圣人云：'鸟之将死，其鸣也哀；人之将死，其言也善。'朕本待与卿等同灭曹贼，共扶汉室，不幸中道而别。烦丞相将诏付与太子禅，令勿以为常言。凡事更望丞相教之！"孔明等泣拜于地曰："愿陛下将息龙体。臣等尽施犬马之劳，以报陛下知遇之恩也。"先主命内侍扶起孔明，一手掩泪，一手执其手，曰："朕今死矣，有心腹之言相告。"孔明曰："有何圣谕？"先主泣曰："君才十倍曹丕，必能安邦定国，终定大事。若嗣子可辅，则辅之；如其不才，君可自为成都之主。"孔明听毕，汗流遍体，手足失措，泣拜于地曰："臣安敢不竭股肱之力，尽忠贞之节，继之以死乎！"言讫，叩头流血。先主又请孔明坐于榻上，唤鲁王刘永、梁王刘理近前，分付曰："尔等皆记朕言：朕亡之后，尔兄弟三人，皆以父事丞相，不可怠慢。"言罢，遂命二王同拜孔明。二王拜毕，孔明曰："臣虽肝脑涂地，安能报知遇之恩也！"先主谓众官曰："朕已托孤于丞相，令嗣子以父事之。卿等俱不可怠慢，以负朕望。"又嘱赵云曰："朕与卿于患难之中，相从到今，不想于此地分别。卿可想朕故交，早晚看觑吾子，勿负朕言。"云泣拜曰："臣敢不效犬马之劳！"先主又谓众官曰："卿等众官，朕不能一一分嘱，愿皆自爱。"言毕，驾崩，寿六十三岁。时章武三年夏四月二十四日也。后杜工部有诗叹曰：

蜀主窥吴向三峡，崩年亦在永安宫。
翠华想像空山外，玉殿虚无野寺中。
古庙杉松巢水鹤，岁时伏腊走村翁。
武侯祠屋长邻近，一体君臣祭祀同。

◎当着众人，说心腹话，刘备一点也不糊涂。阿斗之不成器，也由此可见。

◎儒文化的"士为知己者死"，是知识分子最能表明心迹的手段。刘备这一番话，诸葛亮也只有以一死报之了。

◎胡三省注《资治通鉴》，对其托孤和遗言，赞曰："自古托孤之主，无如昭烈之明白洞达者"；"自汉以下，所以诏敕嗣君者，能有此言否？"说明刘备虽败，但神气犹存，所以有此完善周到细致而富感性的后事安排。大家只知道刘备向诸葛亮托孤，但通常不注意还有另外一个陌生角色在场，那就是李严。刘备临死前所作出的最后一个安排，大有深意，倒真是为蜀汉的长治久安着想，不过，装睡的人是叫不醒的，奈何诸葛亮未能领会，或者，装着没有领会。刘备死后，很快就借故将李严从副手降至空职，后又因错将其从后勤部门褫解为民。这个出类拔萃的李严，在《三国志·蜀书》中与魏延同传，值得同情。

先主驾崩，文武官僚，无不哀痛。孔明率众官奉梓宫还成都。太子刘禅出城迎接灵柩，安于正殿之内。举哀行礼毕，开读遗诏。诏曰：

> 朕初得疾，但下痢耳；后转生杂病，殆不自济。朕闻"人年五十，不称夭寿"。今朕年六十有馀，死复何恨？但以卿兄弟为念耳。勉之！勉之！勿以恶小而为之，勿以善小而不为。惟贤惟德，可以服人。卿父德薄，不足效也。卿与丞相从事，事之如父，勿怠！勿忘！卿兄弟更求闻达。至嘱！至嘱！

◎知其子莫如其父矣！

群臣读诏已毕。孔明曰："国不可一日无君，请立嗣君，以承汉统。"乃立太子禅即皇帝位，改元建兴。加诸葛亮为武乡侯，领益州牧。葬先主于惠陵，谥曰昭烈皇帝。尊皇后吴氏为皇太后；谥甘夫人为昭烈皇后，麋夫人亦追谥为皇后。升赏群臣，大赦天下。

◎《三国演义》写刘备之死，过于煽情，托孤，便成一出完全的苦戏了。刘备在白帝城养病，"闻魏师大出，遗陆逊书曰：'贼今已在江、汉，吾将复东，将军谓其能然否？'逊答曰：'但恐军新破，创夷未复，始求通亲，且当自补，未暇穷兵耳。若不推算，欲复以倾覆之馀远送以来者，无所逃命。'"尽管陆逊锋芒毕露，但作为败军之将的刘备，雄豪之气仍存，挑战之意尚在，所以他敢对陆逊说"吾将复来"。可惜，本可以表现精神不灭、英雄本色的重要情节，竟被演义作者疏失了。不过，刘备的时代结束了，与吴交恶的政策也应该改变了。

早有魏军探知此事，报入中原。近臣奏知魏主，曹丕大喜曰："刘备已亡，朕无忧矣。何不乘其国中无主，起兵伐之？"贾诩谏曰："刘备虽亡，必托孤于诸葛亮。亮感备知遇之恩，必倾心竭力，扶持嗣主。陛下不可仓卒伐之。"正言间，忽一人从班部中奋然而出曰："不乘此时进兵，更待何时？"众视之，乃司马懿也。丕大喜，遂问计于懿。懿曰："若只起中国之兵，急难取胜。须用五路大兵，四面夹攻，令诸葛亮首尾不能救应，然后可图。"丕问何五路，懿曰："可修书一封，差使往辽东鲜卑国，见国王轲比能，赂以金帛，令起辽西羌兵十万，先从旱路取西平关：此一路也。再修书遣使赍官诰赏赐，直入南蛮，见蛮王孟获，令起兵十万，攻打益州、永昌、牂牁、越巂四郡，以击西川之南：此二路也。再遣使入吴修好，许以割地，令孙权起兵十万，攻两川峡口，径取涪城：此三路也。又可差使至降将孟达处，起上庸兵十万，西攻汉中：此四路也。然后命大将军曹真为大都督，提兵十万，由京兆径出阳平关取西川：此五路也。共大兵五十万，五路并进，诸葛亮便有吕望之才，安能当此乎？"丕大喜，随即密遣能言官四员为使前去。又命曹真为大都督，领兵十万，径取阳平关。此时张辽等一班旧将，皆封列侯，俱在冀、徐、青及合肥等处，据守关津隘口，故不复调用。

却说蜀汉后主刘禅，自即位以来，旧臣多有病亡者，不能细说。凡一应朝廷选法、钱粮、词讼等事，皆听诸葛丞相裁处。时后主未立皇后，孔明与群臣上言曰："故车骑将军张飞之女甚贤，年十七岁，可纳为正宫皇后。"后主即纳之。

建兴元年秋八月，忽有边报说："魏调五路大兵，来取西川：第一路，曹真为大都督，起兵十万，取阳

◎司马懿屡有精辟见解，但指挥作战，还是初次上阵，但已与众不同，统筹全局，视野开阔，连蛮、羌边荒之兵，也在任其驱使之列，可知其心胸中的韬略。虽然终被老手诸葛亮破了，可司马懿的这一次初试锋芒，难道不让诸葛先生刮目相看吗？

平关;第二路,乃反将孟达,起上庸兵十万,犯汉中;第三路,乃东吴孙权,起精兵十万,取峡口入川;第四路,乃蛮王孟获,起蛮兵十万,犯益州四郡;第五路,乃番王轲比能,起羌兵十万,犯西平关。此五路军马,甚是利害。已先报知丞相,丞相不知为何,数日不出视事。"后主听罢大惊,即差近侍赍旨,宣召孔明入朝。使命去了半日,回报:"丞相府下人言,丞相染病不出。"后主转慌。次日,又命黄门侍郎董允、谏议大夫杜琼,去丞相卧榻前,告此大事。董、杜二人到丞相府前,皆不得入。杜琼曰:"先帝托孤于丞相,今主上初登宝位,被曹丕五路兵犯境,军情至急,丞相何故推病不出?"良久,门吏传丞相令,言:"病体稍可,明早出都堂议事。"董、杜二人叹息而回。次日,多官又来丞相府前伺候。从早至晚,又不见出。多官惶惶,只得散去。杜琼入奏后主曰:"请陛下圣驾,亲往丞相府问计。"后主即引多官入宫,启奏皇太后。太后大惊,曰:"丞相何故如此?有负先帝委托之意也!我当自往。"董允奏曰:"娘娘未可轻往。臣料丞相必有高明之见。且待主上先往。如果怠慢,请娘娘于太庙中,召丞相问之未迟。"太后依奏。

次日,后主车驾亲至相府。门吏见驾到,慌忙拜伏于地而迎。后主问曰:"丞相在何处?"门吏曰:"不知在何处。只有丞相钧旨,教挡住百官,勿得辄入。"后主乃下车步行,独进第三重门,见孔明独倚

◎老子曾三顾茅庐,请他出山,儿子竟敢拿大,不到相府来敦请,那算是怎么回事呢?这当然是给阿斗一个明白的信号,让他明白,摆好他这个皇帝和相父之间的位置。

竹杖，在小池边观鱼。后主在后立久，乃徐徐而言曰：
"丞相安乐否？"孔明回顾，见是后主，慌忙弃杖，
拜伏于地曰："臣该万死！"后主扶起，问曰："今曹
丕分兵五路，犯境甚急，相父缘何不肯出府视事？"
孔明大笑，扶后主入内室坐定，奏曰："五路兵至，
臣安得不知？臣非观鱼，有所思也。"后主曰："如之
奈何？"孔明曰："羌王轲比能、蛮王孟获、反将孟
达、魏将曹真此四路兵，臣已皆退去了也。止有孙权
这一路兵，臣已有退之之计，但须一能言之人为使。
因未得其人，故熟思之。陛下何必忧乎？"后主听罢，
又惊又喜，曰："相父果有鬼神不测之机也！愿闻退
兵之策。"孔明曰："先帝以陛下付托与臣，臣安敢旦
夕怠慢。成都众官，皆不晓兵法之妙，贵在使人不测，
岂可泄漏于人？老臣先知西番国王轲比能，引兵犯西
平关；臣料马超积祖西川人氏，素得羌人之心，羌人
以超为神威天将军，臣已先遣一人，星夜驰檄，令马
超紧守西平关，伏四路奇兵，每日交换，以兵拒之：
此一路不必忧矣。又南蛮孟获，兵犯四郡，臣亦飞檄
遣魏延领一军左出右入，右出左入，为疑兵之计；蛮
兵惟凭勇力，其心多疑，若见疑兵，必不敢进：此一
路又不足忧矣。又知孟达引兵出汉中；达与李严曾结
生死之交，臣回成都时，留李严守永安宫，臣已作一
书，只做李严亲笔，令人送与孟达，达必然推病不出，
以慢军心：此一路又不足忧矣。又知曹真引兵犯阳平

◎还得回到联吴抗曹的老路上来。

关；此地险峻，可以保守，臣已调赵云引一军守把关隘，并不出战；曹真若见我军不出，不久自退矣。此四路兵俱不足忧。臣尚恐不能全保，又密调关兴、张苞二将，各引兵三万，屯于紧要之处。为各路救应。此数处调遣之事，皆不曾经由成都，故无人知觉。只有东吴这一路兵，未必便动：如见四路兵胜，川中危急，必来相攻；若四路不济，安肯动乎？臣料孙权想曹丕三路侵吴之怨，必不肯从其言。虽然如此，须用一舌辩之士，径往东吴，以利害说之，则先退东吴，其四路之兵，何足忧乎？但未得说吴之人，臣故踌躇。何劳陛下圣驾来临？"后主曰："太后亦欲来见相父。今朕闻相父之言，如梦初觉，复何忧哉！"

　　孔明与后主共饮数杯，送后主出府。众官皆环立于门外，见后主面有喜色。后主别了孔明，上御车回朝。众官疑惑不定。孔明见众官中，一人仰天而笑，面亦有喜色。孔明视之，乃义阳新野人，姓邓、各芝，字伯苗，现为户部尚书，汉司马邓禹之后。孔明暗令人留住邓芝。多官皆散，孔明请芝到书院中，问芝曰："今蜀、魏、吴鼎分三国。欲讨二国，一统中兴，当先伐何国？"芝曰："以愚意论之：魏虽汉贼，其势甚大，急难摇动，当徐徐缓图。今主上初登宝位，民心未安，当与东吴连合，结为唇齿，一洗先帝旧怨，此乃长久之计也。未审丞相钧意若何？"孔明大笑曰："吾思之久矣，奈未得其人，今日方得也！"芝

◎刘备在兵败以后，去世之前，他终于明白蜀之主敌为魏，使两国恢复了外交关系，并互换使节。"吴王使太中大夫郑泉聘于汉，汉太中大夫宗玮报之，吴、汉复通"。现在，诸葛亮只是更进一步加强双边关系罢了。

曰："丞相欲其人何为？"孔明曰："吾欲使人往结东吴。公既能明此意，必能不辱君命。使乎之任，非公不可。"芝曰："愚才疏智浅，恐不堪当此任。"孔明曰："吾来日奏知天子，便请伯苗一行，切勿推辞。"芝应允而退。至次日，孔明奏准后主，差邓芝往说东吴。芝拜辞，望东吴而来。正是：

　　　　　吴人方见干戈息，蜀使还将玉帛通。

未知邓芝此去若何，且看下文分解。

　　刘备托孤，历来看法各异。李卓吾评："玄德托孤数语，人以为诚语，予特以为奸雄之言也。有此数语，孔明纵奸如莽、操，亦自动手脚不得矣，况孔明又原忠诚不二者乎？"毛氏父子评："或问先主令孔明自取之为真话乎？曰：以为真，则是真，以为假，则亦假也。"苏东坡《志林》说："玄德将死之言，乃真实语也。"卢弼《三国志集解》说："以其不肖者败之，不若能者为之。昭烈睹嗣子之不肖，患成业之倾败，发愤授贤，亦情之所出，何疑为伪乎？"赵翼认为："托孤于亮，千载下犹见其肝膈本怀，岂非真性情之流露。"

　　近人周一良在《魏晋南北朝史札记》中说："三国纷争之时，统治者心中之主要目标在巩固地盘，进而争夺天下。刘备以此勉励诸葛亮，孙策托孤于张昭亦然。"他援引桂馥语："刘备自叹大业未就，又无克家之嗣子，与其拱手以让敌，何如使能者制敌而有之为快。此真英雄志士之大略，非庸庸者所能窥测也。"

　　刘备经历了他一生以来的大败，他终于明白，在此最后时刻，应该怎样画这个句号。

第八十六回

难张温秦宓逞天辩
破曹丕徐盛用火攻

　　只要有对峙的双方，说客，就是不可少的。其实，现代社会中的上至国家的外交官，谈判代表，下至公司里的推销员，公关部门，他们所做的一切和所想达到的目标，与历史上的这些说客相比，除了内容变化，实质精神是没有什么差别的。总是处于弱势地位的一方，希望通过语言手段，从处于强势的一方那里，获得想得到的一份，而避免必须诉诸强力的较量。因为真刀真枪的结果，绝对是加强矛盾，扩大裂痕，事后修补，必付更大代价的对己不利之事，所以，"不战而屈人之兵"，被视为外交至境。

　　孙权在得到荆州后，赶紧向魏帝称臣，并派了使者赵咨去当说客，说服曹丕。使他一方面相信东吴称臣的真意，一方面又对江东保持礼敬。臣服本是江东权宜之计，不打算真正投降，保持尊严是第一位的。因此，态度强硬，反而容易激生事端，引发曹丕的警惕戒惧之心，但过于软弱，会被视作可欺，曹丕随时可以挑衅发难。要做到不卑不亢，而又维持吴、魏暂时相安的局面，赵咨不负重任，说动了曹丕，吴、魏由于荆州易主所产生的危机，安然过去。同样，邓芝使吴，重修旧好，当然也是西蜀的基本国策，另一方面，诸葛亮在刘备出川大败以后，需要一段安定岁月，恢复元气，重整旗鼓。邓芝在热油正沸的油锅前面，侃侃而谈，陈述吴蜀分合之利害，终于赢得了孙权的心。

　　实力虽然是决定性的，但无论强方多强，弱方多弱，说客所起的作用，万万不可忽视。宁可多费些口舌，也不要诉诸角力，只有刘豫州那样不可理喻的人物，才把整个国家押在轮盘赌上。

却说东吴陆逊，自退魏兵之后，吴王拜逊为辅国将军、江陵侯，领荆州牧，自此军权皆归于逊。张昭、顾雍启奏吴王，请自改元。权从之，遂改为黄武元年。忽报魏主遣使至，权召入。使命陈说："蜀前使人求救于魏，魏一时不明，故发兵应之；今已大悔，欲起四路兵取川，东吴可来接应。若得蜀土，各分一半。"权闻言，不能决，乃问于张昭、顾雍等。昭曰："陆伯言极有高见，可问之。"权即召陆逊至。逊奏曰："曹丕坐镇中原，急不可图，今若不从，必为仇矣。臣料魏与吴皆无诸葛亮之敌手。今且勉强应允，整军预备，只探听四路如何。若四路兵胜，川中危急，诸葛亮首尾不能救，主上则发兵以应之，先取成都，深为上策；如四路兵败，别作商议。"权从之，乃谓魏使曰："军需未办，择日便当起程。"使者拜辞而去。

◎政治家是绝不怕瞪眼说瞎话的。

权令人探得西番兵出西平关，见了马超，不战自退；南蛮孟获起兵攻四郡，皆被魏延用疑兵计杀退回洞去了；上庸孟达兵至半路，忽然染病不能行；曹真兵出阳平关，赵子龙拒住各处险道，果然"一将守关，万夫莫开"，曹真屯兵于斜谷道，不能取胜而回。孙权知了此信，乃谓文武曰："陆伯言真神算也。孤若妄动，又结怨于西蜀矣。"

◎诸葛亮，司马懿，陆逊都不弱，各人打了一套太极拳。

忽报西蜀遣邓芝到。张昭曰："此又是诸葛亮退兵之计，遣邓芝为说客也。"权曰："当何以答之？"

◎作说客，有时候并不比关云长单刀赴会安全。"不入虎穴，焉得虎子"，这句话对这些人说，是很贴切的。

◎《三国演义》里，用激将法处极多，这可能和古人比较豪爽率直有关，有点头脑的现代人，通常是不吃这一套的。

◎诸葛亮一生，辅佐刘备十七年，刘禅十二年。前者不犯浑时，尚具宏图大略，后者没有不犯浑时，则终日昏昏噩噩，如果说辅佐前者的工作量为一百，那么辅佐后者的工作量，就得一百五十或二百。因为用于纠偏、改正、防范、戒劝后者已犯的和将犯的诸多毛病，要花更大力气。所以，辅佐阿斗的十二年，其劳累程度，远

昭曰："先于殿前立一大鼎，贮油数百斤，下用炭烧。待其油沸，可选身长面大武士一千人，各执刀在手，从宫门前直摆至殿上，却唤芝入见。休等此人开言下说词，责以郦食其说齐故事，效此例烹之，看其人如何对答。"

权从其言，遂立油鼎，命武士立于左右，各执军器，召邓芝入。芝整衣冠而入。行至宫门前，只见两行武士，威风凛凛，各持钢刀、大斧、长戟、短剑，直列至殿上。芝晓其意，并无惧色，昂然而行。至殿前，又见鼎镬内热油正沸。左右武士以目视之，芝但微微而笑。近臣引至帘前，邓芝长揖不拜。权令卷起珠帘，大喝曰："何不拜！"芝昂然而答曰："上国天使，不拜小邦之主。"权大怒曰："汝不自料，欲掉三寸之舌，效郦生说齐乎！可速入油鼎！"芝大笑曰："人皆言东吴多贤，谁想惧一儒生！"权转怒曰："孤何惧尔一匹夫耶？"芝曰："既不惧邓伯苗，何愁来说汝等也？"权曰："尔欲为诸葛亮作说客，来说孤绝魏向蜀，是否？"芝曰："吾乃蜀中一儒生，特为吴国利害而来。乃设兵陈鼎，以拒一使，何其局量之不能容物耶！"

权闻言惶愧，即叱退武士，命芝上殿，赐坐而问曰："吴、魏之利害若何？愿先生教我。"芝曰："大王欲与蜀和，还是欲与魏和？"权曰："孤正欲与蜀主讲和；但恐蜀主年轻识浅，不能全始全终耳。"芝

曰："大王乃命世之英豪，诸葛亮亦一时之俊杰；蜀有山川之险，吴有三江之固：若二国连和，共为唇齿，进则可以兼吞天下，退则可以鼎足而立。今大王若委贽称臣于魏，魏必望大王朝觐，求太子以为内侍；如其不从，则兴兵来攻，蜀亦顺流而进取。如此则江南之地，不复为大王有矣。若大王以愚言为不然，愚将就死于大王之前，以绝说客之名也。"言讫，撩衣下殿，望油鼎中便跳。权急命止之，请入后殿，以上宾之礼相待。权曰："先生之言，正合孤意。孤今欲与蜀主连和，先生肯为我介绍乎？"芝曰："适欲烹小臣者，乃大王也；今欲使小臣者，亦大王也。大王犹自狐疑未定，安得取信于人？"权曰："孤意已决，先生勿疑。"

于是吴王留住邓芝，集多官问曰："孤掌江南八十一州，更有荆楚之地，反不如西蜀偏僻之处也。蜀有邓芝，不辱其主；吴并无一人入蜀，以达孤意。"忽一人出班奏曰："臣愿为使。"众视之，乃吴郡吴人，姓张，名温，字惠恕，现为中郎将。权曰："恐卿到蜀见诸葛亮，不能达孤之情。"温曰："孔明亦人耳，臣何畏彼哉！"权大喜，重赏张温，使同邓芝入川通好。

却说孔明自邓芝去后，奏后主曰："邓芝此去，其事必成。吴地多贤，定有人来答礼。陛下当礼貌之，令彼回吴，以通盟好。吴若通和，魏必不敢加兵于蜀

胜于辅佐其父的十七年。诸葛亮只活了五十三岁，就死于渭北五丈原的北伐前线。"鞠躬尽瘁，死而后已"，这"瘁"之中，很多都是付与昏君的无效劳动，细想想，也是大不值得啊！然而在现实世界里，脑袋上坐着一位阿斗式的领导，让你累死、气死、烦死、窝囊死，这样的事例，从古至今，我们见识得还少吗？

◎在中国历史上，一次改朝换代，总是一次后人对前人政治、经济、思想、文化上的全盘否定，或局部否定，决不会全盘继承旧日衣钵的。即使一个封建王朝父死子继的王位更迭，也常常意味着提供一次国家大政方针的改变机遇。

◎这个"而已"，把阿斗写透了。

◎东汉伏波将军马援，少有大志，喜在原上驰猎，其兄劝他受业攻书。他说，我不好作章句儒，愿守田牧。所谓"章句儒"，是对中国文人读死书、死读书的一种讽刺。一旦成为"腐儒"，成为"两脚书橱"，成为"寻章摘句老雕虫"，那他也与书页中的蠹虫相差无几了。张温、秦宓的"唇齿之战"，不过是罗贯中在自演正方、反方两方辩客，以显其才华罢了。罗贯中（约1330年－约1400年），山西并州人，长期生活在江浙一带，号湖海散人。曾师从施耐庵，参与《水浒传》的出版编纂工作。一生创作甚丰，尤擅演义小说，除《三国志通俗演义》外，尚有《隋唐两朝志传》、《残唐五代史演义》行世。中国章回小说成为明、清两代白话小说的文学样式，是从施耐庵的《水浒传》和罗贯中的《三国演义》开始的。

矣。吴、魏宁靖，臣当征南，平定蛮方，然后图魏。魏削则东吴亦不能久存，可以复一统之基业也。"后主然之。

忽报东吴遣张温与邓芝入川答礼。后主聚文武于丹墀，令邓芝、张温入。温自以为得志，昂然上殿，见后主施礼。后主赐锦墩，坐于殿左，设御宴待之。后主但敬礼而已。宴罢，百官送张温到馆舍。次日，孔明设宴相待。孔明谓张温曰："先帝在日，与吴不睦，今已晏驾。当今主上，深慕吴王，欲捐旧忿，永结盟好，并力破魏。望大夫善言回奏。"张温领诺。酒至半酣，张温喜笑自若，颇有傲慢之意。

次日，后主将金帛赐与张温，设宴于城南邮亭之上，命众官相送。孔明殷勤劝酒。正饮酒间，忽一人乘醉而入，昂然长揖，入席就坐。温怪之，乃问孔明曰："此何人也？"孔明答曰："姓秦，名宓，字子敕，现为益州学士。"温笑曰："名称学士，未知胸中曾'学事'否？"宓正色而言曰："蜀中三尺小童，尚皆就学，何况于我？"温曰："且说公何所学。"宓对曰："上至天文，下至地理，三教九流，诸子百家，无所不通；古今兴废，圣贤经传，无所不览。"温笑曰："公既出大言，请即以天为问。天有头乎？"宓曰："有头。"温曰："头在何方？"宓曰："在西方。《诗》云：'乃眷西顾。'以此推之，头在西方也。"温又问："天有耳乎？"宓答曰："天处高而听卑。《诗》

云：'鹤鸣九皋，声闻于天。'无耳何能听？"温又问：
"天有足乎？"宓曰："有足。《诗》云：'天步艰难。'
无足何能步？"温又问："天有姓乎？"宓曰："岂得
无姓！"温曰："何姓？"宓答曰："姓刘。"温曰："何
以知之？"宓曰："天子姓刘，以故知之。"温又问曰：
"日生于东乎？"宓对曰："虽生于东，而没于西。"
此时秦宓语言清朗，答问如流，满座皆惊。张温无语。
宓乃问曰："先生东吴名士，既以天事下问，必能深
明天之理。昔混沌既分，阴阳剖判；轻清者上浮而为
天，重浊者下凝而为地。至共工氏战败，头触不周山，
天柱折，地维缺，天倾西北，地陷东南。天既轻清
而上浮，何以倾其西北乎？又未知轻清之外，还有
何物？愿先生教我。"张温无言可对，乃避席而谢曰：
"不意蜀中多出俊杰！恰闻讲论，使仆顿开茅塞。"孔
明恐温羞愧，故以善言解之曰："席间问难，皆戏谈
耳。足下深知安邦定国之道，何在唇齿之戏哉！"温
拜谢。孔明又令邓芝入吴答礼，就与张温同行。张、
邓二人拜辞孔明，望东吴而来。

　　却说吴王见张温入蜀未还，乃聚文武商议。忽
近臣奏曰："蜀遣邓芝同张温入国答礼。"权召入。张
温拜于殿前，备称后主、孔明之德，愿求永结盟好，
特遣邓尚书又来答礼。权大喜，乃设宴待之。权问邓
芝曰："若吴、蜀二国同心灭魏，得天下太平，二主
分治，岂不乐乎？"芝答曰："'天无二日，民无二

◎《三国演义》手法雷同处颇多，这
和赵咨赴魏后，洛阳方面派邢贞去东
吴如出一辙。

◎邓芝不辱使命，不阿附苟且，也不轻凌对手，答得好。

◎这对曹魏来谈，可不是开了个好头，在为司马懿搭桥铺路。

王。’如灭魏之后，未识天命所归何人。但为君者各修其德，为臣者各尽其忠，则战争方息耳。”权大笑曰：“君之诚款，乃如是耶！”遂厚赠邓芝还蜀。自此吴、蜀通好。

却说魏国细作人探知此事，火速报入中原。魏主曹丕听知，大怒曰：“吴、蜀连和，必有图中原之意也。不若朕先伐之。”于是大集文武，商议起兵伐吴。此时大司马曹仁、太尉贾诩已亡。侍中辛毗出班奏曰：“中原之地，土阔民稀，而欲用兵，未见其利。今日之计，莫若养兵屯田十年，足食足兵，然后用之，则吴、蜀方可破也。”丕怒曰：“此迂儒之论也！今吴、蜀连和，早晚必来侵境，何暇等待十年！”即传旨起兵伐吴。司马懿奏曰：“吴有长江之险，非船莫渡。陛下必御驾亲征，可选大小战船，从蔡、颍而入淮，取寿春，至广陵，渡江口，径取南徐，此为上策。”丕从之。于是日夜并工，造龙舟十只，长二十馀丈，可容二千馀人；收拾战船三千馀只。魏黄初五年秋八月，会聚大小将士，令曹真为前部，张辽、张郃、文聘、徐晃等为大将先行，许褚、吕虔为中军护卫，曹休为合后，刘晔、蒋济为参谋官。前后水陆军马三十馀万，克日起兵。封司马懿为尚书仆射，留在许昌，凡国政大事，并皆听懿决断。

不说魏兵起程。却说东吴细作探知此事，报入吴国。近臣慌奏吴王曰：“今魏主曹丕，亲自乘驾龙舟，提水陆大军三十馀万，从蔡、颍出淮，必取广陵渡江，来下江南，甚为利害。"孙权大惊，即聚文武商议。顾雍曰："今主上既与西蜀连和，可修书与诸葛孔明，令起兵出汉中，以分其势；一面遣一大将，屯兵南徐以拒之。"权曰："非陆伯言不可当此大任。"雍曰："陆伯言镇守荆州，不可轻动。"权曰："孤非不知，奈眼前无替力之人。"言未毕，一人从班部内应声而出曰："臣虽不才，愿统一军以当魏兵。若曹丕亲渡大江，臣必生擒，以献殿下；若不渡江，亦杀魏兵大半，令魏兵不敢正视东吴。"权视之，乃徐盛也。权大喜曰："如得卿守江南一带，孤何忧哉！"遂封徐盛为安东将军，总镇都督建业、南徐军马。

盛谢恩，领命而退；即传令教众官军多置器械，多设旌旗，以为守护江岸之计。忽一人挺身出曰："今日大王以重任委托将军，欲破魏兵以擒曹丕，将军何不早发军马渡江，于淮南之地迎敌？直待曹丕兵至，恐无及矣。"盛视之，乃吴王侄孙韶也。韶字公礼，官授扬威将军，曾在广陵守御，年幼负气，极有胆勇。盛曰："曹丕势大，更有名将为先锋，不可渡江迎敌。待彼船皆集于北岸，吾自有计破之。"韶曰："吾手下自有三千军马，更兼深知广陵路势，吾愿自去江北，与曹丕决一死战。如不胜，甘当军令。"盛不从。韶坚执要去，盛只是不肯。韶再三要

◎曹丕篡改为魏后，从222年到225年多次伐吴，并两度率军亲征。这一次伐吴，应是孙权称帝，与魏断绝臣服关系后的224年，隔江而守的徐盛，沿江遍插旌旗，故布疑阵，曹丕未敢渡江进攻建康遂退军。曹丕称帝后，对蜀汉的政策是力诱，对东吴的政策是力攻，他在位六年，这两"力"均无功而返。

◎徐盛是有点不大肯买账的。加之当时陆逊风头正健，他有一点情绪，拿这个宗室子弟出出气罢了。

◎这等贵游子弟的优越感，狗仗人势，最遭人厌。

◎真出事他也担当不起的。

行，盛怒曰："汝如此不听号令，吾安能制诸将乎？"叱武士推出斩之。刀斧手拥孙韶出辕门之外，立起皂旗。韶部将飞报孙权。权听知，急上马来救。武士恰待行刑，孙权早到，喝散刀斧手，救了孙韶。韶哭奏曰："臣往年在广陵，深知地利；不就那里与曹丕厮杀，直待他下了长江，东吴指日休矣！"权径入营来。徐盛迎接入帐，奏曰："大王命臣为都督，提兵拒魏；今扬威将军孙韶，不遵军法，违令当斩，大王何故赦之？"权曰："韶倚血气之壮，误犯军法，万希宽恕。"盛曰："法非臣所立，亦非大王所立，乃国家之典刑也。若以亲而免之，何以令众乎？"权曰："韶犯法，本应任将军处治。奈此子虽本姓俞氏，然孤兄甚爱之，赐姓孙，于孤颇有劳绩。今若杀之，负兄义矣。"盛曰："且看大王之面，寄下死罪。"权令孙韶拜谢。韶不肯拜，厉声而言曰："据吾之见，只是引军去破曹丕！便死也不服你的见识！"徐盛变色。权叱退孙韶，谓徐盛曰："便无此子，何损于兵？今后勿再用之。"言讫自回。当夜，人报徐盛说："孙韶引本部三千精兵，潜地过江去了。"盛恐有失，于吴王面上不好看，乃唤丁奉授以密计，引三千兵渡江接应。

　　却说魏主驾龙舟至广陵，前部曹真已领兵列于大江之岸。曹丕问曰："江岸有多少兵？"真曰："隔岸远望，并不见一人，亦无旌旗营寨。"丕曰："此必诡计也。朕自往观其虚实。"于是大开江道，放龙舟直至大江，泊于江岸。船上建龙凤日月五色旌旗，仪銮簇拥，光耀射目。曹丕端坐舟中，遥望江南，不见一人，回顾刘晔、蒋济曰："可渡江否？"晔曰："兵法实实虚虚。彼见大军至，如何不作整备？陛下未可造次。且待三五日，看其动静，然后发先锋渡江以探之。"丕曰："卿言正合朕意。"

是日天晚，宿于江中。当夜月黑，军士皆执灯火，明耀天地，恰如白昼。遥望江南，并不见半点儿火光。丕问左右曰："此何故也？"近臣奏曰："想闻陛下天兵来到，故望风逃窜耳。"丕暗笑。及至天晓，大雾迷漫，对面不见。须臾风起，雾散云收，望见江南一带皆是连城：城楼上枪刀耀日，遍城尽插旌旗号带。顷刻数次人来报："南徐沿江一带，直至石头城，一连数百里，城郭舟车，连绵不绝，一夜成就。"曹丕大惊。原来徐盛束缚芦苇为人，尽穿青衣，执旌旗，立于假城疑楼之上。魏兵见城上许多人马，如何不胆寒？丕叹曰："魏虽有武士千群，无所用之。江南人物如此，未可图也！"

正惊讶间，忽然狂风大作，白浪滔天，江水溅湿龙袍，大船将覆。曹真慌令文聘撑小舟急来救驾。龙舟上人立站不住。文聘跳上龙舟，负丕下得小舟，奔入河港。忽流星马报道："赵云引兵出阳平关，径取长安。"丕听得，大惊失色，便教回军。众军各自奔走。

◎这就是诸葛亮所期盼的吴蜀联盟的典型场面，若非关云长从中作梗，三国的形势也许不是后来的这个样子。历史就是如此会因为一些人、一些事的偶然因素，而改变了全局进程，你想的得不到，你不想的它偏来了，那也是只有面对这杯苦酒，夫复何言的结果了。

◎据《三国志》"孙权复叛，帝（曹丕）遣（张）辽乘舟，与曹休至海陵，临江。权且惮焉，敕诸将，'张辽虽病，不可当也，慎之！'是岁，辽与诸将破权将吕范。辽病笃，遂薨于江都。""张辽回到许昌，箭疮迸裂而亡。"乃《三国演义》的演义也。

背后吴兵追至。丕传旨，教尽弃御用之物而走。龙舟将次入淮，忽然鼓角齐鸣，喊声大震，刺斜里一彪军杀到，为首大将乃孙韶也。魏兵不能抵当，折其大半，淹死者无数。诸将奋力救出魏主。魏主渡淮河，行不三十里，淮河中一带芦苇，预灌鱼油，尽皆火着；顺风而下，风势甚急，火焰漫空，绝住龙舟。丕大惊，急下小船傍岸时，龙舟上早已火着。丕慌忙上马。岸上一彪军杀来，为首一将乃丁奉也。张辽急拍马来迎，被奉一箭射中其腰，却得徐晃救了，同保魏主而走，折军无数。背后孙韶、丁奉夺得马匹、车仗、船只、器械，不计其数。魏兵大败而回。吴将徐盛全获大功，吴王重加赏赐。张辽回到许昌，箭疮迸裂而亡，曹丕厚葬之，不在话下。

却说赵云引兵杀出阳平关之次，忽报丞相有文书到，说益州耆帅雍闿结连蛮王孟获，起十万蛮兵，侵掠四郡；因此宣云回军，令马超坚守阳平关，丞相欲自南征。赵云乃急收兵而回。此时孔明在成都整饬军马，亲自南征。正是：

　　方见东吴敌北魏，又看西蜀战南蛮。

未知胜负如何，且看下文分解。

　　终于出现魏、蜀、吴三国鼎立，其实是分裂的局面，这是曹操最不愿意看到为之战斗一生，以求在他手下结束的三分天下的局面。如果没有遭遇赤壁的完败，而是八十三万人马越江作战，东西扫荡，荡平余寇的话，孙权将被压缩到长江下游，沿海滩涂，与鱼虾蟹贝为伍，刘备必南下苍梧，五溪蛮峒，成为孟获的把兄弟。鲁肃的吴宫对，诸葛亮的隆中对，都将胎死腹中，而成一纸空谈。

　　在中国这块土地上，一统之大潮，分裂之逆流，此起彼落，相克相生；大国之雄心，小邦之美梦，彼此纠结，难解难分。其实，那时的中国，曹有大国之心，也具大国之力，是绝对有可能重建秦汉大一统的事业。据《太平御鉴》卷346，引《魏武军策令》，"孤先在襄邑，有起兵意，与工师共作卑手刀。时北海孙宾硕来候孤，讥孤曰：'当慕其大者，乃与工师共作刀耶？'孤答曰：'能小复能大，何害？'"这位"能小复能大"的有志之士，用了大半辈子的时间，南征北战，就是为了实现这个目标。孙、刘，就很不同了，孙有大国之力，但无大国之心；刘有大国之心，而无大国之力，刘备还敢喊一声重振汉家天下，孙权连个屁也不敢放，只能靠长江天堑，求得平安。所以，孙、刘二人，天生就是分裂主义者，他们只能在吴宫对、隆中对，找到理论根源了。

　　曹操的努力，连他的儿子都不理解，他一死，刘协成山阳公，汉灭。

　　看来，此人的苦心孤诣，一生追求，便成为历史上永远不被理解的孤独。

第八十七回

征南寇丞相大兴师
抗天兵蛮王初受执

　　诸葛亮南征，是他接手后最为正确的举措。王夫之说，蜀征南中，魏伐辽东，吴收山越，"皆用兵谋国之一道也"。

　　因农耕社会的丰足，足以使那些以骑射为生的游牧民族艳羡觊觎，边患，遂成为中原人的心腹之患。所以，曹操乘官渡大捷之胜势，北攻乌桓，挥师千里，乘胜追击，不容敌人有稍许喘息之时，是力取。诸葛亮南征孟获，或擒或纵，或诱或间，使其既屈于武力，又膺服于心攻，则是智取。

　　对于拥兵百万，武将如云，粮秣丰足，雄居中原的曹操来说，在当时，算是绝对的超级大国，具有足够的军事力量，使得边远部落臣服，轻易不敢启衅。而诸葛亮的西蜀，比之曹操，益州、汉中之地，就十分局促了。何况北有魏国存虎视眈眈之意，东有孙吴怀觊觎窥测之心，因此，相当一部分军力被牵制在蛮夷之域，从而影响他的北进计划。所以，这次南征，不仅是简单的手术刀式的行动，以制止后院起火；而是一次彻底解决问题的战争，达到长治久安的目的。使得在未来北上作战，无暇旁骛时，南疆不再需他分心。

　　武力，可以征服一时，不能持久，败者总是要设法反抗的。只有真正的心悦诚服，才能出现较长时间的平稳和平静的局面。

　　　　　　　　却说诸葛丞相在于成都，事无大小，皆亲自从公决断。两川之民，忻乐太平，夜不闭户，路不拾遗。又幸连年大熟，老幼鼓腹讴歌，凡遇差徭，争先早办。

因此军需器械应用之物，无不完备；米满仓廒，财盈府库。

建兴三年，益州飞报："蛮王孟获，大起蛮兵十万，犯境侵掠。建宁太守雍闿，乃汉朝什方侯雍齿之后，今结连孟获造反。牂牁郡太守朱褒、越嶲郡太守高定，二人献了城。止有永昌太守王伉不肯反。现今雍闿、朱褒、高定三人部下人马，皆与孟获为向导官，攻打永昌郡。今王伉与功曹吕凯，会集百姓，死守此城，其势甚急。"孔明乃入朝奏后主曰："臣观南蛮不服，实国家之大患也。臣当自领大军，前去征讨。"后主曰："东有孙权，北有曹丕，今相父弃朕而去，倘吴、魏来攻，如之奈何？"孔明曰："东吴方与我国讲和，料无异心；若有异心，李严在白帝城，此人可当陆逊也。曹丕新败，锐气已丧，未能远图；且有马超守把汉中诸处关口，不必忧也。臣又留关兴、张苞等分两军为救应，保陛下万无一失。今臣先去扫荡蛮方，然后北伐，以图中原，报先帝三顾之恩、托孤之重。"后主曰："朕年幼无知，惟相父斟酌行之。"言未毕，班部内一人出曰："不可！不可！"众视之，乃南阳人也，姓王，名连，字文仪，现为谏议大夫。连谏曰："南方不毛之地，瘴疫之乡；丞相秉钧衡之重任，而自远征，非所宜也。且雍闿等乃疥癣之疾，丞相只须遣一大将讨之，必然成功。"孔明曰："南蛮之地，离国甚远，人多不习王化，收

◎连年战乱，民不聊生，因此短暂的休生养息，国力便稍有恢复。可惜诸葛亮不惜民力，不恤兵马，急于图功，又动干戈，等于苹果在树上，还未达到成熟程度就摘，未免操之过急了。

◎诸葛亮作为谋士说客，一流，但从未有行政治理经验的他，治蜀大计，就很难一流了。

伏甚难。吾当亲去征之，可刚可柔，别有斟酌，非可容易托人。"王连再三苦劝，孔明不从。

是日，孔明辞了后主，令蒋琬为参军，费祎为长史，董厥、樊建二人为掾史；赵云、魏延为大将，总督军马；王平、张翼为副将；并川将数十员：共起川兵五十万，前望益州进发。忽有关公第三子关索，入军来见孔明曰："自荆州失陷，逃难在鲍家庄养病。每要赴川见先帝报仇，疮痕未合，不能起行。近已安痊，打探得东吴仇人已皆诛戮，径来西川见帝，恰在途中遇见征南之兵，特来投见。"孔明闻之，嗟讶不已；一面遣人申报朝廷，就令关索为前部先锋，一同征南。大队人马，各依队伍而行。饥餐渴饮，夜住晓行，所经之处，秋毫无犯。

却说雍闿听知孔明自统大军而来，即与高定、朱褒商议，分兵三路：高定取中路，雍闿在左，朱褒在右；三路各引兵五六万迎敌。于是高定令鄂焕为前部先锋。焕身长九尺，面貌丑恶，使一枝方天戟，有万夫不当之勇；领本部兵，离了大寨，来迎蜀兵。

却说孔明统大军已到益州界分。前部先锋魏延，副将张翼、王平，才入界口，正遇鄂焕军马。两阵对圆，魏延出马大骂曰："反贼早早受降！"鄂焕拍马与魏延交锋。战不数合，延诈败走，焕随后赶来。走不数里，喊声大震，张翼、王平两路军杀来，绝其后路。延复回，三员将并力拒战，生擒鄂焕，解到大寨，

◎诸葛亮的"嗟讶"，耐人寻味，这本是一件很正常的事嘛！看来，关云长这个亚领袖的阴影，弄得诸葛亮对其人隔阂很深，心结难解，即使他死了，军师也不能不介意。

入见孔明。孔明令去其缚，以酒食待之，问曰："汝是何人部将？"焕曰："某是高定部将。"孔明曰："吾知高定乃忠义之士，今为雍闿所惑，以致如此。吾今放汝回去，令高太守早早归降，免遭大祸。"鄂焕拜谢而去，回见高定，说孔明之德。定亦感激不已。

次日，雍闿至寨。礼毕，闿曰："如何得鄂焕回也？"定曰："诸葛亮以义放之。"闿曰："此乃诸葛亮反间之计，欲令我两人不和，故施此谋也。"定半信不信，心中犹豫。忽报蜀将搦战，闿自引三万兵出迎。战不数合，闿拨马便走。延率兵大进，追杀二十馀里。次日，雍闿又起兵来迎。孔明一连三日不出。至第四日，雍闿、高定分兵两路，来取蜀寨。

却说孔明令魏延等两路伺候，果然雍闿、高定两路兵来，被伏兵杀伤大半，生擒者无数，都解到大寨来。雍闿的人，囚在一边；高定的人，囚在一边。却令军士谣说："但是高定的人免死，雍闿的人尽杀。"众军皆闻此言。少时，孔明令取雍闿的人到帐前，问曰："汝等皆是何人部从？"众伪曰："高定部下人也。"孔明教皆免其死，与酒食赏劳，令人送出界首，纵放回寨。孔明又唤高定的人问之。众皆告曰："吾等实是高定部下军士。"孔明亦皆免其死，赐以酒食；却扬言曰："雍闿今日使人投降，要献汝主并朱褒首级以为功劳，吾甚不忍。汝等既是高定部下军，吾放汝等回去，再不可背反。若再擒来，决不轻恕。"

◎用离间计，用激将法，都是利用人性格上的弱点，往往容易奏效。分而治之，其实是扩大了的离间计。

◎这类手段，在当代行之，大概要露马脚的。不过，皮里阳秋，佯作误会，以讹传讹，散播谣言的要义，也是现今好弄权术的人，必须精通的一门学问。

　　众皆拜谢而去，回到本寨，入见高定，说知此事。定乃密遣人去雍闿寨中探听，却有一般放回的人，言说孔明之德，因此雍闿部军多有归顺高定之心。虽然如此，高定心中不稳，又令一人来孔明寨中探听虚实，被伏路军捉来见孔明。孔明故意认做雍闿的人，唤入帐中问曰："汝元帅既约下献高定、朱褒二人首级，因何误了日期？汝这厮不精细，如何做得细作！"军士含糊答应。孔明以酒食赐之，修密书一封，付军士曰："汝持此书付雍闿，教他早早下手，休得误事。"细作拜谢而去，回见高定，呈上孔明之书，说雍闿如此如此。定看书毕，大怒曰："吾以真心待之，彼反欲害吾，情理难容！"便唤鄂焕商议。焕曰："孔明乃仁人，背之不祥。我等谋反作恶，皆雍闿之故。不如杀闿以投孔明。"定曰："如何下手？"焕曰："可设一席，令人去请雍闿。彼若无异心，必坦然而来；若其不来，必有异心。我主可攻其前，某伏于寨后小路候之，闿可擒矣。"高定从其言，设席请雍闿。闿果疑前日放回军士之言，惧而不来。

　　是夜，高定引兵杀投雍闿寨中。原来有孔明放回免死的人，皆想高定之德，乘时助战。雍闿军不战自乱。闿上马望山路而走。行不二里，鼓声响处，一彪军出，乃鄂焕也，挺方天戟，骤马当先。雍闿措手不及，被焕一戟刺于马下，就枭其首级。闿部下军士皆降高定。定引两部军来降孔明，献雍闿首级于帐下。孔明高坐于帐上，喝令左右推转高定，斩首报来。定曰："某感丞相大恩，今将雍闿首级来降，何故斩也？"孔明大笑曰："汝来诈降，敢瞒吾耶！"定曰："丞相何为知吾诈降？"孔明于匣中取出一缄，与高定曰："朱褒已使人密献降书，说你与雍闿结生死之交，岂肯一旦便杀此人？吾故知汝诈也。"定叫屈曰："朱褒乃反间之计也。丞相切不可信！"孔明曰："吾亦难凭一面之词。汝若捉得朱褒，方表真心。"定曰："丞相休疑。某去擒朱褒来见丞相，若何？"孔明曰："若如此，吾疑心方息也。"

高定即引部将鄂焕并本部兵，杀奔朱褒营来。比及离寨约有十里，山后一彪军到，乃朱褒也。褒见高定军来，慌忙与高定答话。定大骂曰："汝如何写书与诸葛丞相处，使反间之计害吾耶？"褒目瞪口呆，不能回答。忽然鄂焕于马后转过，一戟刺朱褒于马下。定厉声而言曰："如不顺者皆戮之！"于是众军一齐拜降。定引两部军来见孔明，献朱褒首级于帐下。孔明大笑曰："吾故使汝杀此二贼，以表忠心。"遂命高定为益州太守，总摄三郡；令鄂焕为牙将。三路军马已平。

于是永昌太守王伉出城迎接孔明。孔明入城已毕，问曰："谁与公守此城，以保无虞？"伉曰："某今日得此郡无危者，皆赖永昌不韦人，姓吕，名凯，字季平。皆此人之力。"孔明遂请吕凯至。凯入见，

◎"七纵七禽"，从八十七回，一直到九十一回，用相当于《三国演义》这部书的重头戏"赤壁之战"的宏大篇幅，展示蛮荒夷域的光怪陆离。

◎诸葛亮制服这些非等量级的对手，当然易如反掌。这是一个绝对强者，对付一个绝对弱者的从容、轻巧、不费吹灰之力就马到成功的故事，最让这些张着嘴巴、竖着耳朵的平头百姓，听得十分起劲了。自然大获全胜。

礼毕，孔明曰："久闻公乃永昌高士，多亏公保守此城。今欲平蛮方，公有何高见？"吕凯遂取一图，呈与孔明曰："某自历仕以来，知南人欲反久矣，故密遣人入其境，察看可屯兵交战之处，画成一图，名曰'平蛮指掌图'。今敢献与明公。明公试观之，可为征蛮之一助也。"孔明大喜，就用吕凯为行军教授，兼向导官。于是孔明提兵大进，深入南蛮之境。

正行军之次，忽报天子差使命至。孔明请入中军，但见一人素袍白衣而进，乃马谡也。为兄马良新亡，因此挂孝。谡曰："奉主上敕命，赐众军酒帛。"孔明接诏已毕，依命一一给散，遂留马谡在帐叙话。孔明问曰："吾奉天子诏，削平蛮方；久闻幼常高见，望乞赐教。"谡曰："愚有片言，望丞相察之。南蛮恃其地远山险，不服久矣，虽今日破之，明日复叛。丞相大军到彼，必然平服，但班师之日，必用北伐曹丕；蛮兵若知内虚，其反必速。夫用兵之道：'攻心为上，攻城为下；心战为上，兵战为下。'愿丞相但服其心足矣。"孔明叹曰："幼常足知吾肺腑也！"于是孔明遂令马谡为参军，即统大兵前进。

却说蛮王孟获，听知孔明智破雍闿等，遂聚三洞元帅商议。第一洞乃金环三结元帅，第二洞乃董荼那元帅，第三洞乃阿会喃元帅。三洞元帅入见孟获，获曰："今诸葛丞相领大军来侵我境界，不得不并力敌之。汝三人可分兵三路而进。如得胜者，便为洞主。"

◎马稷的理论是正确的，不能因其最后失守街亭，而非其言也。当然从理论到实践，还有过程，不是人人都能说到并能做到。生活中有许多这样屠格涅夫笔下罗亭式语言的巨人，行动的矮子，是最让人丧气的。

于是分金环三结取中路，董荼那取左路，阿会喃取右路，各引五万蛮兵，依令而行。

却说孔明正在寨中议事，忽哨马飞报，说三洞元帅分兵三路到来。孔明听毕，即唤赵云、魏延至，却都不分付；更唤王平、马忠至，嘱之曰："今蛮兵三路而来，吾欲令子龙、文长去，此二人不识地理，未敢用之。王平可往左路迎敌，马忠可往右路迎敌。吾却使子龙、文长随后接应。今日整顿军马，来日平明进发。"二人听令而去。又唤张嶷、张翼分付曰："汝二人同领一军，往中路迎敌。今日整点军马，来日与王平、马忠约会而进。吾欲令子龙、文长去取，奈二人不识地理，故未敢用之。"张嶷、张翼听令去了。赵云、魏延见孔明不用，各有愠色。孔明曰："吾非不用汝二人，但恐以中年涉险，为蛮人所算，失其锐气耳。"赵云曰："倘我等识地理，若何？"孔明曰："汝二人只宜小心，休得妄动。"二人怏怏而退。

赵云请魏延到自己寨内商议曰："吾二人为先锋，却说不识地理而不肯用。今用此后辈，吾等岂不羞乎？"延曰："吾二人只今就上马，亲去探之，捉住土人，便教引进，以敌蛮兵，大事可成。"云从之，遂上马径取中路而来。方行不数里，远远望见尘头大起。二人上山坡看时，果见数十骑蛮兵，纵马而来。二人两路冲出。蛮兵见了，大惊而走。赵云、魏延各

◎其实在兵法里，是并不赞成这种做法的。"大吏怒而不服，遇敌懟而作战，将不知其能，曰崩。"但诸葛亮经常采用这种故意冷落将领，激起其自发的战斗行为，深入敌后，自行其是，结果往往取得比预期更佳的战果。战争本无常规可言，只有诸葛亮这样的大手笔，敢一试耳！

生擒几人，回到本寨，以酒食待之，却细问其故。蛮兵告曰："前面是金环三结元帅大寨，正在山口。寨边东西两路，却通五溪洞并董荼那、阿会喃各寨之后。"赵云、魏延听知此话，遂点精兵五千，教擒来蛮兵引路。比及起军时，已是二更天气，月明星朗，趁着月色而行。刚到金环三结大寨之时，约有四更，蛮兵方起造饭，准备天明厮杀。忽然赵云、魏延两路杀入，蛮兵大乱。赵云直杀入中军，正逢金环三结元帅；交马只一合，被云一枪刺落马下，就枭其首级。馀军溃散。魏延便分兵一半，望东路抄董荼那寨来；赵云分兵一半，望西路抄阿会喃寨来。比及杀到蛮兵大寨之时，天已平明。

先说魏延杀奔董荼那寨来，董荼那听知寨后有军杀至，便引兵出寨拒敌。忽然寨前门一声喊起，蛮兵大乱。原来王平军马早已到了。两下夹攻，蛮兵大败。董荼那夺路走脱。魏延追赶不上。

却说赵云引兵杀到阿会喃寨后之时，马忠已杀至寨前。两下夹攻，蛮兵大败。阿会喃乘乱走脱。各自收军，回见孔明。孔明问曰："三洞蛮兵走了两洞之主，金环三结元帅首级安在？"赵云将首级献功。众皆言曰："董荼那、阿会喃皆弃马越岭而去，因此赶他不上。"孔明大笑曰："二人吾已擒下了。"赵、魏二人并诸将皆不信。少顷，张嶷解董荼那到，张翼解阿会喃到。众皆惊讶。孔明曰："吾观吕凯图本，

◎赵云乃五虎上将，魏延乃镇远将军、镇北将军、镇西大将军，孔明用他俩来与蛮峒的首领打仗，真有高射炮打蚊子之感。

已知他各人下的寨子，故以言激子龙、文长之锐气，故教深入重地，先破金环三结，随即分兵左右寨后抄出，以王平、马忠应之。非子龙、文长不可当此任也。吾料董荼那、阿会喃必从便径往山路而走，故遣张嶷、张翼以伏兵待之，令关索以兵接应，擒此二人。"诸将皆拜伏曰："丞相机算，神鬼莫测！"孔明令押过董荼那、阿会喃至帐下，尽去其缚，以酒食衣服赐之，令各自归洞，勿得助恶。二人泣拜，各投小路而去。孔明谓诸将曰："来日孟获必然亲自引兵厮杀，便可就此擒之。"乃唤赵云、魏延至，付与计策，各引五千兵去了。又唤王平、关索同引一军，授计而去。孔明分拨已毕，坐于帐上待之。

　　却说蛮王孟获在帐中正坐，忽哨马报来，说三洞元帅俱被孔明捉将去了，部下之兵各自溃散。获大怒，遂起蛮兵迤逦进发，正遇王平军马。两阵对圆，王平出马横刀望之，只见门旗开处，数百南蛮骑将两势摆开。中间孟获出马，头顶嵌宝紫金冠，身披缨络红锦袍，腰系碾玉狮子带，脚穿鹰嘴抹绿靴，骑一匹卷毛赤兔马，悬两口松纹镶宝剑，昂然观望，回顾左右蛮将曰："人每说诸葛亮善能用兵，今观此阵，旌旗杂乱，队伍交错，刀枪器械，无一可能胜吾者，始知前日之言谬也。早知如此，吾反多时矣。谁敢去擒蜀将，以振军威？"言未尽，一将应声而出，名唤忙牙长，使一口截头大刀，骑一

◎南中是一个地理概念。诸葛亮南征，目标地为南中四郡所辖区域，即建宁郡、牂柯郡、朱提郡与永昌郡，都在今云南省境内。因为距离成都平原不算很远，直线距离均在百里之内，且马匹可通，因而边民对盆地周缘城乡，时有骚扰。诸葛亮为他北征时不致分心，遂有此擒纵攻心之战。

◎到底是个蛮子，好哄！人类智商的提高，决定于文化水平和文明程度，这个过程并非一蹴而就，所以，诸葛亮指望一战而定，而没有反复，也是不可能的。

匹黄骠马，来取王平。二将交锋，战不数合，王平便走。孟获驱兵大进，迤逦追赶。关索略战又走，约退二十馀里。孟获正追杀之间，忽然喊声大起，左有张嶷，右有张翼，两路兵杀出，截断归路。王平、关索复兵杀回。前后夹攻，蛮兵大败。孟获引部将死战得脱，望锦带山而逃。背后三路兵追杀将来。获正奔走之间，前面喊声大起，一彪军拦住，为首大将乃常山赵子龙也。获见了大惊，慌忙奔锦带山小路而走。子龙冲杀一阵，蛮兵大败，生擒者无数。孟获止与数十骑奔入山谷之中，背后追兵至近，前面路狭，马不能行，乃弃了马匹，爬山越岭而逃。忽然山谷中一声鼓响，乃是魏延受了孔明计策，引五百步军，伏于此处。孟获抵敌不住，被魏延生擒活捉了。从骑皆降。

　　魏延解孟获到大寨来见孔明。孔明早已杀牛宰羊，设宴在寨；却教帐中排开七重围子手，刀枪剑戟，灿若霜雪；又执御赐黄金钺斧，曲柄伞盖，前后羽葆鼓吹，左右排开御林军，布列得十分严整。孔明端坐于帐上，只见蛮兵纷纷攘攘，解到无数。孔明唤到帐中，尽去其缚，抚谕曰："汝等皆是好百姓，不幸被孟获所拘，今受惊谎。吾想汝等父母、兄弟、妻子必倚门而望；若听知阵败，定然割肚牵肠，眼中流血。吾今尽放汝等回去，以安各人父母、兄弟、妻子之心。"言讫，各赐酒食米粮而遣之。蛮兵深感其

◎攻心为上，攻下老百姓的心，更是第一打紧之事。

恩，泣拜而去。孔明教唤武士押过孟获来。不移时，前推后拥，缚至帐前。获跪于帐下。孔明曰："先帝待汝不薄，汝何敢背反？"获曰："西川之地，皆是他人所占土地，汝主倚强夺之，自称为帝。吾世居此处，汝等无礼，侵我土地，何为反耶？"孔明曰："吾今擒汝，汝心服否？"获曰："山僻路狭，误遭汝手，如何肯服！"孔明曰："汝既不服，吾放汝去，若何？"获曰："汝放我回去，再整军马，共决雌雄；若能再擒吾，吾方服也。"孔明即令去其缚，与衣服穿了，赐以酒食，给与鞍马，差人送出路，径望本寨而去。正是：

◎对付化外之民，也就不能按常规处置。根据不同对象，采取不同举措，不宜千篇一律。

　　　　寇入掌中还放去，人居化外未能降。

未知再来交战若何，且看下文分解。

　　孟获反问孔明，吾世居此处，汝侵我土地，何为反耶？孔明没有回答，他也没法回答。
　　按王夫之的说法，蜀征南中，魏伐辽东，是一回事，"皆用兵谋国之一道也。"他认为，"与隋炀之伐高丽，唐玄之伐云南，异矣。隋、唐当天下之方宁，贪功而图远，涉万里以侥幸，败亡之衅，不得而辞焉。诸葛公、司马懿之智，舍大敌而勤远略，其所用心者未测矣。""先主殂，蜀未可以图中原，孟德父子继亡，魏未可以并吴、蜀，兵不欲其久安而忘致死之心，诸葛之略，司马之智，其密用也，非人之所能测也。"
　　在这场攻心战中，诸葛亮自然要慢慢驯服这个孟获了。

第八十八回

渡泸水再缚番王
识诈降三擒孟获

　　七擒孟获,《三国志》不载,只有"亮率众南征"一句。

　　裴松之引习凿齿《汉晋春秋》中有所记载。"亮至南中,所在战捷。闻孟获者,为夷、汉所服,募生致之。既得,使观於营陈之间,问曰:"此军何如?"获对曰:"向者不知虚实,故败。今蒙赐观看营陈,若祇如此,即定易胜耳。"亮笑,纵使更战,七纵七禽,而亮犹遣获。获止不去,曰:"公,天威也,南人不复反矣。"遂至滇池。南中平,皆即其渠率而用之。或以谏亮,亮曰:"若留外人,则当留兵,兵留则无所食,一不易也;加夷新伤破,父兄死丧,留外人而无兵者,必成祸患,二不易也;又夷累有废杀之罪,自嫌衅重,若留外人,终不相信,三不易也;今吾欲使不留兵,不运粮,而纲纪粗定,夷、汉粗安故耳"

　　《资治通鉴》魏纪二,说得更清楚。"汉诸葛亮至南中,所在战捷,亮由越嶲入,斩雍闿及高定。使庲降督益州李恢由益州入,门下督巴西马忠由牂柯入,击破诸县,复与亮合。孟获收闿馀众以拒亮。获素为夷、汉所服,亮募生致之,既得,使观于营陈之间,问曰:'此军何如?'获曰:'向者不知虚实,故败。今蒙赐观营陈,若只如此,即定易胜耳。'亮笑,纵使更战。七纵七禽而亮犹遣获,获止不去,曰:'公,天威也,南人不复反矣!'亮遂至滇池。益州、永昌、牂柯、越嶲四郡皆平,亮即其渠率而用之。或以谏亮,亮曰:'若留外人,则当留兵,兵留则无所食,一不易也;加夷新伤破,父兄死丧,留外人而无兵者,必成祸患,二不易也;又夷累有废杀之罪,自嫌衅重,若留外人,终不相信,三不易也。今吾欲使不留兵,不运粮,而纲纪粗定,夷、汉粗安故耳。'亮于是悉收其俊杰孟获等以为官属,出其金、银、丹、漆、耕牛、战马以给军国之用。自是终亮之世,夷不复反。"

　　诸葛亮和孙权,同是南征,但征必战,两人战法,截然不同。孙权,远至台湾、琉球、交趾、九真,摊子铺得很大,陆逊说他一路向南,只是掳人,凡归顺者,则招降之,凡反抗者,皆杀戮之;诸葛亮,七纵七禽,功夫做到,降其人,伏其心,一直到纵之不走,这就是攻心为上的心战成功的战例了。

却说孔明放了孟获，众将上帐问曰："孟获乃南蛮渠魁，今幸被擒，南方便定，丞相何故放之？"孔明笑曰："吾擒此人，如囊中取物耳。直须降伏其心，自然平矣。"诸将闻言，皆未肯信。

当日孟获行至泸水，正遇手下败残的蛮兵，皆来寻探。众兵见了孟获，且惊且喜，拜问曰："大王如何能勾回来？"获曰："蜀人监我在帐中，被我杀死十馀人，乘夜黑而走。正行间，逢着一哨马军，亦被我杀之，夺了此马，因此得脱。"众皆大喜，拥孟获渡了泸水，下住寨栅，会集各洞酋长，陆续招聚原放回的蛮兵，约有十馀万骑。此时董荼那、阿会喃已在洞中。孟获使人去请，二人惧怕，只得也引洞兵来。获传令曰："吾已知诸葛亮之计矣，不可与战，战则中他诡计。彼川兵远来劳苦，况即日天炎，彼兵岂能久住？吾等有此泸水之险，将船筏尽拘在南岸，一带皆筑土城，深沟高垒，看诸葛亮如何施谋！"众酋长从其计，尽拘船筏于南岸，一带筑起土城；有依江傍崖之地，高竖敌楼；楼上多设弓弩炮石，准备久处之计。粮草皆是各洞供运。孟获以为万全之策，坦然不忧。

却说孔明提兵大进，前军已到泸水。哨马飞报说："泸水之内，并无船筏；又兼水势甚急，隔岸一带筑起土城，皆有蛮兵守把。"时值五月，天气炎热，南方之地，分外炎酷，军马衣甲，皆穿不得。孔明自

◎刘禅自223年登基，到263年降晋，统治蜀国达四十年。在此期间，蜀汉边境，睦邻友好，南方少数民族始终保持相对的和平状态，这应该说是诸葛亮这次南征打下的基础。《资治通鉴》称："终亮之世，夷不复反。"

◎孟获虽是蛮子，但打肿了脸充胖子，倒颇得阿Q精神之要义。

至泸水边观毕，回到本寨，聚诸将至帐中，传令曰："今孟获兵屯泸水之南，深沟高垒，以拒我兵。吾既提兵至此，如何空回？汝等各各引兵，依山傍树，拣林木茂盛之处，与我将息人马。"乃遣吕凯离泸水百里，拣阴凉之地，分作四个寨子；使王平、张嶷、张翼、关索各守一寨，内外皆搭草棚，遮盖马匹，将士乘凉，以避暑气。参军蒋琬看了，入问孔明曰："某看吕凯所造之寨甚不好，正犯昔日先帝败于东吴时之地势矣。倘蛮兵偷渡泸水，前来劫寨，若用火攻，如何解救？"孔明笑曰："公勿多疑，吾自有妙算。"蒋琬等皆不晓其意。

　　忽报蜀中差马岱解暑药并粮米到。孔明令入。岱参拜毕，一面将米、药分派四寨。孔明问曰："汝将带多少军来？"马岱曰："有三千军。"孔明曰："吾军累战疲困，欲用汝军，未知肯向前否？"岱曰："皆是朝廷军马，何分彼我？丞相要用，虽死不辞。"孔明曰："今孟获拒住泸水，无路可渡。吾欲先断其粮道，令彼军自乱。"岱曰："如何断得？"孔明曰："离此一百五十里，泸水下流沙口，此处水慢，可以扎筏而渡。汝提本部三千军渡水，直入蛮洞，先断其粮；然后会合董荼那、阿会喃两个洞主，便为内应。不可有误。"

　　马岱欣然去了，领兵前到沙口，驱兵渡水。因见水浅，大半不下筏，只裸衣而过，半渡皆倒，急救傍

◎敢示弱者，未必弱，而虚张声势者，倒可能有其软肋。

◎这就是《出师表》里所说的"五月渡泸，深入不毛"了。

岸，口鼻出血而死。马岱大惊，连夜回告孔明。孔明随唤向导土人问之。土人曰："目今炎天，毒聚泸水，日间甚热，毒气正发。有人渡水，必中其毒；或饮此水，其人必死。若要渡时，须待夜静水冷，毒气不起，饱食渡之，方可无事。"孔明遂令土人引路，又选精壮军五六百，随着马岱来到泸水沙口，扎起木筏，半夜渡水，果然无事。岱领着二千壮军，令土人引路，径取蛮洞运粮总路口夹山峪而来。那夹山峪，两下是山，中间一条路，止容一人一马而过。马岱占了夹山峪，分拨军士，立起寨栅。洞蛮不知，正解粮到，被岱前后截住，夺粮百馀车。蛮人报入孟获大寨中。

　　此时孟获在寨中，终日饮酒取乐，不理军务，谓众酋长曰："吾若与诸葛亮对敌，必中奸计。今靠此泸水之险，深沟高垒以待之。蜀人受不过酷热，必然退走。那时吾与汝等随后击之，便可擒诸葛亮也。"言讫，呵呵大笑。忽然班内一酋长曰："沙口水浅，倘蜀兵透漏过来，深为利害，当分军守把。"获笑曰："汝是本处土人，如何不知？吾正要蜀兵来渡此水，渡则必死于水中矣。"酋长又曰："倘有土人说与夜渡之法，当复何如？"获曰："不必多疑。吾境内之人，安肯助敌人耶？"正言之间，忽报蜀兵不知多少，暗渡泸水，绝断了夹山粮道，打着"平北将军马岱"旗号。获笑曰："量此小辈，何足道哉！"即遣副将忙牙长，引三千兵投夹山峪来。

◎对虑少谋短的对手，尤宜智取。

◎诸葛亮与孟获战，每次俘获其士兵，必以衣食酒肉优待之。看来，这种攻心术，最为有效，果然倒戈降服者甚众。

却说马岱望见蛮兵已到，遂将二千军摆在山前。两阵对圆，忙牙长出马，与马岱交锋；只一合，被岱一刀，斩于马下。蛮兵大败走回，来见孟获，细言其事。获唤诸将问曰："谁敢去敌马岱？"言未毕，董荼那出曰："某愿往。"孟获大喜，遂与三千兵而去。获又恐有人再渡泸水，即遣阿会喃引三千兵，去守把沙口。

却说董荼那引蛮兵到了夹山峪下寨，马岱引兵来迎。部内军有认得是董荼那，说与马岱如此如此。岱纵马向前，大骂曰："无义背恩之徒！吾丞相饶汝性命，今又背反，岂不自羞！"董荼那满面惭愧，无言可答，不战而退。马岱掩杀一阵而回。董荼那回见孟获曰："马岱英雄，抵敌不住。"获大怒曰："吾知汝原受诸葛亮之恩，今故不战而退，正是卖阵之计！"喝教推出斩了。众酋长再三哀告，方才免死，叱武士将董荼那打了一百大棍，放归本寨。诸多酋长皆来告董荼那曰："我等虽居蛮方，未尝敢犯中国，中国亦不曾侵我。今因孟获势力相逼，不得已而造反。想孔明神机莫测，曹操、孙权尚自惧之，何况我等蛮方乎？况我等皆受其活命之恩，无可为报。今欲舍一死命，杀孟获去投孔明，以免洞中百姓涂炭之苦。"董荼那曰："未知汝等心下若何？"内有原蒙孔明放回的人，一齐同声应曰："愿往！"于是董荼那手执钢刀，引百馀人，直奔大寨而来。时孟获大醉于帐中，董荼那

◎被打一百大棍，还有精神来造孟获的反，倘非蛮子经打，便是孟获的统治，毫无章法可言了。这都散兵游勇，怎么是诸葛亮的对手呢！综观正史上孔明一生的军事行为，也就这次南征称得上"所在战捷"，是战果最为卓著的了。

引众人持刀而入。帐下有两将侍立，董荼那以刀指曰："汝等亦受诸葛丞相活命之恩，宜当报效。"二将曰："不须将军下手，某当生擒孟获，去献丞相。"于是一齐入帐，将孟获执缚已定，押到泸水边，驾船直过北岸，先使人报知孔明。

　　却说孔明已有细作探知此事，于是密传号令，教各寨将士，整顿军器，方教为首酋长解孟获入来，其馀皆回本寨听候。董荼那先入中军见孔明，细说其事。孔明重加赏劳，用好言抚慰，遣董荼那引众酋长去了，然后令刀斧手推孟获入。孔明笑曰："汝前者有言：'但再擒得，便肯降服。'今日如何？"获曰："此非汝之能也，乃吾手下之人自相残害，以致如此，如何肯服！"孔明曰："吾今再放汝去，若何？"孟获曰："吾虽蛮人，颇知兵法。若丞相端的肯放吾回洞中，吾当率兵再决胜负。若丞相这番再擒得我，那时倾心吐胆归降，并不敢改移也。"孔明曰："这番生擒，如又不服，必无轻恕。"令左右去其绳索，仍前赐以酒食，列坐于帐上。孔明曰："吾自出茅庐，战无不胜，攻无不取。汝蛮邦之人，何为不服？"获默然不答。

　　孔明酒后，唤孟获同上马出寨，观看诸营寨栅所屯粮草，所积军器。孔明指谓孟获曰："汝不降吾，真愚人也。吾有如此之精兵猛将，粮草兵器，汝安能胜吾哉？汝若早降，吾当奏闻天子，令汝不失王位，

◎时为公元224—225年，曹丕伐吴，率千军万马，自谯循涡入淮，冬十月，抵广陵，时天寒，船不得入江而返。《三国演义》虽为历史小说，重点在蜀，而不述及此，费很大篇幅写诸葛亮南征，魏、吴之战，只字不提，似是欠缺。

◎凡欺软怕硬之人，在硬的那儿吃了苦头回来，就要在软的这儿宣泄满腔怨气和怒火了。

◎杀鸡焉用牛刀，诸葛亮也未免小题大作一些。

子子孙孙，永镇蛮邦。意下若何？"获曰："某虽肯降，怎奈洞中之人未肯心服。若丞相肯放回去，就当招安本部人马，同心合胆，方可归顺。"孔明忻然，又与孟获回到大寨。饮酒至晚，获辞去。孔明亲自送至泸水边，以船送获归寨。

孟获来到本寨，先伏刀斧手于帐下，差心腹人到董荼那、阿会喃寨中，只推孔明有使命至，将二人赚到大寨帐下，尽皆杀之，弃尸于涧。孟获随即遣亲信之人，守把隘口，自引军出了夹山峪，要与马岱交战，却并不见一人。及问土人，皆言昨夜尽搬粮草复渡泸水，归大寨去了。获再回洞中，与亲弟孟优商议曰："如今诸葛亮之虚实，吾已尽知，汝可去如此如此。"

孟优领了兄计，引百馀蛮兵，搬载金珠、宝贝、象牙、犀角之类，渡了泸水，径投孔明大寨而来。方才过了河时，前面鼓角齐鸣，一彪军摆开，为首大将乃马岱也。孟优大惊。岱问了来情，令在外厢，差人来报孔明。孔明正在帐中与马谡、吕凯、蒋琬、费祎等共议平蛮之事，忽帐下一人，报称孟获差弟孟优来进宝贝。孔明回顾马谡曰："汝知其来意否？"谡曰："不敢明言。容某暗写于纸上，呈与丞相，看合钧意否？"孔明从之。马谡写讫，呈与孔明。孔明看毕，抚掌大笑曰："擒孟获之计，吾已差派下也。汝之所见，正与吾同。"遂唤赵云入，向耳畔分付如此如此；又唤魏延入，亦低言分付；又唤王平、马忠、关索入，亦密密地分付。各人受了计策，皆依令而去，方召孟优入帐。优再拜于帐下曰："家兄孟获，感丞相活命之恩，无可奉献，辄具金珠宝贝若干，权为赏军之资。续后别有进贡天子礼物。"孔明曰："汝兄今在何处？"优曰："为感丞相天恩，径往银坑山中收拾宝物去了，少时便回来也。"孔明曰："汝带多少人来？"优曰："不敢多带，只是随行百馀人，皆运货物者。"孔明尽教入帐看时，皆是青眼黑面，黄发紫须，耳带金环，鬈头跣足，身长力大之士。孔明就令随席而坐，教诸将劝酒，殷勤相待。

◎醉酒也是一计，施之嗜酒的蛮子，尤其见效。人性的弱点，一抓一个准。

　　却说孟获在帐中专望回音，忽报有二人回了；唤入问之，具说："诸葛亮受了礼物大喜，将随行之人，皆唤入帐中，杀牛宰羊，设宴相待。二大王令某密报大王：今夜二更，里应外合，以成大事。"孟获听知甚喜，即点起三万蛮兵，分为三队。获唤各洞酋长分付曰："各军尽带火具。今晚到了蜀寨时，放火为号。吾当自取中军，以擒诸葛亮。"诸多蛮将，受了计策，黄昏左侧，各渡泸水而来。孟获带领心腹蛮将百馀人，径投孔明大寨，于路并无一军阻当。前至寨门，获率众将骤马而入，乃是空寨，并不见一人。获撞入中军，只见帐中灯烛荧煌，孟优并番兵尽皆醉倒。原来孟优被孔明教马谡、吕凯二人管待，令乐人搬做杂剧，殷勤劝酒，酒内下药，尽皆昏倒，浑如醉死之人。孟获入帐问之，内有醒者，但指口而已。获

◎纯粹系恶作剧了。

◎看来南中地区，虽系蛮域，但汉语言仍是通用的。

知中计，急救了孟优等一干人；却待奔回中队，前面喊声大震，火光骤起，蛮兵各自逃窜。一彪军杀到，乃是蜀将王平。获大惊，急奔左队时，火光冲天，一彪军杀到，为首蜀将乃是魏延。获慌忙望右队而来，只见火光又起，又一彪军杀到，为首蜀将乃是赵云。三路军夹攻将来，四下无路。孟获弃了军士，匹马望泸水而逃。正见泸水上数十个蛮兵，驾一小舟，获慌令近岸。人马方才下船，一声号起，将孟获缚住。原来马岱受了计策，引本部兵扮作蛮兵，撑船在此，诱擒孟获。

于是孔明招安蛮兵，降者无数。孔明一一抚慰，并不加害。就教救灭了馀火。须臾，马岱擒孟获至，赵云擒孟优至，魏延、马忠、王平、关索擒诸洞酋长至。孔明指孟获而笑曰："汝先令汝弟以礼诈降，如何瞒得过吾！今番又被我擒，汝可服否？"获曰："此乃吾弟贪口腹之故，误中汝毒，因此失了大事。吾若自来，弟以兵应之，必然成功。此乃天败，非吾之不能也，如何肯服？"孔明曰："今已三次，如何不服？"孟获低头无语。孔明笑曰："吾再放汝回去。"孟获曰："丞相若肯放吾兄弟回去，收拾家下亲丁，和丞相大战一场。那时擒得，方才死心塌地而降。"孔明曰："再若擒住，必不轻恕。汝可小心在意，勤攻韬略之书，再整亲信之士，早用良策，勿生后悔。"遂令武士去其绳索，放起孟获，并孟优及各洞酋长，

◎诸葛亮劝孟获读书，可见中国人之诲人不倦到何等地步！至今，那些好为人师的长辈，情不自禁要指导别人的热心者，有时候也真是让人受不了的。

一齐都放。孟获等拜谢去了。

此时蜀兵已渡泸水。孟获等过了泸水，只见岸口陈兵列将，旗帜纷纷。获到营前，马岱高坐，以剑指之曰："这番拿住，必无轻放！"孟获到了自己寨时，赵云早已袭了此寨，布列兵马。云坐于大旗下，按剑而言曰："丞相如此相待，休忘大恩！"获嗟嗟连声而去。将出界口山坡，魏延引一千精兵，摆在坡上，勒马厉声而言曰："吾今已深入巢穴，夺汝险要；汝尚自愚迷，抗拒大军！这回拿住，碎尸万段，决不轻饶！"孟获等抱头鼠窜，望本洞而去。后人有诗赞曰：

五月驱兵入不毛，月明泸水瘴烟高。
誓将雄略酬三顾，岂惮征蛮七纵劳。

却说孔明渡了泸水，下寨已毕，大赏三军，聚众将于帐下曰："孟获第二番擒来，吾令遍观各营虚实，正欲令其来劫营也。吾知孟获颇晓兵法，吾以兵马粮草炫耀，实令孟获看吾破绽，必用火攻。彼令其弟诈降，欲为内应耳。吾三番擒之而不杀，诚欲服其心，不欲灭其类也。吾今明告汝等，勿得辞劳，可用心报国。"众将拜伏曰："丞相智、仁、勇三者足备，虽子牙、张良不能及也。"孔明曰："吾今安敢望古人耶？皆赖汝等之力，共成功业耳。"帐下诸将听得孔明之言，尽皆喜悦。

◎在西蜀兴兵，抚平西南之际，东吴也在向南拓展，统治区域远达海南、合浦、交趾，并"进讨九真，斩获以万计，又遣从事南宣威命，及徼外扶南、林邑、堂明诸王，各遣使入贡于吴。"由此可见魏、蜀、吴之间，此时处于半休战状态，所以有工夫来整理内部事务了。

却说孟获受了三擒之气，忿忿归到银坑洞中，即差心腹人赍金珠宝贝，往八番九十三甸等处，并蛮方部落，借使牌刀獠丁军健数十万。克日齐备，各队人马，云堆雾拥，俱听孟获调用。伏路军探知其事，来报孔明。孔明笑曰："吾正欲令蛮兵皆至，见吾之能也。"遂卜小车而行。正是：

若非洞主威风猛，怎显军师手段高！

未知胜负如何，且看下文分解。

黄初四年（223），魏文帝曾请几位他父亲在位时的大佬，各各写信给诸葛亮劝降。于是，"魏司徒华歆、司空王朗、尚书令陈群、太史令许芝、谒者仆射诸葛璋各有书与亮，陈天命人事，欲使举国称藩。"这种政治攻势，在国与国的交往中，明知无效，也不得不照章行事。

诸葛亮没有一一作答，只是写了一篇文章，题曰《正议》，算是给这几位老朋友的一个回复。

"昔在项羽，起不由德，虽处华夏，秉帝者之势，卒就汤镬，为后永戒。魏不审鉴，今次之矣；免身为幸，刑在子孙。而二三子各以耆艾之齿，承伪指而进书，有若崇、竦称莽之功，亦将偭于元祸苟免者邪！昔世祖之创迹旧基，奋羸卒数千，摧莽强旅四十余万於昆阳之郊。夫据道讨淫，不在众寡。及至孟德，以其谲胜之力，举数十万之师，救张郃於阳平，势穷虑悔，仅能自脱，辱其锋锐之众，遂丧汉中之地，深知神器不可妄获，旋还未至，感毒而死。子桓淫逸，继之以篡。纵使二三子多逞苏、张诡靡之说，奉进驩兜滔天之辞，欲以诬毁唐帝，讽解禹、稷，所谓徒丧文藻、烦劳翰墨者矣。夫大人君子之所不为也。"（文见《诸葛亮集》）

这封回信，引经据典，结合现实，言词尖锐，毫不客气。

第八十九回

武乡侯四番用计
南蛮王五次遭擒

解放初期，大作家赵树理进城，先办一份《说说唱唱》刊物，说明从根据地来的这位作家，深知中国老百姓的欣赏习惯。说和唱，是民间文学的要素。说三分，是《三国演义》最早说唱的底本，又称平话，系一代一代说书人的集体创作。因为走乡串井，听众为劳动人民，就不能不考虑他们的需求，其出场也是有鼓有板有弦子，有说有唱有表演的。这也是这部演义中，至今还残留很多诗词歌赋的原因。《三国演义》成书以后，仍保留着这些口头文学的特色，什么"话说"、"话分两头"、"花开两朵，各表一枝"这些开场白，都是从"说三分"的南宋年间就有了的。《三国演义》所以能成为一部雅俗共赏、老少咸宜的读物，通俗，随俗，从俗，是其刻意要达到的目标。

中国人为什么要听书，因为中国人长时期不识字者多，而他们和现代人的要求一样，渴望了解这个世界，渴望知道这个社会，渴望明白天上地下、前世今生、过去未来、神仙鬼怪。所以他们拿几个大钱扔在卖艺人的笸箩里，就是在享受艺术的同时，得到知识，这也是千古以来文学艺术得以绵亘不绝的物质支持。由此，我们便也知道，那些"说三分"的艺人，为什么要连篇累牍，大张旗鼓，不怕絮烦，再三再四地大写而特写诸葛亮这个七擒七纵的故事了。在这个世界上，从来都是物质决定精神，接下来，才是精神影响物质，前者，立竿见影，后者，润物无声。艺人们就不能不尊重这些掏钱听书者的喜好了。而元末明初罗贯中将其改编成书时，也不能不考虑读者的好奇心理。那五彩缤纷的蛮乡殊域，那五光十色的奇风异俗，那琳琅满目的南蛮装饰，那奇形怪状的盔甲武器……都让宋元以后，在那个封闭自锁的时代里，那些饱受封建礼教禁锢的国民，也就只有对于这个遥远荒谬的一切憧憬不已了。

因而诸葛亮的南征，由于出奇，遂一而再，再而三的写个没完了。所以，在中国，小说又叫作传奇，道理也就在此。

◎诸葛亮南征，不仅仅是一次军事行为，从历史的角度来看，也是西南地区的少数民族文化与中原文明的一次交流融合的机会。对于推动西南地区的经济发展，文化进步，这次南征是产生了积极影响的。

却说孔明自驾小车，引数百骑前来探路。前有一河，名曰西洱河，水势虽慢，并无一只船筏。孔明令伐木为筏而渡，其木到水皆沉。孔明遂问吕凯，凯曰："闻西洱河上流有一山，其山多竹，大者数围。可令人伐之，于河上搭起竹桥，以渡军马。"孔明即调三万人入山，伐竹数十万根，顺水放下，于河面狭处，搭起竹桥，阔十馀丈。乃调大军于河北岸一字儿下寨，便以河为壕堑，以浮桥为门，垒土为城；过桥南岸，一字下三个大营，以待蛮兵。

却说孟获引数十万蛮兵，恨怒而来。将近西洱河，孟获引前部一万刀牌獠丁，直扣前寨搦战。孔明头戴纶巾，身披鹤氅，手执羽扇，乘驷马车，左右众将簇拥而出。孔明见孟获身穿犀皮甲，头顶朱红盔，左手挽牌，右手执刀，骑赤毛牛，口中辱骂；手下万馀洞丁，各舞刀牌，往来冲突。孔明急令退回本寨，四面紧闭，不许出战。蛮兵皆裸衣赤身，直到寨门前叫骂。诸将大怒，皆来禀孔明曰："某等情愿出寨决一死战！"孔明不许。诸将再三欲战，孔明止曰："蛮方之人，不遵王化，今此一来，狂恶正盛，不可迎也。且宜坚守数日，待其猖獗少懈，吾自有妙计破之。"

◎曹刿论战："夫战、勇气也。一鼓作气，再而衰，三而竭。"对那些乘气而来的对手，先不与之交锋，这并不是软弱的表现。

于是蜀兵坚守数日。孔明在高阜处探之，窥见蛮兵已多懈怠，乃聚诸将曰："汝等敢出战否？"众将欣然要出。孔明先唤赵云、魏延入帐，向耳畔低言，分付如此如此。二人受了计策先进。却唤王平、马忠入

帐，受计去了。又唤马岱分付曰："吾今弃此三寨，退
过河北。吾军一退，汝可便拆浮桥，移于下流，却渡
赵云、魏延军马过河来接应。"岱受计而去。又唤张
翼曰："吾军退去，寨中多设灯火。孟获知之，必来追
赶，汝却断其后。"张翼受计而退。孔明只教关索护车。
众军退去，寨中多设灯火。蛮兵望见，不敢冲突。

　　次日平明，孟获引大队蛮兵径到蜀寨之时，只
见三个大寨，皆无人马，于内弃下粮草车仗数百馀
辆。孟优曰："诸葛弃寨而走，莫非有计否？"孟获
曰："吾料诸葛亮弃辎重而去，必因国中有紧急之事：
若非吴侵，定是魏伐。故虚张灯火以为疑兵，弃车仗
而去也。可速追之，不可错过。"于是孟获自驱前部，
直到西洱河边。望见河北岸上，寨中旗帜整齐如故，
灿若云锦；沿河一带，又设锦城。蛮兵哨见，皆不敢
进。获谓优曰："此是诸葛亮惧吾追赶，故就河北岸
少住，不二日必走矣。"遂将蛮兵屯于河岸，又使人
去山上砍竹为筏，以备渡河，却将敢战之兵，皆移于
寨前面。却不知蜀兵早已入自己之境。

　　是日，狂风大起。四壁厢火明鼓响，蜀兵杀到。蛮
兵獠丁，自相冲突。孟获大惊，急引宗族洞丁杀开条路，
径奔旧寨。忽一彪军从寨中杀出，乃是赵云。获慌忙回
西洱河，望山僻处而走。又一彪军杀出，乃是马岱。孟
获只剩得数十个败残兵，望山谷中而逃。见南、北、西
三处尘头火光，因此不敢前进，只得望东奔走。方才转

◎诸葛亮习惯于设置疑兵，虚阵诱
敌，多头出击，全面包抄，以打大仗
的部署，来对付不堪一击的蛮兵，即
使再缺乏军事常识的读者，不免有小
题大做之憾。

◎至此已四擒四纵了，不是诸葛亮有耐心，而是说话人、演义者，加上罗贯中的好卖弄了。止其不止，作文一弊。

过山口，见一大林之前，数十从人，引一辆小车，车上端坐孔明，呵呵大笑曰："蛮王孟获，天败至此，吾已等候多时也！"获大怒，回顾左右曰："吾遭此人诡计，受辱三次；今幸得这里相遇。汝等奋力前去，连人带车砍为粉碎！"数骑蛮兵，猛力向前。孟获当先呐喊，抢到大林之前，吃踏一声，踏了陷坑，一齐塌倒。大林之内，转出魏延，引数百军来，一个个拖出，用索缚定。

孔明先到寨中，招安蛮兵，并诸甸酋长洞丁。此时大半皆归本乡去了，除死伤外，其馀尽皆归降。孔明以酒肉相待，以好言抚慰，尽令放回。蛮兵皆感叹而去。少顷，张翼解孟优至。孔明诲之曰："汝兄愚迷，汝当谏之。今被吾擒了四番，有何面目再见人耶！"孟优羞惭满面，伏地告求免死。孔明曰："吾杀汝不在今日。吾且饶汝性命，劝谕汝兄。"令武士解其绳索，放起孟优。优泣拜而去。不一时，魏延解孟获至。孔明大怒曰："你今番又被吾擒了，有何理说！"获曰："吾今误中诡计，死不瞑目！"孔明叱武士推出斩之。获全无惧色，回顾孔明曰："若敢再放吾回去，必然报四番之恨！"孔明大笑，令左右去其缚，赐酒压惊，就坐于帐中。孔明问曰："吾今四次以礼相待，汝尚然不服，何也？"获曰："吾虽是化外之人，不似丞相专施诡计，吾如何肯服？"孔明曰："吾再放汝回去，复能战乎？"获曰："丞相若再拿住吾，吾那时倾心降服，尽献本洞之物犒军，誓不反乱。"孔明即笑而遣之。

获忻然拜谢而去，于是聚得诸洞壮丁数千人，望南迤逦而行。早望见尘头起处，一队兵到，乃是兄弟孟优，重整残兵，来与兄报仇。兄弟二人，抱头相哭，诉说前事。优曰："我兵屡败，蜀兵屡胜，难以抵当。只可就山阴洞中，退避不出。蜀兵受不过暑气，自然退矣。"获问曰："何处可避？"优曰："此去西南有一洞，名曰秃龙洞。洞主朵思大王，与弟甚厚，可投之。"于是孟获先教孟优到秃龙洞，见了朵思大王。朵思慌引洞兵出迎。孟获入洞，礼毕，诉说前事。朵思曰："大王宽心。若蜀兵到来，令他一人一骑不得还乡，与诸葛亮皆死于此处！"获大喜，问计于朵思。朵思曰："此洞中止有两条路：东北上一路，就是大王所来之路，地势平坦，土厚水甜，人马可行；若以木石垒断洞口，虽有百万之众，不能进也。西北上有一条路，山险岭恶，道路窄狭，其中虽有小路，多藏毒蛇恶蝎；黄昏时分，烟瘴大起，直至巳、午时方收，惟未、申、酉三时，可以往来；水不可饮，人马难行。此处更有四个毒泉：一名哑泉，其水颇甜，人若饮之，则不能言，不过旬日必死；二曰灭泉，此水与汤无异，人若沐浴，则皮肉皆烂，见骨必死；三曰黑泉，其水微清，人若溅之在身，则手足皆黑而死；四曰柔泉，其水如冰，人若饮之，咽喉无暖气，身躯软弱如绵而死。此处虫鸟皆无，惟有汉伏波将军曾到，自此以后，更无一人到此。今垒断东北大路，令

◎无力抗御强敌，便寄侥幸于神奇怪异，来保护自己，这其实是一种弱者心理。

大王稳居敝洞，若蜀兵见东路截断，必从西路而入。于路无水，若见此四泉，定然饮水，虽百万之众，皆无归矣，何用刀兵耶！"孟获大喜，以手加额曰："今日方有容身之地！"又望北指曰："任诸葛神机妙算，难以施设！四泉之水，足以报败兵之恨也！"自此，孟获、孟优终日与朵思大王筵宴。

却说孔明连日不见孟获兵出，遂传号令，教大军离西洱河，望南进发。此时正当六月炎天，其热如火。有后人咏南方苦热诗曰：

　　山泽欲焦枯，火光覆太虚。
　　不知天地外，暑气更何如！

又有诗曰：

　　赤帝施权柄，阴云不敢生。
　　云蒸孤鹤喘，海热巨鳌惊。
　　忍舍溪边坐？慵抛竹里行。
　　如何沙塞客，擐甲复长征！

孔明统领大军，正行之际，忽哨马飞报："孟获退往秃龙洞中不出，将洞口要路垒断，内有兵把守，山恶岭峻，不能前进。"孔明请吕凯问之，凯曰："某曾闻此洞有条路，实不知详细。"蒋琬曰："孟获四次遭

◎读到此处，几乎以为是《西游记》了。

擒，既已丧胆，安敢再出？况今天气炎热，军马疲乏，征之无益，不如班师回国。"孔明曰："若如此，正中孟获之计也。吾军一退，彼必乘势追之。今已到此，安有复回之理！"遂令王平领数百军为前部，却教新降蛮兵引路，寻西北小径而入。

前到一泉，人马皆渴，争饮此水。王平探有此路，回报孔明。比及到大寨之时，皆不能言，但指口而已。孔明大惊，知是中毒，遂自驾小车，引数十人前来看时，见一潭清水，深不见底，水气凛凛，军不敢试。孔明下车，登高望之，四壁峰岭，鸟雀不闻，心中大疑。忽望见远远山冈之上，有一古庙。孔明攀藤附葛而到，见一石屋之中，塑一将军端坐，旁有石碑，乃汉伏波将军马援之庙；因平蛮到此，土人立庙祀之。孔明再拜曰："亮受先帝托孤之重，今承圣旨，到此平蛮；欲待蛮方既平，然后伐魏吞吴，重安汉室。今军士不识地理，误饮毒水，不能出声。万望尊神，念本朝恩义，通灵显圣，护佑三军！"

祈祷已毕，出庙寻土人问之。隐隐望见对山一老叟扶杖而来，形容甚异。孔明请老叟入庙，礼毕，对坐于石上。孔明问曰："丈者高姓？"老叟曰："老夫久闻大国丞相隆名，幸得拜见。蛮方之人，多蒙丞相活命，皆感恩不浅。"孔明问泉水之故，老叟答曰："军所饮水，乃哑泉之水也。饮之难言，数日而死。此泉之外，又有三泉：东南有一泉，其水至冷，人若饮之，咽

◎为山九仞，功亏一篑，岂不可惜？此刻回师，便是夹生饭了。有的时候，是需要急流勇退；有的时候，则是必须坚持到底，不能半途而废的。

◎神仙指点，绝处逢生。瘴，是中国西南山区的地方病，系因山高林密，多雨湿热，动物尸体加腐殖物蒸郁出来致人死亡的一种气体。

喉无暖气，身躯软弱而死，名曰柔泉；正南有一泉，人若溅之在身，手足皆黑而死，名曰黑泉；西南有一泉，沸如热汤，人若浴之，皮肉尽脱而死，名曰灭泉。敝处有此四泉，毒气所聚，无药可治。又烟瘴甚起，惟未、申、酉三个时辰可往来；馀者时辰，皆瘴气密布，触之即死。"孔明曰："如此则蛮方不可平矣。蛮方不平，安能并吞吴、魏，再兴汉室？有负先帝托孤之重，生不如死也！"老叟曰："丞相勿忧。老夫指引一处，可以解之。"孔明曰："老丈有何高见，望乞指教。"老叟曰："此去正西数里，有一山谷，入内行二十里，有一溪名曰万安溪。上有一高士，号为万安隐者，此人不出溪有数十馀年矣。其草庵后有一泉，名安乐泉。人若中毒，汲其水饮之即愈。有人或生疥癞，或感瘴气，于万安溪内浴之，自然无事。更兼庵前有一等草，名曰'薤叶芸香'。人若口含一叶，则瘴气不染。丞相可速往求之。"孔明拜谢，问曰："承丈者如此活命之德，感刻不胜。愿闻高姓？"老叟入庙曰："吾乃本处山神，奉伏波将军之命，特来指引。"言讫，喝开庙后石壁而入。孔明惊讶不已，再拜庙神，寻旧路上车，回到大寨。

次日，孔明备信香、礼物，引王平及众哑军，连夜望山神所言去处，迤逦而进。入山谷小径，约行二十馀里，但见长松大柏，茂竹奇花，环绕一庄；篱落之中，有数间茅屋，闻得馨香喷鼻。孔明大喜，到庄前扣户，有一小童出。孔明方欲通姓名，早有一人，竹冠草履，白袍皂绦，碧眼黄发，忻然出曰：
"来者莫非汉丞相否？"孔明笑曰："高士何以知
之？"隐者曰："久闻丞相大纛南征，安得不知！"
遂邀孔明入草堂。礼毕，分宾主坐定。孔明告曰：
"亮受昭烈皇帝托孤之重，今承嗣君圣旨，领大军
至此，欲服蛮邦，使归王化。不期孟获潜入洞中，
军士误饮哑泉之水。夜来蒙伏波将军显圣，言高士
有药泉，可以治之。望乞矜念，赐神水以救众兵残
生。"隐者曰："量老夫山野废人，何劳丞相枉驾。
此泉就在庵后。"教取来饮。于是童子引王平等一
起哑军，来到溪边，汲水饮之，随即吐出恶涎，便
能言语。童子又引众军到万安溪中沐浴。隐者于庵
中进柏子茶、松花菜，以待孔明。隐者告曰："此
间蛮洞多毒蛇恶蝎，柳花飘入溪泉之间，水不可饮；
但掘地为泉，汲水饮之方可。"孔明求"薤叶芸香"，
隐者令众军尽意采取："各人口含一叶，自然瘴气
不侵。"孔明拜求隐者姓名，隐者笑曰："某乃孟获
之兄孟节是也。"孔明愕然。隐者又曰："丞相休疑，
容伸片言。某一父母所生三人：长即老夫孟节，次
孟获，又次孟优。父母皆亡。二弟强恶，不归王化。
某屡谏不从，故更名改姓，隐居于此。今辱弟造反，
又劳丞相深入不毛之地，如此生受，孟节合该万死，
故先于丞相之前请罪。"孔明叹曰："方信盗跖、下
惠之事，今亦有之。"遂与孟节曰："吾申奏天子，

◎有孟获、孟优，还有一个孟节，有
哑泉、柔泉、黑泉、灭泉，还有一个
安乐泉。说明这个世界的复杂多端，
变化万千，而且相生相克，此消彼
长，牵制攀援，互为所用，所以看这
个世界，不能简单化，不要形而上。
诸葛亮南征，每当出现难关，他无非
就是多走两步路，多问几个人，多作
调查研究，多多请益老者和前辈，于
是逢凶化吉，化险为夷，这倒是值得
借鉴的。

◎在本回中，出现一首半文不白的诗句，此乃本书特色。唐诗的传播，歌者起到很大的作用，还记得杜甫一首《江南逢李龟年》："岐王宅里寻常见，崔九堂前几度闻。正是江南好风景，落花时节又逢君。"这个李龟年，就是一位当时名贯天下的歌者。明清以后，诗就只剩下吟了，其影响面便仅是诗人与读者之间的交流了。因为诗的可唱性、公众性，和音韵之美，宋以后的说唱艺人，便在表演中无不一展歌喉，以招徕观众。可他们并非李龟年那样的名歌手，有杜甫之类的名诗人提供诗篇，于是，滥竽充数，敷衍成篇，成为《三国演义》中出现很多恶俗诗词的缘故。

立公为王，可乎？"节曰："为嫌功名而逃于此，岂复有贪富贵之意！"孔明乃具金帛赠之，孟节坚辞不受。孔明嗟叹不已，拜别而回。后人有诗曰：

> 高士幽栖独闭关，武侯曾此破诸蛮。
> 至今古木无人境，犹有寒烟锁旧山。

孔明回到大寨之中，令军士掘地取水。掘下二十余丈，并无滴水。凡掘十余处，皆是如此。军心惊慌。孔明夜半焚香告天曰："臣亮不才，仰承大汉之福，受命平蛮。今途中乏水，军马枯渴。倘上天不绝大汉，即赐甘泉！若气运已终，臣亮等愿死于此处！"是夜祝罢，平明视之，皆得满井甘泉。后人有诗曰：

> 为国平蛮统大兵，心存正道合神明。
> 耿恭拜井甘泉出，诸葛虔诚水夜生。

孔明军马既得甘泉，遂安然由小径直入秃龙洞前下寨。

蛮兵探知，来报孟获曰："蜀兵不染瘴疫之气，又无枯渴之患，诸泉皆不应。"朵思大王闻知不信，自与孟获来高山望之。只见蜀兵安然无事，大桶小担，搬运水浆，饮马造饭。朵思见之，毛发耸然，回顾孟获曰："此乃神兵也！"获曰："吾兄弟二人与蜀兵决一死战，就殒于军前，安肯束手受缚！"朵思曰："若大王兵败，吾妻子亦休矣。当杀牛宰马，大赏洞丁，不避水火，直冲蜀寨，方可得胜。"于是大赏蛮兵。

正欲起程，忽报洞后迤西银冶洞二十一洞主杨锋引三万兵来助战。孟获大喜曰："邻兵助我，我必胜矣！"即与朵思大王出洞迎接。杨锋引兵入曰："吾有精兵三万，皆披铁甲，能飞山越岭，足以敌蜀兵百万；我有五子，皆武艺足备，愿助大王。"锋令五子入拜，皆彪躯虎体，威风抖擞。孟获大喜，遂设席相待杨锋父子。酒至半酣，锋曰："军中少乐，吾随军有蛮姑，善舞刀牌，以助一笑。"获忻然从之。须臾，数十蛮姑，皆披发跣足，从帐外舞跳而入，群蛮拍手以歌和之。杨锋令二子把盏。二子举杯诣孟获、孟优前。二人接杯，方欲饮酒，锋大喝一声，二子早将孟获、孟优执下座来。朵思大王却待要走，已被杨锋擒了。蛮姑横截于帐上，谁敢近前。获曰："'兔死狐悲，物伤其类。'吾与汝皆是各洞之主，往日无冤，何故害我？"锋曰："吾兄弟子侄皆感诸葛丞相活命之恩，无可以报。今汝反叛，何不擒献！"于是各洞蛮兵，皆走回本乡。

杨锋将孟获、孟优、朵思等解赴孔明寨来。孔明令人，杨锋等拜于帐下曰："某等子侄皆感丞相恩德，故擒孟获、孟优等呈献。"孔明重赏之，令驱孟获入。孔明笑曰："汝今番心服乎？"获曰："非汝之

◎打，是一种手段；拉，也是一种手段。为了有效地分化瓦解敌人，就要有区别对待。

◎李卓吾评曰:"孟获却也顽皮,孔明却也耐心,想欲借此消闲过日乎?不然,何不惮烦--至此也!"连这位评点大家都为孔明的耐心有情绪了,可想读者之不耐烦。

能,乃吾洞中之人,自相残害,以致如此。要杀便杀,只是不服!"孔明曰:"汝赚吾入无水之地,更以哑泉、灭泉、黑泉、柔泉如此之毒,吾军无恙,岂非天意乎?汝何如此执迷?"获又曰:"吾祖居银坑山中,有三江之险,重关之固。汝若就彼擒之,吾当子子孙孙,倾心服事。"孔明曰:"吾再放汝回去,重整兵马,与吾共决胜负;如那时擒住,汝再不服,当灭九族。"叱左右去其缚,放起孟获。获再拜而去。孔明又将孟优并朵思大王皆释其缚,赐酒食压惊。二人悚惧,不敢正视。孔明令鞍马送回。正是:

深临险地非容易,更展奇谋岂偶然。

未知孟获整兵再来,胜负如何,且看下文分解。

据叶梦得《避暑录话》:"明皇幸蜀图,李思训画,山谷间民皆冠白巾,谓蜀人为诸葛孔明服,所居深远,后遂不除,然不见他书。"周去非《岭外代答》:"西南夷者,大抵椎髻跣足,或衣斑花布,其髻以白布缚之。云为武侯服,武侯之泽远矣。"

从这两位宋人的记叙来看,公元225年(魏文帝黄初六年),诸葛亮的南下之战,七擒七纵孟获,对于中原文明之传播,中华文化之拓展,起到积极的推动作用。对于西南边境经济之成长,民生之进步,政治的启蒙,风俗之改良,也产生了良好的影响。因为诸葛亮的军事行动,始终辅以怀柔政策,攻心为上,其实也就是政治工作的成功。最后,诸葛亮全撤,不留一兵一卒,"悉收其俊杰孟获等以为官属,出其金、银、丹、漆、耕牛、战马以给军国之用。自是终亮之世,夷不复反。"

武力,能奏一时之效,心服,方是长治久安之策。

第九十回

驱巨兽六破蛮兵
烧藤甲七擒孟获

诸葛亮南征，采马稷计："南蛮恃其地远山险，不服久矣；虽今日破之，明日复叛。"所以他建议，"心战为上，兵战为下。"才有六擒六纵，费时半年，才打得孟获口服心服，"南人不复反矣"。

战争，说到底，是双方实力的竞赛，这也是孟获始终不肯认输的原因，死灰尚有复燃的可能，何况他有山有水，有兵有马，有同盟者，有支持者，还有更多对中土的反对者为后盾呢？正是他犹有实力，所以不买诸葛亮这个账，既然你放了我，我要人有人，要物有物，我为什么不来和你决一死战？

以道德感召力，降服其心，这大概是最上乘的，然而也是最难奏效的心战了。半年工夫，六擒六纵，孟获稽服，再也不犯中土，这实在是不可能的。而蛮子低头，"公，天威也，南人不复反矣。"其实是对诸葛亮人格魅力的折服，我们看到每次释放孟获，孔明总是"笑着"送行，这笑，才是春风化雨，润物无声的感召力。实际上，边民对于中土反叛之心，是由于中土不恤边民，强征暴敛的结果。孔明的成功，不留汉官，不派汉兵，这种政策的改变，才是长治久安的基础。

心战最成功的战例，莫过于楚霸王的垓下之围，那韩信的四面楚歌，瓦解军心，涣散斗志，所起作用匪浅。然而，项羽最后授首，还是他失去战斗力之故。孟获若非盘蛇谷被全歼三万藤甲兵后，武装力量已不复存在的情况下，还会有八擒八纵的。

这就是说，诸葛亮仅仅依赖精神力量去征服对手，而不给敌人以毁灭性的打击，是不会取得完全彻底胜利的。道德和文明的感召，是一个长期的潜移默化的过程。唯有在对手的战斗力基本丧失，已无还手的可能下，精神作用才得以充分发挥。所以，睦邻是永远的主题，绥靖是绝对靠不住的短期政策。根本之根本，只有自身保持超强（superstrong）实力，才能为万世开太平的。

◎因为是演义，说书人兴之所致，脱本发挥便不着边际了。孔明此次南征，似在川南、黔西、滇西北一带，但具体的地理位置，似是而非，是无法考较的。

◎"百足之虫，死而不僵"，孟获实力之强大，由此可知。

却说孔明放了孟获等一干人，杨锋父子皆封官爵，重赏洞兵。杨锋等拜谢而去。孟获等连夜奔回银坑洞。那洞外有三江：乃是泸水、甘南水、西城水。三路水会合，故为三江。其洞北近平坦三百馀里，多产万物。洞西二百里，有盐井。西南二百里，直抵泸、甘。正南三百里，乃是梁都洞。洞中有山，环抱其洞，山上出银矿，故名为银坑山。山中置宫殿楼台，以为蛮王巢穴。其中建一祖庙，名曰"家鬼"。四时杀牛宰马享祭，名为"卜鬼"。每年常以蜀人并外乡之人祭之。若人患病，不肯服药，只祷师巫，名为"药鬼"。其处无刑法，但犯罪即斩。有女长成，却于溪中沐浴，男女自相混淆，任其自配，父母不禁，名为"学艺"。年岁雨水均调，则种稻谷；倘若不熟，杀蛇为羹，煮象为饭。每方隅之中，上户号曰"洞主"，次曰"酋长"。每月初一、十五两日，皆在三江城中买卖，转易货物。其风俗如此。

却说孟获在洞中，聚集宗党千馀人，谓之曰："吾屡受辱于蜀兵，立誓欲报之。汝等有何高见？"言未毕，一人应曰："吾举一人，可破诸葛亮。"众视之，乃孟获妻弟，现为八番部长，名曰带来洞主。获大喜，急问何人。带来洞主曰："此去西南八纳洞，洞主木鹿大王，深通法术，出则骑象，能呼风唤雨，常有虎豹豺狼、毒蛇恶蝎跟随。手下更有三万神兵，甚是英勇。大王可修书具礼，某亲往求之。此人若允，何惧蜀兵哉！"获忻然，令国舅赍书而去。却令朵思大王守把三江城，以为前面屏障。

却说孔明提兵直至三江城，遥望见此城三面傍江，一面通旱，即遣魏延、赵云同领一军，于旱路打城。军到城下时，城上弓弩齐发。原来洞中之人，多习弓弩，一弩齐发十矢，箭头上皆用毒药；但有中箭者，皮肉皆烂，见五脏而死。赵云、魏延不能取胜，回见孔明，言药箭之事。孔明自乘小车，到军前看了虚实，回到寨中，令军退数里下寨。蛮兵望见蜀兵远退，皆大笑作贺，只疑蜀兵惧怯而退，因此夜间安心稳睡，不去哨探。

却说孔明约军退后，即闭寨不出。一连五日，并无号令。黄昏左侧，忽起微风。孔明传令曰："每军要衣襟一幅，限一更时分应点。无者立斩。"诸将皆不知其意，众军依令准备。初更时分，又传令曰："每军衣襟一幅，包土一包。无者立斩。"众军亦不知其意，只得依令预备。孔明又传令曰："诸军包土，俱在三江城下交割。先到者有赏。"众军闻令，皆包净土，飞奔城下。孔明令积土为蹬道，先上城者为头功。于是蜀兵十馀万，并降兵万馀，将所包之土，一齐弃于城下。一霎时，积土成山，接连城上。一声暗号，蜀兵皆上城。蛮兵急放弩时，大半早被执下，馀者弃城而走。朵思大王死于乱军之中。蜀将督军分路剿杀。孔明取了三江城，所得珍宝，皆赏三军。

败残蛮兵逃回见孟获说："朵思大王身死，失了三

◎先伪作低姿态以麻痹之，再刻不容缓地急起而攻之，一张一弛，文武之道，这也是克敌制胜，打得敌人猝不及防之一法。

江城。"获大惊。正虑之间，人报蜀兵已渡江，现在本洞前下寨。孟获甚是慌张。忽然屏风后一人大笑而出曰："既为男子，何无智也？我虽是一妇人，愿与你出战。"获视之，乃妻祝融夫人也。夫人世居南蛮，乃祝融氏之后，善使飞刀，百发百中。孟获起身称谢。夫人忻然上马，引宗党猛将数百员、生力洞兵五万，出银坑宫阙，来与蜀兵对敌。方才转过洞口，一彪军拦住，为首蜀将，乃是张嶷。蛮兵见之，却早两路摆开。祝融夫人背插五口飞刀，手挺丈八长标，坐下卷毛赤兔马。张嶷见之，暗暗称奇。二人骤马交锋。战不数合，夫人拨马便走。张嶷赶去，空中一把飞刀落下。嶷急用手隔，正中左臂，翻身落马。蛮兵发一声喊，将张嶷执缚去了。马忠听得张嶷被执，急出救时，早被蛮兵捆住。望见祝融夫人挺标勒马而立，忠忿怒向前去战，坐下马绊倒，亦被擒了。都解入洞中来见孟获。获设席庆贺。夫人叱刀斧手推出张嶷、马忠要斩，获止曰："诸葛亮放吾五次，今番若杀彼将，是不义也。且囚在洞中，待擒住诸葛亮，杀之未迟。"夫人从其言，笑饮作乐。

却说败残兵来见孔明，告知其事。孔明即唤马岱、赵云、魏延三人受计，各自引军前去。次日，蛮兵报入洞中，说赵云搦战。祝融夫人即上马出迎。二人战不数合，云拨马便走。夫人恐有埋伏，勒兵而回。魏延又引军来搦战，夫人纵马相迎。正交锋紧急，延诈败而逃，夫人只不赶。次日，赵云又引军来搦战，夫人领洞兵出

◎诸葛亮放了他五次，才产生这点效果。

迎。二人战不数合，云诈败而走，夫人按标不赶。欲收兵回洞时，魏延引军齐声辱骂，夫人急挺标来取魏延。延拨马便走。夫人忿怒赶来，延骤马奔入山僻小路。忽然背后一声响亮，延回头视之，夫人仰鞍落马。原来马岱埋伏在此，用绊马索绊倒，就里擒缚，解投大寨而来。蛮将洞兵皆来救时，赵云一阵杀散。孔明端坐于帐上，马岱解祝融夫人到，孔明急令武士去其缚，请在别帐赐酒压惊，遣使往告孟获，欲送夫人换张嶷、马忠二将。孟获允诺，即放出张嶷、马忠，还了孔明。孔明遂送夫人入洞。孟获接入，又喜又恼。

忽报八纳洞主到。孟获出洞迎接，见其人骑着白象，身穿金珠缨络，腰悬两口大刀，领着一班喂养虎豹豺狼之士，簇拥而入。获再拜哀告，诉说前事。木鹿大王许以报仇。获大喜，设宴相待。次日，木鹿大王引本洞兵，带猛兽而出。赵云、魏延听知蛮兵出，遂将军马布成阵势。二将并辔立于阵前视之，只见蛮兵旗帜器械皆别，人多不穿衣甲，尽裸身赤体，面目丑陋；身带四把尖刀；军中不鸣鼓角，但筛金为号；木鹿大王腰挂两把宝刀，手执蒂钟，身骑白象，从大旗中而出。赵云见了，谓魏延曰："我等上阵一生，未尝见如此人物。"二人正沉吟之际，只见木鹿大王口中不知念甚咒语，手摇蒂钟。忽然狂风大作，飞砂走石，如同骤雨；一声画角响，虎豹豺狼，毒蛇猛兽，乘风而出，张牙舞爪，冲将过来。蜀兵如何抵当，

◎由于旧小说，又称传奇，追求奇，便成为旧小说作者一个努力方向。在诸葛亮南征的七擒七纵的过程中，遂有诸葛亮的未卜先知，神机妙算，孟获的奇功魔法，怪物异兽，以及一路上见到的恶泉圣水，瘴气仙草，诸多荒诞不经之说，满篇无稽无聊之声，在现代读者看来，当然大部分都是糟粕了。但是，《三国演义》产生于唐宋，形成于元明，流行于清至民国，对那些听众和读者来讲，是应有之义。因此，作者不可能不常受到时代的影响，也不可能不受制于全民整体文化水平。而整个社会的欣赏水平，也就决定了作者的创作水平，这种时代的局限性，也是今天读者要加以宽容和理解的。

往后便退。蛮兵随后追杀，直赶到三江界路方回。

赵云、魏延收聚败兵，来孔明帐前请罪，细说此事。孔明笑曰："非汝二人之罪。吾未出茅庐之时，先知南蛮有驱虎豹之法。吾在蜀中已办下破此阵之物也。随军有二十辆车，俱封记在此。今日且用一半；留下一半，后有别用。"遂令左右取了十辆红油柜车到帐下，留十辆黑油柜车在后。众皆不知其意。孔明将柜打开，皆是木刻彩画巨兽，俱用五色绒线为毛衣，钢铁为牙爪，一个可骑坐十人。孔明选了精壮军士一千馀人，领了一百，口内装烟火之物，藏在军中。次日，孔明驱兵大进，布于洞口。蛮兵探知，入洞报与蛮王。木鹿大王自谓无敌，即与孟获引洞兵而出。孔明纶巾羽扇，身衣道袍，端坐于车上。孟获指曰："车上坐的便是诸葛亮！若擒住此人，大事定矣！"木鹿大王口中念咒，手摇蒂钟。顷刻之间，狂风大作，猛兽突出。孔明将羽扇一摇，其风便回吹彼阵中去了。蜀阵中假兽拥出。蛮洞真兽见蜀阵巨兽口吐火焰，鼻出黑烟，身摇铜铃，张牙舞爪而来，诸恶兽不敢前进，皆奔回蛮洞，反将蛮兵冲倒无数。孔明驱兵大进，鼓角齐鸣，望前追杀。木鹿大王死于乱军之中。洞内孟获宗党，皆弃宫阙，扒山越岭而走。孔明大军占了银坑洞。

次日，孔明正要分兵缉擒孟获，忽报："蛮王孟获妻弟带来洞主，因劝孟获归降，获不从，今将孟获并祝融夫人及宗党数百馀人尽皆擒来，献与丞相。"孔明

◎这些描写，便是后人奚落的，"欲状诸葛之多智而近妖"的地方了。

听知，即唤张嶷、马忠，分付如此如此。二将受了计，引二千精壮兵，伏于两廊。孔明即令守门将，俱放进来。带来洞主引刀斧手解孟获等数百人，拜于殿下。孔明大喝曰："与吾擒下！"两廊壮兵齐出，二人捉一人，尽被执缚。孔明大笑曰："量汝些小诡计，如何瞒得过我！汝见二次俱是本洞人擒汝来降，吾不加害；汝只道吾深信，故来诈降，欲就洞中杀吾！"喝令武士搜其身畔，果然各带利刀。孔明问孟获曰："汝原说在汝家擒住，方始心服，今日如何？"获曰："此是我等自来送死，非汝之能也。吾心未服。"孔明曰："吾擒住六番，尚然不服，欲待何时耶？"获曰："汝第七次擒住，吾方倾心归服，誓不反矣。"孔明曰："巢穴已破，吾何虑哉！"令武士尽去其缚，叱之曰："这番擒住，再若支吾，必不轻恕！"孟获等抱头鼠窜而去。

却说败残蛮兵有千馀人，大半中伤而逃，正遇蛮王孟获。获收了败兵，心中稍喜，却与带来洞主商议曰："吾今洞府已被蜀兵所占，今投何地安身？"带来洞主曰："止有一国可以破蜀。"获喜曰："何处可去？"带来洞主曰："此去东南七百里，有一国，名乌戈国。国主兀突骨，身长丈二，不食五谷，以生蛇恶兽为饭；身有鳞甲，刀箭不能侵。其手下军士，俱穿藤甲。其藤生于山涧之中，盘于石壁之上，国人采取，浸于油中，半年方取出晒之，晒干复浸，凡十馀遍，却才造成铠甲。穿在身上，渡江不沉，经水不湿，刀箭皆不能入。因

◎诸葛亮花如许兵力和时间，与孟获作这种战争游戏，从军事角度，究竟有多大的意义，值得推敲。

◎即使这些荒诞不经的奇风异俗，对一直封闭的中国人来讲，也是大开眼界。

◎乌戈国，因音同，而被附会为高棉的吴哥王朝，这当然是想象力太过丰富的结果。诸葛亮的南征，最南只是到了滇池，这是正史的记载。

此号为'藤甲军'。今大王可往求之。若得彼相助，擒诸葛亮如利刀破竹也。"孟获大喜，遂投乌戈国，来见兀突骨。其洞无宇舍，皆居土穴之内。孟获入洞，再拜哀告前事。兀突骨曰："吾起本洞之兵，与汝报仇。"获欣然拜谢。于是兀突骨唤两个领兵俘长，一名土安，一名奚泥，起三万兵，皆穿藤甲，离乌戈国望东北而来。行至一江，名桃花水，两岸有桃树，历年落叶于水中，若别国人饮之尽死，惟乌戈国人饮之，倍添精神。兀突骨兵至桃花渡口下寨，以待蜀兵。

却说孔明令蛮人哨探孟获消息，回报曰："孟获请乌戈国主，引三万藤甲军，现屯于桃花渡口。孟获又在各番聚集蛮兵，并力拒战。"孔明听说，提兵大进，直至桃花渡口。隔岸望见蛮兵，不类人形，甚是丑恶；又问土人，言说即日桃叶正落，水不可饮。孔明退五里下寨，留魏延守寨。

次日，乌戈国主引一彪藤甲军过河来，金鼓大震。魏延引兵出迎。蛮兵卷地而至。蜀兵以弩箭射到藤甲之上，皆不能透，俱落于地；刀砍枪刺，亦不能入。蛮兵皆使利刀钢叉，蜀兵如何抵当，尽皆败走。蛮兵不赶而回。魏延复回，赶到桃花渡口，只见蛮兵带甲渡水而去；内有困乏者，将甲脱下，放在水面，以身坐其上而渡。魏延急回大寨，来禀孔明，细言其事。孔明请吕凯并土人问之。凯曰："某素闻南蛮中有一乌戈国，无人伦者也。更有藤甲护身，急切难伤。

又有桃叶恶水，本国人饮之，反添精神；别国人饮之即死。如此蛮方，纵使全胜，有何益焉？不如班师早回。"孔明笑曰："吾非容易到此，岂可便去！吾明日自有平蛮之策。"于是令赵云助魏延守寨，且休轻出。

次日，孔明令土人引路，自乘小车到桃花渡口北岸山僻去处，遍观地理。山险岭峻之处，车不能行，孔明弃车步行。忽到一山，望见一谷，形如长蛇，皆光峭石壁，并无树木，中间一条大路。孔明问土人曰："此谷何名？"土人答曰："此处名为盘蛇谷。出谷则三江城大路，谷前名塔郎甸。"孔明大喜曰："此乃天赐吾成功于此也！"遂回旧路，上车归寨，唤马岱分付曰："与汝黑油柜车十辆，须用竹竿千条，柜内之物，如此如此。可将本部兵去把住盘蛇谷两头，依法而行。与汝半月限，一切完备。至期如此施设。倘有走漏，定按军法。"马岱受计而去。又唤赵云分付曰："汝去盘蛇谷后三江大路口，如此守把。所用之物，克日完备。"赵云受计而去。又唤魏延分付曰："汝可引本部兵去桃花渡口下寨。如蛮兵渡水来敌，汝便弃了寨，望白旗处而走。限半个月内，须要连输十五阵，弃七个寨栅。若输十四阵，也休来见我。"魏延领命，心中不乐，怏怏而去。孔明又唤张翼另引一军，依所指之处，筑立寨栅去了；却令张嶷、马忠引本洞所降千人，如此行之。各人都依计而行。

却说孟获与乌戈国主兀突骨曰："诸葛亮多有巧计，只是埋伏。今后交战，分付三军，但见山谷之中，林

◎作为主帅，和部下交代清楚，执行时岂不更得力么？有必要捉迷藏吗？其实，历史上的诸葛亮是个非常精细、事必躬亲、不惮其烦的人，他曾经赞一位叫董和的官员，就因他"参署七年，事有不至，至于十反，来相启告"。由此看，小说的这类描写，不过是为了神化他的未卜先知、成竹在胸罢了。

木多处，切不可轻进。"兀突骨曰："大王说的有理。吾已知道中国人多行诡计。今后依此言行之。吾在前面厮杀，汝在背后教道。"两人商议已定。忽报蜀兵在桃花渡口北岸立起营寨。兀突骨即差二俘长引藤甲军渡了河，来与蜀兵交战。不数合，魏延败走。蛮兵恐有埋伏，不赶自回。次日，魏延又去立了营寨。蛮兵哨得，又引众军渡过河来战。延出迎之。不数合，延败走。蛮兵追杀十馀里，见四下并无动静，便在蜀寨中屯住。次日，二俘长请兀突骨到寨，说知此事。兀突骨即引兵大进，将魏延追一阵。蜀兵皆弃甲抛戈而走，只见前有白旗。延引败兵，急奔到白旗处，早有一寨，就寨中屯住。兀突骨驱兵追至，魏延引兵弃寨而走。蛮兵得了蜀寨。次日，又望前追杀。魏延回兵交战，不三合又败，只看白旗处而走，又有一寨，延就寨屯住。次日，蛮兵又至。延略战又走，蛮兵占了蜀寨。

　　话休絮烦，魏延且战且走，已败十五阵，连弃七个营寨。蛮兵大进追杀。兀突骨自在军前破敌，于路但见林木茂盛之处，便不敢进；却使人远望，果见树阴之中，旌旗招飐。兀突骨谓孟获曰："果不出大王所料。"孟获大笑曰："诸葛亮今番被吾识破！大王连日胜了他十五阵，夺了七个营寨，蜀兵望风而走，诸葛亮已是计穷，只此一进，大事定矣！"兀突骨大喜，遂不以蜀兵为念。至第十六日，魏延引败残兵，来与藤甲军对敌。兀突骨骑象当先，头戴日月狼须帽，身

◎三万藤甲兵付之一炬，孟获所恃老本输光，只有服输一道。这就是所谓伤人十指，不如断其一臂了。

披金珠缨络，两肋下露出生鳞甲，眼目中微有光芒，手指魏延大骂。延拨马便走。后面蛮兵大进。魏延引兵转过了盘蛇谷，望白旗而走。兀突骨统引兵众，随后追杀。兀突骨望见山上并无草木，料无埋伏，放心追杀。赶到谷中，见数十辆黑油柜车在当路。蛮兵报曰："此是蜀兵运粮道路，因大王兵至，撇下粮车而走。"兀突骨大喜，催兵追赶。将出谷口，不见蜀兵，只见横木乱石滚下，垒断谷口。兀突骨令兵开路而进，忽见前面大小车辆，装载干柴，尽皆火起。兀突骨忙教退兵，只闻后军发喊，报说谷口已被干柴垒断，车中原来皆是火药，一齐烧着。兀突骨见无草木，心尚不慌，令寻路而走。只见山上两边乱丢火把，火把到处，地中药线皆着，就地飞起铁炮。满谷中火光乱舞，但逢藤甲，无有不着。将兀突骨并三万藤甲军，烧得互相拥抱，死于盘蛇谷中。孔明在山上往下看时，只见蛮兵被火烧的伸拳舒腿，大半被铁炮打的头脸粉碎，皆死于谷中，臭不可闻。孔明垂泪而叹曰："吾虽有功于社稷，必损寿矣！"左右将士，无不感叹。

◎这是典型的中国人的生命观。

　　却说孟获在寨中，正望蛮兵回报。忽然千馀人笑拜于寨前，言说："乌戈国兵与蜀兵大战，将诸葛亮围在盘蛇谷中了。特请大王前去接应。我等皆是本洞之人，不得已而降蜀；今知大王前到，特来助战。"孟获大喜，即引宗党并所聚番人，连夜上马，就令蛮兵引路。方到盘蛇谷时，只见火光甚起，臭气难闻。获知

◎孤注一掷，是赌场的举动，也是战场上能见到的行为，不打出最后一张牌，不押上最后一块钱，是不会认输的。

◎诸葛亮之南征，除了为他雄心勃勃的北伐大计，作好充分准备，免除后顾之忧外，实际上，也是利用三国之间的相互牵制，谁和谁都不可能联合起来对付第三者，也没有谁单独挑起大的战事而让第三者得以渔利的空隙，打了一次擦边球，向南发展，拓疆开土。因为四川盆地，在魏、蜀、吴三国鼎立的状态下，蜀的版图只有魏的五分之一，吴的三分之一，委实是太小了。

中计，急退兵时，左边张嶷，右边马忠，两路军杀出。获方欲抵敌，一声喊起，蛮兵中大半皆是蜀兵，将蛮王宗党并聚集的番人，尽皆擒了。孟获匹马杀出重围，望山径而走。正走之间，见山凹里一簇人马，拥出一辆小车；车中端坐一人，纶巾羽扇，身衣道袍，乃孔明也。孔明大喝曰："反贼孟获！今番如何？"获急回马走。旁边闪过一将，拦住去路，乃是马岱。孟获措手不及，被马岱生擒活捉了。此时王平、张翼已引一军赶到蛮寨中，将祝融夫人并一应老小皆活捉而来。

孔明归到寨中，升帐而坐，谓众将曰："吾今此计，不得已而用之，大损阴德。我料敌人必算吾于林木多处埋伏，吾却空设旌旗，实无兵马，疑其心也。吾令魏文长连输十五阵者，坚其心也。吾见盘蛇谷止一条路，两壁厢皆是光石，并无树木，下面都是沙土，因令马岱将黑油柜车安排于谷中。车中油柜内，皆是预先造下的火炮，名曰'地雷'，一炮中藏九炮，三十步埋之，中用竹竿通节，以引药线；才一发动，山损石裂。吾又令赵子龙预备草车，安排于谷口。又于山上准备大木乱石。却令魏延赚兀突骨并藤甲军入谷，放出魏延，即断其路，随后焚之。吾闻：'利于水者必不利于火。'藤甲虽刀箭不能入，乃油浸之物，见火必着。蛮兵如此顽皮，非火攻安能取胜？使乌戈国之人不留种类者，是吾之大罪也！"众将拜伏曰："丞相天机，鬼神莫测也！"孔明令押过孟获来，孟获跪于帐下。孔明令去其缚，教且在别帐与酒食压惊。孔明唤管酒食官至坐榻前，如此如此，分付而去。

却说孟获与祝融夫人并孟优、带来洞主、一切宗党在别帐饮酒，忽一人入帐谓孟获曰："丞相面羞，不欲与公相见。特令我来放公回去，再招人马来决胜负。公今可速去。"孟获垂泪言曰："七擒七纵，自古未尝有也。吾虽化外之人，颇知礼义，直如此无羞耻乎？"遂同兄弟妻子宗党人等，皆匍匐跪于帐下，肉袒谢罪曰："丞相天威，南人不复反矣！"孔明曰："公今服乎？"获泣谢曰："某子子孙孙皆感覆载生成之恩，安得不服！"孔明乃请孟获上帐，设宴庆贺，就令永为洞主。所夺之地，尽皆退还。孟获宗党及诸蛮兵，无不感戴，皆欣然跳跃而去。后人有诗赞孔明曰：

　　羽扇纶巾拥碧幢，七擒妙策制蛮王。
　　至今溪洞传威德，为选高原立庙堂。

长史费祎入谏曰："今丞相亲提士卒，深入不毛，收服蛮方；目今蛮王既已归服，何不置官吏，与孟获一同守之？"孔明曰："如此有三不易：留外人则当留兵，兵无所食，一不易也；蛮人伤破，父兄死亡，留外人而不留兵，必成祸患，二不易也；蛮人累有废杀之罪，自有嫌疑，留外人终不相信，三不易也。今吾不留人，不运粮，与相安于无事而已。"众人尽

◎蛮人也懂"肉袒谢罪"么，如果不是作者的误判，就是南中地区的番邦，已经相当程度的汉化了。

◎至此，也无力可反矣！

◎降服之后，复委以重任，但求相安无事，有一个平静而不相扰的周边环境，建立缓冲地带，无后顾之忧，以便腾出手来，挥师北上，这就是诸葛亮南征的目的。近人章太炎作《思葛篇》："云南缅甸俚人，皆截发以为三撮，中撮以表武侯，左右以表父母，每饮茶，必举杯至额，以示祭报。能汉语者，至称武侯为诸葛老爹。"虽然这是一位学者的见闻，但也反映出来一个被人景仰的历史人物，不论时隔多久，这种无声的纪念，总是不会泯灭的。

服。于是蛮方皆感孔明恩德，乃为孔明立生祠，四时享祭，皆呼之为"慈父"；各送珍珠金宝、丹漆药材、耕牛战马，以资军用，誓不再反。南方已定。

却说孔明犒军已毕，班师回蜀，令魏延引本部兵力前锋。延引兵方至泸水，忽然阴云四合，水面上一阵狂风骤起，飞沙走石，军不能进。延退兵回报孔明。孔明遂请孟获问之。正是：

> 塞外蛮人方帖服，水边鬼卒又猖狂。

未知孟获所言若何，且看下文分解。

　　平南以后，南蛮心服，但反复也是屡屡发生，虽然颇具讽刺意义，但也是世事之必然，正常的必反复。一是因为蜀国的日益衰弱，渐渐失控，二是因为一个人反复多次，再反复一次，岂不易如反掌？

　　据《张嶷传》，一："初，越嶲郡自丞相亮讨高定之后，叟夷数反，杀太守龚禄、焦璜，是后太守不敢之郡，只住安上县，去郡八百余里，其郡徒有名而已。时论欲复旧郡，除嶷为越嶲太守，嶷将所领往之郡，诱以恩信，蛮夷皆服，颇来降附。种落三千余户皆安土供职。诸种闻之，多渐降服，嶷以功赐爵关内侯。"反复无常，只能利诱。

　　二："苏祁邑君冬逢、逢弟隗渠等，已降复反。嶷诛逢。逢妻，旄牛王女，嶷以计原之。而渠逃入西徼。渠刚猛捷悍，为诸种深所畏惮，遣所亲二人诈降嶷，实取消息。嶷觉之，许以重赏，使为反间，二人遂合谋杀渠。渠死，诸种皆安。又斯都耆帅李求承，昔手杀龚禄，嶷求募捕得，数其宿恶而诛之。"已降复反，多次反水。

　　三："定莋、台登、卑水三县去郡三百余里，旧出盐铁及漆，而夷徼久自固食。嶷之到定莋，定莋率豪狼岑，槃木王舅，甚为蛮夷所信任，忿嶷自侵，不自来诣。嶷使壮士数十直往收致，挞而杀之，持尸还种，厚加赏赐，喻以狼岑之恶，且曰：'无得妄动，动即殄矣！'种类咸面缚谢过。嶷杀牛飨宴，重申恩信，遂获盐铁，器用周赡。"轻易毁约，不肯认账。

　　这些服而后反的局部事件，其实是与蜀国自身不够强大有关。攻心，是正确的，但一走不能了之，其心服口服，究竟能维持多久，就看国家的力量，只要具有强大的震慑力，那才能长治久安。

第九十一回
祭泸水汉相班师
伐中原武侯上表

天数有变，神器更易，这两句话，符合世情，应该说是有道理的。但是，刘备如果沉得住气，不急于自我加冕，继续打起绍汉的旗帜，继续奉刘协为汉帝，应该是很能够收揽一部分人心，具有相当号召力的，而在益州驻扎下来，也就名正言顺，那本是汉家河山，谅不会视为外来政权吧？曹操称王，刘备也称王，这还说得过去，无论如何，还是奉刘协为帝；但曹丕称帝，刘备迫不及地搭台，建国成都，他也要称帝，这就相当程度的混账了。这就说明一，你不再奉刘协为帝，因为你已称帝了；说明二，你刘备事实承认曹丕的篡汉行为。《三国志》载："后群臣议欲推汉中王称尊号，费诗上书曰：'况今殿下未出门庭，便欲自立邪，愚臣诚不为殿下取也。'"看来，费诗并不明白，对这位织席贩履者来说，做皇帝，那是太期盼的行为了，费诗书生气十足地上疏，只是自讨没趣，果然一坐冷板凳，就是二十多年。

刘备死后，诸葛亮掌权，南征以后，又打起绍汉复国的旗子，掉头挥师北上，这是他一生最大败笔。

《蜀记》里记载："晋初，扶风王骏镇关中，司马高平刘宝、长史荥阳桓隰诸官属士大夫共论诸葛亮，于时谭者多讥亮托身非所，劳困蜀民，力小谋大，不能度德量力。"这是稍后一代魏晋人士的看法。吴大鸿胪张俨作《默记》，对诸葛亮恃武不已，也是有看法的。"兵者凶器，战者危事也。有国者不务保安境内，绥静百姓，而好开辟土地，征伐天下，未为得计也。诸葛丞相诚有匡佐之才，然处孤绝之地，战士不满五万，自可闭关守险，君臣无事。空劳师旅，无岁不征，未能进咫尺之地，开帝王之基，而使国内受其荒残，西土苦其役调。"张俨为吴国大鸿胪，当不同于魏晋的第三国人，他的话比较靠谱。

诸葛亮的北伐，是势在必行的，这是他对刘备的承诺，也是他对个人的自信。在他看来，曹操死后，天下再无对手，何况他到任之后，急于打开蜀汉三面受敌的窘态。当然，也不排除，这位伟人着意追求立功立德，而南征北战，以名垂不朽呢？最后这一点，也许是对这位伟人的亵渎了。但我们都知道，古往今来，多少大人物不自审度，为得到生前身后的美名令誉，以求进入史册而贻人笑柄的故事。应该说，蜀之败，败于刘、关、张；现在，刘关张没有了，蜀之再败，诸葛亮就难辞其咎了。

◎"五月渡泸，深入不毛"，可能赶上枯水季节，人马渡涉，不成问题。时乃夏秋季节，进入汛期，泸水便波涛汹涌起来，这是大自然的正常现象，而小说家加以演义而已。

却说孔明班师回国，孟获率引大小洞主酋长及诸部落，罗拜相送。前军至泸水，时值九月秋天，忽然阴云布合，狂风骤起；兵不能渡，回报孔明。孔明遂问孟获，获曰："此水原有猖神作祸，往来者必须祭之。"孔明曰："用何物祭享？"获曰："旧时国中因猖神作祸，用七七四十九颗人头并黑牛白羊祭之，自然风恬浪静，更兼连年丰稔。"孔明曰："吾今事已平定，安可妄杀一人？"遂自到泸水岸边观看。果见阴风大起，波涛汹涌，人马皆惊。孔明甚疑，即寻土人问之。土人告说："自丞相经过之后，夜夜只闻得水边鬼哭神号。自黄昏直至天晓，哭声不绝。瘴烟之内，阴鬼无数。因此作祸，无人敢渡。"孔明曰："此乃我之罪愆也。前者马岱引蜀兵千馀，皆死于水中；更兼杀死南人，尽弃此处。狂魂怨鬼，不能解释，以致如此。吾今晚当亲自往祭。"土人曰："须依旧例，杀四十九颗人头为祭，则怨鬼自散也。"孔明曰："本为人死而成怨鬼，岂可又杀生人耶？吾自有主意。"唤行厨宰杀牛马，和面为剂，塑成人头，内以牛羊等肉代之，名曰"馒头"。当夜于泸水岸上，设香案，铺祭物，列灯四十九盏，扬幡招魂；将馒头等物，陈设于地。三更时分，孔明金冠鹤氅，亲自临祭，令董厥读祭文。其文曰：

◎如今所说的"馒头"，不知出处是否在此？

维大汉建兴三年秋九月一日，武乡侯、

领益州牧、丞相诸葛亮，谨陈祭仪，享于故
殁王事蜀中将校及南人亡者阴魂曰：我大汉
皇帝，威胜五霸，明继三王。昨自远方侵境，
异俗起兵，纵虿尾以兴妖，恣狼心而逞乱。
我奉王命，问罪遐荒，大举貔貅，悉除蝼蚁。
雄军云集，狂寇冰消；才闻破竹之声，便是
失猿之势。但士卒儿郎，尽是九州豪杰；官
僚将校，皆为四海英雄。习武从戎，投明事
主，莫不同申三令，共展七擒，齐坚奉国之诚，
并效忠君之志。何期汝等偶失兵机，缘落奸
计：或为流矢所中，魂掩泉台；或为刀剑所伤，
魄归长夜。生则有勇，死则成名。今凯歌欲还，
献俘将及。汝等英灵尚在，祈祷必闻。随我
旌旗，逐我部曲，同回上国，各认本乡，受
骨肉之蒸尝，领家人之祭祀，莫作他乡之鬼，
徒为异域之魂。我当奏之天子，使汝等各家
尽沾恩露，年给衣粮，月赐廪禄，用兹酬答，
以慰汝心。至于本境土神，南方亡鬼，血食
有常，凭依不远。生者既凛天威，死者亦归
王化。想宜宁帖，毋致号啕。聊表丹诚，敬
陈祭祀。呜呼，哀哉！伏惟尚飨！

◎"可怜无定河边骨，犹是春闺梦里人。"

读毕祭文，孔明放声大哭，极其痛切，情动三军，无
不下泪。孟获等众，尽皆哭泣。只见愁云怨雾之中，

◎耗时耗力之战，虽胜犹败。劳师动众南征，所获无几，徒有虚名而已。

◎中国封建时代的嗣君，习惯于大树底下好乘凉，所以，魏、蜀、吴三国领袖的后裔，都是一蟹不如一蟹，不很成器。不过，曹丕略微像点样子。至少，作为文人，要比他作皇帝，更有知名度。"文人相轻"，就是他在《典论》中提出来的观点，至今，两千多年，仍是文人的通病。

隐隐有数千鬼魂，皆随风而散。于是孔明令左右将祭物尽弃于泸水之中。

次日，孔明引大军俱到泸水南岸，但见云收雾散，风静浪平。蜀兵安然尽渡泸水，果然"鞭敲金镫响，人唱凯歌还"。行到永昌，孔明留王伉、吕凯守四郡；发付孟获领众自回，嘱其勤政驭下，善抚居民，勿失农务。孟获涕泣拜别而去。孔明自领大军回成都。后主排銮驾出郭三十里迎接，下辇立于道傍，以候孔明。孔明慌下车伏道而言曰："臣不能速平南方，使主上怀忧，臣之罪也。"后主扶起孔明，并车而回，设太平筵会，重赏三军。自此远邦进贡来朝者二百馀处。孔明奏准后主，将殁于王事者之家，一一优恤。人心欢悦，朝野清平。

却说魏主曹丕，在位七年，即蜀汉建兴四年也。丕先纳夫人甄氏，即袁绍次子袁熙之妇，前破邺城时所得。后生一子，名叡，字元仲，自幼聪明，丕甚爱之。后丕又纳安平广宗人郭永之女为贵妃，甚有颜色。其父尝曰："吾女乃女中之王也。"故号为"女王"。自丕纳为贵妃，因甄夫人失宠，郭贵妃欲谋为后，却与幸臣张韬商议。时丕有疾，韬乃诈称于甄夫人宫中掘得桐木偶人，上书天子年月日时，为魇镇之事。丕大怒，遂将甄夫人赐死，立郭贵妃为后。因无出，养曹叡为己子。虽甚爱之，不立为嗣。叡年至十五岁，弓马熟娴。当年春二月，丕带叡出猎。行于山坞之间，赶出子母二鹿，丕一箭射倒母鹿，回视小鹿驰于曹叡马前。丕大呼曰："吾儿何不射之？"叡在马上泣告曰："陛下已杀其母，臣安忍复杀其子也？"丕闻之，掷弓于地曰："吾儿真仁德之主也！"于是遂封叡为平原王。

夏五月，丕感寒疾，医治不痊，乃召中军大将军曹真、镇军大将军陈群、抚军大将军司马懿三人入寝宫。丕唤曹叡至，指谓曹真等曰："今朕病已沉重，不能复生。此子年幼，卿等三人可善辅之，勿负朕心。"三人皆告曰："陛下何出此言？臣等愿竭力以事陛下，至千秋万岁。"丕曰："今年许昌城门无故自崩，乃不祥之兆，朕故自知必死也。"正言间，内侍奏征东大将军曹休入宫问安。丕召入，谓曰："卿等皆国家柱石之臣也，若能同心辅朕之子，朕死亦瞑目矣！"言讫，堕泪而薨。时年四十岁，在位七年。

于是曹真、陈群、司马懿、曹休等，一面举哀，一面拥立曹叡为大魏皇帝。谥父丕为文皇帝，谥母甄氏为文昭皇后。封钟繇为太傅，曹真为大将军，曹休为大司马，华歆为太尉，王朗为司徒，陈群为司空，司马懿为骠骑大将军。其馀文武官僚，各各封赠。大赦天下。时雍、凉二州缺人守把，司马懿上表，乞守西凉等处。曹叡从之，遂封懿提督雍、凉等处兵马。领诏去讫。

早有细作飞报入川。孔明大惊曰："曹丕已死，孺子曹叡即位，馀皆不足虑；司马懿深有谋略，今督雍、

◎刘备死后，吴、蜀和好。222年，孙权称帝，再不臣服于魏。因而魏主曹丕在位七年，相继于222、223、224、225年，发动对吴之战。《三国演义》无一字涉及，所以225年最后一次伐吴，因天寒河冰回师，途中遭遇吴将孙韶、高寿等五百敢死队伏击，曹丕得脱，但其副车、羽盖为吴所获，遂不为人知。

◎对司马懿的谣言攻势，虽然未见史传，但清者自清，浊者自浊，根本不起作用。诸葛亮过于自信，将对手估计得太不足了。

凉兵马，倘训练成时，必为蜀中之大患。不如先起兵伐之。"参军马谡曰："今丞相平南方回，军马疲敝，只宜存恤，岂可复远征？某有一计，使司马懿自死于曹叡之手，未知丞相钧意允否？"孔明问是何计，马谡曰："司马懿虽是魏国大臣，曹叡素怀疑忌。何不密遣人往洛阳、邺郡等处，布散流言，道此人欲反；更作司马懿告示天下榜文，遍贴诸处，使曹叡心疑，必然杀此人也。"孔明从之，即遣人密行此计去了。

却说邺城门上，忽一日见贴下告示一道，守门者揭了，来奏曹叡。叡观之，其文曰：

骠骑大将军总领雍、凉等处兵马事司马懿，谨以信义布告天下：昔太祖武皇帝，创立基业，本欲立陈思王子建为社稷主，不幸奸谗交集，岁久潜龙。皇孙曹叡，素无德行，妄自居尊，有负太祖之遗意。今吾应天顺人，克日兴师，以慰万民之望。告示到日，各宜归命新君。如不顺者，当灭九族！先此告闻，想宜知悉。

◎这种反间计，只能用来欺骗智商低的人。稍有头脑者，会相信谋反起事者敢如此大张旗鼓，唯恐世人不知乎？

曹叡览毕，大惊失色，急问群臣，太尉华歆奏曰："司马懿上表乞守雍、凉，正为此也。先时太祖武皇帝尝谓臣曰：'司马懿鹰视狼顾，不可付以兵权，久必为国家大祸。'今日反情已萌，可速诛之。"王朗奏曰：

"司马懿深明韬略，善晓兵机，素有大志；若不早除，久必为祸。"叡乃降旨，欲兴兵御驾亲征。忽班部中闪出大将军曹真，奏曰："不可。文皇帝托孤于臣等数人，是知司马仲达无异志也。今事未知真假，遽尔加兵，乃逼之反耳。或是蜀、吴奸细行反间之计，使我君臣自乱，彼却乘虚而击，未可知也。陛下幸察之。"叡曰："司马懿若果谋反，将奈何？"真曰："如陛下心疑，可仿汉高伪游云梦之计，御驾幸安邑。司马懿必然来迎，观其动静，就车前擒之，可也。"叡从之，遂命曹真监国，亲自领御林军十万，径到安邑。

司马懿不知其故，欲令天子知其威严，乃整兵马，率甲士数万来迎。近臣奏曰："司马懿果率兵十馀万，前来抗拒，实有反心矣。"叡慌命曹休先领兵迎之。司马懿见兵马前来，只疑车驾亲至，伏道而迎。曹休出曰："仲达受先帝托孤之重，何故反耶？"懿大惊失色，汗流遍体，乃问其故。休备言前事。懿曰："此吴、蜀奸细反间之计，欲使我君臣自相残害，彼却乘虚而袭。某当自见天子辨之。"遂急退了军马，至叡车前俯伏泣奏曰："臣受先帝托孤之重，安敢有异心？必是吴、蜀之奸计。臣请提一旅之师，先破蜀，后伐吴，报先帝与陛下，以明臣心。"叡疑虑未决。华歆奏曰："不可付之兵权。可即罢归田里。"叡依言，将司马懿削职回乡，命曹休总督雍、凉军马。曹叡驾回洛阳。

◎谣言，窃窃私语，最有效果，大张旗鼓，倒起反作用。

◎不过，说书人也没说错，实际上任何一位新主，特别是幼主，对于拥兵自重的将帅，总是有一种疑虑惧怕的天然反应。何况司马懿，从曹操起，猜防之心从未懈怠过。

◎前《出师表》，见《三国志》，后《出师表》，见裴注《三国志》引文《汉晋春秋》，习凿齿文末加注："此表，《亮集》所无，出张俨《默记》"。因此，对于这篇后《出师表》，历来都有看法，认为系后人伪作。不过，第一，作伪都尽可能标榜更久远的年代以增值，冒充同时代人诸葛亮写一篇后《出师表》，所求为何？第二，张俨为吴人，逝于公元266年，距诸葛亮逝于公元234年，才32年，那时，吴国尚未降晋，大鸿胪，九卿之一，重要官员，会收一篇别人的伪作，在自己的集子里吗？第三，"鞠躬尽瘁，死而后已"这八个字，除了诸葛亮，他人想不到，也说不出，文字乃作者心声，难以伪造。所以，写前《出师表》时的信心充沛，与写后《出师表》时悲观凄凉，两者笔调不同，情绪有别，是正常的。

却说细作探知此事，报入川中。孔明闻之，大喜曰："吾欲伐魏久矣，奈有司马懿总雍、凉之兵。今既中计遭贬，吾有何忧！"次日，后主早朝，大会官僚，孔明出班，上《出师表》一道。表曰：

　　臣亮言：先帝创业未半，而中道崩殂；今天下三分，益州罢敝，此诚危急存亡之秋也。然侍卫之臣不懈于内，忠志之士忘身于外者，盖追先帝之殊遇，欲报之于陛下也。诚宜开张圣听，以光先帝遗德，恢弘志士之气，不宜妄自菲薄，引喻失义，以塞忠谏之路也。宫中府中，俱为一体；陟罚臧否，不宜异同。若有作奸犯科，及为忠善者，宜付有司，论其刑赏，以昭陛下平明之治，不宜偏私，使内外异法也。侍中、侍郎郭攸之、费祎、董允等，此皆良实，志虑忠纯，是以先帝简拔以遗陛下。愚以为宫中之事，事无大小，悉以咨之，然后施行，必得裨补阙漏，有所广益。将军向宠，性行淑均，晓畅军事，试用之于昔日，先帝称之曰"能"，是以众议举宠以为督。愚以为营中之事，事无大小，悉以咨之，必能使行阵和穆，优劣得所也。亲贤臣，远小人，此先汉所以兴隆也；亲小人，远贤臣，此后汉所以倾颓也。先帝在时，每与臣论此事，未尝不叹息痛恨于桓、灵也。侍中、尚书、长史、参军，此悉贞亮死节之臣也，愿陛下亲之信之，则汉室之隆，可计日而待也。

臣本布衣，躬耕南阳，苟全性命于乱世，不求闻达于诸侯。先帝不以臣卑鄙，猥自枉屈，三顾臣于草庐之中，谘臣以当世之事，由是感激，遂许先帝以驱驰。后值倾覆，受任于败军之际，奉命于危难之间，尔来二十有一年矣。先帝知臣谨慎，故临崩寄臣以大事也。受命以来，夙夜忧虑，恐付托不效，以伤先帝之明，故五月渡泸，深入不毛。今南方已定，甲兵已足，当奖帅三军，北定中原，庶竭驽钝，攘除奸凶，兴复汉室，还于旧都：此臣所以报先帝而忠陛下之职分也。至于斟酌损益，进尽忠言，则攸之、祎、允之任也。愿陛下托臣以讨贼兴复之效，不效则治臣之罪，以告先帝之灵。若无兴复之言，则责攸之、祎、允等之咎，以彰其慢。陛下亦宜自谋，以谘诹善道，察纳雅言，深追先帝遗诏。臣不胜受恩感激！今当远离，临表涕泣，不知所云。

后主览表曰："相父南征，远涉艰难，方始回都，

◎《资治通鉴》载后《出师表》，宋人司马光的判断。应该是不会错的。清人浦起龙在《古文眉诠》中论及此文时，说道："似老家人出外，叮咛幼主人，言言声泪兼并。"更何况这个幼主人，又实在的不是东西，真让人不放心呢？于是对诸葛亮那"不知所言"的惶惑，对如此混账的阿斗，那种不进油盐不可教育的无奈，又有更深刻的理解。

◎王夫之最痛恨这个谯周。"人知冯道之恶，而不知谯周之为尤恶也。"他在《读通鉴论·卷十·三五》中批判这个本土派的原教旨主义者说："读周《仇国论》而不恨焉者，非人臣也。"其实，刘备并不是谯周请来的，蜀汉政权，不是益州人建立的，阿斗继位，也不为大多数老百姓承认和接受的。所以谯周跳出来与诸葛亮唱反调，一是维护他的本土利益，二是反对这个外来政权，以弱击强，与冯道出乎个人利益的易主而事，还是有所不同。

坐未安席；今又欲北征，恐劳神思。"孔明曰："臣受先帝托孤之重，夙夜未尝有怠。今南方已平，可无内顾之忧，不就此时讨贼，恢复中原，更待何日？"忽班部中太史谯周出奏曰："臣夜观天象，北方旺气正盛，星曜倍明，未可图也。"乃顾孔明曰："丞相深明天文，何故强为？"孔明曰："天道变易不常，岂可拘执？吾今且驻军马于汉中，观其动静而后行。"谯周苦谏不从。于是孔明乃留郭攸之、董允、费祎等为侍中，总摄宫中之事；又留向宠为大将，总督御林军马；蒋琬为参军，张裔为长史，掌丞相府事；杜琼为谏议大夫；杜微、杨洪为尚书；孟光、来敏为祭酒；尹默、李譔为博士；郤正、费诗为秘书；谯周为太史：内外文武官僚一百馀员，同理蜀中之事。

孔明受诏归府，唤诸将听令：前督部——镇北将军、领丞相司马、凉州刺史、都亭侯魏延；前军都督——领扶风太守张翼；牙门将——裨将军王平；后军领兵使——安汉将军、领建宁太守李恢，副将——定远将军、领汉中太守吕义；兼管运粮左军领兵使——平北将军、陈仓侯马岱，副将——飞卫将军廖化；右军领兵使——奋威将军、博阳亭侯马忠，抚戎将军、关内侯张嶷；行中军师——车骑大将军、都乡侯刘琰；中监军——扬武将军邓芝；中参军——安远将军马谡；前将军——都亭侯袁綝；左将军——高阳侯吴懿；右将军——玄都侯高翔；后将军——安乐侯吴班；领长史——绥军将军杨仪；前将军——征南将军刘巴；前护军——偏将军、汉城亭侯许允；左护军——笃信中郎将丁咸；右护军——偏将军刘敏；后护军——典军中郎将官雍；行参军——昭武中郎将胡济；行参军——谏议将军阎晏；行参军——偏将军爨习；行参军——裨将军杜义，武略中郎将杜祺，绥戎都尉盛教；从事——武略中郎将樊岐；典军书记——樊建；丞相令史——董厥；帐前左护卫使——龙骧将军关兴；右护卫使——虎翼将军张苞。以上一应官员，都随着平北大都督、丞相、武乡侯、领益州牧、知内外事诸葛亮。分拨已定，又檄李严等守川口以拒东吴。选定建兴五年春三月丙寅日，出师伐魏。

忽帐下一老将，厉声而进曰："我虽年迈，尚有廉颇之勇，马援之雄。此二古人皆不服老，何故不用我耶？"众视之，乃赵云也。孔明曰："吾自平南回都，马孟起病故，吾甚惜之，以为折一臂也。今将军年纪已高，倘稍有参差，动摇一世英名，减却蜀中锐气。"云厉声曰："吾自遗先帝以来，临阵不退，遇敌则先。大丈夫得死于疆场者，幸也，吾何恨焉？愿为前部先锋！"孔明再三苦劝不住。云曰："如不教我为先锋，就撞死于阶下！"孔明曰："将军既要为先锋，须得一人同去。"言未尽，一人应曰："某虽不才，愿助老将军先引一军，前去破敌。"孔明视之，乃邓芝也。孔明大喜，即拨精兵五千，副将十员，随赵云、邓芝去讫。

◎225年7月诸葛亮平南班师，山路崎岖，交通不便，回军肯定是颇费周章的事。大军撤回蜀中，尚未稍事休整，诸葛亮于227年正月，便要誓师北伐了。急于求功的诸葛亮，倾举国之兵，集蜀中之将，要与曹魏决一雌雄。这种抱负，这份壮志，这番报先主托孤之心，也许是值得赞许的。但罔顾国力，孤注一掷，连他一向提倡的吴、蜀联盟，也不依靠，自然无所策应，全凭单干，实在是个人主观主义到了极点。

◎曹操的"惟才是举"诏令，擢拔了不少寒族，提携了不少人才，但因缘时会，攀龙附凤，而头角峥嵘，牛皮起来的姓曹的，姓夏侯的嫡系，其中草包也是大有人在。天底下，没有一口吃成胖子的道理，爬上高位的夏侯驸马，正是这种暴得富贵的绣花枕头而已。

◎把司马懿踢到一边，自然是这等志大才疏的人，来挑大梁了。

　　孔明出师，后主引百官送于北门外十里。孔明辞了后主，旌旗蔽野，戈戟如林，率军望汉中迤逦进发。

　　却说边庭探知此事，报入洛阳。是日曹叡设朝，近臣奏曰："边官报称：诸葛亮率领大兵三十馀万，出屯汉中，令赵云、邓芝为前部先锋，引兵入境。"叡大惊，问群臣曰："谁可为将，以退蜀兵？"忽一人应声而出曰："臣父死于汉中，切齿之恨，未尝得报。今蜀兵犯境，臣愿引本部猛将，更乞陛下赐关西之兵，前往破蜀，上为国家效力，下报父仇，臣万死不恨！"众视之，乃夏侯渊之子夏侯楙也。楙字子休，其性最急，又最吝，自幼嗣与夏侯惇为子。后夏侯渊为黄忠所斩，曹操怜之，以女清河公主招楙为驸马，因此朝中钦敬。虽掌兵权，未尝临阵。当时自请出征，曹叡即命为大都督，调关西诸路军马前去迎敌。司徒王朗谏曰："不可。夏侯驸马素不曾经战，今付以大任，非其所宜。更兼诸葛亮足智多谋，深通韬略，不可轻敌。"夏侯楙叱曰："司徒莫非结连诸葛亮，欲为内应耶？吾自幼从父学习韬略，深通兵法，汝何欺我年幼？吾若不生擒诸葛亮，誓不回见天子！"王朗等皆不敢言。夏侯楙辞了魏主，星夜到长安，调关西诸路军马二十馀万，来敌孔明。正是：

　　　欲秉白旄麾将士，却教黄吻掌兵权。

未知胜负如何，且看下文分解。

魏明帝太和元年（227），蜀汉建兴五年三月，诸葛亮决定北伐，率诸军北驻汉中，临出师前，上蜀帝刘禅《出师表》。

"臣本布衣，躬耕南阳，苟全性命于乱世，不求闻达于诸侯。先帝不以臣卑鄙，猥自枉屈，三顾臣于草庐之中，谘臣以当世之事，由是感激，遂许先帝以驱驰。后值倾覆，受任于败军之际，奉命于危难之间：尔来二十有一年矣。先帝知臣谨慎，故临崩寄臣以大事也。受命以来，夙夜忧虑，恐付托不效，以伤先帝之明；故五月渡泸，深入不毛。今南方已定，甲兵已足，当奖帅三军，北定中原，庶竭驽钝，攘除奸凶，兴复汉室，还于旧都。"

诸葛亮与后主刘禅，表面上是君与臣的工作关系，实际上应该按刘备的遗愿，是相父与幼主的师生关系。前者为公，后者为私，只有感情起作用，教诲才能打动心灵。公事公办，泛泛而言，那些官场八股，对阿斗是不起作用的。这不是刘禅的错，而是诸葛亮那种知识分子的软弱天性，和生怕强势以后影响形象的自卑心态共同作用下，放弃了相父的父的责任，现在才想起来教育阿斗，是不是晚了点？除了这两篇《出师表》，无论在正史，还是野史，以及这部演义，都没有看到他作为相父对幼主进行教育的记载。所以刘禅的什么德行，他是相当茫然的。一是刘禅在成都，诸葛亮常在汉中，二是多年北伐，诸葛亮奔波在外，这两个人，连面都见不着，谈何谆谆教导。所以，他现在想起来相父之父，不得不说上两句："亲贤臣，远小人，此先汉所以兴隆也；亲小人，远贤臣，此后汉所以倾颓也。先帝在时，每与臣论此事，未尝不叹息痛恨于桓、灵也！侍中、尚书、长史、参军，此悉贞良死节之臣也，愿陛下亲之、信之，则汉室之隆，可计日而待也。"这些原则性的而非针对性的话语，对阿斗那木头脑瓜根本无济于事。倒不如明代万历年间的名相张居正，训万历"读如勃"那样声严色厉，才起作用。

于是，他只好"受命以来，夙夜忧虑，恐付托不效，以伤先帝之明"，以情动之。虽然阿斗无动于衷，但天下读者，每读至篇末的"今当远离，临表涕零，不知所言"，无不为之心动。

第九十二回

赵子龙力斩五将
诸葛亮智取三城

　　诸葛亮北伐，和他南征相反，因为魏方并非孟获，而他不再是绝对强者。这样，他的仗不大好打，就不可能一路破竹似的乘胜前进了。

　　先是街亭失守，后是陈仓被阻，这是诸葛亮北伐，输得最惨的两场战争。街亭失守，他输了面子，也输了里子；陈仓被阻，他以数万人马竟拿不下只有千把人坚守的一座小城，不但面子里子全输，连诸葛亮的一世英名，也被魏国的一个杂号将军郝昭砸了招牌。杂号将军非重号将军，绝非主力，输在他的手下，当然很是尴尬。不过，诸葛亮也警觉到这个年龄比他整整晚了一代的年青将领，居然胜过了他，让他亲眼目睹魏方之人才济济，之层出不穷，正应了自己在后《出师表》里忧虑的"若复数年，则损三分之二也，当何以图敌！"这前景真是让他不敢细想。这就是他的"此臣之未解五也"。

　　其实，他应该看到主帅的作用，并不全在战场之上，第一，你要打得下来，第二，你要打得下去。打得下来，看主帅战场指挥的水平；打得下去，看主帅全国动员的能力。一是攻无不克，战无不胜，再加上，二是有兵有将，有粮有草，这才称得上有可能成为胜利之神。诸葛亮北伐，发现了一个姜维，用错了一个马谡，将功折过，百分之五十，他的人才政策是不及格的；而且，六出祁山，他没有使用过一位蜀将，使其攻城略地，建立功勋，也未曾擢拔过一名蜀兵，授以高位，驰骋沙场上施展武艺，治蜀而不用蜀人，这是诸葛亮之一大失也。

　　他在用人政策上，太拘束，太禁忌，也太偏执，太自我，因此像魏延这等不买他账的刺儿头部下，更在排斥之列。韩信用兵，多多益善，诸葛亮却拒用魏延，不敢委以重任，是其二大失也。由此可以看出，作为主帅，心胸必须开阔，老百姓有句谚语，"宰相肚里好行船"，其实不是针对诸葛亮讲的，但偏偏对这位宰相最为合适。所谓大人大量的量，就是宽容，就是大度。诸葛亮是伟人，但应该说，并非完美无缺。

却说孔明率兵前至沔阳，经过马超坟墓，乃令其弟马岱挂孝，孔明亲自祭之。祭毕，回到寨中，商议进兵。忽哨马报道："魏主曹叡遣驸马夏侯楙，调关中诸路军马，前来拒敌。"魏延上帐献策曰："夏侯楙乃膏粱子弟，懦弱无谋。延愿得精兵五千，取路出褒中，循秦岭以东，当子午谷而投北，不过十日，可到长安。夏侯楙若闻某骤至，必然弃城望横门邸阁而走。某却从东方而来，丞相可大驱士马，自斜谷而进。如此行之，则咸阳以西，一举可定也。"孔明笑曰："此非万全之计也。汝欺中原无好人物，倘有人进言，于山僻中以兵截杀，非惟五千人受害，亦大伤锐气。决不可用。"魏延又曰："丞相兵从大路进发，彼必尽起关中之兵，于路迎敌，则旷日持久，何时而得中原？"孔明曰："吾从陇右取平坦大路，依法进兵，何忧不胜！"遂不用魏延之计。魏延怏怏不悦。孔明差人令赵云进兵。

却说夏侯楙在长安聚集诸路军马。时有西凉大将韩德，善使开山大斧，有万夫不当之勇，引西羌诸路兵八万到来，见了夏侯楙。楙重赏之，就遣为先锋。德有四子，皆精通武艺，弓马过人：长子韩瑛，次子韩瑶，三子韩琼，四子韩琪。韩德带四子并西羌兵八万，取路至凤鸣山，正遇蜀兵。两阵对圆，韩德出马，四子列于两边。德厉声大骂曰："反国之贼，安敢犯吾境界！"赵云大怒，挺枪纵马，单搦韩德交战。

◎三国时期，魏国最大最强，蜀国最小最弱。以大凌小，可以打正面战，打消耗战，打旷日持久的拉锯战，瘦死的骆驼比马大，何况还是一匹既能行远，又能负重的沙漠之舟。蜀汉在曹魏眼中，只是一头孱弱的小毛驴而已。反过来，以弱制强，应该承认自己本钱不大，人马不多，小本买卖，就必须短平快，游击战。干净利索，打了就走，快速出击，出其不意。过去打孟获是强打弱，现在打魏国，是小打大，战争的对象变了，战争的方式也得变，还用老一套，就难操胜算了。这些浅显的战争ABC，我不相信自比乐毅、管仲的诸葛亮会不懂，只是他拉不下绍汉继业的大旗，丢不下恢复汉室的光荣，这上国架子，这大国风光，是不能放下的。孙权能抹下脸臣服曹丕，他诸葛亮，为这门面，为这体面，打死也不干的。在前后《出师表》里，你看到我们是小国、我们是弱国、我们是破落户之说吗？要面子，人如此，国亦如此。

◎孔明以后的败绩，主要就败在魏延所预料的"旷日持久"这四个字上。

长子韩瑛，跃马来迎，战不三合，被赵云一枪刺死于马下。次子韩瑶见之，纵马挥刀来战。赵云施逞旧日虎威，抖擞精神迎战。瑶抵敌不住。三子韩琼，急挺方天戟，骤马前来夹攻。云全然不惧，枪法不乱。四子韩琪，见二兄战云不下，也纵马抡两口日月刀而来，围住赵云。云在中央，独战三将。少时，韩琪中枪落马，韩阵中偏将急出救去。云拖枪便走。韩琼按戟，急取弓箭射之，连放三箭，皆被云用枪拨落。琼大怒，仍绰方天戟，纵马赶来，却被云一箭射中面门，落马而死。韩瑶纵马举宝刀便砍赵云。云弃枪于地，闪过宝刀，生擒韩瑶归阵，复纵马取枪杀过阵来。韩德见四子皆丧于赵云之手，肝胆皆裂，先走入阵去。西凉兵素知赵云之名，今见其英勇如昔，谁敢交锋？赵云马到处，阵阵倒退。赵云匹马单枪，往来冲突，如入无人之境。后人有诗赞曰：

> 忆昔常山赵子龙，年登七十建奇功。
> 独诛四将来冲阵，犹似当阳救主雄。

邓芝见赵云大胜，率蜀兵掩杀，西凉兵大败而走，韩德险被赵云擒住，弃甲步行而逃。云与邓芝收军回寨。芝贺曰："将军寿已七旬，英勇如昨，今日阵前力斩四将，世所罕有！"云曰："丞相以吾年迈，不肯见用，吾故聊以自表耳。"遂差人解韩瑶，申报捷

◎勇则勇矣，但七十岁的老将赵云，还要披挂上阵，并不足以说明西蜀的强，而是证明国势之衰颓，军力之不逮矣！

书，以达孔明。

却说韩德引败军回见夏侯楙，哭告其事。楙自统兵来迎赵云。探马报入蜀寨，说夏侯楙引兵到。云上马绰枪，引千馀军，就凤鸣山前摆成阵势。当日，夏侯楙戴金盔，坐白马，手提大砍刀，立在门旗之下。见赵云跃马挺枪，往来驰骋，楙欲自战。韩德曰："杀吾四子之仇，如何不报！"纵马轮开山大斧，直取赵云。云奋怒挺枪来迎，战不三合，枪起处，刺死韩德于马下，急拨马直取夏侯楙。楙慌忙闪入本阵。邓芝驱兵掩杀，魏兵又折一阵，退十馀里下寨。楙连夜与众将商议曰："吾久闻赵云之名，未尝见面；今日年老，英雄尚在，方信当阳长坂之事。似此无人可敌，如之奈何？"参军程武，乃程昱之子也，进言曰："某料赵云有勇无谋，不足为虑。来日都督再引兵出，先伏两军于左右。都督临阵先退，诱赵云到伏兵处，都督却登山指挥四面军马，重叠围住，云可擒矣。"楙从其言，遂遣董禧引三万军伏于左，薛则引三万军伏于右。二人埋伏已定。

次日，夏侯楙复整金鼓旗幡，率兵而进。赵云、邓芝出迎。芝在马上谓赵云曰："昨夜魏兵大败而走，今日复来，必有诈也。老将军防之。"子龙曰："量此乳臭小儿，何足道哉！吾今日必当擒之！"便跃马而出。魏将潘遂出迎，战不三合，拨马便走。赵云赶去，魏阵中八员将一齐来迎，放过夏侯楙先走，八将陆续

◎曹操诗云："神龟虽寿，犹有竟时。"对英雄来说，时光是最无情的摧折。凡昨天的光华，一旦成为自己的回忆，便是他离尽头不远的日子了。

◎不服老是不行的，子龙老矣，当阳长坂之勇，再也不复返了。"从辰时杀到酉时"，整整冲杀了一天的赵云，"卸甲而坐"的委顿，可想而知。结果，"四下火光冲天，鼓声大振，矢石如雨，魏兵杀到，云仰天叹曰：'吾不服老，死于此地矣'"。这一句话，很值得一些人警醒的。

奔走。赵云乘势追杀，邓芝引兵继进。赵云深入重地，只听得四面喊声大震，邓芝急收军退回。左有董禧，右有薛则，两路兵杀到。邓芝兵少，不能解救。赵云被困在垓心，东冲西突，魏兵越厚。时云手下止有千馀人，杀到山坡之下。只见夏侯楙在山上指挥三军，赵云投东则望东指，投西则望西指。因此赵云不能突围，乃引兵杀上山来。半山中擂木炮火打将下来，不能上山。赵云从辰时杀至酉时，不得脱走，只得下马少歇，且待月明再战。却才卸甲而坐，月光方出，忽四下火光冲天，鼓声大震，矢石如雨，魏兵杀到，皆叫曰："赵云早降！"云急上马迎敌。四面军马渐渐逼近，八方弩箭交射甚急，人马皆不能向前。云仰天叹曰："吾不服老，死于此地矣！"

忽东北角上喊声大起，魏兵纷纷乱窜，一彪军杀到，为首大将持丈八点钢矛，马项下挂一颗人头。云视之，乃张苞也。苞见了赵云，言曰："丞相恐老将军有失，特遣某引五千兵接应。闻老将军被困，故杀透重围。正遇魏将薛则拦路，被某杀之。"云大喜，即与张苞杀出西北角来。只见魏兵弃戈奔走，一彪军从外呐喊杀入，为首大将提偃月青龙刀，手挽人头。云视之，乃关兴也。兴曰："奉丞相之命，恐老将军有失，特引五千兵前来接应。却才阵上逢着魏将董禧，被吾一刀斩之，枭首在此。丞相随后便到也。"云曰："二将军已建奇功，何不趁今日擒住夏侯楙，以定大事？"张苞闻言，遂引兵去了。兴曰："我也干功去。"遂亦引兵去了。云回顾左右曰："他两个是吾子侄辈，尚且争先干功；吾乃国家上将，朝廷旧臣，反不如此小儿耶？吾当舍老命以报先帝之恩！"于是引兵来捉夏侯楙。

当夜三路兵夹攻，大破魏军一阵。邓芝引兵接应，杀得尸横遍野，血流成河。夏侯楙乃无谋之人，更兼年幼，不曾经战，见军大乱，遂引帐下骁将百馀人，望南安郡而走。众军因见无主，尽皆逃窜。兴、苞二将闻夏侯楙望南安郡去了，连夜赶来。楙走入城中，令紧闭城门，驱兵守御。兴、苞二人赶到，将城围住，赵云随后也到，三面攻打。少时，邓芝亦引兵到。一连围了十日，攻打不下。

忽报丞相留后军住沔阳，左军屯阳平，右军屯石城，自引中军来到。赵云、邓芝、关兴、张苞皆来拜问孔明，说连日攻城不下。孔明遂乘小车，亲到城边周围看了一遍，回寨升帐而坐，众将环立听令。孔明曰："此郡壕深城峻，不易攻也。吾正事不在此城，汝等如只久攻，倘魏兵分道而出，以取汉中，吾军危矣。"邓芝曰："夏侯楙乃魏之驸马，若擒此人，胜斩百将。今困于此，岂可弃之而去？"孔明曰："吾自有计。此处西连天水郡，北抵安定郡。二处太守，不知何人？"探卒答曰："天水太守马遵，安定太守崔谅。"孔明大喜，乃唤魏延受计，如此如此；又唤关兴、张苞受计，如此如此；又唤心腹军士二人受计，如此行之。各将

◎这类浮浪子弟，成事不足，败事有余，顶着老子的荫庇，除了吃喝玩乐，一无所能，可他却高官厚禄，坐享其成。封建社会的这种世袭制，类似动物的近亲交配，只能一代不如一代地退化下去。

◎孔明北伐，一不用魏延计，出奇兵由子午谷直抵畿辅，求速战速决；二不由益州至秦川，汉中，越秦岭逼近魏都，能撼动人心；若果按魏延之计，兵达关中，措手不及的将是魏都上下了。即使不按魏延所说，兵不厌诈，造一造空气，也可让对方加紧提防，牵制兵力，也是有益之举啊！哪怕谣言攻势，也足以牵制魏军一部分兵力，以减轻西线压力呀！

领命，引兵而去。孔明却在南安城外，令军运柴草堆于城下，口称烧城。魏兵闻知，皆大笑不惧。

却说安定太守崔谅，在城中闻蜀兵围了南安，困住夏侯楙，十分慌惧，即点军马约共四千，守住城池。忽见一人自正南而来，口称有机密事。崔谅唤入问之，答曰："某是夏侯都督帐下心腹将裴绪。今奉都督将令，特来求救于天水、安定二郡。南安甚急，每日城上纵火为号，专望二郡救兵，并不见到，因复差某杀出重围，来此告急。可星夜起兵为外应。都督若见二郡兵到，却开城门接应也。"谅曰："有都督文书否？"绪贴肉取出，汗已湿透，略教一视，急令手下换了乏马，便出城望天水而去。不二日，又有报马到，告天水太守已起兵救援南安去了，教安定早早接应。崔谅与府官商议，多官曰："若不去救，失了南安，送了夏侯驸马，皆我两郡之罪也，只得救之。"谅即点起人马，离城而去，只留文官守城。崔谅提兵向南安大路进发，遥望见火光冲天，催兵星夜前进。离南安尚有五十余里，忽闻前后喊声大震，哨马报道："前面关兴截住去路，背后张苞杀来！"安定之兵，四下逃窜。谅大惊，乃领手下百余人，往小路死战得脱，奔回安定。方到城壕边，城上乱箭射下来。蜀将魏延在城上叫曰："吾已取了城也！何不早降？"原来魏延扮作安定军，黄昏赚开城门，蜀兵尽入，因此得了安定。

崔谅慌投天水郡来。行不到一程，前面一彪军摆

◎这种骗术，在信息不灵的时代，也只能可一可二，而不可三。如今，则能取其意，但行事却是要着实提防被戳穿马脚的危险了。

开。大旗之下，一人纶巾羽扇，道袍鹤氅，端坐于车上。谅视之，乃孔明也，急拨回马走。关兴、张苞两路兵追到，只叫："早降！"崔谅见四面皆是蜀兵，不得已遂降，同归大寨。孔明以上宾相待。孔明曰："南安太守与足下交厚否？"谅曰："此人乃杨阜之族弟杨陵也，与荣邻郡，交契甚厚。"孔明曰："今欲烦足下入城，说杨陵擒夏侯楙，可乎？"谅曰："丞相若令某去，可暂退军马，容某入城说之。"孔明从其言，即时传令，教四面军马各退二十里下寨。崔谅匹马到城边，叫开城门，入到府中，与杨陵礼毕，细言其事。陵曰："我等受魏主大恩，安忍背之？可将计就计而行。"遂引崔谅到夏侯楙处，备细说知。楙曰："当用何计？"杨陵曰："只推某献城门，赚蜀兵入，却就城中杀之。"

崔谅依计而行，出城见孔明，说："杨陵献城门，放大军入城，以擒夏侯楙。杨陵本欲自捉，因手下勇士不多，未敢轻动。"孔明曰："此事至易。今有足下原降兵百馀人，于内暗藏蜀将，扮作安定军马，带入城去，先伏于夏侯楙府下；却暗约杨陵，待半夜之时，献开城门，里应外合。"崔谅暗思："若不带蜀将去，恐孔明生疑。且带入去，就内先斩之，举火为号，赚孔明入来，杀之可也。"因此应允。孔明嘱曰："吾遣亲信将关兴、张苞随足下先去，只推救军杀入城中，以安夏侯楙之心。但举火，吾当亲入城去擒之。"

◎魏延出子午谷的走奇路突袭计划被否，诸葛亮第一次北伐出祁山取陇右走平坦大道，便成他的既定方针。魏延奔袭关中，第一险，第二危，第三出了事屁股很难擦。诸葛亮目标陇右，第一富足，第二有马，第三靠近羌胡，第四，魏之薄弱环节，还有第五，打不赢我能回来。诸葛亮求稳之人，当家之人，不舍得拿出这大本钱供魏延去挥霍，似乎可以理解。

◎后勤供应，乃军队的生命线。拿破仑攻莫斯科，一败于恶劣天气，二败于供应短缺。在中国古代冷兵器战争中，粮秣，是决定成败的重要因素，一个战士打仗，必得两个力夫背粮，方可进行半个月以上的战争。诸葛亮兵出祁山，超不过一个月就得撤军，原因在此。还要防范敌人的劫抢和焚烧，袁绍官渡之败，就败在曹操一把火，烧了他的乌巢仓库。诸葛亮的北征，受制于粮食，使他未得施展宏图。从他后来制作木牛流马，显然，这个粮秣问题，是他作北征计划时百密一疏的漏洞。

时值黄昏，关兴、张苞受了孔明密计，披挂上马，各执兵器，杂在安定军中，随崔谅来到南安城下。杨陵在城上撑起悬空板，倚定护心栏，问曰："何处军马？"崔谅曰："安定救军来到。"谅先射一号箭上城，箭上带着密书曰："今诸葛亮先遣二将，伏于城中，要里应外合。且不可惊动，恐泄漏计策。待入府中图之。"杨陵将书见了夏侯楙，细言其事。楙曰："既然诸葛亮中计，可教刀斧手百馀人，伏于府中，如二将随崔太守到府下马，闭门斩之。却于城上举火，赚诸葛亮入城，伏兵齐出，亮可擒矣。"安排已毕，杨陵回到城上，言曰："既是安定军马，可放入城。"关兴跟崔谅先行，张苞在后。杨陵下城，在门边迎接。兴手起刀落，斩杨陵于马下。崔谅大惊，急拨马奔到吊桥边，张苞大喝曰："贼子休走！汝等诡计，如何瞒得丞相耶！"手起一枪，刺崔谅于马下。关兴早到城上，放起火来。四面蜀兵齐入。夏侯楙措手不及，开南门并力杀出。一彪军拦住，为首大将乃是王平，交马只一合，生擒夏侯楙于马上，馀皆杀死。

孔明入南安，招谕军民，秋毫无犯。众将各各献功。孔明将夏侯楙囚于车中。邓芝问曰："丞相何故知崔谅诈也？"孔明曰："吾已知此人无降心，故意使入城。彼必尽情告与夏侯楙，欲将计就计而行。吾见来情，足知其诈，复使二将同去，以稳其心。此人若有真心，必然阻当；彼忻然同去者，恐吾疑也。

他意中度二将同去，赚入城内杀之未迟；又令吾军有托，放心而进。吾已暗嘱二将，就城门下图之。城内必无准备，吾军随后便到。此出其不意也。"众将拜服。孔明曰："赚崔谅者，吾使心腹人诈作魏将裴绪也。吾又去赚天水郡，至今未到，不知何故？今可乘势取之。"乃留吴懿守南安，刘琰守安定，替出魏延军马去取天水郡。

却说天水郡太守马遵，听知夏侯楙困在南安城中，乃聚文武官商议。功曹梁绪，主簿尹赏，主记梁虔等曰："夏侯驸马乃金枝玉叶，倘有疏虞，难逃坐视之罪。太守何不尽起本部兵以救之？"马遵正疑虑间，忽报夏侯驸马差心腹将裴绪到。绪入府，取公文付马遵，说："都督求安定、天水两郡之兵，星夜救应。"言讫，匆匆而去。次日又有报马到，称说："安定兵已先去了，教太守火急前来会合。"马遵正欲起兵，忽一人自外而入曰："太守中诸葛亮之计矣！"众视之，乃天水冀人也，姓姜名维，字伯约。父名冏，昔日曾为天水郡功曹，因羌人乱，没于王事。维自幼博览群书，兵法武艺，无所不通。奉母至孝，郡人敬之。后为中郎将，就参本郡军事。当日姜维谓马遵曰："近闻诸葛亮杀败夏侯楙，困于南安，水泄不通，安得有人自重围之中而出？又且裴绪乃无名下将，从不曾见；况安定报马，又无公文。以此察之，此人乃蜀将诈称魏将，赚得太守出城，料城中无备，必然暗伏

◎这些人，哪是诸葛亮的对手？读至此，颇有杀鸡焉用牛刀之感。赢得再多，也彰显不出军师的指挥若定，有多少高明之处。这倒不是诸葛亮的错，而是说三分者编故事的水平太差。

◎姜维并非诸葛亮提拔于行伍，器识于凡庸，而是不打不相交，欣赏其才，折服其智，遂大用之，终于成为西蜀最后一场戏的压轴主角。

◎姜维出场，意味着诸葛亮的时代，行将结束。

一军于左近，乘虚而取天水也。"马遵大悟曰："非伯约之言，则误中奸计矣！"维笑曰："太守放心。某有一计，可擒诸葛亮，解南安之危。"正是：

运筹又遇强中手，斗智还逢意外人。

未知其计如何，且看下文分解。

　　一个精明的人，可以成为你的好朋友；但一个精细的人，很难成为合作伙伴，更不用说好朋友了。司马懿与诸葛亮在五丈原对阵期间，曾问过蜀军来人，打探丞相近况，来人说他罚二十必亲自在场监督。显然，诸葛亮不是怕打多，而是怕打少。于是司马懿说："孔明食少事烦，其能久乎？"一，来人不应该对司马懿透露首长病情，这是军事机密；二，司马懿不应该对来人作"其能久乎"的结论，两人都应各打二十大棍，读《保密守则》二十遍才是。

　　诸葛亮是个精细的人，并不是一个完全精明的人。如果他精明，就不会七擒七纵孟获，浪费国帑，耽误时间；也不会六出祁山，耗竭国力，日暮途穷。所以"亮尝自校簿书，主簿杨颙直入，谏曰：'为治有体，上下可不相侵。请为明公以作家譬之：今有人，使奴执耕稼，婢典炊，鸡主司晨，犬主吠盗，牛负重载，马涉远路；私业无旷，所求皆足，雍容高枕，饮食而已。忽一旦尽欲以身亲其役，不复付任，劳其体力，为此碎务，形疲神困，终无一成。岂其智之不如奴婢鸡狗哉？失为家主之法也。是故古人称'坐而论道，谓之王公；作而行之谓之士大夫。'故丙吉不问横道死人而忧牛喘，陈平不肯知钱谷之数，云'自有主者'，彼诚达于位分之体也。今明公为治，乃躬自校簿书，流汗终日，不亦劳乎！'亮谢之。"此事载《资治通鉴·卷七十》。

　　此事发生地蜀建兴元年（223），不过，杨颙敢推门而入，直陈己见，说明诸葛亮虽极精细，倒不乖执，有其能纳人言的一面。

第九十三回

姜伯约归降孔明
武乡侯骂死王朗

　　诸葛亮并不能说是一个成功的政治家和军事家，在中国历史上，称"家"者很多，成"家"者很少。挂在人们口边的"诸子百家"，只是虚称，"诸子"也好，"百家"也好，要是不查资料，能信口说到十子十家以上，说明他是做过学问之人。这是一个草包绝对多于非草包的世界，正因大家都草包，也就不觉草包之为草包了。三国时期，当得上既是政治家，也是军事家者，其实只有两位：一是指挥官渡之战，击溃袁绍六十万人马，统一了北方的曹操；一是指挥赤壁之战，消灭曹操三十万大军，巩固了江东的周瑜。因为他们扭转了时代格局，因为他们改变了政治版图，为之重写历史，这才是当之无愧的"家"。

　　诸葛亮当然很了不起，但始于荆州一角，终于益州一隅，出山如此，不出山如此，而且长年奔战，败多胜少，军事上无甚进展；标榜绍汉，立国称帝，政治上严重失节。他之所以先南征而后北伐，也是想在荡平后院之患，能腾出手来进行战略反攻，出祁山，过秦岭，兵临渭水，直逼畿辅。也是想步曹操、周瑜的后尘，通过一次大规模的战争，改变政治版图，而留芳百世。

　　然而，魏国既大且强，蜀国甚小而弱，这个基本面与官渡时袁曹、赤壁时孙曹双方实力完全不同。袁子说："孔明起巴、蜀之地，蹈一州之土，方之大国，其战士人民，盖有九分之一也。"以一抗九，任何一个有清醒头脑的政治家和军事家，都不会去冒这个险的。如果，诸葛亮南征以后，对外，挖壕据守，北防强魏，固国求安，友好东吴；对内，休生养息，恢复元气，同声共气，渡过难关。第一，诸葛亮不会因频繁北伐而劳累至死；第二，阿斗在相父的眼皮底下不致坏得那么快，养精蓄锐，奋发图强。那时的蜀汉，那时的诸葛亮，也许会是另外一个样子。

◎一个小小姜伯约，就让诸葛亮不易对付了。

◎赵子龙虽老，但不老气横秋，难得难得。有的老爷子，到了这个年纪上，便恨一切年青有为之士，横挑鼻子竖挑眼，怎么也看不上的。

却说姜维献计于马遵曰："诸葛亮必伏兵于郡后，赚我兵出城，乘虚袭我。某愿请精兵三千，伏于要路。太守随后发兵出城，不可远去，止行三十里便回，但看火起为号，前后夹攻，可获大胜。如诸葛亮自来，必为某所擒矣。"遵用其计，付精兵与姜维去讫，然后自与梁虔引兵出城等候，只留梁绪、尹赏守城。原来孔明果遣赵云引一军埋伏于山僻之中，只待天水人马离城，便乘虚袭之。当日细作回报赵云，说天水太守马遵，起兵出城，只留文官守城。赵云大喜，又令人报与张翼、高翔，教于要路截杀马遵。此二处兵亦是孔明预先埋伏。

却说赵云引五千兵，径投天水郡城下，高叫曰："吾乃常山赵子龙也！汝知中计，早献城池，免遭诛戮！"城上梁绪大笑曰："汝中吾姜伯约之计，尚然不知耶？"云恰待攻城，忽然喊声大震，四面火光冲天。当先一员少年将军，挺枪跃马而言曰："汝见天水姜伯约乎！"云挺枪直取姜维。战不数合，维精神倍长。云大惊，暗忖曰："谁想此处有这般人物！"正战时，两路军夹攻来，乃是马遵、梁虔引军杀回。赵云首尾不能相顾，冲开条路，引败兵奔走。姜维赶来。亏得张翼、高翔两路军杀出，接应回去。赵云归见孔明，说中了敌人之计。孔明惊问曰："此是何人，识吾玄机？"有南安人告曰："此人姓姜，名维，字伯约，天水冀人也。事母至孝，文武双全，智勇足备，真当世之英杰也。"赵云又夸奖姜维枪法，与他人大不同。孔明曰："吾今欲取天水，不想有此人。"遂起大军前来。

却说姜维回见马遵曰："赵云败去，孔明必然自来。彼料我军必在城中。今可将本部军马，分为四枝：某引一军伏于城东，如彼兵到则截之；太守与梁虔、尹赏各引一军城外埋伏；梁绪率百姓在城上守御。"分拨已定。

却说孔明因虑姜维，自为前部，望天水郡进发。将到城边，孔明传令曰："凡攻城池，以初到之日，激励三军，鼓噪直上。若迟延日久，锐气尽隳，急难破矣。"于是大军径到城下。因见城上旗帜整齐，未敢轻攻。候至半夜，忽然四下火光冲天，喊声震地，正不知何处兵来。只见城上亦鼓噪呐喊相应，蜀兵乱窜。孔明急上马，有关兴、张苞二将保护，杀出重围。回头看时，正东上军马，一带火光，势若长蛇。孔明令关兴探视，回报曰："此姜维兵也。"孔明叹曰："兵不在多，在人之调遣耳。此人真将才也！"收兵归寨，思之良久，乃唤安定人问曰："姜维之母，现在何处？"答曰："维母今居冀县。"孔明唤魏延分付曰："汝可引一军，虚张声势，诈取冀县。若姜维到，可放入城。"又问："此地何处紧要？"安定人曰："天水钱粮，皆在上邽；若打破上邽，则粮道自绝矣。"孔明大喜，教赵云引一军去攻上邽。孔明离城三十里

◎汉灵帝时，地方变乱纷起，宗室刘焉，即益州刘璋之父，建议改刺史为州牧，实行世袭制度。这当然是历史的倒退，也是分裂的祸端，因为他身处四川盆地，易守难攻，有了地方行政实权，加之执兵柄，有军队，俨然一国之主，遂造成更严重的割据局面。每州都是独立国，各自为政，诸葛亮不知道甘陇地区有一个姜维这样的人才，是绝对可能的。

◎正面较量，诸葛亮和姜维打个平手。但玩起计谋来，应该承认，姜还是老的辣了。

◎吕思勉在《三国史话》中论说姜维："……诸葛亮死后，蜀汉还有二十九年的命运。这二十九年之中，前十二年，总理国事的是蒋琬；中七年是费祎；后十年是姜维。蒋琬、费祎手里，都不甚出兵伐魏。姜维屡次想大举，费祎总裁制他，不肯多给他兵马。费祎死后，姜维做事才得放手些，然而亦无大功，而自己国里，反因此而有些疲弊。当时很有反对他的人。后来读史的人，亦有以蜀之亡归咎于姜维的用兵的，其实亦不尽然。""从魏齐王芳之立，至于高贵乡公的被弑，其间共计二十一年，即系入三国后之第二十一年至第四十一年，正是魏国多事之秋。蜀汉若要北伐，其机会断在此间，而其机会又是愈早愈妙，因为愈早则魏国的政局愈不安定。然此中强半的时间，都在蒋琬、费祎秉政之日，到姜维掌握兵权，已经失之太晚了。所以把蜀国的灭亡，归咎到姜维，实在是冤枉的。倒是蒋琬、费祎，应当负较大的责任。"这是对三国末世之雄最为准确公允的评价，堪称定论。

下寨。早有人报入天水郡，说蜀兵分为三路：一军守此郡，一军取上邽，一军取冀城。姜维闻之，哀告马遵曰："维母现在冀城，恐母有失。维乞一军往救此城，兼保老母。"马遵从之，遂令姜维引三千军去保冀城，梁虔引三千军去保上邽。

却说姜维引兵至冀城，前面一彪军摆开，为首蜀将乃是魏延。二将交锋数合，延诈败奔走。维入城闭门，率兵守护，拜见老母，并不出战。赵云亦放过梁虔入上邽城去了。孔明乃令人去南安郡，取夏侯楙至帐下。孔明曰："汝惧死乎？"楙慌拜伏乞命。孔明曰："目今天水姜维现守冀城，使人持书来说：'但得驸马在，我愿归降。'吾今饶汝性命，汝肯招安姜维否？"楙曰："情愿招安。"孔明乃与衣服鞍马，不令人跟随，放之自去。

楙得脱出寨，欲寻路而走，奈不知路径。正行之间，逢数人奔走。楙问之，答曰："我等是冀县百姓。今被姜维献了城池，归降诸葛亮，蜀将魏延纵火劫财，我等因此弃家奔走，投上邽去也。"楙又问曰："今守天水城是谁？"土人曰："天水城中乃马太守也。"楙闻之，纵马望天水而行。又见百姓携男抱女远来，所说皆同。楙至天水城下叫门，城上人认得是夏侯楙，慌忙开门迎接。马遵惊拜问之。楙细言姜维之事，又将百姓所言说了。遵叹曰："不想姜维反投蜀矣！"梁绪曰："彼意欲救都督，故以此言虚降。"楸曰："今维已降，何为虚也？"正踌躇间，时已初更，蜀兵又来攻城。火光中见姜维在城下挺枪勒马，大叫曰："请夏侯都督答话！"夏侯楸与马遵等皆到城上，见姜维耀武扬威大叫曰："我为都督而降，都督何背前言？"楸曰："汝受魏恩，何故降蜀？有何前言耶？"维应曰："汝写书教我降蜀，何出此言？汝要脱身，却将我陷了！我今降蜀，加为上将，安有还魏之理？"言讫，驱兵打城，至晓方退。原来夜间妆姜维者，乃孔明之计，令部卒形貌相似者，假扮姜维攻城，因火光之中，不辨真伪。

　　孔明却引兵来攻冀城。城中粮少，军食不敷。姜维在城上，见蜀军大车小辆，搬运粮草，入魏延寨中去了。维引三千兵出城，径来劫粮。蜀兵尽弃了粮车，寻路而走。姜维夺得粮车，欲要入城，忽然一彪军拦住，为首蜀将张翼也。二将交锋，战不数合，王平引一军又到，两下夹攻。维力穷抵敌不住，夺路归城，城上早插蜀兵旗号，原来已被魏延袭了。维杀条路奔天水城，手下尚有十馀骑；又遇张苞杀了一阵，维止剩得匹马单枪，来到天水城下叫门。城上军见是姜维，慌报马遵。遵曰："此是姜维来赚我城门也。"令城上乱箭射下。姜维回顾蜀兵至近，遂飞奔上邽城来。城上梁虔见了姜维，大骂曰："反国之贼，安敢来赚我城池！吾已知汝降蜀矣！"遂乱箭射下。姜维不能分说，仰天长叹，两眼泪流，拨马望长安而

◎诸葛亮和姜维的捉对儿厮杀，大家都没动真格的。第一，诸葛亮难得相中了这个后生，第二，姜维也是难得地由衷欣赏这位前辈。师生情也好，师友情也好，从第一眼起，就定格了。人与人的相知相契，有很多难以捉摸的场效应在起作用，所以，姜维的母亲知道他倾心诸葛亮，不再仕魏而效忠蜀汉。据孙盛《杂记》记载，她给儿子写了一封信，姜维是这样答复的。"初，姜维诣亮，与母相失，复得母书，令求当归。维曰：良田百顷，不在一亩，但有远志，不在当归也。"在姜维看来，人生苦短，难得知己，如此良师益友，失之交臂，那可是一生的遗憾。远志，也是一味中药，这药名，寓意远大的志向，可惜的是，他和他的老师一样，事未尽而身先死，功败垂成，遗憾万世。

◎这话只能是诸葛亮内心的想法，说出口，不免有点自矜。诸葛亮治蜀，多用平实之才，守成有余，开拓不力，而恃才狂放，倚武踞傲者，往往被搁置摈弃。蜀中干部，青黄不接，他急于物色人才，确也是事实。不过他的用人标准，较之曹操拘谨偏执，因而不可能有出色的人物出现，这也是大树下不长青草的定律。

走。行不数里，前至一派大树茂林之处，一声喊起，数千兵拥出，为首蜀将关兴，截住去路。维人困马乏，不能抵当，勒回马便走。忽然一辆小车从山坡中转出。其人头戴纶巾，身披鹤氅，手摇羽扇，乃孔明也。孔明唤姜维曰："伯约此时何尚不降？"维寻思良久，前有孔明，后有关兴，又无去路，只得下马投降。孔明慌忙下车而迎，执维手曰："吾自出茅庐以来，遍求贤者，欲传授平生之学，恨未得其人。今遇伯约，吾愿足矣。"维大喜拜谢。

孔明遂同姜维回寨，升帐商议取天水、上邽之计。维曰："天水城中尹赏、梁绪，与某至厚；当写密书二封，射入城中，使其内乱，城可得矣。"孔明从之。姜维写了二封密书，拴在箭上，纵马直至城下，射入城中。小校拾得，呈与马遵。遵大疑，与夏侯楙商议曰："梁绪、尹赏与姜维结连，欲为内应，都督宜早决之。"楙曰："可杀二人。"尹赏知此消息，乃谓梁绪曰："不如纳城降蜀，以图进用。"是夜，夏侯楙数次使人请梁、尹二人说话。二人料知事急，遂披挂上马，各执兵器，引本部军大开城门，放蜀兵入。夏侯楙、马遵惊慌，引数百人出西门，弃城投羌胡城而去。

梁绪、尹赏迎接孔明入城。安民已毕，孔明问取上邽之计，梁绪曰："此城乃某亲弟梁虔守之，愿招来降。"孔明大喜。绪当日到上邽唤梁虔出城来降孔明。孔明重加赏劳，就令梁绪为天水太守，尹赏为冀城令，梁虔为上邽令。孔明分拨已毕，整兵进发。诸将问曰："丞相何不去擒夏侯楙？"孔明曰："吾放夏侯楙，如放一鸭耳。今得伯约，得一凤也！"

孔明自得三城之后，威声大震，远近州郡，望风归降。孔明整顿军马，尽提汉中之兵，前出祁山，兵临渭水之西。细作报入洛阳。

时魏主曹叡太和元年，升殿设朝。近臣奏曰："夏侯驸马已失三郡，逃窜羌中去了。今蜀兵已到祁山，前军临渭水之西，乞早发兵破敌。"叡大惊，乃问群臣曰："谁可为朕退蜀兵耶？"司徒王朗出班奏曰："臣观先帝每用大将军曹真，所到必克。今陛下何不拜为大都督，以退蜀兵？"叡准奏，乃宣曹真曰："先帝托孤与卿，今蜀兵入寇中原，卿安忍坐视乎？"真奏曰："臣才疏智浅，不称其职。"王朗曰："将军乃社稷之臣，不可固辞。老臣虽驽钝，愿随将军一往。"真又奏曰："臣受大恩，安敢推辞？但乞一人为副将。"叡曰："卿自举之。"真乃保太原阳曲人，姓郭，名淮，字伯济，官封射亭侯，领雍州刺史。叡从之，遂拜曹真为大都督，赐节钺；命郭淮为副都督，王朗为军师。朗时年已七十六岁矣。选拨东西二京军马二十万与曹真。真命宗弟曹遵为先锋，又命荡寇将军朱赞为副先锋。当年十一月出师，魏主曹叡亲自送出西门之外方回。

◎这恐怕也是相对于那位驸马而言吧？

◎这可真是老将出马了，尽管他自告奋勇，尽管他情不自禁，尽管他欲罢不能，尽管他自不量力，从中国人"老吾老以及人之老，幼吾幼以及人之幼"的博爱心肠，让这样一位老先生上阵，也是不人道的。

◎至此,《三国演义》的篇幅,已去全书三分之二以上,大势去矣!热闹也去矣!本来,自曹操死后,天底下的英雄人物屈指可数,要论资排辈的话,与其同起于黄巾之乱,为捍卫汉祀而起的同辈人,刘备是硕果仅存的一个。就凭这块老资格的招牌,他本可以此此老本,第一,两个继续:一是继续奉献帝为帝,二是继续行汉纪纪年;第二,以仁义行天下,以法令号九州,发扬汉威,讨伐不臣,对原是汉家臣民的吸引力,肯定有如大旱之望虹霓,有如黑夜之盼灯火,民心归我,众志成城,那他虽区区之众,了了之地,却是大汉王朝最后的希望所在。从此跳出四川盆地那小格局,那小场面,心胸里装的是华夏大地,那时的刘备,要比如今蕞尔小国称帝的刘备神气得多,自如得多,应该还有戏可看。可这个织席贩履小儿,终非曹操,他一不具有风行草偃的雷霆之势,二不具有敢想敢干的无畏之劲,三不具有曹操一忍二十多年不称帝的耐力,四不具有与小生产者思想决裂的决心。于是,这个一心要做皇帝的农民,先极其卑鄙地造了一个谣,说刘协已死,全民吊孝,然后,他粉墨登场,再然后,由于新一轮的分赃不均,关羽挑头闹事,以致启动襄阳、樊城之战,刘、关、张之终不成器,就是所有这类光革命别人,而不革命自己的革命者必然结果。

曹真领大军来到长安,过渭河之西下寨。真与王朗、郭淮共议退兵之策。朗曰:“来日可严整队伍,大展旌旗。老夫自出,只用一席话,管教诸葛亮拱手而降,蜀兵不战自退。”真大喜,是夜传令:来日四更造饭,平明务要队伍整齐,人马威仪,旌旗鼓角,各按次序。当时使人先下战书。

次日,两军相迎,列成阵势于祁山之前。蜀军见魏兵甚是雄壮,与夏侯楙大不相同。三军鼓角已罢,司徒王朗乘马而出。上首乃都督曹真,下首乃副都督郭淮,两个先锋压住阵角。探子马出军前,大叫曰:“请对阵主将答话!”只见蜀兵门旗开处,关兴、张苞分左右而出,立马于两边;次后一队队骁将分列;门旗影下,中央一辆四轮车,孔明端坐车中,纶巾羽扇,素衣皂绦,飘然而出。孔明举目见魏阵前三个麾盖,旗上大书姓名:中央白髯老者,乃军师、司徒王朗。孔明暗忖曰:“王朗必下说词,吾当随机应之。”遂教推车出阵外,令护军小校传曰:“汉丞相与司徒会话。”王朗纵马而出。孔明于车上拱手,朗在马上欠身答礼。朗曰:“久闻公之大名,今幸一会。公既知天命,识时务,何故兴无名之兵?”孔明曰:“吾奉诏讨贼,何谓无名?”朗曰:“天数有变,神器更易,而归有德之人,此自然之理也。曩自桓、灵以来,黄巾倡乱,天下争横。降至初平、建安之岁,董卓造逆,催、汜继虐;袁术僭号于寿春,袁绍称雄于邺土;

刘表占据荆州，吕布虎吞徐郡：盗贼蜂起，奸雄鹰扬，社稷有累卵之危，生灵有倒悬之急。我太祖武皇帝，扫清六合，席卷八荒；万姓倾心，四方仰德，非以权势取之，实天命所归也。世祖文帝，神文圣武，以膺大统，应天合人，法尧禅舜，处中国以临万邦，岂非天心人意乎？今公蕴大才，抱大器，自欲比于管、乐，何乃强欲逆天理、背人情而行事耶？岂不闻古人云：'顺天者昌，逆天者亡。'今我大魏带甲百万，良将千员。谅腐草之萤光，怎及天心之皓月？公可倒戈卸甲，以礼来降，不失封侯之位。国安民乐，岂不美哉！"孔明在车上大笑曰："吾以为汉朝大老元臣，必有高论，岂期出此鄙言！吾有一言，诸军静听：昔日桓、灵之世，汉统陵替，宦官酿祸；国乱岁凶，四方扰攘。黄巾之后，董卓、催、氾等接踵而起，迁劫汉帝，残暴生灵。因庙堂之上，朽木为官；殿陛之间，禽兽食禄。狼心狗行之辈，滚滚当道；奴颜婢膝之徒，纷纷秉政。以致社稷丘墟，苍生涂炭。吾素知汝所行：世居东海之滨，初举孝廉入仕；理合匡君辅国，安汉兴刘，何期反助逆贼，同谋篡位！罪恶深重，天地不容！天下之人，愿食汝肉！今幸天意不绝炎汉，昭烈皇帝继统西川。吾今奉嗣君之旨，兴师讨贼。汝既为谄谀之臣，只可潜身缩首，苟图衣食，安敢在行伍之前，妄称天数耶！皓首匹夫！苍髯老贼！汝即日将归于九泉之下，何面目见二十四帝乎！老贼速退！

◎诸葛亮与王朗的骂战，打起光复汉室这面旗帜，作为招牌门面，是可以的，挂羊头，卖狗肉，在中国你不是第一名，何况你这个蜀汉（他自己是不加这个蜀字的），与汉献帝的汉，已经没有任何一毛钱的关系，怎么能够动真格以为自己乃是炎刘嫡系，这就是相当程度的恬不知耻了。刘协还活着，当他的山阳公，那么汉的商标专有权，属于下台的汉献帝，如果自认为是汉的嫡传，山阳公是可以告到法院，诉你侵权的。你既没有可能奉他为太上皇，刘备凭什么敢擅自称帝？所以费诗说"愚臣诚不为殿下取也"。

◎要能够骂得死人，这世界上"羞耻"二字，还就真有一点用了。骂人也是一种艺术，没有一个脏字，字字击中要害，那才是真本事。

◎骂死王朗，纯系杜撰。王朗本是会稽太守，后孙策坐大，遂将他逐回许都。他并非被骂而死，《资治通鉴》专门有一句，此公某年某月逝。所以，《三国演义》这部历史小说，人称七实三虚，但虚过了头，便是伪了。罗贯中之所以这样大做文章，还是蜀汉正朔与伪魏篡汉大辩论的继续。从说三分起，就扬刘抑曹，尊蜀贬魏，所以再一次旧话重提，不过是作者的以正视听罢了。

可教反臣与吾共决胜负！"王朗听罢，气满胸膛，大叫一声，撞死于马下。后人有诗赞孔明曰：

> 兵马出西秦，雄才敌万人。
> 轻摇三寸舌，骂死老奸臣。

孔明以扇指曹真曰："吾不逼汝。汝可整顿军马，来日决战。"言讫回车。于是两军皆退。

曹真将王朗尸首用棺木盛贮，送回长安去了。副都督郭淮曰："诸葛亮料吾军中治丧，今夜必来劫寨。可分兵四路：两路兵从山僻小路，乘虚去劫蜀寨；两路兵伏于本寨外，左右击之。"曹真大喜曰："此计与吾相合。"遂传令唤曹遵、朱赞两个先锋，分付曰："汝二人各引一万军，抄出祁山之后。但见蜀兵望吾寨而来，汝可进兵去劫蜀寨。如蜀兵不动，便撤兵回，不可轻进。"二人受计，引兵而去。真谓淮曰："我两个各引一枝军，伏于寨外，寨中虚堆柴草，只留数人。如蜀兵到，放火为号。"诸将皆分左右，各自准备去了。

却说孔明归帐，先唤赵云、魏延听令。孔明曰："汝二人各引本部军，去劫魏寨。"魏延进曰："曹真深明兵法，必料我乘丧劫寨。他岂不提防？"孔明笑曰："吾正欲曹真知吾去劫寨也。彼必伏兵在祁山之后，待我兵过去，却来袭我寨；吾故令汝二人引兵前去，过山脚后路，远下营寨，任魏兵来劫吾寨。汝看火起为号，分兵两路：文长拒住山口；
子龙引兵杀回，必遇魏兵，却放彼走回，汝乘势
攻之，彼必自相掩杀，可获全胜。"二将引兵受计
而去。又唤关兴、张苞分付曰："汝二人各引一军，
伏于祁山要路，放过魏兵，却从魏兵来路，杀奔魏
寨而去。"二人引兵受计去了。又令马岱、王平、
张翼、张嶷四将，伏于寨外，四面迎击魏兵。孔明
乃虚立寨栅，居中堆起柴草，以备火号；自引诸将
退于寨后，以观动静。

却说魏先锋曹遵、朱赞黄昏离寨，迤逦前进。二
更左侧，遥望山前隐隐有军行动，曹遵自思曰："郭
都督真神机妙算！"遂催兵急进。到蜀寨时，将及三
更。曹遵先杀入寨，却是空寨，并无一人，料知中计，
急撤军回。寨中火起。朱赞兵到，自相掩杀，人马
大乱。曹遵与朱赞交马，方知自相践踏。急合兵时，
忽四面喊声大震，王平、马岱、张嶷、张翼杀到。曹、
朱二人引心腹军百馀骑，望大路奔走。忽然鼓角齐
鸣，一彪军截住去路，为首大将乃常山赵子龙也，大
叫曰："贼将那里去？早早受死！"曹、朱二人夺路
而走。忽喊声又起，魏延又引一彪军杀到。曹、朱二
人大败，夺路奔回本寨。守寨军士，只道蜀兵来劫寨，
慌忙放起号火。左边曹真杀至，右边郭淮杀至，自相
掩杀。背后三路蜀兵杀到：中央魏延，左边关兴，右
边张苞，大杀一阵。魏兵败走十馀里，魏将死者极多。

◎对这些不够档次的对手，将计就
计，是诸葛亮信手拈来的小技艺了。

◎自己人打自己人，虽现代化战争，
也难免。

◎诸葛亮想到的，别人何尝也想不到呢？

孔明全获大胜，方始收兵。

　　曹真、郭淮收拾败军回寨，商议曰："今魏兵势孤，蜀兵势大，将何策以退之？"淮曰："胜负乃兵家常事，不足为忧。某有一计，使蜀兵首尾不能相顾，定然自走矣。"正是：

　　　　可怜魏将难成事，欲向西方索救兵。

未知其计如何，且看下文分解。

　　王朗原在吴，后归魏，一直居高位，也一直未离开洛阳。诸葛亮骂死王朗，纯系演义作者杜撰。

　　建安初，曹操在许都站稳脚跟以后，很在意网罗名士。第一，要用他们的知名度，号召力，招牌作用，以提高自己的政治影响；第二，需要他们参与政府的管理，得到这些士族的上层分子的支持，无形中也就加强了自己的正统性和合法性。实际上，这些士族代表人物，大多拒绝与曹操合作，至少内心深处，对他怀有敌意。首先，非我族类；其次，决非善类；再则，也是最关键者，此人出身低微，根本不按他们的游戏规则出牌。于是，有逃避的，有敷衍的，更有对抗的。当然，也有归顺的，王朗就是，华歆就更是。

　　当初王朗离吴而魏，孔融还帮助曹操给他做工作的。后来，死硬孔融与曹操翻了脸，灵活王朗则始终为曹操、曹丕、曹叡效力。

　　值得一提的，王朗还曾为曹魏的江山社稷计，与他的老朋友蜀太傅许靖写过多次信："若足下能弼人之遗孤，定人之犹豫，去非常之伪号，事受命之大魏，客主兼不世之荣名，上下蒙不朽之常耀，功与事并，声与勋著，考其绩效，足以超越伊、吕矣！"据《蜀书》："始许靖兄事颍川陈纪，与陈郡袁涣、平原华歆、东海王朗等亲善，歆、朗及纪子群，魏初为公辅大臣，咸与靖书，申陈旧好，情义款至。"

　　姑且不论王朗给许靖的这些信，后果如何？但在当时那些名士心目当中，把国土的完整统一，看得是要比继续处于分裂状态，来得重要。

第九十四回

诸葛亮乘雪破羌兵
司马懿克日擒孟达

亡灵的出现，总是和某一个特定时间、地点，以及政治需要相联系着的。

关羽的形象，恰巧在孟达意欲归蜀，上庸收复在望的时候，又出现在读者眼前，而且是来救他的儿子，是最具讽刺意味的。既然一切灾祸，由他肇始，那么，是追悔，是遗恨，还是令人嘲笑？连关老爷自己也糊涂着的。关的一生，只有小局，而无大局，他从阴曹地府赶来厮杀，结果，还是小局。

我们都程度不同地失败过，败于智不足，败于力不逮，败于特定时间，特定空间；而在劫难逃的祸殃，那是命也运也的败，你也只能徒呼奈何而已，不认输是不行的。最怕败在自我感觉失灵，错了还以为对的干下去，那就不可救药了。刘、关、张、诸葛亮，都是这样跌倒而一蹶不振的。

毛宗岗评曰："蜀事之坏，一坏于失荆州，再坏于失上庸也。荆州不失，则可以由荆州而定襄樊，上庸不失，则可以由上庸以取宛洛。"这个看法是对的，但他归罪于天意，毫无道理。世上本无事，庸人自扰之。庸人政治，感情代替政策，是从蜀汉政权出现之前就存在，之后变本加厉，便成无法摆脱的命运。非天之过，乃人之错也。

如果说，蜀事之坏，始自关羽，这指责绝对是公正的。因此，有工夫来救儿子，还不如去救孟达，也许与事更有补益一些。关羽从参加革命，头脑一直没有清醒过，现在头没了，当然就更不清醒了。

考虑到孟达久存归蜀之念，由此判断魏延的出子午谷长驱直入，远袭长安之计，决非轻举妄动；借助孟达之力，是有一定成功把握的，可惜不为诸葛亮所用。机会，上帝只给你一次，你不紧紧抓住，那也就只有遗憾了。

◎此乃中原厮杀互斗，必牵扯边国番邦的惯技。羌与西凉，本为一体，打断骨头连着肉，比孟获的战斗力，强一百倍。这些边外民族，从来是力量的崇拜者，诸葛亮大包围圈的宏图远志，只是书生的一厢情愿罢了。

◎在历史上，那些窥视中原的外番，从来都是选择秋冬之际，剽掠中原，劫取过冬物资。本是时刻准备入侵，何况下帖子，那就更不客气了。

却说郭淮谓曹真曰："西羌之人，自太祖时连年入贡，文皇帝亦有恩惠加之。我等今可据住险阻，遣人从小路直入羌中求救，许以和亲，羌人必起兵袭蜀兵之后。吾却以大兵击之，首尾夹攻，岂不大胜？"真从之，即遣人星夜驰书赴羌。

却说西羌国王彻里吉，自曹操时年年入贡；手下有一文一武：文乃雅丹丞相，武乃越吉元帅。时魏使赍金珠并书到国，先来见雅丹丞相，送了礼物，具言求救之意。雅丹引见国王，呈上书礼。彻里吉览了书，与众商议。雅丹曰："我与魏国素相往来，今曹都督求救，且许和亲，理合依允。"彻里吉从其言，即命雅丹与越吉元帅起羌兵一十五万，皆惯使弓弩、枪刀、蒺藜、飞锤等器；又有战车，用铁叶裹钉，装载粮食军器什物，或用骆驼驾车，或用骡马驾车，号为"铁车兵"。二人辞了国王，领兵直扣西平关。守关蜀将韩祯，急差人赍文报知孔明。

孔明闻报，问众将曰："谁敢去退羌兵？"张苞、关兴应曰："某等愿往。"孔明曰："汝二人要去，奈路途不熟。"遂唤马岱曰："汝素知羌人之性，久居彼处，可作向导。"便起精兵五万，与兴、苞二人同往。

兴、苞等引兵而去。行有数日，早遇羌兵。关兴先引百馀骑登山坡看时，只见羌兵把铁车首尾相连，随处结寨；车上遍排兵器，就似城池一般。兴睹之良久，无破敌之策，回寨与张苞、马岱商议。岱曰："且待来日

见阵，观看虚实，另作计议。"次早，分兵三路：关兴
在中，张苞在左，马岱在右，三路兵齐进。羌兵阵里，
越吉元帅手挽铁锤，腰悬宝雕弓，跃马奋勇而出。关兴
招三路兵径进。忽见羌兵分在两边，中央放出铁车，如
潮涌一般，弓弩一齐骤发。蜀兵大败，马岱、张苞两军
先退；关兴一军，被羌兵一裹，直围入西北角上去了。

　　兴在垓心，左冲右突，不能得脱。铁车密围，就
如城池，蜀兵你我不能相顾。兴望山谷中寻路而走。
看看天晚，但见一簇皂旗，蜂拥而来，一员羌将手提
铁锤，大叫曰："小将休走！吾乃越吉元帅也！"关兴
急走到前面，尽力纵马加鞭，正遇断涧，只得回马来
战越吉。兴终是胆寒，抵敌不住，望涧中而逃，被越
吉赶到，一铁锤打来，兴急闪过，正中马胯。那马望
涧中便倒，兴落于水中。忽听得一声响处，背后越吉
连人带马，平白地倒下水来。兴就水中挣起看时，只
见岸上一员大将，杀退羌兵。兴提刀待砍越吉，吉跃
水而走。关兴得了越吉马，牵到岸上，整顿鞍辔，绰
刀上马。只见那员将，尚在前面追杀羌兵。兴自思此
人救我性命，当与相见，遂拍马赶来。看看至近，只
见云雾之中，隐隐有一大将，面如重枣，眉若卧蚕，
绿袍金铠，提青龙刀，骑赤兔马，手绰美髯，分明认
得是父亲关公。兴大惊，忽见关公以手望东南指曰："吾
儿可速望此路去。吾当护汝归寨。"言讫不见。关兴望
东南急走。至半夜，忽一彪军到，乃张苞也，问兴曰：

◎这种荒诞不经的情节，便是古典文
学的糟粕了。不过，对关公崇拜者来
说，却是百听不厌的。

"你曾见二伯父否？"兴曰："你何由知之？"苞曰："我被铁车军追急，忽见伯父自空而下，惊退羌兵，指曰：'汝从这条路去救吾儿。'因此引军径来寻你。"关兴亦说前事，共相嗟异。二人同归寨内。马岱接着，对二人说："此军无计可退。我守住寨栅，你二人去禀丞相，用计破之。"于是兴、苞二人星夜来见孔明，备说此事。

孔明随命赵云、魏延各引一军埋伏去讫；然后点三万军，带了姜维、张翼、关兴、张苞，亲自来到马岱寨中歇定。次日上高阜处观看，见铁车连络不绝，人马纵横，往来驰骤。孔明曰："此不难破也。"唤马岱、张翼分付如此如此。二人去了。乃唤姜维曰："伯约知破车之法否？"维曰："羌人惟恃一勇力，岂知妙计乎？"孔明笑曰："汝知吾心也。今彤云密布，朔风紧急，天将降雪，吾计可施矣。"便令关兴、张苞二人引兵埋伏去讫；令姜维领兵出战，但有铁车兵来，退后便走；寨口虚立旌旗，不设军马。准备已定。

是时十二月终，果然天降大雪。姜维引军出，越吉引铁车兵来。姜维即退走。羌兵赶到寨前，姜维从寨后而去。羌兵直到寨外观看，听得寨内鼓琴之声，四壁皆空竖旌旗，急回报越吉。越吉心疑，未敢轻进。雅丹丞相曰："此诸葛亮诡计，虚设疑兵耳。可以攻之。"越吉引兵至寨前，但见孔明携琴上车，引数骑入寨，望后而走。羌兵抢入寨栅，直赶过山口，见小车隐隐转入林中去了。雅丹谓越吉曰："这等兵虽有

◎诸葛亮刚擒过孟获，对付这些边民，应该是不费吹灰之力的。

埋伏，不足为惧。"遂引大兵追赶。又见姜维兵俱在
雪地之中奔走。越吉大怒，催兵急追。山路被雪漫盖，
一望平坦。正赶之间，忽报蜀兵自山后而出。雅丹曰：
"纵有些小伏兵，何足惧哉！"只顾催趱兵马，往前
进发。忽然一声响，如山崩地陷，羌兵俱落于坑堑之
中；背后铁车正行得紧溜，急难收止，并拥而来，自
相践踏。后兵急要回时，左边关兴，右边张苞，两路
冲出，万弩齐发；背后姜维、马岱、张翼三路兵又杀
到。铁车兵大乱。越吉元帅望后面山谷中而逃，正逢
关兴，交马只一合，被兴举刀大喝一声，砍死于马下。
雅丹丞相早被马岱活捉，解投大寨来。羌兵四散逃窜。

　　孔明升帐，马岱押过雅丹来。孔明叱武士去其缚，
赐酒压惊，用好言抚慰。雅丹深感其德。孔明曰："吾
主乃大汉皇帝，今命吾讨贼，尔如何反助逆？吾今放汝
回去，说与汝主：吾国与尔乃邻邦，永结盟好，勿听反
贼之言。"遂将所获羌兵及车马器械，尽给还雅丹，俱
放回国。众皆拜谢而去。孔明引三军连夜投祁山大寨而
来，命关兴、张苞引军先行，一面差人赍表奏报捷音。

　　却说曹真连日望羌人消息，忽有伏路军来报说："蜀
兵拔寨收拾起程。"郭淮大喜曰："此因羌兵攻击，故尔
退去。"遂分两路追赶。前面蜀兵乱走，魏兵随后追袭。
先锋曹遵正赶之间，忽然鼓声大震，一彪军闪出，为首
大将乃魏延也，大叫曰："反贼休走！"曹遵大惊，拍
马交锋，不三合，被魏延一刀斩于马下。副先锋朱赞引

◎有孟获章程在前，自然一式办理。
虽然正史载，诸葛亮第一次出祁山。
"天水、南安、安定皆叛应亮，关中
响震，朝臣未知计所出。"如果出秦
岭，逼渭水，那给魏国带来的惊慌，
将是毁灭性的。

◎埋伏，击敌于不意，最具有痛歼杀伤效果的。

◎俗谓，"请神容易送神难"。请出司马懿，暂时的忧患可以解决，但也给曹魏王朝请来了一位掘墓人。世界上的任何事情，无一不是矛盾的组合体，具有两面或多面的复杂性。

兵追赶，忽然一彪军闪出，为首大将乃赵云也。朱赞措手不及，被云一枪刺死。曹真、郭淮见两路先锋有失，欲收回兵，背后喊声大震，鼓角齐鸣，关兴、张苞两路兵杀出，围了曹真、郭淮，痛杀一阵。曹、郭二人，引败兵冲路走脱。蜀兵全胜，直追到渭水，夺了魏寨。曹真折了两个先锋，哀伤不已，只得写本申朝，乞拨援兵。

却说魏主曹叡设朝，近臣奏曰："大都督曹真，数败于蜀，折了两个先锋，羌兵又折了无数，其势甚急。今上表求救，请陛下裁处。"叡大惊，急问退军之策。华歆奏曰："须是陛下御驾亲征，大会诸侯，人皆用命，方可退也。不然，长安有失，关中危矣！"太傅钟繇奏曰："凡为将者，智过于人，则能制人。孙子云：'知彼知己，百战百胜。'臣量曹真虽久用兵，非诸葛亮对手。臣以全家良贱，保举一人，可退蜀兵。未知圣意准否？"叡曰："卿乃大老元臣，有何贤士，可退蜀兵，早召来与朕分忧。"钟繇奏曰："向者，诸葛亮欲兴师犯境，但惧此人，故散流言，使陛下疑而去之，方敢长驱大进。今若复用之，则亮自退矣。"叡问何人，繇曰："骠骑大将军司马懿也。"叡叹曰："此事朕亦悔之。今仲达现在何地？"繇曰："近闻仲达在宛城闲住。"叡即降诏，遣使持节，复司马懿官职，加为平西都督，就起南阳诸路军马，前赴长安。叡御驾亲征，令司马懿克日到彼聚会。使命星夜望宛城去了。

却说孔明自出师以来，累获全胜，心中甚喜；正在祁山寨中，会聚议事，忽报镇守永安宫李严令子李丰来见。孔明只道东吴犯境，心甚惊疑，唤入帐中问之。丰曰："特来报喜。"孔明曰："有何喜？"丰曰："昔日孟达降魏，乃不得已也。彼时曹丕爱其才，时以骏马金珠赐之，曾同辇出入，封为散骑常侍，领新城太守，镇守上庸、金城等处，委以西南之任。自丕死后，曹叡即位，朝中多人嫉妒，孟达日夜不安，常谓诸将曰：'我本蜀将，势逼于此。'今累差心腹人，持书来见家父，教早晚代禀丞相；前者五路下川之时，曾有此意；今在新城，听知丞相伐魏，欲起金城、新城、上庸三处军马，就彼举事，径取洛阳；丞相取长安，两京大定矣。今某引来人并累次书信呈上。"孔明大喜，厚赏李丰等。忽细作人报说："魏主曹叡，一面驾幸长安；一面诏司马懿复职，加为平西都督，起本处之兵，于长安聚会。"孔明大惊。参军马谡曰："量曹叡何足道！若来长安，可就而擒之。丞相何故惊讶？"孔明曰："吾岂惧曹叡耶？所患者惟司马懿一人而已。今孟达欲举大事，若遇司马懿，事必败矣。达非司马懿对手，必被所擒。孟达若死，中原不易得也。"马谡曰："何不急修书，令孟达提防？"孔明从之，即修书，令来人星夜回报孟达。

却说孟达在新城，专望心腹人回报。一日，心腹人到来，将孔明回书呈上。孟达拆封视之。书略曰：

近得书，足知公忠义之心，不忘故旧，吾

◎如此大事，攸关蜀国存亡，他的副手李严，竟派其子来，可见蜀汉政权的运作系统，各自为政，相互掣肘，很不成规矩方圆。这也是一个太过精细，事必躬亲的领导，必然削弱部下的主动性、积极性。所以，诸葛亮称他所患者唯司马懿一人而已，从战场来说，似是如此，就全局而言，未必尽然，其实他的后院，也不是没有隐患的。

◎据正史，孟达降魏后，"为文帝所宠，又与桓阶、夏侯尚亲善。及文帝殂，尚、阶皆卒，达心不自安，诸葛亮闻而诱之。"既然孟达欲降，诸葛亮为什么不赶忙策应？而坐等司马懿来收拾。因为这两位太书生气，只知道书信往还，没想到司马懿是个狠脚色，已经杀到眼前。

甚喜慰。若成大事，则公汉朝中兴第一功臣也。然极宜谨密，不可轻易托人。慎之！戒之！近闻曹叡复诏司马懿起宛、洛之兵，若闻公举事，必先至矣。须万全提备，勿视为等闲也。

孟达览毕，笑曰："人言孔明心多，今观此事可知矣。"乃具回书，令心腹人来答孔明。孔明唤入帐中，其人呈上回书。孔明拆封视之。书曰：

适承钧教，安敢少怠。窃谓司马懿之事，不必惧也。宛城离洛阳约八百里，至新城一千二百里。若司马懿闻达举事，须表奏魏主。往复一月间事，达城池已固，诸将与三军皆在深险之地。司马懿即来，达何惧哉？丞相宽杯，惟听捷报！

孔明看毕，掷书于地而顿足曰："孟达必死于司马懿之手矣！"马谡问曰："丞相何谓也？"孔明曰："兵法云：'攻其不备，出其不意。'岂容料在一月之期？曹叡既委任司马懿，逢寇即除，何待奏闻？若知孟达反，不须十日，兵必到矣，安能措手耶？"众将皆服。孔明急令来人回报曰："若未举事，切莫教同事者知之；知则必败。"其人拜辞，归新城去了。

却说司马懿在宛城闲住，闻知魏兵累败于蜀，乃

◎孟达固然是败在大意上，但实际是败在对司马懿不以常规行事的作风上。他给孔明写信，信心满满，谁知正是他本人的麻痹大意，害死自己，果然。

仰天长叹。懿长子司马师，字子元；次子司马昭，字子
尚：二人素有大志，通晓兵书。当日侍立于侧，见懿长
叹，乃问曰："父亲何为长叹？"懿曰："汝辈岂知大事
耶？"司马师曰："莫非叹魏主不用乎？"司马昭笑曰：
"早晚必来宣召父亲也。"言未已，忽报天使持节至。懿
听诏毕，遂调宛城诸路军马。忽又报金城太守申仪家人，
有机密事求见。懿唤入密室问之，其人细说孟达欲反之
事，更有孟达心腹人李辅并达外甥邓贤，随状出首。司
马懿听毕，以手加额曰："此乃皇上齐天之洪福也！诸
葛亮兵在祁山，杀得内外人皆胆落；今天子不得已而幸
长安。若旦夕不用吾时，孟达一举，两京休矣！此贼必
通谋诸葛亮，吾先擒之，诸葛亮定然心寒，自退兵也。"
长子司马师曰："父亲可急写表申奏天子。"懿曰："若等
圣旨，往复一月之间，事无及矣。"即传令教人马起程，
一日要行二日之路，如迟立斩；一面令参军梁畿赍檄星
夜去新城，教孟达等准备征进，使其不疑。梁畿先行，
懿随后发兵。行了二日，山坡下转出一军，乃是右将
军徐晃。晃下马见懿，说："天子驾到长安，亲拒蜀兵。
今都督何往？"懿低言曰："今孟达造反，吾去擒之耳。"
晃曰："某愿为先锋。"懿大喜，合兵一处。徐晃为前部，
懿在中军，二子押后。又行了二日，前军哨马捉住孟达
心腹人，搜出孔明回书，来见司马懿。懿曰："吾不杀汝，
汝从头细说。"其人只得将孔明、孟达往复之事，一一
告说。懿看了孔明回书，大惊曰："世间能者所见皆同。

◎司马昭比司马师更有识见。

◎八天，由宛至洛至新城，共行
一千二百里，并分兵拒吴、汉救达之
兵，旬有六日，拔城，斩孟达。这一
场高速行军的竞赛，只是由于司马懿
的当机立断，雷厉风行，赢得了时
间，也赢得了胜利，诸葛亮坐看自己
失掉了一次天赐良机。

◎以平均日行一百五十里的速度，连续八天八夜，到达新城后，立即投入战斗，在中国古代战争史上，真正做到兵贵神速者，莫过于司马懿这次急行军了。

吾机先被孔明识破。幸得天子有福，获此消息。孟达今无能为矣。"遂星夜催军前行。

却说孟达在新城，约下金城太守申仪、上庸太守申耽，克日举事。耽、仪二人佯许之，每日调练兵马，只待魏兵到，便为内应；却报孟达，言军器粮草俱未完备，不敢约期起事。达信之不疑。忽报参军梁畿来到，孟达迎入城中。畿传司马懿将令曰："司马都督今奉天子诏，起诸路军以退蜀兵。太守可集本部军马，听候调遣。"达问曰："都督何日起程？"畿曰："此时约离宛城，望长安去了。"达暗喜曰："吾大事成矣！"遂设宴待了梁畿，送出城外。即报申耽、申仪知道：明日举事，换上大汉旗号，发诸路军马，径取洛阳。忽报："城外尘土冲天，不知何处兵来。"孟达登城视之，只见一彪军，打着"右将军徐晃"旗号，飞奔城下。达大惊，急扯起吊桥。徐晃坐下马收拾不住，直来到壕边，高叫曰："反贼孟达，早早受降！"达大怒，急开弓射之，正中徐晃头额，魏将救去。城上乱箭射下，魏兵方退。孟达恰待开门追赶，四面旌旗蔽日，司马懿兵到。达仰天长叹曰："果不出孔明所料也！"于是闭门坚守。

却说徐晃被孟达射中头额，众军救到寨中，取了箭头，令医调治，当晚身死，时年五十九岁。司马懿令人扶枢还洛阳安葬。次日，孟达登城遍视，只见魏兵四面围得铁桶相似。达行坐不安，惊疑未定，忽见两路兵自外杀来，旗上大书"申耽"、"申仪"。孟达只道是救军到，忙引本部兵，大开城门杀出。耽、仪大叫曰："反贼休走！早早受死！"达见事变，拨马望城中便走，城上乱箭射下。李辅、邓贤二人在城上大骂曰："吾等已献了城也！"达夺路而走，申耽赶来。达人困马乏，措手不及，被申耽一枪刺于马下，枭其首级。馀军皆降。李辅、邓贤大开城门，迎接司马懿入城。抚民劳军已毕，遂遣人奏知魏主曹叡。叡大喜，教将孟达首级去洛阳城市示众；加申耽、申仪官职，就随司马懿征进；命李辅、邓贤守新城、上庸。

　　却说司马懿引兵到长安城外下寨，懿入城来见魏主。叡大喜曰："朕一时不明，误中反间之计，悔之无及。今达造反，非卿等制之，两京休矣！"懿奏曰："臣闻申仪密告反情，意欲表奏陛下，恐往复迟滞，故不待圣旨，星夜而去。若待奏闻，则中诸葛亮之计也。"言罢，将孔明回孟达密书奉上。叡看毕，大喜曰："卿之学识，过于孙、吴矣！"赐金钺斧一对，后遇机密重事，不必奏闻，便宜行事。就令司马懿出关破蜀。懿奏曰："臣举一大将，可为先锋。"叡曰："卿举何人？"懿曰："右将军张郃，可当此任。"叡笑曰："朕正欲用之。"遂命张郃为前部先锋，随司马懿离长安来破蜀兵。正是：

　　　　既有谋臣能用智，又求猛将助施威。

未知胜负如何，且看下文分解。

◎凡《三国演义》的读者，或了解这段历史的人，对司马懿印象不佳。这就是文学作品的力量，因为在那部流传数百年的古典文学名著里，他是作为诸葛亮的主要对手出现的。假设没有他，诸葛亮的雄图大业，至少有成功的绝大可能性；由于有了他，诸葛亮终于饮恨而亡，这位在中国历史上的第一贤相，最后，败在他的手下，死在他的眼前，情感上过不去。读文学作品者，只相信文学的真实，而不会介意历史的真实。

◎司马懿是个极小心谨慎的人，这次行动虽然立了功，但擅自发兵，未先奏闻，还是很犯忌的，不得不再三解释了。

　　司马懿于魏，曹操于汉，地位基本相同，格局大致相等，一生杀人无算，目标都已达到；但这两个都死后成帝的前后历史人物，细细考究起来，绝无任何共同之处，其奋斗方式，各有各的路数，其生存思维，也各有各的活法。曹操仰着头活，司马懿低着头过；曹操心目中，笑傲江湖，没有一个他所害怕的人，整个世界被他踩在脚下；而司马懿，别看不动声色，其实他是看着别人的脸色活的，在表面上没有一个他敢不在乎的人，其实他却揣着一颗杀你之心。曹操这一切的获得，是以生命和鲜血为代价换来的；而司马懿得到这一切，是以其低调、潜伏、伪装、韬晦，以及耐心的等待等非正常方式而换来。

　　曹操一直防范着他，司马懿于曹操生时，小心谨慎，满怀恐惧，甚至每一步路，都是三思而后行。曹操至死，仍怀疑他有异志，交待后裔，对其防范。所以，相比起来，曹操这一辈子，过的是人的生活，略无一丝惧天畏地之心。他是老大，他是永远的老大，想怎么干就怎么干，不在乎别人怎么看，怎么想，怎么评论，怎么骂街，恣意行事，挥洒自如，笑看世界；战争，是他一生最大的娱乐、胜利，是他一生终结的追求。

　　所以，即使杀了孟达，平叛立功，司马懿还是向曹叡请罪，因为他是擅自出兵，未经恩准。当然，曹叡哪能怪罪于他，赏赐还来不及呢？由此可见此人之谨小慎微，细针密缝，处处事事，不露马脚。司马懿深知自己在魏国高层中间，一旦太出色了，同僚嫉妒，固非小事，主子猜忌，更加可怕。如果无所作为，平庸无能，很有可能被排挤出局，剥夺权力，解甲归田，一败涂地。所以，他得把握住赢不能太赢，输不能太输，攻打不宜太猛，退守不宜示弱的分寸感，要比诸葛亮难做人多了。这一切的低姿态，说穿了，正是为了更好的生存。

第九十五回

马谡拒谏失街亭
武侯弹琴退仲达

街亭失守，关系重大，陇西诸郡，复归于魏，那也是没有办法的事了。但街亭系北伐通道，咽喉重地，落入魏军手中，从此扼杀封死，那可是性命攸关的不利局面。从此，对于西蜀来讲，出门碰壁，寸步难行，北征宏图，就更加难以兑现。

街亭是不应该丢的，派谁去都不会丢，但独是派这个极其聪明的聪明人马谡，聪明反被聪明误，因为自作聪明，将街亭丢了，但谁都明白，说是马谡丢了街亭，还不如说诸葛亮丢了街亭。因为马谡乃诸葛亮的亲信。亲信的"信"，把诸葛亮害了。他认为，亲者可信，信者必亲，就将把守街亭的重任交给他。其实亲归亲，信归信，亲是感情联系，信是社会责任，两者非一码事；亲未必可信，信未必可亲，这是相当残酷的现实，诸葛亮将两者混淆了，委以重任。结果，战略要冲落入人手，形势愈益不佳，诸葛亮也就不能不承担责任了。

中国人，讲感情，世界之最；因此，中国人，用亲信，也是世界之最。环顾海内，谁身边没有几个亲信？一个好汉三个帮，一个篱笆三个桩，帮者，桩者，即亲信也。因为亲之近远有别，而信也就随之轻重可分，那可大错而特错了。所以刘备在白帝城垂危之际，千言万语，难以尽说之时，偏偏提醒这位军师，马谡"言过其实"，"不可大用"，恐怕也是早就发现诸葛亮对马谡的高度倚重，极其信任，引发他的担忧。这位领袖是尝到亲信太过的苦头，若非关、张，他会倾国东征吗？

按说，贤明的诸葛亮，难道没有看出马谡，乃是一位纸上谈兵的赵括吗？但一，马谡能言善道，极易邀宠讨好。二，马谡的高明，很少付诸行动，未曾露出破绽。三，也许两人存有较多的名士气，共同语言较多。四，来自荆襄，本属乡党，其兄马良，又是诸葛亮的知交，于是，亲之外，加之信，偏爱偏信，才获得如此重用的。

这也是许多用人之人，常常因为亲信之不堪信，而使自己陷入困境。小心了，诸位。

◎虚虚实实，实实虚虚，空城计是两个聪明人中，比谁更聪明的游戏。

◎连司马懿也这样看待魏延的主意，可见诸葛亮之不肯采纳，确实是一次严重失误了。但也不要被司马懿的蛊惑所动，魏延的行军速度不及司马懿的一半，里程却超过一倍，若是碰上他阻击，魏延连回家的路都找不着。司马懿所以如此说风凉话，只是动摇军心而已。

◎吕思逸认为，正史《三国志》载诸葛亮伐魏，总不胜利，《晋书》更说诸葛亮每战辄败。因为著述者均为魏晋人故。他说，吴大鸿胪张俨，是当时的第三国史家，在他所著的《默记》里，认为："仲达之才，减于孔明，土地广狭，人马多少，未可偏恃也。"应该是属于公道的结论。

却说魏主曹叡令张郃为先锋，与司马懿一同征进；一面令辛毗、孙礼二人领兵五万，往助曹真。二人奉诏而去。

且说司马懿引二十万军，出关下寨，请先锋张郃至帐下曰："诸葛亮平生谨慎，未敢造次行事。若是吾用兵，先从子午谷径取长安，早得多时矣。他非无谋，但怕有失，不肯弄险。今必出军斜谷，来取郿城。若取郿城，必分兵两路，一军取箕谷矣。吾已发檄文，令子丹拒守郿城，若兵来不可出战；令孙礼、辛毗截住箕谷道口，若兵来则出奇兵击之。"郃曰："今将军当于何处进兵？"懿曰："吾素知秦岭之西有一条路，地名街亭；傍有一城，名列柳城：此二处皆是汉中咽喉。诸葛亮欺子丹无备，定从此进。吾与汝径取街亭，望阳平关不远矣。亮若知吾断其街亭要路，绝其粮道，则陇西一境，不能安守，必然连夜奔回汉中去也。彼若回动，吾提兵于小路击之，可得全胜；若不归时，吾却将诸处小路，尽皆垒断，俱以兵守之。一月无粮，蜀兵皆饿死，亮必被吾擒矣。"张郃大悟，拜伏于地曰："都督神算也！"懿曰："虽然如此，诸葛亮不比孟达。将军为先锋，不可轻进。当传与诸将，循山西路，远远哨探。如无伏兵，方可前进。若是怠忽，必中诸葛亮之计。"张郃受计引军而行。

却说孔明在祁山寨中，忽报新城探细人来到。孔明急唤入问之，细作告曰："司马懿倍道而行，八日已到新城，孟达措手不及，又被申耽、申仪、李辅、邓贤为内应，孟达被乱军所杀。今司马懿撤兵到长安，见了魏主，同张郃引兵出关，来拒我师也。"孔明大惊曰："孟达作事不密，死固当然。今司马懿出关，必取街亭，断吾咽喉之路。"便问："谁敢引兵去守街亭？"言未毕，参军马谡曰："某愿往。"孔明曰："街亭虽小，干系甚重。倘街亭有失，吾大军皆休矣。汝虽深通谋略，此地奈无城郭，又无险阻，守之极难。"谡曰："某自幼熟读兵书，颇知兵法。岂一街亭不能守耶？"孔明曰："司马懿非等闲之辈，更有先锋张郃，乃魏之名将，恐汝不能敌之。"谡曰："休道司马懿、张郃，便是曹叡亲来，有何惧哉！若有差失，乞斩全家。"孔明曰："军中无戏言。"谡曰："愿立军令状。"孔明从之。谡遂写了军令状呈上。孔明曰："吾与汝二万五千精兵，再拨一员上将，相助你去。"即唤王平分付曰："吾素知汝平生谨慎，故特以此重任相托。汝可小心谨守此地，下寨必当要道之处，使贼兵急切不能偷过。安营既毕，便画四至八道地理形状图本来我看。凡商议停当而行，不可轻易。如所守无危，则是取长安第一功也。戒之！戒之！"二人拜辞，引兵而去。

　　孔明寻思，恐二人有失，又唤高翔曰："街亭东北上有一城，名列柳城，乃山僻小路，此可以屯兵扎寨。与汝一万兵，去此城屯扎。但街亭危，可引

◎这等夸海口的人，几无不败者，而孔明竟不察。气味相投，习性接近，观其表面，不察就里，书生气将这两人毁了。

◎刘备曾任魏延为汉中太守，对于这一带地形，应该是最熟知者。此次北征，任前督部，街亭咽喉要地，不派魏延，而委重马谡，难怪魏要发牢骚。更何况魏延那张没遮拦的嘴？试想，都传到司马懿的耳朵里，可见这张嘴多么遭人厌烦？

兵救之。"高翔引兵而去。孔明又思：高翔非张郃对手，必得一员大将，屯兵于街亭之右，方可防之。遂唤魏延引本部兵去街亭之后屯扎。延曰："某为前部，理合当先破敌，何故置某于安闲之地？"孔明曰："前锋破敌，乃偏裨之事耳。今令汝接应街亭，当阳平关冲要道路，总守汉中咽喉。此乃大任也，何为安闲乎？汝勿以等闲视之，失吾大事。切宜小心在意！"魏延大喜，引兵而去。孔明恰才心安，乃唤赵云、邓芝分付曰："今司马懿出兵，与旧日不同。汝二人各引一军出箕谷，以为疑兵。如逢魏兵，或战或不战，以惊其心。吾自统大军，由斜谷径取郿城；若得郿城，长安可破矣。"二人受命而去。孔明令姜维作先锋，兵出斜谷。

却说马谡、王平二人兵到街亭，看了地势，马谡笑曰："丞相何故多心也？量此山僻之处，魏兵如何敢来！"王平曰："虽然魏兵不敢来，可就此五路总口下寨；却令军士伐木为栅，以图久计。"谡曰："当道岂是下寨之地？此处侧边一山，四面皆不相连，且树木极广，此乃天赐之险也。可就山上屯军。"平曰："参军差矣。若屯兵当道，筑起城垣，贼兵总有十万，不能偷过。今若弃此要路，屯兵于山上，倘魏兵骤至，四面围定，将何策保之？"谡大笑曰："汝真女子之见！兵法云：'凭高视下，势如劈竹。'若魏兵到来，吾教他片甲不回！"平曰："吾累随丞相经阵，每到之处，丞相尽意指教。今观此山，乃绝地也，若魏兵断我汲水之道，军士不战自乱矣。"谡曰："汝莫乱道！孙子云：'置之死地而后生。'若魏兵绝我汲水之道，蜀兵岂不死战？以一可当百也。吾素读兵书，丞相诸事尚问于我，汝奈何相阻耶！"平曰："若参军欲在山上下寨，可分兵与我，自于山西下一小寨，为掎角之势，倘魏兵至，可以相应。"马谡不从。忽然山中居民，成群结队，飞奔而来，报说魏兵已到。王平欲辞去，马谡曰："汝既不听吾令，与汝五千兵自去下寨。待吾破了魏兵，到丞相面前须分不得功！"王平引兵离山十里下寨，画成图本，星夜差人去禀孔明，具说马谡自于山上下寨。

却说司马懿在城中，令次子司马昭去探前路，若街亭有兵守御，即当按兵不行。司马昭奉令探了一遍，回见父曰："街亭有兵守把。"懿叹曰："诸葛亮真乃神人，吾不如也！"昭笑曰："父亲何故自堕志气耶？男料街亭易取。"懿问曰："汝安敢出此大言？"昭曰："男亲自哨见，当道并无寨栅，军皆屯于山上，故知可破也。"懿大喜曰："若兵果在山上，乃天使吾成功矣！"遂更换衣服，引百馀骑亲自来看。是夜天晴月朗，直至山下，周周巡哨了一遍方回。马谡在山上见之，大笑曰："彼若有命，不来围山！"传令与诸将："倘兵来，只见山顶上红旗招动，即四面皆下。"

却说司马懿回到寨中，使人打听是何将引兵守街

◎诸葛亮算是料到家了。这一句话，马谡的脑袋是决计保不住了。

◎其实，我们在现实生活中，看到过多少因为用误事人物，而造成或笑话、或悲剧的实例啊！

亭。回报曰："乃马良之弟马谡也。"懿笑曰："徒有虚名，乃庸才耳！孔明用如此人物，如何不误事！"又问："街亭左右别有军否？"探马报曰："离山十里有王平安营。"懿乃命张郃引一军，当住王平来路。又令申耽、申仪引两路兵围山，先断了汲水道路，待蜀兵自乱，然后乘势击之。当夜调度已定。

次日天明，张郃引兵先往背后去了。司马懿大驱军马，一拥而进，把山四面围定。马谡在山上看时，只见魏兵漫山遍野，旌旗队伍，甚是严整。蜀兵见之，尽皆丧胆，不敢下山。马谡将红旗招动，军将你我相推，无一人敢动。谡大怒，自杀二将。众军惊惧，只得努力下山来冲魏兵。魏兵端然不动。蜀兵又退上山去。马谡见事不谐，教军紧守寨门，只等外应。

却说王平见魏兵到，引军杀来，正遇张郃。战有数十余合，平力穷势孤，只得退去。魏兵自辰时困至戌时，山上无水，军不得食，寨中大乱。嚷到半夜时分，山南蜀兵大开寨门，下山降魏。马谡禁止不住。司马懿又令人于沿山放火，山上蜀兵愈乱。马谡料守不住，只得驱残兵杀下山西逃奔。司马懿放条大路，让过马谡。背后张郃引兵追来。赶到三十余里，前面鼓角齐鸣，一彪军出，放过马谡，拦住张郃，视之，乃魏延也。延挥刀纵马，直取张郃。郃回军便走。延驱兵赶来，复夺街亭。赶到五十余里，一声喊起，两边伏兵齐出：左边司马懿，右边司马昭，却抄在魏

◎至此，便全没了章法！一着错棋，满盘皆输。而比马谡输得还惨的，是让他驻守街亭的诸葛亮。其实，我们在现实生活中看到多少因用人不当而造成笑话或悲剧的事例啊！

延背后，把延困在垓心。张郃复来，三路兵合在一处。魏延左冲右突，不得脱身，折兵大半。正危急间，忽一彪军杀入，乃王平也。延大喜曰："吾得生矣！"二将合兵一处，大杀一阵，魏兵方退。二将慌忙奔回寨时，营中皆是魏兵旌旗。申耽、申仪从营中杀出。王平、魏延径奔列柳城，来投高翔。

　　此时高翔闻知街亭有失，尽起列柳城之兵，前来救应，正遇延、平二人，诉说前事。高翔曰："不如今晚去劫魏寨，再复街亭。"当时三人在山坡下商议已定。待天色将晚，兵分三路。魏延引兵先进，径到街亭，不见一人，心中大疑，未敢轻进，且伏在路口等候。忽见高翔兵到，二人共说魏兵不知在何处。正没理会，又不见王平兵到。忽然一声炮响，火光冲天，鼓声震地，魏兵齐出，把魏延、高翔围在垓心。二人往来冲突，不得脱身。忽听得山坡后喊声若雷，一彪军杀入，乃是王平，救了高、魏二人，径奔列柳城来。比及奔到城下时，城边早有一军杀到，旗上大书"魏都督郭淮"字样。原来郭淮与曹真商议，恐司马懿得了全功，乃分淮来取街亭；闻知司马懿、张郃成了此功，遂引兵径袭列柳城。正遇三将，大杀一阵。蜀兵伤者极多。魏延恐阳平关有失，慌与王平、高翔望阳平关来。

　　却说郭淮收了军马，乃谓左右曰："吾虽不得街亭，却取了列柳城，亦是大功。"引兵径到城下叫门。

◎马谡被杀后，蒋琬曰："天下未定而戮智计之士，岂不惜乎！"《三国志·马谡传》裴松之注中也说，由于诸葛亮"不量才节任"而"杀有益之人，难乎其可与言智者也。"其实，诸葛亮上后主书，全部承担了责任，为什么还要杀马谡，来洗干净自己，此人太冷血了。

◎这就是国人的劣根性了，有便宜不占白不占，有好处不得白不得，可出了问题，互相推卸责任，一到大难当头，更是逃跑得比兔子还要快。

◎诸葛亮什么事还要请教马谡，怎能是无知呢？既然无知，又干嘛让他去守街亭呢？

只见城上一声炮响，旗帜皆竖，当头一面大旗，上书"平西都督司马懿"。懿撑起悬空板，倚定护心木栏干，大笑曰："郭伯济来何迟也？"淮大惊曰："仲达神机，吾不及也！"遂入城。相见已毕，懿曰："今街亭已失，诸葛亮必走。公可速与子丹星夜追之。"郭淮从其言，出城而去。懿唤张郃曰："子丹、伯济，恐吾全获大功，故来取此城池。吾非独欲成功，乃侥幸而已。吾料魏延、王平、马谡、高翔等辈，必先去据阳平关。吾若去取此关，诸葛亮必随后掩杀，中其计矣。兵法云：'归师勿掩，穷寇莫追。'汝可从小路抄箕谷退兵。吾自引兵当斜谷之兵。若彼败走，不可相拒，只宜中途截住，蜀兵辎重，可尽得也。"张郃受计，引兵一半去了。懿下令："径取斜谷，由西城而进。西城虽山僻小县，乃蜀兵屯粮之所，又南安、天水、安定三郡总路。若得此城，三郡可复矣。"于是司马懿留申耽、申仪守列柳城，自领大军望斜谷进发。

却说孔明自令马谡等守街亭去后，犹豫不定。忽报王平使人送图本至，孔明唤入。左右呈上图本，孔明就文几上拆开视之，拍案大惊曰："马谡无知，坑陷吾军矣！"左右问曰："丞相何故失惊？"孔明曰："吾观此图本，失却要路，占山为寨。倘魏兵大至，四面围合，断汲水道路，不须二日，军自乱矣。若街亭有失，吾等安归？"长史杨仪进曰："某虽不才，愿替马幼常回。"孔明将安营之法，一一分付与杨仪。正待要行，忽报马到来，说："街亭、列柳城，尽皆失了！"孔明跌足长叹曰："大事去矣！此吾之过也！"急唤关兴、张苞分付曰："汝二人各引三千精兵，投武功山小路而行。如遇魏兵，不可大击，只鼓噪呐喊，为疑兵惊之。彼当自走，亦不可追。待军退尽，便投阳平关去。"又令张翼先引军去修理剑阁，以备归路。又密传号令，教大军暗暗收拾行装，以备起程。又令马岱、姜维断后，先伏于山谷中，待诸军退尽，方始收兵。又差心腹人，分路报与天水、南安、安定三郡官吏军民，皆入汉中。又遣心腹人到冀县搬取姜维老母，送入汉中。

　　孔明分拨已定，先引五千兵退去西城县搬运粮草。忽然十馀次飞马报到，说："司马懿引大军十五万，望西城蜂拥而来！"时孔明身边别无大将，只有一班文官，所引五千军，已分一半先运粮草去了，只剩二千五百军在城中。众官听得这个消息，尽皆失色。孔明登城望之，果然尘土冲天，魏兵分两路望西城县杀来。孔明传令，教"将旌旗尽皆隐匿，诸军务守城铺。如有妄行出入，及高言大语者，斩之！大开四门，每一门用二十军士，扮作百姓，洒扫街道。如魏兵到时，不可擅动，吾自有计。"孔明乃披鹤氅，戴纶巾，引二小童携琴一张，于城上敌楼前，凭栏而坐，焚香操琴。

◎"过"，说得太轻描淡写了吧？

◎这也是没有办法的办法了。

却说司马懿前军哨到城下，见了如此模样，皆不敢进，急报与司马懿。懿笑而不信，遂止住三军，自飞马远远望之。果见孔明坐于城楼之上，笑容可掬，焚香操琴。左有一童子，手捧宝剑；右有一童子，手执麈尾。城门内外，有二十馀百姓，低头洒扫，傍若无人。懿看毕大疑，便到中军，教后军作前军，前军作后军，望北山路而退。次子司马昭曰："莫非诸葛亮无军，故作此态？父亲何故便退兵？"懿曰："亮平生谨慎，不曾弄险。今大开城门，必有埋伏。我兵若进，中其计也。汝辈岂知？宜速退。"于是两路兵尽皆退去。孔明见魏军远去，抚掌而笑。众官无不骇然，乃问孔明曰："司马懿乃魏之名将，今统十五万精兵到此，见了丞相，便速退去，何也？"孔明曰："此人料吾生平谨慎，必不弄险，见如此模样，疑有伏兵，所以退去。吾非行险，盖因不得已而用之。此人必引军投山北小路去也。吾已令兴、苞二人在彼等候。"众皆惊服曰："丞相之机，神鬼莫测！若某等之见，必弃城而走矣。"孔明曰："吾兵止有二千五百，若弃城而走，必不能远遁。得不为司马懿所擒乎？"后人有诗赞曰：

瑶琴三尺胜雄师，诸葛西城退敌时。
十五万人回马处，土人指点到今疑。

◎看来诸葛亮也不是不敢行险，其实这比子午谷出兵急奔长安，要险得多多。尽管他可称完人，但也不能说略无半点嫉才之心。

言讫，拍手大笑，曰："吾若为司马懿，必不便退也。"遂下令，教西城百姓随军入汉中，司马懿必将复来。于是孔明离西城望汉中而走。天水、安定、南安三郡官吏军民，陆续而走。

却说司马懿望武功山小路而走。忽然山坡后喊杀连天，鼓声震地。懿回顾二子曰："吾若不走，必中诸葛亮之计矣。"只见大路上一军杀来，旗上大书"右护卫使虎翼将军张苞"。魏兵皆弃甲抛戈而走。行不到一程，山谷中喊声震地，鼓角喧天，前面一杆大旗，上书"左护卫使龙骧将军关兴"。山谷应声，不知蜀兵多少；更兼魏军心疑，不敢久停，只得尽弃辎重而去。兴、苞二人皆遵将令，不敢追袭，多得军器粮草而归。司马懿见山谷中皆有蜀兵，不敢出大路，遂回街亭。

此时曹真听知孔明退兵，急引兵追赶。山背后一声炮响，蜀兵漫山遍野而来，为首大将乃是姜维、马岱。真大惊，急退军时，先锋陈造已被马岱所斩。真引兵鼠窜而还。蜀兵连夜皆奔回汉中。

却说赵云、邓芝伏兵于箕谷道中，闻孔明传令回军，云谓芝曰："魏军知吾兵退，必然来追。吾先引一军伏于其后，公却引兵打吾旗号，徐徐而退。吾一步步自有护送也。"

却说郭淮提兵再回箕谷道中，唤先锋苏颙分付曰："蜀将赵云，英勇无敌。汝可小心提防。彼军若退，必有计也。"苏颙欣然曰："都督若肯接应，某当

◎赵云老而不弱，用计保护全军撤退，不失一兵一骑，不遗辎重军资。至此，方知诸葛亮有如许智勇之将不用，独相信一个马谡，确实是属于执迷不悟。贤者如孔明尚且如此，那么后来凡庸低能的领导，所作出的反被亲信操弄，成为亲信傀儡种种丑态，就更不在话下了。

◎《资治通鉴》载：街亭失守后，赵云身自断后，军资什物，略无所弃。云有军资馀绢，亮使分赐将士，云曰："军事无利，何为有赐，其物请悉入赤岸库。"给这个软钉子给军师碰，可见连赵云也对这次重用马谡，导致大败，是有看法的。

生擒赵云。"遂引前部三千兵，奔入箕谷。看看赶上蜀兵，只见山坡后闪出红旗白字，上书"赵云"。苏颙急收兵退走。行不到数里，喊声大震，一彪军撞出，为首大将，挺枪跃马，大喝曰："汝识赵子龙否！"苏颙大惊曰："如何这里又有赵云？"措手不及，被云一枪刺死于马下。馀军溃散。云迤逦前进，背后又一军到，乃郭淮部将万政也。云见魏兵追急，乃勒马挺枪，立于路口，待来将交锋。蜀兵已去三十馀里。万政认得是赵云，不敢前进。云等得天色黄昏，方才拨回马缓缓而进。郭淮兵到，万政言赵云英勇如旧，因此不敢近前。淮传令教军急赶，政令数百骑壮士赶来。行至一大林，忽听得背后大喝一声曰："赵子龙在此！"惊得魏兵落马者百馀人，馀者皆越岭而去。万政勉强来敌，被云一箭射中盔缨，惊跌于涧中。云以枪指之曰："吾饶汝性命回去！快教郭淮赶来！"万政脱命而回。云护送车仗人马，望汉中而去，沿途并无遗失。曹真、郭淮复夺三郡，以为己功。

却说司马懿分兵而进。此时蜀兵尽回汉中去了。懿引一军复到西城，因问遗下居民及山僻隐者，皆言孔明止有二千五百军在城中，又无武将，只有几个文官，别无埋伏。武功山小民告曰："关兴、张苞，只各有三千军，转山呐喊，鼓噪惊追，又无别军，并不敢厮杀。"懿悔之无及，仰天叹曰："吾不如孔明也！"遂安抚了诸处官民，引兵径还长安，朝见魏主。叡曰：

"今日复得陇西诸郡，皆卿之功也。"懿奏曰："今蜀兵皆在汉中，未尽剿灭。臣乞大兵并力收川，以报陛下。"叡大喜，令懿即便兴兵。忽班内一人出奏曰："臣有一计，足可定蜀降吴。"正是：

　　　　蜀中将相方归国，魏地君臣又逞谋。

未知献计者是谁，且看下文分解。

　　西蜀最后败亡于晋时，户二十八万，官吏数为四万，而吴降晋时，户五十二万，但官吏只有三万二。这样一个官比民多，头重脚轻的国家，怎能不失败呢？这其中，随刘备、诸葛亮进川的荆州人超乎寻常的众多，其总量当不下于满清政权初期从龙入关者，乃是造成蜀汉政权与刘焉、刘璋政权，既重叠，又矛盾；外籍人员与土著名流，既共处，又分裂的根本原因。中国人十分看中地域观念，而诸葛亮倚重荆州来的干部，排斥益州本地干部，尽管他高自标置，但在陈寿《三国志·蜀书》的《彭羕传》《李严传》中亦见端倪。如此数量的干部队伍，如此臃肿的官僚机构，如此摩擦内耗的两层皮现象，实在是蜀国的累赘或灾难。其实，邓艾进成都，充其量不足三千人，蜀中老百姓竟一边倒地打起降旗，可见人心所向。

　　失人心者失天下，这是没有办法的事。《三国演义》的作者，或系有意，或系无意，反复说明，刘璋虽弱，其将不弱，奸臣虽有，忠贞更多。在刘备、庞统由葭萌关回击刘璋时，其将张任、刘璝、冷苞，都是难啃的硬骨头，庞统就死在张任手上。还有夷陵大战时投降魏国的黄权，亦是刘璋旧部，那是一个具战略头脑的将领，要以他的思路，开辟水面战场，陆逊的一把火，未必能赢得如此大胜。如果在成都保卫战中，诸葛瞻要是听黄崇（黄权之子）之言，扼守险要，不放邓艾入平原，也就不会有刘禅舆榇投降。这一切都在说明不是蜀中无人，而是蜀中有人，只是你诸葛亮因为地域隔阂，乡党情结，看不出来，即使看得出来，也不敢重用罢了。

　　用人者倘不五湖四海，那就很可能要成形单影只的孤家寡人。

第九十六回
孔明挥泪斩马谡
周鲂断发赚曹休

　　蜀、吴均与魏战，蜀败而吴胜，不能不说是与主帅的指挥得失紧密相关的。马谡丢了街亭，全军败绩；周鲂赚了曹休，大获全胜。信任就是用人，诸葛亮不用老将赵云，猛将魏延，独信马谡。一个人用之不当，则会影响一批人的积极性。朱桓、全琮、徐盛，本属吴国将领的第二梯队，但陆逊擅指挥，能协同，善调度，有预见，部将出力，主动杀敌。尤其周鲂比之当年黄盖赚曹操，入戏快，懂表演。人能充分发挥其主观能动性，则更是获胜的保障。

　　曹魏政权，自曹丕上台，始终把矛头指向东吴，甚至到了曹叡，也是与魏相敌。在此期间，魏、蜀、吴三方，发生在吴、魏之间的战争，要远远超过蜀、魏之间的战争，因为《三国演义》的流传，以及此书以蜀绍汉的正统思想，因而关注点在蜀而不在吴，给人留下蜀为抗魏主力的印象，其实，是不正确的。魏在很长时期中，与东吴的攻势是不断的，是连续的。而对蜀则采取守势。这大概就是所谓的"修昔底德陷阱"了，对老大来说，他最介意老二强大起来，足以威胁他的老大位置。曹丕一生，攻打吴三次，根本不碰西蜀。只是形式主义地动员大佬诱降，可能《三国演义》作者，觉得有些丢面子，也就讳口不谈。

　　当时，吴、蜀修好，诸葛亮本应利用这样的有利形势，养精蓄锐，积聚力量，何况南征刚回，元气未复。但他建兴六年（228）春天，发动了北出祁山的第一次战役，这次战役因街亭失守告终。建兴六年（228）冬天，他又发动了北出祁山的第二次战役，攻打陈仓，围城二十多天，不下，因曹军援军到，遂退兵。不知道诸葛亮为什么一年之内，兴师动众连续打两次大仗？还选择在多雪的冬季？无论对荆州老兵，西川新兵，都是严重考验，然而，没有一个人说不。

　　赵云一死，诤臣难得，一个群体，没有一个人说不，那氛围太压抑了。

却说献计者，乃尚书孙资也。曹叡问曰："卿有何妙计？"资奏曰："昔太祖武皇帝收张鲁时，危而后济，常对群臣曰：'南郑之地，真为天狱。中斜谷道为五百里石穴，非用武之地。'今若尽起天下之兵伐蜀，则东吴又将入寇。不如以现在之兵，分命大将据守险要，养精蓄锐。不过数年，中国日盛，吴、蜀二国必自相残害。那时图之，岂非胜算？乞陛下裁之。"叡乃问司马懿曰："此论若何？"懿奏曰："孙尚书所言极当。"叡从之，命懿分拨诸将守把险要，留郭淮、张郃守长安，大赏三军，驾回洛阳。

却说孔明回到汉中，计点军士，只少赵云、邓芝，心中甚忧，乃令关兴、张苞，各引一军接应。二人正欲起身，忽报赵云、邓芝到来，并不曾折一人一骑，辎重等器，亦无遗失。孔明大喜，亲引诸将出迎。赵云慌忙下马伏地曰："败军之将，何劳丞相远接？"孔明急扶起，执手而言曰："是吾不识贤愚，以致如此！各处兵将败损，惟子龙不折一人一骑，何也？"邓芝告曰："某引兵先行，子龙独自断后，斩将立功，敌人惊怕，因此军资什物，不曾遗弃。"孔明曰："真将军也！"遂取金五十斤以赠赵云，又取绢一万匹赏云部卒。云辞曰："三军无尺寸之功，某等俱各有罪；若反受赏，乃丞相赏罚不明也。且请寄库，候今冬赐与诸军未迟。"孔明叹曰："先帝在日，常称子龙之德，今果如此！"乃倍加钦敬。

◎强者采取以逸待劳，坐等其毙的政策，对强者来讲，几无任何损失；对弱者来讲，时间拖得越久，也就越被动。

◎赵子龙比之张飞，多一层沉稳，比之关羽，多一分周全，比之刘备，则多一点政治。终身沙场，屡战不败。仅这生前最后一仗未能克敌报捷，但他却是安全撤退，而且将所有赏赐，都分与士卒，这是《三国演义》中不多见的一位完整的人物。

◎著《三国志》的陈寿，其父"为马稷参军，谡为诸葛亮所诛，寿父亦坐被髡"。应该说，他对于马谡之死的说法，是最为权威的。然而，在《三国志》中，也其说不一。《马良传》附《马谡传》："亮进无所据，退军还汉中，谡下狱物故。"这是死于狱中的一说。《诸葛亮传》则曰："亮拔西县千馀家，还于汉中，戮谡以谢众。"这是公开行刑的一说。《王平传》："丞相亮既诛马谡及将军张休、李盛，夺将军黄袭等兵。"裴松之所注引《襄阳记》："谡临终与亮书曰：'明公视谡犹子，谡视明公犹父，愿深惟殛鲧兴禹之义，使平生之交不亏于此，谡虽死无恨于黄壤也。'于时十万之众为之垂涕。亮自临祭，待其遗孤若平生。"这是死了还为之祭的一说。《华阳国志》："马谡在前败绩，亮将杀之，张邈谏以'秦赦孟明，用伯西戎，楚诛子玉，二世不竞'，失意亮，还囚。"而《向朗传》曰："向朗平时与谡善，谡逃亡，朗知情不举，亮恨之，免官还成都。"则更有逃亡的一说。裴松之注为："朗坐马谡免长史，则建兴六年中也。"……总之，马谡在街亭失守之后，至下狱物故之前这段日子里，还做了些什么，连作史者陈寿都没有准确答案。

忽报马谡、王平、魏延、高翔至。孔明先唤王平入帐，责之曰："吾令汝同马谡守街亭，汝何不谏之，致使失事？"平曰："某再三相劝，要在当道筑土城，安营守把。参军大怒不从，某因此自引五千军离山十里下寨。魏兵骤至，把山四面围合，某引兵冲杀十馀次，皆不能入。次日土崩瓦解，降者无数。某孤军难立，故投魏文长求救。半途又被魏兵困在山谷之中，某奋死杀出。比及归寨，早被魏兵占了。及投列柳城时，路逢高翔，遂分兵三路去劫魏寨，指望克复街亭。因见街亭并无伏路军，以此心疑。登高望之，只见魏延、高翔被魏兵围住，某即杀入重围，救出二将，就同参军并在一处。某恐失却阳平关，因此急来回守。非某之不谏也。丞相不信，可问各部将校。"孔明喝退，又唤马谡入帐。谡自缚跪于帐前。孔明变色曰："汝自幼饱读兵书，熟谙战法。吾累次丁宁告戒：街亭是吾根本。汝以全家之命，领此重任。汝若早听王平之言，岂有此祸？今败军折将，失地陷城，皆汝之过也！若不明正军律，何以服众？汝今犯法，休得怨吾。汝死之后，汝之家小，吾按月给与禄粮，汝不必挂心。"叱左右推出斩之。谡泣曰："丞相视某如子，某以丞相为父。某之死罪，实已难逃；愿丞相思舜帝殛鲧用禹之义，某虽死亦无恨于九泉！"言讫大哭。孔明挥泪曰："吾与汝义同兄弟，汝之子即吾之子也，不必多嘱。"左右推出马谡于辕门之外，将斩。参军蒋琬自成都至，见武士欲斩马谡，大惊，高叫："留人！"入见孔明曰："昔楚杀得臣而文公喜。今天下未定，而戮智谋之臣，岂不可惜乎？"孔明流涕而答曰："昔孙武所以能制胜于天下者，用法明也。今四方分争，兵戈方始，若复废法，何以讨贼耶？合当斩之。"须臾，武士献马谡首级于阶下。孔明大哭不已。蒋琬问曰："今幼常得罪，既正军法，丞相何故哭耶？"孔明曰："吾非为马谡而哭。吾想先帝在白帝城临危之时，曾嘱吾曰：'马谡言过其实，不可大用。'今果应此言。乃深恨己之不明，追思先帝之言，因此痛哭耳！"大小将士，无不流涕。马谡亡年三十九岁，时建兴六年夏五月也。后人有诗曰：

失守街亭罪不轻，堪嗟马谡枉谈兵。
辕门斩首严军法，拭泪犹思先帝明。

却说孔明斩了马谡，将首级遍示各营已毕，用线缝在尸上，具棺葬之，自修祭文享祀；将谡家小加意抚恤，按月给与禄米。于是孔明自作表文，令蒋琬申奏后主，请自贬丞相之职。琬回成都，入见后主，进上孔明表章。后主拆视之。表曰：

◎诸葛亮治理西蜀，以法威刑重著称，睚眦之怨必报。所以历史上留下了"刑法峻急，刻剥百姓，自君子小人咸怀怨叹"的记载。马谡失街亭，杀之，不过等于替诸葛亮承担大部分责任和为诸葛亮落一个执法如山的美名罢了。但也并不能使他内心平静，"大哭不已"，便是一种感情的流露。

臣本庸才，叨窃非据，亲秉旄钺，以励三军。不能训章明法，临事而惧，至有街亭违命之阙，箕谷不戒之失。咎皆在臣，授任无方。臣明不知人，恤事多暗。《春秋》责帅，臣职是当。请自贬三等，以督厥咎。臣不胜惭愧，俯伏待命！

◎诸葛亮自贬书上说"明不知人，恤事多暗"，那街亭之失，就是一个用错人的问题。其实，用马谡之错，是他整个干部政策、人才路线的失败，那就不是"恤事多暗"，而是恤事全暗。这个掉脑袋的教训，只是仅仅停留在看错或者用错个别人这点上，这脑袋基本上是白杀了。凡固执己见的人，凡洁身自好的人，凡一贯正确的人，凡自觉神明的人，在这样实在不能百分之百地推卸责任的情况下，通常都是把过错的主要部分转嫁出去的。

后主览毕曰："胜负兵家常事，丞相何出此言？"侍中费祎奏曰："臣闻治国者，必以奉法为重。法若不行，何以服人？丞相败绩，自行贬降，正其宜也。"后主从之，乃诏贬孔明为右将军，行丞相事，照旧总督军马，就命费祎赍诏到汉中。孔明受诏贬降讫，祎恐孔明羞赧，乃贺曰："蜀中之民，知丞相初拔四县，深以为喜。"孔明变色曰："是何言也！得而复失，与不得同。公以此贺我，实足使我愧赧耳。"祎又曰："近闻丞相得姜维，天子甚喜。"孔明怒曰："兵败师还，不曾夺得寸土，此吾之大罪也。量得一姜维，于魏何损？"祎又曰："丞相现统雄师数十万，可再伐魏乎？"孔明曰："昔大军屯于祁山、箕谷之时，我兵多于贼兵，而不能破贼，反为贼所破。此病不在兵之多寡，在主将耳。今欲减兵省将，明罚思过，较变通之道于将来；如其不然，虽兵多何用？自今以后，诸人有远虑于国者，但勤攻吾之阙，责吾之短，则事可定，贼可灭，功可翘足而待矣。"费祎诸将皆服其

◎费祎给丞相台阶下，这也是世之常情，虽然有马屁之嫌，那也不值得勃然变色，这就是中国人的（尤其是身居高位者）错了还有理的典型心态。

论。费祎自回成都。

　　孔明在汉中，惜军爱民，励兵讲武，置造攻城渡水之器，聚积粮草，预备战筏，以为后图。细作探知，报入洛阳。

　　魏主曹叡闻知，即召司马懿商议收川之策。懿曰："蜀未可攻也。方今天道亢炎，蜀兵必不出。若我军深入其地，彼守其险要，急切难下。"叡曰："倘蜀兵再来入寇，如之奈何？"懿曰："臣已算定今番诸葛亮必效韩信暗度陈仓之计。臣举一人往陈仓道口，筑城守御，万无一失。此人身长九尺，猿臂善射，深有谋略。若诸葛亮入寇，此人足可当之。"叡大喜，问曰："此何人也？"懿奏曰："乃太原人，姓郝，名昭，字伯道，现为杂号将军，镇守河西。"叡从之，加郝昭为镇西将军，命守把陈仓道口，遣使持诏去讫。

　　忽报扬州司马大都督曹休上表，说东吴鄱阳太守周鲂，愿以郡来降，密遣人陈言七事，说东吴可破，乞早发兵取之。叡就御床上展开，与司马懿同观。懿奏曰："此言极有理，吴当灭矣！臣愿引一军往助曹休。"忽班中一人进曰："吴人之言，反覆不一，未可深信。周鲂智谋之士，必不肯降。此特诱兵之诡计也。"众视之，乃建威将军贾逵也。懿曰："此言亦不可不听，机会亦不可错失。"魏主曰："仲达可与贾逵同助曹休。"二人领命去讫。于是曹休引大军径取皖城；贾逵引前将军满宠、东莞太守胡质，径取阳城，

◎"攻吾之阙，责事之短"，若守阙不变，护短不已，则如何攻，如何责？

◎但细品司马懿所讲，"此言不可不听，机会亦不可失"，基本上是句屁话，这滑头，曹操一死，敢于放肆了。

直向东关；司马懿引本部军径取江陵。

却说吴主孙权在武昌东关，会多官商议曰："今有鄱阳太守周鲂密表，奏称魏扬州都督曹休，有入寇之意。今鲂诈施诡计，暗陈七事，引诱魏兵深入重地，可设伏兵擒之。今魏兵分三路而来，诸卿有何高见？"顾雍进曰："此大任非陆伯言不敢当也。"权大喜，乃召陆逊，封为辅国大将军、平北都元帅，统御林大兵，摄行王事，授以白旄黄钺，文武百官，皆听约束。权亲自与逊执鞭。逊领命谢恩毕，乃保二人为左右都督，分兵以迎三道。权问何人，逊曰："奋威将军朱桓，绥南将军全琮，二人可为辅佐。"权从之，即命朱桓为左都督，全琮为右都督。于是陆逊总率江南八十一州并荆湖之众七十馀万，令朱桓在左，全琮在右，逊自居中，三路进兵。朱桓献策曰："曹休以亲见任，非智勇之将也。今听周鲂诱言，深入重地，元帅以兵击之，曹休必败。败后必走两条路：左乃夹石，右乃挂车。此二条路，皆山僻小径，最为险峻。某愿与全子璜各引一军，伏于山险，先以柴木大石塞断其路，曹休可擒矣。若擒了曹休，便长驱直进，唾手而得寿春，以窥许、洛。此万世一时也。"逊曰："此非善策，吾自有妙用。"于是朱桓怀不平而退。逊令诸葛瑾等拒守江陵，以敌司马懿。诸路俱各调拨停当。

却说曹休兵临皖城，周鲂来迎，径到曹休帐下。休问曰："近得足下之书，所陈七事，深为有理，奏

◎这类大话、空放、废话、屁话，其污染空气的程度，不亚于PM2.5。

闻天子，故起大军三路进发。若得江东之地，足下
之功不小。有人言足下多谋，诚恐所言不实。吾料
足下必不欺我。"周鲂大哭，急掣从人所佩剑欲自刎。
休急止之。鲂仗剑而言曰："吾所陈七事，恨不能吐
出心肝。今反生疑，必有吴人使反间之计也。若听
其言，吾必死矣。吾之忠心，惟天可表！"言讫，
又欲自刎。曹休大惊，慌忙抱住曰："吾戏言耳，足
下何故如此！"鲂乃用剑割发，掷于地曰："吾以忠
心待公，公以吾为戏，吾割父母所遗之发，以表此
心！"曹休乃深信之，设宴相待。席罢，周鲂辞去。
忽报建威将军贾逵来见，休令入，问曰："汝此来何
为？"逵曰："某料东吴之兵，必尽屯于皖城。都督
不可轻进，待某两下夹攻，贼兵可破矣。"休怒曰：
"汝欲夺吾功耶？"逵曰："又闻周鲂截发为誓，此
乃诈也。昔要离断臂，刺杀庆忌。未可深信。"休大
怒曰："吾正欲进兵，汝何出此言以慢军心！"叱左
右推出斩之。众将告曰："未及进兵，先斩大将，于
军不利。且乞暂免。"休从之，将贾逵兵留在寨中调
用，自引一军来取东关。时周鲂听知贾逵削去兵权，
暗喜曰："曹休若用贾逵之言，则东吴败矣！今天使
我成功也！"即遣人密到皖城，报知陆逊。逊唤诸
将听令曰："前面石亭，虽是山路，足可埋伏。早先
去占石亭阔处，布成阵势，以待魏军。"遂令徐盛为
先锋，引兵前进。

◎周鲂诱曹休上当，与当年黄盖诱曹操上当一样，截发为誓，比苦肉计成本还低。其实，魏方的三员主将，曹休事功心切，急于求成，贾逵看出破绽，却官低难拗，他希望司马懿说话，二比一，有可能阻止曹休上当。但司马懿，何其滑头，胜负不关己事，明知是假的他，也不说出来。这个阴损到家的人，很愿意让皇亲国戚吃吃苦头，以求一快，干吗去多管闲事呢。反正我说了，此言不可不听，机会亦不可失，这种永远站在正确方面的泥鳅鱼，才是最可怕的"队友"。

◎什么将军带出什么样的士兵，什么领导带出什么样的干部。曹休知道上当，知道后悔，知道再战，这大概也是作为嫡系部队，跟随其叔曹操多年，在战场上受到老爷子的教益吧！

却说曹休命周鲂引兵而进，正行间，休问曰："前至何处？"鲂曰："前面石亭也，堪以屯兵。"休从之，遂率大军并车仗等器，尽赴石亭驻扎。次日，哨马报道："前面吴兵不知多少，据住山口。"休大惊曰："周鲂言无兵，为何有准备？"急寻鲂问之。人报周鲂引数十人，不知何处去了。休大悔曰："吾中贼之计矣！虽然如此，亦不足惧！"遂令大将张普为先锋，引数千兵来与吴兵交战。两阵对圆，张普出马骂曰："贼将早降！"徐盛出马相迎。战无数合，普抵敌不住，勒马收兵，回见曹休，言徐盛勇不可当。休曰："吾当以奇兵胜之。"就令张普引二万军伏于石亭之南，又令薛乔引二万军伏于石亭之北："明日吾自引一千兵搦战，却佯输诈败，诱到北山之前，放炮为号，三面夹攻，必获大胜。"二将受计，各引二万军，到晚埋伏去了。

却说陆逊唤朱桓、全琮分付曰："汝二人各引三万军，从石亭山路抄到曹休寨后，放火为号；吾亲率人军从中路而进，可擒曹休也。"当日黄昏，二将受计引兵而进。二更时分，朱桓引一军正抄到魏寨后，迎着张普伏兵。普不知是吴兵，径来问时，被朱桓一刀斩于马下。魏兵便走。桓令后军放火。全琮引一军抄到魏寨后，正撞在薛乔阵里，就那里大杀一阵。薛乔败走，魏兵大损，奔回本寨。后面朱桓、全琮两路杀来。曹休寨中大乱，自相冲击，休慌上马，望夹石道奔走。徐盛引大队军马，从正路杀来。

魏兵死者不可胜数，逃命者尽弃衣甲。曹休大惊，在夹石道中，奋力奔走。忽见一彪军从小路冲出，为首大将乃贾逵也。休惊慌少息，自愧曰："吾不用公言，果遭此败！"逵曰："都督可速出此道，若被吴兵以木石塞断，吾等皆危矣！"于是曹休骤马而行，贾逵断后。逵于林木盛茂处，及险峻小径，多设旌旗以为疑兵。及至徐盛赶到，见山坡下闪出旗角，疑有埋伏，不敢追赶，收兵而回。因此救了曹休。司马懿听知休败，亦引兵退去。

却说陆逊正望捷音，须臾，徐盛、朱桓、全琮皆到。所得车仗、牛马、驴骡、军资、器械，不计其数，降兵数万馀人。逊大喜，即同太守周鲂并诸将班师还吴。吴主孙权，领文武官僚出武昌城迎接，以御盖覆逊而入。诸将尽皆升赏。权见周鲂无发，慰劳曰："卿断发成此大事，功名当书于竹帛也。"即封周鲂为关内侯；大设筵会，劳军庆贺。陆逊奏曰："今曹休大败，魏已丧胆；可修国书，遣使入川，教诸葛亮进兵攻之。"权从其言，遂遣使赍书入川去。正是：

只因东国能施计，致令西川又动兵。

未知孔明再来伐魏，胜负如何，且看下文分解。

◎周鲂，属于不那么墨守成规的新生代。当时魏攻东吴甚急，周鲂吃定魏帅曹休的求功心理高于一切，他就设计诱其上当，使其率军进入事先安排好伏击圈，予以痛击。为了使曹休相信其破吴七策，一心为魏，甚至截发为誓，以示矢志不二。其骗术之完美无缺，其谍报之周密完善，曹休信以为真，毫不动摇，甚至他的副手贾逵警告说，千万信不得，曹休竟然怒火大发，要将贾逵推出去斩了。周鲂，乃地方官员，懂军事，懂谍报，而且也不像前辈黄盖那样用苦肉计。后生可畏，新人辈出，一代更比一代强，这大概就是历史的总趋势了。

◎若非贾逵，此命休矣！周鲂竟以一把头发的代价成功，难怪败回洛阳的曹休，气郁成病，"疽发于背"而亡了。

　　吕思勉为三国史专家，其论述公允中肯，解析清楚，言之成理，使人折服。他著专文为诸葛亮的五次北伐平反：第一次 227 年至 228 年，街亭之战；第二次 228 年，陈仓之战；第三次 229 年，武都、阴平之战；第四次 231 年，上邽之战；第五次 234 年，眉县之战。虽然败多胜少，但对司马懿来说，碰上这样强大的对手，也只能做到自守而已。魏吞吃不了蜀，蜀却能蚕食魏。不过，诸葛亮吃够了粮食不继，转运艰难之苦头，第五次北伐，实施军垦屯田政策，兵农丁壮，逼近渭水。如果不是病重逝于五丈原的话，未来的形势，恐怕未必如司马懿所想象的，只是一种坐以待毙的局面。

　　一支军队，七年时间，打了六次大仗，这种大军团连续运动作战的能力，除了法国那个战争狂人拿破仑外，无人能及。

　　从以上北伐频率看，间隔最长者为第四与第五次，三年，间隔最短者为第一次与第二次，只有几个月。而且，出盆地以后，步步登高，从海拔 500 米（成都），到 1100 米（陕西），再到 1500 至 3000 米（甘肃）的高度，试想，如此超负荷的出力，士兵的战斗力，便可想而知了。若从长治久安的角度，诸葛亮不出祁山，第一，他不会死得那么早，第二，蜀不会亡得那么快，第三，历史更不会笑话他，哪怕他声明不再绍汉，表明老皇历已是翻过去的一页，也不会有人介意。汉，已经灭了，一个如此超常智慧的人，竟还抱着亡人板板不放，老百姓明白，你不是在骗人（已经骗不了人），只是在骗自己罢了。

　　六出祁山，是出自《三国演义》的说法，《三国志》无此说。无论五出或六出，说句不敬的话，诸葛亮后期的神经，有一点偏执狂病态。

第九十七回

讨魏国武侯再上表
破曹兵姜维诈献书

这世界上，无不犯错的人，即使伟人，也不例外。

出了错，一怕惊慌失措，二怕不接受教训。一定要保持头脑冷静，思想清醒，那么可以将错误的危害性，减少到最低程度。如果，掺杂进感情因素，明知其可为而不为之，明知其不可为而为之，悖谬行事，势必带来更坏的后果。诸葛亮作为一位"鞠躬尽瘁，死而后已"的千古典型，但在荆州失守，夷陵大败，龟缩到西川以后，不是休养生息，恢复元气，而是大动干戈，坚持北伐，导致蜀汉过早地败亡，看来这位伟人不能辞其咎矣。

诸葛亮并没有总结这次大失败的教训，他完全漠视举国上下，一片反对北伐之声。抵触的理由很充分，国力衰弱，人心思定，连年征战，不胜负担。于是，他再次上表陈词，坚持他的北定中原，开疆辟土，恢复汉室，继承大统的方针。他的出发点，从汉贼不两立，到蜀、魏不两存，到有魏则无蜀，到"王业不偏安……惟坐以待亡，孰与伐之？"其实只是他一个古老的并曾为之献身的革命动力源，那已经是昨天的故事了。然而现在，对龟缩到西川的蜀汉来讲，这一篇《后出师表》，只能是这位国师而不是这个国家的策略依据。也是连续犯错以后不接受教训，明知不可为而偏为之的悖谬了。

应该说，大方向可以不变，策略则是有时间性的，必须经常调整。其实，曹叡主政后，举朝上下，是主张掘壕坚守，待吴、蜀内乱的。他错过了这样一个相对平静，可以养精蓄锐的时期。最可怕者，因承受先帝伐贼之托，其实刘玄德白帝城托孤，并未让他高举这面大旗，将革命进行到底，只是要他继续忠诚于他的儿子阿斗。诸葛亮将这种感情上的义务，化为政治上的责任，使他罔顾一切，持续北伐，很大程度也是在维护个人的威信和尊严，是最不足为训的了。尤其他认为，若不趁这些有作战经验的将领仍在时，早打，大打，终归要有突将无前、精锐不存的一天。其实，还有一句没有写出来的，倘若我不在了，你们该怎么活下去啊！

不见棺材不掉泪，这句民间俗谚，最适宜这类自信到了极点，自尊到了极点，自私也到了极点的人。

◎东吴得胜，是诸葛亮急于二次北伐的动因。司马懿对诸葛亮研究得十分透彻，果然被他料中。

◎诸葛亮第一次北伐，为228年春天，至冬，又开始第二次北征。蜀军以荆州、益州南方人组成，冬季大雪封山，天气寒冷，与凉州、关中人组成的魏军作战，连老天爷都不帮诸葛亮的忙，夫复何言！

却说蜀汉建兴六年秋九月，魏都督曹休被东吴陆逊大破于石亭，车仗马匹，军资器械，并皆罄尽。休惶恐之甚，气忧成病，到洛阳，疽发背而死。魏主曹叡敕令厚葬。司马懿引兵还，众将接入，问曰："曹都督兵败，即元帅之干系，何故急回耶？"懿曰："吾料诸葛亮知吾兵败，必乘虚来取长安。倘陇西紧急，何人救之？吾故回耳。"众皆以为惧怯，哂笑而退。

却说东吴遣使致书蜀中，请兵伐魏，并言大破曹休之事，一者显自己威风，二者通和会之好。后主大喜，令人持书至汉中，报知孔明。时孔明兵强马壮，粮草丰足，所用之物，一切完备，正要出师。听知此信，即设宴大会诸将，计议出师。忽一阵大风自东北角上而起，把庭前松树吹折。众皆大惊。孔明就占一课，曰："此风主损一大将！"诸将未信。正饮酒间，忽报镇南将军赵云长子赵统、次子赵广，来见丞相。"孔明大惊，掷杯于地曰："子龙休矣！"二子入见，拜哭曰："某父昨夜三更病重而死。"孔明跌足而哭曰："子龙身故，国家损一栋梁，吾去一臂也！"众将无不挥涕。孔明令二子入成都面君报丧。后主闻云死，放声大哭曰："朕昔年幼，非子龙则死于乱军之中矣！"即下诏追赠大将军，谥封顺平侯，敕葬于成都锦屏山之东，建立庙堂，四时享祭。后人有诗曰：

　　常山有虎将，智勇匹关张。

汉水功勋在，当阳姓字彰。

两番扶幼主，一念答先皇。

青史书忠烈，应流百世芳。

却说后主思念赵云昔日之功，祭葬甚厚；封赵统为虎贲中郎，赵广为牙门将，就令守坟。二人辞谢而去。忽近臣奏曰："诸葛丞相将军马分拨已定，即日将出师伐魏。"后主问在朝诸臣，诸臣多言未可轻动。后主疑虑未决。忽奏丞相令杨仪赍出师表至。后主宣入，仪呈上表章。后主就御案上拆视，其表曰：

先帝虑汉、贼不两立，王业不偏安，故托臣以讨贼也。以先帝之明，量臣之才，故知臣伐贼，才弱敌强也。然不伐贼，王业亦亡。惟坐而待亡，孰与伐之？是故托臣而弗疑也。臣受命之日，寝不安席，食不甘味，思惟北征，宜先入南，故五月渡泸，深入不毛，并日而食。臣非不自惜也，顾王业不可偏安于蜀都，故冒危难以奉先帝之遗意，而议者谓为非计。今贼适疲于西，又务于东，兵法"乘劳"，此进趋之时也。谨陈其事如左：

高帝明并日月，谋臣渊深，然涉险被创，危然后安。今陛下未及高帝，谋臣不如良、平，而欲以长策取胜，坐定天下：此臣之未

◎诸葛亮228年正月第一次北征，十二月又进行第二次北征，不惜人力、国力至此，焉能取胜！

◎反对派的呼声，甚嚣尘上，否则，诸葛亮不会有这一份《后出师表》。

◎《后出师表》不解之三、之四，都是在为自己失败开脱。问题在于明白"何能必胜"，为什么知其不可为而偏为之呢？

解一也。刘繇、王朗，各据州郡，论安言计，动引圣人，群疑满腹，众难塞胸；今岁不战，明年不征，使孙权坐大，遂并江东：此臣之未解二也。曹操智计，殊绝于人，其用兵也，仿佛孙、吴，然困于南阳，险于乌巢，危于祁连，逼于黎阳，几败北山，殆死潼关，然后伪定一时耳；况臣才弱，而欲以不危而定之：此臣之未解三也。曹操五攻昌霸不下，四越巢湖不成，任用李服而李服图之，委任夏侯而夏侯败亡，先帝每称操为能，犹有此失；况臣驽下，何能必胜？此臣之未解四也。自臣到汉中，中间期年耳，然丧赵云、阳群、马玉、阎芝、丁立、白寿、刘郃、邓铜等，及曲长屯将七十馀人，突将无前，賨、叟、青羌，散骑武骑一千馀人，此皆数十年之内所纠合四方之精锐，非一州之所有；若复数年，则损三分之二也，当何以图敌？此臣之未解五也。今民穷兵疲，而事不可息；事不可息，则住与行，劳费正等；而不及今图之，欲以一州之地，与贼持久：此臣之未解六也。

夫难平者，事也。昔先帝败军于楚，当此之时，曹操拊手，谓天下已定。然后先帝东连吴、越，西取巴、蜀，举兵北征，夏侯授首，此操之失计，而汉事将成也。然后吴更违盟，关羽毁败，秭归蹉跌，曹丕称帝。凡事如是，难可逆见。臣鞠躬尽瘁，死而后已；至于成败利钝，非臣之明所能逆睹也。

后主览表甚喜，即敕令孔明出师。孔明受命，起三十万精兵，令魏延总督前部先锋，径奔陈仓道口而来。

早有细作报入洛阳。司马懿奏知魏主，大会文武商议。大将军曹真出班奏曰："臣昨守陇西，功微罪大，不胜惶恐。今乞引大军往擒诸葛亮。臣近得一员大将，使六十斤大刀，骑千里征宛马，开两石铁胎弓，暗藏三个流星锤，百发百中，有万夫不当之勇，乃陇西狄道人，姓王，名双，字子全。臣保此人为先锋。"叡大喜，便召王双上殿。视之，身长九尺，面黑睛黄，熊腰虎背。叡笑曰："朕得此大将，有何虑哉！"遂赐锦袍金甲，封为虎威将军、前部大先锋。曹真为大都督。真谢恩出朝，遂引十五万精兵，会合郭淮、张郃，分道守把隘口。

却说蜀兵前队哨至陈仓，回报孔明，说："陈仓口已筑起一城，内有大将郝昭守把，深沟高垒，遍排鹿角，十分谨严；不如弃了此城，从太白岭鸟道出祁山甚便。"孔明曰："陈仓正北是街亭，必得此城，方可进兵。"命魏延引兵到城下，四面攻之。连日不能破。魏延复来告孔明，说城难打。孔明大怒，欲斩魏延。忽帐下一人告曰："某虽无才，随丞相多年，未尝报效。愿去陈仓城中，说郝昭来降，不用张弓只

◎《后出师表》未见《诸葛亮集》，被疑伪托之作。仅此文最后一句，"臣鞠躬尽瘁，死而后已；至于成败利钝，非臣之明所能逆睹也。"其情其义，其思其虑，非诸葛亮莫属。记住，"文如其人"，这话是基本不会错的。

◎诸葛亮过分了！魏延未能拿下陈仓，"孔明大怒，欲斩魏延"。关羽在华容道放走曹操，军师也未发过这么大火。《三国志》载："延常谓亮为怯，叹恨己才用之不尽。"看来将帅之间的矛盾，还是相当尖锐的。诸葛亮在人才的擢用上，趋向保守，也是蜀汉不能发达的原因。

◎劝降之事，若无客观条件的变化，第一次不成功，再来第二次，也是不会成功的。郝昭在魏军中，只是一杂号将军耳，但以三千之众，顶住诸葛亮数万大军，一战成名。

箭。"众视之，乃部曲靳祥也。孔明曰："汝用何言以说之？"祥曰："郝昭与某，同是陇西人氏，自幼交契。某今到彼，以利害说之，必来降矣。"孔明即令前去。靳祥骤马径到城下，叫曰："郝伯道故人靳祥来见。"城上人报知郝昭。昭令开门放入，登城相见。昭问曰："故人因何到此？"祥曰："吾在西蜀孔明帐下，参赞军机，待以上宾之礼。特令某来见公，有言相告。"昭勃然变色曰："诸葛亮乃我国仇敌也！吾事魏，汝事蜀，各事其主。昔时为昆仲，今时为仇敌！汝再不必多言，便请出城！"靳祥又欲开言，郝昭已出敌楼上了。魏军急催上马，赶出城外。祥回头视之，见昭倚定护心木栏杆。祥勒马以鞭指之曰："伯道贤弟，何太情薄耶？"昭曰："魏国法度，兄所知也。吾受国恩，但有死而已。兄不必下说词，早回见诸葛亮，教快来攻城，吾不惧也！"祥回告孔明曰："郝昭未等某开言，便先阻却。"孔明曰："汝可再去见他，以利害说之。"祥又到城下，请郝昭相见。昭出到敌楼上，祥勒马高叫曰："伯道贤弟，听吾忠言：汝据守一孤城，怎拒数十万之众？今不早降，后悔无及！且不顺大汉而事奸魏，抑何不知天命、不辨清浊乎？愿伯道思之。"郝昭大怒，拈弓搭箭，指靳祥而喝曰："吾前言已定，汝不必再言！可速退！吾不射汝！"

靳祥回见孔明，具言郝昭如此光景。孔明大怒曰："匹夫无礼太甚！岂欺吾无攻城之具耶！"随叫土人问曰："陈仓城中，有多少人马？"土人告曰："虽不知的数，约有三千人。"孔明笑曰："量此小城，安能御我！休等他救兵到，火速攻之！"于是军中起百乘云梯，一乘上可立十数人，周围用木板遮护。军士各把短梯软索，听军中擂鼓，一齐上城。郝昭在敌楼上，望见蜀兵装起云梯，四面而来，即令三千军各执火箭，分布四面，待云梯近城，一齐射之。孔明只道城中无备，故大造云梯，令三军鼓噪呐喊而进；不期城上火箭齐发，云梯尽着，梯上军士多被烧死。城上矢石如雨，蜀兵皆退。孔明大怒曰："汝烧吾云梯，吾却用'冲车'之法！"于是连夜安排下冲车。次日，又四面鼓噪呐喊而进。郝昭急命运石凿眼，用葛绳穿定飞打，冲车皆被打折。孔明又令人运土填城壕，教廖化引三千锹镢军，从夜间掘地道，暗入城去。郝昭又于城中掘重壕横截之。如此昼夜相攻，二十馀日，无计可破。孔明正在营中忧闷，忽报："东边救兵到了，旗上书'魏先锋大将王双'。"孔明问曰："谁可迎之？"魏延出曰："某愿往。"孔明曰："汝乃先锋大将，未可轻出。"又问："谁敢迎之？"裨将谢雄应声而出。孔明与三千军去了。孔明又问曰："谁敢再去？"裨将龚起应声要去。孔明亦与三千兵去了。孔明恐城内郝昭引兵冲出，乃把人马退二十里下寨。

却说谢雄引军前行，正遇王双，战不三合，被双一刀劈死。蜀兵败走，双随后赶来。龚起接着，交

◎陈仓拿不下来，诸葛亮的军事才能主要表现在野战方面，强攻，非其所长也。

◎孔明二次北征，急于求功，竟采用正面硬攻的打法，这是叫花子和龙王斗宝，结果陈仓固若金汤，屡攻不下，道高一尺，魔高一丈。下一步怎么办，诸葛亮自己也都茫然了。

◎一个郝昭，一个王双，竟让诸葛亮如此费难，急攻不下，而且损兵折将。一支相对弱势的军队，是绝不应该和强者打正面交手战的。那种拼消耗的实力较量，能有多少老本好往里赔呢？

马只三合，亦被双所斩。败兵回报孔明。孔明大惊，忙令廖化、王平、张嶷三人出迎。两阵对圆，张嶷出马，王平、廖化压住阵角。王双纵马来与张嶷交马，数合不分胜负。双诈败便走，嶷随后赶去。王平见张嶷中计，忙叫曰："休赶！"嶷急回马时，王双流星锤早到，正中其背。嶷伏鞍而走，双回马赶来。王平、廖化截住，救得张嶷回阵。王双驱兵大杀一阵，蜀兵折伤甚多。嶷吐血数口，回见孔明，说："王双英雄无敌，如今将二万兵就陈仓城外下寨，四围立起排栅，筑起重城，深挖壕堑，守御甚严。"孔明见折二将，张嶷又被打伤，即唤姜维曰："陈仓道口这条路不可行，别求何策？"维曰："陈仓城池坚固，郝昭守御甚密，又得王双相助，实不可取。不若令一大将，依山傍水，下寨固守；再令良将守把要道，以防街亭之攻；却统大军去袭祁山，某却如此如此用计，可捉曹真也。"孔明从其言，即令王平、李恢，引二枝兵守街亭小路；魏延引一军守陈仓口。马岱为先锋，关兴、张苞为前后救应使，从小径出斜谷望祁山进发。

却说曹真因思前番被司马懿夺了功劳，因此到洛阳分调郭淮、孙礼东西守把；又听的陈仓告急，已令王双去救。闻知王双斩将立功，大喜，乃令中护军大将费耀，权摄前部总督，诸将各自守把隘口。忽报山谷中捉得细作来见。曹真令押入，跪于帐前。其人告曰："小人不是奸细，有机密来见都督，误被伏路军捉来，乞退左右。"真乃教去其缚，左右暂退。其人曰："小人乃姜伯约心腹人也。蒙本官遣送密书。"真曰："书安在？"其人于贴肉衣内取出呈上。真拆视曰：

> 罪将姜维百拜，书呈大都督曹麾下：维念世食魏禄，忝守边城，叨窃厚恩，无门补报。昨日误遭诸葛亮之计，陷身于巅崖之中。思念旧国，何日忘之！今幸蜀兵西出，诸葛亮甚不相疑。赖都督亲提大兵而来，如遇敌人，可以诈败；维当在后，以举火为号，先烧蜀人粮草，却以大兵翻身掩之，则诸葛亮可擒也。非敢立功报国，实欲自赎前罪。倘蒙照察，速赐来命。

曹真看毕，大喜曰："天使吾成功也！"遂重赏来人，便令回报，依期会合。真唤费耀商议曰："今姜维暗献密书，令吾如此如此。"耀曰："诸葛亮多谋，姜维智广，或者是诸葛亮所使，恐其中有诈。"真曰："他原是魏人，不得已而降蜀，又何疑乎？"耀曰："都督不可轻去，只守定本寨。某愿引一军接应姜维。如成功，尽归都督；倘有奸计，某自支当。"

真大喜，遂令费耀引五万兵，望斜谷而进。行了两三程，屯下军马，令人哨探。当日申时分，回报："斜谷道中，有蜀兵来也。"耀忙催兵进。蜀兵未及交

◎曹真，字子丹，曹操养子，英武敢战。"真每征行，与将士同劳苦，军赏不足，辄以家财班赐，士卒皆愿为用。"是曹姓、夏侯姓嫡系部队最后一个强者。但他的儿子曹爽，却将曹魏政权拱手让给了司马氏。桓范劝他们，天下很大，你们干吗非得乖乖地听司马懿？"爽乃投刀于地曰："我亦不失作富家翁！"范哭曰："曹子丹佳人，生汝兄弟，饨犊耳！何图今日坐汝等族灭也！"令人不禁怀疑，父子两代，相差如此，这些宗室子弟，皇亲国戚，由于养尊处优而智商退化也加速了吗？

◎姜维降蜀，获诸葛亮重用，一是他才志出众，二是他武艺精良，三是他智多谋广，后被诸葛亮视为接班人，授以兵书。其实这其中还有一个隐因，他是甘肃天水人，既不属于荆襄外来系统，也不属于西川本地系统，诸葛亮用他，就跳出了当时蜀汉两派的派系斗争以外。

战先退。耀引兵追之，蜀兵又来。方欲对阵，蜀兵又退。如此者三次，俄延至次日申时分。魏军一日一夜，不曾敢歇，只恐蜀兵攻击。方欲屯军造饭，忽然四面喊声大震，鼓角齐鸣，蜀兵漫山遍野而来。门旗开处，闪出一辆四轮车，孔明端坐其中，令人请魏军主将答话。耀纵马而出，遥见孔明，心中暗喜，回顾左右曰："如蜀兵掩至，便退后走。若见山后火起，却回身杀去，自有兵来相应。"分付毕，跃马出呼曰："前者败将，今何敢又来！"孔明曰："唤汝曹真来答话！"耀骂曰："曹都督乃金枝玉叶，安肯与反贼相见耶！"孔明大怒，把羽扇一招，左有马岱，右有张嶷，两路兵冲出。魏兵便退。行不到三十里，望见蜀兵背后火起，喊声不绝。费耀只道号火，便回身杀来。蜀兵齐退。耀提刀在前，只望喊处追赶。将次近火，山路中鼓角喧天，喊声震地，两军杀出：左有关兴，右有张苞。山上矢石如雨，往下射来。魏兵大败。费耀知是中计，急退军望山谷中而走，人马困乏。背后关兴引生力军赶来，魏兵自相践踏及落涧身死者，不知其数。耀逃命而走，正遇山坡口一彪军，乃是姜维。耀大骂曰："反贼无信！吾不幸误中汝奸计也！"维笑曰："吾欲擒曹真，误赚汝矣！速下马受降！"耀骤马夺路，望山谷中而走。忽见谷口火光冲天，背后追兵又至。耀自刎身死，馀众尽降。孔明连夜驱兵，直出祁山前下寨，收住军马，重赏姜维。维曰："某恨不得杀曹真也！"孔明亦曰："可惜大计小用矣。"

却说曹真听知折了费耀，悔之不及，遂与郭淮商议退兵之策。于是孙礼、辛毗星夜具表申奏魏主，言蜀兵又出祁山，曹真损兵折将，势甚危急。叡大惊，即召司马懿入内曰："曹真损兵折将，蜀兵又出祁山。卿有何策，可以退之？"懿曰："臣已有退诸葛亮之计。不用魏军扬武耀威，蜀兵自然走矣。"正是：

　　　已见子丹无胜术，全凭仲达有良谋。

未知其计如何，且看下文分解。

◎为什么姜维不早早地献出此计？大概一个太主观自信的统帅，部属不等他实在无计可施时，是不敢贸然进言的。

曹操自熹平三年（174）举孝廉，入京都洛阳为郎，到他建安二十五年（220）病故，他的奋斗人生为五十四年。但他的儿子曹丕继位，废汉立魏称帝，在位七年（220—226）。其孙曹叡，在位十三年（226—239），然后，就是三少主（曹芳、曹髦、曹奂）在位共二十八年（238—266），加在一起，才四十六年。也就是说，曹操子孙称帝的岁月，还没有他个人的奋斗史长。历史就是这样无情，风头让你出尽了，不可能泽及子孙，让他们也无限风光的。

名人之后，不一定是名人，因为名人之后，要比非名人之后，更难成为名人，这是一个定律，也是无数事例证明了的真理。

我想，不是他们不想超，而是难以承受之重的压力。历史的河流，被父与子两代人同样成功跨过，其机遇比彩票中奖率还低。对名人之后而言，一，先人的余泽，使他们容易满足；二，先人的光芒，使他们黯然失色；三，先人成名的时代背景，已经发生着改变，所谓"时不再来"，"机不我遇"，就是这些名人之后面临的窘境。若是从遗传的角度，从基因的角度，从耳濡目染的角度，从没吃过猪肉见过猪跑的角度，名人之后成为名人，似乎是天经地义的。不过，话说回来，龙生龙，凤生凤，老鼠的儿子会打洞，从理论上讲，应该是这么一回事；然而，龙不生龙，凤不生凤，老鼠的儿子偏偏不会打洞，实际上也是可能的另一回事。

曹操一生担心司马懿，结果，他的后代并未逃脱"三马同槽"的噩梦。其实，与其防不甚防的担心，还不如孟夫子所言，"天将降大任于斯人也，必先苦其心志，劳其筋骨……"，使其先成人。

第九十八回

追汉军王双受诛
袭陈仓武侯取胜

　　北京话否定一个人，只消一个字，黑——就是无可救药的意思；而司马懿，比黑还黑。

　　张郃自官渡之战降曹操后，其作战史是极其光彩的。史称："从攻邺，拔之从击袁谭於渤海，别将军围雍奴，大破之；从讨柳城，与张辽俱为军锋，以功迁平狄将军；别征东莱，讨管承；与张辽讨陈兰、梅成等，破之；从破马超、韩遂于渭南；围安定，降杨秋；与夏侯渊讨鄘贼梁兴及武都氏；破马超，平宋建；太祖征张鲁，先遣郃督诸军讨兴和氏王窦茂；太祖从散关入汉中，又先遣郃督步卒五千于前通路；与夏侯渊等守汉中，拒刘备；郃别督诸军，降巴东、巴西二郡，徙其民于汉中；进军宕渠，为备将张飞所拒，引还南郑。拜荡寇将军。"一个百战百克的常胜将军，竟会在追击退军途中，中伏，死于乱箭之下。

　　第一，这时曹真已死，司马懿为首领，他与诸葛亮多年交手，深知用兵谨慎的诸葛亮，一定会在退军途中设防。

　　第二，作为副首领的张郃，打了这么多年，这么多次的仗，会不懂得"穷寇勿追"这最基本的军事常识。

　　《三国志》这样评价张郃："郃识变数，善处营陈，料战势地形，无不如计，自诸葛亮皆惮之。"关于他的死：《三国志》是这样写的："诸葛亮复出祁山，诏（张）郃督诸将西至略阳，亮还保祁山，郃追至木门，与亮军交战，飞矢中郃右膝，薨。"在《三国志》裴注引鱼豢《魏略》，就有不同说法："亮军退，司马宣王使（张）郃追之，郃曰：'军法，围城必开出路，归军勿追。'宣王不听。郃不得已，遂进。蜀军乘高布伏，弓弩乱发，矢中郃髀。谥曰壮侯。"鱼豢《魏略》，系私修史，可以不具官方色彩，从这则史料中，对于这位三国后期的超级黑，当有更深刻的看法。

却说司马懿奏曰："臣尝奏陛下，言孔明必出陈仓，故以郝昭守之，今果然矣。彼若从陈仓入寇，运粮甚便。今幸有郝昭、王双守把，不敢从此路运粮。其馀小道，搬运艰难。臣算蜀兵行粮止有一月，利在急战。我军只宜久守。陛下可降诏，令曹真坚守诸路关隘，不要出战。不须一月，蜀兵自走。那时乘虚而击之，诸葛亮可擒也。"叡欣然曰："卿既有先见之明，何不自引一军以袭之？"懿曰："臣非惜身重命，实欲存下此兵，以防东吴陆逊耳。孙权不久必将僭号称尊，如称尊号，恐陛下伐之，定先入寇也，臣故欲以兵待之。"正言间，忽近臣奏曰："曹都督奏报军情。"懿曰："陛下可即令人告戒曹真：凡追赶蜀兵，必须观其虚实，不可深入重地，以中诸葛亮之计。"叡即时下诏，遣太常卿韩暨持节告戒曹真："切不可战，务在谨守；只待蜀兵退去，方才击之。"司马懿送韩暨于城外，嘱之曰："吾以此功让与子丹，公见子丹，休言是吾所陈之意，只道天子降诏，教保守为上。追赶之人，大要仔细，勿遣性急气躁者追之。"暨辞去。

却说曹真正升帐议事，忽报天子遣太常卿韩暨持节至。真出寨接入，受诏已毕，退与郭淮、孙礼计议。淮笑曰："此乃司马仲达之见也。"真曰："此见若何？"淮曰："此言深识诸葛亮用兵之法。久后能御蜀兵者，必仲达也。"真曰："倘蜀兵不退，又将如何？"淮曰："可密令人去教王双，引兵于小路巡哨，彼自不敢运粮。

◎三国时期，部队作战时间的长短，视兵士所携口粮多寡而定。运粮及时，补给充分，持续战斗力强，反之，唯有撤出战斗。所以，运粮和劫粮，便成了军家必争的一个重要环节。官渡之败，就是许攸献计，一把火烧了袁绍的乌巢粮库，这个致命打击，便让袁绍兵败如山倒了。诸葛亮数出祁山的无功而返，也与军粮不继有关。

◎一派推托之词，他是存心要让曹真出这个洋相的。其实曹真还是有点本事的，《三国演义》作者因其子太糟，他也跟着给写糟蹋了。

◎曹真赢了诸葛亮，他有理；曹真输与诸葛亮，他也有理，勿谓"言之不预也"。而且他一再声明非他之计，乃天子降诏。其目的也是在激曹真，生出逆反心理，知道实系司马授意而在感情上抵触之。

◎这话也未免太排揎曹真了。

待其粮尽兵退，乘势追击，可获全胜。"孙礼曰："某去祁山虚妆做运粮兵，车上尽装干柴茅草，以硫黄焰硝灌之，却教人虚报陇西运粮到。若蜀人无粮，必然来抢。待入其中，放火烧车，外以伏兵应之，可胜矣。"真喜曰："此计大妙！"即令孙礼引兵依计而行。又遣人教王双引兵于小路上巡哨，郭淮引兵提调箕谷、街亭，令诸路军马守把险要。真又令张辽子张虎为先锋，乐进子乐綝为副先锋，同守头营，不许出战。

却说孔明在祁山寨中，每日令人挑战，魏兵坚守不出。孔明唤姜维等商议曰："魏兵坚守不出，是料吾军中无粮也。今陈仓转运不通，其馀小路盘涉艰难，吾算随军粮草，不敷一月用度，如之奈何？"正踌躇间，忽报："陇西魏军运粮数千车于祁山之西，运粮官乃孙礼也。"孔明曰："其人如何？"有魏人告曰："此人曾随魏主出猎于大石山，忽惊起一猛虎，直奔御前，孙礼下马拔剑斩之，从此封为上将军。乃曹真心腹人也。"孔明笑曰："此是魏将料吾乏粮，故用此计：车上装载者，必是茅草引火之物。吾平生专用火攻，彼乃欲以此计诱我耶？彼若知吾军去劫粮车，必来劫吾寨矣。可将计就计而行。"遂唤马岱分付曰："汝引三千军，径到魏兵屯粮之所，不可入营，但于上风头放火。若烧着车仗，魏兵必来围吾寨。"又差马忠、张嶷各引五千兵在外围住，内外夹攻。三人受计去了。又唤关兴、张苞分付曰："魏兵头营接

◎这倒也不是吹牛，火烧赤壁，他与周瑜两人不谋而合地想到了一起。

连四通之路。今晚若西山火起，魏兵必来劫吾营。汝二人却伏于魏寨左右，只等他兵出寨，汝二人便可劫之。"又唤吴班、吴懿分付曰："汝二人各引一军伏于营外。如魏兵到，可截其归路。"孔明分拨已毕，自在祁山上凭高而坐。魏兵探知蜀兵要来劫粮，慌忙报与孙礼。礼令人飞报曹真。真遣人去头营分付张虎、乐𬙂："看今夜山西火起，蜀兵必来救应。可以出军，如此如此。"二将受计，令人登楼专看号火。

却说孙礼把军伏于山西，只待蜀兵到。是夜二更，马岱引三千兵来，人皆衔枚，马尽勒口，径到山西。见许多车仗，重重叠叠，攒绕成营，车仗虚插旌旗。正值西南风起，岱令军士径去营南放火，车仗尽着，火光冲天。孙礼只道蜀兵到魏寨内放号火，急引兵一齐掩至。背后鼓角喧天，两路兵杀来，乃是马忠、张嶷，把魏军围在垓心。孙礼大惊。又听的魏军中喊声起，一彪军从火光边杀来，乃是马岱。内外夹攻，魏兵大败。火紧风急，人马乱窜，死者无数。孙礼引中伤军，突烟冒火而走。

却说张虎在营中，望见火光，大开寨门，与乐𬙂尽引人马，杀奔蜀寨来，寨中却不见一人。急收军回时，吴班、吴懿两路兵杀出，断其归路。张、乐二将急冲出重围，奔回本寨，只见土城之上，箭如飞蝗，原来却被关兴、张苞袭了营寨。魏兵大败，皆投曹真寨来。方欲入寨，只见一彪败军飞奔而来，乃是孙礼，遂同入寨见

◎人尽衔枚，马皆勒口，这是古代军队夜袭时为保持肃静，以防惊动敌方的措施。马皆勒口，比较好理解。人尽衔枚的枚，据称为一根竹棍，绳系于脖颈，衔在口中，以防出声。

真，各言中计之事。真听知，谨守大寨，更不出战。

蜀兵得胜，回见孔明。孔明令人密授计与魏延，一面教拔寨齐起。杨仪曰："今已大胜，挫尽魏兵锐气，何故反欲收军？"孔明曰："吾兵无粮，利在急战。今彼坚守不出，吾受其病矣。彼今虽暂时兵败，中原必有添益。若以轻骑袭吾粮道，那时要归不能。今乘魏兵新败，不敢正视蜀兵，便可出其不意，乘机退去。所忧者但魏延一军，在陈仓道口拒住王双，急不能脱身；吾已令人授以密计，教斩王双，使魏人不敢来追。只今后队先行。"当夜，孔明只留金鼓守在寨中打更。一夜兵已尽退，只落空营。

却说曹真正在寨中忧闷，忽报左将军张郃领军到。郃下马入帐，谓真曰："某奉圣旨，特来听调。"真曰："曾别仲达否？"郃曰："仲达分付云：'吾军胜，蜀兵必不便去；若吾军败，蜀兵必即去矣。'今吾军失利之后，都督曾往哨探蜀兵消息否？"真曰："未也。"于是即令人往探之，果是虚营，只插着数十面旌旗，兵已去了二日也。曹真懊悔无及。

且说魏延受了密计，当夜二更拔寨，急回汉中。早有细作报知王双。双大驱军马，并力追赶。追到二十馀里，看看赶上，见魏延旗号在前，双大叫曰："魏延休走！"蜀兵更不回头。双拍马赶来。背后魏兵叫曰："城外寨中火起，恐中敌人奸计。"双急勒马回时，只见一片火光冲天，慌令退军。行到山坡左侧，

◎进军难，退军亦不易。诸葛亮北伐，实在是艰难从事。只存一月之粮，却有夺国之图，一生谨慎的诸葛亮，如此不量力而行，而造成悲剧，也就只好死而后已了。

◎诸葛亮围陈仓，魏帝派张郃解救，很担心他到了那里，陈仓已经失落在诸葛亮手中。"郃知亮深入无谷，屈指计曰：'比臣到，亮已走矣！'郃晨夜进道，未至，亮粮尽，引去。"这让司马懿立刻提高对他的戒备和警惕。而且曹叡封他为征西车骑将军，还加以褒扬："贼亮以巴蜀之众，当虓虎之师。将军被坚执锐，所向克定，朕甚嘉之。益邑千户，并前四千三百户。"曹叡的嘉奖，对张郃而言，绝非福音，副司令获奖，什么也没得着的司令员，情何以堪？

忽一骑马从林中骤出，大喝曰："魏延在此！"王双大惊，措手不及，被延一刀砍于马下。魏兵疑有埋伏，四散逃走。延手下止有三十骑人马，望汉中缓缓而行。后人有诗赞曰：

◎魏延的刀法，着实厉害，一刀砍王双于马下。然后三十骑人马，望汉中缓缓而行，蹄声得得，流水匆匆，好一派沙场肃杀风光。

孔明妙算胜孙庞，耿若长星照一方。
进退行兵神莫测，陈仓道口斩王双。

原来魏延受了孔明密计，先教存下三十骑，伏于王双营边，只待王双起兵赶时，却去他营中放火，待他回寨，出其不意，突出斩之。魏延斩了王双，引兵回到汉中见孔明，交割了人马。孔明设宴大会，不在话下。

且说张郃追蜀兵不上，回到寨中，忽有陈仓城郝昭差人申报，言王双被斩。曹真闻知，伤感不已，因此忧成疾病，遂回洛阳，命郭淮、孙礼、张郃守长安诸道。

却说吴王孙权设朝，有细作人报说："蜀诸葛丞相出兵两次，魏都督曹真兵损将亡。"于是群臣皆劝吴王兴师伐魏，以图中原。权犹疑未决。张昭奏曰："近闻武昌东山，凤凰来仪；大江之中，黄龙屡现。主公德配唐、虞，明并文、武，可即皇帝位，然后兴兵。"多官皆应曰："子布之言是也。"遂选定夏四月丙寅日，筑坛于武昌南郊。是日，群臣请权登坛即皇帝位，改黄武八年为黄龙元年。谥父孙坚为武烈皇帝，母吴氏为武烈皇

◎孙权称帝，怕西蜀不乐意，因为他们自认为继承汉祀，孙权由于担心他们姓刘的在心理上有障碍。于是"使以并尊二帝之议往告于汉。汉人以为交之无益而名体弗顺，宜显明正义，绝其盟好。"可知蜀汉正统论在三国时期就存在着的。不过诸葛亮从反魏大局出发，并不拘泥这种表面文章，倒是他的"应权通变，深思远益"之处。

后，兄孙策为长沙桓王。立子孙登为皇太子。命诸葛瑾长子诸葛恪为太子左辅，张昭次子张休为太子右弼。

　　恪字元逊，身长七尺，极聪明，善应对。权甚爱之。年六岁时，值东吴筵会，恪随父在座。权见诸葛瑾面长，乃令人牵一驴来，用粉笔书其面曰"诸葛子瑜"。众皆大笑。恪趋至前，取粉笔添二字于其下曰"诸葛子瑜之驴"。满座之人，无不惊讶。权大喜，遂将驴赐之。又一日，大宴官僚，权命恪把盏。巡至张昭面前，昭不饮，曰："此非养老之礼也。"权谓恪曰："汝能强子布饮乎？"恪领命，乃谓昭曰："昔姜尚父年九十，秉旄仗钺，未尝言老。今临阵之日，先生在后；饮酒之日，先生在前。何谓不养老也？"昭无言可答，只得强饮。权因此爱之，故命辅太子。张昭佐吴王，位列三公之上，故以其子张休为太子右弼。又以顾雍为丞相；陆逊为上将军，辅太子守武昌。权复还建业。群臣共议伐魏之策。张昭奏曰："陛下初登宝位，未可动兵。只宜修文偃武，增设学校，以安民心；遣使入川，与蜀同盟，共分天下，缓缓图之。"

　　权从其言，即令使命星夜入川，来见后主。礼毕，细奏其事。后主闻知，遂与群臣商议。众议皆谓孙权僭逆，宜绝其盟好。蒋琬曰："可令人问于丞相。"后主即遣使到汉中问孔明。孔明曰："可令人赍礼物入吴作贺，乞遣陆逊兴师伐魏。魏必命司马懿拒之。懿若南拒东吴，我再出祁山，长安可图也。"后主依言，

◎诸葛恪是一个做得大事，但也是个极不成器之辈。"小时了了，大未必佳，"就指这类早熟然而至死也未成人者。

◎联吴是诸葛亮的根本方针，还用问吗？

遂令太尉陈震，将名马、玉带、金珠、宝贝，入吴作贺。震至东吴，见了孙权，呈上国书。权大喜，设宴相待，打发回蜀。权召陆逊入，告以西蜀约会兴兵伐魏之事。逊曰："此乃孔明惧司马懿之谋也。既与同盟，不得不从。今却虚作起兵之势，遥与西蜀为应。待孔明攻魏急，吾可乘虚取中原也。"即时下令，教荆襄各处都要训练人马，择日兴师。

　　却说陈震回到汉中，报知孔明。孔明尚忧陈仓不可轻进，先令人去哨探。回报说："陈仓城中郝昭病重。"孔明曰："大事成矣。"遂唤魏延、姜维分付曰："汝二人领五千兵，星夜直奔陈仓城下，如见火起，并力攻城。"二人俱未深信，又来告曰："何日可行？"孔明曰："三日都要完备，不须辞我，即便起行。"二人受计去了。又唤关兴、张苞至，附耳低言，如此如此。二人各受密计而去。

　　且说郭淮闻郝昭病重，乃与张郃商议曰："郝昭病重，你可速去替他。我自写表申奏朝廷，别行定夺。"张郃引着三千兵，急来替郝昭。时郝昭病危，当夜正呻吟之间，忽报蜀军到城下了。昭急令人上城守把。时各门上火起，城中大乱。昭听知惊死。蜀兵一拥入城。

　　却说魏延、姜维领兵到陈仓城下看时，并不见一面旗号，又无打更之人。二人惊疑，不敢攻城。忽听得城上一声炮响，四面旗帜齐竖。只见一人纶巾羽扇，鹤氅道袍，大叫曰："汝二人来的迟了！"二

◎陆逊也不弱，虚晃一招，坐享其成。

◎在竞技场中，以段级来区分实力。据说日本相扑分横纲、大关、关胁、小结等段别。诸葛亮与王双、郝昭之交手，似是顶尖的横纲选手，对付关胁、小结之类的低级选手，自然必操胜券。但他把姜维、魏延这样至少也算是大关级的强手，却拿来与小字辈关兴、张苞一体使用，多少不近情理，有点不可思议。

人视之，乃孔明也。二人慌忙下马，拜伏于地曰："丞相真神计也！"孔明令放入城，谓二人曰："吾打探得郝昭病重，吾令汝三日内领兵取城，此乃稳众人之心也。吾却令关兴、张苞，只推点军，暗出汉中。吾即藏于军中，星夜倍道径到城下，使彼不能调兵。吾早有细作在城内放火，发喊相助，令魏兵惊疑不定。兵无主将，必自乱矣。吾因而取之，易如反掌。兵法云：'出其不意，攻其无备。'正谓此也。"魏延、姜维拜伏。孔明怜郝昭之死，令彼妻小扶灵柩回魏，以表其忠。孔明谓魏延、姜维曰："汝二人且莫卸甲，可引兵去袭散关。把关之人，若知兵到，必然惊走。若稍迟便有魏兵至关，即难攻矣。"

魏延、姜维受命，引兵径到散关。把关之人，果然尽走。二人上关，才要卸甲，遥见关外尘头大起，魏兵到来。二人相谓曰："丞相神算，不可测度！"急登楼视之，乃魏将张郃也。二人乃分兵守住险道。张郃见蜀兵把住要路，遂令退军。魏延随后追杀一阵，魏兵死者无数，张郃大败而去。延回到关上，令人报知孔明。孔明先自领兵出陈仓斜谷，取了建威。后面蜀兵陆续进发。后主又命大将陈式来助。孔明驱大兵复出祁山，安下营寨。孔明聚众言曰："吾二次出祁山，不得其利，今又到此。吾料魏人必依旧战之地，与吾相敌。彼意疑我取雍、郿二处，必以兵拒守。吾观阴平、武都二郡，与汉连接，若得此城，亦可分

魏兵之势。何人敢取之？”姜维曰：“某愿往。”王平
应曰：“某亦愿往。”孔明大喜，遂令姜维引兵一万取
武都，王平引兵一万取阴平。二人领兵去了。

　　再说张郃回到长安，见郭淮、孙礼，说：“陈仓
已失，郝昭已亡，散关亦被蜀兵夺了。今孔明复出
祁山，分道进兵。”淮大惊曰：“若如此，必取雍、郿
矣！”乃留张郃守长安，令孙礼保雍城，淮自引兵星
夜来郿城守御，一面上表入洛阳告急。

　　却说魏主曹叡设朝，近臣奏曰：“陈仓城已失，郝
昭已亡，诸葛亮又出祁山，散关亦被蜀兵夺了。”叡大
惊。忽又奏满宠等有表，说：“东吴孙权僭称帝号，与
蜀同盟。今遣陆逊在武昌训练人马，听候调用。只在
旦夕，必入寇矣。”叡闻知两处危急，举止失措，甚是
惊慌。此时曹真病未痊，即召司马懿商议。懿奏曰：“以
臣愚意所料，东吴必不举兵。”叡曰：“卿何以知之？”
懿曰：“孔明尝思报猇亭之仇，非不欲吞吴也，只恐中
原乘虚击彼，故暂与东吴结盟。陆逊亦知其意，故假
作兴兵之势以应之，实是坐观成败耳。陛下不必防吴，
只须防蜀。”叡曰：“卿真高见！”遂封懿为大都督，总
摄陇西诸路军马，令近臣取曹真总兵将印来。懿曰：“臣
自去取之。”遂辞帝出朝，径到曹真府下，先令人入府
报知，懿方进见。问病毕，懿曰：“东吴、西蜀会合，
兴兵入寇，今孔明又出祁山下寨，明公知之乎？”真
惊讶曰：“吾家人知吾病重，不令我知。似此国家危急，

◎频繁北征的结果，便把魏国的主要注意力吸引过来，逼得魏帝让司马懿出山，而导致北伐受阻，这大概是诸葛亮没有想到的。因为曹叡很戒备司马懿，不敢大用。

◎由此可见司马懿的心机，和他处于荆棘丛中的谨慎，以及善处左右的韬略。在当时诸葛亮、陆逊与他这三个堪称棋逢对手的主帅之中，应该说他处境最难，所以，他在政治上，也包括在军事上，以退为进，以守为攻，步步为营，终于取得了最后的胜利。

何不拜仲达为都督，以退蜀兵耶？"懿曰："某才薄智浅，不称其职。"真曰："取印与仲达。"懿曰："都督少虑。某愿助一臂之力，只不敢受此印也。"真跃起曰："如仲达不领此任，中国必危矣！吾当抱病见帝以保之！"懿曰："天子已有恩命，但懿不敢受耳。"真大喜曰："仲达今领此任，可退蜀兵。"懿见真再三让印，遂受之，入内辞了魏主，引兵往长安来与孔明决战。正是：

旧帅印为新帅取，两路兵惟一路来。

未知胜负如何，且看下文分解。

　　南宋时期的一位总领四川财赋的官员王之望说过："诸葛亮率兵先后数出，其众不满五十万，或出祁山，或出散关，不过数百里之遥，不过三数月之远，木牛流马，转输之巧，犹苦军食之不继。"（《建炎已来系年要录·绍兴三十三年》）《蜀志·诸葛亮传》也说："亮每患粮不继，使己志不伸。"在当时的战争中，后勤人员与战斗人员的比例，为一比一的话，也就是一个人运粮，供一个人打仗，可坚持十天，这对西蜀来说，是沉重的负担。

　　北伐之失败，出师之受挫，很大程度上受制于粮食供应。但究其本质，在国策大局的问题上，是打，是不打；在人才赓续的问题上，是严格，是放手，对诸葛亮来说，其影响所及，恐怕更起决定性作用。

　　前者：第一，究竟应不应该北伐？第二，究竟应不应该马上北伐？第三，究竟应不应该频繁地多次北伐？后者：第一，蜀之地狭，有没有足够的兵员？第二，关、张殒落，有没有后继的将帅？第三，辅佐之士，有没有出色的人才？

　　所以，这一个个问号，都是远比粮食要严重得多的问题。

　　王夫之曰："魏多智谋之士，昏主用之，而不危也，故曰能用人者，可以无敌于天下。"（《读通鉴论》）

　　诸葛亮之失策，一是他的挑剔求全，受制于他的偏听偏信；二是他的感情用事，受制于他的狭隘意识；三是他的盲目北伐，受制于他的愚忠脑残；四是他的治国无术，受制于他的排斥异己。首战街亭一失，正是正常人借以总结路线之错误、政策之错误、用人之错误、指挥之错误之机，改弦更张，另起炉灶，别看败局已成，只要收缩，过小日子，安分守己，也不是不可挽救。可这个诸葛亮，排斥良言，自负独断，仍要继续大汉王朝的事业，那苦果，就得他的老百姓承担了。

第九十九回

诸葛亮大破魏兵
司马懿入寇西蜀

从职业角度，司马懿始终对诸葛亮，抱有敬意。只是等他死后，才发表他对诸葛亮的评价："亮志大而不见机，多谋而少决，好兵而无权，虽提卒十万，已堕吾画中，破之必矣。"破之必矣，这是有点吹牛皮的。

在对垒局势下，为了确保自己立于不败之地，一方面不惜功本谋取对方的情报，一方面千方百计地对己方的言行高度保密。于是以窃取探知秘密的行业和特务间谍便应运而生。即使如此，预测和判断的准确程度，仍是决定领导者水平高低、能力大小的一个标志。兵者诡道，诡必秘，若不秘，则无诡。不使对手获知己方之一切，乃至最细小或最无关紧要之处，方能操胜券。司马懿知道诸葛亮必取武都、阴平，遂派郭淮、孙礼袭蜀兵之后。但诸葛亮知道司马懿必有此举，亲率兵马又来袭郭淮、孙礼之后，前后夹攻，魏兵大败。在武都、阴平失守以后，司马懿料知诸葛亮不在营中，定去两城安抚百姓，派张郃、戴陵去夺蜀寨。但诸葛亮并未离寨，却设下包围圈以待偷袭。

两军交锋，双方对抗，你攻我守，明争暗斗，互相料知对手的下一个动作、步骤、安排和计划，乃至阴谋、诡秘，然后厘定应急处变之计，达到克敌求胜之道。因此，预测能力，是对双方军事统帅的考验。司马懿不得不承认，"孔明智在吾先"，这个智，就是预测能力。诸葛亮（181—234）和司马懿（179—251）属于同一代人，从《汉晋春秋》看到司马懿的上邽之役，很吃了诸葛亮的亏。吴大鸿胪张俨所著的《默记》里，认为"仲达之才，减于孔明，土地广狭，人马多少，未可偏恃也。""仲达据天下十倍之地，仗兼并之众，据牢城，拥精锐，无禽敌之意，务自保全而已，使彼孔明自来自去。"应该是属于公道的结论。

不过，在后三国这段历史中，司马懿是一位很了不起的人物，靠耐性、权谋、机智、残忍，一步一步夺得胜利成为最大赢家。敢于认输，承认别人智在吾先，此乃绝对强者，不能小看。

蜀汉建兴七年夏四月，孔明兵在祁山，分作三寨，专候魏兵。

却说司马懿引兵到长安，张郃接见，备言前事。懿令郃为先锋，戴陵为副将，引十万兵到祁山，于渭水之南下寨。郭淮、孙礼入寨参见。懿问曰："汝等曾与蜀兵对阵否？"二人答曰："未也。"懿曰："蜀兵千里而来，利在速战；今来此不战，必有谋也。陇西诸路，曾有信息否？"淮曰："已有细作探得各郡十分用心，日夜提防，并无他事。只有武都、阴平二处，未曾回报。"懿曰："吾自差人与孔明交战。汝二人急从小路去救二郡，却掩在蜀兵之后，彼必自乱矣。"二人受计，引兵五千，从陇西小路来救武都、阴平，就袭蜀兵之后。郭淮于路谓孙礼曰："仲达比孔明如何？"礼曰："孔明胜仲达多矣。"淮曰："孔明虽胜，此一计足显仲达有过人之智。蜀兵如正攻两郡，我等从后抄到，彼岂不自乱乎？"正言间，忽哨马来报："阴平已被王平打破了，武都已被姜维打破了。前离蜀兵不远。"礼曰："蜀兵既已打破了城池，如何陈兵于外？必有诈也。不如速退。"郭淮从之。方传令教军退时，忽然一声炮响，山背后闪出一枝军马来，旗上大书"汉丞相诸葛亮"。中央一辆四轮车，孔明端坐于上，左有关兴，右有张苞。孙、郭二人见之，大惊。孔明大笑曰："郭淮、孙礼休走！司马懿之计，安能瞒得过吾？他每日令人在前交战，却教汝等袭吾

◎司马懿也是用兵谨慎之人，下车伊始，不是哇啦哇啦发议论，而是先搞调查研究的。

◎且慢下结论，为时过早。

军后。武都、阴平吾已取了，汝二人不早来降，欲驱
兵与吾决战耶？"郭淮、孙礼听毕，大慌。忽然背后
喊杀连天，王平、姜维引兵从后杀来。兴、苞二将又
引军从前面杀来。两下夹攻，魏兵大败。郭、孙二人
弃马爬山而走。张苞望见，骤马赶来，不期连人带马，
跌入涧内。后军急忙救起，头已跌破。孔明令人送回
成都养病。

　　却说郭、孙二人走脱，回见司马懿曰："武都、
阴平二郡已失。孔明伏于要路，前后攻杀，因此大败，
弃马步行，方得逃回。"懿曰："非汝等之罪，孔明智
在吾先。可再引兵守把雍、郿二城，切勿出战。吾自
有破敌之策。"二人拜辞而去。懿又唤张郃、戴陵分
付曰："今孔明得了武都、阴平，必然抚百姓以安民
心，不在营中矣。汝二人各引一万精兵，今夜起身，
抄在蜀兵营后，一齐奋勇杀将过来；吾却引军在前布
阵，只待蜀兵势乱，吾大驱士马，攻杀进去：两军并
力，可夺蜀寨也。若得此地山势，破敌何难？"二人
受计，引兵而去。戴陵在左，张郃在右，各取小路进
发，深入蜀兵之后。三更时分，来到大路，两军相遇，
合兵一处，却从蜀兵背后杀来。行不到三十里，前军
不行。张、戴二人自纵马视之，只见数百辆草车横截
去路。郃曰："此必有准备。可急取路而回。"才传令
退军，只见满山火光齐明，鼓角大震，伏兵四下皆出，
把二人围住。孔明在祁山上大叫曰："戴陵、张郃可

◎读《三国演义》，热闹都在前半部。
因为司马懿出场较晚，舞台上的风
光，都被最早走到脚灯前的角色夺
走，他显得不那么光彩出色。其实，
在后三国这段历史中，他是一位最了
不起的，靠耐性、权谋、机智、残忍，
一步一步夺得胜利的最大赢家。一个
评价对手，敢于承认智在吾先的人，
是绝对不能小看的。示弱者，不一定
不强，咬人的狗，不叫。

◎魏之盛，蜀之衰，由此可见一斑。张郃，是曹操收降的一员强将，至今犹雄风不减，而郝昭、王双、郭淮、孙礼之辈，有层出不穷之势。但西蜀关、张、赵、黄已成过去，虽有魏延、姜维、王平、张翼，无论如何是一个后继乏人的状态。所以，三出祁山，小有斩获，也只能以退兵告终。

听吾言：司马懿料吾往武都、阴平抚民，不在营中，故令汝二人来劫吾寨，却中吾之计也。汝二人乃无名下将，吾不杀害，下马早降！"郃大怒，指孔明而骂曰："汝乃山野村夫，侵吾大国境界，如何敢发此言！吾若捉住汝时，碎尸万段！"言讫，纵马挺枪，杀上山来。山上矢石如雨。郃不能上山，乃拍马舞枪，冲出重围，无人敢当。蜀兵困戴陵在垓心。郃杀出旧路，不见戴陵，即奋勇翻身又杀入重围，救出戴陵而回。孔明在山上，见郃在万军之中，往来冲突，英勇倍加，乃谓左右曰："尝闻张翼德大战张郃，人皆惊惧。吾今日见之，方知其勇也。若留下此人，必为蜀中之害。吾当除之。"遂收军还营。

却说司马懿引兵布成阵势，只待蜀兵乱动，一齐攻之。忽见张郃、戴陵狼狈而来，告曰："孔明先如此提防，因此大败而归。"懿大惊曰："孔明真神人也！不如且退。"即传令教大军尽回本寨，坚守不出。

且说孔明大胜，所得器械、马匹，不计其数，乃引大军回寨。每日令魏延挑战，魏兵不出。一连半月，不曾交兵。孔明正在帐中思虑，忽报天子遣侍中费祎赍诏至。孔明接入营中，焚香礼毕，开诏读曰：

街亭之役，咎由马谡；而君引愆，深自贬抑。重违君意，听顺所守。前年耀师，馘斩王双；今岁爰征，郭淮遁走；降集氐、羌，

复兴二郡；威震凶暴，功勋显然。方今天下
骚扰，元恶未枭，君受大任，干国之重，而
久自抑损，非所以光扬洪烈矣。今复君丞
相，君其勿辞！

孔明听诏毕，谓费祎曰："吾国事未成，安可复丞相
之职？"坚辞不受。祎曰："丞相若不受职，拂了天
子之意，又冷淡了将士之心。宜且权受。"孔明方才
拜受。祎辞去。

　　孔明见司马懿不出，思得一计，传令教各处皆拔
寨而起。当有细作报知司马懿，说孔明退兵了。懿曰：
"孔明必有大谋，不可轻动。"张郃曰："此必因粮尽而
回，如何不追？"懿曰："吾料孔明上年大收，今又麦
熟，粮草丰足，虽然转运艰难，亦可支吾半载，安肯
便走？彼见吾连日不战，故作此计引诱。可令人远远
哨之。"军士探知，回报说："孔明离此三十里下寨。"
懿曰："吾料孔明果不走。且坚守寨栅，不可轻进。"
住了旬日，绝无音信，并不见蜀将来战。懿再令人哨
探，回报说："蜀兵已起营去了。"懿未信，乃更换衣
服，杂在军中，亲自来看，果见蜀兵又退三十里下寨。
懿回营，谓张郃曰："此乃孔明之计也，不可追赶。"
又住了旬日，再令人哨探。回报说："蜀兵又退三十里
下寨。"郃曰："孔明用缓兵之计，渐退汉中，都督何
故怀疑，不早追之？郃愿往决一战！"懿曰："孔明诡

◎赏功罚罪，也是正理。

◎司马懿能够这样深入前线，逼近敌
人，实地考察，真是大将风度。

计极多，倘有差失，丧我军之锐气。不可轻进。"郃曰："某去若败，甘当军令。"懿曰："既汝要去，可分兵两枝：汝引一枝先行，须要奋力死战；吾随后接应，以防伏兵。汝次日先进，到半途驻扎，后日交战，使兵力不乏。"遂分兵已毕。次日，张郃、戴陵引副将数十员、精兵三万，奋勇先进，到半路下寨。司马懿留下许多军马守寨，只引五千精兵，随后进发。

　　原来孔明密令人哨探，见魏兵半路而歇。是夜，孔明唤众将商议曰："今魏兵来追，必然死战。汝等须以一当十，吾以伏兵截其后。非智勇之将，不可当此任。"言毕，以目视魏延。延低头不语。王平出曰："某愿当之。"孔明曰："若有失，如何？"平曰："愿当军令。"孔明叹曰："王平肯舍身亲冒矢石，真忠臣也！虽然如此，奈魏兵分两枝前后而来，断吾伏兵在中，平纵然智勇，只可当一头，岂可分身两处？须再得一将同去为妙。怎奈军中再无舍死当先之人！"言未毕，一将出曰："某愿往！"孔明视之，乃张翼也。孔明曰："张郃乃魏之名将，有万夫不当之勇，汝非敌手。"翼曰："若有失事，愿献首于帐下。"孔明曰："汝既敢去，可与王平各引一万精兵伏于山谷中，只待魏兵赶上，任他过尽，汝等却引伏兵从后掩杀。若司马懿随后赶来，却分兵两头：张翼引一军当住后队，王平引一军截其前队。两军须要死战。吾自有别计相助。"二人受计，引兵而去。孔明又唤姜维、廖

◎若依出子午谷，直奔河、洛的飞骑突袭计划，不至于采取这种亲冒矢石的混战手段。这种拼消耗的打法，对于势单力薄的军队来说，绝对是不智之举。

化分付曰："与汝二人一个锦囊，引三千精兵，偃旗
息鼓，伏于前山之上。如见魏兵围住王平、张翼，十
分危急，不必去救，只开锦囊看视，自有解危之策。"
二人受计，引兵而去。又令吴班、吴懿、马忠、张嶷
四将，附耳分付曰："如来日魏兵到，锐气正盛，不
可便迎，且战且走。只看关兴引兵来掠阵之时，汝等
便回军赶杀，吾自有兵接应。"四将受计，引兵而去。
又唤关兴分付曰："汝引五千精兵，伏于山谷，只看
山上红旗飐动，却引兵杀出。"兴受计，引兵而去。

却说张郃、戴陵领兵前来，骤如风雨。马忠、张
嶷、吴懿、吴班四将接着，出马交锋。张郃大怒，驱
兵追杀。蜀兵且战且走。魏兵追赶约有二十馀里，时
值六月，天气十分炎热，人马汗如泼水。走到五十里
外，魏兵尽皆气喘。孔明在山上把红旗一招，关兴
引兵杀出。马忠等四将，一齐引兵掩杀回来。张郃、
戴陵死战不退。忽然喊声大震，两路军杀出，乃王平、
张翼也。各奋勇追杀，截其后路。郃大叫众将曰："汝
等到此，不决一死战，更待何时！"魏兵奋力冲突，
不得脱身。忽然背后鼓角喧天，司马懿自领精兵杀
到。懿指挥众将，把王平、张翼围在垓心。翼大呼曰：
"丞相真神人也！计已算定，必有良谋。吾等当决一
死战！"即分兵两路：平引一军截住张郃、戴陵，翼
引一军力当司马懿。两头死战，叫杀连天。姜维、廖
化在山上探望，见魏兵势大，蜀兵力危，渐渐抵当不

◎魏延一直保持着难堪的沉默，诸葛
亮也采取一种视其不存在的政策，两
个其实都是强者的心灵较量，那后果
可想而知。果然，诸葛亮对邓芝说出
了他的想法。

◎诸葛亮的锦囊妙计，只要打开，无
不奏效，只是他生前安排杀魏延的最
后一个，令人不寒而栗。

◎端老窝，总是令人心惊的事。

◎张苞之死，孔明自此得病。他的病，一是克尽厥职，劳心劳力；二是事必躬亲，操劳过度。一个领导者，当这样的劳动模范，大可不必。

住。维谓化曰："如此危急，可开锦囊看计。"二人拆开视之，内书云："若司马懿兵来围王平、张翼至急，汝二人可分兵两枝，竟袭司马懿之营；懿必急退，汝可乘乱攻之。营虽不得，可获全胜。"二人大喜，即分兵两路，径袭司马懿营中而去。

原来司马懿亦恐中孔明之计，沿途不住的令人传报。懿正催战间，忽流星马飞报，言蜀兵两路竟取大寨去了。懿大惊失色，乃谓众将曰："吾料孔明有计，汝等不信，勉强追来，却误了大事！"即提兵急回，军心惶惶乱走。张翼随后掩杀，魏兵大败。张郃、戴陵见势孤，亦望山僻小路而走，蜀兵大胜。背后关兴引兵接应诸路。司马懿大败一阵，奔入寨时，蜀兵已自回去。懿收聚败军，责骂诸将曰："汝等不知兵法，只凭血气之勇，强欲出战，致有此败。今后切不许妄动，再有不遵，决正军法！"众皆羞惭而退。这一阵，魏军死者极多，遗弃马匹器械无数。

却说孔明收得胜军马入寨，又欲起兵进取。忽报有人自成都来，说张苞身死。孔明闻知，放声大哭，口中吐血，昏绝于地。众人救醒。孔明自此得病，卧床不起。诸将无不感激。后人有诗叹曰：

悍勇张苞欲建功，可怜天不助英雄！
武侯泪向西风洒，为念无人佐鞠躬。

旬日之后，孔明唤董厥、樊建等入帐分付曰："吾自觉昏沉，不能理事；不如且回汉中养病，再作良图。汝等切勿走泄。司马懿若知，必来攻击。"遂传号令，教当夜暗暗拔寨，皆回汉中。孔明去了五日，懿方得知，乃长叹曰："孔明真有神出鬼没之计，吾不能及也！"于是司马懿留诸将在寨中，分兵守把各处隘口。懿自班师回。

却说孔明将大军屯于汉中，自回成都养病。文武官僚出城迎接，送入丞相府中。后主御驾自来问病，命御医调治，日渐痊可。

建兴八年秋七月，魏都督曹真病可，乃上表说："蜀兵数次侵界，屡犯中原，若不剿除，必为后患。今时值秋凉，人马安闲，正当征伐。臣愿与司马懿同领大军，径入汉中，殄灭奸党，以清边境。"魏主大喜，问侍中刘晔曰："子丹劝朕伐蜀，若何？"晔奏曰："大将军之言是也。今若不剿除，后必为大患。陛下便可行之。"叡点头。晔出内回家，有众大臣相探，问曰："闻天子与公计议兴兵伐蜀，此事如何？"晔应曰："无此事也。蜀有山川之险，非可易图，空费军马之劳，于国无益。"众官皆默然而出。杨暨入内奏曰："昨闻刘晔劝陛下伐蜀，今日与众臣议，又言不可伐，是欺陛下也。陛下何不召而问之？"叡即召刘晔入内问曰："卿劝朕伐蜀，今又言不可，何也？"晔曰："臣细详之，蜀不可伐。"叡大笑。少时，

◎诸葛亮的病情，因赵云、张苞之死，心理上受到强刺激，痛哭不已的同时，并伴有咯血现象。这当然是明显的脏腑疾患了。这也是他出山以来，积劳成疾，心力交瘁的结果。因为国家内外，政府上下，无一不得不他一一亲手办理，而出兵打仗，转战祁山，更系于他这个司令员的精心策划，周全应对，不分昼夜，应对不测。因此，战争的生死焦虑，紧张节奏，其体力消耗，精神支出，要大大超乎常人，更何况诸葛亮并非行伍出身，有所历练，常年奔波于烽火硝烟的战场，也是他不幸英年早逝的原因。

◎然而，司马懿也是情报老手，他与蜀军使者，不谈军事，大谈家常，只是询问诸葛亮的生活细节，这位使者，显然不懂保密法则，他将诸葛亮每天的进食量，和盘托出。魏晋一升约合今天 0.2 公升，则当时三升有 0.6 公升，每公升大米重约 1.7 斤，则 0.6 公升大米重约 1 市斤，诸葛亮只能食粥，热量远低常人。司马懿这个狡猾的老狐狸，遂得出"食少事烦，其能久乎"的结论。

◎天助孔明！

杨暨出内。暨奏曰："臣昨日劝陛下伐蜀，乃国之大事，岂可妄泄于人？夫兵者，诡道也，事未发切宜秘之。"叡大悟曰："卿言是也。"自此愈加敬重。旬日内，司马懿入朝，魏主将曹真表奏之事，逐一言之。懿奏曰："臣料东吴未敢动兵，今日正可乘此去伐蜀。"叡即拜曹真为大司马、征西大都督，司马懿为大将军、征西副都督，刘晔为军师。三人拜辞魏主，引四十万大兵，前行至长安，径奔剑阁，来取汉中。其馀郭淮、孙礼等，各取路而行。

汉中人报入成都。此时孔明病好多时，每月操练人马，习学八阵之法，尽皆精熟，欲取中原；听得这个消息，遂唤张嶷、王平分付曰："汝二人先引一千兵去守陈仓古道，以当魏兵；吾却提大兵便来接应。"二人告曰："人报魏军四十万，诈称八十万，声势甚大，如何只与一千兵去守隘口？倘魏兵大至，何以拒之？"孔明曰："吾欲多与，恐士卒辛苦耳。"嶷与平面面相觑，皆不敢去。孔明曰："若有疏失，非汝等之罪。不必多言，可疾去。"二人又哀告曰："丞相欲杀某二人，就此请杀，只不敢去。"孔明笑曰："何其愚也！吾令汝等去，自有主见。吾昨夜仰观天文，见毕星躔于太阴之分，此月内必有大雨淋漓；魏兵虽有四十万，安敢深入山险之地？因此不用多军，决不受害。吾将大军皆在汉中安居一月，待魏兵退，那时以大兵掩之：以逸待劳，吾十万之众可胜魏兵四十万也。"二人听毕，方大喜，拜辞而去。孔明随统大军出汉中，传令教各处隘口，预备干柴草料细粮，俱够一月人马支用，以防秋雨；将大军宽限一月，先给衣食，伺候出征。

却说曹真、司马懿同领大军，径到陈仓城内，不见一间房屋；寻土人问之，皆言孔明回时放火烧毁。曹真便要从陈仓道进发。懿曰："不可轻进。我夜观天文，见毕星躔于太阴之分，此月内必有大雨；若深入重地，常胜则可，倘有疏虞，人马受苦，要退则难。且宜在城中搭起窝铺住扎，以防阴雨。"真从其言。未及半月，天雨大降，淋漓不止。陈仓城外，平地水深三尺，军器尽湿，人不得睡，昼夜不安。大雨连降三十日，马无草料，死者无数，军士怨声不绝。传入洛阳，魏主设坛，求晴不得。黄门侍郎王肃上疏曰：

　　前志有之："千里馈粮，士有饥色，樵苏后爨，师不宿饱。"此谓平途之行军者也。又况于深入险阻，凿路而前，则其为劳，必相百也。今又加之以霖雨，山坂峻滑，众逼而不展，粮远而难继，实行军之大忌也。闻曹真发已逾月，而行方半谷，治道功大，战士悉作。是彼偏得以逸待劳，乃兵家之所惮也。言之前代，则武王伐纣，出关而复还；论之近事，则武、文征权，临江而不济：岂

◎此刻仍是曹家的天下，聪明的司马懿绝不会先提出来撤军的。

非顺天知时，通于权变者哉？愿陛下念水雨艰剧之故，休息士卒；后日有衅，乘时用之。所谓"悦以犯难，民忘其死"者也。

魏主览表，正在犹豫，杨阜、华歆亦上疏谏。魏主即下诏，遣使诏曹真、司马懿还朝。

却说曹真与司马懿商议曰："今连阴三十日，军无战心，各有思归之意，如何禁止？"懿曰："不如且回。"真曰："倘孔明追来，怎生退之？"懿曰："先伏两军断后，方可回兵。"正议间，忽使命来召。二人遂将大军前队作后队，后队作前队，徐徐而退。

◎两军对峙，无论什么原因的其中一方撤军，也是双边军事家们大做文章的一次机会。

却说孔明计算一月秋雨将尽，天尚未晴，自提一军屯于城固，又传令教大军会于赤坡驻扎。孔明升帐，唤众将言曰："吾料魏兵必走，魏主必下诏来取曹真、司马懿兵回。吾若追之，必有准备。不如任他且去，再作良图。"忽王平令人报来，说魏兵已回。孔明分付来人，传与王平："不可追袭。吾自有破魏兵之策。"正是：

魏兵纵使能埋伏，汉相原来不肯追。

未知孔明怎生破魏，且看下文分解。

诸葛亮对司马懿的一系列胜利，在官方史书《三国志》中是看不到的。这一点，清末学者夏曾佑一针见血指出："陈寿《三国志》，固司马氏之书也。"所以，他特别指出："（太和）四年，（司马懿）迁大将军……自是与诸葛亮相拒于祁山，凡五年，懿畏蜀如虎，不敢战。亮因遣懿以妇人巾帼之饰。懿表请决战，魏明不许，遣卫尉辛毗杖节立军门，懿乃止。亮闻之，曰：'彼本无战心，所以固请者，以示武于其众耳。将在军，君命有所不受。若能制吾，岂千里而请战耶？'"

夏曾佑说："司马氏一家，传十八主，武帝始正号，而材实平庸，武帝已后，以迄于亡，凡十四主，昏庸相继，无一能稍肖其祖宗者。亦可异矣。不得不谓家法不善，有以致之也。盖懿以狼顾狐媚，盗天下于孤儿寡妇之手，其猜忍为前世所未有，新莽、魏操，方之蔑如。而起自儒生，及诛曹爽，年已七十，又三年而死，营立家门，未遑外事。使非二子能继其志，晋业未可知也。而师与昭之猜忍，乃与懿略同。于是晋之代魏政，而晋之不及两，亦定于此矣。其机实与中国相关，岂典午一家之幸不幸哉。"

夏曾佑说："懿与曹爽相持者，盖十年。爽亦非常人也，为晋人所丑诋耳。"（《中国历史教科书》）如果，曹魏垮的速度慢一点，如果，诸葛亮晚死几年，拖住"畏蜀如虎"的司马懿，《三国演义》的结束恐怕就不是现在这个样子。所以，多读一些书外之书，多听一些言外之言，对于尘封的历史，或许更贴近于真实。

第一百回

汉兵劫寨破曹真
武侯斗阵辱仲达

　　230年，陕西洋县、城固、安康地区，一连下了三十多天的雨，"平地水深三尺，军器尽湿，人不得睡，昼夜不安，马无草料，死者无数，军士怨声不绝"。于是，黄门侍郎王肃上书，曹叡下诏还师。退兵要比进军难，因为当时的兵制，家属随军安置，于是，回家的士兵肯定要比上战场时，多了不少掳掠来或赏赐来的财物，特别是曹操的青徐兵，早年从黄巾起家，后被改编，这方面的恶习已成传统。所以大包小裹，车马成行，也是一道风景。但是，负担太多的撤军人马，常成为敌方的袭击目标。

　　诸葛亮当然不会放司马懿痛痛快快走，这是司马懿料定的。于是，魏军不得不边撤边做战斗准备，有一偏将仰天而怨曰："大雨淋了这多时，不肯回去，今又在这里顿住，强要赌赛，却不苦了官军！"被司马懿听见了，以动摇军心处置。那相信蜀军已撤的曹真，果然中了诸葛亮的埋伏，不但输了与司马懿的赌东道，还大病一场，结果一命呜呼。这一个多月的雨，所形成的相持阶段，更是对作战双方，从主帅到将佐直到兵士的精神考验。

　　蜀军将领陈式，不听邓芝劝阻，带他的五千人马，径出箕谷，想去追打曹军的退兵，冒险轻进，求胜邀功，没想到司马懿正等着他，全军覆没。诸葛亮要比司马懿沉着，没有军法处置，以防激则生变。但是，心思全用在前线的诸葛亮，而疏忽了后方，光看到下个不停的汉中之雨，而不去关心成都阴晴不定的多云天气，后主刘禅一纸诏书，促其班师，本来大雨结束以后，魏军返还不及，正是作战良机，只能坐看丧失。

　　因此，必须以缜思熟虑的清醒，掌握战争节奏，上下左右，前前后后，都要照应到；不管客观环境千变万变而戒心不变，斗志不变，方能御敌取胜。

却说众将闻孔明不追魏兵，俱入帐告曰："魏兵苦雨，不能屯扎，因此回去，正好乘势追之。丞相如何不追？"孔明曰："司马懿善能用兵，今军退必有埋伏。吾若追之，正中其计。不如纵他远去，吾却分兵径出斜谷而取祁山，使魏人不提防也。"众将曰："取长安之地，别有路途，丞相只取祁山，何也？"孔明曰："祁山乃长安之首也，陇西诸郡，倘有兵来，必经由此地；更兼前临渭滨，后靠斜谷，左出右入，可以伏兵，乃用武之地。吾故欲先取此，得地利也。"众将皆拜服。孔明令魏延、张嶷、杜琼、陈式出箕谷，马岱、王平、张翼、马忠出斜谷，俱会于祁山。调拨已定，孔明自提大军，令关兴、廖化为先锋，随后进发。

却说曹真、司马懿二人，在后监督人马，令一军入陈仓古道探视，回报说蜀兵不来。又行旬日，后面埋伏众将皆回，说蜀兵全无音耗。真曰："连绵秋雨，栈道断绝，蜀人岂知吾等退军耶？"懿曰："蜀兵随后出矣。"真曰："何以知之？"懿曰："连日晴明，蜀兵不赶，料吾有伏兵也，故纵我兵远去；待我兵过尽，他却夺祁山矣。"曹真不信。懿曰："子丹如何不信？吾料孔明必从两谷而来。吾与子丹各守一谷口，十日为期。若无蜀兵来，我面涂红粉，身穿女衣，来营中伏罪。"真曰："若有蜀兵来，我愿将天子所赐玉带一条、御马一匹与你。"即分兵两路：真引兵屯于祁山之西斜谷口，懿引军屯于祁山之东箕谷口。各

◎《孙子兵法》云："穷寇勿迫，此用兵之法也。"

◎魏延也是耐不得寂寞的主儿，终于想抓住魏军大撤的机会，要露一手了。

◎曹真是嫡系部队中比较出色的将领，战功卓著；曹丕死后，曹叡继位，迁大将军。看司马懿与他在战场之上，赌这样的东道，一方面表现出两员大将在智力上的差异，判断上的失误，一方面也表现司马懿和曹真尚能保持和谐的关系，至少有平等的交往。而曹真死后，他的儿子曹爽，这个绝对的败类，将他父亲对司马懿的那点敬畏之心，置之脑后，被几个浮浪子弟包围，要搬开司马宣王这块石头，结果不是砸了自己的脚，而是脑袋。所以曹真与司马懿之打赌，真是输到了家。

◎司马懿如此把握自己的军队，唯恐人心浮动，可知他带兵的谨慎。

◎魏延未免浅薄、陈式也太狂妄，这些都说明了西蜀中层干部整体水平的下降，因此，西蜀之败，也败在人才匮乏之上。而人才匮乏，也和诸葛亮阻碍贤路的干部政策有关，他既不能像曹操那样的广收并蓄，也不能像刘备那样的仁义致人，事必躬亲，独揽一切，不肯放手，极其自信。观其一生，并没有发现过或网罗过或重用过太多的人才，便知道一个太英明了的领袖人物，是很容易出现这种对于英才的同类相拒的排斥现象。

下寨已毕。懿先引一枝兵伏于山谷中，其馀军马各于要路安营。懿更换衣装，杂在众军之内，遍观各营。忽到一营，有一偏将仰天而怨曰："大雨淋了许多时，不肯回去；今又在这里顿住，强要赌赛，却不苦了官军！"懿闻言，归寨升帐，聚众将皆到帐下，挨出那将来。懿叱之曰："朝廷养军千日，用在一时。汝安敢出怨言，以慢军心！"其人不招。懿叫出同伴之人对证，那将不能抵赖。懿曰："吾非赌赛；欲胜蜀兵，令汝各人有功回朝。汝乃妄出怨言，自取罪戾！"喝令武士推出斩之。须臾，献首帐下。众将悚然。懿曰："汝等诸将皆要尽心以防蜀兵。听吾中军炮响，四面皆进。"众将受令而退。

　　却说魏延、张嶷、陈式、杜琼四将，引二万兵，取箕谷而进。正行之间，忽报参谋邓芝到来。四将问其故，芝曰："丞相有令：如出箕谷，提防魏兵埋伏，不可轻进。"陈式曰："丞相用兵何多疑耶？吾料魏兵连遭大雨，衣甲皆毁，必然急归，安得又有埋伏？今吾兵倍道而进，可获大胜，如何又教休进？"芝曰："丞相计无不中，谋无不成，汝安敢违令？"式笑曰："丞相若果多谋，不致街亭之失！"魏延想起孔明向日不听其计，亦笑曰："丞相若听吾言，径出子午谷，此时休说长安，连洛阳皆得矣！今执定要出祁山，有何益耶？既令进兵，今又教休进，何其号令不明！"式曰："吾自有五千兵，径出箕谷，先到祁山下寨，

看丞相羞也不羞！"芝再三阻当，式只不听，径自引
五千兵出箕谷去了。邓芝只得飞报孔明。

　　却说陈式引兵行不数里，忽听的一声炮响，四面
伏兵皆出。式急退时，魏兵塞满谷口，围得铁桶相似。
式左冲右突，不能得脱。忽闻喊声大震，一彪军杀
入，乃是魏延，救了陈式，回到谷中，五千兵只剩得
四五百带伤人马。背后魏兵赶来，却得杜琼、张嶷引
兵接应，魏兵方退。陈、魏二人方信孔明先见如神，
懊悔不及。

　　且说邓芝回见孔明，言魏延、陈式如此无礼。孔
明笑曰："魏延素有反相，吾知彼常有不平之意，因
怜其勇而用之。久后必生患害。"正言间，忽流星马
报到，说陈式折了四千馀人，止有四五百带伤人马，
屯在谷中。孔明令邓芝再来箕谷抚慰陈式，防其生
变；一面唤马岱、王平分付曰："斜谷若有魏兵守把，
汝二人引本部军越山岭，夜行昼伏，速出祁山之左，
举火为号。"又唤马忠、张翼分付曰："汝等亦从山僻
小路，昼伏夜行，径出祁山之右，举火为号，与马
岱、王平合，共劫曹真营寨。吾自从谷中三面攻之，
魏兵可破也。"四人领命，分头引兵去了。孔明又唤
关兴、廖化分付曰：如此如此。二人受了密计，引兵
而去。孔明自领精兵倍道而行。正行间，又唤吴班、
吴懿授与密计，亦引兵先行。

　　却说曹真心中不信蜀兵来，以此怠慢，纵令军士

◎将对帅不满，帅对将也不满，一切
都公开化，这支队伍够涣散的了。陈
式所说，乃是魏延想说的话。但这个
陈式，并非著《三国志》的陈寿之父。

◎抚慰陈式这个措施太及时了，虽然
已下决心要砍他的头了。

歇息，只等十日无事，要羞司马懿。不觉守了七日，忽有人报谷中有些小蜀兵出来。真令副将秦良引五千兵哨探，不许纵令蜀兵近界。秦良领命，引兵刚到谷口，哨见蜀兵退去。良急引兵赶来，行到五六十里，不见蜀兵，心下疑惑，教军士下马歇息。忽哨马报说："前面有蜀兵埋伏。"良上马看时，只见山中尘土大起，急令军士提防。不一时，四壁厢喊声大震，前面吴班、吴懿引兵杀出，背后关兴、廖化引兵杀来。左右是山，皆无路走。山上蜀兵大叫："下马投降者免死！"魏兵大半多降。秦良死战，被廖化一刀斩于马下。孔明把降兵拘于后军，却将魏兵衣甲与蜀兵五千人穿了，扮作魏兵，令关兴、廖化、吴班、吴懿四将引着，径奔曹真寨来。先令报马入寨说："只有些小蜀兵，尽赶去了。"真大喜。忽报司马都督差心腹人至，真唤入问之。其人告曰："今都督用埋伏计，杀蜀兵四千馀人。司马都督致意将军，教休将赌赛为念，务要用心提备。"真曰："吾这里并无一个蜀兵。"遂打发来人回去。忽又报秦良引兵回来了，真自出帐迎之。比及到寨，人报前后两把火起。真急回寨后看时，关兴、廖化、吴班、吴懿四将，指麾蜀军，就营前杀将进来；马岱、王平从后面杀来；马忠、张翼亦引兵杀到。魏军措手不及，各自逃生。众将保曹真望东而走，背后蜀兵赶来。曹真正奔走，忽然喊声大震，一彪军杀到。真胆战心惊，视之，乃司马懿也。

◎这等手段，对付曹真是绰绰有馀，若碰上司马懿，就未必这样得心应手了。楚河汉界，将遇良相，这局棋才叫好看的。

懿大战一场，蜀兵方退。真得脱，羞惭无地。懿曰："诸葛亮夺了祁山地势，吾等不可久居此处，宜去渭滨安营，再作良图。"真曰："仲达何以知吾遭此大败也？"懿曰："见来人报称子丹说并无一个蜀兵，吾料孔明暗来劫寨，因此知之，故相接应。今果中计。切莫言赌赛之事，只同心报国。"曹真甚是惶恐，气成疾病，卧床不起。兵屯渭滨，懿恐军心有乱，不敢教真引兵。

　　却说孔明大驱士马，复出祁山。劳军已毕，魏延、陈式、杜琼、张嶷入帐，拜伏请罪。孔明曰："是谁失陷了军来？"延曰："陈式不听号令，潜入谷口，以此大败。"式曰："此事魏延教我行来。"孔明曰："他倒救你，你反攀他！将令已违，不必巧说！"即叱武士推出陈式斩之。须臾，悬首于帐前，以示诸将。此时孔明不杀魏延，欲留之以为后用也。孔明既斩了陈式，正议进兵，忽有细作报说曹真卧病不起，现在营中治疗。孔明大喜，谓诸将曰："若曹真病轻，必便回长安。今魏兵不退，必为病重，故留于军中，以安众人之心。吾写下一书，教秦良的降兵持与曹真，真若见之，必然死矣！"遂唤降兵至帐下，问曰："汝等皆是魏军，父母妻子多在中原，不宜久居蜀中。今放汝等回家，若何？"众军泣泪拜谢。孔明曰："曹子丹与吾有约，吾有一书，汝等带回，送与子丹，必有重赏。"魏军领了书，奔回本寨，将孔明书呈与曹

◎同是斩将，司马懿未雨绸缪，诸葛亮亡羊补牢，所以，俗谚云"事后诸葛亮"者，即此谓乎？

真。真扶病而起，拆封视之。其书曰：

> 汉丞相、武乡侯诸葛亮，致书于大司马曹子丹之前：窃谓夫为将者，能去能就，能柔能刚；能进能退，能弱能强。不动如山岳，难测如阴阳；无穷如天地，充实如太仓；浩渺如四海，眩曜如三光。预知天文之旱涝，先识地理之平康；察阵势之期会，揣敌人之短长。嗟尔无学后辈，上逆穹苍；助篡国之反贼，称帝号于洛阳；走残兵于斜谷，遭霖雨于陈仓；水陆困乏，人马猖狂；抛盈郊之戈甲，弃满地之刀枪；都督心崩而胆裂，将军鼠窜而狼忙！无面见关中之父老，何颜入相府之厅堂！史官秉笔而记录，百姓众口而传扬：仲达闻阵而惕惕，子丹望风而遑遑！吾军兵强而马壮，大将虎奋以龙骧；扫秦川为平壤，荡魏国作丘荒！

曹真看毕，恨气填胸，至晚死于军中。司马懿用兵车装载，差人送赴洛阳安葬。魏主闻知曹真已死，即下诏催司马懿出战。懿提大军来与孔明交锋，隔日先下战书。

孔明谓诸将曰："曹真必死矣。"遂批回"来日交锋"，使者去了。孔明当夜教姜维受了密计：如此而

◎为将之道，尽在此中，但说到未必做到，做不到也未必不能说到。因为，从理论到实践，常常因为将领性格的不同，秉赋的差异，才智的高低，战争形势的变化无穷，而有认识的偏全不一，所以，两者便难免脱节之处，包括诸葛亮、司马懿也无不吃过败仗。这大概也是人们都知道的，"理论是灰色的，只有生活之树常青"，"实践才是检验真理的标准"的道理所在吧！

行。又唤关兴分付：如此如此。次日，孔明尽起祁山之兵前到渭滨：一边是河，一边是山，中央平川旷野，好片战场！两军相迎，以弓箭射住阵角。三通鼓罢，魏阵中门旗开处，司马懿出马，众将随后而出。只见孔明端坐于四轮车上，手摇羽扇。懿曰："吾主上法尧禅舜，相传二帝，坐镇中原，容汝蜀、吴二国者，乃吾主宽慈仁厚，恐伤百姓也。汝乃南阳一耕夫，不识天数，强要相侵，理宜殄灭！如省心改过，宜即早回，各守疆界，以成鼎足之势，免致生灵涂炭，汝等皆得全生！"孔明笑曰："吾受先帝托孤之重，安肯不倾心竭力以讨贼乎！汝曹氏不久为汉所灭。汝祖父皆为汉臣，世食汉禄，不思报效，反助篡逆，岂不自耻？"懿羞惭满面曰："吾与汝决一雌雄！汝若能胜，吾誓不为大将！汝若败时，早归故里，吾并不加害。"

孔明曰："汝欲斗将？斗兵？斗阵法？"懿曰："先斗阵法。"孔明曰："先布阵我看。"懿入中军帐下，手执黄旗招飐，左右军动，排成一阵。复上马出阵，问曰："汝识吾阵否？"孔明笑曰："吾军中末将，亦能布之。此乃'混元一气阵'也。"懿曰："汝布阵我看。"孔明入阵，把羽扇一摇，复出阵前，问曰："汝识我阵否？"懿曰："量此'八卦阵'，如何不识！"孔明曰："识便识了，敢打我阵否？"懿曰："既识之，如何不敢打！"孔明曰："汝只管打来。"司马懿回到本阵中，唤戴陵、张虎、乐綝三将，分付曰："今孔

◎这是诸葛亮与司马懿的第一次正面交锋。一比零，诸葛亮先得一分。

明所布之阵，按休、生、伤、杜、景、死、惊、开八门。汝三人可从正东'生门'打入，往西南'休门'杀出，复从正北'开门'杀入，此阵可破。汝等小心在意！"于是戴陵在中，张虎在前，乐綝在后，各引三十骑，从生门打入。两军呐喊相助。三人杀入蜀阵，只见阵如连城，冲突不出。三人慌引骑转过阵脚，往西南冲去，却被蜀兵射住，冲突不出。阵中重重叠叠，都有门户，那里分东西南北？三将不能相顾，只管乱撞，但见愁云漠漠，惨雾蒙蒙。喊声起处，魏军一个个皆被缚了，送到中军。孔明坐于帐中，左右将张虎、戴陵、乐綝并九十个军，皆缚在帐下。孔明笑曰："吾纵然捉得汝等，何足为奇！吾放汝等回见司马懿，教他再读兵书，重观战策，那时来决雌雄，未为迟也。汝等性命既饶，当留下军器战马。"遂将众人衣服脱了，以墨涂面，步行出阵。

司马懿见之大怒，回顾诸将曰："如此挫败锐气，有何面目回见中原大臣耶！"即指挥三军，奋死掠阵。懿自拔剑在手，引百馀骁将，催督冲杀。两军恰才相会，忽然阵后鼓角齐鸣，喊声大震，一彪军从西南上杀来，乃关兴也。懿分后军当之，复催军向前厮杀。忽然魏兵大乱，原来姜维引一彪军悄地杀来，蜀兵三路夹攻。懿大惊，急忙退军。蜀兵周围杀到，懿引三军望南死命冲出。魏兵十伤六七。司马懿退在渭滨南岸下寨，坚守不出。

◎这是诸葛亮的强项，司马懿就斗不过他了。斗不过，还怒，怒而再战，奋师掠阵。"主不可以怒而兴师，将不可以愠而致战。"这就必败无疑了。

孔明收得胜之兵，回到祁山时，永安城李严遣都尉苟安解送粮米，至军中交割。苟安好酒，于路怠慢，违限十日。孔明大怒曰："吾军中专以粮为大事，误了三日，便该处斩！汝今误了十日，有何理说？"喝令推出斩之。长史杨仪曰："苟安乃李严用人，又兼钱粮多出于西川，若杀此人，后无人敢送粮也。"孔明乃叱武士去其缚，杖八十放之。苟安被责，心中怀恨，连夜引亲随五六骑，径奔魏寨投降。懿唤入，苟安拜告前事。懿曰："虽然如此，孔明多谋，汝言难信。汝能为我干一件大功，吾那时奏准天子，保汝为上将。"安曰："但有甚事，即当效力。"懿曰："汝可回成都布散流言，说孔明有怨上之意，早晚欲称为帝，使汝主召回孔明，即是汝之功矣。"苟安允诺，径回成都，见了宦官，布散流言，说孔明自倚大功，早晚必将篡国。宦官闻知大惊，即入内奏帝，细言前事。后主惊讶曰："似此如之奈何？"宦官曰："可诏还成都，削其兵权，免生叛逆。"后主下诏，宣孔明班师回朝。蒋琬出班奏曰："丞相自出师以来，累建大功，何故宣回？"后主曰："朕有机密事，必须与丞相面议。"即遣使赍诏，星夜宣孔明回。使命径到祁山大寨，孔明接入，受诏已毕，仰天叹曰："主上年幼，必有佞臣在侧！吾正欲建功，何故取回？我如不回，是欺主矣。若奉命而退，日后再难得此机会也。"姜维问曰："若大军退，司马懿乘势掩杀，当复

◎对陈式何其不容宽贷，对苟安何其首鼠两端？正因为苟安乃李严之部下，而李严又是与他同受命于刘备遗命辅后主之臣，不能不投鼠忌器。其实，李严也绝不是好的合作伙伴，说明孔明作为一个政治家，在其领导集团内部尚未形成一个能体现他意志的核心，甚至在中枢机关没有一个足以代表他的人物存在，就率军远征，造成大权旁落的状态，结果反受其害，是绝不应该的。诸葛亮的北征，动辄离开国家政治中心，现在看来，并非智举。

如何？"孔明曰："吾今退军，可分五路而退。今日先退此营，假如营内一千兵，却掘二千灶，明日掘三千灶，后日掘四千灶。每日退军，添灶而行。"杨仪曰："昔孙膑擒庞涓，用添兵减灶之法而取胜；今丞相退兵，何故增灶？"孔明曰："司马懿善能用兵，知吾兵退，必然追赶；心中疑吾有伏兵，定于旧营内数灶；见每日增灶，兵又不知退与不退，则疑而不敢追。吾徐徐而退，自无损兵之患。"遂传令退军。

却说司马懿料苟安行计停当，只待蜀兵退时，一齐掩杀。正踌躇间，忽报蜀寨空虚，人马皆去。懿因孔明多谋，不敢轻追，自引百馀骑前来蜀营内踏看，教军士数灶，仍回本寨。次日，又教军士赶到那个营内，查点灶数。回报说："这营内之灶，比前又增一分。"司马懿谓诸将曰："吾料孔明多谋，今果添兵增灶，吾若追之，必中其计；不如且退，再作良图。"于是回军不追。孔明不折一人，望成都而去。次后，川口土人来报司马懿，说孔明退兵之时，未见添兵，只见增灶。懿仰天长叹曰："孔明效虞诩之法，瞒过吾也！其谋略吾不如之！"遂引大军还洛阳。正是：

棋逢敌手难相胜，将遇良才不敢骄。

未知孔明退回成都，竟是如何，且看下文分解。

◎一报还一报，过去诸葛亮散布政治谣言，使魏帝夺了司马懿的兵权；现在司马懿传播流言蜚语，使诸葛亮回师成都。诸葛亮光顾北伐，却没想到后院也会失火。

刘备病危，出现一个陌生面孔，那就是李严。"病笃，托孤于丞相亮、尚书令李严为副。"往好里想，从此开始，蜀人治蜀，有一个好的开头，但刘备是复杂的，因其织席贩屦的出身，注定他是一个小手工业者和一个小买卖人的组合体，因此，他的基本人格，既有老实纯朴、本性良善的手工业者的品质，也有狡滑盘算、不肯吃亏的小商人的天性。所以，起用李严，既有使用本地干部的榜样作用，难道没有以防诸葛亮一人独大的想法吗？

问题在于刘禅的太不争气，做父亲的不会不知道，人是会长大的，但阿斗的弱智，生就的骨头长就的肉，是永远不会改变的。虽然他对孔明说了，行，你就扶助他，不行，你就自己干。万一，他真的自己干了呢？当然，刘备自我宽慰，这不可能，孔明已答应肝脑涂地，肯定能够以死报之。刘备转而一想，万一，他自己不干，他儿子干了呢？口头承诺是不能算数的，签字画押也会废纸一张。因此，病危的刘备，这才想到必须有一个与诸葛亮在智慧上、在能力上等量级的人物，而且年富力强，活得要比他长久，才能起到监督履约、执行约定的目的，否则，真是死不瞑目啊！

于是，在白帝城养病的刘备，煞费苦心地物色，李严终于进入了他的视线。"章武二年，先主征严诣永安宫，拜尚书令。三年，先主病重，严与诸葛亮并受遗诏辅少主，以严为中都护，统内外军事，留镇永安。"平步青云的李严，就走上了刘备为他安排的注定要与诸葛亮相颉抗，而且必须到底的这条其实相当狭窄的道路。现在也弄不懂刘备是爱他，还是害他了。其实，本来出类拔萃的李严，按部就班地发展，循规蹈矩地前进，早早晚晚也会飞黄腾达的。第一，他有能力，第二，他有才干，第三，他善逢迎，第四，他有野心，有这四条，在官场混，鲜有被埋没了的。

然而，这个聪明的李严，眼力有些欠佳，你的保护人在人世间还能活几天？你把你的未来，你的一生，与这个行将就木之人，捆绑在一起，所为何来？

第一百一回

出陇上诸葛妆神
奔剑阁张郃中计

　　曹丕篡汉，进入了真正的魏、蜀、吴"三国演义"，这是曹操死后出现的政治格局。世界已三分，再无一统人，发起官渡和赤壁两大战役影响全局的战争主角没有了，大战的可能性也就不存在了。因此，魏修内务，吴、蜀征讨，"魏先以谷帛代钱，皆用湿谷薄绢谋利乱世，不能禁，乃重铸五铢钱"，"黄初中，魏四方垦田增加，国用不匮"。诸葛亮的南征，与孙权的南下，也是拿捏住这个谁也吃不了谁的整体和缓趋势，紧锣密鼓地在进行中。中国人常挂在嘴边的"热土难离"的土，就是国土，也是中国每一个打江山并且坐江山者，必须扩大而不能缩小的神圣义务，无论诸葛亮"五月渡泸，深入不毛"，无论孙权派人派舰，远赴沧海，自居正统的魏国上下，都睁一只眼，闭一只眼，不当一回事，大家平安无事。明白的人都明白，这是人家的内部事务。然而，孙权的勃勃雄心，派员跨海北上，串联公孙渊、高句骊，实施远交近攻的策略，而诸葛亮掉头北上，出剑阁栈道，越秦岭而来。这对当时堪称老大的曹丕，便会视为非理性的越轨行为，是对他的挑战，肯定要拍桌子了。

　　曹丕篡汉立魏，自然以汉的继承人自居，他无法接受东吴和蜀汉的永久割据状态，当然不会承认以长江分界的东吴存在，更不会承认刘备窃居的四川盆地，那是归他管的疆土。因此，他登位之始，就逼吴国质子。222年夷陵大战后，刘备死，吴、蜀和解，孙权就不再买账曹丕，拒绝臣属；于是，223年曹仁就在濡须开始攻打孙权，这第一枪打响后，便进入真正的三国演义。

　　《三国演义》的了不起，经它的演义，关羽成神的同时，诸葛亮则是它塑造出来的另一位圣人。从此开始，我们看到他的南征，看到他的北伐，看到他"鞠躬尽瘁，死而后已"的献身精神，也看到他运筹帷幄、指挥决战的谋略水平。然而，他不肯放下绍汉复国的旗子，以致穷兵黩武，六出祁山，最后身死疆场，得到一个国败民衰的结果。其实，盆地虽小，易守难攻，换一种不打仗的生存方式，也许那时的"圣人"称号，大家都是由衷地心服口服了。

却说孔明用减兵添灶之法，退兵到汉中；司马懿恐有埋伏，不敢追赶，亦收兵回长安去了，因此蜀兵不曾折了一人。孔明大赏三军已毕，回到成都，入见后主，奏曰："老臣出了祁山，欲取长安，忽承陛下降诏召回，不知有何大事？"后主无言可对；良久，乃曰："朕久不见丞相之面，心甚思慕，故特诏回，一无他事。"孔明曰："此非陛下本心，必有奸臣谗谮，言臣有异志也。"后主闻言，默然无语。孔明曰："老臣受先帝厚恩，誓以死报。今若内有奸邪，臣安能讨贼乎？"后主曰："朕因过听宦官之言，一时召回丞相。今日茅塞方开，悔之不及矣！"孔明遂唤众宦官究问，方知是苟安流言；急令人捕之，已投魏国去了。孔明将妄奏的宦官诛戮，馀皆废出宫外；又深责蒋琬、费祎等不能觉察奸邪，规谏天子。二人唯唯服罪。

孔明拜辞后主，复到汉中，一面发檄令李严应付粮草，仍运赴军前；一面再议出师。杨仪曰："前数兴兵，军力罢敝，粮又不继；今不如分兵两班，以三个月为期：且如二十万之兵，只领十万出祁山，住了三个月，却教这十万替回，循环相转。若此则兵力不乏，然后徐徐而进，中原可图矣。"孔明曰："此言正合我意。吾伐中原，非一朝一夕之事，正当为此长久之计。"遂下令，分兵两班，限一百日为期，循环相转，违限者按军法处治。

建兴九年春二月，孔明复出师伐魏。时魏太和五

◎诸葛亮229年春第三次北伐，持续到秋天，隔了两年多点，231年2月，又开始第四次北伐。至此，已无任何一点反对的声音了。

◎凡是扶不上去的天子，成事不足，败事必有馀的。

◎杨仪献计，轮流作战，诸葛亮即采纳了，执迷不悟至此，可悲可叹！一个人一旦钻进了死胡同，轻易不肯回头，只有"鞠躬尽瘁，死而后已"了。

◎当年汉献帝也如此送曹操出征，历史总是喜欢作一次次尴尬的重复。曹叡难道会不知道他祖父，是怎样篡汉的吗？

年也。魏主曹叡知孔明又伐中原，急召司马懿商议。懿曰："今子丹已亡，臣愿竭一人之力，剿除寇贼，以报陛下。"叡大喜，设宴待之。次日，人报蜀兵寇急。叡即命司马懿出师御敌，亲排銮驾送出城外。懿辞了魏主，径到长安，大会诸路人马，计议破蜀兵之策。张郃曰："吾愿引一军去守雍、郿，以拒蜀兵。"懿曰："吾前军不能独当孔明之众，而又分兵为前后，非胜算也。不如留兵守上邽，馀众悉往祁山。公肯为先锋否？"郃大喜曰："吾素怀忠义，欲尽心报国，惜未遇知己；今都督肯委重任，虽万死不辞！"于是司马懿令张郃为先锋，总督大军。又令郭淮守陇西诸郡，其馀众将各分道而进。

前军哨马报说：孔明率大军望祁山进发，前部先锋王平、张嶷，径出陈仓，过剑阁，由散关望斜谷而来。司马懿谓张郃曰："今孔明长驱大进，必将割陇西小麦，以资军粮。汝可结营守祁山，吾与郭淮巡略天水诸郡，以防蜀兵割麦。"郃领诺，遂引四万兵守祁山。懿引大军望陇西而去。

却说孔明兵至祁山，安营已毕，见渭滨有魏军提备，乃谓诸将曰："此必是司马懿也。即今营中乏粮，屡遣人催并李严运米应付，却只是不到。吾料陇上麦熟，可密引兵割之。"于是留王平、张嶷、吴班、吴懿四将守祁山营，孔明自引姜维、魏延等诸将，前到卤城。卤城太守素知孔明，慌忙开城出降。孔明抚慰毕，问曰："此时何处麦熟？"太守告曰："陇上麦已熟。"孔明乃留张翼、马忠守卤城，自引诸将并三军望陇上而来。前军回报说："司马懿引兵在此。"孔明惊曰："此人预知吾来割麦也！"即沐浴更衣，推过一般三辆四轮车来，车上皆要一样妆饰。此车乃孔明在蜀中预先造下的。

当下令姜维引一千军护车，五百军擂鼓，伏在上邽之后；马岱在左，魏延在右，亦各引一千军护车，五百军擂鼓。每一辆车，用二十四人，皂衣跣足，披发仗剑，手执七星皂旛，在左右推车。三人各受计，引兵推车而去。孔明又令三万军皆执镰刀、驮绳，伺候割麦。却选二十四个精壮之士，各穿皂衣，披发跣足，仗剑簇拥四轮车，为推车使者。令关兴结束做天蓬模样，手执七星皂幡，步行于车前。孔明端坐于上，望魏营而来。哨探军见之大惊，不知是人是鬼，火速报知司马懿。

懿自出营视之，只见孔明簪冠鹤氅，手摇羽扇，端坐于四轮车上；左右二十四人，披发仗剑；前面一人，手执皂幡，隐隐似天神一般。懿曰："这个又是孔明作怪也！"遂拨二千人马分付曰："汝等疾去，连车带人，尽情都捉来！"魏兵领命，一齐追赶。孔明见魏兵赶来，便教回车，遥望蜀营缓缓而行。魏兵皆骤马追赶，但见阴风习习，冷雾漫漫。尽力赶了一程，追之不上。各人大惊，都勒住马言曰："奇怪！

◎就地刈麦，与民争粮，不足为训。

◎这类缩地神话，也就是"或嘲邓艾吃，或笑张飞胡"的说书人，为了提高听众兴趣的噱头罢了！

我等急急赶了三十里，只见在前，追之不上，如之奈何？"孔明见兵不来，又令推车过来，朝着魏兵歇下。魏兵犹豫良久，又放马赶来。孔明复回车慢慢而行。魏兵又赶了二十里，只见在前，不曾赶上，尽皆痴呆。孔明教回过车，朝着魏军，推车倒行。魏兵又欲追赶。

后面司马懿自引一军到，传令曰："孔明善会八门遁甲，能驱六丁六甲之神。此乃六甲天书内缩地之法也。众军不可追之。"众军方勒马回时，左势下战鼓大震，一彪军杀来。懿急令兵拒之，只见蜀兵队里二十四人，披发仗剑，皂衣跣足，拥出一辆四轮车；车上端坐孔明，簪冠鹤氅，手摇羽扇。懿大惊曰："方才那个车上坐着孔明，赶了五十里，追之不上；如何这里又有孔明？怪哉！怪哉！"言未毕，右势下战鼓又鸣，一彪军杀来，四轮车上亦坐着一个孔明，左右亦有二十四人，皂衣跣足，披发仗剑，拥车而来。懿心中大疑，回顾诸将曰："此必神兵也！"众军心下大乱，不敢交战，各自奔走。正行之际，忽然鼓声大震，又一彪军杀来：当先一辆四轮车，孔明端坐于上，左右前后推车使者，同前一般。魏兵无不骇然。

司马懿不知是人是鬼，又不知多少蜀兵，十分惊惧，急急引兵奔入上邽，闭门不出。此时孔明早令三万精兵将陇上小麦割尽，运赴卤城打晒去了。司马懿在上邽城中，三日不敢出城。后见蜀兵退去，方敢令军出哨；于路捉得一蜀兵，来见司马懿。懿问之，

◎一支无粮的部队，竟赖割麦为生计，夺民之食，绝不是有战斗力的部队。比之曹操当年严明纪律，惊马踏青，犹割须抵罪，不可同日而语。误了粮事的李严固然该死，而孔明冒险深入，难道不负责任吗？

其人告曰："某乃割麦之人，因走失马匹，被捉前来。"
懿曰："前者是何神兵？"答曰："三路伏兵，皆不是
孔明，乃姜维、马岱、魏延也。每一路只有一千军
护车，五百军擂鼓。只是先来诱阵的车上乃孔明也。"
懿仰天长叹曰："孔明有神出鬼没之机！"忽报副都
督郭淮入见。懿接入，礼毕，淮曰："吾闻蜀兵不多，
现在卤城打麦，可以击之。"懿细言前事。淮笑曰：
"只瞒过一时，今已识破，何足道哉！吾引一军攻其
后，公引一军攻其前，卤城可破，孔明可擒矣。"懿
从之，遂分兵两路而来。

却说孔明引军在卤城打晒小麦，忽唤诸将听令
曰："今夜敌人必来攻城。吾料卤城东西麦田之内，
足可伏兵；谁敢为我一往？"姜维、魏延、马忠、马
岱四将出曰："某等愿往。"孔明大喜，乃命姜维、魏
延各引二千兵，伏在东南、西北两处；马岱、马忠各
引二千兵，伏在西南、东北两处："只听炮响，四角
一齐杀来。"四将受计，引兵去了。孔明自引百馀人，
各带火炮出城，伏在麦田之内等候。

却说司马懿引兵径到卤城下，日已昏黑，乃谓诸
将曰："若白日进兵，城中必有准备；今可乘夜晚攻
之。此处城低壕浅，可便打破。"遂屯兵城外。一更
时分，郭淮亦引兵至。两下合兵，一声鼓响，把卤城
围得铁桶相似。城上万弩齐发，矢石如雨，魏兵不敢
前进。忽然魏军中信炮连声，三军大惊，又不知何处

◎诸葛亮主蜀政，多用并重用荆襄外来干部，知根知底，得心应手。对西川本地干部，提拔较少，信任不够，因而少用，更不重用。李严运粮迟缓，固有其个人不满因素，多少有点消极怠工之意，但也反映了本地干部的不满情绪。

◎这一场夺粮、护粮、抢粮、断粮的战争，打得难解难分。曹操注释《孙子兵法》时，在"饱则饥之"下特地写明"绝粮道以饥之"。可见古代战争中粮食的重要性。

兵来。淮令人去麦田搜时，四角上火光冲天，喊声大震，四路蜀兵，一齐杀至；卤城四门大开，城内兵杀出：里应外合，大杀了一阵，魏兵死者无数。司马懿引败兵奋死突出重围，占住了山头；郭淮亦引败兵奔到山后扎住。孔明入城，令四将于四角下安营。

郭淮告司马懿曰："今与蜀兵相持许久，无策可退；目下又被杀了一阵，折伤三千馀人；若不早图，日后难退矣。"懿曰："当复如何？"淮曰："可发檄文调雍、凉人马并力剿杀。吾愿引军袭剑阁，截其归路，使彼粮草不通，三军慌乱：那时乘势击之，敌可灭矣。"懿从之，即发檄文星夜往雍、凉调拨人马。不一日，大将孙礼引雍、凉诸郡人马到。懿即令孙礼约会郭淮去袭剑阁。

却说孔明在卤城相拒日久，不见魏兵出战，乃唤姜维、马岱入城听令曰："今魏兵守住山险，不与我战：一者料吾麦尽无粮；二者令兵去袭剑阁，断吾粮道也。汝二人各引一万军先去守住险要，魏兵见有准备，自然退去。"二人引兵去了。

长史杨仪入帐告曰："向者丞相令大兵一百日一换，今已限足，汉中兵已出川口，前路公文已到，只待会兵交换：现存八万军，内四万该与换班。"孔明曰："既有令，便教速行。"众军闻知，各各收拾起程。忽报孙礼引雍、凉人马二十万来助战，去袭剑阁，司马懿自引兵来攻卤城了。蜀兵无不惊骇。

杨仪入告孔明曰："魏兵来得甚急，丞相可将换班军且留下退敌，待新来兵到，然后换之。"孔明曰："不可。吾用兵命将，以信为本；既有令在先，岂可失信？且蜀兵应去者，皆准备归计，其父母妻子倚扉而望；吾今便有大难，决不留他。"即传令教应去之兵，当日便行。众军闻之，皆大呼曰："丞相如此施恩于众，我等愿且不回，各舍一命，大杀魏兵，以报丞相！"孔明曰："尔等该还家，岂可复留于此？"众军皆要出战，不愿回家。孔明曰："汝等既要与我出战，可出城安营，待魏兵到，莫待他息喘，便急攻之：此以逸待劳之法也。"众兵领命，各执兵器，欢喜出城，列阵而待。却说西凉人马倍道而来，走的人马困乏；方欲下营歇息，被蜀兵一拥而进，人人奋勇，将锐兵骁，雍、凉兵抵敌不住，望后便退。蜀兵奋力追杀，杀得那雍、凉兵尸横遍野，血流成渠。孔明出城，收聚得胜之兵，入城赏劳。

忽报永安李严有书告急。孔明大惊，拆封视之。书云："近闻东吴令人入洛阳，与魏连和；魏令吴取蜀，幸吴尚未起兵。今严探知消息，伏望丞相，早作良图。"孔明览毕，甚是惊疑，乃聚诸将曰："若东吴兴兵寇蜀，吾须索速回也。"即传令，教祁山大寨人马，且退回西川："司马懿知吾屯军在此，必不敢追赶。"于是王平、张嶷、吴班、吴懿，分兵两路，徐徐退入西川去了。

◎有激将法，还有激兵法。诸葛亮计绌力穷，也没有别的办法好想了。

◎诸葛亮一心北伐，哪里来得及把后院的篱笆墙扎紧，于是料想不到的纰漏，绝不应该出的差错，来临了。

◎司马懿自有主见，他才不在乎"畏蜀如虎"的讽刺。

张郃见蜀兵退去，恐有计策，不敢来追，乃引兵往见司马懿曰："今蜀兵退去，不知何意？"懿曰："孔明诡计极多，不可轻动。不如坚守，待他粮尽，自然退去。"大将魏平出曰："蜀兵拔祁山之营而退，正可乘势追之，都督按兵不动，畏蜀如虎，奈天下笑何？"懿坚执不从。

却说孔明知祁山兵已回，遂令杨仪、马忠入帐，授以密计，令先引一万弓弩手，去剑阁木门道，两下埋伏；若魏兵追到，听吾炮响，急滚下木石，先截其去路，两头一齐射之。二人引兵去了。又唤魏延、关兴引兵断后，城上四面遍插旌旗，城内乱堆柴草，虚放烟火。大兵尽望木门道而去。

魏营巡哨军来报司马懿曰："蜀兵大队已退，但不知城中还有多少兵。"懿自往视之，见城上插旗，城中烟起，笑曰："此乃空城也。"令人探之，果是空城，懿大喜曰："孔明已退，谁敢追之？"先锋张郃曰："吾愿往。"懿阻曰："公性急躁，不可去。"郃曰：

◎张郃英气，不减当年！

"都督出关之时，命吾为先锋；今日正是立功之际，却不用吾，何也？"懿曰："蜀兵退去，险阻处必有埋伏，须十分仔细，方可追之。"郃曰："吾已知得，不必挂虑。"懿曰："公自欲去，莫要追悔。"郃曰："大丈夫舍身报国，虽万死无恨。"懿曰："公既坚执要去，可引五千兵先行；却教魏平引二万马步兵后行，以防埋伏。吾却引三千兵随后策应。"

张郃领命，引兵火速望前追赶。行到三十馀里，忽然背后一声喊起，树林内闪出一彪军，为首大将，横刀勒马大叫曰："贼将引兵那里去！"郃回头视之，乃魏延也。郃大怒，回马交锋。不十合，延诈败而走。郃又追赶三十馀里，勒马回顾，全无伏兵，又策马前追。方转过山坡，忽喊声大起，一彪军闪出，为首大将，乃关兴也，横刀勒马大叫曰："张郃休赶！有吾在此！"郃就拍马交锋。不十合，兴拨马便走。郃随后追之。赶到一密林内，郃心疑，令人四下哨探，并无伏兵；于是放心又赶。不想魏延却抄在前面；郃又与战十馀合，延又败走。郃奋怒追来，又被关兴抄在前面，截住去路。郃大怒，拍马交锋，战有十合，蜀兵尽弃衣甲什物等件，塞满道路，魏军皆下马争取。延、兴二将，轮流交战，张郃奋勇追赶。看看天晚，赶到木门道口，魏延拨回马，高声大骂曰："张郃逆贼！吾不与汝相拒，汝只顾赶来，吾今与汝决一死战！"郃十分忿怒，挺枪骤马，直取魏延。延挥刀来迎。战不十合，延大败，尽弃衣甲、头盔，匹马引败兵望木门道中而走。张郃杀得性起，又见魏延大败而逃，乃骤马赶来。此时天色昏黑，一声炮响，山上火光冲天，大石乱柴滚将下来，阻截去路。郃大惊曰："我中计矣！"急回马时，背后已被木石塞满了归路，中间只有一段空地，两边皆是峭壁，郃进退无路。忽一声梆子响，两下万弩齐发，将张郃并百馀个部将，皆射死

◎东汉实行募兵制，兵农合一，战时为兵，闲时为农，兵随部署，家随兵迁。所以，兵士卤获战利品，甚至掳掠老百姓，不是什么违反纪律之事。

于木门道中。后人有诗曰：

> 伏弩齐飞万点星，木门道上射雄兵。
> 至今剑阁行人过，犹说军师旧日名。

却说张郃已死，随后魏兵追到，见塞了道路，已知张郃中计。众军勒回马急退。忽听得山头上大叫曰："诸葛丞相在此！"众军仰视，只见孔明立于火光之中，指众军而言曰："吾今日围猎，欲射一马，误中一獐。汝各人安心而去；上复仲达：早晚必为吾所擒矣。"魏兵回见司马懿，细告前事。懿悲伤不已，仰天叹曰："张隽乂身死，吾之过也！"乃收兵回洛阳。魏主闻张郃死，挥泪叹息，令人收其尸，厚葬之。

却说孔明入汉中，欲归成都见后主。都护李严妄奏后主曰："臣已办备军粮，行将运赴丞相军前，不知丞相何故忽然班师。"后主闻奏，即命尚书费祎入汉中见孔明，问班师之故。祎至汉中，宣后主之意。孔明大惊曰："李严发书告急，说东吴将兴兵寇川，因此回师。"费祎曰："李严奏称军粮已办，丞相无故回师，天子因此命某来问耳。"孔明大怒，令人访察：乃是李严因军粮不济，怕丞相见罪，故发书取回，却又妄奏天子，遮饰己过。孔明大怒曰："匹夫为一己之故，废国家大事！"令人召至，欲斩之。费祎劝曰："丞相念先帝托孤之意，姑且宽恕。"孔明从之。费祎

◎《三国演义》写张郃死前之战，与史实不符。其实这位沙场老兵，与关兴战，与魏延战，都发生战不数合即败，都发生"蜀兵尽弃衣甲什物等件，塞满道路"的状况，他竟无动与衷，杀得兴起，这就不是那个"以巧变为称"的张郃了。

◎轻狂了！

◎张郃之死，确系司马懿的责任，他会不知道"穷寇勿追"么？陈寿为晋臣，编撰《三国志》时，叙其史实，而略去论述。这种为文臣的苦衷，他不是第一个，当然也不会是最后一个。

即具表启奏后主。后主览表，勃然大怒，叱武士推李严出斩之。参军蒋琬出班奏曰："李严乃先帝托孤之臣，乞望恩宽恕。"后主从之，即谪为庶人，徙于梓潼郡闲住。

　　孔明回到成都，用李严子李丰为长史；积草屯粮，讲阵论武，整治军器，存恤将士：三年然后出征。两川人民军士，皆仰其恩德。光阴荏苒，不觉三年：时建兴十二年春二月。孔明入朝奏曰："臣今存恤军士，已经三年。粮草丰足，军器完备，人马雄壮，可以伐魏。今番若不扫清奸党，恢复中原，誓不见陛下也！"后主曰："方今已成鼎足之势，吴、魏不曾入寇，相父何不安享太平？"孔明曰："臣受先帝知遇之恩，梦寐之间，未尝不设伐魏之策。竭力尽忠，为陛下克复中原，重兴汉室：臣之愿也。"言未毕，班部中一人出曰："丞相不可兴兵。"众视之，乃谯周也。正是：

武侯尽瘁惟忧国，太史知机又论天。

未知谯周有何议论，且看下文分解。

◎阿斗当皇帝以后，独有这句话是最正确的，虽然他的出发点并不是正确的。

　　张郃先从韩馥，后事袁绍，终归曹操，身经百战，英勇无比。在西线，与夏侯渊、曹真、司马懿合作，身为副手，实为主攻，正是这样任劳任怨，越发令人觉得曹操"善将将"之厉害。一位降将，能为曹魏三代尽忠，用人能用到这等效力程度，真是难得。所以，张郃木门道之不幸殒命，只能到此止步为西线之星。再往前发展，强人司马懿的身影，是其难以逾越的。

司马懿乃强人，强人介意强人，即使是下属，与他差不多强的，也耿耿于怀，存有警惧之心，是一种本能反应，只是不面露狰狞罢了。更何况张郃资格比他老，打的仗不比他少，打的胜仗甚至比他多。长时间作为同事，履历上除了曾为降将外，各方面不比他差。而且此人有文化，好读书，喜音乐，上下左右一致看好，司马懿不愿张郃太过完美，喧宾夺主，太过强大，压倒自己，也是人性之常。他更担忧，他若再胜诸葛亮一次，随之而来的，曹叡当更加另眼垂青。以用兵谨慎出了名的司马懿，这一次强令张郃追击败军，张郃提出反建议，不听；而"矢中郃髀"，竟不治身死，这其中的哑谜，成为历史悬案，隐藏于时间黑洞里，遂不可知。张郃之死，一句话概括，司马懿其心可诛。

诸葛亮设计了剑阁木门道的埋伏，不是针对张郃，当然不是配合司马懿，而是司马懿知道他的对手，善埋伏，打追兵，是诸葛亮的强项，借他之手，替他收拾他的隐敌，不是没有可能。据正史，说他指挥失当，还不如说其心太黑更确切，虽然《三国演义》里他表态："张隽义之死，吾之过也。"但此说不为《三国志》所载，裴注引《魏略》也不见，应为后人对司马懿的美化，当系杜撰。

但以下这段史实，在正史上是找得到的。"亮军退，司马宣王使郃追之，郃曰：'军法围城必开出路，归军勿追。'宣王不听，郃不得已，遂进。蜀军乘高布伏，弓弩乱发，矢中郃髀。"著《三国志》者陈寿，为晋臣，哪敢对开国皇帝置一贬词，还要脑袋不要，故只记史实而由不加论断。《三国志》载："郃识变数，善处营陈，料战势地形，无不如计，自诸葛亮皆惮之。"其实，这个"皆"字，更包括司马懿。

第一百二回

司马懿占北原渭桥
诸葛亮造木牛流马

《资治通鉴》载："亮以前者数出，皆以运粮不继，使己志不伸，乃分兵屯田为久驻之计，耕者杂于渭滨居民之间，而百姓安堵，军无私焉。"

诸葛亮的北伐失败，除了国力凋弊、民心厌疲、文臣武将的不协调外，还有一个很重要的技术上的原因，就是军粮的运输问题。一般情况下，诸葛亮每出祁山，与魏军作战，依赖部队自带的给养，只能维持不到一个月左右。

因此，一是房掠敌方，充实自己。但从曹操攻袁绍开始，就以断人粮道为惯技，而且多次获胜。魏军在这方面，不会给蜀军以可乘之机的。二是征敛抢劫，夺民之食。这在当时，"至令草窃，市井而外，房掠田野，放兵捕索，如猎鸟兽"。《三国志·袁绍传》里的现象，也是当时正式军队的常态。其实，孔明下令陇上割麦的行为，与抢粮是没有什么区别的，也很不体面。三是寻物果腹，就地解决。《晋书·食货志》载："袁绍军人皆食椹枣，袁术战士取给赢蒲。"说明那时的部队给养极差。而秦岭太白、阳平祁山一带，贫瘠浇薄，无所资给，只有指望后方接应，木牛流马就是在这个基础上出现的。尽管如此宣传，实际也无济于事，才有实实在在的分兵屯田之说。

诸葛亮发明的这种运输工具，被演义小说给神化了。实际上是采用轮转装置，能够运动的车辆，代替人挑肩扛而已。诸葛亮的聪明才智无疑一流，但作为一军之帅，将主要精力花费在这种匠人的操作上，是很不值得的。

舍本逐末，智者不取。

却说谯周官居太史，颇明天文；见孔明又欲出师，乃奏后主曰："臣今职掌司天台，但有祸福，不可不奏：近有群鸟数万，自南飞来，投于汉水而死，此不祥之兆；臣又观天象，见奎星躔于太白之分，盛

◎从228年1月到234年2月，共六年时间，诸葛亮五次北伐，六出祁山，连年征战，劳师苦民。如果他能利用这一相对平静时机，休养生息，卫国强民，以西川之富，盆地之固，本可开拓出不同局面的。

◎既以为虚妄，又何必祭？似在抚定人心，其实更是自慰。数出祁山，未得寸土，还要一意孤行，恐怕连自己也无大信心了。

◎正是他内心恐惧担忧的表白。

气在北，不利伐魏；又成都人民，皆闻柏树夜哭：有此数般灾异，丞相只宜谨守，不可妄动。"孔明曰："吾受先帝托孤之重，当竭力讨贼，岂可以虚妄之灾氛，而废国家大事耶！"遂命有司设太牢祭于昭烈之庙，涕泣拜告曰："臣亮五出祁山，未得寸土，负罪非轻！今臣复统全师，再出祁山，誓竭力尽心，剿灭汉贼，恢复中原，鞠躬尽瘁，死而后已！"祭毕，拜辞后主，星夜至汉中，聚集诸将，商议出师。忽报关兴病亡。孔明放声大哭，昏倒于地，半晌方苏。众将再三劝解，孔明叹曰："可怜忠义之人，天不与以寿。我今番出师，又少一员大将也！"后人有诗叹曰：

> 生死人常理，蜉蝣一样空。
> 但存忠孝节，何必寿乔松。

孔明引蜀兵三十四万，分五路而进，令姜维、魏延为先锋，皆出祁山取齐；令李恢先运粮草于斜谷道口伺候。

却说魏国因旧岁有青龙自摩坡井内而出，改为青龙元年；此时乃青龙二年春二月也。近臣奏曰："边官飞报蜀兵三十馀万，分五路复出祁山。"魏主曹叡大惊，急召司马懿至，谓曰："蜀人三年不曾入寇；今诸葛亮又出祁山，如之奈何？"懿奏曰："臣夜观天象，见中原旺气正盛，奎星犯太白，不利于西川。今孔明自负才智，逆天而行，乃自取败亡也。臣托陛下洪福，当往破之。但愿保四人同去。"叡曰："卿保何人？"懿曰："夏侯渊有四子：长名霸，字仲权；次名威，字季权；三名惠，字稚权；四名和，字义权。霸、威二人，弓马熟娴；惠、和二人，谙知韬略：此四人常欲为父报仇。臣今保夏侯霸、夏侯威为左右先锋，夏侯惠、夏侯和为行军司马，共赞军机，以退蜀兵。"叡曰："向者夏侯楙驸马违误军机，失陷了许多人马，至今羞惭不回。今此四人，亦与楙同否？"懿曰："此四人非夏侯楙所可比也。"叡乃从其请，即命司马懿为大都督，凡将士悉听量才委用，各处兵马皆听调遣。

懿受命，辞朝出城。叡又以手诏赐懿曰："卿到渭滨，宜坚壁固守，勿与交锋。蜀兵不得志，必诈退诱敌，卿慎勿追。待彼粮尽，必将自走，然后乘虚攻之，则取胜不难，亦免军马疲劳之苦：计莫善于此也。"司马懿顿首受诏，即日到长安，聚集各处军马共四十万，皆来渭滨下寨；又拨五万军，于渭水上搭起九座浮桥，令先锋夏侯霸、夏侯威过渭水安营；又于大营之后东原，筑起一城，以防不虞。

懿正与众将商议间，忽报郭淮、孙礼来见。懿迎入，礼毕，淮曰："今蜀兵现在祁山，倘跨渭登原，接连北山，阻绝陇道，大可虑也。"懿曰："所言甚善。公可就总督陇西军马，据北原下寨，深沟高垒，按兵休动；只待彼兵粮尽，方可攻之。"郭淮、孙礼领命，引兵下寨去了。

◎这当然是司马懿的手笔，以皇帝的名义，来推行他的固守政策。由于军粮不继，诸葛亮只能急攻，而急攻不下，则必退，而退，正是司马懿以逸待劳的反攻之机。

◎在冷兵器时代，国力主要体现在人口上。当时，魏、蜀、吴三国，在农耕社会的生产价值上，其粮食产量，魏占地最广，关中地区，华北平原，乃国之粮仓，自然，收获最多；吴据长江下游，得鱼水之利，次之；蜀之盆地，虽为富饶之乡，由于地狭人稀，则更次之。有一组数字，"三国时期蜀国人口最少，只有94万人，吴国稍胜，有230万人，魏国最多，约为443万人。"这就是说，吴、蜀相加，还少于魏将近百万。如此，蜀国的兵力资源，承受不了与魏国的从228年到234年长达6年的战役性战争。蜀是进攻方，魏是防守方，进攻方的消耗要大于防守方一倍以上，这也是一个很无情，必须要大出血的付出。史书载蜀国人口，221年，20万户人家，合计90万人口。263年，28万户人家，合计94万人口，士兵10万人，官吏4万人。蜀立国42年，便可了解诸葛亮的北伐，所付代价之高。

◎"畏蜀如虎"的司马懿，其实不弱，这一仗浮桥战竟把诸葛亮打得"心中忧闷"。损失万馀人，在冷兵器战争时期，也是骇人数字，更何况由此衍生出来孤儿寡母一系列社会问题呢，这都是当家人诸葛亮不得不考虑的。

却说孔明复出祁山，下五个大寨，按左、右、中、前、后；自斜谷直至剑阁，一连又下十四个大寨，分屯军马，以为久计。每日令人巡哨。忽报郭淮、孙礼领陇西之兵，于北原下寨。孔明谓诸将曰："魏兵于北原安营者，惧吾取此路，阻绝陇道也。吾今虚攻北原，却暗取渭滨。令人扎木筏百馀只，上载草把，选惯熟水手五千人驾之。我黄夜只攻北原，司马懿必引兵来救。彼若少败，我把后军先渡过岸去，然后把前军下于筏中。休要上岸，顺水取浮桥放火烧断，以攻其后。吾自引一军去取前营之门。若得渭水之南，则进兵不难矣。"诸将遵令而行。

早有巡哨军飞报司马懿。懿唤诸将议曰："孔明如此设施，其中有计：彼以取北原为名，顺水来烧浮桥，乱吾后，却攻吾前也。"即传令与夏侯霸、夏侯威曰："若听得北原发喊，便提兵于渭水南山之中，待蜀兵至击之。"又令张虎、乐綝，引二千弓弩手伏于渭水浮桥北岸："若蜀兵乘木筏顺水而来，可一齐射之，休令近桥。"又传令郭淮、孙礼曰："孔明来北原暗渡渭水，汝新立之营，人马不多，可尽伏于半路。若蜀兵于午后渡水，黄昏时分，必来攻汝。汝诈败而走，蜀兵必追。汝等皆以弓弩射之。吾水陆并进。若蜀兵大至，只看吾指挥而击之。"各处下令已毕，又令二子司马师、司马昭，引兵救应前营。懿自引一军救北原。

却说孔明令魏延、马岱引兵渡渭水攻北原；令吴班、吴懿引木筏兵去烧浮桥；令王平、张嶷为前队，姜维、马忠为中队，廖化、张翼为后队：兵分三路，去攻渭水旱营。是日午时，人马离大寨，尽渡渭水，列成阵势，缓缓而行。却说魏延、马岱将近北原，天色已昏。孙礼哨见，便弃营而走。魏延知有准备，急退军时，四下喊声大震：左有司马懿，右有郭淮，两路兵杀来。魏延、马岱奋力杀出，蜀兵多半落于水中，馀众奔逃无路。幸得吴懿兵杀来，救了败兵过岸拒住。吴班分一半兵撑筏顺水来烧浮桥，却被张虎、乐綝在岸上乱箭射住。吴班中箭，落水而死。馀军跳水逃命，木筏尽被魏兵夺去。此时王平、张嶷，不知北原兵败，直奔到魏营，已有二更天气，只听得喊声四起。王平谓张嶷曰："军马攻打北原，未知胜负。渭南之寨，现在面前，如何不见一个魏兵？莫非司马懿知道了，先作准备也？我等且看浮桥火起，方可进兵。"二人勒住军马，忽背后一骑马来报，说："丞相教军马急回。北原兵、浮桥兵，俱失了。"王平、张嶷大惊，急退军时，却被魏兵抄在背后，一声炮响，一齐杀来，火光冲天。王平、张嶷引兵相迎，两军混战一场。平、嶷二人奋力杀出，蜀兵折伤大半。孔明回到祁山大寨，收聚败兵，约折了万馀人，心中忧闷。

忽报费祎自成都来见丞相。孔明请入。费祎礼毕，孔明曰："吾有一书，正欲烦公去东吴投递，不知肯去否？"祎曰："丞相之命，岂敢推辞？"孔明即修书付费祎去了。祎持书径到建业，入见吴主孙

◎司马懿作战，称得上静若处子，动如狡兔，是一位强将。诸葛亮的北伐梦，所以难圆，这个对手也是他的莫大障碍。

权，呈上孔明之书。权拆视之，书略曰：

> 汉室不幸，王纲失纪，曹贼篡逆，蔓延及今。亮受昭烈皇帝寄托之重，敢不竭力尽忠：今大兵已会于祁山，狂寇将亡于渭水。伏望陛下念同盟之义，命将北征，共取中原，同分天下。书不尽言，万希圣听！

◎若不是兵败，恐怕想不起来还有同盟国的存在。打昏了头，常有只顾眼前而置全局于不顾的贻误。

权览毕，大喜，乃谓费祎曰："朕久欲兴兵，未得会合孔明。今既有书到，即日朕自亲征，入居巢门，取魏新城；再令陆逊、诸葛瑾等屯兵于江夏、沔口取襄阳；孙韶、张承等出兵广陵取淮阳等处：三处一齐进军，共三十万，克日兴师。"费祎拜谢曰："诚如此，则中原不日自破矣！"权设宴款待费祎。饮宴间，权问曰："丞相军前，用谁当先破敌？"祎曰："魏延为首。"权笑曰："此人勇有馀，而心不正。若一朝无孔明，彼必为祸。孔明岂未知耶？"祎曰："陛下之言极当！臣今归去，即当以此言告孔明。"遂拜辞孙权，回到祁山，见了孔明，具言吴主起大兵三十万，御驾亲征，兵分三路而进。孔明又问曰："吴主别有所言否？"费祎将论魏延之语告之。孔明叹曰："真聪明之主也！吾非不知此人。为惜其勇，故用之耳。"祎曰："丞相早宜区处。"孔明曰："吾自有法。"祎辞别孔明，自回成都。

◎这话出自一国之君，实在是荒谬和不得体的，倘非孙权施行离间之计，便是费祎假借孙权名义，造出这番舆论，对本来就不满魏延的诸葛亮加影响。因为很显然，当时，魏延是最具实力的抢班夺权的竞争者。

孔明正与诸将商议征进，忽报有魏将来投降。孔明唤入问之，答曰："某乃魏国偏将军郑文也。近与秦朗同领人马，听司马懿调用，不料懿徇私偏向，加秦朗为前将军，而视文如草芥，因此不平，特来投降丞相。愿赐收录。"言未已，人报秦朗引兵在寨外，单搦郑文交战。孔明曰："此人武艺比汝若何？"郑文曰："某当立斩之。"孔明曰："汝若先杀秦朗，吾方不疑。"郑文欣然上马出营，与秦朗交锋。孔明亲自出营视之。只见秦朗挺枪大骂曰："反贼盗我战马来此，可早早还我！"言讫，直取郑文。文拍马舞刀相迎，只一合，斩秦朗于马下。魏军各自逃走。郑文提首级入营。孔明回到帐中坐定，唤郑文至，勃然大怒，叱左右："推出斩之！"郑文曰："小将无罪！"孔明曰："吾向识秦朗；汝今斩者，并非秦朗。安敢欺我！"文拜告曰："此实秦朗之弟秦明也。"孔明笑曰："司马懿令汝来诈降，于中取事，却如何瞒得我过！若不实说，必然斩汝！"郑文只得诉告其实是诈降，泣求免死。孔明曰："汝既求生，可修书一封，教司马懿自来劫营，吾便饶汝性命。若捉住司马懿，便是汝之功，还当重用。"郑文只得写了一书，呈与孔明。孔明令将郑文监下。樊建问曰："丞相何以知此人诈降？"孔明曰："司马懿不轻用人。若加秦朗为前将军，必武艺高强；今与郑文交马只一合，便为文所杀，必不是秦朗也。以故知其诈。"众皆拜服。

孔明选一舌辩军士，附耳分付如此如此。军士领

◎司马懿用诈降来骗诸葛亮，而诸葛亮又以假信反骗司马懿，都系不明章法的小说家言。这些小手段，对这样两位大手笔来讲，几同儿戏，谁也骗不了谁的。

◎除了两通《出师表》，对刘禅进行预防式教育外，《三国志》也好，《三国演义》也好，再无一处提及他对阿斗，有什么关心。看来，刘备托孤，诸葛亮作为"相父"，"相"是做到了，"父"却没有做到。所以，后主一直在小人包围之中，每况愈下。诸葛亮每次出征以后，都居汉中，不在成都，阿斗根本得不到他言传身教式的教育。他自己的儿子诸葛瞻也同样，虽然，他给诸葛瑾写信说："瞻今已八岁，聪慧可爱，嫌其早成，恐不为重器耳。"不幸而言中，后来成为后主的驸马，真的不很成器。名人之后，通常都是一代不如一代的。

命，持书径来魏寨，求见司马懿。懿唤入，拆书看毕，问曰："汝何人也？"答曰："某乃中原人，流落蜀中：郑文与某同乡。今孔明因郑文有功，用为先锋。郑文特托某来献书，约于明日晚间，举火为号，望乞都督尽提大军前来劫寨，郑文在内为应。"司马懿反覆诘问，又将来书仔细检看，果然是实；即赐军士酒食，分付曰："本日二更为期，我自来劫寨。大事若成，必重用汝。"军士拜别，回到本寨告知孔明。孔明仗剑步罡，祷祝已毕，唤王平、张嶷分付如此如此；又唤马忠、马岱分付如此如此；又唤魏延分付如此如此。孔明自引数十人，坐于高山之上，指挥众军。

却说司马懿见了郑文之书，便欲引二子提大兵来劫蜀寨。长子司马师谏曰："父亲何故据片纸而亲入重地？倘有疏虞，如之奈何？不如令别将先去，父亲为后应可也。"懿从之，遂令秦朗引一万兵，去劫蜀寨，懿自引兵接应。是夜初更，风清月朗；将及二更时分，忽然阴云四合，黑气漫空，对面不见。懿大喜曰："天使我成功也！"于是人尽衔枚，马皆勒口，长驱大进。秦朗当先，引一万兵直杀入蜀寨中，并不见一人。朗知中计，忙叫退兵。四下火把齐明，喊声震地：左有王平、张嶷，右有马岱、马忠，两路兵杀来。秦朗死战，不能得出。背后司马懿见蜀寨火光冲天，喊声不绝，又不知魏兵胜负，只顾催兵接应，望火光中杀来。忽然一声喊起，鼓角喧天，火炮震地：左有魏延，右有姜维，两路杀出。魏兵大败，十伤八九，四散逃奔。此时秦朗所引一万兵，都被蜀兵围住，箭如飞蝗。秦朗死于乱军之中。司马懿引败兵奔入本寨。

三更以后，天复清朗。孔明在山头上鸣金收军。原来二更时阴云暗黑，乃孔明用遁甲之法；后收兵已了，天复清朗，乃孔明驱六丁六甲扫荡浮云也。

当下孔明得胜回寨，命将郑文斩了，再议取渭南之策。每日令兵搦战，魏军只不出迎。孔明自乘小车，来祁山前、渭水东西，踏看地理。忽到一谷口，见其形如葫芦之状，内中可容千馀人；两山又合一谷，可容四五百人；背后两山环抱，只可通一人一骑。孔明看了，心中大喜，问向导官曰："此处是何地名？"答曰："此名上方谷，又号葫芦谷。"孔明回到帐中，唤裨将杜睿、胡忠二人，附耳授以密计。令唤集随军匠作一千馀人，入葫芦谷中，制造木牛流马应用；又令马岱领五百兵守住谷口。孔明嘱马岱曰："匠作人等，不许放出；外人不许放入。吾还不时自来点视。捉司马懿之计，只在此举。切不可走漏消息。"马岱受命而去。杜睿等二人在谷中监督匠作，依法制造。孔明每日往来指示。

忽一日，长史杨仪入告曰："即今粮米皆在剑阁，人夫牛马，搬运不便，如之奈何？"孔明笑曰："吾已运谋多时也。前者所积木料，并西川收买下的大木，教人制造木牛流马，搬运粮米，甚是便利。牛马皆不水食，可以昼夜转运不绝也。"众皆惊曰："自古

◎这里是诸葛亮的秘密基地，不但要造木牛流马，将来还有派大用场的。

及今，未闻有木牛流马之事。不知丞相有何妙法，造此奇物？"孔明曰："吾已令人依法制造，尚未完备。吾今先将造木牛流马之法，尺寸方圆，长短阔狭，开写明白，汝等视之。"众大喜。孔明即手书一纸，付众观看。众将环绕而视。造木牛之法云：

　　方腹曲头，一脚四足；头入领中，舌着于腹。载多而行少：独行者数十里，群行者二十里。曲者为牛头，双者为牛脚，横者为牛领，转者为牛足，覆者为牛背，方者为牛腹，垂者为牛舌，曲者为牛肋，刻者为牛齿，立者为牛角，细者为牛鞅，摄者为牛鞦轴。牛仰双辕，人行六尺，牛行四步。每牛载十人所食一月之粮，人不大劳，牛不饮食。

造流马之法云：

　　肋长三尺五寸，广三寸，厚二寸二分：左右同。前轴孔分墨去头四寸，径中二寸。前脚孔分墨二寸，去前轴孔四寸五分，广一寸。前杠孔去前脚孔分墨二寸七分，孔长二寸，广一寸。后轴孔去前杠分墨一尺五分，大小与前同。后脚孔分墨去后轴孔三寸五分，大小与前同。后杠孔去后脚孔分墨二寸七分，后载克去后杠孔分墨四

◎比之人挑肩扛，这种木结构有转动轮的车辆，可能具有载重多，省力气的优点，再加之文学夸张，就活灵活现了。

寸五分。前杠长一尺八寸，广二寸，厚一寸五分。
后杠与等。板方囊二枚，厚八分，长二尺七寸，
高一尺六寸五分，广一尺六寸：每枚受米二斛三
斗。从上杠孔去肋下七寸：前后同。上杠孔去下
杠孔分墨一尺三寸，孔长一寸五分，广七分：八
孔同。前后四脚广二寸，厚一寸五分。形制如象，
靬长四寸，径面四寸三分。孔径中三脚杠，长
二尺一寸，广一寸五分，厚一寸四分，同杠耳。

众将看了一遍，皆拜伏曰："丞相真神人也！"
　　过了数日，木牛流马皆造完备，宛然如活者一般；
上山下岭，各尽其便。众军见之，无不欣喜。孔明令
右将军高翔，引一千兵驾着木牛流马，自剑阁直抵祁
山大寨，往来搬运粮草，供给蜀兵之用。后人有诗赞曰：

剑关险峻驱流马，斜谷崎岖驾木牛。
后世若能行此法，输将安得使人愁？

　　却说司马懿正忧闷间，忽哨马报说："蜀兵用木
牛流马转运粮草。人不大劳，牛马不食。"懿大惊曰：
"吾所以坚守不出者，为彼粮草不能接济，欲待其自
毙耳。今用此法，必为久远之计，不思退矣。如之
奈何？"急唤张虎、乐𬘭二人分付曰："汝二人各引
五百军，从斜谷小路抄出；待蜀兵驱过木牛流马，任

◎甚至姜维，后来也不再使用木牛
流马，若果如此诗所赞，他也不会
步诸葛亮后尘，仍因军粮不继而多
次退兵了。

他过尽，一齐杀出；不可多抢，只抢三五匹便回。"

二人依令，各引五百军，扮作蜀兵，夜间偷过小路，伏在谷中，果见高翔引兵驱木牛流马而来。将次过尽，两边一齐鼓噪杀出。蜀兵措手不及，弃下数匹，张虎、乐綝欢喜，驱回本寨。司马懿看了，果然进退如活的一般，乃大喜曰："汝会用此法，难道我不会用！"便令巧匠百馀人，当面拆开，分付依其尺寸长短厚薄之法，一样制造木牛流马。不消半月，造成二千馀只，与孔明所造者一般法则，亦能奔走。遂令镇远将军岑威，引一千军驱驾木牛流马，去陇西搬运粮草，往来不绝。魏营军将，无不欢喜。

却说高翔回见孔明，说魏兵抢夺木牛流马各五六匹去了。孔明笑曰："吾正要他抢去。我只费了几匹木牛流马，却不久便得军中许多资助也。"诸将问曰："丞相何以知之？"孔明曰："司马懿见了木牛流马，必然仿我法度，一样制造。那时我又有计策。"

数日后，人报魏兵也会造木牛流马，往陇西搬运粮草。孔明大喜曰："不出吾之算也。"便唤王平分付曰："汝引一千兵，扮作魏人，星夜偷过北原，只说是巡粮军，径到运粮之所，将护粮之人尽皆杀散；却驱木牛流马而回，径奔过北原来：此处必有魏兵追赶，汝便将木牛流马口内舌头扭转，牛马就不能行动，汝等竟弃之而走，背后魏兵赶到，牵拽不动，扛抬不去。吾再有兵到，汝却回身再将牛马舌扭过来，长驱大行。魏兵必疑为怪也！"王平受计引兵而去。

　　孔明又唤张嶷分付曰："汝引五百军，都扮作六丁六甲神兵，鬼头兽身，用五彩涂面，妆作种种怪异之状；一手执绣旗，一手仗宝剑；身挂葫芦，内藏烟火之物，伏于山傍。待木牛流马到时，放起烟火，一齐拥出，驱牛马而行。魏人见之，必疑是神鬼，不敢来追赶。"张嶷受计引兵而去。孔明又唤魏延、姜维分付曰："汝二人同引一万兵，去北原寨口接应木牛流马，以防交战。"又唤廖化、张翼分付曰："汝二人引五千兵，去断司马懿来路。"又唤马忠、马岱分付曰："汝二人引二千兵去渭南搦战。"六人各各遵令而去。

　　且说魏将岑威引军驱木牛流马，装载粮米，正行之间，忽报前面有兵巡粮。岑威令人哨探，果是魏兵，遂放心前进。两军合在一处。忽然喊声大震，蜀兵就本队里杀起，大呼："蜀中大将王平在此！"魏兵措手不及，被蜀兵杀死大半。岑威引败兵抵敌，被王平一刀斩了，馀皆溃散。王平引兵尽驱木牛流马而回。败兵飞奔报入北原寨内。郭淮闻军粮被劫，疾忙引军来救。王平令兵扭转木牛流马舌头，皆弃于道上，且战且走。郭淮教且莫追，只驱回木牛流马。众军一齐驱赶，却那里驱得动？郭淮心中疑惑，正无奈何，忽鼓角喧天，喊声四起，两路兵杀来，乃魏延、姜维也。王平复引兵杀回。三路夹攻，郭淮大败而走。王平令军士将牛马舌头，重复扭转，

◎人类的幻想世界，总是无比丰富的。

◎所有这些人工技能的木牛流马，也只是历史上闪烁的短暂光华。渭桥之败，是诸葛亮的一生转折点，从此，一步步朝死亡走去。清人王鸣盛在《十七史商榷》感慨："孔明年止五十有四，马超四十七，庞统三十六，法正四十五，黄忠传称其勇冠三军，而名望不高，则年亦未必老，乃先主为汉中王之明年即卒，赵云卒于建兴七年，恐亦不过五十，惟空虚无实的许靖，年乃过七十耳。天欲废汉，人不能兴矣！"气势不属于你，连老天也不帮忙，不假以永年，也真是无可奈何的事情。果然，天欲废汉，人不能兴矣！

驱赶而行。郭淮望见，方欲回兵再追，只见山后烟云突起，一队神兵拥出，一个个手执旗剑，怪异之状，驱驾木牛流马如蜂拥而去。郭淮大惊曰："此必神助也！"众军见了，无不惊畏，不敢追赶。

却说司马懿闻北原兵败，急自引军来救。方到半路，忽一声炮响，两路兵自险峻处杀出，喊声震地。旗上大书汉将张翼、廖化。司马懿见了大惊。魏军着慌，各自逃窜。正是：

　　　路逢神将粮遭劫，身遇奇兵命又危。

未知司马懿怎地抵敌，且看下文分解。

　　屯垦，是历来解决边境安全、地区和平的良策，也是得以自食其力、巩固边防的最好方案。司马光在吕思勉之前，就看到蜀未必败，魏未必胜的一线曙光。诸葛亮的五次北伐，虽然败多胜少，但对司马懿来说，碰上这样强硬的对手，也只能做到自守而已。魏吞吃不了蜀，蜀却能蚕食魏。不过，诸葛亮吃够了粮食不继、转运艰难之苦头，第五次北伐，实施军垦屯田政策，兵农丁壮，逼近渭水。

　　杜甫写武侯祠诗，"出师未捷身先死"，在诗人的心目中，如果"捷"的话，应该是什么样子？一是大捷，实现三国统一，这是不可能的。二是中捷，魏因内乱而败于蜀，其可能性为零。那么，第三，唯一有可能达到的"小捷"，诸葛亮不再北出祁山，耗费国力，而是小打小闹，逐渐蚕食陇甘，徐图凉州，获得相同于益州面积的江山，那就是相当不错的"小捷"。如果，诸葛亮不死，不是绝无可能达到这个目标的。那他就实现了他的自我期许，为汉室得以不灭的尚父，为蜀汉得以扩张的管、乐。但先决条件，一是要管好阿斗，使其作死速度要远远低于曹叡；二是益州本土反对派，其可能形成的反叛力量，要大大低于三马同食一槽的成势，酿成内乱；三是总想进攻长安的如魏延之流，不能成为离心势力，而曹魏精锐部队被吴国牵制在东线，不能西来；四是广开才路，提拔新人，委以要职，破格任用；五是小打小闹可以，决不大动干戈，保住元气，养精蓄锐，那时间就自然站在诸葛亮一边。

　　如果不是诸葛亮病重逝于五丈原的话，未来的形势，恐怕未必如司马懿所想象的那样乐观：西蜀只有一种结局，那就是坐以待毙。这前提是诸葛亮只能自卫，不能进攻，兵农合一，屯垦立国。可忙于制造木牛流马、舍本逐末的诸葛亮，是想不到这些的。一个聪明理智的人，若是脑子进水，执迷不悟，不但害自己，还要害别人的。

第一百三回

上方谷司马受困
五丈原诸葛禳星

　　司马懿宁受孔明妇人素衣之辱，佯笑受之，无论怎样挑战，也不应战，可知斯人之城府实在深不可测。其实诸葛亮，一军之首，你不就是想激其应战，那何不反宣传，回汉中养病，渲染其事。当然司马懿未必上钩，但智者千虑，必有一失，那就实现你与司马懿的一战。而一军之首的诸葛亮，却自作多情地哀声叹气，"彼深知我也！"这不正中司马懿的下怀吗？其实，诸葛亮口中的"知"，既非将遇良相的"知"，更非知心察肺的"知"，而是对其生死大限，一目了然的"知"，这太可怕。司马懿不惮一兵一卒，就可以得到他最盼望的结局。这笔账很好算，诸葛亮一死，则兵败；而兵败，则蜀亡。虽然，谁也逃脱不了死神的魔掌，但诸葛亮却在加速推进自己的这个死亡进度，正是司马懿求之不得的。而诸葛亮之死，是一个敌国的死，这种坐享其成的结果，正是他梦寐以求的。

　　于是，司马懿敢说大话了："亮志大则不见机，多谋而少决，好兵而无权（变），虽提兵百万，已堕我画中，破之必矣！"他在军事上其实是逊色于诸葛亮的，现在对手可以不战而亡，当然要踌躇满志放出豪言了。

　　当使者回蜀营后，向诸葛亮汇报此行情况时，提到司马懿讲过的话，"食少事烦，其能久乎？"竟然于自怜自惜中，被司马懿的心理战击中，他不能不感慨系之了。因为在一双盼着你死，可你又没法不死的眼睛下，在倒数计时度过生命的最后日子，那种内心悲痛，是不言而喻的。如果没有司马懿的这番话，诸葛亮也许能再坚持一些时日，如果诸葛亮还有最后的清醒，放下"惟恐他人不似我尽心也"的担子，不上他的当，不中他的计，收兵止战，缩短战线，减轻负担，加强治疗，未尽会死。

　　凡掌权者，事必躬亲，绝不会是一个成功的领导者。

　　却说司马懿被张翼、廖化一阵杀败，匹马单枪，望密林间而走。张翼收住后军，廖化当先追赶。看看赶上，懿着慌，绕树而转。化一刀砍去，正砍在树上；

◎东吴在诸葛亮前几次北伐时，都持观望态度，或虚晃一招的手法，这一次，认真出兵，也是因为知道蜀已相当削弱，再经不起败了。否则，唇亡齿寒，吴国也就危险了。

◎诸葛瑾哪是带兵的人，一支曾以火烧赤壁，杀退八十三万人马，而名声大振的东吴雄师，二十年后，却被当年烧得焦头烂额的败军，反过来一把火烧得诸葛瑾晕头转向。历史总是以同样的方式，来教训那些记性不大、忘性不小的人。

及拔出刀时，懿已走出林外。廖化随后赶出，却不知去向，但见树林之东，落下金盔一个。廖化取盔捎在马上，一直望东追赶。原来司马懿把金盔弃于林东，却反向西走去了。廖化追了一程，不见踪迹，奔出谷口，遇见姜维，同回寨见孔明。张嶷早驱木牛流马到寨，交割已毕，获粮万馀石。廖化献上金盔，录为头功。魏延心中不悦，口出怨言。孔明只做不知。

且说司马懿逃回寨中，心甚恼闷。忽使命赍诏至，言东吴三路入寇，朝廷正议命将抵敌，令懿等坚守勿战。懿受命已毕，深沟高垒，坚守不出。

却说曹叡闻孙权分兵三路而来，亦起兵三路迎之：令刘劭引兵救江夏，田豫引兵救襄阳，叡自与满宠率大军救合淝。满宠先引一军至巢湖口，望见东岸战船无数，旌旗整肃。宠入军中奏魏主曰："吴人必轻我远来，未曾提备；今夜可乘虚劫其水寨，必得全胜。"魏主曰："汝言正合朕意。"即令骁将张球领五千兵，各带火具，从湖口攻之；满宠引兵五千，从东岸攻之。是夜二更时分，张球、满宠各引军悄悄望湖口进发；将近水寨，一齐呐喊杀入。吴兵慌乱，不战而走；被魏军四下举火，烧毁战船、粮草、器具不计其数。诸葛瑾率败兵逃走沔口。魏兵大胜而回。

次日，哨军报知陆逊。逊集诸将议曰："吾当作表申奏主上，请撤新城之围，以兵断魏军归路，吾率众攻其前：彼首尾不敌，一鼓可破也。"众服其言。陆逊即具表，遣一小校密地赍往新城。小校领命，赍着表文，行至渡口，不期被魏军伏路的捉住，解赴军中见魏主曹叡。叡搜出陆逊表文，览毕，叹曰："东吴陆逊真妙算也！"遂命将吴卒监下，令刘劭谨防孙权后兵。

却说诸葛瑾大败一阵，又值暑天，人马多生疾病；乃修书一封，令人转达陆逊，议欲撤兵还国。逊看书毕，谓来人曰："拜上将军：吾自有主意。"使者回报诸葛瑾。瑾问："陆将军作何举动？"使者曰："但见陆将军催督众人于营外种豆菽，自与诸将在辕门射戏。"瑾大惊，亲自往陆逊营中，与逊相见，问曰："今曹叡亲来，兵势甚盛，都督何以御之？"逊曰："吾前遣人奉表于主上，不料为敌人所获。机谋既泄，彼必知备；与战无益，不如且退。已差人奉表约主上缓缓退兵矣。"瑾曰："都督既有此意，即宜速退，何又迟延？"逊曰："吾军欲退，当徐徐而动。今若便退，魏人必乘势追赶：此取败之道也。足下宜先督船只诈为拒敌之意，吾悉以人马向襄阳而进，为疑敌之计，然后徐徐退归江东，魏兵自不敢近耳。"瑾依其计，辞逊归本营，整顿船只，预备起行。陆逊整肃部伍，张扬声势，望襄阳进发。

早有细作报知魏主，说吴兵已动，须用提防。魏将闻之，皆要出战。魏主素知陆逊之才，谕众将曰："陆逊有谋，莫非用诱敌之计？不可轻进。"众将乃止。数日后，哨卒报来："东吴三路兵马皆退矣。"魏主未信，再令人探之，回报果然尽退。魏主曰："陆

◎东吴本意牵制，减轻西蜀压力，并不想与魏大战的。目的达到，自然休兵。而魏此时，意在西陲，重点防蜀，当然也不打算和东吴决一雌雄。于是，双方心照不宣，各自回营，继续相安无事。国与国的关系，与人与人的交往，无大差异，都存有自己的利害考虑的。

◎刘备称帝蜀汉，除了关、张、孔明，更有荆州士族、益州土著、东州集团、西凉夷狄四大帮派的支持。魏延这个人却跟任何一帮的关系都不熟络，跟文臣生分一些，那还罢了，跟马超、赵云、黄忠等武将的相处，也并不融洽。除了杨戏稍微夸赞了魏延几句，说他'临难受命，折冲外御，镇保国境'，其馀文武，似乎对于魏延这个人，都视为异类。这一切，应该都跟他特立独行、不善权谋、刚烈耿介的性格不无关系。人就怕死心眼、实心眼，前者不知转寰，后者不知圆通，魏延自以为老子天下第一，不败何待？

逊用兵，不亚孙、吴。东南未可平也。"因敕诸将，各守险要，自引大军屯合淝，以伺其变。

却说孔明在祁山，欲为久驻之计，乃令蜀兵与魏民相杂种田：军一分，民二分，并不侵犯，魏民皆安心乐业。司马师入告其父曰："蜀兵劫去我许多粮米，今又令蜀兵与我民相杂屯田于渭滨，以为久计：似此真为国家大患。父亲何不与孔明约期大战一场，以决雌雄？"懿曰："吾奉旨坚守，不可轻动。"正议间，忽报魏延将着元帅前日所失金盔，前来骂战。众将忿怒，俱欲出城。懿笑曰："圣人云：小不忍则乱大谋。但坚守为上。"诸将依令不出。魏延辱骂良久方回。孔明见司马懿不肯出战，乃密令马岱造成木栅，营中掘下深堑，多积干柴引火之物；周围山上，多用柴草虚搭窝铺，内外皆伏地雷。置备停当，孔明附耳嘱之曰："可将葫芦谷后路塞断，暗伏兵于谷中。若司马懿追到，任他入谷，便将地雷干柴一齐放起火来。"又令军士昼举七星号带于谷口，夜设七盏明灯于山上，以为暗号。马岱受计引兵而去。孔明又唤魏延分付曰："汝可引五百兵去魏寨讨战，务要诱司马懿出战。不可取胜，只可诈败。懿必追赶，汝却望七星旗处而入；若是夜间，则望七盏灯处而走。只要引得司马懿入葫芦谷内，吾自有擒之之计。"魏延受计，引兵而去。孔明又唤高翔分付曰："汝将木牛流马或二三十为一群，或四五十为一群，各装米粮，于山路往来行走。如魏兵抢去，便是汝之功。"高翔领计，驱驾木牛流马去了。孔明将祁山兵一一调去，只推屯田；分付："如别兵来战，只许诈败；若司马懿自来，方并力只攻渭南，断其归路。"孔明分拨已毕，自引一军近上方谷下营。

　　且说夏侯惠、夏侯和二人入寨告司马懿曰："今蜀兵四散结营，各处屯田，以为久计；若不趁此时除之，纵令安居日久，深根固蒂，难以摇动。"懿曰："此必又是孔明之计。"二人曰："都督若如此疑虑，寇敌何时得灭？我兄弟二人，当奋力决一死战，以报国恩。"懿曰："既如此，汝二人可分头出战。"遂令夏侯惠、夏侯和各引五千兵去讫。懿坐待回音。

　　却说夏侯惠、夏侯和二人分兵两路，正行之间，忽见蜀兵驱木牛流马而来。二人一齐杀将过去，蜀兵大败奔走，木牛流马尽被魏兵抢获，解送司马懿营中。次日又劫掳得人马百馀。亦解赴大寨。懿将解到蜀兵，诘审虚实。蜀兵告曰："孔明只料都督坚守不出，尽命我等四散屯田，以为久计。不想却被擒获。"懿即将蜀兵尽皆放回。夏侯和曰："何不杀之？"懿曰："量此小卒，杀之无益。放归本寨，令说魏将宽厚仁慈，释彼战心：此吕蒙取荆州之计也。"遂传令今后凡有擒到蜀兵，俱当善遣之。仍重赏有功将吏。诸将皆听令而去。

　　却说孔明令高翔佯作运粮，驱驾木牛流马，往来于上方谷内；夏侯惠等，不时截杀，半月之间，连胜数阵。司马懿见蜀兵屡败，心中欢喜。一日，又擒到

◎据《太平御览》引《语林》：诸葛武侯与司马宣王在渭滨，将战，宣王戎服莅事，使人视武侯，素舆葛巾，持白扇指麾，三军皆随其进止。宣王闻而叹曰："可谓名士。"司马懿以"名士"视诸葛亮，可见他的内心里，对其对手心诚悦服的程度。名门出身的司马懿早年清高，也是想做名士的，拒就曹职，后被曹操恫吓，才当曹操的官。

◎又干这种绝其粮道的老勾当，司马懿也不想想，诸葛亮六出祁山的成败，与粮草关系匪浅，这样一个审慎的人，会让你捞个便宜？

蜀兵数十人。懿唤至帐下问曰："孔明今在何处？"众告曰："诸葛丞相不在祁山，在上方谷西十里下营安住。今每日运粮屯于上方谷。"懿备细问了，即将众人放去；乃唤诸将分付曰："孔明今不在祁山，在上方谷安营。汝等于明日，可一齐并力攻取祁山大寨。吾自引兵来接应。"众将领命，各各准备出战。司马师曰："父亲何故反欲攻其后？"懿曰："祁山乃蜀人之根本，若见我兵攻之，各营必尽来救；我却取上方谷烧其粮草，使彼首尾不接：必大败也。"司马师拜服。懿即发兵起行，令张虎、乐綝各引五千兵，在后救应。

且说孔明正在山上，望见魏兵或三五千一行，或一二千一行，队伍纷纷，前后顾盼，料必来取祁山大寨，乃密传令众将："若司马懿自来，汝等便往劫魏寨，夺了渭南。"众将各各听令。

却说魏兵皆奔祁山寨来，蜀兵四下一齐呐喊奔走，虚作救应之势。司马懿见蜀兵都去救祁山寨，便引二子并中军护卫人马，杀奔上方谷来。魏延在谷口，只盼司马懿到来；忽见一枝魏兵杀到，延纵马向前视之，正是司马懿。延大喝曰："司马懿休走！"舞刀相迎。懿挺枪接战。不上三合，延拨回马便走，懿随后赶来。延只望七星旗处而走。懿见魏延只一人，军马又少，放心追之；令司马师在左，司马昭在右，懿自居中，一齐攻杀将来。魏延引五百兵皆退入谷中去。懿追到谷口，先令人入谷中哨探。回报谷内并无伏兵，山上皆是草房。懿曰："此

必是积粮之所也。"遂大驱士马，尽入谷中。懿忽见草
房上尽是干柴，前面魏延已不见了。懿心疑，谓二子曰：
"倘有兵截断谷口，如之奈何？"言未已，只听得喊声
大震，山上一齐丢下火把来，烧断谷口。魏兵奔逃无路。
山上火箭射下，地雷一齐突出，草房内干柴都着，刮刮
杂杂，火势冲天。司马懿惊得手足无措，乃下马抱二子
大哭曰："我父子三人皆死于此处矣！"正哭之间，忽然
狂风大作，黑气漫空，一声霹雳响处，骤雨倾盆。满谷
之火，尽皆浇灭；地雷不震，火器无功。司马懿大喜曰：
"不就此时杀出，更待何时！"即引兵奋力冲杀。张虎、
乐𬘩亦各引兵杀来接应。马岱军少，不敢追赶。司马懿
父子与张虎、乐𬘩合兵一处，同归渭南大寨，不想寨栅
已被蜀兵夺了。郭淮、孙礼正在浮桥上与蜀兵接战。司
马懿等引兵杀到，蜀兵退去。懿烧断浮桥，据住北岸。

　　且说魏兵在祁山攻打蜀寨，听知司马懿大败，失
了渭南营寨，军心慌乱；急退时，四面蜀兵冲杀将来，
魏兵大败，十伤八九，死者无数，馀众奔过渭北逃生。
孔明在山上见魏延诱司马懿入谷，一霎时火光大起，
心中甚喜，以为司马懿此番必死。不期天降大雨，火
不能着，哨马报说司马懿父子俱逃去了。孔明叹曰：
"谋事在人，成事在天。不可强也！"后人有诗叹曰：

　　　　谷口风狂烈焰飘，何期骤雨降青霄。
　　　　武侯妙计如能就，安得山河属晋朝！

◎此处原有魏延发现身陷谷中难以
逃脱，仰天长叹"吾命休矣"之句，
被毛宗岗父子整理时删去，大概也是
觉得诸葛亮借此手段消灭政敌，实在
是很卑劣的了。别以为大人物不卑
劣，那都是我们的错觉。

◎这句话最值得那些急功近利，罔
顾实际，胃口奇大，欲望特强的人
深思了。

◎你急我不急，有恃无恐地等待，也是一种促使对方生变的战术。

◎诸葛亮一句"彼深知我也"的哀叹，说明他在精神上已经输给了司马懿。任何人，精神一垮，站起来就难了，而且看着自己按对方的时间表走，那就更是颓丧败落，这司马懿和诸葛亮最后一场心攻，司马懿胜出。其实行诡，乃用兵之道，神明如诸葛亮者，知道自己必死，为什么不反其道而行之，死了也不说死，继续以巾帼妇人素之辱挑战，横竖他也不敢搦战，等大部队撤至安全地带，再大出丧也不迟。可这位伟人，临死临死，还一门心思算计魏延，看来，一个人要想完全超越自己，成为真正的伟人，真是很难很难的啊！

却说司马懿在渭北寨内传令曰："渭南寨栅，今已失了。诸将如再言出战者斩。"众将听令，据守不出。郭淮入告曰："近日孔明引兵巡哨，必将择地安营。"懿曰："孔明若出武功，依山而东，我等皆危矣；若出渭南，西止五丈原，方无事也。"令人探之，回报果屯五丈原。司马懿以手加额曰："大魏皇帝之洪福也！"遂令诸将："坚守勿出，彼久必自变。"

且说孔明自引一军屯于五丈原，累令人搦战，魏兵只不出。孔明乃取巾帼并妇人缟素之服，盛于大盒之内，修书一封，遣人送至魏寨。诸将不敢隐蔽，引来使入见司马懿。懿对众启盒视之，内有巾帼妇人之衣，并书一封。懿拆视其书，略曰："仲达既为大将，统领中原之众，不思披坚执锐，以决雌雄，乃甘窟守土巢，谨避刀箭，与妇人又何异哉！今遣人送巾帼素衣至，如不出战，可再拜而受之。倘耻心未泯，犹有男子胸襟，早与批回，依期赴敌。"司马懿看毕，心中大怒，乃佯笑曰："孔明视我为妇人耶！"即受之，令重待来使。懿问曰："孔明寝食及事之烦简若何？"使者曰："丞相夙兴夜寐，罚二十以上皆亲览焉。所啖之食，日不过数升。"懿顾谓诸将曰："孔明食少事烦，其能久乎？"

使者辞去，回到五丈原，见了孔明，具说："司马懿受了巾帼女衣，看了书札，并不嗔怒，只问丞相寝食及事之烦简，绝不提起军旅之事。某如此应对，彼言：食少事烦，岂能长久？"孔明叹曰："彼深知我也！"

主簿杨颙谏曰："某见丞相常自校簿书，窃以为不必。夫为治有体，上下不可相侵。譬之治家之道，必使仆执耕，婢典爨，私业无旷，所求皆足，其家主从容自在，高枕饮食而已。若皆身亲其事，将形疲神困，终无一成。岂其智之不如婢仆哉？失为家主之道也。是故古人称：坐而论道，谓之三公；作而行之，谓之士大夫。昔丙吉忧牛喘，而不问横道死人；陈平不知钱谷之数，曰：自有主者。今丞相亲理细事，汗流终日，岂不劳乎？司马懿之言，真至言也。"孔明泣曰："吾非不知。但受先帝托孤之重，惟恐他人不似我尽心也！"众皆垂泪。自此孔明自觉神思不宁。诸将因此未敢进兵。

　　却说魏将皆知孔明以巾帼女衣辱司马懿，懿受之不战。众将不忿，入帐告曰："我等皆大国名将，安忍受蜀人如此之辱！即请出战，以决雌雄。"懿曰："吾非不敢出战而甘心受辱也。奈天子明诏，令坚守勿动。今若轻出，有违君命矣。"众将俱忿怒不平。懿曰："汝等既要出战，待我奏准天子，同力赴敌，何如？"众皆允诺。

　　懿乃写表遣使，直至合淝军前，奏闻魏主曹叡。叡拆表览之，表略曰：

　　　臣才薄任重，伏蒙明旨，令臣坚守不战，以待蜀人之自敝；奈今诸葛亮遗臣以巾帼，待臣如妇人，耻辱至甚！臣谨先达圣聪：旦夕将效死一战，以报朝廷之恩，以雪三军之耻。臣不胜激切之至！

◎说得好！大智若愚，是有它的道理的。

◎王夫之认为，刘备之"知人而能任，不及仲谋远矣。仲谋之于子瑜也，陆逊也，顾雍也，张昭也，委任之不如先主之于公，而信之也笃，岂不贤哉？"孔明直到最后一刻，"谆谆然取桑田粟帛，竭底蕴以告"，这种自明心迹的做法，实际上表明襟怀坦白的他，"无求于当世"。所以他对于"关、张不审，挟故旧以妒其登庸"，"先主之疑，'子不可辅，君自取之'，盖终身而不释"，"嗣子之童昏，内而百揆，外而六军，不避嫌疑而持之固"者，就是他在这危疑中自信自奉的"孤忠之忠贞"。王夫之感叹："而欲北定中原，复已亡之社稷也，不亦难乎？"（《读通鉴论》）

睿览讫，乃谓多官曰："司马懿坚守不出，今何故又上表求战？"卫尉辛毗曰："司马懿本无战心，必因诸葛亮耻辱，众将忿怒之故，特上此表，欲更乞明旨，以遏诸将之心耳。"叡然其言，即令辛毗持节至渭北寨传谕，令勿出战。司马懿接诏入帐，辛毗宣谕曰："如再有敢言出战者，即以违旨论。"众将只得奉诏。懿暗谓辛毗曰："公真知我心也！"于是令军中传说：魏主命辛毗持节，传谕司马懿勿得出战。

蜀将闻知此事，报与孔明。孔明笑曰："此乃司马懿安三军之法也。"姜维曰："丞相何以知之？"孔明曰："彼本无战心；所以请战者，以示武于众耳。岂不闻：将在外，君命有所不受。安有千里而请战者乎？此乃司马懿因将士忿怒，故借曹叡之意，以制众人。今又播传此言，欲懈我军心也。"

正论间，忽报费祎到。孔明请入问之，祎曰："魏主曹叡闻东吴三路进兵，乃自引大军至合淝，令满宠、田豫、刘劭分兵三路迎敌。满宠设计尽烧东吴粮草战具，吴兵多病。陆逊上表于吴王，约会前后夹攻，不意赍表人中途被魏兵所获，因此机关泄漏，吴兵无功而退。"孔明听知此信，长叹一声，不觉昏倒于地；众将急救，半晌方苏。孔明叹曰："吾心昏乱，旧病复发，恐不能生矣！"

是夜，孔明扶病出帐，仰观天文，十分惊慌；入帐谓姜维曰："吾命在旦夕矣！"维曰："丞相何出此

◎辛毗是个明白人。

◎任何政治上的联盟，都是靠恐惧，而不是靠友谊建立起来的。诸葛亮从隆中对时，所一生倡导的吴蜀联盟，最后一个休止符，竟在此时此刻来临，与丧钟无异。

言？"孔明曰："吾见三台星中，客星倍明，主星幽隐，相辅列曜，其光昏暗：天象如此，吾命可知！"维曰："天象虽则如此，丞相何不用祈禳之法挽回之？"孔明曰："吾素谙祈禳之法，但未知天意若何。汝可引甲士四十九人，各执皂旗，穿皂衣，环绕帐外；我自于帐中祈禳北斗。若七日内主灯不灭，吾寿可增一纪；如灯灭，吾必死矣。闲杂人等，休教放入。凡一应需用之物，只令二小童搬运。"姜维领命，自去准备。

时值八月中秋，是夜银河耿耿，玉露零零，旌旗不动，刁斗无声。姜维在帐外引四十九人守护。孔明自于帐中设香花祭物，地上分布七盏大灯，外布四十九盏小灯，内安本命灯一盏。孔明拜祝曰：

> 亮生于乱世，甘老林泉；承昭烈皇帝三顾之恩，托孤之重，不敢不竭犬马之劳，誓讨国贼。不意将星欲坠，阳寿将终。谨书尺素，上告穹苍：伏望天慈，俯垂鉴听，曲延臣算，使得上报君恩，下救民命，克复旧物，永延汉祀。非敢妄祈，实由情切。

拜祝毕，就帐中俯伏待旦。次日，扶病理事，吐血不止。日则计议军机，夜则步罡踏斗。

却说司马懿在营中坚守，忽一夜仰观天文，大喜，谓夏侯霸曰："吾见将星失位，孔明必然有病，不久便

◎李卓吾说："谁云孔明胸中有定见哉？不惟国事不识天时，亦且身事不知天命。祷星祈命，岂有识者之所为哉？"

死。你可引一千军去五丈原哨探。若蜀人攘乱，不出接战，孔明必然患病矣。吾当乘势击之。"霸引兵而去。孔明在帐中祈禳已及六夜，见主灯明亮，心中甚喜。姜维入帐，正见孔明披发仗剑，踏罡步斗，压镇将星。忽听得寨外呐喊，方欲令人出问，魏延飞步入告曰："魏兵至矣！"延脚步急，竟将主灯扑灭。孔明弃剑而叹曰："死生有命，不可得而禳也！"魏延惶恐，伏地请罪；姜维忿怒，拔剑欲杀魏延。正是：

万事不由人做主，一心难与命争衡。

未知魏延性命如何，且看下文分解。

《三国志》本无火烧上方谷的记载，是罗贯中虚构的这一节。据《三国志通俗演义》，"懿忽见草房中尽是干柴，前面魏延勒马横刀而立。懿大骇，乃与二子曰：'倘有蜀兵断其谷口，如之奈何？'急退兵时，只听得喊声大震，山上火把一齐丢将下来，烧断谷口。懿大惊无措，将兵敛在一处。山上火箭射下，地雷一齐突出，草房内干柴皆着。魏延望后谷中走，只见谷口垒断，仰天长叹曰：'吾今休矣！'司马懿见火光甚急，乃下马抱二子大哭曰：'吾父子断死于此处矣！'正哭之间，忽然狂风大作，黑雾漫空，一声霹雳响处，骤雨盆倾，满谷之火尽皆浇灭：地雷不响，火器无功。滂沱大雨自申时只下至酉时，平地水深三尺。"诸葛亮本意是要连魏延与司马懿父子一并烧死在上方谷里的。

李卓吾评到这一回，大为光火。"大凡人之相与，决不可先有成心如孔明之待魏延，一团成心，惟恐其不反，处处防之，着着算之，略不念其有功于我也。即是子午谷之失，实是孔明不能服魏延之心，故时有怨言。孔明当付之无闻可也，何相衔一至此哉？予至此实怜魏延，反为丞相不满也。但嚼了饭诸公不可闻此耳。"

李贽所评《三国演义》，乃罗贯中所著《三国志通俗演义》，与现在我们读到的毛宗岗父子改编本，有些不同。火烧上方谷，在毛本中删去魏延被烧这一节，是可取的。否则，诸葛亮真乃卑鄙小人了。据我估计，按照罗贯中的审美观念，文学水平，他只是将以前流行的话本聚合在一起，估计火烧魏延这一桥段，乃出自话本，话本艺人文化不高，不大在意是否符合历史，怎么热闹怎么说，罗贯中也得关注演义的噱头和瓦舍中普通观众的趣味，应该删掉而未删。

第一百四回

陨大星汉丞相归天
见木像魏都督丧胆

　　诸葛亮之死，从他走出南阳那一天起，与刘、关、张为伍，就注定了这个悲剧的结局。这三位，成为他一生的绊脚石，于是，言、事两违，意、实相乖。未曾为他所想像的兴汉大业作出些许成就；也未为三分天下的西蜀，开辟半寸疆土。最后，一直到屡战屡败，国疲民穷，随着他的死亡，这个国家也就终结了。

　　刘、关、张本是想趁机捞点什么才举起义旗的，他们只有野心，而无雄心，只想发达，而无远念，实际上他们是站在官方立场的黄巾。目光如豆，前景为零，走一步，看一步，至于走向何方，目的何在，都是一锅糊涂糨子，刘、关、张这种实际上不可合作的伙伴，其实是诸葛亮错误地选择了他们。因为智商的等级差，他要打不破他们的混账逻辑，他就得为这些共事者付出代价。诸葛亮的死亡，是一个具有完美人格、崇高道德、绝顶才智、超凡能力的人，但从根本上不能明白"顺天者逸，逆天者劳"的大势，将一生陪葬于这三个村野混混的小农逻辑之中。这种自己寻求的悲剧性的毁灭，也就无法救赎了。改造社会，提升小生产者的精神世界，也许是伟大的，但从历史发展的趋势观察，刘备逐渐形成的兴灭继绝，恢复汉室的旗号，诸葛亮也应该明白，这实际上是属于倒退的行为。

　　成都武侯祠大殿对联曰："能攻心，即反侧自消，从古知兵非好战；不审势，则宽严皆误，后来治蜀要深思"。审势度时，这是作为一个成熟的政治家，所必须具备的最起码的判断能力。

　　诸葛亮作为一个极有才能的政治家、军事家，所辅的刘备却不是一个英主，先以妇人之仁，坐失良机，后以匹夫之勇，火烧连营，而这些巨大失误，都是不听诸葛亮的劝阻所致。而仅次刘备的关羽，算得半个主子，又是诸葛亮诸多重要政策执行中的障碍，这怎么能称是得其主呢？相反，曹操麾下的那些谋士武将，未必比诸葛亮高明，但枭雄确是明主，所以能有相得益彰的效果，魏之强于吴、蜀，这也是无争的事实。到了西蜀，到了阿斗，侍候这样的主子，则更是一代不如一代了。

◎孔明一生，从207年隆中决策，到234年死于五丈原，长达27年间主持国政，竟没有发现一个值得信任的接班人，眼高如此，挑剔如此，也是够悲哀的。

◎"遍观诸将，无人可授"，但心目中念念不忘的敌对分子，倒有一个在眼前。正是他的这份狭隘、猜疑之心和有意识地拨弄是非，埋伏下他一死之后，立刻出现的杨仪和魏延的火并场面，本来很弱的蜀国，于是更弱了。

却说姜维见魏延踏灭了灯，心中忿怒，拔剑欲杀之。孔明止之曰："此吾命当绝，非文长之过也。"维乃收剑。孔明吐血数口，卧倒床上，谓魏延曰："此是司马懿料吾有病，故令人来探视虚实。汝可急出迎敌。"魏延领命，出帐上马，引兵杀出寨来。夏侯霸见了魏延，慌忙引军退走。延追赶二十馀里方回。孔明令魏延自回木寨把守。

姜维入帐，直至孔明榻前问安。孔明曰："吾本欲竭忠尽力，恢复中原，重兴汉室；奈天意如此，吾旦夕将死。吾平生所学，已著书二十四篇，计十万四千一百一十二字，内有八务、七戒、六恐、五惧之法。吾遍观诸将，无人可授，独汝可传我书。切勿轻忽！"维哭拜而受。孔明又曰："吾有'连弩'之法，不曾用得。其法矢长八寸，一弩可发十矢，皆画成图本。汝可依法造用。"维亦拜受。孔明又曰："蜀中诸道，皆不必多忧；惟阴平之地，切须仔细。此地虽险峻，久必有失。"又唤马岱入帐，附耳低言，授以密计；嘱曰："我死之后，汝可依计行之。"岱领计而出。少顷，杨仪入。孔明唤至榻前，授与一锦囊，密嘱曰："我死，魏延必反；待其反时，汝与临阵，方开此囊。那时自有斩魏延之人也。"孔明一一调度已毕，便昏然而倒，至晚方苏，便连夜表奏后主。后主闻奏大惊，急命尚书李福，星夜至军中问安，兼询后事。李福领命，趱程赴五丈原，入见孔明，传后主之命，问安毕。孔明流涕曰："吾不幸中道丧亡，虚废国家大事，得罪于天下。我死后，公等宜竭忠辅主。国家旧制，不可改易；吾所用之人，亦不可轻废。吾兵法皆授与姜维，他自能继吾之志，为国家出力。吾命已在旦夕，当即有遗表上奏天子也。"李福领了言语，匆匆辞去。

孔明强支病体，令左右扶上小车，出寨遍观各营；自觉秋风吹面，彻骨生寒，乃长叹曰："再不能临阵讨贼矣！悠悠苍天，曷此其极！"叹息良久。回到帐中，病转沉重，乃唤杨仪分付曰："王平、廖化、张嶷、张翼、吴懿等，皆忠义之士，久经战阵，多负勤劳，堪可委用。我死之后，凡事俱依旧法而行。缓缓退兵，不可急骤。汝深通谋略，不必多嘱。姜伯约智勇足备，可以断后。"杨仪泣拜受命。孔明令取文房四宝，于卧榻上手书遗表，以达后主。表略曰：

> 伏闻生死有常，难逃定数；死之将至，愿尽愚忠。臣亮赋性愚拙，遭时艰难，分符拥节，专掌钧衡，兴师北伐，未获成功；何期病入膏肓，命垂旦夕，不及终事陛下，饮恨无穷！伏愿陛下：清心寡欲，约己爱民；达孝道于先皇，布仁恩于宇下；提拔幽隐，以进贤良；屏斥奸邪，以厚风俗。臣家成都有桑八百株，薄田十五顷，子弟衣食，自有馀饶。至于臣在外任，别无调度，随身衣食，悉仰于官，不别治生，以长尺寸。臣死之日，不使内有馀帛，外有赢财，以负陛下也。

孔明写毕，又嘱杨仪曰："吾死之后，不可发丧。

◎裴松之注《三国志》，引《袁子》一书对诸葛亮的评价，则是另外一种说法，仁者见仁，智者见智了。

袁子曰："或问诸葛亮何如人也？"

袁子曰："张飞、关羽与刘备俱起，爪牙腹心之臣，而武人也。晚得诸葛亮，因以为佐相，而群臣悦服，刘备足信，亮足重故也。及其受六尺之孤，摄一国之政，事凡庸之君，专权而不失礼，行君事而国人不疑，如此即以为君臣百姓之心欣戴之矣。行法严而国人悦服，用民尽其力而下不怨。及其兵出入如宾，行不寇，刍荛者不猎，如在国中。其用兵也，止如山，进退如风，兵出之日，天下震动，而人心不忧。亮死至今数十年，国人歌思，如周人之思召公也，孔子曰：'雍也可使南面'，诸葛亮有焉。"

袁子即晋初袁准，字孝尼，以儒学知名，官至给事中。

可作一大龛，将吾尸坐于龛中；以米七粒，放吾口内；脚下用明灯一盏；军中安静如常，切勿举哀：则将星不坠。吾阴魂更自起镇之。司马懿见将星不坠，必然惊疑。吾军可令后寨先行，然后一营一营缓缓而退。若司马懿来追，汝可布成阵势，回旗返鼓。等他来到，却将我先时所雕木像，安于车上，推出军前，令大小将士，分列左右。懿见之必惊走矣。"杨仪一一领诺。

是夜，孔明令人扶出，仰观北斗，遥指一星曰："此吾之将星也。"众视之，见其色昏暗，摇摇欲坠。孔明以剑指之，口中念咒。咒毕急回帐时，不省人事。

◎悲哉恸哉！

众将正慌乱间，忽尚书李福又至；见孔明昏绝，口不能言，乃大哭曰："我误国家之大事也！"须臾，孔明复醒，开目遍视，见李福立于榻前。孔明曰："吾已知公复来之意。"福谢曰："福奉天子命，问丞相百年后，谁可任大事者。适因匆遽，失于咨请，故复来耳。"孔明曰："吾死之后，可任大事者：蒋公琰其宜也。"福曰："公琰之后，谁可继之？"孔明曰："费文伟可继之。"福又问："文伟之后，谁当继者？"孔

◎蜀中无人矣！

明不答。众将近前视之，已薨矣。时建兴十二年秋八月二十三日也，寿五十四岁。后杜工部有诗叹曰：

长星昨夜坠前营，讣报先生此日倾。
虎帐不闻施号令，麟台惟显著勋名。
空馀门下三千客，辜负胸中十万兵。
好看绿阴清昼里，于今无复雅歌声！

白乐天亦有诗曰：

> 先生晦迹卧山林，三顾那逢圣主寻。
> 鱼到南阳方得水，龙飞天汉便为霖。
> 托孤既尽殷勤礼，报国还倾忠义心。
> 前后出师遗表在，令人一览泪沾襟。

初，蜀长水校尉廖立，自谓才名宜为孔明之副，尝以职位闲散，怏怏不平，怨谤无已。于是孔明废之为庶人，徙之汶山。及闻孔明亡，乃垂泣曰："吾终为左衽矣！"李严闻之，亦大哭病死，盖严尝望孔明复收己，得自补前过；度孔明死后，人不能用之故也。后元微之有赞孔明诗曰：

> 拨乱扶危主，殷勤受托孤。
> 英才过管乐，妙策胜孙吴。
> 凛凛《出师表》，堂堂八阵图。
> 如公全盛德，应叹古今无！

是夜，天愁地惨，月色无光，孔明奄然归天。姜维、杨仪遵孔明遗命，不敢举哀，依法成殓，安置龛中，令心腹将卒三百人守护；随传密令，使魏延断后，各处营寨一一退去。

却说司马懿夜观天文，见一大星，赤色，光芒有角，自东北方流于西南方，坠于蜀营内，三投再起，

◎写诸葛亮的诗，除了杜甫、元稹、白居易外，唐代还有一位罗隐，也有一首。"抛却南阳为主忧，北征东讨尽良筹。时来天地皆同力，运去英雄不自由。千里山河轻孺子，两朝冠盖恨谯周。唯馀岩下多情水，犹解年年傍驿流。"诗题为《筹笔驿怀古》，其中第二联提到了"时"，提到了"运"，看起来，"势"之所在，古今同感。

隐隐有声。懿惊喜曰："孔明死矣！"即传令起大兵追之。方出寨门，忽又疑虑曰："孔明善会六丁六甲之法，今见我久不出战，故以此术诈死，诱我出耳。今若追之，必中其计。"遂复勒马回寨不出，只令夏侯霸暗引数十骑，往五丈原山僻哨探消息。

　　却说魏延在本寨中，夜作一梦，梦见头上忽生二角，醒来甚是疑异。次日，行军司马赵直至，延请入问曰："久知足下深明《易》理，吾夜梦头生二角，不知主何吉凶？烦足下为我决之。"赵直想了半晌，答曰："此大吉之兆：麒麟头上有角，苍龙头上有角，乃变化飞腾之象也。"延大喜曰："如应公言，当有重谢！"直辞去，行不数里，正遇尚书费祎。祎问何来。直曰："适至魏文长营中，文长梦头生角，令我决其吉凶。此本非吉兆，但恐直言见怪，因以麒麟苍龙解之。"祎曰："足下何以知非吉兆？"直曰："角之字形，乃刀下用也。今头上用刀，其凶甚矣！"祎曰："君且勿泄漏。"直别去。费祎至魏延寨中，屏退左右，告曰："昨夜三更，丞相已辞世矣。临终再三嘱付，令将军断后以当司马懿，缓缓而退，不可发丧。今兵符在此，便可起兵。"延曰："何人代理丞相之大事？"祎曰："丞相一应大事，尽托与杨仪；用兵密法，皆授与姜伯约。此兵符乃杨仪之令也。"延曰："丞相虽亡，吾今现在。杨仪不过一长史，安能当此大任？他只宜扶柩入川安葬。我自率大兵攻司马懿，务要成功。岂可因丞相一人而废国家大事耶？"祎曰："丞相遗

◎诸葛亮重用的杨仪，才是真正想反水投奔魏营的人，后来，他不得意时，吐露过内心奥秘。可此时此刻，从死去的诸葛亮，到活着的这些将领，都觉得必须除掉魏延才有安全感。如果，诸葛亮不被他的成见所囿，将军权交给魏延，结局也许是另外一个样子。

令，教且暂退，不可有违。"延怒曰："丞相当时若依我计，取长安久矣！吾今官任前将军、征西大将军、南郑侯，安肯与长史断后！"祎曰："将军之言虽是，然不可轻动，令敌人耻笑。待吾往见杨仪，以利害说之，令彼将兵权让与将军，何如？"延依其言。

祎辞延出营，急到大寨见杨仪，具述魏延之语。仪曰："丞相临终，曾密嘱我曰：魏延必有异志。今我以兵符往，实欲探其心耳。今果应丞相之言。吾自令伯约断后可也。"于是杨仪领兵扶柩先行，令姜维断后；依孔明遗令，徐徐而退。魏延在寨中，不见费祎来回复，心中疑惑，乃令马岱引十数骑往探消息。回报曰："后军乃姜维总督，前军大半退入谷中去了。"延大怒曰："竖儒安敢欺我！我必杀之！"因顾谓岱曰："公肯相助否？"岱曰："某亦素恨杨仪，今愿助将军攻之。"延大喜，即拔寨引本部兵望南而行。

却说夏侯霸引军至五丈原看时，不见一人，急回报司马懿曰："蜀兵已尽退矣。"懿跌足曰："孔明真死矣！可速追之！"夏侯霸曰："都督不可轻追。当令偏将先往。"懿曰："此番须吾自行。"遂引兵同二子一齐杀奔五丈原来；呐喊摇旗，杀入蜀寨时，果无一人。懿顾二子曰："汝急催兵赶来，吾先引军前进。"于是司马师、司马昭在后催军；懿自引军当先，追到山脚下，望见蜀兵不远，乃奋力追赶。忽然山后一声炮响，喊声大震，只见蜀兵俱回旗返鼓，树影中飘出中军大旗，上书一行大字曰："汉丞相武乡侯诸葛

◎马岱所言，若真，杨仪果然可恶；若假，马岱两面三刀。魏延之轻信，也说明其粗疏浅薄。

◎以死人来吓退活人，在历史上其实是常事。

◎此语也够豪壮，既给了诸葛亮面子，也衬出司马懿的英雄，生可料，死不可料。而生无涯，死则一次，不正说明他应该获得最后胜利吗？

亮。"懿大惊失色。定睛看时，只见中军数十员上将，拥出一辆四轮车来；车上端坐孔明：纶巾羽扇，鹤氅皂绦。懿大惊曰："孔明尚在！吾轻入重地，堕其计矣！"急勒回马便走。背后姜维大叫："贼将休走！你中了我丞相之计也！"魏兵魂飞魄散，弃甲丢盔，抛戈撇戟，各逃性命，自相践踏，死者无数。司马懿奔走了五十馀里，背后两员魏将赶上，扯住马嚼环叫曰："都督勿惊。"懿用手摸头曰："我有头否？"二将曰："都督休怕，蜀兵去远了。"懿喘息半晌，神色方定；睁目视之，乃夏侯霸、夏侯惠也；乃徐徐按辔，与二将寻小路奔归本寨，使众将引兵四散哨探。

过了两日，乡民奔告曰："蜀兵退入谷中之时，哀声震地，军中扬起白旗：孔明果然死了，止留姜维引一千兵断后。前日车上之孔明，乃木人也。"懿叹曰："吾能料其生，不能料其死也！"因此蜀中人谚曰："死诸葛能走生仲达。"后人有诗叹曰：

长星半夜落天枢，奔走还疑亮未殂。
关外至今人冷笑，头颅犹问有和无！

司马懿知孔明死信已确，乃复引兵追赶。行到赤岸坡，见蜀兵已去远，乃引还，顾谓众将曰："孔明已死，我等皆高枕无忧矣！"遂班师回。一路上见孔明安营下寨之处，前后左右，整整有法，懿叹曰："此天下奇才也！"于是引兵回长安，分调众将，各守隘口，懿自回洛阳面君去了。

却说杨仪、姜维排成阵势，缓缓退入栈阁道口，然后更衣发丧，扬幡举哀。蜀军皆撞跌而哭，至有哭死者。蜀兵前队正回到栈阁道口，忽见前面火光冲天，喊声震地，一彪军拦路。众将大惊，急报杨仪。正是：

已见魏营诸将去，不知蜀地甚兵来。

未知来者是何处军马，且看下文分解。

◎此时，越把诸葛亮捧得高明，也越显得他司马懿的了不起。

对于诸葛亮的过高评价，有识之士的看法，从来是和《三国演义》的推崇，一直存有歧见的。清王士祯《古夫于亭杂录》说："元人俞文豹称其兄文龙驳诸葛忠武之言曰：'孔明之才，谓之人知时务则可，谓之深明大义则未也；谓之忠于刘备则可，谓之忠于汉室则未也。'"宋叶适《梁父吟》序称："使亮终已不遇而抱孙长息以老于隆中者，其躬耕之获，岂少此哉？何故自亲汉魏之劳，至今遗恨而死？"南北朝时的崔浩就更苛刻了："且亮既据蜀，恃山崄之固，不达时宜，弗量势力。严威切法，控勒蜀人；矜才负能，高自矫举。欲以边夷之众抗衡上国。出兵陇右，再攻祁山，一攻陈仓，疏迟失会，摧衄而反；后入秦川，不复攻城，更求野战。魏人知其意，闭垒坚守，以不战屈之。知穷势尽，愤结攻中，发病而死。由是言之，岂合古之善将见可而进，知难而退者乎？"这位军师对于他治理的蜀国，就失败在"见可而进，知难而退"这八个字上。

孔明出山，使刘、关、张从无到有，是有功劳的，虽然离成功还远，八字尚无一撇，但很快又被三位草莽英雄败坏殆尽。等到诸葛亮接手，只能局促在四川盆地。本应发奋图强，小地方未必做不出大文章。但他频繁北伐，十馀年未建寸土之功，耗尽了蜀国的实力。其实刘备只是托孤，并未托国，更未托旗，要他把光复汉室大旗高举。但他背着管仲、乐毅的使命感，继续北伐。所以，阿斗问他，"吴、魏并未犯境，丞相为何兴兵？"结果，两通《出师表》将他闷棍打回。生活在诸葛亮影子里的阿斗，也就只有闭嘴。终于，积劳成疾的他，"鞠躬尽瘁，死而后已"，逝于五丈原。

有的伟人的悲剧，止于他死而止；有的伟人的悲剧，如果像影子似的总不消失的话，随着生活的进展，时代的向前，势必会阻滞历史滚动的车轮，而造成更严重的不幸后果。所以，当蜀国有人意识到这条伟人的路，应该改弦更张的时候，邓艾、钟会的大军，已浩浩荡荡地逼近国门，并势如破竹直杀成都而来，即使把诸葛亮从九泉下请出来，也救不了灭亡的命运了。

蜀事之败，关羽失荆州，刘备败夷陵，是不能辞其咎的；但这位"鞠躬尽瘁，死而后已"，在人格上无可非议的伟人，就没有一点责任吗？所以，伟人的影子拖得太长，总不是一件好事。

第一百五回

武侯预伏锦囊计
魏主拆取承露盘

　　诸葛亮死后的内乱，是权力再分配引发的一场角斗。杨仪有诸葛亮的密嘱在手，加之蒋琬、费祎这班文官们的支持，害怕魏延成事，他们必将失势，而姜维、马岱等武将，决非魏延对手，也反对魏延，遂取得了胜利。于是，成则为王，败则为寇，魏延成为万劫不复的叛乱分子。如果魏延得意了，那么绑在耻辱柱上的，将是杨仪、费祎。

　　杨仪倒千真万确有过投魏的打算。正史《三国志》载他尔后懊悔的话："往者丞相亡没之际，吾若举军以就魏氏，处世宁当落度如此邪！令人追悔不可复及。"结果被另外一个小人费祎密报了，削职为民。于是魏延和杨仪两败俱伤，而诸葛亮指定接班的蒋琬、费祎，才质平平的人，得以安安稳稳地当官。历朝历代，庸人集团常占政权的主宰地位，他们本领不大，能力不高，但在确保自身安全，排除劲敌，迎合主子旨意，阿附逢迎，却是相当在行的。而他们所以能存在，并维持国家机器运作，就因为最高统治者，正是治国无方、庸碌无能的阿斗之流。

　　因此，如果魏延要真怀反心的话，仿效夏侯霸，这对他并非难事，襄阳他倒戈过，长沙他献城过，他之所以没有这样做，正如《三国志》称："原延意不北降魏而南还者，但欲除杀仪等。"说实在的，如果不是诸葛亮的特别反对，论军功，论武艺，论他曾与赵、马、黄齐名，论他曾被刘备用为汉中太守，是理所当然的接替诸葛亮的不二人选。

　　诸葛亮也难免嫉才之心，六出祁山的不成功，更证明了魏延的出子午谷迳取两京计划之被否决，胎死腹中，是没有道理的。宣传一下，张扬一下，让魏国紧张不安一下，有何不可？死之将至的诸葛亮，很怕魏延旧话重提，更怕他万一掌权，实现他子午谷奇袭，那他将会是，生，无地自容；死，九泉不安，所以才采取这种绝对措施。这也是历代帝王的一个共同特点，生，不准议论我，死，也不许议论我，所以，想尽一切方法，封死说话的嘴巴。

　　脑后反骨，乃小说家的演义也，正史上从未载有此说。一无反骨，二无反情，对历史上的魏延，真是一场无妄之灾。

却说杨仪闻报前路有兵拦截，忙令人哨探。回报说魏延烧绝栈道，引兵拦路。仪大惊曰："丞相在日，料此人久后必反，谁想今日果然如此！今断吾归路，当复如何？"费祎曰："此人必先捏奏天子，诬吾等造反，故烧绝栈道，阻遏归路。吾等亦当表奏天子，陈魏延反情，然后图之。"姜维曰："此间有一小径，名槎山，虽崎岖险峻，可以抄出栈道之后。"一面写表奏闻天子，一面将人马望槎山小道进发。

且说后主在成都，寝食不安，动止不宁；夜作一梦，梦见成都锦屏山崩倒；遂惊觉，坐而待旦，聚集文武，入朝圆梦。谯周曰："臣昨夜仰观天文，见一星，赤色，光芒有角，自东北落于西南，主丞相有大凶之事。今陛下梦山崩，正应此兆。"后主愈加惊怖。忽报李福到，后主急召入问之。福顿首泣奏丞相已亡；将丞相临终言语，细述一遍。后主闻言大哭曰："天丧我也！"哭倒于龙床之上。侍臣扶入后宫。吴太后闻之，亦放声大哭不已。多官无不哀恸，百姓人人涕泣。后主连日伤感，不能设朝。忽报魏延表奏杨仪造反，群臣大骇，入宫启奏后主，时吴太后亦在宫中。后主闻奏大惊，命近臣读魏延表。其略曰：

征西大将军、南郑侯臣魏延，诚惶诚恐，顿首上言：杨仪自总兵权，率众造反，劫丞相灵柩，欲引敌人入境。臣先烧绝栈道，以兵守御。谨此奏闻。

◎利害相关，这些人结成了反魏延的统一战线。看来费祎最有心机，先解决了魏延，接着再解决杨仪。费祎是诸葛亮信任的人，认为是继蒋琬以后值得委以重任的。《资治通鉴》251年载："汉费祎还成都，望气者云：'都邑无宰相位。'乃复北屯汉寿。"由此可知他追求的是什么了，为达到这个目的，他会做什么了。一个国家，最怕这种内耗；而一个太英明的包揽一切的领导人的去世，尤其缺乏基本民主程序的状态，留下的烂摊子里，可钻的缝隙必定很多，于是，内部动乱遂不可避免。

◎一有前科，便是跳进黄河也洗不清的污点了。这种形而上学是最能害死人的。

读毕，后主曰："魏延乃勇将，足可拒杨仪等众，何故烧绝栈道？"吴太后曰："尝闻先帝有言：孔明识魏延脑后有反骨，每欲斩之；因怜其勇，故姑留用。今彼奏杨仪等造反，未可轻信。杨仪乃文人，丞相委以长史之任，必其人可用。今日若听此一面之词，杨仪等必投魏矣。此事当深虑远议，不可造次。"众官正商议间，忽报：长史杨仪有紧急表到。近臣拆表读曰：

　　长史、绥军将军臣杨仪，诚惶诚恐，顿首谨表：丞相临终，将大事委于臣，照依旧制，不敢变更，使魏延断后，姜维次之。今魏延不遵丞相遗语，自提本部人马，先入汉中，放火烧断栈道，劫丞相灵车，谋为不轨。变起仓卒，谨飞章奏闻。

太后听毕，问："卿等所见若何？"蒋琬奏曰："以臣愚见：杨仪为人虽禀性过急，不能容物，至于筹度粮草，参赞军机，与丞相办事多时；今丞相临终，委以大事，决非背反之人。魏延平日恃功务高，人皆下之；仪独不假借，延心怀恨；今见仪总兵，心中不服，故烧栈道，断其归路，又诬奏而图陷害。臣愿将全家良贱，保杨仪不反。实不敢保魏延。"董允亦奏曰："魏延自恃功高，常有不平之心，口出怨言。向所以不即反者，惧丞相耳。今丞相新亡，乘机为乱，势所必然。若杨仪，才干敏达，为丞相所任用，必不背反。"后主曰："若魏延果反，当用何策御之？"蒋琬曰："丞相素疑此人，必有遗计授与杨仪。若仪无恃，安能退入谷口乎？延必中计矣。陛下宽心。"不多时，魏延又表至，告称杨仪背反。正览表之间，杨仪又表到，奏称魏延背反。二人接连具表，各陈是非。忽报费祎到。后主召入，祎细奏魏延反情。后主曰："若如此，且令董允假节释劝，用好言抚慰。"允奉诏而去。

却说魏延烧断栈道，屯兵南谷，把住隘口，自以为得计；不想杨仪、姜维星夜引兵抄到南谷之后。仪恐汉中有失，令先锋何平引三千兵先行。仪同姜维等引兵扶柩望汉中而来。

且说何平引兵径到南谷之后，擂鼓呐喊。哨马飞报魏延，说杨仪令先锋何平引兵自槎山小路抄来搦战。延大怒，急披挂上马，提刀引兵来迎。两阵对圆，何平出马大骂曰："反贼魏延安在？"延亦骂曰："汝助杨仪造反，何敢骂我！"平叱曰："丞相新亡，骨肉未寒，汝焉敢造反！"乃扬鞭指川兵曰："汝等军士，皆是西川之人，川中多有父母妻子，兄弟亲朋；丞相在日，不曾薄待汝等，今不可助反贼，宜各回家乡，听候赏赐。"众军闻言，大喊一声，散去大半。延大怒，挥刀纵马，直取何平。平挺枪来迎。战不数合，平诈败而走，延随后赶来。众军弓弩齐发，延拨马而回。见众军纷纷溃散，延转怒，拍马赶上，杀了数人，却只止遏不住；只有马岱所领三百人不动，延谓岱曰："公真心助我，事成之后，决不相负。"遂与马岱追杀何平。平引兵飞奔而去。

◎这两个人，也是对拥兵自重的魏延，持戒惧态度的。

◎孔明之死，是《三国演义》里写得最悲壮感人的死亡，但桀骜不驯骄横跋扈的魏延之死，终于被定性为叛贼，"夷延三族"。但刘禅在相父已逝，能够作主的情况下，对于亲孔明的文臣武将和这位大将军的恶斗中，却表现得不那么"阿斗"，虽然，一，他还不敢悖背相父的遗教，二，也不敢与满朝文武口径一致的声讨唱反调，所以，他对魏的善后处理的手法，耐人寻味。"后主降旨曰：'既已明正其罪，仍念前功，赐棺椁葬之。'"可见阿斗对大家众口一词，认为魏延为叛贼，是有异议的。

◎看来，杀手马岱早就安排停当，诸葛亮要杀魏延之心，久矣！

魏延收聚残军，与马岱商议曰："我等投魏，若何？"岱曰："将军之言，不智甚也。大丈夫何不自图霸业，乃轻屈膝于人耶？吾观将军智勇足备，两川之士，谁敢抵敌？吾誓同将军先取汉中，随后进攻西川。"

延大喜，遂同马岱引兵直取南郑。姜维在南郑城上，见魏延、马岱耀武扬威，蜂拥而来。维急令拽起吊桥。延、岱二人大叫："早降！"姜维令人请杨仪商议曰："魏延勇猛，更兼马岱相助，虽然军少，何计退之？"仪曰："丞相临终，遗一锦囊，嘱曰：若魏延造反，临阵对敌之时，方可开拆，便有斩魏延之计。今当取出一看。"遂出锦囊拆封看时，题曰："待与魏延对敌，马上方许拆开。"维大喜曰："既丞相有戒约，长史可收执。吾先引兵出城，列为阵势，公可便来。"姜维披挂上马，绰枪在手，引三千军，开了城门，一齐冲出，鼓声大震，排成阵势。维挺枪立马于门旗之下，高声大骂曰："反贼魏延！丞相不曾亏你，今日如何背反？"延横刀勒马而言曰："伯约，不干你事。只教杨仪来！"仪在门旗影里，拆开锦囊视之，如此如此。仪大喜，轻骑而出，立马阵前，手指魏延而笑曰："丞相在日，知汝久后必反，教我提备，今果应其言。汝敢在马上连叫三声谁敢杀我，便是真大丈夫，吾就献汉中城池与汝。"延大笑曰："杨仪匹夫听着！若孔明在日，吾尚惧他三分；他今已亡，天下谁敢敌我？休道连叫三声，便叫三万声，亦有何难！"遂提刀按辔，于马上大叫曰："谁敢杀我？"一声未毕，脑后一人厉声而应曰："吾敢杀汝！"手起刀落，斩魏延于马下。众皆骇然。斩魏延者，乃马岱也。原来孔明临终之时，授马岱以密计，只待魏延喊叫时，便出其不意斩之；当日，杨仪读罢锦囊计策，已知伏下马岱在彼，故依计而行，果然杀了魏延。后人有诗曰：

> 诸葛先机识魏延，已知日后反西川。
> 锦囊遗计人难料，却见成功在马前。

　　却说董允未及到南郑，马岱已斩了魏延，与姜维合兵一处。杨仪具表星夜奏闻后主。后主降旨曰："既已名正其罪，仍念前功，赐棺椁葬之。"杨仪等扶孔明灵柩到成都，后主引文武官僚，尽皆挂孝，出城二十里迎接。后主放声大哭。上至公卿大夫，下及山林百姓，男女老幼，无不痛哭，哀声震地。后主命扶柩入城，停于丞相府中。其子诸葛瞻守孝居丧。
　　后主还朝，杨仪自缚请罪。后主令近臣去其缚曰："若非卿能依丞相遗教，灵柩何日得归，魏延如何得灭。大事保全，皆卿之力也。"遂加杨仪为中军师。马岱有讨逆之功，即以魏延之爵爵之。仪呈上孔明遗表。后主览毕，大哭，降旨卜地安葬。费祎奏曰："丞相临终，命葬于定军山，不用墙垣砖石，亦不用一切祭物。"后主从之。择本年十月吉日，后主自送

◎诸葛亮一生不知安排多少锦囊妙计，这最后一个锦囊到底是为蜀国除掉隐患，还是自毁长城，千古以来，评说不一。至少在正史陈寿的《三国志》里，是没有明确结论的。

◎空有补天志，一切付东流，这就是杜甫所写"出师未捷身先死，长使英雄泪满襟"，上帝不给你时间，说什么都是徒劳了。

灵柩至定军山安葬。后主降诏致祭，谥号忠武侯；令建庙于沔阳，四时享祭。后杜工部有诗曰：

◎杜甫写诸葛亮的诗篇，千古传诵，万世流芳。

> 丞相祠堂何处寻，锦官城外柏森森。
> 映阶碧草自春色，隔叶黄鹂空好音。
> 三顾频烦天下计，两朝开济老臣心。
> 出师未捷身先死，长使英雄泪满襟！

又杜工部诗曰：

> 诸葛大名垂宇宙，宗臣遗像肃清高。
> 三分割据纡筹策，万古云霄一羽毛。
> 伯仲之间见伊吕，指挥若定失萧曹。
> 运移汉祚终难复，志决身歼军务劳。

却说后主回到成都，忽近臣奏曰："边庭报来，东吴令全琮引兵数万，屯于巴丘界口，未知何意。"后主惊曰："丞相新亡，东吴负盟侵界，如之奈何？"蒋琬奏曰："臣敢保王平、张嶷引兵数万屯于永安，以防不测。陛下再命一人去东吴报丧，以探其动静。"后主曰："须得一舌辩之士为使。"一人应声而出曰："微臣愿往。"众视之，乃南阳安众人，姓宗，名预，字德艳，官任参军、右中郎将。后主大喜，即命宗预往东吴报丧，兼探虚实。

宗预领命，径到金陵，入见吴主孙权。礼毕，只见左右人皆着素衣。权作色而言曰："吴、蜀已为一家，卿主何故而增白帝之守也？"预曰："臣以为东益巴丘之戍，西增白帝之守，皆事势宜然，俱不足以相问也。"权笑曰："卿不亚于邓芝。"乃谓宗预曰："朕闻诸葛丞相归天，每日流涕，令官僚尽皆挂孝。朕恐魏人乘丧取蜀，故增巴丘守兵万人，以为救援，别无他意也。"预顿首拜谢。权曰："朕既许以同盟，安有背义之理？"预曰："天子因丞相新亡，特命臣来报丧。"权遂取金鈚箭一枝折之，设誓曰："朕若负前盟，子孙绝灭！"又命使赍香帛奠仪，入川致祭。

宗预拜辞吴主，同吴使还成都，入见后主，奏曰："吴主因丞相新亡，亦自流涕，令群臣皆挂孝。其益兵巴丘者，恐魏人乘虚而入，别无异心。今折箭为誓，并不背盟。"后主大喜，重赏宗预，厚待吴使去讫。遂依孔明遗言，加蒋琬为丞相、大将军，录尚书事；加费祎为尚书令，同理丞相事；加吴懿为车骑将军，假节督汉中；姜维为辅汉将军、平襄侯，总督诸处人马，同吴懿出屯汉中，以防魏兵。其馀将校，各依旧职。

杨仪自以为年宦先于蒋琬，而位出琬下；且自恃功高，未有重赏，口出怨言，谓费祎曰："昔日丞相初亡，吾若将全师投魏，宁当寂寞如此耶！"费祎乃将此言具表密奏后主。后主大怒，命将杨仪下狱勘问，欲斩之。蒋琬奏曰："仪虽有罪，但日前随丞相

◎孙权正是因为诸葛亮六出祁山，使魏无暇东顾，得以拓疆开土，民阜国丰，才称帝为王的，所以，他知道蜀之存亡，与吴是息息相关的。当然要有这样坚决支持的态度了。

◎你倾心相吐，他具实汇报，碰上这样的"好人"，你就得吃不了兜着走了！

◎活该！

◎"君子之泽，五世而斩"，才传到第
三代，便开始走向反面了。

多立功劳，未可斩也，当废为庶人。"后主从之，遂
贬杨仪赴汉嘉郡为民。仪羞惭自刎而死。

蜀汉建兴十三年，魏主曹叡青龙三年，吴主孙权
嘉禾四年，三国各不兴兵。单说魏主封司马懿为太
尉，总督军马，安镇诸边。懿拜谢回洛阳去讫。魏主
在许昌大兴土木，建盖宫殿；又于洛阳造朝阳殿、太
极殿，筑总章观，俱高十丈；又立崇华殿、青霄阁、
凤凰楼、九龙池，命博士马钧监造，极其华丽：雕梁
画栋，碧瓦金砖，光辉耀日。选天下巧匠三万馀人，
民夫三十馀万，不分昼夜而造。民力疲困，怨声不绝。

叡又降旨起土木于芳林园，使公卿皆负土树木于
其中。司徒董寻上表切谏曰：

伏自建安以来，野战死亡，或门殚户尽；
虽有存者，遗孤老弱。若今宫室狭小，欲广大
之，犹宜随时，不妨农务。况作无益之物乎？
陛下既尊群臣，显以冠冕，被以文绣，载以华
舆，所以异于小人也。今又使负木担土，沾体
涂足，毁国之光，以崇无益，甚无谓也。孔子云：
君使臣以礼，臣事君以忠。无忠无礼，国何以
立？臣知言出必死；而自比于牛之一毛，生既无
益，死亦何损。秉笔流涕，心与世辞。臣有八子，
臣死之后，累陛下矣。不胜战栗待命之至！

　　叡览表怒曰："董寻不怕死耶！"左右奏请斩之。叡曰："此人素有忠义，今且废为庶人。再有妄言者必斩！"时有太子舍人张茂，字彦材，亦上表切谏，叡命斩之。即日召马钧问曰："朕建高台峻阁，欲与神仙往来，以求长生不老之方。"钧奏曰："汉朝二十四帝，惟武帝享国最久，寿算极高，盖因服天上日精月华之气也：尝于长安宫中，建柏梁台；台上立一铜人，手捧一盘，名曰承露盘，接三更北斗所降沆瀣之水，其名曰天浆，又曰甘露。取此水用美玉为屑，调和服之，可以返老还童。"叡大喜曰："汝今可引人夫星夜至长安，拆取铜人，移置芳林园中！"

　　钧领命，引一万人至长安，令周围搭起木架，上柏梁台去。不移时间，五千人连绳引索，旋环而上。那柏梁台高二十丈，铜柱圆十围。马钧教先拆铜人。多人并力拆下铜人来，只见铜人眼中潸然泪下。众皆大惊。忽然台边一阵狂风起处，飞砂走石，急若骤雨；一声响亮，就如天崩地裂，台倾柱倒，压死千馀人。钧取铜人及金盘回洛阳，入见魏主，献上铜人、承露盘。魏主问曰："铜柱安在？"钧奏曰："柱重百万斤，不能运至。"叡令将铜柱打碎，运来洛阳，铸成两个铜人，号为翁仲，列于司马门外；又铸铜龙凤两个：龙高四丈，凤高三丈馀，立在殿前。又于上林苑中，种奇花异木，蓄养珍禽怪兽。

　　少傅杨阜上表谏曰：

◎217 年，曹叡的祖父曹操，登铜雀台，看到曹植的妻子，穿锦绣衣服，下令处死。一是他对曹植渐渐不满，一也是曹操崇俭。但不出三代，就这样淫靡奢侈起来，曹魏统治也是向下坡路走了。

◎中国历史上所有这些败类帝王，无不荒淫好色，无不大造宫殿。"帝耽于内宠，妇官秩石拟百官之数，自贵人以下至掖庭洒扫，凡数千人。""既作许昌宫，又治洛阳宫，起昭阳太极殿，筑总章观，高十余丈，力役不已，农桑失业。"曹操没有想到，他的后代，其昏庸，其暴虐，其颓废，其败国，竟来得如此之快。

臣闻尧尚茅茨，而万国安居；禹卑宫室，而天下乐业；及至殷、周，或堂崇三尺，度以九筵耳。古之圣帝明王，未有极宫室之高丽，以凋敝百姓之财力者也。桀作璇室、象廊，纣为倾宫、鹿台，以丧其社稷；楚灵以筑章华而身受其祸；秦始皇作阿房而殃及其子，天下叛之，二世而灭。夫不度万民之力，以从耳目之欲，未有不亡者也。陛下当以尧、舜、禹、汤、文、武为法则，以桀、纣、楚、秦为深诫。而乃自暇自逸，惟宫台是饰，必有危亡之祸矣。君作元首，臣为股肱，存亡一体，得失同之。臣虽驽怯，敢忘诤臣之义？言不切至，不足以感寤陛下。谨叩棺沐浴，伏俟重诛。

表上，叡不省，只催督马钧建造高台，安置铜人、承露盘。又降旨广选天下美女，入芳林园中。众官纷纷上表谏诤，叡俱不听。

却说曹叡之后毛氏，乃河内人也；先年叡为平原王时，最相恩爱；及即帝位，立为后；后叡因宠郭夫人，毛后失宠。郭夫人美而慧，叡甚嬖之，每日取乐，月馀不出宫闼。是岁春三月，芳林园中百花争放，叡同郭夫人到园中赏玩饮酒。郭夫人曰："何不请皇后同乐？"叡曰："若彼在，朕涓滴不能下咽也。"遂传谕宫娥，不许令毛后知道。毛后见叡月馀不入正宫，是日引十馀宫人，来翠花楼上消遣，只听的乐声嘹亮，乃问曰："何处奏乐？"一宫官启曰："乃圣上与郭夫人于御花园中赏花饮酒。"毛后闻之，心中烦恼，回宫安歇。次日，毛皇后乘小车出宫游玩，正迎见叡于曲廊之间，乃笑曰："陛下昨游北园，其乐不浅也！"叡大怒，即命擒昨日侍奉诸人到，叱曰："昨游北园，朕禁左右不许使毛后知道，何得又宣露！"喝令宫官将诸侍奉人尽斩之。毛后大惊，回车至宫，叡即降诏赐毛皇后死，立郭夫人为皇后。朝臣莫敢谏者。

忽一日，幽州刺史册丘俭上表，报称辽东公孙渊造反，自号为燕王，改元绍汉元年，建宫殿，立官职，兴兵入寇，摇动北方。叡大惊，即聚文武官僚，商议起兵退渊之策。正是：

才将土木劳中国，又见干戈起外方。

未知何以御之，且看下文分解。

◎据刘义庆《世说新语》："凌云台楼观精巧，先称平众木轻重，然后造构，乃无锱铢相负揭。台虽高峻，常随风摇动，而终无倾倒之理。魏明帝登台，惧其势危，别以大木扶持之，楼即颓坏。论者谓轻重力偏故也。"中国传统木结构建筑物，如山西应县木塔，建于辽清宁二年（1056），金明昌六年（1195）增修完毕。据资料：释迦塔塔高67.31米，底层直径30.27米，呈平面八角形。全塔耗材红松木料3000立方米，2600多吨，纯木结构、无钉无铆，为中国现存最高最古的一座木构塔式建筑。但早在魏明帝时建造的凌云台，也是木结构，不但不用钉铆，甚至也不用斗拱榫卯，彼此无任何负担地组合在一起，能够随风摆动而不倒坍的超级建筑工艺，显然后来失传了。

"宫馆是营，格之远兽"，就是曹叡最为人垢病的。

唐段成式的《酉阳杂俎》记载了魏明帝所建造的一座凌云台，"峻峙数十丈"。史称"魏明帝起凌云台，误先钉榜，而未之题。笺盛韦诞，鹿卢引上书之。去地二十五丈，诞甚危惧，乃戒子孙，绝此楷法。"因为恐高症，韦诞在悬笺内题字的功夫，竟惊吓得头发顿时全白。韦诞，当时是与钟繇齐名的大书法家。

据《三国志》："是时，大治洛阳宫，起昭阳、太极殿，筑总章观。百姓失农时，直臣杨阜、高堂隆等各数切谏，虽不能听，常优容之。"裴注引《魏略》："是年起太极诸殿，筑总章观，高十馀丈，建翔凤于其上；又于芳林园中起陂池，楫棹越歌；又于列殿之北，立八坊，诸才人以次序处其中，其秩石拟百官之数。帝常游宴在内，乃选女子知书可付信者六人，以为女尚书，使典省外奏事，处当画可，自贵人以下至尚保，及给掖庭洒扫，习伎歌者，各有千数。"

一个政权的终结，总是先从内部溃败开始。

第一百六回

公孙渊兵败死襄平
司马懿诈病赚曹爽

　　司马懿历仕曹魏三朝，处于最高权力中心，备受怀疑，而总能化险为夷。此人智商极高，玩弄权术的水平，在三国时期仅次于曹操。

　　曹操临终时，他和曹洪、陈群、贾诩在场受命，当时他排位最后。曹丕临终时，他和曹真、陈群、曹休在场，这时位排第三。曹叡临终时，他和曹爽、刘放、孙资在场，他已位排首位。在中国这种最具危险性的继承接班的政治游戏中，他能历仕三朝，始终身居高位，虽在权力顶巅，一直保持低调，能攻善守，战无不胜。应该说，他是三国末期最出色的政治家、军事家，也是最成功的阴谋家。

　　其实曹操是并不信任司马懿的，他发现他的狼顾相，还做过一个"三马同槽"寓言式的梦，深感他是一个对曹魏政权存在将构成威胁的人物，所以对他特别防范。但此人察时知世，审势慎行，进退有度，应对机变，终于存活下来，并逐渐升至国家最高权力层。特别是他在政治上的成熟见解，在军事上的指挥若定，在皇室国戚、元勋大佬间的周旋应付，在权术斗争中的高超表演，以及他始终掌握兵权，踞守重镇，而且有诛孟达，杀公孙渊，与诸葛亮交手的卓著战功。加上他对于敌手的斩草除根式的狠毒，所以，他虽身受曹魏三朝顾命，但也在他手里，实际结束了曹魏政权。

　　虽然他在离开这个世界时，对他两个儿子说："吾事魏历年，官授太傅，人臣之位极矣；人皆疑吾有异志，吾尝怀恐惧。吾死之后，汝二人善理国政，辅帝平九州，慎之！慎之！"可唐代李世民在《晋书》中为其作传，引用一句古话："古人有云：'积善三年，知之者少，为恶一日，闻于天下。'可不谓然乎！"积恶过多，以致恶贯满盈的嗜血狂、杀人狂，想得到历史的谅解，应该是不可能的。

却说公孙渊乃辽东公孙度之孙，公孙康之子也。建安十二年，曹操追袁尚，未到辽东，康斩尚首级献操，操封康为襄平侯；后康死，有二子：长曰晃，次曰渊，皆幼；康弟公孙恭继职。曹丕时封恭为车骑将军、襄平侯。太和二年，渊长大，文武兼备，性刚好斗，夺其叔公孙恭之位，曹叡封渊为扬烈将军、辽东太守。后孙权遣张弥、许晏赍金宝珍玉赴辽东，封渊为燕王。渊惧中原，乃斩张、许二人，送首与曹叡。叡封渊为大司马、乐浪公。渊心不足，与众商议，自号为燕王，改元绍汉元年。副将贾范谏曰："中原待主公以上公之爵，不为卑贱；今若背反，实为不顺。更兼司马懿善能用兵，西蜀诸葛武侯且不能取胜，何况主公乎？"渊大怒，叱左右缚贾范，将斩之。参军伦直谏曰："贾范之言是也。圣人云：国家将亡，必有妖孽。今国中屡见怪异之事：近有犬戴巾帻，身披红衣，上屋作人行；又城南乡民造饭，饭甑之中，忽有一小儿蒸死于内；襄平北市中，地忽陷一穴，涌出一块肉，周围数尺，头面眼耳口鼻都具，独无手足，刀箭不能伤，不知何物。卜者占之曰：有形不成，有口无声；国家亡灭，故现其形。有此三者，皆不祥之兆也。主公宜避凶就吉，不可轻举妄动。"渊勃然大怒，叱武士绑伦直并贾范同斩于市。令大将军卑衍为元帅，杨祚为先锋，起辽兵十五万，杀奔中原来。

边官报知魏主曹叡。叡大惊，乃召司马懿入朝

◎孙权也搞远交近攻这一手，可他忘了一条，吴弱魏强，人家不会当真买账的。何况公孙渊，一个穷乡僻壤的自大狂。

◎历史上边境附属州府，很有一些刺儿头，敢于和中央政府讨价还价，抗命造反，寻衅骚扰，挑起事端。一是羽毛丰满，开始桀傲不驯，一是中原多事，提供可乘之机，一是自恃边远，认为鞭长莫及。但这次辽东公孙渊举事，却低估了司马懿的力量。他是个品尝过"兵贵神速"甜头的人，在驱军新城，铲除孟达时，那迅雷不及掩耳之势，连诸葛亮都无法抗拒。公孙渊不是分明在找死吗？

计议。懿奏曰："臣部下马步官军四万，足可破贼。"叡曰："卿兵少路远，恐难收复。"懿曰："兵不在多，在能设奇用智耳。臣托陛下洪福，必擒公孙渊以献陛下。"叡曰："卿料公孙渊作何举动？"懿曰："渊若弃城预走，是上计也；守辽东拒大军，是中计也；坐守襄平，是为下计，必被臣所擒矣。"叡曰："此去往复几时？"懿曰："四千里之地，往百日，攻百日，还百日，休息六十日，大约一年足矣。"叡曰："倘吴、蜀入寇，如之奈何？"懿曰："臣已定下守御之策，陛下勿忧。"叡大喜，即命司马懿兴师征讨公孙渊。

懿辞朝出城，令胡遵为先锋，引前部兵先到辽东下寨。哨马飞报公孙渊。渊令卑衍、杨祚分八万兵屯于辽隧，围堑二十余里，环绕鹿角，甚是严密。胡遵令人报知司马懿。懿笑曰："贼不与我战，欲老我兵耳。我料贼众大半在此，其巢穴空虚，不若弃却此处，径奔襄平；贼必往救，却于中途击之，必获全功。"于是勒兵从小路向襄平进发。

却说卑衍与杨祚商议曰："若魏兵来攻，休与交战。彼千里而来，粮草不继，难以持久，粮尽必退；待他退时，然后出奇兵击之，司马懿可擒也。昔司马懿与蜀兵相拒，坚守渭南，孔明竟卒于军中：今日正与此理相同。"二人正商议间，忽报："魏兵往南去了。"卑衍大惊曰："彼知吾襄平军少，去袭老营也。若襄平有失，我等守此处无益矣。"遂拔寨随后而起。早

◎诸葛亮在时，尚且不畏，现在，何忧之有？

◎公孙渊与司马懿玩战争游戏，简直就是讨死了。

有探马飞报司马懿。懿笑曰："中吾计矣！"乃令夏侯霸、夏侯威，各引一军伏于辽水之滨："如辽兵到，两下齐出。"二人受计而往。早望见卑衍、杨祚引兵前来。一声炮响，两边鼓噪摇旗：左有夏侯霸、右有夏侯威，一齐杀出。卑、杨二人，无心恋战，夺路而走；奔至首山，正逢公孙渊兵到，合兵一处，回马再与魏兵交战。卑衍出马骂曰："贼将休使诡计！汝敢出战否？"夏侯霸纵马挥刀来迎。战不数合，被夏侯霸一刀斩卑衍于马下，辽兵大乱。霸驱兵掩杀，公孙渊引败兵奔入襄平城去，闭门坚守不出。魏兵四面围合。

时值秋雨连绵，一月不止，平地水深三尺，运粮船自辽河口直至襄平城下。魏兵皆在水中，行坐不安。左都督裴景入帐告曰："雨水不住，营中泥泞，军不可停，请移于前面山上。"懿怒曰："捉公孙渊只在旦夕，安可移营？如有再言移营者斩！"裴景喏喏而退。少顷，右都督仇连又来告曰："军士苦水，乞太尉移营高处。"懿大怒曰："吾军令已发，汝何敢故违！"即命推出斩之，悬首于辕门外。于是军心震慑。

懿令南寨人马暂退二十里，纵城内军民出城樵采柴薪，牧放牛马。司马陈群问曰："前太尉攻上庸之时，兵分八路，八日赶至城下，遂生擒孟达而成大功；今带甲四万，数千里而来，不令攻打城池，却使久居泥泞之中，又纵贼众樵牧。某实不知太尉是何主意？"懿笑曰："公不知兵法耶？昔孟达粮多兵

◎司马懿那种可怕的坚韧，其残忍，其严酷，其枉顾人命，其责一杀百，令人发指。魏晋时期，法令严峻，刑罚苛重，是个普遍现象，司马懿那把屠夫的刀，最为锋利，动不动就是族灭，就"京观"，所以，那时生活在恐惧中的名士，除了整天用酒来麻醉自己，或者服五石散来毒害自己外，别无他计。

◎当时打仗，成败往往系在军粮供应上，曹操赢在粮上，孔明败在粮上，司马懿当然要在粮上做文章。

◎曹叡虽腐化之极，但这一点倒清醒。

◎绝不容情！

少，我粮少兵多，故不可不速战；出其不意，突然攻之，方可取胜。今辽兵多，我兵少，贼饥我饱，何必力攻？正当任彼自走，然后乘机击之。我今放开一条路，不绝彼之樵牧，是容彼自走也。"陈群拜服。

于是司马懿遣人赴洛阳催粮。魏主曹叡设朝，群臣皆奏曰："近日秋雨连绵，一月不止，人马疲劳，可召回司马懿，权且罢兵。"叡曰："司马太尉善能用兵，临危制变，多有良谋，捉公孙渊计日而待。卿等何必忧也？"遂不听群臣之谏，使人运粮解至司马懿军前。

懿在寨中，又过数日，雨止天晴。是夜，懿出帐外，仰观天文，忽见一星，其大如斗，流光数丈，自首山东北，坠于襄平东南。各营将士，无不惊骇。懿见之大喜，乃谓众将曰："五日之后，星落处必斩公孙渊矣。来日可并力攻城。"众将得令，次日侵晨，引兵四面围合，筑土山，掘地道，立炮架，装云梯，日夜攻打不息，箭如急雨，射入城去。

公孙渊在城中粮尽，皆宰牛马为食。人人怨恨，各无守心，欲斩渊首，献城归降。渊闻之，甚是惊忧，慌令相国王建、御史大夫柳甫，往魏寨请降。二人自城上系下，来告司马懿曰："请太尉退二十里，我君臣自来投降。"懿大怒曰："公孙渊何不自来？殊为无理！"叱武士推出斩之，将首级付与从人。从人回报，公孙渊大惊，又遣侍中卫演来到魏营。司马懿升帐，聚众将立于两边。演膝行而进，跪于帐下，告曰："愿太尉息雷霆之怒。克日先送世子公孙修为质当，然后君臣自缚来降。"懿曰："军事大要有五：能战当战，不能战当守，不能守当走，不能走当降，不能降当死耳！何必送子为质当？"叱卫演回报公孙渊，演抱头鼠窜而去。

归告公孙渊，渊大惊，乃与子公孙修密议停当，选下一千人马，当夜二更时分，开了南门，往东南而走。渊见无人，心中暗喜。行不到十里，忽听得山上一声炮响，鼓角齐鸣：一枝兵拦住，中央乃司马懿也；左有司马师，右有司马昭，二人大叫曰："反贼休走！"渊大惊，急拨马寻路欲走。早有胡遵兵到；左有夏侯霸、夏侯威，右有张虎、乐綝：四面围得铁桶相似。公孙渊父子，只得下马纳降。懿在马上顾诸将曰："吾前夜丙寅日，见大星落于此处，今夜壬申日应矣。"众将称贺曰："太尉真神机也！"懿传令斩之。公孙渊父子对面受戮。

司马懿遂勒兵来取襄平。未及到城下时，胡遵早引兵入城。城中人民焚香拜迎，魏兵尽皆入城。懿坐于衙上，将公孙渊宗族，并同谋官僚人等，俱杀之，计首级七十余颗。出榜安民。人告懿曰：贾范、伦直苦谏渊不可反叛，俱被渊所杀。懿遂封其墓而荣其子孙。就将库内财物，赏劳三军，班师回洛阳。

却说魏主在宫中，夜至三更，忽然一阵阴风，吹灭灯光，只见毛皇后引数十个宫人哭至座前索命。叡

◎司马懿在此之前，为文学掾，政治地位较高，但不掌军事的全面指挥权。尽管，他与诸葛亮多次交锋，实际上魏国高层仍旧要任命曹姓、夏侯姓的近亲将领统帅部队。此次征公孙渊，他直接向曹叡表态，哪怕兵少，也足以取胜，于是排除皇亲国戚的干扰和掣肘，独自担纲主演，这也是曹操、曹丕死后，贼胆越来越大之故。因此，他要把这出戏演好，那就是必须取得干净彻底的胜利。怎么叫干净彻底呢？那就是杀。对这个嗜血狂来说，也就只有这唯一的手段了。

◎狠！

◎毒！

◎将战争中所杀戮的敌军尸体，堆在一起，其状如山，谓之"京观"。在汉语中，这是最血腥的词汇。司马懿进襄平后，"男子年十五已上七千馀人，皆杀之，以为'京观'。伪公卿已下者皆伏诛，戮其将军毕盛等二千馀人。"正是这些人的首级尸骸，堆成"京观"，为司马懿铺平了成为最高统帅的路。

因此得病。病渐沉重，命侍中光禄大夫刘放、孙资，掌枢密院一切事务；又召文帝子燕王曹宇为大将军，佐太子曹芳摄政。宇为人恭俭温和，未肯当此大任，坚辞不受。叡召刘放、孙资问曰："宗族之内，何人可任？"二人久得曹真之惠，乃保奏曰："惟曹子丹之子曹爽可也。"叡从之。二人又奏曰："欲用曹爽，当遣燕王归国。"叡然其言。二人遂请叡降诏，赍出谕燕王曰："有天子手诏，命燕王归国，限即日就行；若无诏不许入朝。"燕王涕泣而去。遂封曹爽为大将军，总摄朝政。

叡病渐危，急令使持节诏司马懿还朝。懿受命，径到许昌，入见魏主。叡曰："朕惟恐不得见卿；今日得见，死无恨矣。"懿顿首奏曰："臣在途中，闻陛下圣体不安，恨不肋生两翼，飞至阙下。今日得睹龙颜，臣之幸也。"叡宣太子曹芳，大将军曹爽，侍中刘放、孙资等，皆至御榻之前。叡执司马懿之手曰："昔刘玄德在白帝城病危，以幼子刘禅托孤于诸葛孔明，孔明因此竭尽忠诚，至死方休。偏邦尚然如此，何况大国乎？朕幼子曹芳，年才八岁，不堪掌理社稷。幸太尉及宗兄元勋旧臣，竭力相辅，无负朕心！"又唤芳曰："仲达与朕一体，尔宜敬礼之。"遂命懿携芳近前。芳抱懿颈不放。叡曰："太尉勿忘幼子今日相恋之情！"言讫，潸然泪下。懿顿首流涕。魏主昏沉，口不能言，只以手指太子，

◎世间只能有一个诸葛亮，若有第二、第三个诸葛亮，人们也就不这样崇拜了。唯其无，才盼其有。

须臾而卒；在位十三年，寿三十六岁，时魏景初三年春正月下旬也。

当下司马懿、曹爽，扶太子曹芳即皇帝位。芳字兰卿，乃叡乞养之子，秘在宫中，人莫知其所由来。于是曹芳谥叡为明帝，葬于高平陵；尊郭皇后为皇太后；改元正始元年。司马懿与曹爽辅政。爽事懿甚谨，一应大事，必先启知。爽字昭伯，自幼出入宫中，明帝见爽谨慎，甚是爱敬。爽门下有客五百人，内有五人以浮华相尚：一是何晏，字平叔；一是邓飏，字玄茂，乃邓禹之后；一是李胜，字公昭；一是丁谧，字彦靖；一是毕轨，字昭先。又有大司农桓范字元则，颇有智谋，人多称为智囊。此数人皆爽所信任。

何晏告爽曰："主公大权，不可委托他人，恐生后患。"爽曰："司马公与我同受先帝托孤之命，安忍背之？"晏曰："昔日先公与仲达破蜀兵之时，累受此人之气，因而致死。主公如何不察也？"爽猛然省悟，遂与多官计议停当，入奏魏主曹芳曰："司马懿功高德重，可加为太傅。"芳从之，自是兵权皆归于爽。爽命弟曹羲为中领军，曹训为武卫将军，曹彦为散骑常侍，各引三千御林军，任其出入禁宫。又用何晏、邓飏、丁谧为尚书，毕轨为司隶校尉，李胜为河南尹：此五人日夜与爽议事。于是曹爽门下宾客日盛。司马懿推病不出，二子亦皆退职闲居。爽每日

◎皇帝一朝不如一朝，宗室也是一代不如一代，这是历朝历代难以逃脱的温室退化定律。由于自皇帝到皇室，到整个贵族阶层，养尊处优，四体不勤，骄奢淫欲，体质萎靡，使得从遗传细胞开始，就缺乏适应自然的能力，于是整体堕落便是一种不值得奇怪的现象。包括司马氏也逃不脱，他的白痴后代还有当上皇帝的呢？

◎何晏，何进孙，曹操婿，受曹丕、曹叡压制，一直不得意。曹芳临朝，曹爽主政，遂得大用。幸乎，不幸乎，这个问题，别人是无法替何晏回答的。

与何晏等饮酒作乐：凡用衣服器皿，与朝廷无异；各处进贡玩好珍奇之物，先取上等者入己，然后进宫，佳人美女，充满府院。黄门张当，谄事曹爽，私选先帝侍妾七八人，送入府中；爽又选善歌舞良家子女三四十人，为家乐。又建重楼画阁，造金银器皿，用巧匠数百人，昼夜工作。

却说何晏闻平原管辂明数术，请与论《易》。时邓飏在座，问辂曰："君自谓善《易》，而语不及《易》中词义，何也？"辂曰："夫善《易》者，不言《易》也。"晏笑而赞之曰："可谓要言不烦。"因谓辂曰："试为我卜一卦：可至三公否？"又问："连梦青蝇数十，来集鼻上，此是何兆？"辂曰："元、恺辅舜，周公佐周，皆以和惠谦恭，享有多福。今君侯位尊势重，而怀德者鲜，畏威者众，殆非小心求福之道。且鼻者，山也；山高而不危，所以长守贵也。今青蝇臭恶而集焉。位峻者颠，可不惧乎？愿君侯裒多益寡，非礼勿履：然后三公可至，青蝇可驱也。"邓飏怒曰："此老生之常谈耳！"辂曰："老生者见不生，常谈者见不谈。"遂拂袖而去。二人大笑曰："真狂士也！"辂到家，与舅言之。舅大惊曰："何、邓二人，威权甚重，汝奈何犯之？"辂曰："吾与死人语，何所畏耶！"舅问其故。辂曰："邓飏行步，筋不束骨，脉不制肉，起立倾倚，若无手足：此为鬼躁之相。何晏视候，魂不守宅，血不华色，精爽烟浮，容若槁木：此为鬼幽之相。二人早晚必有杀身之祸，何足畏也！"其舅大骂辂为狂子而去。

　　却说曹爽尝与何晏、邓飏等畋猎。其弟曹羲谏曰："兄威权太甚，而好出外游猎，倘为人所算，悔之无及。"爽叱曰："兵权在吾手中，何惧之有！"司农桓范亦谏，不听。时魏主曹芳，改正始十年为嘉平元年。曹爽一向专权，不知仲达虚实，适魏主除李胜为荆州刺史，即令李胜往辞仲达，就探消息。胜径到太傅府中，早有门吏报入。司马懿谓二子曰："此乃曹爽使来探吾病之虚实也。"乃去冠散发，上床拥被而坐，又令二婢扶策，方请李胜入府。胜至床前拜曰："一向不见太傅，谁想如此病重。今天子命某为荆州刺史，特来拜辞。"懿佯答曰："并州近朔方，好为之备。"胜曰："除荆州刺史，非并州也。"懿笑曰："你方从并州来？"胜曰："汉上荆州耳。"懿大笑曰："你从荆州来也！"胜曰："太傅如何病得这等了？"左右曰："太傅耳聋。"胜曰："乞纸笔一用。"左右取纸笔与胜。胜写毕，呈上，懿看之，笑曰："吾病的耳聋了。此去保重。"言讫，以手指口。侍婢进汤，懿将口就之，汤流满襟，乃作哽噎之声曰："吾今衰老病笃，死在旦夕矣。二子不肖，望君教之。君若见大将军，千万看觑二子！"言讫，倒在床上，声嘶气喘。李胜拜辞仲达，

◎小人得志者，该揽镜自照，看一看尊容是否如此？

◎何晏、曹爽，同为贵要子弟，但一为文人，一为武夫，终究有所不同。据《唐写本世说新书残卷》引《高士传》曰："是时曹爽辅政，识者虑有危机，晏有重名，与魏姻亲，内虽怀忧，而无复退地。著五言诗以言志曰：'鸿鹄比翼游，群飞戏太清，常畏天网罗，忧祸一旦并。岂若集五湖，从流唼浮萍，永宁旷中怀，何为怵惕惊。'曰管辂言惧而著诗也。"魏晋文人，无一不学问，而且非常之学问，无一不清醒，超乎寻常的清醒，但也无一不得不随俗，最后无一不得不蹈前人掉脑袋的覆辙。

◎好演技！没想到司马懿竟是一个老戏骨！

回见曹爽，细言其事。爽大喜曰："此老若死，吾无忧矣！"

司马懿见李胜去了，遂起身谓二子曰："李胜此去，回报消息，曹爽必不忌我矣。只待他出城畋猎之时，方可图之。"不一日，曹爽请魏主曹芳去谒高平陵，祭祀先帝。大小官僚，皆随驾出城。爽引三弟，并心腹人何晏等，及御林军护驾正行，司农桓范叩马谏曰："主公总典禁兵，不宜兄弟皆出。倘城中有变，如之奈何？"爽以鞭指而叱之曰："谁敢为变！再勿乱言！"当日，司马懿见爽出城，心中大喜，即起旧日手下破敌之人，并家将数十，引二子上马，径来谋杀曹爽。正是：

闭户忽然有起色，驱兵自此逞雄风。

未知曹爽性命如何，且看下文分解。

魏之曹操，一出场，就具帝王气；蜀之刘备，飞马跃檀溪以后，才找到帝王练习生的感觉；而吴之孙权，甚至赤壁战役获胜后，还以为是个有枪有炮的江东之主。所以公孙渊三句好话一怂恿，就晕菜了。但他并不傻，当然知道公孙渊是个什么东西，但他当然更知道敌人的敌人就是朋友这再简单不过的道理。他从远交近攻高度认识到结盟于公孙渊，在魏国后方将会起到的牵制作用，这一点，他看得是准确的。但他的迫不及待，说明他其实坐不住金銮殿，帝王气只是表面光。虽然，明帝太和六年（232）九月，"公孙渊阴怀二心，数与吴通"，孙权不为所动。但到明帝青龙元年（233）正月，"公孙渊遣校尉宿舒、郎中令孙综，奉表称臣于吴"，不过一年，并无特别反魏亲吴表现，孙权就决定赌一把，说明东吴这位新进为帝的明主，脑子不太灵光了。

凡在小局面待惯了，一见大世面，往往适应不了，不是受宠若惊，就是反应过度。"吴主大悦，为之大赦。三月，吴主遣太常张弥、执金吾许晏、将军贺达将兵万人，金宝珍货，九锡备物，乘海投渊，封渊为燕王。举朝大臣自顾雍以下皆谏，以为渊未可信而宠待太厚，但可遣吏兵护送舒、综而已。吴主不听。

结果如何呢？"然卒遣弥、晏往。"据《资治通鉴》，同年六月，"公孙渊知吴远难恃，乃斩张弥、许晏等首，传送京师，悉没其兵资珍宝。"孙权气极败坏，"吴主闻之，大怒曰：'朕年六十，世事难易，靡所不尝。近为鼠子所前却，令人气踊如山。不自截鼠子头以掷于海，无颜复临万国，就令颠沛，不以为恨！'"隐而秘之吧，孙先生，你嫌洋相出得不足，还大吼大叫，丢脸不够吗？

若不以成败论英雄，孙权乘魏、蜀纠缠于祁山时，南下九真，远涉台湾，确实系有点志向，有点气魄的帝王作为；只可惜功课做得不好，本想大赚，结果大赔。

第一百七回

魏主政归司马氏
姜维兵败牛头山

　　《世说新语》曰："爽兄弟先是数俱出游，桓范谓曰：'总万机，典禁兵，不宜并出，若有闭城门，谁复内入者？'爽曰：'谁敢尔邪！'由此不复并行。至是乃尽出也。"至是的"是"，乃正始十年（249）正月，少帝曹芳要去拜谒位于洛阳郊外高平陵的魏明帝之墓，曹爽兄弟及其亲信们皆随同前往。第一，年青人爱热闹，第二，曹芳发了话，于是倾朝而出。

　　桓范完全没有想到的，昨天还重病不起的司马懿，今天却精神矍铄，率领着两个儿子，及一部分家丁，全副武装，进入战斗状态。

　　曹爽之败，不是败在司马懿太强，而是这班纨袴子弟，根本不是这个强人的对手。第一，曹爽之流对司马懿毫无防范之心。第二，曹爽及其小集团对司马懿的压迫，有恃无恐地加大并加重压力，逼其反击。第三，他们根本不知道司马懿的厉害。结果，桓范的警告不幸而言中，曹爽前脚走，司马懿马上把城门关上了。

　　出于对曹爽之父曹子丹的旧交，桓范决定出城去帮他们一把。据《晋书》："大司农桓范出赴爽，蒋济言于帝曰：'智囊往矣。'帝曰：'爽与范内疏而智不及，驽马恋栈豆，必不能用也。'"果然，不出司马懿所料，《三国志》卷九裴松之注引干宝《晋书》曰："范则智矣，驽马恋栈豆，爽必不能用也。"

　　这表明，曹爽和他的那些哥儿们，根本就不知道装病的司马懿，是他们生死存亡的关键，只要他活在这个世界上，他们随时有掉脑袋的可能，面对如此迫在眉睫的巨大危机，竟然集体出游，腾出空间，让他得以从容夺取政权。最可怕者："帝（司马懿）于是奏永宁太后，废爽兄弟。时景帝（司马师）为中护军，将兵屯司马门。帝列阵阙下，经爽门。爽帐下督严世上楼，引弩将射帝，孙谦止之曰：'事未可知。'三注三止，皆引其肘不得发。"由此可见，他们腐化堕落到了极点；不得人心也到了极点。

　　最可怜者，莫过桓范，他与曹爽等人一样，都受到斩首和夷三族的重刑。临刑前，他斥骂曹爽："肥奴！曹子丹好人，生卿五六头肉，今桓范随卿灭门也。"

却说司马懿闻曹爽同弟曹羲、曹训、曹彦并心腹何晏、邓飏、丁谧、毕轨、李胜等及御林军，随魏主曹芳，出城谒明帝墓，就去畋猎。懿大喜，即到省中，令司徒高柔，假以节钺行大将军事，先据曹爽营；又令太仆王观行中领军事，据曹羲营。懿引旧官入后宫奏郭太后，言爽背先帝托孤之恩，奸邪乱国，其罪当废。郭太后大惊曰："天子在外，如之奈何？"懿曰："臣有奏天子之表，诛奸臣之计。太后勿忧。"太后惧怕，只得从之。懿急令太尉蒋济、尚书令司马孚，一同写表，遣黄门赍出城外，径至帝前申奏。懿自引大军据武库。早有人报知曹爽家。其妻刘氏急出厅前，唤守府官问曰："今主公在外，仲达起兵何意？"守门将潘举曰："夫人勿惊，我去问来。"乃引弓弩手数十人，登门楼望之。正见司马懿引兵过府前，举令人乱箭射下，懿不得过。偏将孙谦在后止之曰："太傅为国家大事，休得放箭。"连止三次，举方不射。司马昭护父司马懿而过，引兵出城屯于洛河，守住浮桥。

且说曹爽手下司马鲁芝，见城中事变，来与参军辛敞商议曰："今仲达如此变乱，将如之何？"敞曰："可引本部兵出城去见天子。"芝然其言。敞急入后堂。其姊辛宪英见之，问曰："汝有何事，慌速如此？"敞告曰："天子在外，太傅闭了城门，必将谋逆。"宪英曰："司马公未必谋逆，特欲杀曹将军耳。"敞惊曰："此事未知如何？"宪英曰："曹将军非司马

◎司马懿历经曹氏四代，眼看着帝王世家、宗族子弟、王公士族、天潢贵胄，总是一代不如一代地迅速腐败下去。声色犬马，奢靡淫侈，行尸走肉，倒行逆施，更加速了这个衰亡的过程。他无论如何想不到他的后代，也难脱这个进行性退化规律，最后，西晋为前赵所灭，东晋年头较长，但国土狭窄，被刘宋所灭，司马懿的后代，简直就是被摧枯拉朽地扫进历史的垃圾堆。司马家得江山也速，失江山也速，其中西晋52年，东晋103年。

◎司马懿并无多少兵力，当时残留在城内的守军，尚可一战，但谁愿意挑头用生命和鲜血，保卫这帮纨袴子弟，只有兵败如山倒地一垮到底了。

公之对手，必然败矣。"敞曰："今鲁司马教我同去，未知可去否？"宪英曰："职守，人之大义也。凡人在难，犹或恤之；执鞭而弃其事，不祥莫大焉。"敞从其言，乃与鲁芝引数十骑，斩关夺门而出。

人报知司马懿。懿恐桓范亦走，急令人召之。范与其子商议。其子曰："车驾在外，不如南出。"范从其言，乃上马至平昌门，城门已闭，把门将乃桓范旧吏司蕃也。范袖中取出一竹版曰："太后有诏，可即开门。"司蕃曰："请诏验之。"范叱曰："汝是吾故吏，何敢如此！"蕃只得开门放出。范出的城外，唤司蕃曰："太傅造反，汝可速随我去。"蕃大惊，追之不及。人报知司马懿。懿大惊曰："智囊泄矣！如之奈何？"蒋济曰："驽马恋栈豆，必不能用也。"懿乃召许允、陈泰曰："汝去见曹爽，说太傅别无他事，只是削汝兄弟兵权而已。"许、陈二人去了。又召殿中校尉尹大目至；令蒋济作书，与目持去见爽。懿分付曰："汝与爽厚，可领此任。汝见爽，说吾与蒋济指洛水为誓，只因兵权之事，别无他意。"尹大目依令而去。

却说曹爽正飞鹰走犬之际，忽报城内有变，太傅有表。爽大惊，几乎落马。黄门官捧表跪于天子之前。爽接表拆封，令近臣读之。表略曰："征西大都督、太傅臣司马懿，诚惶诚恐，顿首谨表：臣昔从辽东还，先帝诏陛下与秦王及臣等，升御床，把臣臂，深以后事为念。今大将军曹爽，背弃顾命，败乱国典；

◎曹爽智商很低，连句整话都说不周全的人，桓范对他来讲，名曰智囊，也不过是聋子耳朵，摆设而已。

内则僭拟，外专威权；以黄门张当为都监，专共交关；看察至尊，候伺神器；离间二宫，伤害骨肉；天下汹汹，人怀危惧：此非先帝诏陛下及嘱臣之本意也。臣虽朽迈，敢忘往言？太尉臣济、尚书令臣孚等，皆以爽为有无君之心，兄弟不宜典兵宿卫。奏永宁宫，皇太后令敕臣如奏施行。臣辄敕主者及黄门令，罢爽、羲、训吏兵，以侯就第，不得逗留，以稽车驾；敢有稽留，便以军法从事。臣辄力疾将兵，屯于洛水浮桥，伺察非常。谨此上闻，伏干圣听。"魏主曹芳听毕，乃唤曹爽曰："太傅之言若此，卿如何裁处？"爽手足失措，回顾二弟曰："为之奈何？"羲曰："劣弟亦曾谏兄，兄执迷不听，致有今日。司马懿谲诈无比，孔明尚不能胜，况我兄弟乎？不如自缚见之，以免一死。"言未毕，参军辛敞、司马鲁芝到。爽问之。二人告曰："城中把得铁桶相似，太傅引兵屯于洛水浮桥，势将不可复归。宜早定大计。"正言间，司农桓范骤马而至，谓爽曰："太傅已变，将军何不请天子幸许都，调外兵以讨司马懿耶？"爽曰："吾等全家皆在城中，岂可投他处求援？"范曰："匹夫临难，尚欲望活！今主公身随天子，号令天下，谁敢不应？岂可自投死地乎？"爽闻言不决，惟流涕而已。范又曰："此去许都，不过中宿。城中粮草，足支数载。今主公别营兵马，近在阙南，呼之即至。大司马之印，某将在此。主公可急行，迟则休矣！"爽曰："多官

◎第一，曹芳，你是天子，你怕个甚？第二，曹爽，天子在你手里，你怕个甚？第三，司马懿，不就在城里咋呼吗，你们怕个甚？天下这么大，待从头收拾旧山河，不是来不及。在官场中厮混久了，看起来，庞然大物，气壮如牛，一旦失去权力，剥掉官皮，马上狗屁不是，魂不附体。

◎窝囊废！这种人，一旦失官，便是一摊臭狗屎，分文不值。

勿太催逼，待吾细细思之。"

少顷，侍中许允、尚书陈泰至。二人告曰："太傅只为将军权重，不过要削去兵权，别无他意。将军可早归城中。"爽默然不语。又只见殿中校尉尹大目到。目曰："太傅指洛水为誓，并无他意。有蒋太尉书在此。将军可削去兵权，早归相府。"爽信为良言。桓范又告曰："事急矣，休听外言而就死地！"

是夜，曹爽意不能决，乃拔剑在手，嗟叹寻思；自黄昏直流泪到晓，终是狐疑不定。桓范入帐催之曰："主公思虑一昼夜，何尚不能决？"爽掷剑而叹曰："我不起兵，情愿弃官，但为富家翁足矣！"范大哭，出帐曰："曹子丹以智谋自矜！今兄弟三人，真豚犊耳！"痛哭不已。

许允、陈泰令爽先纳印绶与司马懿。爽令将印送去，主簿杨综扯住印绶而哭曰："主公今日舍兵权自缚去降，不免东市受戮也！"爽曰："太傅必不失信于我。"于是曹爽将印绶与许、陈二人，先赍与司马懿。众军见无将印，尽皆四散。爽手下只有数骑官僚。到浮桥时，懿传令，教曹爽兄弟三人，且回私宅；馀皆发监，听候敕旨。爽等入城时，并无一人侍从。桓范至浮桥边，懿在马上以鞭指之曰："桓大夫何故如此？"范低头不语，入城而去。

于是司马懿请驾拔营入洛阳。曹爽兄弟三人回家之后，懿用大锁锁门，令居民八百人围守其宅。曹

◎如此货色，焉得不败？桓范认为子不如父，其实，曹真也是虚有其名，这种贵族家庭的退化现象，对于统治集团的高层成员来说，是相当普遍的现象。

爽心中忧闷。羲谓爽曰："今家中乏粮，兄可作书与太傅借粮。如肯以粮借我，必无相害之心。"爽乃作书令人持去。司马懿览毕，遂遣人送粮一百斛，运至曹爽府内。爽大喜曰："司马公本无害我之心也！"遂不以为忧。原来司马懿先将黄门张当捉下狱中问罪。当曰："非我一人，更有何晏、邓飏、李胜、毕轨、丁谧等五人，同谋篡逆。"懿取了张当供词，却捉何晏等勘问明白：皆称三月间欲反。懿用长枷钉了。城门守将司蕃告称："桓范矫诏出城，口称太傅谋反。"懿曰："诬人反情，抵罪反坐。"亦将桓范等皆下狱，然后押曹爽兄弟三人并一干人犯，皆斩于市曹，灭其三族；其家产财物，尽抄入库。

　　时有曹爽从弟文叔之妻，乃夏侯令女也：早寡而无子，其父欲改嫁之，女截耳自誓。及爽被诛，其父复将嫁之，女又断去其鼻。其家惊惶，谓之曰："人生世间，如轻尘栖弱草，何至自苦如此？且夫家又被司马氏诛戮已尽，守此欲谁为哉？"女泣曰："吾闻仁者不以盛衰改节，义者不以存亡易心。曹氏盛时，尚欲保终；况今灭亡，何忍弃之？此禽兽之行，吾岂为乎！"懿闻而贤之，听使乞子以养，为曹氏后。后人有诗曰：

　　　　弱草微尘尽达观，夏侯有女义如山。
　　　　丈夫不及裙钗节，自顾须眉亦汗颜。

◎即使白痴，也会想到吃了这顿，还有下顿吗？

◎公元249年（嘉平元年），高平陵事件得手后，对外，司马氏的劲敌诸葛亮已逝，对内，杀高贵乡公政归司马氏，就一路开杀下去，平均两三年大开杀戒一次。所以，到了晋朝，天下名士减半，也就不必惊讶了。名士，是复制不得的，那是一个时代钟灵毓秀的结果，也是中华文明得以赓续的积累，从八王之乱到五胡十六国的混战，国土沦亡的同时，道德文明的堕落，司马懿这一劫，是五百年中国内乱之根本。

却说司马懿斩了曹爽，太尉蒋济曰："尚有鲁芝、辛敞斩关夺门而出，杨综夺印不与，皆不可纵。"懿曰："彼各为其主，乃义人也。"遂复各人旧职。辛敞叹曰："吾若不问于姊，失大义矣！"后人有诗赞辛宪英曰：

> 为臣食禄当思报，事主临危合尽忠。
> 辛氏宪英曾劝弟，故令千载颂高风。

司马懿饶了辛敞等，仍出榜晓谕：但有曹爽门下一应人等，尽皆免死；有官者照旧复职。军民各守家业，内外安堵。何、邓二人死于非命，果应管辂之言。后人有诗赞管辂曰：

> 传得圣贤真妙诀，平原管辂相通神。
> 鬼幽鬼躁分何邓，未丧先知是死人。

却说魏主曹芳封司马懿为丞相，加九锡。懿固辞不肯受。芳不准，令父子三人同领国事。懿忽然想起："曹爽全家虽诛，尚有夏侯玄守备雍州等处，系爽亲族，倘骤然作乱，如何提备？必当处置。"即下诏遣使往雍州，取征西将军夏侯玄赴洛阳议事。玄叔夏侯霸听知大惊，便引本部三千兵造反。有镇守雍州刺史郭淮，听知夏侯霸反，即率本部兵来，与夏侯霸交战。

◎班固在《汉书·景十三王传》里分析："昔鲁哀公有言，寡人生于深宫之中，长于妇人之手，未尝知忧，未尝知惧，信哉斯言也。虽欲不危亡，不可得已。是故古人以宴安为鸩毒，亡德而富贵谓之不幸。汉兴至于孝平，诸侯王以百数，率多骄淫失道，何则沉溺放恣之中，居势使然也。"这些后裔，一旦大难临头，不知所措，毫无应急能力，只有病急乱投医了。

淮出马大骂曰："汝既是大魏皇族，天子又不曾亏汝，何故背反？"霸亦骂曰："吾祖父于国家多建勤劳，今司马懿何等匹夫，灭吾兄曹爽宗族，又来取我，早晚必思篡位。吾仗义讨贼，何反之有？"淮大怒，挺枪骤马，直取夏侯霸。霸挥刀纵马来迎。战不十合，淮败走，霸随后赶来。忽听的后军呐喊，霸急回马时，陈泰引兵杀来。郭淮复回，两路夹攻。霸大败而走，折兵大半；寻思无计，遂投汉中来降后主。

有人报与姜维，维心不信，令人体访得实，方教入城。霸拜见毕，哭告前事。维曰："昔微子去周，成万古之名：公能匡扶汉室，无愧古人也。"遂设宴相待。维就席问曰："今司马懿父子掌握重权，有窥我国之志否？"霸曰："老贼方图谋逆，未暇及外。但魏国新有二人，正在妙龄之际，若使领兵马，实吴、蜀之大患也。"维问："二人是谁？"霸告曰："一人现为秘书郎，乃颍川长社人，姓钟，名会，字士季，太傅钟繇之子，幼有胆智。繇尝率二子见文帝，会时年七岁，其兄毓年八岁。毓见帝惶惧，汗流满面。帝问毓曰：'卿何以汗？'毓对曰：'战战惶惶，汗出如浆。'帝问会曰：'卿何以不汗？'会对曰：'战战栗栗，汗不敢出。'帝独奇之。及稍长，喜读兵书，深明韬略；司马懿与蒋济皆奇其才。一人现为掾吏，乃义阳人也，姓邓，名艾，字士载，幼年失父，素有大志。但见高山大泽，辄窥度指画，何处可以屯兵，何处可以积粮，何处可以埋伏。人皆笑之，独司马懿奇

◎魏从曹操网罗人才起，中原许都、洛阳一带，可谓聚集了当时的华夏精英，艺文秀俊，谋略才士，奇智高人。所以，后生可畏，层出不穷，正是这种人才优势，使魏统一了大半个中国，使晋朝统一了全中国，从此结束了三国鼎立的局面。然而，将近37年的安生稳定以后，这短命的统一，又化为乌有。

其才，遂令参赞军机。艾为人口吃，每奏事必称艾艾。懿戏谓曰：'卿称艾艾，当有几艾？'艾应声曰：'凤兮凤兮，故是一凤。'其资性敏捷，大抵如此。此二人深可畏也。"维笑曰："量此孺子，何足道哉！"

◎姜维也太轻狂了些。

于是姜维引夏侯霸至成都，入见后主。维奏曰："司马懿谋杀曹爽，又来赚夏侯霸，霸因此投降。目今司马懿父子专权，曹芳懦弱，魏国将危。臣在汉中有年，兵精粮足；臣愿领王师，即以霸为向导官，克服中原，重兴汉室：以报陛下之恩，以终丞相之志。"尚书令费祎谏曰："近者，蒋琬、董允皆相继而亡，内治无人。伯约只宜待时，不宜轻动。"维曰："不然。人生如白驹过隙，似此迁延岁月，何日恢复中原乎？"祎又曰："孙子云：'知彼知己，百战百胜。'我等皆不如丞相远甚，丞相尚不能恢复中原，何况我等？"维曰："吾久居陇上，深知羌人之心；今若结羌人为援，虽未能克复中原，自陇而西，可断而有也。"后主曰："卿既欲伐魏，可尽忠竭力，勿堕锐气，以负朕命。"于是姜维领敕辞朝，同夏侯霸径到汉中，计议起兵。

◎此话贬乎？褒乎？诸葛亮泉下有知，不知作何想？

维曰："可先遣使去羌人处通盟，然后出西平，近雍州。先筑二城于麴山之下，令兵守之，以为掎角之势。我等尽发粮草于川口，依丞相旧制，次第进兵。"

是年秋八月，先差蜀将句安、李歆同引一万五千兵，往麴山前连筑二城：句安守东城，李歆守西城。早有细作报与雍州刺史郭淮。淮一面申报洛阳，一面遣副将陈泰引兵五万，来与蜀兵交战。句安、李歆各引一军出迎；因兵少不能抵敌，退入城中。泰令兵四面围住攻打，又以兵断其汉中粮道。句安、李歆城中粮缺。郭淮自引兵亦到，看了地势，忻然而喜；回到寨中，乃与陈泰计议曰："此城山势高阜，必然水少，须出城取水；若断其上流，蜀兵皆渴死矣。"遂令军士掘土堰断上流。城中果然无水。李歆引兵出城取水，雍州兵围困甚急。歆死战不能出，只得退入城去。句安城中亦无水，乃会了李歆，引兵出城，并在一处；大战良久，又败入城去。军士枯渴。安与歆曰："姜都督之兵，至今未到，不知何故。"歆曰："我当舍命杀出求救。"遂引数十骑，开了城门，杀将出来。雍州兵四面围合，歆奋死冲突，方才得脱；只落得独自一人，身带重伤，馀皆没于乱军之中。是夜北风大起，阴云布合，天降大雪，因此城内蜀兵分粮化雪而食。

　　却说李歆撞出重围，从西山小路行了两日，正迎着姜维人马。歆下马伏地告曰："麹山二城，皆被魏兵围困，绝了水道。幸得天降大雪，因此化雪度日。甚是危急。"维曰："吾非来迟，为聚羌兵未到，因此误了。"遂令人送李歆入川养病。维问夏侯霸曰："羌兵未到，魏兵围困麹山甚急，将军有何高见？"霸曰："若等羌兵到，麹山二城皆陷矣。吾料雍州兵，必尽来麹山攻打，雍州城定然空虚。将军可引兵径往牛头山，抄在雍州之后：郭淮、陈泰必回救雍州，则麹山之围自解矣。"

◎姜维不愧为诸葛亮的衣钵传人，仍坚持北伐，仍沿续结羌人为援，自陇而西，断而有之，然后进军中原的路线，事实已经证明行不通，仍不顾阻拦地要把仗打下去，焉有不败之理？

维大喜曰:"此计最善!"于是姜维引兵望牛头山而去。

却说陈泰见李歆杀出城去了,乃谓郭淮曰:"李歆若告急于姜维,姜维料吾大兵皆在麴山,必抄牛头山袭吾之后。将军可引一军去取洮水,断绝蜀兵粮道;吾分兵一半,径往牛头山击之。彼若知粮道已绝,必然自走矣。"郭淮从之,遂引一军暗取洮水。陈泰引一军径往牛头山来。

却说姜维兵至牛头山,忽听的前军发喊,报说魏兵截住去路。维慌忙自到军前视之。陈泰大喝曰:"汝欲袭吾雍州!吾已等候多时了!"维大怒,挺枪纵马,直取陈泰。泰挥刀而迎。战不三合,泰败走,维挥兵掩杀。雍州兵退回,占住山头。维收兵就牛头山下寨。维每日令兵搦战,不分胜负。夏侯霸谓姜维曰:"此处不是久停之所。连日交战,不分胜负,乃诱兵之计耳,必有异谋。不如暂退,再作良图。"正言间,忽报郭淮引一军取洮水,断了粮道。维大惊,急令夏侯霸先退,维自断后。陈泰分兵五路赶来。维独拒五路总口,战住魏兵。泰勒兵上山,矢石如雨。维急退到洮水之时,郭淮引兵杀来。维引兵往来冲突。魏兵阻其去路,密如铁桶。维奋死杀出,折兵大半,飞奔上阳平关来。前面又一军杀到;为首一员大将,纵马横刀而出。那人生得圆面大耳,方口厚唇,左目下生个黑瘤,瘤上生数十根黑毛,乃司马懿长子骠骑将军司马师也。维大怒曰:"孺子焉敢阻吾归

◎除姜维外,只有一个投诚过来的夏侯霸,蜀中无人矣!

路！"拍马挺枪，直来刺师。师挥刀相迎。只三合，杀败了司马师，维脱身径奔阳平关来。城上人开门放入姜维。司马师也来抢关，两边伏弩齐发，一弩发十矢，乃武侯临终时所遗连弩之法也。正是：

> 难支此日三军败，独赖当年十矢传。

未知司马师性命如何，且看下文分解。

　　孙权正是因为诸葛亮六出祁山，魏国无力大举伐吴，这样，使得东吴孙权得以腾出手来向南和向北发展。作为一个帝王，以开疆辟土为已任，还是值得赞赏的，首先，目标为隔海相望的夷洲及澶洲。

　　据《后汉书·东夷传》："会稽海外有夷洲及澶洲，传言秦始皇使徐福将童男女数千人入海，求蓬莱神仙不得，福惧诛，不敢还，遂止此洲，世世相承，有数万家，人民时至会稽市。会稽东冶县人有入海行，遭风流移至澶洲者，所在绝远，不可往来。沈莹《临海水土志》曰：'夷洲在临海东，去郡二千里。土地无霜雪，草木不死，四面是山溪，地有铜铁，唯用鹿骼为矛以战斗，磨厉青石以作弓矢，取生鱼肉杂贮大瓦器中，以盐卤之，历月余日，仍啖食之，以为上肴也。今人相传，倭人即徐福止王之地，其国中至今庙祀徐福。'"

　　从《史记》开始，为周边接壤地区、民族立传以来，遂成正史惯例，《后汉书》此篇《东夷传》里所说的夷洲、澶洲，或即今之台湾、琉球。于是，"使将军卫温、诸葛直将甲士万人，浮海求夷洲、澶洲。"

第一百八回

丁奉雪中奋短兵
孙峻席间施密计

　　诸葛恪（203—253），诸葛瑾之子，曾经是东吴政治明星。然而，只亮一年多光景，就熄灭了。这个本应大有作为之人，被孙峻等密谋杀害，成为狗彘不如的败类。正如时人聂友与滕胤信中所言："当人强盛，山河可拔，一朝羸缩，人情万端，言之悲叹。"

　　《志林》载："初权病笃，召恪辅政。临去，大司马吕岱戒之曰：'世方多难，子每事必十思。'恪答曰：'昔季文子三思而后行，夫子曰再思可矣！今君令恪十思，明恪之劣也。'岱无以答。"其实，这本是善意的提示，可诸葛恪断然拒绝。凡好强之人，必盛气凌人，也必定是刚愎自用，诸葛恪就是一个锋芒毕露，自以为是的人物，他一直偏执到被人杀死为止，从没有认为自己错过。

　　一个人，在其应该天真的年纪成熟，也许不是一件坏事；然而，一个人，在其应该成熟的年纪天真，那就必然要出问题了。这就是诸葛恪51岁死于非命的原因，他以为自己永远是上帝的宠儿，上一年冬打了胜仗以后，接着第二年春又与魏战，冒举国之怒，拒臣宰之谏，悍然发兵二十万围新城，再立不世之功。谁知连战数月，攻城不下，诸葛恪相信对方守将之言，按魏律，围城百日后降无罪，请他停战数日，约定百日后降。这就是他应该成熟的年纪，仍旧天真的结果，相信并停止进攻，结果对方趁此机会，加固城防工事，他就更攻不破了。时值盛夏，痢疾杆菌帮了司马师的忙，吴军兵士染疫，伤死殆半。而诸葛恪仗着上方宝剑，绝不认错。那个保荐他上位的孙峻，生怕被他拖下水，设宴邀请，将他杀了。李卓吾评说："诸葛恪不禁熬炼，不济，不济，有愧令叔多矣！"其实，这叔侄俩的偏执、坚执、固执、迂执，是一脉相传的。

却说姜维正走，遇着司马师引兵拦截。原来姜维取雍州之时，郭淮飞报入朝，魏主与司马懿商议停当，懿遣长子司马师引兵五万，前来雍州助战；师听知郭淮敌退蜀兵，师料蜀兵势弱，就来半路击之。直赶到阳平关，却被姜维用武侯所传连弩法，于两边暗伏连弩百馀张，一弩发十矢，皆是药箭，两边弩箭齐发，前军连人带马射死不知其数。司马师于乱军之中，逃命而回。

却说麹山城中蜀将句安，见援兵不至，乃开门降魏。姜维折兵数万，领败兵回汉中屯扎。司马师自还洛阳。至嘉平三年秋八月，司马懿染病，渐渐沉重，乃唤二子至榻前嘱曰："吾事魏历年，官授太傅，人臣之位极矣；人皆疑吾有异志，吾尝怀恐惧。吾死之后，汝二人善理国政。慎之！慎之！"言讫而亡。长子司马师，次子司马昭，二人申奏魏主曹芳。芳厚加祭葬，优锡赠谥；封师为大将军，总领尚书机密大事，昭为骠骑上将军。

却说吴主孙权，先有太子孙登，乃徐夫人所生，于吴赤乌四年身亡，遂立次子孙和为太子，乃琅琊王夫人所生。和因与全公主不睦，被公主所谮，权废之，和忧恨而死。又立三子孙亮为太子，乃潘夫人所生。此时陆逊、诸葛瑾皆亡，一应大小事务，皆归于诸葛恪。太元元年秋八月初一日，忽起大风，江海涌涛，平地水深八尺。吴主先陵所种松柏，尽皆拔起，直

◎曹操死后，曹丕马上改弦易辙，把汉献帝废了。司马懿一死，他的儿子就不会再走他的路，而要自作主张的了。

◎司马懿于魏，曹操于汉，大抵相同，人臣之位极矣，权术之运用极矣。但区别在于司马懿尝怀恐惧，一生谨慎，唯恐疑有异志；而曹操略无半点惧畏之心，恣意行事，挥洒自如。所以在政治上、军事上、经济上的建树，这两个人便有高低之分了。

飞到建业城南门外，倒插于道上。权因此受惊成病。至次年四月内，病势沉重，乃召太傅诸葛恪、大司马吕岱至榻前，嘱以后事。嘱讫而薨。在位二十四年，寿七十一岁，乃蜀汉延熙十五年也。后人有诗曰：

> 紫髯碧眼号英雄，能使臣僚肯尽忠。
> 二十四年兴大业，龙盘虎踞在江东。

孙权既亡，诸葛恪立孙亮为帝，大赦天下，改元建兴元年；谥权曰大皇帝，葬于蒋陵。早有细作探知其事，报入洛阳。司马师闻孙权已死，遂议起兵伐吴。尚书傅嘏曰："吴有长江之险，先帝屡次征伐，皆不遂意；不如各守边疆，乃为上策。"师曰："天道三十年一变，岂得常为鼎峙乎？吾欲伐吴。"昭曰："今孙权新亡，孙亮幼懦，其隙正可乘也。"遂令征南大将军王昶引兵十万攻南郡，征东将军胡遵引兵十万攻东兴，镇南都督毌丘俭引兵十万攻武昌：三路进发。又遣弟司马昭为大都督，总领三路军马。

是年冬十二月，司马昭兵至东吴边界，屯住人马，唤王昶、胡遵、毌丘俭到帐中计议曰："东吴最紧要处，惟东兴郡也。今他筑起大堤，左右又筑两城，以防巢湖后面攻击，诸公须要仔细。"遂令王昶、毌丘俭各引一万兵，列在左右："且勿进发；待取了东兴郡，那时一齐进兵。"昶、俭二人受令而去。昭又令胡遵为

◎儿子比老子想得开，没有什么思想负担，司马师、司马昭要伐吴，认为天道无常，无不变的江山。这话的深意，不仅仅针对东吴而言，司马昭之心，路人皆知，这算是他实施篡位的序曲吧。

先锋，总领三路兵前去："先搭浮桥，取东兴大堤；若夺得左右二城，便是大功。"遵领兵来搭浮桥。

却说吴太傅诸葛恪，听知魏兵三路而来，聚众商议。平北将军丁奉曰："东兴乃东吴紧要处所，若有失，则南郡、武昌危矣。"恪曰："此论正合吾意。公可就引三千水兵从江中去，吾随后令吕据、唐咨、留赞各引一万马步兵，分三路来接应。但听连珠炮响，一齐进兵。吾自引大兵后至。"丁奉得令，即引三千水兵，分作三十只船，望东兴而来。

却说胡遵渡过浮桥，屯军于堤上，差桓嘉、韩综攻打二城。左城中乃吴将全端守把，右城中乃吴将留略守把。此二城高峻坚固，急切攻打不下。全、留二人见魏兵势大，不敢出战，死守城池。胡遵在徐塘下寨。时值严寒，天降大雪，胡遵与众将设席高会。忽报水上有三十只战船来到。遵出寨视之，见船将次傍岸，每船上约有百人。遂还帐中，谓诸将曰："不过三千人耳，何足惧哉！"只令部将哨探，仍前饮酒。

丁奉将船一字儿抛在水上，乃谓部将曰："大丈夫立功名，取富贵，正在今日！"遂令众军脱去衣甲，卸了头盔，不用长枪大戟，止带短刀。魏兵见之大笑，更不准备。忽然连珠炮响了三声，丁奉扯刀当先，一跃上岸。众军皆拔短刀，随奉上岸，砍入魏寨，魏兵措手不及。韩综急拔帐前大戟迎之，早被丁奉抢入怀内，手起刀落，砍翻在地。桓嘉从左边转出，忙绰枪

◎丁奉雪中这一仗，不戴头盔，不披铠甲，只是短刀相接，雪天洁白，血溅地红，两相辉映，那是何等残酷的风景。

◎刘备死时有诸葛亮辅政，曹操、曹丕、曹叡死时有司马懿。孙权死时任诸葛恪为太傅，而且很快被杀了，随后大乱，吴国便加速度走向死亡。

刺丁奉，被奉挟住枪杆。嘉弃枪而走，奉一刀飞去，正中左肩，嘉望后便倒。奉赶上，就以枪刺之。三千吴兵，在魏寨中左冲右突。胡遵急上马夺路而走。魏兵齐奔上浮桥，浮桥已断，大半落水而死；杀倒在雪地者，不知其数。车仗马匹军器，皆被吴兵所获。司马昭、王昶、毌丘俭听知东兴兵败，亦勒兵而退。

却说诸葛恪引兵至东兴，收兵赏劳了毕，乃聚诸将曰："司马昭兵败北归，正好乘势进取中原。"遂一面遣人赍书入蜀，求姜维进兵攻其北，许以平分天下；一面起大兵二十万，来伐中原。临行时，忽见一道白气，从地而起，遮断三军，对面不见。蒋延曰："此气乃白虹也，主丧兵之兆。太傅只可回朝，不可伐魏。"恪大怒曰："汝安敢出不利之言，以慢吾军心！"叱武士斩之。众皆告免，恪乃贬蒋延为庶人，仍催兵前进。丁奉曰："魏以新城为总隘口，若先取得此城，司马师破胆矣。"恪大喜，即趱兵直至新城。守城牙门将军张特，见吴兵大至，闭门坚守。恪令兵四面围定。早有流星马报入洛阳。主簿虞松告司马师曰："今诸葛恪困新城，且未可与战。吴兵远来，人多粮少，粮尽自走矣。待其将走，然后击之，必得全胜。但恐蜀兵犯境，不可不防。"师然其言，遂令司马昭引一军助郭淮防姜维；毌丘俭、胡遵拒住吴兵。

却说诸葛恪连月攻打新城不下，下令众将："并力攻城，怠慢者立斩。"于是诸将奋力攻打。城东北角将陷。张特在城中定下一计：乃令一舌辩之士，赍捧册籍，赴吴寨见诸葛恪，告曰："魏国之法：若敌人困城，守城将坚守一百日，而无救兵至，然后出城降敌者，家族不坐罪。今将军围城已九十馀日；望乞再容数日，某主将尽率军民出城投降。今先具册籍呈上。"恪深信之，收了军马，遂不攻城。原来张特用缓兵之计，哄退吴兵，遂拆城中房屋，于破城处修补完备，乃登城大骂曰："吾城中尚有半年之粮，岂肯降吴狗耶！尽战无妨！"恪大怒，催兵打城。城上乱箭射下。恪额上正中一箭，翻身落马。诸将救起还寨，金疮举发。众军皆无战心；又因天气亢炎，军士多病。恪金疮稍可，欲催兵攻城。营吏告曰："人人皆病，安能战乎？"恪大怒曰："再说病者斩之！"众军闻知，逃者无数。忽报都督蔡林引本部军投魏去了。恪大惊，自乘马遍视各营，果见军士面色黄肿，各带病容。遂勒兵还吴。早有细作报知毌丘俭。俭尽起大兵，随后掩杀。

◎这个诸葛恪，简直岂有此理！

　　吴兵大败而归，恪甚羞惭，托病不朝。吴主孙亮自幸其宅问安，文武官僚，皆来拜见。恪恐人议论，先搜求众官将过失，轻则发遣边方，重则斩首示众。于是内外官僚，无不悚惧。又令心腹将张约、朱恩管御林军，以为牙爪。却说孙峻字子远，乃孙坚弟孙静曾孙，孙恭之子也；孙权存日，甚爱之，命掌御林军马。今闻诸葛恪令张约、朱恩二人掌御林军，夺其权，心中大怒。太常卿滕胤，素与诸葛恪有隙，乃乘间说

◎诸葛恪的作为，一市井小人耳，东吴经他作践，雪上加霜，乱上添乱了。

峻曰："诸葛恪专权恣虐，杀害公卿，将有不臣之心。公系宗室，何不早图之？"峻曰："我有是心久矣；今当即奏天子，请旨诛之。"于是孙峻、滕胤入见吴主孙亮，密奏其事。亮曰："朕见此人，亦甚恐怖；常欲除之，未得其便。今卿等果有忠义，可密图之。"胤曰："陛下可设席召恪，暗伏武士于壁衣中，掷杯为号，就席间杀之，以绝后患。"亮从之。

却说诸葛恪自兵败回朝，托病居家，心神恍惚。一日，偶出中堂，忽见一人穿麻挂孝而入。恪叱问之，其人大惊无措。恪令拿下拷问，其人告曰："某因新丧父亲，入城请僧追荐；初见是寺院而入，却不想是太傅之府。却怎生来到此处也？"恪大怒，召守门军士问之。军士告曰："某等数十人，皆荷戈把门，未尝暂离，并不见一人入来。"恪大怒，尽数斩之。是夜，恪睡卧不安，忽听得正堂中声响如霹雳。恪自出视之，见中梁折为两段。恪惊归寝室，忽然一阵阴风起处，见所杀披麻人与守门军士数十人，各提头索命。恪惊倒在地，良久方苏。次早洗面，闻水甚血臭。恪叱侍婢，连换数十盆，皆臭无异。恪正惊疑间，忽报天子有使至，宣太傅赴宴。

恪令安排车仗。方欲出府，有黄犬衔住衣服，嘤嘤作声，如哭之状。恪怒曰："犬戏我也！"叱左右逐去之，遂乘车出府。行不数步，见车前一道白虹，自地而起，如白练冲天而去。恪甚惊怪，心腹将张约进

◎这一场血腥的宫廷屠杀，倒是三国时期一个成功的从重臣手中夺回权力的例外，汉献帝刘协，和魏主曹芳、曹髦想做而未做成的事，孙亮却不怎么费力地做到。

车前密告曰："今日宫中设宴，未知好歹，主公不可轻入。"恪听罢，便令回车。行不到十馀步，孙峻、滕胤乘马至车前曰："太傅何故便回？"恪曰："吾忽然腹痛，不可见天子。"胤曰："朝廷为太傅军回，不曾面叙，故特设宴相召，兼议大事。太傅虽感贵恙，还当勉强一行。"恪从其言，遂同孙峻、滕胤入宫，张约亦随入。

　　恪见吴主孙亮，施礼毕，就席而坐。亮命进酒，恪心疑，辞曰："病躯不胜杯酌。"孙峻曰："太傅府中常服药酒，可取饮乎？"恪曰："可也。"遂令从人回府取自制药酒到，恪方才放心饮之。酒至数巡，吴主孙亮托事先起。孙峻下殿，脱了长服，着短衣，内披环甲，手提利刃，上殿大呼曰："天子有诏诛逆贼！"诸葛恪大惊，掷杯于地，欲拔剑迎之，头已落地。张约见峻斩恪，挥刀来迎。峻急闪过，刀尖伤其左指。峻转身一刀，砍中张约右臂。武士一齐拥出，砍倒张约，剁为肉泥。孙峻一面令武士收恪家眷，一面令人将张约并诸葛恪尸首，用芦席包裹，以小车载出，弃于城南门外石子岗乱冢坑内。

　　却说诸葛恪之妻正在房中心神恍惚，动止不宁，忽一婢女入房。恪妻问曰："汝遍身如何血臭？"其婢忽然反目切齿，飞身跳跃，头撞屋梁，口中大叫："吾乃诸葛恪也！被奸贼孙峻谋杀！"恪合家老幼，惊惶号哭。不一时，军马至，围住府第，将恪全家老幼，俱缚至市曹斩首。时吴建兴二年冬十月也。昔

　　◎《资治通鉴》载，嘉平三年（251）"是时，吴主颇寤太子和之无罪，冬，十一月，吴主祀南郊还，得风疾，欲召和还；全公主及侍中孙峻、中书令孙弘固争之，乃止。吴主以太子亮幼少，议所付托，孙峻荐大将军诸葛恪可付大事。吴主嫌恪刚愎自用，峻曰：'当今朝臣之才，无及恪者。'乃召恪于武昌。"胡三省注曰："此时，通吴国上下皆以恪为才，而峻荐之。峻本无杀恪之心也，恪死于峻手，其罪在恪。峻既窃权，授之弟綝以乱吴国，其罪在峻，读史者其审诸！"

◎一个老年统治者死后，必定有这类权力再分配的厮杀，混乱的时间愈久，厮杀得也愈残酷，而且往往要经过多次反复，方能定局。

诸葛瑾存日，见恪聪明尽显于外，叹曰："此子非保家之主也！"又魏光禄大夫张缉，曾对司马师曰："诸葛恪不久死矣。"师问其故，缉曰："威震其主，何能久乎？"至此果中其言。却说孙峻杀了诸葛恪，吴主孙亮封峻为丞相、大将军、富春侯，总督中外诸军事。自此权柄尽归孙峻矣。

且说姜维在成都，接得诸葛恪书，欲求相助伐魏，遂入朝，奏准后主，复起大兵，北伐中原。正是：

一度兴师未奏绩，两番讨贼欲成功。

未知胜负如何，且看下文分解。

在魏蜀吴三主中，曹操没当过一天皇帝，刘备只可怜巴巴地过了两年皇帝瘾，倒是孙权在南京，当了二十三年皇帝。诸葛亮曾经对孙权评价南京，"钟阜龙蟠，石城虎踞"八个字，"龙蟠虎踞"，典出于此。在南京先后有十个朝代以此为都，孙权历时最长。所谓"金陵王气"由此开始。

因为他不像刘备，有一个完全可以信赖可以托孤的诸葛亮；也不像曹操，儿子曹丕早已经羽翼丰满；孙权在死了太子登，废了太子和以后，眼看要接位的太子亮才九岁，实在太幼小了些，只好把国家大事，托付给他并不太想托付的诸葛恪了。

凡领袖人物，到了晚年，很少能摆脱自古以来"老年综合病"，逐渐走向他曾经辉煌的反面，宠信非人，流放良臣，后宫纷争，嫡庶疑贰——所有他在清醒时决不干的事，现在干得比谁都厉害。用吕壹则排陷无辜，信陆逊却被谗而死，疑诸葛恪使其总揽一切，立后立子以致播乱宫廷，遗患不已。这些中国历朝历代的老年政治的必然现象，都一一不差地在吴国出现了。他活着的时候，这些矛盾虽然暴露，但不至于酿成灭国之祸，等到他一死，内乱必起，自然是国无宁日了。

他自己也明白："子弟不睦，臣下分部，将有袁氏之败，为天下笑！"然而，他还是废和立亮。他嫌诸葛恪刚愎自用，却遗命辅主。这一切都在表明他由清醒走向昏聩，由振作走向没落，由建设这个政权走向毁灭这个政权，除极个别的高龄皇帝外，大多数都难逃脱愈老迈愈昏庸也愈倒行逆施的必然规律。

老人政治这种劣根性，在中国，绵亘数千年，很难根绝。

第一百九回

困司马汉将奇谋
废曹芳魏家果报

　　回忆是痛苦的，不痛苦无以成记忆。正因为痛苦，这记忆才深刻。然而对诸葛亮这样既无记忆，也无痛苦的死人来讲，自然一切都成过去。然而仍旧活在当朝的姜维，他难道不会思索这样一个问题，明知走不通的路，还要再痛苦地走下去吗？诸葛亮在最后无人可选的情况下，将他一生领军作战的心血结晶，视作瑰宝的兵书，传给姜维，也是看中他能延续自己的方针，坚持北伐的坚定意志上。

　　蜀汉延熙十六年，姜维陇上这一仗，魏将徐质死，郭淮亡，司马昭困在铁笼山差点渴死，小有斩获。自陇而西，断而有之。然而再进军中原的北伐路线，事实上无以为继。人贵在知时识势，承认现实，时不在我，大势已去，胜局也会转败。姜维不能不将这场仗打下去，他当然知道实是不得人心。因为频繁出征，"蜀人由是怨维"，也是甚嚣尘上的，他不瞎不聋，当然他也不能不闻不知。但是，中国人讲师承，其实这是沉重的心狱，任何一个有出息的继承人，总是志在明天，超过前人，从来不以守成为己任的，从来也不以某某某弟子炫耀，一个总是打出弟子招牌的人，必然十之八九是一辈子出息不了的人。但悲剧在于，环境和影响往往左右一个人的思想意识。在蜀汉还存在着，在诸葛亮的影子下，姜维不得不继续按照诸葛亮的军事路线，亦步亦趋地走下去。

　　其实，真实的姜维，只是在这本长篇小说的结尾，才看到他非诸葛亮的自由天性，既聪明，又才智，能量超群；才看到他绝非诸葛亮式呆板拘谨，而是灵动自由，不拘一格，甚至神思八极、天马行空的非凡人物。他差一点点要将魏、蜀、吴三分格局改变。这个三国结尾最光彩的人物，由于著书人忙于结尾，急于交卷，便匆匆将其章节收束，至于他的初心，他的原意，他和诸葛亮的同与不同，他与邓艾，特别是他与钟会之间的故事，都不及考究，只能付之阙如了。

◎"蜀人由是怨维"，也是活该。任何一个有出息的继承人，接手后的第一件事，就是要考虑怎样超越上一代，你不敢否定老子的错误，你就不可能跨越他制造的障碍。于是，你只会捧着你父亲的衣钵讨饭吃，成为一个永远的要饭花子。所以，无论谁，循规蹈矩、因陈守旧、故步自封、不能与时俱进，跳不出自设人设的樊篱，姜维的悲剧，就会再现。当他失败到底，与诸葛亮无一丝瓜葛时，彻底卸载的他，不再以守成为己任，他也曾有可能杀出一个新局面的。

◎中国有句俗话，没有家贼，引不来外鬼。凡中国人内哄时，总是爱搬外族、外邦的人，给自己撑腰，汉奸、走狗、亡国奴、假洋鬼子就是这样应运而生，为害一方。

蜀汉延熙十六年秋，将军姜维起兵二十万，令廖化、张翼为左右先锋，夏侯霸为参谋，张嶷为运粮使，大兵出阳平关伐魏。维与夏侯霸商议曰："向取雍州，不克而还；今若再出，必又有准备。公有何高见？"霸曰："陇上诸郡，只有南安钱粮最广；若先取之，足可为本。向者不克而还，盖因羌兵不至。今可先遣人会羌人于陇右，然后进兵出石营，从董亭直取南安。"维大喜曰："公言甚妙！"遂遣郤正为使，赍金珠蜀锦入羌，结好羌王。羌王迷当，得了礼物，便起兵五万，令羌将俄何烧戈为大先锋，引兵南安来。

魏左将军郭淮闻报，飞奏洛阳。司马师问诸将曰："谁敢去敌蜀兵？"辅国将军徐质曰："某愿往。"师素知徐质英勇过人，心中大喜，即令徐质为先锋，令司马昭为大都督，领兵望陇西进发。军至董亭，正遇姜维，两军列成阵势。徐质使开山大斧，出马挑战。蜀阵中廖化出迎。战不数合，化拖刀败回。张翼纵马挺枪而迎，战不数合，又败入阵。徐质驱兵掩杀，蜀兵大败，退三十馀里。司马昭亦收兵回，各自下寨。

姜维与夏侯霸商议曰："徐质勇甚，当以何策擒之？"霸曰："来日诈败，以埋伏之计胜之。"维曰："司马昭乃仲达之子，岂不知兵法？若见地势掩映，必不肯追。吾见魏兵累次断吾粮道，今却用此计诱之，可斩徐质矣。"遂唤廖化分付如此如此，又唤张翼分付如此如此，二人领兵去了。一面令军士于路撒下铁蒺藜，寨外多排鹿角，示以久计。

徐质连日引兵搦战，蜀兵不出。哨马报司马昭说："蜀兵在铁笼山后，用木牛流马搬运粮草，以为久计，只待羌兵策应。"昭唤徐质曰："昔日所以胜蜀者，因断彼粮道也。今蜀兵在铁笼山后运粮，汝今夜引兵五千，断其粮道，蜀兵自退矣。"

徐质领令，初更时分，引兵望铁笼山来，果见蜀兵二百馀人，驱百馀头木牛流马，装载粮草而行。魏兵一声喊起，徐质当先拦住。蜀兵尽弃粮草而走。质分兵一半，押送粮草回寨；自引兵一半追来。追不到十里，前面车仗横截去路。质令军士下马拆开车仗，只见两边忽然火起。质急勒马回走，后面山僻窄狭处，亦有车仗截路，火光迸起。质等冒烟突火，纵马而出。一声炮响，两路军杀来：左有廖化，右有张翼，大杀一阵，魏兵大败。

徐质奋死只身而走，人困马乏，正奔走间，前面一枝兵杀到，乃姜维也。质大惊无措，被维一枪刺倒坐下马，徐质跌下马来，被众军乱刀砍死。质所分一半押粮兵，亦被夏侯霸所擒，尽降其众。

霸将魏兵衣甲马匹，令蜀兵穿了，就令骑坐，打着魏军旗号，从小路径奔回魏寨来。魏军见本部兵回，开门放入，蜀兵就寨中杀起。司马昭大惊，慌忙上马走时，前面廖化杀来。昭不能前进，急退时，姜维引兵从小路杀到。昭四下无路，只得勒兵上铁笼山据守。

◎木牛流马，用来作为诱敌的道具，可见诸葛亮此项发明，没有太大的实用价值。

原来此山只有一条路，四下皆险峻难上；其上惟有一泉，止够百人之饮——此时昭手下有六千人，被姜维绝其路口，山上泉水不敷，人马枯渴。昭仰天长叹曰："吾死于此地矣！"后人有诗曰：

妙算姜维不等闲，魏师受困铁笼间；
庞涓始入马陵道，项羽初围九里山。

主簿王韬曰："昔日耿恭受困，拜井而得甘泉。将军何不效之？"昭从其言，遂上山顶泉边，再拜而祝曰："昭奉诏来退蜀兵，若昭合死，令甘泉枯竭，昭自当刎颈，教部军尽降；如寿禄未终，愿苍天早赐甘泉，以活众命！"祝毕，泉水涌出，取之不竭，因此人马不死。

却说姜维在山下困住魏兵，谓众将曰："昔日丞相在上方谷，不曾捉住司马懿，吾深为恨；今司马昭必被吾擒矣。"

却说郭淮听知司马昭困于铁笼山上，欲提兵来。陈泰曰："姜维会合羌兵，欲先取南安。今羌兵已到，将军若撤兵去救，羌兵必乘虚袭我后也。可先令人诈降羌人，于中取事；若退了此兵，方可救铁笼之围。"郭淮从之，遂令陈泰引五千兵，径到羌王寨内，解甲而入，泣拜曰："郭淮妄自尊大，常有杀泰之心，故来投降。郭淮军中虚实，某俱知之。只今夜愿引一军

◎大势已去，胜局也会转败，本来应该到嘴的肉，竟飞去了。所以，人处败势，便不如意事常八九了。倒也不是命也运也，而是事物发展的自然规律。泉水自然有其旺枯的周期，而是姜维，想不周全罢了。

前去劫寨，便可成功。如兵到魏寨，自有内应。"迷
当大喜，遂令俄何烧戈同陈泰来劫魏寨。俄何烧戈教
泰降兵在后，令泰引羌兵为前部。是夜二更，竟到魏
寨，寨门大开。陈泰一骑马先入。俄何烧戈骤马挺
枪入寨之时，只叫得一声苦，连人带马，跌在陷坑
里。陈泰兵从后面杀来，郭淮从左边杀来，羌兵大乱，
自相践踏，死者无数，生者尽降。俄何烧戈自刎而
死。郭淮、陈泰引兵直杀到羌人寨中，迷当大王急出
帐上马时，被魏兵生擒活捉，来见郭淮。淮慌下马，
亲去其缚，用好言抚慰曰："朝廷素以公为忠义，今
何故助蜀人也？"迷当惭愧伏罪。淮乃说迷当曰："公
今为前部，去解铁笼山之围，退了蜀兵，吾奏准天子，
自有厚赐。"

　　迷当从之，遂引羌兵在前，魏兵在后，径奔铁笼
山。时值三更，先令人报知姜维。维大喜，教请入相见。
魏兵多半杂在羌人部内；行到蜀寨前，维令大兵皆在寨
外屯扎，迷当引百馀人到中军帐前。姜维、夏侯霸二人
出迎。魏将不等迷当开言，就从背后杀将起来。维大惊，
急上马而走。羌、魏之兵，一齐杀入。蜀兵四分五落，
各自逃生。维手无器械，腰间止有一副弓箭，走得慌忙，
箭皆落了，只有空壶。维望山中而走，背后郭淮引兵
赶来；见维手无寸铁，乃骤马挺枪追之。看看至近，维
虚拽弓弦，连响十馀次。淮连躲数番，不见箭到，知
维无箭，乃挂住钢枪，拈弓搭箭射之。维急闪过，顺

◎这就叫自讨苦吃。

◎姜维一身武艺，然是了得，那一幕
空手夺箭，绝地得生，反而杀了郭淮
的精彩演出，很有一点好莱坞西部牛
仔片的味道，端的好看。

手接了，就扣在弓弦上；待淮追近，望面门上尽力射去，淮应弦落马。维勒回马来杀郭淮，魏军骤至。维下手不及，只掣得淮枪而去。魏兵不敢追赶，急救淮归寨，拔出箭头，血流不止而死。司马昭下山引兵追赶，半途而回。夏侯霸随后逃至，与姜维一齐奔走。维折了许多人马，一路收扎不住，自回汉中。虽然兵败，却射死郭淮，杀死徐质，挫动魏国之威，将功补罪。

　　却说司马昭犒劳羌兵，发遣回国去讫，班师还洛阳，与兄司马师专制朝权，群臣莫敢不服。魏主曹芳每见师入朝，战栗不已，如针刺背。一日，芳设朝，见师带剑上殿，慌忙下榻迎之。师笑曰："岂有君迎臣之礼也，请陛下稳便。"须臾，群臣奏事，司马师俱自剖断，并不启奏魏主。少时朝退，师昂然下殿，乘车出内，前遮后拥，不下数千人马。

　　芳退入后殿，顾左右止有三人：乃太常夏侯玄，中书令李丰，光禄大夫张缉，缉乃张皇后之父，曹芳之皇丈也。芳叱退近侍，同三人至密室商议。芳执张缉之手而哭曰："司马师视朕如小儿，觑百官如草芥，社稷早晚必归此人矣！"言讫大哭。李丰奏曰："陛下勿忧。臣虽不才，愿以陛下之明诏，聚四方之英杰，以剿此贼。"夏侯玄奏曰："臣叔夏侯霸降蜀，因惧司马兄弟谋害故耳；今若剿除此贼，臣叔必回也。臣乃国家旧戚，安敢坐视奸贼乱国，愿同奉诏讨之。"芳曰："但恐不能耳。"三人哭奏曰："臣等誓当同心灭贼，以报陛

◎郭淮并未死于姜维手下，这是《三国演义》的杜撰。但他先与诸葛亮战，后与姜维战，再与羌人战，坐镇雍凉数十年，一直是拒蜀的先锋。蜀之败，败在自身的弱，也败在对手的强上。郭淮在曹真死后众心混乱之际，拥张郃统军，不给诸葛亮留下可乘之机，可见这位士族出身的将领，顾全大局，不同一般。

下！"芳脱下龙凤汗衫，咬破指尖，写了血诏，授与张缉，乃嘱曰："朕祖武皇帝诛董承，盖为机事不密也。卿等须谨细，勿泄于外。"丰曰："陛下何出此不利之言？臣等非董承之辈，司马师安比武祖也？陛下勿疑。"

◎旧戏重演。

三人辞出，至东华门左侧，正见司马师带剑而来，从者数百人，皆持兵器。三人立于道傍。师问曰："汝三人退朝何迟？"李丰曰："圣上在内廷观书，我三人侍读故耳。"师曰："所看何书？"丰曰："乃夏、商、周三代之书也。"师曰："上见此书，问何故事？"丰曰："天子所问伊尹扶商、周公摄政之事，我等皆奏曰：今司马大将军，即伊尹、周公也。"师冷笑曰："汝等岂将吾比伊尹、周公！其心实指吾为王莽、董卓！"三人皆曰："我等皆将军门下之人，安敢如此？"师大怒曰："汝等乃口谀之人！适间与天子在密室中所哭何事？"三人曰："实无此状。"师叱曰："汝三人泪眼尚红，如何抵赖！"夏侯玄知事已泄，乃厉声大骂曰："吾等所哭者，为汝威震其主，将谋篡逆耳！"师大怒，叱武士捉夏侯玄。玄揎拳裸袖，径击司马师，却被武士擒住。

◎司马师废了一个皇帝，司马昭杀了一个皇帝，若非后来立国为晋，按"成则为王，败则为寇"的说法，这弟兄俩也会被史家看作王莽、董卓一流。历史，常以成败计，便把许多恶行都一笔勾销了。其实这两兄弟，在作恶多端上，乃小一号的司马懿，不过，这两兄弟从不隐讳，嚣张得很。

师令将各人搜检，于张缉身畔搜出一龙凤汗衫，上有血字。左右呈与司马师。师视之，乃密诏也。诏曰：

　　司马师弟兄，共持大权，将图篡逆。所行诏制，皆非朕意。各部官兵将士，可同仗忠义，讨灭贼臣，匡扶社稷。功成之日，重加爵赏。

司马师看毕，勃然大怒曰："原来汝等正欲谋害吾兄弟！情理难容！"遂令将三人腰斩于市，灭其三族。三人骂不绝口。比临东市中，牙齿尽被打落，各人含糊数骂而死。

师直入后宫。魏主曹芳正与张皇后商议此事。皇后曰："内廷耳目甚多，倘事泄露，必累妾矣！"正言间，忽见师入，皇后大惊。师按剑谓芳曰："臣父立陛下为君，功德不在周公之下；臣事陛下，亦与伊尹何别乎？今反以恩为仇，以功为过，欲与二三小臣，谋害臣兄弟，何也？"芳曰："朕无此心。"师袖中取出汗衫，掷之于地曰："此谁人所作耶！"芳魂飞天外，魄散九霄，战栗而答曰："此皆为他人所逼故也。朕岂敢兴此心？"师曰："妄诬大臣造反，当加何罪？"芳跪告曰："朕合有罪，望大将军恕之！"师曰："陛下请起。国法未可废也。"乃指张皇后曰："此是张缉之女，理当除之！"芳大哭求免，师不从，叱左右将张后捉出，至东华门内，用白练绞死。后人有诗曰：

　　当年伏后出宫门，跣足哀号别至尊。
　　司马今朝依此例，天教还报在儿孙。

次日，司马师大会群臣曰："今主上荒淫无道，亵近娼优，听信谗言，闭塞贤路：其罪甚于汉之昌邑，不能主天下。吾谨按伊尹、霍光之法，别立新君，以保社稷，以安天下，如何？"众皆应曰："大将军行伊、霍之事，所谓应天顺人，谁敢违命？"师遂同多官入永宁宫，奏闻太后。太后曰："大将军欲立何人为君？"师曰："臣观彭城王曹据，聪明仁孝，可以为天下之主。"太后曰："彭城王乃老身之叔，今立为君，我何以当之？今有高贵乡公曹髦，乃文皇帝之孙；此人温恭克让，可以立之。卿等大臣，从长计议。"一人奏曰："太后之言是也。便可立之。"众视之，乃司马师宗叔司马孚也。师遂遣使往元城召高贵乡公；请太后升太极殿，召芳责之曰："汝荒淫无度，亵近娼优，不可承天下；当纳下玺绶，复齐王之爵，目下起程，非宣召不许入朝。"芳泣拜太后，纳了国宝，乘王车大哭而去。只有数员忠义之臣，含泪而送。后人有诗曰：

　　　　昔日曹瞒相汉时，欺他寡妇与孤儿。
　　　　谁知四十馀年后，寡妇孤儿亦被欺。

　　却说高贵乡公曹髦，字彦士，乃文帝之孙，东海定王霖之子也。当日，司马师以太后命宣至，文武官僚备銮驾于西掖门外拜迎。髦慌忙答礼。太尉王肃曰："主上不当答礼。"髦曰："吾亦人臣也，安得不答礼乎？"文武扶髦上辇入宫，髦辞曰："太后诏命，不知为何，吾安敢乘辇而入？"遂步行至太极东堂。司马师迎着，髦先下拜，师急扶起。问候已毕，引见太后。

◎《三国演义》作者所以要编出这一场戏，写得与曹操处置汉献帝衣带诏事，不差分毫，就为了将这几句因果报应的诗文，再来宣泄一通对曹操的恨，也真是够咬牙切齿的了。

后曰："吾见汝年幼时，有帝王之相；汝今可为天下之主：务须恭俭节用，布德施仁，勿辱先帝也。"髦再三谦辞。师令文武请髦出太极殿，是日立为新君，改嘉平六年为正元元年，大赦天下，假大将军司马师黄钺，入朝不趋，奏事不名，带剑上殿。文武百官，各有封赐。

正元二年春正月，有细作飞报，说镇东将军毌丘俭、扬州刺史文钦，以废主为名，起兵前来。司马师大惊。正是：

汉臣曾有勤王志，魏将还兴讨贼师。

未知如何迎敌，且看下文分解。

◎稀里糊涂当上皇帝，未必就是好事。

明帝曹叡与司马懿的关系不协，但到临终时，却把曹芳托付于他，估计司马懿对曹芳，不会比曹操对刘协更好；而司马懿一死，独眼龙司马师比其父更甚，不但严密控制，而且直接压迫。曹芳的反抗也属必然，因为曹魏势力，仍是主流。当时，司马师势张焰炽，不可一世，曹魏实力，特别是曹芳也不甘心就这样败阵下来。司马师以刀镮筑杀李丰，采取这样手段，说明他虽怒不可遏，但也不敢撕破脸，直接对曹芳下手。曹芳当然也不示弱，偏要与大将军唱对台戏。

恰巧，中领军许允外调，因他"素与李丰、夏侯玄善。秋，允为镇北将军、假节、都督河北诸军事。帝以允当出，诏会群臣，帝特引允以自近；允当与帝别，涕泣歔欷。"就因为这份与皇帝告别的表情，弄得在场的司马师大为光火。于是。"允未发，有司奏允前放散官物，收付廷尉，徙乐浪，未至，道死。"所以，曹芳很恼火，很抗拒，他的左右亲信，便煽动他以帝王之威，给司马兄弟一点颜色看看。"帝以李丰之死，意殊不平。安东将军司马昭镇许昌，诏召之使击姜维。九月，昭领兵入见，帝幸平乐观以临军过。左右劝帝因昭辞，杀之，勒兵以退大将军；已书诏于前，帝惧，不敢发。"

曹芳未敢下诏，"昭引兵入城，大将军师乃谋废帝"。

胡三省注："平乐观在洛阳城西，昭已过军，复引入城，帝势去矣。"

于是，东汉昭宁元年（189）董卓废立那一幕再度上演。

第一百十回

文鸯单骑退雄兵
姜维背水破大敌

《资治通鉴》载："初，扬州刺史文钦，骁果绝人，曹爽以乡里故爱之。钦恃爽势，多所陵傲。及爽诛，钦已内惧，又好增虏级以邀功赏，司马师常抑之，由是怨望。镇东将军毌丘俭素与夏侯玄、李丰善，玄等死，俭亦不自安，乃以计厚待钦。俭子治书侍御史甸谓俭曰：'大人居方岳重任，国家倾覆而晏然自守，将受四海之责矣！'俭然之。"文钦与毌丘俭打着复辟的名义造反，道理很简单，《资治通鉴》一语道破，你们是曹爽的人，你们和李丰、夏侯玄如果不是一伙，至少也是心气上相通，精神上一致的人。这是司马师的观点，因为《资治通鉴》的宗旨是在维护封建秩序，而复辟和反复辟，必然是一次秩序的颠覆。但司马光并未指出，其实司马师更在意的是这两个带兵的将军驻地，与吴国相邻，这令司马两兄弟不寒而栗。所以某种程度来说，文钦、毌丘俭的造反，是司马懿两个儿子逼出来的，因为在这个世界上，没有一个人愿意伸出脑袋让人砍。

这两员大将，委实不想造反，但司马懿一死，司马师迫不及待地篡魏为晋，先收拾朝中不听话的李丰、夏侯玄，再收拾不听话的曹芳，下一步必然就是收拾那些不听话的各地诸侯。毌丘俭和文钦，原系曹爽时代的红人，立刻面临生存危机，只好矫太后诏，讨伐不臣，起兵寿春，对抗洛阳。

其实，这只是被迫而反而已，谈不上复辟；因为司马氏与曹氏并无实质区别，而且连执掌权柄者的面孔，也一仍其旧。更不用说得到老百姓的支持了。造反与不造反一样，复辟和不复辟相似，我干吗拿命陪你们玩？这就是老百姓看透了以后的绝对现实主义。磕头是第一位的，至于向谁磕头，哪位菩萨，对于磕头者来讲，是无关紧要的。

而魏和晋，在中国历史上，却是一对政治怪胎，开国之主都是前朝的掘墓人，都是野心家出身，都是靠杀人起家，所以他们的后代，也无非这两手，一是野心，一是杀人。而文钦、毌丘俭之流，说到底，也是靠野心和杀人这两手，混到现在这等地步的。因此，两马和兵头之战，只是大野心家和小野心家，大杀人犯与小杀人犯一场血腥的交火，这种本质上狗咬狗一嘴毛的厮杀，也是三国百年间大大小小数百次战争的实质。

◎封建社会里，名义上的最高首领是皇帝，但实际上是由朝廷中各种政治派别，和地方上的各种势力，维系着对于老百姓的统治。这种派别，未必有多少政治上的歧见，只是权术斗法的平衡；地方实力的妥协，也只是把握权力大小的差别。各种派别和势力保持相对稳定的时期，小有摩擦，大体相安，一旦出现倾斜，必有互相之间撕破脸的争斗。

◎此时，吴、蜀已是强弩之末，坐看这样一个机会白白丧失了。

却说魏正元二年正月，扬州都督、镇东将军、领淮南军马毌丘俭，字仲恭，河东闻喜人也。闻司马师擅行废立之事，心中大怒。长子毌丘甸曰："父亲官居方面，司马师专权废主，国家有累卵之危，安可宴然自守？"俭曰："吾儿之言是也。"遂请刺史文钦商议。钦乃曹爽门下客，当日闻俭相请，即来参谒。俭邀入后堂，礼毕，说话间，俭流泪不止。钦问其故，俭曰："司马师专权废主，天地反覆，安得不伤心乎！"钦曰："都督镇守方面，若肯仗义讨贼，钦愿舍死相助。钦中子文淑，小字阿鸯，有万夫不当之勇，常欲杀司马师兄弟，与曹爽报仇，今可令为先锋。"俭大喜，即时酹酒为誓。二人诈称太后有密诏，令淮南大小官兵将士，皆入寿春城，立一坛于西，宰白马歃血为盟，宣言司马师大逆不道，今奉太后密诏，令尽起淮南军马，仗义讨贼。众皆悦服。俭提六万兵，屯于项城。文钦领兵二万在外为游兵，往来接应。俭移檄诸郡，令各起兵相助。

却说司马师左眼肉瘤，不时痛痒，乃命医官割之，以药封闭，连日在府养病；忽闻淮南告急，乃请太尉王肃商议。肃曰："昔关云长威震华夏，孙权令吕蒙袭取荆州，抚恤将士家属，因此关公军势瓦解。今淮南将士家属，皆在中原，可急抚恤，更以兵断其归路，必有土崩之势矣。"师曰："公言极善。但吾新割目瘤，不能自往。若使他人，心又不稳。"时中书侍郎钟会在侧，进言曰："淮楚兵强，其锋甚锐；若遣人领兵去退，多是不利。倘有疏虞，则大事废矣。"师蹶然起曰："非吾自往，不可破贼！"遂留弟司马昭守洛阳，总摄朝政。师乘软舆，带病东行。令镇东将军诸葛诞，总督豫州诸军，从安风津取寿春；又令征东将军胡遵，领青州诸军，出谯、宋之地，绝其归路；又遣荆州刺史、监军王基，领前部兵，先取镇南之地。师领大军屯于襄阳，聚文武于帐下商议。光禄勋郑袤曰："毌丘俭好谋而无断，文钦有勇而无智。今大军出其不意，江、淮之卒锐气正盛，不可轻敌；只宜深沟高垒，以挫其锐。此亚夫之长策也。"监军王基曰："不可。淮南之反，非军民思乱也；皆因毌丘俭势力所逼，不得已而从之。若大军一临，必然瓦解。"师曰："此言甚妙。"遂进兵于㶚水之上，中军屯于滁桥。基曰："南顿极好屯兵，可提兵星夜取之。若迟则毌丘俭必先至矣。"师遂令王基领前部兵来南顿城下寨。

　　却说毌丘俭在项城，闻知司马师自来，乃聚众商议。先锋葛雍曰："南顿之地，依山傍水，极好屯兵；若魏兵先占，难以驱遣，可速取之。"俭然其言，起兵投南顿来。正行之间，前面流星马报说，南顿已有人马下寨。俭不信，自到军前视之，果然旌旗遍野，营寨齐整。俭回到军中，无计可施。忽哨马飞报："东吴孙峻提兵渡江袭寿春来了。"俭大惊曰："寿春若失，吾归何处！"是夜退兵于项城。

　　司马师见毌丘俭军退，聚多官商议。尚书傅嘏

◎治乱宜急攻之，乌合之众，则土崩瓦解矣。若深沟高垒，固而不歼，待其成事，则难图之。

◎邓艾,是三国最后的一个异数,这个自学成才的职业军人一加入战斗,司马师便大有倚恃了。

曰:"今俭兵退者,忧吴人袭寿春也,必回项城分兵拒守。将军可令一军取乐嘉城,一军取项城,一军取寿春,则淮南之卒必退矣。兖州刺史邓艾,足智多谋;若领兵径取乐嘉,更以重兵应之,破贼不难也。"师从之,急遣使持檄文,教邓艾起兖州之兵破乐嘉城。师随后引兵到彼会合。

却说毌丘俭在项城,不时差人去乐嘉城哨探,只恐有兵来。请文钦到营共议,钦曰:"都督勿忧。我与拙子文鸯,只消五千兵,敢保乐嘉城。"俭大喜。钦父子引五千兵投乐嘉来。前军报说:"乐嘉城西,皆是魏兵,约有万馀。遥望中军,白旄黄钺,皂盖朱幡,簇拥虎帐,内竖一面锦绣帅字旗,必是司马师也,安立营寨,尚未完备。"时文鸯悬鞭立于父侧,闻知此语,乃告父曰:"趁彼营寨未成,可分兵两路,左右击之,可全胜也。"钦曰:"何时可去?"鸯曰:"今夜黄昏,父引二千五百兵,从城南杀来;儿引二千五百兵,从城北杀来:三更时分,要在魏寨会合。"钦从之,当晚分兵两路。且说文鸯年方十八岁,身长八尺,全装惯甲,腰悬钢鞭,绰枪上马,遥望魏寨而进。

是夜,司马师兵到乐嘉,立下营寨,等邓艾未至。师为眼下新割肉瘤,疮口疼痛,卧于帐中,令数百甲士环立护卫。三更时分,忽然寨内喊声大震,人马大乱。师急问之,人报曰:"一军从寨北斩围直入,为首一将,勇不可当!"师大惊,心如火烈,眼珠从肉瘤疮口内迸出，血流遍地，疼痛难当；又恐有乱军心，只咬被头而忍，被皆咬烂。原来文鸯军马先到，一拥而进，在寨中左冲右突；所到之处，人不敢当，有相拒者，枪搠鞭打，无不被杀。鸯只望父到，以为外应，并不见来。数番杀到中军，皆被弓弩射回。鸯直杀到天明，只听得北边鼓角喧天。鸯回顾从者曰："父亲不在南面为应，却从北至，何也？"鸯纵马看时，只见一军行如猛风，为首一将，乃邓艾也，跃马横刀，大呼曰："反贼休走！"鸯大怒，挺枪迎之。战有五十合，不分胜败。正斗间，魏兵大进，前后夹攻，鸯部下兵乃各自逃散，只文鸯单人独马，冲开魏兵，望南而走。背后数百员魏将，抖擞精神，骤马追来；将至乐嘉桥边，看看赶上。鸯忽然勒回马大喝一声，直冲入魏将阵中来；钢鞭起处，纷纷落马，各各倒退。鸯复缓缓而行。魏将聚在一处，惊讶曰："此人尚敢退我等之众耶！可并力追之！"于是魏将百员，复来追赶。鸯勃然大怒曰："鼠辈何不惜命也！"提鞭拨马，杀入魏将丛中，用鞭打死数人，复回马缓辔而行。魏将连追四五番，皆被文鸯一人杀退。后人有诗曰：

> 长坂当年独拒曹，子龙从此显英豪。
> 乐嘉城内争锋处，又见文鸯胆气高。

原来文钦被山路崎岖，迷入谷中，行了半夜，比及寻路而出，天色已晓，文鸯人马不知所向，只见魏兵大

◎司马师，贼忍之心不亚其父。

◎据《魏书》："钦性刚暴无礼，所在倨傲凌上。"这类没有什么本领，但脾气很大的人，通常是办不好什么事的。文钦如此，其子文鸯，虽勇比吕布，但智力也似之。

◎文鸯虽勇，非其时也，在战争中，气势是军心充沛的表现，叛乱与复辟是不大容易鼓舞士气的，所以，他老子文钦，竟迷路失踪，也真是令人发笑，打仗乎？儿戏乎？

◎复辟者大势已去，无可奈何的哀鸣。

◎文钦连与他儿子文鸯会师的路线都不识，哪还识得原是曹爽一伙应该是自家人的尹大目？本是魏国内乱，加之东吴介入，这场乱仗，真把人打糊涂了。

胜。钦不战而退。魏兵乘势追杀，钦引兵望寿春而走。

却说魏殿中校尉尹大目，乃曹爽心腹之人，因爽被司马懿谋杀，故事司马师，常有杀师报爽之心；又素与文钦交厚。今见师眼瘤突出，不能动止，乃入帐告曰："文钦本无反心，今被毌丘俭逼迫，以致如此。某去说之，必然来降。"师从之。大目顶盔惯甲，乘马来赶文钦；看看赶上，乃高声大叫曰："文刺史见尹大目么？"钦回头视之，大目除盔放于鞍鞒之前，以鞭指曰："文刺史何不忍耐数日也？"此是大目知师将亡，故来留钦。钦不解其意，厉声大骂，便欲开弓射之。大目大哭而回。钦收聚人马奔寿春时，已被诸葛诞引兵取了；欲复回项城时，胡遵、王基、邓艾三路兵皆到。钦见势危，遂投东吴孙峻去了。

却说毌丘俭在项城内，听知寿春已失，文钦势败，城外三路兵到，俭遂尽撤城中之兵出战。正与邓艾相遇，俭令葛雍出马，与艾交锋，不一合，被艾一刀斩之，引兵杀过阵来。毌丘俭死战相拒。江淮兵大乱。胡遵、王基引兵四面夹攻。毌丘俭敌不住，引十馀骑夺路而走。前至慎县城下，县令宋白开门接入，设席待之。俭大醉，被宋白令人杀了，将头献与魏兵。于是淮南平定。

司马师卧病不起，唤诸葛诞入帐，赐以印绶，加为镇东大将军，都督扬州诸路军马；一面班师回许昌。师目痛不止，每夜只见李丰、张缉、夏侯玄三人立于榻前。师心神恍惚，自料难保，遂令人往洛阳取司马昭到。昭哭拜于床下。师遗言曰："吾今权重，虽欲卸肩，不可得也。汝继我为之，大事切不可轻托他人，自取灭族之祸。"言讫，以印绶付之，泪流满面。昭急欲问时，师大叫一声，眼睛迸出而死。时正元二年二月也。于是司马昭发丧，申奏魏主曹髦。

髦遣使持诏到许昌，即命暂留司马昭屯军许昌，以防东吴。昭心中犹豫未决。钟会曰："大将军新亡，人心未定，将军若留守于此，万一朝廷有变，悔之何及？"昭从之，即起兵还屯洛水之南。髦闻之大惊。太尉王肃奏曰："昭既继其兄掌大权，陛下可封爵以安之。"髦遂命王肃持诏，封司马昭为大将军、录尚书事。昭入朝谢恩毕。自此，中外大小事情，皆归于昭。

却说西蜀细作哨知此事，报入成都。姜维奏后主曰："司马师新亡，司马昭初握重权，必不敢擅离洛阳。臣请乘间伐魏，以复中原。"后主从之，遂命姜维兴师伐魏。维到汉中，整顿人马。征西大将军张翼曰："蜀地浅狭，钱粮鲜薄，不宜远征；不如据险守分，恤军爱民：此乃保国之计也。"维曰："不然。昔丞相未出茅庐，已定三分天下，然且六出祁山以图中原；不幸半途而丧，以致功业未成。今吾既受丞相遗命，当尽忠报国以继其志，虽死而无恨也。今魏有隙可乘，不就此时伐之，更待何时？"夏侯霸曰："将军之言是也。可将轻骑先出枹罕。若得洮西南安，则诸郡可定。"张翼曰："向者不

◎其实多馀问的，所谓大事，无非篡魏为晋，还有比这更大的事么？

◎钟会高见。

◎夏侯霸复仇之心，高于一切，因为他除了生命以外，无可再失去了，自然主张打的。姜维不打，就不是诸葛亮的嫡传弟子，因此，张翼只好改变主意了。

克而还，皆因军出甚迟也。兵法云：攻其无备，出其不意。今若火速进兵，使魏人不能提防，必然全胜矣。"

于是姜维引兵五万，望枹罕进发。兵至洮水，守边军士报知雍州刺史王经、征西将军陈泰。王经先起马步兵七万来迎。姜维分付张翼如此如此，又分付夏侯霸如此如此：二人领计去了；维乃自引大军背洮水列阵。王经引数员牙将出而问曰："魏与吴、蜀，已成鼎足之势；汝累次入寇，何也？"维曰："司马师无故废主，邻邦理宜问罪，何况仇敌之国乎？"经回顾张明、花永、刘达、朱芳四将曰："蜀兵背水为阵，败则皆没于水矣。姜维骁勇，汝四将可战之。彼若退动，便可追击。"四将分左右而出，来战姜维。维略战数合，拨回马望本阵中便走。王经大驱士马，一齐赶来。维引兵望着洮水而走；将次近水，大呼将士曰："事急矣！诸将何不努力！"众将一齐奋力杀回，魏兵大败。张翼、夏侯霸抄在魏兵之后，分两路杀来，把魏兵困在垓心。维奋武扬威，杀入魏军之中，左冲右突，魏兵大乱，自相践踏，死者大半，逼入洮水者无数，斩首万馀，垒尸数里。王经引败兵百骑，奋力杀出，径往狄道城而走；奔入城中，闭门保守。

姜维大获全功，犒军已毕，便欲进兵攻打狄道城。张翼谏曰："将军功绩已成，威声大震，可以止矣。今若前进，倘不如意，正如画蛇添足也。"维曰："不然。向者兵败，尚欲进取，纵横中原；今日洮水

◎用得着你管这份闲事吗？

◎"可以止矣"，张翼这句话，可惜姜维听不进。而天底下又有多少得胜者、得意者、得势者、得志者听得进去呢？

一战，魏人胆裂，吾料狄道唾手可得。汝勿自堕其志也。"张翼再三劝谏，维不从，遂勒兵来取狄道城。

却说雍州征西将军陈泰，正欲起兵与王经报兵败之仇，忽兖州刺史邓艾引兵到。泰接着，礼毕，艾曰："今奉大将军之命，特来助将军破敌。"泰问计于邓艾，艾曰："洮水得胜，若招羌人之众，东争关陇，传檄四郡：此吾兵之大患也。今彼不思如此，却图狄道城；其城垣坚固，急切难攻，空劳兵费力耳。吾今陈兵于项岭，然后进兵击之，蜀兵必败矣。"陈泰曰："真妙论也！"遂先拨二十队兵，每队五十人，尽带旌旗、鼓角、烽火之类，日伏夜行，去狄道城东南高山深谷之中埋伏；只待兵来，一齐鸣鼓吹角为应，夜则举火放炮以惊之。调度已毕，专候蜀兵到来。于是陈泰、邓艾，各引二万兵相继而进。

却说姜维围住狄道城，令兵八面攻之，连攻数日不下，心中郁闷，无计可施。是日黄昏时分，忽三五次流星马报说："有两路兵来，旗上明书大字：一路是征西将军陈泰，一路是兖州刺史邓艾。"维大惊，遂请夏侯霸商议。霸曰："吾向尝为将军言：邓艾自幼深明兵法，善晓地理。今领兵到，颇为劲敌。"维曰："彼军远来，我休容他住脚，便可击之。"乃留张翼攻城，命夏侯霸引兵迎陈泰。维自引兵来迎邓艾。行不到五里，忽然东南一声炮响，鼓角震地，火光冲天。维纵马看时，只见周围皆是魏兵旗号；维大惊曰："中邓艾之计矣！"遂传令

◎姜维虽然得到诸葛亮的兵书，但未见其功。这一次背水之战，幸获大胜，倒是韩信的故技重演。可他只顾围攻狄道，不去打通陇西，放弃诸葛亮首出祁山的成功战略，看来贤如孔明者，也不大看得准人，白授他这部积平生经验的兵书。此公只是因为吃了羌人一次亏，就畏首畏尾，也不怪要败在邓艾手下了。

◎这是后三国时期，最后一批英才之间的较量了。

教夏侯霸、张翼各弃狄道而退。于是蜀兵皆退于汉中。维自断后，只听得背后鼓声不绝，维退入剑阁之时，方知火鼓二十馀处，皆虚设也。维收兵退屯于钟提。

且说后主因姜维有洮西之功，降诏封维为大将军。维受了职，上表谢恩毕，再议出师伐魏之策。正是：

　　　　成功不必添蛇足，讨贼犹思奋虎威。

不知此番北伐如何，且看下文分解。

　　建安七子，竹林七贤，只是文学史上的一个概念。与现代文学中我们熟知的创造社、新月派等的文学社团不同，那不是一个紧密联系、宗奉同一文学（当然也离不开政治）主张的团契。建安和竹林成员之间，这一位和另一位，可能过从甚密，就全体而言，从没有坐到一起过。因为以三曹为首的建安七子，即建安年间（196—219）的孔融、陈琳、王粲、徐幹、阮瑀、应场、刘桢这七个人，以及扩而大之，当时在许都的文学人或文化人，他们在宗曹和奉汉的政治立场上，并不一致。譬如孔融，以及弥衡、杨修，都是拥护汉政权，或与汉政权有着千丝万缕联系，而对曹操格格不入者。

　　同样的道理，魏晋时期的竹林七贤，即正始年间（240—249）的嵇康、阮籍、山涛、向秀、刘伶、王戎及阮咸七人，他们实际是以文而名的名士。中国之有名士这一说，始自魏晋。他们不但文学观点不尽相同，在政治取向上，也各宗所属。既有明确站在曹魏立场，与当局不合作的嵇康，也有不那么明确反晋但保持距离的阮籍，更有明哲保身以隐求生的归顺派山涛，和既得利益为司马氏效力的王戎，以及本是嵇康好友后又被司马昭招安的向秀……也是各各相异，很不一致的。

　　建安文学，能在文学史上占有一页位置，因为他们生于乱离之世，饱受战争创伤，包括曹操在内，笔调忧愁，宗旨凄伤，抒发愤懑，寄托哀思，形成一种称之为"建安风骨"的作品。而竹林七贤，杂彩纷呈，各具特色，再无统一的风格，这也与当时的政治气候有关，曹操搞政治压迫，但不群众化，而到了司马昭当政，这种政治压迫就相当程度的社会化。文人或名士，有的成为司马氏的党羽，有的遂进入鲁迅先生所说的"尚通脱"境界。所谓"通脱"，说到根子上，是文人对于创作自由和个性自由的追求。因此，这些名士，为了远离大将军的压迫，也为了远离那些太庸俗的声名之徒、市俗之流的同道，哪怕清贫，能过着与世隔绝的隐居生活，哪怕冷清，能追求随情任性的快乐张扬，哪怕失去，能进入特立独行的学问天地，哪怕寒苦，能书写与众不同的自我文章，这才是最大的人生满足。如果说，建安文人摆脱了文人只是附庸和附属地位，那么，魏晋文人则树立了文人的自信、自强、自尊、自由的形象。

第一百十一回

邓士载智败姜伯约
诸葛诞义讨司马昭

太平盛世，按部就班，上升通道拥塞，论资排辈，一时难以轮到，所以，英雄不大容易找到用武之地的。

乱世出英雄，应该说是端的有理，汉末三国即为最好的证明。试以刘、关、张为例，倘不是黄巾起事，天下大乱，紧接着，干戈四起，烽火不止，刘、关、张不可能走到一起桃园结义成其大事。因此，倘不是赶上乱世，这三位恐怕一直仍操旧业。而结义以后，一是自告奋勇，争取出头，一是大势所趋，裹胁而从。他们本是平凡、平常甚至平庸的世俗之人，一个织席贩履者，成为三分天下的领袖人物；一个推车运输者，成为过五关斩六将的传奇英雄；一个小庄园主，成为长坂桥力遏千军万马的无敌猛将。从英雄的来历看到，只有乱世，才给他们这样一个闯荡江山的磨练机会，也才能使他们在众人中脱颖而出。

三位英雄的鱼龙变化，说明他们在这乱世之中，跌打滚爬，含辛茹苦，杀人越命，生死考验，历经无数艰苦，多少年如一日熬持过来，刀来剑去，冲锋陷阵，血雨腥风，死去活来，大片河山都被他们踏遍，各路豪杰都和他们交手，看来这三个人，确实是要比别人多了些什么。多什么呢，多了一份胆气，有胆则勇，有气则壮；同时，也看到他们身上，确实又是比往日的那农民脑袋少了些什么，少什么呢，那就是少了一些规矩、规章、规则、规范的束缚。所谓造反，就是造统治阶级所定下的规矩、规章、规则、规范的反。这就是拜乱世所赐了。刘、关、张本是同大家一样的人，但胆大气壮，没了束缚，便如脱笼之鸟，出山之虎。那张飞敢于将督邮鞭打，要不是乱世，老子第一，力量为王，他这个小庄园主敢下得去手吗？太平年间，官大一品还压死人，能饶了你？所以刘备敢于称王称霸，关羽敢于封王封侯，原来压在他们头上的那些皇规王法，那些规矩道理，都因为这乱世一概作废，精神得解放的同时，能量也就得到挥发。

至于曹操，那就更不用说了，竟敢率领几十万人马，要不是乱世，要不是战争，能轮到他来指手画脚么？

所以，时势造英雄，英雄造时势，乱世还真是人才辈出的时期。

◎蜀魏交手，此出彼进，忽胜忽败，犬牙交错。邓艾一席话，不仅语惊四座，连读者也明白了许多。

却说姜维退兵屯于钟提，魏兵屯于狄道城外。王经迎接陈泰、邓艾入城，拜谢解围之事，设宴相待，大赏三军。泰将邓艾之功，申奏魏主曹髦。髦封艾为安西将军，假节领护东羌校尉，同陈泰屯兵于雍、凉等处。邓艾上表谢恩毕，陈泰设席与邓艾拜贺曰："姜维夜遁，其力已竭，不敢再出矣。"艾笑曰："吾料蜀兵其必出有五。"泰问其故，艾曰："蜀兵虽退，终有乘胜之势；吾兵终有弱败之实：其必出一也。蜀兵皆是孔明教演精锐之兵，容易调遣；吾将不时更换，军又训练不熟：其必出二也。蜀人多以船行，吾军皆在旱行，劳逸不同：其必出三也。狄道、陇西、南安、祁山四处皆是守战之地，蜀人或声东击西，指南攻北，吾兵必须分头守把；蜀兵合为一处而来，以一分当我四分：其必出四也。若蜀兵自南安、陇西，则可取羌人之谷为食；若出祁山，则有麦可就食：其必出五也。"陈泰叹服曰："公料敌如神，蜀兵何足虑哉！"于是陈泰与邓艾结为忘年之交。艾遂将雍、凉等处之兵，每日操练。各处隘口，皆立营寨，以防不测。

却说姜维在钟提大设筵会，会集诸将，商议伐魏之事。令史樊建谏曰："将军屡出，未获全功。今日洮西之捷，魏人已服威名，何故又欲出也？万一不利，前功尽弃。"维曰："汝等只知魏国地宽人广，急不可得，却不知攻魏者有五可胜。"众问之，维答曰："彼洮西一败，挫尽锐气；吾兵虽退，不曾损折。今若进兵，一可胜也。吾兵船载而进，不致劳困；彼兵皆从旱地来迎，二可胜也。吾兵久经训练之众；彼皆乌合之徒，不曾有法度，三可胜也。吾兵自出祁山，掠抄秋谷为食，四可胜也。彼兵虽各守备，军力分开；吾兵一处而去，彼安能救？五可胜也。不在此时伐魏，更待何日耶？"夏侯霸曰："艾年虽幼，而机谋深远，近封为安西将军之职，必于各处准备，非同往日矣。"维厉声曰："吾何畏彼哉！公等休长他人锐气，灭自己威风。吾意已决，必先取陇西。"众不敢谏。

维自领前部，令众将随后而进。于是蜀兵尽离钟提，杀奔祁山来。哨马报说魏兵已先在祁山立下九个寨栅。维不信，引数骑凭高望之，果见祁山九寨势如长蛇，首尾相顾。维回顾左右曰："夏侯霸之言，信不诬矣。此寨形势绝妙，止吾师诸葛丞相能之。今观邓艾所为，不在吾师之下。"遂回本寨，唤诸将曰："魏人既有准备，必知吾来矣。吾料邓艾必在此间。汝等可虚张吾旗号，据此谷口下寨，每日令百馀骑出哨，每出哨一回，换一番衣甲旗号，按青、黄、赤、白、黑五方旗帜更换。吾却提大兵偷出董亭，径袭南安去也。"遂令鲍素屯于祁山谷口，维尽率大兵望南安进发。

却说邓艾知蜀兵出祁山，早与陈泰下寨准备，见蜀兵连日不来搦战，一日五番哨马出寨，或十里、十五里而回。艾凭高望毕，慌入帐与陈泰曰："姜维

◎邓艾和姜维较量，一日五必出，一日五可胜，可谓知己知彼。但一个赢在真的知彼上，看出了换人不换马的破绽，一个输在了真的不知己上，衣甲、旗号变化，而座骑却那么几匹，这等粗心，可不是诸葛亮的真传。

◎邓艾长于军事，短于政治，最后败在工于心计的钟会手里，而何等聪明的钟会，却能与姜维走到一起，反而送了性命。这些属于三国第三代的后起之秀，无论从哪方面比之前辈，都是大为逊色，算不得成事之辈的人材了。

不在此间，必取董亭袭南安去了。小寨哨马只是这几匹，更换衣甲，往来哨探，其马皆困乏，主将必无能者。陈将军可引一军攻之，其寨可破也。破了寨栅，便引兵袭董亭之路，先断姜维之后。吾当先引一军救南安，径取武城山。若先占此山头，姜维必取上邽。上邽有一谷，名曰段谷，地狭山险，正好埋伏。彼来争武城山时，吾先伏两军于段谷，破维必矣。"泰曰："吾守陇西二三十年，未尝如此明察地理。公之所言，真神算也。公可速去，吾自攻此处寨栅。"于是邓艾引军星夜倍道而行，径到武城山。下寨已毕，蜀兵未到。即令子邓忠与帐前校尉师纂，各引五千兵，先去段谷口埋伏，如此如此而行，二人受计而去。艾令偃旗息鼓，以待蜀兵。

却说姜维从董亭望南安而来。至武城山前，谓夏侯霸曰："近南安有一山，名武城山，若先得了，可夺南安之势。只恐邓艾多谋，必先提防。"正疑虑间，忽然山上一声炮响，喊声大震，鼓角齐鸣，旌旗遍竖，皆是魏兵。中央风飘起一黄旗，大书"邓艾"字样。蜀兵大惊。山上数处精兵杀下，势不可当，前军大败。维急率中军人马去救时，魏兵已退。维直来武城山下搦邓艾战，山上魏兵并不下来。维令军士辱骂，至晚方欲退军，山上鼓角齐鸣，却又不见魏兵下来。维欲上山冲杀，山上炮石甚严，不能得进。守至三更欲回，山上鼓角又鸣。维移兵下山屯扎。比及令军搬运木石，方欲竖立为寨，山上鼓角又来，魏兵骤至。蜀兵大乱，自相践踏，退回旧寨。次日，姜维令军士运粮草车仗，至武城山穿连排定，欲立起寨栅，以为屯兵之计。是夜二更，邓艾令五百人各执火把，分两路下山，放火烧车仗。两兵混杀了一夜，营寨又立不成。维复引兵退，再与夏侯霸商议曰："南安未得，不如先取上邽。上邽乃南安屯粮之所，若得上邽，南安自危矣。"遂留霸屯于武城山。

维尽引精兵猛将，径取上邽。行了一宿，将及天明，见山势狭峻，道路崎岖，乃问向导官曰："此处何名？"答曰："段谷。"维大惊曰："其名不美！'段谷'者，'断谷'也。倘有人断其谷口，如之奈何？"正踌躇未决，忽前军来报："山后尘头大起，必有伏兵。"维急令退兵。师纂、邓忠两军杀出，维且战且走。前面喊声大震，邓艾引兵杀到，三路夹攻，蜀兵大败。幸得夏侯霸引兵杀到，魏兵方退，救了姜维。欲再往祁山，霸曰："祁山寨已被陈泰打破，鲍素身亡，全寨人马皆退回汉中去了。"维不敢取董亭，急投山僻小路而回。后面邓艾急追，维令诸军前进，自为断后。正行之间，忽然山中一军突出，乃魏将陈泰也。魏兵一声喊起，将姜维困在垓心。维人马困乏，左冲右突，不能得出。荡寇将军张嶷闻姜维受困，引数百骑杀入重围，维因乘势杀出，嶷被魏兵乱箭射死。维得脱重围，复回汉中，因感张嶷忠勇，殁于

◎姜维行险，差一点成功，证明他并非诸葛亮第二，他本可不必非走诸葛亮那条失败的路，只是受人之托，情义所至，不得不耳。在蜀言蜀，现在，蜀没了，他自由了，这次伴降钟会，就是他的改变。若果如裴松之驳孙盛之诬姜："（钟）会欲尽坑魏将以举大事，授维重兵，使为前驱。若令魏将皆死，兵事在维手，杀会复蜀，不为难矣。夫功成理外，然后为奇，不可以事有差牙，而抑谓不然。设使田单之计，邂逅不会，复可谓之愚暗哉！"姜维要是如愿，这世界没有不可能发生的事，尽坑魏将，魏兵溃退，估计《三国演义》变为《两国演义》，又要顺延若干时日。

◎孙盛，平蜀战役的老兵，他在《晋阳秋》中说，"姜维既降之后密与刘禅表疏"，见《华阳国志》。"维教会诛北来诸将，既死，徐欲杀会，尽坑魏兵，还复蜀祚，密书与后主曰：'原陛下忍数日之辱，臣欲使社稷危而复安，日月幽而复明。'"若果如此，这个姜维便是真实的姜维，而非诸葛亮影子下那个姜维了。人对人精神上的束缚，甚于枷锁，打破自我设置的心狱，是很难很难的。

◎穷兵黩武者戒！

◎贾充的女儿就是那"何不食肉糜"的白痴皇帝司马衷的老婆，著名的"八王之乱"，就是这个丑而短黑的贾后折腾起来的。

王事，乃表赠其子孙。于是，蜀中将士多有阵亡者，皆归罪于姜维。维照武侯街亭旧例，乃上表自贬为后将军，行大将军事。

却说邓艾见蜀兵退尽，乃与陈泰设宴相贺，大赏三军。泰表邓艾之功。司马昭遣使持节，加艾官爵，赐印绶，并封其子邓忠为亭侯。

时魏主曹髦，改正元三年为甘露元年。司马昭自为天下兵马大都督，出入常令三千铁甲骁将前后簇拥，以为护卫；一应事务，不奏朝廷，就于相府裁处。自此，常怀篡逆之心。有一心腹人姓贾，名充，字公闾，乃故建威将军贾逵之子，为昭府下长史。充语昭曰："今主公掌握大柄，四方人心必然未安，且当暗访，然后徐图大事。"昭曰："吾正欲如此。汝可为我东行，只推慰劳出征军士为名，以探消息。"贾充领命，径到淮南，入见镇东大将军诸葛诞。诞字公休，乃琅琊南阳人，即武侯之族弟也。向仕于魏，因武侯在蜀为相，因此不得重用。后武侯身亡，诞在魏历任重职，封高平侯，总摄两淮军马。

当日贾充托名劳军，至淮南见诸葛诞。诞设宴待之。酒至半酣，充以言挑诞曰："近来洛阳诸贤，皆以主上懦弱，不堪为君。司马大将军三世辅国，功德弥天，可以禅代魏统。未审钧意若何？"诞大怒曰："汝乃贾豫州之子，世食魏禄，安敢出此乱言！"充谢曰："某以外人之言告公耳。"诞曰："朝廷有难，吾当以死报之。"充默然，次日辞归，见司马昭细言其事。昭大怒曰："鼠辈安敢如此！"充曰："诞在淮南，深得人心，久必为患，可速除之。"昭遂暗发密书与扬州刺史乐綝，一面遣使赍诏征诞为司空。诞得了诏书，已知是贾充告变，遂捉来使拷问。使者曰："此事乐綝知之。"诞曰："他如何得知？"使者曰："司马将军已令人到扬州送密书与乐綝矣。"诞大怒，叱左右斩了来使，遂起部下兵千人，杀奔扬州来。将至南门，城门已闭，吊桥拽起。诞在城下叫门，城上并无一人回答。诞大怒曰："乐綝匹夫，安敢如此！"遂令将士打城。手下十馀骁骑，下马渡濠，飞身上城，杀散军士，大开城门。于是诸葛诞引兵入城，乘风放火，杀至綝家。綝慌上楼避之。诞提剑上楼，大喝曰："汝父乐进，昔日受魏国大恩，不思报本，反欲顺司马昭耶！"綝未及回言，为诞所杀。一面具表数司马昭之罪，使人申奏洛阳；一面大聚两淮屯田户口十馀万，并扬州新降兵四万馀人，积草屯粮，准备进兵；又令长史吴纲，送子诸葛靓入吴为质求援，务要合兵诛讨司马昭。

此时东吴丞相孙峻病亡，从弟孙綝辅政。綝字子通，为人强暴，杀大司马滕胤、将军吕据、王惇等，因此权柄皆归于綝。吴主孙亮虽然聪明，无可奈何。于是吴纲将诸葛靓至石头城，入拜孙綝。綝问其故，

◎司马懿带兵打仗，多在西线。对于东线的王凌、毌丘俭、诸葛诞是不放心的。司马懿解决了王凌，司马师解决了毌丘俭，那司马昭自然要把诸葛诞解决，视作当务之急了。

◎他比毌丘俭聪明，把东吴卷进这场内乱中来。

纲曰："诸葛诞乃蜀汉诸葛武侯之族弟也，向事魏国。今见司马昭欺君罔上，废主弄权，欲兴师讨之，而力不及，故特来归降。诚恐无凭，专送亲子诸葛靓为质。伏望发兵相助。"綝从其请，便遣大将全怿、全端为主将，于诠为合后，朱异、唐咨为先锋，文钦为向导，起兵七万、分三队而进。吴纲回寿春报知诸葛诞。诞大喜，遂陈兵准备。

却说诸葛诞表文到洛阳，司马昭见了大怒，欲自往讨之。贾充谏曰："主公乘父兄之基业，恩德未及四海，今弃天子而去，若一朝有变，悔之何及！不如奏请太后及天子一同出征，可保无虞。"昭喜曰："此言正合吾意。"遂入奏太后曰："诸葛诞谋反，臣与文武官僚计议停当，请太后同天子御驾亲征，以继先帝之遗意。"太后畏惧，只得从之。次日，昭请魏主曹髦起程。髦曰："大将军都督天下军马，任从调遣，何必朕自行也？"昭曰："不然。昔日武祖纵横四海，文帝、明帝有包括宇宙之志，并吞八荒之心，凡遇大敌，必须自行。陛下正宜追配先君，扫清故孽，何自畏也？"髦畏威权，只得从之。昭遂下诏，尽起两都之兵二十六万，命征南将军王基为正先锋，安东将军陈骞为副先锋，监军石苞为左军，兖州刺史州泰为右军，保护车驾，浩浩荡荡，杀奔淮南而来。

东吴先锋朱异引兵迎敌。两军对圆，魏军中王基

◎贾充称得上是点子专家了，凡点子，对一方有利，对别一方则必有害矣！

◎挟持天子出征，也许不属创举，裹胁太后讨逆，倒是旷古未闻。

出马，朱异来迎。战不三合，朱异败走。唐咨出马，战不三合，亦大败而走。王基驱兵掩杀，吴兵大败，退五十里下寨，报入寿春城中。诸葛诞自引本部锐兵，会合文钦并二子文鸯、文虎，雄兵数万，来敌司马昭。正是：

　　　　方见吴兵锐气堕，又看魏将劲兵来。

未知胜负如何，且看下文分解。

　　蜀事之败，一是关羽失荆州，二是刘备败夷陵，三是诸葛亮六出祁山无功而返，四是阿斗成事不足，上述诸人，过莫大焉。其实姜维自弃险要，放弃要塞，继续诸葛亮的穷兵黩武政策，加速蜀之亡灭，也有不可推卸的责任。

　　作为将领，姜维不弱，但他所以小胜而大败，一是他在政治上，执行诸葛亮伐魏复汉的大计，实际是逆潮流而动；二是他在军事上执行诸葛亮出祁山的方针，根本乃穷兵黩武之道。个别战役的胜利，不能改变失败趋势。而且，作战是要大把大把银子支撑的。穷打仗，打穷仗，打仗穷，至此，诸葛亮的嫡传弟子姜维，非要按其六出祁山的失败路线，继续失败下去。

　　《资治通鉴》载："汉大将军姜维将出军，右车骑将军廖化曰：'兵不戢，必自焚，伯约之谓也。智不出敌而力小于寇，用之无厌，将何以存！'冬，十月，维入寇洮阳，邓艾与战于侯和，破之，维退往沓中。初，维以羁旅依汉，身受重任，兴兵累年，功绩不立。黄皓用事于中，与右大将军阎宇亲善，阴欲废维树宇。维知之，言于汉主曰：'皓奸巧专恣，将败国家，请杀之！'汉主曰：'皓趋走小臣耳，往董允每切齿，吾常恨之，君何足介意！'维见皓枝附叶连，惧于失言，逊辞而出。汉主敕皓诣维陈谢。维由是自疑惧，返自洮阳，因求种麦沓中，不敢归成都。"

　　看来，谁也挡不住的姜维，却被一个奸佞黄皓吓得止步。看来，蜀国当下之不振，穷兵黩武，固是而败，阿斗、黄皓、阎宇，才是真正可怕的乱源。一棵树的倒下，无论大树，无论小树，原因多多，但根烂了，就没救了。

第一百十二回

救寿春于诠死节
取长城伯约鏖兵

　　在中国，知识分子更看重的是知遇之恩，受人之托，义重如山。如果说，刘备白帝城托孤，把阿斗托给了孔明。那么，孔明五丈原托孤，将这个国家托付给了姜维。姜维必须要为这一份承担，义不容辞地献出他的全部。他未能给蜀汉创造出新的生机，非战之罪也，颓势所至，大势所趋，不是他能扭转的。无论作出什么样的努力，眼看着悲剧局面一步步逼近，那真是令有心人最为痛苦的事情。然而，他以生命履行了诺言，别人还能深责他什么呢？

　　深知姜维的郤正，他说："姜伯约据上将之重，处群臣之右，宅舍弊薄，资财无馀，侧室无妾媵之亵，后庭无声乐之娱乐，衣服取供，舆马取备，饮食节制，不奢不约，官给费用，随手消尽；察其所以然者，非以激贪厉浊，抑清自割也，直谓如是为足，不在多求。凡人之谈，常誉成毁败，扶高抑下，咸以姜维投厝无所，身死宗灭，以是贬削，不复料揰，异乎《春秋》褒贬之义矣。如姜维之乐学不倦，清素节约，自一时之仪表也。"从他所写的这个姜维身上，几乎看到诸葛亮的影子。虽然重复前人的路，把一生毁了。但如此重然诺，讲情义，有担当，为朋友奉献自己，不也令人敬佩吗？

　　对于西蜀来讲，诸葛亮的时代，随着他的去世，已经结束。如果看不到魏、蜀、吴三国的变化，持续兴兵伐魏，继承诸葛亮的衣钵，做妄想北定中原，恢复汉室的梦，那就是在自取灭亡了。

　　当时魏国由于内部纷争，无力进攻，吴国由于权力更迭，自顾不暇。在这个相对稳定的局面下，姜维本应一改诸葛亮的穷武黩征的政策，厉兵秣马，筑垒构防，养精蓄锐，以逸待劳。或许在邓艾、钟会征蜀时，不至于一败涂地到不可收拾的程度。

　　但是，走不出诸葛亮影子的姜维，明知此路不通，还要硬着头皮走下去。悲哉！

却说司马昭闻诸葛诞会合吴兵前来决战，乃召散骑长史裴秀、黄门侍郎钟会，商议破敌之策。钟会曰："吴兵之助诸葛诞，实为利也；以利诱之，则必胜矣。"昭从其言，遂令石苞、州泰先引两军于石头城埋伏，王基、陈骞领精兵在后，却令偏将成倅引兵数万先去诱敌。又令陈俊引车仗牛马驴骡，装载赏军之物，四面聚集于阵中，如敌来则弃之。是日，诸葛诞令吴将朱异在左，文钦在右。见魏阵中人马不整，诞乃大驱士马径进。成倅退走，诞驱兵掩杀，见牛马驴骡遍满郊野，南兵争取，无心恋战。忽然一声炮响，两路兵杀来：左有石苞，右有州泰。诞大惊，急欲退时，王基、陈骞精兵杀到，诞兵大败。司马昭又引兵接应。诞引败兵奔入寿春，闭门坚守。昭令兵四面围困，并力攻城。

时吴兵退屯安丰，魏主车驾驻于项城。钟会曰："今诸葛诞虽败，寿春城中粮草尚多，更有吴兵屯安丰以为掎角之势。今吾兵四面攻围，彼缓则坚守，急则死战。吴兵或乘势夹攻，吾军无益。不如三面攻之，留南门大路，容贼自走；走而击之，可全胜也。吴兵远来，粮必不继，我引轻骑抄在其后，可不战而自破矣。"昭抚会背曰："君真吾之子房也。"遂令王基撤退南门之兵。

却说吴兵屯于安丰，孙綝唤朱异责之曰："量一寿春城不能救，安可并吞中原？如再不胜必斩！"朱异乃回本寨商议。于诠曰："今寿春南门不围，某愿领一军从南门入去，助诸葛诞守城。将军与魏兵挑

◎曹魏政权早已名存实亡，为一个无望的君王，作无望的战斗，诸葛诞能不蹈毌丘俭、文钦的覆辙乎？

◎曹操这样评价过荀彧，最后曹操将荀彧赐死；司马昭现在这样高看钟会，结果下场并不比荀彧好多少。所以，"君真吾之子房也"如此捧人的话，不但不能当真，还要小心一点为佳。不要轻信廉价许诺，不要收纳空头支票，他在需要你时他可以装孙子，他在不需要你时你就是孙子辈的，这种合伙人，无论是你上级，是你同级，还是下级，千万要保持适度的心理距离。

◎太丢吴国的面子了！难怪孙綝发脾气，可他自己一拍屁股走人，离寿春回建业，实在不怎么样。真是世风日下啊，这些末代领导人，连点做派，连点样子，也做不到了。

战，我却从城中杀出，两路夹攻，魏兵可破矣。"异然其言。于是全怿、全端、文钦等，皆愿入城。遂同于诠引兵一万，从南门而入城。魏兵不得将令，未敢轻敌，任吴兵入城，乃报知司马昭。昭曰："此欲与朱异内外夹攻，以破我军也。"乃召王基、陈骞吩咐曰："汝可引五千兵截断朱异来路，从背后击之。"二人领命而去。朱异正引兵来，忽背后喊声大震，左有王基，右有陈骞，两路军杀来。吴兵大败。朱异回见孙綝，綝大怒曰："累败之将，要汝何用！"叱武士推出斩之。又责全端子全祎曰："若退不得魏兵，汝父子休来见我。"于是孙綝自回建业去了。

钟会与昭曰："今孙綝退去，外无救兵，城可围矣。"昭从之，遂催军攻围。全祎引兵欲入寿春，见魏兵势大，寻思进退无路，遂降司马昭。昭加祎为偏将军。祎感昭恩德，乃修家书与父全端、叔全怿，言孙綝不仁，不若降魏，将书射入城中。怿得祎书，遂与端引数千人开门出降。诸葛诞在城中忧闷，谋士蒋班、焦彝进言曰："城中粮少兵多，不能久守，可率吴、楚之众，与魏兵决一死战。"诞大怒曰："吾欲守，汝欲战，莫非有异心乎？再言必斩！"二人仰天长叹曰："诞将亡矣！我等不如早降，免至一死。"是夜二更时分，蒋、焦二人逾城降魏，司马昭重用之。因此城中虽有敢战之士，不敢言战。

诞在城中，见魏兵四下筑起土城，以防淮水，只望水泛，冲倒土城，驱兵击之。不想自秋至冬，并无霖雨，淮水不泛。城中看看粮尽，文钦在小城内与二子坚守，见军士渐渐饿倒，只得来告诞曰："粮皆尽绝，军士饿损，不如将北方之兵尽放出城，以省其食。"诞大怒曰："汝教我尽去北军，欲谋我耶？"叱左右推出斩之。文鸯、文虎见父被杀，各拔短刀，立杀数十人，飞身上城，一跃而下，越濠赴魏寨投降。司马昭恨文鸯昔日单骑退兵之仇，欲斩之。钟会谏曰："罪在文钦，今文钦已亡，二子势穷来归，若杀降将，是坚城内人之心也。"昭从之，遂召文鸯、文虎入帐，用好言抚慰，赐骏马锦衣，加为偏将军，封关内侯。二子拜谢上马，绕城大叫曰："我二人蒙大将军赦罪赐爵，汝等何不早降！"城内人闻言，皆计议曰："文鸯乃司马昭仇人，尚且重用，何况我等乎！"于是皆欲投降。诸葛诞闻之大怒，黑夜自来巡城，以杀为威。钟会知城中人心已变，乃入帐告昭曰："可乘此时攻城矣。"昭大喜，遂激三军，四面云集，一齐攻打。守将曾宣献了北门，放魏兵入城。诞知魏兵已入，慌引麾下数百人，自城中小路突出，至吊桥边正撞着胡奋，手起刀落，斩诞于马下。数百人皆被缚。王基引兵杀到西门，正遇吴将于诠，基大喝曰："何不早降！"诠大怒曰："受命而出，为人救难，既不能救，又降他人，义所不为也。"乃掷盔于地，大呼曰："人生在世，得死于战场者，幸耳！"急挥刀死战三十馀合，人困马乏，为乱军所杀。后人有诗赞曰：

◎司马昭用吕蒙之策，瓦解军心，其胜必矣！所以，习凿齿曰："君子谓司马大将军于是役也，可谓能以德攻矣！"别以为习凿齿在表扬这位大将军，"是役"这个前提不要眼错过去。

司马当年围寿春，降兵无数拜车尘。

东吴虽有英雄士，谁及于诠肯杀身！

司马昭入寿春，将诸葛诞老小尽皆枭首，灭其三族。武士将所擒诸葛诞部卒数百人缚至。昭曰："汝等降否？"众皆大叫曰："愿与诸葛公同死，决不降汝！"昭大怒，叱武士尽缚于城外，逐一问曰："降者免死。"并无一人言降。直杀至尽，终无一人降者。昭深加叹息不已，令皆埋之。后人有诗赞曰：

◎有这么一支队伍，竟如此惨败，诸葛诞误事了！

忠臣矢志不偷生，诸葛公休帐下兵。

《薤露》歌声应未断，遗踪直欲继田横。

却说吴兵大半降魏，裴秀告司马昭曰："吴兵老小尽在东南江、淮之地，今若留之，久必为变，不如坑之。"钟会曰："不然。古之用兵者，全国为上，戮其元恶而已。若尽坑之，是不仁也。不如放归江南，以显中国之宽大。"昭曰："此妙论也。"遂将吴兵尽皆放归本寨。唐咨因惧孙綝，不敢回国，亦来降魏。昭皆重用，令分布三河之地。淮南已平，正欲退兵，忽报西蜀姜维引兵来取长城，邀截粮草。昭大惊，与多官计议退兵之策。

时蜀汉延熙二十年，改为景耀元年。姜维在汉中，选川将两员，每日操练人马。一是蒋舒，一是傅佥。

二人颇有胆勇，维甚爱之。忽报淮南诸葛诞起兵讨司马昭，东吴孙綝助之，昭大起两淮之兵，将魏太后并魏主一同出征去了。维大喜曰："吾今番大事济矣！"遂表奏后主，愿兴兵伐魏。中散大夫谯周听知，叹曰："近来朝廷溺于酒色，信任中贵黄皓，不理国事，只图欢乐；伯约累欲征伐，不恤军士，国将危矣！"乃作《仇国论》一篇，寄与姜维。维拆封视之。论曰：

　　或问："古往能以弱胜强者，其术何如？"曰："处大国无患者，恒多慢；处小国有忧者，恒思善。多慢则生乱，思善则生治，理之常也。故周文养民，以少取多；勾践恤众，以弱毙强，此其术也。"或曰："曩者楚强汉弱，约分鸿沟；张良以为民志既定，则难动也，率兵追羽，终毙项氏，岂必由文王、勾践之事乎？"曰："商周之际，王侯世尊，君臣久固。当此之时，虽有汉祖，安能仗剑取天下乎？乃秦罢侯置守之后，民疲秦役，天下土崩，于是豪杰并争。今我与彼皆传国易世矣，既非秦末鼎沸之时，实有六国并据之势，故可为文王，难为汉祖。时可而后动，数合而后举，故汤、武之师不再战而克，诚重民劳而度时审也。如遂极武黩征，不幸遇难，虽有智者，不能谋之矣。"

◎所以，姜维非不努力，非不振作，然而，地小人单，还要按诸葛亮的方针，穷兵不休，那还会有什么出路呢？姜维只是在这一点上，是诸葛亮没看错的嫡传子弟。

◎西蜀完了!

◎又不是你的皇帝，你管得着吗?

姜维看毕，大怒曰："此腐儒之论也！"掷之于地。遂提川兵来取中原。又问傅佥曰："以公度之，可出何地？"佥曰："魏屯粮草，皆在长城。今可径取骆谷，度沈岭，直到长城，先烧粮草，然后直取秦川，则中原指日可得矣。"维曰："公之见，与吾计暗合也。"即提兵径取骆谷，度沈岭，望长城而来。

却说长城镇守将军司马望，乃司马昭之族兄也。城内粮草甚多，人马却少。望听知蜀兵到，急与王真、李鹏二将，引兵离城二十里下寨。次日蜀兵来到，望引二将出阵。姜维出马，指望而言曰："今司马昭迁主于军中，必有李傕、郭汜之意也。吾今奉朝廷明命，前来问罪，汝当早降。若还愚迷，全家诛戮！"望大声而答曰："汝等无礼，数犯上国，如不早退，令汝片甲不归！"言未毕，望背后王真挺枪出马，蜀阵中傅佥出迎。战不十合，佥卖个破绽，王真便挺枪来刺。傅佥闪过，活捉真于马上，便回本阵。李鹏大怒，纵马轮刀来救。佥故意放慢，等李鹏将近，努力掷真于地，暗掣四楞铁简在手。鹏赶上举刀待砍，傅佥偷身回顾，向李鹏面门只一简，打得眼珠迸出，死于马下。王真被蜀兵乱枪刺死。姜维驱兵大进，司马望弃寨入城，闭门不出。维下令曰："军士今夜且歇一宿，以养锐气。来日须要入城。"次日平明，蜀兵争先大进，一拥至城下，用火箭火炮打入城中。城上草屋一派烧着，魏兵自乱。维又令人取干柴堆满城下，一齐放火，烈焰冲天。

城已将陷，魏兵在城内嚎啕痛哭，声闻四野。

　　正攻打之间，忽然背后喊声大震。维勒马回看，只见魏兵鼓噪摇旗，浩浩而来。维遂令后队为前队，自立于门旗下候之。只见魏阵中一小将，全装贯带，挺枪纵马而出，约年二十馀岁，面如傅粉，唇似抹朱，厉声大叫曰："认得邓将军否？"维自思曰："此必是邓艾矣。"挺枪纵马而来。二人抖擞精神，战到三四十合，不分胜负。那小将军枪法无半点放闲。维心中自思："不用此计，安得胜乎？"便拨马望左边山路中而走。那小将骤马追来，维挂住了钢枪，暗取雕弓羽箭射之。那小将眼乖，早已见了，弓弦响处，把身望前一倒，放过羽箭。维回头看，小将已到，挺枪来刺。维闪过，那枪从肋旁边过，被维挟住。那小将弃枪，望本阵而走。维嗟叹曰："可惜！可惜！"再拨马赶来。追至阵门前，一将提刀而出曰："姜维匹夫，勿赶吾儿！邓艾在此。"维大惊。原来小将乃艾之子邓忠也。维暗暗称奇，欲战邓艾，又恐马乏，乃虚指艾曰："吾今日识汝父子也。各且收兵，来日决战。"艾见战场不利，亦勒马应曰："既如此，各自收兵。暗算者非丈夫也。"于是两军皆退。邓艾据渭水下寨，姜维跨两山安营。艾见蜀兵地理，乃作书于司马望曰："我等切不可战，只宜固守。待关中兵至时，蜀兵粮草皆尽，三面攻之，无不胜也。今遣长子邓忠相助守城。"一

◎公元262年，这父子俩齐上阵，何其英武？公元264年，这父子俩同车死，何其狼狈？不过两年时光，从将军到囚徒，真是世事难料啊！

面差人于司马昭处求救。

却说姜维令人于艾寨中下战书，约来日大战，艾佯应之。次日五更，维令三军造饭，平明布阵等候。艾营中偃旗息鼓，却如无人之状。维至晚方回。次日又令人下战书，责以失期之罪。艾以酒食待使，答曰："微躯小疾，有误相持，明日会战。"次日，维又引兵来，艾仍前不出。如此五六番。傅佥谓维曰："此必有谋也，宜防之。"维曰："此必捱关中兵到，三面击我耳。吾今令人持书与东吴孙綝，使并力攻之。"忽探马报说："司马昭攻打寿春，杀了诸葛诞，吴兵皆降。昭班师回洛阳，便欲引兵来救长城。"维大惊曰："今番伐魏，又成画饼矣！不如且回。"正是：

已叹四番难奏绩，又嗟五度未成功。

未知如何退兵，且看下文分解。

◎这和诸葛恪上张特的当，约以百日投降一样。

◎明白也晚了！

孙权曾经笑话过袁绍、刘表，废长立幼，制造祸乱。暮年的他，也不例外，赤乌十三年（250）起，废太子和为庶人，赐死鲁王霸，立他的第七个儿子，才九岁的亮，为太子。因为和、霸、亮等，背后都有一个利益集团，关系身家性命，于是，这废和立，引致朝廷党争，政局不稳，这都是笑话别人，自己也成笑话的孙权埋下的定时炸弹。

结果，本不该亡国的东吴，终于走到了头。丞相孙峻（219—256），是在孙权死前力保诸葛恪上台的干将，等到诸葛恪权重倾主，也危害到他利益的时候，他又支持孙亮把这个诸葛恪于召见时杀掉。一番血腥味尚未消除，孙峻死后，他弟弟孙綝开始专权，孙亮亲政以后，受不了这个孙綝，要除掉这位重臣，事泄，他也被废了。随后，孙休接位，不久，这位吴主又演出杀诸葛恪那一幕戏，把孙綝干掉了。诸如此类的堪称惊天动地的宫廷之乱，都是孙权埋下的祸根。在三国中，宫廷内部的血腥屠杀记录，吴国是当仁不让的冠军，这决不是"碧眼儿"盛时所能逆料的。

晋陆机著《辨亡论》，谈到吴国本不该亡，"地方几万里，带甲将百万，其野沃，其民练，其财奉，其器利，东负沧海，西阻险塞，长江制其区宇，峻山带其封域，国家之利，未见有弘于兹者矣。惜使中才守之以道，善人御之有术，教率遗宪，勤民谨政，循定策，守常险，则可以长世永存，未有危亡之患。"可是这个国家，一旦落在下才、蠢材手里，一旦被恶人、坏人所掌握，也就难逃亡国一途了。陆机这篇文章很有名，但他哪里知道，国家存亡，人的因素第一。东吴人对这样愈趋反动的政权，第一，不抱希望，第二，不加匡救，第三，希望闹剧赶紧画上休止符。老百姓的唾弃，大势之不存，不亡何待？

国家国家，国亦如家，发家艰难败家易，孙权晚年，一直到死，神经错乱，反复无常，若非晋朝迟疑不决，东吴早就灭国了。

第一百十三回

丁奉定计斩孙綝
姜维斗阵破邓艾

中国人以爱好和平知名，然而翻开历史，朝朝打，代代打。三国算不得朝，名义上归于汉末，只有96年，百年不足，却是中国历史上战争频发的时期，既有几十万人马的大战，也有数十人，数百人的小打小闹。密集的战争造成的后患，就是人口的大量减少，曹操有一首诗，其中一句"千里无鸡鸣"，鸡是家禽，是要人来饲养的，一千里方圆的土地听不到鸡鸣，说明一千里方圆的土地没有人烟。

尽管如此，分裂的三国还是没完没了地打。国人习惯三十年为一代，老一代人打完了，新一代人接着打。

总的说来，三国前期的仗，基本比较业余，都是通过战争学习战争，因而打得没有什么章法。冷兵器时代，多采用人海战术，胜时一窝蜂上，败时作鸟兽散。这其中，唯曹操，打过官渡大战，是一个精通兵法的统帅，其战争智商在那一代，当为最高者。

曹操并非天生的统帅，他的亲信，他的心腹，他的来自曹姓和夏侯姓的家族嫡系成员，也都不是一出娘胎，就是武士猛将，然而在那个你不杀我，我必杀你的刺刀见红的年代里，那就必须时刻准备战斗。这班人，生于战争，死于战争，战争逼得他们聪明，不聪明即死；战争逼得他们勇敢，不勇敢则亡。因此，是战争教育他们如何适应战争，也是战争调教他们成为勇士，成为猛将，成为冲锋陷阵、百战不殆的指挥员，也是战争让他们立国为王，成就一番事业。

战争是毫无疑义的恶，它既毁灭人类的美好，也消灭一切文明成果；然而，战争也是才力的助燃剂，战争也是智慧的起爆剂，这一点，这部演义小说，便是雄证。

却说姜维恐救兵到，先将军器车仗一应军需，步兵先退，然后将马军断后。细作报知邓艾。艾笑曰："姜维知大将军兵到，故先退去。不必追之，追则中彼之计也。"乃令人哨探，回报果然骆谷道狭之处，堆积柴草，准备要烧追兵。众皆称艾曰："将军真神算也。"遂遣使赍表奏闻。于是司马昭大喜，又加赏邓艾。

却说东吴大将军孙綝，听知全端、唐咨等降魏，勃然大怒，将各人家眷，尽皆斩之。吴主孙亮，时年方十七，见綝杀戮太过，心甚不然。一日出西苑，因食生梅，令黄门取蜜。须臾取至，见蜜内有鼠粪数块，召藏吏责之。藏吏叩首曰："臣封闭甚严，安有鼠粪？"亮曰："黄门曾向尔求蜜食否？"藏吏曰："黄门于数日前曾求蜜食，臣实不敢与。"亮指黄门曰："此必汝怒藏吏不与尔蜜，故置粪于蜜中以陷之也。"黄门不服。亮曰："此事易知耳。若粪久在蜜中，则内外皆湿；若新在蜜中，则外湿内燥。"命剖视之，果然内燥，黄门服罪。亮之聪明，大抵如此。虽然聪明，却被孙綝把持，不能主张。綝之弟威远将军孙据，入苍龙宿卫；武卫将军孙恩、偏将军孙干、长水校尉孙闿，分屯诸营。

一日，吴主孙亮闷坐，黄门侍郎全纪在侧，纪乃国舅也。亮因泣告曰："孙綝专权妄杀，欺朕太甚，今不图之，必为后患。"纪曰："陛下但有用臣处，臣万死不辞。"亮曰："卿可只今点起禁兵，与将军刘丞各把城门，朕自出杀孙綝。但此事切不可令卿母知

◎邓艾之死为三国史上不是最大，也是最冤的冤案，不过，在那个杀人如麻的时代，连魏帝曹髦都说弑就弑，邓艾沉冤难雪，对司马昭来讲，只不过屁大一点事了。司马昭伐蜀，本是遮他弑君之罪，没想到这个"屯田掌犊人"以他的牛劲，以他的蛮力，突破险要，拿下成都，刘禅是向他投降的，他是当然冠军无疑，但同负伐蜀使命的钟会、卫瓘，绝不是好队友，木秀于林，风必摧之，这也是人之常情了，不停地向司马昭打小报告。魏晋时期，道路以目，告密是家常便饭，何况监军卫瓘，本是特务头子，司马昭一向猜忌成性，邓艾以他从小养牛而形成的牛脾气，不断自作主张，与中央较劲，结果，司马昭急了，授权钟、卫二人将其槛车押回长安，途中，卫瓘又派人将其父子杀害，谓其谋反。司马炎篡位为晋，为帝以后，有个叫做段灼的官员，上书为邓艾平反。司马炎是局外人，当然知道邓艾死得冤。第一，他不敢否定他老爹司马昭；第二，他不敢得罪因邓艾死而得益的权贵和这些人的后代；第三，屯田掌犊的邓艾，被夷三族，如今势单力薄，不必在乎。于是，将这份申诉留中。"留中"，就是留在中书省，既不说处理，也不说不处理，这是中国皇帝最为滑头的推卸责任之策。

◎又一衣带诏事件。

◎历史本是一个不停重复的过程。

之。卿母乃绋之姊也。倘若泄漏，误朕匪轻。"纪曰："乞陛下草诏与臣。临行事之时，臣将诏示众，使绋手下人皆不敢妄动。"亮从之，即写密诏付纪。纪受诏归家，密告其父全尚。尚知此事，乃告妻曰："三日内杀孙绋矣。"妻曰："杀之是也。"口虽应之，却私令人持书报知孙绋。绋大怒，当夜便唤弟兄四人，点起精兵，先围大内；一面将全尚、刘丞并其家小俱拿下。比及平明，吴主孙亮听得宫门外金鼓大震，内侍慌入奏曰："孙绋引兵围了内苑。"亮大怒，指全后骂曰："汝父兄误我大事矣！"乃拔剑欲出。全后与侍中近臣，皆牵其衣而哭，不放亮出。孙绋先将全尚、刘丞等杀讫，然后召文武于朝内，下令曰："主上荒淫久病，昏乱无道，不可以奉宗庙，今当废之。汝诸文武，敢当不从者，以谋叛论！"众皆畏惧，应曰："愿从将军之令。"尚书桓懿大忿，从班部中挺然而出，指孙绋大骂曰："今上乃聪明之主，汝何敢出此乱言！吾宁死，不从贼臣之命！"绋大怒，自拔剑斩之，即入内指吴主孙亮骂曰："无道昏君！本欲诛戮以谢天下，看先帝之面，废汝为会稽王，吾自选有德者立之！"叱中书郎李崇夺其印绶，令邓程收之。亮大哭而去。后人有诗叹曰：

乱贼诬伊尹，奸臣冒霍光。

可怜聪明主，不得莅朝堂。

孙綝遣宗正孙楷、中书郎董朝，往虎林迎请琅琊王孙休为君。休字子烈，乃孙权第六子也，在虎林夜梦乘龙上天，回顾不见龙尾，失惊而觉。次日，孙楷、董朝至，拜请回都。行至曲阿，有一老人自称姓干，名休，叩头言曰："事久必变，愿殿下速行。"休谢之。行至布塞亭，孙恩将车驾来迎。休不敢乘辇，乃坐小车而入。百官拜谒道旁，休慌忙下车答礼。孙綝出，令扶起，请入大殿，升御座即天子位。休再三谦让，方受玉玺。文官武将，朝贺已毕，大赦天下，改元永安元年。封孙綝为丞相、荆州牧，多官各有封赏。又封兄之子孙皓为乌程侯。孙綝一门五侯，皆典禁兵，权倾人主。吴主孙休恐其内变，阳示恩宠，内实防之。綝骄横愈甚。

冬十二月，綝奉牛酒入宫上寿，吴主孙休不受。綝怒，乃以牛酒诣左将军张布府中共饮。酒酣，乃谓布曰："吾初废会稽王时，人皆劝吾为君。吾为今上贤，故立之。今我上寿而见拒，是将我等闲相待。吾早晚教你看！"布闻言，唯唯而已。次日，布入宫密奏孙休。休大惧，日夜不安。数日内，孙綝遣中书郎孟宗，拨与中营所管精兵一万五千，出屯武昌，又尽将武库内军器与之。于是将军魏邈、武卫士施朔，二人密奏孙休曰："綝调兵在外，又搬尽武库内军器，早晚必为变矣。"休大惊，急召张布计议。布奏曰："老将丁奉，计略过人，能断大事，可与议之。"

◎换皇帝成了后三国的流行病！

◎东吴宫廷之乱，打破三国纪录。这应该算是孙权创造的"光荣"。

◎洪迈在《人君寿》一文中，提到五位宋以前的高龄帝王，分别为汉武帝刘彻（69岁），吴大帝孙权（70岁），梁武帝萧衍（85岁），唐高祖李渊（69岁）和唐玄宗李隆基（77岁），都活到了古稀之年以上，可以称得上是帝王中的老寿星了。但洪迈对这五位长寿皇帝，很不以为然的，他说："即此五君而论之，梁武召侯景之祸，幽辱告终，旋以亡国；玄宗身致大祸，播迁失意，饮恨而没。享祚久长，翻以为害，固已不足言。汉武末年，巫蛊事起，自皇太子、公主、皇孙皆不得其死，悲伤愁沮，群臣上寿，拒不举觞，以天下事付之八岁儿。吴大帝废太子和，杀爱子鲁王霸。唐高祖以秦王之故，两子十孙同日并命，不得已而禅位，其方寸为何？"洪迈说："然则五君者虽有崇高之位，享耋耄之年，竟何益哉？"言下之意，这几位皇帝活这么长久，其实是老而不死，贻祸后人，究竟有什么用处呢？

休乃召奉入内，密告其事。奉奏曰："陛下勿忧，臣有一计，为国除害。"休问何计，奉曰："来朝腊日，只推大会群臣，召綝赴席，臣自有调遣。"休大喜。奉令魏邈、施朔为外事，张布为内应。

是夜狂风大作，飞沙走石，将老树连根拔起。天明风定，使者奉旨来请孙綝入宫赴宴。孙綝方起床，平地如人推倒，心中不悦。使者十余人簇拥入内，家人止之曰："一夜狂风不息，今早又无故惊倒，恐非吉兆，不可赴会。"綝曰："吾弟兄共典禁兵，谁敢近身？倘有变动，于府中放火为号。"嘱讫，升车入内。吴主孙休慌下御座迎之，请綝高坐。酒行数巡，众惊曰："宫外望有火起！"綝便欲起身。休止之曰："丞相稳便，外兵自多，何必惧哉？"言未毕，左将军张布拔剑在手，引武士三十余人抢上殿来，口中厉声而言曰："有诏擒反贼孙綝！"綝急欲走时，早被武士擒下。綝叩头奏曰："愿徙交州归田里。"休叱曰："尔何不徙滕胤、吕据、王惇耶？"命推下斩之。于是张布牵孙綝下殿东斩讫。从者皆不敢动。布宣诏曰："罪在孙綝一人，余皆不问。"众心乃安。布请孙休上五凤楼。丁奉、魏邈、施朔等擒孙綝兄弟至，休命尽斩于市，宗党死者数百人，灭其三族。命军士掘开孙峻坟墓，戮其尸首。将被害诸葛恪、滕胤、吕据、王惇等家，重建坟墓，以表其忠。其牵累流远者，皆赦还乡里。丁奉等重加封赏。

驰书报入成都。后主刘禅遣使回贺，吴使薛珝答礼。珝自蜀中归，吴主孙休问蜀中近日作何举动。珝奏曰："近日中常侍黄皓用事，公卿多阿附之。入其朝，不闻直言；经其野，民有菜色。所谓'燕雀处堂，不知大厦之将焚'者也。"休叹曰："若诸葛武侯在时，何至如此乎！"于是又写国书，教人赍入成都，说司马昭不日篡魏，必将侵吴、蜀以示威，彼此各宜准备。

　　姜维听得此信，忻然上表，再议出师伐魏，时蜀汉景耀元年冬，大将军姜维以廖化、张翼为先锋，王含、蒋斌为左军，蒋舒、傅佥为右军，胡济为合后，维与夏侯霸总中军，共起蜀兵二十万，拜辞后主。径到汉中，与夏侯霸商议，当先攻取何地。霸曰："祁山乃用武之地，可以进兵，故丞相昔日六出祁山，因他处不可出也。"维从其言，遂令三军并望祁山进发，至谷口下寨。时邓艾正在祁山寨中，整点陇右之兵，忽流星马报到，说蜀兵现下三寨于谷口。艾听知，遂登高看了，回寨升帐，大喜曰："不出吾之所料也！"原来邓艾先度了地脉，故留蜀兵下寨之地。地中自祁山寨直至蜀寨，早挖了地道，待蜀兵至时，于中取事。此时姜维至谷口，分作三寨，地道正在左寨之中，乃王含、蒋斌下寨之处。邓艾唤子邓忠，与师纂各引一万兵，为左右冲击；却唤副将郑伦引五百掘子军，于当夜二更径于地道直至左营，从帐后地下拥出。

　　却说王含、蒋斌因立寨未定，恐魏兵来劫寨，不敢解甲而寝。忽闻中军大乱，急绰兵器上的马时，寨

◎姜维与邓艾大斗阵法，为本回之要。其实，阵法，即作战队形的排列，对作战中战场上的指挥员，"布阵"乃是克敌制胜的要务。布阵得法就能充分发挥军队的整体战斗力。"阵形"多种多样，变化莫测，特别在冷兵器时代，将对将，兵对兵的直接交手，野战队形，在包围敌人，驱逐敌人，突破敌人，减少伤亡，起到聚而歼之的作用。演义者的神话阐发，使"布阵"神秘化，只是噱头而已。

外邓忠引兵杀到。内外夹攻，王、蒋二将奋死抵敌不住，弃寨而走。姜维在帐中听得左寨中大喊，料道有内应外合之兵，遂急上马，立于中军帐前，传令曰："如有妄动者斩。便有敌兵到营边，休要问他，只管以弓弩射之。"一面传示右营，亦不许妄动。果然魏兵十馀次冲击，皆被射回。只冲杀到天明，魏兵不敢杀入。邓艾收兵回寨，乃叹曰："姜维深得孔明之法。兵在夜而不惊，将闻变而不乱，真将才也！"次日，王含、蒋斌收聚败兵，伏于大寨前请罪。维曰："非汝等之罪，乃吾不明地脉之故也。"又拨军马，令二将安营讫。却将伤死身尸填于地道之中，以土掩之。令人下战书，单搦邓艾来日交锋。艾忻然应之。

次日，两军列于祁山之前，维按武侯八阵之法，依天、地、风、云、鸟、蛇、龙、虎之形，分布已定。邓艾出马，见维布成八卦，乃亦布之，左右前后，门户一般。维持枪纵马大叫曰："汝效吾排八阵，亦能变阵否？"艾笑曰："汝道此阵只汝能布耶？吾既会布阵，岂不知变阵？"艾便勒马入阵，令执法官把旗左右招飐，变成八八六十四个门户。复出阵前曰："吾变法若何？"维曰："虽然不差，汝敢与吾八阵相围么？"艾曰："有何不敢！"两军各依队伍而进。艾在中军调遣。两军冲突，阵法不曾错动。姜维到中间，把旗一招，忽然变成"长蛇卷地阵"，将邓艾困在垓心，四面喊声大震。艾不知其阵，心中大惊。蜀兵渐渐逼近，艾引

◎姜维与邓艾战，有胜有败，并非姜维的作战指挥能力差于邓艾，而是兵力不足。史载："（姜维）每欲兴军大举，费祎常裁制不从，与其兵不过万人。"在《三国志》中我们看到这一行记载："十六年春，祎卒。夏，维率数万人出石营。"这就是说，费祎死后，他才有可能一次率"数万人"出征。《魏志·陈留王纪》曰："蜀所恃赖，唯维而已。"可见魏人对姜维的敬畏。

众将冲突不出，只听得蜀兵齐叫曰："邓艾早降！"艾仰天长叹曰："我一时自逞其能，中姜维之计矣！"

忽然西北角上一彪军杀入，艾见是魏兵，遂乘势杀出。救邓艾者，乃司马望也。比及救出邓艾时，祁山九寨皆被蜀兵所夺。艾引败兵，退于渭水南下寨。艾谓望曰："公何以知此阵法而救出我也？"望曰："吾幼年游学于荆州，曾与崔州平、石广元为友，讲论此阵。今日姜维所变者，乃'长蛇卷地阵'也。若他处击之，必不可破。吾见其头在西北，故从西北击之，自破矣。"艾谢曰："我虽学得阵法，实不知变法。公既知此法，来日以此法复夺祁山寨栅，如何？"望曰："我之所学，恐瞒不过姜维。"艾曰："来日公在阵上与他斗阵法，我却引一军暗袭祁山之后。两下混战，可夺旧寨也。"于是令郑伦为先锋，艾自引军袭山后；一面令人下战书，搦姜维来日斗阵法。维批回去讫，乃谓众将曰："吾受武侯所传密书，此阵变法，共三百六十五样，按周天之数。今搦吾斗阵法，乃班门弄斧耳！但中间必有诈谋，公等知之乎？"廖化曰："此必赚我斗阵法，却引一军袭我后也。"维笑曰："正合我意。"即令张翼、廖化引一万兵去山后埋伏。

次日，姜维尽拔九寨之兵，分布于祁山之前。司马望引兵离了渭南，径到祁山之前，出马与姜维答话。维曰："汝请吾斗阵法，汝先布与吾看。"望布成了八卦。维笑曰："此即吾所布八阵之法也，汝今盗

◎姜维、邓艾斗布阵，姜系诸葛弟子，又得兵书传授，知布阵，知变化。邓非科班出身，自学成才，知布阵，却不知变化。若非司马望搭救，他的小命就要丧送在姜维的"长蛇卷地阵"中，从司马望所说"我幼年游学于荆州，曾与崔州平、石广元为友，谈论此阵"，使我们想起刘玄德三顾茅庐碰到的这两位先生，但诸葛亮出山以后，不知是老朋友忘了他呢？还是他忘了老朋友呢，从此再无来往。

◎廖化果然不弱。

◎姜维要在军事上和邓艾赛一个高低，邓艾却要在政治上与姜维赌一个短长，姜维阵法再强，也敌不过第五纵队的谣言攻势。

袭，何足为奇！"望曰："汝亦窃他人之法耳。"维曰："此阵凡有几变？"望笑曰："吾既能布，岂不会变？此阵有九九八十一变。"维笑曰："汝试变来。"望入阵变了数番，复出阵曰："汝识吾变否？"维笑曰："吾阵法按周天三百六十五变。汝乃井底之蛙，安知玄奥乎！"望自知有此变法，实不曾学全，乃勉强折辩曰："吾不信，汝试变来。"维曰："汝教邓艾出来，吾当布与他看。"望曰："邓将军自有良谋，不好阵法。"维大笑曰："有何良谋！不过教汝赚吾在此布阵，他却引兵袭吾山后耳。"望大惊，恰欲进兵混战，被维以鞭梢一指，两翼兵先出，杀的那魏兵弃甲抛戈，各逃性命。

却说邓艾催督先锋郑伦来袭山后。伦刚转过山角，忽然一声炮响，鼓角喧天，伏兵杀出，为首大将乃廖化也。二人未及答话，两马交处，被廖化一刀斩郑伦于马下。邓艾大惊，急勒兵退时，张翼引一军杀到。两下夹攻，魏兵大败。艾舍命突出，身被四箭。奔到渭南寨时，司马望亦到。二人商议退兵之策。望曰："近日蜀主刘禅，宠幸中贵黄皓，日夜以酒色为乐。可用反间计召回姜维，此危可解。"艾问众谋士曰："谁可入蜀交通黄皓？"言未毕，一人应声曰："某愿往。"艾视之，乃襄阳党均也。艾大喜，即令党均赍金珠宝物，径到成都，结连黄皓，布散流言，说姜维怨望天子，不久投魏。于是成都人人所说皆同。

黄皓奏知后主，即遣人星夜宣姜维入朝。

却说姜维连日搦战，邓艾坚守不出。维心中甚疑。忽使命至，诏维入朝。维不知何事，只得班师回朝。邓艾、司马望知姜维中计，遂拔渭南之兵，随后掩杀。正是：

　　　乐毅伐齐遭间阻，岳飞破敌被谗回。

未知胜负如何，且看下文分解。

◎李卓吾先生评书至此，曰："惟有打盹而已！"还说："作者何无变化一至于此也！"说来也可原谅，写一部历史长篇小说，你是不能不受到真实历史限制的。

近人吕思勉在《从曹操到司马懿》一文中写道："晋朝的明帝，曾经问王导，晋朝是怎么样得天下的。王导乃历述司马懿的事情，和司马昭弑高贵乡公之事。明帝羞愧得把脸伏在床上道：'照你的话，晋朝的基业哪得长久？'可见司马懿的深谋诡计，还有许多后来人不知道的，王导离魏末时代近，所以知道较多内情。而且司马阴鸷暴虐，他的政敌被杀，无不夷及三族，连已经出嫁的女儿，亦不得免。所以，做《晋书》的人，也说他猜忌残忍。他一生用尽了深刻的心计、暴虐的手段，全是为一个人的地位起见，丝毫没有魏武帝那种匡扶汉室，平定天下的意思了。"

吕思勉认为："封建时代的道德，是公忠、是正直、是勇敢、是牺牲一己以利天下。司马懿却件件和他相反，他的儿子司马师、司马昭，也都是这一路人，这一种人成功，封建时代的道德就澌灭以尽了。"钱穆认为："他们全只是阴谋篡夺，阴谋不足以镇压反动，必然继之以惨毒的淫威。"这也就是晋的短暂统一以后，长期的南北分裂，使中国人处于黑暗状态的根本原因。

第一百十四回

曹髦驱车死南阙
姜维弃粮胜魏兵

　　无论汉末，也无论魏晋，文人也好，名士也好，能不受到当时的政治影响而完全背对社会，脱离现实、清高自我、不涉世事吗？

　　司马昭，他一心想篡夺政权，已是路人皆知的事情。曹姓皇帝只能仰其鼻息讨生活，他干掉高贵乡公曹髦以后，又不能马上下手再干掉元帝曹奂，因为曹魏势力还有相当基础。于是，要造舆论，要造声势，要扩大阵营和地盘，很想把嵇康这位文坛高手纳入自己的体系。于是，授意山巨源，动员他出来做官。按说，不想干，就算了，或者，婉谢一下，也就拉倒。可嵇康不但不稀罕当司马昭的官，还写了一封绝交书，寄给山巨源，公开亮出观点，显示出他的不阿附于世俗，不屈从于金钱，不依赖于强势，不取媚于权力的坚贞刚直，冰清玉洁的品格。这样，他不仅把老朋友得罪了，把期望他投其魔下的大将军，也得罪了。

　　嵇康（224—263），字叔夜，谯郡铚县（今安徽宿州）人。竹林七贤之一，嵇康以追求独立人格，强调个性自由闻名于世。嵇中散的死，最根本的原因，正是他文章中那种不以传统为然的叛逆精神。于是，他的"非薄汤武周孔"，被大将军抓住了，送上刑场。临刑时，"嵇中散临刑东市，神色不变，索琴弹之，奏《广陵散》，曲终，曰'袁孝尼尝请学此散，吾靳固不与，广陵散于今绝矣'。太学生三千人上书，请予为师，不许。文王亦寻悔焉。"最后这句话，当然是刘义庆在放屁，他怎么知道司马昭反悔？

　　曹丕主政的魏，文化相当发达，嵇康、阮籍、何晏、夏侯玄……都是在文学史上的重要人物，可惜，不为《三国演义》所取。所以，要想全面了解汉末三国历史，仅凭这部小说是不够的。

◎太多的屠杀，太多的血腥，人心已厌战矣！

　　却说姜维传令退兵，廖化曰："'将在外，君命有所不受。'今虽有诏，未可动也。"张翼曰："蜀人为大将军连年动兵，皆有怨望，不如乘此得胜之时，

收回人马，以安民心，再作良图。"维曰："善。"遂
令各军依法而退。命廖化、张翼断后，以防魏兵追袭。

却说邓艾引兵追赶，只见前面蜀兵旗帜整齐，人
马徐徐而退。艾叹曰："姜维深得武侯之法也！"因
此不敢追赶，勒军回祁山寨去了。

且说姜维至成都，入见后主，问召回之故。后主
曰："朕为卿在边庭，久不还师，恐劳军士，故诏卿
回朝，别无他意。"维曰："臣已得祁山之寨，正欲收
功，不期半途而废。此必中邓艾反间之计矣。"后主
默然不语。姜维又奏曰："臣誓讨贼，以报国恩。陛
下休听小人之言，致生疑虑。"后主良久乃曰："朕不
疑卿，卿且回汉中，俟魏国有变，再伐之可也。"姜
维叹息出朝，自投汉中去讫。

却说党均回到祁山寨中，报知此事。邓艾与司马
望曰："君臣不和，必有内变。"就令党均入洛阳，报知
司马昭。昭大喜，便有图蜀之心，乃问中护军贾充曰：
"吾今伐蜀，如何？"充曰："未可伐也。天子方疑主公，
若一旦轻出，内难必作矣。旧年黄龙两见于宁陵井中，
群臣表贺，以为祥瑞。天子曰：'非祥瑞也。龙者君象，
乃上不在天，下不在田。在井中，是幽囚之兆也。'遂
作《潜龙》诗一首。诗中之意，明明道着主公。其诗曰：

　　　伤哉龙受困，不能跃深渊。
　　　上不飞天汉，下不见于田。

◎比当年把诸葛亮从前方召回来的
谎，撒得要圆一些。

◎董卓杀少帝，也因诗起。一个皇
帝，到了借物咏怀的地步，而无其他
手段，也够没落的了。

蟠居于井底，鳅鳝舞其前。

藏牙伏爪甲，嗟我亦同然！

　　司马昭闻之大怒，谓贾充曰："此人欲效曹芳也。若不早图，彼必害我。"充曰："某愿为主公早晚图之。"

　　时魏甘露五年夏四月，司马昭带剑上殿，髦起迎之。群臣皆奏曰："大将军功德巍巍，合为晋公，加九锡。"髦低头不答。昭厉声曰："吾父子兄弟三人有大功于魏，今为晋公，得毋不宜耶？"髦乃应曰："敢不如命？"昭曰："《潜龙》之诗，视吾等如鳅鳝，是何礼也？"髦不能答。昭冷笑下殿，众官凛然。髦归后宫，召侍中王沈、尚书王经、散骑常侍王业三人入内计议。髦泣曰："司马昭将怀篡逆，人所共知。朕不能坐受废辱，卿等可助朕讨之！"王经奏曰："不可。昔鲁昭公不忍季氏，败走失国。今重权已归司马氏久矣，内外公卿，不顾顺逆之理，阿附奸贼，非一人也。且陛下宿卫寡弱，无用命之人。陛下若不隐忍，祸莫大焉。且宜缓图，不可造次。"髦曰："'是可忍也，孰不可忍也！'朕意已决，便死何惧！"言讫，即入告太后。王沈、王业谓王经曰："事已急矣。我等不可自取灭族之祸，当往司马公府下出首，以免一死。"经大怒曰："主忧臣辱，主辱臣死，敢怀二心乎？"王沈、王业见经不从，径自往报司马昭去了。

　　少顷，魏主曹髦出内，令护卫焦伯，聚殿中宿卫

◎竟把这些叛变出卖的人，视作知己，焉有不败之理？

苍头官僮三百馀人，鼓噪而出。髦仗剑升辇，叱左右径出南阙。王经伏于辇前，大哭而谏曰："今陛下领数百人伐昭，是驱羊而入虎口耳，空死无益。臣非惜命，实见事不可行也！"髦曰："吾军已行，卿勿阻当。"遂望龙门而来。只见贾充戎服乘马，左有成倅，右有成济，引数千铁甲禁兵，呐喊杀来。髦仗剑大喝曰："吾乃天子也！汝等突入宫庭，欲弑君耶？"禁兵见了曹髦，皆不敢动。贾充呼成济曰："司马公养你何用？正为今日之事也。"济乃绰戟在手，回顾充曰："当杀耶？当缚耶？"充曰："司马公有令，只要死的！"成济拈戟直奔辇前。髦大喝曰："匹夫敢无礼乎！"言未讫，被成济一戟刺中前胸，撞出辇来；再一戟，刃从背上透出，死于辇旁。焦伯挺枪来迎，被成济一戟刺死。众皆逃走。王经随后赶来，大骂贾充曰："逆贼安敢弑君耶！"充大怒，叱左右缚定，报知司马昭。昭入内，见髦已死，乃佯作大惊之状，以头撞辇而哭，令人报知各大臣。

时太傅司马孚入内，见髦尸首，枕其股而哭曰："弑陛下者，臣之罪也！"遂将髦尸用棺椁盛贮，停于偏殿之西。昭入殿中，召群臣会议。群臣皆至，独有尚书仆射陈泰不至。昭令泰之舅尚书荀顗召之。泰大哭曰："论者以泰比舅，今舅实不如泰也。"乃披麻带孝而入，哭拜于灵前。昭亦佯哭而问曰："今日之事，何法处之？"泰曰："独斩贾充，少可以谢天下耳。"昭沉吟良久，又问曰："再思其次？"泰曰："惟

◎司马懿的装病，可把曹爽骗了个结实；司马昭继承其父的演技，马上哭天抹泪，还是顶会表演的。

◎这两个家伙当了替罪羊了，所以，助恶者的命运，也不是总讨好的。

◎司马孚似乎是司马家族的一个异数，其实不然，他不过是戴着伪善假面具的司马家人罢了。捍卫司马家族的利益，永远是第一位的。

有进于此者，不知其次。"昭曰："成济大逆不道，可剐之，灭其三族。"济大骂昭曰："非我之罪，是贾充传汝之命！"昭令先割其舌。济至死叫屈不绝。弟成倅亦斩于市，尽灭三族。后人有诗叹曰：

> 司马当年命贾充，弑君南阙赭袍红。
> 却将成济诛三族，只道军民尽耳聋！

昭又使人收王经全家下狱。王经正在廷尉厅下，忽见缚其母至。经叩头大哭曰："不孝子累及慈母矣！"母大笑曰："人谁不死？正恐不得死所耳。以此弃命，何恨之有！"次日，王经全家皆押赴东市，王经母子含笑受刑。满城士庶，无不垂泪。后人有诗曰：

> 汉初夸伏剑，汉末见王经。
> 真烈心无异，坚刚志更清。
> 节如泰华重，命似羽毛轻。
> 母子声名在，应同天地倾。

太傅司马孚请以王礼葬曹髦，昭许之。贾充等劝司马昭受魏禅，即天子位。昭曰："昔文王三分天下有其二，以服事殷，故圣人称为至德。魏武帝不肯受禅于汉，犹吾之不肯受禅于魏也。"贾充等闻言，已知司马昭留意于子司马炎矣，遂不复劝进。是年六月，司马昭立常道乡公曹璜为帝，改元景元元年。璜改名曹奂，字景召，乃武帝曹操之孙，燕王曹宇之子也。奂封昭为丞相晋公，赐钱十万，绢万匹。其文武多官，各有封赏。

早有细作报入蜀中。姜维闻司马昭弑了曹髦，立了曹奂，喜曰："吾今日伐魏又有名矣。"遂发书入吴，令起兵问司马昭弑君之罪；一面奏准后主，起兵十五万，车乘数千辆，皆置板箱于上。令廖化、张翼为先锋，化取子午谷，翼取骆谷，维自取斜谷，皆要出祁山之前取齐。三路兵并起，杀奔祁山前来。

时邓艾在祁山寨中训练人马，闻报蜀兵三路杀到，乃聚诸将计议。参军王瓘曰："吾有一计，不可明言。现写在此，谨呈将军台览。"艾接来展看毕，笑曰："此计虽妙，只怕瞒不过姜维。"瓘曰："某愿舍命前去。"艾曰："公志若坚，必能成功。"遂拨五千兵与瓘。瓘连夜从斜谷迎来，正撞蜀兵前队哨马。瓘叫曰："我是魏国降兵，可报与主帅。"哨军报知姜维，维令拦住馀兵，只教为首的将来见。瓘拜伏于地曰："某乃王经之侄王瓘也。近见司马昭弑君，将叔父一门皆戮，某痛恨入骨。今幸将军兴师问罪，故特引本部兵五千来降。愿从调遣，剿除奸党，以报叔父之恨。"维大喜，谓瓘曰："汝既诚心来降，吾岂不诚心相待？吾军中所患者，不过粮耳。今有粮车数千，现在川口，汝可运赴祁山。吾只今去取祁山寨也。"瓘

◎若夏侯霸如此说，还多少近情理一些，姜维屡次三番弹这个老调，就有些莫名其妙了。中国人之好管闲事，好替别人操心，好插手到人家内部事务的这种"热心肠"，是实在不敢恭维的。

◎又来一次将计就计。这是《三国演义》里使用得最频繁的计谋，看来，也是人类欺诈行为太多的缘故吧？

◎《三国演义》这出大戏，到此即将结束，然而，意犹未尽，接着邓艾、钟会、姜维的"三人转"登场，给观众读者带来最后的精彩。到底时代不同了，这些新角色，也以新的战争方式，来进行这场有形或无形的角力，流血或不流血的较量。如果没有这场战争，邓艾也许在屯田耕地，跟着牛尾巴度过余生；钟会也许官场得意，扶摇直上，成大将军的第一智囊；而姜维，则碌碌无名，埋没于陇中天水，袭士族余威，成一方精神领袖。然而，战争，让他们三个人，聚在一起，互相格斗，不断厮杀，因为这三者，本事各有所长，水平相差无多，能量彼此彼此，性格各有不同。于是，密室设计，策划构陷，私下勾结，野心毕露，钟会是个无恶不作，叛而再叛之投机分子，姜维是个不甘降服，困兽犹斗的忠贞之士，邓艾则是个缺乏心机，深自矜伐的不识时务者。于是，他先被杀于押解途中，沉冤难雪，接着，钟会、姜维也因故死于乱军之手，遂成历史的一个悬案。这三人转就在战争舞台上开始，也在战争舞台上结束。

心中大喜，以为中计，忻然领诺。姜维曰："汝去运粮，不必用五千人，但引三千人去，留下二千引路，以打祁山。"瓘恐维疑惑，乃引三千兵去了。维令傅佥引二千魏兵随征听用。忽报夏侯霸到。霸曰："都督何故准信王瓘之言也？吾在魏，虽不知备细，未闻王瓘是王经之侄。其中多诈，请将军察之。"维大笑曰："我已知王瓘之诈，故分其兵势，将计就计而行。"霸曰："公试言之。"维曰："司马昭奸雄比于曹操，既杀王经，灭其三族，安肯存亲侄于关外领兵？故知其诈也。仲权之见，与我暗合。"于是姜维不出斜谷，却令人于路暗伏，以防王瓘奸细。

不旬日，果然伏兵捉得王瓘回报邓艾下书人来见。维问了情节，搜出私书，书中约于八月二十日，从小路运粮送归大寨，却教邓艾遣兵于壜山谷中接应。维将下书人杀了，却将书中之意，改作八月十五日，约邓艾自率大兵于壜山谷中接应；一面令人扮作魏军往魏营下书；一面令人将现在粮车数百辆，卸了粮米装载干柴茅草引火之物，用青布罩之，令傅佥引二千原降魏兵，执打运粮旗号。维却与夏侯霸各引一军，去山谷中埋伏。令蒋舒出斜谷，廖化、张翼俱各进兵，来取祁山。

却说邓艾得了王瓘书信，大喜，急写回书，令来人回报。至八月十五日，邓艾引五万精兵径往壜山谷中来，远远使人凭高眺探，只见无数粮草，接连不断，从山谷中而行。艾勒马望之，果然皆是魏兵。左右曰：

"天已昏暮，可速接应王瓘出谷口。"艾曰："前面山势掩映，倘有伏兵，急难退步，只可在此等候。"正言间，忽两骑马骤至，报曰："王将军因将粮草过界，背后人马赶来，望早救应。"艾大惊，急催兵前进。时值初更，月明如昼。只听得山后呐喊，艾只道王瓘在山后厮杀。径奔过山后时，忽树木后一彪军撞出，为首蜀将傅佥，纵马大叫曰："邓艾匹夫！已中吾主将之计，何不早早下马受死！"艾大惊，勒回马便走。车上火尽着，那火便是号火。两势下蜀兵尽出，杀得魏兵七断八续，但闻四下山上只叫："拿住邓艾的赏千金，封万户侯！"唬得邓艾弃甲丢盔，撇了坐下马，杂在步军之中，爬山越岭而逃。姜维、夏侯霸只望马上为首的径来擒捉，不想邓艾步行走脱。维领得胜兵去接王瓘粮车。

却说王瓘密约邓艾，先期将粮草车仗，整备停当，专候举事。忽有心腹人报："事已泄漏，邓将军大败，不知性命如何。"瓘大惊，令人哨探，回报三路兵围杀将来，背后又见尘头大起，四下无路。瓘叱左右令放火，尽烧粮草车辆。一霎时，火光突起，烈火烧空。瓘大叫曰："事已急矣，汝等宜死战！"乃提兵望西杀出。背后姜维三路追赶。维只道王瓘舍命撞回魏国，不想反杀入汉中而去。瓘因兵少，只恐追兵赶上，遂将栈道并各关隘尽皆烧毁。姜维恐汉中有失，遂不追邓艾，提兵连夜抄小路来追杀王瓘。瓘被四面蜀兵攻击，投黑龙江而死。馀兵尽被姜维坑之。维虽然胜

◎打仗和做生意一样，名义上赚了钱，实际上搭进去老本，就有点不划算了。

了邓艾，却折了许多粮车，又毁了栈道，乃引兵还汉中。邓艾引部下败兵，逃回祁山寨内，上表请罪，自贬其职。司马昭见艾数有大功，不忍贬之，复加厚赐。艾将原赐财物，尽分给被害将士之家。昭恐蜀兵又出，遂添兵五万与艾守御。姜维连夜修了栈道，又议出师。正是：

连修栈道兵连出，不伐中原死不休。

未知胜负如何，且看下文分解。

　　邓艾，出身寒门，农家子弟，因其口吃，不得重用，倘不是司马懿识货，拔自行伍，专任屯田，也许一辈子就当这样的中等官佐了。此后，守河西甘陇一带，成为与西蜀名将姜维长期交手的魏军西线将领，终于鱼龙变化，成为忠于司马家的骨干人物。

　　应该说，邓艾乃实干家，不适宜玩心机，但是，生活中总有这样的人，他知道自己所长，却压根儿不知自己所短。而更不幸的是他自己可怕的延伸，以为自己所长而一切长，完全无视自己所短，因为自己所长，加之成功，也就拒绝别人善意提醒自己的所短。如果再深入考察一下这类成功人士，第一，其文化程度不会很高；第二，他拥有一点文化，也是死读书而来；第三，他的视野相对而言，通常比较狭窄。权变化解能力也就相对死板。其实，邓艾要有一点自量，你是什么东西，在国家大政方针上，本无他置喙之地。但邓艾认为伐蜀之事，他这个西部防守司令有责任进言，这就是自我感觉失调了，他公开反对这个征蜀计划，"征西将军邓艾以为未有衅，屡陈异议。帝患之，使主簿师纂为艾司马以喻之，艾乃奉命。"（《晋书·文帝纪》）

　　他根本不了解司马昭刚杀了一个皇帝，需要一场胜利用来作遮羞布。凡擅于埋头的实干家，常常是官场政治的白痴，"司马昭之心，路人皆知"，他邓艾竟了然无知。而他认为魏对蜀汉，未占绝对优势，在战场上轻易难得先机。因为他这些年和姜维交手，那是蜀汉最后一支精锐部队，并不等于全部蜀军都是这样顽强战斗，久攻不克。以此错误估计而抵�గ，一直到魏军神速进入蜀境后，这个庄稼汉才意识到自己小命危殆。"冬十月，艾自阴平道行无人之地七百里，凿山通道，造作桥阁，山高谷深，至为艰险，又粮运将匮，频于危殆。艾以毡自裹，推转而下。将士皆攀木缘崖，鱼贯而进。先登至江油，蜀守将马邈降。"邓艾知道，这一仗打不赢，他会因抗命砍头，与其那样死，还不如裹着毛毡滚下崖去撞撞大运吧！这一跳，死到临头的邓艾，投机成功了。

第一百十五回
诏班师后主信谗
托屯田姜维避祸

　　蜀之亡，因素是多方面的，但姜维的自我削防，缩小防御工事，集中主要军力打大仗，仍是诸葛亮的军事方针，给本来脆弱无比的蜀国，无边防可以抵挡，无险要可以踞守，使敌长驱直入，直奔成都平原而来，率领御林军保卫阿斗的诸葛瞻，只有蹈其老子的"鞠躬尽瘁，死而后已"了。蜀之亡，姜维的过错是毋用置疑的。

　　姜维在一连串的伐敌不利，造成国尽民竭的局面以后，在防御策略上采取了毁兵聚谷的措施，遂造成了使魏得以亡蜀的条件。因此，蜀之亡，固然是亡在阿斗这个亡国之君身上，但不也亡在诸葛亮不能审时度势的北伐政策上？亡在姜维继续执行这个政策上吗？当再也无法推行下去时，又采取了一条龟缩的自弃险要，自拆藩篱的消极抵抗的措施，无疑为魏之进攻，提供了一个开阔的足以施展的战场。其实，当年曹操一入汉中，看到那些山险，十分懊悔自己鲁莽行事，现在无须有此顾虑了。

　　不过，《资治通鉴》262—263年也载过："姜维表汉主，'闻钟会治兵关中，欲规进取，宜并遣左右车骑张翼、廖化，督诸军分护阳安关口，用阴平之桥头，以防未然'。黄皓信巫鬼，谓敌终不自致，启汉主寝其事，群臣莫知。"这就是说，这段史实，告诉我们，姜维是军事家，有其军人的敏锐，既有毁兵聚谷之举，也有阳安关口、阴平桥头之防范措施，然而敌不住满朝的投降派，特别是阿斗和黄皓之流，只有坐等亡国了。

　　却说蜀汉景耀五年冬十月，大将军姜维差人连夜修了栈道，整顿军粮兵器，又于汉中水路调拨船只，俱已完备，上表奏后主曰："臣累出战，虽未成大功，

◎《资治通鉴》载："初，维以羁旅依汉，身受重任，兴兵累年，功绩不立，黄皓用事于中，与右大将军阎宇亲善，阴欲废维用宇。维知之，言于汉主曰：'皓奸巧专恣，将败国家，请杀之！'汉主曰：'皓趋走小臣耳，往董允每切齿，吾常恨之，君何足介意！'维见皓枝附叶连，惧于失言，逊辞而出。汉主敕皓诣维陈谢，维由是自疑惧，返回沓中，因求种麦沓中，不敢归成都。"《三国演义》的这一回中采用了这段史实。这证明苏轼在《范增论》中所言"物必先腐也，而后虫生之"这句话的真理性。

已挫动魏人心胆。今养兵日久，不战则懒，懒则致病。况今军思效死，将思用命，臣如不胜，当受死罪。"后主览表，犹豫未决。谯周出班奏曰："臣夜观天文，见西蜀分野，将星暗而不明。今大将军又欲出师，此行甚是不利。陛下可降诏止之。"后主曰："且看此行若何。果然有失，却当阻之。"谯周再三苦谏不从，乃归家叹息不已，遂推病不出。

却说姜维临兴兵，乃问廖化曰："吾今出师，誓欲恢复中原，当先取何处？"化曰："连年征伐，军民不宁；兼魏有邓艾，足智多谋，非等闲之辈。将军强欲行难为之事，此化所以不敢专也。"维勃然大怒曰："昔丞相六出祁山，亦为国也。吾今八次伐魏，岂为一己之私哉？今当先取洮阳。如有逆吾者必斩！"遂令廖化守汉中，自同诸将提兵三十万，径取洮阳而来。早有川口人报入祁山寨中。时邓艾正与司马望谈兵，闻知此信，遂令人哨探。回报蜀兵尽从洮阳而出。司马望曰："姜维多计，莫非虚取洮阳而实来取祁山乎？"邓艾曰："今姜维实出洮阳也。"望曰："公何以知之？"艾曰："向者姜维累出吾有粮之地，今洮阳无粮，维必料吾只守祁山，不守洮阳，故径取洮阳。如得此城，屯粮积草，结连羌人，以图久计耳。"望曰："若此，如之奈何？"艾曰："可尽撤此处之兵，分为两路去救洮阳。离洮阳二十五里，有侯河小城，乃洮阳咽喉之地。公引一军伏于洮阳，偃旗息鼓，大开四门，如此如此而行；我却引一军伏侯河，必获大胜也。"筹画已定，各各依计而行。只留偏将师纂守祁山寨。

却说姜维令夏侯霸为前部，先引一军径取洮阳。霸提兵前进，将近洮阳，望见城上并无一杆旌旗，四门大开。霸心下疑惑，未敢入城，回顾诸将曰："莫非诈乎？"诸将曰："眼见得是空城，只有些小百姓，听知大将军兵到，尽弃城而走了。"霸未信，自纵马于城南视之，只见城后老小无数，皆望西北而逃。霸大喜曰："果空城也！"遂当先杀入，馀众随后而进。方到瓮城边，忽然一声炮响，城上鼓角齐鸣，旌旗遍竖，拽起吊桥。霸大惊曰："误中计矣！"慌欲退时，城上矢石如雨。可怜夏侯霸同五百军，皆死于城下。后人有诗叹曰：

◎夏侯霸逃魏，本为求生，结果还死于魏手，悲夫！

> 大胆姜维妙算长，谁知邓艾暗提防。
> 可怜投汉夏侯霸，顷刻城边箭下亡。

司马望从城内杀出，蜀兵大败而逃。随后姜维引接应兵到，杀退司马望，就傍城下寨。维闻夏侯霸射死，嗟伤不已。

是夜二更，邓艾自侯河城内，暗引一军潜地杀入蜀寨。蜀兵大乱，姜维禁止不住。城上鼓角喧天，司马望引兵杀出。两下夹攻，蜀兵大败。维左冲

◎姜维与邓艾战，斗智斗勇，互有胜负。在这种你吃不了我，我赢不了你的多场交手之后，给邓艾这个极其实事求是的将领，留下一个印象，征蜀未可赢。这就是旧日屯田，总跟着牛走，只看地，不看天的迂腐了。他所遭遇的姜维及其十万军，乃蜀汉最后之精华，也就是刘禅令他们投降，众皆以刀砍石的铁军。所以，邓艾反对攻蜀，可把司马昭惹火了。

◎处处显得邓艾高明一筹，何况姜维背后，还有掣肘之人呢？纵有千般本领，也独力难支大厦之既倒啊！

右突，死战得脱，退二十馀里下寨。蜀兵两番败走之后，心中摇动。维与众将曰："胜败乃兵家之常。今虽损兵折将，不足为忧。成败之事，在此一举。汝等始终勿改。如有言退者立斩。"张翼进言曰："魏兵皆在此处，祁山必然空虚。将军整兵与邓艾交锋，攻打洮阳、侯河，某引一军取祁山。取了祁山九寨，便驱兵向长安，此为上计。"维从之，即令张翼引后军径取祁山。维自引兵到侯河搦邓艾交战。艾引军出迎。两军对圆，二人交锋数十馀合，不分胜负，各收兵回寨。次日，姜维又引兵挑战，邓艾按兵不出。姜维令军辱骂。邓艾寻思曰："蜀人被吾大杀一阵，全然不退，连日反来搦战，必分兵去袭祁山寨也。守寨将师纂兵少智寡，必然败矣。吾当亲往救之。"乃唤子邓忠吩咐曰："汝用心守把此处，任他搦战，却勿轻出。吾今夜引兵去祁山救应。"是夜二更，姜维正在寨中设计，忽听得寨外喊声震地，鼓角喧天，人报邓艾引三千精兵夜战。诸将欲出，维止之曰："勿得妄动。"原来邓艾引兵至蜀寨前哨探了一遍，乘势去救祁山，邓忠自入城去了。姜维唤诸将曰："邓艾虚作夜战之势，必然去救祁山寨矣。"乃唤傅佥吩咐曰："汝守此寨，勿轻与敌。"嘱毕，维自引三千兵来助张翼。

却说张翼正到祁山攻打，守寨将师纂兵少，支持不住。看看待破，忽然邓艾兵至，冲杀了一阵，蜀兵大败，把张翼隔在山后，绝了归路。正慌急之间，忽听的喊声大震，鼓角喧天，只见魏兵纷纷倒退。左右报曰："大将军姜伯约杀到。"翼乘势驱兵相应。两下夹攻，邓艾折了一阵，急退上祁山寨不出。姜维令兵四面攻围。

话分两头。却说后主在成都，听信宦官黄皓之言，又溺于酒色，不理朝政。时有大臣刘琰妻胡氏，极有颜色，因入宫朝见皇后，后留在宫中，一月方出。琰疑其妻与后主私通，乃唤帐下军士五百人列于前，将妻绑缚，令军以履挞其面数十，几死复苏。后主闻之大怒，令有司议刘琰罪。有司议得：卒非挞妻之人，面非受刑之地，合当弃市。遂斩刘琰。自此命妇不许入朝。然一时官僚以后主荒淫，多有疑怨者。于是贤人渐退，小人日进。时右将军阎宇，身无寸功，只因阿附黄皓，遂得重爵；闻姜维统兵在祁山，乃说皓奏后主曰："姜维屡战无功，可命阎宇代之。"后主从其言，遣使赍诏，召回姜维。维正在祁山攻打寨栅，忽一日三道诏至，宣维班师。维只得遵命，先令洮阳兵退，次后与张翼徐徐而退。邓艾在寨中只听得一夜鼓角喧天，不知何意。至平明，人报蜀兵尽退，止留空寨。艾疑有计，不敢追袭。

姜维径到汉中，歇住人马，自与使命入成都见后主。后主一连十日不朝。维心中疑惑。是日至

◎正因为把功夫全用在了拍马屁上，所以，"身无寸功"，由于无功，也就只好益发地在拍马屁上，更下力气了。有真本事的人，不以拍马屁谋生，而没有真本事的人，不拍马屁，那就无以为生了。

◎姜维是诸葛亮嫡传弟子，在退兵之道上，从来不曾失着。

◎这个阿斗，倒是个没脾气，没心没肺的人，竟做出这种事来！好笑！

东华门，遇见秘书郎郤正。维问曰："天子召维班师，公知其故否？"正笑曰："大将军何尚不知？黄皓欲使阎宇立功，奏闻朝廷，发诏取回将军。今闻邓艾善能用兵，因此寝其事矣。"维大怒曰："我必杀此宦竖！"郤正止之曰："大将军继武侯之事，任大职重，岂可造次？倘若天子不容，反为不美矣。"维谢曰："先生之言是也。"次日，后主与黄皓在后园宴饮，维引数人径入。早有人报知黄皓，皓急避于湖山之侧。维至亭下，拜了后主，泣奏曰："臣困邓艾于祁山，陛下连降三诏，召臣回朝，未审圣意为何？"后主默然不语。维又奏曰："黄皓奸巧专权，乃灵帝时十常侍也。陛下近则鉴于张让，远则鉴于赵高。早杀此人，朝廷自然清平，中原方可恢复。"后主笑曰："黄皓乃趋走小臣，纵使专权，亦无能为。昔者董允每切齿恨皓，朕甚怪之。卿何必介意？"维叩头奏曰："陛下今日不杀黄皓，祸不远也。"后主曰："'爱之欲其生，恶之欲其死。'卿何不容一宦官耶？"令近侍于湖山之侧，唤出黄皓至亭下，命拜姜维伏罪。皓哭拜维曰："某早晚趋侍圣上而已，并不干与国政。将军休听外人之言，欲杀某也。某命系于将军，惟将军怜之。"言罢，叩头流涕。

维忿忿而出，即往见郤正，备将此事告之。正曰："将军祸不远矣。将军若危，国家随灭。"维曰："先生幸教我以保国安身之策。"正曰："陇西有一去处，名曰沓中，此地极其肥壮。将军何不效武侯屯田之事，奏知天子，前去沓中屯田。一者，得麦熟以助军实；二者，可以尽图陇右诸郡；三者，魏人不敢正视汉中；四者，将军在外掌握兵权，人不能图，可以避祸。此乃保国安身之策也，宜早行之。"维大喜，谢曰："先生金玉之言也。"次日，姜维表奏后主，求沓中屯田，效武侯之事。后主从之。维遂还汉中，聚诸将曰："某累出师，因粮不足，未能成功。今吾提兵八万，往沓中种麦屯田，徐图进取。汝等久战劳苦，今且敛兵聚谷，退守汉中。魏兵千里运粮，经涉山岭，自然疲乏，疲乏必退。那时乘虚追袭，无不胜矣。"遂令胡济屯汉寿城，王含守乐城，蒋斌守汉城，蒋舒、傅佥同守关隘。分拨已毕，维自引兵八万，来沓中种麦，以为久计。

却说邓艾闻姜维在沓中屯田，于路下四十馀营，连络不绝，如长蛇之势。艾遂令细作相了地形，画成图本，具表申奏。晋公司马昭见之，大怒曰："姜维屡犯中原，不能剿除，是吾心腹之患也。"贾充曰："姜维深得孔明传授，急难退之。须得一智勇之将，往刺杀之，可免动兵之劳。"从事中郎荀勖曰："不然。今蜀主刘禅溺于酒色，信用黄皓，大臣皆有避祸之心。姜维在沓中屯田，正避祸之计也。若令大将伐之，无有不胜，何必用刺客乎？"昭大笑曰：

◎看来当时魏无十分犯蜀之心，而蜀却时刻有伐魏之意。

◎一曰征西将军，一曰镇西将军，一字之差，大将军之好恶就不言自明了。征者，一过性之谓也，征完了你的任务也就完成了；镇者，长久之业也，坐镇，镇守，皆非一过性的任务。邓艾与司马昭为同代人，年龄甚或还要大些，一般而言，新拥权力者，都不喜欢用旧人，趋时慕新，乃潮流也。

"此言最善。吾欲伐蜀，谁可为将？"荀勖曰："邓艾乃世之良材，更得钟会为副将，大事成矣。"昭大喜曰："此言正合吾意。"乃召钟会入而问曰："吾欲令汝为大将，去伐东吴，可乎？"会曰："主公之意本不欲伐吴，实欲伐蜀也。"昭大笑曰："子诚识吾心也。但卿往伐蜀，当用何策？"会曰："某料主公欲伐蜀，已画图本现在此。"昭展开视之，图中细载一路安营下寨屯粮积草之处，从何而进，从何而退，一一皆有法度。昭看了大喜曰："真良将也！卿与邓艾合兵取蜀，何如？"会曰："蜀川道广，非一路可进，当使邓艾分兵各进可也。"昭遂拜钟会为镇西将军，假节钺，都督关中人马，调遣青、徐、兖、豫、荆、扬等处；一面差人持节令邓艾为征西将军，都督关外陇上，使约期伐蜀。

次日，司马昭于朝中计议此事，前将军邓敦曰："姜维屡犯中原，我兵折伤甚多，只今守御，尚自未保，奈何深入山川危险之地，自取祸乱耶？"昭怒曰："吾欲兴仁义之师，伐无道之主，汝安敢逆吾意！"叱武士推出斩之。须臾，呈邓敦首级于阶下。众皆失色。昭曰："吾自征东以来，息歇六年，治兵缮甲，皆已完备，欲伐吴、蜀久矣。今先定西蜀，乘顺流之势，水陆并进，并吞东吴，此灭虢取虞之道也。吾料西蜀将士，守成都者八九万，守边境者不过四五万，姜维屯田者不过六七万。今吾已令邓艾引关外陇右之兵十馀万，绊住姜维于沓中，使不得东顾；遣钟会引关东精兵二三十万，直抵骆谷，三路以袭汉中。蜀主刘禅昏暗，边城外破，士女内震，其亡可必矣。"众皆拜服。

却说钟会受了镇西将军之印，起兵伐蜀。会恐机谋或泄，却以伐吴为名，令青、兖、豫、荆、扬等五处各造大船；又遣唐咨于登、莱等州傍海之处，拘集海船。司马昭不知其意，遂召钟会问之曰："子从旱路收川，何用造船耶？"会曰："蜀若闻我兵大进，必求救于东吴也。故先布声势，作伐吴之状，吴必不敢妄动。一年之内，蜀已破，船已成，而伐吴岂不顺乎？"昭大喜，选日出师。时魏景元四年秋七月初三日，钟会出师，司马昭送之于城外十里方回。西曹掾邵悌密谓司马昭曰："今主公遣钟会领十万兵伐蜀，愚料会志大心高，不可使独掌大权。"昭笑曰："吾岂不知之？"悌曰："主公既知，何不使人同领其职？"昭言无数语，使邵悌疑心顿释。正是：

方当士马驱驰日，早识将军跋扈心。

未知其言若何，且看下文分解。

◎司马昭不光是个只想觊觎帝位的野心家，也是一个有才有识，有勇有谋的政治家、军事家。就他对于另外一个小野心家钟会的使用，可以看出他的心机。

　　两位古人对姜维的笔战，值得一录，以资参考。

　　孙盛在《晋阳秋》里批评："盛以永和初从安西将军平蜀，见诸故老，及姜维既降之后密与刘禅表疏，说欲伪服事钟会，因杀之以复蜀土，会事不捷，遂至泯灭，蜀人于今伤之。邓艾之入江油，士众鲜少，维进不能奋节绵竹之下，退不能总帅五将，拥卫蜀主，思后图之计，而乃反复于逆顺之间，希违情于难冀之会，以衰弱之国，而屡观兵于三秦，已灭之邦，冀理外之奇举，不亦暗哉！"

　　但裴松之持反对意见："于时钟会大众既造剑阁，维与诸将列营守险，会不得进，已议还计，全蜀之功，几乎立矣。但邓艾诡道傍入，出于其后，诸葛瞻既败，成都自溃。维若回军救内，则会乘其背。当时之势，焉得两济？而责维不能奋节绵竹，拥卫蜀主，非其理也。会欲尽坑魏将以举大事，授维重兵，使为前驱。若令魏将皆死，兵事在维手，杀会复蜀，不为难矣。夫功成理外，然后为奇，不可以事有差牙，而抑谓之不然。设使田单之计，邂逅不会，复可谓之愚暗哉！"

　　胡三省说过："维之智固足以玩弄钟会于股掌之上，迫于时、制于命，奈之何哉！姜维之心，始终为汉，千载之下，炳炳如丹，陈寿、孙盛之贬，非也。""奈之何哉！"让人想起唐代罗隐咏诸葛亮的诗，其中有两句，"时来天地皆同力，运去英雄不自由"，极具深刻内涵。势不在你，便不自由，事有差牙，很难避免。蜀之亡，是一种必然，也是自我作践的结果，但姜维之肝胆照人，也许是蜀汉最后一道炫目光彩。

第一百十六回

钟会分兵汉中道
武侯显圣定军山

　　选材择能，擢贤任人，在三国时期，很大程度也是作为权术行事的。

　　三国用人之道，也是变化多端，其术不一。曹操用人，不拘一格；诸葛用人，谨小慎微；刘备用人，感情相与；孙权用人，大胆放手；而司马昭用钟会，擒纵自如，又是一种与人不同的方式。也就是十二字方针：既使用，又防范，既信任，更戒备。自古以来的用人政策，无不以此为基准，只是因时因地而左右侧重上稍有变化而已。

　　司马昭之心，路人皆知，可见他有其不隐讳的一面，他要征蜀，起用钟会，先就张扬出去，遂满城风雨。

　　第一个跳出来竟是他的太太王元姬，"会见利忘义，好为事端，宠过必乱，不可大任"。第二个跳出来更是想不到，乃钟会的哥哥钟毓，"会挟术难保，不可专任"。王元姬是为她丈夫着想，而钟毓既不是为司马昭着想，当然更不是为钟会着想，而是为自己着想，因为他害怕钟会出事连累他。魏晋时期，盛行诛三族，他得为他脑袋着想。司马昭笑曰："众人皆言蜀不可伐。夫人心豫怯则智勇并竭，智勇并竭而强使之，适为敌禽耳。"只有钟会是他的坚定支持者，当然要用他了。

　　西曹属邵悌求见："今遣钟会率十馀万众伐蜀，愚谓会单身无重任，不若使馀人行。"司马昭对他的心腹交了底："我宁当复不知此耶？蜀为天下作患，使民不得安息，我今伐之如指掌耳，而今遣会伐蜀，必可灭蜀。灭蜀之后，就如卿所虑，当何所能一办耶？凡败军之将不可以语勇，亡国之大夫不可与图存，心胆以破故也。若蜀以破，遗民震恐，不足与图事；中国将士各自思归，不肯与同也。若作恶，只自灭族耳。卿不须忧也，慎莫使人闻也。"

　　"夫蜀已破亡，遗民震恐，不足与共谋事；中国将士各自思归，不肯与同也。会若作恶，只自灭族也。"

　　司马昭早就把掌握中的钟会，算得准准的了。

◎钟会不被战争中的胜败，那些表面现象所迷惑，看到了蜀国由于频繁侵扰，已造成国力空虚的实质，所以下决心南征。司马昭此刻需要的，正是他这份不怯之心。固然知道他可能出现的异志，但也不害怕地俾以重任，这份胆识，确是非凡。

◎监军者，即公开之耳目也。用人而防人者，置此辈于明处，布眼线于地下，都是最起码的手段。

却说司马昭谓西曹掾邵悌曰："朝臣皆言蜀未可伐，是其心怯；若使强战，必败之道也。今钟会独建伐蜀之策，是其心不怯；心不怯，则破蜀必矣。蜀既破，则蜀人心胆已裂。'败军之将，不可以言勇；亡国之大夫，不可以图存'。会即有异志，蜀人安能助之乎？至若魏人得胜思归，必不从会而反，更不足虑耳。此言乃吾与汝知之，切不可泄漏。"邵悌拜服。

却说钟会下寨已毕，升帐大集诸将听令。时有监军卫瓘，护军胡烈，大将田续、庞会、田章、爰彰、丘建、夏侯咸、王买、皇甫闿、句安等八十馀员。会曰："必须一大将为先锋，逢山开路，遇水叠桥，谁敢当之？"一人应声曰："某愿往。"会视之，乃虎将许褚之子许仪也。众皆曰："非此人不可为先锋。"会唤许仪曰："汝乃虎体猿班之将，父子有名，今众将亦皆保汝。汝可挂先锋印，领五千马军、一千步军，径取汉中。兵分三路：汝领中路，出斜谷；左军出骆谷；右军出子午谷。此皆崎岖山险之地，当令军填平道路，修理桥梁，凿山破石，勿使阻碍。如违必按军法。"许仪受命，领兵而进。钟会随后提十万馀众，星夜起程。

却说邓艾在陇西，既受伐蜀之诏，一面令司马望往遏羌人，又遣雍州刺史诸葛绪、天水太守王颀、陇西太守牵弘、金城太守杨欣，各调本部兵前来听令。比及军马云集，邓艾夜作一梦，梦见登高山，望汉中，忽于脚下迸出一泉，水势上涌。须臾惊觉，浑身汗流。遂坐而待旦，乃召护卫爰邵问之。邵素明《周易》，艾备言其梦。邵答曰："《易》云：'山上有水曰蹇。'《蹇》卦者：'利西南，不利东北。'孔子云：'蹇利西南，往有功也；不利东北，其道穷也。'将军此行，必然克蜀，但可惜蹇滞不能还。"艾闻言，愀然不乐。忽钟会檄文至，约艾起兵，于汉中取齐。艾遂遣雍州刺史诸葛绪，引兵一万五千，先断姜维归路；次遣天水太守王颀引兵一万五千，从左攻沓中；陇西太守牵弘，引一万五千人，从右攻沓水；又遣金城太守杨欣，引一万五千人，于甘松邀姜维之后。艾自引兵三万，往来接应。

却说钟会出师时，有百官送出城外，旌旗蔽日，铠甲凝霜，人强马壮，威风凛凛。人皆称羡，惟有相国参军刘寔，微笑不语。太尉王祥见寔冷笑，就马上握其手而问曰："钟、邓二人此去可平蜀乎？"寔曰："破蜀必矣，但恐皆不得还都耳。"王祥问其故，刘寔但笑而不答。祥遂不复问。

却说魏兵既发，早有细作入沓中报知姜维。维即具表申奏后主："请降诏遣左车骑将军张翼领兵守护阳平关，右车骑将军廖化领兵守阴平桥。这二处最为要紧，若失二处，汉中不保矣。一面当遣使入吴求救。臣一面自起沓中之兵拒敌。"时后主改景耀五年为炎兴元年，日与宦官黄皓在宫中游乐。忽接姜维之表，即召黄皓问曰："今魏国遣钟会、邓艾大起人马，分

◎冷眼旁观的聪明人还是有的，可惜局中人自迷耳。

道而来，如之奈何？"皓奏曰："此乃姜维欲立功名，故上此表。陛下宽心，勿生疑虑。臣闻城中有一师婆，供奉一神，能知吉凶，可召来问之。"后主从其言，于后殿陈设香花纸烛享祭礼物，令黄皓用小车请入宫中，坐于龙床之上。后主焚香祝毕，师婆忽然披发跣足，就殿上跳跃数十遍，盘旋于案上。皓曰："此神人降矣。陛下可退左右亲祷之。"后主尽退侍臣，再拜祝之。师婆大叫曰："吾乃西川土神也。陛下欣乐太平，何为求问他事？数年之后，魏国疆土亦归陛下矣。陛下切勿忧虑。"言讫，昏倒于地，半晌方苏。后主大喜，重加赏赐。自此深信师婆之说，遂不听姜维之言，每日只在宫中饮宴欢乐。姜维累申告急文，皆被黄皓隐匿，因此误了大事。

◎国之将亡，必有妖孽，这话不是没有道理的。

却说钟会大军，迤逦望汉中进发。前军先锋许仪要立头功，先领兵至南郑关。仪谓部将曰："过此关即汉中矣。关上不多人马，我等便可奋力抢关。"众将领命，一齐并力向前。原来守关蜀将卢逊，早知魏兵将到，先于关前木桥左右，伏下军士，装起武侯所遗十矢连弩。比及许仪兵来抢关时，一声梆子响处，矢石如雨。仪急退时，早射倒数十骑。魏兵大败，仪回报钟会。会自提帐下甲士百馀骑来看，果然箭弩一齐射下。会拨马便回，关上卢逊引五百军杀下来。会拍马过桥，桥上土塌，陷住马蹄，争些儿掀下马来。马挣不起，会弃马步行跑下桥时，卢逊赶上一枪刺

来，却被魏将中荀恺回身一箭，射卢逊落马。钟会麾
众乘势抢关，关上军士因有蜀兵在关前，不敢放箭，
被钟会杀散，夺了山关。即以荀恺为护军，以全副鞍
马铠甲赐之。会唤许仪至帐下，责之曰："汝为先锋，
理合逢山开路，遇水叠桥，专一修理桥梁道路，以便
行军。吾方才到桥上，陷住马蹄，几乎堕桥。若非荀
恺，吾已被杀矣。汝既违军令，当按军法。"叱左右
推出斩之。诸将告曰："其父许褚有功于朝廷，望都
督恕之。"会怒曰："军法不明，何以令众？"遂令斩
首示众。诸将无不骇然。

　　时蜀将王含守乐城，蒋斌守汉城，见魏兵势大，
不敢出战，只闭门自守。钟会下令曰："兵贵神速，
不可少停。"乃令前军李辅围乐城，护军荀恺围汉城，
自引大兵取阳平关。守关蜀将傅佥与副将蒋舒商议战
守之策。舒曰："魏兵甚众，势不可当，不如坚守为
上。"佥曰："不然。魏兵远来，必然疲困，虽多不足
惧。我等若不下关战时，汉、乐二城休矣！"蒋舒
默然不答。忽报魏兵大队已至关前。蒋、傅二人至
关上视之，钟会扬鞭大叫曰："吾今统十万之众到此，
如早早出降，各依品级升用。如执迷不降，打破关隘，
玉石俱焚。"傅佥大怒，令蒋舒把关，自引三千兵杀
下关来。钟会便走，魏兵尽退。佥乘势追之，魏兵复
合。佥欲退入关时，关上已竖起魏家旗号，只见蒋舒
叫曰："吾已降了魏也。"佥大怒，厉声骂曰："忘恩背

◎钟会少年得志，不可一世，只是
因为马失前蹄，便以杀人示儆，太
过分了。

◎《资治通鉴》载："后司马师卒于许
昌"，"从师典知密事"的钟会，与尚
书郎傅嘏"谋，使嘏表上，辄与昭俱
发迁到洛水南屯往"。这个小阴谋家
得以使司马昭掌控朝政。"二月，丁
巳，诏以司马昭为大将军，录尚书
事。会由是常有自矜之色，嘏戒之
曰，于志大其量，厮勋业难为也。可
不惧哉？"钟会的小人本质，是瞒不
过明眼人的。

◎钟会初战告捷，得阳平关，然而他过桥时，马失前蹄，滚下马来，险几送命。遂将修桥铺路的先锋许仪斩首，哪怕他是曹操贴身保镖许褚的儿子，也不容宽待。他也不想想自己乃一介文人，给头儿出出主意，可以；给司马昭作"吾之子房也"，可以；构陷嵇康，致其毙命，当然更可以了。可指挥作战，驱马上阵，也许未必可以。姜维早料到，阳平桥头，重中之重，若委派张翼、廖化把守，说不定魏镇西将军就是蜀军的俘虏。可后主听黄皓的"寝其事"，姜维说了等于没说，大军压境，只好坐以待毙了。

义之贼，有何面目见天下人乎！"拨回马复与魏兵接战。魏兵四面合来，将傅佥围在垓心。佥左冲右突，往来死战，不能得脱，所领蜀兵，十伤八九。佥乃仰天叹曰："吾生为蜀臣，死亦当为蜀鬼！"乃复拍马冲杀，身被数枪，血盈袍铠。坐下马倒，佥自刎而死。后人有诗叹曰：

> 一日抒忠愤，千秋仰义名。
> 宁为傅佥死，不作蒋舒生。

钟会得了阳平关，关内所积粮草、军器极多，大喜，遂犒三军。是夜，魏兵宿于阳安城中，忽闻西南上喊声大震。钟会慌忙出帐视之，绝无动静。魏军一夜不敢睡。次夜三更，西南上喊声又起。钟会惊疑，向晓，使人探之。回报曰："远哨十馀里，并无一人。"会惊疑不定，乃自引数百骑，俱全装贯带，望西南巡哨。前至一山，只见杀气四面突起，愁云布合，雾锁山头。会勒住马，问乡导官曰："此何山也？"答曰："此乃定军山。昔日夏侯渊殁于此处。"会闻之，怅然不乐，遂勒马而回。转过山坡，忽然狂风大作，背后数千骑突出，随风杀来。会大惊，引众纵马而走。诸将坠马者，不计其数。及奔到阳平关时，不曾折一人一骑，只跌损面目，失了头盔。皆言曰："但见阴云中人马杀来，比及近身，却不伤人，只是一阵旋风而已。"会问降将蒋舒曰："定军山有神庙乎？"舒曰："并无神庙，惟有诸葛武侯之墓。"会惊曰："此必武侯显圣也。吾当亲往祭之。"

次日，钟会备祭礼，宰太牢，自到武侯坟前再拜致祭。祭毕，狂风顿息，愁云四散。忽然清风习习，细雨纷纷。一阵过后，天色晴朗。魏兵大喜，皆拜谢回营。是夜钟会在帐中伏几而寝，忽然一阵清风过处，只见一人纶巾羽扇，身衣鹤氅，素履皂绦，面如冠玉，唇若抹朱，眉清目朗，身长八尺，飘飘然有神仙之概。其人步入帐中，会起身迎之曰："公何人也？"其人曰："今早重承见顾，吾有片言相告：虽汉祚已衰，天命难违，然两川生灵横罹兵革，诚可怜悯。汝入境之后，万勿妄杀生灵。"言讫，拂袖而去。会欲挽留之，忽然惊醒，乃是一梦。会知武侯之灵，不胜惊异。于是传令前军，立一白旗，上书"保国安民"四字，所到之处，如妄杀一人者偿命。于是汉中人民，尽皆出城拜迎。会一一抚慰，秋毫无犯。后人有诗赞曰：

> 数万阴兵绕定军，致令钟会拜灵神。
> 生能决策扶刘氏，死尚遗言保蜀民。

却说姜维在沓中，听知魏兵大至，传檄廖化、张翼、董厥，提兵接应；一面自分兵列将以待之。忽报魏兵至，维引兵迎。魏阵中为首大将乃天水太守王颀也。颀出马大呼曰："吾今大兵百万，上将千员，分二十路而进，已到成都。汝不思早降，犹欲抗拒，何不知天命耶！"维大怒，挺枪纵马，直取王颀。战不三合，颀大败而走。姜维驱兵追杀至二十里，只听得金鼓齐鸣，一枝兵摆开，旗上大书"陇西太守牵弘"字样。维笑曰："此等鼠辈，非吾敌手。"遂催兵追之。又赶到十里，却遇邓艾领兵杀到，两军混战。维抖擞精神，与艾战有十馀合，不分胜负。后面锣鼓又鸣，维急退时，后军报说："甘松诸寨，尽被金城太守杨欣烧毁了。"维大惊，急令副将虚立旗号，与邓艾相拒。维自撤后军，星夜来救甘松，正遇杨欣。欣不敢交战，望山路而走。维随后赶来。将至岩下，岩上木石如雨，维不能前进。比及回到半路，蜀兵已被邓艾杀败。魏兵大队而来，将姜维围住。维引众骑杀出重围，奔入大寨坚守，以待救兵。忽流星马到，报说："钟会打破阳平关，守将蒋舒归降，傅佥战死，汉中已属魏矣。乐城守将王含、汉城守将蒋斌，知汉中已失，亦开门而降。胡济抵敌不住，逃回成都求援去了。"维大惊，即传令拔寨。

　　是夜兵至疆川口，前面一军摆开，为首魏将乃是金城太守杨欣。维大怒，纵马交锋，只一合，杨欣败走。维拈弓射之，连射三箭皆不中。维转怒，自折其弓，挺枪赶来，战马前失，将维跌在地上，杨欣拨回马，来杀姜维。维跃起身，一枪刺去，正中杨欣马脑。背后魏兵骤至，救欣去了。维骑上从马，欲待追时，

◎兵败如山倒，已无回天之术了。

忽报后面邓艾兵到。维首尾不能相顾，遂收兵要夺汉中。哨马报说："雍州刺史诸葛绪已断了归路。"维乃据山险下寨。魏兵屯于阴平桥头。维进退无路，长叹曰："天丧我也！"副将宁随曰："魏兵虽断阴平桥，雍州必然兵少。将军若从孔函谷径取雍州，诸葛绪必撤阴平之兵救雍州，将军却引兵奔剑阁守之，则汉中可复矣。"维从之，即发兵入孔函谷，诈取雍州。细作报知诸葛绪。绪大惊曰："雍州是吾合兵之地，倘有疏失，朝廷必然问罪。"急撤大兵从南路去救雍州，只留一枝兵守桥头。姜维入北道，约行三十里，料知魏兵起行，乃勒回兵，后队作前队，径到桥头，果然魏兵大队已去，只有些小兵把桥，被维一阵杀散，尽烧其寨栅。诸葛绪听知桥头火起，复引兵回，姜维兵已过半日了，因此不敢追赶。

却说姜维引兵过了桥头，正行之间，前面一军来到，乃左将军张翼、右将军廖化也。维问之，翼曰："黄皓听信师巫之言，不肯发兵。翼闻汉中已危，自起兵来时，阳平关已被钟会所取。今闻将军受困，特来接应。"遂合兵一处，前赴白水关。化曰："今四面受敌，粮道不通，不如退守剑阁，再作良图。"维疑虑未决，忽报钟会、邓艾分兵十馀路杀来。维欲与翼、化分兵迎之。化曰："白水地狭路多，非争战之所，不如且退去救剑阁可也。若剑阁一失，是绝路矣。"维从之，遂引兵来投剑阁。将近关前，忽然鼓角齐鸣，

◎姜维会合张翼、廖化，踞守剑阁，这是好主意，何况这是蜀汉最后一支由诸葛亮六出祁山、姜维九战中原而磨炼出来能征惯战、久经沙场的主力。钟会多次强攻无效，只有退守待机。姜维明白，诸葛亮吃够了粮秣不继的苦头，现在轮着统帅魏军主力的钟会来领受。打，打不赢，退，退不得。按姜维的殄敌之术，"敌攻关不克，野无散谷，千里县粮，自然疲乏"，不出十天半个月，钟会数万大军没有吃的，不攻自垮。可是，没想到邓艾出奇兵，翻山越岭七百里，直达成都平原，后主舆榇投降，姜维只有认输。老天让你败，你不败也难。

◎以为穷途末路，谁知绝处逢生。

喊声大起，旌旗遍竖，一枝军把住关口。正是：

汉中险峻已无有，剑阁风波又忽生。

未知何处之兵，且看下文分解。

一部托名苏轼《志林》的书，当系南宋时人所为。述及"涂巷中小儿薄劣，其家所厌苦，辄与钱，令聚坐听说古话，至说三国事，闻刘玄德败，频蹙眉，有出涕者；闻曹操败，即喜唱快，以是知君子小人之泽，百世不斩。"可见"说三分"尊刘贬曹的影响之大，业已为街巷市井，妇孺大众所认知。及至《三国演义》出版，遂形成错觉，造成老百姓中宗蜀非魏的正统观，以致对蜀之败，蜀之亡，在感情上有点受不了。

其实不然，蜀之第一个出局，是势之然也。老天眷顾过他们，可刘、关、张自我得之，自我作践，自我失之，灭亡，是必然结果。

魏之官渡，吴之赤壁，这两次上了战史的大战，说明一，看过大场面，见过大世面，有过大眼光，经得起折腾；而蜀，总是小打小闹，用北京话说，短练。于是，钟邓大军一到，不堪一击。说明二，魏得中原，吴拥江东，那江山是人家一寸一寸地打下来的，每一平方公寸土地，都浸透他们的血，所以特别珍惜；而蜀，连蒙带骗得到荆州，连唬带吓得到益州，来得容易，因而去得也容易，刘禅那么快就投降，就因为他对这块既不连心，也不连肉的土地，无归属感，才有后来"乐不思蜀"的说法。说明三，曹操、孙权，都是正经八百受到过良好教育，至少认真地读过兵书，具有最起码的职业素养；而蜀，刘备连"苞原隰险阻"不可屯兵的军事常识了然无知，关羽以为捧一本《春秋》，就是文化人，至于张飞，估计此公尚未脱盲，一国之主，都这个德行，岂有不败之理？

一个没有文化的领导集团，没有一块自己打下的江山，再加上一班没有出息的继承人，半个世纪不到，便成为历史的过客，其实也很正常。

第一百十七回

邓士载偷度阴平
诸葛瞻战死绵竹

邓艾偷度阴平，是战争史上值得记下的一笔。

毛评《三国演义》这样说："若夫造最险之谋，而经最险之地，犯最险之患，而成最险之功，则未有如邓艾之贯索于悬崖，裹毡于峭壁，持斧挟凿以行七百里者也。"

据吕思勉的分析："邓艾的兵，是能够进去，退不回去的，自然要拼命死战，其锋不可当。然而其实是孤军。假便后主坚守成都，这时候，剑阁并没有破。钟会的大军不得前进，邓艾外无救援，终竟要做瓮中之鳖。然而后主不能坚守，竟尔投降。姜维在剑阁，听得诸葛瞻的兵被打败了，乃引兵向西南退却，到了现在的三台县地方。奉到后主的命令，叫他投降魏军。姜维便到钟会军前投降。据《三国志》说：当时将士，接到投降的命令，都发怒得拔刀斫石，难道姜维倒是轻易投降的么？"

《资治通鉴》也有记载："诣钟会降，将士咸怒，拔刀斫石"，胡三省注曰："观此，则蜀之将士岂肯下人哉，其主不能用之耳！"

其一，姜维倒是轻易投降的么？其二，蜀之将士岂肯下人哉？冲这两个问号，可以断定，蜀有投降派，但也有不投降派。蜀即使要亡，有这些不投降派，至少也不该马上亡。因为有生力量还在，那些拔刀砍石的兵，就是蜀汉最后唯一的希望。而邓艾充其量，只有二千偷袭之兵，不过"瓮中之鳖"罢了，而钟会的二十万大军实际被姜维阻在剑阁关外，寸步难进。一国之主刘禅来不及地舆榇而降，是没有道理的。打得赢就打，打不赢就走，蜀国虽小，成都之外，会没有后主的容身之地？

刘备本来就孬种，败了就要散摊子；生下这个儿子更孬种，还没有要他的命，就举起双手投降了。

邓艾到了摩天岭，知道滚下去不死即捉，可更知道回撤必死的命运在等待着，于是，哪怕只有百分之一的可能，还不如冒死行险，结果，马邈降，诸葛瞻死，刘禅降，他得到了百分之百。

国不怕小，也不怕弱，就怕刘禅这样的窝囊废加上乱臣贼子，不亡何待？

◎人处于极败的局面下，就容易把一切与己有利的不可能，视为可能，而把一切与己不利的可能，视为不可能。姜维此时此刻的"不必忧也"，就是这种情绪的表现。

◎"吾奉天子明诏、晋公钧命，特来伐蜀，便是邓艾有罪，亦当斩之。"这两句话，并非示威恫吓，可决不是说着玩的，而是握有上方宝剑，才敢如此威风，他是要说这句话的，他是一定要找到机会和场合说这句话的，凡踌躇满志的小人，都有耐不住的表现欲。

却说辅国大将董厥，闻魏兵十馀路入境，乃引二万兵守住剑阁。当日望尘头大起，疑是魏兵，急引军把住关口，董厥自临军前视之，乃姜维、廖化、张翼也。厥大喜，接入关上，礼毕，哭诉后主黄皓之事。维曰："公勿忧虑。若有维在，必不容魏来吞蜀也。且守剑阁，徐图退敌之计。"厥曰："此关虽然可守，争奈成都无人，倘为敌人所袭，大势瓦解矣。"维曰："成都山险地峻，非可易取，不必忧也。"正言间，忽报诸葛绪领兵杀至关下。维大怒，急引五千兵杀下关来，直撞入魏阵中，左冲右突，杀得诸葛绪大败而走，退数十里下寨。魏军死者无数。蜀兵抢了许多马匹器械，维收兵回关。

却说钟会离剑阁二十里下寨，诸葛绪自来伏罪。会怒曰："吾令汝守把阴平桥头，以断姜维归路，如何失了？今又不得吾令，擅自进兵，以致此败！"绪曰："维诡计多端，诈取雍州。绪恐雍州有失，引兵去救，维乘机走脱，绪因赶至关下，不想又为所败。"会大怒，叱令斩之。监军卫瓘曰："绪虽有罪，乃邓征西所督之人，不争将军杀之，恐伤和气。"会曰："吾奉天子明诏、晋公钧命，特来伐蜀，便是邓艾有罪，亦当斩之！"众皆力劝。会乃将诸葛绪用槛车载赴洛阳，任晋公发落；随将绪所领之兵，收在部下调遣。有人报与邓艾，艾大怒曰："吾与汝官品一般，吾久镇边疆，于国多劳，汝安敢妄自尊大耶！"子邓忠劝曰："'小不忍则乱大谋'。父亲若与他不睦，必误国家大事。望且容忍之。"艾从其言，然毕竟心中怀怒，乃引十数骑来见钟会。

会闻艾至，便问左右："艾引多少军来？"左右答曰："只有十数骑。"会乃令帐上帐下列武士数百人。艾下马入见。会接入帐礼毕。艾见军容甚肃，心中不安，乃以言挑之曰："将军得了汉中，乃朝廷之大幸也，可定策早取剑关。"会曰："将军明见若何？"艾再三推称无能。会固问之，艾答曰："以愚意度之，可引一军从阴平小路出汉中德阳亭，用奇兵径取成都，姜维必撤兵来救，将军乘虚就取剑关，可获全功。"会大喜曰："将军此计甚妙！可即引兵去。吾在此专候捷音。"二人饮酒相别。会回本帐与诸将曰："人皆谓邓艾有能，今日观之，乃庸才耳。"众问其故。会曰："阴平小路，皆高山峻岭，若蜀以百馀人守其险要，断其归路，则邓艾之兵皆饿死矣。吾只以正道而行，何愁蜀地不破乎？"遂置云梯炮架，只打剑阁关。

却说邓艾出辕门上马，回顾从者曰："钟会待吾若何？"从者曰："观其辞色，甚不以将军之言为然，但以口强应而已。"艾笑曰："彼料我不能取成都，我偏欲取之。"回到本寨，师纂、邓忠一班将士接问曰："今日与钟镇西有何高论？"艾曰："吾以实心告彼，彼以庸才视我。彼今得汉中，以为莫大之功。若非吾在沓中绊住姜维，彼安能成功耶？吾今若取了成都，

◎邓艾此人，毫无政治头脑可言。在官场斗争中，像邓艾这样的人，既无防身之术，却有惹祸之嘴，既无坚强后台，又无铁杆朋友，总是死无葬身之地的。

◎公元197年（汉建安二年）生的邓艾，已66岁，年过花甲；公元225年（魏黄初六年）生的钟会，才38岁，正是大好年华。气势汹汹的邓艾，本是兴师问罪而来；年轻气盛的钟会，哪能买他的账，竟不把对方看在眼中。这本应是一场决斗，绝对是一场刀光剑影、血飞肉溅的全武行大戏。然而，很快偃旗歇鼓，不欢而散，看来，年过花甲的邓艾，不得不承认年龄优势已不在他这一边，至最后一刻，他踩了熬车。没有人劝解，没有人退让，更没有人摊牌，兴师动众而来，接着打道回府。虽然，正史无此剑阁会议一说，但演义至此，你不能不服气授钟会以重任、督邓艾上战场的司马昭，才是真正的驭将高手。《三国演义》将邓艾卷进钟会收诸葛绪军队事中，未见史传。

胜取汉中矣！"当夜下令，尽拔寨望阴平小路进兵，离剑阁七百里下寨。有人报钟会，说："邓艾要去取成都了。"会笑艾不智。

却说邓艾一面修密书遣使驰报司马昭，一面聚诸将于帐下问曰："吾今乘虚去取成都，与汝等立功名于不朽，汝等皆从乎？"诸将应曰："愿遵军令，万死不辞。"艾乃先令子邓忠引五千精兵，不穿衣甲，各执斧凿器具，凡遇峻危之处，凿山开路，搭造桥阁，以便军行。艾选兵三万，各带干粮绳索进发。约行百馀里，选下三千兵，就彼扎寨。又行百馀里，又选三千兵下寨。是年十月，自阴平进兵，于巅崖峻谷之中，凡二十馀日，行七百馀里，皆是无人之地。魏兵沿途下了数寨，只剩下二千人马。前至一岭，名摩天岭，马不堪行，艾步行上岭，只见邓忠与开路壮士尽皆哭泣。艾问其故，忠告曰："此岭西皆是峻壁巅崖，不能开凿，虚废前劳，因此哭泣。"艾曰："吾军到此，已行了七百馀里，过此便是江油，岂可复退？"乃唤诸军曰："'不入虎穴，焉得虎子'。吾与汝等来到此地，若得成功，富贵共之。"众皆应曰："愿从将军之命。"艾令先将军器撺将下去。艾取毡自裹其身，先滚下去。副将有毡衫者裹身滚下，无毡衫者各用绳索束腰，攀木挂树，鱼贯而进。邓艾、邓忠并二千军，及开山壮士，皆度了摩天岭。方才整顿衣甲器械而行，忽见道傍有一石碣，上刻"丞相诸葛武侯

◎都在司马昭掌握之中，现在明白他封钟会为镇西将军，封邓艾为征西将军的原因了。"镇"和"征"，一字之差，天渊之别。

◎邓艾胜也不易！

题"。其文云："二火初兴，有人越此。二士争衡，不
久自死。"艾观讫大惊，慌忙对碣再拜曰："武侯真神
人也！艾不能以师事之，惜哉！"后人有诗曰：

> 阴平峻岭与天齐，玄鹤徘徊尚怯飞。
> 邓艾裹毡从此下，谁知诸葛有先几。

却说邓艾暗度阴平，引兵行时，又见一个大空寨。
左右告曰："闻武侯在日，曾拨一千兵守此险隘，今蜀
主刘禅废之。"艾嗟呀不已，乃谓众人曰："吾等有来
路而无归路矣。前江油城中，粮食足备，汝等前进可
活，后退即死，须并力攻之。"众皆应曰："愿死战！"
于是邓艾步行，引二千馀人，星夜倍道来抢江油城。

却说江油守将马邈，闻东川已失，虽为准备，只
是提防大路；又仗着姜维全师守住剑阁关，遂将军情
不以为重。当日操练人马回家，与妻李氏拥炉饮酒。
其妻问曰："屡闻边情甚急，将军全无忧色，何也？"
邈曰："大事自有姜伯约掌握，干我甚事？"其妻曰：
"虽然如此，将军所守城池，不为不重。"邈曰："天
子听信黄皓，溺于酒色，吾料祸不远矣。魏兵若到，
降之为上，何必虑哉？"其妻大怒，唾邈面曰："汝
为男子，先怀不忠不义之心，枉受国家爵禄，吾有何
面目与汝相见耶！"马邈羞惭无语。忽家人慌入报
曰："魏将邓艾不知从何而来，引二千馀人，一拥而

◎姜伯约在不发挥部属的积极性上，
与诸葛亮是一脉相传的。

入城矣。"邈大惊，慌出纳降，拜伏于公堂之下，泣告曰："某有心归降久矣。今愿招城中居民，及本部人马，尽降将军。"艾准其降。遂收江油军马于部下调遣，即用马邈为乡导官。忽报马邈夫人自缢身死。艾问其故，邈以实告。艾感其贤，令厚礼葬之，亲往致祭。魏人闻者，无不嗟叹。后人有诗赞曰：

后主昏迷汉祚颠，天差邓艾取西川。

可怜巴蜀多名将，不及江油李氏贤。

邓艾取了江油，遂接阴平小路诸军，皆到江油取齐，径来攻涪城。部将田续曰："我军涉险而来，甚是劳顿，且当休养数日，然后进兵。"艾大怒曰："兵贵神速，汝敢乱我军心耶！"喝令左右推出斩之。众将苦告方免。艾自驱兵至涪城。城内官吏军民疑从天降，尽皆投降。

蜀人飞报入成都。后主闻知，慌召黄皓问之。皓奏曰："此诈传耳。神人必不肯误陛下也。"后主又宣师婆问时，却不知何处去了。此时远近告急表文，一似雪片，往来使者，联络不绝。后主设朝计议，多官面面相觑，并无一言。郤正出班奏曰："事已急矣！陛下可宣武侯之子商议退兵之策。"原来武侯之子诸葛瞻，字思远。其母黄氏，即黄承彦之女也。母貌甚陋，而有奇才，上通天文，下察地理，凡韬略遁甲诸

◎监军卫瓘，是位大书法家。当妄自尊大的邓艾押上槛车，送往长安路上，他从牢房里放出田续，不久前因触犯邓艾，被送到他这里关押，把处死邓艾的任务交给他。看来，这位书法家，使刀的功夫不亚于使笔。

◎病急乱投医了。

书，无所不晓。武侯在南阳时，闻其贤，求以为室。武侯之学，夫人多所赞助焉。及武侯死后，夫人寻逝，临终遗教，惟以忠孝勉其子瞻。瞻自幼聪敏，尚后主女，为驸马都尉。后袭父武乡侯之爵。景耀四年，迁行军护卫将军。时为黄皓用事，故托病不出。

　　当下后主从郤正之言，即时连发三诏，召瞻至殿下。后主泣诉曰："邓艾兵已屯涪城，成都危矣。卿看先君之面，救朕之命！"瞻亦泣奏曰："臣父子蒙先帝厚恩、陛下殊遇，虽肝脑涂地，不能补报。愿陛下尽发成都之兵，与臣领去，决一死战。"后主即拨成都兵将七万与瞻。瞻辞了后主，整顿军马，聚集诸将问曰："谁敢为先锋？"言未讫，一少年将出曰："父亲既掌大权，儿愿为先锋。"众视之，乃瞻长子诸葛尚也。尚时年十九岁，博览兵书，多习武艺。瞻大喜，遂命尚为先锋。是日大军离了成都，来迎魏兵。

　　却说邓艾得马邈献地理图一本，备写涪城至成都三百六十里山川道路，阔狭险峻，一一分明。艾看毕，大惊曰："若只守涪城，倘被蜀人据住前山，何能成功耶？如迁延日久，姜维兵到，我军危矣。"速唤师纂并子邓忠，吩咐曰："汝等可引一军，星夜径去绵竹，以拒蜀兵。吾随后便至。切不可怠缓。若纵他先据了险要，决斩汝首！"

　　师、邓二人引兵将至绵竹，早遇蜀兵。两军各布成阵。师、邓二人勒马于门旗下，只见蜀兵列成八阵。

◎诸葛瞻，后主驸马，看来，无大起色，竟因黄皓用事，托病不出。其实，这位少爷明白，这个黄皓，想当初，连他父亲在时，就在《出师表》说过，要他岳父亲君子，远小人而未卒除，谅他晚辈，焉能除掉，所以，指望这等连黄皓都不敢惹的人，抵挡邓艾，来救成都，岂非痴人说梦？

◎马克思嘲笑过那些战战兢兢请出亡灵的人物，其实，祭起这道法宝，对于那些新生代来说，不过是明日黄花，连隔靴搔痒的效用也不起的。所以，邓艾说，"纵使诸葛再生，我何惧哉？"并不是狂妄，而是时代不同了。

三通鼓罢，门旗两分，数十员将簇拥一辆四轮车，车上端坐一人，纶巾羽扇，鹤氅方裾，车旁展开一面黄旗，上书"汉丞相诸葛武侯"。唬得师、邓二人汗流遍身，回顾军士曰："原来孔明尚在，我等休矣！"急勒兵回时，蜀兵掩杀将来，魏兵大败而走。蜀兵掩杀二十馀里，遇见邓艾援兵接应。两家各自收兵。艾升帐上坐，唤师纂、邓忠责之曰："汝二人不战而退，何也？"忠曰："但见蜀阵中诸葛孔明领兵，因此奔还。"艾怒曰："纵使孔明更生，我何惧哉！汝等轻退，以至于败，宜速斩以正军法。"众皆苦劝，艾方息怒。令人哨探，回说孔明之子诸葛瞻为大将，瞻之子诸葛尚为先锋。车上坐者乃木刻孔明遗像也。艾闻之，谓师纂、邓忠曰："成败之机，在此一举。汝二人再不取胜，必当斩首！"师、邓二人又引一万兵来战。诸葛尚匹马单枪，抖擞精神，战退二人。诸葛瞻指挥两掖兵冲出，直撞入魏阵中，左冲右突，往来杀有数十番。魏兵大败，死者不计其数。师纂、邓忠中伤而逃。瞻驱军马随后掩杀二十馀里，扎营相拒。

师纂、邓忠回见邓艾。艾见二人俱伤，未便加责，乃与众将商议曰："蜀有诸葛瞻，善继父志，两番杀吾万馀人马，今若不速破，后必为祸。"监军丘本曰："何不作一书以诱之？"艾从其言，遂作书一封，遣使送入蜀寨。守门将引至帐下，呈上其书。瞻拆封视之。书曰：

征西将军邓艾，致书于行军护卫将军诸葛思远麾下：切观近代贤才，未有如公之尊父也。昔自出茅庐，一言已分三国，扫平荆、益，遂成霸业，古今鲜有及者。后六出祁山，非其智力不足，乃天数耳。今后主昏弱，王气已终，艾奉天子之命，以重兵伐蜀，已皆得其地矣。成都危在旦夕，公何不应天顺人，仗义来归？艾当表公为琅琊王，以光耀祖宗，决不虚言。幸存照鉴。

瞻看毕，勃然大怒，扯碎其书，叱武士立斩来使，令从者持首级回魏营见邓艾。艾大怒，即欲出战。丘本谏曰："将军不可轻出，当用奇兵胜之。"艾从其言，遂令天水太守王颀、陇西太守牵弘，伏两军于后，艾自引兵而来。此时诸葛瞻正欲搦战，忽报邓艾自引兵到。瞻大怒，即引兵出，径杀入魏阵中。邓艾败走，瞻随后掩杀将来。忽然两下伏兵杀出，蜀兵大败，退入绵竹。艾令围之。于是魏兵一齐呐喊，将绵竹围的铁桶相似。

诸葛瞻在城中，见事势已迫，乃令彭和赍书杀出，往东吴求救。和至东吴，见了吴主孙休，呈上告急之书。吴主看罢，与群臣计议曰："既蜀中危急，孤岂可坐视不救？"即令老将丁奉为主帅，丁封、孙异为副将，率兵五万，前往救蜀。丁奉领旨出师，分拨丁封、孙异引兵二万向沔中而进，自率兵三万向寿

◎诸葛瞻有兵六万，相当于现在的两个军，竟消灭不了邓艾不够一个团的兵力，退守绵竹的这位少爷，被邓艾两千疲兵，围得铁桶也似，此人打仗，实在太丢诸葛亮的脸了。

◎远水不解近渴，为时晚矣！

◎邓艾的奇袭致胜，很大程度上托福于刘禅的无能，更托福于刘禅的腐败。一个政权，如果仅止于领导人的无能，这种功能性病变，其危害，既可能是全面的，也可能是局部的。而领导人的腐败，则必然殃及整个统治集团，祸害整个国家机器，这种器质性病变，是不可逆的，只有走向死亡一途。

春而进，分兵三路来援。

却说诸葛瞻见救兵不至，谓众将曰："久守非良图。"遂留子尚与尚书张遵守城，瞻自披挂上马，引三军大开三门杀出。邓艾见兵出，便撤兵退。瞻奋力追杀，忽然一声炮响，四面兵合，把瞻困在垓心。瞻引兵左冲右突，杀死数百人。艾令众军放箭射之，蜀兵四散。瞻中箭落马，乃大呼曰："吾力竭矣！当以一死报国！"遂拔剑自刎而死。其子诸葛尚在城上，见父死于军中，勃然大怒，遂披挂上马。张遵谏曰："小将军勿得轻出。"尚叹曰："吾父子祖孙，荷国厚恩，今父既死于敌，我何用生为！"遂策马杀出，死于阵中。后人有诗赞瞻、尚父子曰：

> 不是忠臣独少谋，苍天有意绝炎刘。
> 当年诸葛留嘉胤，节义真堪继武侯。

邓艾怜其忠，将父子合葬，乘虚攻打绵竹。张遵、黄崇、李球三人，各引一军杀出。蜀兵寡，魏兵众，三人亦皆战死。艾因此得了绵竹。劳军已毕，遂来取成都。正是：

> 试观后主临危日，无异刘璋受逼时。

未知成都如何守御，且看下文分解。

《袁子》曰："诸葛亮，重人也，而骤用蜀兵，此知小国弱民难以久存也。今国家一举而灭蜀，自征伐之功，未有如此之速者也。方邓艾以万人入江油之危险，钟会以二十万众留剑阁而不得进，三军之士已饥，艾虽战胜克将，使刘禅数日不降，则二将之军难以反矣。故功业如此之难也。国家前有寿春之役，后有灭蜀之劳，百姓贫而仓廪虚，故小国之虑，在于时立功以自存，大国之虑，在于既胜而力竭，成功之后，戒惧之时也。"

这个失去戒惧之心的邓艾，接下来就开始教导他的长官司马昭："今宜厚刘禅以致孙休，安士民以来远人，若便送禅于京都，吴以为流徙，则于向化之心不劝。宜权停留，须来年秋冬，比尔吴亦足平。以为可封禅为扶风王，锡其资财，供其左右。郡有董卓坞，为之宫舍。爵其子为公侯，食郡内县，以显归命之宠。开广陵、城阳以待吴人，则畏威怀德，望风而从矣。"我估计司马昭接到这封上疏，那张脸肯定马上多云转阴。

因为拿下成都的是他，刘禅投降的是他，司马昭表现出难得的涵养，"文王使监军卫瓘喻艾：'事当须报，不宜辄行。'"

打过招呼了，这就罢手吧，不知为什么，小人得志的他，显然头脑膨胀，而失去理智，竟毫不知趣地再上书，与他的老板，平起平坐地探讨起来。"艾重言曰：'衔命征行，奉指授之策，元恶既服；至于承制拜假，以安初附，谓合权宜。今蜀举众归命，地尽南海，东接吴会，宜早镇定。若待国命，往复道途，延引日月。春秋之义，大夫出疆，有可以安社稷，利国家，专之可也。今吴未宾，势与蜀连，不可拘常以失事机。兵法，进不求名，退不避罪，艾虽无古人之节，终不自嫌以损于国也。'"

于是，"钟会、胡烈、师纂等皆白艾所作悖逆，变衅以结。诏书槛车徵艾"，"瓘遣田续等讨艾，遇于绵竹西，斩之"。

第一百十八回

哭祖庙一王死孝
入西川二士争功

《三国演义》一书，就是一本讲权术的书。在这个世界上，它也许是唯一的一部权术教科书了。

权术，实质是人性恶的一种展现方式，也是一种你坏，我比你更坏的竞赛；而且，还是越卑鄙，越无耻，越不怕下作，越占上风的游戏。权术之最高境界，是除掉对方，不为己害，所以，这部书的第一回，刘、关、张桃园结义开始，这本非良善的结契，就是冲着对手来的，到周瑜与诸葛亮的不共戴天，到诸葛亮与魏延的暗中较劲，到最后邓艾、钟会的二士争功，死于非命为止，都是权术行事，贯彻始终的无不是人性恶的表演。有鉴于此，才有"老不读三国"的劝戒。不过，《三国演义》中的权术，都是那些真正的权术大家玩剩了的手段，属于初级入门常识，知道一些，不无裨益。

战场上没有爱，只有恨。恨是爱的对立面，正如爱是人性中最善良、最美好的感情一样，促进人类进步的永恒动力；恨，也是人性恶的一种强烈表现形式。但恨，也是一种推动社会发展的力量源泉。

由于恶，在西蜀战场，先有魏延、杨仪进行最后之决战，后有邓艾、钟会明枪暗刀式较量，虽然这种火并的情节故事，暗算的矛盾冲突，太多太多，但主角的命运，也大同小异，但死于非命的悲剧，却是一模一样，这就是一山不容二虎的人性之恶在起作用了。毫无疑问，是恶驱使他们产生出不共戴天的互相厮杀的仇恨。但也应该看到，同样由于恶，毫不容情地加速着蜀灭、魏亡、吴降的进度，使时代跨入一个新纪元，从这个意义上说，恶，也是一种历史的必然。这一切，都不以人们的意志为转移。于是，善善恶恶，爱爱仇仇，成为人类感情活动的全部内容。

◎从刘备引大军出川为关羽复仇那天起，他儿子就会有这一天。任何败亡，都不是突如其来的。

却说后主在成都，闻邓艾取了绵竹，诸葛瞻父子已亡，大惊，急召文武商议。近臣奏曰："城外百姓，扶老携幼，哭声大震，各逃生命。"后主惊惶无措。

忽哨马报到，说魏兵将近城下。多官议曰："兵微将寡，难以迎敌，不如早弃成都，奔南中七郡，其地险峻，可以自守。就借蛮兵，再来克复未迟。"光禄大夫谯周曰："不可。南蛮久反之人，平昔无惠，今若投之，必遭大祸。"多官又奏曰："蜀、吴既同盟，今事急矣，可以投之。"周又谏曰："自古以来，无寄他国为天子者。臣料魏能吞吴，吴不能吞魏。若称臣于吴，是一辱也。若吴被魏所吞，陛下再称臣于魏，是两番之辱矣。不如不投吴而降魏，魏必裂土以封陛下，则上能自守宗庙，下可以保安黎民。愿陛下思之。"后主未决，退入宫中。

次日众议纷然，谯周见事急，复上疏诤之。后主从谯周之言，正欲出降，忽屏风后转出一人，厉声而骂周曰："偷生腐儒，岂可妄议社稷大事！自古安有降天子哉？"后主视之，乃第五子北地王刘谌也。后主生七子：长子刘璿，次子刘瑶，三子刘琮，四子刘瓒，五子即北地王刘谌，六子刘恂，七子刘璩。七子中惟谌自幼聪明，英敏过人，馀皆懦善。后主谓谌曰："今大臣皆议当降，汝独仗血气之勇，欲令满城流血耶？"谌曰："昔先帝在日，谯周未尝干预国政。今妄议大事，辄起乱言，甚非理也。臣切料成都之兵尚有数万，姜维全师皆在剑阁，若知魏兵犯阙，必来救应，内外攻击，可获大功。岂可听腐儒之言，轻废先帝之基业乎？"后主叱之曰："汝小儿岂识天

◎投降和投降主义是两回事，谯周的主降论，对军旅数出，百姓凋弊的蜀国来说，也许是唯一出路。其实诸葛亮、姜维早点接受他的建议，停止北伐，休养生息，现在或许还可一战。已经到了国败民亡，举国萧条的地步，任何挣扎也都无济于事了。

◎既得利益者当然是不肯轻易让出权力的。哪怕是有可能的利益获得者，也轻易不能退出赌局。

时！"谌叩头哭曰："若势穷力极，祸败将及，便当父子君臣背城一战，同死社稷，以见先帝可也，奈何降乎！"后主不听。谌放声大哭曰："先帝非容易创立基业，今一旦弃之，吾宁死不辱也！"后主令近臣推出宫门，遂令谯周作降书，遣私署侍中张绍、驸马都尉邓良同谯周赍玉玺来雒城请降。

时邓艾每日令数百铁骑来成都哨探，当日见立了降旗，艾大喜。不一时，张绍等至，艾令人迎入。三人拜伏于阶下，呈上降款玉玺。艾拆降书视之，大喜，受下玉玺，重待张绍、谯周、邓良等。艾作回书，付三人赍回成都，以安人心。三人拜辞邓艾，径还成都，入见后主，呈上回书，细言邓艾相待之善。后主拆封视之，大喜，即遣太仆蒋显赍敕，令姜维早降；遣尚书郎李虎，送文簿与艾：共户二十八万，男女九十四万，带甲将士十万二千，官吏四万，仓粮四十馀万，金银二千斤，锦绮丝绢各二十万匹。馀物在库，不及具数。择十二月初一日，君臣出降。

北地王刘谌闻知，怒气冲天，乃带剑入宫。其妻崔夫人问曰："大王今日颜色异常，何也？"谌曰："魏兵将近，父皇已纳降款，明日君臣出降，社稷从此殄灭。吾欲先死以见先帝于地下，不屈膝于他人也！"崔夫人曰："贤哉！贤哉！得其死矣！妾请先死，王死未迟。"谌曰："汝何死耶？"崔夫人曰："王死父，妾死夫，其义同也。夫亡妻死，何必问焉？"言讫，触

◎吴降晋时，户五十二万，官吏三万二，而蜀户二十八万，官吏却是四万。这样一个头重脚轻的国家，有什么战斗力可言？诸葛亮留下来的臃肿的官僚体制，也是败亡的原因之一。

柱而死。谌乃自杀其三子，并割妻头，提至昭烈庙中，伏地哭曰："臣羞见基业弃于他人，故先杀妻子，以绝挂念，后将一命报祖。祖如有灵，知孙之心！"大哭一场，眼中流血，自刎而死。蜀人闻知，无不哀痛。后人有诗赞曰：

> 君臣甘屈膝，一子独悲伤。
> 去矣西川事，雄哉北地王！
> 捐身配烈祖，搔首泣穹苍。
> 凛凛人如在，谁云汉已亡？

后主听知北地王自刎，乃令人葬之。

次日魏兵大至，后主率太子诸王，及群臣六十馀人，面缚舆榇，出北门十里而降。邓艾扶起后主，亲解其缚，焚其舆榇，并车入城。后人有诗叹曰：

> 魏兵数万入川来，后主偷生失自裁。
> 黄皓终存欺国意，姜维空负济时才。
> 全忠义士心何烈，守节王孙志可哀。
> 昭烈经营良不易，一朝功业顿成灰。

于是成都之人，皆具香花迎接。艾拜后主为骠骑将军，其馀文武，各随高下拜官。请后主还宫，出榜安民，交割仓库。又令太常张峻、益州别驾张绍，招

◎据钱穆《国史大纲》："蜀亡时，户，280,000，口，940,000。内带甲将士102,000，占全数九之一。吴亡时，户，530,000，口，2,300,000。内兵230,000，占全数十之一，吏32,000，后宫5,000。魏，平蜀时，户，663,423，口，4,432,881。三国合计约得，户，1,473,423，口，7,672,881。"钱穆说，"就全史（指中国全部历史）而言，户口莫少于是时。大体当盛汉南阳、汝南两郡之数。三国晚季如此，其大乱方炽时可想"。这就是中国人为分裂付出的沉重代价。

◎钟会死于乱兵，时年四十，为公元264年，是《三国演义》这部小说中以"时人谓之子房"的压轴人物出现，他是一个"画无遗策，四海所共知也"的智囊，然而，却没有算到自己会得到这样一个下场呢？这是一个谜，因为官方历史《三国志》，到此已是尾声，但肯定许多当事人入晋以后，还健在于世，因此，史官不能展开照实写来，是可以理解的，对于钟会之死的隐瞒和歪曲，污蔑和造谣，也在情理之中。于是有人认为钟会与郭太后实为一党，所以他"矫"太后诏举事；乃他心存曹魏，这是反司马氏的"曲线救国"；也有人认为钟会受到伪降的姜维蛊惑，"公侯以文武之德，怀迈世之略，功济巴汉，声畅华夏，远近莫不归名。""功名盖世，不可复为人下"，遂拥兵自重，另立门庭，尝一尝称王称霸的滋味。若前者，则为曹魏之烈士，若后者，则为开创新局的先行者。历史没有绝对的必然，成则为王败则寇，这倒是难逃的一定之规。

安各郡军民。又令人说姜维归降。一面遣人赴洛阳报捷。艾闻黄皓奸险，欲斩之。皓用金宝赂其左右，因此得免。自是汉亡。后人因汉之亡，有追思武侯诗曰：

鱼鸟犹疑畏简书，风云应为护储胥。
徒劳上将挥神笔，终见降王走传车。
管乐有才真不忝，关张无命欲何如！
他年锦里经祠庙，《梁父》吟成恨有余！

且说太仆蒋显到剑阁，入见姜维，传后主敕命，言归降之事。维大惊失语。帐下众将听知，一齐怨恨，咬牙怒目，须发倒竖，拔刀砍石，大呼曰："吾等死战，何故先降耶！"号哭之声，闻数十里。维见人心思汉，乃以善言抚之曰："众将勿忧。吾有一计，可复汉室。"众皆求问。姜维与诸将附耳低言，说了计策。即于剑阁关遍竖降旗，先令人报入钟会寨中，说姜维引张翼、廖化、董厥前来降。会大喜，令人迎接维入帐。会曰："伯约来何迟也？"维正色流涕曰："国家全军在吾，今日至此，犹为速也。"会甚奇之，下座相拜，待为上宾。维说会曰："闻将军自淮南以来，算无遗策，司马氏之盛，皆将军之力。维故甘心俯首。如邓士载，当与决一死战，安肯降之乎？"会遂折箭为誓，与维结为兄弟，情爱甚密，仍令照旧领兵。维暗喜，遂令蒋显回成都去了。

却说邓艾封师纂为益州刺史，牵弘、王颀等各领州郡。艾于绵竹筑台，以彰战功，大会蜀中诸官饮宴。艾酒至半酣，乃指众官曰："汝等幸遇我，故有今日耳。若遇他将，必皆殄灭矣。"多官起身拜谢。忽蒋显至，说姜维自降钟镇西了。艾因此痛恨钟会。遂修书，令人赍赴洛阳致晋公司马昭。昭得书视之，书曰：

臣艾切谓兵有先声而后实者，今因平蜀之势以乘吴，此席卷之时也。然当大举之后，将士疲劳，不可便用，宜留陇右兵二万、蜀兵二万，煮盐兴冶，并造舟船，预备顺流之计，然后发使告以利害，吴可不征而定也。更以厚待刘禅，以致孙休。若便送禅来京，吴人必疑，则于向化之心不劝。且权留之于蜀，须来年冬月抵京。今即可封禅为扶风王，锡以资财，供其左右，爵其子为公卿，以显归命之宠。则吴人畏威怀德，望风而从矣。

司马昭览毕，深疑邓艾有自专之心，乃先发手书与卫瓘，随后降封艾诏曰：

征西将军邓艾：耀威奋武，深入敌境，使僭号之主系颈归降。兵不逾时，战不终

◎邓艾的政治智商，基本是菜鸟级的，从司马昭弑帝后征蜀，他就反对。忘记自己是老几，一个劲地在朝着杀头的方向努力。

日，云彻席卷，荡定巴、蜀。虽白起破强楚，韩信克劲赵，不足比勋也。其以艾为太尉，增邑二万户，封二子为亭侯，各食邑千户。

邓艾受诏毕，监军卫瓘取出司马昭手书与艾。书中说邓艾所言之事，须候奏报，不可辄行。艾曰："'将在外，君命有所不受。'吾既奉诏专征，如何阻当？"遂又作书，令来使赍赴洛阳。时朝中皆言邓艾必有反意，司马昭愈加疑忌。忽使命回，呈上邓艾之书。昭拆封视之，书曰：

艾衔命西征，元恶既服，当权宜行事，以安初附。若待国命，则往复道途，延引日月。《春秋》之义，大夫出疆，有可以安社稷、利国家，专之可也。今吴未宾，势与蜀连，不可拘常以失事机。兵法：进不求名，退不避罪。艾虽无古人之节，终不自嫌以损于国也。先此申状，见可施行。

司马昭看毕大惊，忙与贾充计议曰："邓艾恃功而骄，任意行事，反形露矣。如之奈何？"贾充曰："主公何不封钟会以制之？"昭从其议，遣使赍诏封会为司徒，就令卫瓘监督两路军马，以手书付瓘，使与会伺察邓艾，以防其变。会接读诏书，诏曰：

◎不理会邓艾所提封刘禅的事，虽然言之有理，但事属越权非分，司马昭哪会让他擅权行事，这分明是在给他一个警告，可他竟不以为意。

◎"艾虽无古人之节，终不自嫌以报于国也。"执迷不悟如此，顽强抵抗如此，死定了。

镇西将军钟会：所向无敌，前无强梁，节制众城，网罗迸逸。蜀之豪帅，面缚归命，谋无遗策，举无废功。其以会为司徒，进封县侯，增邑万户。封子二人亭侯，邑各千户。

钟会既受封，即请姜维计议曰："邓艾功在吾之上，又封太尉之职。今司马公疑艾有反志，故令卫瓘为监军，诏吾制之。伯约有何高见？"维曰："愚闻邓艾出身微贱，幼为农家养犊，今侥幸自阴平斜径，攀木悬崖，成此大功，非出良谋，实赖国家洪福耳。若非将军与维相拒于剑关，又安能成此功耶？今欲封蜀主为扶风王，乃大结蜀人之心，其反情不言可见矣。晋公疑之是也。"会深喜其言。维又曰："请退左右，维有一事密告。"会令左右尽退。维袖中取一图与会曰："昔日，武侯出草庐时，以此图献先帝，且曰：'益州之地，沃野千里，民殷国富，可为霸业。'先帝因此遂创成都。今邓艾至此，安得不狂？"会大喜，指问山川形势，维一一言之。会又问曰："当以何策除艾？"维曰："乘晋公疑忌之际，当急上表，言艾反状，晋公必令将军讨之，一举而可擒矣。"会依言，即遣人赍表进赴洛阳，言邓艾专权恣肆，结好蜀人，早晚必反矣。于是朝中文武皆惊。会又令人于中途截了邓艾表文，按艾笔法，改写傲慢之辞，以实己之语。

司马昭见了邓艾表章，大怒，即遣人到钟会军前，

◎《资治通鉴》载："初，钟会以才能见任，昭夫人王氏言于昭曰：'会见利忘义，好为事端，宠过必乱，不可大任。'"又载，"钟会兄毓尝密言于晋公曰：'会挟术难保，不可专任。'"又载："辛宪英谓其父从子羊祜曰：'会非持久处下之道，吾畏其有他志也。'"看来，钟会太过猖狂，太过放肆，高看自己，不把别人放在眼里，尽人皆知。太一帆风顺，太傲慢自得，如此心高眼大，离地三尺的人，鲜有不失败者。

◎嫉妒得发昏，再加上个"利令智昏"和被迷汤灌昏，有此三昏，虽聪明如钟士季者，也糊涂油蒙了心了。这世界上不是所有人，都能经得起这三昏的。

令会收艾；又遣贾充引三万兵入斜谷，昭乃同魏主曹奂御驾亲征。西曹掾邵悌谏曰："钟会之兵，多艾六倍，当令会收艾足矣，何必明公自行耶？"昭笑曰："汝忘了旧日之言耶！汝曾道会后必反。吾今此行，非为艾，实为会耳。"悌笑曰："某恐明公忘之，故以相问。今既有此意，切宜秘之，不可泄漏。"昭然其言，遂提人兵起程。时贾充亦疑钟会有变，密告司马昭。昭曰："如遣汝，亦疑汝耶？且到长安，自有明白。"早有细作报知钟会，说昭已至长安。会慌请姜维商议收艾之策。正是：

◎名曰收艾，意在防会，司马昭也够高明的了。

才见西蜀收降将，又见长安动大兵。

不知姜维以何策破艾，且看下文分解。

　　刘禅闻风而降，实乃历史一大笑话。敌人还在百里开外，他就举起白旗。当时邓艾还在雒城，即今之德阳广汉，距成都约50公里。而邓艾所以不敢直抵蜀都，只是派数百骑哨探，因为他的兵力有限，而且对成都守军，心中没底，所以不敢兵临城下。刘禅这软骨头来不及舆榇而降，乃是投降派领袖人物谯周，所营造的亡国气氛弥漫都城的必然结果。王夫之在《读通鉴论》中说："人知冯道之恶，而不知谯周之为尤恶也。道，鄙夫也，国已破，君已易，贪生惜利禄，弗获已而数易其心。而周异是，国尚可存，君尚立乎其位，为异说以解散人心，而后终之以降，处心积虑，唯恐刘宗之不灭，憯矣者！"
　　谯周（201—270），字允南，巴西西充国人也。作为一个本土派，对这个外来政权，从来抱着敌对态度，他不怕变天，他希望变天，因此，他既无爱国之情，也无亡国之痛。所以，他将南迁、投吴的主张统统否定。"国之将亡，必有妖孽"，就应在这个老而不死的谯周身上了。
　　如果，刘备之子，诸葛亮之子，稍微有一点振作，蜀国不会立刻灭亡，明天也就不是末日。

第一百十九回

假投降巧计成虚话
再受禅依样画葫芦

胜者势如破竹，无往而不利，败者则兵败如山倒，一败而不可收拾；前者节节进展，若有天助，后者处处掣肘，进退维谷。姜维能使拥有重兵的钟会叛乱，差一点就要得手了，然而功亏一篑，结果兵败身亡。司马昭手下两员大将，一个不买他的账，一个索性背叛他，而且鞭长莫及，完全有可能失控，但他仍旧掌控全局，稳操胜券，一举灭蜀，造反者诛。所以，已占胜势者不会轻易地败下阵来，而处于败势地位的，也很难扭转乾坤。因此，邓艾虽如出笼之虎，犹能缚之使死，魏将已全囚牢中，却一个也未棒杀，胜势和败势的区别就在于此。胜者手硬，动则雷应，弱者心迟，总慢半拍。

势，是一种超力量，万万不能低估。因为造成一种胜势，或者败势，是取决于许多因素，从天时地利，人心取向，力量对比，思想情绪，性格心态，一直到决策指挥，行动举措，预见谋划，舆论准备，每一步都要牵涉到胜败全局。因此，胜是多方面的胜，败也是多方面的败。既然胜了，不犯大错，则必胜无疑。已成败局，无论怎样努力，也难转败为胜的。这种胜者多得的"马丁效应"，是这个世界上绝非感情能左右的客观规律。

姜维的假投降所以落得如此结果，正应了司马昭早预言过的"败军之将，何以言勇"的这句话。他看透了，只要有这个败的前题存在，就决定了魏人不会支持，蜀人不敢帮助的局面。

却说钟会请姜维计议收邓艾之策。维曰："可先令监军卫瓘收艾。艾欲杀瓘，则反情实矣。将军却起兵讨之，可也。"会大喜，遂令卫瓘引数十人入成都，收邓艾父子。瓘部卒止之曰："此是钟司徒令邓征西杀将军，以正反情也。切不可行。"瓘曰："吾自

◎把打击面缩小到邓艾一个人身上，把他彻底孤立起来，这位监军真是很精通政治工作的。在此次灭蜀行动中，先拿下邓艾，后收拾钟会，再结束姜维，上蹿下跳，全武行，无不来得。

◎胜势可畏，总是来得这么及时。

◎姜维，东汉建安七年（202）生，比钟会大23岁，有资格倚老卖老。钟会，极其骄傲自大，自视甚高的小青年，却很买他的账。人与人相知相契，其中有可以解释的缘故，也有无法说得清的感情投合之处，了解一个人，要比读一本书困难。

有计。"遂先发檄文二三十道，其檄曰："奉诏收艾，其馀各无所问。若早来归，即加爵赏。敢有不出者，灭三族。"随备槛车两乘，星夜望成都而来。

比及鸡鸣，艾部将见檄文者，皆来投拜于卫瓘马前。时邓艾在府中未起。瓘引数十人突入，大呼曰："奉诏收邓艾父子！"艾大惊，滚下床来，瓘叱武士缚于车上。其子邓忠出问，亦被捉下，缚于车上。府中将吏大惊，欲待动手抢夺，早望见尘头大起，哨马报说钟司徒大兵到了。众各四散奔走。钟会与姜维下马入府，见邓艾父子已被缚。会以鞭挞邓艾之首而骂曰："养犊小儿，何敢如此！"姜维亦骂曰："匹夫行险徼幸，亦有今日耶？"艾亦大骂。会将艾父子送赴洛阳。会入成都，尽得邓艾军马，威声大震。乃谓姜维曰："吾今日方趁平生之愿矣。"维曰："昔韩信不听蒯通之说，而有未央宫之祸；大夫种不从范蠡于五湖，卒伏剑而死。斯二子者，其功名岂不赫然哉？徒以利害未明，而见机之不早也。今公大勋已就，威震其主，何不泛舟绝迹，登峨嵋之岭，而从赤松子游乎？"会笑曰："君言差矣！吾年未四旬，方思进取，岂能便效此退闲之事？"维曰："若不退闲，当早图良策。此则明公智力所能，无烦老夫之言矣。"会抚掌大笑曰："伯约知吾心也。"二人自此每日商议大事。维密与后主书曰："望陛下忍数日之辱，维将使社稷危而复安，日月幽而复明，必不使汉室终灭也。"

却说钟会正与姜维谋反，忽报司马昭有书到。会接书,书中言:"吾恐司徒收艾不下,自屯兵于长安。相见在近,以此先报。"会大惊曰:"吾兵多艾数倍,若但要我擒艾,晋公知吾独能办之。今日自引兵来,是疑我也。"遂与姜维计议。维曰:"君疑臣则臣必死,岂不见邓艾乎?"会曰:"吾意决矣!事成则得天下,不成则退西蜀,亦不失作刘备也。"维曰:"近闻郭太后新亡,可诈称太后有遗诏教讨司马昭,以正弑君之罪。据明公之才,中原可席卷而定。"会曰:"伯约当作先锋。成事之后,同享富贵。"维曰:"愿效犬马微劳。但恐诸将不服耳。"会曰:"来日元宵佳节,于故宫大张灯火,请诸将饮宴。如不从者尽杀之。"维暗喜。次日,会、维二人请诸将饮宴。数巡后,会执杯大哭。诸将惊问其故,会曰:"郭太后临崩有遗诏在此,为司马昭南阙弑君,大逆无道,早晚将篡魏,命吾讨之。汝等各自签名,共成此事。"众皆大惊,面面相觑。会拔剑出鞘曰:"违令者斩!"众皆恐惧,只得相从。画字已毕,会乃困诸将于宫中,严兵禁守。维曰:"我见诸将不服,请坑之。"会曰:"吾已令宫中掘一坑,置大棒数千,如不从者,打死坑之。"

　　时有心腹将丘建在侧,建乃护军胡烈部下旧人也。时胡烈亦被监在宫,建乃密将钟会所言,报知胡烈。烈大惊,泣告曰:"吾儿胡渊领兵在外,安知会怀此心耶?汝可念向日之情,透一消息,虽死无恨。"建曰:"恩主勿忧,容某图之。"遂出告会曰:"主公软监诸将在内,水食不便,可令一人往来传递。"会素

◎陈寿著《三国志》，对姜维的评价为："姜维粗有文武，志立功名，而玩众黩旅，明断不周，终致陨毙。老子有云：'治大国者犹烹小鲜。'况于区区蕞尔，而可屡扰乎哉？"一个失败的英雄，是没有辩护权的。然而，如果没有姜维接过诸葛亮死后的残局，将不知如何收拾，不可能进行十一次北伐，延长国祚二十多年。所以，姜维是维系这个"区区蕞尔"小国后期的存亡关键人物。一个"粗"有文武的将领，会被极挑剔的诸葛亮相中为接班人，那是不可能的，问题在于姜维能够认识到"区区蕞尔"的现实，他只是在费袆之流的限制下，进行这种零打碎敲的仗，姜维和诸葛亮不同之处，他认识到自己不是老虎，只是一条山猫，而诸葛亮却认为自己是百兽之王。也许现在不是，可怕在诸葛亮相信明天会是，明天，就是消灭曹魏，复辟炎刘，这种大头梦，害死了诸葛亮，因为他要兑现对刘备的承诺，也害死了姜维，因为姜维要兑现对诸葛亮的承诺。于是，作老虎状，"玩众黩旅"，浪战不已，区区蕞尔，哪经得起这两位的屡扰，只有灭亡一途。

听丘建之言，遂令丘建监临。会吩咐曰："吾以重事托汝，休得泄漏。"建曰："主公放心，某自有紧严之法。"建暗令胡烈亲信人入内，烈以密书付其人。其人持书火速至胡渊营内，细言其事，呈上密书。渊大惊，遂遍示诸营知之。众将大怒，急来渊营商议曰："我等虽死，岂肯从反臣耶？"渊曰："正月十八日中，可骤入内，如此行之。"监军卫瓘，深喜胡渊之谋，即整顿了人马，令丘建传与胡烈。烈报知诸将。

却说钟会请姜维问曰："吾夜梦大蛇数千条咬吾，主何吉凶？"维曰："梦龙蛇者，皆吉庆之兆也。"会喜，信其言，乃谓维曰："器仗已备，放诸将出问之，若何？"维曰："此辈皆有不服之心，久必为害，不如乘早戮之。"会从之，即命姜维领武士往杀众魏将。维领命，方欲行动，忽然一阵心疼，昏倒在地。左右扶起，半晌方苏。忽报宫外人声沸腾。会方令人探时，喊声大震，四面八方，无限兵到。维曰："此必是诸将作恶，可先斩之。"忽报兵已入内。会令闭上殿门，使军士上殿屋以瓦击之，互相杀死数十人。宫外四面火起，外兵欲开殿门杀入。会自掣剑立杀数人，却被乱箭射倒。众将枭其首。维拔剑上殿，往来冲突，不幸心疼转加。维仰天大叫曰："吾计不成，乃天命也！"遂自刎而死。时年五十九岁。宫中死者数百人。卫瓘曰："众军各归营所，以待王命。"魏兵争欲报仇，共剖维腹，其胆大如鸡卵。众将又尽取姜维家属杀之。

邓艾部下之人，见钟会、姜维已死，遂连夜去追劫邓艾。早有人报知卫瓘。瓘曰："是我捉艾，今若留他，我无葬身之地矣。"护军田续曰："昔邓艾取江油之时，欲杀续，得众官告免。今日当报此恨！"瓘大喜，遂遣田续引五百兵赶至绵竹，正遇邓艾父子放出槛车，欲还成都。艾只道是本部兵到，不作准备，欲待问时，被田续一刀斩之。邓忠亦死于乱军之中。后人有诗叹邓艾曰：

自幼能筹画，多谋善用兵。
凝眸知地理，仰面识天文。
马到山根断，兵来石径分。
功成身被害，魂绕汉江云。

又有诗叹钟会曰：

髫年称早慧，曾作秘书郎。
妙计倾司马，当时号子房。
寿春多赞画，剑阁显鹰扬。
不学陶朱隐，游魂悲故乡。

又有诗叹姜维曰：

天水夸英俊，凉州产异才。

◎蜀亡之际，吴也趁火打劫过的。据《三国志·霍弋传》："吴闻蜀败，起兵西上，外托救援，内欲袭（罗）宪。""吴闻钟（会）、邓艾败，百城无主，有兼蜀之志。"由于罗宪固守巴东，吴未能得逞而已。宵小，永远是宵小，本质是很难变的。我们常常吃亏在相信他的几句好话，以为他真的金盆洗手了，结果，外甥打灯笼，照旧（舅）。

系从尚父出，术奉武侯来。

大胆应无惧，雄心誓不回。

成都身死日，汉将有馀哀。

　　却说姜维、钟会、邓艾已死，张翼等亦死于乱军之中。太子刘璿、汉寿亭侯关彝，皆被魏兵所杀。军民大乱，互相践踏，死者不计其数。旬日后，贾充先至，出榜安民，方始宁靖。留卫瓘守成都，乃迁后主赴洛阳，止有尚书令樊建、侍中张绍、光禄大夫谯周、秘书郎郤正等数人跟随。廖化、董厥皆托病不起，后皆忧死。

　　时魏景元五年，改为咸熙元年，春三月，吴将丁奉见蜀已亡，遂收兵还吴。中书丞华覈奏吴主孙休曰："吴、蜀乃唇齿也，'唇亡则齿寒'。臣料司马昭伐吴在即，乞陛下深加防御。"休从其言，遂命陆逊子陆抗为镇东大将军，领荆州牧，守江口；左将军孙异守南徐诸处隘口；又沿江一带屯兵数百营，老将丁奉总督之，以防魏兵。

　　建宁太守霍弋闻成都不守，素服望西大哭三日。诸将皆曰："既汉主失位，何不速降？"弋泣谓曰："道路隔绝，未知吾主安危若何。若魏主以礼待之，则举城而降，未为晚也。万一危辱吾主，则主辱臣死，何可降乎？"众然其言，乃使人到洛阳，探听后主消息去了。

　　且说后主至洛阳时，司马昭已自回朝。昭责后主曰："公荒淫无道，废贤失政，理宜诛戮。"后主面如土色，不知所为。文武皆奏曰："蜀主既失国纪，幸早归降，宜赦之。"昭乃封禅为安乐公，赐住宅，月给用度，赐绢万匹，僮婢百人。子刘瑶及群臣樊建、谯周、郤正等，皆封侯爵。后主谢恩出内。昭因黄皓蠹国害民，令武士押出市曹，凌迟处死。时霍弋探听得后主受封，遂率部下军士来降。

　　次日，后主亲诣司马昭府下拜谢。昭设宴款待，先以魏乐舞戏于前，蜀官感伤，独后主有喜色。昭令蜀人扮蜀乐于前，蜀官尽皆堕泪，后主嬉笑自若。酒至半酣，昭谓贾充曰："人之无情，乃至于此！虽使诸葛孔明在，亦不能辅之久全，何况姜维乎？"乃问后主曰："颇思蜀否？"后主曰："此间乐，不思蜀也。"须臾，后主起身更衣，郤正跟至厢下，曰："陛下如何答应不思蜀也？倘彼再问，可泣而答曰：'先人坟墓，远在蜀地，乃心西悲，无日不思。'晋公必放陛下归蜀矣。"后主牢记入席。酒将微醉，昭又问曰："颇思蜀否？"后主如郤正之言以对，欲哭无泪，遂闭其目。昭曰："何乃似郤正语耶？"后主开目惊视曰："诚如尊命。"昭及左右皆笑之。昭因此深喜后主诚实，并不疑虑。后人有诗叹曰：

　　　　追欢作乐笑颜开，不念危亡半点哀。
　　　　快乐异乡忘故国，方知后主是庸才。

　　却说朝中大臣因昭收川有功，遂尊之为王，表

◎这是阿斗一生最大建树，增添了一句千古流传的成语，"乐不思蜀"。比之始皇帝那句算不得成语的"焚书坑儒"，至少要多一点幽默感。

◎司马炎265年称帝，至290年死，在位25年，由乱而治。他曾规定，凡内迁中原者，均免徭役和赋税，于是，人口迅速恢复，生活也跟着改善，史称"太康之治"。死后不久，八王之乱，又把大好河山打回原来样子。

◎人称魏晋的晋，这个晋，又称西晋，从此开始。司马炎266年称帝，晋吴对峙13年后，大举伐吴。东吴灭亡后，三国鼎立的百年格局，才正式结束，中国重新开始秦汉大一统局面。然而，好景不长，灭吴以后，司马炎由仁主而昏君。十年后，司马炎死，随后的"八王之乱"，随后的"永嘉之乱"，西晋亡。中国又不幸进入分裂时期，经过二百五十年东晋、南北朝后，直到隋、唐，才再度统一。分分合合，合合分分，对老百姓来说，合，未必一定完美，但分，肯定是不幸福，这就是这段百年历史给我们的教训。

奏魏主曹奂。时奂名为天子，实不能主张，政皆由司马氏，不敢不从，遂封晋公司马昭为晋王，谥父司马懿为宣王，兄司马师为景王。昭妻乃王肃之女，生二子：长曰司马炎，人物魁伟，立发垂地，两手过膝，聪明英武，胆量过人；次子司马攸，情性温和，恭俭孝悌，昭甚爱之，因司马师无子，嗣攸以继其后。昭常曰："天下者，乃吾兄之天下也。"于是司马昭受封晋王，欲立攸为世子。山涛谏曰："废长立幼，违礼不祥。"贾充、何曾、裴秀亦谏曰："长子聪明神武，有超世之才，人望既茂，天表如此，非人臣之相也。"昭犹豫未决。太尉王祥、司空荀𫖮谏曰："前代立少，多致乱国。愿殿下思之。"昭遂立长子司马炎为世子。

大臣奏称："当年襄武县天降一人，身长二丈馀，脚迹长三尺二寸，白发苍髯，着黄单衣，裹黄巾，拄藜头杖，自称曰：'吾乃民王也。今来报汝，天下换王，立见太平。'如此在市游行三日，忽然不见。此乃殿下之瑞也。殿下可戴十二旒冠冕，建天子旌旗，出警入跸，乘金根车，备六马，进王妃为王后，立世子为太子。"昭心中暗喜，回到宫中，正欲饮食，忽中风不语。次日病危，太尉王祥、司徒何曾、司马荀𫖮及诸大臣入宫问安。昭不能言，以手指太子司马炎而死。时八月辛卯日也。何曾曰："天下大事，皆在晋王。可立太子为晋王，然后祭葬。"是日，司马炎即晋王位，封何曾为晋丞相，司马望为司徒，石苞为骠骑将军，陈骞为车骑将军，谥父为文王。

安葬已毕，炎召贾充、裴秀入宫，问曰："曹操曾云：'若天命在吾，吾其为周文王乎！'果有此事否？"充曰："操世受汉禄，恐人议论篡逆之名，故出此言，乃明教曹丕为天子也。"炎曰："孤父王比曹操何如？"充曰："操虽功盖华夏，下民畏其威而不怀其德。子丕继业，差役甚重，东西驱驰，未有宁岁。后我宣王、景王，累建大功，布恩施德，天下归心久矣。文王并吞西蜀，功盖寰宇，又岂操之可比乎？"炎曰："曹丕尚绍汉统，孤岂不可绍魏统耶？"贾充、裴秀二人再拜而奏曰："殿下正当法曹丕绍汉故事，复筑受禅台，布告天下，以即大位。"

炎大喜，次日带剑入内。此时魏主曹奂，连日不曾设朝，心神恍惚，举止失措。炎直入后宫，奂慌下御榻而迎。炎坐毕，问曰："魏之天下，谁之力也？"奂曰："得晋王父祖之赐耳。"炎笑曰："吾观陛下文不能论道，武不能经邦，何不让有才德者主之？"奂大惊，口噤不能言。傍有黄门侍郎张节大喝曰："晋王之言差矣！昔日魏武祖皇帝，东荡西除，南征北讨，非容易得此天下。今天子有德无罪，何故让与人耶？"炎大怒曰："此社稷乃大汉之社稷也。曹操挟天子以令诸侯，自立魏王，篡夺汉室。吾祖父三世辅魏，得天下者，非曹氏之能，实司马氏之力也，四海咸知。吾今日岂不堪绍魏之天下乎？"节又曰：

◎贾充这只老狐狸，竟落在司马炎后一步，不先让魏主搞禅让这一套。而司马炎也是个新派人物，连这形式主义也不要了，迫不及待地自己动手来给自己加冕了。

◎"奂大惊，口噤不能言"，连句话也讲不出来，还当什么皇帝？

◎贾充说，当照汉献帝故事，重修受禅台，于是，《三国演义》一次又一次地写，读者一遍又一遍看，不惮其烦，耐性可嘉。但三千年皇权交递，台下观众的耐性，就是可嘉，而是可怕了。

"欲行此事，是篡国之贼也！"炎大怒曰："吾与汉家报仇，有何不可！"叱武士将张节乱瓜打死于殿下。奂泣泪跪告，炎起身下殿而去。奂谓贾充、裴秀曰："事已急矣，如之奈何？"充曰："天数尽矣，陛下不可逆天，当照汉献帝故事，重修受禅台，具大礼，禅位与晋王。上合天心，下顺民情，陛下可保无虞矣。"

奂从之，遂令贾充筑受礼台。以十二月甲子日，奂亲捧传国玺，立于台上，大会文武。后人有诗叹曰：

魏吞汉室晋吞曹，天运循环不可逃。

张节可怜忠国死，一拳怎障泰山高。

请晋王司马炎登坛，授与大礼。奂下坛，具公服立于班首。炎端坐于台上。贾充、裴秀列于左右，执剑，令曹奂再拜伏地听命。充曰："自汉建安二十五年，魏受汉禅，已经四十五年矣。今天禄永终，天命在晋。司马氏功德弥隆，极天际地，可即皇帝正位，以绍魏统。封汝为陈留王，出就金墉城居止，当时起程，非宣诏不许入京。"奂泣谢而去。太傅司马孚哭拜于奂前曰："臣身为魏臣，终不背魏也。"炎见孚如此，封孚为安平王。孚不受而退。是日文武百官，再拜于台下，山呼万岁。炎绍魏统，国号大晋，改元为太始元年，大赦天下。魏遂亡。后人有诗叹曰：

◎至此，三国唯有东吴一隅，未入晋的版图。

晋国规模如魏王，陈留踪迹似山阳。

重行受禅台前事，回首当年止自伤。

　　晋帝司马炎，追谥司马懿为宣帝，伯父司马师为景帝，父司马昭为文帝，立七庙以光祖宗。那七庙？汉征西将军司马钧，钧生豫章太守司马量，量生颍川太守司马隽，隽生京兆尹司马防，防生宣帝司马懿，懿生景帝司马师、文帝司马昭，是为七庙也。大事已定，每日设朝，计议伐吴之策。正是：

汉家城郭已非旧，吴国江山将复更。

未知怎生伐吴，且看下文分解。

　　收蜀以后，钟会谋反，应该是他功勋卓著到无以复加的程度，不得不如此的必然行为。《三国志·魏书·王毌丘诸葛邓钟传》中，有他的一句名言，"我自淮南以来，画无遗策，四海所共知也。我欲持此安归乎！"乃是他真正的心声。中国人都懂的一句话，功高盖主，如果，主是皇帝，那很可能要掉脑袋，主是老板，那很可能被炒鱿鱼。钟会是个极度聪明的人，而且还是一个锋芒毕露，毫不遮掩，也不在乎的人，加之骄傲自大，目空一切，当然知道自己因此之故，他的敌人要多于朋友，他的支持者除了只是拿他当枪使的司马昭，再无其他，而他的反对者，无论在朝在野，遍地皆是。因此，他明白，他若不谋反为王，回洛阳以后，司马昭不会给他一个王的。而不安排他为王，那就会找个理由，寻个是非来收拾他，与其送上门去任人屠宰，那我就不如在成都以逸待劳了。
　　所以，钟会被姜维策反，有可能，但可能性不大。他们不在一个年龄段上，谈不到一块，他们各拥有自己的一片政治天空，不可能有更多的交流。交浅言深，是官场混久了必然明白的忌讳。但是，钟会会利用他的报国之情，会在意他的武装力量，于是这次突变，这两个人能够结合到一起。而姜维反过来利用他，似乎更有可能。
　　但是，智在人先的钟会，行事过急，布局不严，落子不慎，未能清除身边的隐患，未能形成自己的队伍，特别在尽坑诸将这着臭棋出笼以后，开罪于大多数人，因激生变，遂不可收拾，以致司马昭不惮一兵一卒，坐享其成。

第一百二十回

荐杜预老将献新谋
降孙皓三分归一统

　　《三国演义》从第一回汉光和七年、中平元年（184）黄巾起事写起，洋洋洒洒，至此最后一回晋咸宁六年、太康元年（280）吴主孙皓降晋为止，近七十余万字，把魏、蜀、吴三国兴亡盛衰的九十六年间纷繁复杂的事件，数以千计的人物，有条有理、有声有色地表现出来，精彩纷呈，美不胜收，手不释卷，难以忘怀，确实是中国文学宝库中的一部辉煌的作品。

　　但这部小说的价值，又不仅在此，因为它还是一部难得的历史小说，而且是记录了三国这样一个特别生动深刻、复杂丰富的历史时期的小说，是具有相当现实意义的。因为中国人有记载历史的悠久文化，也有演义历史的古老传统。这部书就是熔正史记载和民间演义于一体的杰作。从"以史为鉴"的角度来考察，再比不上这部书，使我们得到更多的历史启发了。

　　甚至到结束这部小说的最后一个人物，那个残酷的暴君孙皓，是如何令人发指地倒行逆施、祸国殃民，再返回本书第一回汉末那个战乱频仍，民不聊生，陈尸遍野，饿殍千里的年代，似乎也就是整个的中国历史。在这几乎是数千年中国人命运的微缩篇章里，读书的人难道还会得不到生存奋斗的启示么？

◎吴国自蜀魏亡后，还能坚持近二十年，实际上是得益于蜀魏长期不停的战争，使得东吴能保存国力，未受大伤之故。

　　却说吴主孙休，闻司马炎已篡魏，知其必将伐吴，忧虑成疾，卧床不起。乃召丞相濮阳兴入宫中，令太子孙𩅦出拜。吴主把兴臂、手指𩅦而卒。兴出，与群臣商议，欲立太子孙𩅦为君。左典军万彧曰："𩅦幼不能专政，不若取乌程侯孙皓立之。"左将军张布亦曰："皓才识明断，堪为帝王。"丞相濮阳兴不能决，入奏朱太后。太后曰："吾寡妇人耳，安知社稷之事？
卿等斟酌立之可也。"兴遂迎皓为君。皓字元宗，大
帝孙权太子孙和之子也。当年七月即皇帝位，改元
为元兴元年，封太子孙霏为豫章王，追谥父和为文皇
帝，尊母何氏为太后，加丁奉为左右大司马。次年改
为甘露元年。皓凶暴日甚，酷溺酒色，宠幸中常侍岑
昏。濮阳兴、张布谏之，皓怒，斩二人，灭其三族。
由是廷臣缄口，不敢再谏。又改宝鼎元年，以陆凯、
万彧为左右丞相。时皓居武昌，扬州百姓泝流供给，
甚苦之；义奢侈无度，公私匮乏。陆凯上疏谏曰：

> 今无灾而民命尽，无为而国财空，臣窃
> 痛之。昔汉室既衰，三家鼎立，今曹、刘失
> 道，皆为晋有，此目前之明验也。臣愚但为
> 陛下惜国家耳。武昌土城险瘠，非王者之都。
> 且童谣云："宁饮建业水，不食武昌鱼；宁还
> 建业死，不止武昌居。"此足明民心与天意
> 也。今国无一年之蓄，有露根之渐；官吏为
> 苛扰，莫之或恤。大帝时，后宫女不满百；
> 景帝以来，乃有千数。此耗财之甚者也。又
> 左右皆非其人，群党相挟，害忠隐贤，此皆
> 蠹政病民者也。愿陛下省百役，罢苛扰，简
> 出宫女，清选百官，则天悦民附而国安矣。

◎这就像《伊索寓言》，羊群找了一条
狼来当头领一样，等着他来吃你吧！

◎在中国，没有一个皇帝不被小人包
围。某一时期的中国人所以比较幸
运，就是那包围皇帝的小人，还未坏
到极点。

◎换汤而不换药，这就是中国封建社会改朝换代的实质。也因为只有形式的变，而无内容的变，中国的封建社会，才延续了几千年。甚至辛亥革命以后，皇帝没了，可和小农经济相连系的封建思想的残余，却并没有随着皇帝的消失而消失。

疏奏，皓不悦。又大兴土木作昭明宫，令文武各官入山采木。又召术士尚广，令筮蓍问取天下之事。尚对曰："陛下筮得吉兆：庚子岁，青盖当入洛阳。"皓大喜，谓中书丞华覈曰："先帝纳卿之言，分头命将，沿江一带，屯数百营，命老将丁奉总之。朕欲兼并汉土，以为蜀主复仇，当取何地为先？"覈谏曰："今成都不守，社稷倾崩，司马炎必有吞吴之心。陛下宜修德以安吴民，乃为上计。若强动兵甲，正犹披麻救火，必致自焚也。愿陛下察之。"皓大怒曰："朕欲乘时恢复旧业，汝出此不利之言！若不看汝旧臣之面，斩首号令！"叱武士推出殿门。华覈出朝叹曰："可惜锦绣江山，不久属于他人矣！"遂隐居不出。于是皓令镇东将军陆抗部兵屯江口，以图襄阳。

早有消息报入洛阳，近臣奏知晋主司马炎。晋主闻陆抗寇襄阳，与众官商议。贾充出班奏曰："臣闻吴国孙皓，不修德政，专行无道。陛下可诏都督羊祜率兵拒之，俟其国中有变，乘势攻取，东吴反掌可得也。"炎大喜，即降诏遣使到襄阳，宣谕羊祜。祜奉诏，整点军马，预备迎敌。自是羊祜镇守襄阳，甚得军民之心。吴人有降而欲去者，皆听之。减戍逻之卒，用以垦田八百余顷。其初到时，军无百日之粮；及至末年，军中有十年之积。祜在军，尝着轻裘、系宽带，不披铠甲，帐前侍卫者不过十余人。一日，部将入帐禀祜曰："哨马来报：吴兵皆懈怠，可乘其无备而袭

之，必获大胜。"祜笑曰："汝众人小觑陆抗耶？此人
足智多谋，日前吴主命之攻拔西陵，斩了步阐及其将
士数十人，吾救之无及。此人为将，我等只可自守，
候其内有变，方可图取。若不审时势而轻进，此取败
之道也。"众将服其论，只自守疆界而已。

　　一日，羊祜引诸将打猎，正值陆抗亦出猎。羊
祜下令："我军不许过界。"众将得令，止于晋地打
围，不犯吴境。陆抗望见，叹曰："羊将军兵有纪律，
不可犯也。"日晚各退。祜归至军中，察问所得禽
兽，被吴人先射伤者皆送还。吴人皆悦，来报陆抗。
抗召来人入，问曰："汝主帅能饮酒否？"来人答
曰："必得佳酿，则饮之。"抗笑曰："吾有斗酒，藏
之久矣。今付与汝持去，拜上都督。此酒陆某亲酿
自饮者，特奉一勺，以表昨日出猎之情。"来人领
诺，携酒而去。左右问抗曰："将军以酒与彼，有
何主意？"抗曰："彼既施德于我，我岂得无以酬
之？"众皆愕然。

　　却说来人回见羊祜，以抗所问，并奉酒事，一一
陈告。祜笑曰："彼亦知吾能饮乎？"遂命开壶取饮。
部将陈元曰："其中恐有奸诈，都督且宜慢饮。"祜笑
曰："抗非毒人者也，不必疑虑。"竟倾壶饮之。自是
使人通问，常相往来。一日，抗遣人候祜，祜问曰：
"陆将军安否？"来人曰："主帅卧病数日未出。"祜
曰："料彼之病，与我相同。吾已合成熟药在此，可

◎羊祜，陆抗，正是棋逢对手，互不上下，但战争终究是双方实力的较量，一旦失却平衡，这种休战的平静状态，就不复存在了。

◎这两个对手，真可谓知己知彼矣！

◎在三国中，宫廷内部的血腥屠杀记录，吴国堪称冠军。孙权说过："子弟不睦，臣下分部，将有袁氏之败，为天下笑！"但他统治的这个吴政权，到了他的晚年，及至他死后，还是走上了袁绍这个家族内乱，自取灭亡的道路。一个知道悲剧发生的原因，却不能避免这悲剧发生的人，恐怕倒是真正的悲剧了。

送与服之。"来人持药回见抗。众将曰："羊祜乃是吾敌也，此药必非良药。"抗曰："岂有鸩人羊叔子哉！汝众人勿疑。"遂服之。次日病愈，众将皆拜贺。抗曰："彼专以德，我专以暴，是彼将不战而服我也。今宜各保疆界而已，无求细利。"众将领命。

忽报吴主遣使来到，抗接入问之。使曰："天子传谕将军作急进兵，勿使晋人先入。"抗曰："汝先回，吾随有疏章上奏。"使人辞去，抗即草疏遣人赍到建业。近臣呈上，皓拆观其疏，疏中备言晋未可伐之状，且劝吴主修德慎罚，以安内为念，不当以黩武为事。吴主览毕大怒曰："朕闻抗在边境与敌人相通，今果然矣！"遂遣使罢其兵权，降为司马，却令左将军孙冀代领其军。群臣皆不敢谏。吴主皓自改元建衡，至凤凰元年，恣意妄为，穷兵屯戍，上下无不嗟怨。丞相万彧、将军留平、大司农楼玄三人见皓无道，直言苦谏，皆被所杀。前后十馀年，杀忠臣四十馀人。皓出入常带铁骑五万。群臣恐怖，莫敢奈何。

却说羊祜闻陆抗罢兵，孙皓失德，见吴有可乘之机，乃作表遣人往洛阳请伐吴。其略曰：

夫期运虽天所授，而功业必因人而成。今江、淮之险，不如剑阁；孙皓之暴，过于刘禅。吴人之困，甚于巴蜀；而大晋兵力，盛于往时。不于此际平一四海，而更阻兵相守，使天下困于征戍，经历盛衰，不可长久也。

司马炎观表大喜，便令兴师。贾充、荀勖、冯纨三人，力言不可，炎因此不行。祜闻上不允其请，叹曰："天下不如意者十常八九。今天与不取，岂不大可惜哉！"

至咸宁四年，羊祜入朝，奏辞归乡养病。炎问曰："卿有何安邦之策，以教寡人？"祜曰："孙皓暴虐已甚，于今可不战而克。若皓不幸而殁，更立贤君，则吴非陛下所能得也。"炎大悟曰："卿今便提兵往伐，若何？"祜曰："臣年老多病，不堪当此任。陛下另选智勇之士可也。"遂辞炎而归。是年十一月，羊祜病危，司马炎车驾亲临其家问安。炎至卧榻前，祜下泪曰："臣万死不能报陛下也！"炎亦泣曰："朕深悔不能用卿伐吴之策。今日谁可继卿之志？"祜含泪而言曰："臣死矣，不敢不尽愚诚。右将军杜预可任，若伐吴须当用之。"炎曰："举善荐贤，乃美事也。卿何荐人于朝，即自焚奏稿，不令人知耶？"祜曰："拜官公朝，谢恩私门，臣所不取也。"言讫而亡。炎大哭回宫，敕赠太傅、巨平侯。南州百姓闻羊祜死，罢市而哭。江南守边将士，亦皆哭泣。襄阳人思祜存日，常游于岘山，遂建庙立碑，四时祭之。往来人见其碑文者，无不流涕，故名为"堕泪碑"。后人有诗叹曰：

◎羊祜主战，却与驻地对峙的吴军将领陆抗，友好相处，时有往来，为史上嘉话。

◎羊祜风格不凡，可惜贾充之辈只会搞阴谋，不识大局而使吴国多拖了几年。

晓日登临感晋臣，古碑零落岘山春。

松高残露频频滴，疑是当年堕泪人。

晋主以羊祜之言，拜杜预为镇南大将军，都督荆州事。杜预为人，老成练达，好学不倦，最喜读左丘明《春秋传》，坐卧常自携，每出入必使人持《左传》于马前，时人谓之"《左传》癖"。及奉晋主之命，在襄阳抚民养兵，准备伐吴。

此时吴国丁奉、陆抗皆死，吴主皓每宴群臣，皆令沉醉。又置黄门郎十人为纠弹官，宴罢之后，各奏过失，有犯者，或剥其面，或凿其眼。由是国人大惧。晋益州刺史王濬上疏请伐吴。其疏曰：

> 孙皓荒淫凶逆，宜速征伐。若一旦皓死，更立贤主，则强敌也；臣造船七年，日有朽败；臣年七十，死亡无日。三者一乖，则难图矣。愿陛下无失事机。

晋主览疏，遂与群臣议曰："王公之论，与羊都督暗合。朕意决矣。"侍中王浑奏曰："臣闻孙皓欲北上，军伍已皆整备，声势正盛，难与争锋。更迟一年以待其疲，方可成功。"晋主依其奏，乃降诏止兵莫动。退入后宫，与秘书丞张华围棋消遣。近臣奏边庭有表到。晋主开视之，乃杜预表也。表略云：

◎西晋之迟迟不伐吴，恐因天下初定，人心思稳的大形势下，以贾充为首的反战派，也利用了这种公众心理，打压主战派，甚至王濬水师突破东吴防线抵达建康，贾充还上书司马炎，要腰斩主战派代表人物张华。说到底，利益二字而已。贾充、荀勖等豪族权贵反战，一，不打东吴，拖个一年两年，也就不打自倒，何必兴师动众？二，只要打，必胜，胜后，那些主战的政客、士族、军官，乃至社会贤达，便理直气壮地要官要权。他们就得受损，为了不受损，最好别伐吴。司马炎当然要在历史上留下一个印记，他是主张打的，可是又不能不买这些豪族的账，只好延宕，一拖，从泰始元年（266），一直到太康六年（286），才得以灭吴。凡帝国，高层的纷争，无非就是分赃不均。从本书开始，李傕、郭汜把持汉献帝，到本书结束，贾充左右司马炎，两者手法不一，前者是公开的无耻，后者是隐蔽的无耻，目标却是相同的。

◎司马家族也开始一代不如一代了。比之曹操，比之孙权，比之刘备，有过之而无不及。

往者羊祜不博谋于朝臣，而密与陛下
计，故令朝臣多异同之议。凡事当以利害相
校。度此举之利，十有八九，而其害止于无
功耳。自秋以来，讨贼之形颇露，今若中止，
孙皓恐怖，徙都武昌，完修江南诸城，迁其
居民，城不可攻，野无所掠，则明年之计亦
无及矣。

晋主览表才罢，张华突然而起，推却棋枰，敛手
奏曰："陛下圣武，国富兵强；吴主淫虐，民忧国
敝。今若讨之，可不劳而定。愿勿以为疑。"晋主
曰："卿言洞见利害，朕复何疑。"即出升殿，命镇
南大将军杜预为大都督，引兵十万，出江陵；镇东
大将军、琅琊王司马伷，出涂中；征东大将军王浑，
出横江；建威将军王戎，出武昌；平南将军胡奋，
出夏口。各引兵五万，皆听预调用。又遣龙骧将
军王濬、广武将军唐彬，浮江东下，水陆兵二十
馀万，战船数万艘。又令冠南将军杨济，出屯襄阳，
节制诸路人马。

　　早有消息报入东吴。吴主皓大惊，急召丞相张
悌、司徒何植、司空滕修，计议退兵之策。悌奏曰：
"可令车骑将军伍延为都督，进兵江陵，迎敌杜预；
骠骑将军孙歆进兵拒夏口等处军马。臣敢为军师，领
左将军沈莹、右将军诸葛靓，引兵十万，出兵牛渚，

◎张华，晋代大文学家，其所著《博
物志》，是继《山海经》后又一部博
物学著作，也是中国志异体文学的开
山之作。对于后来中国小说的发展，
产生相当大的影响。但他更是一位政
治家，司马炎伐吴，他是积极支持
者，但他，成也政治，败也政治，介
入太深，无法自拔。所以，王夫之说
他："张华谋略之士，可与立功，而
未可与守正，非能秉大节者也……"

◎铁索锁江，徒为刘禹锡作诗凑句用也。一个腐败的政权，必有许多昏朽的白痴，想出许多愚蠢的主意，来加速死亡进程。

接引诸路军马。"皓从之，遂令张悌引兵去了。皓退入后宫，不安忧色。幸臣中常侍岑昏问其故，皓曰："晋兵大至，诸路已有兵迎之。争奈王濬率兵数万，战船齐备，顺流而下，其锋甚锐，朕因此忧也。"昏曰："臣有一计，令王濬之舟，皆为齑粉矣。"皓大喜，遂问其计。岑昏奏曰："江南多铁，可打连环索百余条，长数百丈，每环重二三十斤，于沿江紧要去处横截之。再造铁锥数万，长丈馀，置于水中。若晋船乘风而来，逢锥则破，岂能渡江也？"皓大喜，传令拨匠工于江边连夜造成铁索、铁锥，设立停当。

却说晋都督杜预兵出江陵，令牙将周旨引水手八百人，乘小舟暗渡长江，夜袭乐乡，多立旌旗于山林之处，日则放炮擂鼓，夜则各处举火。旨领命，引众渡江伏于巴山。次日，杜预领大军水陆并进。前哨报道："吴主遣伍延出陆路，陆景出水路，孙歆为先锋，三路来迎。"杜预引兵前进，孙歆船早到。两兵初交，杜预便退。歆引兵上岸，迤逦追时，不到二十里，一声炮响，四面晋兵大至，吴兵急回。杜预乘势掩杀，吴兵死者不计其数。孙歆奔到城边，周旨八百军混杂于中，就城上举火。歆大惊曰："北来诸军乃飞渡江也！"急欲退时，被周旨大喝一声，斩于马下。陆景在船上，望见江南岸上一片火起，巴山上风飘出一面大旗，上书"晋镇南大将军杜预"。陆景大惊，欲上岸逃命，被晋将张尚马到斩之。伍延见各军皆败，乃弃城走，被伏兵捉住，缚见杜预。预曰："留之无用。"叱令武士斩之。遂得江陵。于是沅、湘一带，直抵广州诸郡，守令皆望风赍印而降。预令人持节安抚，秋毫无犯。遂进兵攻武昌，武昌亦降。

杜预军威大振，遂大会诸将，共议取建业之策。胡奋曰："百年之寇，未可尽服。方今春水泛涨，难以久住。可俟来春，更为大举。"预曰："昔乐毅济西一战而并强齐，今兵威大振，如破竹之势，数节之后，皆迎刃而解，无复有著手处也。"遂驰檄约会诸将，一齐进兵，攻取建业。时龙骧将军王濬率水兵顺流而下。前哨报说："吴人造铁索，沿江横截，又以铁锥置于水中为准备。"濬大笑，遂造大筏数十万，上缚草为人，披甲执仗，立于周围，顺水放下。吴兵见之，以为活人，望风先走。暗锥着筏，尽提而去。又于筏上作大炬，长十馀丈，大十馀围，以麻油灌之，但遇铁索，燃炬烧之，须臾皆断。两路从大江而来，所到之处，无不克胜。

却说东吴丞相张悌，令左将军沈莹、右将军诸葛靓，来迎晋兵。莹谓靓曰："上流诸军不作提防，吾料晋军必至此，宜尽力以敌之。若幸得胜，江南自安。今渡江与战，不幸而败，则大事去矣。"靓曰："公言是也。"言未毕，人报晋兵顺流而下，势不可当。二人大惊，慌来见张悌商议。靓谓悌曰："东吴危矣，何不遁去？"悌垂泣曰："吴之将亡，贤愚共知。今

◎杜预的破竹论，实际是向朝廷里的反战派陈说利害。在任何一个中央政权中，必有守成与进取两种势力存在，守成占上风时，整个国家便呈停滞状态，进取得优势时，时代便会发展。但这种发展，必然要改变固有的秩序，必然会产生例属正常的震荡，因此，也必然要招到守成派的反对。

◎唐诗人刘禹锡有一首《西塞山怀古》："王濬楼船下益州，金陵王气黯然收。千寻铁锁沉江底，一片降幡出石头。人世几回伤往事？山形依旧枕寒流。从今四海为家日，故垒萧萧芦荻秋。"诗写的是西晋王濬水师攻下建康，吴主孙皓"舆榇面缚"投降时"一片降幡出石头"，然而诗人之意，"从今四海为家日"，分裂状态虽然结束，但"山形依旧枕寒流"，还是要警惕再出现这种三分天下，鏖战百年的局面。

◎贾充也是能把皇帝包围起来的小人。

若君臣皆降，无一人死于国难，不亦辱乎！"诸葛靓亦垂泣而去。张悌与沈莹挥兵抵敌，晋兵一齐围之。周旨首先杀入吴营。张悌独奋力搏战，死于乱军之中。沈莹被周旨所杀。吴兵四散败走。后人有诗赞张悌曰：

> 杜预巴山见大旗，江东张悌死忠时。
> 已拚王气南中尽，不忍偷生负所知。

却说晋兵克了牛渚，深入吴境。王濬遣人驰报捷音，晋主炎闻知大喜。贾充奏曰："吾兵久劳于外，不服水土，必生疾病。宜召军还，再作后图。"张华曰："今大军已入其巢，吴人胆落，不出一月，孙皓必擒矣。若轻召还，前功尽废，诚可惜也。"晋主未及应，贾充叱华曰："汝不省天时地利，欲妄邀功勋，困敝士卒，虽斩汝不足以谢天下！"炎曰："此是朕意，华但与朕同耳，何必争辩！"忽报杜预驰表到。晋主视表，亦言宜急进兵之意。晋主遂不复疑，竟下进征之命。

王濬等奉了晋主之命，水陆并进，风雷鼓动，吴人望旗而降。吴主皓闻之，大惊失色。诸臣告曰："北兵日近，江南军民不战而降，将如之何？"皓曰："何故不战？"众对曰："今日之祸，皆岑昏之罪，请陛下诛之。臣等出城决一死战。"皓曰："量一中贵，何能误国？"众大叫曰："陛下岂不见蜀之黄皓乎！"
遂不待吴主之命，一齐拥入宫中，碎割岑昏，生啖其
肉。陶濬奏曰："臣以战船皆小，愿得二万兵乘大船
以战，自足破之。"皓从其言，遂拨御林诸军与陶濬
上流迎敌。前将军张象，率水兵下江迎敌。二人部兵
正行，不想西北风大起，吴兵旗帜，皆不能立，尽倒
竖于舟中；兵各不肯下船，四散奔走，只有张象数十
军待敌。

　　却说晋将王濬，扬帆而行，过三山，舟师曰："风
波甚急，船不能行，且待风势少息行之。"濬大怒，
拔剑叱之曰："吾目下欲取石头城，何言住耶！"遂
擂鼓大进。吴将张象引从军请降。濬曰："若是真降，
便为前部立功。"象回本船，直至石头城下，叫开城
门，接入晋兵。孙皓闻晋兵入城，欲自刎。中书令胡
冲、光禄勋薛莹奏曰："陛下何不效安乐公刘禅乎？"
皓从之，亦舆榇自缚，率诸文武，诣王濬军前归降。
濬释其缚，焚其榇，以王礼待之。唐人有诗叹曰：

　　　　王濬楼船下益州，金陵王气黯然收。
　　　　千寻铁锁沉江底，一片降旗出石头。
　　　　人世几回伤往事，山形依旧枕寒流。
　　　　今逢四海为家日，故垒萧萧芦荻秋。

于是东吴四州，八十三郡，三百一十三县，户口

◎宁啖这等小人，而不杀主犯暴君，中国人总是缺乏把路易十六送上断头台的坚决精神，所以封建统治便长久长久地压在中国人的头上。

◎阿斗居然成为样板，刘备、诸葛亮地下有知，肯定会跌足长叹，早知如此，还用得着折腾吗？

◎至此，分久必合，吴亡，一统于晋，又开始新一轮的合和分的历史。

五十二万三千，军吏三万二千，兵二十三万，男女老幼二百三十万，米谷二百八十万斛，舟船五千馀艘，后宫五千馀人，皆归大晋。大事已定，出榜安民，尽封府库仓廪。次日，陶濬兵不战自溃。琅琊王司马伷并王戎大兵皆至，见王濬成了大功，心中忻喜。次日，杜预亦至，大犒三军，开仓赈济吴民。于是吴民安堵。惟有建平太守吾彦，拒城不下。闻吴亡，乃降。王濬上表报捷。朝廷闻吴已平，君臣皆贺上寿。晋主执杯流涕曰："此羊太傅之功也，惜其不亲见之耳！"骠骑将军孙秀退朝，向南而哭曰："昔讨逆壮年，以一校尉创立基业，今孙皓举江南而弃之！'悠悠苍天，此何人哉！'"

却说王濬班师还，迁吴主孙皓赴洛阳面君。皓登殿稽首以见晋帝。帝赐坐曰："朕设此座以待卿久矣。"皓对曰："臣于南方，亦设此座以待陛下。"帝大笑。贾充问皓曰："闻君在南方，每凿人眼目剥人面皮，此何等刑耶？"皓曰："人臣弑君及奸佞不忠者，则加此刑耳。"充默然甚愧。帝封皓为归命侯，子孙封中郎，随降宰辅皆封列侯。丞相张悌阵亡，封其子孙。封王濬为辅国大将军。其余各加封赏。

◎中国竟然没有对付这类暴君的断头台，真是惭愧。

自此三国归于晋帝司马炎，为一统之基矣。此所谓"天下大势，合久必分，分久必合"者也。后来汉皇帝刘禅亡于晋太康七年，魏主曹奂亡于太康元年，吴主孙皓亡于太康四年，皆善终。后人有古风一篇，以叙其事曰：

> 高祖提剑入咸阳，炎炎红日升扶桑。
> 光武龙兴成大统，金乌飞上天中央。
> 哀哉献帝绍海宇，红轮西坠咸池傍。
> 何进无谋中贵乱，凉州董卓居朝堂。
> 王允定计诛逆党，李傕郭汜兴刀枪。
> 四方盗贼如蚁聚，六合奸雄皆鹰扬。
> 孙坚孙策起江左，袁绍袁术兴河梁。
> 刘焉父子据巴蜀，刘表军旅屯荆襄。
> 张邈张鲁霸南郑，马腾韩遂守西凉。
> 陶谦张绣公孙瓒，各逞雄才占一方。
> 曹操专权居相府，牢笼英俊用文武。
> 威挟天子令诸侯，总领貔貅镇中土。
> 楼桑玄德本皇孙，义结关张愿扶主。
> 东西奔走恨无家，将寡兵微作羁旅。
> 南阳三顾情何深，卧龙一见分寰宇。
> 先取荆州后取川，霸业王图在天府。
> 呜呼三载逝升遐，白帝托孤堪痛楚。
> 孔明六出祁山前，愿以只手将天补。
> 何期历数到此终，长星半夜落山坞。
> 姜维独凭气力高，九伐中原空呕劳。
> 钟会邓艾分兵进，汉室江山尽属曹。
> 丕叡芳髦才及奂，司马又将天下交。

◎全书最后，有长篇古风一篇，其中"纷纷世事无穷尽"，"天数茫茫不可逃"两句，值得玩味：前句为辩证法，是历史前进的必然，也是人类发展的必然，看到明天，展望未来，是无可疑义的；后者含宿命论，就未必一概如此了。努力奋斗，克服困难，脚踏实地，夙夜匪懈，总能寻找到自己的生存之路，不存在千古不变的定式，时代列车，滚滚向前，中国人在改变着自己的同时，也在创造着伟大的中华历史新一页。所以，登高望远，好，是一定的，更好，是必然的。这种前进的总趋势，是谁也阻挡不了的。

受禅台前云雾起，石头城下无波涛。

陈留归命与安乐，王侯公爵从根苗。

纷纷世事无穷尽，天数茫茫不可逃。

鼎足三分已成梦，后人凭吊空牢骚。

　　《三国演义》第一回，虽然开明宗义，"分久必合，合久必分"八个大字，但综观三国群雄，在这一百年里，打来打去，没完没了，形同水火，不共戴天，其总方向倒都不约而同地追求统一，反对分裂。

　　你会奇怪，无论曹操也好，刘备也好，孙权也好，为什么没有一位安于分茅列土，坐享诸侯的局面，而拼命想把对方吃掉，以一统天下呢？因为这种认为分是暂时的，不正常的，而合是恒久的，正常的统一国家观，始终是全体中国人的信念，也是大多数中国人（除汉奸、卖国贼、分裂分子外），都会坚守的民族大义。

　　这也许是当下的中国读者，捧着这部古典文学作品时，一点最起码的认知吧！